LE VOYAGE

DU MÊME AUTEUR
CHEZ LE MÊME ÉDITEUR

Le Chardon et le Tartan
Le Talisman

Diana Gabaldon

LE VOYAGE

Roman

PRESSES DE LA CITÉ

Titre original : *Voyager*
Traduit par Philippe Safavi

ISBN 2-258-03986-X

A mes enfants,
Laura Juliet,
Samuel Gordon
et Jennifer Rose,
qui m'ont fourni le cœur, le sang et le squelette de ce livre

Remerciements

L'auteur souhaite exprimer toute sa gratitude à :

Jackie Cantor, comme toujours, pour appartenir à cette espèce d'éditeurs, rare et merveilleuse, pour qui peu importe qu'un roman soit long à partir du moment où il est bon ; mon mari, Doug Watkins, pour son sens littéraire, ses observations en marge de la page *(Quoi ? elle montre encore ses seins ?)* et les plaisanteries que, paraît-il, je lui vole pour les mettre dans la bouche de Jamie Fraser ; ma fille aînée, Laura, qui déclare : « *Maman, si tu dois revenir faire une présentation dans ma classe, évite de parler du pénis des baleines, d'accord ?* » ; mon fils Samuel, qui aborde de parfaits inconnus dans le parc en leur demandant : « *Vous avez lu les livres de ma mère ?* » ; ma fille cadette Jenny, qui me demande : « *Maman, pourquoi tu n'es pas toujours maquillée comme sur les couvertures de tes livres ?* » ; Margaret J. Campbell, universitaire, Barry Fodgen, poète anglais, Pindens Cinola Oleroso Loventon Greenpeace Ludovic, chien, qui m'ont généreusement permis de m'inspirer d'eux (M. Fodgen tient toutefois à souligner que son chien Ludo n'a jamais tenté de copuler avec une jambe, qu'elle soit en bois ou non, mais qu'il comprend parfaitement le concept de licence poétique) ; Perry Knowlton, qui, non content d'être un excellent agent littéraire, est également une inépuisable source d'informations sur les nœuds de chaise, les voilures et autres questions nautiques, ainsi que sur les subtilités de la grammaire française et la manière appropriée d'éventrer un cerf ; Robert Riffle, qui n'a pas son pareil pour savoir ce qui pousse où et comment ; Kathryn Boyle (où était-ce Kathryn Frye ? Je n'en suis plus sûre mais son patronyme avait un rapport direct avec la cuisson, qu'il s'agisse de bouillir ou de frire), pour ses informations pertinentes sur les maladies tropicales, notamment sur les mœurs singulières du ver parasite loa-loa ; Michael Lee West, pour ses descriptions détaillées de la Jamaïque, ses renseignements sur les dialectes régionaux et ses anecdotes folkloriques ; le docteur Mahlon West, pour ses conseils sur la typhoïde ; William Cross, Paul Block (et son père) et Chrystine Wu (et ses parents), pour leur aide précieuse concernant le vocabulaire, l'histoire et la culture chinois ; mon beau-père, Max Watkins, qui, comme à son habitude, m'a donné de précieuses indications sur l'aspect et le comportement des chevaux, et notamment la façon dont ils s'orientent par rapport aux vents ; Peggy Lynch, pour vouloir savoir comment réagirait Jamie Fraser en voyant une photo de sa fille en bikini ; Lizy Buchan, pour m'avoir raconté l'histoire de l'ancêtre de son mari, rescapé de Culloden ; le docteur Gary Hoff, pour ses conseils médicaux ; Fay Zachary, pour ses déjeuners et ses commentaires critiques ; Sue Smiley, pour ses relectures et pour avoir suggéré l'histoire du vœu de sang ; David Pijawka, pour ses informations sur la Jamaïque et sa description très poétique de l'air parfumé des Caraïbes après un orage diluvien ; Iain McKinnon Taylor et son frère Hamish Taylor, pour leurs très utiles suggestions et corrections de l'orthographe et de la grammaire gaéliques ; et, comme toujours, les membres du CompuServe Literary Forum, dont Janet McConnaughey , Marte Brengle, Akua Lezli Hope, John L. Myers, John E. Simpson Jr, Sheryl Smith, Alit, Norman Shimmel, Walter Hawn, Karen Pershing, Margaret Ball, Paul Solyn, Diane Engel, David Chaifetz et bien d'autres encore, pour leur intérêt, leurs conversations riches d'informations et leurs rires aux moments opportuns.

Prologue

Enfant, j'évitais consciencieusement de marcher dans les flaques d'eau. Ce n'était pas par peur des vers de terre ou par crainte de salir mes chaussettes. Véritable petite souillon, aucune ordure, quelle qu'elle soit, ne me rebutait.

Mais je ne pouvais me résoudre à croire que ces étendues d'eau parfaitement lisses n'étaient que de minces pellicules liquides sur de la terre ferme. Dans mon esprit, il ne pouvait s'agir que d'une porte ouvrant sur un monde insondable. Parfois, en contemplant les vaguelettes concentriques provoquées par mes pas, la surface agitée de la flaque me semblait cacher un océan sans fond où étaient tapis des monstres gigantesques aux tentacules couverts d'écailles vertes et aux dents acérées.

Puis, lorsque, penchée au-dessus de la flaque, j'apercevais ma bouille ronde et ma tignasse hirsute se détachant sur un fond bleu, je me demandais s'il ne s'agissait pas plutôt d'une fenêtre donnant sur un autre ciel. Un pas de plus et je tomberais sûrement, encore et encore, dans un espace infini.

Je n'osais traverser les flaques que la nuit, lorsque le ciel était dégagé. Une simple petite lueur brillant dans l'eau et mes craintes s'évanouissaient. Je pouvais enfin franchir l'obstacle d'un pas assuré, persuadée que, si d'aventure je tombais, je pourrais toujours me raccrocher à une étoile.

Aujourd'hui encore, lorsque j'aperçois une flaque d'eau un peu plus loin sur mon chemin, j'ai un pincement au cœur, même si je poursuis ma route comme si de rien n'était. J'ai beau me raisonner, il y a toujours en moi l'écho d'un doute :

« Et si, cette fois, tu tombais vraiment ? »

PREMIÈRE PARTIE

Dans le cœur d'un guerrier

1

Un festin pour les corbeaux

16 avril 1746

Plus d'un chef de clan a bataillé,
Plus d'un valeureux guerrier est tombé,
La mort elle-même s'est fait cher payer,
Tout cela pour le roi d'Ecosse et sa loi.
Où es-tu ? Ne reviendras-tu jamais ?

Il n'aurait jamais cru qu'un mort puisse avoir autant mal au nez. A dire vrai, il avait pensé qu'une fois dans l'au-delà, toute forme de douleur physique lui aurait été épargnée. Comme bien des hommes, malgré sa foi inébranlable en la clémence et la bienveillance de son Créateur, il abritait en lui un vestige de culpabilité primale qui lui faisait craindre l'Enfer. De son vivant, il avait entendu nombre de choses sur le royaume de Satan, mais jamais que les tourments réservés à ses malheureux sujets comprenaient des douleurs au nez.

Une chose était sûre : il n'était pas au Paradis. D'une part, il ne le méritait pas ; d'autre part, ce lieu ne ressemblait en rien à l'idée qu'on se fait habituellement du Paradis. En outre, il était peu probable que la rétribution des âmes pures, comme celle des damnés, inclue un nez cassé.

Il avait toujours imaginé le Purgatoire comme un lieu indéfini et grisâtre. La faible lueur rougeâtre dans laquelle il baignait à présent pouvait convenir. Son esprit s'éclaircissant peu à peu, il récupérait, lentement mais sûrement, sa capacité de raisonnement. D'ailleurs, il commençait à trouver le temps long. Comment se faisait-il qu'on ne lui ait pas encore envoyé un émissaire pour lui transmettre le verdict du Jugement dernier et lui annoncer combien de temps il lui faudrait souffrir avant d'accéder enfin au royaume des cieux ? L'émissaire en question serait-il un ange ou un démon ? Il n'avait aucune idée du genre de personnel qu'on employait au Purgatoire, cette question n'ayant jamais été abordée lors de ses leçons de catéchisme.

Pour tuer le temps, il dressa l'inventaire des autres tourments qu'il était condamné à endurer. Il était couvert d'entailles et de bleus et son annulaire droit paraissait à nouveau cassé. Rien d'étonnant à cela, étant donné que son articulation était soudée et que son doigt raide était difficile à protéger. Rien de bien méchant, somme toute. Y avait-il autre chose ?

Claire ! Ce prénom lui transperça le cœur, lui infligeant une souffrance plus cuisante que tout ce qu'il avait supporté jusqu'alors.

S'il avait encore eu un corps digne de ce nom, il aurait sans doute été plié en deux par la douleur. Dès qu'il l'avait vue partir vers le cercle de menhirs, il avait pressenti qu'il en serait ainsi. Au Purgatoire, l'angoisse et le chagrin étaient sans doute des états naturels et il était donc prévisible que les affres de la séparation constituent son principal châtiment, suffisant, à ses yeux, pour racheter tous les crimes qu'il avait pu commettre dans sa vie, y compris le meurtre et la trahison.

Il ignorait si les âmes du Purgatoire avaient le droit d'implorer leur Seigneur mais il décida néanmoins de tenter le coup. *Mon Dieu, faites qu'ils soient sains et saufs, elle et l'enfant.* Il était sûr qu'elle avait réussi à rejoindre le cercle de menhirs. Elle n'était enceinte que de deux mois et courait vite. En outre, c'était la femme la plus têtue qu'il ait jamais rencontrée. Mais était-elle parvenue à retourner là d'où elle était venue ? Avait-elle longé sans encombre le périlleux chemin du temps, naviguant à l'aveuglette dans les limbes mystérieux entre le passé et l'avenir ? Il ne le saurait probablement jamais et cet horrible doute suffisait à lui faire oublier les élancements sourds de son nez cassé.

Il reprit l'inventaire de ses maux physiques et fut saisi d'une nouvelle angoisse en constatant que sa jambe gauche avait disparu. Il ne ressentait plus rien à partir de la hanche, hormis un léger picotement au niveau du col du fémur. On lui rendrait sans doute son membre en temps voulu, lorsqu'il serait enfin digne d'entrer au Paradis. Après tout, son beau-frère Ian se débrouillait fort bien avec sa jambe de bois.

Toutefois, ce ne devait pas être beau à voir. Et puis, quelle humiliation : lui, le fier guerrier, unijambiste ! Pourquoi pas cul-de-jatte ! Ah, c'était donc ça ! Il était puni pour le péché de vanité. Il serra les dents, décidé à accepter son sort avec stoïcisme et humilité. Toutefois, malgré ces bonnes résolutions, il ne put s'empêcher de tendre une main vers sa jambe manquante pour voir où elle s'arrêtait désormais.

Sa main rencontra un objet dur et rond, et ses doigts se prirent dans des mèches de cheveux trempés. Il se redressa brusquement, déployant un effort considérable pour faire craquer les croûtes de sang séché qui retenaient ses paupières. Un raz de marée de souvenirs s'abattit aussitôt sur lui, lui arrachant un gémissement de découragement. Il s'était trompé sur toute la ligne : non seulement il était bel et bien en Enfer mais, pis encore, il n'était toujours pas mort.

Un homme était couché sur lui, écrasant sa jambe gauche de tout son poids, d'où l'absence de sensibilité. La tête du mort, lourde comme un boulet de canon, reposait sur son ventre, le nez enfoui dans sa chemise, sa chevelure mouillée. Jamie eut un sursaut de panique et le crâne roula légèrement sur le côté, laissant entrevoir un œil mi-clos derrière le rideau de mèches sales.

Jack Randall ! Sa redingote rouge de capitaine des dragons détrempée jusqu'à la trame était devenue noire. Jamie tenta de repousser le cadavre, en vain. Il n'avait plus aucune force. Il voulut se redresser mais ses coudes glissèrent dans la boue et il retomba lourdement sur le dos. En baissant les yeux, il pouvait voir la tête de Jack Randall osciller de façon grotesque au gré de ses respirations.

Il enfonça les doigts dans la terre spongieuse et une eau froide remonta le long de ses phalanges, imprégnant le dos de sa chemise. Il se mit à gigoter sur place, tentant de déplacer le cadavre. Un peu de chaleur était retenue prisonnière entre leurs deux corps. Enfin, feu Jack Randall le libéra en roulant sur le côté. Aussitôt, la pluie glacée fouetta son ventre nu, le faisant frissonner des pieds à la tête.

Un vent d'avril balayait la lande, portant les cris et les gémissements des hommes agonisants. Au-dessus de cette longue lamentation funèbre s'élevait le croassement assourdissant des corbeaux. A en juger par le vacarme, il devait y en avoir des centaines.

« C'est étrange, pensa Jamie. D'ordinaire, les oiseaux ne volent pas par un temps pareil. » Dans un dernier effort, il parvint à cambrer suffisamment les reins pour dégager son plaid coincé sous lui. En voulant recouvrir ses jambes, il s'aperçut que son kilt et sa cuisse gauche étaient maculés de sang. Cela ne l'affola pas outre mesure. Dans son esprit embrumé par l'épuisement, il lui sembla simplement que les taches rouge sombre offraient un contraste intéressant avec le vert grisâtre de la végétation autour de lui. Peu à peu, les échos du champ de bataille s'estompèrent et il referma les yeux sur la vision des corbeaux de Culloden.

Une éternité plus tard, il se réveilla en sursaut en entendant quelqu'un crier son nom.

— Jamie ! Jamie Fraser ! Où es-tu ?

Il était couché dans une petite dépression de la lande, à moitié remplie d'eau. La pluie avait cessé mais le vent, lui, redoublé d'ardeur. Le ciel était presque noir. Ce devait être le soir.

— Puisque je te dis que je l'ai vu tomber là-bas, près du gros buisson d'ajoncs ! cria une voix lointaine.

Un bruissement près de son oreille lui fit tourner la tête. Un gros corbeau se tenait dans l'herbe à une trentaine de centimètres, fixant sur lui des petits yeux noirs et brillants. Ayant manifestement conclu qu'il ne représentait aucun danger, l'oiseau se mit à lustrer tranquillement ses ailes, puis, pris d'une fringale subite, planta son long bec pointu dans l'œil de Jack Randall.

Jamie se détourna brusquement avec répulsion et l'oiseau dérangé prit la fuite, croassant de dépit.

— Hé, par ici !

Jamie entendit un bruit de pas dérapant dans la boue puis distingua les contours d'un visage humain qui se penchait sur lui. L'homme posa une main sur son épaule et le secoua doucement.

— Il vit encore ! Par ici, MacDonald ! Viens me donner un coup de main, il va falloir le porter.

Ils étaient quatre. Non sans mal, ils parvinrent à hisser Jamie sur ses pieds et à caler ses bras inertes autour des épaules d'Ewan Cameron et de Iain MacKinnon.

En recouvrant un semblant de conscience, Jamie avait également retrouvé sa résolution première : il était revenu à Culloden pour y mourir. Il aurait voulu dire à ses amis de le laisser là où ils l'avaient trouvé, qu'il était presque parvenu au bout de ses peines. Mais il n'était pas de taille à résister à la chaleur humaine qu'ils lui communiquaient. De toute manière, cela n'avait plus grande importance. La sensibilité de sa jambe gauche commençait, elle aussi, à revenir et il devinait la gravité de sa blessure. Il n'en avait plus pour longtemps. Dieu, dans son infinie miséricorde, n'avait pas voulu qu'il mourût seul dans le noir.

— Un peu d'eau ?

Quelqu'un pressait le bord d'une tasse contre ses lèvres. Jamie se redressa légèrement, lapant précautionneusement comme un chat. Une main se posa sur son front, puis retomba sans commentaires.

Il se consumait sur place. Ses yeux lui paraissaient deux globes incandescents et des flammes léchaient l'intérieur de ses paupières closes. Ses lèvres tuméfiées étaient craquelées par le brasier qui ravageait son crâne. Mais tout ceci n'était rien comparé aux vagues de frissons glacés qui parcouraient son corps à intervalles réguliers, car les tremblements incontrôlés réveillaient les démons de sa jambe blessée.

Murtagh ! Songeant à son parrain bien-aimé, il fut pris d'un terrible pressentiment. Il ne se souvenait de rien. Murtagh était mort, il ne pouvait en être autrement, mais il n'aurait pu dire pourquoi ni comment il en était si sûr. D'après les hommes rassemblés dans la chaumière, plus de la moitié de l'armée des Highlands avait été anéantie sur le champ de bataille.

Il n'en était pas à son premier combat et il savait que ce genre d'amnésie n'était pas rare après un affrontement aussi violent. Il en avait été témoin chez de nombreux soldats sans jamais en être victime lui-même. Ses souvenirs lui reviendraient tôt ou tard, rien ne pressait. Avec un peu de chance, il serait mort avant. A cette idée, il se détendit, ce qui eut pour conséquence de déclencher une douleur fulgurante dans la jambe, lui arrachant un gémissement.

— Jamie, ça va ?

Ewan, allongé à côté de lui, s'était redressé sur un coude, l'air inquiet.

Dans la lumière crépusculaire, Jamie distinguait son front ceint d'un bandage ensanglanté et son col strié de traînées noirâtres. Ewan l'avait échappé belle, la balle de mousquet n'avait fait que lui entamer le cuir chevelu.

— Ce n'est rien, Ewan, le rassura-t-il.

Tendant la main, il tapota l'épaule de son ami pour appuyer ses dires. Ewan la saisit, la serra dans la sienne puis se laissa retomber sur le dos.

A l'extérieur, on n'entendait plus que les cris des corbeaux. Ces oiseaux de guerre noirs comme la nuit étaient réapparus avec l'aube pour se repaître de la chair des vaincus. Sous ses paupières enflammées, Jamie avait l'impression que c'étaient ses propres yeux qu'ils piquaient de leurs becs cruels.

Quatre hommes étaient regroupés devant l'unique fenêtre de la chaumière, parlant à voix basse.

— Fuir d'ici ? Tu veux rire ! grogna l'un d'eux. Six d'entre nous sont incapables de tenir debout, et les autres peuvent à peine marcher.

— Si vous pensez pouvoir y arriver, allez-y, dit un autre. Ne vous inquiétez pas pour nous.

Il baissa les yeux vers sa propre jambe emmaillotée dans un vieux kilt en lambeaux.

Duncan MacDonald s'écarta de la fenêtre avec un sourire résigné. La lueur blême du matin accentuait encore la pâleur de ses traits las.

— Non. On reste. Toute la lande est infestée d'Anglais, ils sont pires que des poux. Aucun Highlander ne pourrait traverser le champ pour le moment sans se faire repérer.

— Ceux qui ont pu fuir hier n'iront pas loin non plus, vu leur état ! intervint doucement MacKinnon. J'ai entendu la cavalerie anglaise passer au trot pendant la nuit. Il ne leur faudra pas longtemps pour retrouver la trace des survivants et les abattre.

Personne ne répondit, tous connaissaient trop bien la réponse. Avant même la bataille, la plupart des Highlanders avaient été à peine capables de tenir debout, épuisés par le froid, la marche et la faim.

Jamie se tourna vers le mur, priant le ciel pour que ses hommes soient hors de danger. La route jusqu'à Lallybroch était longue, mais ils étaient partis juste avant la bataille. Il était donc peu probable que les Anglais aient pu les rattraper. Cependant, Claire lui avait dit que les troupes de Cumberland, assoiffées de vengeance, passeraient toutes les Highlands au peigne fin, massacrant les guerriers jusqu'au dernier.

Penser à elle ne fit que raviver sa douleur. Si seulement elle avait été là, avec lui, posant ses mains sur ses plaies, pansant ses blessures et berçant sa tête sur ses genoux ! Mais elle était partie, partie à deux cents ans de distance, Dieu en soit loué ! Les larmes se mirent à couler le long de ses joues et il se roula en boule pour les cacher à ses compagnons.

Seigneur, faites qu'ils soient sains et saufs ! pria-t-il. *Elle et l'enfant.*

Vers le milieu de l'après-midi, une odeur de brûlé filtrant par la fenêtre sans vitre se répandit dans la chaumière. Elle était plus lourde que celle de la poudre, plus âcre et écœurante, avec un arrière-goût qui rappelait sinistrement la chair grillée.

— Ils sont en train de brûler les morts, dit MacDonald.

Il n'avait pratiquement pas quitté son poste près de la fenêtre depuis qu'ils s'étaient abrités là. Son visage lui-même ressemblait à un masque mortuaire. Ses mèches noires et crasseuses étaient collées sur ses joues blafardes et émaciées.

De temps en temps, un coup de feu éclatait au loin. Certains officiers anglais, plus compatissants que d'autres, achevaient les blessés avant qu'on ne les jette sur les bûchers géants. Lorsque Jamie releva la tête, Duncan MacDonald, toujours assis près de la fenêtre, avait fermé les yeux.

A ses côtés, Ewan Cameron se signa.

— J'espère qu'on aura cette chance, murmura-t-il.

La réponse leur fut fournie le lendemain, peu après midi. Des bruits de bottes approchèrent de la chaumière et la porte fut ouverte d'un grand coup de pied.

— Par tous les saints ! jura quelqu'un.

Un courant d'air glacial balaya les corps couverts de boue et de sang, gisant sur la terre battue ou recroquevillés les uns contre les autres dans les coins.

Les Highlanders n'avaient même pas envisagé d'opposer une résistance armée. Ils n'en avaient plus le courage et savaient que ce serait peine perdue. Ils attendirent donc en silence de connaître le sort que leur réservait leur visiteur.

C'était un jeune major, rasé de près et à l'uniforme impeccable. Après une brève hésitation, il entra d'un pas ferme, suivi par son lieutenant.

— Je suis lord Melton, annonça-t-il.

Il lança un regard à la ronde, cherchant des yeux le chef de cette pitoyable bande. Comme personne ne bronchait, Duncan MacDonald se redressa péniblement et salua le nouveau venu d'un petit signe de tête.

— Duncan MacDonald, de Glen Richie... et quelques autres, répondit-il. Au service de Sa Majesté le roi Jacques Stuart.

— Vous n'aviez pas besoin de le préciser, rétorqua sèchement l'officier anglais.

Malgré son jeune âge, une trentaine d'années à peine, il avait déjà l'assurance d'un militaire aguerri. Il regarda tour à tour les visages, puis il plongea une main dans la poche de sa redingote et en sortit un rouleau de parchemin.

— J'ai ici un ordre de Sa Grâce, le duc de Cumberland, m'instruisant d'exécuter sur place tous ceux qui se sont soulevés contre la Couronne.

Il releva un instant les yeux et demanda :

— Y a-t-il quelqu'un parmi vous qui prétend ne pas avoir pris part à cette traîtrise ?

Un faible rire nerveux parcourut la pièce. Avec leurs visages maculés de poudre noire et leurs vêtements en lambeaux, les Highlanders pouvaient difficilement déclarer s'être trouvés là par hasard !

— Non, milord, répondit MacDonald, un sourire sardonique aux lèvres. Il n'y a ici que des traîtres. Serons-nous pendus ?

Melton esquissa une grimace agacée et fit un effort visible pour retrouver son impassibilité. Il était plutôt frêle, avec des traits fins et réguliers, mais n'en dégageait pas moins une autorité incontestable.

— Vous serez fusillés. Je vous donne une heure pour vous y préparer.

Il hésita, puis, après un coup d'œil vers son lieutenant, comme s'il craignait de se montrer trop magnanime, il ajouta :

— Pour ceux qui souhaiteraient rédiger leurs dernières volontés ou écrire une lettre d'adieu à leurs proches, mon ordonnance va vous apporter de quoi écrire.

Il salua brièvement MacDonald, tourna les talons et sortit.

Ce fut une heure sinistre. Plusieurs Highlanders avaient

demandé une plume et du papier et s'appliquèrent à écrire, étalant leur lettre sur le manteau de la cheminée faute d'une autre surface appropriée. Les autres priaient doucement ou se muraient dans une attente silencieuse.

MacDonald avait supplié le major d'épargner Giles MacMartin et Frederick Murray. Ces deux derniers n'avaient pas dix-sept ans et ne pouvaient être tenus pour responsables de leurs actes au même titre que leurs aînés. Sa requête ayant été rejetée, les deux adolescents étaient blottis l'un contre l'autre dans un coin de la chaumière, tremblants des pieds à la tête, se tenant la main.

Jamie était navré pour eux, et pour les autres, tous des amis fidèles et de braves combattants. Mais en ce qui le concernait, il était soulagé. Son sort était scellé, il n'avait plus à s'inquiéter de rien. Il avait fait son possible pour ses hommes, sa femme et son enfant à naître. Désormais, il n'aspirait plus qu'à mettre un terme à ses propres souffrances et à trouver la paix.

Pour la forme plus que par besoin, il ferma les yeux et entonna un acte de contrition. *Mon Dieu, je regrette...* Il s'interrompit, trop conscient qu'il n'en pensait rien. Il était trop tard pour regretter.

Claire l'attendrait-elle de l'autre côté ? Sans doute devrait-il endurer leur séparation pendant quelque temps encore ? Dans un cas comme dans l'autre, ils se retrouveraient tôt ou tard. Il ne pouvait en être autrement. Cette conviction était encore plus forte que sa foi. Dieu lui avait donné cette femme. Il ne pouvait la lui enlever à jamais.

Oubliant de prier, il invoqua ce visage tant aimé derrière ses paupières closes : l'angle arrondi de ses pommettes et de ses joues, le petit espace plat et lisse entre ses sourcils, à la racine du nez, entre ses yeux d'ambre. Il fixa son attention sur la forme de sa bouche, retraçant attentivement la courbe pleine de ses lèvres et imaginant leur saveur douce et sucrée. Peu à peu, le murmure de ses compagnons et les sanglots étouffés de Giles MacMartin s'estompèrent.

Melton réapparut vers le milieu de l'après-midi, cette fois accompagné de six soldats, de son lieutenant et de son ordonnance. Une fois de plus, il s'arrêta sur le seuil, mais MacDonald se leva avant qu'il eût pu parler.

— Je passerai le premier, annonça-t-il.

Il traversa la pièce d'un pas ferme. Au moment où il baissait la tête pour franchir la porte, lord Melton l'arrêta d'une main sur l'épaule.

— Veuillez indiquer votre nom complet, monsieur, afin que mon ordonnance puisse l'enregistrer.

MacDonald lança un regard vers l'ordonnance en question, un sourire amer au coin des lèvres.

— C'est pour votre tableau de chasse ? railla-t-il.

Puis, après un haussement d'épaules, il bomba fièrement le torse.

— ... Duncan William MacLeod MacDonald, de Glen Richie.

Il s'inclina respectueusement devant lord Melton avant de conclure :

— ... A votre service, milord.

Sur ces mots, il sortit et, quelques instants plus tard, un coup de feu retentit dans la cour.

Les deux adolescents furent autorisés à mourir ensemble. Ils franchirent la porte sans se lâcher la main. Les autres y passèrent les uns après les autres. L'ordonnance était assise sur un tabouret près de l'entrée, n'osant pas lever les yeux tandis que chaque condamné énonçait lentement son nom.

Lorsque ce fut le tour d'Ewan, Jamie se redressa péniblement sur un coude et lui prit la main, la pressant de toutes ses forces.

— A très bientôt, mon ami, murmura-t-il.

La main d'Ewan tremblait mais il parvint à sourire. Il se pencha sur Jamie et l'embrassa à pleine bouche avant de se lever et de passer la porte.

Il restait six hommes dans la chaumière, tous incapables de se lever.

— James Alexander Malcolm MacKenzie Fraser, laird de Broch Tuarach, lança Jamie du fond de la pièce.

Il avait parlé lentement en articulant exagérément afin de faciliter la tâche de l'ordonnance.

— ... Je crains, milord, de devoir demander votre aide pour me redresser.

Melton ne répondit pas. Il le fixait d'un regard où l'indifférence hautaine cédait lentement le pas à l'incrédulité, puis à un effroi glacé.

— Fraser ? demanda-t-il enfin. De Broch Tuarach ?

— Lui-même.

Comme l'autre ne réagissait toujours pas, Jamie commença à s'impatienter. Ce maudit Anglais allait-il enfin se décider à faire quelque chose ? Il avait beau s'être préparé à mourir comme un brave, le fait d'avoir entendu ses amis se faire abattre à quelques mètres avait rudement éprouvé ses nerfs. Les muscles de ses bras commençaient à trembler sous le poids de son torse. En outre, ses viscères, qui ne partageaient manifestement pas la noble résignation de ses facultés supérieures, se rebellaient en émettant des borborygmes angoissés indignes d'un valeureux guerrier.

— Foutre ! jura soudain l'Anglais.

Il se pencha sur Jamie, scrutant son visage, puis fit signe à son lieutenant de s'approcher.

— Aidez-moi à le transporter à la lumière, ordonna-t-il.

Ils le soulevèrent sans ménagement et le traînèrent vers la porte de la chaumière. Etourdi par la douleur, Jamie ne comprit pas tout de suite la question du major.

— C'est vous le jacobite qu'on surnomme « Jamie le Rouge » ? répéta l'officier sur un ton impatient.

Jamie frémit. S'ils apprenaient qu'il était l'« infâme rebelle sanguinaire », ils ne l'abattraient pas comme les autres. Ils l'emmèneraient enchaîné jusqu'à Londres, l'exhibant comme un trophée de guerre. Après quoi, ce serait la potence, ou alors il serait étranglé sur la place publique, et éviscéré avant qu'on ne présente à une foule en liesse ses entrailles de renégat. Outrées par une telle perspective, ces dernières redoublèrent leurs protestations.

— Non, ce n'est pas moi, répondit-il calmement. Cela vous ennuierait qu'on en finisse une fois pour toutes ?

Melton se laissa tomber à genoux à ses côtés. D'un geste brusque, il arracha le col de sa chemise, puis, saisissant Jamie par les cheveux, lui renversa la tête en arrière.

— Foutre ! s'exclama-t-il avec dépit.

Il passa un doigt sous la gorge de Jamie, dans le creux de la clavicule. Il y avait là une petite cicatrice triangulaire qui semblait particulièrement le contrarier.

— James Fraser de Broch Tuarach, répéta-t-il lentement. Un grand roux avec une cicatrice en forme de trident sous la gorge.

Se décidant enfin à lâcher Jamie, il resta assis sur ses talons pendant quelques instants, se grattant le menton d'un air méditatif. Soudain, il se releva d'un air résolu et se tourna vers son lieutenant.

— Poursuivez l'exécution des autres prisonniers.

Il resta debout devant Jamie, le front soucieux, le dévisageant avec perplexité pendant que les derniers Highlanders étaient emmenés les uns après les autres.

— Il faut que je réfléchisse, marmonnait-il. Il faut que je réfléchisse.

— C'est ça, rétorqua Jamie. Réfléchissez donc, en attendant, si vous le permettez, je m'allonge.

Ils l'avaient adossé au mur, les jambes étalées devant lui. Mais après être resté deux jours allongé sans bouger, cette position était trop douloureuse. La pièce tanguait autour de lui, et des petits points lumineux dansaient devant ses yeux. Il se laissa glisser sur le côté et posa sa joue contre le sol, fermant les paupières en attendant que le malaise passe.

Melton bougonnait toujours entre ses dents. Jamie ne comprenait rien à ce qu'il disait, mais il n'en avait cure. Il venait de voir sa jambe à la lumière. Ils pouvaient toujours essayer de l'emmener à Londres, il ne vivrait pas assez longtemps pour qu'ils le pendent.

L'entaille s'était enflammée, formant une longue traînée écarlate qui s'étendait du milieu de la cuisse à l'aine. La plaie elle-même était ouverte et purulente. Jusque-là, les odeurs de transpiration et de crasse de ses compagnons dans la chaumière avaient masqué la puanteur de son propre pus. Maintenant qu'ils n'étaient plus là, elle le prenait à la gorge. Une balle dans la tête valait nettement mieux qu'une mort lente et douloureuse par infection. *Réveillez-moi quand le moment sera venu*, pensa-t-il en se sentant emporter par la torpeur. La fraîcheur de la terre battue sous sa joue brûlante était aussi douce et réconfortante que le sein d'une mère.

Il dérivait doucement dans une somnolence fiévreuse quand la voix de Melton le fit revenir à lui.

— Grey, disait l'Anglais. John William Grey ! Ce nom ne vous dit rien ?

— Non. Ecoutez, major. Décidez-vous. Tuez-moi ou fichez-moi la paix. Vous voyez bien que je suis mal en point.

— Près de Carryarrick, insista l'autre. Un garçon, blond, d'environ seize ans. Vous l'avez rencontré dans les bois.

Jamie ouvrit les yeux. Malgré sa vision troublée par la fièvre, il lui sembla en effet que le visage penché sur lui, avec ses traits fins et ses grands yeux de biche, lui était vaguement familier.

— Ah oui, fit-il. Je me souviens maintenant. Un jeune blanc-bec qui voulait ma peau.

Il referma les yeux. Dans son accès de fièvre, un souvenir en amenait un autre. Il avait brisé le bras du jeune John William Grey. Il entendit de nouveau l'os craquer entre ses mains. Le frêle poignet d'adolescent devint celui de Claire tandis qu'il tentait de l'arracher au cercle de menhirs. Puis une brise fraîche vint caresser son visage avec les doigts de sa bien-aimée.

— Réveillez-vous, nom de Dieu ! s'énerva Melton en le secouant vigoureusement. Ecoutez-moi !

Jamie ouvrit des yeux las.

— Quoi encore ?

— John William Grey est mon frère. Il m'a tout raconté. Vous avez épargné sa vie et il vous a fait une promesse. Est-ce vrai ?

Jamie fit un grand effort pour se rappeler. L'incident avec le jeune homme s'était produit deux jours avant la bataille de Prestonpans, qui avait vu la victoire des jacobites sur le général Cope. Depuis, six mois s'étaient écoulés. Six mois qui lui parurent une éternité. Que de choses s'étaient passées !

— Oui, je me souviens. Il a promis de me tuer. Vous pouvez vous en charger à sa place, je ne vous en voudrai pas.

Ses paupières se refermaient malgré lui. Fallait-il vraiment être réveillé lors de sa propre exécution ?

— Il vous doit la vie, déclara Melton en se relevant. Son honneur est en jeu.

Il épousseta ses culottes salies aux genoux et se tourna vers son lieutenant, qui observait la scène d'un air ahuri.

— Je me trouve dans une situation délicate, Wallace, expliqua-t-il. Cette... vermine jacobite est une célébrité. Vous avez déjà entendu parler de Jamie le Rouge ? Son nom et sa description sont placardés sur tous les murs du pays.

Le lieutenant acquiesça, regardant avec incrédulité la forme humaine enveloppée de haillons qui gisait à ses pieds. Melton esquissa un sourire amer.

— Il n'a plus l'air bien méchant à présent, n'est-ce pas ? Mais il n'en reste pas moins Jamie le Rouge et Sa Grâce serait ravie de pouvoir offrir à Sa Majesté un prisonnier aussi illustre. Charles-Edouard Stuart n'a pas encore été capturé, mais vous imaginez un peu la joie des Londoniens en voyant défiler quelques-uns de ces fameux jacobites en route pour la Tour de Londres ?

— Dois-je envoyer un message à Sa Grâce ?

Le lieutenant fouillait déjà sa besace en quête d'une plume et d'un papier.

— Non.

Melton se tourna à nouveau vers le prisonnier.

— C'est justement là mon dilemme, poursuivit-il. Outre le fait d'être un gibier de potence, ce scélérat a également capturé mon plus jeune frère près de Preston il y a quelques mois. Au lieu de le tuer, ce qui était son droit puisque ce jeune idiot s'était laissé prendre, il l'a épargné et l'a renvoyé auprès de ses compagnons... contractant ainsi une maudite dette d'honneur auprès de ma famille !

— Juste ciel ! murmura le lieutenant. Cela veut dire que vous ne pouvez pas le livrer à Sa Grâce ?

— Hélas non. Je ne peux même pas l'abattre sans déshonorer mon frère !

Le prisonnier ouvrit un œil.

— Je vous jure que je ne dirai rien si vous m'exécutez, suggéra Jamie.

— Taisez-vous !

Perdant soudain son sang-froid, Melton lança un coup de pied dans les côtes du prisonnier. Celui-ci gémit mais n'ouvrit plus la bouche.

— On pourrait peut-être l'abattre sous un faux nom ? proposa le lieutenant.

Lord Melton lui lança un regard exaspéré puis se tourna vers la fenêtre pour évaluer l'heure.

— Il fera nuit dans trois heures. Je vais m'occuper de la mise en terre des prisonniers exécutés. Allez chercher une carriole et faites-la remplir de foin. Trouvez ensuite un conducteur, quelqu'un de discret, c'est-à-dire quelqu'un à qui vous graisserez généreusement la patte, Wallace. Puis conduisez-le ici dès qu'il fera nuit.

— Oui, major. Et... euh... en attendant, qu'est-ce qu'on fait du prisonnier ?

— Que voulez-vous en faire ? Il est trop faible pour s'enfuir. Il serait même incapable de ramper jusqu'à la porte. Il n'ira nulle part jusqu'à votre retour.

— Vous voulez me mettre dans une carriole ?

Le prisonnier semblait revenir à la vie. Il parvint à se hisser sur un coude, ses yeux injectés de sang lançant des regards inquiets de l'un à l'autre.

— Où m'envoyez-vous ?

Melton se tourna vers lui avec un air mauvais.

— Vous êtes laird de Broch Tuarach, n'est-ce pas ? Alors c'est là qu'on vous envoie.

— Mais je ne veux pas rentrer chez moi ! Je veux qu'on m'abatte !

Le major et son lieutenant échangèrent un regard entendu.

— C'est un fou, commenta Wallace.

Melton hocha la tête et ajouta :

— Vu son état, il ne survivra probablement pas au voyage. Peu importe, au moins, je n'aurai pas sa mort sur la conscience.

Là-dessus, ils sortirent en refermant la porte, laissant Jamie Fraser dans le noir. Seul... et désespérément vivant.

2

La chasse est ouverte

Inverness, 2 mai 1968

— Mais puisque je vous dis qu'il est mort !

Le cri de Claire résonna dans le bureau à demi vide. Elle tremblait d'agitation, debout devant le mur de liège telle une condamnée faisant face à un peloton d'exécution. Son regard allait sans cesse de sa fille à Roger Wakefield.

— Peut-être pas, répondit Roger.

Il était épuisé. Il se frotta les yeux, puis reprit le dossier posé sur le secrétaire. Il contenait le fruit de toutes les recherches effectuées pour le compte de Claire Randall et de sa fille, venues trois semaines plus tôt lui demander son aide.

Il ouvrit le dossier et feuilleta rapidement les différentes rubriques explorées jusque-là : « Jacobites morts à Culloden » ; « Soulèvement de 1745 » ; « Liste des chefs de clan ralliés à la cause du prince Charles-Edouard Stuart ». Elles résumaient tous les détails de la vie et de la mort des fringants guerriers highlanders qui avaient suivi le jeune prétendant aux trônes d'Ecosse, d'Angleterre et d'Irlande, fendant le pays en deux comme une épée rougie au feu avant d'être écrasés par les troupes du duc de Cumberland sur la triste lande de Culloden.

— Tenez ! Voici les rôles du régiment du maître de Lovat.

Il sortit du tas une mince liasse de documents retenus par un trombone. Ils étaient couverts d'une écriture fleurie et désuète dont l'archaïsme contrastait avec le papier grisâtre de la photocopie.

Il les tendit à Claire, mais Brianna fut plus rapide. Elle les saisit et les parcourut rapidement, plissant le front.

— Lisez la première page, l'instruisit Roger. Celle où il est écrit « Officiers ».

— Officiers, lut-elle à voix haute : Simon, maître de Lovat...

— Il s'agit du jeune Simon, interrompit Roger. Le fils du vieux renard. Mais il y a cinq autres noms, n'est-ce pas ?

Brianna lui lança un regard impatient, puis reprit :

— ... William Chisholm Fraser, lieutenant ; George D'Amerd Fraser Shaw, capitaine ; Duncan Joseph Fraser, lieutenant ; Bayard Murray Fraser, major...

Elle marqua une pause et déglutit avant de lire le dernier nom :

— ... James Alexander Malcolm MacKenzie Fraser, capitaine.

Elle abaissa les papiers, le visage pâle.

— Mon père.

Claire, aussi pâle que sa fille, s'approcha d'elle et lui prit le bras.

— Je ne vois pas ce que ça change, dit-elle en se tournant vers Roger. Nous savons déjà qu'il était à Culloden. Quand il m'a laissée à Craigh na Dun, il m'a annoncé qu'il comptait retourner sur le champ de bataille de Culloden pour secourir ceux de ses hommes restés auprès de Charles-Edouard Stuart.

D'un geste du menton, elle indiqua le dossier sur le secrétaire. Sa surface cartonnée paraissait bien innocente par rapport à ce qu'il contenait.

— Vous avez retrouvé leurs noms, soit, mais ça ne veut pas dire que.... Jamie...

Le simple fait de prononcer son nom lui semblait intolérable et elle pinça les lèvres. Cette fois, ce fut à Brianna de venir à son secours.

— Tu nous as dit qu'il avait voulu retourner à Culloden, mettre ses hommes à l'abri en les conduisant loin du champ de bataille, puis revenir se battre.

Claire acquiesça.

— Oui. Il savait que si les Anglais le faisaient prisonnier il avait toutes les chances de finir au bout d'une corde... il préférait mourir au combat, les armes à la main. Une fois qu'il avait une idée en tête, rien ne pouvait l'en faire démordre.

Elle leva les yeux vers Roger, son regard d'ambre semblant transpercer son âme.

— Il est impossible qu'il ait pu y réchapper, dit-elle dans un souffle. Les jacobites qui se sont battus à Culloden y ont presque tous laissé leur peau. Or c'était précisément ce qu'il cherchait, il voulait se faire tuer !

Roger rassembla son courage et soutint son regard. Effectivement, la moitié de l'armée des Highlands avait été anéantie, déchiquetée par les canons et les mousquets. Mais pas Jamie Fraser.

— Vous oubliez ce passage du livre de Linklater que je vous ai lu....

Il saisit le gros volume blanc intitulé *Le Prince des bruyères.*

— *A l'issue de la bataille de Culloden,* lut-il en articulant lentement, *dix-huit officiers jacobites, tous blessés, trouvèrent refuge dans une vieille maison où, pendant deux jours, ils se terrèrent, sans soins, souffrant le martyre. Puis ils furent découverts, traînés dans la cour et exécutés sommairement. L'un d'entre eux, un Fraser du régiment du maître de Lovat, échappa au carnage. Les autres furent enterrés au fond du jardin.* Vous me suivez ? dit-il en reposant son livre. *Un officier, du régiment du maître de Lovat.*

Reprenant les rôles du régiment Lovat des mains de Brianna, il poursuivit :

— Or tous les officiers de Lovat figurent dans cette liste. Ils n'étaient que six. Nous savons que l'homme qui se trouvait dans la vieille maison n'était pas le jeune Simon. Du fait de son importance historique, sa vie est facile à retracer. Il a battu en retraite avant la fin des combats, sans la moindre égratignure soit dit en passant, et a repris la route du nord avec plusieurs de ses hommes. Il s'est réfugié dans le château de Beaufort, pas très loin d'ici.

Il agita une main vers la porte-fenêtre, derrière laquelle on distinguait au loin les lumières d'Inverness.

— L'homme dont il est question dans ce passage ne pouvait pas être non plus un des quatre autres officiers, William, George, Duncan ou Bayard, affirma Roger. Vous vous demandez comment je le sais ?

Il sortit un nouveau document et le brandit avec un sourire triomphal.

— Parce que ces quatre hommes sont effectivement morts à Culloden ! Ils sont tous tombés sur le champ de bataille. J'ai retrouvé leurs noms gravés sur une plaque commémorative dans l'église de Beauly.

Claire laissa échapper un long soupir, puis se laissa tomber dans l'imposant fauteuil pivotant derrière le secrétaire. Fermant les yeux, elle posa les coudes sur la table et se prit la tête entre les mains. Brianna vint se placer derrière elle et lui tapota doucement l'épaule. Dans le halo tamisé de la lampe, sa longue chevelure rousse paraissait incandescente.

— Mais alors, s'il n'est pas mort... commença-t-elle.

— Mais qu'est-ce que vous racontez ! s'énerva Claire. Il *est* mort ! Tout ceci s'est passé il y a deux cents ans ! Qu'il ait été tué à Culloden ou pas, voilà belle lurette qu'il est réduit en poussière !

Surprise par la véhémence de sa mère, Brianna recula d'un pas.

— Oui, tu as raison, murmura-t-elle.

Roger remarqua ses yeux humides et sentit son cœur se serrer. La pauvre enfant ! En l'espace de quelques jours, elle avait appris que celui qu'elle appelait « papa » et qu'elle chérissait depuis toujours n'était pas son vrai père, puisqu'elle était le fruit des amours improbables de sa mère et d'un guerrier highlander disparu depuis deux siècles et, enfin, que ce dernier était mort dans des conditions épouvantables, loin, très loin de la femme et de l'enfant pour lesquels il s'était sacrifié... Elle avait de quoi être retournée.

Il s'approcha d'elle et lui prit la main. Elle le regarda d'un air absent et esquissa un faible sourire. La compassion qu'il ressentait pour elle ne dissipait en rien son émerveillement devant sa beauté, sa grâce et son tempérament à la fois doux et énergique.

Claire était toujours assise derrière le secrétaire, immobile. Elle semblait perdue dans ses souvenirs. Son regard se promena le long du mur en liège du défunt révérend Wakefield, le père adoptif de Roger, toujours couvert de notes et de petits objets.

Suivant son regard, Roger remarqua une invitation à l'assemblée générale annuelle de l'association de la Rose blanche, un groupe enthousiaste d'excentriques qui défendaient encore la cause de l'indépendance de l'Ecosse, se réunissant régulièrement pour rendre un hommage nostalgique à Charles-Edouard Stuart et aux héros des Highlands qui l'avaient suivi.

Il s'éclaircit la gorge.

— Euh... si Jamie Fraser n'est pas mort à Culloden... hésita-t-il.

— ... Alors il est sûrement mort peu après, trancha Claire.

Elle leva des yeux glacials vers Roger.

— Vous n'avez pas idée de ce que c'était, reprit-elle. Le pays était ravagé par la famine. Les Highlanders sont partis pour la dernière bataille le ventre vide, ils n'avaient rien mangé depuis plusieurs jours. Jamie était blessé, ça au moins nous en sommes sûrs. Même s'il a pu s'enfuir, il n'y avait... plus personne pour le soigner.

Sa voix trembla légèrement en prononçant ces dernières paroles. Aujourd'hui, elle était médecin. Vingt ans plus tôt, lorsqu'elle avait traversé le menhir fendu pour rencontrer son destin en la personne de James Alexander Malcolm MacKenzie Fraser, elle était déjà infirmière.

Roger savait déjà tout cela. Cette femme qui se tenait devant lui, si calme et si maîtresse d'elle-même, avait voyagé à travers le temps, elle avait été poursuivie par des soldats anglais, soupçonnée d'espionnage par les chefs de clan écossais, condamnée pour sorcellerie par les juges de l'Eglise. Arrachée par un invraisemblable concours de circonstances à son premier mari, Frank Randall, elle avait été renvoyée dans son époque trois ans plus tard par son second mari, James Fraser, dans un effort désespéré pour la sauver ainsi que leur enfant à naître du désastre sur le point de l'engloutir.

Elle en avait sans doute déjà assez vu. Mais Roger était historien et son insatiable et amorale curiosité était plus forte que sa compassion. Plus encore, il était sous le charme du troisième personnage de cette tragédie familiale dans laquelle il se trouvait désormais impliqué, Jamie Fraser.

— S'il n'est pas mort à Culloden, répéta-t-il plus fermement cette fois, je peux toujours essayer de découvrir ce qui lui est arrivé. Qu'est-ce que vous en dites ?

Il attendit, le cœur battant. Le souffle chaud de Brianna à ses côtés lui caressait la joue.

Le destin de Jamie Fraser avait un début... et une fin. Roger sentait confusément qu'il était de son devoir de découvrir la vérité. Il le devait à ces deux femmes. Pour Brianna, tout ce qu'elle apprendrait sur son vrai père serait sans doute tout ce qu'elle hériterait jamais de lui. Quant à Claire... Derrière la question qu'il venait de lui poser se cachait une éventualité dont elle ne semblait pas encore avoir pris conscience : elle avait déjà par deux fois franchi le gouffre du temps. Si Jamie Fraser n'était pas mort à Culloden, aurait-elle le courage de tenter l'aventure à nouveau ?

Il vit une lueur étrange poindre au fond de ses yeux d'ambre, comme si elle venait de lire dans ses pensées. Son teint déjà pâle devint aussi livide que le manche en ivoire du coupe-papier qu'elle tripotait nerveusement. Elle attendit un long moment avant de répondre. Elle lança un bref regard inquiet à Brianna, puis se tourna à nouveau vers lui.

— Oui, dit-elle enfin d'une voix si faible qu'il dut tendre l'oreille. Oui, découvrez-le pour moi. S'il vous plaît. Je dois savoir.

3

Confessions à un mari trompé

Inverness, 9 mai 1968

Le pont sur le Ness était noir de monde, les habitants d'Inverness hâtant le pas pour rentrer chez eux avant l'heure du thé. Roger marchait devant moi, ses larges épaules offrant un rempart efficace contre la bousculade autour de nous.

Je serrais les livres contre mon sein, tentant de calmer les battements précipités de mon cœur. La tête me tournait à force de réfléchir aux implications des recherches dans lesquelles nous nous étions lancés. Je n'aurais su dire laquelle des deux éventualités me faisait le plus peur : découvrir que Jamie était mort à Culloden, ou apprendre qu'il y avait survécu.

Les larges lattes du pont sonnaient creux sous mes talons. Les livres me paraissaient de plus en plus lourds et je ne cessais de basculer ma charge de droite à gauche pour soulager la tension dans mes épaules.

— Hé, regardez où vous allez ! s'écria Roger.

Il me tira brusquement de côté, juste à temps pour éviter un ouvrier qui fonçait tête baissée sur sa bicyclette, manquant de m'écraser contre le garde-fou du pont.

— Désolé ! cria-t-il un peu tard en agitant une main.

Il disparut en zigzaguant entre deux groupes d'écoliers en route vers leur goûter. Je tendis le cou pour voir si j'apercevais le presbytère au loin. Nous étions presque arrivés.

Roger et moi avions passé l'après-midi à la bibliothèque du centre des Monuments et Sites historiques. Brianna, elle, était partie au bureau du recensement des clans highlanders afin de prendre des copies d'une série de documents que Roger avait commandées.

— C'est vraiment gentil à vous de vous donner autant de mal, Roger, lançai-je en haussant la voix pour me faire entendre pardessus le vacarme qui régnait sur le pont.

— Mais non ! protesta-t-il. C'est pure curiosité de ma part.

Vous connaissez les historiens : mettez-les sur une piste et ils ne peuvent plus la lâcher.

Effectivement, je connaissais les historiens pour avoir vécu vingt ans auprès de l'un d'entre eux. Frank non plus n'avait pas pu lâcher la piste que je lui avais indiquée, mais sans jamais avoir l'envie de résoudre le mystère. Deux ans s'étaient écoulés depuis sa mort. A présent, c'était notre tour, à Brianna et à moi.

— Vous avez eu des nouvelles du professeur Linklater ? demandai-je.

Nous venions de quitter le pont. Bien qu'il fût tard dans l'après-midi, le soleil était encore haut dans le ciel. Il diffusait une lumière rosée à travers le feuillage des tilleuls qui bordaient les quais, projetant un treillis d'ombres ciselées sur les eaux grises du Ness.

Roger fit non de la tête, plissant les yeux pour se protéger du vent.

— Cela ne fait qu'une semaine que je lui ai écrit. Ne vous inquiétez pas, si je n'ai toujours pas de ses nouvelles lundi prochain, je lui passerai un coup de fil.

Il m'adressa un sourire malicieux.

— Il ne faut surtout pas bousculer les vieux chercheurs, expliqua-t-il. Je lui ai écrit que je faisais des recherches sur plusieurs officiers jacobites et que j'avais été très inspiré par son passionnant ouvrage. Puis je lui ai demandé s'il existait une liste des jacobites qui s'étaient retrouvés dans la vieille maison de Leanach juste après la bataille de Culloden, s'il possédait des informations sur le seul survivant des exécutions, et si, le cas échéant, il aurait l'amabilité de me les communiquer ainsi que les références de ses sources.

Je changeai une énième fois les livres de côté.

— Vous connaissez Linklater ? demandai-je.

— Non. Mais j'ai rédigé ma lettre sur du papier à en-tête de Balliol College et j'ai fait une allusion très diplomatique à mon ancien directeur de recherche, M. Cheesewright, qui, lui, le connaît bien.

Roger me lança un clin d'œil et je pouffai de rire.

Ses beaux yeux verts pétillaient, contrastant avec son teint olivâtre. Il pouvait toujours prétendre qu'il n'était motivé que par sa curiosité d'historien, je savais bien qu'il était animé par autre chose de plus profond, cette chose s'appelant Brianna. Je savais également que celle-ci était loin d'être indifférente à son charme. Mais s'en rendait-il seulement compte ?

De retour dans le bureau du révérend, je laissai tomber mon fardeau de bouquins sur la table et m'effondrai dans la bergère près de la cheminée pendant que Roger allait nous chercher de la limonade à la cuisine.

Je repris peu à peu mon souffle tout en buvant à petites gorgées la boisson aigre et sucrée. Mon cœur, lui, battait toujours aussi vite. Je lançai un regard angoissé vers l'impressionnante pile de livres que nous avions rapportés. Le sort de Jamie était-il inscrit quelque part en ces pages ? Et si oui... mes paumes en devinrent moites et je manquai de m'étrangler. « On se calme, me sermonnai-je. Attendons d'abord de voir ce que nous allons trouver. »

Roger parcourait les étagères de la bibliothèque, cherchant d'autres documents qui pourraient nous servir. Excellent historien amateur, le révérend Wakefield avait également été un incorrigible ramasse-tout : lettres, journaux, pamphlets, tracts, livres anciens et modernes, tous étaient écrasés les uns contre les autres ou entassés pêle-mêle sur les rayonnages.

Roger hésita puis saisit une pile de livres posés sur un guéridon. C'étaient les ouvrages de Frank, un remarquable travail de recherche à en croire les éloges dithyrambiques des jaquettes.

— Vous avez lu celui-ci ? demanda-t-il en me montrant un volume intitulé *Les Jacobites*.

— Non.

Je m'éclaircis la gorge avant de répéter :

— Non. Je n'en ai jamais eu le courage.

Après mon retour, j'avais obstinément fui tout ce qui avait trait au passé des Highlands, une attitude compliquée par le fait que le XVIIIe siècle écossais était l'une des spécialités de Frank. Obligée de vivre désormais sans Jamie, j'avais soigneusement évité tout ce qui aurait pu me faire penser à lui. C'était absurde de ma part, car rien ne pouvait me l'ôter de l'esprit, surtout avec la présence de Brianna qui me le rappelait quotidiennement. Néanmoins, pour ne pas retourner le couteau dans la plaie, j'avais toujours refusé de lire quoi que ce soit traitant de Bonnie Prince Charlie, ce jeune homme à la futilité catastrophique, et de ses partisans.

— Je vois, dit Roger. Je pensais que vous sauriez peut-être s'il y avait quelque chose dans ce livre qui pourrait nous être utile...

Il hésita, rougissant à vue d'œil.

— Est-ce que... euh... votre mari... je veux dire Frank... est-ce que vous lui avez raconté... euh... ?

Il était trop embarrassé pour achever sa question.

— Naturellement ! m'indignai-je. Qu'est-ce que vous croyez ? Qu'après trois ans d'absence inexpliquée, j'ai fait irruption dans son bureau et que je lui ai demandé : « Chéri, qu'est-ce qu'il y a pour le dîner » ?

— Non, bien sûr que non ! se hâta-t-il de répondre.

Il détourna les yeux, regardant par la fenêtre d'un air contrit. J'eus honte de m'être laissé emporter et tentai de me racheter.

— Excusez-moi, Roger. Votre question était tout à fait pertinente. C'est juste que... c'est un sujet encore un peu douloureux.

J'étais à la fois surprise et affligée de découvrir que la plaie était encore vive à ce point. Je reposai mon verre sur la table. Si notre mission prenait une telle tournure, il allait me falloir quelque chose de plus fort que cette limonade.

— Oui, dis-je enfin. Je lui ai tout raconté. Je lui ai parlé des menhirs, de Jamie... de tout.

Roger resta silencieux un moment. Il retourna le livre entre ses mains et contempla la photographie au dos de la couverture, où le beau visage fin et brun de Frank souriait à la postérité.

— Il vous a crue ? demanda-t-il sans me regarder.

— Non. Du moins pas tout de suite. Il a d'abord pensé que j'étais devenue folle, il m'a même obligée à consulter un psychiatre.

Je laissai échapper un petit rire nerveux, puis serrai les dents en repassant dans ma tête ce souvenir amer.

— Et après ? insista-t-il.

Il avait retrouvé un teint normal et ses yeux brillaient de curiosité.

— ... Il a fini par vous croire ?

Je fermai les yeux.

— Je ne sais pas. Je ne l'ai jamais su.

Un parfum étrange flottait dans les couloirs du petit hôpital d'Inverness, comme un mélange de désinfectant au phénol et d'amidon.

Incapable de réfléchir de manière cohérente, je refoulai de mon mieux toutes les sensations qui m'envahissaient. Ce retour au bercail était mille fois plus terrifiant que mon séjour dans le passé. Là-bas, j'avais été protégée, d'abord par le fait que je ne comprenais pas ce qui m'arrivait, ensuite parce que j'avais vécu avec l'espoir constant de pouvoir rebrousser chemin. Cette fois, je ne savais que trop où j'étais et qu'il n'y avait pas d'échappatoire. Jamie était mort.

Médecins et infirmières s'efforçaient de me parler gentiment, de me nourrir et de me faire boire, mais il n'y avait plus rien d'autre en moi que terreur et chagrin. A force de m'interroger, ils avaient réussi à m'arracher mon nom, mais pas un mot de plus.

Je restais allongée sur les draps blancs, les yeux fermés, les mains croisées sur mon ventre comme pour le protéger. Je revoyais en pensée encore et encore les dernières images qui s'étaient imprimées sur ma rétine avant de traverser le grand menhir : la pluie tombant sur la lande, le visage de Jamie. J'étais terrifiée à l'idée que, si je regardais à présent autour de moi, ces souvenirs s'effaceraient à jamais, laissant la place aux silhouettes des infirmières ou au vase de fleurs sur ma table de chevet. Je pressai les doigts contre la base de mon pouce, trouvant un étrange réconfort à pal-

per la petite cicatrice en forme de « J ». Jamie l'y avait laissée à ma demande, la dernière fois qu'il avait posé les mains sur ma chair.

Je restai ainsi prostrée pendant de longues journées. Je rêvais parfois, revivant les dernières heures du soulèvement jacobite ; revoyant le soldat mort dans les bois, reposant pour l'éternité sous un manteau de champignons bleu vif ; Dougal MacKenzie agonisant dans le grenier de Culloden House ; les Highlanders vêtus de haillons, dormant dans les tranchées boueuses, leur dernier sommeil avant le massacre.

Je me réveillais en criant ou en gémissant, arrachée à mes rêves par un parfum âcre de désinfectant et un brouhaha de paroles qui se voulaient réconfortantes mais que je ne pouvais comprendre, étourdie comme je l'étais par les hurlements de ma mémoire, pour me rendormir presque aussitôt, les poings serrés.

Puis un jour, j'ouvris les yeux et Frank était là. Il se tenait sur le seuil de la chambre, lissant ses cheveux bruns en arrière, l'air hésitant.

Je m'enfonçai dans mon oreiller, le dévisageant longuement, incapable de parler. Il ressemblait tant à ses ancêtres, Jack et Alex Randall, avec leurs traits fins et nobles, leur port altier, leurs cheveux noirs et raides... Mais il y avait quelque chose de différent chez Frank, quelque chose que je n'arrivais pas à définir. Ses traits tirés n'exprimaient ni l'angoisse sourde ni la violence. Ils n'avaient ni la spiritualité exaltée d'Alex ni la glaciale arrogance de Jonathan. Son visage respirait l'intelligence et la lassitude. Il était également mal rasé et avait des poches sous les yeux. Il avait sans doute conduit toute la nuit pour arriver jusqu'à moi.

— Claire ?

Il s'approcha lentement du lit, m'observant d'un air incrédule.

Je hochai faiblement la tête et lui répondis d'une voix cassée :

— Bonjour, Frank.

Il s'assit sur le bord du lit et me prit une main, que je laissai pendre mollement dans la sienne.

— Tu... tu vas bien ? dit-il après une longue minute de silence.

— Je suis enceinte.

Dans mon esprit confus, cela me paraissait primordial. Je n'avais pas encore réfléchi à ce que je lui dirais si je le revoyais un jour, mais, dès que je l'avais aperçu sur le pas de la porte, tout était devenu clair. Je devais lui annoncer que j'étais enceinte. Il repartirait alors et me laisserait de nouveau seule avec le souvenir de Jamie et la sensation encore brûlante de sa paume contre la mienne.

Ses traits se contractèrent légèrement mais il ne lâcha pas ma main.

— Je sais, se contenta-t-il de dire. Ils m'ont déjà prévenu.

Il prit une profonde inspiration avant de poursuivre :

— Claire, que t'est-il arrivé ?

Je tentai tant bien que mal de rassembler mes pensées. Je n'avais aucune envie d'en parler, mais je lui devais une explication. Non pas que je ressentisse de la culpabilité, pas encore, mais plutôt une notion de devoir. Cet homme avait été mon mari.

— Je... j'ai rencontré un homme, je l'ai épousé, je l'ai aimé.

Devant son expression ahurie, j'ajoutai :

— Je suis désolée. Je n'ai pas pu l'empêcher.

Il resta pris de court. Il ouvrit grand la bouche, puis la referma. Sa main se resserra convulsivement sur la mienne, me faisant grimacer de douleur. Je la retirai vivement.

— Que... que veux-tu dire ? balbutia-t-il d'une voix de fausset. Où étais-tu pendant tout ce temps, Claire ?

Il se releva, me surplombant.

— Tu te souviens de la dernière fois que nous nous sommes vus ? demandai-je. Je partais pour Craigh na Dun, le cromlech au sommet de la colline aux fées.

— Oui, et alors ?

La colère et le doute se bousculaient dans son regard.

— Eh bien... dis-je en humectant mes lèvres, je suis passée à travers une brèche dans le menhir principal et je me suis retrouvée en 1743.

— Ne plaisante pas avec moi, Claire !

— Parce que tu crois que j'essaie d'être drôle ?

L'idée me parut si absurde que je me mis à rire malgré moi, sans trop savoir pourquoi.

— Arrête !

Mon fou rire cessa aussitôt. Deux infirmières apparurent sur le pas de la porte comme par enchantement. Elles faisaient sans doute le guet dans le couloir. Frank se pencha sur moi et me saisit le bras.

— Ecoute-moi bien, Claire, siffla-t-il entre ses dents. J'exige que tu me dises où tu étais et ce que tu as fait !

— Mais c'est ce que je suis en train de faire ! Lâche-moi ! m'écriai-je en tentant de me dégager. Je viens de te le dire : j'ai traversé le menhir et j'ai atterri deux cents ans plus tôt. Puis j'ai rencontré ce salaud de Jack Randall, ton ancêtre !

Frank tressaillit.

— Qui ?

— Jack Randall. Une belle ordure, oui ! un sale pervers !

Frank n'en revenait pas, pas plus que les deux infirmières derrière lui. J'entendis un bruit de pas précipités dans le couloir accompagné de murmures étouffés.

— J'ai dû épouser Jamie pour échapper à Jack, puis... il faut dire qu'on ne lui avait pas demandé son avis, à Jamie... puis je me suis mise à l'aimer. C'était plus fort que moi. Je serais restée avec lui si je l'avais pu, mais c'est lui qui m'a renvoyée à cause de Culloden et du bébé et...

Je m'interrompis quelques instants en voyant un médecin jouer des coudes entre les deux infirmières pour parvenir jusqu'à mon lit.

— Frank, repris-je. Je ne sais pas comment te dire... Je n'ai pas voulu que ça se passe ainsi. J'ai tout fait pour revenir, je te le jure ! mais je n'ai pas pu. A présent, il est trop tard.

Les larmes commençaient à s'accumuler au coin de mes yeux et à rouler le long de mes joues. Je pleurais pour Jamie, pour moi-même et pour l'enfant que je portais... mais aussi un peu pour Frank. Je reniflai et déglutis, essayant de me reprendre, et me redressai sur mon lit.

— Ecoute, repris-je entre deux hoquets. Je comprends très bien que tu ne veuilles plus jamais entendre parler de moi. Je ne t'en veux absolument pas. Alors, va-t'en. Allez, pars !

Son expression avait changé, passant de la colère contenue à la perplexité. Il se rassit sur le bord du lit, ne semblant pas avoir remarqué le médecin en train de prendre mon pouls. Je fus soudain envahie par une panique absurde, me sentant prise au piège entre ces deux hommes. Je m'efforçai de me calmer et de maîtriser le débit de mes paroles.

— James Alexander Malcolm MacKenzie Fraser, articulai-je lentement, tout comme Jamie lorsqu'il s'était présenté à moi la première fois, le jour de notre mariage.

Ce souvenir fit resurgir les larmes et je m'essuyai les yeux contre mes épaules, ayant les deux mains prises.

— ... C'était un Highlander. Il a été t-t-tué à Culloden.

Ce fut inutile, les sanglots reprirent de plus belle. Les larmes ne soulageaient en rien ma peine, constituant uniquement une réponse-réflexe à l'insoutenable douleur qui me tenaillait. Je me penchai en avant, me recroquevillant autour du minuscule embryon de vie dans mon ventre, tout ce qui me restait désormais de Jamie Fraser.

Frank et le médecin échangèrent un regard déconcerté dont je fus à peine consciente. Naturellement, pour eux, Culloden évoquait un passé lointain. Pour moi, cela s'était déroulé deux jours plus tôt.

— Nous devrions peut-être laisser Mme Randall se reposer un peu, proposa le médecin. Je crois qu'elle en a grandement besoin.

Frank lui lança un regard surpris.

— Je ne vous le fais pas dire, docteur, lâcha-t-il d'un ton sec. Mais il faut pourtant que je sache... qu'est-ce que c'est que ça, Claire ?

En caressant ma main, il venait de découvrir l'alliance que Jamie m'avait offerte le jour de nos noces : un large anneau d'argent orné d'un entrelacs dans les boucles duquel étaient ciselés de petits chardons stylisés.

— Non ! m'écriai-je en croyant qu'il voulait me l'enlever.

Je lui arrachai ma main et la serrai contre mon sein, la protégeant de ma main droite qui, elle, portait l'alliance en or de Frank.

— Non ! répétai-je. Tu n'as pas le droit de la toucher ! Je te l'interdis, elle est à moi !

— Voyons, Claire, laisse-moi voir...

Entre-temps, le médecin avait contourné le lit pour s'approcher de Frank. Il se pencha vers lui et lui marmonna quelque chose à l'oreille dont je crus comprendre quelques bribes : « Evitez de la contrarier pour le moment... le choc, vous comprenez... » Frank se leva à contrecœur et fut diplomatiquement poussé vers la porte par le médecin, qui fit un léger signe de tête aux deux infirmières en passant.

Encore secouée par les vagues de chagrin, je sentis à peine la morsure de la seringue. J'entendis à peine les dernières paroles de Frank avant qu'il ne sorte de la chambre :

— D'accord, Claire... mais je saurai la vérité tôt ou tard !

Enfin, des ténèbres apaisantes m'engloutirent et je sombrai dans un long, très long sommeil sans rêves.

Roger inclina la carafe et remplit le verre à moitié. Puis il le tendit à Claire avec un petit sourire.

— La grand-mère de Fiona disait sans cesse : « Bois donc du whisky, c'est bon pour c'que t'as. »

— J'ai connu des remèdes plus désagréables.

Claire prit le verre en lui retournant son sourire.

Roger se servit à son tour puis vint s'asseoir à son côté.

— J'ai tout fait pour le dissuader de rester, vous savez, dit-elle brusquement. Je veux parler de Frank. Je lui ai dit qu'entre nous, plus rien ne serait jamais comme avant, qu'il me croie ou non. Je lui ai proposé de divorcer. Je voulais qu'il parte et qu'il m'oublie... qu'il reprenne la nouvelle vie qu'il avait entrepris de reconstruire après ma disparition.

— Mais il n'a rien voulu entendre, déduisit Roger.

Le soleil s'était pratiquement couché et il commençait à faire frais dans la pièce. Il se pencha en avant et actionna l'interrupteur du vieux radiateur électrique caché dans la cheminée.

— Pourquoi ? reprit-il. Parce que vous étiez enceinte ?

Elle sursauta, ne s'étant pas attendue à une question aussi directe, puis sourit.

— Oui, je pense que c'était ça. Il m'a annoncé que seule une ordure abandonnerait une femme enceinte sans ressources. Surtout une femme qui n'a plus tout à fait sa tête. En fait, je n'étais pas complètement démunie. Mon oncle Lamb m'avait laissé un peu d'argent. Mais Frank n'était pas une ordure non plus.

Son regard se posa sur les étagères. Les ouvrages de son mari y étaient rangés, côte à côte.

— C'était un homme d'une grande intégrité, dit-elle doucement. Et puis... je crois qu'il savait, ou qu'il se doutait, qu'il ne pourrait jamais avoir d'enfants. Un coup dur pour un homme passionné par l'histoire et la généalogie. Il était un peu obsédé par les questions de descendance, vous voyez...

— Oui, je comprends, fit Roger. Mais... quand même, ce ne devait pas être évident pour lui... après tout, c'était l'enfant d'un autre homme.

— Oh, il a eu du mal à s'y faire. Mais comme il ne croyait pas, ou ne pouvait pas croire, ce que je lui racontais au sujet de Jamie, c'était comme si l'enfant était de père inconnu. Il a fini par se convaincre que j'ignorais aussi l'identité de l'homme qui m'avait mise enceinte et que j'avais inventé cette histoire de toutes pièces à la suite d'un grave traumatisme psychologique. Tant que personne ne connaissait l'identité du père biologique de Brianna, personne ne pouvait affirmer que l'enfant n'était pas de lui. Ce n'était pas moi qui allais le contredire.

Elle prit une longue gorgée de whisky qui lui fit monter les larmes aux yeux et les essuya avant d'achever :

— Pour être sûr que personne ne viendrait la réclamer, il m'a emmenée à l'étranger. A Boston. On venait de lui offrir un poste là-bas, où personne ne nous connaissait. C'est là que Brianna est née.

Un braillement insistant me réveilla en sursaut. Je m'étais recouchée à six heures trente du matin, après m'être levée cinq fois dans la nuit pour vérifier si le bébé allait bien. J'entrouvris des yeux brumeux. Le réveil marquait sept heures. Une voix gaie et un bruit d'eau résonnaient dans la salle de bains. C'était Frank qui chantait Rule Britannia *sous la douche.*

Je restai couchée, épuisée, me demandant si j'aurais la force de supporter les cris du bébé en attendant que Frank sorte de la douche et m'apporte Brianna. Comme si elle avait lu dans mes pensées, celle-ci augmenta le volume de ses cris de plusieurs décibels, les ponctuant de longues inspirations d'une sonorité alarmante. Je rejetai les couvertures et bondis hors du lit, propulsée par le même genre de panique qui m'avait animée lors des raids aériens sur Londres pendant la guerre.

Je chancelai le long du couloir glacé jusqu'à la chambre d'enfant, où Brianna, âgée de trois mois, vociférait à tue-tête, couchée sur le dos, le visage rougi par l'effort. Exténuée par le manque de sommeil, je ne me souvins pas tout de suite que je l'avais laissée sur le ventre quelques heures plus tôt.

— Ma chérie ! m'émerveillai-je soudain. Tu t'es retournée toute seule !

Affolée par sa propre audace, Brianna agita ses petits poings et hurla de plus belle.

Je la soulevai, et lui tapotai le dos, murmurant au sommet de son crâne duveteux :

— Oh, ma petite chérie ! Tu es si maligne !

— Que se passe-t-il ? Que se passe-t-il ?

Frank venait d'émerger de la salle de bains, se séchant les cheveux, une serviette nouée autour de la taille.

— Il lui est arrivé quelque chose ?

Il s'approcha, l'air inquiet. Tout au long de ma grossesse, nous avions gardé nos distances, Frank se montrant irritable et moi terrifiée à l'idée de ce qui se passerait entre nous lorsque l'enfant de Jamie Fraser paraîtrait. Mais dès que l'infirmière lui avait déposé le bébé dans les bras en disant « Voici la petite merveille à son papa », son expression était passée de la méfiance à l'émerveillement. Une semaine plus tard, Brianna lui appartenait corps et âme.

Je me tournai vers lui en souriant :

— Elle s'est retournée ! Sans l'aide de personne !

— Vraiment ?

Ses traits s'illuminèrent.

— Ce n'est pas un peu tôt ?

— Si. Le docteur Spock a dit qu'elle ne serait pas capable de le faire avant un mois encore, au moins !

— Qu'est-ce qu'il en sait, ce docteur Spock ? Viens là, ma beauté. Donne un bisou à papa qui est si fier de sa petite chérie.

Il souleva le petit corps emmitouflé dans sa grenouillère rose et déposa un baiser sur le bourgeon de son nez. Brianna éternua, ce qui nous fit éclater de rire.

Je m'arrêtai subitement, m'apercevant que c'était la première fois que je riais depuis près d'un an. Plus encore, c'était la première fois que j'étais détendue en présence de Frank.

Il dut s'en rendre compte. Son regard croisa le mien au-dessus du crâne de Brianna. Ses yeux noisette étaient emplis d'une grande tendresse. J'esquissai un sourire, les lèvres légèrement tremblantes, soudain consciente qu'il était pratiquement nu, ses épaules dégoulinantes d'eau et son torse luisant à la lumière.

Une odeur de brûlé nous parvint presque simultanément, nous arrachant brutalement à cette charmante scène de famille.

— Le café !

Me fourrant Brianna dans les mains, il se précipita vers la cuisine, laissant tomber sa serviette à mes pieds. La vue de ses fesses nues et blanches me fit sourire. Je le suivis d'un pas plus lent, berçant Brianna contre moi.

Il se tenait devant l'évier, enveloppé dans un nuage de vapeur grise qui s'élevait de la cafetière carbonisée.

— Tu veux du thé, peut-être ? proposai-je.

Je calai Brianna sur ma hanche et fouillai de ma main libre dans un placard.

— J'ai bien peur qu'il n'y ait plus d'orange pekoe, je ne trouve que des sachets de Lipton.

Frank fit la grimace. Anglais jusqu'à la moelle, il aurait préféré boire l'eau de la cuvette des W.-C. plutôt que du thé en sachet. Ce dernier avait été laissé par Mme Grosman, la femme de ménage, qui estimait que les feuilles de thé faisaient trop de saletés.

— Tant pis, grogna-t-il. Je m'arrêterai quelque part sur le chemin de la fac pour prendre un café. Oh, à propos, n'oublie pas que nous avons le recteur et sa femme à dîner ce soir. Mme Hinchcliffe apportera un cadeau pour Brianna.

— Ah, c'est vrai ! dis-je sans enthousiasme.

J'avais déjà rencontré les Hinchcliffe et n'étais pas pressée de renouveler l'expérience. Réprimant un soupir, je passai le bébé sur l'autre hanche et cherchai un stylo dans un des tiroirs afin de rédiger une liste de courses.

Brianna enfouit son nez dans le décolleté de ma robe de chambre en émettant des petits bruits voraces.

— Ne me dis pas que tu as encore faim ! m'exclamai-je. Je t'ai nourrie il n'y a pas deux heures.

Mes mamelons commençaient à s'humidifier en réaction à ses sollicitations et je m'assis pour dégrafer le haut de ma chemise de nuit.

— D'après Mme Hinchcliffe, il ne faut pas nourrir l'enfant chaque fois qu'il le demande, observa Frank. Il devient pourri gâté si on ne respecte pas un horaire strict.

Ce n'était pas la première fois que j'entendais l'opinion de Mme Hinchcliffe sur la meilleure façon d'élever un enfant.

— Dans ce cas, elle sera pourrie gâtée, n'est-ce pas ? rétorquai-je sans le regarder.

La petite bouche rose se referma sur mon sein et se mit à téter avec appétit. Mme Hinchcliffe m'avait également déjà fait remarquer que l'allaitement était à la fois vulgaire et peu hygiénique. Personnellement, ayant vu bon nombre de bébés du XVIIIe siècle téter joyeusement leur mère, je n'étais pas de cet avis.

Frank poussa un soupir résigné mais se garda de faire d'autres commentaires. Il reposa la cafetière et se tourna vers le couloir.

— Je serai à la maison vers six heures. Tu veux que je te rapporte quelque chose pour ce soir ? Ça t'évitera d'avoir à sortir.

Je lui souris.

— Non merci, je me débrouillerai.

Il hésita un moment tandis que je calais Brianna plus confortablement sur mes genoux, sa nuque reposant dans le creux de mon bras. Quand je relevai la tête, je le vis qui m'observait attentivement, les yeux fixés sur mon sein dénudé.

Je laissai mon regard glisser plus bas et constatai que ce spectacle ne lui était pas indifférent. Je penchai aussitôt la tête vers le bébé pour cacher mon embarras.

— Au revoir, lui dis-je sans relever la tête.

Il se tint immobile un instant, puis se pencha vers moi et déposa un baiser sur ma joue. Son corps nu si près de moi dégageait une chaleur troublante.

— A plus tard, Claire, murmura-t-il.

Il ne revint dans la cuisine qu'une fois sur le point de partir. Entre-temps, j'avais fini de nourrir Brianna et remis un semblant d'ordre dans mes émotions.

Je n'avais pas vu Frank nu depuis mon retour. Il s'habillait toujours dans la salle de bains ou dans le dressing. Il n'avait pas non plus cherché à m'embrasser avant le baiser pudique de ce matin. Mon obstétricien ayant qualifié ma grossesse de « délicate », il n'avait pas été question pour lui de partager mon lit, même si j'y avais été disposée, ce qui n'avait pas été le cas.

J'aurais dû voir venir ce qui venait de se passer. Les premiers temps, absorbée par ma douleur puis par la torpeur de la grossesse, j'avais écarté de mon esprit toute considération n'ayant pas directement trait à mon gros ventre. Après la naissance de Brianna, j'avais vécu de tétée en tétée, ne connaissant que de brefs moments de paix où j'évitais soigneusement de penser, me contentant de puiser un réconfort physique dans le contact chaud et sensuel de mon enfant contre ma peau.

Frank dorlotait lui aussi Brianna. Il jouait souvent avec elle et s'endormait dans son grand fauteuil, le bébé couché sur son ventre, la petite joue rebondie écrasée contre son torse, tous les deux ronflant à l'unisson. Mais Frank et moi évitions toutefois de nous toucher ou d'aborder tout sujet qui ne soit directement lié à l'organisation de notre vie familiale et à l'enfant.

Brianna était notre seul point de convergence, un point où nous nous rejoignions tout en conservant une distance prudente. Apparemment, Frank ne s'en satisfaisait plus.

Je pouvais accéder à ses désirs, physiquement du moins. Une semaine plus tôt, j'étais allée consulter mon gynécologue pour un bilan de santé. Après un petit clin d'œil et une tape sur les fesses, il m'avait assuré que je pouvais reprendre des « relations » avec mon époux quand je le voudrais.

Je savais que Frank n'avait pas été chaste et pur depuis ma disparition. A l'approche de la quarantaine, il était toujours mince et musclé. Avec ses cheveux bruns et ses traits racés, c'était un homme très séduisant. Lors des cocktails, les femmes se pressaient autour de lui comme des abeilles autour d'un pot de miel, émettant des petits gloussements d'excitation.

J'avais notamment remarqué une jolie brune lors d'une soirée donnée par le département d'histoire. Elle se tenait dans un coin, buvant plus que de raison et observant Frank d'un œil langoureux.

Plus tard dans la soirée, en larmes et passablement éméchée, elle avait dû être raccompagnée chez elle par deux amies, qui avaient lancé tour à tour des regards réprobateurs vers Frank puis vers moi qui me tenais à ses côtés, dans ma robe de femme enceinte.

Cependant, il avait été discret. Il rentrait toujours à la maison le soir et prenait soin de n'avoir jamais de rouge à lèvres sur ses cols. A présent, il voulait reprendre sa place. Il était en droit de l'exiger. Après tout, n'étais-je pas tenue moi aussi au devoir conjugal ?

Il y avait toutefois un hic. Ce n'était pas Frank que j'appelais au plus profond de mon sommeil. Ce n'était pas son corps lisse et svelte qui hantait mes rêves en me réveillant en sursaut, moite et pantelante, le cœur battant au souvenir vague d'un corps viril contre le mien. C'était le corps d'un fantôme.

— Jamie, murmurais-je, Oh, Jamie.

Au petit matin, je retrouvais mes larmes, prisonnières du fin duvet de Brianna, formant une constellation de petites perles et de diamants épars.

La journée fut infernale de bout en bout. Brianna avait un érythème fessier dû à ses couches, ce qui la rendait irritable. Toutes les quinze minutes, je devais me précipiter toutes affaires cessantes pour la prendre dans mes bras. Quand elle ne tétait pas, elle hurlait, s'interrompant de temps à autre pour vomir, laissant des traces poisseuses sur mes vêtements. Je changeai trois fois de chemisier avant onze heures du matin.

Mon soutien-gorge d'allaitement, un engin de torture à ouverture frontale, était froid et m'irritait la peau. Vers midi, alors que je m'efforçais de faire le ménage d'une main tout en portant Brianna calée sur ma hanche, tâche on ne peut plus malaisée, j'entendis un bruit étrange sous le plancher et le chauffage s'arrêta.

— Non, ça ne peut pas attendre la semaine prochaine, expliquai-je par téléphone au réparateur.

Je lançai un regard par la fenêtre. La brume glaciale de février menaçait de filtrer sous la porte et de nous congeler sur place.

— Il fait huit degrés dans la maison et j'ai un bébé de trois mois !

Le bébé en question était assis dans son siège, emmitouflé sous les couvertures, hurlant comme un chat échaudé. Agacée par les tergiversations de mon interlocuteur, j'approchai le combiné à quelques centimètres de la bouche beuglante de l'enfant pendant quelques secondes.

— Vous saisissez le problème ? dis-je en reprenant le téléphone.

— D'accord, madame, fit une voix résignée à l'autre bout du fil. Je passerai chez vous cet après-midi, entre midi et six heures.

— Entre midi et six heures ? Vous ne pouvez pas être un peu plus précis ? C'est qu'il faut que je sorte faire des courses, protestai-je.

— Vous n'êtes pas la seule à avoir des ennuis de chaudière, madame, lâcha-t-il avant de raccrocher.

Je jetai un coup d'œil à la pendule : onze heures et demie. Impossible de faire les courses en une demi-heure. Aller au supermarché avec un bébé revenait à se lancer dans une expédition de quatre-vingt-dix minutes minimum dans les recoins les plus sombres de la jungle de Bornéo, nécessitant un attirail conséquent et une très grande dépense d'énergie.

Serrant les dents, j'appelai le supermarché de luxe qui livrait à domicile, passai ma commande, puis repris Brianna dans mes bras. Entre-temps, celle-ci avait viré au rouge aubergine et dégageait une odeur fortement nauséabonde.

— Ouïe ouïe ouïe ! ça m'a l'air bien douloureux, ma chérie. Tu te sentiras mieux quand ce sera nettoyé, n'est-ce pas ?

Je lui parlais doucement tout en essuyant la diarrhée verdâtre de son petit derrière rouge vif. Elle arqua les reins, cherchant à fuir la serviette humide, et ses cris redoublèrent. Je lui passai une couche de vaseline avant de lui mettre des langes propres. La fourgonnette du change de langes ne passerait pas avant le lendemain et la maison empestait l'ammoniaque.

— C'est bon, ma chérie, c'est fini, voilà.

Je la hissai sur mon épaule, lui tapotant le dos. Ses cris ne diminuèrent pas pour autant. Je ne pouvais guère le lui reprocher, ses pauvres fesses étaient pratiquement à vif. En temps normal, il aurait fallu la coucher nue sur une serviette, mais sans chauffage c'était hors de question. Nous portions toutes les deux un chandail et un épais manteau, ce qui rendait les tétées d'autant plus compliquées car il me fallait plusieurs minutes pour extirper un sein des nombreuses couches de vêtements pendant que Mademoiselle me témoignait bruyamment son impatience.

Brianna n'arrivait pas à dormir plus de dix minutes d'affilée et, par conséquent, moi non plus. Vers quatre heures, nous parvînmes à plonger dans un semblant de sommeil pour être réveillées un quart d'heure plus tard par l'arrivée fracassante du réparateur de chaudière, qui, ne prenant pas la peine de lâcher sa clé anglaise, tambourinait à la porte avec son outil.

Tenant d'une main le bébé contre mon épaule, je me mis à préparer le dîner, accompagnée par les cris de Brianna et par un vacarme épouvantable en provenance de la cave.

— Je ne vous promets rien, mais au moins vous aurez du chauffage ce soir, ma petite dame, lança le réparateur un peu plus tard, le front maculé d'une traînée de cambouis.

Il se pencha pour inspecter Brianna, plus ou moins calme, qui suçait son pouce sur mon épaule.

— Alors, il est bon ce pouce, mademoiselle ? demanda-t-il.

Puis il crut bon de m'informer :

— Vous savez, on dit qu'il ne faut pas laisser les enfants téter

leur pouce, ça leur déforme les dents et, après, y a plus qu'à leur payer un appareil dentaire.

— Vraiment ? rétorquai-je sèchement. Je vous dois combien ?

Une demi-heure plus tard, le poulet farci reposait dans son plat sur un lit d'ail, de brins de romarin et de zestes de citron. Un peu de jus de citron sur sa peau préalablement beurrée et je n'avais plus qu'à le mettre au four avant de préparer Brianna et de m'habiller pour le dîner. La cuisine semblait avoir été visitée par des cambrioleurs amateurs : les placards étaient grands ouverts et des ustensiles de cuisine jonchaient toutes les surfaces planes. Je refermai quelques portes, y compris celle de la cuisine, en espérant que cela dissuaderait Mme Hinchcliffe de mettre son nez partout.

Frank avait acheté une nouvelle robe à Brianna. C'était un très beau vêtement, mais je contemplai les couches de dentelle qui bordaient le col avec quelque inquiétude. Elles me paraissaient aussi inconfortables que délicates.

— Bah, on va quand même l'essayer, proposai-je à Brianna. Papa sera content que sa fille chérie soit belle ce soir. Essaie de ne pas baver dessus, d'accord ?

Brianna répondit en fermant les yeux, en se raidissant et en poussant fortement avec un grognement, évacuant encore un peu plus de liquide verdâtre.

— Bravo ! m'exclamai-je.

Il fallait à présent changer ses draps mais, au moins, cela n'aggraverait pas l'irritation de sa peau. Après avoir nettoyé les dégâts, je lui mis une couche propre et sortis la robe rose, essuyant précautionneusement la bave de son visage avant de la passer par-dessus sa tête. Elle cligna les yeux et émit un gargouillis confiant en agitant ses petits poings.

Comprenant le message, je me penchai sur elle et soufflai dans son nombril, ce que la fit babiller de plaisir. Je répétai l'opération plusieurs fois puis m'attelai à la tâche délicate de lui enfiler le reste de la robe.

Brianna ne sembla guère apprécier. Elle commença à se plaindre tandis que j'essayais d'engouffrer ses petits bras potelés dans les manches ballon. Puis elle renversa la tête en arrière et poussa un cri perçant.

— Qu'y a-t-il ? demandai-je, étonnée.

J'avais appris à reconnaître les différents sons qu'elle émettait et leur signification, mais ce cri-là était différent, chargé de peur et de douleur.

— Que se passe-t-il, ma chérie ?

Elle hurlait furieusement, de grosses larmes coulant sur ses joues. Je la retournai sur le ventre et lui tapotai le dos, pensant qu'elle avait une nouvelle crise de colique, mais elle ne cherchait pas à se recroqueviller comme cela aurait dû être le cas. Elle se débattait violemment et, en la retournant à nouveau pour la soulever, j'aperçus une longue griffure rouge dans le gras de son bras. Une épingle était restée dans la robe et lui avait écorché la peau lorsque je lui avais passé une manche.

— Oh mon bébé, mon bébé, m'écriai-je, horrifiée. Pardonne-moi, je suis désolée. Mais oui, maman t'aime, c'est fini, c'est fini.

Comment n'avais-je pas pensé à vérifier la robe ? Et quel était le crétin qui pliait des robes de bébé avec des épingles ? Déchirée entre le remords et la colère, j'achevai d'enfourner Brianna dans sa robe, lui essuyai le menton et l'emportai dans la chambre où je la posai sur un des lits jumeaux tandis que je passais en hâte une jupe décente et un chemisier propre.

La sonnette de l'entrée retentit au moment où j'enfilais mes bas. Un talon était filé mais il était trop tard pour y remédier. Je glissai de force mes pieds dans mes escarpins en crocodile trop étroits, saisis Brianna au vol et filai vers l'entrée.

C'était Frank, les bras trop chargés de paquets pour atteindre les clés dans sa poche. Je lui pris le plus gros de son fardeau, de ma main libre, et le déposai sur la table de l'entrée.

— Tu as préparé le dîner, chérie ? demanda-t-il. Je nous ai acheté une nouvelle nappe et un jeu de serviettes, les nôtres sont un peu défraîchies. Et du vin, naturellement.

Il brandit une bouteille en souriant, puis il contempla ma tenue et son sourire disparut.

— Bon sang, Claire ! Tu ne pourrais pas faire un petit effort pour une fois ? Tu passes toutes tes journées à ne rien faire à la maison, ne me dis pas que tu n'as pas trouvé quelques minutes pour t'arranger un peu...

— Eh bien non, justement ! m'écriai-je.

Brianna profita de cet instant de tension pour se remettre à hurler. Je la lui fourrai dans les bras en vociférant de plus belle :

— Figure-toi que non !

Puis je lui arrachai sa bouteille des mains, et répétai en frappant du pied :

— Non, non et non !

Je balançai le beaujolais au bout de mon bras et il eut juste le temps d'esquiver. En revanche, je ne ratai pas le chambranle de la porte. La bouteille explosa avec fracas, projetant une pluie rouge sang.

Je jetai le goulot brisé dans le massif d'azalées qui bordait le perron et dévalai l'allée de la maison. Arrivée au niveau de la rue, je croisai les Hinchcliffe, éberlués, qui arrivaient avec une demi-heure d'avance, sans doute dans l'espoir de me surprendre en flagrant délit d'incompétence ménagère. Je leur souhaitai mentalement une excellente soirée.

Je conduisis sans but précis un long moment, le chauffage de la voiture me soufflant sur les pieds, jusqu'à ce que la jauge à essence commence à pointer vers le rouge. Je n'avais aucune envie de rentrer à la maison, pas encore. Un café ouvert toute la nuit ? On était vendredi soir, il n'était pas loin de minuit. Je me souvins soudain que je connaissais un endroit où aller, après tout. Je fis demi-tour vers la banlieue où nous habitions, et mis le cap sur l'église de Saint Findbar.

A cette heure tardive, le grand portail de l'église était fermé afin d'éviter vandalismes et cambriolages. Toutefois, pour les fidèles noctambules, il y avait un code près d'une des portes latérales. Je connaissais la combinaison.

J'avançai silencieusement dans la nef et m'arrêtai devant le registre ouvert sous la statue de saint Findbar pour y enregistrer mon passage.

— Saint Findbar ? avait dit Frank incrédule quand je lui avais parlé de cette église. Je n'ai jamais entendu parler d'un saint affublé d'un nom pareil !

— Peuh ! avais-je rétorqué, ravie de pouvoir enfin lui en remontrer. C'est un évêque irlandais qui a vécu au XII*e siècle.*

— Ah, un Irlandais, tout s'explique ! avait-il répondu en levant les yeux au ciel. Mais ce que je ne m'explique pas, avait-il ajouté avec une certaine hésitation, c'est pourquoi... ?

— Pourquoi quoi ?

— Pourquoi cette soudaine ferveur religieuse ? L'adoration perpétuelle ? Tu n'as jamais été particulièrement dévote, pas plus que moi. Tu ne vas jamais à la messe. Le père Beggs me demande toujours de tes nouvelles.

— Je ne sais pas trop, Frank. C'est juste que... j'en ai besoin. Il n'y a que là que... je me sens vraiment en paix.

Il avait ouvert la bouche pour dire quelque chose puis s'était ravisé.

De fait, l'endroit était paisible. Le parking devant l'église était vide, mis à part le véhicule de l'adorateur de service. A l'intérieur, je signai le registre puis m'avançai, toussant avec tact pour prévenir le fidèle de ma présence. Je m'agenouillai derrière lui, un homme trapu dans un coupe-vent jaune. Après quelques minutes, il se leva, se signa devant l'autel, puis redescendit l'allée centrale après m'avoir saluée d'un léger signe de tête.

La porte se referma et je me retrouvai seule, avec le Saint Sacrement posé sur l'autel. Il était flanqué de deux grands cierges qui se consumaient lentement sans que leur flamme vacille. Je fermai les yeux, écoutant le silence.

Tous les événements de la journée défilèrent dans ma tête dans une succession incohérente d'images et d'émotions. Peu à peu, je cessai de grelotter et mon corps se détendit.

Bientôt, comme chaque fois que je venais dans ce lieu, je cessai de penser. J'ignorais si cette capacité à faire le vide dans ma tête venait de l'impression d'éternité dégagée par ce sanctuaire ou simplement de la fatigue, mais ma culpabilité à l'égard de Frank s'estompa, tout comme le deuil de Jamie. Même l'impérieux instinct maternel qui étouffait généralement mes autres émotions battit en retraite. Je n'entendais plus que les battements de mon cœur, réguliers et réconfortants dans la pénombre de la chapelle.

— Seigneur, murmurai-je, veillez sur l'âme de James, votre humble serviteur.

« ... et sur la mienne », ajoutai-je en silence.

Je restai là sans bouger, le regard perdu dans la flamme des cierges et l'aura dorée de la châsse, jusqu'à ce qu'un crissement de semelles sur les dalles de marbre, suivi du craquement d'une génuflexion, m'informe qu'un nouvel adorateur venait prendre la relève. Il en venait un chaque heure, nuit et jour. Le Saint Sacrement n'était jamais laissé seul.

Je restai encore quelques minutes, puis me glissai hors de la rangée de bancs. Après un bref signe de croix devant l'autel, je me tournai vers la sortie. Un autre homme était assis au fond de l'église, sa silhouette se confondant dans l'ombre de la statue de saint Antoine. En me voyant approcher, il se redressa. Puis il se leva et vint à ma rencontre.

— Qu'est-ce que tu fiches ici ? chuchotai-je, agacée.

Frank lança un regard vers l'adorateur, déjà plongé dans sa contemplation, puis me prit le bras et me guida vers la sortie.

J'attendis qu'il eût refermé la porte derrière nous avant de me dégager et de lui faire face.

— Qu'est-ce que ça signifie ? Pourquoi m'as-tu suivie ?

— J'étais inquiet, répondit-il simplement.

Il indiqua le parking pratiquement vide, où sa grosse Buick était garée près de ma petite Ford.

— Le quartier n'est pas très sûr. Une femme seule ne devrait pas traîner dans ce coin à une heure pareille. Je suis juste venu te raccompagner, rien d'autre.

Il ne dit pas un mot sur les Hinchcliffe ou sur le dîner. Mon agacement se dissipa un peu.

— Ah ! fis-je. Qu'as-tu fait de Brianna ?

— J'ai demandé à la voisine de tendre l'oreille au cas où elle se mettrait à pleurer. Mais cela m'étonnerait, elle avait l'air profondément endormie. Allez, viens, il fait froid.

Je grelottais dans mon chemisier en soie. L'air glacé qui soufflait de la baie dessinait des volutes blanchâtres dans le halo des réverbères et déposait sur l'asphalte un fin manteau de givre.

— On se retrouve à la maison, conclus-je.

Une fois chez nous, j'allai droit dans la chambre de Brianna pour vérifier si tout allait bien. Elle dormait profondément mais son sommeil était agité. Elle tournait et retournait sa petite tête rousse, sa bouche s'ouvrant et se refermant sans cesse comme celle d'un poisson hors de l'eau.

— Elle a faim, murmurai-je à Frank.

Il était entré derrière moi et contemplait avec adoration l'enfant par-dessus mon épaule.

— Je vais l'allaiter avant de me coucher, décidai-je. Ça lui évitera peut-être de nous réveiller à l'aube demain matin.

— Je vais te préparer une boisson chaude, proposa-t-il.

Il sortit silencieusement de la chambre tandis que je soulevais la petite masse chaude et endormie.

Elle ne téta qu'un seul sein. Repue, ses lèvres molles bordées de blanc se détachèrent lentement et elle renversa lourdement sa tête contre mon bras. J'eus beau la secouer doucement et l'appeler pour l'inciter à téter l'autre sein, elle ne voulut rien entendre ; aussi, je capitulai et la recouchai dans son lit. Elle émit un petit rot de contentement pendant que je la bordais et replongea presque aussitôt dans un profond sommeil.

— Elle est parée pour la nuit ? chuchota Frank derrière moi.

Avec un sourire attendri, il rabattit la petite couverture brodée de lapins jaunes. Quant à moi, je me laissai retomber dans le rocking-chair, mentalement et physiquement trop épuisée pour me lever. Frank s'approcha derrière moi et posa une main sur mon épaule.

— Il est mort, n'est-ce pas ?

J'allais rétorquer « Je te l'ai déjà dit », puis me ravisai. Je hochai la tête, me balançant doucement, contemplant le berceau et son petit occupant.

Mon sein droit était encore gorgé de lait. Bien qu'éreintée, je ne pouvais me coucher dans cet état. Avec un soupir résigné, j'allai chercher mon tire-lait, cet appareil en caoutchouc aussi laid que ridicule. Il était inconfortable au possible et me faisait me sentir comme une vache passée à la trayeuse, mais c'était toujours mieux que de se réveiller au beau milieu de la nuit avec des crampes mammaires et les draps trempés de lait.

Je fis signe à Frank d'aller se coucher.

— Je te rejoins dans quelques minutes, il faut d'abord que je...

Au lieu de quitter la pièce, il me prit la pompe des mains sans mot dire et la déposa sur la table. Ses doigts flottèrent quelques instants dans l'air, hésitants, puis vinrent se poser sous la courbe enflée de mon sein.

Il baissa la tête et ses lèvres se refermèrent doucement sur le téton. Je gémis, sentant le picotement du lait qui se précipitait vers le mamelon. Je posai une main sur sa nuque, le pressant doucement contre moi.

— Plus fort, murmurai-je.

Sa bouche était douce, suçant doucement, rien à voir avec les gencives dures du bébé qui se refermaient habituellement sur mon sein comme un piège à loup, exigeantes et avides, aspirant goulûment la fontaine lactée.

Frank s'agenouilla devant moi, ses lèvres esquissant une prière fébrile. Etait-ce ainsi que Dieu se sentait en voyant ses adorateurs prosternés devant lui ? Etait-il lui aussi rempli de tendresse et de compassion ? Mon esprit submergé par la fatigue me donnait l'impression de tout voir au ralenti, comme si nous étions sous l'eau. Les mains de Frank se déplacèrent lentement, telles des algues marines ondoyant dans le courant, glissant sur ma chair, me soulevant avec la puissance d'une vague et me déposant délicatement sur le tapis de la chambre d'enfant. Je fermai les yeux et me laissai emporter par la marée.

Les gonds rouillés de la grille du presbytère grincèrent, annonçant le retour de Brianna Randall. Aussitôt, Roger bondit et se précipita dans le vestibule, attiré par le bruit des voix féminines.

— Une livre de *bon* beurre. J'ai pris soin de le préciser, comme vous me l'aviez recommandé, disait Brianna à Fiona. Cela dit, je n'ai jamais entendu quelqu'un demander du mauvais beurre à son crémier !

Elle tendit plusieurs paquets à la jeune gouvernante, riant et parlant tout à la fois.

— Pourtant, si vous l'avez acheté chez ce vieux voleur de Wickelow, c'est sûrement ce qu'il vous a donné, quoi que vous lui ayez demandé ! répliqua Fiona. Ah, fantastique, vous avez trouvé la cannelle ! Je vais vous faire des scones, vous allez adorer ! Vous voulez que je vous montre comment on les fait ?

— Volontiers, mais pas avant d'avoir dîné. J'ai une faim de loup !

Brianna se haussa sur la pointe des pieds, humant l'air qui venait de la cuisine.

— Qu'est-ce qu'il y a ce soir ? Du haggis [1] ?

— Du haggis ! s'exclama Fiona. Non, mais je rêve ! Il n'y a vraiment qu'une *Sassenach* [2] pour vouloir du haggis au printemps ! On n'en mange qu'à l'automne, quand on tue les moutons.

— Ah, je suis une *Sassenach* ? demanda Brianna d'un air ravi.

— Pour ça, oui ! Une vraie dinde de *Sassenach*. Mais je vous aime bien quand même.

Fiona pouffa de rire. Brianna la dépassait d'une bonne tête. Agée de dix-neuf ans, Fiona était une jolie brune pulpeuse. Brianna, elle, faisait penser à une icône médiévale avec sa silhouette tout en longueur, ses traits sévères, son nez droit et fin

1. Plat national écossais : panse de brebis farcie *(N.d.T.)*.
2. Une étrangère *(N.d.T.)*.

et sa longue chevelure de feu. Elle semblait droit sortie d'une enluminure dont les couleurs vives auraient traversé un millénaire sans s'altérer.

Roger prit soudain conscience de la présence de Claire Randall près de lui. Elle contemplait sa fille avec un mélange d'amour, de fierté et d'autre chose... de la nostalgie peut-être ? Il lui vint soudain à l'esprit que Brianna devait tenir sa haute taille et sa crinière de Viking de son père, tout comme sa forte présence physique.

C'était vraiment une fille remarquable, pensa-t-il avec attendrissement. Elle ne disait ni ne faisait rien de plus extraordinaire qu'une autre, et pourtant, on ne pouvait échapper à son charme. Il y avait en elle une sorte de force magnétique qui attirait dans son orbite tous ceux qu'elle approchait.

Lui, en tout cas, était piégé. Elle se tourna vers lui avec un sourire et, sans même avoir conscience de s'être approché, il se retrouva suffisamment près d'elle pour distinguer les petites taches de rousseur sur ses pommettes et sentir l'odeur de tabac de pipe qui s'attardait dans ses cheveux après son expédition dans les boutiques.

— Bonsoir, susurra-t-il. Tu as trouvé quelque chose d'intéressant au bureau de recensement des clans, ou étais-tu trop occupée à jouer les garçons de courses pour Fiona ?

— C'est charmant ! s'indigna-t-elle faussement. D'abord, on me traite de *Sassenach*, puis de garçon de courses. Mais qu'est-ce que vous dites aux gens quand vous voulez être aimables, vous les Ecossais ?

— Chérrrie, répondit Roger en prenant son meilleur accent de Highlander.

— On dirait un bull-terrier en colère, observa Claire. Tu as trouvé quelque chose à la bibliothèque, Bree ?

— Plein de choses, répondit Brianna en déposant une épaisse liasse de photocopies sur la table. J'ai eu le temps de parcourir la plupart des textes pendant qu'ils me faisaient les photocopies et j'en ai trouvé un qui m'a paru particulièrement intéressant.

Elle extirpa une feuille du lot et la tendit à Roger. C'était un extrait d'un livre de contes et légendes des Highlands. L'histoire en question était intitulée *Le Fût brisé*.

— Des contes et légendes ? s'étonna Claire. Quel rapport avec nos recherches ?

— Pourquoi pas ? dit Roger en lisant rapidement le texte. Jusque vers le milieu du XIXe siècle, l'histoire des Highlands se transmettait principalement par voie orale. Dans leurs récits, les gens ne faisaient pas de distinction entre les aventures du petit peuple, la vie des personnages historiques, et les histoires de fantômes, d'elfes et autres lutins. La plupart du temps, les universitaires chargés de transcrire ces histoires sur le papier ignoraient leur véritable origine. Encore aujourd'hui, il est difficile de faire la part des choses entre le mythe et la réalité, et derrière les légendes se cache souvent une réalité historique.

Il tendit la photocopie à Claire.

— ... Celle-ci, par exemple, pourrait bien décrire un événement qui s'est réellement produit. Elle raconte l'origine du nom d'un lieu-dit des Highlands.

Claire lissa ses mèches folles derrière ses oreilles et se pencha sur la feuille, plissant les yeux pour déchiffrer le texte à la lumière pâle du plafonnier. Fiona, que ces vieux papiers n'intéressaient pas, disparut dans sa cuisine pour s'occuper du dîner.

— Le Fût brisé, lut Claire à voix haute. Ce lieu-dit, désignant une formation rocheuse particulière à proximité d'un ruisseau, doit son nom à l'histoire d'un laird jacobite et de son serviteur. Le laird, l'un des rares survivants du massacre de Culloden, fut contraint de se cacher durant sept ans dans une grotte située sur ses terres, pendant que l'armée anglaise passait les Highlands au peigne fin, à la recherche des jacobites ayant participé au soulèvement de 1745. Le laird était protégé par ses loyaux métayers qui turent sa présence et le nourrirent secrètement. Par mesure de sécurité, ils ne le nommaient jamais par son nom, l'appelant simplement « *Gribonnet* ».

« Un jour, alors qu'il poussait un fût de bière sur le sentier qui menait à la grotte, un jeune palefrenier tomba sur une patrouille de dragons anglais qui le questionnèrent. Préférant sacrifier sa charge plutôt que de la remettre aux soldats et de trahir son maître, le courageux garçon la lança au loin. Le fût dévala la pente abrupte et se fracassa dans le ruisseau en contrebas.

Claire releva les yeux, arquant les sourcils d'un air interrogateur.

— Et alors ? Nous savons... ou plutôt nous croyons savoir que Jamie a survécu à Culloden, mais il n'était pas le seul. Qu'est-ce qui vous fait penser que ce laird pourrait être Jamie ?

— A cause de « Gribonnet », bien sûr ! répondit Brianna comme si cela coulait de source.

— Comment ça ? demanda Roger, perplexe.

Brianna saisit une mèche de ses cheveux et la lui agita sous le nez.

— « Gribonnet » ou « bonnet gris » ! s'impatienta-t-elle. Il portait un bonnet pour cacher ses cheveux roux ! Vous m'avez dit vous-mêmes que les Anglais l'appelaient Jamie le Rouge. Tout le monde savait qu'il était roux, c'est pour ça qu'il devait cacher ses cheveux !

Roger la regarda, médusé. La chevelure flamboyante de Brianna flottait sur ses épaules.

— Tu as peut-être raison, dit Claire, les yeux brillants d'espoir. Il était aussi roux que toi.

Elle tendit une main pour caresser les boucles cuivrées de sa fille, souriant avec tendresse.

— Je sais, dit Brianna. C'est à ça que je pensais tout en lisant cette histoire. J'essayais d'imaginer à quoi il pouvait ressembler.

Elle s'interrompit pour s'éclaircir la gorge.

— Je pouvais presque le voir, reprit-elle, ...tapi dans la bruyère, le soleil dans ses cheveux. Tu as dit qu'il avait vécu longtemps dans les bois avec des hors-la-loi. Il savait donc se cacher, en ayant éventuellement recours à des techniques de camouflage.

La voyant émue, Roger décida qu'il était temps d'intervenir.

— Exact ! lança-t-il. Brianna, tu as fait un merveilleux travail de déduction. Il ne nous reste plus qu'à essayer de le vérifier grâce à d'autres recherches. Si nous pouvions retrouver le lieu-dit du Fût brisé sur une carte.

— Tu me prends pour une gourde ? plaisanta Brianna. J'y ai déjà pensé, c'est pour ça que je suis arrivée si tard. J'ai demandé au bibliothécaire de me sortir toutes ses cartes des Highlands.

Elle extirpa une autre photocopie de la liasse et pointa un doigt triomphal vers le coin en haut à gauche de la feuille.

— Regardez. C'est si petit que cela n'apparaît pas sur la plupart des cartes, mais celle-ci l'indiquait. Juste là... vous avez le village de Broch Mordach qui, d'après maman, se trouve tout près du domaine de Lallybroch, et là...

Son doigt se déplaça de quelques millimètres vers la gauche, montrant un point microscopique.

— ... Vous le voyez ? Il est rentré chez lui, à Lallybroch... et c'est là qu'il s'est caché.

— N'ayant pas de loupe, dit Roger en se redressant, je te crois sur parole si tu me dis que c'est écrit « Fût brisé ».

Il lui adressa un sourire radieux.

— Félicitations, Brianna. Je crois bien que tu l'as retrouvé. Du moins, jusque-là.

Brianna sourit à son tour, les yeux humides.

— Oui, dit-elle doucement.

Elle caressa les deux photocopies du bout des doigts avant d'ajouter :

— ... Mon père.

Claire l'étreignit, puis s'écarta en lui tenant les mains.

— Tu as peut-être les cheveux de ton père, mais tu as hérité de la cervelle de ta mère ! Allons célébrer cette découverte avec l'excellent dîner de Fiona.

— Bravo, répéta Roger tandis qu'ils suivaient tous les deux Claire vers la salle à manger.

Il posa une main sur la taille de la jeune fille.

— Tu peux être fière de toi.

— Merci, répondit-elle, le visage de nouveau grave et pensif.

— Qu'y a-t-il ? demanda Roger. Il y a quelque chose qui te chiffonne ?

— Non, pas vraiment.

Elle se tourna vers lui, le front soucieux.

— C'est juste que... je me demandais comment ce devait être pour lui. Tu t'imagines vivant caché dans une grotte pendant sept ans ? Et après... qu'est-il devenu ?

Roger se pencha vers elle et déposa un baiser sur son front.

— Je n'en sais rien, chérie. C'est ce que nous allons tâcher de découvrir.

DEUXIÈME PARTIE
Lallybroch

4

Gribonnet

Lallybroch, automne 1752

Une fois par mois, il descendait se raser au manoir. Il tenait à ces brèves visites qui lui donnaient l'illusion de faire encore partie du monde civilisé. Il attendait qu'un des garçons vienne lui annoncer que la voie était libre, puis il venait de nuit, avançant à pas feutrés dans l'obscurité, tel un renard.

Il se glissait sans faire de bruit par la porte de service et entrait dans les cuisines, où il était invariablement accueilli par le sourire de Ian ou le baiser de Jenny. Alors, la métamorphose pouvait commencer. La bassine d'eau chaude et le coupe-chou fraîchement affûté étaient préparés sur la table. Le plus souvent, il se débarbouillait avec un morceau de suif à demi bouilli qui lui piquait les yeux mais, parfois, il avait droit à un vrai savon, envoyé de France par le cousin Jared.

Il se sentait changé dès qu'il percevait les premières odeurs de la cuisine, si chargées de souvenirs et d'émotions après les parfums sauvages du loch, de la lande et des bois, mais ce n'était qu'après avoir accompli le rituel du rasage qu'il redevenait un être humain à part entière.

Les autres savaient qu'il ne fallait pas lui poser de questions tant qu'il n'en avait pas fini avec sa toilette. Après un mois de solitude, les mots lui venaient difficilement. Ce n'était pas qu'il n'ait rien à dire, loin de là, mais les paroles se bousculaient dans sa gorge, bataillant pour sortir pendant le peu de temps dont il disposait auprès des siens. Il avait besoin de ces quelques minutes d'ablutions pour faire un tri et décider de ce qu'il dirait en premier et à qui.

Il y avait les nouvelles générales à recueillir : combien de patrouilles anglaises quadrillaient la région, quels étaient les derniers retournements politiques, qui avait été arrêté et jugé à Londres ou à Edimbourg... Mais elles ne pressaient pas. Avant tout, il voulait entendre Ian lui parler du domaine et Jenny des enfants. S'il n'y avait aucun danger, on extirpait ces derniers de leur lit pour qu'ils viennent embrasser leur oncle.

— Ce sera bientôt un homme.

Ce mois de septembre, ce furent ses premières paroles à Jenny. Il parlait du petit Jamie, âgé de dix ans. L'enfant était assis à table, le dos droit, conscient de l'importance de son rôle provisoire d'homme de la maison.

— C'est bien ce qui m'inquiète, vu les hommes de la famille ! répliqua Jenny avec une moue ironique.

Elle posa néanmoins avec fierté une main sur l'épaule de son fils.

— Des nouvelles de Ian ? demanda Jamie.

Soupçonné d'être un sympathisant jacobite, celui-ci avait été arrêté trois semaines plus tôt et emmené à Inverness, pour la quatrième fois en quelques années.

Jenny fit non de la tête tout en plaçant une assiette couverte devant son frère. Un délicieux parfum de tourte au faisan s'en échappa, chatouillant ses narines et lui faisant venir l'eau à la bouche.

— Il n'y a pas de quoi paniquer, reprit Jenny en déposant une cuillère à côté de l'assiette.

Elle parlait d'un ton calme mais les petites rides entre ses sourcils trahissaient son inquiétude.

— ... J'ai envoyé Fergus leur montrer l'acte de propriété et l'ordre de démobilisation qui prouve que Ian a été libéré de son régiment bien avant le soulèvement. Ils le renverront bientôt chez lui quand ils comprendront qu'il n'est pas laird de Lallybroch et qu'ils n'ont rien à gagner en le harcelant.

Après un coup d'œil à son fils, elle ajouta :

— Ils peuvent difficilement accuser un gamin de dix ans d'avoir trahi la Couronne.

Son ton caustique était empreint d'une petite note de satisfaction devant la confusion des tribunaux anglais. L'acte de propriété attestait que le domaine de Lallybroch avait été légué par James Alexander Fraser à son neveu, James Murray. Il avait déjà été présenté plusieurs fois devant la cour, déjouant chaque fois les tentatives de la Couronne pour s'approprier le domaine sous prétexte qu'il appartenait à un traître jacobite.

C'était toujours le cœur serré que Jamie quittait le manoir à l'aube. Le mince vernis de chaleur humaine qui l'avait enveloppé quelques heures semblait se craqueler à chaque pas qui l'éloignait de sa famille. Parfois, il parvenait à emporter un peu de l'illusion d'humanité et d'affection jusque dans sa grotte. D'autres fois, hélas, elle s'évanouissait dès qu'il atteignait la lande, balayée par le vent glacial et l'odeur âcre de la fumée.

Les Anglais avaient déjà brûlé trois fermes sur la haute plaine.

Ils avaient arraché Hugh Kirby et Geoff Murray à leur sommeil pour les abattre comme des chiens devant leur porte, sans un mot d'explication ni d'accusation officielle. Seul le jeune Joe Fraser avait pu s'échapper. Prévenu à temps par sa femme qui avait vu de loin les soldats, il s'était réfugié dans la grotte de Jamie pendant trois semaines, jusqu'à ce que les Anglais aient quitté la région, emmenant Ian avec eux en guise de compensation.

Lorsqu'il redescendit au manoir en octobre, Jamie eut une conversation entre hommes avec les deux garçons les plus âgés de la maison : Fergus, le petit protégé qu'il avait ramené de France après l'avoir découvert dans une maison close parisienne, et son inséparable ami, Rabbie MacNab, dont la mère travaillait à Lallybroch.

Il glissait lentement le coupe-chou sous l'angle de sa mâchoire quand il surprit du coin de l'œil le regard fasciné de Rabbie MacNab. Se retournant à moitié, il découvrit les trois garçons, Fergus, Rabbie et le petit Jamie, qui l'observaient attentivement, la bouche entrouverte.

— Quoi ? Vous n'avez jamais vu un homme se raser ?

Rabbie et Fergus échangèrent un regard indécis, puis laissèrent au petit Jamie, le laird en titre, le soin de répondre.

— C'est que... mon oncle, commença-t-il en rougissant, papa n'est plus à la maison et... euh... de toute façon, on le voit jamais se raser. Et puis... tu as tellement de poils partout sur le visage chaque mois, quand tu viens nous voir...

Il n'était encore jamais venu à l'esprit de Jamie qu'il représentait pour eux un personnage des plus romanesques : vivant seul dans sa grotte, ne sortant que la nuit pour chasser, émergeant de la brume au clair de lune, sale et échevelé, avec son épaisse barbe rousse. Pour des garçons de cet âge, vivre en hors-la-loi tapi dans une caverne sombre et humide n'était qu'une aventure palpitante. Rabbie avait seize ans, et Fergus quinze. Ils ne connaissaient encore ni le poids de la culpabilité ni l'amertume de la solitude. Ils n'étaient pas encore écrasés par ce fardeau de responsabilités qu'on ne pouvait oublier que dans l'action...

Certes, ils comprenaient sans doute certaines formes de peur : la peur d'être capturé, celle de mourir. Mais pas celle d'être seul, la peur de sa propre nature, la peur de devenir fou, la peur constante et dévorante de provoquer malgré soi la perte des êtres chers... S'ils percevaient un risque, ils le chassaient aussitôt de leur esprit avec cette nonchalante présomption d'immortalité que tous les adolescents semblent considérer comme leur dû.

— Que voulez-vous ! répondit-il en essuyant le coupe-chou sur le rebord de la bassine. L'homme est condamné à souffrir et à se raser. C'est l'un des châtiments d'Adam.

— D'Adam ?

Fergus écarquilla les yeux tandis que ses deux compagnons faisaient mine de comprendre de quoi il s'agissait. En tant qu'étranger, Fergus, lui, n'était pas censé tout savoir.

Tout en rasant délicatement le petit espace entre sa lèvre supérieure et la base de son nez, Jamie expliqua le plus sérieusement du monde :

— Au tout début, Dieu avait créé le menton d'Adam aussi glabre que celui d'Eve.

Le jeune Jamie baissa machinalement les yeux vers l'entrejambe de Rabbie. Ce dernier, quoique encore imberbe, commençait à avoir un fin duvet au-dessus des lèvres qui trahissait le développement de sa pilosité en des endroits plus secrets. Aussi Jamie crut-il bon de préciser :

— L'homme et la femme avaient tous deux un corps aussi lisse qu'un nouveau-né. Mais ensuite, ils commirent le péché originel et l'archange les chassa de l'Eden en les menaçant de son épée de feu. Sitôt qu'il eut franchi les grilles du Paradis terrestre, Adam sentit son menton le gratter et des poils commencèrent à lui pousser sur les joues. Depuis ce jour, l'homme doit endurer quotidiennement la malédiction du rasage.

D'un geste expert, il racla le dernier vestige de savon sur son menton, puis s'inclina humblement devant son public captivé.

— Et les autres poils ? s'enquit Rabbie. Vous ne vous êtes pas rasé plus bas !

Le petit Jamie gloussa de rire, virant de nouveau au rouge.

— Ceux-là, on n'y touche pas, répondit Jamie en riant. Tu imagines ce qui pourrait se passer si tu avais la tremblote ! D'un autre côté, il n'y aurait pas besoin de miroir.

Les garçons pouffèrent en baissant des yeux honteux.

— Et les dames ? croassa Fergus.

Sa voix en pleine mue avait fait un couac juste sur le mot « dame », ce qui ne fit qu'accentuer l'hilarité générale.

— Les filles aussi ont des poils en bas, informa-t-il ses camarades. Mais elles ne se rasent pas, enfin pas toutes.

Le fait d'avoir grandi dans un bordel lui donnait un net avantage sur les deux autres, qui le regardèrent, impressionnés.

Les pas de Jenny approchèrent dans le couloir.

— Oui, mais les poils des dames ne sont pas une malédiction, annonça Jamie en vidant le contenu de la bassine par la fenêtre. Bien au contraire, c'est un don de Dieu destiné à consoler l'homme. Si vous avez un jour la chance de voir une femme en tenue d'Eve, messieurs, vous remarquerez que sa toison a la forme d'une flèche pointée vers le bas, afin que même le plus ignare des hommes soit en mesure de trouver son chemin jusque chez lui.

En se retournant, il aperçut Jenny qui entrait dans la cuisine en marchant en canard, portant le plateau de son dîner au-dessus de son ventre rebondi. Sa grossesse arrivait presque à terme et il eut honte d'avoir cherché à faire rire les garçons aux dépens du rôle sacré de la femme.

— Taisez-vous ! leur ordonna-t-il tandis qu'ils se tortillaient derrière lui en se tenant les côtes.

Ils se calmèrent aussitôt, le dévisageant d'un air ahuri pendant qu'il se précipitait pour soulager sa sœur de son fardeau. Elle lui avait préparé un ragoût de mouton et de bacon. Fergus déglutit en sentant le délicieux fumet qui s'échappait du plat. Jamie savait qu'ils mettaient de côté pour lui ce qu'ils avaient de meilleur. Il suffisait, pour s'en persuader, de regarder les trois visages émaciés qui fixaient le plateau avec des yeux avides de l'autre côté de la table. A chaque visite, il apportait ce qu'il pouvait : quelques lapins ou des tétras pris au collet, parfois un nid rempli d'œufs de pluvier, mais cela pouvait difficilement nourrir toute une maisonnée qui abritait, outre les enfants et les domestiques, les familles des deux métayers sommairement exécutés par les soldats anglais. Jusqu'au printemps prochain au moins, les veuves et la progéniture de Hugh Kirby et de Geoff Murray resteraient vivre à Lallybroch, n'ayant nul autre endroit où aller.

Jamie prit Jenny par le bras et l'attira à son côté sur le banc. Après un mouvement de surprise, elle se laissa faire. Il était tard et les larges cernes bleus sous ses yeux trahissaient sa fatigue.

Il découpa un gros morceau de mouton, le déposa dans son assiette et poussa celle-ci devant elle.

— Mais qu'est-ce que tu fais ! protesta-t-elle. C'est pour toi. J'ai déjà dîné.

— Pas assez ! rétorqua-t-il. Il faut que tu manges plus que ça... pour l'enfant.

Elle hésita quelques instants, puis esquissa un sourire et se mit à manger.

On était en novembre et le froid transperçait sa mince chemise et ses culottes. Il le remarquait à peine tant il était occupé à traquer sa proie. L'épais manteau de nuages était déchiré à plusieurs endroits, laissant filtrer les rayons blafards de la pleine lune.

Dieu merci, il ne pleuvait pas. Le crépitement des gouttes sur le feuillage empêchait de suivre un animal en se guidant sur le craquement de ses pas dans le sous-bois, et le parfum d'humidité qui imprégnait le terreau effaçait toutes les autres odeurs. A force de vivre dans la nature, son odorat s'était considérablement développé, au point que, chaque fois qu'il pénétrait à nouveau dans le manoir, les odeurs humaines de la maison le prenaient à la gorge et manquaient le faire tourner de l'œil.

Le cerf était encore trop loin pour qu'il puisse le déceler à son odeur musquée, mais l'animal, lui, l'avait senti. Il prit la fuite dans un froissement de feuilles mortes, puis s'immobilisa une dizaine de mètres plus loin, aux aguets, se confondant avec le tapis d'ombres des collines environnantes.

Jamie se tourna avec une lenteur infinie vers le point d'où le bruit lui était parvenu. Puis, les pieds enfoncés dans la terre, il parcourut des yeux le chemin suivi par sa proie. Son arc était déjà bandé, une flèche calée contre la corde. Il n'aurait droit qu'à un seul tir, peut-être lorsque la bête bondirait à nouveau.

Là ! Son cœur fit un bond quand il aperçut les bois, pointus et noirs, au-dessus du taillis. Il fléchit les genoux, enfonça les talons dans la terre molle, prit une profonde inspiration, puis claqua la langue. Un animal qui prend la fuite fait souvent un bruit impressionnant, sans doute dans l'espoir de gagner quelques instants précieux en déconcertant son poursuivant. Mais Jamie se tenait prêt. Il ne sourcilla même pas ni ne tenta de s'élancer à ses trousses. Il suivit simplement la trajectoire du cerf de la pointe de sa flèche puis, au moment opportun, décocha. La corde cingla l'air en sifflant.

Le cerf s'effondra quelques mètres plus loin, atteint derrière l'épaule. C'était aussi bien, car Jamie doutait d'avoir encore la force de courir après sa proie, même blessée. Elle était tombée dans une petite clairière bordée d'ajoncs, les pattes déjà raides. Le clair de lune se réfléchissait dans son œil rond, masquant son regard sombre et doux, nappant le mystère de sa mort sous un voile d'argent.

Jamie sortit sa dague de son fourreau et s'agenouilla auprès du cerf, récitant en hâte une prière que le vieux John Murray, le père de Ian, lui avait apprise lorsqu'il était adolescent. Il entendait encore la voix du vieillard, tout en sentant sa main rêche appuyer sur la sienne la première fois qu'il avait enfoncé une lame dans le cuir épais d'un animal abattu. Lorsqu'il avait eu vent de cette incantation païenne, son père avait tiqué, et le jeune Jamie en avait déduit que cette prière ne s'adressait probablement pas au même Dieu que celui dont on lui parlait chaque dimanche à la messe. Mais Brian Fraser n'avait rien dit et son fils l'avait même surpris plusieurs fois en train de marmonner ces mêmes paroles.

Depuis, Jamie avait acquis beaucoup plus d'expérience. D'une main, il plaqua le museau du cerf contre le sol et, de l'autre, lui trancha la gorge d'un geste net.

Le sang jaillit, deux grandes giclées d'abord, puis un flux continu à mesure que le corps se vidait. Sans réfléchir, emporté par la faim, la fatigue et la fraîcheur enivrante de la nuit, Jamie mit ses deux mains en coupe sous la source chaude qui jaillissait des artères sectionnées et but à grandes lampées.

Un rayon de lune éclaira ses paumes dégoulinantes de sang

noir et, l'espace d'un instant, ce fut comme si l'essence même de la bête s'était déversée en lui, mêlant sa chaleur à la sienne, imprégnant sa bouche d'un goût salé et métallique.

Il ferma les yeux et inspira profondément. Le froid et l'humidité réapparurent aussitôt, s'interposant entre la dépouille encore chaude et son propre corps. Ses entrailles grondèrent en sentant la proximité d'une possible nourriture. Il essuya ses lèvres du revers de la main, se frotta les paumes contre l'herbe humide et se mit au travail. Il fallait d'abord retourner le cerf sur le dos, puis fendre d'un seul geste puissant, mais précis, la peau entre les pattes arrière. Une fois le ventre ouvert, il enfouit les mains dans les entrailles chaudes, glissant les doigts sous la poche des viscères. Une petite incision en haut, une autre en bas, puis il arracha celle-ci d'un coup sec, transformant ainsi comme par magie le cadavre d'un cerf en une réserve de viande comestible.

L'animal n'était pas très grand. Ce devait être encore un daguet, bien que ses bois fussent déjà rognés aux extrémités. Avec un peu de chance, il pourrait le porter seul et ne pas le laisser à la merci des renards et des blaireaux en attendant que quelqu'un puisse l'aider à le transporter. Il glissa un bras sous la croupe et se redressa lentement, grognant sous l'effort tandis qu'il faisait glisser sa charge sur ses épaules, cherchant à l'équilibrer.

Il aperçut son ombre projetée par la lune sur un grand rocher. On aurait dit un bossu maléfique sorti tout droit des enfers. Les bois du cerf formaient des cornes démesurées au-dessus de sa tête et il frissonna en songeant aux contes de son enfance, avec des sorcières organisant des sabbats où elles conviaient le Grand Cornu à boire le sang de chèvres ou de coqs sacrifiés.

Il descendit la colline en boitillant, mal à l'aise. Au fil des mois, il sentait son être se fragmenter un peu plus. De jour, il était une créature de l'esprit, méditant, analysant, se plongeant dans la lecture de romans et d'essais philosophiques afin d'oublier les conditions éprouvantes de sa vie de reclus dans une grotte humide. Mais dès que la nuit tombait, son intellect l'abandonnait pour le laisser livré à un monde de sensations pures. Il sortait de sa tanière pour courir dans les collines sombres et chasser, poussé par la faim, enivré par l'odeur du sang et les rayons de lune.

Il marchait les yeux fixés sur le sol pour ne pas trébucher avec sa lourde charge. Ses yeux accoutumés à l'obscurité distinguaient tous les obstacles. Sur ses épaules, le cadavre du cerf refroidissait rapidement, ses poils drus lui chatouillant la nuque. Sa propre sueur lui coulait dans le dos, glacée par la brise nocturne comme s'il partageait le destin tragique de sa victime.

Ce ne fut qu'en apercevant au loin les lumières de Lallybroch qu'il se sentit enfin redevenir humain. Son âme et son corps fusionnèrent à nouveau pour lui permettre de saluer dignement les siens.

5

Un enfant arrive

Trois semaines plus tard, Ian n'était toujours pas de retour. Personne à Lallybroch n'avait pu obtenir de ses nouvelles. Dans sa grotte, Jamie se rongeait les sangs. Fergus n'était pas monté depuis plusieurs jours. Etant donné le nombre de bouches à nourrir au domaine, le cerf qu'il avait abattu l'autre nuit était sans doute mangé depuis longtemps et, à cette époque de l'année, les réserves devaient être pratiquement vides.

Il était si inquiet qu'il décida de descendre au manoir plus tôt que prévu. Il inspecta ses collets et se mit en route avant la tombée de la nuit. Il avait enfilé son épais bonnet de laine grège qui cachait sa chevelure aux derniers rayons délateurs du soleil. A elle seule, sa haute taille était déjà suspecte mais elle ne permettait pas de l'identifier avec certitude. En outre, il avait pleine confiance en ses jambes rapides pour le porter hors de danger au cas où il croiserait une patrouille anglaise. A la moindre alerte, il détalait aussi vite qu'un lièvre de bruyère.

Le manoir était étrangement silencieux. D'ordinaire, il y avait toujours toute une marmaille jouant dans la cour : Jenny avait cinq enfants, auxquels il fallait ajouter six autres enfants de métayers, plus Fergus et Rabbie MacNab qui n'étaient pas encore trop vieux pour pourchasser les petits autour des étables en hurlant comme des possédés.

Il entrebâilla la porte de service et regarda à l'intérieur. Le couloir était désert. L'office se trouvait sur sa droite, le garde-manger sur sa gauche, la cuisine principale juste derrière. Il tendit l'oreille tout en respirant avec satisfaction les puissantes fragrances de la maison. Il y avait quelqu'un. On entendait un léger grattement lointain, suivi d'un cliquetis régulier en provenance de derrière la porte de la cuisine. Celle-ci était cachée par un lourd rideau qui empêchait la chaleur des fourneaux de s'enfuir et le froid glacial du garde-manger d'entrer.

Jugeant que le bruit n'avait rien de menaçant, Jamie entra silencieusement, toujours sur ses gardes. Il s'arrêta devant la porte de la cuisine, y colla une oreille, puis la poussa. Jenny, seule et très enceinte, était debout devant la grande table, touillant quelque chose dans un bol jaune.

— Qu'est-ce que tu fais là, Jenny ? Où est Mme Coker ?

Jenny fit un bond en poussant un petit cri aigu.

— Jamie !

Livide, elle prit appui sur le bord de la table, une main sur le cœur.

— Bon sang ! Tu m'as flanqué une de ces frousses !

Elle reprit son souffle puis tourna vers lui des yeux bleu nuit, comme les siens, le dévisageant, alarmée.

— Mais qu'est-ce que tu fabriques ici ? Je ne t'attendais pas avant la semaine prochaine.

— Fergus n'est pas monté à la grotte depuis plusieurs jours. J'étais inquiet, expliqua-t-il.

Retrouvant un peu de sa couleur naturelle, Jenny sourit et s'approcha pour étreindre son frère. Ce n'était pas chose facile, compte tenu du volume considérable de son ventre, mais cela les réconforta néanmoins tous deux. Jamie posa la joue sur l'épaisse chevelure noire de sa sœur, humant avec bonheur son odeur où se mêlaient la cire de chandelle, la cannelle, le suif et la laine grège. Ce soir-là, il crut déceler un nouveau composant dans le parfum de Jenny, comme un vague soupçon de lait.

— Où est passé tout le monde ? demanda-t-il.

— Mme Coker est morte.

— Ah ?

Il se signa avant d'ajouter :

— La pauvre.

Mme Coker était la gouvernante. Elle faisait partie intégrante de la maisonnée depuis le mariage de leurs parents, une quarantaine d'années plus tôt.

— Quand ça ?

— Hier après-midi. Personne ne s'y attendait. Elle est partie en douceur, cette chère femme. Elle est morte dans son lit, comme elle l'avait souhaité, avec le père McMurtry priant à son chevet.

Jamie lança un regard vers la porte qui menait aux quartiers des domestiques.

— Elle y est encore ?

— Non. J'ai proposé à son fils d'organiser la veillée funèbre ici, à la maison, mais les Coker ont pensé que, compte tenu de la situation...

Elle fit une petite grimace qui résumait l'absence de Ian, les raids constants des dragons anglais, la pénurie, la grotte où se terrait Jamie et son propre ventre.

— ... Ils ont donc préféré l'emmener chez sa sœur, à Broch Mordha. Voilà pourquoi il n'y a plus personne. Tout le monde est parti là-bas.

Anticipant la question de son frère, elle s'empressa d'ajouter :

— Je leur ai dit que je ne me sentais pas assez bien pour les accompagner mais, pour ne rien te cacher, j'avais surtout envie d'un peu de tranquillité et de silence.

— Et pour une fois qu'on te fiche la paix pendant quelques heures, c'est moi qui débarque, s'excusa Jamie. Tu préfères que je m'en aille ?

— Mais non, gros bêta ! Assieds-toi, je vais te servir à dîner.

— Qu'est-ce qu'il y a à manger ? demanda-t-il en reniflant l'air.

— Tout dépend de ce que tu as dans ta besace.

Sans attendre, elle se mit à l'œuvre, se déplaçant lentement dans la cuisine, sortant ses ustensiles des placards et du buffet, s'interrompant de temps à autre pour remuer le contenu de la grosse marmite qui mijotait dans l'âtre, dégageant un mince filet de vapeur aromatique.

— A moins que tu nous aies rapporté du gibier, indiqua-t-elle, il faudra te contenter de la potée habituelle.

Jamie fit la moue. L'idée de dîner d'une soupe d'avoine dans laquelle trempaient quelques morceaux de jarret fumé, derniers vestiges d'une carcasse de bœuf qu'ils avaient achetée deux mois plus tôt, ne le faisait pas franchement saliver.

— Abracadabra ! lança-t-il, triomphant.

Il retourna sa besace au-dessus de la table et en laissa tomber trois lapins.

— Plus quelques baies de prunellier, ajouta-t-il.

Il retourna son bonnet taché d'un épais jus rouge vif et en vida le contenu aux côtés des dépouilles gisant pêle-mêle dans un enchevêtrement de membres et d'oreilles recroquevillés.

Le regard de Jenny s'illumina.

— Une tourte au lièvre, voilà ce que je vais faire ! s'exclama-t-elle, ravie. Je n'ai plus d'airelles mais avec des prunelles, ce sera encore meilleur. Dieu merci, il me reste un peu de beurre !

Elle aperçut un petit mouvement suspect dans la masse de fourrure grise. Elle avança lentement une main, puis écrasa d'une tape sèche une puce qui s'était aventurée sur la table.

— Va les préparer dans la cour, Jamie, ordonna-t-elle, sinon bientôt la cuisine sera infestée de vermine.

Quand il revint quelques minutes plus tard, ses trois lapins dépecés, la pâte était déjà bien avancée et la jupe de Jenny couverte de farine.

— Tu veux bien me les couper en morceaux et broyer les os ? demanda-t-elle.

Elle était plongée dans *Les Bonnes Recettes de Mme McClintock* ouvert sur la table près du moule à tarte.

— Ne me dis pas que tu as besoin d'un livre de recettes pour faire une tourte au lièvre ? s'étonna Jamie.

Il sortit le gros maillet en bois d'un tiroir et le soupesa en grimaçant. Quelques années plus tôt, à la prison de Wentworth, c'était avec un instrument très semblable qu'on lui avait broyé la main droite. Il imagina soudain ses propres os fracassés en mille petits éclats, de minces filets de sang salé et de moelle suintant dans la tourte de sa sœur.

— Bien sûr que non ! répondit Jenny, l'air ailleurs. Mais il me manque la plupart des ingrédients que j'utilise habituellement. Or cette Mme McClintock est une mine inépuisable d'idées nouvelles.

Elle feuilleta le livre un moment, puis s'arrêta sur une recette en fronçant les sourcils.

— D'habitude, je rajoute toujours du clairet dans la sauce, mais il ne me reste plus que le tonneau que Jared nous a envoyé. Il est caché dans le refuge du prêtre[1], au cas où on en aurait besoin.

Elle ne jugea pas utile de lui préciser pourquoi. Un tonneau de bon vin pourrait éventuellement graisser des pattes pour faire libérer Ian, ou du moins être troqué contre des nouvelles. Il jeta un coup d'œil discret sur le ventre arrondi de Jenny. Il n'était pas expert mais il avait déjà quelque expérience en la matière. Elle était à point. Machinalement, il souleva le couvercle de la marmite et y plongea la lame de son couteau.

— Jamie... qu'est-ce que tu fabriques ?

Jenny l'observait d'un air intrigué. Quelques boucles brunes s'étaient échappées de leur ruban et il sentit son cœur se serrer en apercevant des traînées blanches dans sa chevelure d'ébène.

— Je nettoie mon couteau, expliqua-t-il en essuyant la lame. Claire m'a dit qu'il fallait toujours tremper sa lame dans l'eau bouillante avant de la mettre en contact avec de la nourriture.

Sa sœur ne dit rien mais il devina son étonnement. Elle ne l'avait interrogé qu'une seule fois au sujet de Claire. C'était à son retour de Culloden. Il était alors à demi inconscient et agité par une fièvre qui en aurait achevé plus d'un.

— Elle est partie, avait-il répondu en détournant le regard. Ne prononcez plus jamais son nom devant moi.

Jenny s'était donc loyalement abstenue de tout commentaire et ils n'en n'avaient plus jamais reparlé. Il n'aurait su dire pourquoi il venait de prononcer son nom aujourd'hui, à moins que ce ne soit à cause de ses rêves.

---

1. Chambre secrète destinée à cacher les prêtres catholiques lors des persécutions religieuses *(N. d. T.)*.

Il en faisait souvent, sous des formes variées. Il se réveillait immanquablement le lendemain matin avec une étrange sensation, comme si Claire avait réellement été là, si près de lui qu'il sentait encore le contact de sa peau sur la sienne. Parfois, au réveil, il aurait juré sentir encore son odeur flotter autour de lui, musquée et riche, rehaussée d'une pointe fraîche et poivrée de feuilles et d'herbe. Plus d'une fois, il s'était vidé de sa sève pendant son sommeil en pensant à elle, ce qui le laissait vaguement honteux et mal à l'aise.

Chassant ces pensées de son esprit, il pointa un doigt vers le ventre de sa sœur.

— C'est pour quand ? Tu ressembles à une vesse-de-loup. Il suffirait de t'appuyer sur le ventre et pfff...

— Ah oui ? rétorqua Jenny. J'aimerais que ce soit aussi simple.

Elle cambra le dos et se massa les reins, ce qui accentua encore la masse proéminente de son ventre. Jamie se plaqua contre le mur pour lui laisser de l'espace.

— A vrai dire, je ne sais pas trop, reprit-elle. Il va arriver d'un moment à l'autre.

Elle saisit une tasse et dosa la farine. Jamie nota avec inquiétude que le gros sac de jute était presque vide.

— Quand le moment sera venu, envoie quelqu'un me chercher à la grotte, déclara-t-il. Je descendrai, Anglais ou pas.

— Pour quoi faire ?

— Eh bien... Ian n'est pas là, indiqua-t-il en s'emparant d'une dépouille de lapin.

D'un geste expert, il déboîta la cuisse et la sépara du bassin. Il lui assena trois puissants coups de maillet, puis découpa la viande aplatie en petits morceaux prêts à être disposés dans la tourte.

— Quand bien même Ian serait là, je ne vois pas en quoi il me serait utile, rétorqua Jenny. Il a déjà accompli sa part du travail il y a neuf mois.

Elle fit un clin d'œil à son frère et tendit la main vers la motte de beurre.

— Mmphm... grogna Jamie.

Il s'assit pour continuer sa tâche, ce qui amena ses yeux à la hauteur du ventre de sa sœur. Il ne put s'empêcher de poser une main sur le tablier taché et sentit aussitôt une secousse d'une vigueur surprenante. Manifestement, l'occupant des lieux commençait lui aussi à trouver le temps long et trépignait d'impatience dans son réduit devenu trop petit.

— Envoie quand même Fergus me prévenir au moment voulu, insista-t-il.

Elle lui lança un regard exaspéré et chassa sa main d'un coup de cuillère.

— Puisque je te dis que je n'ai pas besoin de toi ! Tu crois que je n'ai pas assez de soucis en ce moment ? J'ai déjà une maison pleine de monde et rien à leur donner à manger, un mari en prison à Inverness, et des Anglais qui rôdent sous les fenêtres dès que j'ai le dos tourné ! Tu tiens à te faire arrêter par-dessus le marché ?

— Tu n'as pas à t'inquiéter, je sais prendre soin de moi.

Il gardait les yeux baissés vers la patte qu'il était en train de découper, évitant soigneusement de croiser le regard furibond de sa sœur.

— C'est ça ! répliqua-t-elle. Prends soin de toi et reste dans ta grotte.

Elle croisa les bras et le dévisagea avec insistance.

— Tu oublies que j'en suis à ma septième grossesse, reprit-elle. Tu crois que je ne sais pas encore me débrouiller ?

— Il n'y a jamais eu moyen de te faire entendre raison, marmonna-t-il.

— Tout juste ! Alors nous sommes bien d'accord, tu ne descendras pas ?

— Je descendrai si je le veux.

Jenny soupira et lâcha d'une voix lasse :

— Je crois bien que tu es le morveux le plus têtu des Highlands.

Jamie releva soudain les yeux vers elle, un large sourire aux lèvres.

— C'est possible... dit-il.

Il se pencha en avant et tapota son gros ventre.

— ... mais n'empêche : je viendrai que tu le veuilles ou non. Envoie Fergus me prévenir quand le bébé arrivera.

Trois jours plus tard, peu avant l'aube, Fergus grimpa la colline en haletant. Il sortit du sentier dans l'obscurité et atterrit la tête la première dans un buisson de ronces en faisant un tel vacarme que Jamie l'attendait de pied ferme bien avant qu'il n'atteigne l'entrée de la grotte.

— Milord... commença-t-il, à bout de souffle.

Jamie avait déjà jeté son manteau sur ses épaules et se précipitait vers le sentier.

— Mais, milord...

L'adolescent courait derrière lui, lançant d'une voix apeurée :

— ... Milord, les soldats...

Jamie freina des quatre fers et fit volte-face, attendant impatiemment que le jeune Français le rejoigne.

— Des soldats ? Quels soldats ? demanda-t-il.

— Des dragons anglais, milord. Milady m'a envoyé vous dire que vous ne deviez sortir de la grotte sous aucun prétexte. Hier l'un de nos hommes a aperçu une patrouille campant près de Dunnaglas.

— Quelle chierie ! cracha Jamie, dépité.

— Oui, milord, convint Fergus en se laissant tomber sur un rocher.

Son poitrail maigrelet se soulevait et s'affaissait tandis qu'il s'éventait en reprenant son souffle.

Jamie hésita. La raison lui enjoignait de retourner dans la grotte, mais son sang, chauffé à blanc par l'excitation provoquée par l'apparition matinale de Fergus, se rebellait à l'idée de retourner piteusement dans sa tanière comme une larve sous son rocher.

— Mmphm... fit-il.

Il lança un regard à Fergus. Les premières lueurs de l'aube illuminaient faiblement la frêle silhouette de l'adolescent, celle-ci se détachant sur le fond sombre du sous-bois. Son visage ne formait encore qu'une tache pâle, marquée par de gros cernes noirs sous les yeux. Quelque chose clochait. Pourquoi Jenny avait-elle envoyé Fergus de si bonne heure ?

Si les dragons avaient été aperçus la veille, pourquoi ne pas l'avoir fait prévenir pendant la nuit, comme c'était habituellement le cas ? Peut-être n'y avait-il pas urgence. Mais alors pourquoi avoir réveillé Fergus aux aurores au lieu d'attendre la nuit suivante ? La réponse coulait de source : elle craignait de ne pas être en mesure de lui envoyer quelqu'un la nuit suivante.

— Comment va ma sœur ? demanda-t-il.

— Très bien, milord, très bien !

Son ton empressé et faussement rassurant ne fit que confirmer les soupçons de Jamie.

— Elle est en train d'accoucher, n'est-ce pas ? tonna Jamie.

— Oh non, milord ! Pas du tout ! Loin de là !

Il plaqua une main ferme sur l'épaule du garçon. Les os semblaient fragiles et menus sous ses doigts, tels ceux des lapins qu'il avait broyés pour Jenny. Ce rapprochement le mit mal à l'aise mais cela ne l'empêcha pas de resserrer sa poigne. Fergus se mit à gigoter, tentant de se libérer.

— Dis-moi la vérité !

— Mais je vous jure que c'est vrai, milord !

Les doigts de Jamie se resserrèrent encore.

— C'est elle qui t'a ordonné de ne rien me dire ?

Jenny avait dû formuler son interdiction de manière littérale car c'est avec un soulagement évident que l'enfant répondit :

— Oui, milord !

— Ah.

Il le lâcha et Fergus se redressa précipitamment, libérant un flot de paroles tout en massant son épaule maigrelette.

— Elle a dit que je ne devais vous informer que de la présence des soldats, milord, et que si je vous parlais d'autre chose, elle me couperait les parties et les ferait bouillir, comme deux navets et une saucisse !

Jamie ne put réprimer un sourire.

— Je veux bien qu'on soit à court de provisions, mon garçon, mais on n'en est pas encore là !

Il lança un regard vers la ligne d'horizon où une lueur rose pointait derrière la silhouette noire des sapins.

— Allez, viens, décida-t-il. Il fera jour dans une demi-heure.

Cette fois, le manoir n'avait rien de désert ni de silencieux. Un simple coup d'œil permettait de deviner que ce n'était pas un jour comme les autres à Lallybroch : la grande cuve de la lessive avait été laissée dans la cour, sur un feu éteint, remplie d'eau froide et de linge trempé ; dans l'étable, la dernière vache du domaine poussait des beuglements plaintifs, réclamant qu'on la traie d'urgence ; des coups de sabot irrités contre l'enclos des chèvres laissaient entendre que ses occupantes demandaient la même attention.

Quand il entra dans la cour, trois poulets filèrent entre ses jambes dans un nuage de plumes avec, à leurs trousses, Jehu, le ratier de la maison. Jamie fit un bond de côté et décocha un coup de botte dans les côtes du chien. Celui-ci vola dans les airs avec un air de stupéfaction, atterrit quelques mètres plus loin dans un glapissement outré, puis se remit sur ses pattes et détala dans l'autre sens.

Jamie découvrit tous les enfants, Mary MacNab, Mme Murray et Sukie, une jeune servante, entassés dans le petit salon, sous la surveillance vigilante et austère de Mme Kirby. Cette dernière, une vieille veuve aigrie et bigote, leur lisait un passage de la Bible.

— ... *La femme vit que l'arbre était bon à manger, séduisant à regarder. Elle en prit un fruit dont elle mangea, elle en donna aussi à son mari qui était avec elle et il en mangea. Leurs yeux à tous deux s'ouvrirent et ils surent qu'ils étaient nus.*

Un long cri de douleur retentit à l'étage supérieur. Il semblait ne plus finir. Mme Kirby s'interrompit un instant, laissant à tous le temps de l'apprécier, puis reprit sa lecture. Ses yeux gris pâle et humides telles deux huîtres crues se levaient parfois vers le plafond puis se posaient à nouveau avec une évidente satisfaction sur la rangée de visages terrifiés devant elle.

— ... *Le Seigneur Dieu dit à la femme : je ferai qu'enceinte, tu sois dans de grandes souffrances ; c'est péniblement que tu enfanteras des fils. Tu seras avide de ton homme et lui te dominera.*

La petite Kitty éclata en sanglots et enfouit son visage dans l'épaule de sa sœur. Maggie Ellen, elle, était écarlate. Quant au petit Jamie, son frère aîné, il était devenu livide en entendant les cris de sa mère.

— Madame Kirby, dit doucement Jamie. Je crois que cela suffit comme ça.

Il avait parlé le plus courtoisement possible, mais son regard était éloquent. La veuve ouvrit des yeux ronds et en laissa tomber son livre qui atterrit lourdement sur le plancher.

Jamie se baissa, le ramassa, puis retroussa les lèvres et exhiba une belle rangée de dents blanches. Cette expression échoua vraisemblablement à passer pour un sourire, mais produisit néanmoins son effet. La veuve blêmit et mit une main protectrice sur son sein généreux.

— Pourquoi n'iriez-vous pas faire un tour à la cuisine ? suggéra-t-il. Vous pourrez peut-être vous y rendre utile.

Il esquissa un petit geste de la tête en direction du couloir qui envoya aussitôt Sukie voler vers la cuisine comme une feuille balayée par le vent d'automne. Avec nettement plus de dignité, mais sans rechigner, Mme Kirby se leva et la suivit.

Rasséréné par cette victoire, Jamie répartit rapidement les tâches parmi les autres occupants du petit salon : la veuve Murray et ses filles furent envoyées s'occuper du linge ; les enfants les plus jeunes eurent pour mission de rattraper les poulets, sous la surveillance de Mary MacNab. Les garçons plus âgés partirent traire les bêtes, avec un soulagement manifeste.

Le salon enfin vide, il hésita, ne sachant trop ce qu'il devait faire. Il sentait confusément qu'il lui fallait rester à l'intérieur de la maison, prêt à intervenir, mais, comme sa sœur le lui avait fait remarquer, il n'était pas utile à grand-chose. Il aperçut une mule attachée derrière la porte de service. Ce devait être celle de la sage-femme, occupée à l'étage avec Jenny.

Il se mit à faire les cent pas dans la pièce, la bible toujours dans les mains, saisissant des objets ici et là, les tripotant entre ses doigts, puis les reposant un peu plus loin. Depuis le dernier raid des Anglais à Lallybroch, trois mois plus tôt, les étagères de la bibliothèque étaient vides. Habituellement, c'était là que Jenny rangeait ses bibelots. Le centre de table en argent, légèrement bosselé, trop gros pour entrer dans la besace d'un soldat, avait été épargné lors du pillage. Cela dit, les Anglais n'avaient pas ramassé un butin extraordinaire. Les quelques objets de valeur et la petite réserve de pièces d'or étaient soigneusement à l'abri dans le refuge du prêtre avec le tonneau de clairet du cousin Jared.

Un long gémissement retentit à l'étage et Jamie lança malgré lui un regard vers la bible. Sans vraiment le vouloir, il ouvrit la première page, où l'on inscrivait les dates des mariages, des naissances et des morts de la famille.

La première inscription aux lettres rondes et élégantes avait été apposée par sa mère et indiquait la date de son mariage avec Brian Fraser. Dessous, celui-ci avait griffonné un commentaire de sa petite écriture couchée : *Unis par l'amour*, une observation judicieuse, compte tenu de l'inscription suivante, faisant état de la naissance de leur fils Willie, à peine deux mois plus tard.

Jamie sourit et jeta un regard au portrait accroché au-dessus de la cheminée : il y était représenté enfant, en compagnie de Willie et de Bran, leur gros chien de chasse. C'était tout ce qui restait de Willie, mort de la variole à l'âge de onze ans. Le tableau portait une grande balafre, laissée par une baïonnette, sans doute.

— Et si tu n'étais pas mort ? murmura-t-il. Que serions-nous aujourd'hui ?

Au moment de refermer la bible, son regard s'arrêta sur la dernière inscription : *Caitlin Maisri Murray, née le 3 décembre 1749, morte le 3 décembre 1749*. Si les dragons anglais n'étaient pas passés le 2 décembre de cette année-là, Jenny aurait-elle gardé son bébé ? Si Jenny n'avait pas eu que la peau sur les os tout au long de sa grossesse, l'enfant aurait-elle survécu ?

— Avec des si... n'est-ce pas ? lança-t-il à Willie en refermant sa bible d'un coup sec.

Willie était peint une main posée sur l'épaule de son petit frère. Jamie s'était toujours senti en sécurité lorsque Willie était à ses côtés.

Un nouveau hurlement déchira le silence du salon et Jamie serra convulsivement la couverture reliée entre ses doigts.

— Prie pour nous, grand frère, murmura-t-il.

Il se signa, déposa la bible sur la table et sortit dans la cour pour aider à calmer les animaux.

Il n'y avait pas grand-chose à faire. Rabbie et Fergus étaient parfaitement en mesure de s'occuper des quelques bêtes qui restaient sur le domaine. Du haut de ses dix ans, le petit Jamie les aidait de son mieux. Cherchant autour de lui à s'occuper utilement, Jamie ramassa le foin éparpillé dans la cour et alla le déposer devant la mule de la sage-femme. Lorsqu'ils n'auraient plus de foin, il faudrait abattre la dernière vache. Contrairement aux chèvres, elle ne pouvait se satisfaire du maigre fourrage qui poussait sur les collines environnantes pendant l'hiver, même avec les feuilles et les mauvaises herbes que les enfants lui rapportaient. Avec un peu de chance, une fois salée, sa carcasse les nourrirait jusqu'au printemps.

Fergus apparut sur le seuil de la grange, une fourche à la main.

— J'espère que cette sage-femme connaît son métier, lança-t-il d'un air soupçonneux. Milady ne devrait pas être confiée aux mains d'une cul-terreuse !

— Qu'est-ce que j'en sais ? rétorqua Jamie, agacé. Ce n'est pas moi qui recrute les sages-femmes !

Comme beaucoup d'autres, Mme Martin, la vieille sage-femme qui avait accouché tous les autres petits Murray, avait succombé à la terrible famine qui s'était abattue sur les Highlands l'année après la bataille de Culloden. Sa remplaçante, Mme Innes, était beaucoup plus jeune. Jamie espérait qu'elle avait déjà acquis suffisamment d'expérience pour savoir ce qu'elle faisait.

Rabbie semblait avoir lui aussi son mot à dire. Il lança un regard noir à Fergus.

— Qu'est-ce que tu veux dire par « cul-terreuse » ? Et toi, t'es quoi ?

Fergus se tourna vers son ami et le dévisagea avec hauteur. Etant toutefois nettement plus petit que Rabbie, il était obligé de lever le nez, ce qui ne facilitait pas ses tentatives pour adopter un air seigneurial.

— Que je sois un cul-terreux ou non n'est pas la question. Je ne suis pas sage-femme, que je sache !

— Ça, tu peux le dire ! Tu n'es qu'un petit merdeux !

Rabbie poussa violemment Fergus qui tomba à la renverse, atterrissant lourdement sur la terre battue. Il se releva en un clin d'œil et plongea la tête la première vers Rabbie, assis sur le bord de la mangeoire et se tordant de rire. Jamie eut juste le temps de le rattraper par le col de sa chemise.

— Ça suffit comme ça, vous deux ! tonna-t-il. Vous n'allez pas gâcher le peu de foin qu'il nous reste.

Il remit Fergus sur ses pieds et, histoire de faire diversion, lui demanda :

— Tu t'y connais donc en sages-femmes ?

— Et comment, milord !

Fergus s'épousseta avec élégance avant de poursuivre sur un ton solennel :

— Lorsque j'étais chez madame Elise, il n'était pas rare qu'une dame se couche.

— Ça, je l'imagine aisément. Tu veux sans doute dire qu'une dame entre en couches.

— Parfaitement, milord. C'est comme ça que je suis né moi-même !

L'adolescent bomba le torse avec fierté.

— Le fait est ! dit Jamie en réprimant un sourire. Dans ce cas, tu as sans doute l'habitude de ce genre de situation. Tu pourrais peut-être nous éclairer sur le sujet ?

Ne prêtant pas attention au sarcasme dans la voix de Jamie, Fergus s'empressa d'expliquer :

— Mais certainement. Avant toute chose, la sage-femme

prend soin de glisser un couteau sous le matelas, afin de couper court à la douleur.

— Tu devrais peut-être en toucher deux mots à Mme Innes, observa Rabbie, elle ne doit pas être au courant.

Malgré la distance entre la grange et la maison, on percevait les cris de Jenny.

— Ensuite, on place un œuf préalablement plongé dans l'eau bénite au pied du lit afin de faciliter la sortie de l'enfant, poursuivit Fergus.

Il fronça les sourcils avant d'ajouter :

— J'ai donné un œuf à Mme Innes, mais elle n'avait pas l'air de savoir quoi en faire. Quand je pense que je le gardais soigneusement depuis un mois ! Comme les poules ne pondent pratiquement plus, je voulais être sûr qu'on en aurait un le moment venu... enfin... Immédiatement après la naissance, la sage-femme fait bouillir les matières rejetées avec le nouveau-né. Elle en fait une infusion qu'elle fera boire à la mère pour accélérer sa montée de lait.

Rabbie fit une grimace de dégoût.

— Tu veux dire qu'elle lui fait boire cette... dégueulasserie ? Aaargh !

Jamie se sentait lui-même légèrement nauséeux.

— Tu me diras, confia-t-il à Rabbie, ça ne m'étonne pas des Français. S'ils mangent des escargots et des grenouilles, ils peuvent bien trouver normal de boire du placenta.

Intérieurement, il songea qu'il leur faudrait peut-être bientôt se rabattre eux aussi sur les grenouilles et les escargots pour survivre.

Rabbie se tenait les côtes en feignant de vomir.

— Beuark ! Comment peut-on être français !

La réaction de Fergus ne se fit pas attendre. Il fit volte-face et décocha un violent coup de poing à son ami. Bien que petit et frêle, il ne manquait pas de force et savait viser les points faibles de ses adversaires, une connaissance acquise lorsqu'il était pick-pocket dans les rues de Paris. L'uppercut cueillit Rabbie au bas-ventre, le pliant en deux et lui arrachant un râle qui rappelait étrangement une vessie de porc écrasée sous un talon.

— Ça t'apprendra à manquer de respect à ceux qui en savent plus que toi ! déclara Fergus avec hargne.

Le teint de Rabbie passa par plusieurs nuances de rouge. Il ouvrait et refermait la bouche comme une truite hors de l'eau, ses yeux écarquillés exprimant une surprise intense. Il était tellement ridicule que Jamie se retint d'éclater de rire, malgré son inquiétude pour Jenny et l'irritation suscitée par les chamailleries des garçons.

Le petit Jamie, qui, jusque-là, avait suivi la scène avec un grand intérêt, poussa soudain un cri terrifié.

Jamie bondit et posa automatiquement une main sur la crosse de son pistolet.

— Quoi, qu'y a-t-il ?

Il crut d'abord qu'une patrouille anglaise venait d'apparaître dans la cour, mais celle-ci était déserte.

— Jamie, qu'est-ce qui se passe ? répéta-t-il.

Puis il suivit le regard horrifié du garçon et les vit. Ils formaient trois petits points noirs sautillant sur le tapis de feuilles mortes entre les pieds de pommes de terre.

— Les corbeaux, murmura-t-il.

Ses poils se hérissèrent. L'apparition de ces oiseaux de guerre et de malheur près d'une maison pendant un accouchement était un signe funeste. L'une des satanées bestioles eut même le front de se percher sur l'avant-toit du manoir.

Sans même réfléchir, il dégaina son arme, posa la gueule du canon sur son avant-bras et visa...

Le corbeau explosa dans un nuage de plumes noires. Ses deux acolytes prirent aussitôt la fuite, comme propulsés au loin par le souffle de la détonation, leurs cris rauques se perdant rapidement dans l'air glacé de l'hiver.

— Bravo, milord ! approuva Fergus. En plein dans le mille !

— B-b-bien... vu ! renchérit Rabbie qui n'avait pas encore tout à fait récupéré son souffle.

Il pointa un doigt vers le manoir.

— Dites, milord, ce n'est pas la sage-femme ?

C'était effectivement Mme Innes qui sortait la tête d'une fenêtre du deuxième étage, ses cheveux blonds ébouriffés par le vent. Elle se pencha en avant, cherchant d'où était venu le coup de feu. Jamie s'avança dans la cour et agita une main pour la rassurer.

— Tout va bien, s'écria-t-il. Juste un léger incident.

Il se garda de parler du corbeau, de peur que la sage-femme ne rapporte le mauvais présage à Jenny.

— Venez ! lui lança Mme Innes. Le bébé est né. Votre sœur vous demande.

Jenny ouvrit un œil las.

— Il a fallu que tu viennes ! soupira-t-elle.

— J'ai pensé que ma place était ici, avec toi, même si je ne pouvais pas faire grand-chose.

Elle referma l'œil et esquissa un demi-sourire. Elle ressemblait à un tableau qu'il avait vu en France, une madone dessinée par un maître italien.

— Tu n'es qu'un imbécile, dit-elle doucement. Mais je suis contente que tu sois là.

Rouvrant les yeux, elle lui montra la petite masse de linge froissé qu'elle tenait dans le creux de son bras.

— Tu veux le voir ?

— Aha ! Alors c'est un « il ».

Fort de sa longue expérience d'oncle, il souleva l'enfant et le berça doucement, écartant les couvertures qui masquaient son visage.

Le nouveau-né avait les yeux fermés, ses cils invisibles sous les plis épais des paupières. Celles-ci formaient deux longues lignes incurvées au-dessus des joues rebondies, laissant deviner qu'il aurait sans doute les yeux en amande de sa mère. Son crâne était bizarrement bosselé, tel un melon difforme, avec une nette protubérance sur la droite, mais la petite bouche était détendue et sereine. Son épaisse lèvre inférieure tremblait légèrement et laissait échapper un petit filet de bave. Il ronflait doucement, prenant un repos bien mérité après l'effort fourni par sa naissance.

— Ça n'a pas été facile, hein ? dit-il à l'enfant.

— A qui le dis-tu ! rétorqua sa mère. Il y a du whisky dans l'armoire, tu veux bien m'en servir un verre ?

— Du whisky ? Tu ne devrais pas plutôt avoir de la bière avec du jaune d'œuf battu ?

Il chassa de son esprit l'avis de Fergus quant à la boisson idéale pour une mère venant d'accoucher.

— Du whisky ! répéta-t-elle. Lorsque tu étais couché dans le salon, à moitié mort, avec une jambe déchiquetée, est-ce que je t'ai soigné avec du jaune d'œuf battu ?

— Tu m'as fait avaler bien pire que ça ! répliqua-t-il. Mais tu as raison, tu m'as également donné du whisky.

Il reposa délicatement l'enfant sur le lit.

— Il a déjà un nom ? demanda-t-il en versant une généreuse dose de whisky.

— Je l'appellerai Ian, comme son père.

La main de Jenny se posa un instant sur le petit crâne chauve. Une veine bleutée palpitait sur la fontanelle. Elle parut affreusement fragile à Jamie, bien que la sage-femme l'eût assuré que le bébé était en parfaite santé. Pris d'un étrange besoin de le protéger, il reprit l'enfant dans ses bras et rabattit la couverture sur la région exposée.

— Mary MacNab m'a raconté comment tu avais traité Mme Kirby, observa Jenny. J'aurais voulu voir ça ! Il paraît que cette vieille harpie a failli en avaler sa langue.

Jamie sourit, tapotant doucement le dos du nouveau-né. Profondément endormi contre son épaule, celui-ci formait une masse inerte qui semblait dépourvue d'os, telle une poupée de chiffon lestée de sable.

— Ç'aurait été trop beau ! grogna Jamie. Comment peux-tu

supporter cette teigne sous ton toit ? A ta place, je l'aurais étranglée depuis longtemps.

Jenny se mit à rire et referma les yeux, renversant la tête en arrière pour laisser le whisky se répandre dans sa gorge.

— Bah ! Il suffit de la remettre à sa place de temps à autre. Je ne m'en prive pas. Cela dit, je ne serais pas fâchée de me débarrasser d'elle. J'ai dans l'idée de l'envoyer au vieux Kettrick, à Broch Mordha. Sa femme et sa fille sont mortes l'année dernière et il a besoin de quelqu'un pour s'occuper de lui.

— Si j'étais Samuel Kettrick, je choisirais plutôt la veuve Murray.

— Peggy Murray est déjà casée, l'assura Jenny. Elle épousera Duncan Gibbons au printemps.

— Ah oui ? Duncan est plus dégourdi que je ne croyais, s'étonna Jamie.

Pris d'un doute, il toisa sa sœur d'un air narquois.

— Dis-moi, les deux principaux intéressés sont-ils déjà au courant ?

— Non, répondit-elle.

Elle pouffa de rire, lui jetant un regard de conspirateur. Puis, retrouvant son sérieux, elle fronça les sourcils.

— A moins que tu n'aies toi-même des visées sur Peggy ? demanda-t-elle

— Moi ? s'exclama Jamie.

Lui aurait-elle suggéré de se jeter par la fenêtre qu'il n'en n'aurait pas été plus stupéfait.

— Pourquoi pas ? Elle n'a que vingt-cinq ans. C'est assez jeune pour la plupart des hommes à marier. En plus, c'est une bonne mère.

— Je n'aurais pas dû te donner de whisky, grogna Jamie, offusqué. Tu veux que je prenne une femme alors que je vis comme un sauvage dans une grotte ?

Il était profondément gêné. Pour cacher l'embarras qu'éveillait en lui la suggestion de sa sœur, il se leva et se mit à arpenter la chambre tout en babillant à l'oreille de la petite créature nichée dans ses bras.

— Dis-moi, Jamie... poursuivit Jenny sur un ton détaché, depuis combien de temps n'as-tu pas touché une femme ?

Horrifié, il fit volte-face et la dévisagea d'un air furibond.

— Mais enfin, Jenny, qu'est-ce qui te prend de me poser ce genre de question ?

Imperturbable, Jenny renchérit :

— Je sais que tu n'as couché avec aucune des filles non mariées vivant entre Lallybroch et Broch Mordha. Sinon, j'en aurais entendu parler. Tu n'as pas non plus fricoté avec une des veuves, je me trompe ?

Elle laissa avec tact sa question en suspens.

— Tu sais très bien que non, marmonna-t-il enfin, les joues en feu.

— Pourquoi ?

— Pourquoi ? glapit-il, estomaqué. Est-ce que tu aurais perdu la raison, Jenny ? Tu me prends pour qui ? Pour un débauché allant de porte en porte, culbutant toutes celles qui ne le chasseraient pas à coups de balai ?

Elle esquissa un sourire songeur.

— Aucune ne se refuserait à toi, Jamie, tu le sais bien. Non, je sais que tu n'es pas du genre à abuser d'une femme. Tu l'épouserais d'abord, n'est-ce pas ?

— Mais enfin, vas-tu arrêter ! s'écria-t-il.

Son ton véhément perturba le sommeil de l'enfant qui se mit à gigoter et émit un petit grognement de protestation. Sans cesser de le bercer, Jamie le changea machinalement d'épaule, puis reprit :

— Je n'ai aucune intention de me remarier, tu m'entends ! Alors, fais-toi une raison, Jenny Murray.

— Oui, oui, j'ai compris, j'ai compris, soupira-t-elle.

Mais loin de capituler, elle se redressa sur ses oreillers, se hissant en position assise afin de mieux pouvoir le fixer dans les yeux.

— Tu comptes vivre comme un moine jusqu'à la fin de tes jours ? demanda-t-elle. Tu tiens donc à être mis en terre sans un fils pour pleurer sur ta tombe ou bénir ton nom ?

— Occupe-toi de tes affaires, bon sang !

Le feu aux joues, il tourna les talons et alla se poster devant la fenêtre, feignant de regarder la cour.

— Je sais que tu portes encore le deuil de Claire, continua-t-elle doucement. Tu crois que je pourrais oublier Ian si on me l'enlevait ? Mais il est temps de reprendre ta vie en main, Jamie. Je suis sûre que Claire n'aurait pas voulu que tu vives seul pour le restant de tes jours, sans personne pour te réconforter ni porter tes enfants.

Il resta silencieux un long moment, sentant la chaleur de la petite tête se diffuser dans son cou. Son reflet dans la vitre embuée dessinait une silhouette dépenaillée avec une petite masse d'une blancheur incongrue sous son visage hirsute.

— Elle portait notre enfant quand... je l'ai perdue, dit-il simplement en parlant à son image.

Comment aurait-il pu l'exprimer autrement ? Il n'avait aucun moyen d'expliquer à sa sœur où était Claire, ou, plutôt, où il espérait qu'elle était. Comment lui faire comprendre qu'il ne pourrait jamais penser à une autre femme ? qu'il était condamné à prier secrètement pour qu'elle soit toujours en vie, tout en sachant qu'il ne la reverrait jamais ?

Un long silence s'installa dans la chambre. Puis Jenny s'enquit d'une voix douce :

— C'est pour ça que tu tenais tant à venir aujourd'hui ?

Il soupira et se tourna vers elle, appuyant sa tempe contre la vitre glacée.

— Peut-être. Je n'ai pas pu aider ma femme à mettre notre enfant au monde, alors j'ai voulu t'aider, toi. Mais j'ai été aussi inutile à toi qu'à elle, ajouta-t-il avec amertume. Dans un cas comme dans l'autre, je n'ai servi à rien.

Jenny tendit une main vers lui, les yeux emplis de tendresse.

— Jamie, *mo chridhe*...

Elle fut interrompue par un épouvantable fracas au rez-de-chaussée et le regarda d'un air horrifié.

— Seigneur Jésus ! lâcha-t-elle en pâlissant. Les Anglais !

— Bon Dieu !

Pris de panique, il lança un regard vers la fenêtre, se rendant immédiatement compte qu'il lui serait impossible de sauter. Des bruits de bottes retentissaient déjà dans l'escalier.

— L'armoire, vite ! chuchota Jenny.

Sans hésiter, il bondit dans le gros meuble en tenant toujours le bébé serré contre son épaule et claqua la porte derrière lui.

La porte de la chambre s'ouvrit presque simultanément. Une silhouette vêtue d'un uniforme rouge apparut sur le seuil, l'épée à la main. Le capitaine des dragons balaya la pièce des yeux puis se tourna vers la femme couchée dans le lit.

— Madame Murray ?

Jenny se redressa péniblement.

— Oui, c'est moi. Qu'est-ce que vous fichez dans ma maison ?

Sa figure était pâle et couverte de sueur. Ses mains tremblaient mais elle releva fièrement le menton et fusilla l'intrus du regard.

— Sortez ! jeta-t-elle.

Faisant la sourde oreille, l'homme avança dans la chambre et s'approcha de la fenêtre. L'œil collé à une fissure de l'armoire, Jamie aperçut le bas de la redingote rouge passer plusieurs fois à quelques centimètres de sa cachette. Puis le capitaine se figea juste devant lui, faisant face à Jenny.

— Tout à l'heure, un de mes éclaireurs a entendu un coup de feu près du manoir. Où sont vos hommes ?

— Quels hommes ? railla Jenny en se laissant retomber sur ses oreillers. Vous m'avez déjà pris mon mari, et mon fils aîné n'a que dix ans.

Elle se garda de mentionner Fergus et Rabbie. Adolescents, ils étaient déjà en âge d'être traités, ou maltraités, comme des hommes adultes. Avec un peu de chance, ils avaient détalé en voyant arriver les Anglais.

Le capitaine était un officier d'âge mûr, aguerri et peu crédule

— Vous savez qu'il est interdit de détenir des armes à feu dans les Highlands, madame.

Se tournant vers un soldat entré dans la chambre derrière lui, il ordonna :

— Fouillez la maison, Jenkins !

Il dut hausser la voix pour se faire entendre par-dessus le vacarme épouvantable en provenance de la cage d'escalier. Jenkins esquissa un salut militaire puis pivota sur ses talons. Il s'apprêtait à sortir de la chambre quand il fut bousculé par Mme Innes qui entrait au pas de charge.

— Laissez cette pauvre femme tranquille ! vociféra-t-elle.

Sa voix chevrotait d'indignation et des mèches de cheveux s'échappaient de son bonnet. Elle se planta devant le capitaine, les poings serrés sur les hanches.

— Sortez de cette chambre ! cria-t-elle. Laissez cette pauvre femme en paix !

— Mais calmez-vous, voyons ! s'impatienta le capitaine en la prenant pour une servante. Je ne fais aucun mal à votre maîtresse ! Je ne fais que...

— Mufle ! Goujat ! Comment osez-vous harceler une malheureuse qui vient à peine de faire ses couches, l'interrompit Mme Innes. Madame a accouché il n'y a pas une heure ! Vous n'avez donc aucune décence ! Vous n'avez rien d'autre à faire...

— Accouché ? dit le capitaine.

Il lança un regard incrédule vers le lit.

— Vous venez de mettre un enfant au monde, madame Murray ? Où est-il ?

Le nouveau-né en question gesticula dans ses langes, réveillé par l'étreinte puissante de son oncle pétrifié. Du fond de sa cachette, Jamie distinguait les traits livides de sa sœur.

— Il est mort, répondit-elle.

La sage-femme ouvrit grand la bouche, mais l'attention du capitaine était entièrement concentrée sur Jenny.

— Oh ! fit-il. Etait-ce...

— Maman !

Le jeune Jamie fit irruption dans la chambre. Se faufilant entre les jambes de Jenkins, il se précipita dans les bras de sa mère.

— Maman ! beugla-t-il. Mon petit frère ! Il est mort ? Oh noooon ! Noooon !

Eclatant en sanglots, il enfouit son visage dans les draps.

Comme pour réfuter la déclaration de son frère, le nouveau-né voulut témoigner de sa vigueur en flanquant des coups de pied outrés dans le ventre de son oncle et en émettant une série de gargouillis étouffés, qui se fondirent heureusement dans le vacarme qui régnait dans la chambre.

Jenny tentait de réconforter son fils, Mme Innes essayait de dénouer ses petits doigts qui serraient convulsivement la manche de sa mère, le capitaine lançait des ordres à tue-tête pour se faire entendre au-dessus des lamentations bruyantes de l'enfant et, pour couronner le tout, la maison tout entière retentissait de bruits de bottes et de claquements de portes.

Jamie crut comprendre que le capitaine demandait à voir la dépouille mortelle de l'enfant. Il serra son petit neveu encore plus fort contre lui, tentant de prévenir toute velléité de manifestation bruyante. Son autre main se porta sur la dague de son coutelas, sachant d'emblée que cela ne lui servirait à rien. Si l'on venait à ouvrir la porte de l'armoire, se trancher la gorge ne serait d'aucune utilité.

Le petit Ian émit un couinement de protestation, exprimant sans doute par là qu'il n'aimait pas être écrasé. Aux oreilles de Jamie, qui voyait déjà la maison en flammes et tous ses habitants massacrés, ce simple gémissement parut aussi tonitruant que les lamentations de son grand frère.

— Tout est votre faute !

Entre-temps, le petit Jamie s'était remis sur pied, le visage rouge et bouffi par les larmes. Il avança sur le capitaine, le front baissé tel un bélier.

— Vous avez tué mon frère, espèce de sale Anglais !

Pris de court par ce soudain retournement de situation, le capitaine recula d'un pas, clignant les yeux.

— Mais non, mon garçon, vous vous méprenez. Je n'ai fait que...

— Assassin ! Salaud ! *A mhic an diabhoil !*

Hors de lui, l'enfant se mit à égrener un chapelet d'injures en anglais et en gaélique.

— Bâââââ ! fit le petit Ian dans l'oreille de Jamie. Beueeueue !

Cela semblait le préliminaire à un cri nettement plus puissant et, pris de panique, Jamie lâcha son coutelas et lui glissa son pouce dans la bouche. Les gencives édentées du nouveau-né se refermèrent sur son doigt avec une voracité qui lui arracha une grimace de douleur.

— Sortez ! Sortez ! Sortez ou je vous tuerai ! vociférait le petit Jamie, le visage déformé par la rage.

L'officier anglais lançait des regards désemparés vers le lit, implorant Jenny de rappeler à elle son petit démon. Mais celle-ci gisait sur sa couche, les yeux fermés. Rassemblant toute sa dignité, le capitaine capitula enfin.

— Très bien ! J'attendrai mes hommes en bas ! soupira-t-il.

Sur ces mots, il sortit à reculons et referma la porte derrière lui. Privé d'ennemi, le petit Jamie se laissa tomber sur le plancher, sanglotant désespérément dans le creux de ses bras repliés.

A travers la fente de l'armoire, Jamie vit Mme Innes adresser un regard interrogateur à Jenny, ouvrant la bouche pour lui poser une question. Tel Lazare ressuscité, Jenny bondit hors du lit et pressa un doigt contre ses lèvres pour lui enjoindre de se taire. Le petit Ian, lui, s'acharnait sur le pouce de Jamie, ne comprenant pas pourquoi il n'arrivait pas à obtenir du lait.

Assise sur le bord du lit, Jenny attendit, haletante, l'oreille tendue. Du rez-de-chaussée montaient les bruits du remue-ménage causé par les soldats. Tremblante de fatigue, elle esquissa un geste vers l'armoire où se cachaient son frère et son fils.

Jamie prit une profonde inspiration. Il n'avait plus le choix. Sa main et son poignet dégoulinaient de salive et les grognements de frustration du bébé se faisaient de plus en plus sonores.

Il sortit en chancelant, trempé de sueur, et propulsa le nouveau-né dans les bras de sa mère. Découvrant un sein d'un seul geste, elle pressa la petite tête contre son mamelon et se pencha sur le petit corps recroquevillé comme pour le protéger.

Les protestations du petit Ian se transformèrent en bruits de succion goulue et Jamie s'affala sur le plancher, les jambes coupées par l'émotion.

En voyant son oncle sortir de l'armoire, le petit Jamie s'était relevé en ouvrant des yeux ébahis. Il se tenait adossé à la porte, ses regards interloqués allant de sa mère à son oncle. Mme Innes se pencha vers lui et lui chuchota des explications à l'oreille mais il ne semblait rien entendre.

Lorsque les soldats se rassemblèrent enfin dans la cour en un ensemble confus d'ordres criés et de piaffements de chevaux, le petit Ian, repu, ronflait tranquillement dans les bras de sa mère, la joue écrasée contre son épaule. Jamie se tenait devant la fenêtre, observant le départ des Anglais.

La chambre était silencieuse, hormis les bruits de gorge de Mme Innes qui buvait un whisky. Le petit Ian était blotti contre sa mère. Celle-ci n'avait pas relevé la tête depuis qu'elle avait retrouvé son bébé, ses cheveux noirs retombant en cascade devant ses yeux.

Jamie s'approcha et lui toucha l'épaule. La chaleur de sa peau le fit tressaillir, comme si le froid glacial qui avait envahi son propre corps rendait tout contact avec une autre personne étrange et contre nature.

— Je vais me cacher dans le refuge du prêtre, annonça-t-il. Je remonterai à la grotte quand il fera nuit.

Jenny acquiesça sans le regarder. Il y avait déjà plusieurs mèches blanches dans sa chevelure d'ébène, lançant des reflets d'argent le long de ses tempes.

— Je crois qu'il vaut mieux que je ne vienne plus au manoir, ajouta-t-il... du moins pour un certain temps.

Jenny ne répondit pas, mais hocha de nouveau la tête.

6

Le fût brisé

Il ne devait redescendre au manoir qu'une seule fois. Les deux mois qui suivirent la naissance de Petit Ian, il se tint terré dans sa grotte, osant à peine sortir la nuit pour chasser. Les Anglais avaient établi un nouveau campement à Comar et patrouillaient sans cesse dans la région par groupes de huit ou dix hommes, passant chaque ferme au peigne fin, pillant ce qu'il y avait à piller, saccageant ce qu'ils ne pouvaient emporter. Le tout avec la bénédiction de Sa Majesté.

De sa grotte, il pouvait voir un petit sentier qui menait au pied de la colline. Ce n'était guère qu'un chemin à peine tracé, naguère emprunté par les chasseurs de cerfs. Désormais, les animaux s'y aventuraient rarement, flairant une présence humaine au sommet de la colline. Néanmoins, lorsque le vent était pour lui, il lui arrivait encore d'apercevoir quelques biches paissant tranquillement ou de découvrir des fèces encore molles mêlées à la boue du sentier.

Ce chemin servait également à ceux qui avaient à faire sur la colline, mais ils étaient rares. Ce jour-là, il se trouvait contre le vent et ne comptait donc pas voir de cerfs. Il était couché sous la crevasse qui constituait l'entrée de sa grotte, où, quand il faisait beau, le rideau de ronces et de sorbiers laissait filtrer suffisamment de lumière pour lui permettre de lire. Sa bibliothèque n'était pas très fournie, mais le cousin Jared glissait parfois quelques nouveaux romans français dans les caisses de provisions qu'il leur envoyait en secret.

Un frisson agita les buissons au-dessus de lui, faisant danser des ombres sur sa page. Sentant que le vent venait de tourner, il tendit l'oreille et perçut des éclats de voix. Il bondit aussitôt sur ses pieds, tous ses sens à l'affût, une main sur la garde de son coutelas. Sans faire de bruit, il rangea son livre sur la petite corniche qu'il avait creusée dans la roche. Puis il s'agrippa à une nodosité de granit qui faisait office de prise naturelle, et se hissa hors de la grotte.

Il jura entre ses dents en apercevant un éclat de métal et un morceau d'étoffe rouge sur le sentier en contrebas. Il ne craignait rien. Les soldats anglais étaient déjà mal équipés pour marcher sur la lande, couverte de bruyère et de tourbe molle où s'enfonçaient leurs bottes, et de son poste de garde il les entendait pester contre la boue du sentier dans laquelle ils dérapaient. Ils n'allaient donc pas se risquer à escalader la pente abrupte et touffue jusqu'à son repaire. Toutefois, leur présence signifiait qu'il ne pourrait se hasarder hors de la grotte avant la tombée de la nuit, même pour aller chercher de l'eau ou se soulager. Il lança un regard furibond vers sa cruche vide.

Un cri retentit et il dut étirer le cou pour voir d'où il venait, manquant lâcher prise et dégringoler au fond de sa grotte. Les soldats s'étaient regroupés, formant un cercle autour d'une silhouette indistincte. Celle-ci était courbée sous le poids d'un petit tonneau qu'elle portait sur son dos. C'était Fergus, qui lui apportait sa ration de bière fraîchement brassée. Jamie jura de plus belle. Un peu de bière n'aurait pas été du luxe, il n'en avait pas bu une goutte depuis des mois !

Le vent tourna de nouveau, ne portant jusqu'à lui que quelques bribes de phrases inintelligibles. Fergus faisait face aux soldats, gesticulant avec véhémence de sa main libre.

— Ne fais pas l'imbécile ! marmonna Jamie entre ses dents. Donne-leur ce qu'ils veulent et sauve-toi !

Un des hommes avança les mains pour s'emparer du tonneau, mais Fergus fit un bond de côté et les bras du soldat se refermèrent sur le vide. Exaspéré, Jamie se frappa le front du plat de la main. Confronté à l'autorité, surtout quand elle portait un uniforme anglais, Fergus ne pouvait résister à la tentation de se montrer insolent.

L'adolescent tentait à présent de rebrousser chemin, tout en lançant des insultes aux soldats.

— Ne fais pas l'idiot ! répéta Jamie plus fort cette fois. Lâche ton tonneau et cours !

Fergus, apparemment sûr de ses jambes, tourna le dos aux Anglais et se mit à les narguer en dandinant son arrière-train. Furieux, plusieurs soldats en oublièrent le mal qu'ils avaient à patauger dans la gadoue et se précipitèrent à ses trousses. Leur chef leur ordonna vainement de revenir. Il venait de se rendre compte que l'adolescent effronté pouvait être un appât, envoyé pour les attirer dans une embuscade. Fergus, lui, redoubla ses insultes. Certains soldats comprenaient sans doute suffisamment de français de bas étage car, si plusieurs d'entre eux obéirent aux injonctions de leur chef, le gros de la troupe fondit sur le garçon.

Il y eut une violente mêlée. Fergus se débattait comme un beau diable, gigotant telle une anguille entre les mains des soldats. Dans le chaos qui suivit et le gémissement du vent, Jamie n'entendit pas le chuintement du sabre sortant de son fourreau. Pourtant, ce frottement à peine perceptible du métal contre le velours allait le hanter pour le restant de ses jours, gravé à jamais dans sa mémoire comme le symbole d'un désastre imminent.

Etait-ce quelque chose dans l'attitude des soldats ? une électricité dans l'air qui aurait pénétré jusque dans sa grotte ? ou simplement cet atroce sentiment de fatalité qui ne l'avait pas quitté depuis Culloden, comme si tout son entourage risquait la contamination, comme si tous ceux qui l'approchaient s'y exposaient ? Son corps tout entier se crispa et son cœur s'arrêta avant même qu'il n'ait vu la lame d'acier s'élever dans les airs.

Elle se déplaça lentement, presque avec paresse, dans un mouvement ralenti qui laissa le temps à son cerveau de calculer sa trajectoire, de deviner sa cible et de hurler en silence un « nooooon ! » assourdissant.

Peut-être aurait-il même eu le temps de bondir hors de sa cachette, de se précipiter au sein de la mêlée, de saisir la main qui brandissait l'arme et de lui faire lâcher prise. La partie consciente de son cerveau le retint de commettre une pareille bévue, lui faisant enfoncer les doigts dans la paroi de granit, le crucifiant sur place.

« Ne bouge pas ! » lui disait une voix dans sa tête, criant plus fort que la fureur et l'horreur qui l'envahissaient. « Il s'est sacrifié pour toi. Tu ne dois pas bouger. Tu ne peux rien faire. »

Il ne fit rien. Il resta là, à regarder la lame qui décrivit un arc de cercle et s'abattit dans un léger sifflement. Le tonneau tant convoité dévala la pente en tourbillonnant et s'écrasa dans le petit ruisseau qui gargouillait plus bas.

Les cris cessèrent aussitôt et un silence surpris s'abattit sur les bois. Les oreilles de Jamie, elles, rugissaient. Ses genoux lâchèrent et il se rendit vaguement compte qu'il était sur le point de tourner de l'œil. Sa vue s'obscurcit, striée d'étoiles et de traînées blanches sur un fond rouge sang. Mais même les ténèbres qui s'abattaient sur lui ne pouvaient effacer l'image imprimée sur sa rétine : la main de Fergus, cette petite main de pickpocket et d'enfant, maigre et agile, gisant inerte dans la boue du sentier, la paume tournée vers le ciel comme en une supplique.

Il attendit quarante-huit longues heures avant que Rabbie MacNab ne vienne siffler sur le sentier au pied de sa grotte.

— Comment va-t-il ? demanda Jamie sans autres préliminaires.

— Mme Jenny a dit qu'il s'en sortirait.

Le garçon avait les traits pâles et tirés. Il ne s'était manifestement pas encore remis du choc subi par son ami.

— Elle a dit qu'il n'avait pas de fièvre et qu'il n'y avait pas trace de gangrène dans le... moignon.

— Les soldats l'ont ramené au manoir ?

Sans attendre la réponse, il s'était déjà mis en route, Rabbie courant derrière lui.

— Oui, lança-t-il en haletant. Ils n'étaient pas fiers. Je crois même qu'ils avaient un peu honte. Le capitaine s'est excusé et a donné un souverain en or à Mme Jenny... pour Fergus.

— Ah oui ? Quelle générosité !

Il ne dit plus un mot avant d'avoir atteint la maison.

Fergus était couché dans la chambre d'enfants, près de la fenêtre. Il avait les yeux fermés, ses longs cils noirs caressant ses joues. Dans cet état, sans son agitation habituelle ni son éventail de pitreries et de grimaces, Jamie le reconnut à peine. Son nez légèrement aquilin et ses lèvres finement dessinées lui conféraient une allure aristocratique. Sous les joues encore pleines de l'enfance, on devinait les traits aiguisés et virils du jeune homme qu'il deviendrait bientôt.

Jamie s'approcha du lit et le garçon ouvrit aussitôt les yeux. En le reconnaissant, un faible sourire illumina son visage.

— Milord ! Vous êtes venu ! Mais vous n'auriez pas dû, c'est trop dangereux.

Jamie se laissa tomber à genoux à son chevet.

— Mon Dieu, mon garçon. Pardonne-moi !

Il ne pouvait se résoudre à baisser les yeux vers le bras maigrelet posé sur la couverture. Le petit poignet bandé s'achevait sur... rien. Il posa une main sur l'épaule de Fergus et lui caressa doucement les cheveux.

— Tu as très mal ? demanda-t-il.

— Non, milord.

Une soudaine grimace de douleur vint aussitôt le contredire et il esquissa un sourire honteux.

— Enfin, pas beaucoup, milord. Et madame a été très généreuse avec le whisky.

Une timbale pleine était posée sur la table de chevet, à peine entamée. Fergus, habitué aux vins français, n'était pas très porté sur le whisky.

— Pardonne-moi, répéta Jamie.

Il n'avait pas grand-chose à ajouter et, de toute manière, sa gorge nouée ne lui aurait pas permis d'en dire davantage. Il détourna le regard, sachant que le garçon serait gêné de le voir pleurer.

— Ne vous bilez pas, milord, ce n'est pas si grave.

Une note d'espièglerie perça dans la voix de l'adolescent.

— Dans un sens, j'ai de la veine, ajouta-t-il.

Jamie déglutit :

— C'est vrai, Fergus, tu es en vie, Dieu merci !

— Oui, mais ce n'est pas tout, milord.

Jamie leva les yeux pour découvrir la figure pâle mais souriante de Fergus.

— Vous ne vous souvenez pas de notre accord ? demanda celui-ci.

— Quel accord ?

— Lorsque vous m'avez pris à votre service, à Paris, vous avez dit que si j'étais arrêté et exécuté, vous feriez dire une messe pour moi chaque année.

Sa main unique se porta à la petite médaille vert-de-grisée qu'il portait autour du cou. Elle représentait saint Dismas, patron des voleurs.

— Mais vous avez dit aussi que, si on me coupait une oreille ou une main pendant que je travaillais pour vous...

— ... Je subviendrais à tes besoins pour le restant de tes jours, acheva Jamie.

Il ne savait plus s'il devait rire ou pleurer et se contenta de tapoter la petite main posée à présent sur la couverture.

— Oui, c'est vrai, dit-il. Je m'en souviens très bien. Tu peux me faire confiance, je tiendrai parole.

— Oh, je n'en ai jamais douté, milord, l'assura Fergus.

Il commençait à se fatiguer. Ses joues pâles avaient blêmi et il faisait un effort visible pour garder les yeux ouverts.

— Vous voyez, j'ai de chance, murmura-t-il sans se départir de son sourire. Me voilà devenu un gentleman rentier, non ?

Jenny l'attendait devant la porte de la chambre. Il la prit par le coude et l'entraîna plus loin.

— Descends dans le refuge du prêtre avec moi, annonça-t-il. Il faut que je te parle.

Elle le suivit sans commentaire dans le couloir qui séparait la cuisine de l'office. Un large panneau de bois était enchâssé dans les dalles du sol, perforé de petits trous. Théoriquement, ces derniers servaient à aérer la réserve de pommes de terre et de navets, et de fait, si un œil soupçonneux décidait d'y regarder de plus près, le plafond de la réserve, à laquelle on accédait par une porte à l'extérieur de la maison, possédait effectivement une trappe criblée de trous de ventilation.

Mais ce que l'on ne pouvait voir, c'était que le panneau de bois laissait également passer la lumière et l'air dans la petite pièce baptisée « refuge du prêtre », construite juste derrière la réserve de tubercules. Pour y accéder, il suffisait de soulever le panneau avec son châssis de dalles et de descendre le long d'une petite échelle.

Mesurant à peine deux mètres carrés, la pièce n'était meublée que d'un banc en bois, d'une couverture et d'un pot de chambre. Une grande cruche d'eau et une boîte de biscuits secs complétaient le tout. Elle n'avait été ajoutée à la maison que quelques années plus tôt. Aucun prêtre n'y était jamais descendu ni ne risquait d'y descendre un jour. En revanche, c'était bien un refuge.

On ne pouvait y tenir à deux qu'en s'asseyant côte à côte sur le banc. Aussi, après avoir rabaissé la trappe et enlevé l'échelle, Jamie vint prendre place à côté de sa sœur. Ils restèrent un moment silencieux, puis il prit la parole, d'une voix si basse qu'elle dut se pencher vers lui pour l'entendre, tel un curé recevant une confession.

— Cette situation est devenue insupportable, dit-il. Je n'en peux plus. Il faut que je m'en aille.

Ils étaient si près l'un de l'autre qu'il sentait le souffle de Jenny contre sa joue. Elle lui prit la main, ses doigts rugueux serrant les siens.

— Tu veux retourner en France ?

A deux reprises déjà, il avait tenté de fuir en France, empêché chaque fois par l'étroite surveillance des Anglais dans tous les ports d'Ecosse. Aucun déguisement ne pouvait masquer sa grande taille et sa carnation de roux.

Il fit non de la tête.

— Je vais me laisser capturer.

— Jamie !

Dans son agitation, elle avait parlé plus fort qu'elle ne l'avait voulu. Une légère pression de Jamie la rappela à l'ordre.

— Jamie, tu ne peux pas faire ça ! reprit-elle plus bas. Ils vont te pendre !

— Je ne crois pas.

Il gardait la tête baissée, comme perdu dans ses pensées.

— Je ne crois pas, répéta-t-il.

Il lança un bref regard à sa sœur avant de poursuivre :

— Claire... elle avait le don. Elle connaissait l'avenir.

C'était une explication qui en valait une autre, même si elle n'était pas tout à fait vraie.

— ... Elle savait ce qui allait arriver à Culloden... elle m'avait prévenu. Elle m'a également annoncé ce qui allait se passer ensuite.

— Ah, fit Jenny doucement. Je me demandais... Voilà pourquoi elle m'a conseillé de planter des pommes de terre et de construire cette cachette.

— Oui. Elle m'a dit que la Couronne allait continuer de pourchasser les jacobites pendant plusieurs années, ce qu'elle a fait, mais qu'après un certain temps les Anglais se lasseraient d'exécuter les prisonniers, se contentant de les laisser moisir en prison.

— Rien que ça ! Si tu dois vraiment partir, Jamie, pars plutôt te cacher dans la nature. Ne te rends pas aux Anglais, quel que soit le sort qu'ils te réservent...

— Attends. Je ne t'ai pas tout dit. Je ne compte pas me laisser prendre bêtement. Ma tête est mise à prix, non ? Ça fait une jolie somme. Ce serait dommage de gâcher une telle occasion, tu ne trouves pas ?

Il faisait de son mieux pour paraître enjoué. Elle le perçut dans sa voix et lui jeta un coup d'œil agacé.

— Sainte Marie mère de Dieu ! souffla-t-elle. Tu veux que quelqu'un te dénonce ?

— Oui, l'un des nôtres.

Son plan, qu'il avait mille fois ressassé dans sa grotte, lui parut tout à coup moins évident.

— J'ai pensé à Joe Fraser. Il me semble le mieux indiqué.

Elle se frotta les lèvres du dos de la main. Son esprit rapide avait déjà deviné ce qu'il avait en tête, avec toutes les implications.

— Même s'ils ne te pendent pas sur-le-champ, Jamie... le risque est trop grand. Tu pourrais être tué au cours de ta capture.

Les épaules de Jamie s'affaissèrent brusquement sous le poids de la misère et de l'épuisement.

— Quand bien même, Jenny ! Quelle importance ?

Elle resta silencieuse un long moment avant de répondre.

— Non, je sais bien, petit frère. Je te comprends.

Elle soupira avant d'ajouter :

— Mais cela a de l'importance pour moi.

Elle avança ses doigts vers la nuque de son frère, lui caressant doucement les cheveux.

— Tête de mule... tu me promets de faire attention à toi ?

Le panneau de ventilation au-dessus de leurs têtes s'obscurcit soudain et un bruit de pas légers retentit. Ce devait être une des filles de cuisine qui se rendait dans l'office. Lorsqu'un peu de lumière revint, il vit les traits tirés de sa sœur.

— Oui, murmura-t-il. Je te le promets.

Il lui fallut attendre deux mois avant que tous les arrangements soient pris. Lorsqu'on vint enfin lui annoncer que tout était prêt, c'était le printemps.

Il était assis sur son rocher préféré, près de l'entrée de la grotte, contemplant l'apparition des premières étoiles. Même pendant l'année qui avait suivi Culloden, la pire de toutes, il avait toujours trouvé un moment de paix à cette heure du soir. A mesure que la lumière du jour diminuait, les objets semblaient s'illuminer de l'intérieur, se détachant contre le fond du ciel ou de la roche, leur surface révélée dans ses moindres détails. Il pouvait distinguer la forme d'un papillon de nuit, invisible à la lumière du jour, ses ailes à présent ourlées d'un triangle plus sombre qui le faisait ressortir sur le tronc d'arbre sur lequel il s'était posé. Dans un instant, il s'envolerait.

Il se tourna vers la vallée, scrutant la rangée de sapins noirs qui bordait la lointaine falaise. Puis, au-dessus, les étoiles. Ici Orion, chevauchant fièrement la ligne d'horizon. Plus loin, les Pléiades, encore à peine visibles dans le ciel bleu sale. C'était peut-être la dernière fois qu'il pouvait admirer la nuit, et il comptait en profiter. Il songea à la prison, aux barreaux, aux verrous et aux murs épais. Il se souvint de Fort Williams, de Wentworth, de la Bastille. Des murs de pierre, de plus d'un mètre d'épaisseur, qui bloquaient la lumière et l'air. La crasse, la puanteur, la faim, cette sensation d'être emmuré vivant...

Il chassa ces pensées de son esprit. Il avait fait son choix et ne le regrettait pas. Toutefois, il voulait quand même voir le Taureau. Ce n'était pas la plus belle des constellations, mais c'était la sienne. Il était né sous le signe de cet animal à cornes, têtu et fort. Assez fort, espérait-il, pour pouvoir le mener au bout de ses peines avec dignité.

Un léger sifflement aigu s'éleva au-dessus des bruits de la nuit. Il ressemblait à un chant de courlis sur le loch, mais Jamie reconnut le signal. Quelqu'un remontait le sentier. Un ami.

C'était Mary MacNab, qui travaillait aux cuisines de Lallybroch depuis la mort de son mari. D'ordinaire, c'était Rabbie, son fils, ou Fergus, qui lui apportait provisions et nouvelles, mais Mary les avait déjà remplacés à plusieurs reprises.

Elle portait un panier, plein à craquer, contenant une poule faisane farcie, du pain frais, plusieurs oignons verts, des baies et un petit fût de bière. Jamie examina ce festin, puis la regarda avec un sourire ironique.

— C'est mon banquet d'adieu ?

Elle hocha la tête sans répondre. C'était une petite femme à l'épaisse chevelure brune striée d'argent et au visage portant les stigmates d'une vie difficile. Cependant, ses yeux bruns étaient doux et ses lèvres encore pulpeuses, une courbe accueillante.

Se rendant compte qu'il fixait sa bouche, il baissa précipitamment les yeux et se tourna de nouveau vers le panier.

— Seigneur, je ne pourrai jamais avaler tout ça ! Il y a même un gâteau ! Où avez-vous déniché de quoi préparer un tel repas ?

Elle haussa les épaules. Ce n'était pas une bavarde, Mary MacNab. Lui reprenant le panier des mains, elle se mit à disposer les mets sur la planche en bois posée sur des pierres. Elle mit le couvert pour deux. Cela n'avait rien d'inhabituel. Elle avait déjà dîné avec lui auparavant, afin de lui donner les nouvelles de la région pendant qu'ils mangeaient. Cela dit, dans la mesure où il s'agissait de son dernier repas avant son départ de Lallybroch, il était surpris que ni sa sœur ni les garçons ne viennent le partager avec lui. Il y avait sans doute des visiteurs au manoir, les empêchant de sortir le soir sans être vus.

Il invita Mary à s'asseoir, puis prit place en face d'elle, s'asseyant en tailleur sur le sol.

— Vous avez parlé à Joe Fraser ? C'est pour quand ? demanda-t-il.

Elle lui servit un gros morceau de viande froide et lui donna tous les détails du plan : on lui amènerait un cheval avant l'aube et il sortirait de la vallée en passant par le col de Broch Tuarach. Ensuite, il ferait demi-tour, traverserait les collines rocheuses et redescendrait dans la vallée en passant par Feesyhant's Burn, faisant mine de rentrer chez lui. Les Anglais l'intercepteraient quelque part entre Struy et Eskadale, sans doute à Midmains car c'était l'endroit idéal pour une embuscade. A ce niveau, la route s'enfonçait dans une gorge escarpée mais il y avait un bosquet près du ruisseau où plusieurs hommes pouvaient aisément se cacher.

Après le repas, elle rangea soigneusement les vestiges du festin dans son panier, lui laissant de quoi prendre un bon petit déjeuner avant de partir à l'aube. Il s'attendait à ce qu'elle prenne congé, mais elle n'en fit rien. Elle fouilla dans la crevasse où il gardait ses draps et couvertures et les étala soigneusement sur le sol avant de s'y agenouiller et de dénouer les lacets de son bonnet.

— Je vois ! fit-il d'un air narquois. C'est une idée de ma sœur ou vous agissez de votre plein gré ?

— Quelle importance ? répondit-elle.

Elle était calme, ses cheveux bruns sagement ordonnés en un chignon souple, ses mains parfaitement immobiles posées sur ses cuisses.

Il tendit la main pour l'aider à se relever.

— Vous avez raison, cela n'a aucune importance, parce qu'il ne va rien se passer, dit-il. J'apprécie votre geste mais...

Elle l'interrompit en posant les lèvres sur les siennes. Elles étaient douces. Il lui saisit fermement les poignets et s'écarta.

— Non ! dit-il. Ne faites pas ça. Je ne veux pas.

Il n'était que trop conscient que son corps n'était pas de cet avis. Sa gêne s'accrut encore quand il constata que ses culottes, trop petites et élimées jusqu'à la trame, ne rendaient l'ampleur de ce désaccord que trop perceptible. Le léger sourire de satisfaction de Mary lui indiqua qu'elle s'en était déjà aperçue.

Il la fit pivoter vers l'entrée de la grotte et la poussa doucement vers la sortie. Elle fit un pas de côté et glissa les mains derrière son dos pour dénouer les lacets de sa jupe.

— Je vous en prie, Mary, arrêtez ! la supplia-t-il.

— Comment comptez-vous m'en empêcher ? demanda-t-elle en laissant tomber sa jupe à ses pieds.

Elle la ramassa, la plia soigneusement et la posa sur le tabouret. Puis ses doigts agiles s'attaquèrent aux crochets de son corset.

— Si vous ne partez pas, c'est moi qui sortirai, menaça-t-il.

Il tourna les talons et se dirigea vers l'entrée de la grotte. La voix de Mary s'éleva derrière lui.

— Mon seigneur !

Il s'arrêta, mais ne se retourna pas.

— Je ne suis pas votre seigneur, répondit-il.

— Lallybroch est à vous et le sera tant que vous vivrez. Si vous êtes son laird, vous êtes mon seigneur.

— Lallybroch ne m'appartient pas. Je l'ai donné au petit Jamie.

— Ce n'est pas le petit Jamie qui s'apprête à se vendre aux Anglais pour sauver le domaine et ses habitants, répliqua-t-elle. Et ce n'est pas votre sœur qui m'a demandé de faire ce que je suis en train de faire. Tournez-vous.

Il se retourna, à contrecœur. Elle se tenait nu-pieds dans ses jupons, ses cheveux libérés tombant sur ses épaules. Elle était mince, comme toutes les femmes de la région, mais ses seins étaient plus pleins qu'il ne l'aurait imaginé et ses mamelons pointaient sous la fine chemise. Celle-ci était usée, comme ses autres vêtements, rapiécée de tous côtés et presque transparente par endroits. Il ferma les yeux.

Il sentit une légère caresse sur son bras et dut se maîtriser pour ne pas bouger.

— Je sais ce que vous pensez, murmura-t-elle. J'ai vu votre femme et je sais la force qui vous unissait. Je n'ai jamais connu ça, avec aucun de mes deux maris. Mais je sais reconnaître un véritable amour et je ne veux pas que vous ayez l'impression de la trahir.

Ses doigts remontèrent vers son visage et elle caressa ses lèvres du bout du pouce.

— Tout ce que je veux, reprit-elle, c'est vous donner quelque chose de différent... de moins beau, peut-être, mais d'utile. Quelque chose qui vous aidera à rester vous-même. Votre sœur et les petits ne peuvent vous le donner, moi si.

Il l'entendit qui inspirait profondément et la main quitta son visage.

— Je vous dois d'avoir un toit, une vie décente, un fils qui grandit près de moi. Laissez-moi vous donner ce petit quelque chose en retour.

Il sentit les larmes lui brûler les paupières. La caresse reprit sur son visage, essuyant le coin humide de ses yeux, lissant ses cheveux drus. Il tendit les mains, lentement. Elle vint se presser contre lui, aussi simplement qu'elle avait dressé la table et fait le lit.

— Je... je ne l'ai pas fait depuis longtemps, dit-il, soudain intimidé.

— Moi non plus. Mais je suis sûre qu'on se souviendra.

TROISIÈME PARTIE
Le captif

7

L'art de lire entre les lignes

Inverness, 25 mai 1968

Le lendemain matin, la réponse de Linklater se trouvait dans la boîte aux lettres.

— Regardez comme elle est grosse ! s'exclama Brianna en brandissant l'enveloppe. Il a dû y joindre un document.

— On dirait, dit Roger.

Il s'efforçait de garder son calme, mais je pouvais voir son pouls palpiter d'excitation dans le creux de sa gorge. Il saisit la lourde enveloppe en papier bulle et la soupesa un instant. Puis il la déchira avec l'ongle du pouce et en extirpa une liasse de photocopies.

Une lettre tomba sur le tapis. Elle était rédigée sur du papier à en-tête de l'université. Je la ramassai et lus à voix haute.

— *Cher monsieur Wakefield*, commençai-je d'une voix chevrotante d'émotion, *voici la réponse à votre question concernant l'exécution de plusieurs officiers jacobites après la bataille de Culloden. Pour le passage de mon livre que vous citez, je me suis principalement inspiré du journal intime de lord Melton, un officier anglais qui, à l'époque, dirigeait un régiment d'infanterie. Vous trouverez ci-joint les photocopies d'un extrait de ce journal. Comme vous le constaterez, l'histoire du survivant, un certain James Fraser, est aussi étonnante qu'émouvante. Fraser n'a pas joué un rôle historique important, du moins en ce qui concerne mon domaine de recherche. Toutefois, j'ai souvent eu envie de me pencher sur son cas, dans l'espoir d'apprendre comment il avait fini. Si vous découvrez qu'il a survécu à son retour vers son domaine, je vous saurais gré de m'en informer. J'ai toujours espéré qu'il s'en était sorti, bien que son état, tel qu'il est décrit par Melton, ne le laisse guère supposer. Avec mes amitiés, Eric Linklater.*

Le papier tremblait dans mes mains et je le posai précautionneusement sur le bureau.

Brianna se haussa sur la pointe des pieds pour lire par-dessus l'épaule de Roger.

— Ne le laisse guère supposer, hein ? railla-t-elle. Défaitiste ! Nous, on sait qu'il a fini par rentrer chez lui !

— Nous pensons le savoir ! rectifia Roger.

Mais ce n'était là qu'une prudence d'historien. Son sourire était aussi radieux que celui de Brianna.

— Qu'est-ce que vous prendrez, du café ou du thé ? Je viens juste de faire des biscuits aux noix et au gingembre.

Le visage rond de Fiona pointait dans l'entrebâillement de la porte du bureau.

— Du thé, s'il vous plaît, répondit Roger.

Au même moment, Brianna s'extasiait :

— Humm, du chocolat, chouette !

Fiona fit une moue amusée et ouvrit la porte, poussant devant elle une table roulante sur laquelle étaient posés une théière fumante, un grand broc de chocolat chaud et une assiette de biscuits tout juste sortis du four.

J'acceptai une tasse de thé et m'installai dans la grande bergère avec les pages du journal de Melton. En dépit de son orthographe archaïque, la calligraphie fleurie du XVIIIe siècle était d'une lisibilité surprenante, et, quelques minutes plus tard, j'étais plongée dans la chaumière de Leanach, à la lisière du champ de Culloden. Je pouvais presque entendre le bourdonnement des mouches dans la pièce sombre, le froissement des plaids qui recouvraient les corps des blessés... L'odeur âcre du sang qui imprégnait la terre battue me chatouillait les narines.

... *Il m'était impossible de donner la mort à ce Fraser sans compromettre l'honneur de mon jeune frère. J'ai donc pris sur moi d'omettre son nom dans la liste des traîtres exécutés devant la maison et m'arrangeai pour qu'il soit transporté dans son domaine. Cependant, je ne pense pas avoir péché par excès de bienveillance à l'égard de cet homme, ni m'être rendu excessivement coupable envers le duc que je sers, car le prisonnier, dont la plaie profonde à la cuisse suppurait déjà, a peu de chances de survivre au voyage. Quoi qu'il en soit, le nom que je porte m'empêchait d'agir autrement et j'avoue que c'est avec un certain soulagement que je vis mes hommes emporter ce malheureux, toujours en vie, loin du champ de bataille, tandis que je me concentrais sur la tâche ingrate de mettre en terre les corps de ses compagnons. Toutes ces tueries auxquelles j'ai assisté ces deux derniers jours m'oppressent au plus haut point.*

Les pages photocopiées s'arrêtaient là. Je les reposai sur mes genoux, la gorge nouée. « La plaie profonde suppurait déjà... » Contrairement à Roger et à Brianna, je devinais la gravité d'une telle blessure, sans antibiotiques ni aucune autre forme de remède efficace, pas même les onguents rudimentaires à base de simples que les guérisseurs de l'époque savaient confectionner. Combien de temps avait-il tenu, secoué dans sa carriole entre Culloden et Lallybroch ? Deux jours ? Trois jours ? Comment avait-il pu survivre dans de telles conditions ?

— Pourtant, il en a réchappé.

La voix de Brianna s'immisça dans mes pensées, répondant à Roger qui avait dû émettre des doutes semblables aux miens. Elle avait parlé avec une assurance tranquille, comme si elle avait assisté en personne à tous les événements décrits par lord Melton et ne doutait pas un instant de leur issue positive.

— Il est rentré chez lui, insista-t-elle. Gribonnet, c'est lui. J'en suis sûre !

— Gribonnet ?

Fiona, venue reprendre ma tasse laissée intacte, la regarda avec surprise.

— Vous parliez *du* Gribonnet ? demanda-t-elle.

— Pourquoi ? fit Roger interloqué. Vous le connaissez ?

Elle hocha la tête, vidant le contenu de ma tasse dans le pot d'aspidistra près de la cheminée et la remplissant à nouveau de thé chaud.

— Oh oui ! Ma grand-mère me racontait souvent son histoire.

— Quelle histoire ?

Brianna se pencha vers elle, avec une expression fascinée, son bol de chocolat pressé entre ses deux mains.

— Je vous en prie, Fiona ! supplia-t-elle. Racontez-nous !

Fiona parut légèrement étonnée de se retrouver soudain au centre de tant d'attention, mais obtempéra avec grâce :

— Bah ! c'est juste l'histoire d'un des soldats de Bonnie Prince Charlie. A l'époque de la grande défaite de Culloden, la plupart d'entre eux ont été massacrés. Pourtant, l'un d'entre eux a pu fuir le champ de bataille et a remonté la rivière à la nage. Les Anglais le pourchassaient de loin sur la berge. Arrivé à hauteur d'une église où l'on disait la messe, il s'est réfugié à l'intérieur, suppliant le prêtre et ses paroissiens de le cacher. Ils ont eu pitié de lui et lui ont fait enfiler une chasuble. Quand les Anglais ont fait irruption dans l'église un peu plus tard, le jacobite était dans la chaire, prêchant. Ses vêtements trempés dégoulinaient à ses pieds, mais les Anglais n'ont rien vu et ont poursuivi leur chemin. C'est ainsi que le jacobite a été sauvé. Les paroissiens ont déclaré que c'était le plus beau sermon qu'ils avaient jamais entendu !

Fiona éclata d'un rire joyeux, tandis que Brianna fronçait les sourcils et que Roger la dévisageait avec perplexité.

— Mais quel rapport avec Gribonnet ? Je croyais que... commença Roger.

— Oh non ! le rassura Fiona. Gribonnet, c'est une autre histoire. Il s'agit encore d'un jacobite qui a survécu à Culloden. Il est rentré sur ses terres après la bataille, mais comme les *Sassenachs* fouillaient toutes les Highlands pour le retrouver, il a dû se cacher dans une grotte pendant sept ans.

Brianna poussa un long soupir de soulagement.

— ... Et ses métayers l'ont baptisé le bonnet gris ou Gribonnet pour ne pas prononcer son nom et risquer de le trahir, acheva-t-elle à la place de la gouvernante.

— Ah, vous la connaissez déjà ? s'étonna la jeune femme.

— Votre grand-mère vous a-t-elle raconté ce qui lui était arrivé ensuite ? demanda Roger.

— Oh oui ! C'est le plus beau de l'histoire. C'est que, voyez-vous, après Culloden, une grande famine s'est abattue sur les Highlands. Les gens mouraient de faim. Beaucoup avaient été chassés de leur maison, les hommes étaient abattus et les chaumières incendiées. Les métayers de Gribonnet s'en sortaient mieux que les autres, mais même ainsi, ils se retrouvèrent un beau jour sans plus rien à manger et leur ventre gargouillait du soir au matin : il n'y avait plus de gibier dans la forêt, plus de poisson dans les rivières et plus de blé dans les champs. Les nourrissons mouraient dans les bras de leur mère, faute de lait.

Un frisson glacé m'envahit. Je revoyais les habitants de Lallybroch, le visage bleui par le froid, les traits émaciés par la faim... ces gens que j'avais connus et aimés... Outre l'horreur que j'éprouvais, je me sentais également coupable. Pendant tout ce temps, loin de partager leur sort, j'avais été bien au chaud, en sécurité, bien nourrie. Un regard vers Brianna me réconforta quelque peu. Elle aussi, elle avait été épargnée. Elle avait grandi en ne manquant de rien... parce que j'avais fait ce que Jamie m'avait demandé.

— Alors, Gribonnet conçut un plan machiavélique, poursuivit Fiona. Il ordonna à un de ses métayers d'aller trouver les Anglais et de leur dire comment prendre son maître au piège. C'est que sa tête avait été mise à prix, vous comprenez. Il faut dire qu'il avait été un des bras droits du Prince ! En récompense de sa trahison, le métayer recevrait une belle somme en or qui permettrait aux gens du domaine de survivre.

Ma main serra si fort l'anse délicate de ma tasse en porcelaine qu'elle me resta dans les doigts.

— Le prendre au piège ! m'écriai-je d'une voix éraillée. Les Anglais l'ont pendu ?

Fiona sursauta devant mon ton alarmé.

— Mais... euh... non, hésita-t-elle. A vrai dire, d'après ma grand-mère, il a bien failli y passer. Il a été condamné pour haute trahison mais, au bout du compte, ils l'ont simplement jeté en prison. Les métayers ont quand même reçu leur récompense en or et ont ainsi survécu à la famine.

Elle nous lança un regard enjoué, estimant manifestement que c'était là une fin heureuse.

— Dieu merci ! souffla Roger.

Il reposa sa tasse et resta un instant plongé dans ses pensées.

— La prison, soupira-t-il enfin d'un ton soulagé.

Brianna lui lança un regard offusqué.

— A t'entendre, on croirait que c'est une bonne chose ! protesta-t-elle.

Elle avait les lèvres pincées et les yeux brillants.

— Ça l'est, répondit Roger sans remarquer son désarroi. Nous connaissons la plupart des prisons où les jacobites ont été enfermés. Or qui dit prison dit registres.

Il leva les yeux et son regard alla du visage perplexe de Fiona à celui, rembruni, de Brianna. Puis il se tourna vers moi dans l'espoir que quelqu'un, au moins, avait suivi son raisonnement.

— Vous ne comprenez donc pas ? insista-t-il. S'il est allé en prison, cela signifie qu'on peut le retrouver.

D'un geste de la main il indiqua les étagères croulant sous les livres et les documents.

— Elle est là, indiqua-t-il. Dans un registre, un document, une liste... la preuve, une trace irréfutable ! En retournant en prison, Jamie Fraser est entré à nouveau dans l'histoire écrite ! Il est sûrement quelque part là-dedans !

— Dans ce cas, ajouta Brianna en reprenant espoir, on pourra apprendre ce qu'il a fait à sa sortie de prison.

Roger serra les lèvres pour réprimer la phrase qui venait de lui traverser l'esprit : « Encore faudrait-il qu'il en soit ressorti un jour. »

Au lieu de cela, il prit la main de Brianna et la serra doucement.

— Sans doute, dit-il. Il suffit de chercher.

Son regard croisa le mien, exprimant un mélange d'espoir et d'inquiétude.

Une semaine plus tard, Roger conservait toujours une foi inébranlable en ses documents. On ne pouvait en dire autant du petit guéridon en marqueterie du XVIIIe siècle dont les élégantes jambes galbées menaçaient de céder d'un moment à l'autre sous le poids des livres.

Dans le bureau de feu le révérend, il ne restait plus une surface plane qui ne soit jonchée de papiers, de journaux, de livres et de grosses enveloppes provenant des quatre coins d'Angleterre, d'Ecosse et d'Irlande, envoyées par des associations d'historiens amateurs, des ligues d'antiquaires, des universités et des bibliothèques.

— Si vous posez une autre page sur ce meuble, il va

s'effondrer, avertit Claire en voyant Roger sur le point de lancer une autre enveloppe sur le petit guéridon.

— Pardon ? Ah oui, vous avez raison.

Au bout de son bras tendu, l'enveloppe changea de direction, chercha vainement un espace vide, puis atterrit lourdement sur le plancher.

— J'ai fini d'éplucher les registres de Wentworth, indiqua Claire. A-t-on reçu ceux de Berwick ?

— Oui, ils sont arrivés ce matin. Mais allez savoir où je les ai mis !

Roger balaya la pièce des yeux. Celle-ci rappelait vaguement le sac de la bibliothèque d'Alexandrie, juste avant qu'on n'y jette la première torche. Il se frotta le front, essayant de se concentrer. Après avoir passé une semaine à lire, dix heures par jour, des registres de prisons anglaises rédigés à la main, ainsi que les lettres et les journaux intimes de leurs gouverneurs successifs, il avait l'impression d'avoir les yeux poncés au papier de verre.

— Elle était bleue, se souvint-il. Je suis sûr et certain qu'elle était bleue. C'était une enveloppe de MacAllister, le directeur du département d'histoire de Trinity College à Cambridge. Or Trinity n'utilise que de grandes enveloppes bleues portant le blason du collège. Fiona l'a peut-être vue. Fiona !

Il sortit dans le couloir et réitéra son appel. Malgré l'heure tardive, il y avait encore de la lumière dans la cuisine et un parfum de chocolat chaud et de gâteau aux amandes flottait dans l'air. Fiona n'abandonnait jamais son poste tant qu'il y avait encore quelqu'un dans les parages susceptible d'avoir besoin d'être nourri.

— Oui ? fit-elle en entrouvrant la porte de la cuisine. Je vous apporte du chocolat chaud dans quelques minutes. J'attends juste que le gâteau soit cuit.

Roger sourit avec attendrissement. Fiona se fichait éperdument de l'histoire et ne lisait jamais rien d'autre que des magazines féminins. Toutefois, elle ne remettait jamais en question les activités de son employeur, se contentant d'épousseter les piles de livres et de papiers sans se soucier de leur contenu.

— Merci, Fiona, dit-il. Vous n'auriez pas vu une grosse enveloppe bleue, par hasard ? Elle est arrivée ce matin et je ne sais plus ce que j'en ai fait.

— Elle est dans la salle de bains au premier, répondit-elle sans hésiter. Vous l'avez laissée avec un grand livre dont la couverture porte un titre en lettres dorées et le portrait de Bonnie Prince Charlie. Ah ! il y a aussi trois lettres ouvertes... plus la facture du gaz. D'ailleurs, vous n'oublierez pas de la payer, n'est-ce pas ? La date limite est le 14 de ce mois. J'ai tout posé sur le bidet.

Au même instant, la sonnerie du four émit un petit ding !

annonçant que le gâteau était prêt, et elle disparut aussitôt dans sa cuisine.

Roger grimpa l'escalier quatre à quatre, le sourire aux lèvres. Avec une telle mémoire photographique, Fiona aurait pu faire une bonne historienne. De fait, sans le savoir, elle était déjà une excellente assistante de recherche. A partir du moment où un document ou un livre présentait un aspect qui le différenciait des autres, elle pouvait vous indiquer en un clin d'œil où le trouver.

— Bah, ce n'est rien ! avait-elle dit un jour en riant à Roger tandis qu'il s'excusait du désordre qui régnait dans la maison. C'est comme si le révérend était toujours là, avec ses paperasses éparpillées dans tous les coins. On se croirait au bon vieux temps !

En redescendant plus calmement au salon, l'enveloppe bleue dans la main, il se demanda ce que son père adoptif aurait pensé de la quête qui l'occupait à présent. Il se serait sans doute plongé le premier dans les recherches. Il revoyait encore le révérend, son crâne chauve luisant sous le globe du plafonnier, tandis qu'il allait et venait entre son bureau et la cuisine, où la vieille Mme Graham, grand-mère de Fiona, subvenait à ses maigres besoins nocturnes tout comme le faisait désormais sa petite-fille.

Autrefois, les fils reprenaient le métier de leur père plus par sens pratique qu'autre chose, histoire de garder les affaires dans la famille. Ou y avait-il des prédispositions héréditaires à certaines professions ? Naissait-on réellement pour devenir cuisinier, forgeron ou commerçant, venant au monde avec un goût et une aptitude déjà tout tracés ?

Cela ne pouvait s'appliquer à tous. Il y avait toujours ceux qui quittaient le cocon familial, se lançaient à l'aventure, acquéraient des compétences que leurs pères n'avaient pas. Dans le cas contraire, il n'y aurait pas d'inventeurs ni d'explorateurs. Cependant, il était indéniable que certaines familles étaient attachées à des professions particulières, même dans ces temps modernes de mobilité sociale où chacun avait accès à l'éducation et aux moyens de transport.

Ce qui l'intéressait particulièrement, c'était Brianna. Il observa Claire penchée sur le bureau et se demanda si sa fille lui ressemblerait un jour, à moins que sa destinée ne soit prédéterminée par la personnalité fantasmatique de son père naturel, à la fois guerrier, fermier, bandit, courtisan et laird.

Il médita sur ce sujet pendant encore près d'un quart d'heure, jusqu'à ce que Claire referme son dossier et se cale à nouveau dans le fond de son fauteuil avec un soupir.

— A quoi pensez-vous ? lui demanda-t-elle.

— Oh, à rien de spécial, répondit-il avec un sourire. Je me

demandais pourquoi nous sommes tels que nous sommes. Par exemple, pourquoi êtes-vous devenue médecin ?

— Pourquoi suis-je devenue médecin ?

Claire huma la vapeur qui se dégageait de sa tasse de chocolat puis, décidant qu'il était encore trop chaud, la reposa sur le bureau. Elle se frotta les mains et dévisagea Roger.

— Et vous, pourquoi êtes-vous devenu historien ?

Il lança un regard autour de lui, indiquant la pièce croulant de souvenirs et de documents.

— Que voulez-vous ? J'ai grandi au milieu de tout ça. Dès que j'ai été en âge de lire, j'ai parcouru les Highlands avec mon père à la recherche d'antiquités et de documents anciens. Il était sans doute naturel que je continue de le faire une fois adulte, non ?

Elle hocha la tête, étirant ses épaules courbaturées après toutes ces heures penchée sur des papiers. Brianna, incapable de rester debout plus longtemps, avait capitulé une heure plus tôt et était montée se coucher, laissant Claire et Roger poursuivre leurs recherches dans les archives administratives des prisons anglaises.

— C'est à peu près la même chose pour moi, répondit-elle. Je ne pourrais pas vraiment parler de vocation. Mais un beau jour, je me suis rendu compte que j'avais passé plusieurs années à soigner les gens... que je ne les soignais plus et que cela me manquait.

Elle posa les mains sur la table devant elle et écarta les doigts.

— Je me souviens d'une vieille chanson à la mode pendant la Grande Guerre, reprit-elle. Chaque fois qu'ils se réunissaient, les anciens camarades de régiment d'oncle Lamb la chantaient en chœur, tard dans la nuit quand ils étaient bien éméchés. « *Comment vas-tu garder tes fils à la ferme, maintenant qu'ils ont vu Pâââriiis ?* »

Elle fredonna la première strophe, puis s'interrompit avec un sourire mélancolique.

— J'avais vu Pâââriiis, enchaîna-t-elle, et bien d'autres choses encore : Caen et Amiens, Preston et Falkirk, l'hôpital des Anges et la pseudo-infirmerie de Castle Leoch. J'avais fait un travail de médecin, dans tous les sens du terme. J'avais accouché des enfants, remis des os en place, recousu des plaies, traité des fièvres... Naturellement, j'avais encore beaucoup à apprendre. C'est pour ça que je suis retournée à la faculté de médecine. Mais cela n'a pas changé grand-chose.

Elle plongea un doigt dans la mousse laiteuse qui flottait dans sa tasse de chocolat puis le lécha.

— J'ai désormais un diplôme officiel de chirurgien... mais j'étais médecin bien avant d'aller à la faculté.

Roger l'observait avec intérêt.

— Je suis sûr que cela n'a pas été aussi facile que vous le dites,

Claire. A l'époque où vous avez repris vos études, il n'y avait pratiquement pas de femmes médecins. Aujourd'hui encore, elles sont peu nombreuses. En outre, vous aviez une famille.

— C'est vrai, ça n'a pas toujours été rose. J'ai attendu que Brianna soit en âge d'aller à l'école, bien entendu, et que nous ayons assez d'argent pour engager une femme pour faire le ménage et la cuisine, et puis... j'ai appris à être une mère pendant la journée et à étudier pendant la nuit. J'ai cessé de dormir, tout simplement. A sa manière, Frank m'a aidée, lui aussi.

Roger goûta son chocolat et le trouva suffisamment refroidi pour le boire en tenant sa tasse des deux mains, appréciant la chaleur qui traversait la porcelaine blanche pour se diffuser dans ses paumes. Bien que l'on fût en juin, les nuits étaient encore fraîches et le chauffage électrique de rigueur.

— Vraiment ? dit-il, intrigué. D'après ce que vous m'avez déjà dit sur lui, j'aurais pensé que Frank se serait opposé à ce que vous repreniez vos études.

— Oh, pour ça, il était loin d'être ravi !

Elle serra les dents, ce qui en dit plus long à Roger que n'importe quelle explication. Il imagina les discussions animées, les conversations restées inachevées, les non-dits, le mur d'obstination, les mille et une tactiques pour contourner diplomatiquement le sujet épineux plutôt que d'opposer une franche résistance.

Elle avait décidément un visage très expressif. Fasciné, Roger fut pris d'une angoisse soudaine. Ses propres pensées étaient-elles aussi facilement déchiffrables ? Brusquement mal à l'aise, il plongea le nez dans sa tasse de chocolat.

Lorsqu'il releva les yeux, Claire le dévisageait attentivement avec une petite moue sarcastique. Jugeant préférable de détourner son attention, il demanda :

— Dans ce cas, pourquoi votre mari vous a-t-il aidée ? Qu'est-ce qui l'a fait changer d'avis ?

L'expression de Claire s'adoucit aussitôt.

— C'est Brianna. Pour lui, seul comptait le bonheur de notre fille.

Comme je le lui avais dit, j'avais attendu que Brianna soit en âge d'aller à l'école avant de reprendre mes études. Mais même ainsi, ses horaires et les miens n'étaient pas toujours compatibles, laissant de larges plages vides que nous comblions avec plus ou moins de bonheur avec une armée de gouvernantes et de baby-sitters. Certaines plus compétentes que d'autres.

Comment oublier la fois où j'avais reçu un appel à l'hôpital, m'annonçant que Brianna avait eu un accident ? Folle d'inquiétude, je me précipitai chez nous sans prendre le temps d'enlever ma blouse verte. En arrivant dans notre rue, je crus perdre la raison en apercevant une voiture de police et une ambulance devant la maison, illuminant la nuit de pulsations rouge sang, tandis que des voisins curieux s'étaient massés sur le trottoir.

Quelque temps plus tard, en reconstituant les faits, nous comprîmes que la dernière baby-sitter en date, agacée que je sois une fois de plus en retard, avait tout bonnement décidé de rentrer chez elle, abandonnant la petite fille de sept ans dont elle avait la garde après lui avoir recommandé d'« attendre maman ». Ce que Brianna avait sagement fait pendant près d'une heure. Mais en voyant la nuit tomber, elle s'était mise à avoir peur toute seule dans le noir et avait décidé de venir me chercher. En traversant une des rues animées de notre quartier, elle avait été renversée par une voiture.

Dieu merci, elle n'avait que quelques bleus. La voiture en question roulait au pas. Elle avait eu très peur, mais pas autant que moi. En entrant dans le salon, je la découvris allongée sur le canapé. Elle leva vers moi des yeux rougis par les larmes et cria : « Maman ! Où tu étais ! Je t'ai cherchée partout ! »

Je parvins à conserver un semblant de sang-froid professionnel tandis que j'inspectais ses blessures, refaisais ses pansements et remerciais ses sauveteurs qui, dans mon esprit coupable du moins, me lançaient des regards accusateurs. Après l'avoir couchée avec son nounours et soigneusement bordée, je redescendis à la cuisine où je m'effondrai enfin en pleurs.

Frank me tapota timidement l'épaule, me murmurant des paroles de réconfort, puis, constatant que c'était peine perdue, il décida de se rendre utile en préparant du thé.

— C'est décidé, dis-je soudain tandis qu'il plaçait une tasse fumante devant moi. Je démissionne demain.

— Démissionner ? s'étonna-t-il. Maintenant que tu fais ton internat ? Mais pourquoi ?

— Ce n'est plus possible. On ne peut plus continuer comme ça.

Bien que je ne prenne jamais de sucre ni de lait dans mon thé, j'y ajoutai cette fois les deux, mélangeant le liquide chaud et observant les volutes lactées se répandre dans la tasse.

— Je ne veux plus laisser Brianna entre les mains d'une inconnue, renchéris-je. Non seulement il n'y a aucun moyen d'être sûrs qu'on s'occupera bien d'elle, mais en plus, Brianna n'est pas heureuse. Jusqu'ici, aucune des baby-sitters que nous avons engagées ne lui a vraiment plu.

— Je sais bien.

Il était assis en face de moi, touillant lui aussi son thé. Après un long silence, il annonça :

— Tu as tort de vouloir démissionner.

Je fus prise de court. J'avais été persuadée qu'il accueillerait ma décision avec soulagement. Je me mouchai puis relevai vers lui des yeux stupéfaits.

— Tu crois vraiment ?

Il pinça les lèvres, esquissa une moue mi-agacée mi-attendrie.

— Ecoute, Claire. Tu as la chance d'avoir toujours su ce que tu voulais. Sais-tu seulement à quel point c'est rare ?

— Non.

Il se cala contre le dossier de sa chaise, secouant la tête d'un air désabusé.

— En effet, j'imagine que tu ne t'en rends même pas compte.

Il contempla un instant ses belles mains. Leur dos était glabre et leurs doigts effilés, comme des mains de femme. C'étaient des mains élégantes, de celles qui dessinent des gestes gracieux pour ponctuer un discours savant.

— Moi, je n'ai pas cette chance, reprit-il. Certes, je fais bien mon travail : étudier, enseigner, écrire... Il m'arrive même d'être brillant. J'aime ce que je fais, mais au fond...

Il hésita, me fixant avec sincérité.

— ... je pourrais tout autant faire autre chose, en y mettant la même énergie, la même intensité. Je n'ai pas cette conviction absolue d'avoir une tâche précise à accomplir dans ma vie, contrairement à toi.

— Tu trouves que c'est bien ?

Il se mit à rire.

— Ça complique sacrément la vie de tout le monde, si tu veux savoir ! La tienne, celle de Brianna et la mienne. Mais n'empêche... je t'envie parfois.

Il me prit la main et la serra dans la sienne.

— Se passionner pour quelque chose.... ou quelqu'un, c'est magnifique, Claire, et terriblement rare.

Il lâcha ma main et se contorsionna sur sa chaise pour saisir un livre sur l'étagère derrière lui. C'était l'un de ses ouvrages de référence, une série de portraits des pères fondateurs de l'Amérique par Woodhill, Les Patriotes.

Il posa doucement une main sur la couverture du livre, comme s'il craignait de troubler le repos de ceux dont les vies y étaient couchées pour l'éternité.

— Ces gens-là étaient comme toi. Ils aimaient passionnément, au point de tout risquer. Ils avaient un but dans la vie : aller de l'avant et faire évoluer les choses. La plupart des gens en sont incapables. Ce n'est pas qu'ils n'aient pas de cœur, mais simplement qu'il ne bat pas assez fort.

Il reprit ma main et la retourna pour exposer ma paume. Du bout d'un doigt qui me chatouillait, il suivit les lignes qui la sillonnaient.

— Est-ce que c'est écrit ici ? Je me le demande, dit-il, l'air songeur. Certains d'entre nous naissent-ils avec un destin tout tracé,

comme s'ils étaient programmés pour faire de grandes choses ? Ou est-ce simplement qu'ils viennent au monde avec une grande passion en eux et que, si les circonstances s'y prêtent, celle-ci éclate au grand jour ? A force d'étudier l'histoire, je suis bien forcé de me poser la question... mais comment le savoir ? On ne connaît ces hommes qu'après coup, lorsque leur tâche est déjà accomplie. Toutefois, Claire...

Il marqua une pause puis acheva, une note d'avertissement dans la voix :

— ... ils l'ont tous payé cher.

— Je sais.

Je me sentais distante, comme si je nous observais de haut. Je nous distinguais clairement : Frank, beau, mince, les traits las, les tempes grisonnantes. Moi, dans ma blouse d'interne toute chiffonnée, les cheveux défaits, le col froissé par les larmes de Brianna.

Nous restâmes silencieux un long moment, ma main toujours dans la sienne. Je contemplais les lignes mystérieuses de ma paume, avec ses vallées et ses collines, aussi lisible qu'une carte routière... mais où menait donc la route de ma vie ?

Quelqu'un avait déjà lu les lignes de ma main des années plus tôt, une vieille Ecossaise, Mme Graham, grand-mère de Fiona. « Les lignes de votre main évoluent en même temps que vous, m'avait-elle dit. Elles ne disent pas ce que vous deviendrez mais reflètent plutôt ce que vous avez fait de votre existence. »

Qu'en avais-je fait ? Qu'étais-je en train d'en faire ? Un souk, probablement. Je n'étais ni une bonne mère, ni une bonne épouse, ni un bon médecin. Un vrai souk. Autrefois, j'avais cru être une personne entière, capable d'aimer un homme, d'élever un enfant et de guérir des malades... Tous ces aspects m'avaient semblé constituer des facettes complémentaires de ma personnalité et non pas les fragments éclatés de ma vie de plus en plus dispersée. Mais c'était autrefois, quand l'homme que j'aimais s'appelait Jamie, et que j'étais emportée dans un courant plus fort que moi.

— C'est moi qui m'occuperai de Brianna.

Absorbée par ma propre misère, je ne compris pas tout de suite ce que Frank venait de dire.

— Quoi ?

— J'ai dit, reprit-il patiemment, que je m'occuperai de Brianna. Elle n'aura qu'à venir à mon bureau en sortant de l'école et je la ramènerai à la maison le soir.

Je m'essuyai le nez.

— Mais je croyais que tu n'aimais pas qu'il y ait des enfants qui traînent dans les bureaux.

De fait, il m'avait rebattu les oreilles avec le cas de Mme Clancy, une secrétaire, qui avait amené son petit-fils au travail pendant un mois, en attendant que sa mère malade soit remise sur pied.

Il haussa les épaules.

— Dans la vie, il faut savoir s'adapter. Et puis, Brianna n'est pas comme le petit Bart Clancy. Je doute qu'elle passe son temps à courir dans les couloirs en poussant des cris de bête.

— Je n'en suis pas si sûre. Sincèrement, tu serais prêt à t'occuper d'elle après l'école ?

Un soupçon de soulagement commença à dénouer le nœud dans mon estomac. Il y avait bien des domaines où je ne pouvais me fier à Frank, notamment celui de la fidélité conjugale, mais s'il y en avait un où je pouvais lui faire une confiance aveugle, c'était celui du bien-être de Brianna.

Brusquement, mon plus gros souci disparaissait. Je n'avais plus besoin de me précipiter à la maison en sortant de l'hôpital, remplie de crainte parce que j'étais en retard, sachant que Brianna boudait dans sa chambre parce qu'elle n'aimait pas sa dernière baby-sitter. Elle n'avait d'yeux que pour Frank. Elle serait aux anges à l'idée d'aller le retrouver à son bureau tous les jours.

— Pourquoi ce changement d'attitude ? demandai-je avec prudence. Tu n'as jamais caché que tu n'étais pas chaud à l'idée que je devienne médecin.

— C'est vrai. Mais je sais aussi que, quand tu as quelque chose en tête, il n'y a aucun moyen de t'arrêter. Peut-être que le mieux que j'aie à faire, c'est de t'aider à y arriver.... pour que Brianna n'ait pas à en subir les conséquences.

Ses traits s'étaient durcis quand il avait prononcé ces dernières paroles, et il se détourna.

— S'il a jamais pensé qu'il avait une mission dans la vie, un destin tout tracé... c'était sans doute celui de veiller sur Brianna.

Claire se tut, remuant son chocolat d'un air songeur.

— Et vous, Roger ? reprit-elle. Pourquoi m'avez-vous posé cette question ?

Il mit un certain temps avant de répondre, buvant lentement son chocolat, sombre, avec de la crème fraîche et une pincée de sucre roux. En le voyant en compagnie de Brianna, Fiona, toujours lucide, avait vite abandonné ses espoirs de séduire le jeune homme par ses talents culinaires. Néanmoins, la cuisine était son art, tout comme la médecine était celui de Claire. Elle était née avec un don et était incapable de ne pas l'exploiter.

— Parce que je suis historien, sans doute, répondit-il enfin. J'ai besoin de savoir ce que les hommes du passé ont fait exactement et pourquoi.

— Vous croyez que je peux vous le dire ? Je n'en sais rien moi-même.

Il secoua la tête.

— Non, vous le savez. Vous en savez plus que la plupart des gens. Les sources historiques offrent rarement votre...

Il marqua une pause et esquissa un petit sourire.

— ... perspective unique.

La tension entre eux se relâcha soudain. Elle éclata de rire.

— Oui, on peut le dire, convint-elle.

— En outre, poursuivit Roger en la dévisageant attentivement, vous êtes sincère. Je ne crois pas que vous pourriez mentir, même si vous en aviez envie.

Elle lui lança un regard sarcastique.

— Tout le monde peut mentir si le jeu en vaut la chandelle, Roger. Même moi. C'est simplement un peu plus difficile pour ceux qui, comme moi, affichent leurs moindres pensées sur leur visage. Nous devons préparer nos mensonges longtemps à l'avance.

Elle se pencha sur la table et feuilleta les papiers devant elle, lentement, un par un. Il s'agissait de listes de noms de prisonniers. La tâche était compliquée par le fait que certaines prisons anglaises n'avaient pas pris leur travail d'archivage très au sérieux.

Certains gouverneurs ne tenaient aucun registre officiel de leurs détenus, ou ne les inscrivaient qu'occasionnellement, au hasard de leurs notes de frais et d'entretien, ne faisant aucune distinction entre le décès d'un prisonnier et l'abattage de deux bouvillons destinés à être fumés.

Roger pensait que Claire avait abandonné la conversation mais, quelques instants plus tard, elle releva le nez.

— Cela dit, vous avez parfaitement raison, dit-elle. Je suis sincère, trop sincère à vrai dire. Il m'est difficile de ne pas dire ce que je pense. Vous vous en êtes sans doute rendu compte, puisque vous êtes pareil.

— Moi ?

Roger se sentit étrangement flatté.

Claire hocha la tête, avec un léger sourire.

— Oui, vous. On ne peut pas s'y tromper. Il y a peu de gens comme vous et moi, vous savez, des gens qui vous disent franchement la vérité, sur eux-mêmes comme sur les autres. Je n'en ai rencontré que... quatre, je pense : Jamie, naturellement ; maître Raymond, l'apothicaire que j'ai rencontré à Paris ; un ami que j'ai connu à la faculté de médecine, Joe Abernathy ; et puis vous, je crois.

Elle inclina sa tasse et but une dernière gorgée de chocolat chaud. Puis elle la reposa et fixa Roger attentivement.

— Frank avait raison, d'une certaine façon. La vie n'est pas nécessairement plus simple quand on sait ce qu'on veut, mais au moins, on ne perd pas son temps à s'interroger sans cesse ou à douter de tout. La sincérité n'est pas non plus toujours facile à vivre. Mais je suppose que, lorsqu'on est honnête envers soi-même et que l'on se connaît un peu, on risque moins de se tromper et de finir ses jours avec l'impression d'avoir gâché sa vie.

Elle repoussa la pile de documents devant elle et en approcha une autre, une liasse de chemises portant le logo du British Museum.

— Jamie était comme ça, murmura-t-elle comme en se parlant à elle-même. Lorsqu'il s'était fixé une tâche, rien ne pouvait plus l'arrêter, qu'elle soit dangereuse ou non. Je ne crois pas qu'il ait jamais eu l'impression d'avoir gâché sa vie, quoi qu'il lui soit arrivé.

Elle se tut et se replongea dans son travail, se concentrant sur l'écriture en pattes de mouche d'un homme mort depuis des lustres, cherchant un détail infime lui indiquant quel avait été le sort de Jamie Fraser, s'il avait fini ses jours au bout d'une corde ou moisissant au fond d'un cachot.

La pendule sur le manteau de la cheminée sonna minuit, son carillon d'une gravité surprenante et mélodieuse pour un instrument si petit. Il retentit un quart d'heure, puis une demi-heure plus tard, ponctuant le bruit monotone des pages que l'on tournait. Roger reposa la liasse de paperasses jaunies qu'il compulsait et bâilla longuement sans prendre la peine de mettre une main devant sa bouche.

— Je n'en peux plus, je vois double ! grogna-t-il. On reprend demain matin ?

Claire ne répondit pas tout de suite. Elle fixait le grillage rougeoyant du petit poêle électrique et semblait à des années-lumière de distance. Roger répéta sa question en haussant la voix, la ramenant lentement sur terre.

— Non, dit-elle en tendant la main vers une autre pile. Allez vous coucher, Roger. Je vais rester encore un peu.

Elle lui adressa un petit sourire d'encouragement, l'air encore un peu lointaine.

Je faillis passer à côté. Parcourant rapidement les pages du bout du doigt, je ne lisais plus attentivement les noms, ne m'arrêtant que sur ceux qui commençaient par un « J ». Il y en avait des milliers, des John, des Joseph, des Jacques et des James, sans compter les James Edward, les James Alan, les James Walter et ainsi de suite. Puis je le vis, écrit en petites lettres appliquées : *Jms. McKenzie Fraser, de Brock Turac*.

Je reposai lentement le papier sur la table, fermai les yeux quelques secondes, puis les rouvris. Il était toujours là.

— Jamie, dis-je à voix haute.

Mon cœur battait à se rompre.

Il était près de trois heures du matin. Tout le monde dormait, mais la vieille maison, elle, semblait veiller avec moi, craquant et soupirant, me tenant compagnie. Etrangement, il ne me vint pas à l'idée de bondir à l'étage pour réveiller Brianna et Roger. Je voulais garder la nouvelle pour moi seule encore quelque temps, et rester seule avec Jamie.

Je caressai les lettres du doigt. Celui qui avait écrit ce nom avait sans doute vu Jamie en personne. Peut-être même l'avait-il écrit alors que Jamie se tenait debout devant lui. La date inscrite en haut de la page indiquait « 16 mai 1753 ». Nous étions à peu près à la même saison. J'imaginais le temps, l'air frais et humide, avec quelques timides rayons de soleil lui réchauffant les épaules, faisant briller des reflets cuivrés dans sa tignasse. Comment était-il coiffé ? Avec les cheveux longs ou courts ? Il avait toujours préféré les porter longs, tressés ou en queue de cheval. Je revoyais encore son geste nonchalant lorsqu'il dégageait sa nuque pour se rafraîchir après un effort.

Il ne portait sûrement pas le kilt. Après Culloden, les Anglais avaient interdit le port du tartan. Il était donc sans doute en culottes et en chemise. Je lui en avais moi-même confectionné plusieurs. Peut-être les avait-il encore ? J'imaginais l'étoffe glissant doucement sous mes doigts. Il fallait trois mètres de lin pour faire une chemise, avec des longs pans et des manches larges qui, lorsque les Highlanders quittaient leur plaid pour dormir ou combattre, était leur seul vêtement. Je songeais à ses épaules larges sous le tissu rêche de la chemise, sa peau chaude, ses grandes mains me réchauffant dans la fraîcheur du printemps écossais.

Ce n'était pas la première fois qu'il se retrouvait en prison. Quelle tête avait-il faite devant le soldat chargé d'inscrire son nom dans le registre, ne sachant que trop ce qui l'attendait derrière les barreaux ? Une sombre mine, sans doute, fixant le sol de ses yeux bleu nuit, aussi sombres et impénétrables que les eaux du loch Ness.

Je rouvris les yeux, subitement consciente que j'étais assise sur le bord de ma chaise, le dossier serré contre ma poitrine, tellement emportée par mon évocation de Jamie que je n'avais même pas pensé à regarder de quelle prison provenait le registre en question.

A l'époque, les Anglais avaient utilisé plusieurs forteresses converties en pénitenciers, ainsi que quelques châteaux forts plus petits. Je tournai lentement la première page du dossier. Serait-ce Berwick, près de la frontière ? La tristement célèbre Tolbooth, à Edimbourg ? Ou l'une des prisons du sud, Leeds Castle par exemple, voire la sinistre Tour de Londres ?

Ardsmuir, indiquait la carte agrafée à la couverture du dossier.

« Ardsmuir ? m'étonnai-je. Je n'en ai jamais entendu parler. Où est-ce que ça peut bien être ? »

8

Prisonnier de l'honneur

Ardsmuir, 15 février 1755

— Ardsmuir est un furoncle sur la fesse de Dieu, annonça le colonel Harry Quarry.

Il leva son verre d'un air cynique vers le jeune homme debout devant la fenêtre.

— Je suis arrivé ici il y a bientôt un an, poursuivit-il. C'est déjà onze mois et vingt-neuf jours de trop. Je vous souhaite bien du plaisir dans vos fonctions, major.

Le major John William Grey s'écarta de la fenêtre, d'où il contemplait la cour de son nouveau domaine.

— En effet, j'ai connu des endroits plus accueillants, convint-il en saisissant son verre. Il ne s'arrête donc jamais de pleuvoir dans ce pays ?

— Non. Bienvenue en Ecosse ! Et pour ne rien vous cacher, vous avez hérité d'un des trous les plus paumés de notre belle île.

Quarry vida son verre cul sec, manqua s'étrangler puis fit claquer ses lèvres d'un air satisfait.

— La boisson est ma seule consolation, avoua-t-il d'une voix rauque. Un petit conseil : lorsque vous ferez le tour des marchands de whisky de la région, endossez votre plus bel uniforme. Vous verrez, ils vous feront un prix. Sans les taxes, l'alcool est très bon marché ici. Je vous ai dressé la liste des meilleures distilleries.

Il montra le bureau en chêne massif trônant au centre de la pièce nue, ses quatre pieds torsadés plantés au milieu du tapis comme une forteresse sur une île. L'austérité du bureau était encore accentuée par les bannières de régiments suspendues aux murs.

— Les rôles de la garde sont rangés ici, indiqua Quarry en ouvrant le premier tiroir. Ainsi que les listes des détenus. Vous en avez actuellement cent quatre-vingt-seize. La plupart du temps, ils sont environ deux cents, mais il y a toujours quelques décès par suite de maladies, plus la poignée de braconniers qu'on ramasse dans la campagne.

— Deux cents, répéta Grey. Pour combien de gardes ?

— En théorie, quatre-vingt-deux en tout. Mais en pratique, comptez plutôt une quarantaine d'hommes opérationnels.

Il glissa de nouveau la main dans le tiroir et en sortit une bouteille brune avec un bouchon en liège. Il l'agita sous le nez du major et sourit.

— Le gouverneur d'Ardsmuir n'est pas le seul à trouver le salut dans la boisson. A l'heure de l'appel, la moitié des gardes tiennent à peine debout. Je vous laisse la bouteille, vous en aurez besoin.

Il la remit à sa place et ouvrit le dernier tiroir.

— Vous trouverez là les registres de commandes et les cahiers de comptes. Ce qu'il y a de pire dans ce poste, c'est la paperasserie. Autrement, il n'y a pas grand-chose à faire. Trouvez-vous un bon clerc. En ce moment, il n'y a plus personne. J'avais un caporal qui écrivait avec des doigts de fée, mais il est mort il y a deux semaines. Formez-en un autre et vous pourrez consacrer votre temps à chasser le tétras et le trésor du Français.

Il rit de sa propre plaisanterie. Dans toute la région, on ne parlait que de l'or que le roi Louis de France aurait envoyé à son cousin Charles-Edouard Stuart.

— Comment sont les prisonniers ? s'inquiéta Grey. A Londres, j'ai cru comprendre qu'il s'agissait principalement de Highlanders jacobites.

— En effet. Mais en général, ils sont plutôt dociles.

Quarry marqua une pause et lança un coup d'œil par la fenêtre. Une rangée d'hommes vêtus de haillons était en train de sortir à la queue leu leu par une petite porte du mur d'enceinte.

— Depuis Culloden, ils ont perdu beaucoup de leur superbe, expliqua-t-il sur un ton détaché. Notre cher duc de Cumberland, « Billy le Boucher », y a veillé. En outre, nous les faisons travailler si dur qu'ils n'ont plus ni le cœur ni la force nécessaires pour faire les fiers.

Grey hocha la tête, puis se leva et vint rejoindre Quarry devant la fenêtre. La forteresse d'Ardsmuir, qui, encore quelques années plus tôt, était pratiquement en ruine, était entièrement reconstruite et restaurée par ses occupants, à savoir les détenus eux-mêmes.

— Voilà justement une équipe qui sort pour extraire de la tourbe, commenta Quarry.

Une dizaine d'hommes barbus, attifés comme des épouvantails, formaient un rang désordonné devant un officier en redingote rouge. Celui-ci allait et venait, les inspectant des pieds à la tête. Apparemment satisfait, il hurla un ordre et pointa un doigt vers le portail de l'entrée.

L'équipe des tourbiers était encadrée par six soldats armés, qui ouvraient et fermaient la procession, le mousquet calé sur la hanche, leur uniforme impeccable contrastant avec les guenilles des Ecossais. Les prisonniers marchaient d'un pas las, indifférents à la pluie. Derrière eux, une carriole transportant pioches, pelles et couteaux à tourbe les suivait en grinçant, tirée par un mulet.

Quarry les compta entre ses dents, puis fronça les sourcils.

— Il doit encore y avoir des malades. Normalement, chaque équipe est constituée de dix-huit détenus, soit trois par gardien à cause des outils. Bizarrement, ils sont très peu nombreux à chercher à s'enfuir. Je suppose qu'ils n'ont nulle part où aller.

Il s'éloigna de la fenêtre et donna un coup de pied dans le grand panier posé près de la cheminée. Il était rempli de grosses mottes brunâtres, grossièrement découpées.

— Je vous conseille de toujours laisser la fenêtre entrouverte, même quand il pleut, sinon la fumée vous étouffera.

Il poussa un profond soupir en se massant le ventre.

— Bon sang ! Ce que je serai content de rentrer à Londres !

— Je suppose qu'il n'y a pas une grande vie sociale dans la région ? demanda timidement Grey.

Quarry éclata de rire.

— Vous aimez les mondanités ? Mon pauvre ami, vous allez être servi ! Mis à part quelques villageoises peu farouches, votre vie sociale se limitera à quelques conversations répétitives avec vos officiers — ils sont quatre, dont un qui sait même prononcer une phrase entière sans un mot ordurier —, votre ordonnance et un prisonnier.

— Un prisonnier ?

Grey leva le nez du registre qu'il était en train de feuilleter, l'air surpris.

— Oui.

Quarry faisait les cent pas dans la pièce, impatient de décamper. Sa voiture l'attendait dans la cour. Il ne s'était attardé que le temps d'accueillir son remplaçant et de lui transmettre officiellement ses pouvoirs. Il s'arrêta et dévisagea Grey un sourire au coin des lèvres, savourant manifestement une plaisanterie secrète.

— Vous avez sans doute entendu parler de Jamie le Rouge ?

Grey sentit son sang se glacer, mais conserva un visage impassible.

— Le contraire serait étonnant, dit-il sèchement. Cet homme a fait couler beaucoup d'encre lors du soulèvement.

Quelle poisse ! Ainsi, Quarry avait eu vent de l'histoire ! La connaissait-il dans son intégralité ou uniquement par bribes ?

Les lèvres de Quarry tremblèrent légèrement mais il se contenta de hocher la tête.

— En effet, confirma-t-il. Figurez-vous que c'est Ardsmuir qui en a hérité. C'est le plus haut gradé des officiers jacobites que nous ayons ici. Par conséquent, lorsqu'il y a un problème avec les prisonniers, et croyez-moi, il y en a, il nous sert d'interlocuteur.

Quarry s'assit et entreprit d'enfiler ses hautes bottes de cavalier.

— Ses hommes l'appellent *Seumas, mac an fhear dhuibh,* ou simplement *MacDubh*. Vous parlez le gaélique, major ? Moi non plus. Un seul Anglais parmi nous le comprend, c'est Grissom. D'après lui, cela veut dire « James, fils de l'homme noir ». La moitié des gardes ont combattu à Prestonpans et ont peur de lui. Ils prétendent qu'il est le Diable en personne. Si vous voulez mon avis, il a plutôt l'air d'un pauvre diable, aujourd'hui !

Avec un petit grognement d'effort, Quarry parvint à enfiler sa deuxième botte. Il frappa plusieurs fois le sol du talon, puis se leva.

— Les prisonniers lui obéissent au doigt et à l'œil. Donnez-leur un ordre sans passer d'abord par lui et vous aurez tôt fait de parler à un mur. Vous vous êtes déjà frotté à des Ecossais ? Ah oui, suis-je bête ! Vous vous êtes battu à Culloden dans le régiment de votre frère, n'est-ce pas ?

Accentuant encore le malaise de Grey, il se frappa le front en feignant l'étourderie. Il était donc au courant de toute l'affaire, le bougre !

— Vous savez donc de quoi je parle, poursuivit Quarry. Il n'y a pas plus têtu qu'un Ecossais. Ce qui signifie que vous aurez besoin de la bonne volonté de Fraser, ou du moins de sa coopération. Je l'invite à dîner dans mes appartements une fois par semaine, afin de discuter affaires. Il est d'une compagnie agréable. Rien ne vous empêche de faire de même, si cela vous chante.

— Je verrai, dit Grey.

Son ton était neutre mais il gardait les poings serrés contre ses cuisses. Dîner en tête à tête avec James Fraser. Il ne manquait plus que ça !

— C'est un homme cultivé, reprit Quarry, les yeux pétillants de malice. Sa conversation est infiniment plus intéressante que celle des officiers. Il joue bien aux échecs. Vous n'êtes pas contre une petite partie d'échecs de temps à autre, n'est-ce pas ?

— De temps à autre, confirma Grey.

Ses abdominaux étaient tellement tendus qu'il respirait avec peine. Est-ce que cet abruti allait bientôt se décider à foutre le camp ?

Comme s'il lisait dans ses pensées, Quarry rajusta sa perruque et décrocha sa cape suspendue à un crochet.

— Bien, il va me falloir vous quitter, lança-t-il.

Il se tourna vers la porte, son chapeau à la main, puis s'arrêta brusquement et fit volte-face.

— Oh, j'oubliais ! Si jamais vous dînez en tête à tête avec Fraser, ne lui tournez jamais le dos.

Cette fois, il ne semblait plus plaisanter. Il n'y avait pas la moindre trace d'ironie dans son regard.

— Je suis sérieux, insista Quarry. Il est toujours enchaîné, naturellement, mais les chaînes peuvent aussi servir à étrangler un homme. C'est qu'il est sacrément costaud, ce Fraser !

— Je sais.

A sa grande fureur, Grey se sentit rougir. Il tourna les talons et masqua son embarras en se postant devant la fenêtre, laissant l'air froid rafraîchir ses joues en feu.

— Ce que je ne comprends pas, dit-il sans se retourner, c'est pourquoi, s'il est aussi intelligent que vous le dites, il commettrait l'erreur fatale de m'attaquer dans mes propres appartements, au beau milieu de la prison. A quoi cela lui servirait-il ?

Quarry mit une bonne minute avant de répondre. Surpris par ce silence, Grey se retourna et le découvrit qui l'observait d'un air songeur.

— L'intelligence n'est pas tout, dit Quarry lentement. Il y a d'autres facteurs à prendre en compte. Vous êtes sans doute trop jeune pour avoir vu la haine et le désespoir de près. Ce sont deux choses qui ne manquent pas en Ecosse depuis les massacres qui ont suivi Culloden.

Il inclina la tête, étudiant le nouveau gouverneur d'Ardsmuir du haut de ses quinze ans d'ancienneté.

Le major Grey était effectivement très jeune. Il n'avait pas plus de vingt-six ans, avec un teint de pêche et de longs cils de jeune fille qui le faisaient paraître plus jeune encore. Pour ne rien arranger, il était plus petit que la moyenne et d'une stature frêle.

Il se redressa dignement.

— J'en suis parfaitement conscient, mon colonel, rétorqua-t-il.

Quarry était le fils cadet d'une bonne famille, comme lui, mais d'un grade supérieur au sien. Il devait se contrôler.

Les yeux noisette de Quarry s'attardèrent sur lui d'un air méditatif.

— Je n'en doute pas.

D'un geste brusque, il enfonça son chapeau sur sa tête, puis effleura du bout des doigts la cicatrice qui lui barrait la joue, souvenir du scandaleux duel qui lui avait valu d'être muté à Ardsmuir.

— J'ignore quelle faute vous avez commise pour qu'on vous

nomme dans ce trou, major, dit-il avec un demi-sourire. Mais j'espère pour vous qu'elle en valait la peine. En tout cas, bon courage et bonne chance !

Sur ces mots, il disparut dans un tourbillon d'étoffe bleu nuit.

— Mieux vaut un mal connu qu'un mal qu'on ignore, déclara Murdo Lindsay d'un air lugubre. Harry le Bellâtre n'était pas si mal que ça, après tout.

— C'est vrai, convint Kenny Lesley. Mais tu étais déjà ici quand il est arrivé, non ? Tu as donc connu le gouverneur d'avant, cette face de merde de Bogle.

— Oui, dit Murdo sans comprendre où il voulait en venir. Et alors ?

— Alors, avant son arrivée, Harry le Bellâtre était le mal qu'on ignorait et Bogle, le mal qu'on connaissait déjà. Or Harry s'est avéré moins mauvais, donc ta théorie ne tient pas debout.

— Ah non ? fit Murdo que ce raisonnement laissait perplexe.

Puis, devenant soudain tout rouge, il revint à la charge :

— Mais si, j'ai raison !

— Non, tu as tort, aboya Lesley. Tu as toujours tort, Murdo ! Je ne vois pas pourquoi tu t'échines à discuter.

— Mais je ne discute pas ! protesta Murdo, indigné. C'est toi qui me cherches des noises avec tes exceptions à la con !

— Uniquement parce que tu as tort. Si tu avais eu raison, je n'aurais rien dit.

— Mais puisque je te dis que je n'ai pas tort ! Enfin, je ne pense pas...

Incapable de se rappeler précisément comment avait commencé la discussion, il se tourna vers une haute silhouette assise dans un coin.

— MacDubh, est-ce que j'ai tort ?

MacDubh s'étira dans un cliquetis de fers.

— Non, Murdo, répondit-il en riant. Tu n'as pas complètement tort. Mais on ne saura si Lesley a raison que lorsqu'on connaîtra notre nouveau mal.

Voyant Lesley s'apprêter à relancer le débat, il haussa la voix, parlant à tous ceux qui étaient présents dans la pièce.

— Est-ce que quelqu'un a vu le nouveau gouverneur ? Johnson ? MacTavish ?

— Oui, moi, répondit Hayes.

Celui-ci se fraya un passage entre ses compagnons et tendit les mains vers le feu de cheminée.

Il n'y avait qu'une seule cheminée dans la vaste cellule, et six hommes seulement pouvaient se tenir devant à la fois. Les quarante autres étaient condamnés à se blottir les uns contre les autres dans le froid mordant de la pièce.

Par conséquent, il avait été convenu que celui qui avait une histoire à raconter ou une chanson à chanter pouvait se tenir près du feu tant qu'il parlait. MacDubh avait baptisé cette règle le « droit du barde », expliquant que lorsqu'un barde arrivait dans un château, on lui donnait toujours une place au coin du feu, ainsi qu'à boire et à manger en abondance afin de témoigner de l'hospitalité du laird. Ici, il n'y avait ni nourriture ni boisson à offrir, mais celui qui avait quelque chose à dire pouvait toujours compter sur sa place au chaud.

Hayes se détendit et ferma les yeux, un sourire béat s'inscrivant sur son visage. Sentant toutefois un mouvement d'impatience autour de lui, il se hâta de se retourner et de parler.

— Je l'ai d'abord vu descendre de sa berline, puis, plus tard, quand je lui ai monté un plateau de biscuits de la cuisine pendant qu'il discutait avec Harry le Bellâtre. Il est blond, avec de longues boucles retenues par un ruban bleu et de grands yeux de biche.

Il papillonna des cils pour illustrer ses propos.

Encouragé par les rires, il décrivit les vêtements du nouveau gouverneur, « aussi beaux que ceux d'un laird », ses malles, son valet, « un de ces *Sassenachs* qui parlent comme si on leur avait brûlé la langue », puis raconta tout ce qu'il avait pu surprendre de sa conversation.

— Il a la langue bien pendue et n'a pas l'air du genre à qui on peut la faire. Mais il est très jeune. On dirait une jouvencelle, bien qu'il soit sans doute plus vieux qu'il en a l'air. Ah, et il est tout petit, plus petit qu'Angus le Minus.

Angus MacKenzie sursauta puis lui décocha un regard noir. Il n'avait que douze ans à l'époque où il s'était battu au côté de son père à Culloden. Il avait passé près de la moitié de sa vie à Ardsmuir et, compte tenu des mauvaises conditions de détention, il n'avait pratiquement pas grandi depuis.

— Cela dit, reprit Hayes, il a un port noble. Il se tient avec les épaules bien droites et marche comme s'il avait un bâton dans le cul.

Cette dernière observation déclencha une nouvelle vague d'hilarité et de commentaires grivois pendant que Hayes laissait obligeamment la place à Ogilvie, qui connaissait une longue histoire croustillante au sujet du laird de Donibritsle et de la fille du fermier du coin. Hayes quitta l'âtre sans rancœur et, comme de coutume, vint s'asseoir près de MacDubh.

MacDubh ne prenait jamais sa place devant le feu, même lorsqu'il leur racontait de longs récits qu'il puisait dans les souvenirs de ses lectures : *Les Aventures de Roderick Random* ; *Tom Jones* ; ou encore, le préféré de tous, *Robinson Crusoe*. Prétendant qu'il avait besoin de place pour étendre ses longues jambes, il s'asseyait toujours dans le même coin, d'où tous ses compagnons pouvaient l'entendre. En guise de compensation, les hommes qui quittaient le feu venaient s'asseoir sur le banc près de lui, les uns après les autres, afin de lui communiquer la chaleur qui s'attardait dans leurs vêtements.

— Dis, MacDubh, tu parleras au nouveau gouverneur, demain ? lui demanda Hayes en prenant place. J'ai croisé Billy Malcolm en rentrant des tourbières. Il m'a crié de loin que les rats devenaient de plus en plus hardis dans leur cellule. Six hommes ont été mordus la nuit dernière dans leur sommeil et deux d'entre eux sont couverts de plaies purulentes.

MacDubh hocha la tête et se gratta le menton. Avant chaque entrevue avec Harry Quarry, les gardes lui donnaient de quoi se raser. Mais cinq jours s'étaient écoulés depuis sa dernière rencontre avec le gouverneur et sa barbe rousse commençait à le démanger.

— Je n'en sais rien, Gavin, répondit-il. Quarry m'a dit qu'il ferait part au nouveau gouverneur de notre arrangement, mais celui-ci aura peut-être d'autres vues sur la question. En tout cas, s'il me convoque, je lui parlerai des rats, ne t'en fais pas. Est-ce que Malcolm a demandé à ce que Morrison puisse inspecter les morsures ?

La prison n'avait pas de médecin. Aussi, à la demande de MacDubh, Morrison, qui avait quelques dons de guérisseur, avait été autorisé à passer de cellule en cellule, sous bonne escorte, afin de soigner les malades et les blessés.

Hayes fit non de la tête.

— Je n'en ai pas eu le temps. Ils marchaient dans l'autre sens.

— Dans ce cas, il vaut mieux que je l'envoie moi-même, décida MacDubh. Il pourra s'informer auprès de Billy des autres problèmes de leur cellule.

Il y avait quatre grandes cellules collectives. Les informations circulaient entre les prisonniers grâce à Morrison et aux équipes qui sortaient chaque jour pour réparer les routes ou extraire la tourbe dans la lande voisine.

Morrison accourut bientôt, tripotant quatre crânes de rat avec lesquels les détenus improvisaient des jeux de dames. MacDubh tendit un bras sous le banc pour saisir le sac en toile qu'il emportait toujours avec lui lorsqu'il allait dans la lande.

— Oh, non ! gémit Morrison. Pas encore ces maudits chardons ! Je n'arrive pas à les convaincre de les manger. Ils râlent tous en disant qu'on les prend pour des cochons.

MacDubh broya quelques chardons fanés dans sa main puis se lécha les doigts.

— Ils ne devraient pas s'étonner, ils ont des têtes de cochon ! rétorqua-t-il. Combien de fois devrai-je te répéter qu'il ne s'agit pas de manger les chardons mais uniquement de boire leur sève ? Il faut enlever la fleur, broyer les feuilles et la tige, puis, si la sève est encore trop aigre pour être avalée sur un morceau de pain, en faire une infusion pour qu'ils la boivent. Je n'ai encore jamais vu de cochons boire du thé ! Tu n'as qu'à le leur dire.

Le visage ridé du vieux Morrison s'illumina d'un sourire. Il avait suffisamment d'expérience pour savoir convaincre les plus récalcitrants. Mais se plaindre était son seul plaisir.

— Bon, bon, ronchonna-t-il en transférant les chardons dans son propre sac. Je leur dirai : « Avez-vous jamais vu une vache édentée ? » Mais fais-moi plaisir : la prochaine fois que tu croiseras Joel McCulloch, montre-lui tes dents. C'est le plus têtu de tous. Il refuse obstinément de croire que les plantes vertes préviennent le scorbut.

— Dis-lui que s'il ne bouffe pas mes chardons, je vais lui mordre le cul, répliqua Jamie en découvrant une rangée de dents impeccables.

Morrison émit le petit grognement qui, chez lui, tenait lieu d'éclat de rire, et alla ramasser les quelques onguents et herbes qui constituaient ses seuls remèdes.

MacDubh se détendit un peu, lançant des coups d'œil dans la pièce afin de s'assurer que tout était en ordre. Il y avait quelques querelles en suspens parmi les prisonniers ces temps-ci. La semaine précédente, il avait eu un mal fou à régler le conflit entre Bobby Sinclair et Edwin Murray et, s'ils n'étaient toujours pas amis, au moins gardaient-ils leurs distances.

Il ferma les yeux, épuisé. Il avait trimballé des sacs de pierres toute la journée. On leur apporterait bientôt leur dîner, une marmite de porridge avec un peu de pain à partager entre eux, plus, si c'était leur jour de chance, un fond de bouillon. Ensuite, les hommes ne tarderaient probablement pas à s'endormir, lui laissant quelques minutes de paix dans une illusion de solitude, ces moments bénis où il n'avait plus à écouter les complaintes des autres ou à se sentir responsable de leur bien-être.

Il n'avait pas encore eu le temps de penser au nouveau gouverneur, bien que ce dernier fût amené à jouer un rôle important dans leur vie. « Jeune », avait dit Hayes. C'était peut-être bon signe, mais pas nécessairement.

Les hommes d'âge mûr qui avaient servi dans l'armée anglaise à l'époque du soulèvement nourrissaient au fond d'eux-mêmes une haine farouche à l'égard des Highlanders. C'était le cas du colonel Bogle, qui avait combattu sous les ordres du général Cope. Son premier geste avait été de faire enchaîner les détenus. D'un autre côté, un jeune officier sans expérience et peu sûr de lui, cherchant à tout prix à prouver qu'il était à la hauteur d'une tâche dont il ne connaissait rien, pouvait se montrer plus rigide et tyrannique que le plus endurci des colonels. Il n'y avait donc rien d'autre à faire que d'attendre de le rencontrer pour se faire une idée.

Il soupira et changea de position, comme d'habitude incommodé par les fers qu'il portait aux poignets. Enervé, il frappa un bracelet contre le bord du banc. Il était suffisamment grand pour que ses chaînes ne représentent pas un poids excessif, mais elles entravaient considérablement ses mouvements. Le pire, c'était l'impossibilité d'écarter les bras de plus de cinquante centimètres. Cela lui donnait des crampes dans les épaules et provoquait une sensation étouffante qui prenait racine dans les muscles de sa poitrine et de son dos, ne l'abandonnant que lorsqu'il dormait.

— MacDubh, murmura une voix près de lui. Juste un mot, si je peux ?

Il rouvrit les yeux et aperçut Ronnie Sutherland penché sur lui, son visage pointu concentré et luisant à la lueur du feu de cheminée.

— Oui, Ronnie, bien sûr.

Il se redressa, chassant ses fers et le nouveau gouverneur de son esprit.

Plus tard cette même nuit, John Grey écrivait :

Ma très chère mère,

Je suis arrivé sans encombre à Ardsmuir où j'ai pris connaissance de mes nouveaux quartiers et les ai trouvés confortables. Le colonel Quarry, mon prédécesseur (le neveu du duc de Clarence, vous vous en souvenez sans doute ?), m'y a accueilli et m'a fait part de mes fonctions. J'ai à mon service un excellent valet et, si quelques-unes des idiosyncrasies écossaises risquent de me dérouter les premiers temps, je ne désespère pas de m'y habituer. De toute manière, l'expérience ne peut être qu'enrichissante. Pour mon dîner, on m'a servi une « chose » que le majordome a appelée « haggis ». Après m'être dûment renseigné, j'ai appris qu'il s'agissait d'une panse de brebis remplie d'un mélange d'avoine et d'un assortiment de viandes d'origine non identifiée. Bien que l'on m'assure que les autochtones raffolent de ce « mets exquis », je l'ai vite renvoyé en cuisine et me suis fait apporter une selle de mouton bouillie. Ayant ainsi pris mon premier (et humble) repas dans ma nouvelle résidence, je m'apprête à présent à aller me coucher, épuisé par le long voyage dont je vous raconterai les détails dans une prochaine lettre. J'aurai alors de quoi vous faire une plus ample description de mon nouvel environnement, avec lequel je ne suis pas encore tout à fait familier.

Il s'interrompit, tapotant sa plume sur le buvard. Sa pointe projeta des petits points noirs qu'il se mit machinalement à relier les uns aux autres, dessinant les contours d'un objet imaginaire.

Oserait-il l'interroger au sujet de George ? Il ne pouvait en parler ouvertement, cela ne ferait qu'éveiller les soupçons, mais pourquoi ne pas faire une discrète allusion à sa famille ? En demandant par exemple à sa mère si elle avait croisé lady Everett récemment et, si oui, si elle pouvait lui demander de transmettre ses amitiés à son fils la prochaine fois qu'elle la rencontrerait ?

Il poussa un long soupir et traça une nouvelle ligne entre deux points. Non, c'était cousu de fil blanc. Sa mère ignorait tout de la situation, mais le mari de lady Everett fréquentait les milieux militaires. L'influence de son frère empêcherait que les commérages n'aillent trop loin, mais lord Everett risquait de surprendre quelques indiscrétions et, dans ce cas, il ne tarderait pas à reconstituer les faits. S'il en parlait à sa femme et que celle-ci en parle à sa mère... la comtesse Melton n'était pas sotte.

Elle savait fort bien qu'il était en disgrâce. Un jeune officier prometteur, jouissant des bonnes grâces de ses supérieurs, n'était pas brutalement muté au bout du monde pour surveiller la rénovation d'une petite prison-forteresse écossaise sans importance. Son frère Harold avait raconté à leur mère qu'il s'agissait d'une malheureuse affaire de cœur, sachant que sa pruderie de veuve l'empêcherait de demander des détails. Elle croyait sans doute que son fils avait été surpris avec la femme d'un colonel ou en train d'entretenir des filles de joie dans ses quartiers.

Une malheureuse affaire de cœur ! Finalement, Harold était peut-être plus sensible qu'il ne l'aurait cru. Mais après tout, il n'avait connu que des affaires malheureuses depuis la mort d'Hector à Culloden.

En repensant à Culloden, le souvenir de James Fraser lui revint à l'esprit. Il avait soigneusement évité d'y penser tout au long de la journée. Son regard se posa sur le cahier qui contenait les listes de prisonniers et il se mordit la lèvre. Il était tenté de l'ouvrir et d'y chercher ce nom maudit, mais à quoi bon ? Il y avait sans doute des centaines d'Ecossais se nommant James Fraser, mais il n'y avait qu'un seul Jamie le Rouge.

Il se leva et alla se poster devant la fenêtre ouverte, inhalant de grandes bouffées d'air frais comme pour se purifier de ses mauvais souvenirs.

— Pardon, milord, voulez-vous que je réchauffe votre lit maintenant ?

Grey sursauta. Le prisonnier chargé de s'occuper de ses quartiers avait passé sa tête hirsute dans l'entrebâillement de la porte.

— Oh ! Euh... oui merci... MacDonell, c'est bien ça ?

— MacKay, milord, corrigea le prisonnier sans paraître offusqué.

Le détenu disparu, Grey soupira. Il ne pourrait rien décider ce soir. Il revint vers son secrétaire et rassembla les papiers épars. L'objet qu'il avait dessiné sur le papier buvard ressemblait à une masse d'armes, un de ces instruments archaïques avec lesquels les chevaliers d'antan fracassaient les crânes de leurs ennemis. Il avait lui-même l'impression d'en avoir avalé une, mais ce n'était peut-être qu'un début d'indigestion dû au mouton mal cuit.

Il reprit sa lettre et la signa hâtivement.

Avec toute mon affection, votre fils dévoué, John William Grey.

Il saupoudra un peu de sable sur la signature, scella la lettre avec sa chevalière et la jeta dans la corbeille du courrier. Elle partirait pour Londres dès le lendemain matin avec la malle-poste.

Il se leva et hésita, scrutant les recoins sombres de son vaste bureau. Il frissonna. Les mottes de tourbe incandescentes qui se consumaient dans l'âtre en diffusant une lumière pâlotte ne suffisaient pas à réchauffer un espace si grand, surtout avec l'air glacial et humide qui s'infiltrait par la fenêtre entrouverte.

Il lança un nouveau regard vers la liste des prisonniers, puis ouvrit le dernier tiroir du bureau et en sortit la bouteille brune. Ensuite, il moucha la chandelle et se dirigea vers sa chambre en se guidant à la faible lueur du feu de cheminée.

Les effets combinés de la fatigue et du whisky auraient dû le plonger dans un profond sommeil, mais il ne parvenait pas à dormir. Chaque fois qu'il se sentait sombrer dans le royaume des songes, celui-ci s'ouvrait sur une vision du bois de Carryarrick et il rouvrait aussitôt les yeux, en nage et le cœur palpitant.

Il n'avait que seize ans à l'époque. Il était tout émoustillé de participer à sa première campagne. Il n'avait pas encore été nommé officier, mais son frère Harold l'avait pris dans son régiment afin de lui donner un avant-goût de la vie militaire.

Un soir, tandis qu'ils faisaient route vers le nord pour rejoindre le général Cope à Prestonpans, ils avaient établi le campement près d'un bois de pins noirs. Sous sa tente, le jeune John ne tenait pas en place. A quoi la bataille ressemblerait-elle ? Cope était un grand général, tous les amis de Harold le reconnaissaient, mais les soldats rassemblés autour du feu avaient également raconté de terribles histoires sur les Highlanders et leur cruauté légendaire. Saurait-il se conduire en homme face à la redoutable charge des Ecossais ?

Il n'osait confier ses craintes à Hector. Hector l'aimait, certes, mais il avait vingt ans. Il était grand, fort et sans peur. Il avait été nommé au grade de lieutenant et avait de sémillantes anecdotes à raconter au sujet de ses batailles en France.

Même toutes ces années plus tard, il ne savait pas ce qui l'avait incité à agir. Le désir d'imiter Hector, ou simplement celui de l'impressionner ? Quoi qu'il en soit, lorsqu'il avait aperçu le Highlander dans les bois et reconnu l'infâme Jamie le Rouge, son sang n'avait fait qu'un tour : il devait coûte que coûte le tuer ou le capturer.

Il avait bien envisagé un instant de retourner au camp pour donner l'alerte, mais l'homme était seul (enfin... il avait l'air seul) et manifestement sans méfiance. Il était assis tranquillement sur un tronc d'arbre, mangeant un morceau de pain.

L'esprit rempli de visions de gloire et des éloges d'Hector, l'adolescent avait dégainé son couteau et rampé tout doucement vers la silhouette qui lui tournait le dos.

Sans même comprendre ce qui lui arrivait, un coup de poing avait fait voler son couteau. Il avait eu juste le temps d'esquiver un second crochet et de sauter au cou de l'Ecossais, cherchant à l'étrangler, puis...

Lord John Grey se retourna dans son lit, les joues en feu. Ils étaient tombés à la renverse, roulant sur le tapis de feuilles mortes, chacun tentant de saisir le manche du couteau tombé à quelques mètres. Au début, l'Ecossais était sous lui, puis, à force de contorsions, il était parvenu à renverser la situation. Autrefois, il avait touché un python qu'un ami de son oncle avait rapporté des Indes. C'était exactement ce à quoi ce Fraser lui avait fait penser : souple, glissant et terriblement puissant, se déplaçant à l'aide de ses muscles, ne se trouvant jamais là où on l'attendait.

Il avait été retourné comme une crêpe, le nez dans la terre, un bras tordu dans le dos. Terrifié, persuadé qu'il vivait ses derniers instants, il avait tenté de libérer son bras de toutes ses forces et l'os avait craqué, déclenchant une douleur si forte qu'il avait perdu connaissance.

Il était revenu à lui quelques minutes plus tard, ligoté à un tronc d'arbre, faisant face à un cercle de Highlanders à la mine patibulaire. Au milieu du cercle se tenait Jamie le Rouge... et la femme.

Grey serra les dents. Maudite femme ! Si elle n'avait pas été là... Dieu seul sait ce qui serait arrivé. Elle avait parlé. Il avait tout de suite deviné qu'elle était anglaise, une lady à en juger par son accent. Et lui, pauvre benêt, d'en déduire aussitôt qu'elle était leur otage, sans doute enlevée par ces ruffians pour assouvir leur concupiscence. Personne n'ignorait que ces barbares de Highlanders, tout juste descendus de leurs montagnes, pillaient tout sur leur passage, violant les femmes, en particulier les

Anglaises. Comment aurait-il pu deviner qu'il s'agissait d'un coup monté !

Alors, du haut de ses seize printemps, mû par de nobles notions de galanterie et de grandeur d'âme, malmené, humilié, luttant contre la douleur de son bras brisé, le valeureux lord John William Grey avait tenté de négocier pour sauver la vertu de cette malheureuse, sacrifiant sa vie pour son honneur. Et ce scélérat de Fraser s'était joué de lui ! Il avait arraché le corsage de la femme, menaçant de l'outrager sous ses yeux pour lui soutirer des informations sur la position et les forces du régiment de son frère. Puis, après qu'il eut dit tout ce qu'il savait, le mufle lui avait révélé avec un plaisir évident que son otage n'était autre que sa propre épouse. Et tous de rugir de rire ! Il les entendait encore, se frappant la cuisse devant sa naïveté.

Grey se retourna une nouvelle fois entre ses draps. Comble de l'humiliation, Fraser n'avait pas eu la clémence de l'abattre. Il l'avait ligoté à un arbre dans un lieu où ses compagnons d'armes l'avaient découvert le lendemain matin, mais pas avant que Fraser n'ait rendu visite au campement, fort des informations qu'il lui avait fournies, et n'ait détruit les canons que le régiment venait livrer au général Cope.

Bien entendu, cette histoire avait fait le tour de tout Londres, malgré les excuses avancées en raison de son jeune âge. Il était devenu un paria, la risée de tous. Plus personne ne lui avait adressé la parole, sauf son frère... et Hector. Hector, loyal jusqu'à la fin.

Il soupira et frotta sa joue contre l'oreiller. Hector. Avec ses cheveux noirs et ses yeux bleus, ses lèvres tendres qu'un sourire éclairait du soir au matin... Voilà dix ans qu'il était mort à Culloden, coupé en deux par une épée écossaise. Pourtant, John se réveillait encore parfois à l'aube, le corps tendu dans le spasme de l'étreinte, sentant encore le contact de sa peau contre la sienne.

La boucle était bouclée. Il avait redouté ce poste, sachant qu'il serait encerclé par des Ecossais, par leur accent criard, écrasé par le souvenir de ce qu'ils avaient fait à Hector. Mais jamais, même dans ses pires moments d'inquiétude, il n'avait pensé se retrouver face à face avec James Fraser.

Le feu de tourbe mourut lentement dans l'âtre et la nuit noire de l'autre côté de la fenêtre céda peu à peu la place à une aube grisâtre. John Grey ne dormait toujours pas, ses yeux brûlants fixant les poutres du plafond noircies par la suie.

Grey se leva le matin, épuisé mais sa décision prise. Il était gouverneur d'Ardsmuir. Fraser y était emprisonné. Ni l'un ni l'autre ne pouvaient partir, du moins dans un avenir proche. Il était condamné à croiser cet homme encore et encore. Dans une heure, il devrait s'adresser à la foule des détenus rassemblés dans la cour et, par la suite, il lui faudrait les passer régulièrement en revue. Mais il ne rencontrerait pas Fraser en privé. S'il parvenait à mettre une distance entre cet homme et lui, peut-être pourrait-il éviter l'assaut de mauvais souvenirs qu'il éveillait en lui. Et des sentiments.

Le souvenir cuisant de sa fureur et de son humiliation passées l'avait empêché de dormir, mais c'était l'autre aspect de sa situation actuelle qui l'avait tenu éveillé jusqu'au matin : Fraser était désormais *son* prisonnier. Il n'était plus un bourreau mais un détenu parmi d'autres, entièrement à sa merci.

Il sonna son valet et s'approcha de la fenêtre, grimaçant sous la morsure des dalles glacées sous ses pieds nus.

Naturellement, il pleuvait. Dans la cour, les prisonniers étaient regroupés par équipes de travail. Grelottant dans sa chemise de nuit, Grey ferma la fenêtre à l'espagnolette, un bon compromis entre la mort par suffocation et la mort par le froid.

Oui, s'il le souhaitait, c'était le moment ou jamais de se venger. Il avait imaginé Fraser enfermé dans un minuscule cachot, couché nu sur le sol glacé durant les longues nuits d'hiver, nourri de bouillie qu'on lui jetait comme à un chien, ne sortant à la lumière du jour que de temps à autre pour être fouetté dans la cour. Toute cette force arrogante écrasée, anéantie, réduite à une épave rampante, cela ne dépendait que de lui.

Oui, il avait pensé à tout cela, l'avait imaginé dans ses moindres détails, s'en était repu. Il avait entendu Fraser le supplier, l'implorer. Puis il s'était vu lui-même, dédaigneux, hautain, savourant sa vengeance. Et plus il avait retourné ces images dans sa tête, plus la masse d'armes dans son ventre avait lacéré ses entrailles du dégoût de lui-même.

Peu importait ce qu'il avait été autrefois, Fraser était désormais un ennemi vaincu, un prisonnier de guerre à la charge de la Couronne. A vrai dire, il était la responsabilité de Grey lui-même. Il était de son devoir de veiller à ce qu'il soit équitablement traité.

Son valet lui apporta de l'eau chaude pour se raser, puis il fit ses ablutions. Le contact apaisant de l'eau dissipa peu à peu les visions tourmentées de la nuit. Car ce n'étaient rien d'autre que des images, des fantasmes...

S'il avait rencontré Fraser sur le champ de bataille, il aurait sans doute pris un plaisir sauvage à le tuer ou à le mutiler. Mais tant que cet homme était son prisonnier, son honneur lui interdisait de lever le petit doigt contre lui. Le temps qu'il ait fini de se raser et que son valet l'ait aidé à s'habiller, il s'était suffisamment repris pour voir le côté comique de la situation.

Son comportement imbécile à Carryarrick avait sauvé la vie

de Fraser à Culloden. A présent que sa dette était acquittée et que son ennemi juré était en son pouvoir, son statut de prisonnier le protégeait. Car, sots ou sages, naïfs ou expérimentés, tous les Grey étaient des hommes d'honneur.

Se sentant légèrement rasséréné, il croisa son propre regard dans le miroir, ajusta sa perruque, puis descendit prendre son petit déjeuner avant de s'adresser aux prisonniers.

— Prendrez-vous votre dîner dans le salon, milord, ou ici ?

La tête de MacKay, toujours aussi hirsute, pointait dans l'entrebâillement de la porte du bureau.

Absorbé par ses papiers, Grey redressa la tête.

— Pardon ? Ah ! euh... apportez-le ici, merci.

Il indiqua vaguement un coin de la table resté libre et se replongea dans son travail, levant à peine le nez lorsque le plateau arriva quelque temps plus tard.

Quarry n'avait pas plaisanté en lui parlant de la paperasserie. A lui seul, l'approvisionnement des cuisines nécessitait une interminable série de bons de commande et de reçus, tous devant être faits en double exemplaire puis expédiés à Londres, sans parler des innombrables produits de base indispensables aux hommes de la garde et aux villageois des environs qui venaient nettoyer les quartiers ou travailler en cuisine. Il avait passé toute sa journée à rédiger des lettres et à signer des papiers. Il devait absolument se trouver un secrétaire au plus tôt, au risque de mourir d'ennui.

Deux cents livres de farine de blé, écrivit-il, *destinées à l'usage des prisonniers. Six fûts de bière, destinés à l'usage des officiers.* Son écriture habituellement élégante et soignée avait vite dégénéré en un griffonnage administratif et utilitaire et sa signature fleurie en un bref *J. Grey.*

Il reposa sa plume avec un soupir et ferma les yeux, massant ses tempes endolories. Le soleil n'avait pas daigné montrer son nez depuis son arrivée et, à travailler ainsi dans son bureau enfumé, ses yeux le brûlaient. Ses livres étaient arrivés la veille, mais il n'avait pas encore eu le courage d'ouvrir les caisses. A la tombée de la nuit, éreinté, il ne pouvait que se rincer les yeux avant de s'effondrer sur son lit.

Un léger grattement lui fit relever le nez. Un gros rat brun était assis sur le coin de son bureau, un morceau de cake entre les pattes. Il ne bougeait pas, se contentant d'observer Grey d'un air interrogateur, les moustaches frémissantes.

— Fous le camp, saleté ! hurla Grey. C'est *mon* dîner !

Le rat continua à grignoter son gâteau d'un air songeur, ses yeux brillants fixant le major.

— Va-t'en !

Furieux, Grey saisit le premier objet qui lui tomba sous la main et le lança vers l'intrus. L'encrier se fracassa sur le sol dans une explosion de gerbes noires. Enfin convaincu, le rat bondit du bureau et fila entre les jambes de MacKay qui venait d'apparaître sur le seuil de la porte, alarmé par le vacarme.

— Y a-t-il un chat dans cette prison ? demanda Grey en vidant le contenu de son plateau dans la corbeille.

— Euh... oui, milord, dans les entrepôts.

MacKay était déjà à quatre pattes, épongeant les petites empreintes d'encre noire laissées par le fugitif.

— Alors, faites-en monter un ici, s'il vous plaît, ordonna le major. Tout de suite !

Il frissonnait encore de dégoût au souvenir de la queue nue et obscène du rat enroulée nonchalamment dans son assiette. Il avait pourtant croisé des rats dans les champs, mais de voir son repas souillé sous ses propres yeux lui paraissait particulièrement répugnant. Il se posta devant la fenêtre, tentant de s'éclaircir les idées avec un peu d'air frais tandis que MacKay finissait de réparer les dégâts. Le soir tombait, baignant la cour dans une ombre violacée. De l'autre côté, les grosses pierres de la façade derrière laquelle se trouvaient les cellules lui parurent plus déprimantes que jamais.

Les geôliers sortaient justement des cuisines avec le dîner des détenus : une procession de petits chariots portant de grosses marmites de porridge encore fumant et des paniers de pains. On avait jeté des bâches pour les protéger de la pluie. Au moins les pauvres diables avaient-ils droit à un repas chaud après toute une journée de travail dans les carrières.

Il lui vint soudain un soupçon.

— Y a-t-il beaucoup de rats dans les cellules ? demanda-t-il à MacKay.

— Oh, oui, milord, tout un tas ! Dois-je demander au cuisinier de vous préparer un autre plateau ?

— Oui, s'il vous plaît. Pendant que vous y êtes, veillez à ce que chaque cellule reçoive son propre chat.

MacKay lui lança un regard surpris. Comme il restait là, planté sur le pas de la porte à se balancer d'une jambe sur l'autre pendant que Grey rassemblait ses papiers épars, ce dernier s'étonna :

— Il y a quelque chose qui ne va pas, MacKay ?

— Non, milord... hésita le détenu. C'est que... sauf votre respect, milord, je ne sais pas si c'est une très bonne idée. D'une part, les rats chassent les cancrelats et puis... si les chats se mettent à bouffer les rats, il n'en restera plus pour les prisonniers.

Grey le dévisagea, interdit, réprimant un haut-le-cœur.

— Vous voulez dire que... les détenus mangent des rats ?

— Quand ils ont la chance d'en attraper un, milord. D'un autre côté, ils pourront peut-être dresser les chats pour les attraper à leur place. Ce sera tout pour ce soir, milord ?

9

L'or du Français

Grey parvint à éviter tout face-à-face avec Fraser pendant deux semaines. Puis le messager arriva du village voisin d'Ardsmuir, apportant des nouvelles qui devaient tout changer.

— L'homme est-il encore en vie ? demanda Grey.

Le porteur du message, un villageois qui travaillait à la prison, acquiesça.

— Je l'ai vu de mes propres yeux, milord. Les hommes qui l'ont trouvé l'ont amené à l'*Auberge du Tilleul*, où on essaie de le soigner. Mais si vous voulez mon avis, il n'en a plus pour longtemps.

— Je vois... dit Grey, songeur. Merci, monsieur...

— Allison, milord. Rufus Allison. A votre service, milord.

L'homme accepta le shilling que le major lui tendait, inclina respectueusement la tête, son chapeau coincé sous le bras, puis sortit.

Grey resta assis derrière son bureau, contemplant le ciel de plomb. Il tapota la pointe de sa plume sur le bureau sans remarquer qu'il était en train de l'écraser.

La simple mention du mot « or » aurait fait dresser les oreilles à n'importe qui, mais surtout à lui.

Un homme avait été découvert le matin, errant sur la lande brumeuse près du village d'Ardsmuir. Ses vêtements étaient imbibés d'eau de mer et la fièvre le faisait délirer.

Depuis qu'on l'avait trouvé, il n'avait cessé de parler, mais ses sauveteurs ne comprenaient rien à ses élucubrations fébriles. Il semblait écossais, mais s'exprimait dans un mélange incohérent de français et de gaélique, avec ici et là un mot d'anglais. Or l'un de ces mots était l'« or ».

Pour tous ceux qui avaient vécu le soulèvement jacobite, la combinaison d'un Ecossais, de l'allusion à l'or et de la langue française, surtout dans cette région des Highlands, ne pouvait évoquer qu'une seule chose : « l'or du Français », un coffre rempli de lingots que, selon la légende, Louis de France aurait envoyé, trop tard, à son cousin Charles-Edouard Stuart pour financer sa campagne.

D'aucuns racontaient que le trésor avait été caché par les Highlanders durant leur dernière retraite vers le nord, avant le désastre final de Culloden. D'autres prétendaient que l'or n'était jamais parvenu jusqu'à Charles-Edouard Stuart, mais avait été caché dans une grotte près du lieu où il avait été débarqué, au nord-ouest de l'Ecosse. Certains affirmaient que le soldat qui avait été chargé d'enterrer le coffre était mort à Culloden, emportant son secret avec lui dans la tombe. D'autres encore racontaient que seule une famille de Highlanders savait où il était caché et veillait jalousement sur lui. Dans tous les cas, personne n'avait encore mis la main sur l'or du Français. Du moins, pas encore.

Grey parlait vaguement français, pour avoir passé plusieurs années à se battre à l'étranger, mais ni lui ni aucun de ses officiers ne comprenaient un mot de cette langue barbare qu'était le gaélique, hormis quelques mots que le sergent Grissom avait appris enfant grâce à une nurse écossaise.

On ne pouvait faire confiance aux habitants du village, surtout s'il y avait de l'or à la clé. L'or du Français ! Outre la fortune qu'il constituait, et qui revenait de droit à la Couronne, il représentait un enjeu considérable et personnel pour John Grey. Découvrir ce trésor mythique serait son billet de retour vers Londres et la civilisation. L'éclat de cet or effacerait instantanément la disgrâce la plus infamante.

Il mordit la pointe de sa plume, faisant craquer la corne entre ses dents.

Foutre ! Il ne pouvait laisser un villageois interroger l'inconnu, pas plus qu'un de ses officiers. Un prisonnier, peut-être ? Oui, ce devait être un des prisonniers, eux seuls ne pourraient mettre à profit les informations éventuellement obtenues.

Re-foutre ! Si tous les prisonniers parlaient le gaélique et si bon nombre d'entre eux maîtrisaient bien l'anglais, un seul parlait également le français. *C'est un homme cultivé*, avait dit Quarry.

— Foutre de foutre de foutre ! jura Grey.

Il n'y avait pas d'autre solution. Allison avait déclaré que l'homme était gravement malade. Il fallait donc agir vite. Il recracha son fragment de plume et s'écria :

— Brame !

Le caporal surpris apparut à la porte.

— Oui, milord ?

— Amenez-moi le détenu James Fraser. Tout de suite.

Le gouverneur se tenait derrière son bureau, s'accrochant des deux mains au meuble en chêne massif comme au bastingage d'un navire agité par la houle. Ses paumes étaient moites et la cravate blanche de son uniforme lui serrait la gorge.

Son ventre se noua quand la porte s'ouvrit. L'Ecossais entra dans un cliquetis de fers et avança jusqu'au centre de la pièce. Toutes les chandelles étaient allumées, et, malgré la nuit noire qui régnait au-dehors, on y voyait comme en plein jour.

Depuis son arrivée, il avait déjà aperçu Fraser plusieurs fois. Il aurait fallu être aveugle pour ne pas le reconnaître : avec sa tignasse rousse, il dépassait d'une tête la plupart des détenus. Toutefois, il ne l'avait pas approché d'assez près pour distinguer ses traits.

Il avait changé. Ce qui était à la fois un choc et un soulagement. Durant toutes ces années, il avait gardé en mémoire un visage rasé de près, menaçant et moqueur. L'homme devant lui portait une courte barbe. Il semblait calme et las et, si ses yeux bleus étaient toujours aussi pénétrants, il ne sembla pas le reconnaître. Il se contentait d'attendre tranquillement au milieu de la pièce.

Grey s'éclaircit la gorge. Son cœur battait à tout rompre mais sa voix était posée :

— Monsieur Fraser, commença-t-il. Je vous remercie d'être venu.

L'Ecossais inclina courtoisement la tête, se gardant de répondre qu'on ne lui en avait pas laissé le choix. Son regard blasé, lui, était déjà bien assez éloquent.

— Vous vous demandez certainement pourquoi je vous ai fait chercher, poursuivit Grey. En fait, j'aurais besoin de votre aide pour résoudre un léger problème.

Il s'entendait parler avec une suffisance et une pompe intolérables, mais était incapable d'y remédier.

— Quel genre de problème, major ?

La voix était la même, grave et précise, avec un léger accent highlandais.

Grey prit une profonde inspiration, maudissant le sort qui l'obligeait à demander un service à cet individu. Mais il n'avait guère le choix. Fraser était sa seule chance.

— Ce matin, on a découvert un homme errant sur la lande près de la côte. Il semble gravement souffrant et son discours est incohérent. Toutefois, certains... sujets auxquels il a fait allusion dans son délire... pourraient intéresser la Couronne. J'aimerais lui parler, découvrir qui il est et ce qui lui est arrivé.

Il marqua une pause, mais Fraser ne broncha pas.

— Malheureusement, reprit-il, cet homme s'exprime dans un

mélange de gaélique et de français avec, ici et là, quelques mots d'anglais.

L'Ecossais arqua un sourcil. Son expression n'avait pratiquement pas changé mais il était évident qu'il commençait à comprendre de quoi il retournait.

— Je vois, major, dit-il d'une voix chargée d'ironie. Vous souhaiteriez donc que je vous serve d'interprète.

Grey hocha la tête.

— Je crains de devoir refuser, major.

Son ton était respectueux mais une lueur insolente brillait dans son regard. La main de Grey se referma sur le coupe-papier en bronze posé sur son sous-main.

— Puis-je savoir pourquoi, monsieur Fraser ?

— Je suis prisonnier, major, pas interprète.

Grey se racla la gorge et tenta de durcir le ton.

— Votre aide serait... très appréciée, monsieur Fraser. En revanche, le refus de fournir une assistance légitime...

— Il n'y a rien de légitime à exiger mes services ni à me menacer, major.

La voix de Fraser était indubitablement plus ferme que celle de Grey.

— Mais personne ne vous menace !

Le lame du coupe-papier lui entailla la main et Grey la lâcha en grimaçant.

— Ah, pardon, j'ai dû mal comprendre, rétorqua Fraser avec une ironie insupportable. Vous m'en voyez soulagé, major. Bien... dans ce cas, je n'ai plus qu'à vous souhaiter bonne nuit.

Il se tournait déjà vers la porte.

Grey n'aurait pas été fâché d'être débarrassé de lui mais le devoir primait.

— Un instant, monsieur Fraser.

Fraser s'arrêta à quelques pas de la porte mais ne se retourna pas.

— Si vous faites ce que je vous demande, je ferai enlever vos fers, proposa Grey.

Fraser ne bougea pas. Grey avait beau être jeune et inexpérimenté, il était néanmoins observateur... et psychologue. En voyant le prisonnier redresser légèrement la tête et détendre ses épaules, il sentit le nœud dans son ventre se desserrer.

— Alors ? Qu'en dites-vous, monsieur Fraser ? insista-t-il.

Très lentement, l'Ecossais se tourna vers lui, le visage impénétrable.

— Marché conclu, major, répondit-il doucement.

Lorsqu'ils parvinrent au village d'Ardsmuir, il était minuit passé. Aucune lumière ne filtrait derrière les volets des maisons.

Grey se demanda à quoi songeaient les villageois en entendant les claquements des sabots et le cliquetis des armes retentir sous leurs fenêtres tard dans la nuit, tel l'écho lointain des armées anglaises qui avaient mis à sac les Highlands dix ans plus tôt.

L'*Auberge du Tilleul* devait son nom à un grand arbre qui se dressait autrefois dans sa cour, le seul de cette taille dans toute la région. Il n'en restait désormais que la souche, car, comme beaucoup d'autres, il avait été abattu après Culloden pour alimenter les feux de camp des troupes de Cumberland.

Sur le pas de la porte, Grey se tourna vers Fraser.

— Vous n'oublierez pas les termes de notre accord, n'est-ce pas ?

— N'ayez crainte, répondit Fraser en passant devant lui.

En échange du retrait de ses fers, Grey avait exigé trois choses de Fraser : sa promesse de ne pas chercher à s'évader ; un compte rendu détaillé de tout ce que lui dirait l'inconnu ; enfin, sa parole de gentleman que personne d'autre que Grey ne saurait jamais ce qu'il avait appris.

L'aubergiste eut un mouvement de surprise en voyant entrer Fraser puis, apercevant l'uniforme de Grey derrière lui, inclina la tête avec déférence. Sa femme était assise sur une chaise, la lampe à huile qu'elle tenait à la main faisant danser les ombres sur les murs. Un individu tout de noir vêtu se tenait dans l'escalier, l'air sinistre.

Grey retint l'aubergiste par le bras.

— Qui est-ce ? demanda-t-il.

— Un prêtre, répondit tranquillement Fraser. Notre homme n'en a sans doute plus pour longtemps.

Grey prit une grande inspiration, se préparant au pire.

— Alors, il n'y a pas une minute à perdre, dit-il fermement. Allons-y.

L'homme mourut juste avant l'aube, Fraser lui tenant une main et le prêtre l'autre. Pendant que ce dernier, penché sur le lit, lui administrait l'extrême-onction et marmonnait une prière dans un mélange de gaélique et de latin, Fraser gardait les yeux fermés, sans lâcher la main frêle et inerte.

L'Ecossais avait passé toute la nuit au chevet du mourant, l'écoutant, l'encourageant, le réconfortant. Grey était resté en retrait, près de la porte, craignant que la vue de son uniforme n'effraie le malheureux. Il était à la fois surpris et étrangement ému par la douceur et la tendresse que Fraser témoignait à un inconnu.

Fraser reposa la main du mort sur son poitrail immobile et esquissa un signe de croix. Il se leva, sa tête frôlant presque les poutres basses, et fit signe à Grey de le suivre dans le couloir.

— Par ici, indiqua Grey en l'entraînant dans la salle à manger.

A cette heure matinale, elle était déserte. Une servante à moitié endormie leur alluma un feu, déposa du pain et de la bière sur leur table, puis sortit en les laissant seuls.

Grey attendit que Fraser se soit désaltéré avant de l'interroger.

— Alors ?

L'Ecossais reposa sa pinte et s'essuya les lèvres du revers de la main.

— En vérité, dit-il enfin, tout ce qu'il m'a raconté n'avait pas beaucoup de sens. Enfin, voici ce qu'il a dit.

Il parla avec application, s'interrompant de temps à autre pour se remémorer les mots exacts qu'il avait entendus ou expliquer une particularité gaélique. Grey l'écoutait avec une déception croissante. Fraser avait dit juste : cela n'avait aucun sens.

— Une sorcière blanche ? l'interrompit-il, incrédule. Vous êtes sûr qu'il a parlé d'une sorcière blanche ? Et que viennent faire des phoques dans cette histoire ?

— Je n'en sais rien, mais c'est ce qu'il a dit.

— Répétez-moi le tout encore une fois, ordonna Grey. Et tâchez de bien vous souvenir... s'il vous plaît.

A sa grande surprise, il se sentait de plus en plus à son aise avec cet homme. Sans doute était-ce dû à la fatigue et au fait d'avoir partagé l'émotion de voir une vie s'éteindre à petit feu.

Ses sentiments et sa vigilance habituels étaient émoussés par la longue nuit de veille et la tension. Les dernières heures qu'il venait de vivre lui paraissaient irréelles. Mais le plus étrange, c'était de se retrouver là, dans la lueur pâle de l'aube, à partager une pinte de bière avec Jamie le Rouge.

Fraser s'exécuta, articulant lentement. A un ou deux mots près, cette deuxième version était identique à la première. Les bribes d'anglais que Grey avait pu comprendre par lui-même étaient fidèlement restituées.

Il secoua la tête, découragé. Les élucubrations incohérentes de l'inconnu n'étaient finalement rien d'autre : un ramassis d'élucubrations incohérentes. Si cet homme avait jamais vu de l'or en grande quantité, et il semblait effectivement que ce fût le cas, son délire fébrile ne permettrait jamais de savoir ni où ni quand.

— Vous êtes bien sûr qu'il n'a rien dit d'autre ? insista-t-il.

L'Ecossais porta la pinte à ses lèvres. Lorsque sa manche retomba en arrière, Grey aperçut la peau à vif de son poignet. Fraser suivit son regard et se hâta de reposer son verre. L'illusion fragile de camaraderie qu'ils avaient partagée quelques instants était rompue.

— J'ai respecté mes engagements, major, annonça Fraser. Pouvons-nous rentrer maintenant ?

Sans attendre la réponse, il était déjà debout.

Ils chevauchèrent en silence un certain temps ; Fraser perdu dans ses pensées, Grey rompu par la fatigue et la désillusion. Ils firent halte devant une petite source pour se rafraîchir, juste au moment où le soleil commençait à poindre au-dessus des collines devant eux.

Grey but l'eau glacée dans ses mains en coupe puis s'aspergea le visage. Il n'avait pas fermé l'œil depuis plus de vingt-quatre heures et se sentait lent et abruti. En revanche, Fraser, qui n'avait pas dormi plus que lui, ne montrait pas le moindre signe de fatigue. Il était en train de marcher à quatre pattes au bord du ruisseau, cueillant les plantes qui poussaient dans l'eau.

— Mais... qu'est-ce que vous faites, monsieur Fraser ? demanda Grey, interdit.

Fraser releva la tête, ne semblant pas gêné le moins du monde.

— Je cueille du cresson, major.

— Je le vois bien, rétorqua Grey, piqué, mais pour quoi faire ?

— Pour le manger, major, répondit l'autre sur le même ton.

Il dénoua un morceau de tissu à sa ceinture et entreprit d'y entasser les plantes dégoulinantes.

— On ne vous nourrit pas suffisamment ? s'inquiéta Grey. Vous n'êtes tout de même pas affamés à ce point !

— Le cresson est une plante verte, major.

Dans son état de fatigue, le major avait la nette impression que l'Ecossais se payait sa tête.

— Merci, mais je m'en serais douté, Fraser !

— Je voulais juste dire par là, major, que les plantes vertes évitent d'attraper le scorbut ou d'avoir les dents gâtées. Mes hommes mangent toute la verdure que je leur rapporte et le cresson a meilleur goût que la plupart des feuilles et des fleurs que je trouve sur la lande.

— Les plantes vertes préviennent le scorbut ? D'où le tenez-vous ?

— De ma femme, rétorqua Fraser sur un ton cinglant.

Il tourna les talons, attachant sa besace improvisée à sa ceinture avec de petits gestes énervés.

Grey ne put s'empêcher de demander :

— Votre femme... où est-elle ?

L'Ecossais lui décocha un regard d'acier qui lui glaça le sang. *Vous êtes peut-être trop jeune pour avoir connu la puissance de la haine et du désespoir*, avait dit Quarry. Il s'était trompé. Grey les reconnut sur-le-champ dans les profondeurs du regard de Fraser.

Cela ne dura qu'un instant, puis l'Ecossais retrouva sa courtoisie distante.

— Ma femme est partie, dit-il simplement avant de se détourner à nouveau.

Grey fut envahi par des sentiments contradictoires. D'une

part, il était soulagé d'apprendre la disparition de celle qui avait été la cause de son humiliation. D'un autre côté, il était navré d'être le témoin d'une douleur aussi manifeste.

Ni l'un ni l'autre n'échangèrent plus un mot jusqu'aux portes de la prison d'Ardsmuir.

Trois jours plus tard, le détenu Fraser s'évadait. S'enfuir d'Ardsmuir n'était pas très difficile. Si aucun prisonnier ne l'avait déjà fait, c'était faute d'un autre endroit où se réfugier. Au nord de la prison, la côte était bordée de hautes falaises de granit qui tombaient à pic dans l'océan. Au sud, à l'est et à l'ouest ne s'étendaient que de vastes landes désertiques.

Autrefois, les détenus pouvaient espérer se cacher dans les montagnes, comptant sur l'aide et la protection des membres de leurs clans. Mais tous les clans highlanders avaient été anéantis. Quant aux proches des prisonniers, ils étaient morts ou vivaient à des centaines de kilomètres d'Ardsmuir. Tout compte fait, les détenus étaient mieux lotis dans leurs cellules qu'à mourir de faim sur la lande. Tous, sauf Fraser, qui avait apparemment une bonne raison de vouloir s'évader.

Les chevaux étaient obligés de rester sur la route. Si les alentours semblaient aussi lisses qu'un immense drap de velours, la couche mauve de bruyère était traîtresse, cachant parfois des tourbières de plus d'un mètre de profondeur. Même les cerfs ne s'aventuraient pas au hasard sur ce terrain spongieux. Grey en distinguait justement quatre, leurs silhouettes fines se dessinant à environ un kilomètre. Le chemin qu'ils avaient tracé à travers la bruyère ne semblait pas plus large qu'un fil.

Naturellement, Fraser, lui, était à pied. Cela signifiait qu'il pouvait bien être n'importe où, libre de suivre les traces des cerfs.

John Grey se devait de poursuivre l'évadé et de le capturer. Mais ce n'était pas uniquement le sens du devoir qui l'avait incité à passer en revue toute la garnison afin de constituer une équipe de limiers, puis de leur faire prendre la route sans même leur laisser le temps de souffler ou d'avaler un morceau. Le devoir avant tout, certes, mais également le souhait de retrouver l'or du Français et de s'attirer la reconnaissance de ses supérieurs... sans parler du désir pressant de quitter ce coin maudit des Highlands. Pour couronner le tout, il y avait également sa colère et ce sentiment tenace de s'être laissé berner comme un bleu.

Cela dit, il ne pouvait s'en prendre qu'à lui-même et à sa propre bêtise. Comment avait-il pu croire un instant qu'un Highlander, gentleman ou pas, aurait le sens de l'honneur et de la parole donnée ? Oui, il fulminait et il était bien déterminé à fouiller le moindre recoin de cette lande pour retrouver ce traître de James Fraser.

Ils atteignirent la côte le lendemain soir, au terme d'une pénible journée passée à zigzaguer dans la lande. Le brouillard s'était légèrement dissipé, balayé par le vent du large, et la mer s'étalait à présent devant eux, parsemée d'îlots nus.

John Grey se tint au côté de sa monture, au sommet de la falaise, les yeux baissés vers les flots sombres et houleux. Chose rarissime, le ciel était dégagé et un croissant de lune nimbait les rochers d'une aura blafarde. Leurs facettes luisantes se détachaient sur les ténèbres, telles des pépites d'argent jetées sur un brocart noir.

Jamais il n'avait vu un lieu aussi désolé. Le paysage était paré d'une étrange beauté qui donnait froid dans le dos. Bien entendu, aucune trace de James Fraser. A vrai dire, il n'y avait pas la moindre trace de vie du tout.

L'un des hommes poussa un cri d'alarme et dégaina son pistolet.

— Là-bas, sur le rocher !

— Ne tire pas ! lança un autre soldat en le rattrapant par le bras. Tu n'as donc jamais vu de phoques, pauvre andouille !

— Ah... ben bon... répondit l'autre, penaud.

Grey n'avait jamais vu de phoques non plus. Il les observa avec fascination. On aurait dit de grosses limaces noires, la lune faisant luire leur fourrure de reflets moirés tandis qu'ils avançaient maladroitement sur le rivage.

Quand il était petit, sa mère possédait une cape en peau de phoque. Il l'avait touchée une fois, émerveillé par la douceur de son contact, noir et chaud comme une nuit d'été sans lune. Il n'aurait jamais cru qu'une fourrure si épaisse et si douce puisse appartenir à un animal aussi... visqueux et mouillé.

— Les Ecossais les appellent des « soyeux », dit le soldat qui les avait reconnus.

Il contemplait les phoques d'un air connaisseur.

— Des soyeux ? demanda Grey, intéressé. Que savez-vous sur eux, Sykes ?

Le soldat haussa les épaules, cachant sa joie d'être soudain le centre de l'attention générale.

— Pas grand-chose, milord. Les gens d'ici racontent des histoires à leur sujet. Ils disent qu'ils viennent parfois sur le rivage pour enlever leur peau et que, dessous, ce sont de belles femmes. Si un homme découvre leur peau et la cache, elles ne peuvent plus retourner dans la mer et sont obligées de rester vivre avec lui. Il paraît qu'elles font d'excellentes épouses.

— Au moins leurs hommes sont-ils sûrs qu'elles mouillent

bien, marmonna un autre soldat, déclenchant aussitôt une vague de ricanements étouffés et d'autres suggestions salaces.

— Assez ! s'énerva Grey. Dispersez-vous. Je veux que les falaises soient passées au peigne fin. Fouillez bien les rochers, certains sont suffisamment gros pour cacher une embarcation.

Les hommes obtempérèrent en silence. Ils revinrent une heure plus tard, trempés par les embruns et échevelés par l'escalade, mais bredouilles.

A l'aube, tandis que la lumière du jour tachait les rochers de rouge et d'or, les soldats se divisèrent en petits groupes et repartirent fouiller les falaises, avançant prudemment entre les crevasses et les tas de rochers empilés.

Ils n'eurent guère plus de succès. Grey surveillait les opérations depuis le sommet de la falaise, debout près d'un feu de camp, régulièrement approvisionné en café chaud par son valet. Son grand manteau le protégeait du vent mordant.

L'homme qui était mort à l'*Auberge du Tilleul* était forcément venu de la mer. Ses vêtements étaient rongés par le sel. Fraser était donc sans aucun doute parti vers la côte, qu'il ait appris quelque chose ou qu'il ait décidé de venir chercher le trésor par lui-même.

— S'il est venu par ici, major, on ne le retrouvera sans doute jamais.

A côté de lui, le sergent Grissom fixait les vagues qui se fracassaient contre les rochers en contrebas.

— Les gens d'ici appellent cet endroit le « Chaudron du Diable » parce qu'on dirait que la mer y est en ébullition. On ne retrouve jamais les pêcheurs qui se noient près de cette côte. C'est à cause du ressac, naturellement, mais on raconte que c'est le Diable qui les tire par les pieds pour les entraîner en Enfer.

— Vraiment ? dit Grey d'un ton morne.

Il se pencha vers les rochers une quinzaine de mètres plus bas.

— Je veux bien le croire, conclut-il, avant de se tourner vers le campement. Dites aux hommes de poursuivre les recherches jusqu'à la tombée de la nuit, sergent. S'il n'y a rien de nouveau d'ici là, nous reprendrons la route d'Ardsmuir demain matin.

Grey avait les yeux bouffis par la fumée de tourbe et le manque de sommeil. Après plusieurs nuits passées couché sur le sol humide, il était courbaturé de partout.

Ils rejoindraient Ardsmuir dans la nuit. L'évocation d'un vrai lit et d'un dîner chaud lui parut délicieuse, mais une fois de retour dans son bureau il lui faudrait également envoyer une missive à Londres pour annoncer l'évasion de Fraser, les circonstances dans lesquelles elle s'était produite et son impuissance à retrouver le fugitif.

Cette perspective peu engageante fut soulignée par de soudaines crampes d'estomac. Il leva un bras pour demander à la colonne de soldats de s'arrêter, puis se laissa glisser au bas de sa monture.

— Attendez-moi ici, ordonna-t-il.

Il y avait un petit monticule de terre à une centaine de mètres, qui suffirait à lui offrir l'intimité dont il avait besoin. Ses entrailles, déjà malmenées par le régime écossais de porridge et de galettes d'avoine, n'avaient pas supporté les exigences de l'alimentation sommaire du campement.

Les oiseaux chantaient dans la bruyère. A présent que le bruit lancinant des sabots et des harnais s'était tu, il pouvait entendre la lande en train de se réveiller. Le vent de l'aube chuchotait dans les hautes herbes, portant un parfum d'iode qui venait de la mer. Un petit animal émit un bruissement de l'autre côté d'un taillis de ronces. Tout était paisible.

Accroupi dans ce qui lui apparut un peu tard comme une position des plus embarrassantes, Grey releva la tête et vit Jamie Fraser.

Il était à moins de deux mètres de lui. Il se tenait parfaitement immobile, figé comme un cerf aux aguets, le vent agitant doucement sa tignasse rousse.

Ils restèrent tous les deux pétrifiés, les yeux dans les yeux. On n'entendait rien d'autre que le froissement du vent marin sur la lande et, quelque part au loin, un chant de bécasses. Grey déglutit pour dénouer le nœud dans sa gorge et se releva.

— Vous me surprenez dans une posture peu avantageuse, monsieur Fraser, dit-il calmement en se reboutonnant.

Le regard de l'Ecossais, seule partie mobile de son corps, descendit lentement vers la braguette du major puis remonta vers son visage. Lançant un coup d'œil par-dessus son épaule, il indiqua du menton les six soldats qui le tenaient en joue au bout de leur mousquet. Puis ses lèvres esquissèrent un sourire contrit.

— Je pourrais en dire autant, major.

10

La malédiction de la sorcière blanche

Assis sur les dalles de la remise, les genoux ramassés contre son torse, Jamie grelottait. Le vent marin semblait s'être infiltré jusqu'au plus profond de ses os et il sentait encore la morsure de l'eau glacée lui lacérer les entrailles.

Ses compagnons de cellule lui manquaient. Morrison, Hayes, Sinclair, Sutherland et les autres... ce n'était pas tant leur conversation qu'il regrettait, mais surtout la chaleur de leurs corps. Les nuits froides, les hommes se blottissaient les uns contre les autres, puisant un réconfort dans le souffle tiède et fétide de leurs voisins qui balayait leur nuque ou leur joue, la promiscuité n'étant tolérable que parce qu'elle était source de chaleur.

Quoi qu'il en soit, Jamie Fraser était désormais séparé des autres. Ses geôliers ne le ramèneraient sans doute pas dans la cellule collective avant de lui avoir infligé le châtiment réservé aux évadés. Il s'adossa au mur avec soupir.

Même si la flagellation lui faisait peur, il espérait que ce serait sa punition. C'était atrocement douloureux mais il n'y en aurait pas pour longtemps et c'était toujours mieux que d'être remis aux fers. Il sentait encore dans sa chair les coups de marteau du forgeron se répercutant dans les os de ses bras tandis qu'on lui maintenait les poignets sur l'enclume.

Ses doigts cherchèrent le rosaire qu'il portait autour du cou. C'était un présent de sa sœur, offert le jour de son départ de Lallybroch. Les Anglais le lui avaient laissé, les perles en bois de hêtre n'ayant aucune valeur marchande.

— *Je vous salue Marie, pleine de grâce...* murmura-t-il, *vous êtes bénie entre toutes les femmes.*

Il n'avait pas grand espoir d'y échapper. Ce petit blondinet de major savait à quel point il détestait les fers. Maudit soit-il !

— *...Le fruit de vos entrailles est béni. Sainte Marie, mère de Dieu, priez pour nous, pauvres pécheurs.*

Pourtant, même si le major refusait de le croire, il avait tenu parole. Il avait fait ce qu'on lui avait demandé. Il avait répété les paroles du mourant, mot pour mot, telles qu'il les avait entendues. Mais son pacte ne l'obligeait pas à confier au major qu'il connaissait déjà cet homme, ni à lui faire part des conclusions qu'il avait pu tirer de sa confession.

Il avait immédiatement reconnu Duncan Kerr, en dépit des ravages du temps et de la maladie. Avant Culloden, Kerr avait été l'un des métayers de Colum MacKenzie, l'oncle de Jamie. Après la défaite, il avait fui en France pour tenter de refaire sa vie.

— Calme-toi, *a charaid, bi sàmhach*, avait murmuré Jamie en gaélique en se laissant tomber à genoux à son chevet.

Duncan était âgé, son visage ridé rendu méconnaissable par la douleur et l'épuisement, son regard troublé par la fièvre. Tout d'abord, Jamie avait cru que le vieil homme serait trop mal en point pour le reconnaître, mais la main noueuse avait saisi la sienne avec une force inattendue et le vieillard avait murmuré dans un râle rauque :

— *Mo charaid.*

Mon frère.

Debout près de la porte, observant la scène par-dessus l'épaule du major Grey, l'aubergiste avait tendu l'oreille. Jamie s'était penché au-dessus du mourant et avait chuchoté :

— Attention à ce que tu vas dire, je dois tout répéter à l'Anglais.

L'aubergiste avait plissé les yeux, mais il était trop loin. Jamie était sûr qu'il n'avait rien entendu. Puis le major, agacé par le souffle aviné dans sa nuque, lui avait demandé de sortir.

Etait-ce dû à sa mise en garde ou à la fièvre ? Les propos de Duncan étaient difficiles à suivre, le passé se confondant avec le présent et l'avenir. A plusieurs reprises, il avait appelé Jamie « Dougal », du nom du frère de Colum, l'autre oncle de Jamie. A un moment, il s'était mis à réciter un fragment de poème. A d'autres moments encore, il semblait dire n'importe quoi. Cependant, entre deux fragments de discours incohérents, il avait prononcé quelques bribes qui avaient un sens. Un sens très clair.

— Il est maudit, avait-il murmuré. L'or est maudit. Alors, fais gaffe à toi, mon gars. C'est la sorcière blanche qui l'a donné, pour le fils du roi. Mais la Cause est perdue et le fils du roi a décampé. Elle ne veut pas que l'or tombe dans les pattes d'un lâche.

Le cœur de Jamie s'était mis à battre plus fort.

— Qui est-elle ? avait-il demandé.

— Elle cherche un brave. Un MacKenzie. C'est pour lui. C'est pour le MacKenzie. Il est à eux, c'est ce qu'elle a dit, au nom de celui qui est mort.

— La sorcière, qui est-elle ? avait répété Jamie.

Duncan avait utilisé le mot *ban-druidh*, qui signifiait « sorcière », « magicienne », ou « dame blanche ». Autrefois, on avait appelé sa femme la « Dame blanche ». Claire, *sa* dame blanche. Pris d'un espoir fou, il avait pressé la main de Duncan, craignant qu'il perde connaissance d'un moment à l'autre.

— Qui ? Qui est la sorcière ?

— La sorcière, avait répété Duncan, les yeux fermés. La sorcière. C'est une dévoreuse d'âmes. Elle est la mort. Il est mort, le MacKenzie, il est mort.

— Qui est mort ? Colum MacKenzie ?

— Tous. Ils sont tous morts. Tous morts ! s'était subitement écrié le vieillard. Colum, Dougal... Ellen aussi.

Puis il avait rouvert les yeux et dévisagé Jamie fixement. La fièvre avait dilaté ses pupilles et son regard n'était plus qu'un étang noirâtre. S'exprimant soudain avec une clarté inattendue, il avait poursuivi :

— Les gens racontent comment Ellen MacKenzie a quitté ses frères et sa maison pour épouser un soyeux venu des océans. C'est qu'elle les avait entendus, tu sais ?

Duncan avait souri, semblant perdu dans un songe.

— Elle les avait entendus chanter, là-bas, sur les rochers. Un, puis deux, puis trois. Elle les a vus depuis sa tour : un, puis deux, puis trois. Alors un jour, elle est descendue sur la grève et est entrée dans la mer pour vivre avec eux. Hein, tu savais ça, n'est-ce pas ?

— C'est ce que les gens racontent, avait répondu Jamie doucement.

Effectivement, c'était le bruit qui courait sur sa mère, Ellen MacKenzie, depuis qu'elle avait fui le château de ses frères pour épouser Brian Dubh Fraser, un homme aux cheveux noirs et luisants comme la fourrure d'un soyeux. L'homme auquel il devait d'être appelé MacDubh, « le fils de Brian le Noir ».

Le major Grey s'était approché de l'autre côté du lit, le front plissé tandis qu'il scrutait le visage de Duncan. L'Anglais ne comprenait pas le gaélique, mais Jamie était prêt à parier qu'il savait reconnaître le mot « or » dans n'importe quelle langue. Il avait lancé un regard vers l'officier, puis s'était à nouveau penché sur le mourant, lui parlant en français en haussant la voix :

— L'or, mon ami, où est l'or ?

Il avait serré la main de Duncan le plus fort possible, espérant qu'il comprendrait qu'il devait se tenir sur ses gardes.

Le vieillard avait fermé les yeux, puis s'était mis à rouler vigoureusement la tête de droite à gauche. Il marmonnait quelque chose d'une voix inaudible.

— Qu'est-ce qu'il dit ? avait demandé l'Anglais. Qu'est-ce qu'il dit ?

— Je n'en sais rien.

Jamie avait tapoté la main du vieillard.

— Parle-moi, vieux. Répète ce que tu viens de dire.

Duncan s'était contenté de marmotter d'autres paroles inintelligibles. Il roulait les yeux, ne laissant voir qu'un éclat blanc entre ses paupières mi-closes. S'impatientant, le major l'avait pris par les épaules et s'était mis à le secouer.

— Réveillez-vous ! avait-il ordonné. Parlez-nous !

Duncan avait aussitôt ouvert grand les yeux. Il avait fixé le plafond, ne semblant pas voir les deux têtes penchées sur lui.

— Elle vous le dira, avait-il annoncé en gaélique. Elle viendra vous chercher.

Puis, plus calmement cette fois, il avait posé le regard sur le visage de ses interlocuteurs.

— Elle viendra vous chercher. Tous les deux, avait-il déclaré distinctement.

Puis il avait fermé les yeux et cessé de parler. Dans un dernier spasme, il avait écrasé la main de Jamie dans la sienne puis, quelques minutes plus tard, sa poigne s'était relâchée et sa main avait glissé au sol. C'était fini.

Ainsi, Jamie avait respecté sa promesse à l'Anglais sans trahir les siens. Il avait répété au major tout ce que Duncan lui avait dit, sachant que cela ne lui serait d'aucune utilité. Puis, à la première occasion, il s'était évadé pour rejoindre la côte et accomplir ce que la confession de Duncan Kerr lui avait suggéré de faire. A présent, il allait devoir payer pour son geste. Le prix risquait d'être un peu cher.

Des bruits de pas retentirent dans le couloir. Il serra les genoux plus près contre sa poitrine, essayant d'arrêter les tremblements. Bientôt, il serait fixé sur son sort.

— ... *Priez pour nous, pauvres pécheurs, amen.*

La porte s'ouvrit, laissant entrer un rai de lumière aveuglant. Le couloir était presque aussi sombre que la remise, mais le geôlier brandissait une torche.

— Debout !

L'homme se pencha et l'aida à se hisser sur ses pieds. Puis il le poussa vers la porte.

— On t'attend en haut, annonça-t-il.

— En haut ? Où ?

Il était surpris. La forge se trouvait au sous-sol, un étage plus bas. D'autre part, ils n'allaient pas le fouetter si tard dans la soirée.

La lueur vacillante de la flamme dessinait un rictus cruel sur le visage du soldat.

— Dans les quartiers du major, répondit-il. Et que Dieu ait pitié de ton âme, MacDubh...

— Non, major, je ne vous dirai pas où je suis allé, répéta-t-il avec fermeté.

Il faisait de son mieux pour ne pas claquer des dents. On ne l'avait pas conduit dans le bureau mais dans le petit salon privé du major. Il y avait un feu dans l'âtre, mais Grey se tenait devant, faisant un rempart à la chaleur.

— Ni pourquoi vous vous êtes évadé ? demanda-t-il d'une voix froide.

Jamie serra les poings. On l'avait placé devant la bibliothèque, où la lumière d'un chandelier lui tombait directement sur le visage. Du major, il ne voyait que la silhouette noire se détachant contre la lueur de l'âtre.

— Cela ne regarde que moi, répondit-il.

— Que vous ! répéta le major, estomaqué. Ai-je bien entendu ? Vous osez dire que cela ne regardait que vous ?

— Parfaitement.

L'officier émit un hoquet sidéré.

— C'est sans doute l'argument le plus éhonté que j'aie entendu de toute ma vie !

— Si je puis me permettre, major, c'est sans doute parce que vous êtes encore très jeune.

Il était inutile de faire traîner les choses ni d'essayer d'amadouer l'Anglais. Il valait mieux en finir au plus tôt en suscitant une décision rapide.

La réaction ne fut pas celle escomptée mais c'était déjà une amélioration : Grey serra les poings contre ses cuisses et fit un pas vers lui, laissant enfin la chaleur du feu se diffuser dans la pièce.

— Avez-vous une petite idée de ce que je pourrais vous faire ? demanda-t-il d'une voix basse et contrôlée.

— Oui, major.

Il avait plus qu'une petite idée et la perspective ne l'enchantait guère. Mais il n'avait pas le choix.

Grey respira profondément quelques instants puis renversa la tête en arrière.

— Venez par ici, monsieur Fraser, ordonna-t-il.

Jamie le dévisagea, surpris.

— Ici ! cria Grey, pointant le doigt vers un coin du tapis devant lui. Mettez-vous ici !

— Je ne suis pas un chien, major ! grogna Jamie. Vous pouvez faire de moi ce que vous voulez mais je n'obéis pas quand on me siffle !

Pris de court, Grey laissa échapper un petit rire nerveux.

— Toutes mes excuses, monsieur Fraser. Je ne voulais pas vous offenser. Je souhaiterais simplement que vous ayez l'amabilité de vous approcher. Si cela ne vous ennuie pas ?

Il fit un pas de côté et esquissa une révérence courtoise en lui indiquant la cheminée.

Jamie hésita, puis avança d'un pas las sur le tapis. Grey s'approcha de lui, les narines palpitantes. Vus de si près, son ossature fine et son teint de pêche lui donnaient un air de jeune fille. Le major posa une main sur la manche de Jamie et écarquilla des yeux stupéfaits.

— Vous êtes trempé !

— Oui, je suis trempé, répéta Jamie, agacé.

Il était également glacé. Des frissons le parcouraient de manière continue, même près du feu.

— Pourquoi ?

— Pourquoi ? répéta-t-il, outré. Mais parce que vous avez ordonné à vos gardiens de me jeter des seaux d'eau froide avant de me laisser croupir dans une cellule frigorifiée !

— Je n'ai jamais rien ordonné de la sorte ! se récria Grey.

A son expression horrifiée, il était manifeste qu'il était sincère. Il était blême et paraissait hors de lui, ses lèvres ne formant plus qu'un petit trait horizontal.

— Je suis navré, monsieur Fraser. Je vous présente toutes mes excuses.

— Je les accepte, major.

De petites volutes de vapeur commençaient à s'élever de ses vêtements tandis que la chaleur traversait peu à peu le tissu mouillé. Ses muscles lui faisaient mal à force de trembler. Chien ou pas, il aurait aimé pouvoir se coucher là, sur le tapis.

— Votre évasion avait-elle un rapport quelconque avec ce que vous avez appris à l'*Auberge du Tilleul* ?

Jamie ne répondit pas.

— Pouvez-vous jurer que votre évasion n'avait rien à voir avec l'homme qui est mort l'autre soir ?

Jamie ne répondit toujours pas.

Le petit major faisait les cent pas devant l'âtre, les mains derrière le dos. De temps à autre, il lançait un regard perplexe vers Jamie, puis reprenait ses déambulations.

Enfin, il s'arrêta devant le prisonnier.

— Monsieur Fraser, dit-il calmement. Pour la dernière fois, pourquoi vous êtes-vous évadé de prison ?

Jamie soupira. Il ne resterait pas devant le feu encore très longtemps.

— Je ne peux pas vous le dire, major.

— Vous ne pouvez pas ou ne voulez pas ?

— Cela ne fait pas grande différence, major, car dans un cas comme dans l'autre, je ne vous dirai rien.

Il ferma les yeux et attendit, essayant d'accumuler le plus de chaleur possible avant qu'ils ne l'emmènent.

Grey ne savait plus que faire ni que dire. *Il n'y a pas plus têtu qu'un Ecossais,* avait dit Quarry. Il prit une profonde inspiration, cherchant une solution. Il était profondément embarrassé par la cruauté mesquine des geôliers, d'autant qu'il avait lui-même envisagé de lui infliger un tel traitement en apprenant sa présence à Ardsmuir.

Il était parfaitement en droit d'ordonner que cet homme soit fouetté ou remis aux fers, de le faire enfermer seul dans un cachot, voire de le laisser crever de faim. Il pouvait en toute légalité lui faire subir une dizaine d'autres tortures. Mais cela signifiait faire une croix sur l'or du Français.

Cet or existait. Ou, du moins, il avait de fortes présomptions quant à son existence. C'était la seule raison qui justifiait l'évasion de Fraser.

Il toisa le prisonnier. Fraser gardait les paupières closes et les dents serrées. Il avait une grande bouche sensuelle, dont l'expression grave semblait démentie par des lèvres charnues, douces et vulnérables dans leur nid de barbe rousse.

Grey réfléchit. Comment enfoncer ce mur d'opiniâtreté ? Avoir recours à la force était inutile et, après le comportement scandaleux des gardiens, il aurait eu honte de le punir encore. En outre, la brutalité n'était pas dans sa nature.

La pendule de la cheminée sonna dix heures. Il était tard. Il n'y avait plus un bruit dans la forteresse, hormis les pas de la sentinelle sur les pavés de la cour.

Ni la torture ni sa menace ne le conduiraient plus près de la vérité. A contrecœur, il comprit qu'il ne lui restait qu'une seule solution, celle suggérée par Quarry. Il refoula de son mieux ses sentiments. Il devait entretenir avec cet homme une relation d'égal à égal, au cours de laquelle, une fois un semblant de confiance établi, il parviendrait peut-être à lui tirer les vers du nez.

Il se tourna vers Fraser.

— Monsieur Fraser, me ferez-vous l'honneur de dîner chez moi demain soir ?

Il eut au moins la satisfaction d'avoir déstabilisé l'Ecossais quelques instants. Jamie ouvrit grand les yeux et marqua un temps d'arrêt, puis se reprit et s'inclina respectueusement, faisant un geste courtois comme s'il portait encore son kilt et son plaid au lieu de misérables guenilles.

— Avec plaisir, major.

7 mars 1755

Les gardes laissèrent Fraser dans le petit salon, où une table avait été dressée. Lorsque Grey y pénétra à son tour quelques minutes plus tard, il trouva son invité près de la bibliothèque, le nez plongé dans *Micromégas*.

— Vous vous intéressez à la littérature française ?

Il regretta aussitôt son ton surpris.

Fraser leva les yeux vers lui, et referma le livre d'un claquement sec. Très lentement, il le rangea à sa place sur l'étagère.

— Figurez-vous que je sais même lire, major.

Il s'était rasé. Le haut de ses pommettes était encore légèrement irrité par le feu du coupe-chou.

— Oui, euh... naturellement. Je ne voulais pas...

Les joues de Grey devinrent plus rouges encore que celles de Fraser. Le fait était qu'il avait inconsciemment présumé que l'homme qui lui faisait face ne savait pas lire, en dépit de sa culture évidente, simplement du fait de son accent highlandais et de sa tenue miteuse.

Ne prêtant pas attention à ses excuses, Fraser se tourna vers la bibliothèque.

— Je suis en train de raconter *Micromégas* à mes hommes, mais je l'ai lu il y a longtemps. Je voulais me rafraîchir la mémoire, surtout pour la fin.

— Je vois.

Il se retint de justesse de demander « Ils parviennent à comprendre le roman ? ».

Fraser dut lire dans ses pensées car il déclara d'un ton sec :

— Tous les enfants écossais apprennent à lire et à écrire, major. En outre, nous avons une longue tradition orale en Ecosse. Nous avons de grands conteurs.

— Ah oui, naturellement.

L'arrivée de son valet avec les plats lui évita de s'empêtrer dans d'autres maladresses. Le dîner se déroula sans incident. Ils parlèrent peu, en prenant soin de n'aborder que des thèmes directement liés aux conditions de détention des prisonniers et aux affaires de la prison.

La fois suivante, Grey avait fait installer un jeu d'échecs devant le feu et invita Fraser à faire une partie avant le dîner. Un bref éclair de surprise avait traversé le regard de l'Ecossais, puis il avait acquiescé.

Rétrospectivement, Grey se dit qu'il avait eu là une idée de génie. Délivrés de la nécessité d'entretenir la conversation ou de faire assaut de bonnes manières, les deux hommes avaient eu le temps de s'accoutumer l'un à l'autre. Assis face à face à la table à jeu en marqueterie, ils s'étaient jaugés en silence en se basant sur les mouvements de leurs pions.

Lorsqu'ils s'étaient enfin installés devant leur dîner, ils n'étaient plus des inconnus et la conversation, quoique encore un peu difficile et formelle, avait coulé plus naturellement. Ils avaient discuté des affaires de la prison, parlé un peu littérature, puis s'étaient séparés courtoisement. Grey n'avait fait aucune allusion à l'or.

Ainsi, l'invitation hebdomadaire fut-elle rétablie. Grey faisait de son mieux pour mettre son invité à l'aise, dans l'espoir qu'il laisserait échapper un indice quant au sort de l'or du Français. En dépit de ses approches prudentes, il n'avait encore rien obtenu. Chacune de ses tentatives pour savoir ce qu'il était advenu pendant les trois jours que Fraser avait passés hors d'Ardsmuir se heurtait à un mur de silence.

Tout en dégustant son mouton et ses pommes vapeur, il tenta d'orienter la conversation vers les Français et leurs opinions politiques, cherchant à deviner s'il existait un lien entre les Fraser et les caisses du trésor royal d'outre-Manche.

La lueur amusée dans le regard de Fraser indiquait qu'il était parfaitement conscient des motivations de son hôte. Néanmoins, il répondait aimablement à ses questions, prenant soin d'éviter toute allusion à sa vie privée et ramenant invariablement le débat vers les aspects plus généraux de l'art et de la société.

Grey avait passé un certain temps à Paris et, malgré son désir d'en savoir plus sur les relations françaises de Fraser, se trouva de plus en plus intéressé par la conversation.

— Dites-moi, monsieur Fraser, lors de votre séjour à Paris, avez-vous eu l'occasion de lire les œuvres théâtrales de M. Voltaire ?

Fraser sourit.

— Mais certainement, major. De fait, j'ai même eu l'immense honneur d'accueillir plusieurs fois M. Arouet à ma table. Voltaire est son nom de plume, le saviez-vous ?

— Vraiment ? dit Grey, fasciné. Et sa conversation est-elle aussi brillante que ses écrits ?

— Pas vraiment. Il n'est pas très bavard. Il se tient avachi sur sa chaise à observer les convives, roulant des yeux de droite à gauche. Je ne serais pas surpris d'apprendre que certaines des choses qui se sont dites chez moi sont réapparues plus tard sur scène, bien qu'heureusement je n'aie jamais rencontré une parodie de moi-même dans ses œuvres.

Il ferma les yeux quelques instants, mâchant son mouton.

— La viande est-elle à votre goût, monsieur Fraser ? s'enquit Grey avec politesse.

A vrai dire, elle était dure et il la trouvait à peine mangeable lui-même. D'un autre côté, il n'aurait peut-être pas été du même avis s'il avait été contraint de se nourrir de bouillie d'avoine tous les jours avec, comme seule gâterie, un rat de temps à autre.

— Oui, major. Je vous remercie.

Fraser trempa un morceau de pain dans la sauce au vin, approuvant du menton quand le valet lui présenta de nouveau le plat.

— M. Arouet n'aurait guère apprécié un repas aussi excellent, j'en ai peur, déclara-t-il en se resservant.

— Un homme aussi choyé par la haute société parisienne doit avoir un goût très raffiné, répondit Grey.

Il avait laissé la moitié de son assiette intacte, la destinant à Auguste, son chat.

Fraser éclata de rire.

— Loin de là, major ! Je n'ai jamais vu M. Arouet avaler autre chose qu'un verre d'eau et un biscuit sec, quelle que soit l'occasion. C'est un petit bonhomme tout ratatiné, persécuté par de mauvais intestins.

— Vraiment ? s'exclama Grey, stupéfait. Cela explique peut-être le cynisme qui transparaît fréquemment dans ses ouvrages. Ne croyez-vous pas que le tempérament d'un artiste se reflète dans la composition de ses œuvres ?

— Je ne sais pas... mais cela voudrait dire qu'un auteur qui dépeint des personnages dépravés ou perfides le serait lui-même, n'est-ce pas ?

— Peut-être, en effet, acquiesça Grey.

Il sourit en songeant à certains personnages de fiction rocambolesques qui l'avaient frappé.

— D'un autre côté, reprit-il, si un auteur construit ses portraits pittoresques d'après nature plutôt qu'en puisant dans son imagination, il lui faut un cercle de relations des plus variés !

Fraser hocha la tête, époussetant les miettes de pain tombées sur sa serviette en lin.

— Ce n'est pas M. Arouet, mais une de ses collègues, une femme romancière, qui m'a fait remarquer un jour qu'écrire des romans était un art cannibale, où se mêlaient de petits fragments d'amis et d'ennemis, assaisonnés avec un peu d'imagination, et laissés à mijoter longtemps jusqu'à obtenir un jus savoureux.

Cette description fit rire Grey, qui fit signe à MacKay d'enlever les assiettes et d'apporter les carafes de porto et de brandy.

— En parlant de cannibales, monsieur Fraser, avez-vous lu le roman de M. Defoe, *Robinson Crusoe* ? C'est un de mes romans préférés depuis l'enfance.

La conversation s'orienta alors vers les romans d'aventures et les charmes des tropiques. Il était très tard quand Fraser rejoignit sa cellule, laissant le major Grey ravi après une bonne soirée, mais toujours aussi frustré quant à l'origine ou la cachette du trésor.

John Grey ouvrit le paquet de plumes que sa mère lui avait envoyé de Londres, à la fois plus fines et plus résistantes que les plumes d'oie qu'on lui fournissait à la prison. Cette touchante attention maternelle le fit sourire. C'était sa façon à elle de lui rappeler qu'il ne lui écrivait pas assez souvent.

Lady Melton devrait néanmoins attendre encore un jour. Il sortit son petit canif orné de son monogramme et tailla une plume à sa convenance, réfléchissant à ce qu'il voulait dire. Lorsqu'il trempa enfin la plume dans l'encrier, la lettre était déjà pratiquement rédigée dans sa tête et il se mit aussitôt à la tâche sans marquer de pause.

2 avril 1755
A l'attention de lord Harold Melton, earl de Moray.
Mon cher Hal,

Je t'écris pour te faire part d'un incident qui occupe toute mon attention depuis quelque temps. Il ne s'agit peut-être de rien, mais si cette histoire devait avoir le moindre fondement, les enjeux pourraient en être considérables.

Suivait une description détaillée de l'homme surgi de nulle part et de ses élucubrations enfiévrées. En abordant l'épisode de l'évasion et la capture de James Fraser, l'inspiration de Grey commença à ralentir.

*Le fait que Fraser se soit évadé peu après ces événements me laisse supposer que l'inconnu de l'*Auberge du Tilleul *s'est montré plus prolixe qu'il n'a bien voulu me le faire croire.*

Mais dans ce cas, je ne m'explique pas le comportement de Fraser par la suite. Nous l'avons retrouvé trois jours après son évasion, à moins de deux kilomètres de la côte. Hormis dans le village d'Ardsmuir, qui compte une poignée de bouseux, il n'y a pas âme qui vive à des milles à la ronde. Il y a donc peu de chances que notre homme ait rencontré un complice à qui transmettre des informations. Chaque maison du village a été fouillée, tout comme Fraser lui-même, sans qu'on découvre la moindre trace d'or. Vu les confins reculés où nous sommes, je suis à peu près certain qu'il n'a pu communiquer avec personne hors de la prison avant son évasion. Je suis également sûr qu'il ne l'a pas fait depuis, car il est étroitement surveillé.

Grey s'interrompit, revoyant une fois de plus la haute silhouette de James Fraser se dresser sur la lande. Il semblait faire partie du décor au même titre que les cerfs roux qui broutaient la bruyère. Il ne doutait pas un instant que, s'il l'avait voulu, Fraser aurait pu éviter les dragons. Il s'était délibérément laissé capturer. Pourquoi ?

Naturellement, il se peut aussi que Fraser n'ait pu mettre la main sur le trésor ou qu'il ait découvert que celui-ci n'existait pas. Je penche pour cette deuxième possibilité car, s'il était entré en possession d'une telle fortune, il aurait sûrement quitté la région. C'est un homme fort, habitué à vivre à la dure et parfaitement capable, j'en suis convaincu, de marcher des jours dans la lande, longeant les côtes jusqu'à ce qu'il trouve un endroit où embarquer.

Grey mordilla la pointe de sa plume, goûtant l'encre. L'amertume le fit grimacer et il cracha par la fenêtre ouverte. Il resta là, un moment, le regard perdu dans la fraîche nuit printanière, s'essuyant la bouche d'un air absent.

Il songeait à sa dernière entrevue avec Fraser. Il avait enfin compris son erreur. Jusque-là, il n'avait pas posé la bonne question, passant à côté de l'essentiel. L'illumination lui était enfin venue à la fin de la partie d'échecs, que Fraser avait remportée. Le geôlier se tenait devant la porte, prêt à escorter Fraser jusqu'à sa cellule. Lorsque le prisonnier s'était levé, Grey avait fait de même.

— Je ne vous demanderai pas une fois de plus pourquoi vous vous êtes évadé, dit-il sur un ton détaché. Mais dites-moi plutôt... pourquoi êtes-vous revenu ?

Fraser avait légèrement tressailli. Il était resté un moment perplexe, puis avait regardé Grey droit dans les yeux, un léger sourire au bord des lèvres.

— Sans doute parce que j'apprécie votre compagnie, major. Une chose est sûre, ce n'est pas pour la cuisine.

Incapable de trouver une réponse à cette boutade, il avait laissé Fraser partir. Ce ne fut que tard dans la nuit qu'il avait fini par trouver la réponse, ayant enfin la présence d'esprit de s'interroger lui-même, plutôt que Fraser. Qu'aurait-il fait, lui, John Grey, si Fraser n'était pas revenu ?

Sa première démarche aurait sans doute été d'enquêter sur les relations familiales de Fraser, au cas où celui-ci aurait demandé leur aide ou cherché refuge chez eux.

Il était pratiquement sûr que c'était là que résidait la clé du mystère. Il n'avait pas vécu la répression des Highlands, étant, à l'époque, en poste en France puis en Italie. Mais il en avait suffisamment entendu parler. Lorsqu'il avait traversé l'Ecosse pour prendre ses fonctions à Ardsmuir, il avait vu les innombrables décombres de fermes calcinées, dressés de part et d'autre de la route comme autant de calvaires au milieu des champs ravagés.

Les Highlanders étaient d'une loyauté légendaire dès qu'il s'agissait des leurs. Ceux qui avaient vu ces maisons en flammes étaient sans doute prêts à subir la prison, les fers, ou même la flagellation pour épargner à leurs familles une visite des dragons anglais.

Grey se rassit à son bureau et trempa sa plume dans l'encrier.

Tu n'es pas sans connaître la bravoure des Ecossais, (et de notre homme en particulier, pensa-t-il avec ironie). *Je n'obtiendrai rien de lui par la force ou la menace. J'ai donc préféré nouer avec lui des liens plus sociables, en vertu de sa position de chef des prisonniers jacobites. J'espère ainsi lui soutirer des informations à son insu, au hasard de nos conversations. Jusqu'à présent, je n'ai guère eu de succès. Toutefois, j'entrevois une nouvelle piste. Pour des raisons évidentes, je ne tiens pas à ce que cette affaire s'ébruite.*

Il était dangereux d'attirer l'attention sur un butin qui n'était peut-être que chimérique. Cela ne manquerait pas de déchaîner les passions et le risque de désillusion était trop grand. Si le trésor était découvert, il serait toujours temps d'en avertir ses supérieurs et de recevoir une récompense méritée : un poste loin d'Ardsmuir et le retour à la civilisation.

C'est pourquoi je fais appel à toi, mon cher frère, et te demande d'obtenir des informations pertinentes concernant la famille de James Fraser. Je compte sur toi pour qu'aucun de ses proches ne soit inquiété. Si Fraser a encore des parents, je souhaite qu'ils ignorent tout de ce qui nous préoccupe aujourd'hui. Par avance, tous mes remerciements pour ton aide.

Ton frère dévoué. Affectueusement,
John William Grey.

15 mai 1755

— Comment se portent les grippés ? demanda Grey.

Ils avaient parlé littérature durant tout le dîner, il était temps de passer aux choses sérieuses.

Fraser fronça les sourcils en fixant son verre de sherry. C'était la seule boisson qu'il s'autorisait et il n'y avait pas encore touché.

— Mal. Il y a plus de soixante hommes malades et quinze d'entre eux sont très mal en point.

Il hésita.

— Pourrais-je vous demander...

— Je ne peux rien vous promettre, monsieur Fraser, mais demandez toujours.

Il avait lui aussi à peine touché son verre et laissé son assiette presque intacte. Il avait eu l'estomac noué toute la journée à la perspective de cette soirée.

Jamie réfléchit quelques instants, évaluant ses chances. Il ne pourrait obtenir tout ce qu'il voulait. Mieux valait donc se limiter au plus important, tout en laissant à Grey la possibilité de rejeter quelques-unes de ses requêtes.

— Il nous faudrait davantage de couvertures, major, plus de tourbe et plus de nourriture. Et des médicaments.

Grey roulait son verre entre ses paumes, observant le tourbillon mordoré du sherry. « Traitons d'abord les affaires ordinaires, pensa-t-il. Nous verrons pour le reste plus tard. »

— Nous n'avons plus que vingt couvertures en réserve, annonça-t-il. Vous pouvez les utiliser pour les plus gravement atteints. Je crains de ne pouvoir augmenter vos rations de nourriture. Les rats ont causé des dégâts considérables et nous avons perdu une grande partie de nos stocks quand la toiture de l'entrepôt s'est effondrée il y a deux mois. Nos ressources sont limitées et...

— Ce n'est pas tant une question de quantité que de qualité, l'interrompit Fraser. Ceux qui sont le plus atteints ne digèrent ni le pain ni le porridge. Ne pourrait-on leur donner autre chose ?

Conformément à la loi, chaque homme recevait un bol de porridge et une miche de pain de seigle. Une soupe d'orge complétait leur menu deux fois par semaine. Ceux qui travaillaient de leurs mains douze à seize heures par jour recevaient en sus une écuelle de ragoût le dimanche.

Grey arqua un sourcil interrogateur.

— Quelle est votre suggestion, monsieur Fraser ?

— La prison dispose bien d'un budget pour l'achat de bœuf salé, de navets et d'oignons pour le ragoût du dimanche ?

— Certes, mais ce budget doit assurer les rations du prochain trimestre.

— Alors dans ce cas, major, pourquoi ne pas utiliser cet argent pour préparer du bouillon et du ragoût pour les malades ? Ceux d'entre nous qui sont bien portants se passeront volontiers de leur part de viande pendant le trimestre prochain.

Grey fronça les sourcils.

— Mais les prisonniers valides ne seront-ils pas trop affaiblis ? Il faut qu'ils puissent travailler.

— Ceux qui mourront de la grippe ne risquent pas de travailler non plus, objecta Fraser d'un ton acerbe.

— Certes. Mais les prisonniers épargnés par la grippe seront tués par l'inanition s'ils abandonnent leurs rations pendant une période aussi longue.

Il secoua la tête d'un air navré.

— Désolé, monsieur Fraser. Je ne peux pas accéder à votre requête. Il vaut mieux laisser les grippés tenter leur chance plutôt que de risquer de voir les autres tomber malades.

Fraser était têtu. Il se tut un instant puis repartit à la charge.

— Dans ce cas, major, puisque la Couronne n'est pas capable de subvenir à nos besoins les plus élémentaires, qu'elle nous laisse chasser.

— Chasser ! s'écria Grey, stupéfait. Vous donner des armes et vous autoriser à errer librement dans la lande ! Par les dents de Dieu, monsieur Fraser !

— Je doute que Dieu soit sujet au scorbut, major, rétorqua l'Ecossais. Ses dents ne sont pas menacées.

Il remarqua que Grey se retenait de rire et se détendit un peu. Grey tentait toujours de refouler son sens de l'humour lors de ces entrevues, sans doute de crainte de perdre la face devant son interlocuteur.

Encouragé, Jamie poursuivit :

— Il n'est pas question d'armes ni d'errer librement dans la lande, major. Laissez-nous seulement poser des collets lorsque nous sortons extraire la tourbe, puis garder le gibier que nous aurons attrapé.

Lors des sorties quotidiennes, il arrivait qu'un prisonnier parvienne à poser un collet à l'insu de ses gardes, mais le plus souvent sa prise lui était confisquée.

Grey réfléchit longuement.

— Des collets ? Il vous faudra du matériel ?

— Rien qu'un peu de ficelle, major. Donnez-nous une dizaine de pelotes et nous ferons le reste.

Grey se frotta lentement la pommette, puis hocha la tête.

— Soit.

Il se tourna vers son petit secrétaire, sortit la plume de l'encrier et rédigea une note.

— Je vais donner des ordres à cet effet dès demain. Quant à vos autres requêtes...

Un quart d'heure plus tard, Jamie s'enfonça dans son fauteuil, étira ses jambes et but enfin une première gorgée de sherry. Il l'avait bien mérité.

Il avait obtenu, outre le droit de poser des collets, la permission pour les équipes de travail de rester sur la lande une demi-heure de plus, afin de découper de la tourbe destinée exclusivement à l'usage des prisonniers. Il n'avait pas pu avoir de médicaments, mais l'autorisation pour Sutherland d'écrire à une cousine à Ullapool dont le mari était apothicaire. Si ce dernier consentait à envoyer des remèdes gratuitement, les prisonniers pourraient les conserver.

Jamie n'était pas mécontent de lui, ce soir. Il avait bien

négocié. Il but une autre gorgée et ferma les yeux, appréciant la chaleur du feu de l'âtre contre sa joue.

Grey l'observait en silence. Il vit les larges épaules s'affaisser légèrement, se relâchant avec la satisfaction d'une mission accomplie. « Parfait, jubila Grey. Qu'il sirote donc son sherry et se détende. C'est exactement ce qu'il me faut. »

Il se pencha en avant pour saisir la carafe. Ce faisant, il entendit le froissement de la lettre de Harold dans sa poche. Son cœur se mit à battre plus vite.

— Encore une goutte, monsieur Fraser ? Au fait, dites-moi, comment se porte votre sœur, ces temps-ci ?

Il obtint l'effet escompté. Fraser rouvrit aussitôt les yeux, le visage blême.

— Comment vont les affaires à... Lallybroch ? poursuivit Grey. C'est bien ainsi que s'appelle votre domaine, n'est-ce pas ?

Il reposa sa carafe, scrutant le visage de Jamie. Celui-ci faisait un effort évident pour se reprendre.

— Je ne saurais le dire, major. Voilà bien longtemps que je n'y suis pas allé.

— C'est vrai. Mais vos parents doivent se porter à merveille, avec tout l'or que vous leur avez envoyé.

Les épaules de Fraser se redressèrent. Grey saisit négligemment la reine blanche sur l'échiquier voisin et se mit à la passer de sa main droite à sa main gauche.

— Je suppose que Ian... c'est bien ainsi que se nomme votre beau-frère, n'est-ce pas ?... que Ian, donc, saura en faire bon usage.

Entre-temps, Fraser avait retrouvé son calme. Ses yeux bleu nuit sondaient ceux de Grey.

— Puisque vous êtes si bien informé sur ma famille, major, dit-il sur le même ton, vous savez également que mes terres se trouvent à près de deux cents kilomètres d'Ardsmuir. Pourriez-vous m'expliquer comment j'ai parcouru une telle distance par deux fois en l'espace de trois jours ?

Grey contemplait la pièce d'échecs dans sa paume ouverte.

— Vous auriez pu rencontrer quelqu'un sur la lande, et lui indiquer l'emplacement de l'or, à moins que vous ne le lui ayez confié directement.

Fraser émit un ricanement cynique.

— A Ardsmuir ? Il est en effet tout à fait vraisemblable que j'aie croisé une connaissance sur la lande ! Qui plus est, quelqu'un de confiance à qui j'aurais confié une tâche d'une telle importance !

Il reposa son verre d'un geste sec.

— Non, major, je n'ai rencontré personne.

— Et je devrais vous croire sur parole ?

Le ton de Grey exprimait un scepticisme non dissimulé. Il leva les yeux, arquant les sourcils.

Fraser se sentit légèrement rougir.

— Personne n'a jamais mis ma parole en doute, major.

— Vraiment ? railla Grey, qui s'échauffait. Si je me souviens bien, vous m'aviez pourtant donné votre parole lorsque j'ai ordonné qu'on vous ôte vos fers !

— Et je l'ai tenue !

— Sans blague !

Les deux hommes se tenaient le dos droit, se fusillant du regard de chaque côté de la table.

— Vous m'aviez demandé trois choses, major, et je les ai respectées toutes les trois.

Grey laissa échapper un rire méprisant.

— Dans ce cas, monsieur Fraser, dites-moi donc ce qui vous a convaincu de fausser compagnie à vos camarades de cellule pour rechercher celle des lièvres de la lande. Puisque vous m'assurez, que dis-je ! vous me donnez votre *parole* que vous n'y avez rencontré personne.

Cette dernière phrase avait été lâchée avec un tel dédain que Fraser se retint pour ne pas exploser.

— En effet, major, je vous en donne ma parole.

— Quant à votre évasion ?

— Quant à mon évasion, major, je vous ai déjà dit que je ne dirai rien.

Il expira lentement et se laissa retomber contre le dossier de son fauteuil sans quitter Grey des yeux.

Ce dernier sembla réfléchir, puis adopta la même position, reposant la pièce d'échecs en ivoire sur la table.

— Je vais vous parler franchement, monsieur Fraser. Je vous considère comme un homme raisonnable.

— Vous êtes trop aimable, major.

Grey perçut l'ironie, mais ne releva pas. Il avait désormais toutes les cartes en main.

— Voyez-vous, il importe peu que vous ayez communiqué ou non avec votre famille au sujet de l'or. Vous auriez pu le faire et cette seule éventualité justifie que j'envoie un détachement de dragons fouiller Lallybroch de fond en comble et arrêter tous les membres de votre famille afin de les interroger.

Il chercha dans la poche intérieure de son gilet et en sortit une lettre. L'ayant dépliée, il lut une liste de noms :

— Ian Murray, votre beau-frère, je présume ? Son épouse, Janet. J'en déduis donc qu'elle est votre sœur. Leurs enfants : James, baptisé en l'honneur de son oncle, peut-être... ?

Il releva les yeux, juste le temps de croiser le regard assassin de Fraser, puis reprit :

— ... Margaret, Katherine, Janet, Michael, Ian... Ma foi, une belle nichée !

Il posa sa liste sur la table.

— Les trois aînés sont en âge d'être arrêtés avec leurs parents et interrogés. Ces interrogatoires se font rarement en douceur, monsieur Fraser.

Fraser était bien placé pour le savoir. Son visage livide semblait pétrifié, tel un masque gravé au burin dans le marbre. Il ferma les paupières brièvement, puis les rouvrit.

Grey entendit intérieurement la voix de Quarry le mettant en garde : *Si vous dînez seul avec lui, ne lui tournez jamais le dos*. Il sentit ses poils se hérisser mais il était suffisamment sûr de lui pour soutenir le regard assassin de l'Ecossais.

— Que voulez-vous au juste ? demanda celui-ci.

Il avait parlé d'une voix basse en articulant lentement. Il était assis, parfaitement immobile, un colosse de pierre sur lequel dansaient les reflets dorés de l'âtre.

Grey prit une grande inspiration.

— La vérité, monsieur Fraser.

Un silence de plomb s'abattit dans le bureau, interrompu de temps à autre par un grésillement de tourbe dans la cheminée. Il y eut un soupçon de mouvement de la part de Fraser, rien de plus qu'un tressaillement de ses doigts contre sa cuisse, puis plus rien. L'Ecossais fixait les flammes, semblant y chercher une réponse.

Grey ne bougeait pas non plus. Il avait tout son temps. Enfin, Fraser se tourna vers lui.

— D'accord, la vérité alors.

Il ne portait pas de gilet, et Grey pouvait voir sa poitrine se soulever et s'affaisser lentement.

— J'ai tenu ma parole, major. Je vous ai répété mot pour mot ce que l'homme m'avait confié cette nuit-là. Ce que je ne vous ai pas dit, c'est que certaines de ces paroles avaient un sens pour moi.

Grey osait à peine respirer.

— C'est-à-dire ?

— Je vous ai déjà parlé... de ma femme.

L'Ecossais articulait comme si chaque mot lui écorchait la langue.

— En effet, vous m'avez dit qu'elle était morte.

— Non, j'ai dit qu'elle était *partie*, major. Elle est probablement morte mais...

Il s'interrompit et déglutit.

— Ma femme était guérisseuse, reprit-il. Ici, dans les Highlands, on appelle ça une « charmeuse ». Mais elle était plus que ça. C'était une dame blanche...

Il releva brièvement les yeux.

— En gaélique, *ban-druidh* signifie également « sorcière »...

Grey sentit son sang bouillonner.

— La sorcière blanche ! souffla-t-il. Alors, cet homme faisait allusion à votre épouse ?

— C'est ce que j'ai d'abord pensé. C'est pourquoi il fallait que j'aille vérifier. Il fallait que je voie de mes propres yeux.

— Mais comment saviez-vous où chercher ? Cet homme vous a-t-il donné une indication ?

Grey se pencha en avant. Fraser, lui, avait les yeux fixés sur les pièces de l'échiquier.

— Je connais un endroit pas trop loin d'ici, déclara-t-il. C'est un petit calvaire consacré à sainte Bride, encore qu'il ait été érigé bien avant que la sainte n'arrive en Ecosse. Or sainte Bride était, elle aussi, une dame blanche.

— Je vois. Vous avez donc pensé que l'homme faisait allusion à ce calvaire ainsi qu'à votre femme ?

— Je n'en étais pas sûr. Je ne savais pas si cela avait un rapport quelconque avec ma femme ou si, en mentionnant la sorcière blanche, il voulait uniquement m'indiquer un lieu. Mais il pouvait aussi bien dire n'importe quoi. En tout cas, j'ai senti que je devais aller voir.

Il lui décrivit le calvaire en question et la façon de s'y rendre.

— Ce n'est qu'une pierre sculptée en forme de croix. Elle est tellement rongée par le temps qu'on ne voit pratiquement plus les inscriptions qu'elle portait autrefois. Elle est dressée devant une mare à demi enfouie sous les bruyères. Celle-ci est pleine de pierres blanches, prises entre les racines des bruyères qui poussent tout autour. Les gens leur attribuent des pouvoirs magiques, mais uniquement quand elles sont utilisées par une dame blanche.

Grey paraissait perplexe.

— Je vois. Et votre femme... ?

Fraser fit non de la tête.

— Elle n'avait rien à voir là-dedans. Elle est vraiment partie.

Bien que toujours aussi impénétrables, les traits de Fraser étaient creusés par le chagrin. Celui-ci se lisait dans les sillons autour de ses lèvres et sous ses yeux, rendus encore plus noirs et profonds par la lueur vacillante du feu. Grey hésitait à raviver une peine aussi vive, mais son devoir passait avant tout.

— Et l'or, monsieur Fraser ? Qu'en est-il ?

Fraser poussa un long soupir.

— Il était là.

— Quoi ! bondit le major. Vous l'avez trouvé ?

Fraser releva les yeux vers lui, et esquissa un sourire caustique.

— Oui.

— Est-ce vraiment l'or que le roi de France a envoyé au prince Stuart ?

Grey ne tenait plus en place. Il se voyait déjà déposant des coffres entiers d'or français aux pieds de ses supérieurs.

— Louis de France n'a jamais envoyé d'or aux Stuart, répondit Fraser avec assurance. Non, major, il y avait bien de l'or dans la mare de sainte Bride, mais ce n'étaient pas des pièces françaises.

Il avait découvert un coffret contenant quelques pièces d'or et d'argent et une petite bourse remplie de pierres précieuses.

— Des pierres précieuses ? glapit le jeune officier. Mais d'où venaient-elles ?

Fraser lui lança un regard légèrement exaspéré.

— Je n'en ai pas la moindre idée, major. Comment voudriez-vous que je le sache ?

— Oui, en effet, répondit Grey en se ressaisissant. Mais où est ce trésor à présent ?

— Je l'ai jeté à la mer.

Grey le dévisagea un instant avec incrédulité.

— Vous avez fait... quoi ?

— Je l'ai jeté à la mer, répéta Fraser. Vous avez peut-être entendu parler d'un lieu qui s'appelle le « Chaudron du Diable » ? Il se trouve à un kilomètre environ de la mare de sainte Bride.

— Mais pourquoi ? Pourquoi l'avoir jeté ? Cela n'a aucun sens !

— Au moment où je l'ai fait, rien n'avait plus de sens pour moi, major. J'étais parti le cœur plein d'espoir. Une fois cet espoir évanoui, le trésor ne représentait plus pour moi qu'un tas de cailloux insignifiants et de pièces de métal terni. Il ne m'était d'aucune utilité.

Il marqua une pause avant d'ajouter avec un petit sourire au coin des lèvres :

— Je n'étais pas disposé pour autant à déposer ce tas de cailloux aux pieds du roi George. Alors, je l'ai jeté à la mer.

Grey s'enfonça dans son fauteuil et se resservit du sherry sans trop savoir ce qu'il faisait. Ses pensées se bousculaient.

Fraser se tut et attendit, le menton posé sur un poing, fixant les flammes, son visage ayant retrouvé son impassibilité coutumière. Grey but une longue gorgée et se redressa.

— C'est une histoire touchante, monsieur Fraser. Très romanesque. Toutefois, je n'ai pas la moindre preuve que vous dites la vérité.

Une lueur amusée traversa le regard de l'Ecossais.

— Si, major, la voilà.

Il glissa la main sous sa ceinture, fouilla un instant, puis tendit le bras au-dessus de la table.

Grey avança sa main comme par réflexe. Un petit objet tomba dans sa paume ouverte.

C'était un saphir, aussi bleu que les yeux de Fraser et d'une taille non négligeable. Il ouvrit une bouche médusée, mais aucun son n'en sortit.

— Voici votre preuve, major. Le trésor a vraiment existé. Quant aux autres pierres, je suis navré, mais vous devrez me croire sur parole.

— Mais... mais... vous avez dit...

— C'est vrai.

Fraser parlait sur un ton dégagé, comme s'il discutait de la pluie qui tombait de l'autre côté de la fenêtre.

— ... Je n'ai gardé que cette petite pierre, pensant qu'elle me serait utile si j'étais libéré un jour, ou que je pourrais éventuellement la faire parvenir à ma famille. Je pouvais difficilement faire plus. En envoyant la totalité du trésor aux miens, je ne leur aurais attiré que des ennuis. Un saphir, passe, mais une bourse entière...

Grey ne parvenait plus à penser. Fraser disait juste : un fermier highlander comme son beau-frère ne pourrait écouler un lot de pierres précieuses sans faire jaser et voir rapidement débarquer les soldats du roi à Lallybroch. Quant à Fraser, il risquait de passer le restant de ses jours en prison. Néanmoins, balancer une telle fortune à la mer sur un coup de tête ! Pourtant, il lui suffisait d'un coup d'œil vers l'Ecossais pour deviner que, s'il y avait un défaut qu'on ne pouvait lui attribuer, c'était la cupidité. Pourtant...

— Comment êtes-vous parvenu à conserver cette pierre ? demanda-t-il brusquement. Vous avez été soigneusement fouillé lors de votre capture.

La grande bouche de l'Ecossais dessina le premier sourire sincère que Grey lui ait vu.

— Je l'ai avalée, expliqua-t-il.

Grey rouvrit la main et déposa le saphir étincelant sur l'échiquier.

— Je vois, dit-il.

— Un régime alimentaire exclusivement à base de porridge présente certains avantages, de temps à autre.

Grey se passa un doigt sur les lèvres, réprimant son envie de rire.

— Je n'en doute pas, monsieur Fraser.

Il resta silencieux un long moment, fixant le saphir. Puis il demanda abruptement :

— Etes-vous papiste, monsieur Fraser ?

Il connaissait déjà la réponse. La grande majorité des partisans des Stuart étaient catholiques. Sans attendre que l'autre réagisse, il se leva et s'approcha de la bibliothèque. Il mit un certain temps à la trouver. C'était un cadeau de sa mère, mais elle ne faisait pas vraiment partie de ses lectures favorites.

Il déposa la lourde bible reliée de cuir sur la table, à côté de la pierre.

— Personnellement, je serais plutôt enclin à accepter votre parole de gentleman, mais vous comprendrez que j'ai certains comptes à rendre, annonça-t-il.

Fraser regarda le volume sans mot dire, puis dévisagea Grey avec une expression indéchiffrable.

— Je comprends, major.

Il posa sans hésiter sa main ouverte sur la bible.

— Je jure au nom de Dieu tout-puissant et de sa sainte parole, déclara-t-il d'un ton ferme, que tout ce que je vous ai dit est la pure vérité...

Ses yeux brillaient à la lumière du feu. Il marqua une pause avant de conclure ·

— ... et je suis prêt à renoncer au salut éternel si le trésor ne repose pas à présent au fond de la mer.

11

La tactique de Torremolinos

Le mystère de l'or du Français ainsi résolu, la vie reprit son cours habituel. Le prisonnier montait dîner chez le major une fois par semaine. Après une brève période de négociations concernant les conditions de vie des détenus, ils conversaient de choses et d'autres dans une atmosphère amicale et se lançaient parfois dans une partie d'échecs. Ce soir-là, ils se levèrent de table tout en poursuivant leur discussion sur le premier roman de Samuel Richardson, *Pamela ou la Vertu récompensée*.

— Pensez-vous que la complexité de l'histoire justifie la longueur du roman ? demanda Grey.

Il se pencha pour allumer son cigare à la flamme d'une chandelle.

— Après tout, poursuivit-il, la fabrication d'un volume aussi imposant doit coûter cher à son éditeur et requiert un effort de concentration conséquent de la part du lecteur.

Fraser sourit. Il ne fumait pas, mais avait choisi de boire du porto ce soir-là, affirmant que c'était la seule boisson dont l'arôme n'était pas altéré par la fumée de cigare.

— Combien de pages fait-il ? demanda-t-il. Douze cents, si je me souviens bien... ? D'un autre côté, comment résumer les complexités d'une vie bien remplie en quelques centaines de pages sans sacrifier à la fidélité et à la précision du récit ?

— En effet. Toutefois, on m'a appris naguère que tout le talent du romancier résidait dans l'art de sélectionner les détails les plus parlants. Ne pensez-vous pas que la longueur du roman trahit un manque de discipline de la part de l'auteur, une incapacité à capturer l'essence de ses personnages ?

Fraser réfléchit, faisant lentement tournoyer le liquide rubis dans son verre.

— Il est vrai que j'ai lu bon nombre de livres dont la longueur tendait à masquer le manque de talent de leur auteur, déclara-t-il. Celui-ci cherchait à convaincre son lecteur en l'inondant de détails. Cependant, je ne trouve pas que ce soit le cas de Richardson. Chacun de ses personnages est décrit avec le plus grand soin et tous les incidents qu'il nous narre sont essentiels à la trame du récit. Non, je crois plutôt que certaines histoires sont plus longues à raconter que d'autres.

Il but une nouvelle gorgée et rit avant de préciser :

— Il faut dire que je ne suis pas très objectif sur ce sujet. Compte tenu des circonstances dans lesquelles j'ai lu *Pamela*, j'aurais été ravi si le roman avait été deux fois plus long.

— Et quelles étaient-elles ?

Grey pinça les lèvres et expira un anneau de fumée qui s'éleva doucement vers le plafond.

— J'ai vécu terré dans une grotte pendant plusieurs années, major. Je n'avais généralement que deux ou trois livres sous la main et ils devaient me durer plusieurs mois. C'est sans doute la raison pour laquelle j'apprécie les longs romans, même si, je le reconnais, peu de lecteurs sont dans mon cas.

— C'est un fait, convint Grey. Je me souviens qu'une amie de ma mère, lady Hensley, a aperçu *Pamela* un jour sur une table dans notre salon.

Il s'interrompit pour tirer sur son cigare.

— ... Elle a pris le livre, l'a soupesé et a levé les yeux au ciel.

Il prit une mine précieuse et singea la dame en question en prenant une voix de fausset :

— « Ma chère comtesse ! Où trouvez-vous le courage de vous attaquer à des ouvrages d'une taille aussi... gargantuesque ! Pour ma part, je n'aurais jamais la force de me plonger dans une lecture d'une telle envergure. »

Il s'éclaircit la gorge avant de poursuivre de sa voix normale :

— Sur quoi ma mère a répondu : « Pourtant, ce n'est pas le souffle qui vous manque. »

Fraser éclata de rire, écartant les vestiges d'un autre rond de fumée qui s'attardait devant ses yeux

Grey se leva et lui indiqua l'échiquier.

— Venez, nous avons juste le temps de faire une petite partie.

Il n'était pas vraiment à son avantage aux échecs. Fraser était nettement plus fort que lui, mais il parvenait parfois à lui arracher une rare victoire grâce au bluff et à l'audace.

Ce soir-là, il décida de tenter la tactique dite de Torremolinos. C'était un jeu risqué, avec une ouverture du cavalier. S'il avançait judicieusement ses premiers pions, cela lui permettait ensuite d'effectuer une manœuvre inhabituelle avec le fou et la tour. Pour qu'elle réussisse, il fallait brouiller les pistes avec son deuxième cavalier et le fou. Grey n'y avait que rarement recours, car il fallait que son adversaire soit un joueur expérimenté qui détecte rapidement la menace représentée par le cavalier. Mais après trois mois de parties hebdomadaires, Grey savait fort bien à quel genre de joueur il avait affaire.

En jouant l'avant-dernier coup de sa combinaison, Grey retint son souffle. Il sentit les yeux de Fraser se lever brièvement vers lui, mais se garda de croiser son regard de peur de trahir son excitation. Il tendit un bras vers la carafe et remplit leurs deux verres dc porto, se concentrant sur le liquide rouge sombre.

Allait-il bouger un simple pion ou son cavalier ? Fraser était penché sur l'échiquier, absorbé par le jeu. S'il avançait son cavalier, il était perdu. S'il tendait la main vers le pion, le plan s'écroulait.

Grey sentait son cœur battre violemment. La main de Fraser flotta au-dessus de l'échiquier, puis plongea avec assurance, survola les pièces et en saisit une. C'était le cavalier.

Grey poussa un soupir d'aise plus fort qu'il ne l'aurait voulu, car Fraser releva la tête d'un air surpris. Trop tard. Veillant à ne pas afficher une expression exagérément triomphante, Grey avança sa tour et annonça échec et mat.

Fraser fronça les sourcils, scrutant la table un long moment, ses yeux allant d'une pièce à l'autre, évaluant la situation. Puis il tressaillit, et redressa la tête en écarquillant les yeux, surpris et impressionné à la fois.

— Espèce de petite fripouille ! Où avez-vous appris un truc pareil ?

— C'est mon grand frère qui me l'a montré, répondit Grey avec jubilation.

Il ne battait Fraser qu'une fois sur dix et savourait sa victoire.

Fraser se mit à rire et, avançant son long index, renversa son propre roi.

— J'aurais dû m'y attendre, connaissant lord Melton ! déclara-t-il en souriant.

Grey se figea dans son fauteuil. Fraser dut remarquer sa stupeur, car il arqua un sourcil interrogateur.

— C'est bien de lord Melton que vous parliez, non ? A moins que vous n'ayez un autre frère ?

— Non. Je n'ai que lui.

Il n'en croyait pas ses oreilles. Cette ordure savait donc qui il était depuis le début ?

— Notre rencontre a été plutôt brève, poursuivit Fraser... mais mémorable.

Il saisit son verre et but une gorgée, observant Grey par-dessus le bord en cristal.

— Vous ignoriez peut-être que j'avais rencontré lord Melton à Culloden ? demanda-t-il.

— Non, je le savais. J'étais moi-même à Culloden.

Tout le plaisir de sa victoire s'était évanoui. La fumée de son propre cigare l'écœurait.

— Mais j'ignorais que vous vous souveniez de Harold, renchérit-il, ou que vous étiez au courant de notre lien de parenté.

— Comment aurais-je pu oublier votre frère ? Je lui dois la vie ! lâcha Fraser avec une moue ironique.

Grey lui lança un regard cynique.

— J'ai cru comprendre que vous ne lui étiez pas franchement reconnaissant de vous avoir épargné.

Les sillons autour de la bouche de Fraser se tendirent, puis se relâchèrent.

— C'est vrai. Malgré mes supplications, votre frère a refusé de m'abattre...

— Vous auriez voulu qu'il vous tue ? s'étonna Grey.

L'Ecossais fixait l'échiquier d'un regard distant, manifestement absorbé par un souvenir précis et douloureux.

— Je croyais avoir une bonne raison de mourir.

— Laquelle ? demanda aussitôt Grey.

Croisant le regard de Fraser, il ajouta précipitamment :

— Excusez-moi, n'y voyez aucune insolence de ma part. C'est que... à cette époque, je partageais les mêmes sentiments que vous. D'après ce que vous m'avez dit des Stuart, je ne peux croire que leur défaite ait suscité en vous un tel désespoir.

Fraser hocha la tête, esquissant un semblant de sourire désabusé.

— Certains se sont battus par amour pour Charles-Edouard Stuart... ou parce qu'ils croyaient au droit légitime de son père de remonter sur le trône. Mais vous avez raison, je n'en faisais pas partie.

Il n'en dit pas plus. Grey prit une profonde inspiration, les yeux fixés sur le tapis.

— Je me sentais comme vous, à l'époque. J'ai... perdu un ami très cher à Culloden.

Il hésita à évoquer Hector devant cet homme, un officier jacobite qui avait sans doute abattu plus d'un soldat anglais sur ce champ de la mort. Un homme dont l'épée était peut-être celle qui... D'un autre côté, il ne pouvait plus reculer. Il devait parler. Et à qui d'autre pouvait-il parler d'Hector, sinon précisément à cet homme, un prisonnier coupé du reste du monde, dont les indiscrétions éventuelles ne pourraient lui nuire ?

— Harold, mon frère, m'a forcé à aller voir le corps... Il prétendait qu'autrement je ne pourrais jamais croire à sa mort. Tant que je n'aurais pas constaté de mes propres yeux qu'Hector, mon ami, nous avait vraiment quittés, je ne pourrais cesser de le pleurer.

Il releva la tête et s'efforça de sourire.

— Harold a souvent raison, mais pas toujours.

Peut-être la plaie s'était-elle refermée, mais il n'oublierait jamais. Comment pourrait-il chasser de son esprit l'image d'Hector gisant dans la boue, le teint cireux à la lumière de l'aube, ses longs cils noirs effleurant délicatement ses joues comme dans son sommeil ? Comment effacer de sa mémoire la vision de cette plaie béante qui lui avait presque arraché la tête, exposant la trachée et les principaux vaisseaux de la gorge ?

Ils restèrent silencieux un long moment. Fraser reprit son verre et le vida cul sec. Sans lui demander son avis, Grey remplit les deux verres pour la troisième fois. Puis il s'enfonça dans son fauteuil, dévisageant son invité d'un air intrigué.

— Estimez-vous que votre vie est un fardeau insoutenable, monsieur Fraser ?

L'Ecossais leva les yeux et soutint son regard un long moment. Manifestement, il ne lut dans son visage rien d'autre que de la curiosité, car la tension de ses épaules se relâcha et ses lèvres se détendirent. Baissant les yeux, il se mit à ouvrir et à fermer sa main droite pour en étirer les muscles. Grey constata qu'elle avait été blessée. Les petites cicatrices étaient visibles à la lueur du feu et deux des doigts ne fléchissaient plus.

— Finalement, pas trop, répondit-il enfin. Ce qui est insoutenable, c'est de ne pouvoir secourir ceux qu'on aime.

— Et non pas de n'avoir personne à aimer ?

Fraser réfléchit avant de répondre.

— Non, ça c'est le vide, mais ce n'est pas ce qu'il y a de plus insupportable.

Il était tard. La forteresse était silencieuse.

— Votre femme... elle était guérisseuse, c'est bien cela ?

— Oui. Elle... elle s'appelait Claire.

Fraser déglutit péniblement, puis leva son verre et but comme s'il cherchait à déloger quelque corps étranger coincé dans sa gorge.

— Vous l'aimiez beaucoup, n'est-ce pas ?

Il avait reconnu chez l'Ecossais ce même besoin impulsif qu'il avait ressenti un peu plus tôt... le besoin de prononcer un nom resté enfoui depuis longtemps, de ramener un instant à la vie le fantôme d'un amour.

— Je comptais vous remercier un jour, major, dit doucement Fraser.

— Me remercier ! Mais de quoi ?

— De cette nuit à Carryarrick, lorsque nous nous sommes rencontrés la première fois. De ce que vous avez fait pour ma femme.

— Vous vous en souvenez... murmura Grey, la voix brisée.

— Oui, je n'ai pas oublié.

Il n'y avait pas la moindre lueur d'ironie dans son regard. Il hocha la tête, l'air grave.

— Vous vous êtes montré un ennemi courageux, major. Ça ne s'oublie pas.

John Grey émit un rire amer. Etrangement, il se sentait moins gêné qu'il ne l'aurait cru à l'évocation de ce souvenir honteux.

— Si vous considérez un gamin de seize ans qui chie dans ses culottes comme un ennemi courageux, je comprends mieux pourquoi les Highlanders ont été vaincus.

— Si un homme ne chie pas dans ses culottes quand on lui colle un pistolet contre la tempe, major, c'est qu'il n'a pas d'entrailles ou pas de cervelle.

Grey ne put s'empêcher de rire, tandis que Fraser poursuivait :

— Vous avez refusé de trahir les vôtres au péril de votre vie, mais vous avez parlé pour sauver l'honneur d'une femme. L'honneur de *ma* femme. Pour moi, c'est un acte de bravoure incroyable.

Les paroles de l'Ecossais avaient un indéniable accent de sincérité.

— Je n'ai pas sauvé votre femme, dit Grey avec amertume. Elle n'était même pas en danger.

— Oui, mais vous ne pouviez pas le savoir, rectifia Fraser. Vous pensiez sauver sa vie et sa vertu, au mépris de la vôtre. Votre geste était le plus bel honneur qu'on puisse faire à une femme. J'y repense parfois, depuis que... qu'elle n'est plus là.

Sa voix avait à peine tremblé en prononçant ces dernières paroles. Seule la contraction des muscles de son cou avait trahi son émotion.

— Je vois... dit lentement Grey. Je suis désolé pour votre femme.

Ils se turent un long moment, chacun perdu avec ses fantômes. Puis Fraser se redressa.

— Votre frère avait raison, major. Merci et bonne nuit.

Il reposa son verre, se leva et sortit.

D'une certaine manière, cela lui rappelait ses années passées dans la grotte, avec ses visites au manoir, oasis de vie et de chaleur dans un désert de solitude. Ici, c'était l'inverse. Il passait de la promiscuité et de la misère froide de la cellule aux quartiers chauds et illuminés du major, où il pouvait pendant quelques heures étirer à la fois son corps et son esprit, se détendre et profiter de la chaleur, de la conversation et de la nourriture abondante.

Cela lui donnait aussi une étrange impression de désagrégation, l'impression de laisser chaque fois une petite partie de lui-même dans les appartements du major. Et, chaque fois, le retour dans la cellule était un peu plus difficile.

Il se tenait dans le couloir balayé de courants d'air, attendant que le geôlier vienne lui ouvrir. Les ronflements des hommes endormis montaient de l'autre côté de la porte et leur odeur l'enveloppa dès qu'elle s'ouvrit, tel un pet gras et putride.

Il inspira profondément puis baissa la tête pour entrer dans la cellule. La porte se referma derrière lui, replongeant la pièce dans les ténèbres. Plusieurs hommes l'avaient entendu entrer et un froissement de vêtements parcourut les rangées de silhouettes couchées.

— Tu rentres tard, MacDubh, dit Murdo Lindsay d'une voix endormie. Tu seras claqué demain.

— Ne t'en fais pas pour moi, Murdo, chuchota-t-il en enjambant les corps.

Il ôta son manteau et le déposa soigneusement sur le banc, puis il déroula sa fine couverture et chercha une place sur le sol, son ombre longue dansant devant les barreaux de la fenêtre.

Ronnie Sinclair se retourna tandis que MacDubh se couchait près de lui. Il ouvrit des yeux bouffis.

— Alors, Boucle d'Or t'a bien nourri, MacDubh ?

— Oui, Ronnie, merci.

MacDubh gigota sur le sol froid, cherchant une position confortable.

— Tu nous raconteras demain ?

Les prisonniers prenaient un plaisir étrange à entendre dans le détail ce qu'on lui avait servi à dîner, considérant comme un honneur que leur chef soit bien traité.

— Oui, Ronnie, promit MacDubh. Mais pour l'instant, laisse-moi dormir, veux-tu ?

— Dors bien, MacDubh.

Cette salutation venait de l'autre côté, où Hayes était ramassé en chien de fusil, enchâssé entre d'autres compagnons qui aimaient tous dormir au chaud.

— Fais de beaux rêves, Gavin, répondit MacDubh dans un murmure.

Peu à peu, le silence retomba.

Cette nuit-là, il rêva de Claire. Elle était couchée dans ses bras, voluptueuse et abondamment parfumée. Elle était enceinte, son ventre rond et lisse comme une pastèque, ses seins pleins et lourds, ses mamelons sombres comme le vin n'attendant que ses lèvres pour les goûter.

Elle glissa une main entre ses cuisses et il fit de même. Ses doigts rencontrèrent le petit mont duveteux, doux et chaud, et elle se pressa contre lui. Elle souleva les hanches et vint s'asseoir sur lui, le chevauchant, souriante, ses cheveux retombant en cascade autour de sa figure.

— Donne-moi ta bouche, murmura-t-il sans savoir s'il voulait qu'elle l'embrasse ou qu'elle prenne son sexe entre ses lèvres.

— Donne-moi la tienne, répondit-elle.

Elle se mit à rire et se pencha vers lui, les mains sur ses épaules, ses boucles caressant son visage en dégageant un parfum de mousse et de soleil. Il sentit le grattement des feuilles mortes dans son dos et comprit qu'ils étaient dans les collines près de Lallybroch. Sa peau avait la couleur des hêtres pourpres autour d'elle. Ses yeux étaient dorés. Puis son sein s'écrasa contre sa bouche et il le prit goulûment entre ses lèvres, attirant son corps contre le sien tandis qu'il suçait avidement. Son lait était chaud et sucré, avec un léger goût d'argent, comme le sang d'un cerf.

— Plus fort, murmura-t-elle.

Elle glissa une main derrière sa nuque et pressa sa tête contre son sein.

— Plus fort, répéta-t-elle.

Elle était couchée sur lui. Il posa les mains sur ses fesses, la maintenant immobile comme si sa vie en dépendait, sentant le poids de l'enfant sur son propre ventre, comme s'ils le partageaient désormais, protégeant le petit être de leurs deux corps réunis.

Il la serra contre lui et s'enfonça en elle d'un seul mouvement des reins, leurs trois corps n'en formant plus qu'un seul.

Il se réveilla en sursaut, haletant et en nage, couché sur le flanc sous l'un des bancs de la cellule. Il ne faisait pas encore jour mais il devinait les formes étendues de ses compagnons autour de lui. Il espérait n'avoir pas crié dans son sommeil. Il referma aussitôt les yeux mais le rêve était parti. Il resta allongé sans bouger, écoutant les battements de son cœur ralentir, et attendit l'aube.

18 juin 1755

Ce soir-là, John Grey avait soigné sa toilette. Il avait passé une chemise de lin immaculée et des bas de soie. Il ne portait pas de perruque, mais ses cheveux fraîchement lavés avaient été rincés avec un tonique au citron et à la verveine, puis tressés. Après quelque hésitation, il avait également enfilé la bague d'Hector. Ils avaient bien dîné : un faisan qu'il avait tué lui-même et une salade de légumes verts, en l'honneur des goûts étranges de Fraser. A présent, ils étaient assis devant l'échiquier, concentrés sur la partie.

— Un peu de sherry ? demanda Grey.

Il venait d'avancer sa tour et étira les bras.

Absorbé par la nouvelle donne, Fraser acquiesça.

Grey se leva et traversa la pièce, laissant Fraser au coin du feu. En ouvrant l'armoire pour en sortir la bouteille, il sentit une goutte de transpiration lui couler le long des côtes. Ce n'était pas la chaleur, mais la nervosité.

Il apporta la bouteille à la table, tenant dans l'autre main les verres en cristal de Bohême que sa mère lui avait envoyés. Le liquide ambré se déversa du goulot en scintillant. Fraser observa le niveau du sherry qui montait dans les verres d'un air absent. Il semblait ailleurs. Ce ne pouvait être le déroulement de la partie qui le préoccupait, il avait déjà pratiquement gagné.

Le major avança la main et déplaça son fou. Ce n'était que reculer pour mieux sauter, certes, mais cela mettait la reine de Fraser en difficulté et, avec un peu de chance, il parviendrait même à lui prendre sa tour.

Il se releva pour mettre une briquette de tourbe dans le feu, puis vint se placer derrière son adversaire pour voir le jeu de son point de vue.

La lueur des flammes jouait dans la tignasse de l'Ecossais, faisant ressortir les mèches d'un roux sombre, comme un rappel du sherry qui luisait dans les verres. Fraser avait noué ses cheveux en catogan avec un épais cordon noir. Le nœud semblait lâche, un simple geste aurait suffi à le défaire. John Grey s'imagina passant une main sous cette masse brillante, touchant la nuque lisse et chaude en dessous. Toucher...

Sa paume se referma, imaginant la sensation.

— C'est à vous, major.

La voix grave de l'Ecossais le ramena brusquement à la réalité et il reprit sa place, regardant l'échiquier à travers un rideau de brume.

Il était conscient des moindres mouvements de l'autre sans avoir à relever les yeux. L'air autour de Fraser semblait toujours électrique. Il était impossible de ne pas le regarder. Pour croiser son regard, Grey leva son verre et but une gorgée.

Fraser était immobile comme une statue. Seuls ses yeux qui balayaient l'échiquier semblaient en vie. Sa main, qui chatoyait sous la lumière vacillante noire et dorée à la fois, était posée sur la table, figée et gracieuse comme le pion capturé couché à ses côtés.

La pierre bleue de la bague d'Hector lança un éclat de lumière quand Grey tendit la main pour prendre le fou. « *Ai-je tort, Hector ?* pensa-t-il. *Ai-je tort d'aimer l'homme qui t'a peut-être tué ?* » Ou n'était-ce pas, au contraire, la seule façon de reprendre le cours normal de leurs vies à tous les deux, de panser les plaies de Culloden une fois pour toutes ?

Il reposa le fou avec un bruit sourd, la feutrine de sa base mordant la marqueterie. Puis, dans le même élan, sa main s'éleva à nouveau, semblant se déplacer de sa propre initiative. Elle survola l'échiquier tel un albatros qui plane au-dessus des vagues, puis piqua net vers la main de Fraser, sur laquelle elle se posa doucement, la paume fourmillante, ses doigts fléchis implorant tendrement.

La main sous la sienne était chaude, brûlante même, mais dure et inerte comme un éclat de marbre. Rien ne bougeait sur la table, hormis le reflet des flammes dans le cœur du sherry. Grey leva les yeux et rencontra le regard de Fraser.

— Enlevez votre main ou je vous tue.

Fraser avait parlé presque à voix basse, en articulant très lentement. La main sous celle de Grey ne bougeait pas, pas plus que le visage de son propriétaire, mais Grey sentit le frisson de répulsion et le spasme de haine qui irradiaient à travers sa peau.

Soudain, il entendit de nouveau la voix de Quarry le mettant en garde, aussi clairement que si l'homme lui chuchotait à l'oreille.

Si vous dînez seul avec cet homme, ne lui tournez jamais le dos.

Cela ne risquait pas d'arriver. Il ne parvenait plus à détourner son regard, ni même à cligner les yeux pour effacer ce regard bleu qui le clouait sur place. Lentement, précautionneusement, il retira sa main.

Il y eut un moment de silence, perturbé uniquement par le clapotis de la pluie contre la vitre et le crépitement du feu ; ni l'un ni l'autre ne sembla plus respirer. Puis Fraser se leva sans un mot et quitta la pièce.

12

Le sacrifice

La pluie de cette fin novembre battait les pavés de la cour et les visages des prisonniers, serrés les uns contre les autres dans une vaine tentative pour se protéger du déluge. Les soldats qui les surveillaient n'avaient guère l'air plus heureux que les détenus trempés.

Le major Grey attendait sous l'avant-toit. Ce n'était pas le temps idéal pour effectuer la fouille réglementaire et le grand ménage des cellules, mais, à cette époque de l'année, il était illusoire d'attendre que le soleil revienne. Pour prévenir les risques d'épidémie, il fallait laver à grande eau au moins une fois par mois les quartiers où s'entassaient plus de deux cents hommes.

Les portes de l'aile principale s'ouvrirent et les détenus de corvée de ménage sortirent en file indienne, encadrés par des gardiens. Derrière eux apparut le caporal Dunstable, les bras chargés de menus objets de contrebande, le produit habituel des fouilles.

— Rien de bien méchant, major, indiqua-t-il en laissant tomber son butin dans un tonneau vide. Sauf ça, qu'il faudrait peut-être prendre en compte.

Il lui tendit un petit morceau d'étoffe à carreaux verts, d'environ quinze centimètres sur dix. Dunstable lança un regard vers les prisonniers, comme s'il espérait surprendre un geste qui aurait trahi le coupable.

Grey soupira puis redressa les épaules.

— Oui, je suppose.

Depuis la loi antikilt, qui interdisait formellement aux Highlanders le port des armes et de leur costume national, la possession d'un tartan était sévèrement punie. Grey parcourut les rangées de détenus, tandis que Dunstable hurlait un ordre pour attirer leur attention.

— A qui est-ce ? demanda le soldat en brandissant l'étoffe.

Grey balaya les visages du regard, se récitant mentalement la liste des noms, cherchant à faire correspondre l'un d'entre eux avec le tartan aux couleurs vives. Il n'y connaissait pas grand-chose en tartans. En outre, au sein d'un même clan, les couleurs variaient au point qu'on ne pouvait jamais associer avec certitude tel ou tel motif à un individu particulier. Toutefois, les motifs et les couleurs réapparaissaient généralement au sein d'une même famille.

MacAlester, Hayes, Innes, Graham, MacMurtry, MacKenzie, MacDonald... Stop ! MacKenzie. C'était lui. Son verdict reposait davantage sur sa connaissance des hommes que sur l'attribution du plaid à un clan particulier. Le jeune Angus MacKenzie affichait une expression un peu trop figée, comme s'il s'efforçait de ne plus penser.

— C'est à vous, MacKenzie, n'est-ce pas ? lança-t-il.

Il arracha le tartan des mains du caporal et le brandit sous le nez du jeune homme. Sous la crasse, le teint de celui-ci était livide. Il serrait les dents et respirait bruyamment par les narines, émettant un léger sifflement.

Grey le toisa avec froideur. Le jeune Ecossais possédait ce nœud viscéral de haine implacable qu'ils avaient tous, mais il n'avait pas encore eu le temps d'ériger ce mur d'indifférence et de stoïcisme qui leur permettait de résister à toutes les épreuves. On sentait la peur monter peu à peu en lui. Encore quelques secondes et il craquerait.

— C'est le mien.

La voix était calme, presque lasse. Elle avait parlé avec une telle nonchalance que ni Grey ni MacKenzie, occupés à se mesurer du regard, ne l'entendirent tout de suite. Puis une grande main s'avança au-dessus de l'épaule d'Angus et retira doucement le tartan des mains du major.

John Grey recula d'un pas, les paroles de l'homme lui lacérant les entrailles. MacKenzie oublié, il leva lentement les yeux pour regarder Jamie Fraser droit dans les yeux.

— Ce n'est pas un tartan Fraser, dit-il.

Les mots avaient dû se frayer un passage de force entre ses lèvres. Son visage tout entier avait pris la dureté de la pierre. Il s'en réjouit secrètement. Au moins son expression ne pourrait le trahir devant les prisonniers assemblés.

— C'est vrai, convint Fraser. C'est un tartan des MacKenzie, le clan de ma mère.

Dans un coin reculé de sa conscience, Grey rangea un nouveau fragment d'information dans le tiroir secret qui contenait tout ce qu'il savait sur James Fraser. Sa mère était une MacKenzie. Il n'en douta pas un instant, tout comme il savait que ce tartan n'était pas le sien.

Il entendit sa propre voix, froide et calme, récitant :

— La possession du tartan de clan est illégale. Vous connaissez le châtiment, naturellement ?

Pour éviter le regard bleu nuit, Grey fixait les lèvres pleines et douces, légèrement gercées par l'exposition au vent et au soleil, qui s'entrouvrirent pour répondre :

— Oui.

Il y eut un léger frémissement dans les rangs de prisonniers. Ils ne bougeaient pratiquement pas, mais Grey pouvait sentir les alignements se déplacer, comme s'ils se regroupaient autour de Fraser, l'encerclant, l'étreignant. Le cercle s'était brisé et reformé et lui se retrouvait à l'extérieur. Jamie Fraser était protégé par les siens.

Avec un immense effort de volonté, Grey se força à lever les yeux. Le regard qu'il croisa exprimait exactement ce qu'il craignait le plus : ce n'était ni de la peur ni de la haine, mais de l'indifférence.

Il fit signe à un gardien.

— Emmenez-le.

Le major John William Grey était penché sur sa table, signant l'un après l'autre des bons de commande sans les lire. Il travaillait rarement jusqu'à une heure aussi avancée, mais sa journée avait été chargée et la paperasserie s'empilait inexorablement sur son bureau. Les commandes devaient partir pour Londres cette semaine.

Deux cents livres de farine de blé, écrivit-il en essayant de se concentrer sur les petits couinements de sa plume. Le problème avec toute cette paperasse, c'était qu'elle occupait votre attention, mais laissait votre esprit libre, les souvenirs du jour revenant à la surface au moment où on ne les attendait pas.

Six fûts de bière à l'usage des soldats de la garde. Il reposa sa plume et se frotta énergiquement les mains. Il sentait encore les frissons qui avaient parcouru son corps ce matin dans la cour. Même le feu dans l'âtre n'y pouvait rien. Un peu plus tôt, il s'était posté devant la cheminée, sans pouvoir se réchauffer. Il s'était simplement tenu là, comme hypnotisé, regardant les images de la journée danser dans les flammes, jusqu'à ce que l'étoffe de son pantalon commence à fumer.

Il reprit sa plume, et tenta une nouvelle fois de bannir de son esprit toutes les pensées liées à l'incident de la cour.

Il valait mieux que les punitions de ce genre soient exécutées sans tarder. Autrement, l'énervement des prisonniers allait croissant et ils devenaient incontrôlables. Administrée sur-le-champ, la punition a un effet salutaire, prouvant aux prisonniers que leurs gardiens savent se montrer justes et durs. Toutefois, John Grey se dit que les événements du matin n'avaient sans doute pas concouru à accroître le respect des prisonniers, du moins à son égard.

Il avait donné ses ordres, d'un ton sec et ferme, et ils avaient été exécutés avec célérité.

Les prisonniers avaient été rassemblés en rangs tout autour de la cour carrée, face aux gardiens qui les tenaient en respect de la pointe de leurs baïonnettes dans l'éventualité peu probable d'une émeute.

Ils n'avaient pas bronché. Ils avaient attendu sous la pluie dans un silence de mort tandis que le prisonnier était conduit sur la potence. Debout près de celle-ci, les mains croisées dans le dos, sentant les gouttelettes d'eau s'infiltrer sous le col de sa chemise, il avait observé Jamie Fraser, torse nu, avancer sans hâte ni hésitation, comme s'il accomplissait une tâche routinière sans importance.

Il avait fait un signe aux deux soldats, qui avaient saisi les mains du prisonnier et les avaient attachées au poteau. Puis ils l'avaient bâillonné.

Le sergent chargé de lire l'acte de condamnation avait déroulé sa feuille et penché la tête, ce qui avait provoqué une cascade de pluie retenue dans son chapeau. Il avait redressé sa coiffe et sa perruque trempées, et pris un air digne pour lire la sentence :

— .... ayant contrevenu à la loi antikilt, promulguée par le Parlement de Sa Majesté, ce pour quoi sera appliquée une sentence de soixante coups de fouet.

Grey avait adressé un signe de tête au sergent maréchal-ferrant faisant office de bourreau. Ce n'était pas la première fois et chacun connaissait son rôle. Celui-ci avait acquiescé et déclaré :

— Monsieur Fraser, préparez-vous à recevoir votre peine.

Grey était resté là, les yeux fixes et vides, entendant distinctement chaque coup de la lanière de cuir cingler la chair nue, chaque grognement de douleur étouffé par le bâillon. De minces filets rouges coulaient le long du dos puissant, mélange de pluie et de sang.

Le sergent maréchal-ferrant avait marqué une brève pause entre chaque coup. Il avait hâte d'en finir, comme tout le monde, et de se mettre enfin à l'abri de la pluie. Le sergent Grissom comptait chaque coup à voix haute avant de les noter sur son cahier.

Le major Grey ouvrit précipitamment le dernier tiroir de son bureau et vomit sur son cahier de commandes.

Il enfonça profondément ses ongles dans ses paumes, mais ses tremblements ne cessaient pas. Ils venaient du plus profond de lui-même, prenant naissance au cœur de ses os.

— Couvrez-le. Je m'occuperai de lui dans un moment.

La voix du médecin anglais semblait venir de très loin, sans rapport avec les mains qui lui tenaient fermement les deux bras. Il poussa un cri lorsqu'ils tentèrent de le déplacer, le mouvement rouvrant les plaies encore fraîches de son dos. Les filets de sang qui dégoulinaient le long de ses côtes ne faisaient qu'accentuer ses frissons, malgré la couverture en laine grège qu'ils avaient jetée sur ses épaules.

Il s'agrippa aux bords du banc sur lequel il était couché, écrasant sa joue contre le bois, serrant les paupières, luttant contre les spasmes. Il perçut un bruit quelque part dans la pièce, mais il ne pouvait pas regarder. Toute son attention était concentrée sur ses mâchoires serrées et ses articulations raidies.

La porte se referma et le silence revint dans la pièce. L'avaient-ils laissé seul ?

Il y eut un autre bruit de pas près de sa tête et il sentit qu'on soulevait la couverture, la rabattant autour de ses reins.

— Mmmm. Ils ne t'ont pas arrangé, hein, mon garçon ?

Il ne répondit pas. Le médecin s'éloigna un instant, puis il sentit une main sous sa joue, qui lui redressait la tête. Une serviette fut glissée sous son visage, atténuant le picotement du bois brut.

— Je vais d'abord nettoyer tes plaies, dit la voix.

Elle était froide, mais non hostile.

Une main effleura son dos, lui arrachant une grimace de douleur. Il entendit un gémissement plaintif et comprit à sa grande honte que c'était le sien.

— Quel âge as-tu, mon garçon ?

— Dix-neuf ans.

Le médecin palpa doucement son dos ici et là, puis se leva. Il entendit le verrou qu'on poussait puis les pas du médecin s'approchant de nouveau.

— Ça va, mon garçon, personne ne nous dérangera. Tu peux pleurer tranquillement.

— Hé ! disait la voix. Réveille-toi !

Il reprit lentement conscience. La surface rugueuse du bois sous sa joue établissait un lien direct entre le rêve et la réalité et, l'espace d'un instant, il ne put se rappeler où il était. Une main sortie des ténèbres lui tapota le front.

— Tu grognais dans ton sommeil, murmura la voix. Ça fait très mal ?

— Assez.

Il voulut se redresser sur les coudes et une douleur fulgurante lui parcourut le dos. Il poussa un gémissement et se laissa retomber sur le ventre.

Il avait eu de la chance. Il était tombé sur Dawes, un soldat bedonnant, proche de la retraite, qui fouettait les détenus à contrecœur et uniquement parce que son devoir de geôlier l'y obligeait. Cela dit, soixante coups faisaient des dégâts, même administrés sans enthousiasme.

— Attends, c'est encore trop chaud. Tu veux l'ébouillanter ?

C'était la voix de Morrison. « C'est étrange, pensa Jamie, lorsqu'un groupe se forme, chacun semble trouver son rôle, même s'il s'agit d'une fonction à laquelle il n'aurait jamais pensé. » Comme la plupart des autres prisonniers, Morrison était valet de ferme. Il devait s'avoir s'y prendre avec le bétail, mais sans trop y réfléchir. A présent, ses compagnons avaient fait de lui un guérisseur, celui auquel ils faisaient confiance pour soigner leurs crampes d'estomac ou un pouce cassé. Morrison ne s'y connaissait sans doute pas plus qu'eux, mais ils se tournaient naturellement vers lui pour soulager leurs maux, tout comme ils s'adressaient à MacDubh quand ils ressentaient le besoin d'être rassurés ou dirigés.

Le linge fumant fut délicatement étalé sur son dos, lui arrachant un nouveau cri étouffé. Il pouvait sentir la petite main de Morrison, posée dans le creux de ses reins.

— Tiens bon, MacDubh, jusqu'à ce que la chaleur s'en aille.

Il cligna les yeux, s'accoutumant aux voix et aux silhouettes autour de lui. Il était dans la grande cellule, dans le recoin sombre derrière la cheminée. Des volutes de vapeur s'élevaient de celle-ci. Il y avait probablement une marmite sur le feu. Il distingua Walter MacLeod y versant des fragments de tissu, les flammes faisant étinceler sa barbe et ses sourcils roux. Peu à peu, le linge bouilli qu'on avait placé sur ses épaules diffusa dans son corps une chaleur apaisante. Il ferma les yeux et se laissa sombrer dans un demi-sommeil, bercé par les voix autour de lui.

Cet état de torpeur ne l'avait pas quitté depuis qu'il avait tendu la main par-dessus l'épaule d'Angus pour saisir le tartan. C'était comme si, sa décision prise, un voile était tombé entre lui et les autres, l'isolant du reste du monde et du temps.

Comme dans un songe, il avait suivi les gardiens sans mot dire et ôté sa chemise quand on le lui avait demandé. Il avait pris sa place sur la potence et écouté sa sentence, sans vraiment l'entendre. Même la morsure de la corde ou la pluie sur son dos nu ne l'avaient pas réveillé. Tout ceci lui était déjà arrivé. Rien de ce qu'il pourrait dire ou faire n'y changerait rien. Tel était son destin.

Quant aux coups de fouet, il les avait subis sans réfléchir, sans regretter son geste, l'esprit tout entier tendu dans une lutte opiniâtre, désespérée, pour endurer la douleur physique sans faiblir.

— Ne bouge pas.

La main de Morrison reposait sur sa nuque afin de l'empêcher de remuer tandis qu'on enlevait le linge mouillé et qu'on lui appliquait un onguent froid, qui réveilla momentanément ses nerfs endormis.

Cet étrange état d'esprit se traduisait également par la capacité à décomposer toutes les sensations de son corps avec la même acuité. S'il le voulait, il pouvait sentir chaque entaille de son dos et visualiser sa couleur vive. Mais la douleur qui le lacérait du creux des reins aux épaules n'était pas plus intense que la sensation presque agréable de lourdeur dans ses jambes, que les courbatures dans ses bras, ou le doux chatouillement de ses cheveux dans son cou.

Sa respiration retrouvait progressivement un rythme normal, lent et profond. Pourtant le souffle de ses expirations ne semblait plus lié aux mouvements de sa cage thoracique. Il n'était plus qu'un ensemble de morceaux épars, chaque fragment de son être doté de sensations mais aucun ne communiquant plus avec une intelligence centrale.

— Tiens, MacDubh, dit la voix de Morrison dans son oreille. Redresse la tête et bois ça.

L'odeur âcre du whisky emplit ses narines et il tenta de détourner la tête.

— Je n'en ai pas besoin, protesta-t-il.

— Tais-toi et bois ! dit fermement Morrison.

Il s'exprimait de ce ton qu'adoptaient les guérisseurs, comme s'ils savaient mieux que vous ce que vous ressentiez et ce dont vous aviez besoin. N'ayant pas la force de discuter, Jamie ouvrit la bouche et avala une gorgée, les muscles de sa nuque tremblant sous l'effort.

Le whisky déclencha une nouvelle vague de sensations disloquées : une brûlure dans la gorge et le ventre, un picotement dans les sinus, et une sorte de vertige qui lui indiqua qu'il avait bu trop vite.

— Encore un peu, insista Morrison. Voilà, c'est ça. Bien, mon garçon. Tu vas te sentir mieux, tu verras... Dis-moi, maintenant, comment va ton dos ?... Tu seras raide comme un balai demain matin, mais je ne crois pas que ce soit trop grave... Tiens, mon grand, bois encore un peu.

Rien ne semblait plus pouvoir endiguer le flot de paroles de Morrison. C'était étrange, car il était habituellement peu loquace. Quelque chose clochait, Jamie le sentait dans l'air. Il essaya bien de redresser la tête, mais le vieux guérisseur le força à se rallonger.

— Ne t'en fais pas pour ça, MacDubh, dit-il doucement. Tu n'y peux rien de toute façon.

Des bruits suspects lui parvenaient de l'autre côté de la cellule, ceux que Morrison tentait vainement de couvrir de sa voix. Des bruits de grattements, des chuchotements, puis un choc sourd. Suivirent des bruits de coups, lents et réguliers, ponctués de gémissements de peur et de douleur, et le sifflement d'une respiration forcée.

Ils battaient le jeune Angus MacKenzie. Jamie glissa les mains sous son torse pour se relever, mais l'effort lui fit tourner la tête et sa vue se brouilla. Morrison lui caressa le front.

— Reste tranquille, MacDubh. Tu ne peux rien faire.

Il avait raison. Il n'y avait rien d'autre à faire que de fermer les yeux et d'attendre qu'ils cessent. Malgré lui, il se demanda quel était l'administrateur de cette justice aveugle qui officiait dans le noir. Sinclair, probablement. Assisté de Hayes et de Lindsay.

Ils ne pouvaient s'empêcher d'être ce qu'ils étaient, pas plus que lui ni Morrison. Les hommes agissaient conformément à leur destin. Certains naissaient guérisseurs, d'autres bourreaux.

Les bruits cessèrent, cédant la place à un faible sanglot étouffé. Ses épaules se détendirent et il ne bougea pas quand Morrison lui enleva le dernier linge mouillé et lui essuya le dos. Le courant d'air qui filtrait par la fenêtre le faisait frissonner et il serra les dents pour les empêcher de claquer. Cette fois, il avait eu de la chance car ils l'avaient bâillonné. La première fois qu'on l'avait fouetté, des années plus tôt, il avait failli se couper la lèvre inférieure à force de la mordre.

On pressa de nouveau la tasse de whisky contre ses lèvres mais il détourna la tête et elle disparut sans insister, se dirigeant sans doute vers une bouche qui l'accueillerait plus cordialement. Celle de l'Irlandais Milligan...

Certains hommes étaient portés sur la boisson, d'autres pas. Certains étaient portés sur les femmes, d'autres...

Morrison s'était éloigné, emportant avec lui l'unique chandelle. Elle était à présent de l'autre côté de la cellule, les hommes formant un cercle autour d'elle. A la lueur de la flamme, ils n'étaient plus que des silhouettes noires indistinctes dont les contours étaient bordés d'un halo doré, tels les saints anonymes des vieux missels.

D'où venaient-ils, ces dons qui façonnaient la nature d'un homme ? De Dieu ?

Etait-ce comme la descente du Paraclet et des langues de feu venues danser sur les têtes des apôtres ? Il se remémora une image dans la bible maternelle : les apôtres étaient couronnés de feu, figés avec une expression de stupeur, raides comme des bougies sur un gâteau d'anniversaire.

Claire, sa propre Claire... qui l'avait envoyée à lui ? qui l'avait propulsée dans une vie à laquelle elle n'était pas destinée ? Pourtant, elle avait su y trouver sa juste place. Tout le monde n'avait pas la chance de savoir quel était son don.

Il entendit un froissement d'étoffes près de lui. Il ouvrit les yeux et aperçut une silhouette sombre.

— Comment vas-tu, Angus ? chuchota-t-il en gaélique.

Le jeune homme s'agenouilla près de lui et lui prit une main.

— Ça va... Mais vous... milord. Je... je suis désolé...

Etait-ce l'expérience ou l'instinct qui lui fit serrer cette main tremblante dans la sienne ?

— Ça ira. Couche-toi là, Angus, et repose-toi.

La silhouette se pencha vers lui avec maladresse et lui baisa la main.

— Je... je peux rester auprès de vous, milord ?

Il tendit une main lourde et caressa la tête du jeune homme. Puis il la laissa retomber et il sentit Angus se détendre.

En tant que laird, il était né pour diriger des hommes. La vie et les circonstances l'avaient façonné pour qu'il soit conforme à son destin. Mais qu'en était-il des hommes qui n'étaient pas nés pour le rôle que le destin leur avait préparé ? John Grey était l'un d'eux. Charles-Edouard Stuart aussi.

Angus MacKenzie se laissa glisser contre le mur près de lui, puis se roula en boule sous sa couverture. Bientôt, un léger ronflement lui parvint. Il sentait lui aussi le sommeil venir, remettant en place les fragments épars de son corps. Demain matin, il se réveillerait entier, bien que très endolori.

Il éprouva un soulagement soudain. Il était provisoirement débarrassé du fardeau de la responsabilité et de la nécessité de prendre une décision. La tentation s'était évanouie, ainsi que la possibilité d'y céder. Plus important encore, le poids de la colère avait disparu, peut-être une fois pour toutes.

Ainsi, John Grey lui avait rendu sa destinée.

Il lui en était presque reconnaissant.

13

Une nouvelle piste

Inverness, 2 juin 1968

Roger la découvrit au petit matin, recroquevillée sur le canapé de la bibliothèque, des papiers tombés de l'un des dossiers éparpillés sur le tapis.

Les rayons de soleil qui pénétraient par les portes-fenêtres inondaient la pièce, mais le haut dossier du canapé plongeait le visage de Claire dans la pénombre, le protégeant de la lumière matinale.

« Un visage transparent à plus d'un titre », se dit Roger en la contemplant. Sa peau était si diaphane que l'on apercevait les veines bleues de ses tempes et de sa gorge. Ses os semblaient à fleur de peau, comme sur une statuette d'ivoire.

Il aperçut une feuille de papier froissée coincée sous son bras. Il la libéra délicatement, sans la réveiller.

Il trouva tout de suite le nom qu'il cherchait. Dès qu'il avait vu Claire, il avait compris qu'elle l'avait enfin retrouvé.

— James MacKenzie Fraser, murmura-t-il. J'ignore qui tu étais, mais tu devais être un sacré bonhomme pour la mériter.

Très doucement, il déposa une couverture sur les épaules de Claire et baissa les stores de la fenêtre derrière elle. Puis il s'accroupit et ramassa les papiers épars sur le tapis. Ils provenaient tous du dossier « Ardsmuir ». Il ne lui en fallait pas plus. Si le sort de James Fraser n'était pas retracé dans les pages qu'il tenait à la main, il le serait certainement quelque part dans les archives de la prison d'Ardsmuir. Cela nécessiterait peut-être une autre descente à la bibliothèque des Highlands, voire un voyage à Londres, mais la prochaine étape à suivre était toute tracée.

Brianna descendit les escaliers au moment où il refermait doucement la porte de la bibliothèque derrière lui. Il mit un doigt sur ses lèvres, lui enjoignant de ne pas faire de bruit. Elle lui lança un regard interrogateur et il lui montra le dossier d'un air triomphal.

— Ça y est ! On le tient ! chuchota-t-il.

Elle ne répondit rien, mais un sourire illumina son visage, aussi radieux que le soleil qui se levait au-dehors.

QUATRIÈME PARTIE

Le Lake District

14

Lady Geneva

Helwater, septembre 1756

— Si j'étais vous, je changerais de nom, déclara prudemment Grey.

Il ne s'attendait pas à une réponse. Depuis leur départ, quatre jours plus tôt, Fraser n'avait pas dit un mot, réussissant même le tour de force de partager une chambre d'auberge sans jamais entrer en communication directe avec lui. Grey avait haussé les épaules et grimpé dans le lit, pendant que Fraser s'enroulait dans son manteau élimé sans lui adresser un regard et se couchait devant la cheminée. Rétrospectivement, dévoré par les puces et les punaises, Grey s'était dit que Fraser avait finalement opté par la solution la plus sage.

— Votre nouvel hôte n'est pas franchement un grand admirateur de Charles-Edouard Stuart et de ses partisans, poursuivit-il en s'adressant au profil de médaille à ses côtés. Il faut dire qu'il a perdu son fils unique à Prestonpans.

Gordon Dunsany, jeune capitaine du régiment de Bolton, était à peine plus âgé que lui. Ils auraient pu mourir tous les deux sur le champ de bataille de Prestonpans s'il n'y avait eu l'incident dans les bois de Carryarrick.

— Vous ne pouvez espérer déguiser le fait que vous êtes écossais, et encore moins un Highlander. Mais si vous voulez bien accepter un conseil qui part d'une bonne intention, il serait judicieux de votre part de prendre un nom très éloigné du vôtre.

Fraser resta de marbre. Il éperonna sa monture et la fit avancer devant le cheval bai de Grey, cherchant des yeux les vestiges du sentier emporté par la dernière inondation.

L'après-midi était bien avancé quand ils traversèrent le pont d'Ashness et entamèrent la descente vers Watendlath Tarn. Ils venaient de pénétrer dans la région appelée Lake District.

— Ah, l'Angleterre ! soupira Grey avec attendrissement.

Le paysage n'avait plus rien à voir avec celui de l'Ecosse. Il était moins sauvage, avec des montagnes douces, rondes et rêveuses, et non austères et hostiles comme les falaises des Highlands.

Le petit lac de Watendlath était sombre et agité par le vent de ce début d'automne, ses rives encombrées de laîches et de hautes herbes. Cette année-là, les pluies d'été avaient été plus généreuses qu'à l'accoutumée et la pointe des buissons immergés retombait mollement sur l'eau.

Au sommet de la colline suivante, le sentier se scindait en deux. Fraser, qui avait un peu d'avance, arrêta donc son cheval et attendit les instructions, laissant le vent souffler dans ses cheveux. Il ne se les était pas tressés ce matin, et ses mèches rousses volaient librement.

Grimpant la pente à son tour, John William Grey aperçut son prisonnier qui le surplombait, aussi figé qu'une statue équestre en bronze, si ce n'était cette crinière flamboyante.

— « *Ô Lucifer*, murmura-t-il, *fils de l'aube...* »

Il n'acheva pas la citation.

Pour Jamie, ces quatre jours de route vers Helwater avaient été une véritable torture. L'illusion soudaine de liberté, associée à la certitude de sa perte prochaine, lui faisait craindre le pire quant à sa nouvelle destination.

A quoi il fallait ajouter la colère et la tristesse d'être séparé de ses compagnons, la douleur de quitter les Highlands, peut-être à jamais, sans parler des courbatures de ses fessiers qui n'avaient pas tâté de la selle depuis plusieurs années, le tout faisant de chaque minute de ce voyage un enfer. Seul le fait d'avoir donné sa parole au major John William Grey le retenait de l'arracher à sa monture et de l'étrangler dans un taillis isolé.

Les paroles de Grey résonnaient encore dans ses oreilles, derrière le bourdonnement incessant de sa fureur.

— La restauration de la forteresse d'Ardsmuir étant désormais achevée, grâce notamment à l'aimable concours de vos hommes et de vous-même, les détenus doivent être déplacés afin de laisser place au douzième régiment des dragons de Sa Majesté. Les prisonniers de guerre écossais seront déportés dans les colonies américaines, où ils seront vendus à des planteurs pour une durée de sept ans.

Jamie resta cloué sur place.

— Vendus ? Comme des esclaves !

L'Amérique ! Une contrée de sauvages... de l'autre côté d'un océan qui s'étendait sur des milles et des milles ! Etre déporté en Amérique revenait à être définitivement banni d'Ecosse, condamné à un exil permanent.

— Il ne s'agit pas d'esclavage, rectifia Grey.

Mais le major savait pertinemment que la différence entre les deux était minime. S'ils survivaient à la traversée, les déportés ne recouvreraient leur liberté qu'après une durée déterminée. En attendant, ils appartiendraient corps et âme à un maître qui pouvait les maltraiter, les fouetter, ou les marquer au fer rouge en toute impunité. La loi interdisait même aux domestiques de s'éloigner des terres de leur propriétaire sans sa permission.

James Fraser, lui, était destiné à être soumis à un autre genre de maître.

— Vous ne partez pas avec les autres, annonça Grey sans le regarder. Vous n'êtes pas un simple prisonnier de guerre mais un traître. En tant que tel, vous êtes soumis au bon plaisir de Sa Majesté. Votre sentence ne peut être commuée en exil dans les colonies sans le consentement de notre bien-aimé souverain. Or ce dernier n'a pas jugé bon de vous l'accorder.

Jamie était en proie à de nombreux sentiments contradictoires. Sous sa fureur se cachaient la peur et l'inquiétude pour le sort de ses compagnons, mêlées à un soulagement moins honorable de savoir que, quel que soit le sort qu'on lui réservait, il n'impliquait pas de prendre la mer. Ayant honte de lui-même, il lança un regard froid au major.

— C'est à cause de l'or, n'est-ce pas ?

Tant qu'il restait la moindre chance qu'il révèle un jour ce qu'il savait sur le trésor quasi mythique, la Couronne anglaise ne prendrait pas le risque de le livrer aux démons des océans ou aux sauvages des colonies.

Le major refusait toujours de croiser son regard. Il esquissa néanmoins un haussement d'épaules qui avait valeur d'assentiment.

— Que comptez-vous faire de moi, dans ce cas ?

Le major Grey avait lentement remis de l'ordre dans ses dossiers étalés sur le bureau devant lui. On était début septembre et la brise chaude qui entrait par la fenêtre faisait frémir les papiers épars.

— Vous partez pour Helwater, avait-il dit enfin. Cela se trouve dans le Lake District, en Angleterre. Vous entrerez au service de lord Dunsany afin d'effectuer les tâches subalternes qu'il voudra bien vous confier.

Il s'interrompit et leva ses yeux clairs vers Fraser, le fixant avec une expression indéchiffrable.

— Je viendrai moi-même vous rendre visite une fois par trimestre, afin de m'assurer que vous êtes bien traité.

Il lança un regard assassin vers la redingote rouge du major qui chevauchait devant lui sur le sentier étroit, cherchant à amoindrir son dépit en imaginant ces grands yeux bleu ciel injectés de sang et exorbités, tandis que ses mains se refermaient sur la gorge tendre, ses pouces s'enfonçant dans la chair rougie par le soleil jusqu'à ce que le petit corps nerveux du major retombe inerte comme un lapin mort.

Le bon plaisir de Sa Majesté ! Le prenait-il pour un idiot ? C'était Grey qui avait tout manigancé, l'or n'étant qu'un prétexte. Il voulait le voir vendu comme un vulgaire valet et enfermé dans un lieu où il pourrait venir se délecter du spectacle de son humiliation. C'était là sa vengeance.

Nuit après nuit, roulé en boule devant la cheminée, rompu de fatigue et de courbatures, il n'avait pas fermé l'œil. Tous ses sens étaient à l'affût du moindre froissement de draps dans le lit derrière lui, écoutant le souffle lent de l'homme qui y était couché. Parallèlement, il s'en voulait d'attacher une telle importance à ce freluquet. Aux premières lueurs grises de l'aube, il sentait la fureur monter de nouveau en lui, espérant secrètement que l'homme dans le lit se lèverait et esquisserait enfin un geste déplacé à son égard, afin qu'il puisse laisser éclater sa colère dans un bain de sang. Mais Grey s'était simplement contenté de ronfler paisiblement.

Ils franchirent le pont de Helvellyn, puis contournèrent un autre de ces étranges petits lacs verdâtres. Les feuilles rouges et jaunes des érables et des bouleaux s'élevaient en tourbillonnant sous les sabots de sa monture, frôlant son visage et retombant derrière lui comme une caresse mourante.

Grey venait de s'arrêter quelques pas devant lui et se retourna sur sa selle, l'attendant. Ils devaient être arrivés. Le chemin descendait abruptement vers le lit d'une vallée où l'on devinait un manoir à demi enfoui dans un déferlement d'arbres fauves.

Helwater s'étirait devant lui, et avec le domaine, une vie de honte et de servitude. Il se raidit sur son cheval et l'éperonna, plus fort qu'il ne l'aurait voulu.

Grey fut reçu dans le grand salon. Lord Dunsany était un homme trop cordial pour s'offusquer de ses bottes crottées et de sa tenue débraillée. Quant à lady Dunsany, une petite femme rondelette aux cheveux blond fané, son hospitalité était légendaire.

— Un verre, mon petit Johnny, il vous faut un verre tout de suite ! s'écria lord Dunsany en le serrant contre lui. Louisa ! Ma chère Louisa, vous devriez peut-être prévenir les filles afin qu'elles viennent saluer notre invité.

Tandis que lady Dunsany lui tournait le dos pour donner des ordres à un valet de pied, son époux se pencha vers Grey et lui chuchota :

— Et le prisonnier écossais... vous nous l'avez amené ?

— Oui, répondit le major.

Ayant vérifié que lady Dunsany, à présent engagée dans une conversation animée avec le majordome, ne risquait pas de l'entendre, le major ajouta à voix basse :

— Je l'ai laissé dans le vestibule... je ne savais pas trop ce que vous comptiez en faire.

— Vous m'avez dit qu'il s'y entendait en chevaux, n'est-ce pas ? Alors nous en ferons un palefrenier, comme vous nous l'aviez suggéré.

Lord Dunsany jeta un coup d'œil à sa femme, puis reprit discrètement :

— Je n'ai toujours pas révélé à Louisa sa véritable identité. Les Highlanders n'ont pas très bonne réputation depuis le soulèvement, vous comprenez. Tout le pays était paralysé par la peur lors des événements. Et puis, je crains qu'elle ne se soit toujours pas remise de la mort de Gordon.

— Je vois.

Grey donna une petite tape amicale sur l'épaule du vieil homme. Il savait fort bien que Dunsany lui-même ne s'en était jamais remis, même s'il faisait bonne figure devant sa femme et ses filles.

— Je lui dirai simplement que c'est un domestique que vous m'avez recommandé. Euh... il est inoffensif, naturellement ? Je veux dire... pour les filles...

Lord Dunsany lança un regard inquiet vers son épouse.

— Soyez sans crainte, le rassura Grey. C'est un homme d'honneur et il m'a donné sa parole. Il n'entrera pas dans la maison et ne quittera pas le domaine sans votre autorisation.

Helwater s'étalait sur six cents hectares. Ce n'était pas encore la liberté et ce n'était pas l'Ecosse, mais c'était sans doute mieux que les pavés glacés d'Ardsmuir ou les travaux forcés dans les colonies.

Lord Dunsany se retourna en entendant un bruissement à la porte et afficha un sourire ravi en voyant apparaître ses deux filles.

— Vous vous souvenez de Geneva, Johnny ? demanda-t-il en poussant son invité en avant. Isobel était encore à la nursery lors de votre dernière visite... Comme le temps passe, n'est-ce pas ?

Il secoua la tête d'un air contrit.

Isobel avait quatorze ans. Elle était petite, ronde, blonde et pétillante, comme sa mère. Grey ne se souvenait pas de Geneva, du moins la fillette maigrelette de son souvenir concordait-elle mal avec la gracieuse jeune fille de dix-sept ans qui lui tendait à présent la main. Si Isobel ressemblait à sa mère, Geneva, elle, tenait de son père, en tout cas en ce qui concernait sa taille haute et sa silhouette svelte. Les cheveux gris de lord Dunsany avaient dû autrefois avoir la même couleur auburn. En outre, elle avait ses yeux gris clair.

Les filles saluèrent le visiteur avec courtoisie, mais elles avaient manifestement l'esprit ailleurs.

Isobel tirait sur la manche de son père.

— Papa, il y a un monsieur *immense* dans l'entrée. Il nous a regardées quand on descendait l'escalier. Il fait peur à voir !

— Qui est-ce, papa ? demanda Geneva.

Elle était plus réservée que sa sœur mais tout aussi intéressée.

— Euh... mais ce doit être le nouveau palefrenier que John nous a amené, déclara le baron en rougissant. Je vais demander à un des valets qu'il le conduise aux...

Il fut interrompu par l'irruption du valet en question, l'air effaré.

— Milord, dit-il en roulant des yeux outrés, il y a... un... un... un Ecossais dans le hall !

Au cas où l'on mettrait en doute une affirmation aussi invraisemblable, il pointa un doigt vers la silhouette drapée dans son manteau qui se tenait en silence derrière lui.

Comprenant qu'on parlait de lui, l'inconnu avança d'un pas et, apercevant lord Dunsany, s'inclina respectueusement.

— Je m'appelle Alex MacKenzie, dit-il avec un léger accent écossais.

Puis, sans la moindre trace d'ironie dans la voix, il ajouta :

— ... Votre humble serviteur, milord.

Pour un homme accoutumé au dur labeur de la ferme ou à l'extraction de la tourbe, les tâches d'un palefrenier dans une écurie du Lake District n'étaient pas bien méchantes. Mais pour Jamie, qui après le départ de ses compagnons pour les colonies avait croupi deux mois durant dans une cellule humide, la transition fut pénible. La première semaine, le temps que ses muscles se réhabituent aux efforts d'un travail physique continu, il tombait chaque soir sur sa paillasse, trop éreinté pour rêver.

Il était arrivé à Helwater dans un état d'épuisement et de désarroi intérieur tel qu'il ne l'avait d'abord considéré que comme une nouvelle prison... un lieu où il était enfermé avec des inconnus, loin de sa terre natale. Une fois installé, retenu par sa parole aussi sûrement que s'il avait été derrière des barreaux, son corps et son esprit commencèrent à se détendre. Au fil des jours, la compagnie tranquille des chevaux apaisait sa colère et il redevint peu à peu capable de raisonner avec objectivité.

S'il n'était pas vraiment libre, il avait au moins de l'air, de la lumière et de l'espace pour étirer ses jambes, ainsi qu'un beau paysage de montagne. Les chevaux qu'élevait lord Dunsany étaient superbes. Les autres palefreniers et les domestiques se méfiaient de lui, ce qu'il pouvait comprendre, mais le laissaient tranquille, sans doute du fait de sa taille et de son air austère. C'était une vie de solitaire... mais il avait depuis longtemps accepté son destin. Pour lui, désormais, il ne pouvait en être autrement.

Bientôt, Helwater se couvrit d'un fin manteau de neige et même la visite du major Grey à Noël, un moment tendu et difficile pour tous les deux, se déroula sans trop mettre à mal sa tranquillité intérieure.

Discrètement, il parvint à rétablir une correspondance épistolaire avec Jenny et Ian à Lallybroch. Mis à part leurs lettres irrégulières, qui lui parvenaient par des moyens détournés et qu'il détruisait sitôt lues pour des raisons de sécurité, son seul lien avec sa terre natale était le rosaire en bois de hêtre qu'il portait toujours sur lui, caché sous sa chemise.

Une dizaine de fois par jour, il caressait la petite croix posée sur son cœur, prononçant une brève prière en invoquant chaque fois le visage d'un être cher : Jenny, Ian et leurs enfants, Petit Jamie, Maggie, Katherine, Mary, les jumeaux Michael et Janet, et Petit Ian ; les métayers de Lallybroch ; ses anciens compagnons d'Ardsmuir. Mais toujours, la première prière du matin et la dernière avant de s'endormir étaient pour Claire. *Seigneur, faites qu'ils soient en sécurité, elle et l'enfant.*

La neige fondit et la nature s'éveilla au printemps. Jamie Fraser menait une existence humble mais paisible. Un seul point noir venait perturber sa routine : lady Geneva Dunsany.

Jolie, gâtée et autoritaire, lady Geneva avait l'habitude d'obtenir ce qu'elle voulait quand elle le voulait, et gare à celui qui se mettait en travers de son chemin ! Elle était bonne cavalière, Jamie ne pouvait que le reconnaître, mais si capricieuse et persiflante que les palefreniers tiraient chaque matin à la courte paille pour savoir lequel d'entre eux aurait le malheur de l'accompagner lors de sa promenade quotidienne.

Toutefois, depuis peu, lady Geneva avait décidé de ne tolérer qu'un seul homme pour l'escorter : Alex MacKenzie.

— C'est absurde ! avait-elle déclaré lorsqu'il avait d'abord plaidé qu'il en était indigne, puis qu'il était souffrant.

La demoiselle avait insisté pour se rendre au pied des collines de Helwater, un endroit qui lui était interdit en raison du terrain instable et de ses brumes traîtresses.

— Ne soyez pas ridicule. Personne ne nous verra, allez, en route !

Donnant un violent coup de talon dans les côtes de sa jument, elle avait démarré en trombe en riant aux éclats avant qu'il ait pu l'arrêter.

Son béguin pour le grand Ecossais était tellement flagrant que les autres palefreniers lançaient des regards entendus et échangeaient à voix basse des plaisanteries douteuses dès qu'elle entrait dans les écuries. Jamie avait une forte envie de lui botter le derrière, mais il jugea préférable d'opter pour un silence sévère, ne répondant à ses avances que par des grognements maussades.

Il espérait que tôt ou tard elle finirait par se lasser et qu'elle jetterait son dévolu sur un autre domestique. Ou encore, que Dieu l'entende ! qu'elle se marierait bientôt, s'éloignant ainsi de Helwater et de lui.

Le soleil brillait sur le Lake District, événement rare en cette saison où l'on distinguait rarement où finissait le ciel de plomb et où commençait la terre grise. Toutefois, en cet après-midi de mai, il faisait suffisamment chaud pour que Jamie soit torse nu. Dans ce champ isolé, avec pour seule compagnie Bless et Blossom, les deux chevaux de trait qui tiraient le rouleau, il ne risquait pas d'être vu.

C'était un vaste champ mais les deux vieux chevaux connaissaient leur métier. Il n'avait qu'à tirer légèrement sur les rênes de temps à autre et à veiller qu'ils gardent la tête droite. Contrairement aux anciens rouleaux en pierre ou en métal, celui-ci était creux et en bois. Il y avait un petit interstice entre chaque latte, de sorte qu'on pouvait remplir le cylindre de fumier afin qu'il s'éparpille en une poudre fine et régulière à mesure que le rouleau tournait.

Jamie trouvait cette invention remarquable. Il devait en faire part à Ian, si possible en lui joignant un croquis. Les bohémiens n'allaient pas tarder à repasser, les filles de cuisine et les garçons d'écurie ne parlaient que de ça. Il aurait peut-être le temps d'ajouter quelques pages à la longue lettre qu'il rédigeait continuellement, confiant chaque fois une belle liasse de feuillets aux camelots et aux gitans qui passaient à la ferme. Elle mettait parfois un, trois, voire six mois avant d'arriver à Lallybroch, après avoir transité par de nombreux intermédiaires, mais elle finissait toujours par parvenir entre les mains de Jenny, qui payait une somme généreuse à la réception.

Les réponses de Lallybroch lui étaient acheminées par la même voie anonyme car, en tant que prisonnier de la Couronne, tout ce qu'il envoyait ou recevait devait être visé par lord Dunsany. Il sentit l'excitation monter en lui à l'idée d'avoir bientôt des nouvelles de Lallybroch, puis il se sermonna. Il n'y aurait peut-être rien.

— Hue ! lança-t-il pour la forme.

Bess et Blossom pouvaient voir le muret de pierre devant eux aussi bien que lui et savaient pertinemment que c'était l'endroit où il leur fallait négocier un virage en épingle à cheveux. Bess agita une oreille et hennit sur un ton blasé.

— Oui, je sais, je sais, dit Jamie. Mais que veux-tu ? Il faut bien que je fasse semblant de travailler un peu !

Une fois le demi-tour accompli, il n'y avait plus qu'à attendre que les chevaux arrivent à la hauteur de la charrette remplie de fumier, où il faudrait alors recharger le rouleau. Jamie s'installa confortablement sur son banc, fermant les yeux, laissant le soleil caresser son torse et ses épaules nus.

Un quart d'heure plus tard, il fut sorti de sa somnolence par un hennissement aigu. Rouvrant les yeux, il aperçut un cavalier remontant l'allée qui menait aux écuries. Il se redressa brusquement et enfila en hâte sa chemise.

— Inutile d'être aussi pudique avec moi, MacKenzie, lança Geneva Dunsany, légèrement essoufflée.

— Mmphm...

Elle avait mis une de ses plus belles robes, avec une broche en corne retenant une écharpe en mousseline autour de son cou. Elle guida sa monture le long du rouleau et se mit à avancer en silence à son côté.

— Qu'est-ce que vous faites ? demanda-t-elle en constatant qu'il ne disait mot.

— J'étale du fumier, milady, grogna-t-il sans la regarder.

— Oh.

Elle attendit d'avoir parcouru une trentaine de mètres avant de faire une nouvelle tentative.

— Je vais bientôt me marier, vous êtes au courant ?

Il l'était. Comme tous les domestiques. Un mois plus tôt, Richards, le majordome, avait fait entrer dans la bibliothèque le notaire venu de Derwentwater pour rédiger le contrat de mariage. Lady Geneva, elle, n'en avait été informée que deux jours auparavant. D'après Betty, sa femme de chambre, la nouvelle n'avait pas été très bien accueillie.

Il se contenta néanmoins d'émettre un « mmphm » de circonstance.

— Avec Ellesmere, poursuivit-elle.

Le rouge lui monta aux joues et elle pinça les lèvres.

— Je vous souhaite beaucoup de bonheur, milady.

Comme ils arrivaient au bout du champ, Jamie tira sur les rênes et sauta de son siège avant même que Bess ait eu le temps de reposer le sabot à terre. Il ne tenait pas à poursuivre la conversation avec la demoiselle qui lui paraissait d'humeur orageuse.

— Du bonheur ! explosa-t-elle. Quel genre de bonheur ? Ils vont me marier avec un homme qui pourrait être mon grand-père !

Jamie se retint de dire que les perspectives de bonheur du

vieux comte d'Ellesmere lui semblaient nettement plus limitées que celles de sa harpie de future épouse. Il contourna le rouleau pour le détacher de l'attelage et marmonna :

— Toutes mes excuses, milady.

Elle sauta de selle et le suivit.

— Tout ceci n'est que le produit d'un horrible marchandage entre mon père et Ellesmere ! Il m'a vendue, voilà la vérité ! Mon père se soucie de moi comme d'une guigne, sinon il n'aurait jamais conclu un tel marché ! Ne trouvez-vous pas que c'est une honte ?

Tout au contraire, Jamie trouvait qu'en père dévoué lord Dunsany avait contracté la meilleure alliance possible pour son insupportable fille aînée. Le comte d'Ellesmere était effectivement très âgé et très riche. Il y avait de fortes chances pour que, d'ici à quelques années, lady Geneva se retrouve veuve, jeune, fortunée, indépendante, et comtesse par-dessus le marché ! D'un autre côté, de telles considérations ne pesaient sans doute pas lourd pour une demoiselle dotée d'un fort tempérament. Après un regard vers le visage fulminant de la créature en question, il rectifia mentalement le « demoiselle » en « jeune peste de dix-sept ans ».

— Je suis sûr que votre père n'a agi que dans votre intérêt, milady, dit-il.

Mais pourquoi cette garce ne lui fichait-elle pas la paix ?

Elle changea brusquement de tactique et prit une petite mine misérable.

— Vous vous rendez compte, mariée avec un vieux bonhomme rabougri ? minauda-t-elle d'une voix de chatte. Mon père n'a vraiment pas de cœur pour me donner à un vieillard pareil.

Se hissant sur la pointe des pieds, elle regarda Jamie dans le blanc des yeux.

— Et vous, MacKenzie, quel âge avez-vous ?

Jamie crut que son cœur s'était arrêté.

— Beaucoup plus que vous, milady, rétorqua-t-il fermement. Maintenant, si vous voulez bien m'excuser...

Il la contourna en prenant soin de ne pas la frôler et bondit dans la charrette de fumier, où il était à peu près sûr qu'elle ne le suivrait pas.

— Mais vous n'avez pas un pied dans la tombe, vous, n'est-ce pas, MacKenzie ?

A présent, elle se tenait devant lui, la main en visière pour mieux l'observer à contre-jour. Une petite brise s'était levée et faisait voler ses boucles auburn autour de son visage de poupée.

— Vous avez déjà été marié, MacKenzie ?

Il serra les dents, résistant tant bien que mal à l'envie de l'ensevelir sous une montagne de fumier. Au lieu de cela, il planta sa pelle dans le tas de crottin.

— Oui, répondit-il sur un ton définitif.

Mais lady Geneva ne s'intéressait pas à son passé.

— Tant mieux, dit-elle d'un air satisfait. Au moins, vous saurez ce qu'il convient de faire.

— Ce qu'il convient de faire ? glapit-il malgré lui.

Il s'était figé sur place, un pied sur le rebord de sa pelle.

— Eh bien oui, dit-elle calmement. Ce qu'un homme fait habituellement à une femme. Vous allez me déflorer.

L'espace d'un instant, il eut une vision de l'élégante lady Geneva, les jupes relevées au-dessus de la tête, les cuisses écartées au milieu du tas de fumier. Il en laissa tomber sa pelle.

— Ici ? s'étrangla-t-il.

— Mais non, idiot ! s'impatienta-t-elle. Dans un lit, un vrai ! Dans ma chambre à coucher.

— Vous avez perdu la tête ! répliqua Jamie, se remettant lentement du choc.

Sur quoi, oubliant sa réserve habituelle, il ajouta :

— Mais encore faudrait-il que vous en ayez une.

Les joues de la belle s'enflammèrent.

— Je ne vous permets pas !

— Mais vous n'avez donc aucune vergogne ? explosa-t-il. Une jeune fille de bonne famille faisant des propositions indécentes à un homme qui a deux fois son âge ? A un palefrenier de son père, par-dessus le marché !

Se souvenant soudain que cette folle était effectivement la fille de celui dont son bien-être dépendait, il fit un effort surhumain pour maîtriser son exaspération.

— Pardonnez-moi, milady. Il fait très chaud aujourd'hui et le soleil a dû vous troubler l'esprit. Vous devriez rentrer chez vous et demander à votre femme de chambre de vous mettre un linge frais sur le visage.

Lady Geneva martela la terre de ses petites bottines en cuir.

— Ne me parlez pas comme à une enfant ! fulmina-t-elle.

Elle toisa Jamie, son petit menton pointu en avant.

— Ecoutez-moi bien, reprit-elle, je ne peux pas empêcher ce mariage abominable, mais je...

Elle hésita un instant, puis cracha d'un ton ferme :

— ... mais je veux bien être damnée si j'offre mon pucelage à ce vieux porc dépravé d'Ellesmere !

Jamie se passa une main sur le front. Malgré lui, il comprenait la colère de la jeune fille, mais il voulait bien être damné lui aussi s'il laissait cette furie en jupons lui attirer des ennuis.

— Je suis très flatté de l'honneur que vous me faites, milady, dit-il enfin, mais je ne peux vraiment pas...

— Ne racontez pas d'histoires, l'interrompit-elle. Je sais que vous en êtes capable.

Elle baissa les yeux vers sa braguette avant d'ajouter :

— Betty me l'a dit.

Jamie devint cramoisi, cherchant ses mots. Enfin, il retrouva un semblant de dignité pour se récrier, le plus fermement possible :

— Mais qu'en sait-elle, votre Betty ! Elle est mal placée pour juger de mes capacités, je ne l'ai jamais touchée !

Lady Geneva éclata d'un rire cristallin.

— Alors, c'est vrai ? Vous ne l'avez pas culbutée ! Je croyais qu'elle mentait pour éviter de se prendre une raclée. Tant mieux ! Il n'est pas question que je partage un amant avec ma femme de chambre !

Il était à court d'arguments. L'étrangler ou lui fracasser le crâne avec sa pelle était malheureusement hors de question. Il prit plusieurs grandes inspirations pour se calmer. D'un autre côté, aussi déterminée soit-elle, elle ne pouvait pas faire grand-chose. Elle n'allait tout de même pas le violer !

— Au revoir, milady, dit-il aussi poliment que possible.

Il lui tourna le dos et se mit à remplir le rouleau à grandes pelletées nerveuses.

— Si vous refusez, dit-elle soudain d'une petite voix douce, je dirai à mon père que vous m'avez fait des avances déplacées. Il vous fera fouetter jusqu'au sang.

Il tressaillit. Comment pouvait-elle savoir ? Il n'avait jamais retiré sa chemise en public depuis son arrivée. Il se tourna prudemment et la dévisagea froidement. Une lueur triomphante brillait dans les yeux de lady Geneva.

— Votre père ne sait pas grand-chose sur moi, dit-il, mais vous, il vous connaît depuis dix-sept ans. Allez lui raconter ce que vous voulez, on verra bien lequel de nous deux il croira !

Elle se gonfla comme un petit coq, ses joues s'empourprant.

— Ah oui ? cria-t-elle. Eh bien puisque vous le prenez ainsi, je vais aller lui montrer ça, et on verra bien lequel de nous deux il croira !

Elle glissa une main dans son décolleté et en sortit une grosse enveloppe qu'elle lui agita sous le nez. Il reconnut aussitôt l'écriture ronde et inclinée de sa sœur.

— Donnez-moi ça !

En un clin d'œil, il était au bas de sa charrette. Mais elle était rapide. Elle était déjà remontée en selle avant qu'il ne l'attrape, tirant sur les rênes d'une main et brandissant la lettre de l'autre.

— Vous la voulez, n'est-ce pas ?

— Oui, je la veux ! Donnez-la-moi !

Il était tellement hors de lui qu'il lui aurait volontiers fait du mal, s'il avait pu mettre la main sur elle. Malheureusement, la jument sentit la menace et recula en piaffant.

— Hélas, je crains que ce ne soit impossible, minauda-t-elle en souriant. Après tout, il est de mon devoir de la remettre à mon père, n'est-ce pas ? Il serait temps qu'il sache que son valet d'écurie entretient une correspondance clandestine. Cette Jenny, c'est votre petite amie ?

— Vous avez lu ma lettre ? Espèce de petite garce !

— Tss tss, quel langage ! dit-elle avec une moue réprobatrice. Je me dois de secourir mes parents en les informant de ce que leurs domestiques traficotent dans leur dos. Ne suis-je pas une bonne fille en me soumettant à ce mariage ignominieux sans broncher ?

Elle se pencha sur le pommeau de sa selle avec un sourire enjôleur.

— Je suis sûre que papa sera très intéressé, surtout par le passage où il est question de l'or envoyé à un certain Lochiel en France. Mais j'y pense ! Est-ce qu'il n'est pas interdit de porter secours aux ennemis du roi ? Il m'a semblé entendre dire qu'on appelait ça de la « haute trahison »...

Elle fit claquer sa langue avec un air coquin.

— Oh la la ! Quel vilain garçon !

Pétrifié d'horreur, il crut un instant qu'il allait tourner de l'œil. Avait-elle la moindre idée du nombre de vies qu'elle tenait dans cette petite main manucurée ? Jenny, Ian, leurs six enfants, tous les métayers de Lallybroch et leurs familles ? Peut-être même les vies de tous les agents qui acheminaient des messages et de l'argent entre l'Ecosse et la France, entretenant l'existence précaire des jacobites réfugiés en France.

Il déglutit à plusieurs reprises avant de retrouver la parole.

— D'accord, dit-il.

Un autre sourire s'afficha sur le visage de lady Geneva, plus naturel cette fois, et il se rendit compte à quel point elle était jeune. Après tout, le venin d'une jeune vipère était aussi dangereux que celui d'une vieille.

— Je ne dirai rien, l'assura-t-elle. Je vous rendrai votre lettre, après. Et je ne dirai jamais à personne ce qu'elle contient. Je vous le jure.

— Merci.

Il essaya de recouvrer ses esprits pour élaborer un plan raisonnable. Raisonnable ? S'introduire dans la maison de son maître pour y déflorer sa fille à la demande de celle-ci ? Rien n'était plus déraisonnable.

— D'accord, répéta-t-il. Mais il faudra être très prudents.

Avec un profond sentiment d'horreur, il se rendit compte qu'il avait déjà un ton de conspirateur.

— Ne vous inquiétez pas. Je m'arrangerai pour éloigner ma

femme de chambre. Quant au valet, ce n'est qu'un soûlard. Passé dix heures du soir, il n'y a plus personne.

— Dans ce cas, faites-moi prévenir quand vous serez prête, dit-il l'estomac noué, mais choisissez un jour sûr.

— Sûr ? répéta-t-elle sans comprendre.

— Oui, dans la semaine qui suit la fin de vos règles. Vous aurez moins de risques de tomber enceinte.

— Oh.

Elle rosit mais le fixa avec un nouvel intérêt. Ils se dévisagèrent en silence un long moment, puis elle éperonna sa jument.

— Je vous préviendrai ! lança-t-elle par-dessus son épaule.

Il la regarda s'éloigner au galop, les sabots de sa monture projetant derrière elle des gerbes du fumier fraîchement étalé.

Sans cesser de jurer entre ses dents, il rampa sous la haie de mélèzes. Heureusement, il n'y avait pratiquement pas de lune. Il lui restait cinq mètres de pelouse à parcourir au pas de course avant de plonger dans le massif d'ancolies et d'azalées.

Il lança un regard vers la masse sombre et austère du manoir qui se dressait devant lui. Comme convenu, elle avait placé une chandelle allumée à sa fenêtre. Toutefois, il recompta soigneusement le nombre de fenêtres pour être sûr de ne pas se tromper. Que Dieu le garde s'il pénétrait dans la mauvaise chambre ! En y réfléchissant à deux fois, il songea avec amertume que c'était peut-être ce qui pourrait lui arriver de mieux ! Il était trop tard pour reculer. Il saisit des deux mains le gros tronc noueux du lierre qui tapissait la façade et commença à grimper.

Le bruissement des feuilles faisait un vacarme épouvantable. Malgré leur robustesse, les branches craquaient et ployaient dangereusement sous son poids. Il atteignit la balustrade, pantelant, le cœur battant et en nage malgré la fraîcheur de la nuit. Il fit une brève pause pour reprendre son souffle et en profita pour maudire une nouvelle fois Geneva Dunsany avant d'ouvrir sa porte-fenêtre.

Elle avait manifestement entendu le lierre gémir car elle l'attendait, les yeux rivés sur la fenêtre. Elle quitta sa chaise longue et vint vers lui, le menton en avant, sa chevelure auburn dénouée sur ses épaules.

Elle portait une chemise de nuit blanche lacée autour du cou par un ruban. L'étoffe était précieuse et légère. Ce n'était pas la tenue d'une jeune fille chaste et innocente et il se rendit compte avec effroi qu'elle s'était parée comme pour sa nuit de noces.

— Vous êtes venu ! dit-elle.

Il y avait une note de triomphe dans sa voix, mais aussi une vive émotion. Ainsi, elle en avait douté !

— Je n'avais pas vraiment le choix, lui rappela-t-il en refermant la fenêtre derrière lui.

— Un peu de vin ?

Voletant gracieusement dans la pièce, elle s'approcha d'un guéridon sur lequel se trouvaient une carafe et deux verres en cristal. Comment s'était-elle débrouillée pour effectuer de tels préparatifs sans que personne s'en aperçoive ? Cela dit, étant donné les circonstances, un verre de vin n'était pas de refus et il accepta volontiers.

Sa chemise de nuit ne dissimulait rien de ses formes et il constata avec soulagement qu'il pourrait s'acquitter de sa tâche sans trop d'efforts. Elle était menue et étroite, avec de petits seins, mais elle avait néanmoins un corps indubitablement féminin.

Il reposa son verre vide, prêt à l'action.

— La lettre ? demanda-t-il.

— Après.

— Non, tout de suite ou je repars.

Pour lui montrer qu'il était sérieux, il se tourna vers la fenêtre et fit mine de l'ouvrir.

— Attendez !

Il s'arrêta et tourna la tête vers elle, sans déguiser son impatience.

— Vous ne me faites donc pas confiance ? susurra-t-elle en faisant de son mieux pour être charmante.

— Non.

Elle tiqua et avança une lippe boudeuse. Il ne bougea pas.

— Bon, d'accord, soupira-t-elle.

Glissant une main sous une cascade de dentelles qui recouvrait sa boîte à ouvrage, elle sortit la lettre et la déposa sur sa table à jeu.

Il la saisit aussitôt et l'ouvrit pour s'assurer qu'elle ne le trompait pas. Il se sentit envahi par un mélange de fureur et de soulagement en voyant le sceau brisé et l'écriture familière de sa sœur.

— Alors ? s'impatienta Geneva. Reposez-la et venez ici, Jamie. Je suis prête.

Elle s'assit sur le lit, les bras croisés. Il se raidit et lui lança un regard glacial.

— Ne m'appelez pas par ce prénom, dit-il.

Elle pointa son petit menton encore un peu plus et arqua des sourcils surpris.

— Pourquoi pas ? C'est bien ainsi que votre sœur vous appelle, non ?

Il hésita un instant, puis reposa lentement la lettre et baissa les yeux vers les lacets de ses culottes.

— J'accepte de coucher avec vous, comme vous l'avez exigé,

annonça-t-il en les dénouant. Toutefois, dans la mesure où je ne le fais que sous la contrainte, pour épargner à ma famille tout le mal que vous pourriez lui faire, je vous interdis d'utiliser le prénom qu'elle me donne.

Il resta immobile, la dévisageant froidement. Enfin, elle baissa les yeux et acquiesça timidement, tripotant son dessus-de-lit comme une petite fille.

— Mais alors, comment dois-je vous appeler ? Pas MacKenzie, tout de même !

Il ne put réprimer un sourire. Elle avait l'air si petite tout à coup, tête baissée, blottie sur son lit, les genoux contre sa poitrine...

— Appelez-moi Alex, soupira-t-il.

Elle hocha la tête. Ses cheveux lui retombaient devant les yeux mais il pouvait voir qu'elle lui jetait des regards en coin.

— Ce n'est pas la peine de vous cacher, vous pouvez me regarder, lui dit-il.

Il baissa ses culottes et fit rouler ses bas jusqu'aux chevilles. Il les secoua soigneusement et les déposa sur le dossier d'une chaise avant d'entreprendre de déboutonner sa chemise, conscient de son regard, toujours timide mais plus direct. Par prévenance, il se mit face à elle pour lui épargner la vue de son dos.

— Oh ! fit-elle une fois qu'il fut nu devant elle.

— Quelque chose ne va pas ?

— Euh... non, c'est que... je ne m'attendais pas...

Elle rabattit ses cheveux devant ses yeux, pas assez vite cependant pour lui cacher ses joues écarlates.

— Vous n'aviez jamais vu un homme auparavant ?

— Siiii... hésita-t-elle. Mais c'est que... il n'était pas...

— Ben... il n'est pas toujours dans cet état, expliqua-t-il en venant s'asseoir à côté d'elle. Mais si un homme doit faire l'amour, il doit être ainsi.

— Je vois, dit-elle d'un ton incertain.

Il tenta de sourire pour la rassurer.

— Ne vous inquiétez pas, il ne deviendra pas plus gros. Et il ne vous mordra pas, si vous voulez le toucher.

Du moins, il l'espérait. Après toutes ces années d'abstinence, la proximité de la jeune fille à demi dévêtue mettait à rude épreuve sa maîtrise de lui-même. Son anatomie traîtresse se souciait peu du fait que la fille en question ne soit qu'une petite peste égoïste. Heureusement sans doute, elle déclina son offre, reculant contre le mur sans quitter des yeux son sexe dressé. Il se frotta le menton.

— On ne vous a pas appris... hésita-t-il... vous savez comment on fait ?

Elle le regarda d'un air interdit.

— Comme les chevaux, je suppose ?

Il hocha la tête avec un petit pincement au cœur. Lui aussi, lors de sa nuit de noces, n'avait que cette image en tête pour se guider.

— A peu de choses près, répondit-il. Sauf que c'est plus lent... et plus doux, ajouta-t-il en remarquant son regard inquiet.

— Tant mieux. Ma nurse et les femmes de chambre m'ont raconté un tas d'histoires sur les hommes et le mariage. Ça avait l'air... plutôt effrayant.

Elle déglutit.

— Je vais avoir mal ?

Elle leva les yeux vers lui et précisa hâtivement :

— Je n'ai pas peur... mais j'aime autant savoir à l'avance.

Elle l'émouvait presque. Elle avait beau être capricieuse, gâtée, et sournoise, elle avait du caractère et un certain courage, ce qui à ses yeux avait son importance.

— Je ne crois pas, dit-il, surtout si je prends le temps de vous préparer (encore fallait-il qu'il l'ait, ce temps !). Je pense que ce ne sera pas plus douloureux qu'un pincement.

En guise d'illustration, il avança la main et lui pinça le gras du bras. Elle sursauta puis se frotta en souriant.

— Ça va, je crois que je peux supporter ça.

— Mais c'est uniquement la première fois. Les fois suivantes, c'est nettement mieux.

Elle hocha la tête puis, après un moment d'hésitation, se rapprocha de lui en avançant un doigt timide.

— Je peux vous toucher ? demanda-t-elle.

Cette fois, il ne put s'empêcher de rire.

— Il faudra vous y résoudre, milady. Autrement, il ne se passera pas grand-chose.

Elle passa lentement la main le long de son bras, si doucement que cela le chatouilla et le fit frissonner. Prenant confiance, ses doigts s'attardèrent sur son épaule.

— Vous êtes si... fort.

Il sourit mais ne bougea pas, la laissant explorer son corps. Il sentit ses abdominaux se contracter quand elle caressa sa cuisse et laissa sa main s'aventurer sur la courbe de ses fesses. Ses doigts s'arrêtèrent sur la cicatrice qui s'étirait tout le long de sa cuisse gauche.

— Vous pouvez y aller, la rassura-t-il. Ça ne me fait pas mal.

Elle ne répondit rien, mais laissa traîner deux doigts le long de l'entaille sans exercer de pression.

Ses mains s'enhardissant, elles grimpèrent le long de ses épaules carrées, redescendirent dans son dos, et s'arrêtèrent net. Il ferma les yeux et attendit, suivant ses mouvements grâce au déplacement de son poids sur le matelas. Il entendit un soupir tremblant, puis sentit à nouveau le contact de ses doigts, parcourant doucement son dos zébré.

— Vous n'avez pas eu peur quand j'ai menacé de vous faire fouetter ? dit-elle d'une voix légèrement rauque.

— Il n'y a plus grand-chose qui me fasse peur, aujourd'hui, répondit-il.

En fait, il avait surtout peur de ne plus pouvoir se contenir si elle continuait à l'exciter ainsi, ni de pouvoir user de délicatesse le moment venu. Ses bourses lui faisaient mal tant elles étaient tendues et les battements de son cœur résonnaient dans ses tempes.

Elle sauta au pied du lit et vint se placer devant lui. Il se leva brusquement, la faisant sursauter et reculer d'un pas, mais il tendit la main pour la retenir.

— Et moi, je peux vous toucher, milady ? demanda-t-il avec un sourire coquin.

Elle acquiesça, le souffle trop court pour parler, et il l'enlaça.

Il la serra doucement contre lui, en attendant qu'elle retrouve une respiration normale. Il était assailli par un extraordinaire mélange d'émotions. Il n'avait jamais pris dans ses bras une femme pour laquelle il ne ressentait aucun amour. Cette fois, l'amour n'avait rien à voir dans leur affaire et c'était tant mieux pour elle. Il avait de la tendresse pour son jeune âge et de la pitié pour sa situation. Il lui en voulait de l'avoir manipulé et craignait la gravité du délit qu'il s'apprêtait à commettre. Mais par-dessus tout, il ressentait un désir puissant, un besoin de la posséder qui lui tenaillait les entrailles et qui lui faisait honte. Il baissa la tête et prit son visage entre ses mains.

Il l'embrassa avec délicatesse, d'abord brièvement puis longuement. Elle tremblait contre lui tandis qu'il délaçait le ruban de sa chemise de nuit et la rabattait sur ses épaules. Puis il la souleva et la déposa sur le lit.

D'une main, il la berçait doucement, de l'autre, il lui caressait les seins, prenant chacun dans la paume de sa main pour qu'elle sente son poids et sa chaleur en même temps que lui.

— Vous êtes belle et vous êtes en droit d'attendre qu'on rende hommage à votre corps, dit-il doucement en décrivant des cercles du doigt autour de chaque mamelon.

Elle laissa échapper un petit gémissement, puis se détendit au contact de ses mains. Il prit son temps, caressant lentement chaque recoin de son corps, le plus doucement possible. Il essayait d'évaluer quand elle serait prête, mais comment le savoir ? Elle haletait et ses joues étaient roses, mais elle ne lui donnait aucune autre indication, se contentant de rester allongée, figée telle une poupée de porcelaine. Maudite soit-elle, elle ne pouvait donc pas faire un petit effort ?

Il se passa une main dans les cheveux, tentant d'étouffer ses émotions : colère, peur, désir, tout ceci ne lui était pas d'un grand secours. Il ferma les yeux et respira profondément, cherchant le calme et l'apaisement.

Non, naturellement, il ne devait pas s'attendre à ce qu'elle l'aide : elle n'avait jamais touché un homme de sa vie. Après l'avoir forcé à venir dans sa chambre, elle se laissait faire, s'abandonnant à lui avec une confiance aveugle dont il n'avait que faire.

Il glissa lentement une main entre ses cuisses. Elle ne les écarta pas mais ne résista pas non plus. Elle était légèrement moite. Peut-être le moment était-il venu ?

Murmurant ce qu'il espérait être des paroles rassurantes, il se coucha sur elle et lui écarta les jambes avec son genou. Il la sentit tressaillir sous la chaleur de son corps contre son sein et la dureté de sa verge contre son bas-ventre. Il glissa une main dans sa chevelure étalée autour de son visage en lui chuchotant des mots doux en gaélique.

— *Mo nighean*...

— Attendez un instant, dit soudain Geneva, je crois que...

Sans lui prêter attention, il guida son sexe avec sa main.

— Aïe ! gémit Geneva en écarquillant les yeux.

— Hum... grogna-t-il en la pénétrant de quelques centimètres.

— Arrêtez ! Il est trop gros ! Je ne peux pas !

Prise de panique, elle se mit à battre des jambes. Ecrasés contre son torse, ses petits seins ronds frottaient contre ceux de Jamie, qui sentit ses propres tétons durcir et pointer en avant comme deux mines de crayon. A force de se débattre, elle était en train d'accomplir par la force ce que Jamie avait tenté de faire en douceur. A demi étourdi par la sensation douce et chaude qui se refermait autour de son sexe, il lui prit les bras pour qu'elle cesse de gesticuler, cherchant désespérément quelque chose à dire pour la calmer.

— Mais... commença-t-il.

— Sortez-le ! cria-t-elle.

Il lui plaqua une main sur la bouche et répondit la seule chose cohérente qui lui vint à l'esprit :

— Non.

Là-dessus, il poussa.

Ce qui aurait dû être un cri s'échappa entre ses doigts en un couinement aigu.

Dès lors, il n'y avait plus qu'une chose que son corps soit encore capable de faire, ce qu'il fit, prenant le contrôle de la situation en remuant inexorablement avec une joie païenne.

Il ne lui fallut guère plus que quelques coups de reins avant de sentir le raz de marée monter en lui, engloutissant peu à peu chaque vertèbre avant d'exploser en un fracas qui éparpilla les derniers fragments de conscience qui lui restaient.

Il revint à lui quelques secondes plus tard, couché sur le flanc, entendant son cœur battre lentement dans ses tempes. Il ouvrit un œil et aperçut un mouvement de chair rose à ses côtés.

— A quoi... à quoi vous pensez ? demanda-t-elle.

Sa voix était hésitante et légèrement tremblante, mais non hystérique.

Trop abruti pour relever l'absurdité de la question, il répondit la vérité :

— Je me demandais pourquoi les hommes tenaient tant à faire l'amour avec des vierges.

Il y eut un long moment de silence, puis un léger soupir.

— Je suis désolée, dit-elle avec une petite voix. Je ne savais pas que cela vous ferait mal à vous aussi.

Il ouvrit de grands yeux stupéfaits et se redressa sur un coude. Elle l'observait tel un faon apeuré.

— Me faire mal ? Mais cela ne m'a pas fait mal du tout !

— Mais...

Elle fronça les sourcils et son regard descendit le long de son corps.

— J'ai cru que... vous avez fait une horrible grimace et... vous avez gémi comme si...

— Ah, ça ! l'interrompit-il avant qu'elle ne fasse d'autres observations peu flatteuses sur son comportement. Je ne voulais pas... je veux dire... les hommes font ça quand ils... font ça.

— Ah.

Sa surprise cédait lentement la place à la curiosité.

— Est-ce que tous les hommes réagissent de la même façon quand ils font... ça ?

— Comment le saurais-je ! commença-t-il, agacé.

Puis il se rendit compte qu'il connaissait la réponse.

— Euh... oui, plus ou moins, répondit-il.

Se redressant en position assise, il écarta les mèches de cheveux qui lui tombaient dans les yeux.

— Que voulez-vous, les hommes sont d'horribles bêtes en rut, comme vous l'avait dit votre nurse. Je vous ai fait très mal ?

— Je ne crois pas...

Elle remua les jambes comme pour vérifier qu'elles fonctionnaient encore, puis ajouta :

— Sur le coup, j'ai eu mal, comme vous m'aviez prévenue, mais maintenant, ça va.

Il se sentit soulagé en constatant que, si elle avait saigné, la tache sur les draps était à peine visible. Elle passa une main entre ses cuisses et fit une grimace de dégoût.

— Pouah ! c'est tout poisseux !

Il sentit ses joues s'empourprer. Honteux, il tendit le bras vers la bassine et prit une serviette.

— Tenez, dit-il.

Elle ne la prit pas, mais écarta les jambes et cambra les reins, s'attendant manifestement à ce qu'il nettoie lui-même ses saletés. Il sentit une profonde envie de lui enfoncer la serviette dans la gorge mais un regard vers la table de jeu où se trouvait la lettre l'arrêta. Ils avaient passé un marché, après tout. Elle avait tenu sa parole.

Les mâchoires serrées, il trempa la serviette dans l'eau et nettoya les cuisses de la jeune fille. La confiance et la candeur avec lesquelles elle s'offrait à lui étaient touchantes. Il accomplit sa tâche puis se surprit lui-même en déposant un petit baiser sur la courbe douce de son bas-ventre.

— Voilà. Madame est servie.

— Merci.

Elle tendit une main hésitante et la posa sur son épaule. Il ne bougea pas, laissant ses doigts descendre le long de son torse et jouer autour de son nombril. Puis la main descendit plus bas.

— Vous avez dit que... les fois suivantes c'était mieux, murmura-t-elle.

Il ferma les yeux et prit une profonde inspiration. La nuit ne faisait que commencer.

— C'est souvent le cas en effet, répondit-il en s'allongeant de nouveau à son côté.

— Jam... euh, Alex ?

A moitié endormi, il dut faire un effort pour répondre.

— Milady ?

Elle glissa les bras autour de son cou et blottit la tête contre son épaule, son souffle chaud caressant son torse.

— Je vous aime, Alex.

Non sans mal, il s'extirpa de sa torpeur et écarta les bras, la maintenant par les épaules en fixant ses yeux gris clair et humides.

— Non, dit-il gentiment mais fermement. C'est la troisième règle : primo, vous n'avez droit qu'à une seule nuit ; secundo, vous ne pouvez pas m'appeler par mon prénom, et tertio, vous ne m'aimez pas.

— Mais si je ne peux pas m'en empêcher ?

— Ce n'est pas de l'amour que vous ressentez pour moi en ce moment...

Il espérait sincèrement qu'il avait raison, pour son salut autant que pour le sien.

— ... ce n'est qu'une sensation physique, générée par nos ébats. C'est une sensation puissante et agréable, mais cela n'a rien à voir avec l'amour.

— Ah bon ? Quelle est la différence ?

Il se frotta les yeux. Voilà qu'elle se mettait à philosopher, maintenant !

— L'amour, on ne le sent que pour une seule personne. Ce que vous ressentez pour moi en ce moment… vous pourriez le ressentir avec n'importe quel autre homme.

Une seule personne. Refoulant toute vision du visage de Claire de son esprit, il inspira profondément et se remit à la tâche.

Il atterrit lourdement dans le massif de fleurs, sans la moindre commisération pour les délicates azalées écrasées sous son poids. Il frissonna. Il restait une heure avant l'aube. C'était le moment le plus froid et le plus noir de la nuit et son corps protestait contre le fait d'être extirpé d'un nid douillet et chaud pour s'aventurer dans les ténèbres glacées, vêtu d'une simple chemise et de culottes élimées.

Il revit la joue tendre et rose qu'il venait d'embrasser. Ses doigts gardaient encore la mémoire de la peau douce et chaude tandis qu'il cherchait à tâtons le mur de pierre des écuries. Dans son état d'épuisement, l'escalader exigeait de lui un effort surhumain, mais il ne pouvait risquer d'entrer par le portail. Son grincement pourrait réveiller Hughes, le maître palefrenier.

Il se fraya un chemin à l'aveuglette dans la cour. Elle était encombrée de carrioles et de malles, en prévision du départ de lady Geneva pour la demeure de son futur époux. Le mariage devait avoir lieu dans quelques jours. Enfin, il poussa la porte de l'écurie et trouva l'échelle qui menait au grenier à foin. Là, il se laissa tomber sur sa paillasse glacée et tira sur lui son unique couverture, le corps et l'esprit entièrement vidés.

15

Si par malchance...

Helwater, janvier 1758

Comme il se devait, la nouvelle parvint à Helwater par un jour sombre et orageux. La séance de dressage de l'après-midi avait été annulée et tous les chevaux étaient rentrés dans leur box. Le son paisible et réconfortant de leur mastication et de leurs piaffements s'élevait vers le grenier, où Jamie Fraser était tranquillement allongé dans son nid de foin, un livre ouvert sur le ventre.

C'était l'un des volumes qu'il avait empruntés à M. Grives, le régisseur du domaine. Malgré la faible lumière qui pénétrait par les trous de chouette sous les avant-toits, il était absorbé par sa lecture.

Mes lèvres, que je plaçai en travers de sa route pour qu'il ne puisse leur échapper, le firent tressaillir, l'embrasèrent puis l'enhardir. Baissant les yeux vers cette partie de son vêtement qui recouvrait l'indispensable objet de notre plaisir, j'y constatai une protubérance prometteuse. Je m'étais aventurée trop loin pour m'arrêter en si bon chemin et, incapable de me contenir plus longtemps ou d'attendre l'épanouissement de sa timidité virginale, je glissai une main vers le haut de sa cuisse, où je devinais un vit dur et mûr, confiné dans une étoffe dont mes doigts fébriles ne découvraient ni la fin ni le commencement.

Jamie arqua les sourcils et se retourna sur le ventre. Naturellement, il avait déjà entendu parler de ce genre littéraire mais comme, à Lallybroch, c'était toujours Jenny qui passait commande aux libraires, il n'en avait encore jamais lu. L'effort intellectuel auquel il faisait appel n'était pas tout à fait le même que celui requis par les ouvrages de MM. Defoe ou Fielding, mais il n'avait rien contre un peu de variété.

Sa taille prodigieuse me fit sursauter. Pourtant, je ne pouvais ôter mon regard ni ma main de cet admirable gourdin d'ivoire palpitant ! Il était si parfaitement tourné et modelé ! Sa fière raideur étirait sa peau dont le velouté lisse et poli pouvait rivaliser avec cette partie si délicate de notre anatomie. Sa blancheur exquise était rehaussée par une forêt de petits poils frisés à sa base. Son gland large et cramoisi, parcouru d'un réseau de veines bleutées, composait le plus extraordinaire assemblage de formes et de couleurs qu'il m'ait été donné de voir dans la nature. En bref, c'était à la fois un objet de terreur et de délice !

Jamie lança un regard vers sa propre braguette avec un sourire attendri, puis tourna avidement la page, le grondement du tonnerre au-dessus de sa tête ne détournant même pas son attention. Il était tellement absorbé par sa lecture qu'il n'entendit pas tout de suite les voix qui s'élevaient dans l'écurie, étouffées par le bruit de la pluie sur le toit.

— MacKenzie !

Les cris de stentor en contrebas finirent par pénétrer sa conscience et il se releva précipitamment, remettant de l'ordre dans ses vêtements.

— Oui ?

— Ah, te voilà !

Hughes lui fit signe de descendre en agitant sa main noueuse. Il avait bu et son haleine avinée était perceptible jusqu'au grenier. Il ne semblait pas très stable sur ses jambes et était secoué de violents hoquets.

— Descends, ordonna-t-il d'une voix rauque. Il faut préparer la berline pour conduire lord Dunsany et lady Isobel à Ellesmere.

— Quoi, par ce temps ? s'exclama Jamie tout en descendant de son échelle.

Il lança un regard vers la porte ouverte. Il tombait une pluie diluvienne. Au même moment, le ciel sombre se fendit d'un éclair qui illumina la montagne en arrière-plan. La foudre illumina Jeffries, le cocher, qui traversait la cour, tête baissée pour se protéger de la pluie et du vent, serrant le col de son manteau. Ainsi, ce n'était pas simplement une lubie d'ivrogne.

— Jeffries a besoin que tu l'aides avec les chevaux ! cria Hughes pour se faire entendre par-dessus les roulements de tonnerre.

— Oui, j'ai compris, mais pourquoi lord Dunsany... Oh et puis zut !

Il s'était penché si près de Hughes pour se faire entendre que l'odeur d'alcool lui monta à la tête. Comprenant qu'il ne pourrait rien tirer du vieux soûlard, il remonta son échelle quatre à quatre. Quelques secondes plus tard, son vieux manteau jeté sur ses épaules, le livre interrompu caché sous le foin (les garçons d'écurie fouinaient partout), il sauta de nouveau sur les dalles de l'écurie, prêt à affronter la tempête.

Le voyage fut cauchemardesque. Le vent hurlait dans les montagnes, ballottant la grosse berline et menaçant de la renverser à tout instant. Perché sur le banc à côté de Jeffries, avec son mince manteau pour toute protection, Jamie était glacé et trempé jusqu'aux os. En outre, il lui fallait sauter à terre toutes les dix minutes pour dégager les roues arrière des ornières boueuses. Cependant, il s'acquittait de ces tâches sans y penser, trop préoccupé par ce qui avait pu motiver ce départ précipité.

Il ne pouvait y avoir qu'une raison assez urgente pour pousser le vieux lord Dunsany à sortir par un temps pareil et, surtout, pour entreprendre une telle expédition jusqu'à Ellesmere. Il avait dû recevoir un appel à l'aide, et celui-ci ne pouvait concerner que lady Geneva et son enfant.

Quelques mois plus tôt, les commérages des domestiques lui avaient appris que la jeune épouse devait accoucher en janvier. Il avait rapidement fait ses calculs. Ils avaient fait l'amour trois jours avant sa nuit de noces. Il ne pouvait donc être sûr de rien. Il avait maudit Geneva Dunsany en pensée puis récité une brève prière pour qu'elle s'en sorte bien.

Une semaine plus tôt, lady Dunsany était partie pour Ellesmere afin d'assister sa fille dans ses couches. Depuis, pas un jour ne s'était écoulé sans qu'elle dépêche un valet à Helwater pour qu'il lui rapporte un objet ou un vêtement indispensables qu'elle avait oublié de prendre. Et chaque fois, le message était le même : « Toujours rien. » Manifestement, il venait enfin de se passer quelque chose, mais ce quelque chose ne semblait guère de bon augure.

En longeant la berline, après avoir désembourbé les roues pour la énième fois, il aperçut le visage de lady Isobel plaqué contre la vitre. Elle avait les traits tirés par la fatigue et le chagrin.

— Oh, MacKenzie ! appela-t-elle. S'il vous plaît, c'est encore loin ?

Il se pencha pour lui crier dans l'oreille afin de se faire entendre par-dessus le rugissement du vent.

— D'après Jeffries, il nous reste une dizaine de kilomètres, milady ! Ça veut dire encore deux heures.

« A condition que la voiture ne verse pas par-dessus le pont d'Ashness et n'envoie pas ses passagers voler dans le Watendlath Tarn », ajouta-t-il intérieurement.

Isobel le remercia et referma la vitre, mais pas avant qu'il n'ait pu apercevoir ses joues baignées de larmes. L'inquiétude qui le tenaillait déjà se mua en une angoisse sourde.

Trois heures plus tard, la berline déboula dans la cour d'Ellesmere. Avant même qu'elle ne se soit arrêtée, lord Dunsany bondissait sur les pavés glissants et se ruait dans le château, sans même prendre la peine de donner le bras à sa fille pour l'aider à descendre.

Il leur fallut encore une heure pour défaire l'attelage, brosser les chevaux, laver les roues couvertes de boue et mettre le tout à l'abri dans les écuries d'Ellesmere. Epuisés par la fatigue, le froid et la faim, Jeffries et Jamie se réfugièrent dans les cuisines du château.

— Mes pauvres garçons, vous êtes tout bleus ! s'apitoya la cuisinière. Asseyez-vous donc que je vous donne un petit quelque chose de chaud.

Elle était maigre avec un visage émacié, mais sa silhouette sèche contredisait ses talents culinaires : quelques minutes plus tard, elle déposa devant eux une énorme omelette aux fines herbes généreusement garnie de noisettes de beurre, une grosse miche de pain frais et un petit pot de confiture.

— Mmm... fit Jeffries en se léchant les babines. Mais tout ça descendrait mieux avec une petite goutte de quelque chose... non ? Histoire de se remonter le moral.

Il adressa un clin d'œil à la cuisinière.

— Dis-moi, ma belle, un joli brin de fille comme toi ne va pas laisser deux pauvres types les tripes à sec ? Hein ?

Cette force de persuasion tout irlandaise fit aussitôt son effet et une bouteille de whisky apparut sur la table au côté du moulin à poivre. Jeffries s'en servit un verre à ras bord et le vida cul sec en faisant claquer sa langue.

— Ah ! Ça va mieux ! Tiens, mon grand.

Il passa la bouteille à Jamie, puis s'installa confortablement pour mieux profiter de son plat chaud et du papotage des servantes.

— Alors ! entonna-t-il joyeusement. Où vous en êtes ici ? Il est enfin arrivé, ce marmot ?

— Oh oui, la nuit dernière ! intervint aussitôt une jeune femme de chambre. On n'a pas fermé l'œil de la nuit à cause des allées et venues du docteur et du linge qu'il fallait changer constamment. La maison était sens dessus dessous ! Mais le pire, ce n'est pas le bébé !

— Assez, Mary Ann ! gronda la cuisinière. Tu n'as donc que ça à faire ? Monte donc à la bibliothèque voir si monsieur le comte a besoin de quelque chose.

Tout en essuyant son assiette avec un morceau de pain, Jamie constata que la jeune fille, loin d'être navrée de cette rebuffade, obtempérait avec empressement. Il devait donc se passer quelque chose de très intéressant dans la bibliothèque.

Ayant ainsi vidé la scène de ses rivales, la cuisinière ne se fit pas prier pour livrer à son public quelques juteuses informations :

— Tout a commencé il y a quelques mois, quand le ventre de madame la comtesse a commencé à s'arrondir. Jusque-là, monsieur le comte était aux petits soins pour madame, toujours en train de papillonner autour d'elle pour savoir si elle n'avait besoin de rien, si elle avait assez chaud, si elle avait faim, et patati et patata. Madame n'avait qu'à claquer des doigts, et il était à ses pieds. Totalement gâteux, qu'il était ! Et puis, patatras ! il a découvert qu'elle était grosse !

Elle marqua une pause, roulant des yeux et pinçant les lèvres d'un air entendu.

Jamie attendait des nouvelles de l'enfant, mais la cuisinière n'était pas pressée. Aussi prit-il l'air le plus intéressé possible et se pencha-t-il en avant pour l'encourager.

— Si vous aviez entendu ces cris et ces bagarres ! reprit-elle en se frappant la joue en guise d'exemple. Lui, il beuglait, elle, elle pleurait et tous les deux passaient leur temps à claquer des portes et à se lancer des vases à la figure. Il l'a appelée par des noms qu'on n'oserait même pas prononcer dans une porcherie ! C'est d'ailleurs ce que j'ai dit à Mary Ann quand elle m'a annoncé que...

— Mais monsieur le comte n'était-il pas content d'être père ? l'interrompit Jamie.

L'omelette commençait à former un nœud solide dans son estomac. Il but une grande rasade de whisky pour la faire passer.

— C'est ce qu'on aurait pu croire, n'est-ce pas ? s'exclama la cuisinière, ravie de constater que son public la suivait. Mais pensez-vous ! Pas du tout !

— Pourquoi ? demanda Jeffries.

— Il a dit...

Elle baissa soudain la voix en lançant des regards méfiants à la ronde, au cas où une oreille indiscrète surprendrait sa scandaleuse révélation.

— ... il soutient que l'enfant n'est pas de lui.

Jeffries, qui avait déjà un bon coup dans le nez, éclata de rire.

— Un vieux bouc comme lui avec une petite donzelle, ça ne m'étonne pas ! Mais comment peut-il en être sûr ? Ce pourrait bien être le sien comme celui de n'importe qui, il n'y a qu'elle pour le savoir, non ?

Les lèvres fines de la cuisinière esquissèrent un petit sourire malicieux.

— Oh, je n'ai pas dit qu'il savait qui était le père, ça non !

Mais il a sans doute une bonne raison de savoir que ce n'est pas lui, n'est-ce pas ?

Jeffries ouvrit de grands yeux ronds, se redressant sur sa chaise.

— Quoi ? Tu veux dire que monsieur le comte est incapable...

Jamie sentit l'omelette lui remonter dans la gorge et la fit rapidement redescendre avec une autre gorgée de whisky.

— C'est que... je n'en mettrais pas ma main à couper, répondit la cuisinière, mais une chose est sûre : la femme de chambre qui a changé les draps après leur nuit de noces m'a juré qu'ils étaient aussi propres que quand elle les avait mis.

N'y tenant plus, Jamie reposa son verre et demanda de but en blanc :

— Et l'enfant, il a survécu ?

La cuisinière et Jeffries le regardèrent d'un air surpris, puis, se reprenant, elle hocha la tête :

— Oh oui, il va très bien. C'est un joli petit garçon bien dodu. Je croyais que vous le saviez déjà. C'est sa mère qui n'a pas tenu le coup.

Un silence de plomb s'abattit dans la cuisine. Même Jeffries, que cette irruption subite de la mort parmi eux avait dessoûlé, se tut un moment. Puis il se signa rapidement, marmonna « Que Dieu ait son âme », avant de finir son verre de whisky.

Jamie sentit ses yeux et sa gorge le brûler sous l'effet conjugué des larmes et du whisky. Le choc et la douleur l'étouffaient. Il parvint cependant à demander d'une voix rauque :

— Quand ?

— Ce matin, répondit la cuisinière en secouant tristement la tête. Juste avant midi, la pauvre petite. Ils ont d'abord cru qu'elle était sauvée. Juste après la naissance, Mary Ann m'a dit qu'elle était assise dans son lit, serrant son petit dans ses bras en pleurant et riant tout à la fois. Mais à l'aube, elle a recommencé à saigner. Ça n'arrêtait plus. Des litres et des litres ! Ils ont fait revenir le docteur, mais...

Elle fut interrompue par Mary Ann qui venait de faire irruption dans la cuisine, les yeux exorbités par l'excitation et la fatigue.

— Votre maître vous demande ! lança-t-elle. Tous les deux, tout de suite et... oh !...

Se tournant vers Jeffries, elle ajouta :

— Il a dit que vous apportiez vos pistolets.

Jamie et Jeffries échangèrent un regard consterné puis bondirent avec ensemble vers la porte de service, en direction de l'écurie. Comme la plupart des cochers, Jeffries emportait toujours une paire de pistolets chargés cachés sous son siège, en cas d'attaque de la berline par des bandits.

Quelques minutes plus tard, ils retrouvèrent tous les deux

Mary Ann qui les attendait devant la bibliothèque, l'oreille collée contre la porte.

— Comment osez-vous lancer des accusations d'une telle effronterie ! hurlait lord Dunsany d'une voix tremblante de rage. Alors que le corps de ma pauvre petite est encore chaud dans son lit ! Vous n'êtes qu'un ruffian... un... un malotru, un goujat ! Cet enfant ne restera pas une seule nuit sous votre toit !

— Le petit bâtard ne bougera pas d'ici ! rétorqua la voix éraillée d'Ellesmere. Il a beau n'être qu'un bâtard, il est à moi. C'est mon héritier. Il m'a coûté suffisamment cher ! Sa mère n'était qu'une putain mais, au moins, elle m'a fait la grâce de mettre bas un fils.

— Je ne vous permets pas ! glapit Dunsany. Il vous a coûté cher ! Vous osez insinuer que... que...

— Je n'insinue rien, rétorqua Ellesmere. C'est l'évidence même : vous m'avez vendu votre fille... en me trompant sur la marchandise. J'ai payé trente mille livres pour une vierge de bonne famille. La première condition n'a pas été remplie, quant à la seconde, permettez-moi d'en douter.

Il y eut un glouglou de liquide, suivi d'un cliquetis de verre.

— Je crois que vous avez déjà assez bu, Ellesmere, articula Dunsany, qui se maîtrisait avec peine. Je préfère attribuer vos répugnantes calomnies sur la vertu de ma fille à votre état manifeste d'ébriété. Cela étant, je vais aller chercher mon petit-fils et prendre congé...

— Votre petit-fils ! cracha Ellesmere. Vous m'avez l'air un peu trop sûr de la prétendue vertu de votre fille. Le bâtard ne serait pas de vous, par hasard ?

Cette diatribe fut suivie d'un cri d'effroi. Il y eut un bruit de verre brisé et, jugeant qu'il était grand temps d'intervenir, Jamie fit irruption dans la bibliothèque pour découvrir Dunsany et Ellesmere roulant sur le tapis dans un enchevêtrement de membres, indifférents au feu de l'âtre qui brûlait quelques centimètres derrière eux.

Jamie mit une fraction de seconde à évaluer la situation puis, profitant d'une ouverture fortuite dans la mêlée, il se pencha en avant et extirpa son employeur.

— Calmez-vous, milord, marmonna-t-il à l'oreille de Dunsany.

Puis, comme le vieil homme se débattait pour sauter de nouveau à la gorge de son adversaire, il jeta d'un ton plus ferme :

— Ça suffit, arrêtez !

Ellesmere était presque aussi vieux que Dunsany, mais nettement plus robuste et en bien meilleure forme en dépit de son ivresse.

Le comte se releva à son tour, lançant des regards assassins à Dunsany avec des yeux injectés de sang. Il essuya sa lèvre fendue du revers de la main, soufflant comme un bœuf.

— Vieux bouc, cracha-t-il. Tu oses lever la main sur moi, tu vas voir...

Tout en haletant, il leva un bras pour tirer sur le cordon des domestiques.

Jamie n'était pas sûr que lord Dunsany parviendrait à rester debout tout seul, mais devant l'urgence de la situation, il le lâcha et bondit pour arrêter la main d'Ellesmere.

— Non, monsieur le comte, ne faites pas ça ! l'implora-t-il.

Saisissant Ellesmere par les deux épaules, il le poussa vers un grand fauteuil dans lequel le comte s'effondra lourdement.

— Je ne crois pas... qu'il serait judicieux... d'impliquer vos domestiques... dans cette affaire, haleta Jamie.

Comme le comte tentait de se relever, Jeffries pointa ses deux pistolets vers lui.

— Ne bougez pas, monsieur le comte.

Le cocher adressait des regards désemparés à Dunsany, qui oscillait dangereusement au milieu de la bibliothèque, hagard, se tenant au coin d'une table. Comme ce dernier restait muet, Jeffries se tourna vers Jamie. Celui-ci ne savait trop quoi faire. Cependant, il semblait préférable que la famille Dunsany et ses gens débarrassent le plancher au plus tôt. Il fit un pas vers Dunsany et le prit sous le bras.

— Partons, milord, dit-il.

Ils étaient presque à la porte quand celle-ci fut obstruée par lady Dunsany, son visage rond marqué par le chagrin et la fatigue. Elle lança un regard à peine surpris vers le désordre qui régnait dans la bibliothèque et avança d'un pas, les bras chargés par ce qui ressemblait à un paquet de linge sale.

— William ? dit-elle d'une petite voix. La femme de chambre a dit que tu voulais que je t'amène le petit...

Elle fut interrompue par un rugissement provenant du fauteuil. Ellesmere se précipita vers elle, indifférent aux deux pistolets de Jeffries pointés vers lui.

— Donnez-le-moi, hurla-t-il en lui arrachant l'enfant des bras.

Le serrant contre lui, il battit en retraite vers la fenêtre.

— Il est à moi, vous m'entendez ! cria-t-il.

Le bébé émit un cri perçant, comme pour protester contre cette brutale appropriation, ce qui eut pour effet de sortir brusquement lord Dunsany de son hébétude. Il fondit sur Ellesmere, les traits déformés par la fureur.

— Rendez-le-moi !

— Va au diable, vieille truie !

Avec une agilité surprenante, Ellesmere évita Dunsany. Il tira les rideaux d'un coup sec et ouvrit la fenêtre d'une main, tenant le petit paquet gesticulant de l'autre.

— Allez-vous-en ! Sortez de chez moi ! hurla-t-il. Sinon, je laisse tomber le petit bâtard.

Pour montrer qu'il ne plaisantait pas, il approcha l'enfant de la fenêtre ouverte. Dehors, la nuit résonnait du bruit de la pluie qui battait les pavés, dix mètres plus bas.

Jamie réagit sans réfléchir un seul instant aux conséquences de son geste, entièrement guidé par cet instinct qui lui avait valu de survivre à une dizaine de batailles. Dans un même mouvement, il arracha un de ses pistolets à Jeffries pétrifié, pivota d'un quart de tour sur ses talons et tira.

La détonation laissa tout le monde sans voix. Même le bébé cessa de crier. Le visage d'Ellesmere vira au blanc, ses sourcils broussailleux arqués dans une expression de surprise. Il chancela en avant et Jamie bondit juste à temps pour réceptionner l'enfant, notant au passage avec un détachement irréel le petit trou rond que la balle avait laissé dans le gilet du comte.

Puis il resta planté là, tremblant comme une feuille au milieu du tapis, sans voir le corps d'Ellesmere agité de soubresauts à ses pieds ni entendre les cris hystériques de lady Dunsany. Il était incapable de bouger ou de penser, serrant contre lui le petit paquet de langes gesticulant et braillant qui contenait son fils.

— Je voudrais parler à MacKenzie, en privé s'il vous plaît.

Petite, rondelette et drapée de lin noir, lady Dunsany faisait penser à un bibelot en porcelaine qu'on aurait sorti du sanctuaire de sa vitrine. Ici, dans l'écurie, ce monde fruste et brutal de bêtes et de rustres mal rasés, elle semblait si délicate et précieuse qu'un rien aurait pu la briser.

Hughes, après avoir lancé un regard ahuri à sa maîtresse, inclina le chef et se retira dans son antre derrière la remise des harnais, laissant Jamie en tête à tête avec elle.

De près, l'impression de fragilité était accentuée par la pâleur de ses traits, à peine rosis au coin des yeux et des ailes du nez. Elle ressemblait à un tout petit lapin blanc en habits de deuil.

— La cour a prononcé son verdict ce matin, MacKenzie, annonça-t-elle.

— Oui, milady.

Il était au courant, comme tous les domestiques. Les autres palefreniers gardaient leurs distances depuis ce matin, non par respect, mais comme on évite un homme atteint d'une maladie honteuse. Jeffries avait raconté les événements survenus dans la bibliothèque d'Ellesmere à qui voulait l'entendre, mais personne n'en soufflait mot.

— Le juge a opté pour la version de l'accident, poursuivit-elle. D'après le médecin légiste, le comte d'Ellesmere, « bouleversé » par la mort de ma fille, son épouse, aurait perdu la raison.

Elle avait prononcé « bouleversé » avec une moue dégoûtée. Elle avait la voix légèrement tremblante mais accusait le choc bien mieux que lord Dunsany. Les femmes de chambre racontaient que le vieil homme n'avait pas quitté son lit depuis son retour d'Ellesmere.

— Oui, milady, répéta Jamie, faute de mieux.

Jeffries avait été appelé à témoigner, mais pas lui. En ce qui concernait le médecin légiste, le palefrenier Alex MacKenzie n'avait jamais mis un pied à Ellesmere.

Le regard de lady Dunsany soutenait le sien. Elle avait les yeux bleu vert, comme lady Isobel, mais la chevelure blond doré de la jeune fille avait pris une teinte fanée chez la mère, saupoudrée de traînées grises qui lançaient des reflets d'argent à la lumière du soleil.

— Nous vous sommes reconnaissants, MacKenzie, dit-elle doucement.

— Merci, milady.

— Très reconnaissants, insista-t-elle sans le quitter des yeux. Vous ne vous appelez pas vraiment MacKenzie, n'est-ce pas ?

Jamie sentit un frisson lui parcourir l'échine. Que lui avait dit lady Geneva avant de mourir ?

Elle dut deviner sa crainte, car elle esquissa un sourire bienveillant.

— Je ne vous demande pas votre vrai nom ; je ne tiens pas à le connaître. Mais j'ai une question à vous poser. MacKenzie... aimeriez-vous rentrer chez vous ?

— Chez moi ? répéta-t-il, interdit.

— Oui, en Ecosse. Je sais qui vous êtes. Enfin, je veux dire que je sais que vous êtes un des prisonniers jacobites de John. Mon mari me l'a dit.

Jamie l'observa prudemment. Elle semblait relativement sereine. Enfin... comme peut l'être une femme qui vient de perdre une fille et de récupérer un petit-fils.

— J'espère que vous me pardonnerez ce mensonge, milady. Votre époux...

— ... voulait m'épargner toute angoisse, acheva-t-elle pour lui. Je sais. William s'inquiète toujours beaucoup trop.

Une lueur attendrie traversa son regard à l'évocation de la prévenance de son mari. Jamie ressentit un petit picotement au cœur devant cette marque de dévotion conjugale.

— Nous ne sommes pas riches, continua lady Dunsany. Vous vous en êtes déjà rendu compte. Le domaine est lourdement endetté. Pourtant, mon petit-fils possède désormais l'une des plus grandes fortunes du comté.

— Oui, milady.

A force de répéter la même chose, Jamie se sentait aussi sot que le perroquet du grand salon. Il l'avait aperçu la veille, alors qu'il se glissait sous les fenêtres du manoir, épiant les pièces vides pendant que tous les membres de la famille étaient dans leur chambre à se préparer pour le dîner. Il était venu pour tenter d'apercevoir le nouveau comte d'Ellesmere.

— Nous menons une vie relativement isolée, ici, poursuivit lady Dunsany. Nous nous rendons rarement à Londres et mon mari n'a guère d'influence dans les hautes sphères. Mais...

— Oui, milady ?

Il commençait à entrevoir où elle voulait en venir et sentait l'excitation monter en lui.

— John... c'est-à-dire lord John Grey... vient d'une famille très influente. Son beau-père est... bah, peu importe ! Ce que je suis venue vous dire, c'est qu'il serait possible d'intercéder en votre faveur afin que vous soyez libéré de votre parole et que vous puissiez rentrer en Ecosse. Voilà pourquoi je vous demande : aimeriez-vous rentrer chez vous, MacKenzie ?

Ce fut comme s'il avait reçu un coup de poing dans le ventre.

L'Ecosse ! Quitter cette atmosphère humide et moite, prendre cette route interdite et marcher d'un pas leste, libre, jusqu'à ses chères falaises et ses petits sentiers qui serpentaient sur la lande, sentir l'air se purifier et se charger du parfum des ajoncs et de la bruyère. Rentrer chez lui !

Ne plus être un étranger. Laisser derrière lui l'hostilité et la solitude, descendre le petit chemin qui menait à Lallybroch et voir le visage de sa sœur s'illuminer de joie, sentir ses bras autour de sa taille, serrer Ian contre son cœur, entendre les cris des enfants et les sentir tirer sur ses vêtements pour attirer son attention.

Partir. Ne plus jamais voir ni entendre son fils.

Il fixait lady Dunsany en tentant de cacher son émotion. Si seulement elle avait eu la moindre idée du déchirement que son offre provoquait en lui !

Il l'avait enfin découvert la veille, endormi dans son berceau près de la fenêtre de la nursery, au deuxième étage. Perché en équilibre précaire dans l'énorme épicéa de Norvège, il avait dû plisser les yeux pour l'entrevoir derrière le rideau d'aiguilles vertes qui lui piquaient le visage.

Il était de profil, sa joue rebondie écrasée contre son épaule dodue. Son bonnet avait glissé de guingois et l'on voyait la courbe tendre et parfaite de son crâne, tapissé d'un duvet d'or pâle.

« Dieu soit loué, tu n'es pas roux ! » avait été sa première pensée. « Mon Dieu, que tu es petit ! » avait été la deuxième, associée à une irrépressible envie de sauter sur le rebord de la fenêtre et de prendre l'enfant dans ses bras. Il imaginait parfaitement la tête lisse et douce posée dans la paume de sa main et sa mémoire gardait encore le souvenir du poids de ce petit corps gesticulant qu'il avait si brièvement serré contre lui le lendemain de sa naissance.

— Tu es un petit costaud, avait-il murmuré. Fort, musclé et joli comme tout. Mais Dieu que tu es petit !

Lady Dunsany attendait patiemment. Il inclina la tête respectueusement, se demandant s'il n'était pas en train de commettre la plus grosse bêtise de sa vie, mais incapable d'agir autrement.

— Je vous remercie milady, mais... je préfère ne pas partir tout de suite.

Elle parut légèrement surprise, mais esquissa un léger sourire gracieux.

— Comme vous voudrez, MacKenzie. Quand vous serez prêt, il vous suffira de demander.

Elle décrivit un demi-tour sur ses talons, tel un automate de pendule, et sortit, retournant dans l'univers feutré et précieux de Helwater, qui était désormais pour lui mille fois plus une prison qu'il ne l'avait jamais été.

16

Willie

Contre toute attente, les années qui suivirent furent, à de nombreux égards, les plus heureuses de sa vie, exception faite de celles de son mariage.

A présent qu'il n'était plus responsable de ses métayers, des partisans des Stuart ou de ses compagnons de cellule, n'ayant à sa charge personne d'autre que lui et les chevaux dont il avait la garde, il menait une vie relativement simple. Il était convenablement nourri, blanchi et logé et les lettres qu'il recevait occasionnellement de Lallybroch l'informaient qu'il en allait de même là-bas.

L'un des aspects les plus inattendus de cette existence tranquille à Helwater fut le rétablissement de son étrange amitié avec lord John Grey. Comme promis, le major faisait son apparition une fois par trimestre, passant plusieurs nuits chez ses amis les Dunsany. Cependant, pas une fois Jamie ne le surprit en train de jubiler sur son sort de domestique. Il ne cherchait même pas à engager la conversation, si ce n'était pour lui demander brièvement et formellement s'il ne manquait de rien.

Peu à peu, Jamie comprit ce que lady Dunsany avait insinué lorsqu'elle avait proposé de le faire libérer. *John vient d'une famille très influente. Son beau-père est... bah, peu importe...* ! avait-elle dit. Bien au contraire, cela importait considérablement. Ce n'était pas le bon vouloir de Sa Majesté qui l'avait conduit ici au lieu de le condamner à une périlleuse traversée et à une vie de quasi-esclavage en Amérique, mais bien l'influence de John Grey.

Il n'avait pas agi pour se venger ni pour l'avoir à sa botte, loin de là. Jamais il ne lui fit la moindre avance. Ils se voyaient à peine, hormis pour échanger quelques politesses d'usage. Non. Jamie avait été conduit à Helwater faute de mieux. Dans l'incapacité d'obtenir sa libération, Grey s'était efforcé d'alléger les conditions de sa détention, en lui offrant une vie au grand air, de la lumière et des chevaux.

Il fallut à Jamie un certain temps et des efforts considérables pour surmonter ses préjugés. Un jour que, lors de l'une de ses visites trimestrielles, Grey se trouvait dans l'écurie, Jamie attendit qu'il soit seul, en train d'admirer un hongre alezan. Il vint alors se placer à côté de lui et s'adossa à la clôture. Ils contemplèrent le cheval en silence pendant quelques minutes.

— La tour noire contre votre roi en quatre coups, murmura-t-il sans le regarder.

Il sentit son voisin tressaillir puis se tourner lentement vers lui, mais il ne bougea pas.

— Mon cheval blanc contre votre fou en trois coups, répondit enfin Grey d'une voix un peu rauque.

Dès lors, à chaque visite, Grey venait passer une soirée dans l'écurie, assis sur le tabouret en bois brut de Jamie, pour discuter. Ils n'avaient pas d'échiquier et jouaient rarement aux échecs oralement, mais ils pouvaient bavarder jusque tard dans la nuit. Grey était le seul lien de Jamie avec le monde au-delà de Helwater et leur réunion trimestrielle était un petit plaisir auquel tous les deux aspiraient.

Mais surtout, il y avait Willie. Le domaine de Helwater était un lieu consacré aux chevaux et, avant même que l'enfant ne tienne sur ses deux jambes, son grand-père l'avait perché sur un poney afin qu'on lui fasse faire des tours d'enclos. Dès l'âge de trois ans, Willie était capable de tenir seul en selle, sous l'œil attentif de son palefrenier, Alex MacKenzie.

Willie était fort, courageux et très beau. Il avait un sourire ravageur et, s'il l'avait voulu, il aurait pu charmer les oiseaux sur leurs branches. Il était également terriblement gâté. Le neuvième comte d'Ellesmere, seul et unique héritier des deux domaines d'Ellesmere et de Helwater, sans mère ni père pour le contrôler, menait par le bout du nez ses grands-parents en adoration perpétuelle, sa jeune tante et son armée de domestiques. Tous... sauf MacKenzie.

Ce n'était pourtant pas faute d'essayer. Jusque-là, Jamie était parvenu à calmer les caprices et les exigences de l'enfant en menaçant de ne plus lui apprendre à monter. Mais tôt ou tard, les menaces ne suffiraient plus, et le palefrenier se demandait ce qui arriverait lorsqu'il finirait par perdre son sang-froid et ne résisterait plus à la tentation d'administrer une bonne correction au petit brigand. Enfant, il n'aurait jamais osé parler à une femme comme Willie répondait à sa tante ou aux servantes.

Cependant, la plupart du temps, Willie ne lui apportait que de la joie. Il adorait MacKenzie et, à mesure qu'il grandissait, passait de plus en plus de temps avec lui, chevauchant les gros chevaux de trait lorsque Jamie passait le rouleau dans les champs, ou jouant dans les charrettes l'été lorsqu'on rapportait le foin des hauts pâturages.

Une menace pesait néanmoins sur cette existence bucolique, plus patente à mesure que les mois passaient. Par une triste ironie, elle provenait de Willie lui-même, et le malheureux n'y pouvait rien.

— Quel adorable enfant ! Et comme il tient bien en selle ! se pâma lady Grozier.

Elle se tenait sur la véranda où elle prenait le thé avec lady Dunsany, admirant les pérégrinations du petit lord autour de la pelouse.

Comblée d'aise, la grand-mère éclata de rire.

— Oh oui. Willie adore son poney. Nous avons un mal fou à le faire descendre de selle pour prendre ses repas. Et il s'entend si bien avec son palefrenier ! Nous plaisantons parfois en disant qu'il passe tellement de temps avec MacKenzie qu'il commence même à lui ressembler physiquement !

Lady Grozier, qui, jusque-là, n'avait pas prêté attention à l'homme qui accompagnait l'enfant, ajusta son lorgnon.

— Mais oui, c'est vrai ! s'exclama-t-elle. Comme c'est extraordinaire ! Regardez, Willie a exactement le même port de tête et la même façon de sortir ses épaules !

En l'entendant, Jamie ne broncha pas, regardant droit devant lui, mais il sentit une sueur froide lui couler dans la nuque.

Il l'avait vu venir, mais n'avait pas voulu croire que la ressemblance serait assez frappante pour être visible à un autre que lui. Tant qu'il n'était encore qu'un bébé joufflu, Willie n'avait ressemblé à personne en particulier. A mesure qu'il grandissait, son visage s'affinait et, si son nez n'était encore qu'un petit bourgeon de chair rose, on devinait déjà les pommettes hautes et la mâchoire carrée qu'il aurait plus tard. Mais le plus parlant encore, c'étaient ses yeux bleu sombre, bordés de longs cils noirs et légèrement bridés. C'étaient les yeux des Fraser. Brian, le père de Jamie, avait les mêmes, tout comme Jenny, sa sœur. Bientôt, lorsque les os du visage commenceraient à affleurer sous la peau et que le petit nez rond de Willie deviendrait long et droit, la ressemblance sauterait aux yeux de tous.

Jamie attendit que lady Grozier et lady Dunsany rentrent dans la maison, puis se palpa la figure sans quitter du regard le petit garçon perché sur le poney. Malgré le soleil de juillet, ses doigts étaient glacés.

Le moment était venu de parler à lady Dunsany.

Vers la mi-septembre, tout était arrangé. Sa grâce avait été accordée. John Grey la lui avait apportée la veille. Jamie avait pu mettre de côté un peu d'argent, assez pour son voyage, et lady Dunsany lui avait donné un bon cheval. Il ne lui restait plus qu'à faire ses adieux à ceux qu'il avait connus à Helwater et à Willie.

— Je pars demain, milord, lui annonça-t-il sur un ton détaché.

Il évita soigneusement de croiser le regard de l'enfant, se concentrant sur le sabot de la jument baie qu'il était en train de raboter.

La corne s'effritait en gros copeaux noirs, s'amoncelant sur les dalles de l'écurie.

— Où tu vas ? A Derwentwater ? Je peux venir avec toi ?

William sauta du rebord du box, atterrissant sur le sol avec un bruit sourd qui fit peur à la jument.

— Ne faites pas ça, dit Jamie d'un ton machinal. Je vous ai déjà dit mille fois de ne pas faire de gestes brusques à côté de Milly, elle est nerveuse.

— Pourquoi ?

— Vous seriez nerveux, vous aussi, si je vous tenais la jambe en l'air.

— Dis, Mac, je pourrai la monter quand tu auras fini ?

— Non.

Ce n'était que la dixième fois que l'enfant lui posait la question depuis le début de la matinée.

— Pourquoi ?

— Parce qu'elle est encore trop grande pour vous.

— Mais je veux la monter !

Jamie poussa un soupir et ne répondit pas. Reposant la jambe antérieure droite de Milly, il la contourna et s'attaqua à son sabot gauche.

— J'ai dit : je *veux* la monter ! répéta l'enfant.

— Je ne suis pas sourd.

— Alors qu'est-ce que tu attends pour la seller ! Maintenant !

Le neuvième comte d'Ellesmere pointait son petit menton en avant, mais son air supérieur se teinta d'une certaine incertitude quand il croisa le regard glacial de Jamie. Celui-ci reposa lentement la jambe du cheval à terre et se redressa de toute sa hauteur. Il croisa les bras et toisa le petit lord.

— Non, dit-il doucement.

— Si ! cracha Willie en frappant du pied. Tu *dois* m'obéir !

— Non.

— Si.

Serrant les dents, Jamie s'accroupit devant l'enfant.

— Pour votre gouverne, Willie, je ne suis plus tenu de vous obéir. Je ne suis plus votre palefrenier. Comme je viens de vous le dire, je m'en vais demain.

William pâlit.

— Tu ne peux pas. Tu n'as pas le droit !

— Oh que si !

— Non ! hurla l'enfant, hors de lui.

Dans son état de fureur, il ressemblait à s'y méprendre à son arrière-grand-père paternel, Simon Lovat, dit le « vieux renard ».

— Je t'interdis de partir !

— Pour une fois, milord, vous n'avez pas votre mot à dire ! C'est moi et moi seul qui décide, rétorqua Jamie.

— Si tu pars...

William chercha désespérément autour de lui un moyen de pression puis, l'ayant trouvé, il reprit sur un ton plus assuré :

— ... Si tu pars, je vais crier et faire peur aux chevaux, na !

— Tu ouvres la bouche, petit voyou, et je te botte les fesses !

Le comte d'Ellesmere, peu habitué à ce genre de menace, en resta bouche bée. Puis, virant au rouge vif, il tourna les talons et se mit à hurler à tue-tête dans l'écurie, en agitant les bras.

Milly, déjà passablement sur les nerfs, réagit aussitôt en faisant une embardée et en piaffant de peur, déclenchant une cascade de ruades et de hennissements dans les boxes, tandis que William éructait tous les gros mots qui lui passaient par la tête.

Jamie parvint à rattraper la bride de Milly et, non sans mal, à la sortir dans l'enclos. Il l'attacha à la clôture puis revint au pas de course dans l'écurie.

— Merde, merde, merde ! s'égosillait Willie. Putain ! Crotte ! Bite ! Cul !

Jamie l'attrapa par le col, le souleva de terre et le traîna jusqu'au tabouret du maréchal-ferrant. Là, il s'assit, renversa le jeune comte à plat ventre sur ses genoux, et lui administra cinq ou six fessées. Puis il le redressa et le déposa à terre.

— Je te hais ! hurla William les joues baignées de larmes.

— Je ne vous porte pas dans mon cœur, moi non plus, espèce de petit bâtard ! aboya Jamie.

Willie serra les poings, rouge comme une pivoine.

— Je ne suis pas un bâtard ! vociféra-t-il. C'est pas vrai, c'est pas vrai ! Tu n'as pas droit de me dire ça, retire-le tout de suite ! Je ne suis pas un bâtard !

Jamie le dévisagea avec stupeur. Le bruit courait donc déjà, et l'enfant l'avait entendu ! Il avait trop tardé à disparaître.

Il prit une profonde inspiration.

— Pardon, murmura-t-il. Je retire mes paroles. Je n'aurais jamais dû dire ça.

Il eut envie de prendre l'enfant dans ses bras pour le réconforter, mais un palefrenier ne pouvait s'autoriser une telle familiarité avec son maître, aussi jeune soit-il.

Willie, de son côté, faisait de gros efforts pour maîtriser ses larmes. Jamie sortit son mouchoir et s'agenouilla devant l'enfant.

— Je peux ? demanda-t-il.

Il lui essuya doucement les joues, la seule forme de caresse qu'il pouvait se permettre envers son fils.

— Tu dois vraiment partir, Mac ? demanda Willie d'une petite voix.

— Oui, il le faut.

Jamie croisa ce regard bleu nuit qui ressemblait tant au sien, puis soudain, n'y tenant plus, envoya au diable les convenances et pressa l'enfant contre lui, serrant la petite tête dans le creux de son épaule pour qu'il ne voie pas ses larmes. Il caressa tendrement les cheveux de Willie en lui murmurant de douces paroles en gaélique. Ils restèrent ainsi un long moment, puis l'enfant se libéra doucement.

— Viens avec moi dans ma chambre, lui dit Jamie, j'ai quelque chose à te donner.

Il avait quitté son grenier à foin pour emménager dans l'ancienne chambre de Hughes derrière la remise des harnais, le vieux chef palefrenier ayant pris sa retraite. C'était une petite pièce monacale, mais qui avait la double vertu d'être chaude et intime.

Près du lit, du tabouret et du pot de chambre se trouvait une petite table sur laquelle étaient posés quelques livres, une longue chandelle, une bougie plus petite et plus grosse, et une statuette en bois de la Vierge grossièrement taillée que Jenny lui avait envoyée.

— A quoi elle sert, cette bougie ? demanda Willie. Grand-mère dit qu'il n'y a que les sales papistes qui font brûler des bougies devant des images païennes.

— Je suis un sale papiste, le renseigna Jamie. Et ce n'est pas une image païenne, mais une statue de la mère du Christ.

— Ah ! fit l'enfant, fasciné. Mais alors pourquoi les papistes brûlent-ils des bougies devant des statues ?

— Eh bien... euh... c'est une façon de prier... et de se souvenir. Tu allumes la bougie, tu récites une prière et tu penses aux gens que tu aimes. Tant qu'elle brûle, la flamme se souvient d'eux à ta place.

— A qui tu penses, toi ?

— Oh, à beaucoup de gens. A ma famille dans les Highlands... à ma sœur et sa famille. A mes amis. A ma femme.

Parfois aussi, la flamme brûlait à la mémoire d'une jeune effrontée appelée Geneva, mais il se garda bien de le préciser.

Willie fronça les sourcils.

— Mais tu n'as pas de femme.

— Non. Plus maintenant. Mais j'en ai eu une et je pense toujours à elle.

Willie avança un doigt prudent et effleura la statuette. La Vierge tendait les mains en avant en signe de bienvenue, son doux sourire exprimant une sérénité toute maternelle.

— Moi aussi, je veux devenir un sale papiste, annonça-t-il fermement.

— Mais tu ne peux pas ! protesta Jamie mi-amusé mi-ému. Que diraient ta grand-mère et ta tante ?

— Tu crois qu'elles se mettraient à baver comme ce renard enragé que tu as tué l'autre jour ? demanda Willie.

Cette image ne semblait pas lui déplaire.

— Ça ne m'étonnerait pas !

— Je veux devenir papiste ! répéta l'enfant d'un air résolu. Je te jure que je ne le dirai pas à grand-mère et à tante Isobel. Personne ne le saura. S'il te plaît, Mac ! S'il te plaît ! Je veux être comme toi !

Jamie hésita. Le désir du garçon le touchait et il aurait aimé lui laisser quelque chose de plus durable que le cheval de bois qu'il lui avait sculpté en guise de cadeau d'adieu. Il tenta de se souvenir de ce que le père McMurtry leur avait enseigné pendant les cours de catéchisme : dans les cas d'urgence, et en l'absence d'un prêtre, un laïque pouvait administrer le baptême. La situation pouvait difficilement être qualifiée d'urgente mais... baste ! Il plongea la main dans la cruche d'eau posée près de son lit.

Du bout de ses doigts dégoulinants, il dessina lentement le signe de croix sur le front de l'enfant.

— Je te baptise, William James... au nom du Père, du Fils, et du Saint-Esprit. Amen.

Willie cligna les yeux, louchant pour suivre du regard une goutte d'eau qui roulait le long de son nez. Sortant la langue, il la cueillit au passage, faisant rire Jamie malgré lui.

— Pourquoi tu m'as appelé William James ? s'étonna l'enfant. Mon vrai nom, c'est William, Clarence, Henry, George.

Il fit la grimace. Manifestement, Clarence ne lui plaisait pas.

— Lors du baptême, on te donne un nouveau nom. James est un nom papiste. C'est aussi le mien.

— C'est vrai ? dit l'enfant, ravi. Alors ça y est ? Je suis un sale papiste, moi aussi ?

— Oui... enfin, je crois bien.

Il plongea une main sous sa chemise et sortit son rosaire qu'il glissa autour du cou du garçon.

— Tiens. Garde ça sur toi, c'est un souvenir. Mais surtout, ne le montre à personne. Et pour l'amour de Dieu, ne dis jamais à personne que tu es un papiste !

— Je te le jure. Croix de bois, croix de fer, si je mens je vais en enfer, dit Willie en caressant les perles de hêtre.

Il rangea précautionneusement le rosaire sous son col, vérifiant qu'on ne le voyait pas à travers sa chemise.

— Bien, dit Jamie en lui ébouriffant les cheveux. Il est bientôt l'heure du goûter. Il faut que tu rentres chez toi à présent.

Willie se tourna vers la porte, puis s'arrêta en chemin, l'air préoccupé.

— Tu m'as donné un cadeau pour que je me souvienne de toi. Mais je n'ai rien à t'offrir en échange !

Jamie sourit. Il avait le cœur si serré qu'il crut ne rien pouvoir répondre.

— Ne t'inquiète pas, dit-il d'une voix cassée. Je ne t'oublierai pas.

17

Les monstres resurgissent

Loch Ness, août 1968

— Je ne m'explique toujours pas pour quelle raison Fraser n'a pas été envoyé en Amérique avec les autres, dit Roger.

En lisant et relisant la liste des déportés d'Ardsmuir, il avait d'abord été pris de panique. Les registres de l'ancienne forteresse avaient été remarquablement bien tenus, surtout comparés à la plupart des autres paperasses administratives qu'ils avaient épluchées au fil de leur enquête. Avant d'être convertie en garnison, Ardsmuir avait servi de prison pendant quinze ans, durant lesquels elle avait été reconstruite et restaurée par les détenus jacobites. Ensuite, ceux-ci avaient été dispersés, principalement dans les colonies. Mais si le nom de Fraser était bien inscrit parmi ceux des prisonniers, il ne figurait nulle part sur les listes des hommes vendus comme domestiques aux colons américains. Roger en avait eu des sueurs froides, et s'imaginait déjà annonçant aux Randall que Fraser était probablement mort en prison... jusqu'à ce qu'il découvre au revers d'une page l'ordre de mutation dans un lieu nommé Helwater.

— En tout cas, c'est un miracle ! intervint Claire. Il y aurait sans doute laissé sa peau. Il souffre... il souffrait d'un terrible mal de mer. De ma vie, je n'ai jamais vu quelque chose de semblable. Il suffisait qu'il monte sur le pont d'un navire, même ancré au port, pour qu'il vire au vert !

Il leur fallut deux semaines de recherches intensives, un séjour de deux jours dans le Lake District puis un autre à Londres, avant de découvrir enfin dans la sacro-sainte salle de lecture du British Museum un nouvel indice qui arracha un cri de joie à Brianna et entraîna leur fuite précipitée sous les regards assassins des lecteurs : une attestation de grâce royale, marquée du sceau de George III, *Rex Angleterre*, datée de 1764 et portant le nom de James Alex^{dr} M'Kensie Frazier.

— On brûle ! s'enthousiasma Roger en contemplant avec ravissement la photocopie du document. On y est presque !

— Presque où ? demanda Brianna.

Au même instant, elle aperçut leur bus qui approchait de l'arrêt et oublia sa question. Mais Roger, lui, venait de croiser le regard de Claire. Elle savait de quoi il avait voulu parler.

Forcément, elle devait penser à la même chose. Elle avait été happée par le passé en 1945 pour atterrir en 1743. Deux cent deux ans plus tôt. Elle avait passé trois ans aux côtés de Jamie Fraser avant de franchir à nouveau le menhir de Craigh na Dun et de réapparaître en avril 1948. Trois ans après sa disparition. Les deux époques étaient donc parallèles.

Cela signifiait que, s'il lui prenait l'envie de refaire le chemin inverse, elle atterrirait probablement vingt ans après Culloden, soit en 1766. Or le pardon du roi, dernière trace connue de Jamie Fraser, datait de 1764. Cela faisait deux ans d'écart. S'il n'était pas mort au cours de ces deux années et si Roger parvenait à le localiser...

— Je me demande pourquoi les hommes petits sont si souvent attirés par des femmes beaucoup plus grandes qu'eux.

Une fois de plus, la voix de Claire derrière lui faisait écho aux pensées qui traversaient l'esprit de Roger.

— Sans doute le syndrome du papillon de nuit attiré par la flamme ? suggéra-t-il.

Il fronça les sourcils en observant le petit barman qui tourbillonnait autour de Brianna. Claire et lui attendaient tous les deux devant le stand du loueur de barques, pendant que Brianna était allée leur chercher des Coca au comptoir de l'autre côté de la salle. Le jeune barman, qui arrivait à la hauteur de l'aisselle de Brianna, était dans un état d'excitation fébrile. Il lui proposait des œufs durs, des pickles et des tranches de langue fumée, ses yeux extasiés ne pouvant se détacher de la déesse aux cheveux de cuivre qui se dressait devant lui. Un peu plus tôt, Brianna avait dit de lui qu'elle le trouvait trognon.

— J'ai toujours dit à Brianna de se méfier des hommes petits, observa Claire sur un ton détaché.

— Vraiment ? s'étonna Roger. C'est drôle, je vous vois mal donnant des conseils de ce genre à votre fille.

Elle éclata de rire.

— C'est vrai, je me suis toujours gardée de me mêler de ses affaires, confirma-t-elle. Mais lorsqu'on comprend un principe aussi fondamental que celui-ci, il est de votre devoir de mère de le transmettre à votre fille.

— Que reprochez-vous aux hommes petits ?

— Ils ont tendance à devenir méchants quand ils n'obtiennent pas ce qu'ils veulent. C'est comme les petits chiens. Ils ont l'air mignons et inoffensifs, mais contrariez-les et ils se transforment en roquets et cherchent à vous mordre les mollets.

Ce fut au tour de Roger de rire.

— Je suppose que vous parlez d'expérience ?

— Oh oui, je n'ai jamais rencontré un chef d'orchestre mesurant plus d'un mètre cinquante-cinq. Or, comme vous le savez, tous les chefs d'orchestre sont des êtres insupportables ! En revanche, les grands...

Elle marqua une pause et laissa son regard remonter le long de la silhouette du jeune homme, qui, heureusement pour lui, mesurait un mètre quatre-vingt-dix.

— ... les grands sont souvent gentils et doux.

— Vraiment ?

Roger jeta un regard agacé au barman qui découpait un morceau d'anguille en gelée. Brianna fit une grimace de dégoût mais se pencha néanmoins docilement vers la fourchette qu'il lui tendait.

— Avec les femmes, précisa Claire. C'est sans doute parce qu'ils sentent qu'ils n'ont rien à prouver.

— Alors qu'un petit... avança Roger.

— Alors qu'un petit sait qu'il ne peut rien vous faire sans votre accord, et ça le rend dingue. Alors, il faut toujours qu'il essaie de vous embobiner, pour se persuader qu'il est le plus fort.

— Mmphm...

Ce grognement tout écossais exprimait à la fois son appréciation devant la perspicacité de Claire et sa profonde méfiance quant à ce dont le petit barman voulait se persuader.

Le loch était calme et la pêche ne donnait pas grand résultat. Toutefois, le soleil d'août qui leur chauffait le dos et le parfum de framboise et de sapin qui flottait dans l'air rendaient la balade plus qu'agréable. Profitant de ce répit bien mérité, Brianna dormait à l'avant de la barque, la tête sur le blouson de Roger roulé en boule. Claire était assise en poupe, bâillant, mais toujours éveillée.

— Et que pensez-vous des femmes ? lui demanda Roger, reprenant le fil de leur conversation.

Il lança un regard vers les jambes interminables de Brianna.

— Vous pensez la même chose que pour les hommes ? Les petites sont teigneuses et les grandes gentilles et douces ?

Claire prit un air songeur.

— Non, je ne crois pas, répondit-elle. Chez les femmes, la taille n'a rien à voir. La différence se situe plutôt entre celles qui voient en l'homme un ennemi et celles qui le voient... tel qu'il est, et qui l'aiment bien pour ce qu'il est.

— Je vois. C'est encore une de ces théories féministes, n'est-ce pas ?

— Non, pas du tout. En 1743, les relations entre les hommes et les femmes étaient les mêmes qu'aujourd'hui, à quelques différences près, naturellement. La seule chose qui ait changé, c'est la façon dont chacun considère son propre sexe, et pas tellement comment chacun se comporte avec le sexe opposé.

Elle observait le loch d'un air lointain, une main en visière pour se protéger du soleil.

— Vous aimez les hommes, n'est-ce pas ? dit-il soudain. Les grands...

Elle sourit sans le regarder.

— Un seul.

— Vous repartirez, si j'arrive à le retrouver ?

Il laissa un instant ses rames hors de l'eau, sans la quitter des yeux.

Elle prit son temps avant de répondre. Le vent faisait rosir ses joues et plaquait son chemisier contre son buste, moulant ses seins ronds et sa taille fine. « Trop jeune pour être veuve, pensa-t-il, et trop jolie pour vieillir seule. »

— Je n'en sais rien, répondit-elle enfin. J'y ai pensé, naturellement, mais pour cela, il faudrait retraverser...

Un frisson la parcourut et elle ferma les yeux.

— C'est impossible à décrire, reprit-elle. C'est horrible, mais horrible d'une manière qui diffère de toutes les épreuves difficiles que l'on peut vivre dans une vie normale, alors je ne trouve pas les mots pour l'expliquer... c'est un peu comme de raconter à un homme les sensations de l'accouchement. Il peut deviner la douleur, mais il n'est pas équipé pour comprendre ce que l'on ressent exactement.

— Vous oubliez que je les ai entendus, ces foutus menhirs.

Le souvenir de cette terrible nuit, trois mois plus tôt, où Gillian Edgars avait disparu à travers le grand menhir fendu, ne l'avait plus quitté. Il en rêvait parfois la nuit.

— C'est un peu comme d'être écartelé, n'est-ce pas ? dit-il sans la quitter des yeux. Comme si quelque chose vous lacérait, en dedans comme au-dehors, et vous avez l'impression que votre crâne va exploser d'un instant à l'autre. Et puis, ce bruit...

Le visage de Claire était soudain devenu très pâle.

— J'ignorais que vous aviez entendu, vous aussi. Vous ne m'en avez jamais parlé.

— Cela ne m'a pas paru important, répondit-il. Brianna aussi a entendu les menhirs.

— Je vois.

Elle se tourna vers le lac, fixant les eaux noires du Ness.

— Il existe vraiment, vous savez, dit-elle.

Il mit un certain avant de comprendre qu'elle parlait du

monstre. Il avait vécu au bord du loch Ness pratiquement toute sa vie, se baignant dans ses eaux glacées, y pêchant des anguilles et des saumons, et écoutant d'une oreille amusée les légendes sur la « bête » qu'on se racontait dans les pubs de Drumnadrochit à Fort Augustus. Peut-être était-ce la nature invraisemblable de la situation, le fait d'être assis là, au milieu du loch, en train de discuter le plus sérieusement du monde de l'inimaginable éventualité de voyager à travers le temps, mais il n'y eut plus le moindre doute dans son esprit : les eaux noires du loch dissimulaient quelque créature mythique mais bien réelle.

— Ce que j'ai vu était probablement un plésiosaure, poursuivit Claire. Je l'ai reconnu grâce aux fossiles de l'oncle Lambert.

Elle fixait toujours les eaux calmes, un petit sourire au coin des lèvres.

— Combien y a-t-il de cromlechs ? demanda-t-elle brusquement. Je veux dire, en Grande-Bretagne, en Europe ?

— Euh... je ne sais pas, sans doute plusieurs centaines. Vous pensez qu'ils sont tous... ?

— Comment le saurais-je ? Mais pourquoi pas ? Ils ont été érigés pour marquer un emplacement précis, un lieu particulier où quelque chose s'est produit.

Elle inclina la tête sur le côté, écartant les cheveux que le vent rabattait sur son visage, avant d'ajouter :

— Cela expliquerait tout.

— Expliquerait quoi ? s'enquit Roger qui avait quelque mal à suivre les méandres de la conversation.

— Le monstre.

Elle fit un signe vers l'eau du bout de la main.

— S'il y avait un autre de ces... lieux... au fond du loch ?

— Vous voulez dire... une porte... un passage... ?

Il scruta le loch, tout à coup mal à l'aise.

— Ma foi, cela paraît assez logique.

Il ne parvenait pas à déceler si elle plaisantait ou non.

— Une créature disparue depuis plusieurs centaines de milliers d'années nous apparaîtrait aujourd'hui comme un horrible monstre. S'il y avait un passage là-dessous, cela résoudrait le mystère.

— Cela expliquerait également pourquoi les descriptions diffèrent tant d'un témoin à l'autre, intervint Roger de plus en plus intrigué par cette idée. A chaque apparition, ce pourrait être une autre créature qui aurait emprunté le passage.

— Et cela expliquerait pourquoi le monstre ou plutôt les monstres n'ont jamais été capturés et n'apparaissent que rarement. Peut-être qu'ils repartent dans le passé et qu'ils ne viennent dans le loch que de temps en temps.

— Quelle merveilleuse idée ! s'enthousiasma Roger.

Ils se turent un instant puis éclatèrent de rire.

— Vous savez quoi ? dit Claire. Je doute que les scientifiques apprécient beaucoup notre nouvelle théorie.

Roger replongea ses rames dans l'eau, faisant jaillir une gerbe d'eau qui éclaboussa Brianna. Celle-ci sursauta et se redressa brusquement, clignant les yeux. Puis, sans même les voir, elle se rallongea, se roula en boule au fond de la barque et se rendormit aussitôt.

— Elle a veillé tard la nuit dernière, dit Roger avec attendrissement. Elle m'a aidé à classer tous les dossiers que nous a envoyés l'université de Leeds.

Claire hocha la tête, songeuse.

— Jamie était comme elle, dit-elle doucement. Il pouvait s'endormir n'importe où.

Ils ne dirent plus rien jusqu'à ce que leur embarcation parvienne à l'endroit du loch où l'on devinait les ruines du vieux château d'Urquhart se dressant entre les pins.

— Le problème, reprit alors Claire, c'est que le voyage est à chaque fois un peu plus difficile. La première fois, j'ai pensé que c'était l'expérience la plus horrible que j'aie vécue de ma vie. Mais le retour a été bien pire encore. Peut-être était-ce parce que je ne suis pas revenue le bon jour. Je suis partie lors de la fête de Beltane[1]. Mais lorsque je suis revenue, Beltane était passé depuis deux semaines. Geillis... je veux dire Gillian... est passée le jour de Beltane, elle aussi.

Roger frissonna, revoyant la femme qui était à la fois son ancêtre et sa contemporaine. Sa silhouette était apparue devant le brasier qu'elle avait allumé, figée pendant quelques secondes à la lumière avant de disparaître à jamais dans la brèche du grand menhir.

— C'est ce qu'elle avait écrit dans son journal, commenta-t-il. D'après elle, la porte n'est ouverte que les jours de fêtes solaires. Peut-être qu'elle n'est qu'entrouverte autour de ces périodes. Après tout, elle croyait aussi qu'on ne pouvait l'ouvrir qu'avec un sacrifice humain.

Claire frissonna. La police avait retrouvé la dépouille calcinée de Greg Edgars, le mari de Gillian, au centre du cromlech, le 1er mai précédent. Sa femme, le principal suspect, avait été déclarée disparue sans laisser d'adresse.

Elle s'accouda au bord de la barque, laissant une main traîner dans l'eau. Un petit nuage glissa devant le soleil, faisant soudain virer le loch au gris. Le vent agitait sa surface, parcourue de vaguelettes. Sous eux s'étendaient plus de deux cents mètres de profondeurs glacées et insondables. Quel genre de créature pouvait vivre perpétuellement dans de telles ténèbres ?

— Est-ce que vous descendriez là-dedans ? demanda-t-elle.

1. 1er mai *(N.d.T.)*.

Vous plongeriez et nageriez vers les profondeurs jusqu'à ne plus avoir de souffle ? Sans savoir s'il existe des créatures aux dents acérées et au corps gigantesque qui vous y attendent ?

Roger fixa les eaux noires sans répondre.

— Plus important encore, reprit-elle, vous plongeriez si vous saviez que Brianna était au fond ?

Elle leva vers lui ses yeux d'ambre, le dévisageant gravement. Il passa la langue sur ses lèvres gercées et desséchées par le vent, et lança un bref regard par-dessus son épaule vers la jeune fille toujours endormie. Puis il se retourna vers Claire.

— Oui, je crois que je le ferais.

Elle le fixa un long moment, puis hocha la tête.

— Moi aussi.

CINQUIÈME PARTIE
Un aller sans retour

18

Racines

Septembre 1968

La femme assise à mes côtés devait peser cent cinquante kilos. Elle émettait un léger sifflement nasal, ses poumons luttant laborieusement à chaque inspiration pour soulever le fardeau de son imposante poitrine. Sa hanche, sa cuisse et son bras potelé, d'une moiteur désagréable, m'écrasaient contre le hublot.

J'étais coincée. Je parvins non sans mal à dégager un bras pour allumer la veilleuse du plafonnier et regarder ma montre. Dix heures et demie, heure de Londres. Il me restait encore six heures avant l'atterrissage à New York, et la liberté.

L'avion était rempli des soupirs et des ronflements des passagers endormis. Pour ma part, le sommeil était hors de question. Résignée, je sortis de mon sac le roman d'amour et d'aventures que j'avais déjà bien entamé. C'était l'un de mes auteurs favoris mais j'avais un mal fou à me concentrer, mon attention sans cesse à la dérive, me ramenant tantôt auprès de Roger et de Brianna que j'avais laissés à Edimbourg pour poursuivre les recherches, tantôt vers Boston... et ce qui m'y attendait.

Le problème, c'était précisément que j'ignorais ce qui m'y attendait. J'étais obligée de retourner à Boston, ne serait-ce que provisoirement. J'avais déjà prolongé plusieurs fois mes vacances. Diverses affaires urgentes nécessitaient ma présence à l'hôpital. Il y avait des notes d'honoraires à envoyer, des factures à payer, l'entretien de la maison et du jardin à surveiller, des amis à contacter...

Un ami en particulier. Joseph Abernathy, mon ami le plus proche depuis la faculté de médecine. Avant de prendre une décision finale, et irrévocable, je voulais lui parler. Je refermai le livre et suivis du bout des doigts les lettres fleuries sur la couverture. Entre autres choses, c'était à Joe que je devais mon goût pour les romans d'amour et d'aventures.

J'avais fait la connaissance de Joe au tout début de mon internat. Nous étions tous les deux faciles à repérer. J'étais la seule femme, il était le seul Noir.

Nous étions tous deux conscients de cette singularité, sans pourtant jamais y faire la moindre allusion. Nous formions une bonne équipe, mais nous gardions nos distances, sans doute par crainte d'exposer notre vulnérabilité. Le lien entre nous, bien trop ténu pour être qualifié d'amitié, resta discret pratiquement jusqu'à la fin de nos études.

Je venais de réaliser ma première opération sans l'assistance d'un professeur. Il s'agissait d'une simple appendicectomie, effectuée sur un adolescent en parfaite santé. La routine, en somme. Néanmoins, je me sentais responsable du garçon et ne pouvais me résoudre à rentrer chez moi avant qu'il ne soit réveillé et hors de la salle de réanimation. Je me changeai donc au vestiaire et m'installai dans le foyer des internes au troisième étage de l'hôpital pour attendre.

Je n'étais pas seule dans le foyer. Joseph Abernathy était assis dans un vieux fauteuil, apparemment absorbé par la lecture du *Journal scientifique des médecins*. Il leva le nez en m'entendant entrer, me salua d'un bref signe de tête et replongea dans son journal.

Le foyer offrait au lecteur des piles de magazines, qui avaient déjà fait leur temps dans les salles d'attente, et des vieux romans abandonnés par des patients après leur départ. Je feuilletai distraitement un vieux numéro d'*Etudes en gastro-entérologie*, puis un exemplaire déchiqueté de *Time Magazine*. Enfin, je saisis un des livres et m'installai confortablement.

Le roman avait perdu sa couverture, mais la page de garde indiquait *Le Fringant Flibustier, l'histoire captivante d'une passion défendue, aussi tourmentée que la mer des Antilles*. « Hum. pensai-je, la mer des Antilles fera parfaitement l'affaire. » J'ouvris le livre au hasard, tombant sur la page 42.

Pinçant son petit nez retroussé d'un air dédaigneux, Tessa rejeta ses épaisses tresses blondes en arrière, sans se rendre compte qu'elle dévoilait par là même sa gorge opulente, mise en valeur par un décolleté vertigineux. Valdez écarquilla les yeux, prenant soin de ne rien laisser voir des effets que cette beauté sauvage avait sur lui.

— J'ai pensé qu'il serait temps que nous fassions plus ample connaissance, señorita, susurra-t-il d'une voix suave qui déclencha une série de petits frissons exquis le long de la colonne vertébrale de Tessa.

— Je ne vois vraiment pas l'intérêt de faire plus ample connais-

sance avec un... un... un répugnant, méprisable, minable... petit pirate ! rétorqua-t-elle.

Valdez lui répondit par un sourire éclatant, tout en caressant le manche de sa dague. Malgré lui, il était impressionné. Décidément, cette créature de rêve ne manquait pas de cran ! Elle était si impétueuse... et si belle !

J'arquai un sourcil narquois, mais poursuivis ma lecture, fascinée.

... Se laissant emporter par son impérieux désir, Valdez glissa un bras autour de la taille de Tessa et murmura à son oreille :

— Vous oubliez que vous êtes mon trophée de guerre, señorita, et que le capitaine d'un vaisseau pirate est toujours le premier à choisir sa part du butin.

Tessa se débattit entre ses bras puissants tandis qu'il la soulevait de terre et la déposait délicatement sur le dessus-de-lit incrusté de pierreries. Reprenant son souffle, elle vit avec terreur Valdez déboutonner sa veste en velours bleu ciel et dénouer les lacets de sa chemise en lin. Il avait un poitrail superbe, telle une cuirasse antique coulée dans le bronze. Elle sentit malgré elle une irrépressible envie de la caresser du bout des doigts, mais elle se rétracta lorsqu'elle le vit avec terreur sur le point de défaire la ceinture qui retenait ses culottes.

— Mais où ai-je la tête ? s'exclama-t-il en s'interrompant. Je vous néglige, señorita. Permettez-moi...

Avec un sourire irrésistible, il se pencha sur Tessa et posa les paumes chaudes de ses mains calleuses sur ses seins gorgés de désir, les caressant doucement par-dessus la fine étoffe soyeuse. Poussant un petit cri, Tessa se retrancha au fond du lit, se calant contre l'oreiller recouvert de dentelles.

— Vous résistez ? s'étonna Valdez en feignant la surprise. Quel dommage de gâcher une si jolie toilette, señorita !

Il saisit fermement les bords de son corset en soie jade et tira dessus d'un coup sec, faisant jaillir les seins blancs de Tessa hors de leur abri, tels deux faisans dodus prenant leur envol.

Je ne pus retenir un gloussement. Le docteur Abernathy releva des yeux surpris de son journal. Reprenant rapidement un air concentré, je replongeai dignement dans mon livre.

Tessa sentit les épaisses boucles brunes de Valdez caresser sa gorge tandis qu'il refermait ses lèvres brûlantes sur la pointe rose de ses seins, déclenchant des frissons de volupté dans tout son corps. Etourdie par les sensations inconnues que l'ardeur du pirate éveillait en elle, elle se sentit fondre. La main de Valdez glissa subrepticement sous l'ourlet de sa jupe et remonta insidieusement le long de sa cuisse tendre, laissant dans son sillage comme une traînée de feu sur sa peau.

— Ah, mi amor, gémit-il. Vous êtes si belle, si pure ! Vous me rendez fou. Je vous ai aimée dès le premier instant où je vous ai vue, si fière et si hautaine sur le pont du navire de votre père. Mais vous semblez déjà beaucoup moins froide. Je me trompe ?

De fait, les baisers fébriles de Valdez mettaient Tessa sens dessus dessous. Comment pouvait-elle se laisser faire par ce monstre qui venait de couler le vaisseau de papa et de pourfendre une centaine d'hommes de la pointe de son épée ? Elle aurait dû être terrassée par la terreur. Or loin de là ! Elle ne pouvait s'empêcher d'entrouvrir les lèvres pour accueillir sa langue ardente et de cambrer les reins pour mieux sentir les assauts impérieux de sa virilité.

— Ah, mi amor, haleta-t-il. Je ne peux plus attendre. Mais... je ne veux pas vous faire mal. Doucement, mi amor, doucement.

Tessa tressaillit de bien-être en sentant la pression croissante de son désir se glisser entre ses cuisses.

— Oh ! souffla-t-elle. Oh, je vous en prie ! Vous ne pouvez pas... ! Non ! Je ne veux pas !

« C'est bien le moment de protester », pensai-je en moi-même.

— Ne t'inquiète pas, mi amor. Fais-moi confiance.

Peu à peu, elle se détendit au contact de ses caresses hypnotiques, sentant un feu embraser son bas-ventre et sa chaleur se répandre dans ses membres. Le souffle chaud de Valdez balayait ses seins, lui ôtant toute volonté de résistance. Sans même s'en rendre compte, elle écarta les cuisses. Progressant avec une infinie précaution, l'organe turgescent de Valdez se fraya un chemin à travers la fine membrane de son innocence.

Je ne pus réprimer un petit cri et laissai le livre me glisser des mains. Il s'écrasa sur le parquet avec un bruit sourd, atterrissant aux pieds du docteur Abernathy.

— Excusez-moi, marmonnai-je en me baissant pour le ramasser, les joues en feu.

En me redressant, je découvris à ma grande surprise le visage habituellement austère du docteur illuminé par un large sourire.

— Laissez-moi deviner, dit-il. L'organe turgescent de Valdez vient juste de se frayer un chemin à travers la fine membrane de l'innocence de Tessa ?

— Oui, dis-je, interdite. Comment avez-vous deviné ?

— Vous n'en êtes qu'au début, répondit-il en me prenant doucement le livre des mains. Ce ne pouvait être que ce passage, ou celui où il « titille de sa langue avide ses petits bourrelets de chair rose ».

— Où il fait quoi ?

— Je crois que ce doit être vers la page 73, attendez voir.

Il feuilleta le livre entre ses mains expertes, puis, s'arrêtant à une page, il me le tendit avec un sourire triomphant.

— Regardez par vous-même.

En effet :

« ... *Ecartant le drap de lin blanc, il se pencha entre les cuisses de Tessa et titilla de sa langue avide ses petits bourrelets de chair rose. Tessa gémit et...* »

J'éclatai de rire.

— Vous avez lu... ça !

— Oh oui, répondit-il, hilare.

Il avait une molaire en or sur le côté droit.

— J'ai dû le lire deux ou trois fois. Ce n'est pas le meilleur, mais il n'est pas mal.

— Pas le meilleur ! répétai-je, stupéfaite. Il y en a d'autres comme celui-ci ?

— Bien sûr.

Il se leva et alla fouiller dans la pile de livres sur la table basse.

— Il faut chercher ceux qui n'ont plus de couverture, expliqua-t-il. C'est généralement signe que leurs lecteurs les ont appréciés.

— Et moi qui croyais que vous ne lisiez que *L'Hebdomadaire thérapeutique* et la *Revue scientifique des médecins* !

— Quoi ! Je passe vingt heures par jour plongé jusqu'aux coudes dans les tripes des autres et vous voulez que je me farcisse *Les Progrès de la résection vésiculaire* par-dessus le marché ! Peuh... je préfère mille fois voguer sur les mers du Sud en compagnie de Valdez !

Il me lança un regard amusé avant d'ajouter :

— Moi aussi, je croyais que vous ne vous intéressiez qu'au *Journal des médecins de Nouvelle-Angleterre*, lady Jane. Les apparences sont trompeuses, n'est-ce pas ?

— Le fait est. Mais pourquoi m'appelez-vous lady Jane ?

— C'est Hoechstein qui vous a trouvé ce surnom. C'est à cause de votre accent anglais. On a toujours l'impression que vous venez de prendre le thé avec la reine. Ne le prenez pas mal, pour vous c'est un atout. Les hommes sont impressionnés et se sentent obligés de rester corrects. Vous parlez comme Winston Churchill, mais en femme. Ça jette un froid. Mais ce n'est pas tout...

Se calant dans son fauteuil, il me dévisagea attentivement.

— Vous avez cette manière de faire... comme si vous aviez l'habitude d'obtenir tout ce que vous voulez. Où avez-vous appris à vous comporter ainsi ?

— Pendant la guerre, répondis-je, amusée par cette description.

Il arqua des sourcils surpris.

— En Corée ?

— Non, en France, pendant la Seconde Guerre. J'étais infirmière dans un hôpital militaire. J'ai vu pas mal de chefs infirmières qui pouvaient transformer des internes et des brancardiers en gelée d'un seul regard. Je les ai bien observées et j'ai appris. Je peux vous dire que ça m'a été très utile dans ma vie, et avec des énergumènes bien plus durs à cuire que les internes et les patients de l'hôpital de Boston !

Il hocha la tête.

— Je peux comprendre ça, dit-il. Personnellement, je me sers de mon air de curé pour les impressionner. Quand j'étais petit, ma mère voulait que je devienne pasteur. J'imitais les prédicateurs noirs de notre quartier pour l'amuser.

Ce Joe Abernathy m'était de plus en plus sympathique.

— Elle a dû être déçue quand vous avez décidé de devenir médecin ? demandai-je.

— A vrai dire, je n'en sais trop rien. Quand je le lui ai annoncé, elle m'a regardé d'un air surpris, puis elle m'a dit : « Bah ! au moins tu pourras m'obtenir des médicaments à l'œil pour mes rhumatismes. »

J'éclatai de rire.

— C'est déjà plus de soutien que je n'en ai eu de mon mari ! Moi, il m'a déclaré froidement : « Mais, chérie, si tu t'ennuies à la maison, pourquoi ne fais-tu pas du bénévolat à la maison de retraite du quartier ? Tu pourrais faire le courrier de toutes ces vieilles personnes qui n'y voient plus assez clair pour écrire ! »

Les yeux brun doré de Joe s'illuminèrent.

— Oui, les gens pensent toujours savoir mieux que nous ce que nous avons à faire. Mais ils finissent par se lasser. Pour ma part, mes collègues et mes patients ont cessé de me lancer au visage que je ferais mieux de balayer la cour ou de nettoyer les chiottes, puisque Dieu m'a créé pour ça !

Au même instant, une infirmière vint me chercher pour m'annoncer que mon appendicectomie venait d'ouvrir un œil et je dus quitter le foyer. Mais cette amitié qui venait de naître à la page 42 du *Fringant Flibustier* n'en était qu'à ses balbutiements. Au fil du temps, Joe Abernathy devait devenir l'un de mes meilleurs amis, sans doute la seule personne de mon entourage qui comprenne ce que je faisais, et pourquoi.

19

Comment dire adieu à un fantôme

Enfin de retour rue Furley, où j'avais vécu avec Frank et Brianna ces vingt dernières années, je posai ma valise sur le porche. Les azalées près de la porte avaient survécu, mais leurs feuilles racornies et jaunies retombaient mollement sur la terre desséchée des jardinières. L'été était chaud, comme tous les étés à Boston, et, bien qu'on soit déjà à la mi-septembre, il n'avait pas plu une goutte depuis le mois de juin.

Avant même d'ouvrir la porte de la maison, je tournai le robinet extérieur. Le tuyau d'arrosage, abandonné en plein soleil, était brûlant au toucher et je le fis passer entre mes mains jusqu'à ce que l'eau le rafraîchisse.

De toute manière, je n'avais jamais aimé les azalées. Je les aurais arrachées depuis longtemps si, par égard pour Brianna, je n'avais hésité à modifier le plus petit détail de la maison depuis la mort de Frank. Entre sa première année d'université et la mort de son père, elle avait subi assez de traumatismes et l'idée même du changement lui faisait horreur. En outre, il y avait longtemps que je me désintéressais de la maison. Je pouvais très bien continuer ainsi.

— Voilà ! lançai-je aux azalées baignant dans l'eau boueuse. J'espère que vous êtes contentes parce que c'est tout ce que vous aurez pour aujourd'hui. Moi aussi, j'ai besoin d'un bon verre, et d'un bain.

Je m'assis sur le rebord de la baignoire dans ma robe de chambre, observant la cataracte d'eau claire, les remous de mousse parfumée sous le robinet et l'épaisse vapeur qui s'en dégageait.

Je coupai l'eau d'un geste sec puis restai là un moment, écoutant les craquements de la maison et le chuintement des bulles dans l'eau, consciente du moindre bruit autour de moi. Il en était ainsi depuis que j'étais montée dans l'express à Inverness et que j'avais senti les vibrations des roues gronder sous mes pieds. Je savais parfaitement ce que je faisais. Je me mettais à l'épreuve.

Je notais en silence la fonction et l'utilité de chaque machine, de chaque aspect technique de la vie moderne et, plus important encore, de chacune de mes réactions à cette modernité. Le train jusqu'à Edimbourg, l'avion, d'abord jusqu'à New York puis la correspondance pour Boston, le taxi depuis l'aéroport, et les centaines d'accessoires mécaniques que je croisais : les distributeurs automatiques ; les ampoules au néon et l'éclairage public dans les rues la nuit ; les toilettes de l'avion, avec leur tourbillon de désinfectant bleu vert au parfum insupportable, évacuant les déchets et les microbes à la suite d'une simple pression sur un bouton ; les restaurants, avec leurs certificats en bonne et due forme du Département de la Santé garantissant l'hygiène des cuisines et de la nourriture ; ma propre maison, avec ses interrupteurs anodins qui m'apportaient lumière, eau chaude et cuisson.

La question était : pouvais-je vivre sans ? Je plongeai ma main dans l'eau fumante du bain et l'agitai. Pourrais-je vivre sans ces aspects de la modernité, petits et grands, auxquels j'étais habituée ?

Je m'étais posé cette question chaque fois que je poussais un bouton, chaque fois que j'entendais le vrombissement d'un moteur. Et chaque fois, j'avais répondu : « Oui. » Après tout, ce n'était pas tant une question d'époque. Il me suffisait de traverser la ville pour trouver des gens qui vivaient sans le moindre confort moderne, ou de me rendre plus loin encore pour parcourir des pays entiers où l'on vivait heureux dans l'ignorance la plus complète de l'électricité.

Quant à moi, je n'y avais jamais attaché une grande importance. A la mort de mes parents, à l'âge de cinq ans, j'étais partie vivre avec oncle Lamb, un éminent archéologue. L'accompagnant partout sur le terrain, j'avais habité dans des conditions qu'on pouvait aisément qualifier de primitives. Certes, j'aimais les bains chauds et les lumières électriques, mais je m'en étais passée pendant plusieurs périodes de ma vie, ne serait-ce que pendant la guerre, sans souffrir outre mesure de leur absence.

L'eau du bain avait suffisamment tiédi pour être supportable. Je laissai retomber ma robe de chambre sur le carrelage de la salle de bains, et me glissai doucement dans la baignoire, avec un soupir d'aise.

Au XVIIIe siècle, les baignoires n'étaient guère plus qu'un gros tonneau. On s'y baignait généralement par parties : on immergeait d'abord les fesses et le ventre, en laissant pendre les jambes à l'extérieur, puis on se levait pour rincer son torse tout en trempant ses pieds. Le plus souvent, on se lavait debout avec un linge humide devant la bassine d'eau et l'aiguière.

Non, le confort moderne n'était pas indispensable. Je pourrais fort bien m'en passer.

Mais ce n'était pas là la seule question. Le passé était une contrée périlleuse. Cela dit, les prétendus progrès de la civilisation ne garantissaient pas notre sécurité. J'avais déjà traversé deux guerres dites « modernes » et la télévision me donnait tous les soirs le spectacle terrifiant d'un troisième et monstrueux conflit : le Viêt-nam.

Le monde « civilisé » avait inventé des façons bien plus brutales et inhumaines de faire la guerre. La vie quotidienne, elle, était peut-être plus sûre, mais uniquement si l'on regardait soigneusement où l'on mettait les pieds. Il y avait des endroits dans mon quartier aussi dangereux que bon nombre d'allées obscures de Paris où je m'étais aventurée deux cents ans plus tôt.

Détendue, je tirai sur le bouchon de la baignoire avec mes orteils. Finalement, la plomberie moderne n'était qu'accessoire. Inutile de spéculer indéfiniment sur les baignoires, les bombes et les violeurs. La véritable question était et avait toujours été de savoir comment les principaux intéressés prendraient mon geste : Brianna, Jamie et moi-même.

La baignoire se vida dans un gargouillis et je me levai, légèrement étourdie. Le grand miroir de la salle de bains était couvert de buée, mais je parvenais néanmoins à voir mon reflet des genoux jusqu'au crâne, rose comme une crevette.

Laissant tomber ma serviette, je m'examinai attentivement. Je fléchis les coudes et les levai au-dessus de ma tête, faisant un rapide inventaire : chair pas trop ramollie, biceps et triceps encore bien dessinés, deltoïdes bien ronds, pectoraux proéminents. Je me tournai sur le côté, contractant mes abdominaux : obliques toniques, *rectus abdominis* concaves comme il se doit. J'avais la chance de venir d'une famille n'ayant pas tendance à l'obésité. Oncle Lamb était resté mince jusqu'au jour de sa mort, à soixante-seize ans. Mon père, le frère d'oncle Lamb, devait avoir le même genre de constitution. Je me demandai soudain à quoi avait ressemblé ma mère, nue, vue de dos.

Je pivotai d'un quart de tour et regardai par-dessus mon épaule dans le miroir. Mes longs muscles dorsaux dégoulinaient d'eau. J'avais encore la taille fine. Quant à mes fesses... elles n'étaient pas encore couvertes de cellulite.

— Bah, fis-je en me retournant. On a vu pire.

Le fantôme de Frank m'attendait dans la chambre. La vue de notre grand lit, lisse et paisible sous le couvre-lit en satin bleu, fit soudain apparaître son image en moi, claire et limpide.

Il faut dire que je n'avais pas beaucoup pensé à lui ces derniers mois.

C'était sans doute l'éventualité d'un départ prochain qui l'avait fait resurgir. Cette chambre à coucher, ce lit... c'était là que je l'avais vu en vie pour la dernière fois.

— Pourquoi tu ne viens pas te coucher, Claire ? Il est minuit passé.

Frank était déjà au lit, un livre posé sur ses genoux fléchis. A la lumière dorée de la lampe de chevet, il semblait flotter dans une bulle de chaleur, isolé de la pénombre froide qui baignait le reste de la chambre. Nous étions début janvier et, malgré les efforts de la chaudière, le seul endroit douillet de la maison était encore notre lit, avec de lourdes couvertures.

Je lui souris et me levai, laissant retomber mon épaisse robe de chambre en laine sur le dossier de la chaise.

— Je t'empêche de dormir ? Désolée, je réfléchissais à l'opération de ce matin.

— Je m'en doutais. Il suffit de te regarder. Tu as les yeux qui brillent et la bouche entrouverte depuis tout à l'heure.

— Désolée, répétai-je, agacée. Je ne suis pas responsable de ce que fait mon visage pendant que je réfléchis.

— Mais réfléchir à quoi ? soupira-t-il en glissant un signet entre les pages de son livre. Tu as fait ton possible... Ressasser les détails de l'intervention n'y changera rien.

Il haussa les épaules, avant d'ajouter en grognant :

— Mais je t'ai déjà dit tout ça cent fois.

— Je sais.

Je me glissai entre les draps, enroulant ma chemise de nuit autour de mes jambes.

— Oh ! un instant, j'ai oublié le téléphone.

Je repoussai les couvertures et sortis du lit pour déplacer le combiné de sa table de chevet vers la mienne. Frank aimait rester au lit le matin et papoter au téléphone avec ses étudiants et collègues, mais il ne supportait pas d'être réveillé en pleine nuit par les appels de l'hôpital. Je m'étais arrangée avec les infirmières pour qu'on ne m'appelle qu'en cas d'extrême urgence ou lorsqu'un patient que j'avais opéré dans la journée souffrait de complications nécessitant mon retour immédiat dans le service de réanimation. Ce qui risquait fort d'être le cas ce soir-là.

Frank poussa un soupir d'aise quand j'éteignis enfin la lumière. Il roula sur le côté et mit un bras sur mon ventre.

— Au fait, dit-il d'une voix somnolente, au sujet de mon congé sabbatique...

— Mmmm... ?

Son ton faussement détaché aurait dû me mettre la puce à

l'oreille. Il devait cesser ses cours à l'université dans un mois et prendre un congé d'une année pour ses recherches. Il avait prévu plusieurs visites dans des Etats du nord-ouest des Etats-Unis, suivi d'un séjour de six mois en Angleterre, avant de passer les trois derniers mois à Boston pour terminer la rédaction de son livre.

— Je crois que je vais partir directement pour l'Angleterre, annonça-t-il prudemment.

— Ah, pourquoi pas ? Tu vas avoir un temps pourri, mais puisque tu seras constamment enfermé dans tes bibliothèques...

— Je veux emmener Brianna avec moi.

Je ne m'y étais pas attendue. Le froid dans la chambre se mua soudain en une boule de glace dans le creux de mon ventre.

— Elle ne peut pas partir maintenant, objectai-je. Il ne lui reste plus qu'un trimestre avant son examen final. Elle pourra te rejoindre cet été, non ? J'ai plusieurs semaines de vacances à rattraper et j'ai pensé que...

— Je pars maintenant. Définitivement. Sans toi.

Je repoussai son bras et me redressai dans le lit, rallumant la lumière. Frank cligna les yeux et passa une main dans ses cheveux hirsutes. Ses tempes poivre et sel lui donnaient un air distingué qui avait un effet alarmant sur les plus vulnérables de ses jeunes étudiantes.

— Pourquoi ce brusque changement ? demandai-je. C'est ta dernière maîtresse qui fait un caprice ?

En d'autres circonstances, son expression ahurie m'aurait semblé comique. Pour ma part, je me sentais étrangement très maîtresse de moi.

— Tu ne croyais tout de même pas que je ne m'étais jamais rendu compte de rien ! Bon sang, Frank, tu es l'homme le plus... distrait que je connaisse !

Il s'assit à son tour dans le lit, serrant les mâchoires.

— Je croyais pourtant avoir été discret, marmonna-t-il.

— Tout dépend. Personnellement, je n'en ai compté que six en dix ans. S'il y en a eu une quinzaine, alors oui, on peut dire que tu as fait preuve de discrétion.

Son visage reflétait rarement ses émotions, mais, aux plis autour de ses lèvres pincées, je savais qu'il était furieux.

— La dernière en date doit avoir quelque chose de spécial, dis-je en croisant les bras. Mais pourquoi ce départ précipité ? et pourquoi emmener Brianna ?

— Elle pourra passer son dernier trimestre dans une pension anglaise, dit-il sèchement. Ce sera une nouvelle expérience pour elle.

— Encore faudrait-il qu'elle en ait envie ! Elle n'acceptera jamais de quitter ses amis, surtout quelques mois avant la fin de

l'année scolaire. Et puis je la vois mal dans un internat en Angleterre !

— Un peu de discipline ne lui fera pas de mal, rétorqua-t-il.

Il agita une main vague, changeant de sujet :

— Soit, fit-il, on verra. Toujours est-il que je compte rentrer définitivement en Angleterre. Cambridge m'offre un poste intéressant et j'ai l'intention de l'accepter. Naturellement, je ne te demande pas de songer un instant à quitter ton cher hôpital. Mais il n'est pas question que je laisse ma fille derrière moi.

— Ta *fille !*

J'en eus le souffle coupé. Il avait tout planifié : un nouveau travail, une nouvelle maîtresse... une nouvelle vie, en somme... mais pas avec Brianna.

— Oui, ma *fille, répéta-t-il. Bien entendu, tu pourras nous rendre visite quand tu le voudras...*

— Espèce de... salaud !

— Sois raisonnable, Claire.

Il me dévisagea avec cet air d'infinie patience qu'il réservait à ses étudiants quand ils venaient pleurnicher parce qu'ils avaient été recalés.

— Tu n'es pratiquement jamais à la maison, expliqua-t-il. Une fois que je serai parti, qui s'occupera de Brianna ?

— A t'entendre, on croirait qu'elle a huit ans. Je te rappelle qu'elle en aura bientôt dix-huit ! Bon sang ! Ce n'est plus une enfant !

— Justement ! C'est maintenant ou jamais qu'il faut la surveiller. A l'université, je suis bien placé pour savoir les dangers qui guettent les adolescents : l'alcool, la drogue, le... le...

— Parce que tu crois que je ne les vois pas, moi, à l'hôpital ! Mais Brianna n'est pas du genre à...

— Détrompe-toi ! A cet âge, les filles ne savent pas ce qu'elles font ! Elles sont capables de partir avec le premier...

— Ne sois pas idiot ! Brianna est une fille intelligente. De plus, tous les jeunes font des expériences, c'est comme ça qu'ils apprennent ! Tu ne peux pas l'enfermer dans une bulle de verre toute sa vie !

— Je préfère la savoir enfermée dans une bulle de verre plutôt qu'en train de se faire sauter par un nègre ! Telle mère, telle fille, c'est bien ce qu'on dit, n'est-ce pas ? Eh bien, pas question. Tant que j'aurai mon mot à dire, ça ne se passera pas comme ça !

— Mais tu n'as strictement rien à dire, pauvre... crétin d'abruti, d'ordure ! Ni sur Brianna, ni sur personne d'autre ! Tu as l'invraisemblable culot de m'annoncer que tu me quittes pour aller vivre avec la dernière d'une longue brochette de traînées, puis tu insinues que je couche avec Joe Abernathy ? C'est bien ça ?

Nous écumions tous deux de rage, serrant les poings et vocifé-

rant de plus en plus fort. Cependant, il eut la grâce de ne pas me regarder dans les yeux en déclarant :

— Tout le monde le dit. Tu passes le plus clair de ton temps avec cet homme. Pire encore, tu entraînes Brianna avec toi, la mettant dans des situations où... où elle est exposée à toutes sortes de dangers... et à toutes sortes de gens.

— Des Noirs, dis-le !

— Parfaitement ! Déjà qu'on doit se farcir les Abernathy à toutes les fêtes et tous les dîners. Au moins, lui, il a de l'éducation ! Mais quand je pense à cet énergumène pachydermique qu'on a rencontré chez lui l'autre soir, avec ses tatouages tribaux et cette boue dans les cheveux ! Et cette espèce de perruche de salon à la voix huileuse ! Sans parler du fils Abernathy qui tourne autour de Brianna nuit et jour, l'entraînant dans des manifestations, des meetings et des orgies dans des tripots mal famés...

— Je doute que les clubs de jazz organisent des orgies.

Malgré moi, j'eus envie de rire devant cette description peu flatteuse mais assez exacte de deux des amis les plus excentriques de Lenny Abernathy, le fils de Joe.

— Tu sais ce que ton ami Joe m'a sorti l'autre jour ? Son fils a décidé de changer de nom et de se faire appeler Muhammad Ishmael Shabazz. Je ne veux pas prendre le risque de voir ma fille devenir Mme Shabazz.

— Je doute que cela fasse partie des projets de Brianna. Lenny est un ami, rien de plus.

— Soit, mais pour en être sûr, je l'emmène en Angleterre avec moi.

— Pas si elle n'en a pas envie, dis-je fermement.

Sentant qu'il n'était pas dans la meilleure position pour discuter, Frank sortit du lit et se mit à chercher ses pantoufles.

— Je n'ai pas besoin de ta permission pour emmener ma fille en Angleterre. Brianna est mineure, elle ira où je lui dirai. Tu serais bien aimable de préparer son carnet de santé. Sa nouvelle école en aura besoin.

— Ta fille ! rugis-je. Brianna est aussi ma fille, et tu ne l'emmèneras nulle part !

— Tu ne pourras pas m'en empêcher, répondit-il avec un calme insupportable.

— Ah oui ! C'est ce qu'on verra. Tu veux le divorce ? Parfait ! Utilise tous les arguments que tu veux, à l'exception de l'adultère, que tu ne pourras jamais prouver, et pour cause. En revanche, essaie seulement d'emmener Brianna avec toi, et j'aurai un ou deux mots à dire aux juges sur tes liaisons extraconjugales. Tu veux savoir combien de tes ex-maîtresses délaissées sont venues me voir pour me supplier de te laisser partir ?

Il en resta bouche bée.

— Je leur ai répondu que cela ne dépendait que de toi, poursuivis-je. Qu'il te suffisait de demander.

Je croisai les bras, ajoutant d'un air narquois :

— D'ailleurs, je me suis souvent demandé pourquoi tu n'étais pas parti plus tôt. Je pensais que c'était à cause de Brianna.

Son visage livide se détachait dans la pénombre de la chambre, tel un masque spectral flottant dans le noir.

— J'ai pensé que tu t'en fichais, grommela-t-il. Tu n'as jamais rien fait pour m'en empêcher.

— T'en empêcher ! Que voulais-tu que je fasse ? Que j'ouvre ton courrier ? Que je renifle le col de tes chemises ? Que je te fasse des scènes devant tes collègues ? Que j'aille me plaindre au recteur de l'université ?

— Tu aurais pu éviter de faire comme si tu n'y attachais pas la moindre importance.

— Mais cela en avait ! répliquai-je d'une voix étranglée.

— Pas assez.

Il contourna le lit et vint se placer près de moi.

— Parfois, je me demandais si je pouvais te le reprocher, dit-il doucement. Il ressemblait à Brianna, n'est-ce pas ?

— Oui.

— Je le voyais à ton visage... quand tu la regardais. Je pouvais presque t'entendre penser à lui.

Il y eut un long silence, ce genre de silence où tous les bruits autour de soi prennent une ampleur assourdissante, comme pour noyer dans le vacarme les paroles que l'on vient d'entendre.

— Je t'ai aimé, murmurai-je. Autrefois.

— Autrefois, répéta-t-il. Tu crois que cela me suffit ?

— C'est toi qui as voulu rester, Frank. Je t'avais dit la vérité. Et puis, après, j'ai essayé. Je te jure que j'ai essayé.

Il se détourna et s'approcha de ma coiffeuse, tripotant les objets qui y étaient posés, les retournant entre ses doigts avant de les reposer.

— Je ne pouvais pas t'abandonner seule, perdue, enceinte. Et puis, il y a eu Brianna. Je n'ai pas pu renoncer à elle.

Il marqua une pause avant de reprendre :

— Tu savais que je ne pouvais pas avoir d'enfants ? J'ai... fait faire des analyses il y a quelques années. Je suis stérile. Tu le savais ?

Je fis non de la tête.

— Brianna est mon enfant, ma fille, poursuivit-il. La seule enfant que j'aurai jamais...

Il émit un petit rire amer.

— ... C'est toute l'ironie de notre vie conjugale. Moi, je ne peux pas me séparer d'elle et toi, tu ne peux pas la voir sans penser à lui. Je me demande... si elle ne lui avait pas tant ressemblé, est-ce que tu aurais fini par l'oublier ?

— Non, murmurai-je.

Ma réponse sembla lui envoyer une décharge électrique dans tout le corps. Il resta figé un instant, puis se tourna vers l'armoire et commença à enfiler ses vêtements par-dessus son pyjama. Je l'observais, debout près du lit, tandis qu'il passait son manteau et sortait de la chambre sans un autre regard pour moi.

Un instant plus tard, j'entendis la porte d'entrée se refermer, suivi du grondement du moteur de sa voiture. La lueur des phares balaya le plafond de notre chambre tandis qu'il descendait l'allée devant la maison en marche arrière. Puis, plus rien. Je restai seule près du lit, grelottant de froid.

Frank ne revint pas. J'essayai vainement de dormir mais je ne pouvais fermer les yeux sans revoir notre scène de ménage dans ses moindres détails ni guetter le crissement de ses pneus s'engageant dans l'allée. Enfin, je me rhabillai, laissai un message à Brianna et sortis à mon tour.

Quitte à passer une nuit blanche, j'étais mieux à l'hôpital au chevet de mon patient. De plus, pour être parfaitement sincère, il ne m'aurait pas déplu que Frank ne me trouve pas à la maison à son retour.

La fine couche de glace noire qui recouvrait l'asphalte faisait luire la chaussée comme une mer d'huile. Les flocons de neige tourbillonnaient dans le halo jaune des réverbères au phosphore. D'ici à une heure, la glace serait recouverte par la neige, rendant les rues deux fois plus dangereuses. Ma seule consolation était qu'il n'y avait personne dehors à quatre heures du matin, à part moi.

— Il va bien, me souffla l'infirmière quand elle me vit entrer dans le service de réanimation. Les fonctions vitales sont stables et la fréquence cardiaque est normale. Aucune hémorragie.

De fait, le visage du patient était pâle mais pas alarmant. Le pouls dans le creux de son cou était régulier.

Je poussai un long soupir que je retenais depuis longtemps sans le savoir. L'infirmière me sourit gentiment et je me retins de m'effondrer contre son épaule. Soudain, les murs blancs de l'hôpital me paraissaient mon seul refuge.

Il était inutile de rentrer chez moi. Sur la pointe des pieds, je me rendis brièvement dans la chambre de chacun de mes autres patients, puis descendis à la cafétéria. Je m'installai devant une tasse de café et la bus lentement, me demandant comment j'allais présenter la situation à Brianna.

Une demi-heure plus tard, une des infirmières du service des urgences fit irruption par les portes battantes de la cafétéria et s'arrêta net en me voyant. Puis elle s'approcha lentement.

Je compris sur-le-champ. J'avais trop souvent vu des médecins et des infirmières annoncer de mauvaises nouvelles pour pouvoir me méprendre sur les signes. Très calmement, incapable de ressentir la moindre émotion, je reposai ma tasse presque pleine, sachant que pour le restant de mes jours je me souviendrais que son bord était ébréché et que l'or de la lettre « B » qui ornait son flanc était presque passé.

— ... m'a dit que je vous trouverais ici... ses papiers dans son portefeuille ; la police... neige fondue sur une plaque de glace... dérapage... décédé dans l'ambulance...

L'infirmière, parlait, parlait, parlait. Elle me suivait dans le couloir sans cesser de parler tandis que je courais vers les urgences, distinguant vaguement le visage de mes collègues se tournant lentement vers moi, ne connaissant pas encore la nouvelle mais devinant à mon expression figée qu'il s'était passé l'irrémédiable.

Il était couché sur un chariot derrière quatre portants tendus de rideaux. Une ambulance était garée près de la porte vitrée, peut-être celle qui l'avait amené. Son gyrophare crachait des traînées rouges sur les murs, telle une artère sectionnée, baignant le hall d'entrée dans une couleur de sang.

Je le touchai brièvement. Sa peau avait cette texture inerte, presque plastique, de ceux qui sont morts depuis peu. Il n'avait aucune plaie visible. Les dégâts de l'accident étaient cachés sous le drap qui le recouvrait à moitié. Aucun pouls ne battait plus dans le creux de son cou, lisse et brun.

Je me tins prostrée à son côté, le regardant comme je ne l'avais pas regardé depuis longtemps. Ce profil viril et délicat à la fois, ces lèvres minces, ce nez et cette mâchoire finement ciselés. Il était beau, malgré les rides profondes creusées de chaque côté de sa bouche, des rides de désillusion et de rage contenue que même la mort ne pouvait effacer.

— Frank, murmurai-je en fermant les yeux. Si tu es encore assez proche pour m'entendre, je t'ai aimé. Je te le jure, je t'ai aimé.

Puis Joe arriva, le visage anxieux. Il sortait du bloc opératoire. Il portait encore sa blouse vert pâle, tachée de giclées de sang. Il y en avait jusque sur la monture de ses lunettes.

— Claire. Oh mon Dieu ! Claire !

Je me mis à trembler comme une feuille. Je me tournai vers lui et posai ma tête contre son épaule. Puis, pour la première fois, je pleurai pour Frank.

Ce fut la sonnette qui me réveilla le lendemain matin.

— Un télégramme, m'dame !

Le malheureux postier faisait de son mieux pour ne pas lorgner sur ma chemise de nuit transparente.

Après le bacon frit dans la graisse au petit déjeuner, ces petites enveloppes jaunes devaient être la seconde cause principale de crises cardiaques dans le monde. Mon cœur se serra comme un poing. Je donnai un pourboire au postier et emportai le télégramme dans ma salle de bains qui, bizarrement, me paraissait l'endroit le plus sûr pour l'ouvrir, comme s'il s'agissait d'une lettre piégée qu'on ne pouvait désamorcer que sous l'eau.

Les doigts tremblants, je m'assis sur le rebord de la baignoire et le décachetai maladroitement.

Le message était bref... Naturellement, j'aurais dû me douter qu'un Ecossais serait économe en mots.

L'AVONS RETROUVÉ. STOP. REVENEZ VITE. STOP. ROGER.

Je repliai soigneusement le télégramme. Puis je restai là à le fixer des yeux un long moment. Enfin, je me levai et m'habillai.

20

Diagnostic

Joe Abernathy était assis derrière son bureau, contemplant d'un air perplexe un petit rectangle de papier blanc qu'il tournait entre ses doigts.

— Qu'est-ce que c'est ? demandai-je en m'asseyant sur le bord de la table.

— Une carte de visite.

Il me la tendit, mi-amusé mi-irrité. C'était une carte de visite sur laquelle était imprimé en lettres élégantes : *Muhammad Ishmael Shabazz III.*

— Lenny ? m'exclamai-je en riant. Muhammad Ishmael Shabazz III ?

— Mouais... grogna-t-il. Monsieur refuse désormais de porter un nom d'esclave, il lui faut un vrai nom de Blanc. Monsieur revendique son héritage africain. Je lui ai dit : « Soit, mais jusqu'où comptes-tu aller ? Tu veux aussi sortir dans la rue avec un os dans le nez ? » Il a déjà l'air malin avec sa coupe de cheveux !

Il dessina une large auréole autour de sa tête.

— ... Monsieur se promène partout en boubou. On dirait que c'est sa petite sœur qui le lui a fait en cours de travaux manuels. Ce cher Lenny, pardon je voulais dire *Muhammad*, veut être africain jusqu'au bout des ongles.

Il pointa un doigt vers la fenêtre et sa vue sur le parc.

— ... Je lui ai dit : « Regarde autour de toi, mon garçon, tu aperçois des lions quelque part ? » Peuh ! Il n'y a pas moyen de raisonner avec un garçon de cet âge !

— Certes, intervins-je. Mais pourquoi Muhammad *III* ?

Il ne put réprimer un large sourire, faisant étinceler sa dent en or.

— Monsieur se lamente sur ses « traditions perdues » et sur son « histoire effacée ». Il m'a dit : « Comment veux-tu que je m'impose à Yale face à tous ces fils à papa blancs qui s'appellent

Cadwaller IV ou Sewel Lodge Junior ? Je ne connais même pas le nom de mon grand-père ! Je ne sais même pas d'où je viens ! »

Joe émit un gloussement, avant de reprendre :

— Je lui ai répondu : « Si tu veux vraiment savoir d'où tu viens, mon garçon, tu n'as qu'à te regarder dans un miroir. Navré de te décevoir, mais tu n'es pas descendu du *Mayflower* avec les autres culs-bénis qui ont colonisé l'Amérique. »

Il reprit la carte de visite en grimaçant.

— Alors Monsieur me rétorque : « Quitte à revendiquer mon héritage, autant aller jusqu'au bout. Puisque mon grand-père ne m'a pas laissé de nom, c'est moi qui lui en donnerai un ! »

Il releva les yeux vers moi.

— Le problème, c'est que, du coup, je me retrouve coincé entre les deux générations. Me voilà devenu *Muhammad Ishmael Shabazz II* afin que mon fils puisse enfin être un fier « Afro-Américain ».

Il s'enfonça dans son fauteuil, l'air songeur, sans quitter des yeux le petit rectangle cartonné sur le bureau.

— Ah, tu as bien de la chance, lady Jane. Au moins, Brianna ne te fendra pas le cœur avec ses histoires de grand-père inconnu au bataillon. Ton seul problème, c'est de t'assurer qu'elle ne prenne pas de L.S.D. ou qu'elle ne se fasse pas engrosser par un hippy qui plane.

J'émis un rire ironique.

— C'est ce que tu crois !

Il arqua un sourcil intéressé.

— Ah oui ? Comment était l'Ecosse, au fait ? Brianna s'y est plu ?

— Elle y est toujours. En train d'enquêter sur *son* passé.

Joe ouvrit la bouche, mais fut interrompu par un coup hésitant à la porte.

— Docteur Abernathy ?

Un jeune homme rondouillard passa prudemment la tête dans l'entrebâillement de la porte, pressant un grand carton sur son ventre rebondi.

— Appelez-moi Ishmael, répondit Joe.

— Comment ?

Le jeune homme lui lança un regard perplexe, puis se tourna vers moi, l'air désemparé :

— C'est vous, le docteur Abernathy ? me demanda-t-il.

— Non, dis-je. C'est lui, quand il le veut bien.

Je bondis du bureau et époussetai ma jupe.

— Je te laisse à ton rendez-vous, Joe, mais si plus tard tu as une minute...

— Non, reste encore un instant, coupa Joe en se levant à son tour.

Il prit le carton des mains du jeune homme et le déposa sur la table.

— Vous devez être monsieur Thompson ? demanda-t-il au jeune homme en lui tendant la main. John Wicklow m'a prévenu de votre visite.

— Oui, Horace Thompson, se présenta le jeune homme légèrement décontenancé. Je vous ai apporté le... euh... spécimen.

— Je vais y jeter tout de suite un coup d'œil. Je crois que le docteur Randall pourra nous donner un coup de main.

Il me lança un regard malicieux en ajoutant :

— Je voudrais voir si tu t'y prends aussi bien avec un mort, lady Jane.

— Avec un quoi... commençai-je.

Je m'interrompis en le voyant sortir un crâne du carton.

— Oh, qu'il est joli ! s'exclama-t-il en le retournant entre ses doigts.

Joli n'était pas le premier adjectif qui me serait venu à l'esprit. Le crâne était taché et très décoloré, l'os ayant viré au brun. Joe l'approcha de la fenêtre, caressant des pouces les crêtes osseuses au-dessus des orbites.

— Une ravissante dame... dit-il doucement sans qu'Horace Thompson ni moi sachions s'il s'adressait à nous ou au crâne.

— ... adulte, poursuivit-il. Probablement entre quarante et cinquante ans... Vous avez les jambes ?

Il se tourna vers Thompson.

— Oui, répondit celui-ci en fouillant dans son carton. A vrai dire, nous avons l'ensemble du corps.

Je supposai que le jeune homme venait du bureau de la police judiciaire. Celle-ci envoyait parfois à Joe des corps non identifiés retrouvés dans la nature, en mauvais état, afin d'avoir l'opinion d'un expert sur la cause probable du décès.

— Tiens, docteur Randall, dit Joe en plaçant le crâne entre mes mains. Dis-moi si cette dame était en bonne santé pendant que je regarde ses jambes.

— Moi ? Mais je ne suis pas médecin légiste !

Néanmoins, j'inspectai consciencieusement le crâne. C'était un spécimen assez ancien, du moins avait-il été exposé aux intempéries un long moment. Il était lisse, décoloré par des pigments géologiques, avec une patine lustrée que les crânes « frais » n'avaient jamais. J'énumérai mentalement les différentes parties que j'examinais : la courbe douce des pariétaux, fusionnant au niveau du renfoncement du temporal ; la saillie des occipitaux qui s'emboîtait dans les maxillaires sous l'arche gracieuse du sphénoïde ; elle avait de charmants os malaires qui avaient dû lui donner de hautes et larges pommettes. Le maxillaire supérieur avait encore la plupart de ses dents, blanches et régulières. J'avais beau orienter le crâne dans la lumière, je ne parvenais pas à éclairer le fond des orbites. Il était léger, semblait fragile. Je caressai le front, puis glissai ma main à l'arrière du crâne, cherchant l'orifice à sa base, le grand foramen où passaient tous les messages nerveux transmis au cerveau. Je le serrai contre ma poitrine en fermant les yeux et me sentis soudain envahie par une grande tristesse et une étrange sensation de... surprise ?

— Quelqu'un l'a tuée. Elle ne voulait pas mourir, dis-je sans savoir pourquoi.

J'ouvris les yeux et découvris Horace Thompson, qui me dévisageait avec stupeur. Je lui rendis le crâne.

— Où l'avez-vous trouvée ? demandai-je.

Thompson lança un regard ahuri à Joe, puis se tourna à nouveau vers moi.

— Dans une grotte, sur une île des Caraïbes. Elle était entourée d'objets rituels. D'après nos premières estimations, elle doit avoir entre cent cinquante et deux cents ans.

— Quoi ?

Joe riait aux éclats, ravi de ce quiproquo.

— Notre ami Thompson vient du département d'anthropologie, expliqua-t-il une fois calmé. Son collègue Wicklow est un ami. Il m'a demandé de jeter un coup d'œil à ce squelette.

— Moi qui croyais que c'était un corps envoyé par la police pour tenter de l'identifier !

— Pour ce qui est de l'identifier, j'ai peur qu'il soit un peu tard ! dit Joe en se penchant au-dessus du carton. Voyons voir ce que nous avons là.

Il sortit un sac en plastique contenant des vertèbres, qu'il déversa pêle-mêle sur son bureau.

— C'est qu'elle nous est arrivée en pièces détachées, s'excusa Thompson.

— Voyons voir... marmonna Joe en reconstituant le rachis. Les lombaires avant les dorsales, les dorsales avant les cervicales.

Ses gros doigts manipulaient adroitement les vertèbres, les tournant rapidement avant de les placer comme les pièces d'un puzzle.

— Oh, regardez donc cette cervicale ! dit-il soudain.

Thompson et moi nous penchâmes sur la vertèbre qu'il nous montrait. Le corps large et robuste de l'os portait une profonde entaille. L'apophyse épineuse avait été brisée net et l'on voyait une fissure se frayer un chemin jusqu'à l'orifice central.

— Un cou brisé ? suggéra Thompson.

— Oui, mais plus que ça, répondit Joe. Vous voyez cette coupure franche ? L'os ne s'est pas cassé tout seul. Quelqu'un a tenté de trancher le cou de cette femme avec une lame émoussée.

Thompson se tourna vers moi d'un air intrigué.

— Comment aviez-vous deviné qu'elle avait été assassinée, docteur Randall ?

Je sentis le rouge me monter aux joues.

— Je... je ne sais pas... Je l'ai senti, tout simplement.

— Vraiment ? dit-il d'un ton incrédule. C'est bizarre.

— Elle fait ça tout le temps, plaisanta Joe. Mais généralement, sur des sujets encore en vie. C'est la meilleure diagnosticienne que je connaisse.

Armé d'un compas orthopédique, il mesura un fémur.

— Vous dites qu'elle a été retrouvée dans une grotte ? demanda-t-il.

— Oui. Nous pensons qu'il s'agissait d'un lieu de sépulture secret utilisé par... les esclaves, expliqua Thompson, l'air gêné.

Je compris alors sa timidité lorsqu'il avait compris lequel de nous deux était le docteur Abernathy. Joe lui adressa un regard amusé, puis se replongea dans son travail en fredonnant un negro spiritual. Il mesura la cavité articulaire de l'ischion, puis se concentra sur le tibia. Enfin, il se redressa en hochant la tête.

— Ce n'était pas une esclave, annonça-t-il.

Thompson cligna des yeux ahuris.

— Mais comment... elle l'était forcément... les objets qui ont été retrouvés autour d'elle étaient clairement d'origine africaine.

— Peut-être, dit Joe, mais elle n'était pas noire.

— Comment pouvez-vous en être sûr, uniquement à partir des os ? Mais je croyais... je veux dire... l'article de Jensen... démontre que les théories sur les différences anatomiques des races ne tenaient pas...

— Ecoutez, s'impatienta Joe, si vous préférez croire que les Noirs et les Blancs ont un squelette identique, c'est votre problème, mais sur le plan scientifique, il y a bel et bien une différence.

Il ouvrit un tiroir et en sortit un grand livre intitulé : *Tableau des particularités squelettiques*.

— Regardez, vous pouvez constater sur ces deux planches que tous les os sont différents, mais surtout au niveau des membres inférieurs. Le rapport tibia-fémur chez les Noirs est très différent de celui des Blancs. Et cette femme était blanche, fit-il en montrant les os éparpillés sur son bureau. De type européen. Sans l'ombre d'un doute.

— Oh, murmura Thompson. C'est que... il faut que je réfléchisse... je veux dire... c'est très aimable à vous de l'avoir examinée, docteur. Euh... merci.

Nous l'observâmes en silence ranger son matériel dans le carton, puis il nous salua d'un petit signe de tête contrit et sortit.

Joe éclata de rire à peine la porte refermée.

— Tu paries qu'il descend chez Rutgers pour avoir une seconde opinion ?

— Les chercheurs n'abandonnent pas facilement leurs théories, répondis-je. J'ai suffisamment vécu avec l'un d'entre eux pour le savoir.

Joe s'affala dans son fauteuil, hilare.

— Alors, maintenant que nous sommes débarrassés de M. Thompson et de son cadavre de dame blanche, que puis-je faire pour vous, lady Jane ?

— J'ai besoin d'un conseil avisé... de la part d'une personne objective. Non... me repris-je. Disons plutôt que j'ai besoin d'un conseil et, selon le conseil, éventuellement d'un service.

— Vas-y, invita Joe. J'adore donner des conseils, c'est ma spécialité.

Il se balança dans son fauteuil, sortit ses lunettes et les chaussa.

— Je t'écoute, annonça-t-il

— Suis-je sexuellement attirante ?

Il ouvrit de grands yeux ronds. Puis il se ressaisit et m'inspecta de la tête aux pieds d'un air suspicieux.

— C'est une question piège ? Quelle que soit ma réponse, une horde de féministes vont faire irruption dans mon bureau en m'accusant de harcèlement sexuel et en me traitant de sale macho sexiste, c'est ça ?

— Non, le rassurai-je. Ce que je veux, c'est précisément l'opinion d'un sale macho sexiste.

— Ah. Bon, dans ce cas...

Il m'inspecta encore un peu avant de donner son diagnostic :

— Poulette blanche maigrichonne avec trop de cheveux mais un beau cul, conclut-il. Et de jolis nibards aussi.

Il m'adressa un large sourire.

— Ça vous va, madame ?

— Parfait, répondis-je en me détendant. C'est exactement ce que je voulais savoir. Tu comprends, ce n'est pas le genre de question que je peux poser à n'importe qui.

Il me dévisagea d'un air intrigué un long moment, puis renversa la tête et poussa un rugissement ravi.

— Lady Jane ? Tu t'es enfin trouvé un mec !

Je me sentis rougir mais fis de mon mieux pour rester digne.

— Je ne sais pas trop. Peut-être. Je dis bien peut-être !

— Il était temps !

— Cesse de dire des âneries, Joe. Ce n'est pas convenable de la part d'un homme de ton âge et de ta situation.

— De *mon* âge ? Oh, je vois. Il est plus jeune que toi, c'est ça ?

— Non, enfin si, un peu, mais pas beaucoup... Le vrai problème, c'est que je ne l'ai pas revu depuis vingt ans. Tu es la seule personne qui me connaisse depuis longtemps. Tu trouves que j'ai beaucoup changé depuis qu'on se connaît ?

Il ôta ses lunettes et me regarda à nouveau.

— Non. La seule chose qui pourrait t'avoir changée, c'est la graisse, mais tu n'en as pas.

— Tu es sûr ?

— Puisque je te le dis. Tu as déjà assisté à une réunion d'anciens élèves de ton lycée ?

— Non.

— Moi si. Tu revois tous ces gens que tu n'as pas vus depuis des lustres et ta première réaction en les voyant, c'est : « Mon Dieu, comme il ou elle a changé ! » Puis tu regardes un peu mieux et, tout à coup, c'est comme si toutes ces années s'envolaient. Tu retrouves la personne telle que tu l'as connue. Bien sûr, il y a des mèches de cheveux gris ici et là, quelques rides... mais au bout de deux minutes, tu ne les vois plus et tu te retrouves toi-même plongé vingt ans en arrière. En revanche, si la personne en face de toi a beaucoup grossi, ce n'est plus la même chose : la graisse modifie la forme du visage. Mais tu n'as pas à t'inquiéter à ce sujet. Tu ne seras jamais grosse, ce n'est pas dans tes gènes.

— Espérons-le, soupirai-je.

Il se tut un instant, puis demanda doucement :

— C'est le père de Brianna ?

Je sursautai.

— Comment le sais-tu ?

— Je connais Brianna depuis pas mal de temps, dit-il avec un sourire. Elle tient beaucoup de toi, mais je n'ai jamais rien vu de Frank en elle. Je parie que son père est roux, non ? Si j'ai bien retenu mes cours de génétique, ce doit être un sacré grand gaillard !

— Oui, c'est vrai.

Ce simple aveu me faisait tourner la tête. Avant de parler de Jamie à Brianna et Roger, je n'avais pas prononcé son nom une seule fois en vingt ans. La joie de pouvoir enfin parler librement de lui était enivrante.

— Il est grand, roux et écossais, dis-je.

Joe ouvrit de nouveau de grands yeux ronds.

— Et Brianna est en Ecosse en ce moment ?

— Oui. C'est justement à ce sujet que j'ai besoin d'un petit service.

Deux heures plus tard, je quittai l'hôpital pour la dernière fois, laissant derrière moi une lettre de démission adressée au conseil d'administration, tous les documents nécessaires à la gestion de mes biens jusqu'à ce que Brianna soit en âge de les prendre en charge et une attestation, prenant effet à cette même date, lui laissant tout ce que je possédais. Tandis que je sortais du parking de l'hôpital, je fus prise d'un mélange de panique, de regret et d'euphorie. Le grand voyage venait de commencer.

21

C.Q.F.D.

Inverness, 5 octobre 1968

— J'ai retrouvé son testament !

Les yeux de Roger brillaient d'excitation. Il tenait à peine en place, trépignant d'impatience sur le quai de la gare d'Inverness tandis que j'embrassais Brianna. Il nous poussa sans ménagement vers sa minuscule Austin Morris.

— Quel testament ? criai-je depuis la banquette arrière pour me faire entendre par-dessus l'infernal vrombissement du moteur.

— Celui de Lallybroch, où il lègue la propriété à son neveu, le petit Jamie.

— Il est au presbytère, précisa Brianna. Nous avons eu peur de l'apporter avec nous. Roger a dû faire des pieds et des mains et vendre son âme au diable pour le sortir des archives.

L'agitation et la fraîcheur de l'air rosissaient ses joues. C'était toujours un choc de la revoir après un moment d'absence. Les mères trouvent toujours leur fille belle, mais la mienne était la plus belle de toutes.

Je lui souris, ma tendresse pour elle se teintant de panique. Comment pouvais-je songer à l'abandonner ? Se méprenant sur ce qui avait suscité mon sourire, elle reprit de plus belle :

— Mais ce n'est pas tout. Tu ne devineras jamais ce qu'on a retrouvé !

— Ce que *tu* as retrouvé, rectifia Roger.

Il lui adressa un regard fier et lui pinça doucement le genou. Elle lui lança un petit clin d'œil complice qui déclencha aussitôt une sonnerie d'alarme dans ma tête de mère : Aha ! Ils en étaient déjà là !

Je crus sentir l'ombre accusatrice de Frank derrière mon épaule. Au moins, il ne pouvait reprocher à Roger sa couleur. Je m'éclaircis la gorge avant de demander :

— Mais de quoi s'agit-il ?

Ils échangèrent un regard de connivence qui acheva de m'agacer.

— Attends encore un peu, maman. Tu verras.

Vingt minutes plus tard, j'étais penchée sur le secrétaire de la bibliothèque du presbytère, examinant une liasse de vieux documents jaunis par le temps. Le bord des pages était écorné. Elles étaient couvertes de ratures et de petites notes en marge. Il s'agissait manifestement d'un brouillon.

A mes côtés, Roger farfouillait dans une haute pile de volumes reliés.

— C'est le texte original de l'article que je suis en train de chercher, indiqua Roger. Il a été publié en 1765 dans une sorte de journal appelé *Forrester's*, par un imprimeur du nom d'Alexander Malcolm, demeurant à Edimbourg.

Je déglutis. 1765, soit près de vingt ans après que j'ai quitté Jamie. Je fixai les petites lettres inclinées. Ce texte avait été rédigé par un homme qui avait du mal à écrire. La calligraphie était maladroite, tantôt allongée, tantôt resserrée en pattes de mouche, avec des « g » et des « j » aux boucles exagérées. Peut-être l'écriture d'un gaucher contraint d'écrire péniblement de la main droite ?

— Tenez, voici la version publiée.

Roger déposa un volume ouvert devant moi, pointant une ligne du doigt.

— Vous voyez la date ? dit-il. 1765. Il suit pratiquement mot pour mot la version rédigée à la main. Seules quelques notes en marge ont disparu.

— En effet, dis-je. Et ce testament ?

— Le voilà.

Brianna fouilla rapidement dans un tiroir et en sortit une feuille très froissée, protégée par une chemise en plastique. Cette protection était intervenue un peu tard. Le papier était déchiré et sale. Il avait été mouillé à plusieurs endroits, l'encre ayant déteint au point que de larges parties du texte étaient indéchiffrables. En revanche, les trois signatures en bas à droite étaient clairement visibles.

— « Je soussigné... », lus-je non sans peine (remarquant au passage que la boucle du « j » et celle du « g » présentaient de très fortes ressemblances avec celles de l'autre texte)... « James Alexander Malcolm MacKenzie Fraser. »

Plus bas se trouvaient les signatures des deux témoins : d'abord, dans une belle écriture élégante, *Murtagh FitzGibbons Fraser*, puis, avec mes propres lettres rondes et larges, *Claire Beauchamp Fraser*.

Je reposai la feuille, posant instinctivement une main dessus comme pour démentir sa réalité.

— Alors, c'est bien la même écriture, maman ? demanda Brianna. L'article du journal est simplement signé « Q.E.D. », *quod erat demonstrandum,* à savoir « ce qu'il fallait démontrer ». Ce doit être une sorte de nom de guerre. Nous pensons qu'il s'agit du même homme mais, avant de confier les deux textes à un graphologue, nous voulions te consulter.

Je résistai à l'envie de sortir les deux lettres de leur pochette en plastique et de les presser contre mon cœur. C'était lui. J'avais là la preuve qu'il avait survécu.

— Il y a autre chose, indiqua Roger avec une fierté non dissimulée. Regardez cet autre article du même journal. L'auteur s'insurge contre la loi d'excise de 1764, et réclame la levée des restrictions sur les importations d'alcool écossais en Angleterre. Vous voyez cette phrase, là ?

Il montrait une ligne sur la page, lisant à voix haute :

— *... car depuis la nuit des temps, « liberté et whisky vont main dans la main* ». Il a mis cette phrase entre guillemets. C'est donc qu'il l'a empruntée à quelqu'un d'autre.

— A moi, répondis-je. C'est ce que je lui avais dit alors qu'il s'apprêtait à voler le porto de Charles-Edouard. Mais en réalité, c'est une citation de Burns. L'auteur de l'article peut avoir lu ses poèmes. Burns était déjà vivant à l'époque, non ?

— Oui, intervint Brianna. Mais il n'avait que six ans en 1765.

— Et Jamie en aurait eu quarante-quatre.

Tout à coup, tout devenait réel. Il était en vie, ou plutôt, il avait été en vie. Je reposai mes doigts tremblants sur la page.

— Et si... commençai-je.

— Et si le temps se déroule en lignes parallèles, comme nous le pensons... poursuivit Roger en me regardant.

— ... Alors, tu peux y retourner, maman, acheva Brianna. Tu peux le retrouver.

Les cintres en plastique cliquetèrent contre le portant tandis que je repoussais les robes une à une.

— Je peux vous aider, madame ?

La vendeuse ressemblait à un pékinois, avec des yeux bordés de rimmel bleu cachés sous une frange qui lui tombait jusque sous le nez.

— Je cherche une robe qui fasse... ancienne.

Je lui montrai celle qui était en vitrine, le dernier cri de la mode hippy, avec un corset à lacets en velours et une jupe longue en vichy bleu.

— Mais bien sûr, regardez ! Vous avez toute la collection néoromantique d'Athénaïs Dubarry de l'autre côté du magasin.

Tout en spéculant sur l'improbabilité de s'appeler « Athénaïs Dubarry », je parcourus les rangées de cintres, m'arrêtant sur une superbe robe en taffetas ivoire, avec des rayures en satin vert pâle et une cascade de dentelles sur le corsage.

— Elle vous irait à ravir, déclara aussitôt le pékinois, flairant une bonne vente.

— Peut-être, mais elle n'est pas très pratique. Au bout de cinq minutes dans la rue, il ne restera pas grand-chose du jupon.

Reposant la robe avec regret, je poursuivis mes recherches.

— J'adooore cette couleur ! se pâma la vendeuse tandis que je m'arrêtais à nouveau devant une robe rouge sang.

— Moi aussi, mais elle risque de faire un peu tape-à-l'œil. Je ne voudrais pas passer pour une fille de joie, n'est-ce pas ?

Le pékinois me lança un regard interdit puis, décidant qu'il s'agissait d'une boutade, émit un petit rire nerveux.

— Celle-ci ! s'écria-t-elle soudain en glissant un bras sous mon nez pour décrocher un cintre. C'est votre couleur. Elle est paaaarfaite !

A vrai dire, elle n'avait pas tort. Tombant jusqu'au sol, avec des manches de trois quarts bordées de dentelle, elle était d'un beau jaune doré, avec des reflets moirés bruns, ambre et cerise qui chatoyaient sur la soie. Je la soulevai délicatement pour l'examiner. Un peu trop sophistiquée, peut-être, mais elle pourrait convenir. La dentelle du corsage était faite à la machine et ne tenait qu'avec des agrafes, mais je n'aurais pas de mal à la renforcer.

— Essayez-la ! La cabine est juste derrière vous !

La vendeuse frétillait autour de moi. Après un bref coup d'œil à l'étiquette, je compris pourquoi. Elle devait être payée à la commission. La robe coûtait l'équivalent d'un mois de loyer pour un appartement londonien. Je haussai les épaules. Après tout, une fois partie, mon argent ne me servirait plus à rien.

Toutefois, j'hésitais encore.

— Je ne sais pas... dis-je. Elle est très jolie mais...

— Oh, ne vous inquiétez pas, me rassura le pékinois. Elle ne fait pas trop jeune pour vous. D'ailleurs, on vous donnerait vingt-cinq ans...

Croisant mon regard dubitatif, elle ajouta maladroitement :

— Bon... disons trente.

— Merci, mais ce n'est pas ce qui me chiffonne. C'est plutôt que... vous n'auriez pas la même sans fermeture Eclair ?

Son visage lourdement fardé resta un instant vide de toute expression.

— Euh... non, répondit-elle enfin.

— Bah, ce n'est pas grave, soupirai-je en me dirigeant vers la cabine d'essayage. Si je survis au voyage, les fermetures Eclair seront bien le moindre de mes soucis.

22

La nuit de tous les saints

— Deux guinées d'or, six souverains, vingt-trois shillings, dix-huit florins et... douze farthings[1].

Roger laissa tomber la dernière pièce sur la table, puis fouilla dans la poche de sa chemise, avec une expression concentrée.

— Ah, voilà.

Il en sortit un sac en plastique et déversa une pluie de petites pièces en cuivre près du premier tas.

— Ce sont des *doits*, expliqua-t-il. Ce sont les plus petites pièces de monnaie écossaise de l'époque. Je vous en ai pris le plus possible car ce sont sans doute celles que vous utiliserez le plus. Les grosses pièces ne vous serviront que si vous voulez acheter un cheval ou quelque chose du même genre.

— Je sais.

Je ramassai deux souverains et les soupesai dans le creux de ma main. Ils étaient lourds, mesurant presque trois centimètres de diamètre. Roger et Brianna avaient passé quatre jours à Londres à faire le tour des boutiques des numismates afin d'assembler la petite fortune qui brillait à présent devant moi.

— C'est drôle, commentai-je en retournant une guinée entre mes doigts, ces pièces coûtent aujourd'hui plus cher que leur véritable valeur à l'époque. Mais si on considère ce qu'elles permettaient d'acheter autrefois, leur valeur est alors pratiquement la même qu'aujourd'hui. Cette pièce à elle seule équivaut à six mois de revenus pour un petit fermier.

— J'oubliais que vous saviez déjà tout ça, dit Roger. Vous connaissez le prix des choses.

— On oublie vite, répondis-je sans cesser de contempler la pièce d'or.

1. Quart de penny *(N.d.T.)*.

Du coin de l'œil, je vis Brianna s'approcher de Roger et la main de celui-ci serrer machinalement la sienne.

Ils dînèrent dans un pub de River Street. Aucun d'entre eux n'était d'humeur à entretenir la conversation. Claire et Brianna étaient assises en face de Roger, le nez dans leur assiette. Toutefois, il remarqua que les deux femmes ne cessaient de se toucher, collées l'une contre l'autre, leurs mains se frôlant sans cesse.

Comment réagirait-il à leur place ? se demandait-il. Toutes les familles étaient tôt ou tard confrontées à la séparation mais, en règle générale, c'était la mort qui s'en chargeait. Dans le cas présent, toute la difficulté venait du fait qu'il s'agissait d'une décision délibérée et réfléchie.

Lorsqu'ils se levèrent à la fin du repas, il retint Claire par le bras.

— Vous voulez bien vous prêter à un petit jeu pour moi ? demanda-t-il.

— Oui bien sûr, répondit Claire, surprise.

— Voilà, il s'agit de franchir la porte du restaurant les yeux fermés. Une fois que vous serez dans la rue, ouvrez-les, puis revenez immédiatement à l'intérieur et dites-moi quelle est la première chose que vous avez vue.

Elle lui lança un regard amusé.

— D'accord. Espérons que ce ne sera pas un agent de police ou je risque de me faire embarquer pour état d'ébriété sur la voie publique.

— Tant que ce n'est pas un canard, ce n'est pas grave.

Elle le dévisagea d'un air perplexe, puis se tourna docilement vers la porte et ferma les yeux. Brianna observa sa mère avançant les bras tendus devant elle pour se protéger et disparaître dans la rue.

— Qu'est-ce que tu manigances, Roger ? Et qu'est-ce que c'est que cette histoire de canard ?

— C'est une vieille coutume, expliqua-t-il les yeux fixés sur la porte. Le *Samhain*, qui correspond à notre Toussaint, est l'une des quelques fêtes anciennes où l'on est censé pouvoir prédire l'avenir. L'une des méthodes utilisées consiste à sortir de chez soi les yeux fermés. La première chose qu'on voit devant sa porte est un présage concernant le futur proche.

— Et les canards sont un mauvais présage ?

— Tout dépend de ce qu'ils font. S'ils cachent leur tête sous leur aile, cela signifie la mort. Mais pourquoi ne revient-elle pas ?

— On ferait mieux d'aller voir, s'inquiéta Brianna. Cela m'étonnerait qu'il y ait beaucoup de canards endormis dans la rue en plein cœur d'Inverness, mais on ne sait jamais. La rivière n'est pas loin...

Juste au moment où ils allaient sortir, la porte s'ouvrit sur Claire, l'air légèrement décontenancée.

— Vous ne devinerez jamais ce que j'ai vu ! annonça-t-elle en riant.

— Pas un canard avec sa tête sous son aile ? demanda Brianna, nerveuse.

— Mais non, quelle idée ! répondit Claire, surprise. Un policier. Je me suis tournée vers la gauche et je l'ai heurté de plein fouet !

— Il venait donc vers vous ? demanda Roger, soulagé.

— Oui, jusqu'à ce que je l'emplafonne.

Elle repartit dans un éclat de rire, le néon du bar faisant briller ses yeux dorés.

— C'est bon signe, déclara Roger, ravi. Voir un homme venir vers soi la nuit de Samhain signifie qu'on va bientôt trouver ce qu'on cherchait.

— A la bonne heure ! s'exclama Claire.

Plus tard le même soir, Roger et Brianna restèrent seuls devant la cheminée. Claire était montée se coucher. Brianna semblait figée, les yeux rivés sur les flammes. Il vint s'asseoir près d'elle et lui prit la main.

— Elle pourra peut-être revenir, dit-il doucement. Qui sait ?

Brianna secoua la tête, sans le regarder.

— Ça m'étonnerait. On ne sait même pas si elle survivra à la traversée.

Il poussa un long soupir.

— Sa place est à ses côtés, Brianna. Tu ne le vois donc pas ? Quand elle parle de lui...

— Bien sûr que je le vois. Je sais qu'elle a besoin de lui. Mais... moi aussi j'ai besoin d'elle !

Elle se pencha en avant, serrant ses genoux contre elle comme pour contenir une douleur vive. Roger lui glissa une main dans les cheveux. Il aurait voulu la prendre dans ses bras pour la réconforter, mais elle paraissait si froide et si lointaine...

— Tu es grande, maintenant. Tu te débrouilles très bien toute seule. Tu l'aimes, mais tu n'as pas vraiment besoin d'elle... du moins plus comme avant. Elle aussi, elle a le droit de chercher son bonheur.

— Bien sûr, répondit-elle, le menton tremblant. Mais... mais... tu ne comprends pas, Roger. Elle est tout ce qui me reste. Elle et papa... Je veux dire Frank.... Ils étaient les seuls à me connaître depuis toujours, les seuls à m'avoir vue faire mes premiers pas, les seuls à être fiers de moi quand j'avais de bonnes notes à l'école et qui...

Elle s'interrompit en éclatant en sanglots.

— Je... je sais que ça paraît idiot, hoqueta-t-elle. Mais je ne me souviens pas de mes premiers pas, du premier mot que j'ai prononcé, alors que maman, si ! Je sais bien que ça ne change rien, mais c'est important. C'était important pour elle et, quand elle sera partie... il n'y aura plus personne qui se souciera de ces petits détails-là, plus personne au monde qui pensera que je suis spéciale simplement parce que j'existe, qui m'aimera pour ce que je suis !

Elle se redressa, serrant les poings dans un effort pour se contrôler. Puis ses épaules s'affaissèrent et Roger sentit la tension qui se relâchait.

— Je sais que c'est absurde et égoïste de ma part, poursuivit-elle plus calmement. Mais tu ne peux pas comprendre. Tu dois me prendre pour un monstre.

— Non, murmura-t-il.

Il glissa un bras autour de sa taille et la serra contre lui. Elle résista un instant, puis se laissa faire, posant sa tête sur son épaule.

— Je viens juste de prendre conscience de quelque chose, dit-il. Tu te souviens des cartons dans le garage ?

— Lesquels ? il y en a des centaines !

— Ceux sur lesquels il est écrit « Roger ». Ils contiennent les affaires de mes parents. Des lettres, des photos, de la layette, des livres, etc. C'est mon oncle qui les avait emballés quand je suis venu vivre chez lui. Il les traitait comme s'il s'agissait de ses documents historiques les plus précieux. Il les bichonnait, les protégeant de l'humidité, changeant régulièrement les boules de naphtaline, etc. Un jour, je lui ai demandé pourquoi il conservait ce bric-à-brac. Moi, je n'en voulais pas et je n'en voyais pas l'utilité. Il m'a répondu qu'il fallait absolument les garder, que c'était mon histoire et que personne ne pouvait vivre sans une histoire.

Brianna soupira, se détendant encore un peu plus, se balançant doucement d'avant en arrière à l'unisson avec Roger, s'abandonnant à la torpeur.

— Tu ne les as jamais ouverts ? demanda-t-elle.

— Non. Ce qu'ils renferment est sans importance. Ce qui compte, c'est qu'ils soient toujours là.

Il se dégagea et se tourna vers elle pour la regarder dans les yeux.

— Tu as tort, murmura-t-il. Il n'y a pas que ta mère qui t'aime pour ce que tu es.

Brianna était montée se coucher depuis longtemps. Incapable de dormir, Roger était toujours dans la bibliothèque et regardait le feu mourir lentement.

Un léger bruit de pas l'extirpa de ses pensées. Il crut tout d'abord que c'était Brianna, qui elle aussi ne trouvait pas le sommeil. C'était Claire.

— J'étais sûre que vous seriez encore là, dit-elle.

Elle était en chemise de nuit, un pâle reflet de satin blanc se détachant dans la pénombre du couloir.

Il lui sourit puis se tourna à nouveau vers le feu.

— Ne vous en faites pas, je veillerai sur elle, dit-il doucement.

— Je sais.

Elle avait les yeux bouffis par les larmes et faisait un effort perceptible pour parler sur un ton détaché. Elle fouilla dans la poche de sa chemise de nuit et en sortit une enveloppe blanche qu'elle lui tendit.

— Vous allez sans doute penser que je suis très lâche, mais je crois sincèrement que je n'y arriverai pas... je ne peux pas dire adieu à Brianna. J'ai tout écrit dans cette lettre, tout ce qui m'est venu à l'esprit. Vous voulez bien... ?

Roger prit l'enveloppe. Elle avait absorbé la chaleur du corps de Claire. Une obscure raison lui souffla qu'elle ne devait pas refroidir avant de parvenir à sa destinataire et il la glissa prestement dans la poche de sa chemise.

— Alors... hésita-t-il, vous allez partir...

— Tôt, coupa-t-elle. Avant l'aube. Un taxi passera me prendre... si je...

Elle se mordit les lèvres, fuyant le regard de Roger.

— ... si j'en ai le courage, acheva-t-elle. J'ai très peur. J'ai peur de partir et j'ai peur de rester. J'ai... tout simplement peur.

— Je comprends. J'aurais peur, moi aussi.

Il lui tendit la main et elle la serra, la pressant contre son ventre. Puis, après un long moment, elle la libéra. Elle se pencha vers lui et déposa un baiser sur son front.

— Merci, Roger... Pour tout.

Il la regarda sortir sans pouvoir dire un mot. Puis il resta seul un long moment, sentant encore la chaleur et la pression de sa main.

23

Craigh na Dun

Il faisait froid et brumeux et je n'étais pas fâchée d'avoir ma cape. Cela faisait vingt ans que je n'en avais pas porté mais, compte tenu des excentricités vestimentaires de l'époque, le tailleur d'Inverness qui me l'avait confectionnée sur mesure n'avait pas même tiqué quand je lui avais montré le patron, avec ses grandes poches renforcées et sa lourde capuche.

Je gardais les yeux fixés sur le sentier. Le sommet de la colline, enveloppé dans la brume, était invisible depuis la route où le taxi m'avait laissée.

— Ici ? m'avait demandé le chauffeur incrédule. Vous êtes sûre ?

— Oui, avais-je marmonné, le ventre noué.

— Vous voulez que je vous attende ? ou que je revienne vous chercher plus tard ?

Je fus presque tentée de dire oui. Et si je changeais d'avis à la dernière minute ?

— Non, répondis-je finalement, ce ne sera pas nécessaire.

Après tout, si je me dégonflais au dernier instant, je n'aurais qu'à rentrer à pied à Inverness. Ce serait ma punition.

Le jour s'était presque levé quand j'atteignis enfin le sommet. Les menhirs se dressaient avec une blancheur irréelle dans le gris du ciel. A leur vue, je crus que mon cœur allait lâcher, mais je serrai les dents et avançai au centre du cromlech.

Ils se tenaient devant le grand menhir fendu, se faisant face. Brianna entendit mes pas et fit volte-face. Je la dévisageai avec stupeur. Elle portait une robe d'Athénaïs Dubarry, assez semblable à la mienne mais couleur vert citron, avec des bijoux fantaisie agrafés au corsage.

— Cette couleur ne te va pas du tout, fut tout ce que je trouvai à dire.

— Je sais, mais c'est la seule qu'ils avaient dans ma taille, répondit-elle sur le même ton.

— Mais qu'est-ce que vous fichez ici ? explosai-je.

— Nous sommes venus te souhaiter bon voyage, répliqua-t-elle avec un sourire.

Je me tournai vers Roger. Il haussa les épaules d'un air impuissant et esquissa un sourire penaud.

Le menhir principal se trouvait juste derrière Brianna, deux fois plus grand qu'elle. De l'autre côté de sa fente d'une trentaine de centimètres de largeur, j'apercevais le disque flou et jaune pâle du soleil levant.

— Si tu n'y vas pas, maman, c'est moi qui partirai à ta place, annonça fermement Brianna.

— Toi ! Mais tu as perdu la tête ?

— Non. Je peux le faire, j'en suis sûre. Lorsque Geilie Duncan a traversé le menhir, je les ai entendus. Roger aussi.

Elle lui lança un bref regard, comme pour se rassurer, puis se tourna à nouveau vers moi, le menton résolu, pâle comme un linge.

— Je ne sais pas si je parviendrai à retrouver mon père, tu es peut-être la seule à pouvoir le faire. Mais si tu flanches, alors j'essaierai

J'ouvris la bouche mais je ne trouvai rien à dire.

— Tu ne comprends donc pas, maman ? Il faut qu'il sache... il doit savoir qu'il a réussi, qu'il n'a pas souffert en vain... Nous le lui devons, maman. Quelqu'un doit le retrouver pour le lui dire.

Elle avança une main et me caressa la joue.

— Il doit savoir que je suis née.

— Oh, Brianna ! balbutiai-je. Ma petite Brianna !

Je la serrai contre moi, retenant mes larmes.

— Il s'est séparé de toi pour que je vive, dit-elle doucement. A présent, je te rends à lui, maman.

Son regard, si semblable à celui de Jamie, sondait mon âme, et j'en étais bouleversée.

— Si tu le retrouves, murmura-t-elle, donne-lui ceci de ma part.

Elle m'écrasa contre elle, m'embrassant fougueusement. Puis elle se redressa et se tourna vers le menhir.

— Pars, maman, dit-elle, le souffle court. Je t'aime. Pars ! Maintenant !

Du coin de l'œil, je vis Roger s'approcher d'elle. Je fis un pas, puis un autre. J'entendis un rugissement sourd, très lointain. Je fermai les yeux et avançai d'un autre pas, puis le monde disparut.

SIXIÈME PARTIE
Edimbourg

24

A. Malcolm, imprimeur

Ma première pensée cohérente fut : « Il pleut. Je suis donc en Ecosse. » La deuxième fut que cette observation était aussi absurde que les myriades d'images qui se bousculaient dans ma tête, se heurtant les unes aux autres dans de petites explosions synaptiques sans queue ni tête.

J'ouvris péniblement un œil. Effectivement, il pleuvait. Je me redressai laborieusement, avec l'impression d'être un hippopotame qui émerge de son bourbier, puis me laissai retomber lourdement sur le dos et refermai les yeux pour les protéger des gouttes de pluie. Quelques instants plus tard, je fis une seconde tentative, parvenant cette fois à me caler en position semi-assise en prenant appui sur un coude.

C'était bien l'Ecosse, mais pas tout à fait l'Ecosse que je venais de quitter. Les arbres et les buissons étaient légèrement différents, d'un vert plus intense. A ma droite, se dressait un taillis de jeunes érables qui n'était pas là lorsque j'avais grimpé sur la colline. Quand était-ce ? Ce matin ? Deux jours plus tôt ?

Je n'avais aucune notion du temps qui s'était écoulé depuis que je m'étais glissée dans la brèche du grand menhir. A en juger par mes vêtements trempés, je devais être couchée là, inconsciente, depuis un certain temps. Levant le nez, je constatai que j'avais atterri sous un grand sorbier dont les fruits rouge et noir jonchaient le sol autour de moi. Cette ironie me fit sourire. Dans les Highlands, le sorbier était considéré comme un arbre fétiche, protégeant contre la sorcellerie et la magie noire.

Je me remis debout en prenant appui contre le tronc lisse du sorbier et regardai vers le nord-est, sachant qu'Inverness se trouvait dans cette direction. Le taxi avait mis à peu près une heure pour m'amener jusqu'ici, en empruntant les routes modernes. Il y avait bien une route, je la devinais au pied de la colline qui serpentait à travers la végétation de la lande. Cela dit, j'avais une bonne soixantaine de kilomètres à parcourir à pied avant de rejoindre la ville.

Une fois debout, je commençai à me détendre. Je sentais la force me revenir dans les jambes à mesure que le chaos et les bourdonnements dans ma tête s'estompaient. Cette traversée avait été aussi horrible que je l'avais craint, peut-être la pire de toutes. Mais j'étais en vie et, bien que trempée, glacée et courbaturée, quelque chose me disait que je ne m'étais pas trompée : il était là, je le percevais. Quelque part dans cette contrée étrange se trouvait l'homme que j'étais venue chercher. Au même moment, une autre certitude tout aussi troublante s'abattit sur moi : quoi qu'il arrive désormais, je ne pouvais plus reculer. Il ne me restait plus qu'une seule chose à faire : aller de l'avant jusqu'à ce que je l'aie rejoint.

Sotte que j'étais, je n'avais pas pensé à demander au tailleur de doubler ma cape d'un tissu imperméable. Mais même mouillée, celle-ci tenait chaud. Je vérifiai d'une tape sur l'une des poches que les sandwiches étaient toujours là. Je me voyais mal entreprendre une telle marche le ventre vide. Avec un peu de chance, je n'aurais même pas besoin de marcher jusqu'à Inverness. Je croiserais peut-être un village ou une ferme sur mon chemin où acheter un cheval. Une fois à Inverness, je prendrais la diligence jusqu'à Edimbourg.

J'ignorais où se trouvait Jamie. Son article avait été publié à Edimbourg, il me paraissait donc logique de commencer par là. Sinon, je pouvais toujours aller à Lallybroch. Sa famille, s'il en avait encore une, saurait certainement où il se trouvait. Je frissonnai à l'idée qu'une calamité s'était peut-être abattue sur ces gens que j'aimais.

Je songeai à une petite librairie à Boston devant laquelle je passais chaque jour pour me rendre à l'hôpital. Lorsque j'étais sortie de ma dernière entrevue avec Joe, je m'étais arrêtée devant. Elle soldait une collection de posters psychédéliques. L'un d'eux montrait un petit poussin pointant son nez hors de sa coquille : « *Aujourd'hui est le premier jour de la fin de ta vie* », prédisait la légende. Un autre représentait une chenille grimpant sur la tige d'une pâquerette que butinait un papillon. En bas, le texte disait : « *Tout long voyage commence par un premier pas.* »

« L'une des choses les plus agaçantes avec les clichés, pensai-je cyniquement, c'est qu'ils sont souvent vrais. »

Là-dessus, je lâchai courageusement le tronc du sorbier et entamai la descente de la colline.

Le voyage d'Inverness à Edimbourg n'en finissait pas. Nous étions écrasés les uns contre les autres dans la grosse diligence, mes compagnons de voyage étant deux dames, le petit garçon pleurnichard de l'une d'elles, et quatre gentlemen de taille et d'humeur variées.

A côté de moi, M. Graham, un petit monsieur d'un certain âge, portait un sachet de camphre et d'assa-fœtida autour du cou, pour le plus grand déplaisir des autres voyageurs que l'odeur incommodait.

— Il n'y a pas mieux pour chasser les humeurs malignes de la grippe, m'assura-t-il en agitant son sachet sous mon nez comme un encensoir. Je porte toujours ce petit mélange sur moi pendant les mois d'automne et d'hiver, et voilà trente ans que je n'ai pas été malade !

— Extraordinaire ! dis-je poliment en retenant mon souffle.

Je n'en doutais pas. La puanteur était telle que personne ne devait s'approcher de lui, les porteurs de microbes y compris.

L'enfant, lui, ne semblait guère convaincu des effets bénéfiques du sachet. Après avoir lancé à voix haute un certain nombre de remarques désobligeantes ayant un rapport avec l'odeur pestilentielle qui régnait dans la voiture, il enfouit son nez dans le sein de sa mère, se retournant de temps à autre pour adresser des regards assassins à M. Graham. Lui trouvant le teint un peu verdâtre, je lançais des coups d'œil à intervalle régulier vers le pot d'aisance sous la banquette qui me faisait face, au cas où il faudrait intervenir d'urgence.

Ce pot ne devait servir qu'en cas d'orage car, par égard pour la pudeur féminine, la diligence s'arrêtait toutes les heures. Lors de ces pauses pipi, les passagers s'égaillaient promptement dans la nature comme une couvée de cailles, ceux qui n'avaient pas besoin de soulager leur vessie ou leurs intestins cherchant à fuir quelques minutes la puanteur de l'assa-fœtida de M. Graham.

Après l'une de ces haltes, la place de M. Graham à mes côtés fut reprise par maître Wallace, un jeune avocat rondelet. Celui-ci rentrait à Edimbourg après un séjour à Inverness où il était allé s'occuper des affaires d'un parent âgé, ce qu'il entreprit de m'expliquer dans les moindres détails.

J'étais nettement moins fascinée que lui par les subtilités de sa pratique juridique mais j'écoutais néanmoins poliment, n'ayant rien d'autre à faire. En outre, l'attraction que je semblais exercer sur lui était rassurante, et je passai plusieurs heures à jouer aux échecs avec lui sur un échiquier de voyage qu'il avait posé sur ses genoux.

Mon attention était distraite tant par l'inconfort du voyage que par ce qui m'attendait ou non à Edimbourg. A. Malcolm. Ce nom ne cessait de résonner dans ma tête comme un hymne à l'espoir. A. Malcolm. Ce ne pouvait être que lui ! James Alexander Malcolm MacKenzie Fraser.

— Vu son passé de rebelle, de traître et d'ancien détenu, il avait tout intérêt à changer de nom, m'avait expliqué Roger, surtout s'il est l'auteur de ces diatribes contre les décrets de la Couronne.

La diligence s'arrêta dans la cour d'une taverne, le *Boyd's Whitehorse*, située au pied du Royal Mile[1]. Les passagers émergèrent dans la lueur pâle du soleil écossais tels des insectes sortant de leur chrysalide, les ailes froissées et les mouvements incertains à la suite d'une longue période d'immobilité forcée. Après la pénombre de la voiture, même la lumière grise d'Edimbourg était aveuglante.

Malgré mes jambes ankylosées, je m'éloignai en hâte, espérant échapper à la curiosité de mes compagnons de voyage occupés à récupérer leurs bagages. Mais, avant même que j'aie pu rejoindre la grande rue, maître Wallace me rattrapait.

— Madame Fraser ! M'accorderez-vous l'honneur de vous escorter jusqu'à votre destination finale ? Je peux peut-être me charger de vos bagages ?

Il lança un regard par-dessus son épaule vers les garçons d'écurie perchés sur le toit de la diligence, déchargeant malles et sacs de voyage à grand renfort de grognements et de cris.

— Euh... hésitai-je. Je vous remercie, mais ce ne sera pas nécessaire... je... euh... le tavernier va s'occuper de mes affaires. Mon... mon... le valet de mon mari passera les chercher plus tard.

Ses traits poupins s'affaissèrent quelque peu en entendant le mot « mari », mais il se ressaisit et se cassa en deux pour me faire un baisemain.

— Alors tout est pour le mieux, madame Fraser. Acceptez toutefois mes remerciements les plus chaleureux pour votre agréable compagnie tout au long du voyage. Peut-être aurai-je bientôt le bonheur de vous revoir ?

Il se redressa, balayant la cour du regard.

— Votre mari vient sans doute vous chercher ? Je serais honoré de faire sa connaissance.

Si l'intérêt que ce Wallace me portait m'avait flattée, à présent il commençait sérieusement à m'agacer.

— Non, je dois le retrouver plus tard, répondis-je. J'ai été ravie de faire votre connaissance, maître. A une prochaine fois, peut-être.

Je serrai vigoureusement sa main, ce qui le déconcerta suffisamment longtemps pour que je puisse me glisser dans le flot des passants. Fort heureusement, j'étais arrivée un jour de marché et, remontant mes jupes et jouant des coudes, je me fondis rapidement dans la foule.

Haletant comme un pickpocket pris en flagrant délit, je ne

1. Grande rue d'Edimbourg ainsi nommée car elle part du palais de Holyrood et aboutit au château d'Edimbourg sur une longueur d'un mile *(N.d.T.)*.

ralentis qu'après avoir remonté près de la moitié du Royal Mile. Là, je m'arrêtai près d'une fontaine et m'assis sur son rebord pour reprendre mon souffle.

J'y étais. J'y étais vraiment. Un peu plus haut se dressaient les remparts médiévaux du château d'Edimbourg ; plus bas, au pied de la ville, s'étalait majestueusement le palais de Holyrood.

La dernière fois que je m'étais tenue près de cette fontaine, c'était pour voir le prince Charles-Edouard Stuart haranguer les citoyens d'Edimbourg, les exhortant à rejoindre les rangs de ses partisans. Saisi d'une soudaine inspiration chevaleresque, il avait gracieusement bondi du rebord de la fontaine sur le groupe sculpté qui ornait son centre, prenant appui sur un dauphin de pierre, hurlant : « *Sus aux Anglais !* » La foule avait rugi de plaisir, ravie par cette démonstration de fougue juvénile et de grâce athlétique. J'aurais moi-même été favorablement impressionnée si je n'avais pas remarqué qu'une âme bien intentionnée avait anticipé son geste et coupé l'eau.

Qu'était devenu Charles-Edouard ? Les livres d'histoire racontaient qu'après Culloden il était rentré en Italie, sans doute pour y mener le seul genre de vie qu'on pouvait mener lorsqu'on était un prince en exil. A vrai dire, je m'en souciais peu. Il était sorti des manuels d'histoire, et de ma vie, ne laissant dans son sillage que ruines et désolation.

J'avais faim. Je n'avais rien avalé depuis le porridge et le mouton bouilli pris sur le pouce peu après l'aube dans un relais de Dundaff. Il me restait un sandwich, que je n'avais pas osé sortir dans la diligence de peur d'intriguer mes compagnons de voyage.

Je le sortis de ma poche et le déballai : du beurre de cacahuète et de la gelée de cerise entre deux tranches de pain de mie. Il avait un peu souffert. La confiture avait traversé le pain et il était écrasé. Mais il était divinement bon !

Je le mangeai lentement, savourant chaque bouchée. Combien de fois en avais-je préparé de semblables pour Brianna avant qu'elle ne parte à l'école ? Chassant vite ce souvenir de ma mémoire, je me concentrai sur les passants. Ils étaient légèrement différents de leurs équivalents modernes, plus petits et portant les stigmates d'une mauvaise alimentation. Néanmoins, il me semblait les connaître. Après toutes ces années bercée par l'accent nasillard des Bostoniens, le ronronnement de leur intonation chantante était comme une douce musique à mes oreilles. J'étais enfin de retour chez moi.

Mon sandwich terminé, je froissai en boule le papier de Cellophane dans lequel je l'avais emballé. Après m'être assurée à la ronde que personne ne me regardait, je le laissai discrètement tomber au sol. Il roula quelques instants sur les pavés, se défroissant comme s'il était en vie. La brise légère le cueillit, le faisant virevolter sur la chaussée comme une feuille morte. Il fut aspiré sous les roues massives d'un fardier qui passait par là, réfléchit quelques éclats de lumière, puis disparut, englouti par la circulation. Je me demandai si ma propre présence anachronique passerait aussi inaperçue.

« Assez perdu de temps, Beauchamp, me tançai-je. Il est temps d'y aller. »

Je respirai profondément puis me levai. Voyant un petit mitron passer devant moi, je le rattrapai par la manche.

— Excusez-moi, demandai-je. Je cherche l'échoppe d'un imprimeur, un M. Malcolm. Alexander Malcolm.

Je retins mon souffle. S'il n'y avait aucun imprimeur à Edimbourg du nom de Malcolm ?

Le garçon fronça les sourcils, réfléchissant intensément, puis ses traits s'illuminèrent.

— Oui, madame, vous y êtes presque. C'est un peu plus loin sur votre gauche, dans Carfax Close.

Là-dessus, il remonta sa panière sous son bras, me gratifia d'un petit salut de la tête et se perdit dans la foule.

Carfax Close. Je me frayai un chemin entre les passants, restant à une distance respectueuse des façades pour éviter les cascades d'immondices que les occupants déversaient régulièrement par les fenêtres. Edimbourg comptait plusieurs milliers d'habitants et, pour tout égout, ne connaissait que les caniveaux creusés dans les rues pavées. La salubrité de la ville ne reposait que sur les lois de la gravitation et les pluies fréquentes.

Carfax Close était l'une des nombreuses ruelles qui débouchaient sur le Royal Mile. Je m'arrêtai à son entrée, le cœur battant si fort que n'importe qui aurait pu l'entendre plusieurs mètres à la ronde.

Il ne pleuvait pas, mais cela n'allait pas tarder. L'humidité faisait friser mes cheveux et je m'arrêtai devant la vitrine d'une devanture pour remettre un peu d'ordre dans ma tenue. J'avais l'air un peu ahurie mais j'étais néanmoins présentable. En revanche, mes boucles qui pointaient dans toutes les directions me donnaient un air de gorgone. La boutique devant laquelle je me tenais était celle d'un apothicaire. Levant les yeux pour lire l'enseigne, je sentis un frisson me parcourir l'échine en reconnaissant l'échoppe de M. Haugh. J'étais déjà venue ici plusieurs fois acheter des simples pendant la brève période où j'avais vécu à Edimbourg. Le décor de sa vitrine avait à peine changé, si ce n'était l'adjonction d'un gros bocal rempli d'un liquide jaunâtre où flottait une créature vaguement humanoïde. Un fœtus de porc, sans doute, ou peut-être un bébé babouin. Son visage aplati et grimaçant était écrasé contre le verre du bocal, observant les passants d'un air menaçant.

A l'intérieur de la boutique, une cliente était penchée au-dessus du comptoir, une ribambelle d'enfants dans ses jupes. Elle rangea ses achats dans un grand sac et se dirigea vers la porte avec une mine renfrognée. Elle avait un teint pâteux de citadine. Sa peau était fortement ridée, avec des plis profonds tout autour de la bouche et de la base du nez. Une fois sur le pas de la porte, elle se tourna vers son petit garçon et le secoua comme un prunier.

— Tu as le diable dans la peau ! s'exclama-t-elle. Combien de fois t'ai-je dit de pas fourrer tout ce que tu trouves dans tes poches ?

— Excusez-moi, intervins-je, prise d'une irrépressible curiosité.

— Hein ?

Distraite de ses remontrances maternelles, elle leva un regard terne vers moi. Vue de près, elle semblait encore plus ravagée. Son front était barré de profonds sillons et elle avait les lèvres rentrées, sans doute pour cacher quelques dents en moins.

— Je n'ai pas pu m'empêcher d'admirer vos enfants, dis-je avec une expression extatique. Ils sont si jolis ! Quel âge ont-ils donc ?

Elle ouvrit une bouche stupéfaite, confirmant la présence d'une mâchoire supérieure édentée. Elle marqua un temps d'arrêt, puis parut revenir à elle :

— Ah ! Oh ! Euh... c'est très aimable à vous, madame. Maisri a dix ans...

Elle jeta un coup d'œil attendri à sa fille aînée, occupée à se moucher sur le revers de sa manche.

— ... Joey, lui, en a huit. Enlève ton doigt de ton nez, petit dégoûtant ! Et la petite Polly en a eu six en mai dernier.

Elle tapota fièrement le bonnet de sa petite dernière.

— Vraiment ! m'étonnai-je. A vous voir, on ne pourrait jamais imaginer que vous ayez des enfants aussi grands ! Vous avez dû vous marier très jeune.

Elle rosit légèrement sous la flatterie.

— Oh, non, pas tant que ça ! J'avais déjà dix-neuf ans quand Maisri est née.

— Non ! m'extasiai-je.

Fouillant dans ma poche, j'offris un penny à chacun des enfants, qui l'acceptèrent avec des sourires timides, puis je pris congé de la petite famille et m'éloignai.

Si elle avait eu dix-neuf ans à la naissance de son aînée et que cette dernière en avait à présent dix, cela lui en faisait vingt-neuf. Elle en paraissait pourtant bien plus que moi qui avais bénéficié toute ma vie d'une alimentation saine, d'une bonne hygiène dentaire et qui n'avais pas été épuisée par des grossesses multiples et le dur labeur. Rassurée, j'enfilai une dernière épingle dans mes cheveux et m'engageai dans la pénombre de Carfax Close.

C'était une longue rue sinueuse et l'imprimerie était tout au bout. Il y avait de nombreuses échoppes de chaque côté de la rue mais je n'avais d'yeux que pour l'enseigne blanche que j'apercevais au loin :

A. Malcolm
Imprimeur et libraire.
Livres, cartes de visite, pamphlets, tracts, lettres, etc.

Je tendis la main et touchai du bout des doigts la plaque gravée sur la vitre. Si j'attendais un instant de plus, mes nerfs allaient lâcher. Je poussai la porte et entrai.

Un vaste comptoir occupait près d'un tiers de la salle, longeant le mur du fond. L'abattant qui permettait d'accéder à l'atelier de l'arrière était relevé. Plusieurs présentoirs montraient les différents types de caractères disponibles. Un des murs était couvert d'affiches et de notices : des échantillons probablement.

La porte de l'atelier était ouverte. On y devinait la masse anguleuse d'une grosse presse. Il était penché dessus, me tournant le dos.

— Geordie, c'est toi ? demanda-t-il sans se retourner.

Il portait une chemise et des culottes. Il tenait une sorte d'outil avec lequel il trifouillait les entrailles de sa presse.

— Tu en as mis un temps ! Tu as trouvé le...

— Ce n'est pas Geordie, dis-je d'une voix éraillée. C'est moi...

Il se redressa très lentement. Il avait les cheveux longs. Avant qu'il ne se retourne, j'eus le temps de remarquer que l'épaisse masse auburn était retenue en arrière par un large ruban vert.

Il me dévisagea sans rien dire. Les veines de son cou tremblèrent légèrement tandis qu'il déglutissait.

C'était le même visage, large et ouvert, avec des yeux bleu nuit légèrement bridés au-dessus de ses pommettes hautes et plates de Viking, avec sa longue bouche retroussée aux commissures dans un perpétuel soupçon de sourire. Les rides autour des yeux et des lèvres étaient plus marquées, naturellement. Le nez aussi avait changé. Sa racine était plus large, du fait d'une ancienne fracture. Cela lui donnait une expression plus féroce, mais atténuait son air réservé et conférait à son allure générale un charme nouveau.

Je m'avançai dans l'arrière-boutique, ne voyant rien d'autre que ce regard fixe. Puis je m'éclaircis la gorge.

— Quand t'es-tu cassé le nez ?

Les coins de sa bouche se soulevèrent légèrement.

— Trois minutes après t'avoir quittée... *Sassenach.*

Il avait eu une hésitation avant de prononcer ce mot, presque une question. Il n'y avait pas plus d'un mètre entre nous. J'avançai timidement une main et effleurai du doigt la cicatrice entre ses yeux. Il tressaillit et eut un mouvement de recul, comme s'il venait de recevoir une décharge électrique.

— C'est... c'est vraiment toi ! murmura-t-il.

Je l'avais trouvé pâle. A présent, le peu de sang qui lui restait sembla quitter son visage. Ses yeux se révulsèrent et il s'effondra sur le plancher, entraînant dans sa chute une avalanche de papiers et de petits cubes de bois posés sur la presse. Compte tenu de sa taille, il était tombé avec une certaine grâce, pensai-je stupidement.

Ce n'était qu'un évanouissement passager. Le temps que je m'agenouille à son côté et que je desserre sa cravate, ses paupières battaient déjà.

Ses joues retrouvèrent bientôt une couleur normale. Je m'assis en tailleur sur le plancher et posai sa tête sur ma cuisse, caressant ses cheveux.

— Alors, c'est tout l'effet que je te fais ? lui dis-je en souriant.

C'étaient les mots qu'il avait prononcés lorsque j'avais perdu connaissance peu après la cérémonie de notre mariage, quelque vingt ans plus tôt.

— Dieu soit loué ! murmura-t-il en rouvrant les yeux. Je ne rêvais pas, tu es vraiment là, en chair et en os !

— C'est exactement ce que je pensais ! répondis-je en riant. Je... je t'ai cru mort.

J'avais voulu parler aussi bas que lui, mais je criais presque. Les larmes commençaient à rouler le long de mes joues. Je tremblais tant que je ne me rendis pas tout de suite compte qu'il tremblait autant que moi. Nous restâmes un long moment ainsi assis sur le plancher poussiéreux, dans les bras l'un de l'autre, déversant vingt ans de larmes refoulées.

Ses doigts enlevèrent une à une les épingles dans mes cheveux, et elles cliquetèrent en touchant le sol. De mon côté, je ne pouvais plus lâcher son bras, enfonçant mes doigts dans le tissu de sa manche comme si je craignais qu'il ne disparaisse d'un instant à l'autre.

Il me saisit par les épaules et s'écarta de moi, scrutant mon visage. Il suivit le contour de mes pommettes et de ma bouche du bout des doigts, sans sembler s'apercevoir de mes larmes et de mon nez qui coulaient abondamment.

Je reniflai bruyamment, ce qui sembla le ramener à la réalité. Il me lâcha et sortit précipitamment un mouchoir de sa manche, avec lequel il tamponna maladroitement mes joues, puis les siennes.

— Donne-moi ça !

Je lui pris le mouchoir des mains, me mouchai puis le lui rendis.

— A toi maintenant.

Il s'exécuta en riant, essuyant ses larmes d'un doigt, sans me quitter une seconde des yeux. Soudain, je ne supportai plus de ne pas le toucher. Il eut juste le temps d'ouvrir les bras avant que je ne plonge vers lui et que je l'étreigne de toutes mes forces. Je sentais ses mains caresser mon dos tandis qu'il répétait inlassablement mon nom.

Enfin, nous fûmes en mesure de nous lâcher quelques minutes. Il baissa les yeux vers le sol entre ses jambes et fronça les sourcils.

— Tu as perdu quelque chose ? demandai-je.

Il esquissa un sourire penaud.

— J'ai cru que je m'étais pissé dessus, mais ce n'est rien. J'ai simplement renversé un flacon de vernis.

De fait, une flaque de liquide jaunâtre et odorante se répandait lentement sous lui. Avec un petit cri d'alarme, je me relevai en hâte et l'aidai à éponger les dégâts.

Quelques minutes plus tard, le pire ayant été évité, il défit sa ceinture et rabattit ses culottes sur ses hanches, puis, se souvenant de ma présence, il s'arrêta et leva les yeux vers moi, rougissant légèrement.

— Tu peux y aller, le rassurai-je, en rougissant à mon tour. Nous sommes mariés.

Je baissai néanmoins les yeux avant d'ajouter :

— Enfin... je crois.

Il me dévisagea longuement, puis sourit tendrement.

— Bien sûr que nous sommes mariés.

Laissant tomber ses culottes à terre, il les écarta d'un petit coup de pied et fit un pas vers moi. Je tendis la main, à la fois pour l'arrêter et l'accueillir. Rien au monde ne me tentait plus que de le toucher à nouveau, mais je me sentais étrangement timide. Après une si longue séparation, comment repartir de zéro ?

Lui aussi devait ressentir ce mélange de timidité et d'intimité, car il s'arrêta à quelques centimètres de moi et prit ma main. Il hésita un long moment, puis se pencha et la baisa délicatement. Ses doigts rencontrèrent mon alliance en argent et s'y attardèrent, la faisant rouler doucement entre le pouce et l'index.

— Je ne l'ai jamais enlevée, murmurai-je.

Pour une raison obscure, il me paraissait indispensable qu'il le sache. En guise de réponse, il prit mon visage entre ses mains et posa ses lèvres sur les miennes. Je fermai les yeux et je devinai qu'il faisait de même, nous avions trop peur de nous regarder en face. Il se mit à me caresser doucement, explorant mon dos sous mes vêtements, refaisant connaissance avec mon corps.

Puis sa main se promena le long de mon bras, trouva ma main et nos doigts s'entrelacèrent.

— Je t'ai vue si souvent, chuchota-t-il à mon oreille. Tu venais à moi dans mes rêves. Je t'ai vue lorsque j'avais la fièvre, lorsque que j'étais si seul et si terrifié que je croyais mourir. Chaque fois que j'ai eu besoin de toi, tu es venue. Mais tu ne m'as jamais parlé et tu ne m'as jamais touché.

— Je peux te toucher à présent.

Je caressai doucement sa tempe, son oreille, sa joue et sa mâchoire. Puis mes doigts descendirent dans le creux de son cou, jouant avec les boucles cuivrées de sa toison.

— Il n'y a plus à avoir peur, chuchota-t-il encore, nous sommes enfin réunis.

Nous aurions pu rester ainsi à nous caresser et à nous dévisager jusqu'à la nuit des temps si la clochette au-dessus de la porte d'entrée n'avait pas retenti. Je lâchai Jamie et me retournai. Un petit homme sec comme une baguette se tenait sur le pas de la porte, la bouche grande ouverte, un petit paquet à la main.

— Ah, te voilà, Geordie ! Où étais-tu passé ? demanda Jamie.

Le Geordie en question ne répondit pas. Son regard incrédule remonta lentement le long des jambes nues et de la chemise débraillée de Jamie, puis se posa sur ses culottes, ses bas et ses souliers jetés en tas sur le sol avant de revenir sur moi, dans les bras de son employeur, la robe froissée et les cheveux lâchés. Enfin, son visage étroit se plissa en une grimace réprobatrice.

— C'en est trop ! cracha-t-il. Vous dépassez les bornes ! J'appartiens à l'Église réformée, moi, *monsieur* ! comme mon père et mon grand-père avant moi ! J'accepte de travailler pour un papiste, car après tout l'argent d'un papiste vaut bien celui d'un autre. Mais travailler pour un papiste libertin, ça, jamais ! Faites ce que vous voulez de votre âme, mais de là à vous vautrer dans la débauche en plein milieu de la boutique, c'est trop fort ! Je démissionne !

Il déposa son paquet sur le comptoir et tourna les talons. Au moment où il atteignait la porte, la grande horloge de Tolbooth sonna midi. Geordie fit volte-face et nous fustigea d'un regard accusateur.

— Et il n'est même pas midi !

La porte se referma en claquant derrière lui. Jamie resta interdit un instant, puis éclata de rire.

— Et il n'est même pas midi ! répéta-t-il en se tenant les côtes. Oh mon Dieu, ce Geordie me fera mourir !

Il se laissa retomber sur le plancher, se balançant d'avant en arrière, les larmes aux yeux.

Je ne pouvais m'empêcher de rire aussi, même si j'étais légèrement inquiète.

— Je ne voulais pas te causer d'ennuis, m'excusai-je. Tu crois qu'il va revenir ?

Il renifla et s'essuya les yeux avec un pan de sa chemise.

— Oh oui. Il habite à deux pas d'ici, dans Wickham Wynd. Je passerai le voir plus tard et... je lui expliquerai.

Il réfléchit un instant, puis leva les yeux vers moi.

— Je me demande bien comment ! ajouta-t-il.

Il parut sur le point d'exploser de rire à nouveau puis se ressaisit et se leva. Je ramassai ses affaires sur le plancher et les étalai sur le comptoir pour les faire sécher.

— Tu as une paire de culottes de rechange ? demandai-je.

— Oui, à l'étage. Oh ! Attends.

Il glissa une main sous le comptoir et en sortit une petite pancarte annonçant : « *Je reviens bientôt.* » Il la fixa sur la vitre de la porte d'entrée et verrouilla celle-ci soigneusement.

— Tu m'accompagnes là-haut ? demanda-t-il en me tendant le bras. A moins que tu ne trouves ça trop immoral ?

— Pourquoi pas ? Nous sommes mariés, non ?

L'étage supérieur était divisé en deux pièces, une de chaque côté du palier, plus un petit débarras. L'une des pièces servait manifestement d'entrepôt. Elle était encombrée de caisses, de livres, de liasses de papier, de fûts d'alcool, de flacons d'encre en poudre ainsi que de divers objets étranges que je supposai être des pièces détachées de la presse.

L'autre pièce était aussi dépouillée qu'une cellule de moine. Elle comportait une commode sur laquelle étaient posés un bougeoir en céramique et une cuvette, et un tabouret et un petit lit, à peine moins étroit qu'un lit de camp. Je poussai un discret soupir de soulagement en l'apercevant. Il dormait seul.

Un rapide coup d'œil alentour me confirma l'absence de toute présence féminine dans la chambre. Jamie repoussa un rideau qui bouchait un coin de la pièce, révélant quelques crochets auxquels étaient suspendus deux chemises, un manteau gris, une redingote grise, une cape en laine grise, et l'autre paire de culottes qu'il était venu chercher. Il l'enfila rapidement en me tournant pudiquement le dos puis me fit face avec un air timide.

— Je suis si heureux que tu sois là, Claire... J'ai encore du mal à y croire.

Il déglutit puis demanda en évitant mon regard :

— Et l'enfant ?

Son visage exprimait à la fois un espoir fou et une peur intense.

Je lui pris la main et l'attirai vers le lit.

— Viens voir, lui dis-je.

J'avais longuement réfléchi à ce que je devais emporter avec moi, au cas où mon voyage à travers le menhir réussirait. Compte tenu de ma précédente expérience avec les juges m'accusant de sorcellerie, je devais être très prudente. Mais il y avait une chose que je devais apporter coûte que coûte, sans souci des conséquences si un autre que lui la voyait.

Je sortis de ma poche le petit paquet que j'avais soigneusement préparé à Boston, et, après avoir ouvert la pochette plastifiée, lui plaçai son contenu entre les mains.

Il prit prudemment les photographies, comme s'il manipulait une substance inconnue et potentiellement nocive. Ses longs doigts recouvraient partiellement leur surface, emprisonnant la première image. Il ne semblait pas voir le visage poupin de Brianna, âgée de quelques mois, ses petits poings serrés sur la couverture et ses yeux fermés légèrement bridés, épuisée par l'effort de vivre, sa minuscule bouche entrouverte dans son sommeil.

Il avait les traits figés. Il tenait les clichés contre lui, immobile, les yeux écarquillés comme s'il venait de recevoir un coup d'épée au cœur... ce qui devait être à peu près l'effet qu'il ressentait.

— Ta fille m'a demandé de te transmettre ceci.

Je déposai un long baiser sur ses lèvres. Cela sembla briser sa transe. Il cligna des paupières et revint à la réalité.

— Ma... elle... balbutia-t-il. Ma fille ! Ma fille. Elle... sait ?

— Oui. Regarde les autres.

Je lui pris doucement la première photo des mains, révélant une autre image de Brianna, largement barbouillée de crème glacée, devant son premier gâteau d'anniversaire. Avec son bonnet affublé d'oreilles de lapin et ses quatre dents, elle arborait un sourire de triomphe diabolique.

Jamie émit un petit bruit étrange et ses doigts se décontractèrent légèrement. J'en profitai pour lui reprendre la pile de clichés afin de les lui tendre un à un.

Brianna à deux ans, dans sa combinaison de ski, avec des joues rondes et roses et des cheveux d'ange émergeant sous sa capuche.

Brianna à quatre ans, dans une petite robe blanche, posant sagement pour le photographe.

A cinq ans, tenant fièrement son premier cartable, attendant de monter dans le bus de ramassage scolaire.

— Elle ne voulait pas que je l'accompagne au jardin d'enfants, expliquai-je. Elle est très courageuse, rien ne lui fait peur...

Ma voix tremblait tandis que je lui commentais les images qu'il laissait ensuite tomber sur le plancher comme si elles lui brûlaient les doigts.

— Oh mon Dieu ! souffla-t-il devant la photo de Brianna à l'âge de dix ans.

Celle-ci était en couleur. Brianna était assise sur le carrelage de la cuisine, étreignant Smoky, notre grand labrador. Son épaisse chevelure rousse s'étalait en brillant sur le poil lustré du chien.

Ses mains tremblaient tant qu'il n'arrivait plus à tenir les photographies. Je dus lui montrer moi-même les dernières : Brianna, adolescente, brandissant une truite au bout de sa canne à pêche en riant aux éclats ; Brianna adulte, le front appuyé contre une fenêtre, perdue dans ses pensées ; Brianna tenant une hache avec laquelle elle coupait du petit bois, la mine concentrée. Je l'avais photographiée sous tous les angles. Sur chacun des clichés, on retrouvait ce long nez fin, cette bouche large, ces pommettes hautes et plates de Viking et ces yeux en amande, comme une version plus délicate de son père, l'homme assis bouche bée à mon côté, les joues baignées de larmes.

Lorsque je lui eus montré la dernière image, il se tourna vers moi et enfouit son visage dans mon cou pour cacher son émotion.

Il se redressa quelques instants plus tard.

— Comment... l'as-tu appelée ? dit-il en s'essuyant le nez.

— Brianna, répondis-je fièrement.

— Brianna ? répéta-t-il en fronçant les sourcils. Quel nom affreux pour une petite fille !

— Comment ça, affreux ? protestai-je. Mais c'est très joli au contraire ! Et puis, c'est toi qui m'as demandé de l'appeler comme ça !

— Moi ? fit-il, incrédule.

— Absolument ! Quand... nous nous sommes quittés, tu m'as demandé de donner au bébé le nom de ton père, Brian.

— Ah oui, c'est vrai, je m'en souviens, admit-il à contrecœur. Mais c'est que... je croyais que ce serait un garçon.

— Tu es déçu que ce ne soit pas le cas ?

— Non. Bien sûr que non !

Il laissa échapper un petit rire nerveux.

— Non, pas du tout, répéta-t-il. Mais que veux-tu ? ça me fiche un sacré coup de la voir. Toi aussi, *Sassenach*.

Je restai un moment sans savoir quoi dire. Je m'étais préparée à ces retrouvailles pendant des mois et, pourtant, mes genoux tremblaient toujours et j'avais le ventre noué. Lui ne s'était pas attendu à me voir apparaître, aussi pouvais-je comprendre qu'il soit rudement secoué.

— Je veux bien te croire, dis-je enfin. Tu regrettes que je sois revenue ? Tu... tu veux que je m'en aille ?

Sa main se referma sur mon bras avec une telle force qu'il m'arracha un cri. S'étant rendu compte qu'il me faisait mal, il desserra son étreinte, mais sans me lâcher pour autant.

— Non, dit-il dans un souffle. Je ne veux pas... Je... Non !

Il se pencha pour ramasser les photographies puis les étala sur ses genoux.

— Brianna, murmura-t-il. C'est parce que tu le prononces mal, *Sassenach*. Ici, on dit : *Brrriââânâ.*

— *Brrriââânâ* ? répétai-je, amusée.

— Exactement. *Brrriââânâ.* C'est un très joli prénom.

— Ravie qu'il te plaise.

Il prit ma main et sourit.

— Parle-moi d'elle. Comment était-elle, bébé ? Quel est le premier mot qu'elle ait prononcé ?

Il m'attira à lui et je me blottis contre son épaule. Il était fort et solide. Il sentait le linge frais et l'encre, mêlés à une odeur mâle, pour moi aussi excitante que familière.

— « Chien », répondis-je. Ce fut son premier mot, suivi de « non ! ».

Un large sourire illumina son visage.

— Ah oui, ils apprennent tous celui-ci très vite. Alors elle aime les chiens ?

Il parcourut rapidement les photographies, cherchant celle avec Smoky.

— C'est un beau chien. De quelle race est-il ?

— C'est un labrador. Tiens, en voici une autre avec un petit chiot qu'une amie à moi lui avait offert.

Peu à peu la lumière grise du jour s'assombrit. La pluie battait contre le toit depuis un certain temps et mon estomac émit un grondement sourd. De nombreuses heures s'étaient écoulées depuis mon sandwich au beurre de cacahuète.

— Tu as faim, *Sassenach* ?

— Ben... oui, maintenant que tu le dis. Tu gardes toujours de quoi grignoter dans un tiroir ?

Au début de notre mariage, il avait pris l'habitude de cacher des en-cas dans le premier tiroir des commodes de toutes les chambres où nous avions dormi, afin de satisfaire à toute heure son insatiable appétit.

Il éclata de rire et s'étira.

— Oui. Il n'y a pas grand-chose en ce moment mis à part quelques petits pains rassis. Mais on peut faire un saut à la taverne et...

Il s'interrompit, horrifié. Il lança un bref regard vers la fenêtre, où une douce teinte mauve baignait peu à peu la ruelle.

— La taverne ! gémit-il. Bon sang ! j'ai oublié M. Willoughby !

Il bondit au pied du lit et se précipita vers la commode. Il en extirpa une paire de bas propres et deux petits pains ronds. Il me lança ces derniers et se laissa tomber sur le tabouret pour enfiler les premiers.

— Qui est M. Willoughby ? demandai-je en mordant dans un des pains.

— Sacrebleu ! marmonna-t-il sans me répondre. J'avais promis de passer le prendre à midi mais ça m'est complètement sorti de la tête ! Il doit être autour de quatre heures !

— Oui, je viens de les entendre sonner.

— Sacrebleu ! répéta-t-il.

Enfilant ses souliers à la hâte, il arracha son manteau suspendu à un crochet et s'arrêta sur le pas de la porte.

— Tu veux venir avec moi ?

Je me léchai les doigts et me levai.

— Rien ne pourra m'en empêcher ! l'assurai-je.

25

La maison des plaisirs

— Qui est ce M. Willoughby ? demandai-je à nouveau une fois dans la rue.

— Euh... c'est une sorte d'associé, répondit Jamie. Tu ferais mieux de mettre ta capuche, *Sassenach*. Il tombe des cordes.

Nous étions réfugiés sous l'arcade de Carfax Close, regardant la rue pavée. Des rideaux d'eau se déversaient des avant-toits et les caniveaux débordaient, emportant au loin leur lot de détritus. J'inspirai profondément une grande bouffée d'air pur, revigorée par la fraîcheur du soir et la proximité de Jamie, grand et puissant, près de moi. Je l'avais retrouvé. Toutes les incertitudes de l'avenir s'étaient évanouies. Je me sentais pleine d'audace et indestructible.

Je lui pris la main et la serrai. Il baissa les yeux vers moi et sourit, exerçant à son tour une pression des doigts.

— Où allons-nous ? fis-je.

— Au bout du monde.

Le vacarme de la pluie rendait toute conversation difficile. Sans plus attendre, Jamie me prit par le coude et m'aida à traverser la rue. Heureusement, la taverne *Au bout du monde* n'était qu'à quelques centaines de mètres. Ma cape était pourtant de nouveau trempée lorsque nous nous engouffrâmes sous le bas linteau et pénétrâmes dans l'étroit vestibule.

La salle principale était comble, enfumée et chaude, refuge douillet contre la tempête qui sévissait à l'extérieur. Il y avait bien quelques femmes assises sur les bancs le long des murs, mais le gros de la clientèle était composé d'hommes. Quelques-uns d'entre eux, des marchands sans doute, étaient proprement vêtus, mais à cette heure tardive tous ceux qui avaient un toit et une famille étaient déjà rentrés chez eux. Les autres étaient surtout des soldats, des dockers, des ouvriers et des apprentis, avec ici et là le vieux soûlard de service.

Lorsque nous entrâmes, les têtes se tournèrent vers nous et quelques saluts amicaux fusèrent. Manifestement, Jamie était connu au *Bout du monde*. J'eus droit à quelques regards intrigués mais personne ne fit de commentaire. Je serrai ma cape autour de moi et suivis Jamie dans la foule.

— Non, nous ne restons pas, annonça-t-il à une jeune serveuse qui s'approchait en souriant. Je suis juste venu le chercher.

La fille leva les yeux au ciel.

— Eh bé ! Il était temps ! Madame l'a envoyé en bas !

— Je sais, je suis en retard, s'excusa Jamie. J'ai eu... un empêchement de dernière minute.

La serveuse me lança un regard curieux, puis haussa les épaules et fit signe à Jamie de la suivre.

— Bah ! Ce n'est pas grave. Harry lui a descendu une pinte de whisky et, depuis, on ne l'a pratiquement plus entendu.

— Du whisky ? répéta Jamie en faisant la grimace. Il tient encore debout ?

Il sortit une bourse en cuir de sa poche et y piocha quelques pièces qu'il tendit à la jeune fille.

— Va savoir ! répondit celle-ci. Il me semble l'avoir entendu brailler tout à l'heure. Merci !

Jamie la salua puis baissa la tête pour passer une porte au fond de la grande salle, me faisant signe de le suivre. Nous nous retrouvâmes dans la cuisine, une petite pièce aux poutres apparentes, avec une énorme bouilloire qui mijotait sur le feu. Elle dégageait un parfum délicieux. Ce devait être du ragoût d'huîtres. Je me mis à saliver, espérant que nos affaires avec ce Willoughby pourraient se régler devant un dîner. Une grosse femme portant une robe crasseuse était agenouillée devant le feu, l'alimentant de petit bois. Elle adressa un bref salut de la tête à Jamie avant de se remettre au travail sans un mot. Jamie alla droit vers une autre porte cachée dans un coin. Il souleva le loquet et l'ouvrit pour révéler un escalier sombre qui semblait plonger dans les entrailles de la terre. Une faible lueur vacillait plus bas. Je me serais presque attendue à voir surgir une armée de lutins armés de pioches, remontant de leur mine de diamants.

La descente fut périlleuse car les larges épaules de Jamie m'obstruaient la vue et je n'y voyais strictement rien. Puis il déboucha dans une salle voûtée et s'écarta. J'aperçus alors de grosses poutres en chêne, et d'énormes tonneaux alignés sur des tréteaux contre un mur. Une unique torche brûlait au pied des marches. L'immense cave était sombre et je n'en voyais même pas le fond. Je tendis l'oreille mais n'entendis rien, hormis le vacarme étouffé de la taverne au-dessus de nos têtes.

— Tu es sûr qu'il est ici ? demandai-je à Jamie.

Je me penchai pour regarder sous les tréteaux, au cas où le mystérieux M. Willoughby serait en train de cuver son whisky endormi sur la terre battue.

— Oh oui, grogna Jamie d'un ton résigné. Il se cache. Il sait que je n'aime pas qu'il boive dans des lieux publics.

J'étais de plus en plus intriguée mais me gardai de poser d'autres questions. Je le vis s'éloigner en grommelant vers les profondeurs insondables de la cave. Bientôt, il fut englouti par les ténèbres et je n'entendis plus que le crissement de ses semelles. Livrée à moi-même dans le halo de la torche, je regardai autour de moi avec intérêt.

Outre les rangées de fûts, de nombreuses caisses en bois étaient entassées près du centre de la pièce, poussées contre un étrange muret en grosses pierres sèches qui devait faire environ un mètre et demi de hauteur et qui se poursuivait à perte de vue.

J'avais déjà entendu parler de cette particularité de la taverne lors de mon séjour à Edimbourg, vingt ans plus tôt, mais je n'avais jamais eu l'occasion de la voir. Il s'agissait des vestiges d'un mur d'enceinte érigé par les pères fondateurs de la ville, à la suite de la désastreuse défaite de Flodden Field contre les Anglais en 1513. Estimant, fort judicieusement mais un peu tard, que ces maudits voisins du Sud ne leur amèneraient décidément que des ennuis, ils avaient construit ce rempart pour définir les limites de la ville et du monde civilisé d'Ecosse. D'où le nom de *Bout du monde* dont avait hérité la taverne, construite sur ce qu'il restait des vœux pieux des sages écossais d'antan.

— Cette sale canaille doit être cachée de l'autre côté du mur.

Jamie venait d'émerger des ténèbres, sans cesser de maugréer, une toile d'araignée pendue dans ses cheveux. Faisant face au muret, il posa les mains sur ses hanches et émit des sons étranges. Je supposai que ce devaient être des insultes, mais ce n'était pas du gaélique. Je me mis un doigt dans l'oreille, me demandant tout à coup si le passage à travers le menhir n'avait pas atteint mon ouïe.

Un rapide mouvement attira mon attention et me fit lever la tête, juste à temps pour voir une boule bleu vif virevolter du haut du mur ancien et atteindre Jamie en plein ventre.

Il s'effondra sur le sol de la cave avec un bruit sourd et je me précipitai vers lui.

— Jamie ! Tu vas bien ?

Il se redressa lentement en marmonnant des observations crues, en gaélique cette fois, et se frotta les côtes. Entre-temps, la boule bleue s'était métamorphosée en un minuscule Chinois qui gloussait d'un rire extatique, son visage rond luisant de plaisir.

— Monsieur Willoughby, je présume ? dis-je en maintenant une distance prudente.

Il sembla reconnaître son nom, car il sourit de plus belle et hocha vigoureusement la tête, ses yeux ne formant qu'un mince pli noir. Il se montra du doigt, dit quelques mots en chinois, puis bondit dans les airs, exécutant plusieurs sauts flip flap arrière avant de retomber sur ses pieds plusieurs mètres plus loin, arborant un sourire triomphant.

— Sale puce ! grommela Jamie en s'essuyant les mains sur son manteau.

D'un geste rapide et expert, il attrapa le Chinois par le col et le souleva de terre.

— Nous devons filer d'ici, m'indiqua-t-il par-dessus son épaule. Et vite !

Pour toute réponse, le petit Chinois bleu s'affaissa au bout de son bras, aussi inerte et mou qu'un paquet de linge sale.

— Il est très bien quand il est sobre, m'assura Jamie en le hissant sur une épaule. Mais il ne devrait pas boire, il ne tient pas l'alcool.

— Où l'as-tu déniché ? demandai-je, fascinée.

Je le suivis dans l'escalier, observant la petite natte de M. Willoughby se balançant comme un métronome sur le feutre gris du manteau de Jamie.

— Sur les quais, répondit celui-ci.

Il n'eut pas le temps de m'en dire davantage. La porte devant nous s'ouvrit et nous nous retrouvâmes dans la cuisine de la taverne. En nous voyant, la maîtresse des lieux vint vers nous, les lèvres pincées.

— Ecoutez, monsieur Malcolm, commença-t-elle en fronçant les sourcils, vous savez que vous serez toujours le bienvenu chez moi. Je ne suis pas tatillonne, ça vaut mieux quand on tient un établissement de ce genre. Mais, comme je vous l'ai déjà dit, cette espèce de petit maniaque jaune...

— Oui, je sais, madame Patterson, l'interrompit Jamie en puisant une pièce de monnaie dans sa poche. Je vous suis reconnaissant d'être aussi patiente. Cela ne se reproduira plus... j'espère, ajouta-t-il entre ses dents.

Il glissa la pièce dans la main potelée de la grosse femme et, après un petit salut de la tête, s'engouffra sous le linteau de la grande salle.

Notre retour fit sensation. Tout le monde se tut ou se mit à marmonner à voix basse. J'en déduisis que M. Willoughby n'était pas le client le plus populaire de la taverne. Jamie se fraya un passage dans la foule et je le suivis de mon mieux, prenant soin de garder les yeux baissés vers le sol et retenant mon souffle. Je n'avais plus l'habitude de la crasse et du manque d'hygiène du XVIIIe siècle et la puanteur de tous ces corps mal lavés pressés les uns contre les autres était suffocante.

Nous étions presque à la porte quand les ennuis commencèrent, en la personne d'une plantureuse jeune femme dont le chic vestimentaire était un cran au-dessus de la tenue sobre de la tavernière et de sa fille, et le décolleté un cran au-dessous. Je n'eus pas trop de difficulté à deviner sa profession. Elle était plongée dans une conversation langoureuse avec deux jeunes apprentis et nous regarda d'abord passer devant elle sans nous prêter trop d'attention. Puis, soudain, elle bondit de son banc en poussant des cris stridents, renversant par la même occasion deux brocs de bière.

— C'est lui ! hurla-t-elle en montrant Jamie du doigt. C'est ce monstre !

Elle ne semblait pas voir très clair et je subodorai que les brocs renversés n'étaient pas ses premiers de la soirée. Ses compagnons nous observèrent avec intérêt, surtout lorsqu'elle se mit à marcher sur nous en agitant un doigt accusateur.

— C'est lui, répéta-t-elle. C'est cette demi-portion dont je vous ai parlé, celui qui voulait me faire faire des trucs répugnants !

Je me tournai à mon tour vers Jamie avec perplexité, avant de comprendre qu'elle parlait de son fardeau.

— Espèce de sale pervers ! cracha-t-elle en adressant ses remarques à l'arrière-train de M. Willoughby. Petit porc lubrique !

Le spectacle de cette damoiselle en détresse sembla réveiller l'esprit chevaleresque de ses deux compagnons. L'un d'eux, un grand garçon trapu, se leva et se pencha en avant, posant ses deux poings sur la table devant lui, le regard brillant de malveillance.

— Alors c'est cet avorton, hein ? lança-t-il avec une haleine chargée. Tu veux que je te le découpe en morceaux, Maggie ?

— Je te le déconseille, rétorqua Jamie en changeant son paquet d'épaule. Finis tranquillement ton verre, mon garçon, on ne fait que passer.

— Ah oui ? T'es qui, toi ? Le maquereau du chinetoque ?

L'apprenti tourna brusquement son regard mauvais vers moi.

— Apparemment, tu ne fais pas que dans les Jaunes. Ta gueuse m'a l'air bien de chez nous.

Il avança un grosse paluche crasseuse vers ma cape et en écarta un pan, découvrant ma robe en soie jaune.

— Montre-nous si t'es jaune ou rose, poulette.

Avant que je n'aie eu le temps d'ouvrir la bouche, il attrapa le haut du corsage et tira dessus d'un coup sec. Les créations d'Athénaïs Dubarry n'étaient pas conçues pour les rigueurs du XVIIIe siècle et la fine étoffe se déchira de haut en bas, révélant une étendue non négligeable de chair rose.

— Laisse-la, fils de pute ! rugit Jamie en brandissant un poing menaçant.

— Qui tu traites de fils de pute ?

Le second apprenti, coincé contre le mur, sauta sur la table et s'élança hardiment vers Jamie. C'était un mauvais calcul, car Jamie n'eut qu'à faire un pas de côté pour que le garçon aille s'écraser tête la première contre le mur d'en face. Jamie avança d'un pas vers le premier larron arracheur de robe et lui assena un coup net sur le crâne, le faisant rétrécir de plusieurs centimètres. Puis il m'attrapa par le bras et me tira vers la sortie.

— Vite ! On va tous les avoir sur le dos dans quelques minutes.

De fait, à peine avions-nous parcouru quelques dizaines de mètres dans la rue que j'entendis des cris derrière nous. Jamie prit la première ruelle qui coupait le Royal Mile puis bifurqua dans une étroite allée sombre. Nous pateaugeâmes dans la boue et dans une suite d'ornières remplies de liquides non identifiables, nous engouffrâmes sous une arcade, puis dans une autre allée sinueuse qui semblait mener droit au cœur d'Edimbourg. Je vis défiler des murs gris, de vieilles portes en bois, puis nous débouchâmes dans une petite cour pavée où nous nous arrêtâmes pour reprendre notre souffle.

— Mais... qu'est-ce qu'il... a... bien... pu... faire ? haletai-je.

J'imaginais mal quel sévice ce petit bout d'homme avait pu infliger à une furie pareille. Celle-ci était en mesure de l'écraser d'un simple geste comme une vulgaire mouche.

— C'est à cause des pieds, répondit Jamie en jetant un coup d'œil agacé à M. Willoughby.

— Des pieds ?

Je baissai les yeux vers les minuscules pieds du Chinois, délicatement chaussés de satin noir avec une semelle en feutre.

— Pas les siens, précisa Jamie en suivant mon regard. Les pieds de femmes.

— Quelles femmes ?

Jamie lança un regard inquiet vers la ruelle.

— Eh bien... jusqu'à présent, il ne s'en est pris qu'à des prostituées, mais on ne sait jamais ce qu'il va inventer la prochaine fois. Il ne fait pas de distinctions. Que veux-tu, c'est un barbare.

— Je vois, dis-je sans voir grand-chose. Mais qu'a-t-il...

Je fus interrompue par un cri à l'autre bout de l'allée.

— Ils sont là !

— Foutre ! jura Jamie. Je croyais qu'ils avaient laissé tomber. Viens !

Nous reprîmes notre course folle, traversant à nouveau le Royal Mile et remontant une petite rue. J'entendais des cris derrière nous. Jamie poussa un lourd portail en bois et nous fîmes irruption dans une cour encombrée de tonneaux, de caisses et de tas de linge. Lançant des regards désemparés autour de lui, Jamie aperçut un large fût à demi rempli de détritus. Il y laissa tomber M. Willoughby et rabattit rapidement une bâche par-dessus. Puis il m'entraîna derrière une carriole chargée de caisses derrière laquelle nous nous accroupîmes.

Peu habituée à tant d'exercice, j'étais pantelante et mon cœur battait à tout rompre sous l'effet de l'adrénaline. Jamie avait les joues rouges et les cheveux hirsutes, mais il respirait presque normalement.

— Tu fais ça souvent ? m'inquiétai-je en posant une main sur mon cœur.

— Non, c'est assez rare, répondit-il le plus sérieusement du monde.

Il y eut un bruit de course au loin dans la rue, puis les pas s'éloignèrent et le silence retomba. On n'entendait plus que le clapotis de la pluie sur les caisses en bois autour de nous.

— Je crois qu'ils sont passés, dit Jamie. On ferait mieux de rester ici encore un peu, pour en être sûrs.

Il poussa une caisse vers moi puis s'assit à son tour, écartant les mèches folles qui lui tombaient dans les yeux.

— Désolé, *Sassenach*, me dit-il avec un sourire navré. Je ne pensais pas que la soirée serait si...

— ... agitée ? achevai-je pour lui.

Je sortis un mouchoir et m'épongeai le front.

— Ce n'est rien, le rassurai-je.

Je lançai un regard vers le gros fût, d'où commençait à nous parvenir un léger bruit d'étoffe froissée, indiquant que M. Willoughby reprenait peu à peu conscience.

— Euh... comment sais-tu au sujet des pieds ? demandai-je.

— C'est lui qui me l'a dit, expliqua-t-il. Il est porté sur la boisson et, dès qu'il a bu une goutte de trop, il se met à parler des pieds de femmes et de toutes les choses horribles qu'il voudrait leur faire subir.

— Quel genre de choses horribles peut-il faire à des pieds ? Les possibilités sont limitées.

— Moins que tu ne le crois, répondit-il. Mais ce n'est sans doute ni le lieu ni le moment pour en parler.

Un faible fredonnement s'éleva du fût près de nous. Bien que j'eusse du mal à comprendre, l'inflexion de la voix était nettement interrogative.

— Ferme-la ! aboya Jamie. Encore un mot et c'est moi qui vais piétiner ta face de rat. On verra si ça te plaît toujours autant.

Il y eut un gloussement amusé puis le fût se tut.

— Il veut que quelqu'un lui marche sur le visage ? m'étonnai-je.

— Oui, toi.

Il esquissa une moue penaude et ses joues rosirent.

— Je n'ai pas eu le temps de lui expliquer qui tu étais, s'excusa-t-il.

— Il parle anglais ?

— Oui, un peu, mais personne ne comprend ce qu'il dit. Je lui parle surtout en chinois.
— Tu parles chinois ! m'exclamai-je.
— Disons plutôt que je parle aussi bien le chinois que lui l'anglais.
— Mais comment a-t-il hérité d'un nom écossais, « Willoughby » ?
— A vrai dire, il s'appelle Yi Tien Cho. D'après lui, cela signifie « Celui qui s'adosse au paradis ».
— Yi Tien Cho, répétai-je. C'est trop compliqué à prononcer pour les gens d'ici ?
Connaissant la nature insulaire des Ecossais, je n'étais pas surprise qu'ils ne tiennent pas à s'aventurer sur des eaux linguistiques dangereuses. Jamie, avec son don des langues, était une aberration génétique.
— Ce n'est pas tout à fait ça, répondit-il en souriant. Mais son nom chinois sonne comme un gros mot en gaélique. J'ai trouvé plus sûr de le rebaptiser Willoughby.
Vu les circonstances, je m'abstins de demander quel était le gros mot gaélique en question. Je jetai un coup d'œil par-dessus mon épaule. La voie paraissait libre. Jamie surprit mon regard et hocha la tête.
— Oui, je crois qu'on peut y aller. Les garçons ont dû rentrer à la taverne.
— Mais n'est-on pas obligé de repasser devant la taverne pour retourner à l'imprimerie ? m'inquiétai-je.
— Ah... oui... mais on ne va pas à l'imprimerie.
Il faisait sombre et je ne voyais pas son visage, mais je perçus une certaine réserve dans sa voix. Avait-il une autre résidence quelque part en ville ? Mon cœur se serra. La chambre au-dessus de l'imprimerie était celle d'un célibataire, certes, mais il avait peut-être aussi une vraie maison, où l'attendait une famille ? Nous n'avions pas encore eu le temps de discuter de nos vies respectives. Je n'avais pas la moindre idée de ce qu'il avait vécu au cours des vingt dernières années, ni de quelle façon il vivait aujourd'hui. Cependant, il avait paru sincèrement heureux de me voir et l'air préoccupé qu'il avait à présent n'était peut-être dû qu'à son ivrogne d'associé.
Il se pencha au-dessus du fût et marmonna quelque chose dans un chinois pimenté d'un fort accent écossais. C'était le son plus étrange que j'avais jamais entendu, un peu comme les couinements d'une cornemuse qu'on accorde. M. Willoughby lui répondit longuement, de façon volubile, ne s'interrompant de temps à autre que pour émettre un ricanement. Enfin, il escalada le rebord de sa cachette avec une agilité surprenante, sauta à terre et s'aplatit sur le sol à mes pieds.
Compte tenu de ce que je savais déjà sur ses goûts étranges,

je reculai vivement, mais Jamie posa une main rassurante sur mon épaule.

— N'aie pas peur, *Sassenach*, c'est sa manière à lui de s'excuser pour t'avoir manqué de respect.

— Ah... fis-je, déconcertée.

Je baissai des yeux dubitatifs sur la petite silhouette prostrée devant moi, qui marmonnait des paroles inintelligibles le nez à quelques centimètres du sol. Ne sachant pas trop quelle était l'étiquette d'usage, je me penchai sur lui et lui tapotai gentiment le crâne. Cela dut lui convenir, car il se redressa aussitôt et me fit plusieurs saluts consécutifs jusqu'à ce que Jamie perde patience et lui ordonne d'arrêter. Puis nous reprîmes tous les trois notre route vers le Royal Mile.

Le bâtiment vers lequel Jamie nous conduisit était dissimulé au fond d'une petite cour, juste derrière l'église de Cannongate, à cinq cents mètres environ de Holyrood. Je frissonnai en apercevant les lanternes allumées devant les grilles du palais. Nous y avions vécu pendant cinq semaines, avec toute la cour de Charles-Edouard, lors de sa brève période de gloire.

Jamie frappa à la porte et celle-ci s'ouvrit en grinçant, dissipant aussitôt tous mes souvenirs du passé. Une femme se tenait devant nous, une chandelle à la main. Elle était petite, brune et élégante. En apercevant Jamie, elle laissa échapper un cri de joie et lui baisa la joue. Mon ventre se noua, puis se détendit en entendant Jamie l'appeler « madame Jeanne ». Ce n'était pas ainsi qu'on saluait son épouse, ni, espérais-je, sa maîtresse.

Toutefois, quelque chose chez cette femme me mettait mal à l'aise. Elle était manifestement française, bien qu'elle maîtrisât parfaitement l'anglais. Cela n'avait rien d'extraordinaire : Edimbourg était un port et par là même une ville cosmopolite. Elle portait une robe en soie noire ornée de rubans clairs, sobre mais sophistiquée. Elle était également plus fardée et poudrée qu'une Ecossaise ordinaire. Mais ce qui me dérangeait le plus, c'était qu'elle me dévisageait froidement sans masquer son antipathie. Elle glissa un bras sous celui de Jamie et l'attira à part avec un air possessif qui acheva de me déplaire.

— Monsieur Fraser, susurra-t-elle, puis-je vous toucher deux mots en privé ?

Jamie tendit son manteau à une femme de chambre et, après un bref coup d'œil dans ma direction, comprit rapidement la situation.

— Naturellement, madame Jeanne, répondit-il courtoisement, mais permettez-moi d'abord de vous présenter ma femme, madame Fraser.

Mon cœur s'arrêta un instant, puis reprit ses pulsations en battant comme un tambour. Jamie croisa mon regard et sourit.

— Votre... femme ? balbutia Mme Jeanne.

Je n'aurais su dire ce qui, de la stupéfaction ou de l'horreur, l'emportait sur son visage.

— Mais, monsieur Fraser... reprit-elle, à quoi songez-vous en l'amenant ici ? Je croyais que... une femme... c'est que... pensez à nos pauvres jeunes filles... mais quoi, enfin... une épouse...

Elle resta un instant la bouche entrouverte, dévoilant quelques dents gâtées, puis se ressaisit et me salua d'un signe de tête, faisant de son mieux pour paraître courtoise.

— Bonsoir... madame.

— Bonsoir, répondis-je.

— Ma chambre est-elle prête ? demanda Jamie.

Sans attendre de réponse, il se tourna vers les escaliers, m'entraînant avec lui.

— Nous passerons la nuit ici, lança-t-il comme si cela coulait de source.

Il s'arrêta sur la première marche et se tourna vers M. Willoughby, que tout le monde paraissait avoir oublié. Celui-ci s'était laissé glisser sur le sol, dégoulinant sur les dalles de l'entrée.

— Euh...

Jamie arqua un sourcil interrogateur vers Mme Jeanne. Elle contempla le Chinois un long moment, comme si elle se demandait d'où était tombée cette « chose », puis claqua dans ses mains.

— Pauline ! Allez voir si Mlle Josie est disponible. Puis vous monterez de l'eau chaude et des serviettes propres dans la chambre de M. Fraser... et de madame.

Elle avait prononcé ce dernier mot sur un ton de stupéfaction songeuse, comme si elle avait encore du mal à y croire.

— Oh, encore une chose ! appela Jamie en se penchant pardessus la rampe. Ma femme a besoin d'une nouvelle toilette. Sa robe a subi un malencontreux accident. Pourriez-vous lui trouver quelque chose de convenable à mettre pour demain matin ? Merci, madame Jeanne, et bonsoir !

Je le suivis sans mot dire, grimpant un escalier en colimaçon qui semblait ne plus finir. Les supputations se bousculaient dans ma tête. L'apprenti dans la taverne l'avait traité de « maquereau », mais ce ne pouvait être qu'une insulte, car c'était tout bonnement impossible. Impossible pour le Jamie que j'avais connu, me corrigeai-je, mais pour l'homme qui gravissait les marches devant moi... ?

L'escalier n'allait pas plus haut que le quatrième étage. Nous étions apparemment juste sous le toit de la maison. Je ne savais pas à quoi je m'étais attendue au juste, mais la chambre était tout ce qu'il y avait d'ordinaire : petite et claire, meublée d'un tabouret, d'un lit et d'une commode sur laquelle étaient posés l'inévitable cuvette et le chandelier que Jamie alluma aussitôt avec la mèche qu'il tenait à la main.

Il se débarrassa de son manteau et le jeta négligemment sur le tabouret. Puis il s'assit sur le lit pour enlever ses souliers trempés.

— Bon sang ! soupira-t-il. J'ai une de ces faims ! J'espère que la cuisinière n'est pas encore couchée.

— Jamie... commençai-je.

— Retire ta cape, *Sassenach*. Tu es trempée.

— Oui, euh... c'est que... Jamie, pourquoi as-tu ta chambre dans un bordel ?

Il se frotta le menton, légèrement embarrassé.

— Pardonne-moi, *Sassenach*. Je sais que je n'aurais pas dû t'amener ici, mais c'est le seul endroit où on pourra faire recoudre ta robe rapidement et obtenir un repas chaud. Et puis, il faut bien que je planque M. Willoughby quelque part où il ne pourra pas s'attirer d'autres ennuis.

Il lança un regard vers le lit avant d'ajouter :

— Sans parler du fait que cette chambre est nettement plus confortable que mon trou à rat à l'imprimerie. Mais c'était sans doute une mauvaise idée. On peut partir, si tu trouves que...

— Le problème n'est pas là, l'interrompis-je. Ce que je veux savoir, c'est pourquoi tu as une chambre dans un bordel. Tu es un si bon client ?

Il leva vers moi des yeux stupéfaits.

— Un client ? Mais enfin, *Sassenach*, pour qui me prends-tu ?

— Je n'en sais trop rien, justement. C'est pour ça que je te pose la question. Est-ce que tu vas me répondre ?

Il fixa ses pieds un moment, agitant ses orteils. Puis il releva la tête et répondit calmement :

— Ce n'est pas moi qui suis un client de Mme Jeanne, mais Mme Jeanne qui est ma cliente. Une très bonne cliente, pour ne rien te cacher. Elle me garde toujours une chambre chez elle parce que je suis souvent en voyage pour affaires et que j'aime bien avoir un endroit où trouver un lit propre, un repas chaud et un peu d'intimité à n'importe quelle heure du jour ou de la nuit. C'est un petit arrangement entre nous.

Je me détendis un peu, à demi soulagée.

— Soit, dis-je. Dans ce cas, une autre question se pose : quel genre d'affaires une tenancière de bordel peut-elle bien entretenir avec un imprimeur ?

Il me vint l'idée absurde qu'il imprimait peut-être des petites annonces aguichantes.

— Non, répondit-il fermement. Je ne pense pas que ce soit là la vraie question.

— Ah non ?

— Non.

Il se leva du lit et vint se poster devant moi, si près que je dus lever la tête pour le regarder dans les yeux. J'aurais bien reculé d'un pas si la chambre n'avait pas été si petite et si je n'avais pas été déjà adossée à la porte.

— La vraie question, *Sassenach*, c'est pourquoi es-tu revenue ?

— Qu-qu-quoi ? balbutiai-je. A ton avis ?

— Justement, je n'en sais fichtre rien.

Il avait parlé sur un ton calme, mais je sentais qu'il était énervé. De mon côté, j'étais mal placée pour le questionner, mais cela avait été plus fort que moi.

— Tu es revenue pour être à nouveau ma femme ? demanda-t-il. Ou uniquement pour me parler de ma fille ?

Sentant sans doute que sa proximité me troublait, il se détourna brusquement et s'approcha de la fenêtre, dont les volets en bois claquaient au vent.

— Tu es la mère de mon enfant, reprit-il. Rien que pour cela, je te dois tout. Tu m'as apporté l'assurance que je n'ai pas vécu en vain et que notre enfant était saine et sauve.

Il se tourna vers moi et me regarda fixement :

— Mais il est déjà loin, le temps où toi et moi ne faisions qu'un, *Sassenach*. Tu as mené ta vie ailleurs et j'ai mené la mienne ici. Tu ne sais rien de que ce j'ai fait pendant toutes ces années. Es-tu revenue parce que l'envie t'en a pris brusquement ou parce que tu t'y es sentie obligée ?

La gorge nouée, je soutins son regard.

— Je ne suis revenue qu'aujourd'hui parce que, avant... je te croyais mort. J'étais sûre que tu avais été tué à Culloden.

Il baissa les yeux et esquissa un petit sourire triste.

— Oui, je sais, dit-il doucement. Normalement, je ne devrais plus être là. Ce n'est pas faute d'avoir essayé ! Mais comment as-tu su que j'avais survécu ? Comment m'as-tu retrouvé ?

— Un jeune historien, Roger Wakefield, a découvert des archives. Il a suivi ta trace jusqu'à Edimbourg. Quand j'ai vu « A. Malcolm », j'ai su que c'était toi.

— Je vois. Alors tu es venue... mais ça ne me dit toujours pas pour quelle raison.

Je le dévisageai sans répondre un long moment. Il respirait avec peine et entrebâilla la fenêtre. Un courant d'air frais et humide se faufila dans la chambre.

— Tu essaies de me dire que tu ne veux pas de moi, c'est ça ? demandai-je enfin. Parce que si c'est le cas... je me doute bien que tu as refait ta vie... tu as peut-être... d'autres attachements...

Il fit volte-face et me regarda avec incrédulité.

— Seigneur ! s'exclama-t-il. Tu crois vraiment que je veux que tu t'en ailles ?

Son visage était pâle et ses yeux étincelaient.

— Voilà vingt ans que je ne vis plus que par ton souvenir, *Sassenach*. Tu ne le sais donc pas encore ? Seigneur !

La brise faisait voleter ses mèches rousses et il les lissa nerveusement en arrière.

— Je ne suis plus l'homme que tu as connu il y a vingt ans, *Sassenach*. On se connaît moins aujourd'hui que le jour de notre mariage.

Il fit un petit geste de frustration de la main.

— Tu veux que je m'en aille ? répétai-je d'une voix tremblante.

— Non !

Il pivota rapidement sur ses talons et me saisit par les épaules.

— Non, redit-il plus doucement. Je ne veux pas que tu partes. Je te l'ai déjà dit et je le pense du fond du cœur. Mais... il faut que je sache.

Il se pencha vers moi. Son visage tout entier n'était plus qu'une question :

— Tu me veux vraiment, *Sassenach* ? murmura-t-il. Tu es prête à me prendre tel que je suis aujourd'hui, pour l'amour de l'homme que j'étais il y a vingt ans ?

Je me sentis envahie par un grand soulagement.

— Il est un peu tard pour que je me pose la question... répondis-je.

J'avançai une main tremblante et lui caressai la joue.

— ... parce que j'ai déjà risqué tout ce que j'avais. Mais qui que tu sois à présent, Jamie Fraser, oui, je te veux.

Il ouvrit les bras et je me blottis contre lui, pressant ma joue contre son torse chaud.

— Tu as un sacré culot, *Sassenach*, hein ? Pour ça, tu n'as pas changé.

Je tentai de sourire mais mes lèvres étaient figées.

— Mais qu'en sais-tu, Jamie ? Tu n'en sais pas plus sur moi que moi sur toi. Qui te dit que je ne suis pas devenue une vieille mégère aigrie après toutes ces années ?

— C'est vrai, *Sassenach*. Mais tu sais quoi ? Je m'en fous.

Je me noyai dans son regard quelques instants, puis poussai un long soupir qui fit craquer encore quelques points de mon corset.

— Moi aussi, répondis-je.

Il paraissait absurde d'être prude avec lui, pourtant, je me sentais comme une jeune fille. Les aventures de la soirée et cette brève discussion avaient mis au jour le gouffre béant sous nos pieds... ces vingt longues années de séparation qui étaient comme un trou noir entre nous, cachant aussi l'avenir incertain qui nous attendait. A présent, il nous faudrait réapprendre à nous connaître et découvrir si nous étions toujours ces deux amants qui, autrefois, n'avaient formé qu'un seul corps.

Un coup à la porte brisa la tension. C'était une petite servante qui nous apportait notre dîner. Après une courbette devant Jamie et moi, elle dressa la table, y déposant de la viande froide, du bouillon chaud, un pain croustillant et du beurre, puis fit démarrer le feu en un clin d'œil. Après quoi, elle sortit en marmonnant :

— Bonne soirée, m'sieur dame.

Nous mangeâmes lentement, ne discutant prudemment que de sujets neutres. Je lui racontai mon voyage de Craigh na Dun à Edimbourg et le fis rire avec mes descriptions de M. Graham et maître Wallace. Lui me parla de M. Willoughby. Il me raconta comment il l'avait trouvé, endormi derrière une rangée de tonneaux sur les docks à Burntisland, l'un des ports marchands à la périphérie d'Edimbourg.

Nous évitions de parler de nous-mêmes, mais, à mesure que l'heure avançait, j'étais de plus en plus consciente de son corps, observant ses longues mains fines tandis qu'il nous versait du vin ou découpait la viande, devinant le jeu de ses pectoraux puissants sous sa chemise en lin, admirant la ligne gracieuse de son cou quand il se penchait pour ramasser sa serviette. A plusieurs reprises, je le surpris en train de m'observer de même, avec une sorte d'avidité craintive, mais chaque fois il évitait de croiser mon regard, gardant un visage de marbre.

Lorsque le dîner fut terminé, nous pensions tous les deux à la même chose. Il aurait difficilement pu en être autrement, puisque nous nous trouvions dans une chambre à coucher. Un frisson d'angoisse et d'anticipation me parcourut les reins.

Enfin, il vida son verre, le reposa et me regarda droit dans les yeux.

— Tu veux bien...

Il s'interrompit en rougissant, puis rassembla son courage et s'élança :

— Tu veux bien partager mon lit ? Je veux dire... ajouta-t-il précipitamment, il fait froid, nous sommes tous les deux encore mouillés et...

— ... Et il n'y a pas de fauteuil, terminai-je pour lui.

Je me levai et me tournai vers le lit, ressentant un étrange mélange d'excitation et de gêne.

Il ôta rapidement ses culottes et ses bas et releva la tête vers moi.

— Oh, excuse-moi, *Sassenach*. J'aurais dû penser à t'aider à dénouer tes lacets.

J'en déduisis avec un soulagement égoïste qu'il n'avait manifestement pas l'habitude de déshabiller des femmes.

— C'est que... je n'ai pas de lacets, murmurai-je. Mais si tu pouvais me donner un coup de main...

Je lui montrai mon dos et relevai mes cheveux pour exposer le col de ma robe.

Il y eut un silence perplexe. Puis je sentis son doigt courir le long de ma colonne vertébrale.

— Qu'est-ce que c'est que ça ? demanda-t-il.

— Une fermeture Eclair, expliquai-je en souriant. Tu vois la petite languette en métal tout en haut ? Tu la saisis entre deux doigts et tu tires doucement jusqu'en bas.

Le dos de ma robe s'écarta dans un bruit de déchirement étouffé et les vestiges de la robe d'Athénaïs Dubarry retombèrent sur mes épaules. Je dégageai mes bras et laissai la robe s'affaisser doucement à mes pieds. Puis je retins mon souffle et pivotai rapidement sur mes talons pour faire face à Jamie avant que je ne perde le contrôle de moi-même.

Il recula d'un pas, surpris par cette soudaine métamorphose. Puis il cligna les yeux et me regarda. Je me tenais devant lui, ne portant que mes souliers et mes bas de soie rose retenus par deux jarretières. J'avais une très forte envie de ramasser ma robe pour me cacher derrière elle mais j'y résistai. Je redressai les épaules et le menton puis j'attendis.

Il ne dit mot. Ses yeux brillaient à la lumière de la chandelle et il secouait doucement la tête sans laisser transparaître la moindre émotion.

— Ça t'ennuierait de dire quelque chose ? m'impatientai-je.

Il ouvrit la bouche, mais aucun son n'en sortit. Il ne cessait de balancer sa tête de droite à gauche.

— Seigneur, souffla-t-il enfin. Claire... tu es la plus belle femme que j'aie jamais vue.

— Tu as un problème de vision, mon pauvre garçon, rétorquai-je, soulagée. Ce doit être un glaucome, tu es trop jeune pour la cataracte.

Il se mit à rire nerveusement et me tendit la main.

— Erreur. J'ai toujours eu une vue d'aigle. Viens par ici.

Je pris sa main et enjambai la masse inerte de ma robe. Il m'attira doucement à lui et je me tins entre ses cuisses tandis qu'il s'asseyait sur le lit. Il déposa un baiser sur chacun de mes seins, puis y enfouit son front.

— Tu as des seins d'ivoire, souffla-t-il. Ils sont si pleins et si ronds, je pourrais rester comme ça des années entières. Et ta peau... on dirait du velours blanc...

Sa main suivit lentement la courbe de ma hanche, puis s'attarda sur l'arrondi de ma fesse et de ma cuisse.

— Seigneur... murmura-t-il. J'avais une telle envie de te toucher, *Sassenach* ! Pourtant, te sentir si près de moi ce soir m'était presque insupportable.

Ses doigts se promenèrent sur mon ventre, s'arrêtant sur les vergetures laissées par la naissance de Brianna.

— Ça... ça ne te gêne pas trop ? fis-je timidement.

Il sourit d'un air goguenard. Il hésita un instant puis releva sa chemise de quelques centimètres.

— Non, et toi ? demanda-t-il.

La cicatrice partait du milieu de sa cuisse et remontait jusqu'à l'aine, formant un bourrelet de chair blanchâtre. Je ne pus réprimer un hoquet de stupeur, puis me laissai tomber à genoux à son côté. Je posai ma joue contre sa cuisse, serrant sa jambe contre moi comme si j'avais voulu le protéger contre ce qui était déjà arrivé. Je sentais les lentes pulsations régulières de son artère fémorale sous mes doigts, à peine un centimètre à côté de l'affreuse entaille.

— Ça ne te fait pas peur, *Sassenach* ? s'inquiéta-t-il en posant une main sur ma tête.

— Bien sûr que non !

— Nous portons chacun les traces de nos propres batailles, dit-il doucement.

Il m'aida à me hisser à son côté et se pencha sur moi pour m'embrasser. Je me débarrassai de mes souliers et fléchis les jambes, sentant la chaleur de son corps à travers sa chemise. Mes mains trouvèrent le lacet qui refermait son col et le dénouèrent.

— Déshabille-toi, chuchotai-je. Je veux te voir.

— Il n'y a pas grand-chose à voir, *Sassenach*, dit-il avec un petit rire hésitant. Mais le peu que j'ai est à toi, si tu le veux.

Il fit passer sa chemise par-dessus sa tête et la lança sur le plancher. Puis il se renversa en arrière en prenant appui sur ses coudes, s'offrant à mon regard.

La vue de son corps nu m'ôta le souffle. Il était toujours aussi beau. Ses longs membres sculptés par un travail physique intense étaient empreints d'une puissance gracieuse. Sa peau dorée par la lueur des bougies semblait illuminée de l'intérieur. Il avait changé, naturellement, mais les différences étaient subtiles. Sa musculature était plus dessinée et son corps plus noueux, dépouillé des dernières rondeurs de l'adolescence. Sa toison pubienne formait un dense buisson auburn. Il était évident qu'il me désirait, violemment.

Son regard suivit le mien et il m'adressa un grand sourire.

— Je t'ai promis un jour d'être toujours sincère avec toi, *Sassenach*.

Je me mis à rire tout en sentant les larmes me monter aux yeux. Je tendis une main hésitante vers lui et il s'en saisit. Sa force et sa chaleur étaient déroutantes et j'eus un bref mouvement de recul. Il se leva et vint se placer devant moi. Nous esquissâmes quelques gestes maladroits, ne sachant pas trop comment nous y prendre. L'atmosphère de la petite chambre était chargée d'électricité.

— Est-ce que tu as peur, toi aussi ? dis-je tout bas.

Il me dévisagea attentivement, haussant un sourcil.

— Moins que toi, apparemment, répondit-il avec un sourire. Tu as la chair de poule. C'est la peur ou le froid ?

— Les deux, je crois, répondis-je en riant.

Il lâcha ma main et souleva le gros édredon.

— Glisse-toi là-dessous, ordonna-t-il.

Je ne cessai de trembler que lorsqu'il fut couché à mon côté, la chaleur de son corps m'envahissant aussitôt. Je me pressai contre lui, sentant mes mamelons tendus et durs contre son poitrail et le contact enivrant de sa peau contre la mienne. Il me serra dans ses bras et m'embrassa doucement dans le creux du cou. Je posai mes lèvres sur son épaule. Sa peau était légèrement salée et ses cheveux sentaient le feu de bois. Il remua les reins et je sentis sa verge dure se presser contre mon bas-ventre. La terreur autant que le désir m'incitaient à m'écraser contre lui. Je le désirais de toutes mes forces, au point d'en avoir le ventre noué. Mes seins gonflés me faisaient mal et je sentis une moiteur se répandre entre mes cuisses, m'offrant à lui. Mais, par-dessus tout, je ressentais le besoin de lui appartenir, le besoin qu'il me possède assez violemment pour étouffer mes doutes et me faire tout oublier.

A ses mains tremblantes qui pétrissaient mes seins et aux tressaillements qui agitaient ses hanches, je devinai qu'il le voulait autant que moi, mais qu'il se retenait.

Une voix résonnait dans ma tête : « Prends-moi ! Je t'en supplie, prends-moi. Ne me ménage pas ! »

Je ne pouvais rien dire. Je lus l'envie sur son visage, mais lui non plus ne pouvait pas parler. Néanmoins, nous disposions d'un autre langage dont mon corps se souvenait encore. Je pressai mes hanches contre les siennes et enfonçai mes ongles dans ses fessiers bandés. Je tendis mon visage vers le sien, l'exhortant tacitement à m'embrasser, au moment même où il se baissait pour le faire.

Mon nez heurta son front dans un craquement sinistre, et je roulai sur le côté, me tenant le visage.

— Mon Dieu, Claire, je t'ai fait mal ?

Derrière les larmes qui me montaient aux yeux, je distinguais son front anxieux.

— Non, mentis-je. Mais je crois que je me suis cassé le nez.

— Ça m'étonnerait, sinon il pisserait le sang, dit-il doucement.

Il avança une main prudente et palpa délicatement la racine de mon nez. Je tapotai du bout des doigts le haut de ma lèvre supérieure. Il avait raison. Cela ne saignait pas. En outre, la douleur s'atténuait déjà.

— Ça va aller, me rassura-t-il.

Au même moment, je pris conscience qu'il était toujours

couché sur moi. Entre mes cuisses ouvertes, son sexe tendu effleurait le mien. A son regard, je compris qu'il venait de remarquer la même chose. Ni lui ni moi ne bougeâmes ; nous retenions notre souffle. Puis son torse se gonfla, il me prit les deux poignets d'une seule main et les rabattit au-dessus de ma tête. Je cambrai les reins, clouée sous lui.

— Donne-moi ta bouche, *Sassenach*, murmura-t-il.

Son visage penché sur moi me cacha la lumière et je ne vis plus qu'une aura dorée. Doucement, par petites lapées, sa langue chercha la mienne. Je lui mordis la lèvre et il se redressa, légèrement surpris.

— Jamie ! gémis-je. Jamie.

Je ne pouvais rien dire d'autre mais mes hanches sursautèrent sous les siennes, puis encore, et encore, réclamant sa violence. Je tournai la tête et plantai mes dents dans le gras de son épaule. Il laissa échapper un petit son rauque, et me pénétra d'un coup. Aussi serrée et tendue qu'une vierge, je poussai un cri et arquai mes reins de toutes mes forces.

— Ne t'arrête pas ! suppliai-je. Je t'en prie, ne t'arrête pas !

Son corps m'entendit et il planta férocement sa verge en moi. Il lâcha mes poignets et s'affala sur moi, son poids m'enfonçant dans le matelas tandis qu'il glissait les mains sous mes reins, m'immobilisant. Je haletais et gesticulais sous lui, me tortillant pour le faire entrer plus profondément encore.

— Ne bouge plus, souffla-t-il dans mon oreille.

J'obtempérai, ne serait-ce que parce que je ne pouvais plus faire un geste. Nous restâmes ainsi quelques secondes, écrasés l'un contre l'autre, frémissant du bout des orteils à la racine des cheveux. J'entendais un battement sourd contre mes côtes, sans savoir si c'était son cœur ou le mien.

Puis son sexe remua en moi, tout doucement, comme un point d'interrogation au plus profond de ma chair. Il ne m'en fallait pas plus. Mon corps tout entier lui répondit par une convulsion, l'invitant à me sonder encore et encore, chaque pulsation de son membre en appelant une autre entre mes cuisses.

Il se redressa sur ses deux bras, les reins cambrés, la tête renversée en arrière et les yeux fermés, tandis que les lèvres de mon sexe le caressaient, le retenaient, le libéraient, puis le retenaient encore. Très lentement, il courba la tête et me dévisagea avec une indicible tendresse.

— Oh, Claire ! murmura-t-il. Mon Dieu, Claire !

Alors, il se déversa au plus profond de moi, se répandant dans mes entrailles par de violentes saccades qui déclenchèrent des vagues de plaisir exquis jusque dans mon crâne. Agité de soubresauts des pieds à la tête, il se laissa retomber avec un sanglot étouffé, ses cheveux cachant son visage.

Lorsqu'il se fut vidé de toute sa sève, il resta couché sur moi un long moment, respirant profondément. Puis il se retira doucement et pressa son front contre le mien avant de rouler sur le côté, inerte.

Nous demeurâmes un long moment blottis l'un contre l'autre, écoutant nos souffles respectifs, chacun conscient des moindres mouvements de l'autre. Les bruits de la maison nous parvenaient de temps en temps : des pas dans l'escalier, un rire grave d'homme ou la voix plus haut perchée d'une péripatéticienne minaudant des compliments.

— J'aurais mieux fait de t'emmener dans une taverne, bougonna soudain Jamie.

— Ce n'est rien, l'assurai-je. Mais je dois avouer qu'un bordel est le dernier endroit dans lequel j'aurais pensé célébrer nos retrouvailles !

J'hésitai, ne voulant pas me montrer indiscrète, mais la curiosité l'emporta.

— Dis-moi, Jamie... ce bordel ne t'appartient pas, n'est-ce pas ?

Il s'écarta légèrement, baissant sur moi des yeux outrés :

— Moi ? Mais enfin, *Sassenach*, tu es folle ? Je ne suis pas un saint, certes, mais je ne suis pas non plus un maquereau.

— Heureuse de te l'entendre dire.

J'attendis un moment avant de reprendre :

— Est-ce que tu vas enfin me dire ce que tu fais dans la vie, ou dois-je continuer à deviner ?

L'idée lui parut attrayante.

— A ton avis ? demanda-t-il.

Je le regardai. Il était confortablement allongé sur les draps froissés, un bras replié sous la tête, attendant mes propositions avec un large sourire.

— Je te parie ma chemise que tu n'es pas imprimeur.

Son sourire s'élargit encore.

— Ah non ? Et pourquoi ?

J'appuyai un doigt sur son ventre.

— Tu es trop mince. A partir de la quarantaine, la plupart des hommes commencent à avoir du bide. Toi, tu n'as pas un poil de graisse.

— C'est parce que je n'ai personne pour me faire la cuisine. Si tu mangeais dans des tavernes tous les jours, tu serais maigre comme un clou. Non que tu sois grosse, *Sassenach*.

Il ponctua sa remarque d'une petite tape sur mes fesses.

— N'essaie pas de détourner la conversation, rétorquai-je. Une chose est sûre, tu n'as pas développé une telle musculature en travaillant sur une presse.

— On voit bien que tu n'as jamais essayé d'en manipuler une ! railla-t-il.

— En effet, mais n'empêche. Tu ne serais pas devenu un bandit de grands chemins, par hasard ?

— Non, désolé. Essaie encore.

— Un cambrioleur ?

— Non.

— Sans doute pas un kidnappeur, méditai-je. Un pickpocket, peut-être ? Non. Un pirate ? Pas avec ton pied marin. Un usurier ? Pas ton genre.

Je soupirai avant de capituler.

— La dernière fois qu'on s'est vus, tu étais un traître jacobite, mais ce n'est pas un métier.

— Oh, je suis toujours un traître, m'assura-t-il. Mais je n'ai pas été condamné pour cette raison ces derniers temps.

— Ces derniers temps ?

— J'ai passé plusieurs années en prison, expliqua-t-il. A cause du soulèvement. Mais cela fait déjà quelques années.

— Oui, je suis au courant.

Il écarquilla les yeux.

— Comment peux-tu le savoir ?

— Oh, j'en sais plus que tu ne crois, le taquinai-je. Mais on en reparlera plus tard. Revenons à nos moutons : vas-tu enfin me dire de quoi tu vis ?

— Je suis imprimeur, s'obstina-t-il.

— Et traître ?

— Imprimeur et traître, confirma-t-il. J'ai été arrêté pour subversion six fois au cours des deux dernières années et on m'a confisqué deux fois mes biens, mais la cour n'a jamais rien pu prouver.

— Que se passera-t-il si elle arrive à prouver quelque chose la prochaine fois ?

— Oh, soupira-t-il l'air détaché, le pilori sans doute, les oreilles clouées sur la place publique, la flagellation, la prison, la déportation... mais pas la pendaison.

— Me voilà soulagée !

Il cessa de sourire et s'approcha de moi, me scrutant avec gravité.

— Ça te fait peur ? Tu préfères repartir ?

Je m'efforçai de prendre un air assuré mais ma voix tremblait un peu en lui répondant :

— Non. Je ne suis pas revenue pour faire l'amour une fois et disparaître à nouveau. Je suis venue pour être avec toi, si tu veux de moi.

— Si je te veux !

Retrouvant son sourire, il s'assit en tailleur sur le lit et me prit les mains.

— De toute façon, je ne t'aurais pas laissée repartir ! Je ne supporterais pas de te perdre une seconde fois.

— Tu ne me perdras plus, promis-je. Plus jamais. Même si je découvre que tu es bigame ou que tu bois.

Il tressaillit et lâcha soudain ma main.

— Que se passe-t-il ? m'inquiétai-je.

— Eh bien... c'est que...

Il s'interrompit et me jeta un bref coup d'œil embarrassé.

— C'est que quoi ? Tu me caches quelque chose ?

— Imprimer des pamphlets subversifs ne rapporte pas grand-chose, se justifia-t-il.

Devant l'imminence de quelque révélation scabreuse, mon cœur se mit à battre plus fort.

— J'imagine, dis-je en retenant mon souffle. Qu'est-ce que tu fais d'autre ?

— Eh bien... je trafique un peu, dit-il, penaud. Comme ça... sur les bords.

— Un contrebandier ! m'exclamai-je. Comment n'y avais-je pas pensé ! Et tu trafiques quoi ?

— Du whisky, surtout, un peu de rhum de temps en temps, et puis pas mal de vin français et de la batiste.

— Alors, c'est ça !

Soudain, tous les éléments du puzzle se mettaient en place : M. Willoughby, les docks d'Edimbourg, la maison close.

— Voilà donc le lien entre toi et cet endroit, déduisis-je. C'est ce que tu voulais dire en disant que Mme Jeanne était ta « cliente » ?

— Oui. Nous avons un bon arrangement, elle et moi. Quand l'alcool arrive de France, on le stocke ici, dans une des caves. Nous en revendons une partie directement à Mme Jeanne, à un bon prix, et elle nous garde le reste jusqu'à ce qu'on ait trouvé des acheteurs.

— Humm... et cet arrangement avec Mme Jeanne, il inclut... ?

Il plissa ses yeux bleu nuit.

— Je sais à quoi tu penses, *Sassenach*, et la réponse est non.

— Ah bon ! fis-je, ravie. Tu lis dans mes pensées maintenant ? Et à quoi je pensais, au juste ?

— Tu te demandais si je me faisais parfois payer en nature, c'est ça ?

— Euh... eh bien oui, je l'avoue, bien que cela ne me regarde pas.

— Ah non ?

Il me saisit par les épaules et me regarda dans les yeux.

— Tu le penses vraiment ? demanda-t-il gravement.

— Oui, répondis-je d'une petite voix. Pas toi ?

— Non.

Là-dessus, il m'enlaça et me serra contre lui.

J'étais trop fatiguée et énervée à la fois pour dormir. Peut-être avais-je peur qu'il ne s'évanouisse en fumée si je m'assoupissais ? Je le sentis bouger contre moi et je rouvris les yeux. Redressé sur un coude, il était plongé dans la contemplation de ma main, négligemment posée sur l'édredon. Constatant que j'étais aussi éveillée que lui, il me sourit.

— Décris-la-moi, murmura-t-il. De qui tient-elle le plus, de toi ou de moi ? Est-ce qu'elle a tes mains, ou les miennes ?

— Les miennes, répondis-je dans un souffle. Elle a de longues mains étroites comme les miennes, mais ses doigts sont plus longs, avec la paume charnue et un poignet costaud, comme le tien. Son pouls passe juste ici, comme chez toi.

J'effleurai du bout du doigt la veine qui croisait la courbe de son radius, à l'endroit où le poignet rejoignait la main.

— Elle a des ongles carrés comme les tiens et non ovales, comme moi. Mais son auriculaire est légèrement tordu, comme le mien. Ma mère l'avait aussi, c'est oncle Lamb qui me l'a dit.

Ma mère étant morte alors que je n'avais que cinq ans, je n'avais pratiquement aucun souvenir d'elle. Mais je pensais à elle chaque fois que mon regard se posait sur mon petit doigt. Je tendis ma main pour la contempler, puis la posai sur son visage.

— Sa pommette décrit la même courbe que chez toi, poursuivis-je. Elle a tes yeux, exactement les mêmes, et les mêmes cils et sourcils. Elle a le nez des Fraser. Sa bouche ressemble plus à la mienne, avec une lèvre inférieure plus pleine, mais elle est large comme la tienne. Elle a un menton pointu, comme moi, mais plus fort. Elle est très grande, elle fait près d'un mètre quatre-vingts. Elle a de longues jambes. Comme les tiennes, mais très féminines.

— Est-ce qu'elle a cette petite veine bleue, juste ici...

Son doigt caressait le creux de ma tempe.

— ... et de toutes petites oreilles, comme des ailes ?

— Elle se plaint toujours de ses oreilles. Elle prétend qu'elles sont trop grandes.

Je refoulai mes larmes tandis que ma fille prenait vie sous mes yeux, ma fille que je ne reverrais jamais.

— Elle a les lobes percés. Ça te dérange ? Frank était contre. Il disait que ça faisait vulgaire. Mais elle y tenait tant... alors je l'ai laissée faire. J'ai les oreilles percées moi-même, toutes ses amies aussi et je ne voulais pas... je ne voulais pas...

Mon menton tremblait et les larmes coulaient le long de mes joues.

— Tu as eu raison, dit-il en me serrant contre lui. Calme-toi, tu as bien fait. Je sais que tu as été une mère merveilleuse.

Je pleurai de plus belle, blottie contre lui, tandis qu'il me caressait l'épaule en murmurant des paroles de réconfort.

— Tu m'as donné un enfant, *mo nighean don*, dit-il quand je fus calmée. Nous serons ensemble pour l'éternité. Elle est saine et sauve et nous vivrons toujours à travers elle, toi et moi.

Il m'embrassa doucement puis s'enfonça dans son oreiller.

— *Brrriââânnâ,* murmura-t-il encore.

Il poussa un long soupir et s'endormit aussitôt.

26

Le déjeuner de la putain

Je me réveillai en sursaut, persuadée qu'il n'était plus dans le lit. Effectivement, sa place était vide, mais il n'était pas loin. Je soupirai d'aise en le voyant de l'autre côté de la chambre, debout devant le pot de chambre. La pièce baignait dans une lumière grise. Il me tournait le dos, nu, et j'admirai silencieusement la fermeté et la rondeur de ses fesses blanches, creusées par deux charmantes fossettes. Il bougea légèrement et les rayons pâles du soleil firent luire les zébrures de son dos de reflets argentés.

Il se tourna lentement et sursauta en me voyant éveillée. Il se balança gauchement sur un pied et m'adressa un petit sourire timide.

— Bien dormi ? demandai-je sottement.

— Non, et toi ?

— Pas terrible non plus, dis-je en riant. Tu n'as pas froid ?

— Non.

Nous nous tûmes, gênés comme deux jouvenceaux qui viennent de passer leur première nuit ensemble. Puis il sourit et s'apprêtait à dire quelque chose quand on frappa à la porte.

Je tressaillis, ce qui le fit pouffer de rire. Il se pencha vers moi et déposa un baiser sur mon font.

— Il ne faut pas avoir peur comme ça, *Sassenach*. Ce doit être la femme de chambre qui nous apporte le petit déjeuner. Ce n'est pas la police. Nous sommes mariés, tu l'as oublié ?

Le voyant se diriger vers la porte nu comme un ver, je le rappelai.

— Tu ne crois pas que tu devrais enfiler quelque chose ? demandai-je.

— Je doute que ma nudité choque quelqu'un dans cette maison. Mais pour ménager ta pudeur...

Il saisit un linge posé près de la cuvette et s'en ceignit les reins avant d'ouvrir la porte.

J'aperçus une haute silhouette se tenant dans le couloir et tirai promptement les draps sur ma tête. C'était une réaction de pure panique, car, s'il s'agissait de la police d'Edimbourg, ce n'étaient pas un drap et un édredon qui allaient me protéger.

— Jamie ? demanda l'homme dans le couloir.

Bien que n'ayant pas entendu cette voix depuis vingt ans, je la reconnus sur-le-champ. Je soulevai précautionneusement un coin de l'édredon et jetai un coup d'œil.

— Qui veux-tu que ce soit ? Tu es bigleux ou quoi ? rétorqua Jamie en tirant son beau-frère Ian dans la chambre.

— Je sais bien que c'est toi, grommela Ian, mais je me demandais simplement si je devais en croire mes yeux.

Ses cheveux lisses étaient teintés de gris et son visage portait les traces de longues années de dur labeur. Mais Joe Abernathy avait dit juste : dès les premiers mots, la nouvelle vision fusionna avec l'ancienne et le Ian Murray que j'avais devant moi était bien celui que j'avais connu autrefois.

— Je suis venu ici parce que à l'imprimerie on m'a dit que tu avais disparu depuis hier soir, déclara-t-il. Comme c'est à cette adresse que Jenny t'envoie ton courrier...

Il jeta un regard méfiant autour de lui, comme s'il s'attendait à ce qu'une créature bondisse de derrière l'armoire.

— ... Je n'aurais jamais pensé te retrouver dans une maison de passe, Jamie ! J'ai mis un certain temps avant de m'en rendre compte, mais quand cette femme m'a ouvert en bas, j'ai...

— Ce n'est pas ce que tu penses, Ian, l'interrompit Jamie.

— Ah non ? Dire que Jenny s'inquiète pour toi, croyant que tu es malheureux, seul, sans une femme pour s'occuper de toi ! Je pourrai lui dire qu'elle n'a plus à s'en soucier. Et qu'as-tu fait de mon fils, tu l'as envoyé en bas, avec l'une de ces filles... ?

— Ton fils ? Quel fils ? demanda Jamie, stupéfait.

Ian le dévisagea, interdit, sa colère cédant la place à l'angoisse.

— Il n'est pas avec toi ? Tu n'as pas vu Petit Ian ?

— Petit Ian ? Enfin, tu ne crois pas que j'entraînerais un gamin de quatorze ans dans un bordel, tout de même !

Ian ouvrit la bouche, puis la referma, se laissant tomber sur le tabouret avec un soupir d'impuissance.

— Oh, je ne sais plus, Jamie. Tu as tellement changé ! Autrefois, oui, j'avais l'impression de te connaître, mais aujourd'hui, je ne sais plus quoi penser.

— Qu'est-ce que tu veux dire par là ? s'échauffa Jamie.

Ian jeta un coup d'œil rapide vers le lit et se détourna rapidement. De ma cachette, je pouvais voir que Jamie était contrarié, mais un petit sourire ironique se dessinait au coin de ses lèvres. Il effectua une profonde révérence devant son beau-frère et annonça :

— Tu oublies tes manières, mon cher Ian. Il serait peut-être temps que tu présentes tes hommages à ma femme.

Il s'approcha du lit et rabattit l'édredon.

— Non ! s'écria Ian, horrifié.

Il tourna précipitamment les yeux vers l'armoire, la fenêtre, puis le plancher, évitant soigneusement le lit.

— Qu'est-ce que tu as fait ? glapit-il. Tu as épousé une putain ?

— Merci, Ian ! lançai-je

En entendant ma voix, il tourna enfin la tête vers le lit dans lequel je m'étais assise, pudiquement emmitouflée jusqu'au cou dans les draps froissés.

— Euh... bonjour, dis-je bêtement sans trop savoir comment présenter la chose. Ça fait un bail, non ?

J'avais toujours trouvé farfelue la description des mines que faisaient les gens en voyant un fantôme, mais devant les réactions que je provoquais depuis mon retour du futur, je commençais à changer d'avis. Jamie avait tourné de l'œil. Ian, lui, même si ses cheveux ne se dressaient pas sur sa tête, semblait pétrifié d'horreur. Les yeux exorbités, il ouvrait et fermait la bouche en émettant une espèce de son guttural qui semblait beaucoup amuser son beau-frère.

— Ça t'apprendra à médire sur mon compte, railla-t-il.

Prenant pitié du malheureux, il remplit un verre de whisky et le lui tendit, en citant :

— *Qui es-tu pour juger ton prochain* ?

Je crus que Ian allait renverser son verre sur ses genoux, mais il parvint à le porter jusqu'à ses lèvres.

— Que... qu'est-ce... comment... balbutia-t-il.

— C'est une longue histoire, résumai-je. Mais je ne crois pas connaître le petit Ian ? Il a disparu ?

Ian hocha machinalement la tête sans me quitter des yeux.

— Il a filé vendredi dernier, expliqua-t-il, l'air ailleurs. Il a laissé un mot annonçant qu'il partait chez son oncle.

Il but une autre gorgée de whisky, s'étrangla et toussa plusieurs fois, puis se redressa, plus maître de lui.

— Ce n'est pas la première fois, acheva-t-il.

Jamie s'assit sur le bord du lit à mon côté. Lui aussi commençait à avoir l'air inquiet.

— Je n'ai pas revu Petit Ian depuis six mois, quand je l'ai renvoyé à Lallybroch avec Fergus. Tu es sûr qu'il voulait venir chez moi ?

— Il n'a pas d'autre oncle, que je sache, rétorqua Ian d'un ton cinglant.

— Fergus ? interrompis-je. Fergus va bien ?

— Oh oui, c'est un homme maintenant. Il a beaucoup changé, naturellement...

Je crus voir une ombre traverser son regard, mais il sourit et me prit la main.

— Il sera fou de joie à l'idée de te revoir, *Sassenach*.

Ian, que les humeurs de Fergus n'intéressaient pas pour le moment, se leva de son tabouret et se mit à faire les cent pas dans la pièce.

— Il n'a pas pris de cheval, indiqua-t-il. Sans doute voulait-il n'avoir rien avec lui qu'on puisse lui voler.

Il pivota sur ses talons et se planta devant Jamie.

— Quelle route avez-vous prise, la dernière fois que tu l'as amené à Edimbourg ? Vous avez contourné l'estuaire en longeant la côte ou vous l'avez traversé en bateau ?

Jamie se frotta le menton, en réfléchissant.

— Je ne suis pas allé à Lallybroch. Petit Ian et Fergus sont passés par le col de Carryarrick et m'ont rejoint au-dessus du loch Laggan. Ensuite nous sommes descendus par Struan et Weem et... ah, ça y est, je me souviens ! Pour ne pas pénétrer sur les terres des Campbell, on a bifurqué vers l'est et traversé l'estuaire de la Forth à Donibristle.

— Tu crois qu'il aura repris le même chemin ? demanda Ian. C'est le seul qu'il connaisse.

— C'est possible, mais il sait que la côte est dangereuse.

Ian se remit à arpenter la pièce, les mains croisées dans le dos.

— La dernière fois qu'il a fugué, je lui ai mis une de ces raclées ! Il n'a pas pu s'asseoir pendant dix jours, marmonna-t-il. Tu crois que ce petit imbécile aurait compris sa leçon ? Penses-tu !

— Est-ce qu'une raclée t'a jamais empêché de faire des bêtises ? demanda Jamie.

Ian se rassit sur le tabouret en soupirant.

— Non, c'est vrai. Mais je suis sûr que ça soulageait mon père.

Jamie se mit à rire et Ian esquissa un petit sourire à contrecœur.

— Ne t'inquiète pas, le rassura Jamie. Je vais aller aux nouvelles. S'il est à Edimbourg, on le saura avant ce soir.

Il laissa tomber sa serviette et enfila ses culottes. Ian me jeta un regard hésitant puis se leva à son tour.

— Je t'accompagne, annonça-t-il.

Il me sembla voir Jamie tiquer, mais il hocha la tête et se tourna vers moi.

— Je suis désolé, *Sassenach,* me dit-il en passant sa chemise, mais il va falloir que tu restes ici.

— Je pourrais difficilement faire autrement, soupirai-je. Je n'ai aucun vêtement !

La femme de chambre qui nous avait apporté notre dîner la veille était repartie avec ma robe.

— Je préviendrai Jeanne avant de partir, m'assura-t-il. Je risque de ne pas rentrer avant un certain temps. J'ai... plusieurs choses à régler.

Il se pencha vers moi pour m'embrasser et murmura :

— Je n'ai pas envie de te quitter, *Sassenach,* mais il le faut. Tu resteras bien sagement ici jusqu'à mon retour ?

J'indiquai du doigt la serviette en lin qu'il avait laissée tomber sur le plancher.

— Ne t'inquiète pas, répondis-je, je ne risque pas d'aller bien loin dans cette tenue.

Les craquements de leurs pas retentirent dans l'escalier puis se fondirent dans les bruits de la maison. Le bordel se réveillait, tardivement et langoureusement. Sous moi, j'entendais des bruits de savates qui traînaient sur le plancher, des claquements de volets, les sempiternels cris à la fenêtre « *Gardy-loo !* », suivis d'une cascade d'eaux usagées se déversant plus bas sur la chaussée.

Je perçus un bruit étouffé de conversation dans le couloir, puis une porte qui se refermait. La maison tout entière sembla s'étirer et bâiller en faisant craquer ses poutres de bois. Une soudaine bouffée d'air chaud sentant le charbon s'infiltra par l'âtre froid, exhalaison d'un feu allumé à un étage inférieur.

Je m'enfonçai dans mes oreillers, lasse et heureuse. J'avais bien quelques courbatures dans des endroits inhabituels, mais ce n'était pas désagréable et, si j'avais eu un petit serrement au cœur en voyant Jamie partir, je ne pouvais nier qu'il était bon de me retrouver seule un moment pour faire le point.

Je me sentais comme quelqu'un à qui on a offert un coffret fermé à clé contenant un trésor disparu depuis longtemps. Je pouvais le soupeser, le palper et me repaître du plaisir de le posséder, mais je ne savais pas encore ce qu'il contenait.

Je mourais d'envie d'apprendre dans les moindres détails tout ce que Jamie avait fait, dit et pensé depuis notre séparation forcée. Le connaissant, je me doutais que la vie qu'il avait menée depuis Culloden était loin d'être simple.

Il était resté figé dans ma mémoire trop longtemps, resplendissant mais statique, comme un insecte fossilisé dans un éclat d'ambre. Les rares découvertes de Roger étaient comme de brefs regards volés au travers d'un trou de serrure, des images isolées, des ponctuations, chacune montrant les ailes de la libellule sous un angle différent, comme la bande annonce d'un film à venir. A présent, le temps s'était remis en marche et la libellule avait repris son vol, mais je ne voyais encore que les fugitifs reflets étincelants que lançaient ses ailes tandis qu'elle voletait de place en place devant moi.

Il y avait tant de questions que nous n'avions pas encore eu le temps de nous poser : qu'en était-il de sa famille, de Jenny et des enfants ? De toute évidence, Ian était toujours là, avec sa jambe de bois... mais le reste du clan Fraser ? Les métayers avaient-ils survécu à la mise à sac des Highlands ? Et si oui, pourquoi Jamie vivait-il à Edimbourg et non pas chez lui, à Lallybroch ?

S'ils étaient en vie, comment allions-nous leur présenter ma soudaine réapparition ? Je me mordis la lèvre, me demandant s'il y avait une explication, la vérité mise à part, qui puisse tenir debout. Tout dépendait de ce que Jamie leur avait raconté après ma disparition. A l'époque, nous n'avions pas vu l'utilité de concocter un mensonge pour justifier le fait que je n'étais plus là : des milliers de gens avaient péri avant, pendant et après la bataille, pourquoi pas moi ?

Nous trouverions bien une histoire en temps voulu. J'étais plus curieuse de connaître l'ampleur du danger auquel ses activités moins légitimes, à savoir la contrebande et la sédition, exposaient Jamie. La première ne m'inquiétait pas trop : faire de la contrebande était sans doute une activité aussi honorable dans les Highlands que le vol du bétail l'avait été vingt ans plus tôt. Le risque était relativement minime. En revanche, la sédition me paraissait nettement plus dangereuse pour un ex-jacobite déjà condamné pour trahison à la Couronne.

Cela expliquait sans doute son pseudonyme. Lors de notre arrivée fracassante au bordel la veille au soir, j'avais remarqué que Mme Jeanne l'appelait par son vrai prénom. J'en déduisis qu'il faisait de la contrebande sous sa véritable identité, réservant Alex Malcolm pour ses activités éditoriales, légales et illégales.

La nuit dernière, j'avais vu, entendu et senti que le Jamie Fraser que j'avais connu existait toujours. Il ne me restait plus qu'à faire connaissance avec les autres facettes de sa personnalité.

Un coup hésitant à la porte interrompit le cours de mes méditations. Ce devait être le petit déjeuner. Il n'était pas trop tôt, j'étais morte de faim.

Je me redressai dans le lit et me calai confortablement contre les oreillers.

— Entrez ! lançai-je.

La porte s'ouvrit lentement et, après un bon moment, une tête se pencha dans l'entrebâillement, tel un escargot sortant de sa coquille après une averse de grêle.

Elle était surmontée d'une tignasse châtain foncé coupée au bol et si épaisse qu'elle faisait penser à un parasol. Dessous, le visage était long et osseux, avec de grands yeux bruns et doux qui me dévisageaient avec un mélange d'intérêt et de méfiance.

Nous nous observâmes un long moment sans rien dire.

— Vous... vous êtes avec M. Malcolm ? demanda-t-il enfin.

— Euh... oui, répondis-je prudemment.

Ce n'était manifestement pas la femme de chambre avec mon petit déjeuner. Pourtant, ce visage me paraissait vaguement familier. Je tirai les draps un peu plus haut sur mes seins avant de demander :

— Et vous, qui êtes-vous ?

Il hésita un instant puis répondit sur un ton aussi prudent que le mien :

— Ian Murray.

— Ian Murray ?

Je bondis sur mon lit, rattrapant le drap de justesse.

— Viens ici, ordonnai-je. Si tu es qui je crois, pourquoi n'es-tu pas là où tu es censé être et que fais-tu ici ?

Il prit une expression ahurie, se demandant sans doute quelle mouche m'avait piquée, puis fit mine de battre en retraite.

— Arrête ! paniquai-je en sortant une jambe du lit pour le rattraper.

Ses yeux s'écarquillèrent à la vue de ma jambe nue et il se figea sur place.

— Rentre, insistai-je.

Je glissai lentement ma jambe sous les draps, et, tout aussi lentement, il entra dans la chambre. Il était grand et dégingandé comme une jeune cigogne, à peine soixante kilos répartis sur une charpente d'un mètre quatre-vingts. A présent que je savais qui il était, la ressemblance avec son père sautait aux yeux. Il avait toutefois le teint pâle de sa mère, qui vira au cramoisi quand il se rendit soudain compte qu'il se tenait devant un lit contenant une femme nue.

— Je... euh... je cherche mon... je veux dire M. Malcolm, balbutia-t-il, les yeux fixés sur ses souliers.

— Si tu veux parler de ton oncle Jamie, il n'est pas là.

Il releva timidement les yeux vers moi et les rabaissa aussitôt, se dandinant sur place.

— Vous savez où... commença-t-il.

— Il est en train de te chercher. Avec ton père. Ils sont partis il y a moins d'une demi-heure.

— Avec mon père ? glapit-il. Mon père est ici ? Vous le connaissez ?

— Mais oui, dis-je sans réfléchir. Ian et moi sommes de vieux amis.

Il était peut-être le neveu de Jamie, mais il n'avait pas son talent pour dissimuler ses émotions. Je pus lire sur son visage toutes les pensées qui le traversaient : d'abord le choc en apprenant la présence de son père à Edimbourg, puis l'angoisse à la pensée de la correction qu'il allait recevoir, suivie de l'horreur à l'idée que son père était l'ami de longue date d'une dame à la profession douteuse et enfin de la colère, tandis qu'il révisait son jugement sur son géniteur prétendument respectable.

— Euh... dis-je, légèrement alarmée. Ce n'est pas ce que tu crois... ton père et moi... enfin, disons plutôt ton oncle et moi...

Je cherchai désespérément une manière de lui expliquer la situation sans m'enfoncer davantage, mais il tourna les talons et se dirigea vers la porte.

— Attends une minute ! m'écriai-je.

Il s'arrêta sur le pas de la porte.

— Quel âge as-tu ?

Il se retourna vers moi et se redressa de toute sa dignité meurtrie.

— J'aurai quinze ans dans trois semaines, madame. Ne vous inquiétez pas, je suis assez grand pour savoir dans quel genre de maison je me trouve.

Il fit un petit geste brusque de la tête, qui se voulait sans doute une révérence, avant de poursuivre :

— Sans vouloir vous offenser, madame, si mon oncle Jamie... je veux dire, s'il veut...

Il chercha ses mots et, ne les trouvant pas, balbutia :

— Ravi de vous avoir rencontrée, madame !

Là-dessus, il pivota sur place et sortit en claquant la porte, faisant trembler le chambranle.

Je me laissai retomber sur les oreillers, tiraillée entre le rire et l'inquiétude. Je me demandais ce que Ian père allait dire à son fils quand il le retrouverait, et vice versa. Que voulait Petit Ian de Jamie ? Manifestement, il savait où trouver son oncle. Pourtant, à en juger par sa réaction timorée, il n'avait jamais mis les pieds dans le bordel auparavant. Avait-il obtenu cette adresse de Geordie à l'imprimerie ? C'était peu probable. Mais alors... il avait appris le lien entre son oncle et ce lieu par une autre source, probablement de la bouche de Jamie lui-même.

Cela signifiait que Jamie était déjà au courant de la présence de son neveu à Edimbourg. Mais pourquoi avoir feint la surprise devant son beau-frère ? Ian était son plus vieil ami. Ils avaient grandi ensemble. Si Jamie lui cachait quelque chose, ce devait être grave.

Je n'eus pas le temps de méditer davantage sur la question car on frappa de nouveau à la porte.

— Entrez ! criai-je en aplanissant l'édredon devant moi afin d'accueillir le plateau du petit déjeuner.

La porte s'ouvrit et je ne vis d'abord personne. Puis je baissai les yeux et m'exclamai :

— Mais enfin, qu'est-ce que vous faites ?

M. Willoughby était en train d'avancer vers le lit en marchant à quatre pattes. Arrivé à un mètre de moi, il laissa retomber sa tête sur le parquet avec un craquement sourd. Il se redressa et répéta l'opération, avec un horrible bruit qui rappelait un melon qu'on éventre d'un coup de machette.

— Je vous en prie, arrêtez ! m'écriai-je en le voyant s'apprêter à plonger une troisième fois.

— Moi être mortifié, expliqua-t-il en se redressant sur les talons.

Il avait très mauvaise mine et la marque violacée sur son front n'arrangeait rien. Se frapper la tête par terre n'était pas le meilleur des remèdes contre la gueule de bois.

— Vous n'avez pas à être mortifié, dis-je en me tassant prudemment contre le mur.

— Si si, insista-t-il. Tsei-mi dire vous très honorable femme. Vous première épouse, pas horrible putain.

— Je vous remercie. Tsei-mi ? Vous voulez dire Jamie ? Jamie Fraser ?

Le petit homme hocha vigoureusement la tête, ce qui aggrava instantanément son mal de crâne. Il serra ses tempes entre ses mains et ferma les yeux.

— Tsei-mi, affirma-t-il, paupières closes. Tsei-mi fâché moi insulter très honorable première épouse. Yi Tien Cho être votre humble serviteur.

Il s'inclina profondément, sans se lâcher la tête. Puis il rouvrit les yeux et se tapota le torse du bout du doigt au cas où je n'aurais pas encore compris.

— Yi Tien Cho, répéta-t-il.

— Euh... enchantée de faire votre connaissance.

Apparemment rasséréné, il se laissa glisser mollement en avant sur le plancher et se prosterna devant le lit.

— Yi Tien Cho, très humble serviteur. Si vouloir, première épouse peut marcher sur humble serviteur.

— Ah, non ! rétorquai-je. Celle-là, vous ne me la ferez pas. On m'a prévenue, n'y comptez pas !

Il arqua un sourcil surpris puis partit d'un éclat de rire irrépressible. Je ne pus m'empêcher de rire à mon tour. Il se releva avec un sourire radieux et lissa ses cheveux noirs qui pointaient sur son crâne comme des piques de hérisson.

— Moi laver pieds de première épouse ? proposa-t-il.

— Certainement pas ! répliquai-je. Si vous voulez vraiment vous rendre utile, descendez demander à quelqu'un de m'apporter mon petit déjeuner. Oh non, attendez ! Avant, racontez-moi plutôt comment vous avez rencontré Jamie, si vous le voulez bien.

Il se rassit sur ses talons, dodelinant de la tête.

— Docks, expliqua-t-il succinctement. Deux ans passés. Moi venir de Chine, loin, très loin. Moi pas manger. Moi caché dans tonneau.

Il forma un cercle avec ses bras pour illustrer ses propos.

— Passager clandestin ? demandai-je.

— Navire marchand, confirma-t-il. Moi vivre sur quais, voler nourriture. Un jour voler whisky, moi très très soûl. Trop froid, pas dormir. Moi mourir bientôt, mais Tsei-mi moi trouver.

Il tapota à nouveau son torse.

— Moi humble serviteur très honorable Tsei-mi. Maintenant, Yi Tien Cho humble serviteur première épouse.

— Le whisky vous perdra, observai-je. Je suis désolée, mais je n'ai rien à vous donner pour soulager votre mal de tête. Je n'ai aucun médicament pour le moment.

— Vous pas inquiète, me rassura-t-il. Moi toucher boules à moi. Très bon pour santé.

Je m'interrogeai un instant en silence sur la signification de cette dernière affirmation. La médecine chinoise établissait-elle un lien entre le mal de tête et les testicules ? Je fus vite rassurée. Comme un prestidigitateur, il plongea une main dans l'une de ses vastes manches et en extirpa un petit sac de soie blanche. Il le retourna et fit tomber deux balles dans le creux de sa main. Elles étaient plus grosses que des billes mais plus petites que des boules de billard. En fait, elles avaient à peu près la taille d'un testicule, mais en nettement plus dur. Elles semblaient taillées dans une sorte de pierre verdâtre.

— Boules de Yi Tien Cho. Jade cantonnais. Très bon pour santé, expliqua M. Willoughby en les faisant rouler dans sa paume.

Elles se heurtaient en émettant un mélodieux cliquetis.

— Vraiment ? dis-je, vivement intéressée. Elles sont médicinales ? Je veux dire... elles vous font du bien ?

Il hocha vigoureusement la tête, puis s'interrompit aussitôt avec un léger gémissement. Après une brève pause, il rouvrit la main et fit tournoyer les boules dans sa paume avec de petits gestes experts des doigts.

— Tout le corps être une seule partie ; main être toutes les parties, commenta-t-il.

Il appuya du doigt divers endroits de sa paume ouverte.

— Tête, ici ; estomac, ici ; foie, ici. Boules très puissantes.

— C'est très intéressant, dis-je, impressionnée. En outre, ça ne tient pas beaucoup plus de place dans une poche qu'un tube d'Alka-Seltzer.

Sans doute fut-ce l'allusion à l'estomac qui déclencha des grondements sourds émanant de mon ventre.

— Première épouse avoir faim, observa M. Willoughby avec perspicacité.

— En effet. Vous ne pourriez pas aller prévenir quelqu'un en cuisine ? demandai-je poliment.

Il laissa aussitôt retomber ses boules dans leur pochette et s'inclina.

— Humble serviteur aller tout de suite, annonça-t-il.

Ce qu'il fit, heurtant de plein fouet le chambranle de la porte avant de trouver la sortie.

Vingt minutes plus tard, je commençais à m'impatienter. M. Willoughby n'était sans doute pas la personne la mieux indiquée pour convaincre la cuisinière que j'étais en train de mourir de faim. Vu son état, j'aurais déjà été étonnée qu'il soit parvenu au pied de l'escalier d'une seule pièce.

Plutôt que d'attendre d'autres visiteurs assise toute nue dans mon lit, je décidai qu'il était temps de prendre les choses en main. Me drapant élégamment dans le couvre-lit que je me coinçai sous les aisselles, je sortis sur la pointe des pieds dans le couloir.

L'étage semblait désert. Hormis celle de la chambre que je venais de quitter, il n'y avait que deux autres portes. Levant le nez, j'aperçus la charpente nue au-dessus de ma tête. J'étais donc sous les combles. Les deux autres chambres devaient être occupées par des domestiques, probablement en train de travailler dans les étages inférieurs. Je me penchai par-dessus la balustrade de l'escalier. Des éclats de voix montaient d'en bas. Un délicieux fumet de saucisse grillée flottait dans l'air. Mon sang ne fit qu'un tour. Je soulevai le bout du couvre-lit qui traînait derrière moi et suivis l'enivrant parfum.

L'odeur, ainsi qu'un cliquetis de couverts et des bruits de conversations, venait de derrière une porte au premier étage. Je l'ouvris et me retrouvai à l'extrémité d'une longue pièce aménagée en réfectoire.

Autour de la table se trouvaient une vingtaine de femmes, certaines en tenue de ville, mais la plupart dans diverses sortes de déshabillés auprès desquels mon couvre-lit faisait l'effet d'une robe de bure. Une femme en bout de table me remarqua en train de me tortiller sur le seuil et me fit signe d'approcher, se poussant aimablement pour me faire une place sur le long banc.

— Tu dois être la nouvelle, dit-elle en me dévisageant avec intérêt. Tu es un peu plus âgée que les filles que Madame choisit habituellement. Le plus souvent, elle ne les prend pas au-dessus de vingt-cinq ans. Mais tu n'es pas mal. Je suis sûre que tu auras du succès auprès des clients.

— Elle a une belle peau et un joli minois, observa une brune de l'autre côté de la table.

Elle me regarda des pieds à la tête comme un fermier qui évalue la valeur marchande d'une jument.

— ... Je vois qu'il y a du monde au balcon, conclut-elle en se relevant légèrement pour regarder mes seins de haut.

— Tu aurais dû passer une chemise, reprit la première. Madame n'aime pas qu'on salisse les couvre-lits.

— Oh oui ! renchérit la brune sans cesser son inspection. Fais gaffe, si tu fais des taches, elle te le retiendra sur tes gages.

— Comment tu t'appelles, chérie ? demanda une troisième.

Elle était assise à côté de la brune. C'était une jolie fille rondelette avec un visage sympathique.

— ... On est toutes là en train de bavasser et on ne s'est même pas présentées, poursuivit-elle. Moi, c'est Dorcas. Elle, c'est Peggy.

Elle indiqua la brune d'un signe du menton puis pointa le doigt vers la blonde à côté de moi.

— ... elle, c'est Mollie.

— Je m'appelle Claire, répondis-je.

J'aurais sans doute dû leur dire d'emblée que je n'étais pas la dernière recrue de Mme Jeanne mais, sur le moment, je n'avais qu'une idée en tête : manger.

Comme si elle avait lu dans mes pensées, la gentille Dorcas tendit un bras vers la console derrière elle et me donna une assiette. Puis elle poussa un grand plat débordant de saucisses vers moi. La nourriture n'avait rien de mirobolant, mais, affamée comme je l'étais, elle me parut exquise. « En tout cas, elle est nettement meilleure que ce qu'on nous sert au petit déjeuner à la cafétéria de l'hôpital », me dis-je en me resservant une grande louche de pommes de terre sautées.

— Tu t'es farci un dur à cuire, pour ton premier, hein ? demanda une petite blonde à côté de moi.

Elle répondait au nom de Millie. Elle lorgnait mes seins et, baissant les yeux, je vis avec effroi une grosse marque bleuâtre qui dépassait de la bordure du couvre-lit. Je ne pouvais pas voir mon cou mais, en suivant le regard de ma voisine, je devinai que le petit picotement que je ressentais dans le creux de la clavicule était dû à un autre suçon.

— Tu as le nez un peu enflé ! m'informa Peggy en fronçant les sourcils d'un air critique.

Elle tendit une main pour le toucher, négligeant le fait que son geste faisait s'ouvrir son déshabillé jusqu'au nombril.

— Il t'a giflée, c'est ça ? demanda-t-elle. S'ils deviennent trop violents, n'hésite pas à appeler. Madame n'aime pas que les clients nous maltraitent. Il te suffit de crier un bon coup et Bruno sera là en un clin d'œil.

— Bruno ? dis-je d'une voix faible.

— Le portier, précisa Dorcas. Il est fort comme un Turc. On l'appelle Bruno parce qu'il est tout noiraud et poilu comme un ours.

Se tournant vers les autres, elle demanda à la tablée :

— Au fait, c'est quoi, son vrai nom, déjà ? Horace ?

— Théobald, corrigea Millie.

Interpellant une servante à l'autre bout de la pièce, elle cria :

— Janie ! Va chercher un peu de bière ! La nouvelle n'a rien à boire.

— Peggy a raison, tu sais, reprit-elle en se tournant à nouveau vers moi. N'appelle jamais Bruno quand tu es avec un bon client, ou c'est toi qui dérouilleras. Mais si tu sens que le type est vraiment trop bizarre et qu'il risque de te faire mal, alors hurle ! Bruno reste toujours à portée de main pendant la soirée. Tiens, voilà ta bière.

Entre-temps, Dorcas avait achevé son tour d'horizon des parties visibles de mon anatomie.

— Bah, tu n'as pas l'air trop abîmée, conclut-elle. Ça doit te faire un peu mal entre les cuisses, non ?

— Oh, regardez ! Elle rougit ! s'émerveilla Mollie en gloussant de plaisir. Ma chérie, on voit bien que tu débarques !

J'enfouis mon nez dans mon bock de bière pour cacher ma gêne.

— T'en fais pas, reprit Mollie en me tapotant le bras. Après le petit déjeuner, je te montrerai où sont les baignoires. Tu verras, après avoir laissé tremper ta bonbonnière une demi-heure dans l'eau chaude, elle sera comme neuve.

— N'oublie pas de lui montrer où sont les jarres, intervint Dorcas.

Se penchant vers moi, elle expliqua :

— Ce sont des herbes aromatiques. Tu les mets dans l'eau du bain avant de t'asseoir. Madame aime qu'on sente bon.

— « Si ces messieurs voulaient coucher avec des poissons, ils iraient sur les docks, cela leur reviendrait moins cher », couina Peggy en singeant sa patronne.

La tablée fut secouée d'une vague de rires, presque aussitôt étouffés par l'apparition de la dame en question qui venait d'entrer à l'autre bout de la pièce. Elle fronçait les sourcils d'un air soucieux et semblait trop préoccupée pour remarquer l'hilarité contenue de ses pensionnaires.

— Pffft, soupira Mollie. Ce doit être un client matinal. Je déteste quand ils se pointent au beau milieu du petit déjeuner. C'est très mauvais pour la digestion.

— Te bile pas, Mollie, c'est Claire qui va s'en occuper, déclara Peggy.

Elle rabattit son épaisse natte brune derrière son épaule avant de m'informer :

— La dernière arrivée se charge toujours des clients dont personne ne veut. C'est la règle.

— T'auras qu'à lui enfoncer un doigt dans le cul, conseilla Dorcas. Ça les fait jouir en un rien de temps. Si tu veux, je te mettrai un petit pain de côté pour plus tard.

— Euh... merci, marmonnai-je.

Au même moment, Mme Jeanne remarqua ma présence et ouvrit grand une bouche horrifiée.

— Mais... mais que faites-vous ici ? balbutia-t-elle.

Elle se précipita vers moi et me prit par le bras.

— Je mange, rétorquai-je en me libérant.

— Comment ! Personne ne vous a monté un repas ?

— Non, ni des vêtements.

— Merde ! cracha-t-elle.

Elle se tourna et balaya la salle d'un regard assassin :

— Où est cette bonne à rien ? Je vais la faire fouetter ! Je suis atrocement confuse, madame !

— Ce n'est pas grave, je vous assure, m'empressai-je d'intervenir. J'ai très bien mangé.

Je lançai un regard vers la table, autour de laquelle les filles me dévisageaient avec stupeur.

— Ravie d'avoir fait votre connaissance, mesdemoiselles.

Poursuivie par les excuses confuses de Mme Jeanne et par ses espoirs réitérés que je ne jugerais pas nécessaire d'informer mon mari de cette promiscuité indigne de moi avec le personnel de l'établissement, je remontai deux étages et fus conduite dans une petite pièce où étaient accrochées une multitude de robes en cours de confection.

Il s'agissait manifestement de l'atelier de couture de la maison. Mme Jeanne me laissa face à un mannequin au sein hérissé d'épingles et s'excusa avant de refermer la porte.

— Je reviens tout de suite, je n'en ai que pour un instant, m'assura-t-elle.

Je me promenai dans la pièce, traînant mon couvre-lit derrière moi, inspectant les rouleaux de soie, les guêpières brodées et différents modèles de déshabillés assez imaginatifs. Plusieurs robes semblaient pratiquement finies, toutes avec des décolletés plongeants et des motifs élaborés. J'en décrochai une au hasard et la passai.

Elle était en fin coton, avec des broderies représentant des mains qui s'étiraient voluptueusement sous les seins, s'enroulaient autour de la taille et se répandaient en caresses libertines sur les hanches. Elle n'était pas encore ourlée mais sinon paraissait achevée. En outre, elle me laissait une bien plus grande liberté de mouvement que le couvre-lit.

J'entendis des voix dans le couloir. Madame était en train d'enguirlander un homme, que je supposai être Bruno.

— Je me fiche de ce qu'a fait la sœur de cette misérable ! sifflait-elle. Ce n'était pas une raison pour laisser l'épouse de M. Jamie nue et affamée...

— Vous croyez vraiment que c'est sa femme ? demanda la voix grave. J'ai entendu dire qu'il...

— Moi aussi, mais s'il dit que c'est sa femme, ce n'est pas moi qui vais le contredire, n'est-ce pas ? rétorqua Mme Jeanne avec impatience. Quant à cette maudite Madeleine...

— Ce n'est pas sa faute, madame, coupa Bruno. Vous n'avez pas entendu la nouvelle... au sujet du monstre ?

Madame poussa un petit cri.

— Oh non ! Encore ?

— Oui, madame. A quelques portes d'ici, au-dessus de la taverne du *Hibou vert*. Cette fois, il a eu la sœur de Madeleine. Le prêtre est venu le lui annoncer juste avant le petit déjeuner. Alors, vous voyez...

— Mon Dieu ! La pauvre petite... souffla Mme Jeanne, bouleversée. Oui, bien sûr, je comprends maintenant. Vous êtes certain que c'est... le monstre ?

— Oui, madame. Elle a été tuée avec une hache ou un grand couteau...

Il baissa la voix avant de préciser :

— ... le prêtre m'a confié qu'il l'avait même décapitée. Le corps se trouvait près de la porte de sa chambre et la tête...

Sa voix se fit plus sourde encore.

— ... la tête était posée sur le manteau de cheminée, regardant vers la porte. Le concierge qui l'a trouvée est tombé dans les pommes.

Un bruit sourd dans le couloir me fit comprendre que Mme Jeanne venait de faire de même. J'avais moi-même la chair de poule et les genoux tremblants. Je commençais à comprendre pourquoi Jamie avait eu quelques hésitations à m'installer dans une maison de passe.

Quoi qu'il en fût, j'étais maintenant habillée. J'ouvris la porte et trouvai Mme Jeanne à demi allongée sur un sofa dans le couloir, un colosse patibulaire lui tapotant la main.

— Ah, madame Fraser ! s'exclama-t-elle en me voyant. Oh, je suis désolée. Je ne voulais pas vous faire attendre mais... j'ai eu de mauvaises nouvelles.

— Oui, je sais. Qu'est-ce que c'est que cette histoire de monstre ?

— Vous nous avez entendus ? s'alarma-t-elle. Oh mon Dieu, que va-t-il dire !

— Qui ça ? Jamie ou le monstre ?

— Votre mari. Quand il entendra que sa femme a été honteusement négligée, prise pour une... fille de joie, et exposée à... à... à...

— Je crois qu'il s'en remettra, la rassurai-je. Mais j'aimerais en savoir plus sur ce monstre.

— Vraiment ? s'étonna Bruno.

Il était énorme, avec des épaules tombantes et de longs bras qui, à mon avis, le faisaient plus ressembler à un gorille qu'à un ours, surtout avec son front bas et son menton rentré. Cela dit, en tant que videur dans un bordel, il avait tout à fait la tête de l'emploi. Il lança un regard hésitant vers Mme Jeanne, mais celle-ci venait d'apercevoir une petite pendule émaillée sur la console et bondit sur ses pieds avec un cri d'alarme.

— Fichtre ! jura-t-elle. Il est dix heures et quart, il m'a dit qu'il serait là à dix heures. C'est épouvantable ! Il faut que j'y aille !

Sitôt dit, sitôt fait, elle dévala les escaliers et disparut avant que Bruno et moi ayons eu le temps de réagir. La patronne hors de portée, j'en profitai pour interroger Bruno :

— Le monstre ? lui rappelai-je.

Après une légère hésitation de pure convenance, il se montra tout disposé à me fournir les détails les plus scabreux de l'affaire.

Le monstre d'Edimbourg était un meurtrier en série. Sorte de précurseur de Jack l'Eventreur, il s'en prenait aux femmes de petite vertu, qu'il tuait à coups d'objets contondants. Dans certains cas, les corps avaient été démembrés ou, pour reprendre les termes pudiques de Bruno, « avaient subi divers outrages ».

Les crimes, huit en tout, s'étaient produits à intervalles irréguliers au cours des deux dernières années. A une exception près, toutes les victimes avaient été assassinées dans leur chambre, cinq dans leur appartement où elles vivaient seules, et deux dans un bordel. D'où l'agitation de Mme Jeanne, sans doute.

— Quelle était l'exception ? demandai-je.

Bruno se signa avant de répondre.

— Une nonne, murmura-t-il. Une sœur française de l'ordre du Sacré-Cœur.

La religieuse, ayant débarqué à Edimbourg avec un groupe de consœurs en chemin pour Londres, avait été enlevée en début d'après-midi sur les quais. Le temps qu'on la retrouve dans une des ruelles sombres d'Edimbourg à la nuit tombée, il était trop tard.

— Violée ? demandai-je avec un intérêt clinique.

Bruno me regarda d'un air suspicieux.

— Je l'ignore, madame, répondit-il d'un air légèrement choqué.

Il se redressa péniblement, ses épaules tombant de fatigue. Il avait dû être de service toute la nuit et semblait épuisé. Il prit congé avec une courtoisie distante et partit se coucher.

Je restai seule sur le sofa, légèrement étourdie. Je n'avais jamais imaginé qu'il pouvait se passer tant de choses dans un bordel pendant la journée. Il y eut un bruit de pas précipités à l'étage au-dessous et j'entendis quelqu'un grimper les marches de l'escalier quatre à quatre. J'eus juste le temps de me lever pour voir un homme faire irruption sur le palier, vociférant quelque chose en français avec un accent prononcé et une telle hargne que je n'en compris pas les trois quarts.

— Vous cherchez Mme Jeanne ? réussis-je à placer tandis qu'il reprenait son souffle.

C'était un jeune homme brun d'une trentaine d'années, à la charpente assez frêle mais d'une remarquable beauté, aux cheveux et aux sourcils de jais. Il me fusilla du regard, puis son visage subit une transformation extraordinaire : ses sourcils se haussèrent, ses yeux noirs s'écarquillèrent et son teint devint livide.

— Milady ! souffla-t-il.

Il se laissa tomber à genoux et enlaça mes cuisses, enfouissant son nez dans mon entrejambe.

— Mais enfin, lâchez-moi ! m'écriai-je. Vous êtes fou ! Je ne suis pas de la maison, lâchez-moi !

Je tentai vainement de le repousser. Il releva des yeux humides vers moi et m'adressa un sourire radieux, montrant une superbe rangée de dents blanches.

— Milady ! répéta-t-il. Milady, vous êtes revenue ! C'est un miracle ! Dieu vous a rendue à nous !

Un vague soupçon s'éveilla en moi, me laissant entrevoir le visage d'un enfant espiègle sous les traits de ce beau ténébreux.

— Fergus ! m'exclamai-je. Fergus, c'est toi ? Mais relève-toi ! Mon Dieu... laisse-moi te regarder.

Il ne m'en laissa pas le temps. Il se redressa et m'étreignit avec une telle force que je crus y laisser quelques côtes. Je lui caressai l'épaule, ravie de le retrouver. Il n'avait qu'une douzaine d'années la dernière fois que je l'avais vu, juste avant la bataille de Culloden. A présent, c'était un homme. Les poils drus de sa barbe naissante me grattaient la joue.

— Je vous ai prise pour un fantôme ! rit-il. Mais vous êtes bien réelle, n'est-ce pas ?

— Oui, je puis te l'assurer.

— Vous avez vu milord ? Il sait que vous êtes ici ?

— Oui.

Au même instant, la voix de Jamie retentit dans la cage d'escalier :

— Ah te voilà ! Mais qu'est-ce que tu fabriques là-haut !

Il gravit rapidement les dernières marches et tressaillit en voyant ma robe.

— Où sont tes vêtements, *Sassenach* ?

Puis, sans me laisser le temps de répondre, il haussa les épaules.

— Peu importe, on verra plus tard. Viens, Fergus, ce n'est pas le moment de traîner, j'ai dix-huit tonneaux d'eau-de-vie qui attendent dans l'allée et les douaniers aux fesses.

Là-dessus, ils disparurent dans l'escalier en bois dans un tonnerre de bottes et je me retrouvai seule une fois de plus.

Ne sachant pas si je devais les rejoindre en bas ou me terrer dans ma chambre, ce fut la curiosité qui l'emporta. Je refis un petit tour dans l'atelier de couture où je trouvai un grand châle brodé de roses trémières pour cacher pudiquement ma gorge, puis descendis au rez-de-chaussée.

Une fois au pied des marches, je tendis l'oreille, guettant un bruit de fûts roulant sur les pavés. Soudain, je sentis un courant d'air froid s'enrouler autour de mes chevilles et je fis volte-face pour me retrouver nez à nez avec un homme qui sortait de la cuisine.

Il parut aussi surpris que moi mais, après une demi-seconde de stupeur, il m'adressa un sourire narquois et m'attrapa par le coude.

— Bien le bonjour, ma jolie, susurra-t-il. Déjà au turbin de si bon matin ?

— Vous savez ce qu'on dit, « *L'avenir appartient à ceux qui se lèvent tôt* », rétorquai-je en tentant de dégager mon bras.

— Ah ! mais je vois qu'on a de l'humour ! Dis-moi, mon poussin, elle t'a envoyée faire diversion, c'est bien ça ?

— Mais non. De qui voulez-vous parler ?

— De la mère maquerelle, dit-il en lançant des regards circulaires. Où est-elle ?

— Je n'en sais rien. Lâchez-moi !

Loin d'obtempérer, il enfonça ses doigts crochus dans mon bras. Il se pencha sur moi et me murmura à l'oreille :

— Il y a une récompense, tu sais ? Un pourcentage sur la valeur de la marchandise saisie. Personne n'en saura rien, sauf toi et moi. Qu'est-ce que t'en dis, mon ange ?

« *J'ai les douaniers aux fesses* », avait annoncé Jamie. Ce devait être l'un d'entre eux, un officier de la Couronne chargé d'appréhender les contrebandiers et de saisir les produits prohibés. Combien de ses collègues se cachaient dans la maison ? Je songeai un instant à ce que m'avait dit Jamie au sujet des peines encourues par ceux qui se faisaient prendre : « *Pilori, déportation, flagellation, emprisonnement, les oreilles clouées sur la place publique* »...

— Je ne sais pas de quoi vous parlez ! rétorquai-je. Lâchez-moi !

— S'iou plaît. Vous laisser madame partir ! dit une voix derrière moi.

M. Willoughby se tenait sur la deuxième marche de l'escalier dans sa tunique de soie bleu vif, un gros pistolet dans les mains. Il inclina poliment la tête en direction du douanier, précisant :

— Madame pas horrible putain. Madame honorable première épouse.

Le douanier ouvrit grand la bouche, regardant médusé le petit Chinois, puis il se retourna vers moi :

— Tu es mariée à ce... Jaune ? demanda-t-il, incrédule.

M. Willoughby, qui manifestement n'avait pas tout compris, répéta en dodelinant de la tête :

— Première épouse.

A ses yeux injectés de sang, je devinai qu'il ne s'était pas encore tout à fait remis de sa cuite, ce que le douanier ne pouvait deviner.

— Hé là ! Qu'est-ce que ça veut... lança-t-il en me tirant à lui.

Estimant sans doute qu'une seule sommation suffisait, M. Willoughby appuya sur la détente.

Il y eut une détonation assourdissante, suivie d'un hurlement perçant : le mien. Le palier fut envahi par une épaisse fumée grise. Le douanier chancela en arrière et s'écrasa contre la boiserie avec un air ahuri, une rosette de sang se répandant sur son gilet.

Sans réfléchir, je bondis vers lui et le soutins en le prenant sous les bras. Il était trop lourd pour moi et je glissai lentement sur le parquet, le douanier m'écrasant de tout son poids. Des cris fusaient de toutes parts dans la maison à mesure que les pensionnaires sortaient de leurs chambres pour voir ce qui se passait, si bien que je n'entendis pas Fergus qui venait de réapparaître à mon côté, comme surgi de nulle part.

— Milady ! s'exclama-t-il en me voyant assise par terre, le douanier couché en travers de mes jambes. Qu'est-ce que vous avez fait ?

— Moi ? m'indignai-je. Demandez plutôt à celui-là !

Je fis un signe du menton vers M. Willoughby, qui avait laissé tomber son arme à ses pieds et observait sa victime avec un regard morne.

Fergus bondit vers le Chinois et tendit une main pour le prendre par l'épaule. Du moins, je crus d'abord que c'était une main, jusqu'à ce que j'aperçoive un reflet métallique.

— Fergus, m'exclamai-je, que t'est-il arrivé ?

Il suivit mon regard puis haussa les épaules.

— Oh ça, milady ? Ce n'est rien, c'est les Anglais. Je vous raconterai plus tard. Quant à toi, canaille, à la cave !

Il entraîna M. Willoughby vers une porte cachée sous l'escalier, l'ouvrit et le poussa sans ménagement à l'intérieur avant de la refermer dans un claquement sec. J'entendis un long fracas qui me laissa penser que le Chinois roulait au bas des marches, ses vertus acrobatiques l'ayant momentanément abandonné, mais je n'eus pas le temps de m'en inquiéter.

Fergus s'accroupit à mon côté et souleva la tête du douanier par les cheveux.

— Vous êtes combien en tout ? demanda-t-il. Parle, ou je t'égorge.

Cette menace semblait superflue, vu l'état du malheureux.

— Va... te... faire... râla ce dernier.

Puis, après une dernière convulsion qui figea son visage en un horrible rictus, il vomit un filet de sang baveux et rendit l'âme sur mes genoux.

Un autre bruit de bottes retentit dans l'escalier de la cave et Jamie fit irruption dans l'entrée, manquant trébucher sur les jambes du cadavre. Son regard ahuri parcourut le mort des pieds à la tête puis s'arrêta sur moi.

— Qu'est-ce que tu as fait, *Sassenach* ? demanda-t-il, horrifié.

— C'est pas elle, c'est l'autre... la fièvre jaune, rétorqua Fergus.

Il rangea son pistolet sous sa ceinture et m'offrit sa main unique pour m'aider à me relever.

— Venez, milady, il faut vous réfugier dans la cave.

Jamie passa devant lui et lui indiqua la porte d'entrée d'un geste du menton.

— Laisse, je m'en occupe, dit-il. Fais le guet devant l'entrée. S'il vient quelqu'un, lance le signal habituel et ne dégaine que si c'est absolument indispensable.

Fergus acquiesça et disparut.

Jamie enveloppa hâtivement le corps dans mon châle puis le souleva pour me dégager. Ma robe était souillée de sang et d'autres substances douteuses.

— Ooooh ! je crois bien qu'il est mort ! dit une voix féminine au-dessus de nos têtes.

Je levai les yeux et découvris les visages fascinés d'une dizaine de filles penchées au-dessus des balustrades des étages supérieurs, nous contemplant tels des chérubins sur une fresque baroque.

— Rentrez dans vos chambres ! tonna Jamie.

Il y eut un chœur de petits cris perçants et elles s'éparpillèrent comme une nuée de moineaux effarouchés.

Jamie vérifia autour de nos pieds si le mort n'avait pas laissé de traces de sang sur le sol mais celui-ci était immaculé, mon châle et ma robe ayant tout absorbé.

— Viens, me dit-il.

L'escalier était raide et la cave plongée dans le noir. Je m'arrêtai en bas des marches, attendant Jamie qui ahanait sous le poids du douanier jeté sur son épaule.

— Avance tout droit jusqu'au mur, m'instruisit-il. Il y a une trappe secrète.

La porte au-dessus de nous étant refermée, je n'y voyais rien.

Heureusement, Jamie semblait pourvu d'un radar. Je lui pris la main et me laissai guider, me heurtant contre des objets invisibles dans le noir, jusqu'à ce que mes doigts rencontrent un mur humide devant moi.

Jamie prononça un mot en gaélique. Ce devait être l'équivalent de « *Sésame, ouvre-toi* » car il y eut un grincement et un mince rai de lumière se dessina devant moi. Il s'élargit pour devenir une brèche puis un pan de mur pivota, dévoilant une petite porte en bois sur laquelle étaient montées de fausses pierres en trompe-l'œil.

La seconde cave était vaste. Elle faisait au moins dix mètres de long et était éclairée par des bougies. Plusieurs personnes s'y affairaient et l'atmosphère était saturée par d'étourdissantes vapeurs d'eau-de-vie. Jamie laissa tomber le corps dans un coin et se tourna vers moi.

— Tu vas bien, *Sassenach* ?

— J'ai un peu froid, dis-je en faisant de mon mieux pour ne pas claquer des dents. Ma robe est trempée de sang.

— Jeanne ! appela-t-il.

Une des silhouettes au fond de la cave s'approcha et je reconnus Mme Jeanne, apparemment toujours aussi inquiète. Il lui résuma brièvement la situation, ce qui ne sembla guère apaiser ses angoisses.

— Horreur ! s'exclama-t-elle. Un homme abattu ? Dans ma maison ? Devant témoins ?

— J'ai bien peur que oui, répondit simplement Jamie. Je vais arranger ça, mais en attendant, il faut que vous remontiez. Il n'était peut-être pas seul. Vous savez ce qu'il vous reste à faire.

Le calme de Jamie sembla la rassurer et elle se tourna pour obéir.

— Oh, Jeanne ! la rappela-t-il. Lorsque vous redescendrez, pourriez-vous apporter d'autres vêtements pour ma femme ? Si sa robe n'est pas encore prête, empruntez-en une à Daphné, je crois qu'elle a la bonne taille.

— Des vêtements ? répéta Mme Jeanne sans avoir l'air de comprendre.

Comme elle plissait les yeux dans la pénombre, j'avançai dans le halo d'une bougie, révélant les dégâts causés par ma rencontre avec le douanier. Elle cligna plusieurs fois les yeux, se signa, puis tourna les talons sans un mot, disparaissant par la trappe secrète qui se referma derrière elle avec un grondement sourd.

Je commençai à trembler, tant par réaction à ce qui venait de se produire qu'à cause du froid. J'avais beau être habituée à la vue du sang et aux morts violentes, l'enchaînement précipité des événements de la matinée était assez éprouvant. C'était pire qu'être de service aux urgences un samedi soir.

Jamie me guida vers un autre coin de la cave où un tuyau

sortait du mur. Il était bouché par des chiffons d'une propreté douteuse que Jamie retira pour laisser s'en échapper un filet d'eau glacée. J'en imbibai un mouchoir pour essayer de me nettoyer.

— Brrrr... grelottai-je. D'où vient cette eau, d'un glacier ?

— Du toit, répondit-il fièrement. Nous y avons installé une citerne qui recueille l'eau de pluie et l'achemine ensuite jusqu'ici par des tuyaux cachés dans la maçonnerie.

— Pour quoi faire ?

— Pour couper l'eau-de-vie. L'alcool qui arrive ici fait plus de soixante degrés. On le coupe avec de l'eau avant de le vendre dans les tavernes. Attends, je vais te faire goûter, ça te réchauffera.

Il disparut quelques instants tandis que je tentais tant bien que mal d'enlever le sang sur mes mains et ma robe, et revint avec un gobelet rempli d'eau-de-vie. L'alcool se déversa comme une coulée de lave en fusion dans mon estomac, déroulant ses tentacules de feu jusque dans mes orteils. Je crachai, toussai, et me frappai le sternum avant de réussir à reprendre mon souffle.

— Seigneur Jésus ! haletai-je. Tu m'as donné la version pure !

— Euh... non, dit Jamie, étonné. C'est de l'eau-de-vie coupée. Si je t'avais donné ce qui arrive directement dans nos fûts, ça t'aurait sans doute tuée.

Il me reprit le gobelet des mains et m'observa tandis que je finissais mes ablutions, nettement réchauffée.

— Je suis désolée pour ce qui est arrivé tout à l'heure, dis-je quand j'eus terminé. Tout est ma faute. M. Willoughby a tiré sur le douanier parce qu'il croyait qu'il me faisait des avances.

Jamie se mit à rire.

— Tu n'y es pour rien, *Sassenach*. Et puis, ce n'est pas la première fois que le Chinois fait des bêtises. Quand il a bu, il est incontrôlable.

Il fronça soudain les sourcils, comme s'il venait seulement de comprendre ce que je venais de lui dire.

— Le « douanier » ? Tu as bien dit que c'était un douanier ?

— Oui, pourquoi ?

Il ne répondit pas et tourna les talons, retournant dans le coin de la cave où il avait laissé tomber le corps. Il s'agenouilla auprès du cadavre et approcha la chandelle de son visage cireux. Il l'examina longuement et marmonna quelque chose dans sa barbe.

— Qu'y a-t-il ? demandai-je derrière lui.

— Ce n'est pas un douanier, répondit Jamie. Je connais tous ceux qui opèrent dans la région, ainsi que leurs supérieurs. Je n'avais jamais vu cet homme auparavant.

Avec une mine dégoûtée, il écarta la veste du mort et fouilla dans ses poches intérieures, en extirpant un canif et un petit livre relié en carton rouge.

— Nouveau Testament, lus-je, interloquée.

Jamie hocha la tête et essuya le livre sur le châle.

— C'est tout ce qu'il a dans les poches. Or un douanier porte toujours sur lui un mandat ou une autorisation spéciale, autrement il ne peut pas faire de perquisitions ou de saisies. Qu'est-ce qui t'a fait penser qu'il était douanier ?

— Il voulait savoir où tu étais et m'a demandé si j'avais été envoyée pour faire diversion. Puis il m'a dit qu'il y avait une récompense, une sorte de commission sur la valeur des biens saisis, et il m'a dit : « Personne n'en saura rien, sauf toi et moi. » Comme tu m'avais dit que les douaniers te poursuivaient, j'en ai tout naturellement déduit qu'il en était un. Puis M. Willoughby est arrivé et les choses se sont gâtées.

Jamie paraissait perplexe.

— Mouais... Je n'ai pas la moindre idée de l'identité de cet homme mais je suis bigrement soulagé qu'il ne soit pas douanier. J'ai cru un moment que notre marché était tombé à l'eau. Finalement, ce n'est pas si grave.

— Notre marché ?

Il m'adressa un petit sourire.

— Oui, j'ai un petit arrangement avec le chef des douanes. Je lui graisse la patte, si tu préfères.

— Je suppose que c'est monnaie courante, dans le monde du commerce ? demandai-je avec le plus de tact possible.

— Bien sûr. Sir Percival Turner et moi nous sommes mis d'accord, c'est pourquoi j'aurais été très inquiet s'il avait tout à coup décidé d'envoyer ses hommes ici.

— Mais alors, pourquoi as-tu annoncé tout à l'heure que tu avais les douaniers aux fesses ?

— Ça fait partie de notre arrangement. Pour contenter ses supérieurs à Londres, sir Percival doit saisir un peu de contrebande de temps à autre. Alors on lui facilite la tâche. Wally et les garçons ont rapporté deux carrioles de la côte ce matin, l'une remplie d'une excellente eau-de-vie et l'autre transportant des fûts gâtés et du vin bon marché. Je les ai retrouvés comme prévu ce matin à la sortie de la ville, puis nous avons pris soin de passer nonchalamment devant les hommes de la garde qui, par le plus grand des hasards, patrouillaient justement dans le coin. Ils nous ont poursuivis mollement dans les ruelles jusqu'à ce que je parte d'un côté avec la bonne carriole tandis que Wally s'éloignait dans l'autre direction, avec la mauvaise. Seuls deux ou trois dragons ont préféré me suivre, pour la forme. Il faut bien qu'ils fassent un rapport, les pauvres.

Il m'adressa un clin d'œil avant de citer :

— *Les contrebandiers ont pu s'échapper après une longue et périlleuse poursuite, mais les vaillants soldats de Sa Majesté ont néanmoins pu saisir une carriole entière d'alcool, d'une valeur de soixante livres sterling et dix shillings.*

— Alors c'était donc toi que Mme Jeanne attendait à dix heures ce matin ?

— Oui, dit-il en fronçant les sourcils. Elle devait ouvrir la porte de la cave et installer la rampe de déchargement à dix heures pile. Nous ne pouvons pas nous attarder dans la ruelle, au risque d'attirer les curieux. Mais elle était très en retard, aujourd'hui. J'ai dû faire deux fois le tour du pâté de maisons pour ne pas attirer l'attention.

— Elle a reçu des nouvelles qui l'ont bouleversée, expliquai-je.

Je lui racontai ce que j'avais entendu sur le monstre d'Edimbourg et le meurtre de la taverne du *Hibou vert*.

Il grimaça et se signa brièvement

— Pauvre fille ! soupira-t-il.

Repensant à la description du cadavre mutilé que m'avait faite Bruno, je frissonnai et me rapprochai de Jamie. Il passa un bras autour de mes épaules et déposa un baiser distrait sur mon front.

— S'il n'est pas douanier, il était sans doute seul. On va donc bientôt pouvoir ressortir de cette cave, marmonna-t-il.

— Où irons-nous ? A l'imprimerie ?

— Je n'en sais rien. Il faut que je réfléchisse.

Il me lâcha et se mit à arpenter la pièce, les yeux fixés sur le sol.

— Qu'as-tu fait de Ian ? demandai-je.

— Qui ? dit-il d'un air absent. Ah, Ian ! Il est parti se renseigner dans les tavernes autour de Market Cross. Il ne faut pas que j'oublie de le récupérer plus tard.

— A propos, annonçai-je d'un ton détaché, j'ai rencontré Petit Ian ce matin.

— Il est venu ici ? s'exclama Jamie, horrifié.

— Oui, il te cherchait. Il a fait son apparition peu après votre départ.

Jamie se frotta le front, l'air à la fois amusé et préoccupé.

— Je me demande comment je vais expliquer à Ian ce que son fils fabriquait ici.

— Pourquoi, tu le sais, toi ?

— Ben... oui. Je lui avais promis de ne rien dire à son père jusqu'à ce qu'il ait une possibilité de s'expliquer lui-même, même si ce n'est pas cela qui lui sauvera les fesses.

Comme l'avait dit Ian ce matin, l'adolescent était venu rejoindre son oncle à Edimbourg sans prendre la peine d'en informer préalablement ses parents. Jamie avait rapidement découvert cette légère omission mais n'avait pas voulu le renvoyer seul à Lallybroch. Il n'avait pas non plus eu le temps de le raccompagner lui-même.

— Non pas qu'il ne soit pas capable de rentrer seul, expliqua Jamie. C'est un garçon débrouillard, mais... que veux-tu ? Il y a des gens qui ont le chic pour se mettre dans des situations invraisemblables.

— Je sais, dis-je en souriant, j'en fais partie.

Il éclata de rire.

— Maintenant que tu le dis, *Sassenach* ! C'est sans doute pour ça que j'aime tant Petit Ian. Il me fait penser à toi.

— Je pourrais en dire autant à ton sujet, mon cher !

— Mon Dieu ! Jenny va m'arracher les yeux quand elle apprendra que son grand bébé s'est aventuré dans une maison de mauvaise réputation. J'espère qu'il aura la présence d'esprit de ne rien dire.

— Encore faut-il qu'il rentre chez lui !

Je songeai à l'adolescent dégingandé de « presque » quinze ans que j'avais vu le matin, errant dans Edimbourg entre des prostituées, des douaniers corrompus, des contrebandiers et des monstres coupeurs de têtes.

— Au moins, c'est un garçon, ajoutai-je. Le tueur semble avoir une préférence pour les jeunes filles.

— Oui, mais d'autres préfèrent les jeunes garçons, me détrompa Jamie. Avec Petit Ian et toi, *Sassenach*, je pourrai m'estimer heureux si tous mes cheveux ne virent pas au blanc avant qu'on ait enfin pu quitter cette cave puante.

— Moi ? m'étonnai-je. Mais tu n'as pas à t'inquiéter pour moi !

— Ah non ? Je t'ai laissée couchée dans ton lit ce matin, attendant sagement ton petit déjeuner et, moins d'une heure plus tard, je te retrouve en train de bercer un cadavre sur tes genoux ! Le pire, c'est que je dois coûte que coûte retourner sur la côte dans deux jours, mais je ne peux pas te laisser seule à Edimbourg avec un tueur fou rôdant dans les parages, la moitié des gens qui te prennent pour une prostituée, et... et...

Il agita la tête d'un air désemparé. Le lacet qui retenait sa crinière se dénoua, ce qui lui donna un air de lion perplexe. Je pouffai de rire malgré moi. Il me lança un regard surpris puis, saisissant l'absurdité de la situation, il esquissa un sourire.

— Bah... soupira-t-il, résigné. Je suppose qu'on trouvera une solution.

— Il le faudra bien.

Je me hissai sur la pointe des pieds pour lisser ses cheveux en arrière et il en profita pour m'embrasser.

— J'avais oublié, dit-il quelques instants plus tard.

— Oublié quoi ? demandai-je en me blottissant contre son torse chaud.

— Tout. La joie, la peur. Surtout la peur. Cela faisait longtemps que je n'avais plus peur de rien. Elle m'est revenue à présent, car j'ai de nouveau quelque chose à perdre.

Je m'écartai légèrement de lui pour mieux le regarder. Il me tenait par la taille et son visage se noyait dans la pénombre, ses yeux formant deux insondables gouffres noirs.

— Viens, *Sassenach,* dit-il en me prenant la main. Je vais te présenter à mes hommes. Pour le reste, chaque chose en son temps.

27

L'incendie

La robe avait un décolleté un peu trop plongeant à mon goût et me serrait légèrement à la taille, mais autrement, elle était assez jolie.

— Comment savais-tu que les robes de Daphné m'iraient ? demandai-je en plongeant la cuillère dans ma soupe.

— J'ai dit que je n'avais couché avec aucune des filles de Mme Jeanne, répondit prudemment Jamie, je n'ai pas dit que je ne les regardais pas.

Il me fit un sourire malicieux et j'éclatai de rire.

— D'ailleurs, cette robe te va beaucoup mieux qu'à Daphné, ajouta-t-il.

Il lança un regard connaisseur vers mon décolleté puis arrêta d'un geste de la main la serveuse qui passait avec une panière de petits pains.

La grande salle de la taverne *Moubray* était pleine. L'atmosphère y était nettement plus respirable que celle du *Bout du monde* et autres débits de boisson du même type. Moins enfumé et moins bruyant, *Moubray* était un lieu élégant, avec un escalier extérieur qui montait au second étage, où de petits salons accueillaient les marchands et notables d'Edimbourg.

— Qui es-tu en ce moment ? demandai-je, intriguée. Mme Jeanne t'appelle « Jamie ». Mais ce n'est pas ton nom officiel, n'est-ce pas ?

— Non. Pour le moment, je suis Sawney Malcolm, imprimeur et éditeur.

— Sawney ?

— C'est le diminutif d'Alexander dans les Highlands, m'informa-t-il.

— Et moi, dans ce cas, qui suis-je ?

— Toi, tu es ma femme, *Sassenach*. Quel que soit le nom que je porte, tu es et tu seras toujours ma femme.

Je rougis de plaisir, me sentant subitement aussi émue qu'une jeune mariée.

— Mme Malcolm... répétai-je pour m'entraîner à prononcer mon nouveau nom.

Je baissai inconsciemment les yeux vers mon alliance en argent. Il surprit mon regard et leva son verre.

— A Mme Malcolm ! suggéra-t-il.

— Pour le meilleur et pour le pire ! renchéris-je.

Il me prit la main et la baisa, attirant les regards curieux des gens attablés autour de nous. Un peu plus loin, j'aperçus un homme d'Eglise qui nous observait en chuchotant à l'oreille de ses voisins, un homme âgé et un autre, plus jeune, dont le visage me parut vaguement familier. Je reconnus soudain maître Wallace, l'avocat de la diligence d'Inverness.

— Ils ont des petits salons privés à l'étage, me murmura Jamie en baisant encore mes phalanges.

Ses yeux bleus pétillaient de malice et j'en oubliai aussitôt maître Wallace.

— Comme c'est intéressant ! minaudai-je. Mais tu n'as pas encore fini ton ragoût d'huîtres.

— Au diable mon ragoût.

— Voici la serveuse avec la bière.

— Au diable la serveuse.

Ses lèvres se refermèrent sur mon auriculaire, me faisant frémir d'aise.

— Les gens nous regardent.

— Tant mieux pour eux.

Sa langue s'attarda entre mes doigts.

— Il y a un homme en vert qui s'approche.

— Au diable...

Il fut interrompu par l'ombre du visiteur qui s'allongea sur notre table.

— Mes respects, monsieur Malcolm, dit-il en s'inclinant. J'espère que je ne vous dérange pas ?

— Si, répondit Jamie en se redressant sans lâcher ma main.

Ce manque d'hospitalité ne sembla pas rebuter le gentleman, qui devait avoir dans les trente-cinq ans.

— Pardonnez-moi, monsieur, nous n'avons pas encore été présenté. Mon maître m'envoie vous présenter ses amitiés et vous prie de lui faire l'honneur de le rejoindre à sa table, vous et votre amie, afin de boire un verre de vin.

Il avait marqué une légère hésitation avant de prononcer le mot « amie », mais Jamie l'avait remarqué.

— Mon *épouse* et moi-même sommes en train de dîner. Si votre maître souhaite me parler...

— Mon maître est sir Percival, je suis son secrétaire particulier, s'empressa de préciser le jeune homme.

— Peu importe, dit Jamie, imperturbable. Transmettez mes respects à sir Percival, ainsi que mes regrets.

Il salua brièvement le secrétaire et tourna la tête, reprenant son inspection de mes articulations.

Le jeune homme resta planté là un petit moment, la bouche en cœur, puis tourna les talons et s'éloigna en se frayant un chemin entre les tables, disparaissant derrière une porte au fond de la salle.

— Où en étais-je ? demanda Jamie. Ah oui, au diable les hommes en vert ! Revenons-en plutôt aux salons privés.

— Comment vas-tu expliquer ma présence à ton entourage ?

Il arqua un sourcil.

— Expliquer ? dit-il en feignant de ne pas comprendre. Je n'ai pas besoin de justifier le fait que je suis marié. Après tout, tu n'as pas une jambe en moins, tu n'as pas la vérole, tu n'es ni bossue ni édentée ni...

Je lui flanquai un coup de pied sous la table.

— Ne fais pas l'idiot, tu sais très bien ce que je veux dire.

Une femme assise sur un banc contre le mur donna un coup de coude à son voisin et nous adressa un regard réprobateur. Je leur adressai en retour mon sourire le plus charmant.

— Oui, je sais, répondit Jamie en grimaçant. Mais avec tout ce qui est arrivé depuis ce matin, je n'ai pas encore eu le temps d'y réfléchir. Peut-être que je dirai simplement...

— Mon cher ami, vous vous êtes marié et vous ne nous avez rien dit ! Petit cachottier ! C'est pourtant une nouvelle sensationnelle ! Sensationnelle ! Toutes mes félicitations ! Puis-je avoir l'honneur d'être le premier à transmettre mes vœux de bonheur à madame ?

Un petit homme âgé se tenait devant nous, portant perruque et canne au pommeau d'or. C'était celui que j'avais remarqué un peu plus tôt, dînant avec l'homme d'Eglise et maître Wallace.

— Vous me pardonnerez d'avoir envoyé Johnson tout à l'heure, poursuivit-il, l'air navré. Que voulez-vous, mon infirmité m'empêche de me déplacer facilement.

En reconnaissant notre visiteur, Jamie se leva et approcha une chaise.

— Vous prendrez bien un verre avec nous, sir Percival ? l'invita-t-il.

— Oh non, non ! se récria le vieil homme. Je ne voudrais pas m'imposer, surtout lors de votre dîner de noces. Sincèrement, je n'avais pas la moindre idée...

Sans cesser de protester gracieusement, il se laissa tomber sur la chaise, étendant sa jambe sous la table en grimaçant.

— Cette goutte me fait souffrir le martyre, ma chère, m'expliqua-t-il en se penchant si près que son haleine fétide me balaya le visage.

Il avait l'air d'un vieillard sage et bienveillant, et pas du tout celui d'un haut fonctionnaire corrompu. Cependant, j'étais bien placée pour savoir qu'il ne fallait pas se fier aux apparences, moi que tout le monde prenait pour une fille de joie !

Faisant contre mauvaise fortune bon cœur, Jamie commanda une bouteille de vin et se soumit de bonne grâce à l'effusion d'excuses et de flatteries que le vieil homme déversait sur lui.

— C'est un heureux hasard qui nous fait nous rencontrer ce soir, cher ami, dit ce dernier enfin à court de courtoisies. J'avais justement quelque chose à vous dire. A vrai dire, j'ai même envoyé un billet à votre imprimerie mais mon messager n'y a trouvé personne.

— Ah ?

— Oui. Si je ne m'abuse, il y a quelques semaines de cela... ou était-ce quelques mois ?... Ah, la mémoire ! Enfin... il me semble me souvenir que vous m'avez fait part du projet de vous rendre dans le Nord pour affaires. Une histoire de presse à changer, c'est bien ça ?

Sir Percival avait un visage doux et de grands yeux innocents.

— En effet, répondit Jamie. Un confrère, M. MacLeod, de Perth, m'a invité à venir voir une nouvelle série de caractères qu'il vient de mettre au point.

— C'est cela même, confirma sir Percival.

Il marqua une pause pour sortir une petite tabatière de sa poche, une jolie boîte émaillée au couvercle orné d'angelots dodus.

— Si je puis me permettre... reprit-il, les yeux fixés sur le contenu de sa boîte, je vous déconseille d'entreprendre une telle expédition par les temps qui courent. Non... vraiment. Le climat est peu propice en cette saison. D'ailleurs, je suis certain qu'il ne conviendrait pas à Mme Malcolm.

Il m'adressa un sourire angélique et inhala une grosse pincée de tabac à priser. Puis il attendit, la main en suspens, tenant un mouchoir brodé.

— Je vous remercie du conseil, sir Percival, dit Jamie. Sans doute vos agents dans le Nord vous ont-ils averti de prochaines tempêtes dans la région ?

Sir Percival éternua, émettant un petit bruit de souris enrhumée. De fait, il ressemblait vraiment à une souris blanche en train de tapoter son bout de nez rose.

— C'est cela même, confirma-t-il. Vous savez combien votre santé et votre bien-être me tiennent à cœur, aussi je ne saurais trop vous conseiller de rester sagement à Edimbourg.

Il se tourna vers moi avec un sourire enjôleur avant d'ajouter :

— En outre, mon cher, vous avez à présent de quoi vous retenir à la maison, n'est-ce pas ? Maintenant, mes jeunes amis, je dois vous quitter. J'ai suffisamment abusé de votre temps.

Il agita une main frêle et le dénommé Johnson réapparut, comme tombé du ciel, pour aider son vieux maître à se redresser. Puis sir Percival s'éloigna d'un pas lent, faisant cliqueter sa canne sur les dalles de la salle.

— Il a l'air d'un gentil monsieur, observai-je quand il fut hors de portée.

Jamie se mit à rire et vida son verre.

— Tu veux dire qu'il est pourri jusqu'à la moelle, rectifia-t-il. Il observa d'un air méditatif le vieil homme qui négociait prudemment la première marche de l'escalier.

— On pourrait s'imaginer qu'un homme de son âge, si près de rendre des comptes à son Créateur, aurait peur de rôtir en Enfer, mais penses-tu !

— Je suppose que nous sommes tous pareils, soupirai-je. Tout le monde croit vivre éternellement.

— C'est vrai, rit-il en poussant mon verre devant moi. Et maintenant que tu es avec moi, j'en suis plus que jamais convaincu. Finis ton verre, *Sassenach*, je vais de ce pas réserver un des salons privés.

— *Post coitum omne animal triste*, déclarai-je, les yeux fermés.

La masse lourde et chaude sur mon ventre ne répondit pas. Au bout d'un long moment, je sentis néanmoins une sorte de vibration souterraine, que j'interprétai comme un rire contenu.

— C'est un drôle de sentiment, *Sassenach*, dit Jamie d'une voix endormie. Ce n'est pas le tien, j'espère ?

— Non.

Je caressai les mèches moites qui recouvraient son front et il se retourna pour caler sa tête dans le creux de mon aisselle, poussant un long soupir de satisfaction.

Le confort des salons privés de *Moubray* laissait à désirer. Toutefois du moins, le sofa offrait une surface horizontale molletonnée, ce qui, somme toute, était le principal. Si je n'étais pas encore disposée à renoncer aux ébats passionnés de l'amour charnel, j'avais néanmoins passé l'âge de m'y adonner sur le plancher.

— Je ne sais plus qui a dit cette phrase, repris-je. Sans doute un philosophe de l'Antiquité. Elle était citée dans l'un de mes manuels de médecine, dans le chapitre consacré à l'appareil génital des êtres humains.

Une de ses mains glissa le long de ma hanche et vint se nicher sous mes fesses. Il poussa un nouveau soupir et me pinça doucement.

— Je vois que tu as appris tes leçons avec application, *Sassenach*. Pourtant, je n'ai jamais été moins *triste* de ma vie.

— Moi non plus. C'est ce qui m'a fait penser à cette phrase. Je me demandais comment ce philosophe en était arrivé à une telle conclusion.

— Cela dépend peut-être de l'*animal* avec lequel il forniquait, mais il a dû en essayer un bon nombre pour être aussi affirmatif et général.

Il réfléchit quelques instants avant de reprendre :

— Tu me diras, c'est vrai que les chiens ont toujours l'air penauds après avoir sailli une chienne, les moutons aussi.

— Ah oui ? m'étonnai-je. Et à quoi ressemble les moutons quand ils font l'amour ?

— Mmm... la brebis, elle, semble plutôt indifférente. Il faut reconnaître qu'elle n'a pas vraiment son mot à dire dans l'histoire.

— Et le mâle ?

— Oh, le mâle, lui, a l'air d'un dépravé. Il tire la langue, bave, roule des yeux et émet des petits bruits dégoûtants. Comme la plupart des mâles de toutes les espèces, d'ailleurs.

Je me serrai contre lui et lui chatouillai le menton.

— Je n'avais pas remarqué que tu tirais la langue quand tu me faisais l'amour, le taquinai-je.

— Normal, tu fermes les yeux.

— Je n'ai pas entendu de petits bruits dégoûtants non plus.

— C'est que j'ai manqué d'inspiration sur le moment, je tâcherai de faire mieux la prochaine fois.

Nous rîmes doucement, puis nous nous tûmes, chacun se laissant bercer par la respiration de l'autre.

— Jamie... dis-je un peu plus tard, je ne me souviens pas d'avoir jamais été aussi heureuse.

Il roula sur le côté, déplaçant soigneusement son poids pour ne pas m'écraser, puis me dévisagea avec un sourire tendre.

— Moi non plus, *Sassenach*. Tu sais, ce n'est pas uniquement parce qu'on vient de faire l'amour.

— Oui, dis-je en lui caressant la joue, je sais.

— Dieu sait que j'ai toujours autant envie de toi et que je ne peux pas m'empêcher de te tripoter sans arrêt, mais ce n'est rien à côté du plaisir de t'avoir tout simplement à mes côtés, de pouvoir te parler, te livrer mon cœur...

— Je me sentais si seule sans toi, Jamie ! Tellement seule !

— Moi aussi.

Il baissa les yeux, ses longs cils cachant un instant son regard.

— Je mentirais en prétendant avoir vécu comme un moine, admit-il. Parfois j'avais besoin de... sinon je serais devenu fou.

— Je sais, moi aussi. Et puis, il y avait Frank...

Il posa une main sur mes lèvres pour m'empêcher d'en dire plus.

— Cela n'a pas d'importance, chuchota-t-il.

Il lança un regard vers la fenêtre pour évaluer l'heure. Nous devions rejoindre Ian à l'imprimerie à cinq heures afin de savoir où il en était de ses recherches.

— Il nous reste bien deux heures avant de devoir sortir, déclara-t-il. Rhabille-toi, *Sassenach*, je vais nous faire monter du vin et des biscuits.

C'était une perspective alléchante. Depuis que je l'avais retrouvé, je semblais avoir également retrouvé mon appétit. J'étais constamment affamée. Je me penchai pour ramasser mon corset tandis qu'il se redressait sur le sofa.

— J'ai un peu honte, avoua-t-il. Je suis là au paradis avec toi pendant que le pauvre Ian arpente les rues en se faisant un sang d'encre pour son fils.

— Et toi, tu n'es pas inquiet pour Petit Ian ? demandai-je en démêlant les lacets de ma robe.

— Je crains surtout qu'il ne réapparaisse pas avant demain.

— Que doit-il se passer demain ?

Je me rappelai soudain notre rencontre avec sir Percival.

— Ton voyage dans le Nord... Il était prévu pour demain ?

Il hocha la tête.

— Nous avons rendez-vous demain soir à Mullin's Cove, car ce sera une nuit sans lune. Nous attendons un lougre de France avec un chargement de vin et de batiste.

— A ton avis, pourquoi sir Percival voulait-il te prévenir de ne pas y aller ?

— Je n'en sais rien. J'ignore ce qui se passe mais je le saurai sans doute bientôt. Il y a peut-être des contrôles douaniers en ce moment, à moins qu'il n'y ait des manœuvres militaires dans le coin, sans rapport avec nous mais qui pourraient nous gêner.

Il haussa les épaules et acheva d'enfiler ses bas.

Quand nous fûmes tous deux habillés, attendant qu'on nous monte le vin et les biscuits, je pris sa main entre les miennes et la caressai doucement. Du bout du doigt, je suivis le tracé des profonds sillons et des vallons qui parcouraient sa paume, jusqu'à la petite cicatrice en « C » à la base de son pouce. Le signe qui le marquait à vie comme m'appartenant.

— J'ai rencontré une fois une vieille dame qui m'a dit que les lignes de la main ne prédisent pas ton avenir mais reflètent ce que tu fais de ta vie, lui racontai-je.

— Ah oui ?

Ses doigts remuèrent légèrement mais il laissa sa main ouverte dans la mienne.

— Selon elle, on naît avec des lignes déjà tracées, elles changent selon ce que tu fais et la personne que tu deviens.

Je n'avais pas besoin de m'y connaître en chiromancie pour remarquer que la ride la plus profonde qui traversait sa paume était fourchue à plusieurs endroits.

— Tu vois cette ligne ? lui indiquai-je. On l'appelle la ligne de vie. Ces petites hachures transversales et ces fourches indiquent sans doute que tu as souvent changé de vie et que tu as fait beaucoup de choix importants.

Il se mit à rire, plus amusé que moqueur.

— Tu ne t'avances pas beaucoup en disant cela !

Il se pencha sur sa propre main pour l'inspecter.

— Cette première fourche correspond sans doute à ma rencontre avec Jack Randall, et la seconde... à notre mariage. Tu vois, là, les deux branches sont très proches l'une de l'autre.

— En effet, et la troisième serait Culloden ?

— Peut-être.

Il n'avait manifestement pas envie de parler de Culloden et son doigt poursuivit sa route.

— Là, c'est quand je suis allé en prison, puis quand j'en suis ressorti pour venir vivre à Edimbourg.

— ... et devenir imprimeur, achevai-je.

Je relevai vers lui des yeux intrigués.

— D'ailleurs, comment es-tu devenu imprimeur ? demandai-je. C'est bien le dernier métier auquel je m'attendais de ta part.

Ma question le fit sourire.

— Oh ça ! eh bien... c'était un accident.

Au début, il cherchait simplement une « couverture » qui lui permettrait de masquer et de faciliter ses activités de contrebandier. Après une affaire juteuse qui lui avait assuré un petit pécule, il se mit donc en quête d'un commerce justifiant l'utilisation d'une grande carriole et de chevaux de trait, ainsi que d'un entrepôt discret où stocker la marchandise en transit.

Il avait d'abord pensé se faire transporteur, mais ce genre de métier subissait plus ou moins constamment des contrôles de police. De même, l'idée d'acquérir une taverne ou une auberge, bien qu'apparemment parfaite, fut rapidement rejetée. Si cela permettait de faire entrer de grandes quantités d'alcool, cette activité ressemblait trop à l'autre pour ne pas éveiller les soupçons. En outre, ce genre de lieu était toujours infesté de collecteurs d'impôts et de douaniers comme des puces sur un chien bien gras.

— Un jour, je suis entré chez un imprimeur pour faire imprimer des annonces, raconta-t-il. Pendant que j'attendais pour passer ma commande, j'ai vu passer une carriole chargée de rouleaux de papiers et de fûts contenant de l'encre en poudre. Je me suis dit : « Ça y est ! J'ai trouvé. Les douaniers ne penseront jamais à fouiner dans ce genre de marchandises. »

Ce ne fut qu'après avoir acheté le local de Carfax Close, engagé Geordie pour faire tourner la presse et commencé à produire des affiches, des prospectus, des folios et des livres que les autres débouchés de son nouveau métier lui vinrent à l'esprit.

— Parmi mes clients, il y avait un certain Tom Gage, m'expliqua-t-il. Il venait régulièrement passer des commandes sans grande importance puis s'attardait longuement dans la boutique pour discuter avec moi et Geordie, bien qu'il se soit sans doute vite rendu compte qu'il en savait plus que moi sur le métier d'imprimeur.

Il me sourit avant d'ajouter :

— Je ne suis peut-être pas très doué pour faire marcher une presse, mais je connais les hommes.

Il devint vite manifeste que Gage testait Alexander Malcolm pour connaître ses opinions politiques. Ayant décelé le léger accent highlandais de Jamie, il l'avait délicatement sondé, faisant allusion à quelques-unes de ses relations qui avaient connu certains ennuis après le soulèvement en raison de leurs sympathies jacobites. Il orientait adroitement la conversation, tissant sa toile autour de sa proie. Jusqu'au jour où la proie amusée lui avait déclaré de but en blanc qu'il pouvait apporter les textes qu'il voulait et qu'aucun homme du roi n'en saurait jamais rien.

Après cela, ils devinrent vite amis. Jamie imprimait tous les textes écrits par le petit groupe d'opposants politiques que dirigeait Gage, des articles anodins aux tracts et aux pamphlets anonymes dont le contenu était suffisamment subversif pour valoir la prison ou la pendaison à leurs auteurs.

— Après le travail, nous allions dans une taverne pour boire un verre et discuter avec Gage et ses amis. Un jour, Tom m'a demandé pourquoi je n'écrivais pas un texte moi aussi. D'abord, j'ai ri en répondant que j'en serais bien incapable. Puis j'y ai réfléchi et je m'y suis mis.

Jamie fléchit le coude, faisant saillir ses biceps.

— Je suis encore vigoureux et j'espère le rester longtemps, *Sassenach*, mais cela ne durera pas toujours. J'ai souvent défendu ma vie et mes opinions à la pointe de mon épée ou de mon coutelas, mais tous les guerriers voient un jour leur force les abandonner.

Il tendit une main vers son manteau jeté sur le dossier d'une chaise et fouilla dans une poche intérieure. Puis il prit ma main et y déposa les petits objets qu'il venait d'en extirper. Je n'avais pas besoin de baisser les yeux pour savoir ce que c'était : trois pièces rectangulaires en plomb, froides et dures au toucher, chacune portant un petit caractère incisé à son extrémité, Q. E. D.

— Les Anglais m'ont pris mon épée et mon coutelas, dit-il doucement. Mais Tom Gage a placé une autre arme entre mes mains. Et celle-ci, je ne suis pas près de la déposer !

Peu avant cinq heures, nous redescendîmes la rue pavée du Royal Mile, main dans la main, les joues rosies par plusieurs bols de ragoût d'huîtres et une bouteille de vin.

Autour de nous, la ville rayonnait, semblant partager notre bonheur. Edimbourg s'étirait langoureusement sous un manteau de brume qui n'allait pas tarder à se transformer à nouveau en pluie mais, pour le moment, la lueur du soleil couchant perçait les nuages, dardant ses reflets dorés, roses et rouges sur la patine luisante de la chaussée et le gris des façades.

Tout entière plongée dans ma contemplation béate, je ne remarquai pas tout de suite que quelque chose clochait. Un passant derrière nous, agacé par notre pas lent de flâneurs, me doubla en maugréant puis s'arrêta net dans son élan juste devant moi, me faisant trébucher sur les pavés glissants et perdre une chaussure.

Il renversa la tête en arrière et fixa le ciel quelques instants, puis reprit sa course de plus belle, l'air alarmé.

— Qu'est-ce qui lui a pris ? grommelai-je en me massant la cheville.

Soudain, je me rendis compte que les gens autour de nous s'arrêtaient brusquement, levaient le nez, puis hâtaient le pas.

— Mais qu'est-ce que... commençai-je.

Me tournant vers Jamie, je le découvris lui aussi en train de fixer le ciel. Je levai la tête à mon tour et il ne me fallut qu'une seconde pour comprendre que la lueur rouge dans les nuages était nettement plus vive que celle d'un simple ciel crépusculaire. Aucun coucher de soleil ne lançait de tels éclats vacillants.

— Un incendie ! souffla-t-il. Mince, je crois bien que c'est dans Leith Wynd !

Au même instant, quelqu'un un peu plus loin cria « Au feu ! » et, comme si cette annonce officielle était enfin le signal pour qu'ils prennent leurs jambes à leur cou, tous les passants autour de nous se mirent à dévaler la rue comme un troupeau de buffles.

Jamie partit comme une flèche, me tirant par la main. Je sautillai sur un pied quelques instants puis, plutôt que de m'arrêter et de risquer de le perdre dans la foule, j'envoyai valser mon second soulier et le suivis pieds nus sur les pavés humides.

L'incendie n'était pas dans Leith Wynd, mais juste à côté, dans Carfax Close. L'entrée de la rue était obstruée par l'attroupement des badauds, se bousculant et se tordant le cou pour tenter d'apercevoir quelque chose. Une épaisse fumée âcre piquait les yeux. Sans hésiter un instant, Jamie plongea dans la foule, se frayant un passage à la force des coudes. Je me pressai derrière lui, craignant que la vague humaine ne se referme sur lui.

Lorsque nous débouchâmes de l'autre côté de la marée humaine, je compris enfin l'empressement de Jamie. D'épais nuages de fumée grise s'échappaient du rez-de-chaussée de l'imprimerie tandis qu'un crépitement sinistre s'élevait au-dessus du vacarme que faisaient les spectateurs.

— Ma presse ! s'écria Jamie.

Il bondit sur la première marche et fit voler la porte d'un grand coup de pied. Une langue de fumée s'échappa de la boutique et s'enroula autour de lui comme une bête affamée. Il chancela sous l'impact, puis se laissa tomber à quatre pattes et disparut dans l'échoppe.

Suivant son exemple, plusieurs hommes rampèrent derrière lui. Des cris à l'entrée de la rue annoncèrent l'arrivée imminente de la garde municipale, armée de seaux d'eau. Apparemment habitués à ce genre de tâche, les hommes se débarrassèrent de leur veste rouge sombre et se lancèrent immédiatement à l'assaut du feu, brisant les vitres et lançant des seaux d'eau dans la fournaise avec férocité. Pendant ce temps, la foule ne cessait de grossir. Le vacarme d'enfer était augmenté par les bruits de pas précipités dans les escaliers des maisons voisines, tandis que les familles qui habitaient les étages supérieurs poussaient devant elles leur marmaille hurlante.

Les efforts des pompiers, aussi vaillants soient-ils, ne semblaient pas avoir beaucoup d'effet sur l'incendie. J'allais et venais nerveusement devant l'imprimerie, tentant d'apercevoir une silhouette à l'intérieur, quand l'un des porteurs de seaux s'écarta en poussant un cri juste à temps pour éviter un casseau chargé de caractères en plomb qui venait de voler par l'une des fenêtres brisées, lâchant des lettres dans toutes les directions.

Plusieurs gamins se frayèrent un chemin dans la foule et se précipitèrent sur les caractères, pour être interceptés quelques instants plus tard puis chassés par des voisins indignés. Une grosse commère qui habitait l'immeuble d'en face se précipita au péril de sa vie pour protéger le lourd casier de bois et le traîna à l'abri sur le trottoir, avant de s'asseoir dessus comme une poule sur ses œufs.

Les autres voisins, qui, dans un mouvement inattendu de solidarité, tentaient de ramasser les caractères épars, durent bientôt battre en retraite sous une pluie d'objets divers qui se déversait par les fenêtres : casses, rouleaux encreurs, tampons, bouteilles d'encre, ces dernières explosant sur la chaussée en projetant de grandes giclées noires qui se diluaient dans les flaques d'eau. Entre-temps, alimenté par les appels d'air créés par les portes et les fenêtres béantes, le sifflement du feu s'était mué en un véritable rugissement. Dans l'incapacité de continuer à jeter des seaux d'eau en raison de l'avalanche de projectiles, le capitaine des pompiers plaqua un mouchoir trempé sur son nez et, exhortant ses hommes à le suivre, s'engouffra dans l'imprimerie. Derrière eux, la chaîne humaine se reforma aussitôt : les habitants du quartier se passaient des seaux remplis à ras bord, puis des enfants surexcités attrapaient au vol les seaux vides qui rebondissaient sur les pavés pour courir les remplir à la fontaine la plus proche. Edimbourg était une ville construite en pierre, mais les bâtiments étaient si étroitement pressés les uns contre les autres que les incendies devaient y être fréquents, et les habitants habitués à réagir rapidement.

De nouveaux cris à l'entrée de la rue annoncèrent l'arrivée de la pompe à eau. Telle la mer Rouge, la foule se scinda en deux pour laisser passer la machine, tirée non pas par des chevaux mais par des hommes, afin de pouvoir mieux négocier les virages anguleux des ruelles. La pompe était un rutilant engin en cuivre, tellement bien astiqué que l'on pouvait s'y mirer.

La chaleur autour de nous était intense et je sentais mes poumons brûler à chaque inspiration. Combien de temps Jamie pourrait-il tenir dans cet enfer sans être suffoqué par la fumée ?

— Jésus, Marie, Joseph !

Jouant des coudes dans la multitude, Ian apparut soudain à mon côté. Il se raccrocha à mon bras pour retrouver son équilibre tandis qu'une nouvelle pluie d'objets forçait les gens autour de nous à reculer.

— Où est Jamie ? hurla-t-il à mon oreille.

— Là-dedans ! hurlai-je à mon tour en pointant un doigt vers le brasier.

Il y eut un mouvement près de la porte de l'imprimerie. Nous distinguâmes d'abord plusieurs paires de jambes sous le rideau de fumée, puis six silhouettes en émergèrent, dont celle de Jamie, chancelant sous le poids de l'énorme et précieuse presse. Ils descendirent la marche puis la poussèrent jusqu'au milieu de la rue, avant de s'apprêter à retourner dans la boutique.

Il était trop tard pour sauver autre chose. Un craquement sourd retentit à l'intérieur et une nouvelle bouffée de chaleur torride nous balaya le visage. Soudain, les fenêtres du premier étage s'illuminèrent et de hautes flammes en jaillirent en léchant la façade. Un petit groupe d'hommes sortit en courant du bâtiment, toussant et crachant, parfois rampant, noirs de fumée et dégoulinants de transpiration. Les opérateurs de la pompe redoublèrent d'énergie, mais le puissant jet d'eau que projetait leur tuyau ne semblait guère intimider le feu.

Tout à coup, la main de Ian se referma sur mon bras comme les mâchoires d'un piège en acier.

— Petit Ian ! glapit-il.

Suivant son regard, j'aperçus une silhouette gesticulant derrière une des fenêtres du second étage. Elle sembla se débattre avec la poignée, puis disparut, engloutie par la fumée. Mon sang se glaça dans mes veines. Je n'aurais pas pu jurer qu'il s'agissait effectivement de Petit Ian, mais il y avait indubitablement quelqu'un enfermé là-haut. Ian courait déjà vers la porte de l'imprimerie en boitillant sur sa jambe en bois.

— Attends ! hurlai-je en me précipitant derrière lui.

Jamie était affalé les deux coudes sur sa presse, tentant de reprendre son souffle tout en remerciant les hommes qui l'avaient aidé.

Je bondis vers lui en le tirant par la manche.

— Petit Ian est là-haut ! criai-je en lui montrant la fenêtre du doigt.

Jamie recula d'un pas et scruta la fenêtre. On n'y voyait plus rien. De son côté, Ian se débattait pour se libérer d'un groupe de voisins qui essayait de l'empêcher d'entrer dans l'échoppe.

— Non, vous ne pouvez pas y aller ! s'égosillait le capitaine des pompiers en tentant de le maîtriser. Il n'y a plus d'escalier et le toit ne va pas tarder à s'effondrer !

Malgré le handicap de sa jambe, Ian était grand et vigoureux. Les pompiers bien intentionnés qui le retenaient, pour la plupart des soldats à la retraite, n'étaient pas de taille à lutter contre sa force de montagnard et son désespoir de père. Lentement, mais sûrement, la mêlée s'approchait centimètre après centimètre de la porte de l'échoppe, Ian entraînant vers les flammes ceux qui voulaient le sauver.

Jamie prit une grande inspiration puis bondit vers eux, rattrapant Ian par la ceinture.

— Calme-toi, Ian, hurla-t-il. Tu n'y arriveras pas, il n'y a plus d'escalier !

Il jeta un regard à la ronde, m'aperçut, traîna tant bien que mal Ian vers moi et le poussa dans mes bras.

— Tiens-le ! cria-t-il pour se faire entendre au-dessus du boucan. Je vais chercher le garçon.

Sur ces entrefaites, il tourna les talons et courut vers l'entrée de l'immeuble voisin, sous l'œil ébahi des propriétaires de la confiserie du rez-de-chaussée qui suivaient le spectacle sur le seuil de leur boutique.

Suivant l'exemple de Jamie, je passai mes bras autour de la taille de Ian et m'y accrochai de toutes mes forces. Il fit quelques tentatives pour suivre son beau-frère, puis capitula, raide comme un piquet dans mes bras, son cœur battant contre ma joue.

— Ne t'inquiète pas, dis-je sottement. Il va y arriver. Il va le sortir de là. Je le sais. J'en suis sûre.

Ian ne répondit pas. Il semblait prostré, telle une statue, son souffle court émettant une sorte de gémissement. Je relâchai prudemment mon étreinte et il resta planté là. Je me tins près de lui et il saisit ma main, la serrant convulsivement. Mes os en auraient sûrement été broyés si je n'avais serré la sienne en retour avec autant de force.

Une minute plus tard, nous vîmes une fenêtre s'ouvrir quelques étages au-dessus de la confiserie. Jamie, pieds nus, vint se percher sur son rebord. Il se retourna pour faire face au mur, s'agrippa à la gouttière au-dessus de lui, puis se hissa lentement, cherchant des prises dans les jointures des pierres de taille, du bout de ses longs orteils. Avec un grognement audible malgré le vacarme du feu et de la foule, il se hissa sur le rebord du toit en balançant ses jambes sur le côté, se redressa, puis disparut de l'autre côté du pignon.

Un homme plus petit n'y serait pas arrivé, Ian avec sa jambe en bois encore moins. J'entendis ce dernier siffler quelque chose entre ses dents mais, lorsque je me tournai vers lui, il avait les mâchoires serrées et les traits déformés par l'angoisse.

— Mais qu'est-ce qu'il fiche là-haut ? marmonnai-je.

Le barbier, qui se trouvait à côté de moi, m'entendit.

— Il y a une trappe sur le toit de l'imprimerie, m'informa-t-il. Je suppose que M. Malcolm va essayer d'atteindre le dernier étage en passant par là. Qui est enfermé là-haut ? Son apprenti ?

— Non ! grogna Ian. Mon fils !

Le barbier recula d'un pas devant le regard assassin de Ian, et se signa en murmurant d'un air contrit :

— Je pouvais pas le deviner, quoi !

La foule tout entière poussa un cri de joie en voyant deux silhouettes apparaître sur le toit quelques secondes plus tard. Ian me lâcha la main et se rua en avant.

Jamie soutenait Petit Ian, un bras autour de sa taille. Ils étaient pliés en deux, toussant et crachant la fumée qu'ils avaient avalée. Il était évident qu'ils ne pourraient pas négocier leur retour en faisant des acrobaties jusqu'à la fenêtre de l'immeuble voisin. Jamie aperçut Ian en bas dans la rue et mit ses mains en porte-voix.

— Une corde ! hurla-t-il.

Les pompiers étaient venus équipés. Leur chef s'avançait déjà en portant une corde enroulée mais Ian la lui arracha des mains, laissant le vieil homme cligner des yeux indignés.

La multitude recula tandis que Ian faisait un grand moulinet du bras. La lourde corde s'éleva dans les airs en décrivant une gracieuse parabole et atterrit dans la main tendue de Jamie avec la précision d'une abeille qui se pose sur une fleur. Jamie défit le nœud et disparut quelques instants de l'autre côté du toit, sans doute pour en fixer un bout à une cheminée.

Quelques minutes plus tard, les deux rescapés descendaient vers nous. Petit Ian, le visage barbouillé de noir, la corde enroulée sous ses bras et autour de son torse, toucha terre le premier ;

il resta debout en vacillant un moment, puis ses genoux lâchèrent et il s'effondra sur les pavés comme une poupée de chiffon.

— Tu vas bien ? *A bhalaich*, parle-moi !

Agenouillé auprès de son fils, Ian lui soutenait la tête.

Jamie était adossé à la devanture de la confiserie, pantelant mais apparemment sain et sauf. Je m'assis de l'autre côté du garçon et prit sa tête sur mes genoux.

Il offrait un spectacle pitoyable et je ne savais pas si je devais rire ou pleurer. Lorsque je l'avais vu la première fois ce même matin, je l'avais trouvé plutôt mignon. Ce n'était pas un apollon, mais il avait les traits sympathiques de son père. A présent, tout un côté de son épaisse tignasse brune était réduit à une fine toison frisée et roussie, et il n'avait plus ni cils ni sourcils. Il ressemblait à un petit cochon rose qui se serait roulé dans la suie.

Je cherchai son pouls sur le côté du cou. Il était raisonnablement fort, quoique irrégulier, ce qui n'avait rien d'étonnant. J'espérais que la fumée n'avait pas provoqué trop de dégâts aux poumons. Toujours inconscient, il toussait violemment et son corps maigrelet se convulsait sur mes genoux.

— Il va s'en sortir ? me demanda Ian.

Il saisit son fils sous les aisselles et le redressa en position semi-assise, lui tapotant les joues.

— Je crois, répondis-je. Mais il faut attendre encore un peu avant d'en être sûrs.

Le capitaine des pompiers courut vers nous, décrivant de grands gestes des bras.

— Reculez, reculez ! nous enjoignit-il. Le toit va s'effondrer.

De fait, nous eûmes à peine le temps de nous plaquer contre le mur d'en face que le toit de l'imprimerie s'affaissa d'un bloc dans un souffle rauque. Un épais nuage de particules incandescentes s'éleva dans les airs, se détachant sur le ciel sombre. Comme si celui-ci voulait se défendre d'une telle intrusion, quelques grosses gouttes commencèrent à tomber, s'écrasant lourdement sur les pavés autour de nous. Une pluie drue suivit bientôt et les Edimbourgeois, pourtant habitués, émirent des grognements consternés avant de battre rapidement en retraite dans les immeubles de la rue comme une armée de cafards, laissant la nature achever le travail de la pompe à eau.

Quelques instants plus tard, Ian et moi nous retrouvâmes seuls avec Petit Ian pendant que Jamie distribuait généreusement des pièces aux pompiers et aux voisins qui l'avaient aidé et mettait sa presse et le reste de son matériel à l'abri dans l'entrepôt du barbier.

— Comment va le garçon ? demanda-t-il en venant enfin nous rejoindre.

Entre-temps, la pluie s'était mise à tomber plus fort encore et ses effets sur son visage couvert de suie étaient plus que pittoresques. Ian releva les yeux vers lui et, pour la première fois depuis le matin, la colère, l'inquiétude et la peur quittèrent son visage.

— Il est aussi effrayant à voir que toi, répondit-il en riant, mais je crois que ça ira. Donne-nous un coup de main pour le porter, tu veux bien ?

Le temps d'arriver chez Mme Jeanne, Petit Ian pouvait presque marcher tout seul, soutenu néanmoins de chaque côté par son père et son oncle. Bruno vint nous ouvrir et lança des coups d'œil ahuris sur le spectacle que nous offrions, puis il éclata d'un rire tonitruant.

Le fait est que nous étions plutôt comiques à voir : Jamie et moi pieds nus et les vêtements de Jamie en lambeaux, brûlés, déchirés et couverts de suie en plusieurs endroits ; les cheveux noirs et lisses de Ian lui pendaient lamentablement devant les yeux, lui donnant l'air d'un rat noyé avec une jambe en bois. Mais le plus étrange était Petit Ian. Plusieurs têtes curieuses, attirées par les rugissements hilares du portier, pointèrent le nez au-dessus de la balustrade de l'escalier. Avec ses cheveux crépus et roussis, son visage rouge et enflé, son nez aquilin et ses yeux hagards dépourvus de cils, il faisait fortement penser à quelque oisillon exotique, un flamant rose, peut-être.

Une fois à l'abri dans le petit salon du dernier étage, la porte refermée, Ian se tourna vers son malheureux rejeton.

— Tu vas survivre, n'est-ce pas, vaurien ?

— Ou... oui, père, répondit Petit Ian d'une voix rauque.

Il semblait fortement souhaiter que ce ne soit pas le cas.

— Tant mieux ! dit son père d'un air sinistre. Est-ce que tu as quelque chose à dire pour ta défense ou je te corrige tout de suite pour nous faire gagner du temps à tous les deux ?

— Tu ne peux pas frapper quelqu'un qui vient d'avoir les sourcils brûlés, intervint Jamie. Ce n'est pas humain.

Il se tenait devant la console, occupé à remplir des verres de porto. Il en tendit un à l'adolescent qui le saisit avec avidité.

— Hmmm... tu n'as pas tort, médita Ian en contemplant son fils.

Celui-ci offrait un spectacle si ridicule qu'il avait du mal à réprimer son envie de rire.

— Soit, dit-il enfin, je t'accorde un répit. Mais tu ne perds rien pour attendre, mon garçon, et ce n'est rien à côté de ce que ta mère te réserve quand elle mettra enfin la main sur toi. Mais pour l'instant, repose-toi.

Manifestement peu rassuré par la magnanimité de son père, Petit Ian s'enfonça dans son fauteuil et enfouit le nez dans son verre.

Jamie s'assit sur un coffre en face de son neveu et lui posa une main sur l'épaule.

— Tu te sens assez fort pour me raconter ce qui s'est passé, mon garçon ?

— Euh... oui, je crois, répondit prudemment Petit Ian.

— Bon, alors explique-moi ce que tu faisais à l'imprimerie et comment le feu s'est déclenché.

Petit Ian réfléchit une bonne minute, puis avala une autre gorgée de porto pour se donner du courage.

— C'est moi qui l'ai mis, annonça-t-il enfin.

Jamie et Ian bondirent en même temps. Je devinai que Jamie révisait son jugement quant à l'idée de ne pas frapper un homme sans sourcils, mais il parvint à maîtriser sa colère.

— Pourquoi ? se contenta-t-il de demander.

— Eh bien... commença l'adolescent. C'est à cause de cet homme...

Il s'arrêta net comme s'il était soudain devenu sourd et muet, mettant les nerfs de ses interlocuteurs à rude épreuve.

— Quel homme ? s'impatienta Jamie.

Petit Ian s'accrocha désespérément à son verre, l'air de plus en plus malheureux.

— Réponds à ton oncle ou je te botte le cul ! s'énerva Ian.

A force de menaces et de cajoleries, ils parvinrent tant bien que mal à lui sortir les vers du nez.

Ce matin-là, Petit Ian s'était rendu dans une taverne de Kerse où on lui avait demandé de retrouver Wally et de l'aider à charger les fûts d'eau-de-vie gâtée et le mauvais vin destinés aux douaniers.

— « On » ? s'étonna Ian. Qui, « on » ?

— Moi, rétorqua Jamie.

Il agita une main vers son beau-frère, l'incitant à se taire, et expliqua brièvement :

— Oui, je savais que ton fils était à Edimbourg. Nous en reparlerons plus tard. Pour l'instant, s'il te plaît, laisse-le parler.

Ian fusilla Jamie du regard, ouvrit la bouche pour lui exprimer le fond de sa pensée, puis se ravisa et enjoignit à son fils de poursuivre.

— C'est que j'avais faim... reprit celui-ci.

— Tu as toujours faim ! déclarèrent son père et son oncle à l'unisson.

Ils échangèrent un regard surpris, puis se mirent à rire malgré eux, la tension entre eux s'apaisant légèrement.

C'était à la taverne que Petit Ian avait aperçu l'« homme », un marin au visage de fouine, avec un œil borgne et une queue de cheval, en grande discussion avec le patron.

— Il te cherchait, oncle Jamie, dit Petit Ian que son troisième verre de porto commençait à rendre plus loquace. Il t'appelait par ton vrai nom.

Jamie tressaillit.

— Tu veux dire Jamie Fraser ?

Petit Ian hocha la tête.

— Oui, mais il connaissait aussi ton autre nom, Jamie Roy.

— Jamie Roy ? répéta Ian en jetant un regard surpris à son beau-frère.

Celui-ci haussa les épaules d'un air impatient.

— Oui, c'est ainsi qu'on m'appelle sur les docks, expliqua-t-il. Bon sang, Ian ! ne fais pas cette tête, tu sais bien comment je gagne ma vie !

— Certes, mais je ne savais pas que tu te servais de mon fils pour le faire !

Le marin avait demandé au tavernier comment un vieux loup de mer, traversant une mauvaise passe et en quête d'un emploi, pouvait contacter un certain Jamie Fraser, dont on disait qu'il engageait souvent des hommes de main. Comme le tavernier feignait de ne rien savoir, l'homme s'était penché vers lui, avait poussé une pièce sur le comptoir et lui avait demandé à voix basse si le nom de Jamie Roy lui était plus familier.

Le tavernier n'avait pas cédé et le marin avait quitté la taverne, Petit Ian sur ses talons.

— J'ai pensé qu'il serait bon de savoir qui il était et ce qu'il voulait, expliqua-t-il.

— Tu aurais pu au moins laisser un mot pour Wally au tavernier, grommela Jamie. Que s'est-il passé ensuite ?

Le marin s'était engagé d'un pas leste sur la route d'Edimbourg, parcourant en moins d'une heure les huit kilomètres qui le séparaient de la ville. Puis il s'était rendu tout droit à la taverne du *Hibou vert*.

Je tressaillis en entendant ce nom mais ne dis rien de peur d'interrompre le récit.

— Elle était bondée, rapporta l'adolescent. Il s'était passé quelque chose dans la matinée et tout le monde en parlait, mais ils se sont tus en me voyant entrer. Le marin a commandé un verre de whisky et a demandé au patron s'il connaissait un fournisseur d'alcool du nom de Jamie Roy ou Jamie Fraser. Sans résultat.

L'homme était ensuite allé de taverne en taverne, toujours suivi par son ombre fidèle et, dans chaque établissement, avait renouvelé sa commande et ses questions.

— Il devait être soûl après tout ce whisky, observa Ian.

Le petit Ian secoua la tête.

— Il ne le buvait pas, il se contentait de le humer.

— Tu veux dire que, pas une fois, il ne l'a goûté ? demanda Jamie, surpris.

— Si, au *Chien de fusil* puis au *Sanglier bleu*, mais il a juste trempé ses lèvres et il a reposé son verre. Dans les cinq autres endroits où je l'ai suivi, il n'y a pas même pas touché...

Jamie semblait absorbé dans ses pensées, le front soucieux.

— Et ensuite ? demanda Ian.

L'adolescent retrouva son air penaud, baissant les yeux vers son quatrième verre.

— Eh bien... c'est que... la route a été longue entre Kerse et Edimbourg... et j'avais très soif.

Ian et Jamie échangèrent un regard entendu.

— Tu as trop bu, soupira Jamie, résigné.

— Je pouvais pas deviner qu'il allait faire toutes les tavernes, non ? se défendit Petit Ian, les oreilles cramoisies.

— Non, bien sûr que non, mon garçon, dit Jamie en étouffant les grognements de Ian. Jusqu'où as-tu tenu ?

Sur le coup de midi, à mi-chemin du Royal Mile, anéanti par les effets cumulés d'un réveil aux aurores, d'une marche de huit kilomètres et de deux litres de bière, l'adolescent s'était endormi dans un coin, ne se réveillant qu'une heure plus tard pour réaliser que sa proie s'était évanouie depuis longtemps.

— Je suis venu ici pour prévenir oncle Jamie, expliqua-t-il. Mais il était déjà parti.

Il me lança un bref regard et ses oreilles rougirent encore.

— Qu'est-ce qui t'a fait penser qu'il serait ici ? demanda Ian, suspicieux.

Il n'attendit pas la réponse. Il pivota sur ses talons et se tourna vers son beau-frère, laissant enfin parler la colère qu'il réprimait depuis le matin :

— Tu n'es qu'un traître, Jamie Fraser. Comment oses-tu entraîner mon fils dans des maisons pareilles ?

— Tu peux parler, papa ! fit Petit Ian derrière lui.

Il bondit sur ses pieds, oscillant légèrement, et posa les mains sur ses hanches, toisant son père.

— Moi ? glapit Ian, interloqué. Qu'est-ce que tu veux dire par là, morveux !

— Je veux dire que tu n'es qu'un hypocrite ! cracha l'adolescent. Quand je pense que tu nous bassines à longueur de journée, Michael et moi, avec tes histoires d'union sacrée et de fidélité conjugale, alors qu'à la moindre occasion, tu files ici pour forniquer avec des putains !

— Quoi ?

Ian avait viré au violet. Il était planté au milieu de la pièce, le souffle coupé, sans comprendre ce qui lui arrivait. Je lançai un regard alarmé vers Jamie, mais celui-ci semblait trouver la situation plutôt comique.

— Tu n'es qu'un... qu'un... faux-cul ! jeta le petit Ian.

Il parut assez fier de lui et marqua une pause triomphale,

cherchant une autre insulte aussi expressive. Il ouvrit la bouche, mais il n'en sortit qu'un rot gras.

— Je crois qu'il est complètement soûl ! chuchotai-je à Jamie.

— Oui, répondit-il. J'aurais dû m'en rendre compte plus tôt, mais il a le teint tellement rouge que je ne me suis aperçu de rien.

Ian père, lui, n'avait pas bu, quoiqu'il fût aussi rouge que son fils. Retrouvant enfin son souffle, il vociféra, les yeux exorbités et les muscles du cou bandés :

— Qu'est-ce que tu racontes, espèce de malotru ?

Il avança d'un air menaçant vers son fils qui recula d'un pas, se heurta contre le bord du sofa et tomba à la renverse dans les coussins en velours.

— Elle ! lança-t-il en me désignant du doigt. Tu trompes maman avec cette... prostituée !

La gifle de Ian le renversa de tout son long sur le canapé.

— Comment oses-tu parler de ta tante Claire de cette manière ! s'écria Ian, outré. Sans parler de ta pauvre mère et de moi !

— Ma tante ? répéta le petit Ian d'une voix faible.

— Tu es parti ce matin avant que j'aie eu le temps de me présenter, intervins-je.

— Mais... mais vous êtes morte, dit-il sottement.

— Pas encore, assurai-je.

Il me dévisagea longuement avec des yeux ronds, puis une lueur fascinée les traversa.

— Il y a des vieilles à Lallybroch qui disent que vous êtes une magicienne, une dame blanche, peut-être même une fée. Quand oncle Jamie est rentré de Culloden sans vous, elles ont dit que vous étiez probablement retournée vivre parmi les lutins et les gnomes. C'est vrai ? Vous vivez sur une colline enchantée ?

Je regardai Jamie d'un air interdit et il leva les yeux au ciel.

— Non, répondis-je, je... euh... je...

— Après Culloden, ta tante a fui en France, déclara soudain Ian d'un ton ferme. Elle croyait que ton oncle avait été tué durant la bataille ; aussi, elle est retournée vivre dans sa famille. Comme elle avait fait partie des proches du prince *Tearlach* [1], elle ne pouvait revenir en Ecosse sans risquer d'être emprisonnée ou même exécutée. Mais lorsqu'elle a appris que ton oncle était encore en vie, elle a embarqué sur le premier navire pour venir le retrouver.

Petit Ian en resta bouchée, tout comme moi-même.

— Euh, voilà, confirmai-je. C'est exactement comme ça que ça s'est passé.

1. Charles-Edouard Stuart *(N.d.T.)*.

Le garçon nous regardait tour à tour, Jamie et moi, avec émotion.

— Alors comme ça, vous vous êtes enfin retrouvés ? dit-il dans un souffle. Comme c'est beau !

La tension retomba. Ian hésita, puis ses épaules s'affaissèrent.

— Moui... grommela-t-il. C'est vrai que c'est une jolie histoire.

— Je ne m'attendais pas à devoir lui faire ça avant deux ou trois ans, observa Jamie.

Il soutenait la tête de son neveu, l'aidant à vomir dans la bassine que je lui tendais.

— Qu'est-ce que tu veux ? soupira Ian. Il a toujours été en avance sur son âge. Il a appris à marcher avant de savoir tenir debout et il était toujours en train de tomber dans la cheminée, la bassine d'eau, la mare aux canards...

Il tapota affectueusement le dos de son fils.

— Vas-y, mon garçon, l'encouragea-t-il. Soulage-toi.

Je profitai de cette accalmie pour descendre aux cuisines et chercher de quoi nous restaurer pendant que les hommes s'occupaient du garçon. Je hâtai le pas, espérant que Jamie laisserait le malheureux souffler un peu avant de reprendre son interrogatoire, mais également de peur de rater une partie de son récit.

Lorsque je revins les bras chargés quelques minutes plus tard, je devinai tout de suite que j'avais en effet loupé un épisode majeur. Petit Ian faisait nerveusement les cent pas dans la pièce, me lançant des coups d'œil furtifs. Jamie était impassible comme à son habitude, mais Ian paraissait aussi mal à l'aise que son fils. Il se précipita pour me prendre mon plateau, me murmura un vague remerciement mais évita de croiser mon regard.

Je lançai un coup d'œil interrogateur vers Jamie, qui me sourit en haussant les épaules.

— Tiens, voilà du pain et du lait pour toi, dis-je à Petit Ian en lui tendant une assiette et un bol... Du thé chaud pour toi, dis-je à Ian en lui présentant la théière... Et du whisky pour toi, achevai-je en donnant la bouteille à Jamie. J'ai aussi apporté du thé froid pour vos brûlures.

— Du thé froid ? se plaignit Jamie. La cuisinière n'avait plus de beurre ?

— On ne met pas de beurre sur des brûlures, l'informai-je. On y met du jus d'aloès ou de plantain mais il n'y en avait pas. Du thé froid fera l'affaire.

Je posai un cataplasme sur les mains et les avant-bras brûlés du petit Ian, puis lui tamponnai la figure avec des serviettes imbibées de thé tandis que Ian et Jamie buvaient leurs breuvages respectifs chacun de leur côté. Après quoi, tout le monde se rassit pour écouter le reste de l'histoire.

— Après être sorti d'ici, reprit l'adolescent, j'ai marché un peu dans la ville, me demandant ce que je devais faire. Puis je me suis dit que si le marin faisait toutes les tavernes du Royal Mile en commençant par le haut, je pourrais peut-être le rattraper en commençant par le bas.

— Bravo ! approuva Jamie. Et tu l'as retrouvé ?

Le garçon acquiesça.

Il l'avait retrouvé presque au pied de la grande rue, à deux pas du palais de Holyrood, dans la salle d'une brasserie. Apparemment, le marin faisait une pause car, cette fois, il était attablé devant une pinte de bière entamée. Le garçon l'avait épié par la fenêtre depuis la cour, caché derrière un tonneau, jusqu'à ce que l'homme paye sa consommation et se lève.

— Il n'est plus entré dans d'autres tavernes, mais il est allé tout droit à Carfax Close, à l'imprimerie. Là, naturellement, il a trouvé la porte fermée. Il a regardé à travers les vitres et j'ai cru qu'il allait en casser une pour entrer. Mais comme il y avait trop de monde dans la rue, il a attendu un moment puis rebroussé chemin. J'ai eu juste le temps de me réfugier dans l'échoppe du tailleur pour ne pas me faire voir.

L'homme s'arrêta à l'entrée de la ruelle, hésita puis bifurqua sur la droite avant de s'engouffrer dans une petite contre-allée parallèle à Carfax Close.

— J'ai tout de suite compris qu'il avait l'intention de s'introduire dans la petite cour derrière l'imprimerie et de passer par la porte de service. Alors, j'ai pensé aux pamphlets.

— Quels pamphlets ? demanda aussitôt Ian.

— Les nouveaux pamphlets de M. Gage, répondit son fils.

Ian se tourna vers Jamie sans comprendre.

— Des pamphlets politiques, expliqua celui-ci. Une diatribe contre la nouvelle taxe postale, avec une exhortation à la désobéissance civile en ayant recours à la violence si nécessaire. Gage devait passer les prendre demain matin.

Ian était livide.

— Nom de Dieu ! jura-t-il, horrifié. Jamie, tu as perdu la tête ? Il n'y a plus un centimètre carré de ton dos qui ne soit zébré de cicatrices ! L'encre de ton pardon royal n'est pas encore sèche ! Et tu t'en vas fricoter avec Tom Gage et sa bande d'excités, en entraînant mon fils par-dessus le marché !

Son ton montait progressivement. Il se leva de son siège, les poings serrés.

— Tu as donc le diable dans la peau, Jamie ! Tu trouves qu'on n'a pas encore assez souffert de tes folies, Jenny et moi ? Après la rébellion, la guerre, la famine, la prison... tu n'as pas encore ton content de sang et de violence ?

— Si, rétorqua sèchement Jamie. Je ne fais pas partie du groupe de Gage. Mais je te rappelle que je suis imprimeur. Il a payé pour ses pamphlets.

Ian haussa les épaules d'un air exaspéré.

— Ça te fera une belle jambe quand ils t'auront arrêté et qu'ils t'emmèneront à Londres pour te pendre ! Si jamais les agents de la Couronne trouvent ces tracts dans ta boutique...

Il s'interrompit brusquement et se tourna vers son fils.

— Je comprends... tu savais où étaient ces pamphlets et tu as voulu les brûler, c'est ça ?

Petit Ian hocha la tête.

— Je n'avais pas le temps de les déplacer, dit-il, l'air penaud. Il y en avait cinq mille. Le marin avait déjà brisé la fenêtre à l'arrière de l'atelier et tentait de pousser le verrou.

Ian fit de nouveau volte-face, et fixa Jamie en vociférant :

— Tu n'es qu'un fou, Jamie, un fou dangereux. D'abord les jacobites, et maintenant les agitateurs...

Jamie bondit, à présent aussi rouge que son beau-frère.

— Parce que le soulèvement de Charles-Edouard Stuart, c'était ma faute peut-être ! Tu oublies que j'ai tout fait pour l'arrêter, pauvre idiot ! J'ai tout sacrifié pour essayer de nous sauver : mes terres, ma liberté, ma femme ! Pour te sauver, toi aussi ! A présent, tu me le reproches ! Après tout, de quoi te plains-tu ? Aujourd'hui, Lallybroch appartient à Petit Jamie, non ? A *ton* fils, Ian, pas au mien.

— Je ne t'avais rien demandé.

— Non, et je ne te reproche rien, bon sang ! Mais les faits sont là. Mon père m'a légué Lallybroch et je m'en suis occupé de mon mieux. J'ai veillé sur la terre et les métayers, avec ton aide. Je n'aurais rien pu faire sans toi et Jenny, et je ne regrette pas un instant d'avoir laissé le domaine à mon neveu. Mais cela n'empêche...

Il s'interrompit, le souffle court, les muscles de ses épaules contractés sous la chemise en lin. Je n'osais ni bouger ni parler mais je croisai le regard terrifié de Petit Ian et posai une main sur son épaule, autant pour le réconforter que pour me rassurer moi-même.

Faisant un effort évident pour se calmer, Jamie reprit sur un ton plus modéré :

— Ian, je te jure que je n'ai pas mis la vie de ton fils en danger. Il n'a jamais été mêlé directement à mes affaires. Je ne l'ai pas laissé aller sur la grève avec Fergus récupérer la marchandise, malgré ses supplications.

Il lança un regard vers Petit Ian et son expression se teinta d'un mélange d'affection et d'irritation.

— Je ne lui ai pas demandé de venir me rejoindre à Edimbourg et je lui ai tout de suite dit qu'il devait rentrer chez lui.

— Peut-être, mais tu n'as rien fait pour le forcer à rentrer, rétorqua Ian. Tu n'as même pas envoyé un message pour nous prévenir qu'il était avec toi. Tu te rends compte que Jenny n'a pas fermé l'œil depuis sa fugue ! Elle est morte d'inquiétude !

— C'est vrai, admit Jamie en baissant les yeux. C'est parce que... je comptais le raccompagner moi-même.

— Il est assez grand pour voyager seul, grogna Ian. Il est bien venu jusqu'ici par ses propres moyens, non ?

— Ce n'est pas ça, dit Jamie.

Il hésita, saisit une tasse vide et la roula entre ses paumes, embarrassé.

— Je voulais le raccompagner afin de vous demander, à toi et à Jenny, si vous accepteriez qu'il vienne vivre avec moi quelque temps.

Ian laissa échapper un petit ricanement caustique.

— Je rêve ! lâcha-t-il. Tu voulais nous demander si nous acceptions de le voir pendu ou déporté avec toi, c'est ça ?

Jamie s'échauffa à nouveau.

— Tu sais très bien que je ne laisserai rien lui arriver, Ian ! Bon sang, j'aime ce garçon comme s'il était mon propre fils, tu le sais très bien !

— Peut-être, siffla Ian entre ses dents, mais ce n'est pas ton fils, c'est le mien.

Jamie resta silencieux de longues minutes puis reposa la tasse sur la console avec un soupir.

— C'est vrai, dit-il doucement. Tu as raison.

Un lourd silence s'abattit sur la pièce, les deux hommes boudant dans leur coin. Puis Ian s'essuya le front du revers de la main et se tourna vers son fils.

— Allez, viens ! lui dit-il. J'ai pris une chambre au *Halliday*.

Petit Ian, les yeux rivés sur le plancher, ne bougea pas d'une semelle.

— Non, papa, répondit-il d'une petite voix. Je ne pars pas avec toi.

Ian blêmit, fixant avec incrédulité son fils qui se balançait doucement sur le sofa, tête baissée.

— Ah non ?

Le garçon déglutit.

— Je... je partirai avec toi demain, papa. On rentrera ensemble à la maison, si tu veux. Mais pas maintenant.

Ian resta un long moment sans rien dire, le regard vide et les épaules affaissées. Puis il dit simplement :

— Bon...

Sans un mot de plus, il tourna les talons et sortit de la pièce, refermant très doucement la porte derrière lui. J'entendis le claquement sourd de sa jambe de bois sur les marches de l'escalier puis, au loin, la voix de Bruno lui souhaitant le bonsoir. Puis le silence.

Recroquevillé sur le sofa, Petit Ian tremblait de la tête aux pieds, pleurant sans faire de bruit.

Jamie vint s'asseoir près de lui et lui caressa le crâne.

— Ça va aller, mon garçon, dit-il doucement. Mais tu n'aurais pas dû lui faire ça.

— Je n'ai pas voulu lui faire de peine, je te le jure, gémit l'adolescent.

— Je sais bien, mais ce n'est pas une chose à dire à son père...

— Je n'avais pas le choix, oncle Jamie, sanglota le garçon. Je ne pouvais pas lui dire, je ne pouvais le raconter qu'à toi.

Jamie m'adressa un regard surpris, puis souleva le menton de son neveu pour le regarder dans les yeux.

— De quoi tu parles ? demanda-t-il.

— L'homme, le marin à la queue de cheval...

— Oui, et alors ?

— Je... je crois que je l'ai tué.

— Comment ça ?

— Eh bien... j'ai menti tout à l'heure. Lorsque je suis entré dans l'imprimerie, il était déjà à l'intérieur.

Le marin était dans la petite pièce au fond de la boutique, où étaient entreposées les piles de pamphlets fraîchement imprimés, aux côtés des stocks d'encre, des tampons utilisés pour sécher la presse et de la petite forge où les caractères usés étaient fondus et remoulés.

— Il était en train de voler des pamphlets et de s'en fourrer plein les poches, hoqueta Petit Ian. Quand je l'ai vu, je lui ai crié de les remettre à leur place. Il s'est retourné vers moi, il a pointé un pistolet et il a tiré.

Constatant qu'il avait raté son coup, l'homme s'était précipité vers l'adolescent, brandissant son arme comme une matraque.

— Je n'ai pas eu le temps de m'enfuir ni de réfléchir, renifla l'adolescent. J'ai tendu la main derrière moi et j'ai attrapé la première chose qui est tombée sous mes doigts.

En l'occurrence, c'était la longue louche en cuivre qui servait à verser le plomb fondu dans les moules. La forge était encore allumée, le feu couvant en veilleuse et, bien qu'il n'y eût plus qu'une petite flaque de métal en fusion dans le creuset, des gouttes brûlantes avaient volé au visage du marin.

— Il s'est mis à gueuler comme un cochon qu'on égorge ! se souvint Petit Ian en frissonnant.

Tenant son visage entre ses mains, le marin s'était effondré sur le sol, renversant au passage la petite forge et éparpillant des charbons ardents dans toute la pièce.

— C'est comme ça que le feu s'est déclenché. J'ai voulu l'étouffer mais une pile de papier vierge s'est embrasée. Il y a eu comme un « wouf ! » et c'était comme si toute la pièce avait pris feu en même temps.

— Les fûts d'encre, sans doute, devina Jamie. La poudre est dissoute dans de l'alcool.

De hautes rames de papier en flammes se renversèrent entre Petit Ian et la porte de service, formant un mur de feu qui dégageait une fumée noire et menaçait de l'engloutir à tout instant. Le marin, aveuglé et hurlant comme un possédé, se tordait de douleur sur le plancher entre l'adolescent et l'autre porte qui donnait sur la rue.

— Je n'ai pas osé l'enjamber, expliqua le garçon de nouveau au bord des larmes.

Pris de panique, il avait opté pour l'escalier et s'était réfugié au premier étage, pour se retrouver cerné par les flammes qui envahissaient déjà la remise à l'arrière du bâtiment et gagnaient du terrain dans les escaliers, emplissant tout l'étage d'une fumée aveuglante.

— Tu n'as pas pensé à la trappe sur le toit ? demanda Jamie.

Petit Ian fit non de la tête.

— J'ignorais qu'il y en avait une.

— C'est vrai, d'ailleurs, intervins-je. A quoi sert cette trappe ?

Jamie esquissa un sourire.

— *« Seul le renard sot n'a qu'une sortie à son terrier »*, expliqua-t-il. C'est moi qui l'ai fait installer en cas d'urgence, mais je t'avoue que je n'avais pas pensé à un incendie.

Se retournant vers Petit Ian, il demanda :

— Tu crois que cet homme a pu s'en sortir vivant ?

— Je ne vois pas comment, répondit le garçon. Mais s'il est mort, c'est moi qui l'ai tué. Je ne pouvais pas dire à papa que j'étais un ass... un ass...

Il se remit à pleurer.

— Mais non, tu n'es pas un assassin, dit fermement Jamie. Cesse de pleurer, tu n'as rien fait de mal. Tu m'entends ?

Le garçon hocha la tête, sanglotant de plus belle. Je passai un bras autour de son épaule et l'attirai vers moi, lui caressant les cheveux en lui murmurant de ces petits mots qu'on dit pour calmer les enfants. Entre deux sanglots, il balbutiait dans mon décolleté des phrases inintelligibles dont je ne saisissais que des bribes : « ... péché mortel... rôtir en enfer... pas le dire à papa... plus jamais rentrer à la maison ».

Jamie me lança un regard interrogateur mais je haussai les épaules d'un air impuissant, lissant en arrière l'épaisse mèche noire qui retombait sur le front du garçon. Enfin, Jamie lui glissa une main sous la nuque et le força à le regarder.

— Ecoute-moi, mon garçon, dit-il. D'une part, ce n'est pas une faute que de tuer un homme qui veut ta peau. L'Eglise ne t'interdit pas de te défendre ni de défendre ta famille et ta patrie. Distoi bien que tu n'as pas commis de péché mortel et que tu n'es pas damné pour l'éternité.

— Ah non ? dit le petit Ian en reniflant.

Il se moucha sur sa manche.

— Non, confirma Jamie. Demain, nous irons voir le père Hayes et tu te confesseras. Tu verras qu'il te donnera l'absolution et te dira la même chose que moi.

— Oh, fit le garçon, soulagé.

Ses épaules se redressèrent légèrement, comme débarrassées d'une lourde charge.

— D'autre part, poursuivit Jamie, tu n'as pas à avoir peur de le dire à ton père.

Si Petit Ian avait accepté facilement l'argument de Jamie sur le salut de son âme, il semblait nettement plus dubitatif quant à sa seconde affirmation.

— Je ne te dis pas qu'il sera ravi, précisa Jamie. A vrai dire, il va probablement en faire une jaunisse, mais il comprendra. Il ne te rejettera pas et ne te reniera pas, si c'est ce qui te fait peur.

L'espoir et le doute se livraient bataille dans le regard de l'adolescent.

— Tu... tu crois vraiment qu'il va comprendre ? demanda-t-il. Je pensais qu'il... est-ce que papa a jamais tué un homme ?

Jamie sursauta, pris de court.

— Eh bien... hésita-t-il. Sans doute. Après tout, il a fait la guerre, mais, à dire vrai, je n'en sais rien. Ce n'est pas le genre de choses dont les hommes aiment parler entre eux. Sauf les soldats quand ils ont trop bu.

Petit Ian acquiesça, l'air plus ou moins convaincu.

— C'est pour ça que tu voulais me parler plutôt qu'à ton père ? demanda Jamie. Parce que tu sais que j'ai déjà tué ?

— Oui, répondit le garçon, j'ai pensé que... tu saurais quoi faire.

— Ah.

Jamie parut décontenancé un moment puis se redressa, acceptant avec résignation le fardeau que son neveu venait de déposer à ses pieds.

— Eh bien... commença-t-il. Si j'étais toi, je me demanderais d'abord si j'avais le choix. Tu ne l'avais pas, alors tranquillise-toi. Ensuite, j'irais me confesser ou, si cela m'était impossible, je réciterais un acte de contrition... cela suffit quand il ne s'agit pas d'un péché mortel. Non pas que tu aies fauté, se hâta-t-il de préciser, mais la contrition revient à dire que tu regrettes profondément le geste que la fatalité t'a contraint à commettre. Ce sont des choses qui arrivent. Puis je réciterais une prière pour l'âme du mort afin qu'il repose en paix et ne revienne pas me hanter. Tu connais la prière pour le repos de l'âme ? C'est celle que j'utilise toujours sur le champ de bataille : *Accueille cette âme auprès de toi, ô Seigneur, toi qui règnes sur le royaume des cieux. Amen.*

— *Accueille cette âme auprès de toi, ô Seigneur, toi qui règnes sur le royaume des cieux. Amen,* répéta docilement Petit Ian.

Puis il hocha la tête d'un air satisfait et se tourna à nouveau vers son oncle.

— Très bien, et après ?

Jamie tendit la main et caressa tendrement la joue de son neveu.

— Après, mon garçon, tu apprends à vivre avec, c'est tout.

28

Le gardien des vertus

— Tu crois qu'il y a un rapport entre l'homme que Petit Ian a suivi et la mise en garde de sir Percival ?

Je soulevai un des couvre-plats sur le plateau du dîner qu'on venait d'apporter et humai un délicieux fumet de pigeon parfumé aux truffes.

— Cela ne m'étonnerait pas, répondit Jamie en mordant à pleines dents dans un petit pain. Il y a plusieurs gangs de contrebandiers qui ont de bonnes raisons de vouloir me nuire. A la façon dont cet homme se comportait, je dirais qu'il s'agissait probablement d'un dégustateur de vin, quelqu'un qui peut déceler, rien qu'à l'odeur, l'origine d'un vin et son millésime. Ce genre de compétences est très recherché.

Il cessa de mâcher et ajouta d'un air songeur :

— Celui ou ceux qui me voulaient du mal n'ont pas lésiné sur les moyens pour lancer un tel limier à mes trousses.

Je me versai un verre de vin et l'agitai sous mon nez.

— Tu veux dire qu'il aurait pu te suivre à la trace grâce à l'eau-de-vie ?

— Plus ou moins. Tu te souviens de mon cousin Jared ?

— Bien sûr, comment pourrais-je l'oublier ? Il est toujours en vie ?

Après la désastreuse défaite de Culloden et les massacres qui avaient suivi, il était réconfortant d'apprendre que Jared, riche marchand de vin émigré à Paris, avait survécu.

— Ils devront l'enfermer dans un de ses tonneaux et le jeter à la Seine pour se débarrasser de lui, fit Jamie en riant. Non seulement il est en vie, mais il pète le feu ! Où crois-tu que je me procure l'eau-de-vie française que j'importe en Ecosse ?

Je n'eus pas le temps de répondre car de longs doigts maigres s'avancèrent vers le plat rempli de petits feuilletés croustillants. Jamie les chassa d'une chiquenaude.

— Pas pour toi, mon garçon ! Tu ne dois pas manger de mets aussi riches tant que tu es encore barbouillé. Je vais te faire monter du pain et du lait.

— Mais, mon oncle, j'ai très faim ! gémit Petit Ian.

Purgé par sa confession, l'adolescent avait retrouvé tous ses esprits, ainsi que son appétit.

Jamie lui adressa un regard résigné.

— Tu me jures que tu ne vas plus me vomir dessus ?

— Je te le jure, oncle Jamie.

Avec un soupir, Jamie poussa le plat vers lui et reprit ses explications.

— Jared m'envoie une eau-de-vie de second ordre qu'il produit lui-même en Moselle, gardant les meilleures bouteilles pour ses clients parisiens, plus exigeants.

— Mais les bouteilles que tu revends en Ecosse sont identifiables ? demandai-je.

— Seulement pour un spécialiste, un « nez », comme on dit. Or le marin n'a goûté l'eau-de-vie que dans deux endroits, le *Chien de fusil* et le *Sanglier bleu*, qui sont deux tavernes de High Street qui s'approvisionnent exclusivement chez moi. Je vends également aux autres tavernes mais je ne suis pas leur seul fournisseur. Cela dit, le fait qu'il ait demandé après Jamie Roy dans les tavernes ne me préoccupe pas outre mesure. Ce qui est inquiétant, c'est qu'il ait pu retrouver ma trace jusqu'à l'imprimerie. Ceux avec qui je négocie sur les docks de Burntisland ne me connaissent que sous le nom de Jamie Roy. J'ai toujours pris soin qu'aucun d'entre eux n'entende parler de M. Alec Malcolm, l'imprimeur.

— Pourtant, sir Percival sait que tu fais de la contrebande et il t'a appelé Malcolm, objectai-je.

— La moitié des hommes qui traînent dans les ports de la région d'Edimbourg sont des contrebandiers, *Sassenach*. Sir Percival sait effectivement que j'en suis un, mais il ignore que je suis Jamie Roy, et encore moins Jamie Fraser. Il croit que je fais entrer clandestinement des rouleaux de soie et de velours provenant de Hollande, parce que c'est avec ça que je le paye.

Il fit une moue sournoise.

— En fait, je les obtiens du tailleur qui habite au coin de la rue, en échange d'eau-de-vie. Sir Percival raffole des étoffes précieuses, et sa femme encore plus. Mais s'il apprend que j'importe de l'alcool, il va sûrement devenir beaucoup plus gourmand.

— Peut-être qu'un des taverniers lui a parlé de toi ? suggérai-je. Ils te connaissent sans doute.

— Oui, mais uniquement comme vendeur. C'est Fergus qui se charge de traiter avec les tavernes et il prend soin de ne jamais venir à l'imprimerie. On se rencontre ici, en cachette. Personne ne s'interrogerait sur les motivations qui poussent un homme à fréquenter un bordel, n'est-ce pas ?

Il me vint soudain une idée.

— Si n'importe qui peut entrer dans cette maison sans qu'on lui pose de questions, peut-être que le marin borgne vous a aperçus ici, toi et Fergus ? insinuai-je. A moins qu'il n'ait eu ta description par une des filles ? Après tout, tu ne passes pas inaperçu.

Si ce n'étaient pas les roux qui manquaient à Edimbourg, tous n'étaient pas aussi grands que Jamie et peu d'entre eux paradaient dans les rues avec l'arrogance inconsciente d'un guerrier désarmé.

— Mmmoui... c'est bien possible, répondit Jamie, méditatif. Je vais demander à Jeanne de se renseigner auprès des filles pour savoir si un marin borgne à queue de cheval est venu ici récemment.

Il s'étira longuement en bâillant, avant d'ajouter :

— Ensuite, *Sassenach*, on pourra peut-être se coucher, qu'en dis-tu ? Somme toute, j'ai eu une journée assez chargée.

Mme Jeanne arriva quelques instants plus tard, accompagnée de Fergus qui lui ouvrit la porte avec la familiarité d'un frère ou d'un cousin. Il n'y avait rien d'étonnant à ce qu'il se sente chez lui dans cette maison. Né dans un bordel parisien, il y avait passé les dix premières années de sa vie, dormant dans un placard sous l'escalier quand il n'était pas en train de gagner son pain quotidien en faisant les poches des passants dans la rue.

— J'ai vendu toute la cargaison d'eau-de-vie à MacAlpine, milord, rapporta-t-il à Jamie. A vrai dire, je l'ai un peu bradée. Je suis désolé, j'ai pensé qu'il valait mieux s'en débarrasser au plus tôt.

— Tu as eu raison, confirma Jamie. Qu'as-tu fait du corps ?

Fergus esquissa un sourire malicieux, ses traits fins et sa lourde mèche brune lui donnant un air de pirate distingué.

— Notre intrus a fini lui aussi dans la cave de MacAlpine, milord, répondit-il... dans un déguisement de circonstance.

— En quoi l'as-tu déguisé ? m'étonnai-je.

— En fût de crème de menthe, milady.

Ses yeux noirs pétillaient de malice. Il était décidément très beau, et le crochet qui lui servait de main ne faisait qu'accentuer son allure romantique.

— Personne n'a dû boire de crème de menthe à Edimbourg depuis au moins un siècle, observa Mme Jeanne avec un soupir nostalgique. Ces Ecossais mal dégrossis ne sont pas habitués aux liqueurs raffinées du monde civilisé. Je n'ai jamais vu un client commander autre chose que du whisky, de la bière ou de l'eau-de-vie.

— Précisément, madame, confirma Fergus.

— Mais quelqu'un finira bien par ouvrir ce fût tôt ou tard, m'inquiétai-je. Ne serait-ce que l'odeur...

— Exact, milady, répondit Fergus qui avait décidément réponse à tout. Heureusement, la crème de menthe a une très forte teneur en alcool. En outre, la cave de MacAlpine n'est qu'un lieu de transit pour le voyage de notre ami vers le repos éternel. Il partira pour les docks dès demain, avant de s'embarquer pour une très longue traversée. Il s'agit uniquement de ne pas encombrer la maison de Mme Jeanne en attendant son départ.

Levant les yeux au ciel, Mme Jeanne adressa une remarque à sainte Agnès que je ne compris pas puis se tourna pour sortir.

— J'interrogerai les filles au sujet de ce marin dès demain quand elles seront plus calmes, promit-elle. En attendant...

— En parlant de détente, intervint Fergus, vous pensez que Mlle Sophie est occupée ce soir ?

La mère maquerelle lui adressa un sourire attendri.

— Depuis qu'elle vous a vu entrer tout à l'heure, mon coquin, elle a sûrement fait son possible pour rester disponible !

Elle aperçut Petit Ian, affalé sur le sofa comme un épouvantail vidé de sa paille.

— Dois-je trouver également une chambre pour le jeune homme ? demanda-t-elle.

Jamie contempla son neveu.

— Vous n'aurez qu'à faire monter un matelas dans ma chambre, ordonna-t-il. Il dormira avec nous.

— Oh non ! s'exclama Petit Ian. Tu as sûrement envie de rester seul avec ta femme, n'est-ce pas, mon oncle ?

— Quoi ? fit Jamie sans comprendre.

L'adolescent hésita, me lançant un bref regard embarrassé.

— C'est que... vous voulez sans doute... euh... toi et elle... euh... Mmphm...

En bon Highlander, il parvint à mettre dans ce dernier grognement une dose considérable d'expressivité.

Jamie se frotta le menton, faisant un gros effort pour ne pas rire.

— C'est très touchant de ta part, mon garçon. Je suis flatté que tu aies une si haute opinion de ma virilité pour penser que je sois encore capable de faire autre chose que dormir après une journée pareille. Mais je crois que je serai capable de résister à mes pulsions charnelles pendant une nuit, malgré le charme de ta tante.

— Bruno m'a dit qu'il n'y avait pas beaucoup de clients ce soir, intervint Fergus. Pourquoi ne pas le mettre...

— Parce qu'il n'a que quatorze ans ! coupa Jamie, scandalisé.

— Presque quinze ! corrigea Petit Ian, se redressant sur le sofa.

— C'est largement suffisant, opina Fergus. Tes frères n'étaient guère plus âgés que toi quand je les ai amenés ici la première fois. Et ils se sont acquittés honorablement de leur tâche.

— Tu as fait quoi ! glapit Jamie.

Il dévisagea son protégé avec incrédulité.

— Il fallait bien que quelqu'un s'en charge ! se défendit Fergus. En temps normal, c'est au père de le faire, mais M. Ian, avec tout le respect que je lui dois, s'est toujours défilé. C'est qu'il faut une certaine expérience en la matière, voyez-vous.

Petit Ian hochait vigoureusement la tête comme un jouet mécanique.

Fergus se tourna vers Mme Jeanne et lui demanda sur le ton d'un gourmet qui consulte la carte d'un grand restaurant :

— Que pensez-vous de Dorcas ? Ou Pénélope, peut-être ?

— Non, non, non, fit-elle d'un air connaisseur. Il faut que ce soit Mary. Je n'en vois pas d'autre.

— La petite blonde ? Ma foi, vous avez tout à fait raison. Elle sera parfaite. Faites-la monter.

Mme Jeanne avait disparu avant que Jamie ait pu se remettre du choc.

— Mais... mais... ce garçon ne peut... croassa-t-il.

— Mais si, je peux ! se récria Petit Ian. Enfin, je crois.

Son visage ne pouvait devenir plus rouge, mais ses oreilles étaient pourpres d'excitation, les événements traumatisants de la journée complètement oubliés.

— Mais... je ne peux pas... te laisser...

Jamie s'interrompit, fixant son neveu d'un air ahuri. Puis il leva les bras au ciel dans un geste de reddition exaspérée.

— Qu'est-ce que je vais dire à ta mère ?

Au même moment, la porte s'ouvrit derrière lui. Une petite jeune fille se tenait sur le seuil, dodue et douce comme une poule faisane dans sa chemise en soie bleue, son visage lunaire rayonnant sous un fin nuage de cheveux blonds. En l'apercevant, Petit Ian se figea sur place, osant à peine respirer.

Puis il sembla revenir à lui. Il se tourna lentement vers Jamie et lui déclara d'une voix haut perchée et sur un ton doucereux :

— Tu n'auras qu'à ne rien lui dire, oncle Jamie.

Il se racla la gorge puis, se tournant vers moi, ajouta d'une voix plus virile :

— Bonne nuit, ma tante.

Sur ce, il nous salua d'un signe de tête formel, et marcha d'un pas résolu vers la porte.

— Je ne sais pas si je dois étrangler Fergus ou le remercier, maugréa Jamie.

Il était assis sur le bord du lit, en train de déboutonner sa chemise. Je laissai tomber ma robe sur le tabouret et vins m'agenouiller devant lui pour défaire la boucle de sa ceinture.

— Il ne pensait pas à mal, le défendis-je.

— Mouais... Ces maudits Français n'ont décidément aucun sens moral, grommela-t-il.

Il tendit les mains derrière sa nuque pour dénouer le ruban qui retenait ses cheveux. Ces derniers retombèrent sur ses épaules, encadrant ses pommettes saillantes et son long nez droit. Il me fit penser à un de ces anges sévères de la Renaissance italienne.

— N'est-ce pas l'archange Michel qui a chassé Adam et Eve du Paradis terrestre ? demandai-je en faisant rouler ses bas le long de ses chevilles.

Il se mit à rire doucement.

— Pourquoi, c'est à lui que je te fais penser ? Moi, le gardien des vertus, et Fergus, le serpent du mal ?

Il glissa les mains sous mes aisselles. Ses avant-bras étaient couverts de cloques et, s'il avait pu nettoyer la plupart des traces de suie, il avait encore une longue traînée noire sous la mâchoire.

— Relève-toi, *Sassenach*, ça me gêne de te voir à genoux devant moi.

— Laisse-toi faire, protestai-je. Tu as eu une rude journée, même si tu n'as tué personne.

Il abandonna toute tentative pour me redresser et posa une joue sur le haut de ma tête en soupirant :

— Je n'ai pas été tout à fait sincère avec ce garçon.

— Ah non ? Pourtant, tu as su trouver les mots qu'il fallait pour l'apaiser. Ce que tu as dit lui a fait du bien.

— J'espère. Les prières l'aideront peut-être. En tout cas, elles ne lui feront pas de mal. Mais je ne lui ai pas tout dit.

— Que voulais-tu lui dire d'autre ?

Je relevai la tête et embrassai ses lèvres. Il sentait la fumée et la transpiration.

— Lorsqu'un homme a une mort sur la conscience, *Sassenach*, le seul remède, c'est une femme. De préférence la sienne mais, à défaut, n'importe laquelle. Elle seule peut l'apaiser.

Mes doigts dénouèrent les lacets de sa braguette.

— C'est pour ça que tu l'as laissé partir avec la petite Mary ? demandai-je.

Il haussa les épaules, puis souleva les fesses du lit pour que je puisse tirer sur ses culottes.

— Je ne pouvais pas l'empêcher, mais c'est sans doute aussi bien ainsi, aussi jeune soit-il. Au moins, il ne sera pas hanté par l'image de ce marin toute la nuit.

— Effectivement, il y a peu de chances ! dis-je en riant. Et toi ?

— Moi ?

Il baissa les yeux vers moi en haussant les sourcils.

— Oui, toi. Tu n’as tué personne, mais tu n’as pas envie de… Mmphm… ?

Un large sourire illumina son visage et toute ressemblance avec l’austère archange Michel se dissipa aussitôt.

— Ma foi, je ne dirais pas non, miaula-t-il. Mais tu promets de ne pas me malmener ?

29

La dernière victime de Culloden

Le lendemain matin, une fois Jamie et Petit Ian partis faire leurs dévotions, je me mis en route à mon tour, m'arrêtant au passage pour acheter un grand panier en osier à un vendeur ambulant. Il était temps que je me constitue quelques réserves médicinales. Après les événements de la veille, tout portait à croire que j'allais en avoir besoin avant longtemps.

La boutique de M. Haugh semblait avoir traversé indemne l'occupation anglaise, le soulèvement jacobite et la chute des Stuart et, dès que je passai la porte, ce fut avec une émotion ravie que je fus enveloppée par un parfum familier de gomme ammoniaque, de menthe poivrée, d'huile d'amande douce et d'anis.

L'homme derrière le comptoir s'appelait bien Haugh, mais ce n'était pas celui avec lequel j'avais traité vingt ans plus tôt, lorsque je hantais sa boutique en quête d'informations militaires, de remèdes et de simples.

Le jeune Haugh ne me connaissait pas, naturellement, mais il se chargea fort courtoisement de chercher les plantes que je lui demandais parmi les nombreux flacons rangés sur les étagères. La plupart étaient communes, comme le romarin, la tanaisie ou le souci, mais d'autres sur ma liste le firent tiquer. Il pinça les lèvres en inspectant ses jarres d'un air dubitatif.

Un autre client faisait nerveusement les cent pas devant le comptoir des toniques et des préparations. Au bout d'un moment, il s'approcha de nous.

— Ça va prendre encore longtemps ?

— Je ne saurais vous dire, révérend, s'excusa l'apothicaire. Louise a dit qu'il fallait amener la solution à ébullition.

L'homme haussa les épaules d'un air excédé et reprit sa marche. Vêtu de noir, il était grand avec des épaules étroites. Il lançait sans arrêt des regards vers l'arrière-boutique où l'invisible Louise s'occupait manifestement de sa commande. Son visage me disait quelque chose, mais je n'arrivais pas à le situer.

Pendant ce temps, M. Haugh examinait ma liste d'un air perplexe.

— « Aconit »... marmonna-t-il. Qu'est-ce que ça peut bien être ?

— C'est un poison, expliquai-je.

M. Haugh sursauta, me lançant un regard effaré.

— Mais c'est aussi un médicament, me hâtai-je de préciser... à condition de l'utiliser avec prudence. En applications externes, c'est bon pour les rhumatismes. On peut aussi l'administrer par voie orale à toutes petites doses pour ralentir les battements du cœur. Cela permet de soigner certaines affections cardiaques.

— Vraiment ! dit M. Haugh en clignant les yeux.

Il se tourna vers les étagères, semblant perdu.

— Euh... vous sauriez me dire quelle odeur ça a ?

Prenant sa question pour une invite, je contournai le comptoir et examinai les jarres. Elles étaient toutes soigneusement étiquetées mais certaines étiquettes étaient très anciennes, leur encre fanée et le papier se décollant par endroits.

— Je ne suis pas encore très au fait de nos stocks, s'excusa M. Haugh. Mon père est décédé il y a un an. Il m'en a appris beaucoup, mais il reste encore bien des simples dont je ne connais pas l'usage.

Derrière nous, le révérend avait sorti un mouchoir. Il cracha dedans, sifflant comme un asthmatique.

— Celle-ci est bonne contre la toux, dis-je en tirant à moi un flacon d'inule. Notamment les toux grasses.

Les étagères immaculées étaient soigneusement époussetées, mais leur contenu n'était pas rangé par ordre alphabétique ou botanique. Le vieux M. Haugh devait avoir un système pour se souvenir où il plaçait ses produits, mais lequel ? Fermant les yeux, je tentai de me remémorer ma dernière visite dans la boutique.

A ma grande surprise, l'image me revint rapidement. J'étais venue chercher de la digitale pour préparer des infusions pour Alex Randall, frère du tristement célèbre Jack Randall, et ancêtre de mon défunt mari. Le pauvre garçon était mort depuis vingt ans, mais pas avant d'avoir pu faire un fils à Mary. Je me demandai ce qu'était devenu cet enfant, ainsi que sa mère qui avait été autrefois mon amie, puis je chassai rapidement ce souvenir inopportun de mon esprit pour me concentrer sur l'image de M. Haugh, se haussant sur la pointe des pieds pour atteindre une étagère haute... du côté droit...

— Là ! indiquai-je.

Ma main se posa sur une jarre indiquant « *Digitales* ». A côté étaient rangées la jarre de « *Prêles* » puis celle de « *Racine de muguet* ». J'hésitai, cherchant dans ma tête les différents usages qu'on faisait de ces plantes. Toutes trois avaient des propriétés cardiotoniques. S'il y avait de l'aconit quelque part, il ne pouvait être que par là.

Il était bien là, dans une jarre portant l'étiquette « *Casque de Jupiter* ».

— Faites attention, recommandai-je à M. Haugh en lui tendant la jarre. Une simple pincée peut vous insensibiliser partiellement. Il vaudrait mieux me le mettre dans un petit flacon en verre.

La plupart des herbes que j'avais déjà choisies étaient enveloppées dans des carrés de gaze ou des cônes en papier. M. Haugh acquiesça et emporta la jarre dans l'arrière-boutique, la tenant à bout de bras comme si elle risquait de lui exploser au visage d'un instant à l'autre.

— Vous semblez en connaître bien plus long sur les médicaments que ce jeune homme, dit une voix grave et enrouée derrière moi.

— C'est que j'ai un peu plus d'expérience que lui, répondis-je en me retournant.

Le révérend était accoudé au comptoir, m'observant de ses yeux bleu pâle sous d'épais sourcils bruns. Je réalisai soudain où je l'avais déjà vu : chez *Moubray*, la veille, en compagnie de sir Percival et de maître Wallace. Il ne sembla pas me reconnaître, sans doute parce que je portais ma lourde cape par-dessus la robe de Daphné. J'avais déjà remarqué que la plupart des hommes ne prêtaient aucune attention au visage des femmes qui arboraient de profonds décolletés, même si on était en droit d'attendre un peu moins de concupiscence de la part d'un membre du clergé.

— Mmphm... fit-il. Vous pourriez peut-être me recommander quelque chose contre les troubles nerveux ? demanda-t-il.

— Quel genre ?

Sa lèvre supérieure était fine et pointue, comme un bec de chouette, alors que l'inférieure était pleine et lippue.

— Eh bien... c'est un cas un peu compliqué. Mais que donneriez-vous pour calmer une... crise ?

— Une crise... d'épilepsie ? Où la personne s'écroule sur le sol, prise de convulsions ?

— Non, pas tout à fait. Où elle hurle et elle fixe le mur devant elle.

— Elle hurle et elle fixe ?

— Pas simultanément, précisa-t-il. D'abord, elle hurle, ensuite elle regarde fixement, ou plutôt l'inverse : pendant plusieurs jours d'affilée, elle ne fait rien d'autre que regarder fixement devant elle, puis, tout à coup, elle se met à pousser des cris à réveiller les morts.

Ce devait être éprouvant pour ses proches. Si le patient en question était sa propre femme, cela expliquait sans doute les profondes rides de stress qui sillonnaient le visage du révérend, ainsi que ses lourds cernes bleutés.

— Je ne sais pas, répondis-je. Il faudrait que je voie le malade.

Le révérend hésita.

— Il s'agit d'une femme. Peut-être accepteriez-vous de passer la voir ? Je n'habite pas loin d'ici.

Demander un tel service à une inconnue lui arrachait manifestement le cœur, mais il était évident qu'il était aux abois.

— Cela m'est impossible maintenant, je dois rejoindre mon mari, expliquai-je. Cet après-midi peut-être...

— A deux heures, proposa-t-il aussitôt. A la pension *Henderson* dans Carruber Close. Je m'appelle Campbell, le révérend Archibald Campbell.

Avant que j'aie pu dire oui ou non, le rideau de l'arrière-boutique s'écarta et M. Haugh apparut en tenant deux flacons, un pour le révérend et l'autre pour moi.

Le révérend examina le sien avec circonspection, puis le glissa dans sa poche.

— J'espère que vous m'avez donné le bon, aboya-t-il en jetant une pièce sur le comptoir, et pas le poison de madame !

Dès qu'il fut sorti de la boutique, le rideau se souleva de nouveau et une femme apparut sur le seuil de l'arrière-boutique.

— Bon débarras ! lança-t-elle. Voilà une heure que je trime sur sa préparation et voilà tout ce qu'il trouve à dire en guise de remerciement ! Dire qu'on appelle ça des hommes de Dieu !

— Vous le connaissez bien ? demandai-je dans l'espoir d'en apprendre un peu plus sur la malade.

— Pas vraiment, répondit-elle. Il fait partie de l'Eglise non conformiste. C'est un de ces prédicateurs illuminés qui haranguent les passants à l'angle de Market Cross en leur annonçant que leurs actes sont sans conséquence et qu'ils ne connaîtront le salut que lorsqu'ils en seront « *venus aux prises avec Jésus* ». Peuh ! Comme si Notre-Seigneur était un vulgaire lutteur de foire !

Elle se signa brièvement, avant d'ajouter :

— Je me demande pourquoi il vient dans notre boutique, vu les horreurs qu'il raconte sur les papistes !

Se rendant soudain compte qu'elle ne savait pas à qui elle avait affaire, elle se reprit hâtivement :

— Mais vous appartenez peut-être vous-même à l'Eglise non conformiste, madame. J'espère que vous ne le prenez pas personnellement.

— Non, non, la rassurai-je. Je suis catholique, je veux dire : papiste. Je me demandais simplement si vous saviez quelque chose sur la femme du révérend et sa maladie.

Louise fit non de la tête.

— Je ne l'ai jamais vue, répondit-elle en se tournant pour servir un nouveau client. Mais quel que soit son mal, ce ne peut pas être pire que d'être mariée à ce croque-mort.

Après le déjeuner, Jamie avait rendez-vous avec un M. Harding, représentant la société d'assurances Main dans la Main, afin d'aller inspecter les vestiges de l'imprimerie et évaluer les dommages.

— Je n'aurai pas besoin de toi, annonça-t-il à Petit Ian. Tu n'as qu'à accompagner ta tante chez la folle.

Le garçon parut soulagé en apprenant qu'il était dispensé de retourner sur les lieux de ses mésaventures.

— Je ne sais pas comment tu t'y prends, ajouta Jamie à mon intention. Tu n'es pas à Edimbourg depuis deux jours et déjà tous les malheureux de la terre accourent pour se réfugier dans tes jupes.

— Tu exagères, rétorquai-je. Il ne s'agit que d'une pauvre femme et je ne l'ai même pas encore vue.

— Au moins, la folie n'est pas contagieuse, soupira-t-il. Enfin... je l'espère.

Il déposa un baiser sur mon front et donna une tape dans le dos de Petit Ian.

— Veille bien sur ta tante, mon garçon.

L'adolescent le regarda partir, indécis.

— Tu préfères aller avec lui, Ian ? demandai-je. Je peux me débrouiller toute seule.

— Oh non, ma tante ! Je ne tiens pas du tout à y aller. C'est juste que... et si... et s'ils découvrent quelque chose dans les cendres ?

— Un cadavre, tu veux dire ?

Naturellement, si Jamie avait demandé à son neveu de rester avec moi, c'était précisément dans l'éventualité où M. Harding et lui découvriraient les restes carbonisés du marin borgne dans les décombres.

Petit Ian hocha la tête, mal à l'aise.

— Je ne sais pas, répondis-je, mais si le feu a été très puissant, il ne restera probablement pas grand-chose. Ne t'inquiète pas. Ton oncle saura ce qu'il faut faire.

— Oui, c'est vrai, dit-il, rassuré.

Son visage s'illumina, animé d'une foi aveugle en la capacité de son oncle à faire face à toutes les situations. Son expression me fit sourire, car je me rendais compte que j'en étais au même point que lui. Qu'il s'agisse d'un Chinois pervers et éméché, de douaniers corrompus, ou d'un M. Harding des assurances Main dans la Main, je ne doutais pas un instant que Jamie serait à la hauteur.

— Allez, viens, lui dis-je en entendant sonner les cloches de Canongate. Il est déjà deux heures.

En dépit de sa longue visite au confessionnal du père Hayes, Petit Ian avait conservé de sa nuit d'ivresse une expression de béatitude rêveuse et nous remontâmes le Royal Mile jusqu'à Carruber Close sans échanger un mot.

La pension *Henderson* était un petit hôtel tranquille mais élégant par rapport aux critères d'Edimbourg. L'escalier était couvert d'un tapis persan et les fenêtres qui donnaient sur la rue arboraient des vitraux. Cela me parut un environnement luxueux pour un prêtre mais, après tout, je ne connaissais pas l'Eglise non conformiste. Peut-être que ses prêtres ne prononçaient pas le vœu de pauvreté comme leurs confrères catholiques.

Un jeune garçon nous conduisit au troisième étage où nous fûmes accueillis par une grosse matrone au front soucieux portant un tablier.

— Vous devez être la dame attendue par le révérend ? demanda-t-elle. M. Campbell s'excuse, car il a dû sortir, mais il me fait dire qu'il vous serait très obligé si vous vouliez bien examiner sa sœur.

Ainsi, la malade n'était pas sa femme.

— Je ferai de mon mieux, promis-je. Puis-je voir Mlle Campbell ?

Abandonnant Ian à ses souvenirs dans le petit salon, je suivis la matrone, qui s'appelait Nellie Cowden, dans une chambre.

Comme son frère me l'avait annoncé, Mlle Campbell fixait effectivement le mur. Ses yeux bleu pâle étaient grands ouverts, mais elle ne semblait rien regarder en particulier, et certainement pas moi.

Elle était assise dans un vaste fauteuil poussé devant le feu. La chambre était sombre et ses traits étaient plongés dans la pénombre. Elle avait un visage rond et doux où l'on ne distinguait aucun relief osseux, des cheveux fins et châtains soigneusement brossés, un petit nez retroussé, un double menton et la bouche bée, la mâchoire pendant mollement au point qu'on ne pouvait distinguer la forme de ses lèvres.

— Mademoiselle Campbell ? appelai-je doucement.

Elle ne bougea pas.

— Elle ne vous répondra pas, m'informa Mlle Cowden. Quand elle est comme ça, c'est comme si elle était morte.

Je soulevai la main potelée et molle de la malade. Son pouls était lent mais puissant.

— Depuis combien de temps est-elle dans cet état ? demandai-je.

— Ça fait deux jours. Généralement, elle reste comme ça pendant une semaine environ. Son record, c'est treize jours.

Bougeant lentement (même si je ne risquais pas de l'effrayer !), j'examinai Mlle Campbell tout en interrogeant la garde-malade. J'appris ainsi que Mlle Margaret Campbell avait trente-sept ans. Elle était la seule parente du révérend Archibald Campbell, qui l'avait prise à sa charge à la mort de leurs parents, vingt ans plus tôt.

— Ces crises sont-elles déclenchées par quelque chose de particulier ? interrogeai-je.

Mlle Cowden fit une moue indécise.

— Difficile à dire. Un instant, elle est en pleine forme, elle rit, elle parle, elle dîne tranquillement, et puis, pfffut !

Elle claqua des doigts sous le nez de la malade.

— Vous voyez ? dit-elle en se tournant vers moi. Il pourrait y avoir six hommes traversant sa chambre en soufflant dans des trompettes, elle ne sourcillerait même pas.

Il était évident que le trouble dont souffrait Mlle Campbell était plus psychique que physique, mais je poursuivis néanmoins mon examen.

Mlle Cowden s'accroupit près de moi tandis que je testais les réflexes plantaires de la malade. Ses pieds, trop longtemps prisonniers des bas et des souliers, étaient moites et sentaient la transpiration. Je glissai un ongle sur la plante de chaque pied, cherchant le signe de Babinski indiquant une éventuelle lésion cérébrale. Ce n'était pas le cas. Ses orteils se recroquevillèrent normalement.

— C'est quand ça s'arrête que c'est le pire, continua Mlle Cowden, fascinée.

— Vous voulez bien approcher une chandelle ? lui demandai-je. Que se passe-t-il quand elle revient à elle ?

— C'est là qu'elle se met à crier, dit la garde-malade en s'exécutant. Elle pousse des cris affreux jusqu'à ce qu'elle n'ait plus de souffle et qu'elle soit épuisée. Après quoi elle s'endort, pour ne se réveiller parfois que douze heures plus tard, comme si de rien n'était.

Je promenai lentement la flamme de droite à gauche, à quelques centimètres du visage de la malade. Ses pupilles se rétractèrent automatiquement en réaction à la lumière, mais ses iris restèrent fixés droit devant eux.

— Comment est-elle à son réveil ?

— Elle est... bien. C'est-à-dire égale à elle-même.

Je levai un regard étonné vers elle et elle esquissa un sourire navré.

— C'est qu'elle a une araignée dans le plafond, la pauvre petite. Voilà vingt ans qu'elle n'est plus tout à fait elle-même.

— Vous n'êtes quand même pas à son service depuis si longtemps !

En dépit de sa bouche édentée et de sa corpulence, Mlle Cowden ne devait pas avoir plus de vingt-cinq ans.

— Oh, non ! répondit-elle. Avant moi, il y avait une autre femme qui s'occupait d'elle, là-bas à Burntisland. Mais elle n'était plus toute jeune et elle n'a pas voulu quitter sa ville natale. Alors quand le révérend a décidé d'accepter l'offre de la Société des missionnaires et de partir aux Antilles, il a passé une annonce pour trouver une femme costaude ayant bon caractère pour veiller sur sa sœur... et me voilà !

Elle me fit un large sourire pour attester de ses qualités.

— Les Antilles ? m'exclamai-je, sidérée.

Une telle traversée était déjà une épreuve effroyable pour une femme en bonne santé, alors pour une malade... Pourtant, en y réfléchissant, Margaret Campbell était peut-être mieux à même de supporter un tel voyage que quiconque, à condition de rester dans son état de transe.

— Il a pensé qu'un changement de climat lui ferait du bien, expliqua Mlle Cowden. Il voudrait l'éloigner de l'Ecosse et de tous ses horribles souvenirs. Si vous voulez mon avis, il aurait dû le faire il y a longtemps déjà.

— Quels horribles souvenirs ?

Je devinai à la lueur dans le regard de Mlle Cowden qu'elle ne demandait pas mieux que de m'éclairer sur ce sujet. J'en avais fini avec mon examen, concluant que, physiquement du moins, il ne manquait à Mlle Campbell qu'un peu d'exercice et une alimentation plus saine. En revanche, il y avait peut-être quelques indices dans son passé qui permettraient de trouver un traitement à son trouble mental.

Mlle Cowden s'approcha d'un guéridon sur lequel étaient posés une carafe et des verres.

— Tout ce que j'en sais, commença-t-elle, c'est ce que m'a raconté Tilly Lawson. C'est elle qui a veillé sur Mlle Campbell pendant toutes ces années. Je vous sers une petite liqueur, madame ?

La malade étant assise sur la seule chaise de la chambre, nous nous installâmes côte à côte sur le bord du lit, sirotant notre eau-de-vie de myrtille tandis que Mlle Cowden me contait les aventures de Margaret Campbell.

Cette dernière était née à Burntisland, à une dizaine de kilomètres d'Edimbourg, de l'autre côté de l'estuaire de la Forth. En 1745, l'année où Charles-Edouard Stuart avait marché sur Edimbourg pour reprendre le trône de son père, elle avait dix-sept ans.

— Son père était royaliste, bien entendu, et son frère s'était enrôlé dans un régiment du gouvernement, en route vers le nord pour écraser les méchants rebelles, expliqua Mlle Cowden entre deux gorgées. Mais pas Mlle Margaret. Non, elle, elle était pour Bonnie Prince Charlie et les Highlanders qui l'avaient suivi.

Plus spécifiquement pour un certain Highlander en particulier, dont Mlle Cowden ignorait le nom. Ç'avait dû être un sacré bonhomme, car Mlle Margaret bravait tous les dangers pour le retrouver en cachette et lui donner les fragments d'informations qu'elle glanait en écoutant son père et ses amis, ou en lisant les lettres de son frère. Puis il y avait eu la bataille de Falkirk, une victoire pour les jacobites mais cher payée, suivie d'une retraite précipitée. Le bruit courut que l'armée du prince fuyait vers le nord et nul ne doutait que cette débandade signerait sa perte. Prise de panique, Mlle Margaret s'était enfuie de chez elle au beau milieu de la nuit pour rejoindre l'homme qu'elle aimait.

A partir d'ici, le récit devenait plus confus. Mlle Cowden ignorait si la jeune fille avait finalement rejoint son amant pour se voir repoussée, ou si elle ne l'avait jamais trouvé et avait été obligée de rebrousser chemin. Quoi qu'il en soit, tandis qu'elle revenait vers Edimbourg le lendemain de la bataille, elle était tombée sur une patrouille de soldats anglais.

— C'est horrible ce qu'ils lui ont fait, la pauvre petite, dit Mlle Cowden en baissant la voix. Affreux !

Les soldats, enivrés par la tuerie de la veille et l'excitation de la chasse, poursuivaient les fugitifs. Ils ne prirent pas la peine de lui demander son nom ni de se renseigner sur les sympathies politiques de sa famille. A son accent, ils devinèrent qu'elle était écossaise et cela leur suffit.

Ils l'avaient laissée pour morte dans un fossé rempli d'eau glacée et elle n'avait dû la vie sauve qu'à la présence fortuite d'une famille de rétameurs, cachée dans les taillis environnants en attendant que la soldatesque ait fini son œuvre et passé son chemin.

— Ce n'est peut-être pas très chrétien de ma part, mais je me dis parfois qu'ils auraient mieux fait de la laisser mourir là, confia Mlle Cowden. Aujourd'hui, la pauvre enfant serait délivrée...

Margaret survécut, mais perdit la mémoire et l'usage de la parole. Elle vécut avec les rétameurs, se déplaçant vers le sud pour fuir le sac des Highlands. Puis un jour, assise dans la cour d'une ferme, une boîte en fer-blanc dans la main pour recueillir les oboles pendant que ses compagnons dansaient et tapaient sur des tambourins, elle avait aperçu son frère, qui rentrait à Edimbourg avec son régiment.

— Elle l'a reconnu et le choc lui a rendu la voix, mais pas la raison, pauvre petite. Il l'a ramenée à la maison, bien sûr, mais elle est restée bloquée à l'âge de dix-sept ans, avant sa rencontre avec son Highlander. Entre-temps, leur père était mort de la grippe et, d'après Tilly Lawson, c'est le choc de la voir dans cet état qui a tué leur mère. Mais ça aurait bien pu être la grippe aussi, vu que cette année-là, elle était partout.

Rongé par l'amertume, Archibald Campbell n'avait jamais pardonné ni aux Highlanders ni à l'armée anglaise le triste sort de Margaret, et avait démissionné peu après. Ses parents morts, il s'était retrouvé relativement riche, et tuteur légal de sa sœur.

— Il ne pouvait pas se marier, expliqua Mlle Cowden, car aucune femme n'aurait voulu de lui en sachant que la folle faisait partie du lot.

Il s'était alors tourné vers Dieu et était devenu prêtre. Incapable d'abandonner sa sœur ou de rester enfermé avec elle dans la maison familiale de Burntisland, il avait acheté un attelage, engagé une garde-malade pour veiller sur Margaret, puis battu la campagne pour prêcher, emmenant le plus souvent sa sœur avec lui. Il s'était rapidement imposé comme un pilier de son Eglise et, cette année, la Société des missionnaires presbytériens lui avait proposé d'entreprendre son plus long voyage à ce jour. Il devait partir pour les Antilles afin de construire des églises et de consacrer des prêtres dans les colonies de la Barbade et de la Jamaïque. Il avait donc vendu la propriété de Burntisland et était parti avec sa sœur pour Edimbourg faire des préparatifs en vue de la longue traversée.

Je lançai un regard vers la silhouette assise devant le feu. L'air chaud de l'âtre agitait doucement le bas de ses jupes mais, à part cela, on aurait dit une statue.

— Je ne peux pas faire grand-chose pour elle, soupirai-je. Mais je vais vous rédiger une ordonnance, je veux dire : une liste de remèdes que vous ferez préparer par l'apothicaire avant votre départ.

S'ils ne pouvaient guère la guérir, ils ne lui feraient pas de mal : un tonique relaxant à base de camomille, de houblon, de rue, de tanaisie et de verveine, avec une pincée de menthe poivrée, et une infusion de cynorhodon, pour corriger le léger déficit nutritionnel.

— Lorsque vous serez aux Antilles, dis-je à Mlle Cowden en lui tendant ma liste, veillez à ce qu'elle mange beaucoup de fruits frais, notamment des oranges, des pamplemousses et des citrons. Vous devriez en faire de même.

Elle me lança un regard soupçonneux. Hormis sa bouillie de flocons d'avoine et, éventuellement, un oignon ou une pomme de terre de temps à autre, elle ne devait jamais manger de légumes.

Le révérend Campbell n'était toujours pas rentré et je ne voyais aucune raison de l'attendre. Prenant congé de Mlle Cowden, j'ouvris la porte de la chambre et retrouvai Petit Ian qui commençait à s'impatienter.

— Oh, vous voilà enfin, ma tante. Je venais justement vous chercher. Il est trois heures et demie passées et oncle Jamie va...

— Jamie ?

La voix s'était élevée derrière nous. Mlle Cowden et moi fîmes volte-face et découvrîmes Margaret Campbell debout, les yeux toujours grands ouverts mais plus vifs. Elle regardait vers la porte et, quand Petit Ian s'approcha sur le seuil, elle commença à hurler.

Encore remués par notre rencontre avec Mlle Campbell, Petit Ian et moi retrouvâmes avec soulagement le refuge du bordel. Bruno nous accueillit avec grâce et nous conduisit dans un petit salon à l'arrière de la maison où Jamie et Fergus étaient plongés dans une conversation animée.

— Certes, on ne peut pas faire confiance à sir Percival, disait Fergus, mais s'il nous a mis en garde, c'est certainement qu'il a eu vent d'une embuscade.

— Mouais... convint Jamie. Autrement, je ne vois vraiment pas l'intérêt qu'il aurait à nous empêcher d'aller à notre rendez-vous. Il doit se préparer quelque chose à Mullen's Cove.

— Qu'est-ce qu'on fait ? On attend le troisième jour et on les retrouve au rocher de Balcarres ?

— Non, trancha Jamie. Ce sera à Arbroath, dans quatre jours. Dans la petite anse sous l'abbaye.

— D'accord, opina Fergus. Je vais faire passer le mot. Dans quatre jours à Arbroath.

Il nous salua d'un rapide signe de tête, enfila son manteau et sortit.

— Tu attends de la marchandise, mon oncle ? demanda Petit Ian, vivement intéressé. Il y a un lougre qui arrive de France ?

Jamie lui jeta un regard noir.

— Oui, mon garçon, mais ne crois pas que tu vas y participer.

— Mais pourquoi ? protesta l'adolescent. Je pourrais t'être utile. Qui va tenir les mules pendant que vous chargez ?

— Tu as la mémoire courte ! rétorqua Jamie. Tu oublies la discussion que nous avons eue avec ton père hier soir ?

Petit Ian sembla légèrement décontenancé et j'en profitai pour intervenir :

— Tu vas à Arbroath réceptionner un chargement d'alcool provenant de France ? Tu ne penses pas que c'est trop dangereux compte tenu de l'avertissement de sir Percival ?

Jamie me regarda d'un air surpris, puis m'expliqua patiemment :

— La mise en garde de sir Percival concernait un rendez-vous prévu dans deux jours à Mullen's Cove. Mais j'ai un arrangement avec Jared et ses capitaines : si on ne peut pas se rendre à un rendez-vous pour une raison ou pour une autre, le navire reste au large et ne revient que le lendemain soir, mais dans un autre lieu. Il y a également un troisième site prévu au cas où nous ne serions toujours pas là le deuxième soir.

— Mais si sir Percival connaît le premier lieu de rendez-vous, il connaît sans doute aussi les deux autres, objectai-je.

Jamie fit non de la tête en se servant un verre de vin. Il arqua un sourcil interrogateur pour me demander si j'en voulais un puis, comme je déclinais son offre, reposa la carafe.

— Impossible, répondit-il enfin. Jared décide chaque fois de trois lieux de rendez-vous. Il m'en informe dans une lettre scellée cachée à l'intérieur d'un paquet adressé ici à Jeanne. Sitôt que je l'ai lue, je la brûle. Les hommes qui doivent charger la marchandise connaissent le premier lieu de rendez-vous, naturellement. L'un d'entre eux a sans doute parlé, d'où l'embuscade. Mais personne, pas même Fergus, ne connaît les deux autres... sauf lorsqu'il y a un problème le premier soir, auquel cas je ne les informe qu'en dernière minute.

— Mais alors, il n'y a aucun danger ! s'empressa de déduire Petit Ian. Je t'en prie, oncle Jamie, laisse-moi venir avec toi. Je te jure que je resterai en retrait.

Jamie lui adressa un regard torve.

— Oui, tu viendras à Arbroath avec nous, promit-il. Mais toi et ta tante, vous nous attendrez à l'auberge qui se trouve sur la route de l'abbaye. Après le chargement, je te raccompagne à Lallybroch.

Se tournant vers moi, il ajouta :

— Il faut bien que j'essaie d'arranger les choses avec ses parents.

Ian avait quitté l'auberge *Halliday* ce matin avant l'arrivée de Jamie et de Petit Ian, ne laissant aucun message. Il était sans doute rentré à Lallybroch.

— Excellente nouvelle ! me réjouis-je. J'ai hâte de retrouver Jenny et le reste de la famille.

— Mais, mon oncle... protesta Petit Ian.

— Tais-toi ! grogna Jamie. C'est décidé, un point c'est tout. Je ne veux plus t'entendre !

Petit Ian prit un air mortifié et se cala au fond de son fauteuil en boudant.

Jamie se détendit et me fit face avec un sourire.

— Alors ? demanda-t-il. Cette visite chez la folle ?

— Très instructive. Dis-moi, Jamie, tu ne connaîtrais pas un certain Campbell ?

— Si, j'en connais bien quelques centaines, répliqua-t-il, narquois. Tu veux parler d'un Campbell en particulier ?

— A vrai dire, ils sont deux.

Je lui répétai l'histoire d'Archibald Campbell et de sa sœur Margaret telle qu'elle m'avait été contée par Nellie Cowden.

Il soupira et hocha la tête d'un air résigné.

— J'ai entendu bon nombre d'histoires de ce genre depuis Culloden, et celle-ci n'est pas la plus triste. Mais attends...

Il plissa les yeux, semblant fouiller sa mémoire.

— Margaret, Margaret Campbell... répéta-t-il, concentré. Ce n'était pas une jolie petite jeune fille, de la taille de... disons, Mary ? Avec des cheveux châtains très fins, comme des plumes de roitelet, et un visage très doux ?

— C'était peut-être ce à quoi elle ressemblait il y a une vingtaine d'années... dis-je en revoyant la silhouette figée devant la cheminée. Tu la connais ?

— Je crois. Si c'est celle à laquelle je pense, c'était la tendre amie d'Ewan Cameron. Tu te souviens de lui ?

— Bien sûr.

Ewan était un grand et séduisant jeune homme jovial qui avait travaillé à Holyrood avec Jamie. Il était chargé de rassembler toutes les informations qui nous parvenaient des quatre coins d'Angleterre.

— Qu'est-il devenu ? demandai-je.

Remarquant l'ombre qui traversait le visage de Jamie, j'ajoutai :

— Ce n'est peut-être pas une question à poser ?

— Les Anglais l'ont abattu, répondit-il, songeur. Deux jours après Culloden.

Il ferma les yeux quelques instants, puis les rouvrit et m'adressa un sourire las.

— Que Dieu garde le révérend Archibald Campbell ! soupira-t-il. J'avais entendu parler de lui, pendant le soulèvement. On disait que c'était un excellent soldat, audacieux et courageux.

Il se redressa et se donna une tape sur les cuisses d'un air résolu.

— Allez ! Il nous reste encore beaucoup à faire avant de quitter Edimbourg. Petit Ian, tu trouveras la liste des clients de l'imprimerie sur la table de ma chambre. Va la chercher et je t'indiquerai ceux qui ont des commandes en cours. Ensuite tu iras les voir un à un et tu leur proposeras de les rembourser... à moins qu'ils ne préfèrent attendre que j'aie trouvé un nouveau local et renouvelé mes stocks, mais cela risque de prendre deux mois. Préviens-les.

Il tapota sa poche, faisant retentir un cliquetis métallique.

— Avec l'argent versé par l'assurance, j'ai largement de quoi rembourser les clients. Il m'en restera même un peu. Ce qui me fait penser...

Se tournant vers moi, il m'informa :

— Ta mission à toi, *Sassenach*, sera de te trouver une couturière capable de te confectionner une tenue décente en deux jours. J'imagine que Daphné va vouloir récupérer sa robe et je ne peux pas te ramener à Lallybroch nue comme lady Godiva.

30

Le rendez-vous

Ma principale attraction pendant le voyage vers Arbroath consista à observer le bras de fer entre Jamie et son neveu. Je savais d'expérience que l'opiniâtreté coulait dans les veines de tous les Fraser. A cet égard, Petit Ian n'était pas en reste, même s'il n'était qu'à moitié Fraser. Soit les Murray étaient eux aussi des têtes de mule, soit les gènes Fraser étaient les plus forts.

Ayant eu amplement l'occasion d'observer ce trait de caractère chez ma propre fille, je m'étais forgé ma petite idée sur le sujet, mais me gardai bien de la faire partager aux deux principaux intéressés. Je gardai donc mes distances, constatant avec amusement que Jamie avait enfin rencontré aussi têtu que lui. Lorsque nous passâmes Balfour, il commençait déjà à avoir l'air hagard.

Ce rapport de force se poursuivit jusqu'au début de la soirée du quatrième jour, lorsque nous atteignîmes Arbroath pour découvrir que l'auberge où Jamie avait eu l'intention de nous loger n'existait plus. Il n'en restait plus qu'un mur de pierre à demi écroulé et deux poutres de charpente calcinées. La route était déserte sur des miles à la ronde.

Jamie contempla les décombres en silence. Il pouvait difficilement nous abandonner au beau milieu de nulle part. Petit Ian, qui eut la sagesse de ne pas en rajouter, se taisait lui aussi, mais je sentais sa carcasse tout entière frémir d'excitation sur sa selle.

— C'est bon, lui dit enfin Jamie. Tu viendras avec nous, mais uniquement jusqu'au sommet de la falaise, tu m'entends ? Tu veilleras sur ta tante Claire.

— Oui, mon oncle, répondit Petit Ian avec un air faussement humble.

Je croisai le regard de Jamie et compris que si Petit Ian devait veiller sur tante Claire, tante Claire, elle, était chargée de surveiller Petit Ian. Je réprimai un sourire et hochai docilement la tête.

Les autres hommes furent ponctuels, arrivant au rendez-vous

juste après la tombée du soir. Je crus reconnaître quelques-uns d'entre eux mais la plupart n'étaient que des silhouettes indistinctes. Deux jours s'étaient écoulés depuis la dernière nuit sans lune mais le mince croissant d'argent dans le ciel n'éclairait guère plus que la torche de la cave de Mme Jeanne. Il n'y eut pas de présentations, les comparses saluant Jamie avec des grognements inintelligibles.

Toutefois, une des silhouettes était aisément reconnaissable : une grande carriole tirée par des mulets apparut, guidée par Fergus, avec, à son bord, un petit bout d'homme qui ne pouvait être que M. Willoughby. Je ne l'avais pas revu depuis qu'il avait fait feu sur le mystérieux inconnu.

— J'espère qu'il n'est pas armé ce soir, murmurai-je à Jamie.

— Qui ça ? dit-il en scrutant la pénombre. Ah, tu veux dire le Chinois ? Non, aucun d'entre nous ne l'est.

Avant que j'aie pu lui demander pourquoi, il s'était éloigné pour aider la carriole à faire demi-tour, prête à repartir en trombe vers Edimbourg sitôt chargée.

M. Willoughby descendit de son perchoir en portant une étrange lanterne équipée d'un couvercle percé et de panneaux latéraux coulissants.

— C'est pour faire des signaux ? demandai-je, intriguée.

— Oui, s'interposa Petit Ian en prenant un air important. On laisse les panneaux fermés jusqu'à ce qu'on aperçoive un signal sur la mer.

Il tendit une main vers M. Willoughby.

— Donne-moi ça, ordonna-t-il. Je m'en occupe, je connais le code.

M. Willoughby éloigna la lanterne hors de sa portée et secoua énergiquement la tête.

— Tsei-mi dire toi trop grand trop jeune, déclara-t-il.

— Comment ça ? s'indigna Petit Ian. Veux-tu me donner ça tout de suite, espèce de petit...

— Il veut dire par là que celui qui tient la lanterne fait une cible idéale, dit Jamie apparaissant derrière lui. M. Willoughby accepte de prendre ce risque pour nous, car c'est le plus petit. Tu es trop grand, ta silhouette se détacherait sur le ciel, et trop jeune pour avoir une once de plomb dans la cervelle. Alors une fois pour toutes, fais-toi oublier.

Il donna une chiquenaude sur l'oreille de son neveu, puis alla s'accroupir au côté de M. Willoughby, au bord de la falaise. Il glissa quelque chose à l'oreille du Chinois qui pouffa de rire.

Comme la plupart du littoral écossais, la côte était déchiquetée et la mer parsemée de gros rochers. Je me demandais où le navire français allait pouvoir jeter l'ancre. Il n'y avait pas de baie naturelle, rien qu'une mince bande de grève incurvée au pied d'une falaise escarpée.

Une autre silhouette sombre apparut soudain juste derrière moi.

— Tout le monde est à son poste dans les rochers.

— Bien, Joey, répondit Jamie. Ils ne vont plus tarder. Dis-leur de ne pas bouger avant que j'en donne l'ordre.

Nous attendîmes en silence, scrutant la ligne d'horizon, tendant l'oreille au-dessus du bruit des vagues. La grève et la falaise avaient beau être désertes, le comportement prudent et secret de mes compagnons me rendait nerveuse.

— Tout va bien ? demandai-je à voix basse à Jamie.

— Je ne sais pas... hésita-t-il. Dis-moi, *Sassenach*, tu ne sens pas une drôle d'odeur ?

Surprise, je humai l'air autour de moi. Je percevais un certain nombre de choses, notamment des algues en décomposition, l'huile se consumant dans la lanterne, l'odeur âcre de la transpiration de Petit Ian près de moi.

— Non, rien de spécial, répondis-je. Pourquoi ?

Il haussa les épaules.

— Non, ça va, c'est parti, déclara-t-il. Tout à l'heure j'aurais juré avoir senti une odeur de poudre.

Il se tourna vers Petit Ian pour donner ses instructions :

— Emmène ta tante dans les buissons d'ajoncs là-bas au loin. Ne vous approchez pas de la carriole. S'il m'arrivait quelque chose, je veux que tu emmènes Claire directement à Lallybroch. Allez-y, maintenant !

— Mais... commençai-je.

— Mais... renchérit Petit Ian.

— On ne discute pas, trancha Jamie.

Là-dessus, il nous tourna le dos, nous signifiant que le sujet était clos.

Penaud, Petit Ian obtempéra et s'éloigna sur le sentier. Je le suivis à contrecœur. Derrière le buisson d'ajoncs, nous découvrîmes un promontoire rocheux d'où l'on voyait la mer. A nos pieds, les vagues se brisaient sur le récif en dessinant des gerbes d'écume blanche dans le gouffre noir. L'espace d'un instant, je crus distinguer un mouvement infime dans les rochers, comme l'éclat d'une boucle de ceinture, mais autrement, les dix hommes cachés plus bas étaient parfaitement invisibles. Je plissai les yeux, tentant d'apercevoir M. Willoughby et sa lanterne, sans succès. Il devait l'avoir enveloppée dans son manteau, la cachant jusqu'au moment opportun.

Soudain, Petit Ian se raidit.

— Il y a quelqu'un ! chuchota-t-il. Vite, cachez-vous derrière moi !

Se plantant courageusement devant moi, il glissa une main sous sa chemise et en sortit un pistolet. Malgré l'obscurité, je voyais son canon luire dans le noir.

Il tendit les deux bras devant lui, pointant son arme sur un ennemi invisible.

— Je t'en prie, surtout ne tire pas ! le suppliai-je.

Je n'osais pas tenter de lui arracher son arme, de peur de faire partir le coup.

— Je te serais reconnaissant de suivre les conseils de ta tante, mon garçon, dit la voix de Jamie dans le noir. Je ne tiens pas à ce que tu me fasses exploser le crâne.

Petit Ian abaissa son arme, ses épaules s'affaissant dans un mélange de soulagement et de déception. Les ajoncs tremblèrent et Jamie apparut devant nous, époussetant les feuilles prises dans ses manches.

— Personne ne t'a prévenu qu'il ne fallait pas porter d'arme sur soi ? demanda-t-il à l'adolescent.

Son ton était calme, tout juste curieux.

— Le simple fait de pointer une arme sur un douanier de Sa Majesté te rend passible de pendaison, expliqua-t-il. Aucun d'entre nous n'est armé. Nous ne portons pas même un couteau de poissonnier, au cas où nous serions pris.

— Oui mais... objecta Petit Ian, Fergus m'a dit qu'ils ne pouvaient pas me pendre tant que je n'avais pas de poils au menton. Je ne risque que la déportation.

Jamie laissa échapper un petit sifflement exaspéré.

— Je suis sûr que ta mère sera ravie d'apprendre qu'on t'a envoyé aux colonies, même si Fergus a raison.

Il tendit la main.

— Donne-moi ça, imbécile ! Il me semblait bien avoir senti de la poudre tout à l'heure. Tu as de la chance de ne pas t'être tiré dans les bourses en le cachant sous ta ceinture !

Avant que Petit Ian n'ait eu le temps de rétorquer, je m'écriai :

— Regardez, là-bas !

Les voiles du lougre français ne formaient qu'une faible tache pâle à la surface de la mer.

Jamie ne regardait pas dans la direction du bateau, mais fixait un point en contrebas, où plusieurs rochers étaient entassés sur la grève. Suivant son regard, je distinguai une faible lueur : la lanterne de M. Willoughby.

Un bref éclat de lumière illumina les rochers humides pendant une fraction de seconde. La main de Petit Ian se referma sur la mienne et nous retînmes notre souffle, comptant mentalement jusqu'à trente.

Un deuxième éclat de lumière illumina les embruns.

— Qu'est-ce que c'est que ça ? demandai-je.

— Quoi donc ?

— Là, sur la plage. Lors du signal, il m'a semblé voir quelque chose à demi enfoui dans le sable. On aurait dit...

Le troisième éclat survint et, quelques instants plus tard, une autre lumière, bleue celle-ci, lui répondit depuis le navire.

Trop occupée à observer le bateau, j'oubliai ma vision, qui semblait n'être rien d'autre qu'un tas de vieux vêtements abandonnés sur la grève. On devinait des mouvements à bord. Il y eut un bruit de masse tombant dans l'eau.

— Avec la marée montante, la marchandise va dériver jusqu'à nous, annonça Jamie. Elle sera sur la plage dans quelques minutes.

Cela résolvait le problème de l'ancrage du navire. Mais comment effectuaient-ils le paiement ? J'étais sur le point de poser la question quand un cri retentit, suivi d'un vacarme épouvantable sur la plage.

Jamie bondit aussitôt vers le buisson d'ajoncs, suivi de Petit Ian et de moi-même. On ne voyait pas grand-chose, mais la grève en contrebas semblait sens dessus dessous. Des silhouettes noires se bousculaient et roulaient sur le sable, leurs mouvements rythmés par des cris et des imprécations. Puis j'entendis :

— Halte ! Au nom de Sa Majesté !

Mon sang se glaça.

— Les douaniers ! gémit Petit Ian.

Jamie lança un juron en gaélique puis, mettant ses mains en porte-voix, hurla :

— *Eirich 'illean* ! *Suas am bearrach is teith* !

Se tournant vers nous, il ajouta :

— Filez ! Vite !

Au vacarme s'ajouta un bruit d'éboulis. Soudain, une silhouette noire surgit du bord de la falaise devant moi et s'éloigna dans l'obscurité au pas de course. Elle fut imitée par une autre un peu plus loin.

Un cri aigu s'éleva dans les ténèbres.

— C'est M. Willoughby ! s'écria Petit Ian. Ils l'ont eu !

Faisant mine de ne pas entendre Jamie qui nous enjoignait de prendre la fuite, nous nous penchâmes au-dessus de la falaise. Plus bas, la lanterne avait roulé au sol. Un de ses panneaux avait été arraché et un rayon de lumière s'étalait sur le sable, dévoilant les tombes vides où les douaniers s'étaient enfouis pour se cacher. Des silhouettes sombres se débattaient dans les monticules d'algues échouées sur la grève. Parmi elles, on en distinguait une qui tenait à bout de bras un petit homme gesticulant.

— Je vais le délivrer ! s'écria Petit Ian dans un élan chevaleresque.

Jamie le rattrapa de justesse par le col.

— Fais ce que je t'ai dit et conduis Claire en lieu sûr !

Petit Ian me lança un regard incertain puis me prit le bras. Mais je me plantai solidement en terre, refusant de bouger. Jamie, lui, courait déjà le long de la falaise. Il s'arrêta quelques dizaines de mètres plus loin, mit un genou en terre et arma le pistolet.

La détonation se perdit dans le vacarme de la plage. En revanche, elle eut un résultat des plus spectaculaires. La lanterne explosa dans une pluie de gouttelettes d'huile incandescente, plongeant soudain la plage dans l'obscurité et interrompant les cris.

Ce silence fut bientôt rompu par un hurlement de douleur et d'indignation. D'abord aveuglée par le feu d'artifice de la lanterne, j'aperçus une autre lueur, composée de petites flammèches qui semblaient se déplacer de manière erratique. Lorsque mes yeux s'accoutumèrent aux ténèbres, je compris qu'il s'agissait de la veste d'un homme qui se débattait comme un forcené pour tenter d'étouffer les flammes qui dévoraient l'étoffe.

Les ajoncs s'agitèrent violemment tandis que Jamie se précipitait vers la plage et disparaissait dans le gouffre noir.

— Jamie ! m'écriai-je

Petit Ian tira plus fort sur mon bras, manquant me faire tomber à la renverse.

— Venez, tante Claire ! Ils ne vont pas tarder à arriver !

De fait, j'entendais des cris se rapprocher. Les douaniers escaladaient les rochers. Je retroussai mes jupes et suivis le garçon tant bien que mal à travers les hautes herbes.

J'ignorais où nous allions, mais Petit Ian, lui, semblait le savoir. Il avait ôté son manteau et je me guidais au reflet de sa chemise blanche qui flottait comme un fantôme dans les taillis d'aulnes et de bouleaux.

Je parvins à le rejoindre au moment où il freinait net au bord d'un ruisseau.

— Où sommes-nous ? haletai-je

— La route d'Arbroath est juste de l'autre côté, répondit-il. Ça ira, ma tante ? Vous voulez que je vous porte ?

Je déclinai poliment son offre, me gardant de lui dire que je devais peser autant que lui. J'ôtai mes souliers et mes bas et j'entrai dans l'eau glacée jusqu'aux genoux, sentant la vase glisser entre mes orteils.

Une fois de l'autre côté, j'acceptai cette fois en grelottant le manteau que Petit Ian me proposait galamment. Nous trouvâmes bientôt la route, le vent soufflant dans notre visage. Mon nez et mes lèvres furent bientôt insensibilisés par le froid. Toutefois, le vent nous fut salutaire : il nous porta le bruit des voix des hommes qui attendaient plus loin bien avant que nous tombions sur eux.

— Des nouvelles de la falaise ? demandait l'une d'elles.

Petit Ian s'arrêta brusquement et je lui rentrai dedans.

— Pas encore, répondit une autre voix. J'ai cru entendre des cris tout à l'heure, mais le vent a tourné depuis.

— Tu ferais mieux de remonter sur ton arbre, Oakie, s'impatienta la première voix. Si un de ces fils de pute parvient à s'échapper de la plage, on le coincera ici.

— Mais il fait froid là-haut ! On n'aurait pas pu attendre dans l'abbaye avec les autres ?

— Si, mais on aurait moins de chances d'attraper un gros poisson. Pense à tout ce que tu pourras faire avec ta prime de cinquante livres !

— Mouais... convint le dénommé Oakie. Mais je ne comprends toujours pas comment on est supposé reconnaître un rouquin dans le noir.

— Saute sur tout ce qui passe, pauvre cloche ! On triera les roux plus tard.

Accroupi dans le fossé au bord de la route, Petit Ian semblait hypnotisé par la conversation. Je le secouai vivement par la manche et il sembla s'extirper de sa transe. Nous nous enfonçâmes à quatre pattes dans les buissons.

— Il y en a d'autres qui attendent tapis à l'abbaye d'Arbroath, me chuchota-t-il au cas où je n'aurais pas encore compris. C'est là que les contrebandiers étaient censés se retrouver si les choses tournaient mal sur la plage.

— Elles pourraient difficilement avoir tourné plus mal, rétorquai-je. Qu'a crié ton oncle tout à l'heure depuis la falaise ?

— Il a dit : « Tirez-vous, les gars ! Remontez sur la falaise et filez ! »

— Judicieux conseil. Apparemment, ils l'ont suivi. La plupart des hommes ont pu s'enfuir.

— Sauf M. Willoughby et oncle Jamie, répondit Petit Ian.

Il lança des regards désemparés autour de nous, ne sachant plus quoi faire. Il n'arrêtait pas de se passer une main dans les cheveux, les lissant en arrière dans un geste qui me rappelait son oncle et m'agaçait au plus haut point.

— Ecoute, chuchotai-je. On ne peut rien faire pour eux pour le moment. En revanche, il y a peut-être quelque chose à faire pour les autres avant qu'ils ne se laissent piéger à l'abbaye.

— Oui, c'était justement ce que je me demandais. Dois-je vous conduire à Lallybroch, comme oncle Jamie me l'a ordonné, ou tenter de rejoindre l'abbaye pour prévenir les hommes ?

— Va à l'abbaye, tranchai-je. Le plus vite possible.

— Mais... je ne peux pas vous laisser seule ici, ma tante ! se récria-t-il. Oncle Jamie a bien dit...

— Il y a un temps pour obéir aux ordres, Ian, l'interrompis-je, et un autre pour prendre des initiatives. Cette route conduit bien à l'abbaye ?

Il se contenta de hocher la tête sans m'objecter que j'étais précisément en train de lui donner des ordres. Il se redressa sur la pointe des pieds, prêt à piquer un cent mètres.

— Coupe à travers champs et file droit à l'abbaye, l'instruisis-je. Je vais suivre la route et tenter de détourner l'attention des douaniers. On se retrouve à l'abbaye. Ah attends, tu ferais mieux de remettre ton manteau.

Je lui rendis son vêtement à contrecœur, répugnant à retrouver le froid mordant mais aussi à me défaire de ce dernier lien avec une présence humaine amicale. Je rattrapai une dernière fois Petit Ian par le bras.

— Ian ?

— Oui ?

— Tu feras attention, hein ?

Prise d'une soudaine impulsion, je me hissai sur la pointe des pieds et déposai une bise sur sa joue. Surpris, il tressaillit puis sourit et disparut, une branche d'aulne se rabattant violemment derrière son passage.

Il faisait décidément très froid. On n'entendait plus que le sifflement du vent dans les buissons et le grondement lointain des vagues. Je serrai mon châle contre mon cou et marchai d'un pas résolu vers la route.

Devais-je faire du bruit pour leur signifier ma présence ? Autrement, ils risquaient de me sauter dessus sans injonction préalable car, dans le noir, ils pouvaient aisément me prendre pour un contrebandier en fuite. D'un autre côté, si je marchais en fredonnant un petit air niais pour leur indiquer que j'étais une faible femme sans défense, ils pouvaient aussi rester tapis dans le noir en attendant que je passe mon chemin sans les voir, ce qui n'était pas le but recherché. Je me penchai sur le bord de la route et ramassai une pierre. Puis, le sang glacé, j'avançai dans le noir sans dire un mot.

31

La lune des contrebandiers

Le bruissement constant des branchages et des buissons agités par le vent masquait le bruit de mes pas. C'était une nuit chargée d'électricité. La fête de Samhain était passée depuis deux semaines à peine et l'atmosphère était encore imprégnée de cette aura de mystère qui donnait corps à toutes les croyances relatives aux esprits malins qui rôdent dans le noir.

Toutefois, celui qui me saisit brusquement par-derrière et m'écrasa la bouche de sa main était bien réel. Si je ne m'étais pas attendue à une telle éventualité, j'aurais probablement eu une attaque. Mais j'étais parée à tout et mon cœur tint bon tandis que je me débattais comme une diablesse.

Mon agresseur m'avait attaquée par la gauche, me ceignant la taille et me coinçant un bras dans le dos. J'avais les deux pieds qui battaient dans le vide mais la main droite encore libre. J'en profitai pour donner un coup à l'aveuglette par-dessus mon épaule avec la pierre que je tenais toujours. Celle-ci rencontra une surface dure et l'homme poussa un grognement de douleur. J'enchaînai avec un méchant coup de talon dans son tibia qui le fit chanceler. Sa main qui me bâillonnait glissa contre mes lèvres et je mordis de toutes mes forces un doigt qui passait par là.

« *Les masséters qui assurent la mastication se contractent en prenant appui sur les os fixes du crâne*, pensai-je en me souvenant de mon manuel d'anatomie. *Ils confèrent aux maxillaires et à la dentition une capacité de broyage considérable. Une mâchoire humaine moyenne est capable d'exercer une pression de plus de cent cinquante kilos.* »

J'ignorais si j'étais sur le point de battre un record mais mon effort portait indéniablement ses fruits. Mon assaillant s'agitait désespérément de droite à gauche dans une vaine tentative pour dégager son doigt. Forcé de desserrer son étreinte, il me reposa au sol. Sitôt que je touchai terre, je lui rendis son doigt pour pouvoir faire volte-face et lui envoyer mon genou dans les bourses.

Le coup bas est une stratégie défensive largement surestimée. Certes, bien réussi, il est d'une efficacité indéniable mais on ne dira jamais assez que c'est une manœuvre difficile à réaliser, surtout quand on est empêtrée dans de lourdes jupes longues. En outre, les hommes se tiennent généralement sur leurs gardes, veillant avec un soin jaloux sur cette partie de leur anatomie.

Mais dans ce cas précis, mon agresseur ne s'y attendait pas, maintenant les jambes bien écartées pour conserver son équilibre. J'atteignis donc ma cible avec toute la puissance que mon attirail vestimentaire me permettait. Il laissa échapper un horrible sifflement, tel un lapin qu'on étrangle, et resta plié en deux sur le bord de la route.

— C'est toi, *Sassenach* ?

La voix avait surgi des ténèbres et je poussai un cri de gazelle effarouchée. Pour la seconde fois en quelques minutes, une main virile vint m'écraser la bouche.

— Ne crie pas, *Sassenach* ! marmonna Jamie dans mon oreille. Ce n'est que moi.

Il eut de la chance que je ne lui morde pas le doigt.

— C'est malin ! grognai-je quand il daigna me libérer. Mais qui est celui qui m'a attaquée, alors ?

— Fergus, sans doute.

Il s'approcha de la silhouette recroquevillée à quelques mètres de nous et lui tapota le dos.

— C'est toi, Fergus ? chuchota-t-il.

L'autre répondit par un faible gémissement affirmatif et Jamie l'aida à se redresser.

— Ne faites pas de bruit ! leur chuchotai-je. Il y a des douaniers embusqués un peu plus loin sur la route !

— Ah oui ? répondit Jamie à voix haute. Nos bruits n'ont pas l'air de beaucoup les intriguer ! Eho !

Il se tut, attendant une réaction. Comme il ne se passait rien, il se mit à crier :

— Macleod ! Raeburn !

— Oui, Roy, répondit une voix dans un buisson. On est là, Innes est avec nous. Meldrum doit être quelque part par là.

— Je suis là ! dit la voix de Meldrum dans un autre buisson.

Une à une, des silhouettes avancèrent sur la route, sortant des buissons ou se laissant tomber des arbres.

— ... quatre, cinq, six... compta Jamie. Où sont Hays et les frères Gordon ?

— J'ai vu Hays plonger dans les vagues, indiqua un des hommes. Il a dû contourner les rochers à la nage. Les Gordon et Kennedy ont sans doute fait la même chose.

Jamie hocha la tête et se tourna vers moi.

— Qu'est-ce que c'est que cette histoire de douaniers, *Sassenach* ?

Compte tenu de la discrétion d'Oakie et de ses comparses, je me sentais un peu sotte. Je lui rapportai fidèlement ce que Petit Ian et moi avions entendu un peu plus tôt.

— C'est étrange, dit Jamie, intrigué. Fergus, tu peux tenir debout sur tes jambes ? Bien. Allons voir. Meldrum ? Tu as de quoi faire du feu ?

Quelques instants plus tard, armés d'une torche de fortune pour éclairer la route devant nous, nous avançâmes vers le lieu d'où m'étaient parvenues les voix.

Les contrebandiers et moi restâmes légèrement en retrait, prêts à prendre la fuite ou à bondir au secours de Jamie tandis que celui-ci inspectait les buissons. Nous attendîmes ce qui me parut une éternité, puis Jamie lança d'une voix calme :

— Venez voir.

Tout d'abord, je ne vis rien que le large dos de Jamie qui se tenait devant un grand aulne. Puis j'entendis un homme derrière moi retenir son souffle, suivi d'un autre qui étouffait un cri d'horreur.

Soudain un autre visage apparut dans le halo de la torche, tournant lentement sur lui-même juste devant l'épaule gauche de Jamie. Il était affreusement congestionné, le teint bleu, les yeux exorbités et la langue pendante entre ses lèvres entrouvertes. Ses cheveux blonds et fins étaient balayés par le vent.

— Tu avais raison, *Sassenach*, dit simplement Jamie. Il y avait bien des douaniers.

Il jeta quelque chose à terre.

— C'est un mandat, expliqua-t-il. Il s'appelait Thomas Oakie. L'un d'entre vous le connaissait ?

— Difficile à dire, grogna une voix derrière moi. Bon sang ! Même sa mère ne le reconnaîtrait pas !

Il y eut un murmure négatif autour de nous. Les hommes trépignaient nerveusement dans le noir, apparemment aussi pressés que moi d'évacuer le terrain.

— Nous n'avons pu récupérer aucune marchandise, annonça Jamie. Il n'y a donc rien à partager. Pour ceux d'entre vous qui en ont besoin, j'ai sur moi un peu d'argent pour leur permettre de vivre quelque temps. Si vous voulez mon avis, on n'est pas près de revenir sur cette côte avant longtemps.

Deux hommes s'avancèrent timidement pour prendre les pièces qu'il leur tendait, tandis que les autres se fondaient rapidement dans l'obscurité. Quelques minutes plus tard, il ne restait plus que Fergus, Jamie et moi.

— Qui a fait ça ? demanda Fergus en regardant le pendu.

— Je n'en sais rien, mais on va sûrement me le mettre sur le dos, grogna Jamie. Filons d'ici.

— Et Petit Ian ? demandai-je en me souvenant tout à coup de l'adolescent. Il est parti à l'abbaye pour vous prévenir.

— Ah oui ? s'étonna Jamie. Mais j'en viens justement. Dans quelle direction est-il parti ?

— Par là, indiquai-je en pointant du doigt.

Fergus émit un son qui ressemblait vaguement à un ricanement moqueur.

— L'abbaye est de l'autre côté, dit Jamie. Venez, on le récupérera quand il comprendra son erreur et rebroussera chemin.

— Attendez ! dit soudain Fergus. J'entends quelqu'un.

— Oncle Jamie ? dit la voix de Petit Ian dans le noir.

Le garçon sortit des buissons, palpitant d'excitation et des feuilles plein les cheveux.

— J'ai aperçu la lumière et je suis revenu voir si tante Claire avait besoin d'aide, expliqua-t-il. Oncle Jamie, il ne faut pas s'attarder ici ; il y a des douaniers partout.

Jamie lui glissa un bras autour des épaules et le fit pivoter sur place avant qu'il n'ait le temps d'apercevoir le pendu.

— C'est bon, mon garçon, le rassura-t-il. Ils ont filé.

Il éteignit la torche dans un buisson humide.

— M. Willoughby nous attend un peu plus loin avec les chevaux, annonça-t-il calmement. Nous aurons rejoint les Highlands avant l'aube.

SEPTIÈME PARTIE
La grande famille

32

Le retour du fils prodigue

Le trajet entre Arbroath et Lallybroch représentait quatre jours de voyage, au cours desquels nous ne parlâmes pratiquement pas. Petit Ian et Jamie étaient tous deux inquiets, probablement pour des motifs différents. Quant à moi, j'étais trop absorbée par mes méditations, qui concernaient non seulement le passé récent mais également le futur immédiat.

Ian avait dû parler de moi à Jenny. Comment avait-elle pris la nouvelle de ma réapparition ?

Jenny Murray avait été comme une sœur pour moi et elle était de loin la femme dont, autrefois, je m'étais sentie la plus proche. Les aléas de ma vie avaient fait que, au cours des quinze dernières années, la plupart des mes amis avaient été des hommes. Je ne connaissais pas d'autres femmes médecins et la distance respectueuse qu'entretenaient les infirmières et les aides-soignantes à l'égard des médecins avait empêché toute autre forme de lien qu'une collaboration aimable. Quant aux femmes qui papillonnaient dans l'entourage de Frank, les secrétaires de département et les épouses des professeurs...

Plus important encore, Jenny était sans doute la seule personne au monde qui aimait Jamie autant que moi, sinon plus. J'avais hâte de la revoir, mais ne pouvais m'empêcher de me demander comment elle avait pris l'histoire de ma prétendue fuite en France et mon abandon de son cher frère.

Nous franchîmes le dernier col venteux puis entamâmes la lente descente vers Lallybroch. Jamie, qui ouvrait la marche, arrêta sa monture pour nous laisser le temps de le rejoindre.

— Nous y sommes, annonça-t-il.

Il m'adressa un petit sourire :

— Ça a bien changé, n'est-ce pas ?

J'étais trop émue pour pouvoir lui répondre. Vu de loin, le

manoir semblait exactement le même. Construit en pierre de taille blanche, il se dressait en trois étages immaculés au milieu d'un ensemble de dépendances et de champs gris. Derrière, sur une petite colline, trônaient les vestiges de la vieille tour ronde, le « broch », auquel le domaine devait son nom.

A mesure que nous approchions, je remarquais les changements dont Jamie m'avait parlé. Les soldats anglais avaient incendié le colombier et la chapelle l'année après Culloden, laissant deux cratères encore grisâtres dans le sol. Un des murets de la basse-cour s'était effondré et avait été rebâti avec des pierres d'un ton plus clair. Une nouvelle remise avait été construite et remplaçait apparemment l'ancien colombier, à en juger par les dizaines de petites formes dodues que j'apercevais perchées sur son toit, se prélassant au doux soleil de cette fin d'automne.

Le rosier planté par Ellen, la mère de Jamie, avait envahi tout un mur du manoir, ses branches effeuillées formant un gigantesque treillis brun sur la façade blanche. Une mince colonne de fumée s'échappait de l'une des cheminées. J'eus une soudaine vision du feu dans l'âtre du petit salon, éclairant le visage de Jenny assise dans son grand fauteuil, lisant à voix haute un roman ou un recueil de poèmes tandis que Jamie et Ian étaient plongés dans une partie d'échecs, écoutant d'une oreille. Combien de soirées avions-nous passées ainsi, les enfants couchés en haut dans leur lit et moi assise devant le secrétaire en bois de rose, rédigeant des formules de remèdes ou reprisant ?

— Tu crois qu'on pourra s'installer de nouveau ici ? demandai-je à Jamie.

J'avais fait mon possible pour garder un ton neutre. Je ne m'étais jamais sentie autant chez moi qu'à Lallybroch, mais c'était il y avait bien longtemps. Beaucoup de choses avaient changé depuis.

Il ne répondit pas tout de suite, prenant un air songeur. Puis il agita ses rênes et lança sans me regarder :

— Je ne sais pas, *Sassenach*. J'aimerais bien mais... va savoir ce qui se passera !

Il contemplait le manoir en plissant le front.

— Cela n'a pas d'importance, me hâtai-je de préciser. Je me fiche de vivre à Edimbourg, ou en France, pourvu qu'on reste ensemble.

Son air inquiet se dissipa momentanément. Il prit ma main et la porta à ses lèvres.

— Tu as raison, *Sassenach*, peu importe tant que tu es à mon côté.

Nous restâmes ainsi, les yeux dans les yeux, jusqu'à ce qu'une petite toux embarrassée ne brise notre contemplation idolâtre. Depuis le début du voyage, Petit Ian avait soigneusement veillé à respecter notre intimité, en y mettant un zèle qui était presque gênant. La nuit, il se couchait aussi loin de nous que faire se pouvait, si possible derrière un buisson, et, pendant la journée, il gardait constamment une distance respectueuse, semblant terrifié à l'idée de surprendre une étreinte passionnée.

Jamie lâcha ma main et se tourna vers son neveu.

— Nous y sommes presque, Petit Ian. S'il ne pleut pas, nous dînerons ce soir à la maison.

Il mit une main en visière sur son front et scruta les nuages qui s'amoncelaient au-dessus de la chaîne de Monadhliath.

— Mmphm... fit Petit Ian.

Il ne semblait guère enthousiaste à l'idée d'être bientôt chez lui. Je lui lançai un regard encourageant.

— « *Ta maison est le seul lieu où personne ne t'empêchera d'entrer* », citai-je.

Petit Ian me jeta un regard torve.

— C'est bien ce que je crains, ma tante, répondit-il l'air sombre.

— Ne te laisse pas abattre, mon garçon, le réconforta Jamie. Tu te souviens de la parabole du fils prodigue, non ? Ta mère sera heureuse de te retrouver d'une seule pièce.

— C'est que tu la connais moins bien que tu ne le crois, rétorqua Petit Ian avec une moue désabusée.

Il se mordit la lèvre inférieure, puis se redressa sur sa selle et prit une profonde inspiration.

— Quand faut y aller, faut y aller ! dit-il courageusement avant de reprendre la route.

— Tu penses que ses parents vont être très durs avec lui ? demandai-je quand il fut hors de portée.

Jamie haussa les épaules.

— Bah ! ils lui pardonneront, bien sûr, mais il va sûrement recevoir une sale raclée.

Il fronça le nez avant d'ajouter :

— Je pourrai m'estimer heureux si je m'en tire à aussi bon compte. Jenny et Ian m'en veulent certainement.

Il éperonna sa monture et entama la longue descente vers Lallybroch.

— Allez, viens, *Sassenach*, m'enjoignit-il. Quand faut y aller, faut y aller !

Je ne savais pas trop à quoi m'attendre mais le premier contact avec Lallybroch fut rassurant. Comme toujours, notre arrivée fut annoncée par les aboiements d'une meute de chiens qui accoururent, l'air d'abord féroces, puis, nous reconnaissant, en agitant joyeusement la queue.

Petit Ian lâcha ses rênes et sauta à terre, pour être aussitôt encerclé par ses amis qui se disputaient l'honneur de le lécher et de le renverser. Il prit un chiot dans ses bras et me l'amena :

— C'est Jocky, m'annonça-t-il. Il est à moi. Papa me l'a offert.

— Il est mignon, dis-je en caressant la petite tête soyeuse.

— Tu vas te mettre des poils partout, déclara une voix claire et aiguë derrière nous.

Me retournant, je vis une grande fille mince, d'environ dix-sept ans, assise sur une pierre au bord du chemin.

— Et toi, tu es couverte de brins de paille, rétorqua Petit Ian.

La jeune fille rejeta ses épais cheveux châtains en arrière et se pencha pour épousseter sa jupe en épais *homespun* [1] qui, effectivement, était pleine de brindilles jaunes et de feuilles prises dans la trame.

— Papa a dit que tu ne méritais pas d'avoir un chien, reprit-elle. On n'abandonne pas un chiot aussi jeune.

Le visage de Petit Ian se raidit.

— J'ai songé à l'emmener avec moi, se défendit-il. Puis j'ai pensé que la ville serait trop dangereuse pour lui.

Il serra le chiot plus fort contre lui, posant son menton entre les oreilles.

— Il a grandi un peu. Il mange bien au moins ?

— C'est gentil à toi d'être venue nous accueillir, Janet, lança Jamie.

Le ton cynique de sa voix fit rougir la jeune fille.

— Oncle Jamie ! Oh, et...

Son regard se posa sur moi et elle baissa aussitôt les yeux.

— Oui, tu peux saluer ta tante Claire, déclara Jamie. Ta mère est à la maison ?

La jeune fille acquiesça, me lançant en douce de petits coups d'œil curieux. Je me penchai sur le pommeau de ma selle et lui tendis la main.

— Je suis ravie de te rencontrer enfin, Janet. Tu n'étais pas encore née quand je vivais ici.

Elle me dévisagea un long moment puis, se souvenant de ses manières, esquissa une petite révérence. Elle se redressa et prit précautionneusement ma main, semblant craindre qu'elle se détache. Je serrai la sienne vigoureusement et elle parut vaguement rassurée de constater que j'étais réellement faite de chair et d'os.

— En... enchantée, madame, marmonna-t-elle.

— Maman et papa sont très fâchés ? demanda Petit Ian en reposant le chiot à terre.

Elle se tourna vers son frère avec un mélange d'irritation et d'attendrissement.

— Bien sûr, qu'est-ce que tu crois, pauvre cloche ! Jusqu'à ce

1. Tissu filé à la maison *(N.d.T.)*.

que ta lettre lui parvienne, maman était persuadée que tu avais été embroché par un sanglier dans les bois ou enlevé par des bohémiens.

Petit Ian fronça les lèvres, fixant le sol à ses pieds.

Elle s'approcha de lui et, sans se départir de sa moue réprobatrice, ôta quelques feuilles collées aux manches de son manteau. Elle avait beau être grande, il la dépassait d'une bonne tête. Il semblait gauche et enfantin à côté de l'allure fière et autoritaire de sa sœur, leur ressemblance se limitant à la couleur sombre de leurs cheveux et à quelques expressions.

— Tu as une drôle d'allure, Ian. Tu as dormi tout habillé ?

— Bien sûr ! s'impatienta-t-il. Tu crois peut-être que j'enfilais chaque soir une chemise de nuit pour coucher à la belle étoile ?

Elle pouffa de rire.

— Allez, viens, idiot ! s'apitoya-t-elle. Suis-moi dans l'arrière-cuisine. Je vais te nettoyer et te coiffer un peu avant que les parents te voient.

Il lui lança un regard noir, puis leva les yeux vers moi avec un air à la fois stupéfait et agacé :

— Tout le monde semble persuadé que le fait d'être propre y changera quelque chose !

Jamie descendit de son cheval et lui donna une petite tape sur l'épaule qui souleva un nuage de poussière.

— Ça ne peut pas faire de mal, mon garçon. Va avec ta sœur. Il est sans doute préférable de ménager tes parents le plus possible. Nous allons te préparer le terrain avec tante Claire.

— Mmphm...

L'air morose, Petit Ian partit vers les cuisines en traînant les pieds. Sa sœur le tirait par la manche, avançant avec détermination, le menton pointé en avant.

— Qu'est-ce que tu as mangé ? lui demanda-t-elle. Tu es tout barbouillé au-dessus de la bouche.

— Je ne suis pas barbouillé ! s'indigna-t-il. C'est ma moustache !

— Toi ! De la moustache ! s'exclama-t-elle en gloussant.

— Oh, ça va ! grogna-t-il.

La prenant par le coude, il la poussa vers la porte de service en ronchonnant.

Debout près de mon cheval, Jamie posa le front contre ma cuisse, enfouissant son visage dans mes jupes. De loin, on aurait dit qu'il était en train de défaire les sacoches de ma selle. Mais de près, je pouvais voir ses épaules agitées de spasmes hilares.

— C'est bon, ils sont partis, lui dis-je un peu plus tard.

Jamie se redressa, le visage rouge et les larmes aux yeux. Il s'essuya sur un pan de ma jupe.

— « Toi ! De la moustache ! » singea-t-il avant de repartir dans un éclat de rire. Elle est comme sa mère ! C'est exactement ce que Jenny m'a dit quand elle m'a surpris en train de me raser pour la première fois ! J'ai failli m'égorger !

Il s'essuya de nouveau les yeux puis se passa une main sous son menton mal rasé.

— Tu veux te raser et te débarbouiller avant d'entrer ? lui demandai-je.

Il fit non de la tête.

— Petit Ian a raison, répondit-il en lissant ses cheveux en arrière. Le fait d'être plus ou moins propre n'y changera rien.

Ian et Jenny étaient tous les deux dans le salon, elle sur le canapé en train de tricoter des chaussettes, lui devant le feu, se chauffant les fesses. Une assiette de petits gâteaux et une bouteille de bière brassée maison attendaient sur la table, manifestement à notre intention.

Les retrouvailles furent si émouvantes que la fatigue accumulée pendant le voyage s'évanouit dès que j'entrai dans la pièce. Ian se tourna vers nous, mal à l'aise mais souriant. Jenny avait le regard fixé sur la porte, me cherchant des yeux. Ma première impression fut qu'elle avait changé, ma seconde, qu'elle était toujours la même.

Jamie, juste derrière moi, me tenait par le coude. Il exerça une légère pression et me poussa vers le canapé. J'eus l'impression d'être présentée à la cour et résistai à l'impulsion de faire une révérence.

— Nous sommes de retour, Jenny, déclara-t-il.

Elle lança un bref regard à son frère puis se tourna à nouveau vers moi.

— C'est bien toi, Claire ?

Sa voix était basse et hésitante, familière mais sans l'inflexion autoritaire que je me rappelais.

— Oui, dis-je en tendant les mains vers elle. Je suis si heureuse de te revoir, Jenny !

Elle prit mes mains dans les siennes et se leva.

— Mon Dieu ! c'est vraiment toi, dit-elle dans un souffle.

Soudain, mes vingt années d'absence s'évanouirent en fumée. Ses yeux bleu sombre et vifs scrutaient mon visage avec fascination.

— Mais bien sûr que c'est elle, grogna Jamie. Ian t'a sûrement raconté ! Tu croyais peut-être qu'il t'avait menti ?

Elle ne sembla pas l'entendre.

— Tu n'as pratiquement pas changé, murmura-t-elle en caressant mon visage. Tes cheveux sont plus clairs, mais tu es bien la même !

Elle avait les doigts glacés. Ils sentaient l'herbe et la confiture d'airelles, avec un léger parfum d'ammoniaque et de lanoline qui provenait de la laine fraîchement teintée qu'elle était en train de tricoter.

Ces odeurs oubliées depuis longtemps firent resurgir une foule de souvenirs des jours heureux du fond de ma mémoire et mes yeux se brouillèrent de larmes.

Voyant mon émotion, elle me serra fort contre elle. Elle était beaucoup plus petite et menue que moi mais j'eus la sensation d'être enveloppée par un cocon de chaleur protecteur, comme si j'étais pressée contre le sein d'une nourrice géante.

Elle me libéra et recula d'un pas en souriant :

— Seigneur ! s'exclama-t-elle. Tu as toujours la même odeur qu'avant !

Nous partîmes toutes deux d'un grand éclat de rire tandis que Ian s'approchait à son tour et m'étreignait doucement. Il sentait le foin séché et les feuilles de chou, avec un soupçon de fumée de tourbe qui flottait au-dessus de sa propre odeur musquée.

— C'est bon de t'avoir de retour à la maison, me dit-il.

Une lueur attendrie brillait au fond de ses yeux noisette, me réchauffant le cœur. Il fit un signe vers la table.

— Tu as faim ? demanda-t-il.

J'hésitai un instant mais Jamie me devança.

— Un petit verre ne serait pas de refus, merci, Ian, annonça-t-il. Tu veux boire quelque chose, Claire ?

Quelques instants plus tard, nous étions assis devant le feu, un verre à la main et une assiette de biscuits sur les genoux. Entre deux bouchées, nous papotions poliment mais je sentais une tension dans l'air qui n'était pas uniquement due à mon retour d'entre les morts.

Jamie, assis à mon côté, avait à peine trempé ses lèvres dans son verre et n'avait pas touché aux biscuits devant lui. Je savais qu'il n'avait accepté les rafraîchissements que pour masquer son désarroi devant le fait que ni sa sœur ni son beau-frère ne l'avaient salué.

Je surpris un bref regard entre Ian et Jenny puis un autre, plus soutenu, entre Jenny et Jamie. Me sentant étrangère à plus d'un titre, je gardais les yeux baissés, observant la scène de dessous mes cils.

La conversation empruntée mourut bientôt et un silence gêné emplit le salon. Derrière le grésillement du feu, j'entendais de vagues bruits dans les cuisines, mais cela ne ressemblait en rien au vacarme qui faisait trembler la maison vingt ans plus tôt, alimenté par des bruits de courses dans l'escalier, les allées et venues dans les couloirs, les cris d'enfants dans la cour et les vagissements incessants d'un nourrisson à l'étage.

— Où sont tous les enfants ? demandai-je à Jenny, histoire de rompre le silence.

Elle tressaillit et je me rendis compte un peu tard que je venais de mettre les pieds dans le plat.

— Ils vont tous bien, répondit-elle après un temps d'arrêt. Très très bien. Les petits-enfants aussi.

Elle sourit tendrement à l'évocation de sa progéniture.

— Les trois filles sont chez Petit Jamie, précisa Ian. Sa femme vient d'avoir un nouveau bébé la semaine dernière et elles sont parties l'aider. Michael est à Inverness. Il est parti réceptionner un arrivage de France.

Je surpris un nouveau regard entre Jamie et Ian. Jamie lui fit un petit signe du menton et Ian hocha brièvement la tête. Que mijotaient-ils encore ? Il y avait tant de courants d'émotions contradictoires dans la pièce que j'eus envie de me lever et de claquer dans mes mains pour briser la tension.

Apparemment, Jamie pensait la même chose. Il s'éclaircit la gorge et, sans quitter Ian des yeux, déclara :

— On a ramené le garçon à la maison.

Ian prit une grande inspiration, ses traits se durcissant légèrement.

— Ah oui ? dit-il simplement.

Le mince voile de convivialité jeté en équilibre précaire sur nos retrouvailles quelques instants plus tôt se déchira instantanément. Je sentis Jamie à mon côté bander ses muscles, se préparant à défendre son neveu de son mieux.

— C'est un bon garçon, Ian, dit-il.

— Vraiment ?

Cette fois, c'était Jenny qui avait parlé.

— Ce n'est pas franchement l'impression qu'il me donne à en juger par son comportement à la maison. Mais il est sans doute différent quand il est avec toi, n'est-ce pas, Jamie ?

Son ton caustique fit tiquer Jamie.

— C'est gentil à toi de vouloir le défendre, Jamie, dit sèchement Ian. Mais il vaut peut-être mieux qu'il s'explique lui-même. Il est dans sa chambre ?

— Je crois qu'il est dans l'arrière-cuisine. Il voulait s'arranger un peu avant de vous voir.

Son genou se pressa contre le mien et je compris le message. Il ne fallait pas mentionner la présence de Janet. Elle avait été éloignée avec ses sœurs afin de laisser les parents digérer l'arrivée de la revenante et de leur fils prodigue en toute intimité. Elle était sans doute revenue en cachette pour tenter d'apercevoir sa fameuse « tante Claire » et soutenir moralement son petit frère.

Ian partit vers les cuisines et revint quelques instants plus tard en poussant son fils devant lui. Celui-ci se balança gauchement sur le seuil du salon. Il était aussi présentable qu'un savon, de l'eau et une lame de rasoir pouvaient le permettre. Ses joues étaient encore un peu rouges et ses mèches mouillées pointaient comme des piques dans sa nuque. Sa veste avait été époussetée et le col de sa chemise boutonné. Janet n'avait pas pu faire grand-chose pour cacher l'absence de sourcils et le côté brûlé de sa tignasse, mais l'autre moitié était soigneusement coiffée. Il n'avait pas de cravate et son pantalon portait un long accroc. A part cela, il était aussi présentable que pouvait l'être un condamné attendant devant son peloton d'exécution.

— Maman, dit-il en la saluant d'un signe de tête maladroit.

— Ian, dit doucement Jenny.

Il redressa la tête, visiblement surpris par la douceur de son ton. Un petit sourire s'afficha sur les lèvres de Jenny quand elle remarqua l'étonnement de son fils.

— Je suis heureuse que tu sois rentré sain et sauf chez toi, *mo chridhe.*

Le visage du garçon s'illumina brusquement, comme si on venait de prononcer sa grâce, puis il croisa le regard austère de son père et se rembrunit aussitôt. Il déglutit et baissa la tête, fixant les lattes du plancher.

— Mmphm... fit Ian. Qu'as-tu à dire pour ta défense, mon fils ?

— Oh, euh... eh bien... rien, papa, répondit Petit Ian, l'air misérable.

— Regarde-moi quand je te parle ! tonna son père. As-tu une idée de ce que tu as fait subir à ta mère en disparaissant comme ça, sans rien dire ? Pendant trois jours, nous avons cru qu'il t'était arrivé un malheur. Il a fallu attendre que Joe Fraser nous apporte la lettre que tu lui avais confiée. As-tu une idée du calvaire qu'a enduré ta mère au cours de ces trois longs jours ?

Petit Ian hocha la tête, sans oser relever les yeux.

— Je pensais que Joe vous apporterait la lettre plus tôt, déclara-t-il d'une petite voix.

— Ah oui, parlons-en, de ta lettre ! « Parti à Edimbourg », tu appelles ça une lettre ! Pas même « avec votre permission » ou « je vous donnerai des nouvelles », rien ! « Chère maman, je suis parti à Edimbourg », signé « Ian ».

— Ce n'est pas vrai ! se récria Petit Ian. J'avais écrit : « Ne t'inquiète pas pour moi. Ton fils bien-aimé. Ian. » C'est vrai ! c'est vrai ! N'est-ce pas, maman ?

Il releva les yeux vers sa mère, l'implorant du regard. Elle était assise, immobile.

— C'est vrai, mon garçon, répondit-elle. Mais ça ne m'a pas pour autant empêchée de m'inquiéter.

Il baissa à nouveau la tête, s'excusant d'une voix à peine audible :

— Pardonne-moi, maman, je... je... ne voulais pas.

Elle esquissa un geste dans sa direction, mais le regard de Ian l'arrêta et elle reposa sagement la main sur ses genoux.

— Le problème, reprit Ian, c'est que ce n'est pas la première fois, n'est-ce pas ? Tu ne peux pas prétendre que tu ne savais pas ce que tu faisais. Nous t'avions déjà souvent mis en garde, en insistant sur les dangers que tu courais en te promenant seul sur les routes. Tu savais que nous allions nous inquiéter. Regarde-moi quand je te parle !

L'adolescent redressa lentement la tête, sombre mais résigné.

— Tu sais ce qui t'attend, mon garçon ? demanda son père.

Petit Ian hocha brièvement la tête.

— Alors va m'attendre dehors devant l'enclos.

Un silence tendu retomba dans le salon tandis que les pas du garçon s'éloignaient dans le couloir. Je gardais les yeux soigneusement baissés, fixant mes mains croisées sur mes genoux. A mon côté, Jamie poussa un soupir et se redressa.

— Ian, commença-t-il. Ce n'est peut-être pas indispensable.

— Quoi ?

Le front de Ian était encore creusé par la colère.

— Cela t'ennuie tant que ça que Petit Ian soit battu ? demanda-t-il. Tu as peut-être ton mot à dire sur le sujet ?

— Non, non, répondit prudemment Jamie. C'est ton fils et tu dois faire ce qui te semble juste. Mais je peux peut-être expliquer pourquoi il a agi comme ça.

— Comment a-t-il agi au juste ? intervint Jenny.

Elle semblait être revenue à la vie. Elle laissait peut-être son mari régler les problèmes avec leur fils, mais quand il s'agissait de son frère, personne ne parlait à sa place.

— Tu peux m'expliquer pourquoi il se glisse hors de la maison la nuit comme un voleur ? lança-t-elle. Ou encore pourquoi il aime tant frayer avec des criminels en risquant son cou pour un tonneau d'eau-de-vie ?

— Frayer avec des criminels comme moi, tu veux dire ? rétorqua Jamie. Tu ignores peut-être d'où vient l'argent qui te nourrit, toi et tous ceux qui vivent sous ce toit ? L'argent qui empêche cette maison de s'écrouler sur vos têtes ? Tu t'imagines sans doute que je l'ai gagné en imprimant des évangiles à Edimbourg !

— Je n'ai jamais dit ça ! répliqua Jenny. D'ailleurs, je ne t'ai jamais demandé de te justifier !

— Bien sûr que non ! C'est si commode de faire semblant de ne pas savoir !

— Tu vas me reprocher ce que tu fais, peut-être ? Est-ce ma faute si j'ai des enfants et qu'il faut les nourrir ?

Contrairement à Jamie, qui était rouge vif, elle avait viré au blanc. Ils faisaient tous deux des efforts considérables pour ne pas exploser.

— Je ne te reproche rien, déclara Jamie. Mais tu ne peux pas m'en vouloir non plus si les terres de Lallybroch ne suffisent pas à vous nourrir.

— Je sais bien que tu fais ton possible pour nous aider, Jamie. Tu sais très bien que ce n'est pas à toi que je pensais en parlant de « criminels » mais...

— ... Mais aux hommes qui sont sous mes ordres, c'est ça ? Je fais le même travail qu'eux, Jenny, que ça te plaise ou non. S'ils sont des criminels, alors qu'est-ce que je suis, moi ?

— Mon frère ! rétorqua-t-elle. Non pas que j'en sois fière ! Je n'ai rien contre ce que tu fais, Jamie. Je sais bien que si tu te mettais à détrousser les gens sur la voie publique ou si tu tenais un bordel à Edimbourg, ce ne serait que parce que tu n'as pas d'autre choix. Mais ce n'est pas une raison pour entraîner mon fils dans tes histoires !

En l'entendant parler d'un bordel à Edimbourg, Jamie avait blêmi et lancé un regard accusateur à Ian. Celui-ci fit non de la tête puis haussa les épaules d'un air impuissant.

— Je te jure que je n'ai rien dit, Jamie, déclara-t-il. Mais tu la connais !

Jamie poussa un soupir et se tourna à nouveau vers sa sœur, résolu à se montrer raisonnable.

— Tu sais bien que je ne lui aurais jamais fait courir le moindre risque.

— Ah oui ? Alors pourquoi l'as-tu encouragé à se sauver de chez lui et pourquoi l'as-tu gardé auprès de toi sans nous prévenir ?

Jamie prit un air penaud.

— Oui, c'est vrai, je m'en excuse, marmonna-t-il. J'avais l'intention de le faire, mais... Bah, peu importe maintenant. J'aurais dû vous prévenir et je ne l'ai pas fait. Mais ce n'est pas moi qui l'ai encouragé à fuguer...

— Non, je m'en doute bien, l'interrompit Ian. Pas directement, en tout cas.

Il ne semblait plus en colère, simplement fatigué et déprimé.

— Tu sais que cet enfant t'adore, Jamie, dit-il doucement. Chaque fois que tu nous rends visite et que tu nous racontes la vie que tu mènes, je le vois boire tes paroles. Il ne voit pas le revers de la médaille. Pour lui, c'est une existence pleine d'aventures et excitante, infiniment plus palpitante que d'étaler des crottes de chèvre dans le jardin de sa mère.

Il sourit malgré lui et Jamie l'imita.

— Il est normal qu'un garçon de son âge ait envie d'un peu d'émotions fortes, non ? On était pareils à son âge, toi et moi.

— Peut-être, intervint Jenny, mais les aventures que tu as à lui proposer ne sont pas faites pour un gamin de son âge. J'ignore quels saints te protègent, Jamie, mais tu sais toi-même que tu ne devrais plus être parmi nous depuis longtemps.

Jamie m'adressa un petit sourire.

— Oui, je suppose que tu as raison, Jenny. Mais ce ne sont pas des saints qui me protègent, c'est mon amour pour Claire.

Jenny lança à son tour un bref regard dans ma direction, mais elle n'était pas encore prête à se laisser amadouer.

— Certes, reprit-elle sèchement. Mais Petit Ian n'est encore amoureux de personne, que je sache. Je ne connais pas tous les détails de ta vie à Edimbourg, Jamie, mais je sais que ce n'est pas une vie pour un enfant.

— Mmphm... fit Jamie en se frottant le menton. Justement, c'est ce que je voulais vous dire tout à l'heure au sujet de Petit Ian. Toute cette semaine, il s'est comporté comme un homme. Il ne me paraît pas juste qu'il soit corrigé comme un gamin.

Jenny haussa des sourcils ironiques.

— Ah, parce que maintenant, c'est un homme ? Enfin, Jamie ! C'est encore un bébé, il a tout juste quatorze ans !

— Et alors ? A quatorze ans, j'étais déjà un homme, moi !

Jenny pouffa de rire.

— Tu te prenais pour un homme, rectifia-t-elle.

Malgré son irritation, un voile songeur adoucit son regard.

— Je m'en souviens comme si c'était hier, reprit-elle. C'est moi qui veillais sur toi à l'époque. J'avais seize ans et, quand tu est parti avec Dougal pour ton premier raid, avec ton épée neuve à la ceinture, dressant fièrement la tête sur ton poney, je n'avais jamais vu quelque chose d'aussi beau. Puis je t'ai vu revenir, couvert de boue, avec une éraflure le long de la joue parce que tu étais tombé dans les ronces. Dougal s'est vanté auprès de papa parce que tu t'étais montré très brave, paraît-il. Tu avais volé six juments à toi tout seul et tu avais reçu un coup de poing sur la tête sans broncher. C'est ça, être un homme ?

Jamie ne put réprimer un léger sourire.

— Euh... c'est un peu plus que ça, à vrai dire, avoua-t-il.

— Quoi alors ? Etre capable de coucher avec une fille ? de tuer un homme ?

J'avais toujours pensé que Jenny Fraser avait un don extralucide, notamment pour tout ce qui touchait à son petit frère. Manifestement, ce talent s'étendait également à son fils. Jamie rougit, mais son expression resta la même.

Elle secoua lentement la tête, soutenant le regard de son frère.

— Non, Jamie, aujourd'hui tu es devenu un homme, mais Petit Ian ne l'est pas encore et tu sais très bien la différence.

Ian, qui avait suivi le feu croisé entre les deux Fraser avec la même fascination que moi, crut bon d'intervenir et toussota.

— Quoi qu'il en soit, déclara-t-il, Petit Ian attend sa correction depuis un quart d'heure. Qu'il soit judicieux ou non de le punir, il serait cruel de le faire attendre plus longtemps, vous ne trouvez pas ?

— Faut-il vraiment que tu le battes, Ian ? demanda Jamie dans un dernier effort.

— Je lui ai déjà dit qu'il recevrait sa raclée et il sait très bien qu'il l'a méritée. Je ne peux pas revenir sur ma parole, mais je n'ai jamais dit que c'était moi qui le battrais.

Une lueur ironique apparut au fond de son regard. Il ouvrit un tiroir de la commode et en sortit une large lanière de cuir qu'il tendit à son beau-frère.

— C'est toi qui vas t'en charger, Jamie.

— Moi ? glapit Jamie, horrifié.

Il tenta vainement de repousser la lanière, mais Ian la lui planta de force dans les mains.

— Je ne peux pas ! se récria Jamie.

— Mais si, tu le peux, l'assura Ian. Tu as souvent dit que tu aimais ce garçon comme ton propre fils.

Il pencha la tête sur le côté et dévisagea Jamie avec un regard à la fois tendre et déterminé.

— Ce n'est pas facile d'être père, Jamie. Il est temps que tu l'apprennes.

Jamie resta un instant bouche bée, ne sachant manifestement que répondre, puis il se tourna vers sa sœur. Celle-ci soutint son regard, les bras croisés.

— Tu le mérites autant que lui, Jamie. Vas-y.

Jamie pinça les lèvres et blêmit. Puis il tourna les talons et sortit sans un mot. Nous entendîmes ses pas secs dans le couloir puis la porte d'entrée se referma en claquant.

Jenny lança un bref regard à Ian, puis à moi, et alla se poster devant la fenêtre. Ian et moi la rejoignîmes, observant la scène dans la cour.

Le soir commençait à tomber mais l'on voyait distinctement Petit Ian accoudé à la barrière de l'enclos, traçant des motifs dans la poussière du bout de son soulier. En voyant arriver son oncle, il se redressa avec surprise.

— Oncle Jamie ! C'est... c'est toi qui vas me battre ?

— Oui, mais avant, je dois te demander pardon, répondit Jamie, l'air maussade.

— Me demander pardon ? dit Petit Ian, interloqué. Mais de quoi ? Ce n'est pas nécessaire, oncle Jamie.

— Si. J'ai eu tort de te laisser rester à Edimbourg et je n'aurais jamais dû te farcir la tête avec des histoires d'aventures. Je t'ai emmené dans des endroits où tu n'aurais jamais dû aller, et je t'ai mis en danger. A cause de moi, tes parents se sont inquiétés. Pour tout ça, Ian, je te demande pardon.

Décontenancé, Petit Ian se gratta le crâne, ne sachant que répondre.

— Oh... euh... ce n'est rien, mon oncle. Je te pardonne, bien sûr.

— Merci.

Ils restèrent silencieux quelques instants, puis Petit Ian poussa un soupir et redressa les épaules.

— Bien... il faudrait peut-être s'y mettre, non ?

— Je suppose que tu as raison, répondit Jamie, aussi peu enthousiaste que son neveu.

A mon côté, j'entendis Ian émettre un petit bruit, mais je n'aurais su dire s'il était indigné ou amusé.

Résigné, Petit Ian tourna le dos à son oncle et entreprit de retirer sa veste. Jamie se tenait à son côté, se balançant d'un air gauche, ne sachant manifestement pas comment s'y prendre.

— Mmphm... comment fait ton père dans ces cas-là ?

— Normalement, c'est dix coups. Si c'est grave, c'est douze. Et très grave, quinze.

— Et tu dirais que c'est grave ?

— Si papa t'a envoyé à sa place, c'est plutôt très grave. Mais disons que c'est simplement grave. Tu n'as qu'à m'en donner douze.

Cette fois, Ian ne put réprimer un hoquet de rire.

— Soit, dit Jamie.

Il s'apprêta à lever la lanière de cuir mais Petit Ian l'arrêta dans son élan.

— Attends, je ne suis pas prêt !

Le voyant déboutonner son pantalon, Jamie fit une grimace inquiète.

— Il le faut vraiment ? demanda-t-il.

— Oui. Papa dit que seules les filles prennent leur raclée avec leurs jupes baissées. Les hommes doivent la recevoir cul nu.

Posant les deux mains sur la barrière, Petit Ian lui présenta son arrière-train. Jamie recula d'un pas et brandit à nouveau sa lanière. Le premier claquement fit tressaillir Jenny. Hormis un petit gémissement étouffé, Petit Ian supporta stoïquement son châtiment. Jamie laissa enfin retomber son bras et s'essuya le front. Puis il tendit la main vers Petit Ian affalé contre la barrière.

— Ça va, mon garçon ?

L'adolescent se redressa péniblement et renfila ses culottes.

— M-m-merci, oncle Jamie, dit-il d'une voix faible.

Petit Ian serra la main tendue de son oncle. A ma grande surprise, au lieu de raccompagner son neveu vers la maison, Jamie lui mit la lanière de cuir dans sa paume ouverte.

— C'est ton tour, déclara-t-il.

Il s'approcha de la barrière, baissa ses culottes et prit place.

— Qu-qu-quoi ? fit Petit Ian, sidéré.

— J'ai dit que c'était ton tour, répéta Jamie d'une voix ferme. Je t'ai puni, maintenant c'est à toi de me punir.

— Mais je ne peux pas faire ça ! s'écria Petit Ian, outré.

— Bien sûr que si, rétorqua Jamie. Je suis aussi en tort que toi et je dois payer pour mes fautes. Je n'ai pas aimé te frapper et tu n'aimeras pas me battre non plus, mais nous devons le faire, compris ?

— Euh... ou-ou-oui, balbutia Petit Ian.

Jamie reprit position, serrant fermement la barrière devant lui. Il attendit ainsi quelques secondes puis, comme il ne se passait toujours rien, il lança au garçon paralysé derrière lui :

— Alors, tu t'y mets ou quoi ?

Terrifié, Petit Ian s'exécuta, lui assenant un coup timide sur les fesses.

— Celui-ci ne compte pas, déclara Jamie. Tu dois y mettre la même force que moi. Allez, mon garçon, mets-y un peu du tien.

L'adolescent redressa les épaules avec une détermination soudaine et la lanière de cuir cingla l'air. Le claquement sec provoqua un petit grognement surpris chez Jamie. Devant moi, Jenny laissa échapper un petit rire nerveux.

Nous entendîmes Petit Ian compter les onze derniers coups à voix haute. Lorsque ce fut fini, il y eut un soupir général de soulagement dans le salon. Jamie se redressa et glissa les pans de sa chemise sous sa ceinture.

— Merci, Ian, déclara-t-il.

Puis, se frottant les fesses avec une grimace, il ajouta :

— Nom de Dieu, mon garçon, tu as de sacrés biceps !

— Toi aussi, mon oncle, répliqua Petit Ian sur le même ton.

Les deux hommes, désormais à peine visibles dans la pénombre, éclatèrent de rire tout en se massant l'arrière-train puis se tournèrent vers la maison.

— Si ça ne t'ennuie pas, déclara Jamie, j'aimerais autant ne jamais remettre ça.

— Marché conclu, mon oncle.

Quelques instants plus tard, la porte d'entrée s'ouvrit et, après avoir échangé un regard complice, Jenny et Ian s'avancèrent pour accueillir à bras ouverts les enfants prodigues.

33

Le trésor enfoui

— On dirait un babouin, commentai-je.

Malgré la brise de novembre qui filtrait par la fenêtre entrebâillée, Jamie se promenait entièrement nu dans la chambre. Il s'étira voluptueusement, faisant craquer ses articulations.

— Bon sang, que c'est bon de ne plus être en selle ! soupira-t-il.

Je me laissai tomber sur l'édredon, me repaissant de la chaleur du duvet d'oie et du plaisir de détendre mes muscles endoloris.

— Qu'est-ce qu'un babouin au juste ? demanda Jamie.

Il s'approcha de la bassine et se mit à se brosser les dents avec une brindille de saule. Cette vision me fit sourire. Si j'avais échoué à détourner le cours de l'histoire lors de mon dernier séjour dans le passé, j'avais au moins permis à tous les Fraser et les Murray de Lallybroch de conserver leurs dents, contrairement à la plupart des Highlanders et des Anglais.

— Un babouin, expliquai-je, est une sorte de grand singe avec un derrière tout rouge.

— Merci pour le compliment ! rit-il. Cela faisait plus de trente ans que personne ne me tannait les fesses. J'avais oublié à quel point ça pique !

Rejetant sa brindille, il se glissa dans le lit et se blottit contre moi.

— Mmm... tu es toute chaude, *Sassenach*, murmura-t-il.

Il glissa ses jambes entre les miennes et me caressa les fesses, me serrant contre lui.

— Au moins, Jenny et Ian ne sont plus fâchés contre toi, dis-je en réprimant un bâillement.

— Non, je ne crois pas qu'ils m'en voulaient vraiment. En fait, ils ne savent pas trop comment prendre Petit Ian. Les deux aînés, Jamie et Michael, sont de braves garçons. Mais ils ressemblent tous les deux à leur père : ils sont doux, calmes et faciles à vivre. Petit Ian est calme lui aussi, mais il tient davantage de sa mère, et de moi.

— Tu veux dire qu'il est têtu comme un Fraser ?

— Oui, confirma Jamie en riant. Petit Ian a beau ressembler physiquement aux Murray, c'est un Fraser jusqu'à la moelle. Or il ne sert à rien de houspiller un têtu, ni de le battre. Cela ne fait que le renforcer dans sa détermination.

— Je m'en souviendrai, répliquai-je.

L'une de ses mains caressait ma cuisse, retroussant peu à peu ma chemise de nuit en coton. D'un genou, il écarta un peu plus mes jambes. J'effleurai ses fesses du bout des doigts et les pinçai doucement.

— D'après Dorcas, certains messieurs sont prêts à payer une somme généreuse pour avoir le plaisir d'être fessés. Elle dit qu'ils trouvent ça... excitant.

Jamie banda ses fessiers, puis les relâcha tandis que je les caressais doucement.

— Vraiment ? dit-il. Si Dorcas le dit, ce doit être vrai. Personnellement, je connais des moyens plus plaisants pour me faire bander. D'un autre côté, je suppose que si c'est un joli brin de fille à demi nue qui administre la fessée avec ses petites menottes, ce n'est pas comme si c'était ton père ou ton neveu.

— Sans doute. Tu veux que j'essaie un de ces jours ?

— Non merci.

Le creux de sa gorge était à quelques centimètres de ma bouche, hâlé et tendre. J'y collai mes lèvres et le chatouillai doucement du bout de ma langue. Il dénoua le lacet de mon col, puis roula sur le côté, me soulevant au-dessus de lui comme si je ne pesais pas plus qu'une plume. D'un geste adroit des doigts, il fit retomber ma chemise sous mes épaules, dénudant mes seins.

Ses yeux plus bridés que jamais pétillaient. Il avait les paupières mi-closes, comme un chat ronronnant, et la chaleur de ses paumes réchauffait la peau glacée de ma poitrine.

— Comme je le disais justement, susurra-t-il, je connais des moyens plus plaisants...

La chandelle s'était consumée et le feu dans l'âtre mourait doucement. Couchée près de lui, redressée sur un coude, je caressais son large dos, suivant les nombreuses zébrures de sa peau du bout de l'index. Vingt ans plus tôt, j'avais connu ces cicatrices si intimement que j'aurais été capable de les redessiner les yeux fermés. A présent, je sentais au bout de mon doigt une ligne en demi-lune que je ne connaissais pas, puis une entaille en diagonale qui n'était pas là non plus autrefois, les vestiges d'un passé tumultueux que je n'avais pas partagé. Les dernières lueurs du feu faisaient briller le duvet doré de ses bras et de ses jambes.

— J'aime ta peau velue, murmurai-je.

Je glissai ma paume sur l'arrondi lisse de ses fesses et il écarta les cuisses pour me laisser caresser les boucles drues de son entrejambe.

— Moui... fit-il d'une voix étouffée par l'oreiller. Heureusement, personne ne m'a encore chassé pour ma fourrure.

— Peut-être pas pour ta fourrure, mais tu as été souvent chassé, n'est-ce pas ?

Il haussa les épaules.

— Parfois, oui.

— On te pourchasse encore aujourd'hui ?

Il respira profondément avant de répondre :

— Oui... je crois.

Mes doigts revinrent vers l'entaille diagonale. La plaie avait été profonde. La cicatrice formait un petit bourrelet rectiligne et bien dessiné.

— Tu sais qui ? demandai-je.

— Non.

Il resta silencieux un long moment, puis se retourna sur le dos, calant sa tête sur son coude fléchi.

— Mais je sais peut-être pourquoi.

La maison était silencieuse. La plupart des enfants et des petits-enfants étant absents, il ne restait plus que quelques domestiques logés dans les quartiers derrière les cuisines, Ian et Jenny dans leur chambre à l'autre bout du couloir, et Petit Ian dormant quelque part à l'étage au-dessus. Nous aurions pu être seuls au bout du monde, Edimbourg et la falaise des contrebandiers à des années-lumière de distance.

— Tu te souviens quand tout le monde ne parlait que de l'or envoyé de France ? C'était après la chute de Sterling, peu avant Culloden.

Cette question de Jamie raviva aussitôt dans mon esprit le souvenir de ces journées frénétiques passées au côté de Charles-Edouard Stuart, lors de son ascension vertigineuse vers la gloire et de sa chute précipitée vers l'oubli. En ces temps incertains, la plupart des conversations étaient alimentées par des rumeurs.

— Tu veux dire l'or du roi de France ? Mais il ne l'a jamais envoyé, n'est-ce pas ? Ce n'étaient que des on-dit. Tout le monde passait son temps à attendre de l'or de France, des vaisseaux d'Espagne, des armes de Hollande, mais il ne venait jamais rien.

— Quelque chose est bien arrivé, mais ça ne venait pas de Louis de France et personne n'en a rien su.

Il me raconta sa rencontre avec Duncan Kerr à l'*Auberge du Tilleul* et sa confession sous la surveillance d'un officier anglais.

— Duncan avait de la fièvre, mais il n'était pas fou. Il savait qu'il allait mourir. Comme il me connaissait, j'étais sa dernière chance de parler à quelqu'un en qui il pouvait avoir confiance. Alors il m'a parlé.

— De sorcières blanches et de phoques ? répétai-je. Tu y as compris quelque chose ?

— Rien du tout, admit Jamie. Je ne savais pas à qui il voulait faire allusion avec sa sorcière blanche. Au début, j'ai cru que c'était toi et mon cœur a fait un bond. Je me suis dit que, peut-être, les choses avaient mal tourné sur la colline aux fées et que tu n'avais pas pu rejoindre Frank et ton époque. J'ai pensé que tu t'étais réfugiée en France, et que tu y étais encore, ce genre de choses...

— Si seulement... soupirai-je.

— Tu plaisantes ? Avec moi en prison ? Brianna devait avoir... quoi... dix ans ? Non, *Sassenach*, ne perds pas ton temps avec des regrets. Tu es ici, à présent, et on ne se quittera jamais plus.

Il déposa un baiser sur mon front et reprit son récit :

— Je ne savais pas d'où venait cet or, mais j'ai fini par comprendre où il était caché et pourquoi. Duncan avait été envoyé par Charles-Edouard pour le chercher. Quant à son histoire de soyeux...

Il souleva légèrement la tête et m'indiqua la fenêtre du menton. On y apercevait le rosier grimpant qui jetait des ombres dansantes sur la vitre.

— Les gens racontent que ma mère s'est enfuie de Castle Leoch pour aller vivre avec les phoques. Mais c'est parce que la femme de chambre qui a aperçu mon père le soir où il est venu la chercher a raconté qu'il ressemblait à un grand soyeux qui se serait débarrassé de sa peau sur la plage et se serait mis à marcher comme un homme.

Jamie marqua une pause et sourit, se passant une main dans les cheveux.

— Il avait les cheveux épais, comme moi, mais noirs comme du jais. Sous certaines lumières, on aurait dit qu'ils étaient mouillés tellement ils brillaient. En outre, il se déplaçait toujours en silence, comme s'il glissait sur le sol, tel un phoque dans l'eau.

Il frissonna, chassant ces souvenirs de sa mémoire.

— Enfin, bref... Lorsque Duncan Kerr a prononcé le nom « Ellen », j'ai tout de suite compris qu'il s'agissait de ma mère. Il voulait me signifier qu'il connaissait mon nom et ma famille, qu'il savait qui j'étais. Il était loin de délirer, même s'il en avait l'air. L'Anglais m'avait dit où on l'avait retrouvé, près du rivage sur la côte. Il y a des centaines de petites îles et de gros rochers le long de cette côte, mais un seul où vivent les soyeux. C'est aux confins des terres MacKenzie, près de Coigach.

— Tu y es allé ?

— Oui. Je ne l'aurais pas fait, je veux dire, je ne me serais pas évadé de prison, si je n'avais pas cru qu'il y avait un rapport avec toi, *Sassenach*.

S'évader ne lui avait pas été très difficile. Les prisonniers sortaient régulièrement de la forteresse par petits groupes pour aller extraire la tourbe qui réchauffait l'ensemble de la prison ou pour travailler à la réparation des murailles. Pour un homme habitué à la bruyère, se fondre dans la nature était un jeu d'enfant. Il avait interrompu son travail et s'était éloigné du groupe de quelques mètres, déboutonnant ses culottes comme pour se soulager. Le gardien avait pudiquement détourné les yeux et quand il s'était retourné quelques instants plus tard, il n'y avait plus personne.

— En fait, s'évader était à la portée de tous, mais les hommes ne le faisaient jamais. C'est qu'aucun d'entre nous n'était de la région et, même si cela avait été le cas, il n'y avait nulle part où aller.

Les hommes de Cumberland avaient bien fait leur travail. Comme l'avait déclaré un de ses contemporains : *Cumberland a créé un désert et l'a appelé « paix »*. Cette approche moderne de la diplomatie avait laissé de vastes étendues des Highlands entièrement désertes. Les hommes avaient été tués, emprisonnés ou déportés ; les fermes et les récoltes avaient été brûlées ; les femmes et les enfants, affamés, avaient été obligés de se rabattre sur les villes. Non, un prisonnier s'évadant d'Ardsmuir se serait retrouvé vraiment seul, sans personne à qui demander de l'aide.

Jamie savait qu'il avait peu de temps devant lui avant que le gouverneur anglais ne devine sa destination et ne lance une patrouille à ses trousses. D'un autre côté, il n'y avait pas de routes à proprement parler dans cette région reculée du royaume et un homme à pied qui connaissait le terrain était nettement avantagé par rapport à des étrangers à cheval.

Il s'était enfui vers le milieu de l'après-midi. Se guidant aux étoiles, il avait marché toute la nuit pour arriver sur la côte le lendemain à l'aube.

— Je connaissais l'endroit où viennent se réfugier les phoques. Tous les MacKenzie le connaissent. J'y avais déjà été une fois, avec Dougal.

La marée était haute et les phoques étaient occupés à chasser les crabes et les poissons dans les laminaires, mais Jamie reconnut aussitôt les trois îlots sur lesquels ils s'entassaient pour dormir. Selon les dires de Duncan Kerr, le trésor se trouvait sur la troisième île, la plus éloignée du rivage. Elle se dressait à plus d'un kilomètre, une longue distance à parcourir à la nage, même pour un homme robuste. Or Jamie était vidé de ses forces par le dur labeur de la prison et sa longue marche le ventre vide. Il se tint sur la falaise, se demandant s'il ne chassait pas des moulins à vent et si le trésor, s'il existait vraiment, valait la peine de risquer sa vie.

La falaise était déchiquetée et s'effritait par endroits. Il ne semblait y avoir aucun moyen d'atteindre l'eau, sans parler de l'île aux phoques. Puis Jamie se souvint que Duncan avait parlé de la « tour d'Ellen ». Celle-ci était en fait un promontoire de granit qui ne s'élevait qu'à un mètre au-dessus du sol. Mais sous ce pic, cachée dans les anfractuosités de la roche, se trouvait une petite crevasse donnant sur un puits qui offrait un accès à la grève, située une vingtaine de mètres plus bas.

De la base de la tour d'Ellen à la troisième île, il restait encore quelque trois cents mètres de mer houleuse à parcourir. Jamie s'était déshabillé, s'était signé, avait recommandé son âme à sa défunte mère, puis avait plongé nu dans les vagues.

Aucun endroit d'Ecosse ne se trouve loin de la mer, mais Jamie avait grandi à l'intérieur des terres et son expérience de la natation se limitait aux étendues placides des lochs et aux bassins naturels des torrents à truites. Aveuglé par le sel et assourdi par le rugissement de la mer, il avait lutté pendant ce qui lui avait paru des heures. Puis, épuisé, il avait relevé la tête pour respirer et avait découvert avec horreur que le rivage ne se trouvait plus derrière lui comme il s'y était attendu, mais sur sa droite.

— La marée descendante était en train de m'emporter. Je me suis dit : « Ça y est, tu es cuit. » Je savais très bien que je ne pourrais jamais regagner la côte. Je n'avais rien mangé depuis deux jours et j'étais à bout de forces.

Il avait alors cessé de nager. Il s'était laissé flotter sur le dos, s'abandonnant à l'étreinte des vagues. Fermant les yeux, il avait fouillé dans sa mémoire à la recherche des paroles d'une vieille prière celtique.

— Tu vas croire que je suis un peu fêlé, *Sassenach*. Je ne l'ai raconté à personne, pas même à Jenny, mais, au beau milieu de ma prière, j'ai entendu ma mère m'appeler. Peut-être était-ce uniquement parce que j'avais pensé à elle avant de me jeter à l'eau, mais...

Il haussa les épaules, l'air gêné.

— Qu'a-t-elle dit ? demandai-je doucement.

— Elle a dit : « Viens à moi, Jamie... viens à moi, mon petit ! » Je l'entendais distinctement, mais je ne voyais rien. Il n'y avait personne, pas même un phoque. J'ai cru qu'elle m'appelait du ciel et j'étais si épuisé que je me serais bien laissé mourir. Mais je me suis retourné sur le ventre et me suis mis à nager dans la direction d'où sa voix était venue. Je me suis dit que je ferais dix brasses puis que je m'arrêterais à nouveau pour reprendre mon souffle, ou couler.

Enfin, à la dixième brasse, le courant l'avait soulevé.

— C'était comme si quelqu'un me portait. Je le sentais tout autour de moi. L'eau était plus chaude et m'emportait. Je n'avais qu'à garder la tête hors de l'eau et à battre un peu des jambes.

Le courant l'avait laissé juste à la pointe de la troisième île. En quelques brasses, il avait atteint les rochers. Avec la gratitude d'un naufragé échouant sur une plage de sable chaud bordée de cocotiers, il s'était hissé sur les pierres couvertes d'algues et avait repris lentement son souffle.

— Ensuite, j'ai eu l'impression qu'on m'observait. Je me suis retourné et j'ai vu un énorme phoque qui me fixait en me montrant ses grosses dents acérées.

Sans être ni pêcheur ni marin, Jamie avait entendu suffisamment d'histoires sur les phoques mâles pour savoir qu'ils étaient dangereux, surtout quand on faisait irruption sur leur territoire.

— Il pesait plus de cent kilos. Il pouvait me déchiqueter un bras ou me rejeter à la mer d'un seul coup de queue. Heureusement pour moi, j'étais trop abruti de fatigue pour avoir peur. Je l'ai simplement fixé dans les yeux, puis je lui ai dit : « Ce n'est rien, mon vieux, ce n'est que moi. »

— Et que t'a-t-il répondu ?

— Rien, il m'a regardé un long moment puis il a émis un grognement et s'est laissé glisser de son rocher avant de disparaître dans les vagues.

Seul maître des lieux, Jamie avait entrepris d'inspecter l'île. Etant donné sa taille minuscule, il n'avait pas tardé à découvrir la fente dans un rocher qui s'ouvrait sur une petite caverne d'un mètre de profondeur. Elle était tapissée de sable sec et, située au centre de l'îlot, elle n'était jamais inondée, même au plus fort des pires tempêtes.

— Alors, ne me fais pas languir, le suppliai-je. L'or du Français y était, oui ou non ?

— Eh bien, oui et non, *Sassenach*, répondit-il en savourant son suspense. Je m'attendais à découvrir un gros coffre rempli d'or. D'après la rumeur, Louis de France avait envoyé trente mille pièces d'or, mais je n'ai trouvé qu'un coffret de moins de trente centimètres de long et une petite bourse en cuir.

Le coffret contenait deux cent cinq pièces d'or et d'argent, certaines finement ciselées comme si elles avaient été frappées la veille, d'autres rongées par le temps.

— C'étaient des pièces anciennes, *Sassenach.*

— Anciennes ? Tu veux dire...

— Grecques et romaines, *Sassenach*. Très anciennes.

— C'est incroyable ! m'émerveillai-je. C'était donc bien un trésor mais pas...

— ... Pas le genre de trésor que le roi de France aurait envoyé pour nourrir une armée, en tout cas.

— Et la bourse ? demandai-je. Que contenait-elle ?

— Des pierres précieuses. Des diamants, des perles, des émeraudes et des saphirs. Il n'y en avait pas beaucoup mais elles étaient grosses et bien taillées.

Perplexe, il était resté assis sur son rocher, tournant et retournant entre ses doigts les pièces et les pierreries, jusqu'à ce qu'il se rende compte qu'il était encerclé par une ronde de phoques intrigués. La marée était basse et les femelles étaient rentrées de la pêche. Une vingtaine de paires d'yeux le surveillaient avec prudence.

Le gros mâle, enhardi par la présence de son harem, était lui aussi de retour. Il aboyait en agitant la tête de droite à gauche d'un air menaçant, avançant vers Jamie en se dandinant sur ses nageoires.

— J'ai pensé qu'il valait mieux ne pas m'attarder. J'avais trouvé ce que j'étais venu chercher, après tout. Je ne pouvais pas rapporter le coffret à la nage et, quand bien même, qu'en aurais-je fait ? Alors, je l'ai remis à sa place et je suis redescendu dans l'eau.

A quelques mètres de l'île, il avait retrouvé le courant circulaire qui l'avait porté à nouveau vers le rivage. Là, il avait rampé sur la grève, s'était rhabillé et s'était endormi dans un nid d'algues.

— A l'aube, j'ai marché de nouveau vers l'intérieur des terres pour aller à la rencontre des Anglais.

— Mais pourquoi es-tu rentré ? Tu étais libre, tu avais de l'argent, et tu...

— Où voulais-tu que je dépense cet argent, *Sassenach* ? Je ne pouvais tout de même pas entrer dans la première ferme venue et offrir aux paysans un *denarius* d'or ou une petite émeraude !

Mon air indigné le fit sourire.

— Non, *Sassenach*, reprit-il. Je devais rentrer à la prison. C'est vrai que j'aurais pu survivre sur la lande pendant un certain temps, même affamé comme je l'étais. Mais les Anglais me recherchaient d'autant plus qu'ils pensaient que je savais où se trouvait le trésor. Tant que j'étais libre, aucune maison dans les alentours d'Ardsmuir n'aurait été en sécurité car ils n'auraient pas hésité à y mettre le feu pour dissuader ses occupants de m'héberger. De plus, après avoir mis toute la région à feu et à sang, ils seraient venus ici à Lallybroch. Même si j'avais été disposé à faire courir un risque aux gens d'Ardsmuir, je ne pouvais pas mettre la vie des miens en danger. Et puis...

Il s'interrompit, cherchant ses mots.

— Il fallait que je revienne, dit-il lentement. Pour mes compagnons de cellule aussi.

— Il y avait des hommes de Lallybroch parmi les prisonniers ? demandai-je.

— Non, ils venaient des quatre coins des Highlands. Presque

tous les clans étaient représentés, mais ils étaient hagards et perdus. Ils avaient besoin d'un chef.

— C'est ce que tu es devenu pour eux ?

— Oui, faute de mieux, répondit-il avec un sourire ironique.

Après avoir vécu sept ans protégé par sa famille et ses métayers, sept années durant lesquelles l'amour des siens avait nourri ses forces, il s'était retrouvé dans un univers où la solitude et la désespérance pouvaient tuer un homme plus rapidement que la crasse, l'humidité et les maladies de la prison. Aussi, le plus naturellement du monde, il avait rassemblé ces débris d'hommes, les survivants éparpillés de Culloden, et les avait faits siens afin qu'ils puissent survivre, lui y compris, aux pierres froides d'Ardsmuir. A force de raison, de persuasion et de charme, tantôt les cajolant, tantôt les matant, il les avait contraints à s'unir pour faire face à leurs geôliers comme un seul homme, laissant de côté leurs anciennes rivalités pour se regrouper tous derrière lui.

— Ils sont devenus *mes* hommes, expliqua-t-il. Ce sont eux qui m'ont gardé en vie.

Néanmoins, quelque temps après son retour, ils lui avaient été enlevés, séparés les uns des autres pour être vendus comme des bêtes de somme sur une terre étrangère. Il avait été impuissant à les sauver.

— Tu as fait de ton mieux, le consolai-je. Tu ne peux plus rien aujourd'hui.

Nous restâmes un long moment enlacés, laissant les légers bruits de la maison endormie nous bercer. Pour la première fois, nous étions vraiment seuls tous les deux, loin du danger.

Pour une fois, nous avions le temps. Le temps d'entendre la suite de l'histoire de l'or, d'apprendre ce qu'il en avait fait, de découvrir ce qui était arrivé aux hommes d'Ardsmuir, de spéculer sur l'incendie de l'imprimerie, sur le marin borgne de Petit Ian, sur la rencontre avec les douaniers sur la grève d'Arbroath, sur la marche à suivre désormais. Mais précisément parce que nous avions tout notre temps, ni l'un ni l'autre ne ressentait le besoin d'en parler.

La dernière bûchette de tourbe se désintégra dans l'âtre, ses entrailles incandescentes lançant des lueurs rouge orangé. Je me blottis plus près de lui, enfouissant mon nez dans son cou. Il sentait l'herbe et la transpiration, avec un léger arrière-goût de whisky.

Il se tourna vers moi, se couchant à demi sur mon corps nu.

— Quoi, encore ? murmurai-je, amusée. A ton âge, les hommes ne sont pas censés récupérer aussi vite.

Il mordillait le lobe de mon oreille.

— Pourquoi pas ? chuchota-t-il. Tu es bien prête à remettre ça, toi aussi, et tu es plus vieille que moi.

— Ce n'est pas pareil, me défendis-je. Je suis une femme.

— Précisément. Si tu n'étais pas une femme, tu ne me mettrais pas dans cet état, *Sassenach.*

Les grattements des branches de rosier contre la vitre me réveillèrent peu après l'aube. On entendait déjà des bruits dans la cuisine à l'étage inférieur. Je me glissai discrètement hors du lit pour ne pas réveiller Jamie. Les lattes du plancher étaient glacées. Grelottante, je passai rapidement le premier vêtement qui me tomba sous la main.

Enveloppée dans la chemise de Jamie, je m'accroupis devant le feu pour tenter de le ranimer. Je regrettai de ne pas avoir inclus une boîte d'allumettes dans la liste d'objets que j'avais apportés avec moi. Faire jaillir des étincelles entre deux silex était un système efficace, mais laborieux. Je dus m'y reprendre à douze fois avant d'enflammer le brin de filasse qui tenait lieu de mèche. Dès que la flamme apparut, je le glissai sous la pile de petit-bois que j'avais préparé afin de protéger la flamme naissante de la bise.

La veille, j'avais laissé la fenêtre entrouverte pour ne pas être suffoquée par la fumée de tourbe. Le bas de la vitre était givré, l'hiver approchait. L'air était si vif et frais que j'attendis un instant avant de refermer les battants, inhalant de grandes bouffées chargées de l'odeur des feuilles mortes, des pommes sèches, de la terre froide et de l'herbe humide. Un mouvement attira mon regard vers le haut d'une colline. Un sentier mal tracé y serpentait, menant au village de Broch Mordha une quinzaine de kilomètres plus loin. L'un après l'autre, trois poneys apparurent au sommet puis entamèrent la descente vers Lallybroch.

Les cavaliers étaient trop loin pour que je puisse distinguer leur visage, mais je devinai aux flottements de leurs jupes qu'il s'agissait de femmes. Ce devaient être les filles de Ian et de Jenny qui rentraient de chez leur grand frère. Jamie serait heureux de les voir.

Je refermai la fenêtre et décidai de profiter du peu d'intimité qui nous restait pour faire la grasse matinée. Je déposai plusieurs bûches de tourbe dans l'âtre, puis je me débarrassai de ma chemise et me glissai à nouveau sous l'édredon. Réveillé par mon retour dans le lit, Jamie roula instinctivement de mon côté, se lovant contre moi en chien de fusil.

— Bien dormi, *Sassenach* ? demanda-t-il, encore à moitié endormi.

— Merveilleusement bien. Et toi ?

— Mmmm... j'ai fait des rêves délicieux.

— De quoi as-tu rêvé ?

— De femmes nues, principalement, et de nourriture.

Il mordilla doucement mon épaule. Son estomac émit un grondement sourd. Une odeur de biscuits et de lard frit flottait dans les airs, légère mais reconnaissable.

— Tant que tu ne confonds pas les deux, dis-je en dégageant prudemment mon épaule.

— Je sais encore distinguer une jolie poulette dodue d'un gros jambon salé.

Il me pinça une fesse.

— Tu n'es qu'un animal !

— Ah oui ? Grrrr...

Il plongea sous l'édredon et se mit à mordiller l'intérieur de mes cuisses, faisant la sourde oreille à mes cris de dinde. Je gigotais tant bien que mal pour résister aux chatouillis. Délogé par notre lutte, l'édredon glissa sur le plancher, révélant la tignasse cuivrée de Jamie, le nez enfoui entre mes jambes. Il redressa la tête pour reprendre son souffle.

— Finalement, il y a moins de différence que je ne le pensais entre la poulette et le jambon, annonça-t-il. Tu as un goût plutôt salé. Comment...

Au même instant, la porte de la chambre s'ouvrit avec fracas, allant frapper contre le mur. Une jeune fille que je n'avais jamais vue auparavant se tenait sur le seuil. Elle devait avoir une quinzaine d'années, avec de longs cheveux blonds et de grands yeux bleus. Elle regardait vers le lit avec une expression d'horreur. Son regard glissa de mes cheveux hirsutes à mon visage, descendit lentement vers mes seins nus, puis le long de mon ventre, pour s'arrêter enfin sur Jamie, couché entre mes cuisses, le teint blême, la dévisageant avec un effroi comparable au sien.

— Papa ! s'écria-t-elle, outragée. Qui est cette femme ?

34

Cher Papa

— « Papa » ? répétai-je, incrédule. « *Papa* » ?

Après être resté quelques secondes pétrifié, Jamie se redressa brusquement et tira l'édredon sur nous. Il écarta les mèches qui lui tombaient dans les yeux et fusilla la jeune fille du regard.

— Qu'est-ce que tu fiches ici ? tonna-t-il.

Mal rasé, nu et tremblant de rage, il faisait peur à voir. La jeune fille recula d'un pas, l'air indécise. Puis elle redressa fièrement son petit menton et lança :

— Je suis venue avec maman !

Elle aurait pu tout autant tirer à bout portant sur Jamie. Il en resta bouche bée, son visage vidé de tout son sang.

Il y eut un bruit de pas précipités dans les escaliers. Tel un amant coupable, il bondit hors du lit et enfila en hâte ses culottes. A peine avait-il fini de se reboutonner qu'une autre forme féminine déboula dans la chambre. Elle freina net devant le lit, manquant déraper, et tourna vers nous des yeux exorbités.

— Alors c'était vrai ! vociféra-t-elle. Cette garce de *Sassenach* est de retour ! Comment as-tu pu me faire une chose pareille, Jamie Fraser ?

— Ferme-la, Laoghaire ! rétorqua-t-il. Je ne t'ai rien fait !

Je me redressai dans le lit et m'adossai au mur, serrant un coin de l'édredon contre moi, essayant de comprendre. Il me fallut un certain temps avant d'établir le lien entre le prénom qu'il venait de prononcer et la harpie qui se dressait devant moi. Vingt ans plus tôt, Laoghaire MacKenzie était une svelte jeune fille de seize ans, au teint de rose, au visage de lune et à la passion dévorante, non réciproque, pour le jeune Jamie Fraser. Naturellement, elle avait un peu changé.

Elle approchait de la quarantaine et n'était plus très svelte. Elle était même carrément grassouillette. Elle avait encore un teint de rose, mais plutôt du genre rose fanée. Des mèches cendrées s'échappaient de sous son bonnet de bourgeoise respectable. En revanche, ses yeux bleus n'avaient pas changé, dardant les mêmes flèches venimeuses dont j'avais fait les frais vingt ans plus tôt.

Elle frappa le plancher du talon, persiflant :

— Il est à moi ! Retourne en enfer, sorcière, et laisse-le tranquille. Il est à moi ! Fous le camp !

Elle lança des regards de furie autour d'elle, cherchant une arme. Apercevant l'aiguière bleue, elle s'en saisit et la brandit au-dessus de sa tête. Jamie la lui reprit de justesse et la reposa sur la table. Puis il l'attrapa par le gras du bras, serrant suffisamment fort pour lui arracher un couinement de douleur. Il la fit pivoter sur place et la poussa vers la porte.

— Descends ! ordonna-t-il. Je te rejoindrai.

Elle se débattit, lui griffant le visage en poussant de petits cris aigus.

— Je ne te permets pas ! Je ne te permets pas ! hurlait-elle.

Il lui agrippa l'autre main et la propulsa sans ménagement dans le couloir avant de claquer la porte et de la fermer à clé.

Entre-temps, je m'étais assise au bord du lit, essayant d'enfiler mes bas avec des mains tremblantes.

— Je peux t'expliquer, Claire.

— Ex... expliquer qu-qu-quoi ? rétorquai-je.

Je n'arrivais plus à former mes mots. Je gardais les yeux baissés vers la jarretière que je tentais vainement de nouer autour de ma cuisse.

Il assena un violent coup de poing sur la table.

— Ecoute-moi ! s'écria-t-il.

Je sursautai. Avec ses cheveux en désordre lui tombant sur les épaules, torse nu, le visage griffé par les ongles de Laoghaire, il ressemblait à un Viking en rut. Dans le couloir, on tambourinait contre la porte. Le manoir résonnait de cris et de pas de course tandis que, un à un, tous ses occupants étaient attirés par le vacarme.

— Tu perds ton temps, dis-je. Tu ferais mieux d'aller t'expliquer auprès de ta fille.

— Ce n'est pas ma fille !

— Ah non ? Et tu vas me dire que Laoghaire n'est pas ta femme, non plus ?

— Mais c'est toi ma femme, bon Dieu !

— Faudrait savoir !

Mes doigts glacés n'arrivaient pas à lacer les lanières de mon corset. Je capitulai et cherchai ma robe, jetée quelque part de l'autre côté de la chambre, derrière Jamie.

— J'ai besoin de ma robe.

— Tu n'iras nulle part, *Sassenach*, pas avant que...

— Ne m'appelle plus comme ça !

La violence de mon ton nous surprit tous les deux. Il me dévisagea un long moment, les bras pantelants, puis hocha la tête.

— D'accord, dit-il plus calmement.

Il lança un regard vers la porte qui tremblait sous le martèlement ininterrompu de l'autre côté. Puis il prit une profonde inspiration et redressa les épaules.

— Je vais arranger les choses, annonça-t-il. Ensuite nous parlerons tous les deux. Reste ici, *Sasse*... Claire.

Il ramassa sa chemise et l'enfila prestement. Puis il tourna la clé dans la serrure et sortit dans le couloir soudain silencieux, refermant doucement la porte derrière lui.

Je parvins à mettre ma robe, puis m'effondrai sur le lit, tremblant des pieds à la tête.

Je n'arrivais plus à penser. Mon esprit tourbillonnait autour d'un axe central : il s'était remarié. Avec Laoghaire ! Il avait une famille. Pourtant, il avait pleuré en voyant les photos de Brianna.

— Oh Brianna ! dis-je à voix haute. Oh mon Dieu, ma petite Brianna !

La pensée de Brianna me fit fondre en larmes. Ce n'était guère logique, mais j'avais l'impression qu'il l'avait trahie, tout autant que moi... et que Laoghaire.

L'évocation de Laoghaire, elle, transforma aussitôt ma stupeur et ma peine en rage. Quel salaud ! Comment avait-il pu ? Qu'il se soit remarié en croyant que j'étais morte, passe encore ! Mais à cette garce sournoise qui avait voulu me tuer à Castle Leoch ? Une petite voix dans mon esprit me rappela timidement que Jamie ne l'avait probablement jamais su.

— Mais il aurait dû le savoir ! protestai-je. Maudit sois-tu, Jamie Fraser ! Comment as-tu pu la choisir, elle entre toutes ?

Les larmes coulaient le long de mes joues. Je cherchai un mouchoir et, n'en trouvant pas, me séchai les yeux avec un coin du drap.

Il était imprégné de l'odeur de Jamie. Pire encore, il portait *notre* odeur, celle de notre plaisir. Je sentais encore un picotement à l'intérieur de ma cuisse, là où Jamie avait mordillé ma chair un peu plus tôt. Je donnai une violente claque du plat de la main sur l'endroit pour étouffer cette sensation.

— Menteur ! hurlai-je.

Je saisis l'aiguière que Laoghaire avait voulu m'envoyer à la figure quelques minutes plus tôt et la projetai de toutes mes forces à travers la pièce. Elle s'écrasa contre la porte dans une explosion de porcelaine et d'eau.

Je me tins au milieu de la chambre, tendant l'oreille. Il n'y avait aucun bruit. Personne ne venait voir d'où provenait ce vacarme. Forcément ! Ils étaient tous trop occupés à consoler cette pauvre Laoghaire pour s'inquiéter de mon sort.

Vivait-elle ici, à Lallybroch ? Je me souvins que Jamie avait pris Fergus à part et puis l'avait envoyé au-devant de nous pour prévenir Ian et Jenny de notre arrivée. Il l'avait sans doute également chargé d'emmener Laoghaire voir ailleurs pendant que je m'installais.

Qu'en pensaient Ian et Jenny ? Ils étaient certainement au courant au sujet de Laoghaire. Pourtant, ils m'avaient accueillie comme si de rien n'était. Mais si Laoghaire avait été écartée, pourquoi était-elle revenue ? Toutes ces questions me faisaient tourner la tête.

Il fallait que je m'en aille. C'était là la seule pensée à peu près cohérente qui me venait à l'esprit. Je ne pouvais pas rester à Lallybroch, pas tant que Laoghaire et sa fille étaient dans la maison. Elles y étaient chez elles. Pas moi.

J'achevai de m'habiller quand j'entendis à nouveau des pas dans l'escalier. Je sus immédiatement que c'étaient ceux de Jamie. Ils étaient lourds, lents et hésitants. Il n'était pas pressé de me revoir.

Tant mieux. Moi non plus. Je préférais partir tout de suite, sans lui parler. Qu'aurais-je pu lui dire ?

La porte s'ouvrit et, sans même m'en rendre compte, je reculai, me heurtant au bord du lit. Perdant l'équilibre, je tombai assise à la renverse. Jamie s'arrêta sur le seuil.

La première chose que je remarquai fut qu'il s'était rasé. Je songeai aussitôt à Petit Ian la veille, qui avait hâtivement remis de l'ordre dans sa toilette avant d'affronter l'orage. Il dut lire dans mes pensées, car il esquissa un sourire en se frottant le menton.

— Tu crois que ça aidera un peu ? demanda-t-il.

Je déglutis mais ne répondis pas.

— Apparemment pas, remarqua-t-il avec un soupir.

Il entra dans la chambre et referma la porte derrière lui. Il avança gauchement vers le lit et tendit la main.

— Claire... commença-t-il.

— Ne me touche pas !

Je bondis sur mes pieds et contournai le lit, mettant une distance respectable entre nous.

— Claire... laisse-moi m'expliquer.

— C'est un peu tard, tu ne crois pas ?

J'avais voulu paraître glaciale mais ma voix chevrotante me trahit.

— Sois raisonnable, m'implora-t-il. Je ne vis pas avec Laoghaire. Elle et ses filles habitent à Balriggan, près de Broch Mordha.

Il me dévisageait fixement, mais je ne répondis pas.

— C'était une grave erreur... ce mariage.

— Il est bien temps de t'en apercevoir ! Après lui avoir fait un enfant !

— Elle a deux filles, mais elles ne sont pas de moi. Laoghaire était veuve et mère quand je l'ai épousée.

— Oh.

Cela ne changeait pas grand-chose, mais je ressentis néanmoins un léger soulagement, pour Brianna. Elle, au moins, restait le seul enfant dans son cœur, même si, moi...

— Je ne vis plus avec elles depuis longtemps. J'habite à Edimbourg et je leur envoie régulièrement de l'argent, mais...

— Je ne veux pas le savoir ! glapis-je. Cela ne fait aucune différence. Laisse-moi. Je m'en vais.

Il haussa des sourcils stupéfaits.

— Où ?

— Ailleurs, je ne sais pas, mais loin d'ici. Laisse-moi !

— Tu n'iras nulle part, dit-il en se plaçant devant la porte.

— Tu ne peux pas m'en empêcher !

Il me saisit par les poignets.

— Si.

Je me débattis violemment mais rien ne semblait pouvoir lui faire lâcher prise.

— Lâche-moi tout de suite !

— Non !

En soutenant son regard noir, je me rendis soudain compte qu'en dépit de son calme apparent il était aussi bouleversé que moi. Les muscles de sa gorge se contractèrent, et je vis qu'il faisait un effort surhumain pour se contrôler.

— Tu n'iras nulle part tant que tu n'auras pas écouté mes explications.

— Je n'ai pas besoin de tes explications. C'est suffisamment clair. Tu t'es remarié et c'est tout !

— Parce que tu as vécu comme une nonne pendant toutes ces années peut-être ? rugit-il.

— Non ! lui criai-je en pleine figure. Et je sais bien que tu n'étais pas un moine non plus.

— Alors... commença-t-il.

Mais j'étais bien trop hors de moi pour l'écouter.

— Tu m'as menti, salaud ! hurlai-je.

— Jamais !

— Si, tu le sais très bien ! Lâche-moi !

Je lui envoyai un coup de pied dans le tibia, assez fort pour me faire mal aux orteils. Il serra les dents, mais ne lâcha pas prise.

— Je ne t'ai jamais dit...

— Non, justement. Tu n'as rien dit, sale menteur ! Tu m'as

laissée croire que tu étais libre, qu'il n'y avait personne dans ta vie, que tu...

Je sanglotais de rage, hoquetant entre les mots.

— Tu aurais dû me prévenir dès les premiers instants où nous nous sommes revus ! repris-je. Pourquoi n'as-tu rien dit, nom de Dieu !

Ses mains se desserrèrent et je parvins à me libérer. Il avança d'un pas vers moi, les yeux luisants de rage. Je n'avais pas peur de lui. Je pris mon élan et lui flanquai mon poing dans la mâchoire.

— Pourquoi ? vociférai-je en lui martelant le torse. Pourquoi ? Pourquoi ? Pourquoi ?

— Parce que j'ai eu peur ! hurla-t-il à son tour.

Il m'agrippa les poignets et me poussa en arrière, me faisant tomber à nouveau sur le lit.

— Parce que je suis un lâche ! cria-t-il de plus belle. Je n'ai pas osé te le dire de peur que tu repartes. Je n'ai pas eu ce courage ! Est-ce que tu sais seulement ce que c'est de vivre vingt ans sans un cœur ? De n'être un homme qu'à moitié ? De s'habituer à combler le vide des jours qui te restent à vivre avec ce qui te tombe sous la main, et qui n'a le goût de rien ?

— C'est à moi que tu le dis ? Qu'est-ce que tu croyais ? Que j'étais rentrée tout droit chez Frank pour y couler des jours heureux ?

— Parfois, je l'espérais, dit-il entre ses dents. Et parfois, je pouvais vous voir, vivant tous les deux, faisant l'amour, lui tenant *mon* enfant dans ses bras ! J'aurais pu te tuer dans des moments pareils !

Soudain, il tourna les talons et écrasa de toutes ses forces son poing contre l'armoire. Le meuble en chêne massif branla.

— Pour ma part, rétorquai-je, je n'ai pas besoin de faire fonctionner mon imagination. J'ai vu Laoghaire !

— Je me fous de Laoghaire ! Cette femme n'est rien pour moi !

— C'est encore pire ! Tu n'es décidément qu'une ordure ! Tu épouses une femme que tu n'aimes même pas et tu la jettes dès qu'elle ne te sert plus !

— Vas-tu te taire ! Vipère !

Il écrasa son poing sur la table cette fois, me foudroyant du regard.

— Quoi que je fasse, tu dois me condamner, c'est ça ? Si je ressens quelque chose pour cette femme, alors je ne suis qu'un minable coureur de jupons ! Si je ne ressens rien, c'est que je ne suis qu'une brute sans cœur !

— Tu aurais dû me le dire !

— Et après ? Si je te l'avais dit, tu aurais tourné les talons et je ne t'aurais plus jamais revue. Crois-moi, j'aurais fait bien pire que mentir pour te garder auprès de moi !

Il m'attrapa la main et me mit debout. Puis il m'écrasa contre lui et m'embrassa férocement. Je sentis mes genoux mollir. Je battis des pieds pour redescendre sur terre, aveuglée par la vision de Laoghaire crachant : « *Il est à moi, à moi !* »

— Arrête, tout ceci est absurde, dis-je en m'écartant.

Ma tête tournait tant que j'en chancelais. Mes oreilles bourdonnaient et des points noirs dansaient devant mes yeux.

— Je ne peux plus réfléchir, annonçai-je. Je m'en vais.

Il me saisit violemment par la taille et m'embrassa une nouvelle fois, si fort que je sentis le goût métallique du sang dans ma bouche. Ce n'était pas un baiser de réconciliation ou de désir, mais un geste de passion aveugle. Monsieur avait fini de parler, il marquait son territoire.

Je n'avais plus rien à dire non plus. Je me décollai de lui tant bien que mal et lui envoyai une gifle de toutes mes forces.

Il se figea, surpris, la joue rouge vif, puis il m'attrapa par les cheveux, me renversa la tête en arrière, et m'embrassa de plus belle, profondément et sauvagement, indifférent aux coups de pied et de poing qui pleuvaient sur lui.

Il me mordit la lèvre inférieure et, quand j'ouvris les lèvres, plongea sa langue dans ma bouche, me dérobant et mon souffle et mes mots.

Il me jeta sur le lit où nous avions ri ensemble une heure plus tôt, et s'affala sur moi de tout son long, m'écrasant de son poids.

Il était très excité.

Moi aussi.

Tu es à moi, disait son regard de fauve. *A moi*.

Je me débattais comme une diablesse, lui rendant coup pour coup. *Je suis à toi*, criait tout mon corps. *Et tant pis pour toi*.

Je ne me rendis pas compte qu'il avait déchiré ma robe, mais je sentis la chaleur de son corps contre mon buste nu. Il lâcha un instant mon bras plaqué contre le lit pour arracher sa braguette et j'en profitai pour planter mes ongles dans les muscles de ses épaules.

Nous mettions toute notre énergie à nous entre-tuer, animés par une rage accumulée au cours de vingt années de séparation, prenant notre revanche, lui, sur le fait que je l'avais abandonné, moi, sur celui qu'il m'ait laissée partir ; lui sur Frank, moi sur Laoghaire.

— Salope ! haleta-t-il. Putain !

— Porc...

Je saisis une mèche de ses cheveux et tirai avec toute la force dont j'étais capable. Nous roulâmes à l'extrémité du lit et nous effondrâmes lourdement sur le parquet dans un déferlement de cris et d'insultes.

Elle avait sans doute appelé plusieurs fois avant d'entrer, mais je n'entendis même pas la porte s'ouvrir. Je n'entendais plus rien. Sourde et aveugle, je n'étais plus consciente de rien hormis de la présence de Jamie, jusqu'à ce qu'une douche d'eau froide s'abatte sur nous, aussi brutale qu'un électrochoc. Je restai là, pantelante, dégoulinante, observant les mèches trempées de Jamie sur mes seins, puis je l'aperçus derrière lui, livide, le broc vide encore à la main.

— Vous êtes devenus fous ! s'écria-t-elle en roulant des yeux horrifiés. Jamie ! Comment peux-tu te comporter ainsi ? Tu es pire qu'une bête en rut ! Tu te rends compte que toute la maison vous entend ?

Il roula sur le côté, me libérant. Jenny attrapa un coin de l'édredon et me le jeta.

Il s'ébroua à quatre pattes, puis il se releva lentement, remontant ses culottes.

— Tu n'as pas honte ? renchérit sa sœur.

Il la regarda un long moment comme si elle était une créature étrange qu'il n'avait jamais vue auparavant.

— Si, dit-il doucement.

Il semblait ailleurs. Il ferma les yeux et un bref frisson le parcourut. Puis, sans dire un mot, il tourna les talons et quitta la pièce.

35

La fuite de l'Eden

Jenny m'aida à me redresser, émettant de petits grognements sourds dont je n'aurais su dire s'ils exprimaient sa consternation devant notre conduite scandaleuse ou son inquiétude. J'étais vaguement consciente de la présence de plusieurs personnes derrière la porte, sans doute des domestiques, mais je n'étais pas disposée à leur prêter attention.

— Je vais te trouver quelque chose à mettre, marmonna Jenny en replaçant un oreiller sur le lit. Tu veux quelque chose à boire ? Ça va aller ?

— Où est Jamie ?

Elle me lança un bref regard, mi-compatissant mi-intrigué.

— Ne t'inquiète pas, je ne le laisserai pas t'approcher.

Elle avait parlé sur un ton ferme, pinçant les lèvres et secouant la tête d'un air désabusé.

— Comment a-t-il pu faire une chose pareille ? marmonna-t-elle à nouveau.

— Ce... ce n'est pas entièrement sa faute, le défendis-je. Enfin, je veux parler de ce qui vient de se passer... je l'ai un peu cherché.

— Je vois, dit Jenny.

Elle me lança un long regard chargé de sous-entendus. Je ne doutai pas un instant qu'elle eût parfaitement compris.

Elle dut sentir que je ne tenais pas à en parler car elle n'insista pas. Elle donna quelques consignes à voix basse à quelqu'un dans le couloir puis revint mettre de l'ordre dans la chambre, redressant les meubles et ramassant les débris de l'aiguière. Je la vis marquer un temps d'arrêt en remarquant le trou dans l'armoire. Au même instant, j'entendis un bruit sourd au rez-de-chaussée. C'était la porte d'entrée qui se refermait en claquant. Elle s'approcha de la fenêtre et souleva un coin du rideau.

— C'est Jamie, dit-elle. Il va sans doute sur la colline. C'est là qu'il se réfugie quand il n'est pas bien. Ou alors il se soûle avec Ian. Je préférerais la colline.

Je lâchai un petit rire nerveux.

— Ça, pour ne pas aller bien !

Il y eut un petit bruit de pas dans le couloir et Janet apparut à la porte, portant un plateau avec des biscuits, du whisky et de l'eau. Elle était pâle et semblait effrayée.

— Vous... vous allez bien, ma tante ? demanda-t-elle timidement en posant son plateau.

— Ça peut aller, affirmai-je en me redressant.

Je tendis aussitôt la main vers la carafe de whisky. Jenny donna une petite tape rassurante sur l'épaule de sa fille.

— Tiens compagnie à ta tante, ordonna-t-elle. Je vais lui chercher une robe.

Une fois restaurée, je commençai à me sentir physiquement mieux. Intérieurement, je ne sentais plus rien. Les derniers événements me paraissaient à la fois lointains et très clairs dans mon esprit. Je pouvais en revoir les moindres détails : les rubans en calicot sur la robe de la fille de Laoghaire, les taches de couperose sur les joues de sa mère, l'ongle à demi arraché de l'annulaire de Jamie.

— Tu sais où se trouve Laoghaire ? demandai-je à Janet.

La jeune fille était assise à mon côté, tête baissée, observant ses mains. Ma question la fit sursauter.

— Oh ! Elle est rentrée à Balriggan avec Marsali et Joan. C'est oncle Jamie qui le lui a ordonné.

— Vraiment ! dis-je, cynique.

Janet se mordit les lèvres, tripotant nerveusement son tablier. Soudain, elle releva les yeux vers moi.

— Oh, ma tante, c'est ma faute. Je suis désolée. C'est... c'est moi qui ai dit à Laoghaire que vous étiez ici. C'est pour ça qu'elle est venue.

— Ah.

C'était déjà un début de réponse à mes questions. Je vidai mon verre et le reposai doucement sur le plateau.

— Je ne pensais pas... reprit-elle, les larmes aux yeux. Je veux dire, je n'aurais jamais imaginé qu'elle ferait une telle scène. Je ne savais pas que vous... qu'elle...

— Calme-toi, la consolai-je. De toute façon, nous aurions fini par apprendre la vérité tôt ou tard, elle comme moi.

Cela ne changeait rien, mais ma curiosité était piquée.

— Pourquoi le lui as-tu dit ? demandai-je.

Janet lança un regard prudent vers la porte, puis se rapprocha de moi.

— C'est maman qui me l'a demandé, chuchota-t-elle.

Là-dessus, elle se leva précipitamment et sortit de la chambre, manquant bousculer sa mère qui entrait.

Je ne lui posai pas de question. Elle avait apporté une robe, une de celles de Maggie, et nous n'échangeâmes que les mots indispensables tandis qu'elle m'aidait à l'enfiler.

Lorsque je fus habillée et coiffée, je me tournai vers elle.

— Je veux partir, annonçai-je. Maintenant.

Elle ne discuta pas. Elle se contenta de m'inspecter des pieds à la tête, sans doute pour vérifier que j'étais en état de le faire. Puis elle hocha la tête.

— Je crois en effet que c'est la meilleure solution, dit-elle doucement.

Il était tard dans la matinée quand je quittai Lallybroch pour ne jamais revenir. J'avais glissé une dague sous ma ceinture pour ma sécurité. Les sacoches de mon cheval contenaient de la nourriture et plusieurs bouteilles de bière. De quoi tenir jusqu'à Craigh na Dun. J'avais un instant songé à reprendre les photos de Brianna dans la poche du manteau de Jamie, puis m'étais ravisée. Elle lui appartenait pour l'éternité, même si ce n'était plus mon cas.

C'était un matin d'automne frisquet et la bruine n'allait pas tarder à tomber. Personne n'osa pointer un nez hors de la maison pendant que Jenny sortait un cheval de l'écurie. Elle le tint par la bride tandis que je grimpais en selle. Je serrai le col de ma cape autour de mon cou et la saluai d'un petit signe de tête. La dernière fois que j'étais partie de Lallybroch, nous nous étions séparées dans les larmes et les étreintes, comme deux sœurs. Cette fois-ci, elle lâcha simplement les rênes et je fis faire un quart de tour à ma monture, prenant la direction de la route.

J'avais fait une dizaine de mètres quand je l'entendis crier derrière moi :

— Que Dieu te garde !

Je ne répondis rien. Je ne me retournai même pas.

Je chevauchai toute la journée, laissant ma jument s'orienter seule à travers les collines qu'elle connaissait par cœur. Je ne m'arrêtai qu'à la tombée du soir. Laissant le cheval paître en liberté, je m'enroulai dans ma cape et m'endormis aussitôt. Le lendemain matin, je repris la route à l'aube, hagarde. Ce fut la faim qui me ramena à la vie vers midi. Je n'avais rien avalé depuis une trentaine d'heures et mon estomac protestait vigoureusement. Je m'arrêtai donc près d'un ruisseau et déballai les provisions que Jenny m'avait préparées.

Il y avait des galettes d'avoine, plusieurs miches de pain, du fromage de chèvre et des cornichons au vinaigre. Je mangeai sans appétit, bus une bière, puis rangeai les restes dans ma sacoche et remontai en selle, prenant la direction du nord-ouest.

Malheureusement, si la nourriture avait revigoré mon corps, elle avait également extirpé mon esprit de sa torpeur. A mesure que je montais en altitude, mon humeur dégringolait. Déjà qu'elle n'était pas très haute...

Vers le milieu de l'après-midi, je sentis que je ne pouvais plus continuer ainsi. Arrêtant ma jument dans un petit sous-bois d'où on ne pourrait la voir, je l'attachai à un tronc d'arbre, puis m'éloignai à quelques dizaines de mètres de là, dans une clairière.

Je m'assis sur une souche couverte de mousse et me pris la tête entre les mains. La discipline et la raison avaient régi une bonne partie de ma vie. Non sans mal, j'avais appris l'art de soigner et de veiller au bien-être des autres, mais je m'étais toujours arrêtée au point limite au-delà duquel on ne pouvait plus donner sans perdre de son efficacité. J'avais également appris le détachement et le désengagement, à mes frais.

Avec Frank aussi, j'avais appris à équilibrer la courtoisie, la tendresse et le respect sans franchir la frontière invisible de la passion. Et Brianna ? L'amour pour un enfant ne saurait être libre. Dès les premiers mouvements que l'on sent dans son ventre, la dévotion jaillit, aussi puissante qu'irrépressible, irrésistible comme l'accouchement lui-même. Mais malgré sa force, cela reste toujours un amour sous contrôle. L'on se sent responsable, protecteur, gardien. Il tient de la passion, certes, mais jamais de l'abandon.

Depuis toujours, j'avais dû conjuguer la compassion avec la sagesse, l'amour avec le jugement, l'humanité avec l'intransigeance.

Il n'y avait qu'avec Jamie que j'avais tout donné, tout risqué. J'avais jeté aux orties tout jugement, toute sagesse, ainsi que le confort et les contraintes d'une réussite professionnelle durement gagnée. A lui, je n'avais donné rien d'autre que moi-même, mais je m'étais donnée entièrement, corps et âme. Je l'avais laissé me voir nue, sachant qu'il me verrait telle que j'étais et qu'il chérirait aussi mes faiblesses.

J'avais craint qu'il n'ait pas envie de me reprendre. Ou qu'il ne soit pas en mesure de le faire. Puis il y avait eu ces quelques jours de bonheur total, où j'avais cru que ce qui avait été pouvait être encore, que j'étais libre de l'aimer et d'être aimée en retour avec une sincérité égale à la mienne.

Les larmes étaient chaudes sous mes doigts. Je pleurai Jamie, et ce que j'avais été avec lui.

Ses paroles résonnaient encore à mes oreilles :

— *Sais-tu ce que c'est de pouvoir dire « Je t'aime » et de le penser de tout ton cœur ?*

Oui, je le savais. Je savais aussi que jamais plus je ne pourrais aimer de tout mon cœur.

Perdue dans mes larmes, je ne l'entendis pas approcher. Un craquement de branches à quelques mètres de moi me fit sursauter. Je bondis de ma souche comme un faisan débusqué et fit volte-face pour affronter mon agresseur, le cœur battant et la dague à la main.

— Seigneur ! souffla-t-il, livide.

— Qu'est-ce que tu fiches ici ? grognai-je.

Je posai ma main libre contre mon cœur, qui battait aussi vite que le sien.

— Tante Claire ! Où avez-vous appris à dégainer une arme aussi rapidement ? Vous m'avez flanqué une de ces frousses !

— Et toi, alors !

Je tentai de rengainer ma dague, mais je tremblais trop. Les genoux vacillants, je me laissai retomber sur mon siège improvisé et posai l'arme sur mes genoux.

— Tu n'as pas répondu à ma question, lui rappelai-je. Qu'est-ce que tu fabriques ici ?

J'avais bien ma petite idée et je ne comptais pas me laisser amadouer. D'un autre côté, j'avais besoin de souffler un peu.

Petit Ian se mordit les lèvres, lança un regard autour de lui, puis s'assit à mon côté.

— Oncle Jamie m'a envoyé...

Je ne lui laissai pas le temps d'en dire plus. J'étais déjà debout, glissant la dague sous ma ceinture.

— Ecoutez-moi, ma tante ! S'il vous plaît !

Il tenta de me rattraper par le bras mais je l'esquivai.

— Ça ne m'intéresse pas, lui dis-je vertement. Rentre chez toi. J'ai encore une longue route à faire.

— Mais ce n'est pas ce que vous pensez...

Il me suivit dans le sous-bois, évitant de justesse les branches qui se rabattaient après mon passage.

— Il a besoin de vous, ma tante ! Je vous l'assure ! Vous devez revenir !

Je ne lui répondis pas. J'avais rejoint mon cheval et étais occupée à le détacher.

— Tante Claire ! Allez-vous enfin m'écouter ?

— Non.

Je glissai un pied dans l'étrier et me hissai en selle en faisant majestueusement virevolter mes jupes. Toutefois, mon départ digne de grande dame offensée fut singulièrement entravé par le fait que c'était lui qui tenait mes rênes.

— Rends-moi ça ! ordonnai-je.

— Pas avant que vous ne m'ayez entendu, rétorqua-t-il.

Les mâchoires serrées, il me fixait avec détermination. Je le foudroyai du regard. En vain. Il avait beau être dégingandé, il était costaud. A moins de le piétiner sous les sabots de ma jument, je n'avais guère d'autre choix que de l'écouter.

« Soit, me dis-je, cela ne servira pas à grand-chose à son fourbe d'oncle, mais j'écouterai. »

— Parle.

Il prit une grande inspiration, me dévisageant d'un air méfiant. Décidant que je n'allais pas tenter un mauvais coup, il redressa les épaules et prépara sa plaidoirie.

— Eh bien voilà... c'est que... c'est que...

Je poussai un soupir exaspéré.

— Ecoute, on ne va pas y passer la nuit. Commence par le début et ne tourne pas en rond.

Il acquiesça, plissant le front d'un air concentré.

— Eh bien, quand oncle Jamie est rentré, juste après votre départ, il y a eu du grabuge à la maison.

— Je m'en doute.

J'avais beau lutter pour conserver une expression indifférente, ma curiosité était piquée.

— Je n'avais jamais vu oncle Jamie dans un tel état. Il était fou furieux. Maman aussi. Ils criaient tous les deux à tue-tête. Papa a essayé de les calmer mais il n'y a rien eu à faire. Oncle Jamie a traité maman de mouche à merde, de *lang-nebbit* et de... de choses bien pires encore.

— Il n'avait aucune raison de s'en prendre à Jenny. Elle voulait seulement l'aider... je crois.

J'avais honte d'avoir provoqué une telle querelle. Jenny était le seul port d'attache de Jamie depuis la mort de leur mère, quand ils étaient encore enfants. Il n'y avait donc aucune limite aux dégâts que j'avais causés en revenant.

A ma surprise, Petit Ian esquissa un sourire.

— Faut dire que maman n'y a pas été de main morte non plus. Elle n'est pas du genre à se laisser insulter sans répondre. Oncle Jamie était salement amoché quand elle en a eu fini avec lui. A vrai dire, j'ai bien cru qu'ils allaient se faire du mal. Maman a pourchassé oncle Jamie dans le salon avec le tisonnier. Il est arrivé à le lui arracher des mains et l'a lancé contre la fenêtre. Les poules ont eu tellement peur qu'elles se sont échappées de la basse-cour. Après quoi, oncle Jamie a renversé la bibliothèque. Je ne crois pas qu'il l'ait fait exprès mais il était tellement énervé qu'il ne savait plus trop ce qu'il faisait. Puis il est sorti en claquant la porte. Papa l'a rappelé par la fenêtre pour lui demander où il allait. Il a répondu qu'il partait vous chercher.

— Dans ce cas, pourquoi n'est-il pas ici à ta place ?

Il poussa un soupir.

— C'est que... juste au moment où il sortait le cheval de l'écurie, tante... euh... je veux dire... Laoghaire est arrivée dans la cour.

Il était rouge comme une pivoine. Quant à moi, j'avais cessé de feindre l'indifférence.

— Et ?

— Il y a eu une autre scène épouvantable, mais je n'ai pas tout entendu. Tante... c'est-à-dire, Laoghaire, elle ne sait pas se battre comme maman et oncle Jamie. Elle ne fait rien que pleurer et se lamenter. Maman dit que c'est une pleurnicheuse.

— Mmphm... et après ?

Laoghaire avait sauté à terre et s'était suspendue à la jambe de Jamie jusqu'à ce qu'il tombe de selle. Elle s'était ensuite effondrée à ses pieds dans la cour, étreignant les genoux de son ingrat de mari en beuglant. Incapable de s'en dépêtrer, Jamie l'avait soulevée de terre et portée à l'intérieur de la maison, la montant dans sa chambre sous le regard horrifié de sa famille et des domestiques.

— Je vois. Pas besoin de m'en dire plus, sifflai-je. C'est donc pour ça qu'il t'a envoyé. Il était trop occupé à apaiser sa femme. Le chien ! L'ordure ! Quel culot ! Il croit qu'il peut m'envoyer chercher par un de ses sbires, comme une vulgaire traînée ! Monsieur a d'autres chats à fouetter ! Monsieur ne peut se déplacer lui-même ! Non mais, qu'est-ce qu'il croit, cet arrogant, prétentieux, macho de... de... d'Ecossais !

Ivre de rage, je tentai de lui arracher mes rênes de force.

— Lâche ça !

— Mais non, tante Claire, vous n'y êtes pas du tout !

— Tu me prends vraiment pour une gourde ? Tu veux me faire un dessin, peut-être ?

— Oncle Jamie n'est pas resté à Lallybroch pour s'occuper de Laoghaire...

— Alors pourquoi t'a-t-il envoyé ?

— Elle lui a tiré dessus. Il m'a envoyé vous chercher parce qu'il est en train de mourir.

36

Quelques travaux pratiques de sorcellerie

La nuit était tombée lorsque nous arrivâmes au manoir, trempés jusqu'à l'os. Trois jours s'étaient écoulés depuis mon départ, trois jours depuis que Jamie avait été mortellement blessé. Par deux fois déjà, j'avais quitté Lallybroch pour ne plus jamais revenir. Par deux fois, j'avais quitté Jamie avec la certitude de ne plus jamais le revoir. Et voilà que je revenais encore comme un pigeon voyageur rentrant au nid.

— Prends garde à toi, Jamie Fraser, marmonnai-je entre mes dents. Si tu n'es pas à l'article de la mort quand j'entre dans cette foutue maison, je vais te le faire regretter !

Le manoir était silencieux. Seules les deux fenêtres du salon étaient allumées. Un des chiens se mit à aboyer mais Petit Ian le fit taire rapidement. Il vint flairer les sabots de mon cheval puis disparut dans l'obscurité, retournant dans sa niche.

Son cri avait toutefois alerté quelqu'un. Quand nous entrâmes dans le vestibule, la porte du salon s'ouvrit et le visage inquiet de Jenny apparut. En apercevant Petit Ian, elle laissa échapper un soupir de soulagement.

— Où étais-tu passé ? Nous étions morts d'inquiétude. Un coucou, voilà ce que tu es ! Un coucou voleur de nids. Je ne sais pas quelle mère t'a fait, mais ce ne peut pas être moi !

Puis elle m'aperçut derrière lui et marqua un temps d'arrêt. Elle faisait un effort manifeste pour cacher sa surprise et y parvint plutôt bien, ne montrant aucune émotion. Elle se tourna à nouveau vers son fils :

— Monte te coucher, Ian. Tu régleras tes comptes avec ton père demain matin.

Petit Ian lança un regard déprimé vers la porte du salon, puis vers moi. Il baissa ensuite les yeux sur le chapeau trempé qu'il tordait entre ses mains, comme s'il se demandait comment il était arrivé là, puis haussa les épaules d'un air impuissant et grimpa l'escalier en traînant les pieds.

Jenny resta immobile, me dévisageant avec dureté. Elle attendit que la porte de la chambre de Petit Ian se referme, puis dit platement :

— Alors tu es revenue.

Ses traits étaient tirés et ses yeux étaient marqués par de lourds cernes. Pour une fois, elle faisait son âge, sinon plus.

— Où est Jamie ? demandai-je.

Après un bref moment d'hésitation, elle hocha la tête, comme si elle acceptait de tolérer ma présence chez elle pour l'instant. Puis elle me montra la porte du salon d'un signe du menton.

Je fis un pas vers la porte, puis m'arrêtai.

— Et Laoghaire ? demandai-je encore.

— Partie.

La voie étant libre, j'entrai alors dans le salon, refermant avec douceur mais fermeté la porte derrière moi.

Trop grand pour tenir allongé sur le canapé, Jamie était couché sur un lit de camp qu'on avait dressé devant le feu. Il était endormi ou inconscient mais, en tout cas, il n'était pas mort, du moins pas encore. Mes yeux s'habituant à la pénombre, je vis sa poitrine se soulever et s'affaisser doucement. Une cruche d'eau et une bouteille d'eau-de-vie étaient posées sur une petite table à son chevet. Un fauteuil recouvert d'un châle avait été poussé près de lui. Jenny avait dû y être assise, veillant sur son frère.

Je m'approchai et posai ma main glacée sur son front. Je la retirai aussitôt, il était brûlant. Le contact de mes doigts le fit gémir et s'agiter dans son sommeil. J'enlevai ma cape trempée et passai le châle de Jenny sur mes épaules avant de m'asseoir dans son fauteuil. Je ne remarquai pas tout de suite qu'il avait ouvert les yeux.

— Tu es revenue, dit-il doucement. J'en étais sûr.

J'ouvris la bouche pour répondre mais il ne m'en laissa pas le temps.

— Mon amour, dit-il dans un râle. Je savais que tu me pardonnerais quand tu saurais la vérité.

Quelle vérité ? Je me penchai vers lui, tout ouïe.

— J'avais si peur de te perdre, *mo chridhe,* reprit-il. Tellement peur. Je n'ai jamais aimé personne d'autre que toi. Dès le premier jour où je t'ai vue... Je n'ai pas pu... je n'ai pas pu...

Sa voix se perdit dans un marmonnement inintelligible et il referma les yeux. Je restai immobile, sans trop savoir quoi faire.

— Il n'y en a plus pour longtemps, *Sassenach*, murmura-t-il avec un étrange sourire. Plus pour longtemps. Ensuite, je te prendrai dans mes bras. Dans mes bras.

— Oh Jamie...

Emue aux larmes, je tendis la main vers lui et caressai sa joue brûlante.

Il rouvrit aussitôt les yeux et se redressa d'un bond dans son lit. La brusquerie de son mouvement lui arracha un horrible hurlement de douleur et il serra contre lui son bras blessé.

— Oh mon Dieu ! cria-t-il. Oh mon Dieu ! Tu es là ? C'est toi ? Putain de tonnerre de sacrebleu ! Tu es réelle !

— Jamie, tu te sens bien ? demandai-je bêtement.

J'entendais des exclamations et des craquements de plancher à l'étage au-dessus tandis que les habitants de Lallybroch sautaient de leur lit pour savoir d'où venait ce vacarme.

La tête de Jenny, encore plus pâle qu'auparavant, apparut dans l'entrebâillement de la porte. Jamie la vit et trouva encore suffisamment de souffle pour rugir :

— *La paix !*

L'effort le plia en deux avec un cri d'agonie.

— Bon sang ! siffla-t-il entre ses dents. Qu'est-ce que tu fous ici, *Sassenach* ?

— Comment ça, « qu'est-ce que je fous ici ? ». C'est toi qui m'as envoyé chercher ! Et qu'est-ce que tu veux dire par « tu es réelle » ?

Il desserra un instant les dents et lâcha son bras gauche. La douleur s'avérant trop vive, il le serra à nouveau contre lui en grimaçant et cracha une série d'observations peu amènes en gaélique concernant les organes génitaux des saints et de divers animaux.

— Je t'en prie, rallonge-toi !

Je posai les mains sur ses épaules et le forçai doucement à s'étendre.

— Dans mon délire, je t'ai prise pour une vision, jusqu'à ce que tu me touches, expliqua-t-il en haletant. Mais qu'est-ce qui t'a pris de venir ici ? Tu cherches à me faire peur ? Aïe !

Je détachai fermement les doigts de sa main droite de son bras gauche.

— Tu n'as pas envoyé Petit Ian me dire que tu étais à l'article de la mort ? demandai-je en remontant doucement la manche de sa chemise.

Un gros pansement bandait son bras du coude à l'épaule. Je cherchai l'extrémité de la bande de gaze du bout des doigts.

— Moi ? Non ! Aïe ! Tu me fais mal !

— Tu n'as encore rien vu, rétorquai-je en déroulant précautionneusement le tissu. Tu veux dire que ton petit salopiaud de neveu a décidé tout seul de venir me chercher ? Tu ne voulais pas que je revienne ?

— Certainement pas ! Tu crois que j'ai besoin de ta pitié, comme un chien abandonné dans un fossé ? Tu peux te la garder ! J'ai interdit à ce morveux d'aller te chercher !

Il me lançait des regards noirs.

— Je suis médecin, pas vétérinaire, rétorquai-je. Puisque tu ne voulais pas de moi, qu'est-ce que tu racontais tout à l'heure, avant de te rendre compte que j'étais bien réelle ? Mords le coin de la couverture, ça va faire mal. Je vais devoir tirer un coup sec sur le bandage, il a collé à ta plaie.

Il se mordit plutôt la lèvre, émettant un léger sifflement à travers les narines. Il m'était impossible d'évaluer la couleur de son teint à la lueur du feu, mais il fermait les yeux et son front était emperlé de sueur.

— Je suppose que Petit Ian m'a raconté que tu étais en train de mourir uniquement pour me ramener ici, poursuivis-je tout en continuant mon travail.

— Pour ça, je n'en ai plus pour longtemps, c'est sûr, grogna-t-il.

— Tais-toi donc et laisse-moi te regarder.

La plaie formait un trou béant aux contours déchiquetés et légèrement bleutés. Je pressai la peau tout autour et de grosses coulées de pus jaunâtre se déversèrent de la blessure.

— Tu as une sale infection, conclus-je. Petit Ian m'a dit que tu avais reçu deux balles, une dans le bras, l'autre dans la hanche.

— Celle du bras est ressortie de l'autre côté, expliqua-t-il. Celle de la hanche s'est fichée à l'intérieur, mais ce n'était pas trop grave. Jenny a pu l'enlever. Elle n'a guère pénétré à plus de cinq centimètres, enfin plus ou moins.

Il parlait par saccades, serrant involontairement les lèvres entre chaque phrase.

— Montre-moi par où la première balle est ressortie.

Bougeant très lentement, il roula sur le côté. Le trou de sortie était juste au-dessus du coude à l'intérieur du bras. Il n'était pas aligné avec le trou d'impact. La balle avait dévié en chemin.

— Elle a heurté l'os, dis-je en essayant de ne pas imaginer ses souffrances. Tu sais si ton bras est cassé ? Je ne veux pas te tripoter plus que nécessaire.

— Tu es trop bonne ! dit-il en s'efforçant de sourire. Je ne crois pas, je me suis déjà brisé le poignet et la clavicule et ça ne faisait pas le même effet.

Je palpai prudemment son biceps, cherchant un point sensible.

— Dis-moi si ça fait mal, demandai-je.

— J'ai l'impression d'avoir une tige de métal dans le bras. C'est comme si tout un côté était mort.

Il déglutit et s'humecta les lèvres.

— Tu veux bien me donner un verre de whisky ? demanda-t-il. J'ai mal rien qu'à sentir mon cœur battre.

Sans commentaire, je remplis un verre d'eau et le lui tendis. Il y trempa ses lèvres, haussa des sourcils surpris, puis le vida d'une traite et se laissa retomber sur son oreiller. Il respira bruyamment, les yeux fermés, puis il les rouvrit et tourna la tête vers moi.

— J'ai déjà traversé deux fortes fièvres qui ont failli m'achever. Je crois bien que celle-ci y parviendra. Je ne t'ai pas envoyé chercher... mais je suis heureux que tu sois là. Je... je voulais te demander pardon et te dire adieu convenablement. Je ne peux pas te demander d'attendre jusqu'à la fin, mais... tu veux bien rester encore un peu ?

Sa main droite s'enfonçait dans le matelas. Il faisait des efforts désespérés pour ravaler toute note d'imploration dans sa voix, afin de présenter sa requête d'une façon neutre, me laissant la liberté de refuser.

Je tendis la main et caressai doucement sa joue mal rasée.

— Je resterai encore un peu, promis-je, mais tu ne vas pas mourir.

Il arqua un sourcil.

— Tu m'as déjà sauvé d'une fièvre avec des moyens qui, à mon avis du moins, tenaient de la sorcellerie. Jenny m'a sauvé d'une autre fièvre, avec rien d'autre que son opiniâtreté. A vous deux, vous parviendrez peut-être à me tirer de celle-ci, mais je ne suis pas sûr d'avoir envie de subir une fois de plus vos soins barbares. Je crois que je préfère mourir simplement et en finir une fois pour toutes, si tu n'y vois pas d'inconvénient.

— Ingrat, le réprimandai-je. Tu n'as rien dans le ventre.

Tiraillée entre l'exaspération et la tendresse, je lui donnai une tape sur la joue et me levai. Je fouillai dans la grande poche de ma jupe. Parmi les quelques objets que j'avais apportés avec moi, il y en avait un dont je ne me séparais jamais, prête à faire face à toutes les éventualités.

Je déposai la petite boîte métallique sur la table et l'ouvris.

— Je ne vais pas te laisser mourir cette fois non plus, l'informai-je. Bien que je sois tentée de le faire.

Je sortis un petit étui de flanelle grise et le déroulai soigneusement. A l'intérieur, une série de seringues étaient sagement rangées dans des poches. Je fouillai à nouveau dans ma boîte, à la recherche des comprimés de pénicilline.

— Qu'est-ce que c'est que ça ? s'inquiéta Jamie en fronçant les sourcils.

Occupée à dissoudre les comprimés dans une fiole d'eau stérilisée, je ne répondis pas. Je choisis une seringue de verre, y fixai une aiguille, puis enfonçai celle-ci dans le bouchon en caoutchouc de la fiole. J'observai soigneusement le liquide montant dans le tube, veillant à ce qu'il n'y ait pas de bulles.

— Roule sur le côté, ordonnai-je. Et retrousse ta chemise.

Après un regard suspicieux à l'objet que je tenais dans ma

main, il s'exécuta. Je scrutai le point d'injection avec approbation.

— Tu as toujours d'aussi jolies fesses, remarquai-je en contemplant ses puissants fessiers.

— Toi aussi, répondit-il aimablement. Mais surtout ne te sens pas obligée de me les montrer. Souffrirais-tu d'une soudaine crise de concupiscence ?

— Pas pour le moment, répliquai-je sur le même ton.

Je laissai perler une goutte de solution à la pointe de mon aiguille, puis tamponnai un coin de sa peau avec un linge imprégné de whisky.

Sentant l'odeur, il lança un regard par-dessus son épaule.

— C'est un très bon whisky, mais généralement je préfère le prendre par la bouche.

— C'est le seul alcool que j'aie trouvé. Arrête de gigoter et détends-toi.

— Aïe.

— Voilà, c'est fini, le rassurai-je. Ça va piquer encore un peu puis tu ne sentiras plus rien. Tu as le droit de boire un peu de whisky maintenant, mais rien qu'une larme.

Il vida son verre cul sec tout en me regardant ranger mon matériel.

— Je croyais qu'on enfonçait des aiguilles dans des poupées de cire pour jeter des sorts, pas dans la personne elle-même, dit-il enfin.

— Ce n'est pas une simple aiguille mais une seringue hypodermique.

— Tu peux bien l'appeler comme tu veux, ça ne m'explique pas pourquoi tu me piques les fesses alors que c'est mon bras qui est malade.

— Tu te souviens de la fois où je t'ai parlé des *microbes* ?

Il me regarda d'un air absent.

— Ce sont de minuscules bêtes invisibles à l'œil nu, expliquai-je. Elles peuvent pénétrer dans ton corps avec des aliments, de l'eau, ou par le biais d'une plaie ouverte et te rendre malade.

Il examina son bras, intrigué.

— Tu veux dire que j'ai des petites bestioles qui se promènent dans mon bras ?

— En effet. Le produit que je viens de t'injecter sous la peau devrait les tuer. Je te ferai une autre injection toutes les quatre heures jusqu'à demain soir. Ensuite, on verra où tu en es.

Je me tus. Jamie me dévisageait d'un air dubitatif.

— Tu as compris ? demandai-je.

Il acquiesça lentement.

— Oui, répondit-il. J'aurais dû les laisser te brûler sur le bûcher il y a vingt ans.

37

Qu'est-ce qu'un nom ?

Je passai le reste de la nuit assise près de lui, tantôt somnolant, tantôt réveillée par cette sorte d'horloge interne qu'ont les médecins hospitaliers, réglée au rythme des changements d'équipes soignantes. A la troisième injection, sa fièvre avait baissé de façon perceptible. Il était encore chaud au toucher, mais il n'était plus brûlant. Son sommeil était également moins agité.

A l'aube, je me traînai jusqu'aux cuisines, en quête de thé chaud et de nourriture. Une femme inconnue, sans doute la cuisinière, était en train d'allumer le feu sous le four avant d'y enfourner les miches de pain qui levaient près de la fenêtre. Elle ne sembla pas surprise de me voir et débarrassa un coin de la table pour me faire de la place. Elle déposa devant moi une théière pleine et des biscuits frais en grommelant un « Bonjour, milady » avant de se remettre au travail.

Jenny avait dû informer la maisonnée de ma présence. Cela signifiait-il qu'elle l'acceptait ? J'en doutais. Manifestement, elle avait été soulagée de me voir partir et n'était pas ravie de me voir revenir. Si je restais, tant elle que Jamie allaient devoir me donner quelques explications au sujet de Laoghaire. Or, que cela leur plaise ou non, j'avais décidé de rester.

Je pris ma théière et mes biscuits et retournai attendre dans le salon que le malade daigne se réveiller.

Tout au long de la matinée, j'entendis des allées et venues dans le couloir. De temps à autre, quelqu'un passait une tête curieuse dans l'entrebâillement de la porte, mais disparaissait sitôt que je levais les yeux. Jamie commença à remuer vers midi. Il s'étira, grogna, soupira, puis s'effondra à nouveau.

Je lui laissai quelques minutes pour prendre conscience de ma présence, mais il gardait obstinément les yeux fermés. Il ne dormait pas, les muscles de son visage étaient légèrement tendus et ses paupières tressaillaient par moments. Je l'avais regardé dormir toute la nuit, je pouvais distinguer la différence.

— C'est bon, dis-je en m'enfonçant dans mon fauteuil. Je t'écoute.

Un mince éclat bleu apparut entre ses paupières puis disparut aussitôt.

— Mmm... ? fit-il en feignant de se réveiller.

— Ne cherche pas à gagner du temps, le prévins-je. Je sais très bien que tu es réveillé. Ouvre les yeux et raconte-moi pourquoi tu as épousé Laoghaire.

Cette fois ses paupières s'ouvrirent et il me lança un regard inquiet.

— Tu n'as pas peur que je fasse une rechute ? demanda-t-il. J'ai toujours entendu dire qu'il fallait ménager les malades. Les contrariétés retardent leur convalescence.

— Heureusement que je suis médecin ! ironisai-je. Si tu tournes de l'œil, je saurai te ranimer.

— C'est ce que je crains le plus, grogna-t-il. J'ai l'impression de m'être assis cul nu dans un buisson de ronces.

— Tant mieux, rétorquai-je avec un sourire. Tu recevras une autre injection dans une heure. En attendant, tu vas parler.

Il pinça les lèvres, puis se détendit enfin. En s'aidant de son seul bras valide, il se redressa dans son lit. Il commença alors son récit sans me regarder :

— Ça s'est passé à mon retour d'Angleterre. J'étais resté longtemps loin de la maison, d'abord à Ardsmuir, puis à Helwater. Quand je suis revenu, rien n'était plus pareil, j'étais devenu un étranger... Ce n'était pas que je n'étais pas le bienvenu, mais après tout ce temps.... les enfants, Michael, Janet et Petit Ian, ne se souvenaient même pas de moi. Bien sûr, ils avaient entendu parler de leur oncle, mais... Quand j'entrais dans la cuisine, ils se plaquaient contre les murs, m'observant avec de grands yeux ronds. Ian faisait de son mieux pour que je me sente chez moi. Par exemple, il me demandait mon avis au sujet d'un enclos à dresser autour du pâturage du vieux Kirby, mais je savais qu'il avait déjà envoyé Petit Jamie s'en occuper. Lorsque j'allais aux champs, les paysans me dévisageaient comme une bête curieuse, jusqu'à ce qu'ils arrivent enfin à mettre un nom sur mon visage. De fait, j'avais la sensation d'être un revenant. Tu comprends ce que je veux dire ?

— Oui, très bien, répondis-je doucement. C'est comme si les liens avec ta propre terre étaient brisés. Tu as l'impression de flotter dans les pièces sans sentir le sol sous tes pieds. Tu entends les gens parler de toi, mais tu ne comprends pas ce qu'ils disent. Je me sentais comme ça, avant la naissance de Brianna.

— Oui, c'est ça. J'étais ici, mais je n'étais pas chez moi. Je n'avais rien à quoi me raccrocher.

Depuis Culloden, Jenny avait tenté de le convaincre de se remarier, usant de différentes techniques de persuasion plus ou moins douces. Elle lui avait présenté toutes les vierges de la région, puis les jeunes veuves les plus aimables, en vain. Cette fois, privé des sentiments qui l'avaient soutenu jusqu'ici, cherchant désespérément à rétablir un lien avec les siens, il l'avait écoutée.

— Laoghaire a d'abord été mariée à Hugh MacKenzie, un des métayers de Colum, mais il a été tué à Culloden. Après deux ans de veuvage, elle s'est remariée avec Simon MacKimmie, du clan Fraser. Les deux filles, Marsali et Joan, sont de lui. Les Anglais l'ont arrêté quelques années plus tard et emprisonné à Edimbourg. Il avait une belle maison et des terres. Il n'en fallait pas plus pour l'accuser de haute trahison, qu'il se soit battu pour les Stuart ou non.

Il s'éclaircit la voix avant de poursuivre.

— Simon a eu moins de chance que moi. Il est mort en prison avait même d'avoir été jugé. La Couronne a essayé de s'approprier ses terres mais Ned Gowan s'est rendu à Edimbourg et a défendu Laoghaire. Il est parvenu à faire en sorte qu'elle conserve la maison et un peu d'argent, en prétextant que c'était sa dot.

— Ned Gowan ? m'exclamai-je, ravie. Ne me dis pas qu'il est encore en vie !

C'était Ned Gowan, un petit avocat rabougri faisant office de conseiller juridique pour le clan des MacKenzie, qui était venu me défendre lors de mon procès pour sorcellerie vingt ans plus tôt. Déjà à l'époque, il m'avait paru très vieux.

Jamie sourit.

— Oh oui. Il faudra lui fracasser le crâne à coups de hache pour le tuer, le vieux grigou. Il n'a pas beaucoup changé, même s'il doit avoir dépassé les soixante-dix ans.

— Il vit toujours à Castle Leoch ?

— Disons plutôt dans ce qu'il en reste. Mais il voyage beaucoup. Il s'est spécialisé dans les procès en appel dans les affaires de trahison, engagé par les familles qui tentent de récupérer leurs propriétés. Tu connais le dicton : « *Après la guerre viennent les corbeaux, pour se repaître de la chair des vaincus, puis les avocats, pour nettoyer leurs os.* »

Inconsciemment, ma main droite vint se poser sur son épaule gauche, la massant.

— Je plaisante, dit-il. Ned est un brave homme. Il est toujours par monts et par vaux entre Inverness et Edimbourg, parfois même il va jusqu'à Londres et Paris. Il s'arrête ici de temps à autre, pour souffler un peu.

C'était Ned Gowan qui avait parlé de Laoghaire à Jenny. Celle-ci, flairant une épouse potentielle pour son frère, l'avait aussitôt invitée avec ses filles à Lallybroch à l'occasion du bal de Hogmanay[1].

Jamie fit un geste de la main qui balayait l'ensemble du salon.

— Ça se passait ici. Jenny avait fait enlever tous les meubles. Il y avait un grand buffet avec les plats et le whisky, là contre le mur. Le violoniste se tenait ici, près de la fenêtre. Ma sœur m'avait confectionné une chemise neuve et m'avait tressé les cheveux. Elle tenait à ce que je fasse bonne impression. J'ai dansé presque toute la nuit avec Laoghaire. Puis à l'aube, ceux d'entre nous qui tenaient encore debout se sont rassemblés au bout de la maison pour savoir ce que la nouvelle année allait nous apporter. La tradition veut que les femmes en quête d'un mari se mettent à tourner sur elles-mêmes puis qu'elles franchissent la porte les yeux fermés. La première chose qu'elles voient en rouvrant les yeux est un signe annonciateur du type d'homme qu'elles vont épouser.

Réchauffés par le whisky et la danse, les invités s'étaient bousculés en riant de chaque côté de la porte. Laoghaire était d'abord restée en retrait, disant que c'était un jeu pour jeunes filles et non pour une matrone de trente-quatre ans, mais les autres avaient tant insisté qu'elle avait fini par se prêter au jeu. Elle avait pivoté trois fois sur elle-même, puis avait ouvert la porte et était sortie les yeux fermés dans l'aube glacée avant de faire trois nouveaux tours. Quand, chancelante, elle avait rouvert les yeux, ç'avait été pour plonger droit dans le regard bleu nuit de Jamie.

— Et voilà... soupira-t-il. Elle était veuve, avec deux enfants. Elle avait besoin d'un homme, et moi, j'avais besoin de... je ne sais trop quoi. J'ai cru qu'on pourrait se soutenir mutuellement.

Ils s'étaient mariés discrètement à Balriggan, où il avait emménagé avec ses quelques biens. Moins d'un an plus tard, il déménageait à nouveau, pour s'installer à Edimbourg.

— Que s'est-il passé ? demandai-je, curieuse à plus d'un titre.

— Je ne sais pas. Rien n'allait entre nous. C'était moi, je crois. C'était ma faute. Quoi que je fasse, elle semblait déçue. On s'asseyait pour dîner et, tout à coup, elle s'effondrait en larmes et quittait la table sans que je sache ce que j'avais fait ou dit de mal.

Il frappa du poing sur sa couverture.

— Je ne savais *jamais*, jamais quoi dire ou quoi faire pour la contenter ! Chaque fois que j'essayais d'en discuter avec elle, cela ne faisait qu'empirer les choses. Il se passait parfois des jours, voire des semaines, sans qu'elle m'adresse la parole. Quand je m'approchais, elle me tournait le dos et regardait par la fenêtre jusqu'à ce que je m'en aille.

---

1. La Saint-Sylvestre *(N.d.T.)*.

Il caressa sa joue où les griffures d'ongles se voyaient encore.

— Tu ne m'as jamais fait ça, *Sassenach.*

— Non, ce n'est pas mon style, admis-je en souriant. Quand je t'en veux pour une raison ou pour une autre, je te fais rapidement savoir pourquoi.

Il émit un petit rire étouffé et reposa sa tête sur l'oreiller. Nous restâmes silencieux un long moment, puis il reprit en fixant le plafond :

— Au début, je pensais que je ne voudrais jamais rien savoir de ta vie avec Frank. J'avais tort.

— Je te dirai tout ce que tu voudras savoir, mais pas maintenant. Tu n'as pas fini ton histoire.

Il soupira et ferma les yeux.

— Je crois qu'elle avait peur de moi. Je faisais mon possible pour être gentil avec elle. Dieu sait que j'ai tout essayé ! Je lui ai fait tout ce que je croyais le mieux indiqué pour lui plaire. En vain. Peut-être était-ce à cause de Hugh ou de Simon ? Je les ai connus tous les deux et c'étaient de braves types. Mais va savoir ce qui se passe dans le lit des autres ! Peut-être était-ce le fait d'avoir eu des enfants ? Il y a des femmes qui ne s'en remettent jamais. En tout cas, quelque chose la faisait souffrir et je ne pouvais rien pour elle. Dès que je la touchais, elle se rétractait et je pouvais lire la peur et l'effroi dans ses yeux. C'est pour ça que je suis parti. Je ne pouvais plus supporter de me sentir coupable sans savoir de quoi.

Je pris sa main et la serrai doucement, ne sachant pas quoi lui dire. Son pouls battait régulièrement.

— Ton bras te fait encore mal ? demandai-je finalement.

— Un peu.

Je me penchai sur lui et posai une main sur son front. Il était chaud mais non fiévreux. Une épaisse fronce se creusait entre ses deux sourcils et je la frottai du bout du doigt.

— Tu as mal à la tête ?

— Oui.

— Je vais te préparer une tisane d'écorce de saule.

Je voulus me lever mais il retint ma main.

— Je n'ai pas besoin de tisane. Ce qui me ferait le plus grand bien, ce serait de poser la tête sur tes genoux pendant que tu me masses les tempes, tu veux bien ?

Il me dévisageait avec une candeur adorable.

— Tu ne m'auras pas si facilement, Jamie Fraser. Je n'oublierai pas ta prochaine piqûre.

Cela dit, j'étais déjà en train de repousser mon fauteuil et de m'asseoir à son côté sur le lit.

Il poussa de petits grognements de satisfaction tandis que je lissais ses cheveux en arrière et soufflais doucement sur les mèches qui retombaient sur son front.

— Hmm... ça fait du bien, murmura-t-il.

Malgré ma détermination à conserver une distance toute professionnelle entre nous tant que nous n'aurions pas fini de régler nos comptes, je ne pus résister à la tentation de pétrir délicatement les muscles noués de sa nuque et de ses épaules, puis de masser ses pectoraux fermes et puissants avec des mouvements circulaires des doigts.

Son souffle chaud balayait mes bras et ce fut à contrecœur que je l'aidai à se rallonger pour préparer la prochaine injection de pénicilline.

Quand je rabattis la couverture et relevai l'ourlet de sa chemise, ma main rencontra un objet dur.

— Jamie ! dis-je, médusée. Tu ne peux tout de même pas... !

Il soupira de contentement et roula sur le côté pour me présenter docilement sa fesse gauche.

— Dans mon état, sans doute pas, mais je peux toujours rêver, non ?

La seconde nuit, je ne montai pas me coucher dans notre chambre non plus. Nous ne parlions pas beaucoup, nous contentant de rester couchés côte à côte sur le petit lit de camp. Je bougeais le moins possible pour ne pas écraser son bras blessé. La maison était silencieuse, tout le monde étant endormi. Nous nous laissions bercer par le grésillement du feu dans l'âtre, le sifflement du vent et le bruissement des branches du rosier d'Ellen qui frappaient contre la vitre avec une régularité et une insistance comparables aux exigences de l'amour.

— Tu sais ce que c'est de partager la vie d'une personne sans jamais pouvoir être soi-même, ni savoir vraiment qui elle est ? demanda-t-il doucement.

— Oui, répondis-je en songeant à Frank.

— Pendant toutes ces années, j'ai joué tellement de rôles différents, on m'a prêté tant de personnalités distinctes... Pour mes neveux et nièces, j'étais l'oncle Jamie ; pour Jenny et Ian, j'étais un frère ; pour Fergus, j'étais milord ; pour mes métayers, le laird ; pour les hommes d'Ardsmuir, MacDubh ; pour les gens de Helwater, MacKenzie ; pour les clients de l'imprimerie, M. Malcolm ; pour les dockers, Jamie Roy...

Sa main caressait lentement mes cheveux.

— Mais ici, reprit-il d'une voix à peine audible, couché dans le noir avec toi... je n'ai pas de nom. Enfin.

Je levai mon visage vers le sien et inhalai sa chaleur entre mes lèvres entrouvertes.

— Je t'aime, murmurai-je.

Je savais que je n'avais pas besoin de lui dire que je le pensais de tout mon cœur.

38

L'avocat

Comme je m'en étais doutée, les microbes du XVIIIe siècle n'étaient pas de taille à lutter contre les antibiotiques modernes. La fièvre de Jamie disparut en vingt-quatre heures et, deux jours plus tard, l'inflammation de son bras commença à se résorber, ne laissant qu'une rougeur autour de la plaie et un léger suintement de pus quand on la pressait.

Le quatrième jour, après m'être assurée qu'il ne courait plus aucun danger, j'appliquai un baume à la rudbeckie sur sa blessure, la bandai puis montai à l'étage faire ma toilette et m'habiller.

Ian, Janet, Petit Ian et les domestiques étaient tous venus tour à tour rendre visite au malade au cours des deux derniers jours. Seule Jenny était restée mystérieusement invisible, bien que je ne doutasse pas un instant qu'elle était parfaitement informée de l'amélioration de la santé de son frère, comme de tout ce qui se passait dans sa maison. Je n'avais pas annoncé mon intention de monter à l'étage mais, quand j'entrai dans ma chambre, une bassine d'eau chaude m'y attendait, assortie d'un pain de savon.

Je le tournai entre mes doigts. C'était un savon français, parfumé au muguet. J'enregistrai au passage ce discret commentaire sur mon statut dans la maison : on me considérait comme une invitée de marque et non comme un membre de la famille à part entière, auquel cas j'aurais dû me contenter comme tout le monde de l'habituelle boule de suif.

— On verra ce qu'on verra ! grommelai-je en me savonnant les mains.

Une demi-heure plus tard, j'étais en train de me recoiffer lorsque j'entendis des éclats de voix dans l'entrée. Redescendant quelque temps après, je découvris toute une marmaille braillante courant de-ci de-là dans les couloirs, se faufilant entre les jambes d'adultes que je ne connaissais pas et qui me dévisageaient d'un air intrigué.

Dans le salon, le lit de camp avait été replié et Jamie, rasé et revêtu d'une chemise de nuit propre, était confortablement installé sur le sofa, une couverture sur les genoux, entouré de quatre ou cinq enfants. Près de lui se tenaient Janet, Petit Ian et un jeune homme souriant aux cheveux noirs et au nez indiscutablement Fraser. Il tenait un bébé dans ses bras.

— La voilà ! s'exclama joyeusement Jamie. Claire, tu te souviens de Petit Jamie ?

— Je me souviens de ses boucles brunes, répondis-je. Pour le reste, il a un peu changé.

Petit Jamie m'adressa un sourire radieux.

— Moi, je me souviens très bien de vous, ma tante. Vous me preniez sur vos genoux et jouiez aux dix petits cochons avec mes orteils.

— Moi, j'ai fait ça ? m'exclamai-je en riant.

Un petit garçon blond pointa la tête entre les cuisses de Jamie, me dévisageant avec un grand intérêt.

— Dis, *Nunkie*, c'est qui celle-là ? chuchota-t-il à son oncle.

— Ta grand-tante Claire, répondit Jamie. Tu en as déjà entendu parler, non ?

— Oh oui, dit l'enfant en hochant gravement la tête. Elle est aussi vieille que grand-mère ?

— Plus vieille encore, répondit Jamie le plus sérieusement du monde.

— Nan ! C'est pas possible ! Elle a l'air plus jeune que grand-mère, elle a même pas de cheveux gris !

— Merci, dis-je, flattée.

— T'es sûr que c'est elle ? insista le petit garçon. Maman dit que la grand-tante Claire est une sorcière. Elle a pas l'air d'une sorcière !

— Merci, répétai-je, un peu moins flattée. Comment tu t'appelles ?

Pris d'un soudain accès de timidité, il enfouit son visage dans la couverture de Jamie.

— Angus Walter Edwin Murray Carmichael, répondit son oncle. Plus communément appelé Wally. C'est le fils aîné de Maggie.

— Nous, on l'appelle le morveux, m'informa poliment une jolie petite rousse à mon côté. Parce qu'il a tout le temps la morve au nez.

Piqué au vif, le petit Wally bondit vers sa cousine, qui se nommait Abigail.

— Je ne suis pas morveux ! Je ne suis pas morveux !

Jamie le rattrapa de justesse par le col.

— Aha ! On ne frappe pas les filles, l'admonesta-t-il.

Son intervention déclencha une pluie d'invectives de part et d'autre, tandis que les autres cousins s'en mêlaient et entreprenaient consciencieusement de s'étriper. Il fallut toute la diplomatie de Nunkie pour remettre un peu d'ordre dans la mêlée, ce à quoi il ne parvint qu'en promettant de raconter sur-le-champ la vie de sainte Bride et de saint Michael le Béni.

Entre-temps, Petit Jamie semblait avoir disparu. Le bébé Benjamin dans mes bras commençait à baver sur mon corsage en émettant des grognements affamés. Je lui tapotai vainement le dos en le remuant de droite à gauche puis, abandonnant Jamie et son auditoire captivé, je partis en quête de la mère du nourrisson.

Je la trouvai dans la cuisine, au milieu d'un attroupement de femmes et de fillettes. Après lui avoir remis le petit Benjamin, je me présentai et passai quelque temps avec ces dames, échangeant ces politesses prudentes avec lesquelles les femmes se toisent et se jaugent. Elles étaient amicales. Toutes savaient manifestement qui j'étais car aucune ne paraissait surprise de la réapparition de la première épouse de Jamie, de retour de France ou des Enfers selon la version qu'on leur avait servie.

Cependant, je percevais une certaine tension dans la pièce. Elles évitaient scrupuleusement de me questionner. Dans une autre région, autant de discrétion serait sans doute passée pour de la courtoisie, mais pas dans les Highlands, où les plus petits détails de la vie d'un étranger étaient généralement passés au peigne fin dès la première rencontre.

Malgré leur politesse et leur gentillesse, leurs brefs regards en coin et les remarques échangées à voix basse en gaélique ne pouvaient m'échapper.

Mais le plus étrange de tout, c'était l'absence de Jenny. Elle était le pouls de Lallybroch. Sa présence en imprégnait habituellement les moindres recoins, tous les occupants gravitant autour d'elle comme les planètes autour du soleil. Je ne pouvais l'imaginer abandonnant sa cuisine aux mains de cette foule.

Depuis mon retour avec Petit Ian, elle m'avait soigneusement évitée. Je pouvais la comprendre, n'ayant pas franchement cherché à la voir non plus. Nous savions toutes les deux qu'une explication était inévitable et ni l'une ni l'autre n'était pressée de la provoquer.

Il faisait chaud dans la cuisine. Le mélange des odeurs de linge en train de sécher, d'amidon, de langes propres, de transpiration, de pâtisserie et de galettes d'avoine frites aux lardons commençait à me monter à la tête. Aussi, lorsque Katherine annonça qu'il n'y avait plus de crème fraîche pour les scones, je sautai sur l'occasion et me portai volontaire pour aller en chercher à la laiterie.

Dehors, l'air était si vif et si revigorant que je restai un instant dans la cour, me débarrassant des odeurs de cuisine qui flottaient dans mes cheveux et mes vêtements. La laiterie était assez éloignée de la maison, construite comme il se devait près de l'étable qui, elle-même, bordait les deux enclos où l'on gardait les moutons et les chèvres. Dans les Highlands, on élevait surtout les bovins pour leur viande, le lait de vache étant considéré comme une boisson pour les malades et les infirmes.

En sortant de la laiterie, je découvris Fergus accoudé à la barrière de l'enclos, contemplant les moutons d'un air maussade. Je ne m'étais pas attendue à le trouver là et me demandai si Jamie savait qu'il était rentré.

Les précieux mérinos de Jenny, importés de France et plus choyés encore que ses petits-enfants, remarquèrent ma présence et se pressèrent en masse de mon côté de l'enclos, espérant glaner quelques friandises. Fergus releva la tête et, m'apercevant, me salua d'un petit signe de la main. Il cria quelque chose que je n'entendis pas.

Il y avait une caisse remplie de choux près de la remise. Je choisis un beau spécimen bien vert et l'effeuillai, départageant les feuilles entre les bouches avides qui se tendaient vers moi.

Hughie, un énorme bélier laineux avec des testicules gros comme des ballons de football qui traînaient presque par terre, se fraya majestueusement un passage entre ses compagnes et réclama sa part avec un « Bêêê » sonore et autocratique.

Fergus, qui m'avait rejointe, me prit le restant du chou des mains et le lui lança avec une précision et une force impressionnantes.

— La ferme ! ordonna-t-il.

Le chou rebondit sur le dos de Hughie qui émit un nouveau « Bêêê » sidéré et nettement moins viril. Puis, s'ébrouant dans un semblant de dignité, il s'éloigna en trottant, ses testicules se balançant avec une majesté meurtrie.

— Ce ne sont que des bêtes puantes, bruyantes et inutiles, grogna Fergus.

Sa mauvaise humeur le rendait plutôt ingrat, dans la mesure où son écharpe et ses bas avaient probablement été tissés avec la laine précieuse de ces moutons.

— Ça me fait plaisir de te voir, Fergus ! dis-je en m'efforçant de paraître enjouée. Jamie sait que tu es rentré ?

Je me demandais surtout si Fergus avait déjà été mis au courant des récents événements.

— Non. Je suppose que je ferais bien d'aller le prévenir.

Cependant, il ne bougea pas, continuant à fixer la boue de l'enclos. Décidément, ça allait vraiment mal.

— Tu as pu retrouver M. Gage ? demandai-je.

— Oh ! Oui. Milord avait raison. J'ai accompagné Gage chez les autres membres de leur cercle pour les prévenir. Puis on est allés faire un tour à la taverne où ils tiennent habituellement leurs réunions. Naturellement, elle était infestée de douaniers en civil. Peuh ! Ils peuvent toujours nous attendre ! Ils ne nous mettront jamais la main dessus, pas plus que sur leur collègue qui marine dans son fût de crème de menthe quelque part sur l'océan.

Une lueur sauvage s'alluma dans son regard, puis mourut aussitôt.

— Naturellement, nous ne serons pas payés pour les pamphlets, reprit-il. Dieu seul sait combien de temps il faudra à milord pour remettre l'imprimerie sur pied, même si la presse a pu être sauvée !

Le chagrin dans sa voix me surprit.

— Tu ne travaillais pas à l'imprimerie, n'est-ce pas ?

— Non, pas vraiment. Mais milord a eu la bonté de me laisser investir une petite partie de mes bénéfices sur la contrebande dans son affaire. Avec le temps, je serais devenu un associé à part entière.

Il me faisait vraiment de la peine avec son expression découragée.

— Tu as besoin d'argent ? proposai-je. Je peux peut-être t'aider, j'ai...

Il me lança un regard surpris, puis esquissa un sourire ému.

— Oh non, milady ! Je vous remercie. Personnellement, je vis avec trois fois rien et cela me suffit.

Il tapota sa poche où quelques pièces tintèrent dans un cliquetis rassurant.

— Non, poursuivit-il en fronçant les sourcils. Si je tenais à travailler dans l'imprimerie, c'est que... voyez-vous, c'est un milieu respectable.

— Je suppose, dis-je sans vraiment comprendre ce qu'il voulait dire par là.

— Mon problème, c'est que même si la contrebande me permet largement de subvenir aux besoins d'une épouse et d'une famille, le métier en soi plaît rarement aux parents des jeunes filles comme il faut.

— Ah ! dis-je en comprenant enfin. Tu es amoureux d'une jeune fille de bonne famille, c'est ça ?

Il hocha timidement la tête.

Je ne pouvais guère blâmer la mère de la jeune fille en question. La beauté ténébreuse et l'allure fringante de Fergus avaient de quoi faire battre le cœur de plus d'une jeune fille en fleur, mais il manquait à ce beau pirate quelques-uns des attributs indispensables pour amadouer des parents écossais conservateurs, notamment des biens matériels, un revenu fixe, une main gauche et un nom de famille.

En outre, si la contrebande, le vol de bétail et autres formes de communisme appliqué faisaient partie intégrante de la longue et glorieuse tradition des Highlands, ce n'était pas le cas en France. Or Fergus était aussi français que la pucelle d'Orléans. Peu importait qu'il ait vécu toutes ces années à Lallybroch. Comme moi, il resterait toujours un *Outlander*.

— Si j'étais l'associé d'un imprimeur prospère d'Edimbourg, la bonne dame serait peut-être mieux disposée à me céder la main de sa fille, expliqua-t-il, mais les choses étant ce qu'elles sont...

Il secoua la tête d'un air dégoûté et je lui tapotai doucement le bras.

— Ne t'en fais pas, le consolai-je. Nous trouverons une solution. As-tu parlé de cette jeune fille à Jamie ? Je suis sûre qu'il acceptera d'intercéder en ta faveur auprès de ses parents.

A ma grande surprise, il roula des yeux paniqués.

— Oh non, milady ! Je vous en prie, ne lui dites rien... il a des choses bien plus importantes à régler pour le moment.

C'était sans doute vrai, mais sa véhémence me déconcerta. Je promis toutefois de ne pas en parler à Jamie. Comme je commençais à avoir les pieds gelés, je lui proposai de rentrer au manoir avec moi.

— Tout à l'heure peut-être, milady, répondit-il. Pour l'instant, je suis de trop mauvaise compagnie, même pour les moutons.

Avec un gros soupir, il tourna les talons et s'éloigna vers le colombier, les épaules voûtées.

A mon retour, je trouvai Jenny au salon avec Jamie. Elle venait de rentrer elle aussi car elle avait le bout du nez tout rose et un parfum de brume hivernale s'attardait dans ses vêtements.

— J'ai envoyé Petit Ian seller Donas, annonça-t-elle. Tu crois que tu pourras marcher jusqu'à l'écurie ou tu préfères qu'on te l'amène devant la maison ?

— Il n'est pas question que je bouge d'ici, répliqua-t-il.

— Mais puisque je te dis qu'il va débarquer aujourd'hui ! s'impatienta Jenny. Amyas Kettrick est passé hier soir. Il venait de Kinwallis. Hobart est en route pour Lallybroch. Il devait partir après le petit déjeuner, il sera là dans moins d'une heure.

Jamie s'enfonça dans le canapé, l'air résolu.

— Hobart MacKenzie ne me fait pas peur. Je n'ai aucune intention de prendre la fuite.

— Ah oui ? Tu n'avais pas peur de Laoghaire non plus, et regarde ce qu'elle t'a fait !

Malgré lui, Jamie ne put s'empêcher de sourire.

— Certes, admit-il. Mais tu sais bien qu'il y a moins d'armes à feu dans les Highlands que de dents dans la bouche d'une poule. Je doute que Hobart vienne me demander mon pistolet pour m'abattre !

— Non, il se contentera sans doute de t'embrocher au bout d'une pique comme le dindon que tu es !

Jamie se mit à rire et j'en profitai pour intervenir.

— Mais qui est donc ce Hobart MacKenzie et pourquoi tient-il tant à t'embrocher comme un dindon ?

Jamie se tourna vers moi.

— C'est le frère de Laoghaire, *Sassenach*, expliqua-t-il.

— Laoghaire l'a envoyé chercher à Kinwallis où il habite, poursuivit Jenny, et elle lui a raconté... tout ça.

Elle fit un geste qui englobait ma personne, Jamie et la situation générale.

— En fait, reprit Jamie, Hobart est censé venir à Lallybroch pour venger l'honneur souillé de sa sœur en me tranchant le cou.

— Et ça ne t'inquiète pas ? demandai-je.

— Bien sûr que non ! s'énerva-t-il. Je le connais bien. Cette andouille ne saurait même pas égorger un poulet sans se couper la main.

Les bras croisés, Jenny l'inspecta de la tête aux pieds, jaugeant sa capacité à se défendre d'une seule main contre un égorgeur de poulets incompétent.

— Mmphm... fit-elle. Que se passera-t-il si c'est toi qui le tues ?

— Eh bien... il sera mort, répondit simplement Jamie.

— Et toi, tu seras pendu pour meurtre ! ou en fuite, avec toute la famille de Laoghaire à tes trousses. Tu veux déclencher une nouvelle guerre des clans, c'est ça ?

— Tout ce que je veux, c'est mon petit déjeuner, répondit-il patiemment. Tu comptes m'affamer jusqu'à ce que je tourne de l'œil, puis me traîner par les pieds dans le refuge du prêtre en attendant que Hobart s'en aille ?

L'agacement et l'amusement se disputaient dans le regard de Jenny. Comme toujours avec les Fraser, l'humour l'emporta.

— Si j'avais encore assez de force pour te traîner par les pieds, je t'assommerais tout de suite, rétorqua-t-elle.

Elle poussa un long soupir avant d'ajouter :

— Soit, Jamie, fais comme tu veux. Mais essaie de ne pas abîmer mon tapis turc, d'accord ?

— Promis, Jenny. Nous éviterons toute effusion de sang dans le salon.

— Tu n'es qu'une andouille ! capitula-t-elle enfin en riant. Je vais demander à Janet de t'apporter à manger.

Un peu plus tard dans la matinée, je croisai à nouveau Jenny dans la cour. Elle hésita un instant puis lança sur un ton faussement détaché :

— Je dois aller à la cave chercher des oignons, tu m'accompagnes ?

Ni l'une ni l'autre ne dit un mot avant d'avoir rejoint la petite pièce au fond de la cave où étaient stockées les plantes à tubercule. Elle était imprégnée de l'odeur des nattes d'ail et d'oignons suspendues aux poutres, à laquelle venaient s'ajouter les effluves acides des pommes séchées et le parfum humide et terreux des patates étalées sur des étagères qui bordaient les murs.

— C'est toi qui m'as conseillé de planter des pommes de terre, tu te souviens ? demanda Jenny. C'était une bonne idée. Elles nous ont permis de survivre à plus d'un hiver après Culloden.

Je m'en souvenais comme si c'était hier. Nous nous tenions sur la colline, main dans la main, par une froide nuit d'hiver. Nous étions sur le point de nous séparer, elle pour aller retrouver son nouveau-né, moi pour me lancer à la recherche de Jamie, prisonnier des Anglais. Je l'avais retrouvé et je l'avais sauvé, comme j'avais sauvé Lallybroch, à ma façon. Malgré cela, elle avait voulu donner son frère et le domaine à Laoghaire.

— Pourquoi ? demandai-je doucement. Pourquoi as-tu fait cela ?

Elle était en train de décrocher un à un les oignons et de les ranger dans son panier.

— Pourquoi ai-je fait quoi ? demanda-t-elle. Organisé le mariage entre Laoghaire et Jamie ?

Elle s'arrêta un instant pour me jeter un regard interrogateur, puis reprit son travail, poursuivant d'une voix calme et contrôlée :

— C'est vrai qu'il ne l'aurait jamais épousée si je ne l'y avais pas poussé.

— Alors pourquoi ? insistai-je.

— Il était seul. Si seul que ça me fendait le cœur de le voir. Il a passé de longues années à te pleurer.

— Je le croyais mort, me défendis-je.

— Il l'était, d'une certaine manière. La plupart des gens dans les Highlands pensaient qu'il était tombé à Culloden. Lui aussi, il te croyait morte. Il n'arrivait pas à s'en remettre. Mais un homme comme lui ne devrait pas dormir seul, tu ne crois pas ?

— Sans doute. Mais nous avons survécu tous les deux. Pourquoi as-tu envoyé chercher Laoghaire pour nous surprendre ?

Elle mit un certain temps avant de répondre, continuant à cueillir ses oignons.

— Je t'aimais bien, dit-elle enfin. Je t'aimais même presque comme une sœur quand tu vivais ici avec Jamie, avant...

— Je t'aimais bien aussi. Alors pourquoi ?

— Quand Ian m'a dit que tu étais revenue, je n'en croyais pas mes oreilles. Au début, j'étais excitée, j'avais envie de te revoir, de savoir ce qui t'était arrivé...

Elle arqua un sourcil intrigué dans ma direction puis, constatant que je n'étais pas disposée à lui raconter ma vie, elle poursuivit :

— Et puis j'ai eu peur. Le jour où ils se sont mariés, je t'ai vue. Ils étaient agenouillés devant l'autel et tu étais là, entre eux deux. J'ai su alors que tu reviendrais le chercher.

Je la dévisageai, interdite, sentant la chair de poule hérisser les poils de ma nuque.

— Je ne suis pas née avec le Don. Je n'avais jamais eu de visions auparavant, et j'espère ne plus jamais en avoir. Mais quand je t'ai vue là, j'ai eu tellement peur que j'ai dû sortir de la chapelle sans attendre qu'ils aient prononcé leurs vœux.

Elle déglutit, me regardant dans les yeux.

— J'ignore qui tu es, Claire, ou... ce que tu es. Je ne sais pas non plus d'où tu viens. Je ne t'ai jamais posé de questions. Jamie t'avait choisie et cela me suffisait. Mais tu avais disparu depuis si longtemps... j'ai cru qu'il t'avait oubliée et qu'il pourrait de nouveau être heureux.

— Mais ça n'a pas été le cas, n'est-ce pas ? demandai-je pour me rassurer.

— Non, mais tu connais Jamie. C'est un homme fidèle. Même si rien n'allait entre Laoghaire et lui, il avait juré d'être à elle et ne pouvait se résoudre à la quitter complètement. Quand il est parti vivre à Edimbourg, je savais qu'il reviendrait. Son port d'attache est ici, dans les Highlands. Puis tu es revenue.

Pour une fois, ses mains étaient immobiles. J'observai ses longs doigts agiles. Les articulations étaient rougies et râpées par de longues années de dur labeur et l'on apercevait les veines bleutées sous la fine peau blanche.

— Tu sais... reprit-elle, de toute ma vie, je ne me suis jamais éloignée de Lallybroch de plus d'une quinzaine de kilomètres.

— Ah oui ? m'étonnai-je.

— Mais toi, tu as beaucoup voyagé, n'est-ce pas ?

— Oui, on peut dire ça.

— Tu repartiras, je le sais. Tu n'es pas d'ici, contrairement à moi. Tu n'y as pas d'attaches. Mais ce jour-là, il te suivra et je ne le verrai peut-être jamais plus.

Elle ferma les yeux et inspira profondément.

— ... C'est pourquoi j'ai fait venir Laoghaire. J'ai pensé que si tu la voyais, tu quitterais Jamie tout de suite... ce que tu as fait. Mais tu es revenue.

Elle haussa les épaules d'un air impuissant.

— ... Je n'y peux plus rien. Il t'appartient, pour le meilleur et pour le pire. Il n'y aura jamais qu'une seule femme dans sa vie et c'est toi. Si tu t'en vas à nouveau, il te suivra.

Je cherchai les mots pour la rassurer.

— Mais je ne veux pas partir, dis-je. Je ne m'en irai pas. Je veux rester ici avec lui, pour toujours.

Je lui touchai le bras et elle se raidit. Puis, après un moment, elle posa sa main sur la mienne. Elle était glacée.

— Les gens racontent un tas de choses sur le Don, dit-elle. Pour certains, c'est une malédiction, car tout ce que tu vois se produira forcément tôt ou tard. D'autres disent que les visions ne sont que des avertissements, des signaux de l'au-delà pour t'éviter le pire. Qu'en penses-tu ?

— Je ne sais pas. Autrefois, j'étais persuadée que le fait de savoir à l'avance ce qui allait arriver me permettrait d'influer sur le destin. Mais aujourd'hui... je ne sais plus.

— Mais il faut toujours essayer, n'est-ce pas ?

— Oui, on ne peut pas rester sans rien faire.

Elle hésita un instant avant de poursuivre :

— Si vous devez repartir un jour, tu veilleras bien sur lui ?

Je serrai ses doigts entre les miens.

— Oui, je te le promets.

Au même instant, la porte de la cave s'ouvrit violemment et Petit Ian dévala les marches pour nous rejoindre.

— Maman, il est là ! Hobart MacKenzie est arrivé ! Papa te demande de venir, vite !

— Il est armé ? demanda aussitôt Jenny. Tu as vu s'il avait apporté un pistolet ou son épée ?

— Oh, non, maman. C'est pire que ça. Il a amené un avocat !

Rien ne ressemblait moins à l'incarnation de la vengeance que Hobart MacKenzie. Petit, chétif, âgé d'une trentaine d'années, il avait des yeux bleu pâle larmoyants, une calvitie galopante et un menton fuyant qui semblait s'être perdu dans les plis de sa cravate.

Il était justement en train de lisser en arrière ses rares cheveux devant le miroir de l'entrée quand nous apparûmes. Il cligna les yeux, puis remit précipitamment sa perruque bouclée, esquissant une courbette dans notre direction.

— Madame Murray, salua-t-il.

Ses yeux de fouine s'arrêtèrent un instant sur moi, poursuivirent leur chemin, puis revinrent en arrière. Il prit un air résigné, comme s'il avait vainement espéré de tout son cœur que je ne serais pas celle qu'il craignait que je sois.

— Monsieur MacKenzie, dit Jenny en le saluant en retour

d'un petit signe de tête, permettez-moi de vous présenter ma belle-sœur, Claire Fraser. Claire, voici M. Hobart MacKenzie, de Kinwallis.

— Ravie de vous rencontrer, dis-je le plus cordialement possible.

— Ah... fit-il. Euh... votre humble serviteur, madame.

Fort heureusement, la porte du salon s'ouvrit au même instant. Je poussai un cri ravi en reconnaissant le petit homme se tenant sur le seuil.

— Ned ! Ned Gowan !

L'avocat avait considérablement vieilli. Il s'était rabougri avec le temps et il était ridé comme une des vieilles pommes séchées de la cave. Toutefois, ses petits yeux noirs étaient toujours aussi vifs et brillants.

— Ma chère ! s'exclama-t-il.

Il porta ma main à ses lèvres et y déposa un baiser fervent.

— J'avais entendu dire que...

— Comment êtes-vous arrivé...

— Quel plaisir de vous retrouver...

— Je suis si heureuse de vous voir...

Un toussotement agacé interrompit nos épanchements attendris. Ned Gowan leva des yeux surpris puis, se souvenant, hocha la tête.

— Ah, oui, naturellement, les affaires avant tout, ma chère, s'excusa-t-il avec une élégante courbette dans ma direction. Ensuite, si vous le voulez bien, vous me raconterez toutes vos aventures.

— Je... j'essaierai, promis-je sans trop me compromettre.

— Parfait, parfait.

Se tournant vers Jenny et Hobart, il annonça :

— MM. Fraser et Murray nous attendent au salon. Monsieur MacKenzie, si vous et ces dames voulez bien vous joindre à nous ? Nous tâcherons de régler nos affaires au plus vite afin de passer à des questions plus conviviales.

Il me présenta galamment son bras, que j'acceptai avec grâce.

Je retrouvai Jamie installé au même endroit dans le salon. Les enfants avaient disparu, à l'exception d'un garçonnet joufflu profondément endormi sur les genoux de son oncle. De la tignasse de Jamie émergeaient, de façon incongrue, plusieurs petites tresses, nouées avec des rubans de soie rose, ce qui lui donnait un air carnavalesque plutôt inhabituel. Je pris place près de lui tandis que chacun s'installait en rond autour de la cheminée et que Ned Gowan, au centre, entamait la séance.

— Tout d'abord, commença-t-il, permettez-moi de vous expliquer mon rôle dans cette affaire. Je suis ici en qualité d'avocat de M. Hobart MacKenzie, afin de défendre les intérêts de Mme James Fraser...

Il me vit tressaillir et se reprit aussitôt :

— ... je veux dire : les intérêts de la seconde Mme James Fraser, née Laoghaire MacKenzie. Est-ce bien clair ?

Nous acquiesçâmes à l'unisson.

— Parfait. J'ai proposé à mes clients de chercher une solution simple à l'imbroglio qui, si j'ai bien compris, est survenu suite à la réapparition soudaine et inattendue mais néanmoins heureuse et fortuite... de la première Mme Fraser.

Il secoua la tête d'un air réprobateur en direction de Jamie.

— Jeune homme, le tança-t-il, je crains que vous ne vous soyez empêtré dans une situation juridique des plus complexes.

— Il faut dire qu'on m'y a un peu aidé, s'excusa Jamie avec un regard accusateur vers sa sœur. Dans quel genre de pétrin suis-je, au juste ?

— Eh bien, pour commencer, la première Mme Fraser pourrait vous traîner en justice pour adultère. Dans ce cas, les peines encourues seraient...

Jamie me lança un regard interrogateur, puis l'interrompit :

— Je ne pense pas qu'il y ait de danger de ce côté-là. Quoi d'autre ?

— De son côté, la seconde Mme Fraser, née Laoghaire MacKenzie, peut vous faire condamner pour bigamie, escroquerie, imposture...

— Ned, coupa encore Jamie, que veut-elle exactement ?

L'avocat cligna les yeux et le dévisagea par-dessus ses lunettes.

— Pour ne rien vous cacher, le désir le plus cher de ma cliente, tel qu'elle me l'a exprimé elle-même, est de vous voir émasculé et éviscéré sur la place du marché de Broch Mordha, puis d'obtenir votre tête au bout d'une pique afin de la planter dans son jardin.

— Je vois, dit Jamie d'un ton morne.

— Naturellement, reprit l'avocat, je me suis empressé d'expliquer à Mme... à ma cliente que les moyens mis à sa disposition par la loi étaient assez limités en ce sens.

— Je l'espère ! marmonna Jamie. Si j'ai bien compris, elle ne demande pas que je revienne vivre auprès d'elle en tant que mari ?

— Non, confirma Hobart. En tant qu'épouvantail à la rigueur, mais pas en tant que mari.

Ned regarda froidement son client, puis reprit :

— Mlle MacKenzie ne tient pas à reprendre sa vie conjugale avec vous, monsieur Fraser, à moins, naturellement, que vous ne souhaitiez divorcer de votre première épouse.

— Non, se hâta de répondre Jamie.

— Dans ce cas, je conseillerais à mes clients de faire le nécessaire pour éviter le coût et la mauvaise publicité d'un procès qui s'accompagnerait fatalement d'audiences publiques et de la divulgation de détails intimes embarrassants pour tous. Un règlement à l'amiable...

— Combien ? demanda abruptement Jamie.

Ned Gowan feignit de s'offusquer

— Monsieur Fraser ! Je n'ai pas parlé d'argent...

— Uniquement parce que tu prends un malin plaisir à nous faire languir, vieux grigou ! rétorqua Jamie mi-agacé mi-amusé. Alors, combien ?

Ned Gowan inclina cérémonieusement la tête.

— Vous devez comprendre, cher ami, qu'en cas de procès mes clients seraient en droit de réclamer, et d'obtenir, des dédommagements substantiels... je dirais même conséquents. Après tout, Mlle MacKenzie a subi une humiliation publique, entraînant une souffrance morale intense. En outre, elle est menacée de perdre sa principale source de revenus...

— Vous savez bien qu'il n'en est rien ! se récria Jamie. Je lui ai déjà dit que je continuerais à subvenir à ses besoins et à ceux de ses filles. Pour qui me prend-elle ?

Ned lança un regard entendu vers Hobart, qui secoua la tête d'un air navré.

— Crois-moi, tu ne peux pas savoir pour qui elle te prend, assura-t-il à Jamie. J'ignorais même qu'elle connaissait un tel langage. Tu comptes vraiment lui verser une pension ?

— Bien sûr, s'impatienta Jamie.

— Mais uniquement jusqu'à ce qu'elle se remarie, précisa soudain Jenny à la surprise générale.

Tous les regards convergèrent vers elle.

— Si Jamie est toujours marié avec Claire, alors son mariage avec Laoghaire n'est pas valable, n'est-ce pas ? demanda-t-elle à l'avocat.

— En effet, madame Murray, confirma-t-il.

— Elle est donc libre de se remarier dès qu'elle le voudra ? poursuivit Jenny d'un ton résolu. Auquel cas, mon frère n'aura plus aucune raison de l'entretenir.

— Excellente observation, approuva Ned Gowan. Je constate avec plaisir que nous avançons à pas de géant.

Il sortit sa plume et se mit à gratter son papier avec application.

Une heure plus tard, la carafe de whisky était vide, une épaisse liasse de papiers était empilée sur le secrétaire du salon et nous étions tous épuisés, excepté Ned Gowan, toujours aussi pimpant.

— Excellent, excellent, affirma-t-il. Donc, résumons-nous. Les clauses principales de notre accord sont les suivantes : M. Fraser accepte de verser à Mlle MacKenzie la somme de cinq cents livres sterling à titre de dommages-intérêts et pour compenser le non-respect de ses devoirs conjugaux...

Jamie émit un petit rire nerveux que l'avocat fit mine de ne pas entendre, poursuivant sa lecture :

— ... Il lui versera également une rente de cent livres par an, jusqu'au jour où la susdite Mlle MacKenzie jugera bon de prendre à nouveau époux. M. Fraser s'engage également à contribuer à la dot des deux demoiselles MacKenzie à raison de trois cents livres chacune et, enfin, accepte de ne pas porter plainte contre Mlle MacKenzie pour tentative de meurtre. En retour, Mlle MacKenzie acquitte M. Fraser de toutes ses autres charges. Nous sommes bien d'accord, monsieur Fraser ?

Jamie hocha la tête.

— Excellent, répéta Ned Gowan.

Il se leva et nous adressa un sourire radieux, tout en se tapotant le ventre.

— Comme le dit notre ami le professeur John Arbuthnot : *La loi est un puits sans fond*. Ma foi, je pourrais en dire autant de mon estomac. N'est-ce pas une odeur de selle d'agneau que je sens, madame Murray ?

— Ce qu'il faut, c'est lui trouver un nouveau mari au plus tôt, décréta Jenny.

Après le dîner, enfants et petits-enfants étaient montés se coucher. Ned et Hobart venaient de repartir pour Kinwallis, nous laissant tous les quatre faire le bilan dans le bureau du laird, rassemblés autour d'une bouteille d'eau-de-vie et de gâteaux à la crème.

Jamie se tourna vers sa sœur avec une moue cynique :

— Les mariages, c'est plutôt de ton ressort, non ? Je suis sûr qu'en y mettant un peu du tien tu lui dénicheras un ou deux candidats convenables.

— Sans doute, répliqua-t-elle sans se démonter. Mais cela ne résoudra pas tout. Tu peux m'expliquer où tu comptes trouver mille deux cents livres ?

Je m'étais posé la même question. Le montant reversé par l'assurance de l'imprimerie n'atteignait pas un dixième de cette somme et je doutais que les revenus de la contrebande lui permettent de combler la différence, pas plus que ceux des terres de Lallybroch qui, les meilleures années, arrivaient tout juste à nourrir leur monde.

— Je ne vois qu'une solution, pas vous ?

Le regard de Ian allait de sa femme à son beau-frère. Après un bref silence, Jamie acquiesça et jeta un coup d'œil vers la fenêtre battue par la pluie.

— Sans doute, déclara-t-il, mais le temps ne s'y prête guère.

Ian haussa les épaules.

— La marée de printemps aura lieu dans une semaine.

Jamie fronça les sourcils, l'air dubitatif.

— Oui, mais...

— Si quelqu'un a le droit de l'utiliser, c'est bien toi, reprit Ian. Il était destiné aux partisans du prince Charles-Edouard, non ? Or tu en faisais partie.

Jamie lui adressa un sourire las.

— Oui, tu as sans doute raison. En tout cas, je ne vois pas d'autre solution.

Il lança un regard vers sa sœur occupée à broder. Il semblait hésiter à ajouter quelque chose. Jenny le connaissait mieux que moi. Elle interrompit son ouvrage et se tourna vers lui.

— Qu'y a-t-il, Jamie ?

Il inspira profondément.

— Je voudrais emmener Petit Ian.

— Non, répondit-elle aussitôt.

— Mais il est assez grand, Jenny !

— Pas question ! s'obstina-t-elle. Il n'a pas quinze ans. Michael et Jamie en avaient seize la première fois et ils étaient plus costauds que lui.

— Oui, mais Petit Ian nage mieux qu'eux, objecta Ian. De toute façon, ce ne peut être qu'un des garçons. Avec son bras en écharpe, Jamie ne peut pas nager. Claire non plus.

— Nager ? dis-je sans comprendre. Mais de quoi parlez-vous ?

Ian sembla pris de court.

— Tu ne lui en as pas parlé ? demanda-t-il à Jamie.

— Si, mais je n'ai pas eu le temps de tout lui dire. Il s'agit du trésor, *Sassenach*, l'or des phoques.

Dans l'incapacité de transporter le trésor avec lui, il l'avait laissé dans sa cachette sur l'île aux phoques avant de retourner vers Ardsmuir.

— Je ne savais pas quoi en faire, expliqua-t-il. Duncan Kerr me l'avait confié, mais sans me dire à qui il appartenait, ni qui l'avait caché là et pourquoi. Tout ce qu'il m'avait dit, c'était la « sorcière blanche ». Or je ne voyais pas de qui il voulait parler, mis à part toi.

Sentant toutefois que quelqu'un d'autre devait être mis au courant, au cas où il mourrait en prison, il avait envoyé une lettre soigneusement codée à Lallybroch, indiquant le lieu où était caché le trésor et ce à quoi il était sans doute destiné.

Les temps avaient été durs pour les jacobites persécutés par les Anglais, parfois plus durs encore pour ceux qui s'étaient réfugiés en France en abandonnant leurs terres et leur fortune derrière eux. Vers la même époque, Lallybroch subit deux mauvaises récoltes consécutives, rendant ses occupants incapables d'aider les amis affamés qui leur écrivaient de France.

— Nous n'avions rien à leur envoyer, nous étions nous-mêmes au bord de la famine, expliqua Ian. J'ai écrit à Jamie pour lui demander conseil et il m'a répondu qu'on pouvait peut-être utiliser une partie du trésor pour nourrir les partisans du prince *Tearlach*.

— Le trésor avait probablement été caché là par un des fidèles des Stuart, renchérit Jamie. Mais je ne voyais pas l'intérêt de l'envoyer à Charles-Edouard.

Il était bien placé pour savoir qu'entre les mains du prince Stuart l'argent aurait été dilapidé en quelques semaines. Ian avait donc emmené son fils aîné, Petit Jamie, jusqu'à la crique de Coiagh où se trouvaient les îles aux phoques. Là, l'adolescent avait nagé jusqu'aux rochers comme son oncle quelques années plus tôt. Il avait pris trois pièces d'or et quelques pierres précieuses dans le coffret, les avait placées dans une petite bourse attachée autour de son cou et avait regagné la rive.

Ils étaient ensuite partis à Inverness pour s'embarquer pour la France. A Paris, le cousin Jared les avait aidés à échanger discrètement les pièces anciennes et les pierres précieuses contre de l'argent, puis s'était chargé de les répartir équitablement entre les jacobites nécessiteux.

Depuis, Ian avait refait le voyage trois fois, accompagné chaque fois par l'un de ses fils. A deux reprises, l'argent avait servi à secourir des amis en France ; à la troisième, il avait permis d'acheter de nouvelles semences pour Lallybroch et de la nourriture pour les familles des métayers après qu'un long hiver eut détruit les plants de pommes de terre.

Seuls Jenny, Ian et leurs deux aînés, Petit Jamie et Michael, connaissaient l'existence du trésor. Avec sa jambe de bois, Ian ne pouvait nager jusqu'à l'îlot, aussi était-il obligé d'emmener un des garçons. Je supposai que l'expédition avait constitué une sorte de rite initiatique pour les adolescents. A présent, c'était peut-être le tour de Petit Ian.

— Non, répéta Jenny.

Cette fois, elle paraissait moins ferme. Ian lança un regard à Jamie en hochant la tête.

— Tu l'emmènerais en France avec toi, Jamie ? demanda-t-il.

— Oui. Il va falloir que je m'éloigne de Lallybroch pendant quelque temps, pour Laoghaire. Je ne peux pas rester ici, vivant avec Claire sous son nez... du moins tant qu'elle ne se sera pas remariée. Je ne t'ai pas encore raconté tout ce qui s'est passé à Edimbourg, Ian, mais je crois qu'il vaut mieux que j'évite de m'y montrer ces temps-ci.

Jenny avait cessé de feindre de broder. Elle scrutait le visage de son frère, le front soucieux.

— Alors que comptes-tu faire, au juste ?

— Jared m'a souvent proposé de travailler avec lui. J'ai pensé qu'on pourrait s'installer de nouveau à Paris, pendant un an au moins. Petit Ian pourrait venir avec nous et étudier en France.

Jenny et Ian échangèrent un long regard, un de ces regards de vieux couples qui peuvent faire l'économie d'une longue discussion en quelques battements de cils. Enfin, Jenny pencha la tête sur le côté. Ian sourit et lui prit la main.

— Tout ira bien, *mo nighean dubh*, lui dit-il doucement.

Il se tourna vers Jamie.

— D'accord, emmène-le. Ça ne pourra que lui faire du bien.

— Vous êtes sûrs ? hésita Jamie.

Il s'adressait surtout à sa sœur. Celle-ci détourna ses yeux qui se remplissaient déjà de larmes.

— Je suppose qu'il vaut mieux lui donner sa liberté pendant qu'il croit encore que c'est à nous de le faire.

39

Perdu en mer

La brume épaississait à mesure que nous approchions de la côte. Cette région d'Ecosse n'avait plus grand-chose à voir avec les gorges verdoyantes et les lochs de Lallybroch. Ici, la végétation se résumait à quelques tenaces touffes de bruyère, aplaties par les vents, qui s'acharnaient à percer entre les longs affleurements de granit.

Nous progressions lentement, au grand dam de Petit Ian qui piaffait d'impatience.

— Quelle distance y a-t-il entre l'île et le rivage ? demanda-t-il à Jamie pour la dixième fois.

— A peu près quatre cents mètres, répéta celui-ci patiemment.

— Facile ! lança Petit Ian.

Jamie me lança un regard amusé, mais ne dit rien.

Le rugissement du vent et le fracas des vagues contre les rochers étaient assourdissants. De temps à autre, les cris des phoques parvenaient jusqu'à nous. Ils faisaient penser à des marins s'interpellant sur le pont d'un navire pendant la tempête. Au pied de la tour d'Ellen, Petit Ian noua un bout de la corde autour de ses reins. Avec un petit rire nerveux, il disparut dans la crevasse.

Jamie avait fixé l'autre bout de la corde autour de ses propres reins, la déroulant lentement de sa main valide à mesure que le garçon descendait. Accroupie au bord de la falaise, j'observais la plage en demi-lune, en contrebas, attendant de le voir réapparaître. L'attente me parut durer une éternité. Puis je le vis enfin, guère plus gros qu'une fourmi. Il leva les yeux vers moi et agita une main. Je lui rendis son salut tandis que Jamie, debout derrière moi, grognait à mi-voix :

— Allez, vas-y ! qu'est-ce que tu attends ?

Le garçon dénoua la corde, ôta sa chemise et ses bas puis avança dans l'eau.

— Brrr... fis-je. Elle doit être glacée.

— Elle l'est, confirma Jamie. Ian avait raison, c'est vraiment la pire saison pour nager.

Il était pâle. Je ne l'avais jamais vu aussi angoissé. S'il s'était montré calme et confiant tant que son neveu était à son côté, il n'avait plus besoin de feindre à présent. Je n'étais guère rassurée moi-même : de là où nous étions, nous n'avions aucun moyen de porter secours à Petit Ian si les choses tournaient mal.

Les trois îlots balayés par la brume n'étaient visibles que par intermittence. Je pus suivre le trajet de Petit Ian sur les vingt premiers mètres, puis sa tête fut avalée par le brouillard.

— Tu crois qu'il y arrivera ? demandai-je à Jamie en me relevant.

— Je l'espère, soupira-t-il. Il nage bien et, une fois qu'il aura rejoint le courant, il n'aura plus qu'à se laisser porter. Il devrait être de retour dans deux heures.

Il baissa des yeux dépités vers son bras en écharpe en marmonnant :

— J'aurais dû y aller moi-même, avec ou sans bras. Finalement, il est plus facile de risquer sa vie que de s'inquiéter pour quelqu'un qu'on aime.

— Ah ! Maintenant, tu sauras ce que tu me fais endurer !

Nous nous éloignâmes un peu du bord de la falaise pour nous protéger de la brise glaciale, cherchant un abri derrière nos montures. Les poneys laineux des Highlands semblaient indifférents au mauvais temps, se contentant d'attendre paisiblement, tête baissée, la queue dans le vent.

Il y avait trop de bruit pour pouvoir discuter. Appuyés contre nos selles, tournant le dos à la mer, nous étions plongés dans nos pensées quand Jamie releva brusquement la tête.

— Qu'est-ce que c'était ? demanda-t-il.

— Quoi donc ?

— J'ai cru entendre un cri.

— Ce devait être un phoque, suggérai-je.

Mais il courait déjà vers le bord de la falaise. La crique était encore plongée dans la brume, mais les îlots des phoques étaient dégagés, du moins pour le moment.

Une barque attendait près de la troisième île. Ce n'était pas une embarcation de pêcheur : elle était plus longue, avec une proue en pointe et seulement deux rames.

Un homme se tenait au centre de l'île. Il tenait un objet rectangulaire sous le bras. Il ne me fallut pas longtemps pour deviner de quoi il s'agissait. Un autre homme apparut de derrière un rocher. Il portait Petit Ian, négligemment jeté sur son épaule.

L'adolescent avait les bras ballants. Sa tête se balançait mollement, comme s'il était inconscient... ou mort.

— Ian ! hurlai-je.

Jamie plaqua aussitôt une main sur ma bouche et me força à m'allonger pour qu'on ne nous voie pas depuis le rocher. Nous observâmes, impuissants, les deux hommes remonter dans leur barque avec leur butin. Il était trop tard pour descendre dans le puits et tenter de les rattraper avant qu'ils ne s'enfuient. Mais s'enfuir pour où ?

— Mais d'où viennent-ils ? demandai-je.

— D'un bateau, répondit Jamie. C'est une chaloupe de vaisseau.

Il ne m'en dit pas plus. Il se redressa précipitamment et partit au pas de course vers les chevaux. Là, il bondit en selle et fila ventre à terre le long de la côte. Sans trop savoir ce qu'il avait en tête, je me hâtai de le suivre, tirant le poney de Petit Ian derrière moi. Quelques centaines de mètres plus loin, caché par la brume, le littoral formait un bras de terre s'avançant dans la mer. Jamie chevaucha vers la pointe puis, quand le terrain devint trop difficile, sauta de sa monture et dévala les éboulis qui descendaient jusque sur la grève. De là, le navire ancré dans la baie était clairement visible.

Sur ma gauche, je distinguai la chaloupe qui s'éloignait des îlots. Quelqu'un sur le bateau les attendait, car j'entendis un appel lointain et des silhouettes apparurent derrière le bastingage.

L'un des hommes sur le pont nous aperçut, car il y eut un autre cri et les silhouettes s'agitèrent dans tous les sens. Le navire était bleu, avec un bandeau noir qui courait tout le long de la coque. Ce dernier masquait les sabords derrière lesquels se trouvaient les canons. L'une des trappes s'ouvrit lentement et une bouche noire s'avança au-dessus de l'eau.

— Jamie ! hurlai-je.

Il se retourna vers moi, suivit la direction de mon doigt et eut juste le temps de se jeter à terre. Je fus moins rapide que lui. J'entendis un léger sifflement au-dessus de ma tête puis un rocher derrière moi explosa dans une pluie de fragments de pierres. Je me jetai à mon tour à plat ventre, comprenant un peu tard que j'offrais une cible de choix au sommet de la falaise, bien plus visible que Jamie en bas sur la plage.

Les chevaux, qui avaient compris la situation avant moi, étaient déjà loin. Je marchai à quatre pattes jusqu'au bord de la falaise puis me glissai entre les éboulis, m'abritant derrière un rocher. Il y eut une autre explosion derrière moi, et je me recroquevillai. J'attendis ainsi quelques minutes, mais les occupants du bateau avaient sans doute jugé leurs efforts suffisants, car un silence relatif retomba sur la grève. Lorsque je me hasardai à relever la tête, la chaloupe était en train d'être hissée à bord. De Petit Ian et de ses deux kidnappeurs, il n'y avait plus aucune trace. La trappe du canon se referma en silence et l'ancre remonta lentement vers la proue. Le navire décrivit un demi-arc de cercle, cherchant le vent, puis ses voiles se gonflèrent. D'abord lentement, puis de plus en plus vite, il s'éloigna vers le large. Le temps que Jamie me rejoigne derrière mon rocher, il ne formait plus qu'un point noir s'enfonçant dans la brume.

— Seigneur, souffla Jamie. Seigneur...

Il avait les yeux fixés vers la mer, la bouche entrouverte comme s'il ne pouvait croire ce qui venait de se passer. Plus rien ne bougeait autour de nous, hormis le brouillard tentaculaire qui étirait ses longs bras dans la grisaille ambiante.

Je me sentais tétanisée, incapable d'analyser la situation, incapable d'assimiler que Petit Ian, qui se tenait avec nous moins d'une heure plus tôt, trépignant d'impatience et d'excitation, avait disparu aussi sûrement que s'il avait été englouti par les flots, éradiqué de la surface de la terre.

— Qu'est-ce qu'on va faire ? demandai-je sottement.

— Je n'en sais rien, répondit Jamie d'un air tout aussi ahuri. Je ne sais pas... *Je ne sais pas !*

Je m'étais habituée à ce qu'il ait réponse à tout, à ce qu'il sache quelle initiative prendre, même dans les situations les plus inextricables. Ce subit aveu d'impuissance ne fit qu'accentuer ma terreur.

Il s'était blessé à la main. J'esquissai un geste pour l'examiner puis me ravisai, devinant que ce n'était pas le moment. Il baissa les yeux vers la plaie, puis s'essuya sur sa chemise d'un air absent en y laissant une grande traînée de sang. Nous restâmes ainsi quelques minutes, abasourdis, les yeux tournés vers la ligne d'horizon, le souffle court, les oreilles bourdonnantes.

— Allons récupérer les chevaux, dit-il enfin.

Je posai une main sur son avant-bras, cherchant à le réconforter, mais il était trop préoccupé pour remarquer quoi que ce soit. J'aurais pu tout aussi bien lui marteler la tête à coups de bâton. Il avançait tête baissée, marmonnant dans sa barbe.

— Non, non, dit-il. Il n'est pas mort. Il ne peut pas être mort, sinon ils ne l'auraient pas emmené.

— Tu les as vus le hisser à bord ? demandai-je.

— Oui. Je les ai clairement vus. S'ils ne l'ont pas tué tout de suite et qu'ils se sont donné le mal de l'embarquer, c'est qu'il reste encore un espoir.

Soudain, comme s'il venait de se souvenir de ma présence, il s'arrêta net et se tourna vers moi.

— Tu n'as rien, *Sassenach* ?

Je m'étais écorchée à plusieurs endroits, j'étais couverte de boue et j'avais encore les genoux tremblants de peur mais, somme toute, j'étais entière.

— Je vais bien, le rassurai-je. Tu as une idée de qui étaient ces gens ?

Il fit non de la tête, le front plissé.

— J'ai entendu un homme sur le pont crier quelque chose en français aux marins dans la chaloupe, mais ça ne veut rien dire. Sur tous les bateaux, il y a des marins venus des quatre coins de la terre. Cela dit, j'ai suffisamment fréquenté les ports pour être pratiquement sûr qu'il ne s'agissait pas d'un navire marchand. En tout cas, il n'est pas anglais. Je ne sais pas vraiment pourquoi, mais j'en suis certain, peut-être à cause de sa voilure rayée.

— Il était bleu, avec une bande noire tout autour, précisai-je. Est-ce que tu as pu lire un nom sur la coque ?

Il me regarda d'un air surpris.

— Un nom ? Pourquoi veux-tu qu'il y ait un nom ?

— Pour l'identifier, pardi ! répondis-je, exaspérée.

— Je doute que le propriétaire de ce bateau ait tellement envie qu'on puisse l'identifier, rétorqua-t-il sur le même ton.

— Mais comment les marins font-ils pour reconnaître un bateau, alors ? demandai-je. Ils les identifient rien qu'à leur aspect général ?

— Ben oui ! Personnellement, je n'y connais rien, mais un bon marin devrait pouvoir le reconnaître. Depuis tout à l'heure, j'essaie de graver dans ma mémoire tous les détails de ce vaisseau afin de les raconter à Jared. Lui, il saura, j'en suis sûr. Il connaît tous les navires qui mouillent dans les ports d'Inverness à Cadix.

— Ah ! Alors, tu as un plan ? dis-je, reprenant espoir.

— Je n'appellerais pas ça un plan, mais je ne vois pas ce qu'on pourrait faire d'autre. Notre place est déjà réservée à Inverness. On embarquera pour Le Havre comme prévu. Jared nous y attend. Il pourra nous aider à identifier le bateau bleu et à connaître sa destination...

Je commençais déjà à mieux respirer.

— ... Sauf s'il s'agit de pirates, naturellement, ajouta-t-il quelques instants plus tard.

— Et dans ce cas ?

— Dans ce cas, Dieu seul sait comment on pourra le retrouver !

Les poneys étaient revenus près de la tour d'Ellen. Ils paissaient calmement comme si rien ne s'était passé, faisant semblant de trouver délicieuse l'herbe rêche et rare.

Sans attendre, Jamie ôta son manteau, testa la solidité de la corde qui pendait toujours dans le puits et disparut dans la crevasse.

Quelque temps plus tard, il réapparut, portant sous le bras la chemise roulée en boule de Petit Ian, dans laquelle il avait mis également ses chaussures, son coutelas et la petite sacoche de cuir dans laquelle il rangeait ses quelques biens.

— Tu comptes les rapporter à Jenny ? demandai-je.

J'essayai d'imaginer la réaction de Jenny et n'y parvins que trop bien. Jamie esquissa une moue cynique.

— Mais certainement ! rétorqua-t-il avec une moue amère. Tu me vois rentrer à Lallybroch pour annoncer à ma sœur que son fils chéri a disparu ? Elle n'a accepté son départ que parce que j'ai lourdement insisté. J'ai promis de veiller sur lui. J'imagine la scène d'ici : « Tiens, chère sœur, voici tout ce qui reste de ton petit dernier, en guise de souvenir. Je suis navré, mais j'ignore où il est. La dernière fois que je l'ai vu, un type sorti on ne sait d'où le portait jeté sur son épaule, blessé, peut-être même mort. »

Il serra les dents, tentant de maîtriser sa colère.

— Je préférerais être mort moi-même ! lâcha-t-il.

Il mit un genou à terre, époussetant soigneusement les habits de son neveu. Il les empila dans son manteau étalé sur le sol, puis replia celui-ci pour en faire un baluchon qu'il attacha solidement à l'arrière de sa selle.

— Petit Ian en aura besoin quand on le retrouvera, dis-je en faisant de mon mieux pour paraître convaincue.

Il leva des yeux absents vers moi, puis hocha doucement la tête.

— Oui, répondit-il. J'en suis sûr.

HUITIÈME PARTIE

Cap sur les tropiques

40

Les préparatifs

— Je ne vois que l'*Artémis*, trancha Jared.

Il referma son écritoire portable d'un claquement sec, le front barré d'une ride soucieuse. Le cousin de Jamie avait largement dépassé les soixante-dix ans, mais son visage taillé au couteau et son corps noueux n'avaient guère changé. Seuls ses cheveux, à présent rares et d'une blancheur éclatante, élégamment noués d'un ruban de soie rouge, trahissaient son âge.

— Ce n'est qu'un sloop de taille moyenne, avec un équipage d'une quarantaine d'hommes, observa-t-il. Mais on ne trouvera guère mieux : la saison est pour le moins avancée et tous les navires commerçant avec les Antilles sont déjà partis le mois dernier. L'*Artémis* devait se joindre au dernier convoi pour la Jamaïque mais il a été retenu par des réparations.

— J'aurais préféré un des bateaux de ta compagnie, objecta Jamie. Si possible, commandé par un de tes capitaines. Peu importe la taille.

Jared lui lança un regard sceptique.

— Mon cher cousin, une fois en haute mer, tu découvriras vite que la taille importe plus que tu ne le penses. A cette époque de l'année, la mer sera probablement agitée et le sloop sera ballotté comme un vulgaire bouchon de liège. A propos, comment s'est passée la traversée de la Manche ?

Sa question n'était pas innocente. Nous avions débarqué au Havre depuis plus de six heures et Jamie n'avait toujours pas retrouvé son teint normal, bien que nous ayons navigué sur une mer d'huile. Il n'était pas simplement sujet au mal de mer, le seul fait de monter sur un navire ancré au port suffisait à lui retourner les tripes. La perspective de traverser l'Atlantique enfermé plusieurs mois durant sur un petit navire constamment en mouvement n'était déjà guère engageante pour un être normalement constitué. Dans le cas de Jamie, je n'osais imaginer ce que cela donnerait.

— Je tiendrai le coup, marmonna-t-il.

— De toutes les manières, tu n'as guère le choix, soupira Jared. Au moins, tu auras un médecin sous la main, car je présume que vous allez l'accompagner, ma chère ?

— Bien sûr, répondis-je. Dans combien de temps pourrons-nous partir ? J'aimerais trouver un bon apothicaire pour remplir mon coffre de remèdes avant le voyage.

Jared réfléchit.

— Voyons voir... pas avant une semaine. L'*Artémis* est actuellement à Bilbao en train de charger une cargaison de cuir espagnol. Avec un vent propice, il sera ici après-demain pour embarquer du cuivre italien. Il va également falloir renouveler tout son équipage. Je n'ai pas encore engagé de capitaine pour la suite du voyage, mais j'ai déjà quelqu'un en tête. Je vais sans doute devoir aller le chercher à Paris, ce qui signifie deux jours de voyage pour m'y rendre et deux autres pour en revenir. Ajoutons à cela une journée pour charger les cales, remplir les réserves d'eau et vérifier quelques petites choses par-ci par-là, et je pense qu'il pourra appareiller d'ici une huitaine.

— Il nous faudra combien de temps pour rejoindre les Antilles ? demanda Jamie.

— Pendant la bonne saison, il faut compter huit bonnes semaines, répondit Jared. Mais en partant maintenant, avec les vents d'hiver, je dirai environ trois mois, sinon plus.

Ancien marin lui-même, Jared était trop superstitieux, ou trop diplomate, pour en dire plus. Toutefois, je le vis toucher brièvement le bois de son écritoire.

Il n'osa pas non plus aborder l'autre sujet qui me préoccupait. Nous n'avions aucune preuve tangible que le bateau bleu avait mis le cap sur les Antilles. Nous ne disposions que des registres qu'il nous avait obtenus du chef de la capitainerie du Havre, stipulant que le navire, baptisé la *Bruja*, avait fait deux escales dans le grand port français au cours des cinq dernières années, indiquant chaque fois Bridgetown comme port d'attache, sur l'île de la Barbade.

— Décris-moi encore une fois le navire sur lequel se trouve ton neveu, demanda Jared. Comment était-il, haut sur l'eau, ou enfoncé ?

Jamie ferma les yeux, se concentrant.

— Il était lourd, je pourrais en jurer. Ses sabords n'étaient pas à plus de deux mètres au-dessus de l'eau.

Jared hocha la tête d'un air satisfait :

— C'est bon signe. Cela signifie qu'il avait probablement fait son plein de marchandises. J'ai des correspondants dans pratiquement tous les grands ports marchands de France, du Portugal et d'Espagne. Avec un peu de chance, ils pourront nous dire où la *Bruja* a appareillé et pour quelle destination.

Il hésita avant de préciser :

— ... sauf si son équipage s'adonne à la piraterie, auquel cas il y a de fortes chances qu'il navigue avec de faux papiers et nos informations ne nous seront guère utiles.

Le vieux marchand se leva en faisant craquer ses os.

— Voilà, annonça-t-il, nous ne pouvons guère plus pour ce soir. Rentrons à la maison. Mathilde nous aura préparé un dîner. Demain matin, nous nous occuperons du bateau et Claire pourra acheter ses herbes.

Il était près de cinq heures et la nuit était déjà tombée. Deux malabars armés de torches et de gourdins nous escortèrent jusqu'au domicile de Jared qui n'était pourtant pas loin. Le Havre était un port prospère qui attirait toute sorte de canailles et il ne faisait pas bon traîner seul sur les docks la nuit, surtout pour un riche marchand.

Comme Jamie, Jared était d'avis que, si l'équipage de la *Bruja* n'avait pas tué Petit Ian sur l'îlot aux phoques, c'était sans doute parce qu'il avait une bonne raison de le garder en vie. Dans les Antilles, un adolescent bien portant, quelle que soit sa race, pouvait se monnayer jusqu'à deux cents livres. Ce n'était pas une somme qu'on jetait sans sourciller par-dessus bord.

S'ils avaient vraiment l'intention de vendre Petit Ian et si nous parvenions à découvrir vers quel port ils se dirigeaient, il nous serait relativement facile de récupérer le garçon. Une rafale de vent glacé et les premières gouttes de pluie diminuèrent quelque peu mon optimisme, me rappelant qu'il fallait d'abord que la *Bruja* et l'*Artémis* rejoignent indemnes les Antilles. Or les tempêtes hivernales allaient bientôt se déchaîner.

Le lendemain, le ciel s'était éclairci. Une brise froide faisait vibrer les fenêtres du bureau de Jared mais ne pouvait pénétrer dans la pièce douillette. La maison de Jared au Havre était beaucoup plus simple que son hôtel particulier de Paris, mais elle comptait néanmoins trois étages confortablement meublés et isolés des intempéries.

J'étirai mes jambes vers le feu et plongeai ma plume dans l'encrier. Je rédigeais une liste de toutes les plantes et préparations médicinales qui pourraient nous être utiles pendant le voyage. L'alcool distillé figurait en premiere place sur ma liste, mais Jared avait promis de m'en procurer un fût entier.

— Je vous conseille de bien le dissimuler, m'avait-il annoncé. Autrement, les marins l'auront bu avant même de quitter le port.

— *Lard purifié*, écrivis-je, *digitale, dix livres d'ail, achillée millefeuille, bourrache...*

J'avais oublié un grand nombre des simples qui me servaient autrefois, mais, à mesure que j'écrivais, leurs noms me revenaient en mémoire, ainsi que leurs propriétés et leurs qualités : l'odeur plaisante de l'essence de bouleau, la senteur âcre des labiées, le parfum capiteux de la camomille, ou l'astringence de la bistorte.

De l'autre côté de la table, Jamie se débattait avec ses propres listes, écrivant laborieusement de sa main droite, s'interrompant de temps à autre pour masser son coude gauche en lançant des imprécations dans sa barbe.

— Tu as inscrit du jus de citron vert sur ta liste, *Sassenach* ?

— Non. J'aurais dû ?

Il écarta une mèche qui lui tombait dans les yeux sans relever la tête.

— En temps normal, c'est le médecin de bord qui fournit le citron vert, mais vu la taille de l'*Artémis*, je doute qu'il y en ait un. En l'absence d'un médecin, l'approvisionnement des cuisines revient au commissaire de bord. Comme nous n'avons pas le temps d'en chercher un de compétent, c'est moi qui occuperai également cette fonction.

Jared avait accepté d'affréter un navire et de risquer une cargaison à condition que Jamie fasse office de subrécargue. En tant que responsable du fret, Jamie disposerait ainsi d'une autorité supérieure à celle du capitaine de l'*Artémis* sur son équipage, au cas où la cargaison viendrait à être menacée. Le navire devait décharger le cuir espagnol et le cuivre italien à la Jamaïque puis remettre le cap sur l'Europe, chargé de rhum. Cependant, le retour ne pourrait avoir lieu avant la fin avril ou le début mai, quand le temps serait plus clément. Cela nous laissait environ trois mois, avec l'*Artémis* et son équipage à notre entière disposition, pour sillonner les Antilles à la recherche de Petit Ian.

— Puisque tu sers à la fois de subrécargue et de commissaire de bord, je suppose que je peux faire office de médecin de bord, dis-je. Je m'occupe du jus de citron vert.

Chacun se replongea dans sa tâche, jusqu'à ce que Joséphine, la femme de chambre de Jared, vienne nous annoncer un visiteur.

— Il attend devant la porte d'entrée, nous informa-t-elle en fronçant le nez d'un air réprobateur. Le majordome a essayé de s'en débarrasser mais il soutient qu'il a rendez-vous avec vous.

— Un visiteur ? s'étonna Jamie. De quoi a-t-il l'air ?

Joséphine pinça les lèvres, perplexe, incapable de décrire le personnage. Intriguée, je me levai et regardai discrètement par la fenêtre. De là où je me tenais, je ne voyais qu'une masse de tissu poussiéreux dépassant du porche.

— On dirait un vendeur ambulant, dis-je. Il porte une sorte de hotte sur son dos.

Jamie s'approcha de moi et tendit le cou par-dessus mon épaule.

— Oh, mais c'est le numismate dont Jared m'a parlé ! s'exclama-t-il. Faites-le entrer, Joséphine.

Quelques instants plus tard, Joséphine réapparaissait avec un jeune homme d'une vingtaine d'années, grand et dégingandé, vêtu d'un vieux manteau couvert de poussière et de boue, de culottes trop grandes dont les boucles défaites battaient lamentablement ses mollets maigrelets, de bas lui tombant sur les chevilles et de vieux sabots en bois écorné.

Sous son chapeau crasseux, qu'il ôta courtoisement en entrant, se cachaient un visage émacié aux yeux pétillants d'intelligence et une épaisse barbe brune.

— Madame, dit-il en faisant une petite courbette. Monsieur, c'est très aimable à vous de me recevoir.

Il parlait français avec un accent étrange et une intonation chantante qui le rendaient difficile à suivre.

Jamie s'avança vers lui la main tendue.

— C'est moi qui vous suis reconnaissant d'être venu si vite, monsieur... Meyer ?

— Mais je vous en prie, puisque je devais descendre en ville de toute façon.

— Vous arrivez de Francfort, c'est bien ça ? Vous avez fait une longue route. Je vous sers un verre de vin ?

Le jeune homme sembla surpris par sa proposition, n'ayant manifestement pas l'habitude qu'on lui montre tant d'égards, puis hocha timidement la tête.

Sa timidité disparut une fois qu'il eut ouvert le contenu de ses sacs sur la table. Son baluchon qui, à première vue, ne semblait contenir que des haillons s'avéra renfermer plusieurs petits casiers en bois soigneusement recouverts de housses en cuir. Meyer les sortit les uns après les autres, les disposant précautionneusement sur la nappe bleue.

— Voici un *aquilia severa aureus*, annonça-t-il en effleurant une petite pièce en or patinée par le temps. Et celle-ci est un *sestercius* de la famille *calpurnia*.

Il manipulait avec assurance les fragments de métal ancien, les soupesant dans le creux de sa main et les faisant tourner au bout de ses doigts experts pour les exposer à la lumière.

— M. Fraser m'a confié que vous vous intéressiez surtout aux monnaies grecques et romaines, déclara-t-il. Je n'ai pas tout mon stock sur moi, mais j'ai quelques belles pièces et, éventuellement, je pourrais vous en faire parvenir d'autres de Francfort, si vous le souhaitez.

Jamie sourit d'un air navré.

— Je crains que nous n'en ayons pas le temps, monsieur Meyer.

— Appelez-moi simplement Meyer, interrompit le jeune homme.

Il avait parlé sur un ton ferme, sans toutefois se départir de sa courtoisie.

— J'espère que mon cousin ne vous a pas donné de faux espoirs, reprit Jamie. Naturellement, je vous dédommagerai pour le déplacement et votre temps, mais je ne vous ai pas demandé de venir pour vous acheter des pièces...

Le jeune homme arqua un sourcil interrogateur.

— En fait, poursuivit Jamie, je cherche à identifier des pièces anciennes que j'ai vues quelque part. J'aimerais savoir si vous, ou plutôt vos parents car vous êtes trop jeune pour cela, les avez eues dans vos stocks il y a une vingtaine d'années, et si oui, qui vous les a achetées.

Meyer le dévisageait, stupéfait.

— Je sais que c'est une requête inhabituelle, s'excusa Jamie, mais mon cousin me dit que vous êtes l'une des rares familles à travailler dans ce domaine et, de loin, celle qui s'y connaît le plus.

Le jeune homme avait du mal à cacher son étonnement et sa curiosité. Mais en bon professionnel, il se ressaisit et hocha la tête.

— Si ces pièces ont été vendues il y a une vingtaine d'années, ce devait être par mon père ou mon oncle. Cependant, j'ai toujours avec moi le catalogue de toutes celles qui sont passées entre nos mains au cours des trente dernières années. Nous pouvons vérifier si les vôtres y sont.

Il sortit un épais volume relié de velours bleu de son fourniment et l'ouvrit devant Jamie.

— Vous voyez quelque chose qui ressemble à ce que vous cherchez ?

Jamie étudia les rangées de pièces avec application, puis mit un doigt sur la reproduction d'une monnaie en argent. Son listel était orné de trois dauphins finement ciselés, bordant le champ où trônait un homme sur un char.

— Il y en avait plusieurs comme celle-ci, indiqua-t-il, à quelques détails près, mais toutes avec ces mêmes dauphins bondissants.

Un peu plus loin, il repéra une pièce en or ornée d'un profil indistinct, puis une monnaie en argent légèrement plus grande et en meilleur état, présentant un buste d'homme vu de face et de profil.

— Celle-ci, annonça-t-il. Il y en avait quatorze comme celle en or et dix avec les deux têtes.

— Dix ! s'exclama Meyer. Je croyais qu'il en restait moins que ça dans toute l'Europe.

Jamie hocha la tête, sûr de lui.

— J'en suis certain, je les ai vues de près. Je les ai tenues dans la main.

— Ce sont les deux visages d'Alexandre, expliqua le jeune homme. C'est une pièce très rare : une tétradrachme frappée pour commémorer la victoire d'Amphipolis et la fondation d'une nouvelle cité sur le lieu de la bataille.

Jamie l'écoutait avec attention, un léger sourire aux lèvres. S'il ne s'intéressait pas particulièrement à la numismatique, il appréciait toujours d'entendre un homme parler avec passion.

Un quart d'heure plus tard, après avoir compulsé l'ensemble du catalogue, ils avaient reconstitué la totalité du trésor. Outre les pièces déjà identifiées, celui-ci avait contenu quatre drachmes grecques, plusieurs petites pièces en or et en argent et une grosse pièce romaine en or massif que Meyer avait qualifiée de *quintinarius*.

Le jeune homme fouilla de nouveau dans son fourbi, en extirpa plusieurs rouleaux de papier retenus avec des rubans. De loin, ils semblaient recouverts d'empreintes d'oiseaux. De plus près, je constatai qu'il s'agissait d'écritures en hébreu. Meyer se plongea dans la lecture, marmonnant dans sa barbe, tournant rapidement les pages après avoir suivi chaque ligne d'un doigt crasseux. Enfin, il se redressa et se tourna vers Jamie avec un sourire de Joconde.

— Nous avons effectivement vendu plusieures pièces correspondant à celles que vous avez identifiées en 1745 : trois drachmes, deux têtes d'Elagabal, deux doubles portraits d'Alexandre et six *aurei* calpurniens en or.

Il hésita avant de poursuivre :

— En temps normal, je ne serais pas autorisé à vous en dire plus, nos transactions sont toujours confidentielles, voyez-vous. Mais, en l'occurrence, je sais de source sûre que l'acheteur est décédé depuis longtemps, aussi, je ne pense pas que...

Il haussa les épaules, ayant pris sa décision.

— Notre acheteur était un Anglais. Un certain Clarence Marylebone, duc de Sandringham.

— Sandringham ! m'exclamai-je.

Meyer me lança un regard surpris.

— Oui, madame. Je sais que le duc de Sandringham est décédé car il possédait une fort belle collection de pièces anciennes que ma famille a rachetée à ses héritiers en 1746. La transaction est enregistrée ici.

J'étais bien placée pour savoir que le duc était mort, puisque j'étais là quand Murtagh, le parrain de Jamie, l'avait décapité par une nuit noire de mars 1746, peu avant que la bataille de Culloden ne mette un terme à la rébellion jacobite. Je déglutis brièvement, revoyant la tête de Sandringham qui me fixait de ses yeux bleus, avec une expression d'intense surprise.

Le regard intrigué de Meyer allait de Jamie à moi.

— Je peux aussi vous dire que, lorsque mon oncle a racheté la collection du duc, celle-ci ne contenait aucune tétradrachme.

— Non, forcément, murmura Jamie.

Puis, se ressaisissant, il se leva et tendit la main vers la carafe de vin.

— Je vous remercie, Meyer. Je propose de boire à votre santé et à votre catalogue fort instructif.

Quelques minutes plus tard, Meyer, à quatre pattes, rangeait ses casiers et ses registres dans son baluchon. La bourse de livres d'argent que Jamie lui avait donnée pour ses services cliquetait dans sa poche. Au moment de lui dire au revoir, je ne pus m'empêcher de lui demander :

— Si ce n'est pas indiscret... tout à l'heure, vous nous avez demandé de vous appeler par votre prénom, « Meyer ». Pourquoi ne pas utiliser votre nom de famille ?

Une lueur étrange traversa son regard, mais il répondit poliment tout en hissant son lourd fardeau sur son dos :

— C'est que... voyez-vous, madame.. nous autres, les Juifs de Francfort, nous n'avons pas le droit d'utiliser de patronyme. Pour des raisons pratiques, nos voisins nous appellent les « Boucliers rouges », en raison de la vieille enseigne qui a été peinte sur la façade de notre maison il y a fort longtemps. Hormis cette appellation, madame, non, nous n'avons pas de nom...

Joséphine vint chercher notre visiteur pour le conduire aux cuisines, prenant soin de le précéder à une distance respectable, le nez pincé comme si elle sentait une odeur nauséabonde.

Quelques minutes plus tard, j'entendis les sabots de bois claquer sur les pavés de la rue. Jamie les entendit aussi et s'approcha de la fenêtre.

— Adieu, Meyer Bouclier rouge, dit-il avec un sourire.

Un soupçon traversa mon esprit.

— Dis-moi, Jamie, tu parles allemand ?

— Oui, répondit-il, surpris.

— Comment dit-on « Bouclier rouge » ?

— Euh... « *Roth Schild* », pourquoi ?

— Rien, comme ça... Je présume qu'il faut bien commencer quelque part.

Je regardai vers la fenêtre derrière laquelle les claquements de sabots s'éloignaient rapidement.

— Tu crois que Sandringham était vraiment le propriétaire du trésor ? demandai-je.

— Il y a de fortes chances, répondit-il. Lorsque Jared m'a parlé de Meyer, je me suis dit que cela valait la peine de se renseigner. Je pensais alors que la personne qui avait envoyé la *Bruja* sur l'île aux phoques était sans doute celle qui y avait caché le trésor.

— Bonne déduction, mais de toute évidence, si le trésor appartenait à Sandringham, ce ne peut pas être lui qui a envoyé la *Bruja* le récupérer. A combien estimes-tu les pièces qu'il contenait, cinquante mille livres ?

Jamie remplit nos verres de vin, l'air songeur.

— Je n'en sais fichtre rien, répondit-il, mais tu as vu les prix dans le catalogue de Meyer ? Certaines de ses pièces valent plus de mille livres, et tout ça pour un petit morceau de métal rongé par le temps !

— Je ne suis pas plus passionnée que toi par les morceaux de métal, mais la question n'est pas là. Penses-tu qu'il pourrait s'agir de la somme que Sandringham avait promise à Charles-Edouard ?

Au début de 1744, alors que Charles-Edouard Stuart était à Paris pour convaincre son cousin Louis XV de l'aider, il avait reçu une proposition codée de la part du duc de Sandringham, lui offrant cinquante mille livres, soit de quoi lever une petite armée, à condition qu'il envahisse l'Angleterre pour reprendre le trône de ses ancêtres.

Nous ne saurions jamais si c'était cette offre qui avait finalement convaincu le jeune prince Stuart. Ce pouvait tout autant être un pari lancé par un de ses compagnons de beuverie ou un caprice, réel ou imaginaire, de sa maîtresse. Quoi qu'il en soit, il s'était embarqué peu après pour l'Ecosse avec, pour tout bagage, six compagnons d'armes, deux mille épées hollandaises et plusieurs tonneaux d'eau-de-vie avec lesquels charmer les chefs de clan highlandais.

Charles-Edouard n'avait jamais reçu les cinquante mille livres, car le duc était mort avant qu'il ait pu pénétrer en Angleterre avec son armée jacobite. S'il les avait eues à temps, aurait-il pu conduire ses hommes affamés et épuisés jusqu'à Londres pour renverser le roi George et reprendre la couronne de son père ?

— Si c'est le cas, répondit Jamie, j'imagine la tête des commandants de l'armée chargés de payer leurs hommes avec des pièces romaines !

— Oui, mais sous cette forme, l'argent était portable et facile à cacher, objectai-je. C'est un détail important pour un duc qui s'apprête à trahir son roi en finançant une rébellion. Acheminer cinquante mille livres en souverains d'argent aurait sans doute nécessité plusieurs voitures, avec des coffres entiers, escortées par des gardes. Cela aurait bien plus attiré l'attention qu'un seul homme traversant la Manche, un petit coffret sous le bras.

— Tu as raison, admit-il. Mais cela ne nous dit pas ce que vient faire Duncan Kerr dans cette affaire, dix ans après les faits. Que lui était-il arrivé ? Etait-il venu pour cacher le trésor, ou pour le récupérer ?

— Et qui a envoyé la *Bruja* ? renchéris-je.

— Le duc avait peut-être un complice. Mais qui ?

Jamie soupira, ne tenant plus en place. Il lança un regard vers la fenêtre et haussa les épaules.

— Bah... fit-il. Nous aurons le temps d'y réfléchir lorsque nous serons en mer. En attendant, tu ferais bien de te préparer, *Sassenach*. La malle-poste pour Paris part dans deux heures.

Le grand apothicaire de la rue de Varenne avait fermé. Il avait été remplacé par une taverne, un prêteur sur gages et un petit atelier de ferronnerie, tous trois entassés les uns contre les autres.

— Maître Raymond ? répéta le prêteur sur gages en fronçant le front. Oui, j'en ai entendu parler, madame...

Il esquissa une moue dubitative, me laissant deviner que ce qu'il avait entendu n'était guère flatteur.

— ... Il a quitté le quartier depuis plusieurs années. Si vous cherchez un bon apothicaire, je peux vous recommander Krasner, sur la place Royale, ou peut-être Mme Verron, près des Tuileries...

Il lança un regard vers M. Willoughby qui nous avait accompagnés depuis Inverness et m'escortait pendant mes emplettes parisiennes.

— Auriez-vous l'intention de vendre votre Chinois, madame ? J'ai un client qui collectionne tout ce qui vient d'Orient. Je pourrais vous en obtenir un très bon prix. Ma commission serait on ne peut plus raisonnable, je vous l'assure.

M. Willoughby, qui ne parlait pas français, contemplait avec un mépris non dissimulé une jarre en porcelaine ornée de chinoiseries, très en vogue à l'époque.

— Je vous remercie, mais je ne suis pas intéressée, répondis-je prudemment. Je crois que je vais essayer ce Krasner.

Au Havre, ville grouillante d'étrangers débarqués des quatre coins du monde, M. Willoughby n'avait pas trop attiré l'attention. En revanche, dans les rues de Paris, avec son pyjama de soie bleue, sa veste matelassée et sa longue natte enroulée autour du cou par souci de commodité, il faisait sensation. Une fois dans la boutique de Krasner, il me surprit encore par sa connaissance des herbes et des produits médicinaux.

— *Bai jei ai*, annonça-t-il en prenant une pincée de graines de moutarde dans le creux de sa main. Bon pour *shen-yen*... reins.

— Mais oui ! m'étonnai-je. Comment le savez-vous ?

Il inclina la tête sur le côté, ce qui, chez lui, était un signe de satisfaction.

— Moi connaître illustres guérisseurs, déclara-t-il.

Il se tourna vers un grand panier qui contenait ce qui me parut être des boulettes de boue séchée.

— *Shan-yü*, dit-il sur un ton autoritaire. Bon, très bon... nettoyer sang, faire marcher foie, peau pas sécher, vue très claire. Vous acheter.

Je m'approchai pour examiner les objets en question et découvris qu'il s'agissait d'espèces d'anguilles séchées, roulées en boule et généreusement enduites de boue. Leur prix était très raisonnable et, pour lui faire plaisir, je laissai tomber deux de ces horreurs dans mon panier déjà plein à craquer.

Le temps était doux pour un début de décembre et nous décidâmes de rentrer à pied jusqu'à la rue Trémoulins, où habitait Jared. Les rues animées baignaient dans la lumière blanche de l'hiver. Le petit peuple de Paris profitait des derniers rayons de soleil, colporteurs, mendiants, prostituées et marchandes de fleurs se bousculant dans une joyeuse cohue.

A l'angle de la rue du Nord et de l'allée des Canards, j'aperçus une silhouette familière : un grand homme aux épaules tombantes, portant un long manteau et un grand chapeau noirs.

— Révérend Campbell ! m'exclamai-je.

Il pivota sur ses talons, cherchant qui l'avait appelé, puis, me reconnaissant, il ôta son chapeau et me gratifia d'une courbette plongeante.

— Madame Malcolm ! Quel plaisir de vous revoir !

Il aperçut M. Willoughby derrière moi et tressaillit.

— Euh... je vous présente M. Willoughby. C'est... un associé de mon mari. Monsieur Willoughby, le révérend Archibald Campbell.

Le révérend, qui avait déjà l'air naturellement austère, sembla avoir avalé du fil de fer barbelé. Il fixait le Chinois avec une expression outrée.

— Je croyais que vous deviez partir pour les Antilles ? dis-je pour détourner son attention.

— Absolument, madame, répondit-il en retrouvant une attitude plus courtoise. J'avais juste quelques affaires urgentes à régler à Paris avant notre départ. Nous embarquons à Edimbourg jeudi en huit.

— Comment va votre sœur ?

Il avança d'un pas pour se soustraire à la vue de M. Willoughby avant de répondre :

— Un peu mieux. Les infusions que vous lui avez prescrites l'ont légèrement calmée. Elle dort d'un sommeil plus serein à présent. Je vous remercie encore pour vos soins.

— Je vous en prie. J'espère que le voyage lui fera du bien.

Nous nous séparâmes avec les formules d'usage et je repris ma route vers la maison de Jared.

— « Révérend » vouloir dire « homme très saint », non ? remarqua M. Willoughby après un bref silence.

— En effet, répondis-je sans trop savoir ce qu'il entendait par là.

— Révérend ami à vous ? Lui pas très saint, gloussa-t-il.

— Pourquoi dites-vous ça ? demandai-je, surprise.

Il me lança un regard espiègle.

— Moi voir lui chez Mme Jeanne. Lui pas fier alors. Lui, très discret.

— Vraiment ?

Je me retournai mais le révérend avait déjà disparu dans la foule.

— Lui aimer sales putains, insista M. Willoughby.

Pour illustrer ses propos, il esquissa un geste des plus précis devant son entrejambe.

— J'avais compris, merci, rétorquai-je. Que voulez-vous ? La chair est faible, même quand on est au service de l'Eglise non conformiste d'Ecosse !

Au dîner ce soir-là, je racontai ma rencontre à Jared et à Jamie, en omettant toutefois les remarques de M. Willoughby quant aux activités annexes du révérend.

— J'aurais dû lui demander sur quelle île il comptait s'installer, ajoutai-je. Il peut toujours être utile de connaître quelqu'un sur place.

Jared, qui dévorait ses paupiettes de veau avec appétit, releva le nez un instant.

— Ne vous inquiétez pas pour ça, ma chère. Je vous ai dressé une liste de relations qui vous seront précieuses. J'ai également confié à Jamie plusieurs lettres d'introduction auprès de mes amis là-bas.

Il enfourna une nouvelle bouchée de veau tout en examinant Jamie d'un air énigmatique. Il mâcha précautionneusement, semblant réfléchir intensément, puis il s'essuya délicatement les lèvres et lança sur un ton badin :

— Nous sommes à niveau, mon cher cousin.

Je le dévisageai sans comprendre, mais Jamie, lui, ne semblait pas décontenancé :

— Oui, nous œuvrons au carré, répondit-il, tout aussi mystérieux.

Un large sourire s'afficha sur le visage de Jared.

— Aha ! Je n'en étais pas certain mais j'ai pensé qu'il valait la peine de tenter le coup. Où as-tu été initié ?

— En prison, répondit Jamie.

Jared hocha la tête d'un air satisfait.

— J'ai préparé des lettres pour les grands maîtres des loges de la Jamaïque et de la Barbade. C'est à Trinidad que se trouve la plus grande, elle compte plus de deux mille membres. Si tu n'arrives pas à retrouver le garçon, c'est à eux que tu devras t'adresser. Rien de ce qui se passe aux Antilles ne leur échappe.

— Mais de quoi parlez-vous ? intervins-je.

— De franc-maçonnerie, *Sassenach,* me répondit Jamie avec un sourire.

— Tu es franc-maçon ? Mais... tu ne me l'as jamais dit !

— Il n'en avait pas le droit, expliqua Jared. Les rites de la franc-maçonnerie sont secrets, connus uniquement des initiés. Je n'aurais pas pu lui donner de lettres d'introduction auprès des membres de la loge de Trinidad s'il n'avait pas été l'un d'entre nous.

Jamie et Jared reprirent leur conversation sur l'approvisionnement de l'*Artémis,* et je plongeai le nez dans mon assiette. Cet incident, bien que sans importance, me rappelait à quel point j'en savais peu sur la vie de Jamie. Pourtant, à une époque, j'avais cru le connaître comme le fond de ma poche.

Je sentis son pied caresser le mien sous la table. Je relevai les yeux et surpris une lueur complice dans son regard. Il saisit son verre, comme pour nous porter un toast tacite et je me sentis obscurément réconfortée. Je songeai aux paroles que nous avions échangées la nuit de nos noces, alors qu'il n'y avait rien d'autre entre nous qu'un contrat de mariage... et une promesse de sincérité.

Je ne veux pas te pousser à me confier des secrets qui ne me regardent pas. Il existe des choses que je ne peux pas te dire, du moins pour le moment. En revanche, si tu dois me parler, alors dis-moi la vérité. Et je te promets de faire de même. Notre seul bien pour l'instant, c'est notre respect mutuel. Or le respect n'est pas incompatible avec le secret, mais il l'est avec le mensonge.

Je bus une longue gorgée de vin, laissant le bouquet capiteux envahir mon esprit et réchauffer mes joues. Je soutins le regard de Jamie assis en face de moi et nous nous comprîmes parfaitement. Les temps avaient changé. Entre nous, il y avait désormais bien plus que du respect, et assez d'autres choses pour que tous nos secrets puissent attendre d'être dévoilés en temps voulu.

Le lendemain matin, Jamie et M. Willoughby partirent pour les quais de Seine avec Jared. Pour ma part, j'avais une autre mission à accomplir et je préférais m'y rendre seule. Vingt ans plus tôt, il y avait eu deux personnes à Paris qui avaient beaucoup compté pour moi. Le premier, maître Raymond, n'était plus là, mort ou disparu. Les chances de retrouver la seconde encore en vie étaient minces, mais je me devais d'essayer. J'allais bientôt quitter l'Europe, peut-être pour toujours. Le cœur battant, je grimpai dans la berline de Jared et demandai au cocher de me conduire à l'hôpital des Anges.

La tombe se trouvait dans le modeste cimetière du couvent, à l'ombre des contreforts de la cathédrale voisine. Il n'y avait qu'une petite dalle de marbre blanc, ornée d'une paire d'ailes de chérubin qui semblaient protéger le mot unique gravé en dessous : *Faith*.

Je restai un long moment à la contempler jusqu'à ce que ma vue se brouille. J'avais apporté une fleur, une tulipe rose que j'avais cueillie dans la serre de Jared. Je m'agenouillai et la posai sur la stèle, puis, du bout des doigts, je caressai ses pétales lisses et soyeux comme une joue de bébé.

— Je m'étais promis de ne pas pleurer, dis-je en ravalant mes larmes.

Mère Hildegarde posa une grosse main sur mon épaule.

— Les voies du bon Dieu sont impénétrables, mon enfant, nous ne pouvons que nous y soumettre.

Je pris une grande inspiration et essuyai mes joues.

— Beaucoup d'eau a coulé sous les ponts depuis, dis-je pour me consoler.

Mère Hildegarde m'observait avec une expression pleine de compassion et de curiosité.

— J'ai remarqué que, quand il s'agit de leurs enfants, les mères perdent la notion du temps. Même quand leurs enfants ont grandi, elles les voient encore tels qu'ils étaient le jour de leur naissance, ou à l'âge où ils ont fait leurs premiers pas, ou encore à n'importe quel âge, comme si toutes les époques de leurs vies se superposaient.

— Oui, c'est vrai, convins-je. Surtout quand on regarde son enfant dormir, on voit toujours le bébé qu'il était.

— Ah ! fit mère Hildegarde, satisfaite. Je me doutais bien que vous aviez eu d'autres enfants. Cela se voit dans vos yeux.

— Un seul, précisai-je. Une fille. Mais comment en savez-vous autant sur les mères et leurs enfants ?

Ses petits yeux noirs se plissèrent sous leurs sourcils blancs.

— Les vieux dorment peu, expliqua-t-elle. Je me promène parfois dans les chambres la nuit. Les malades me parlent.

Elle s'était rabougrie avec l'âge et ses larges épaules s'étaient légèrement voûtées, saillant sous la serge noire de sa robe. Toutefois, elle était toujours plus grande que moi et surplombait d'une tête les autres sœurs, toujours aussi impressionnante, raide, promenant partout autour d'elle son regard d'aigle. Elle marchait avec une canne, mais celle-ci lui servait surtout à menacer les récalcitrants et à diriger les opérations tel un chef d'orchestre.

Nous nous dirigeâmes à pas lents vers le couvent. Autour de nous, je remarquai d'autres petites tombes blanches, enfouies entre des sépultures plus massives.

— Ce sont tous des enfants ? demandai-je, surprise.

— Les enfants des religieuses, confirma-t-elle nonchalamment.

Remarquant ma stupeur, elle haussa les épaules.

— Ces choses arrivent, observa-t-elle avec philosophie. Cette partie du cimetière est réservée à nos bienfaitrices, aux sœurs et à ceux qu'elles ont aimés.

— Les sœurs ou les bienfaitrices ?

— Les sœurs, bien sûr. Qu'est-ce que tu fiches ici, toi ! Au travail !

Mère Hildegarde venait de s'interrompre pour tancer un jeune brancardier adossé au mur, en train de fumer une pipe. Tandis qu'elle l'admonestait dans un langage qui aurait fait rougir un charretier, je me tins à l'écart, regardant autour du moi.

Près du mur d'enceinte se trouvait une petite rangée de tombes marquées d'une simple pierre. Toutes portaient le même nom, « Bouton », numéroté en chiffres romains de I à XV. Je lançai un regard attendri vers le dernier compagnon en date de la mère supérieure, le seizième détenteur du titre. Assis à ses pieds, noir et frisé comme un astrakan, il fixait de ses yeux noirs le malheureux brancardier, faisant silencieusement écho à l'avalanche de reproches qui pleuvait de la bouche de sa maîtresse.

Mère Hildegarde revint vers moi, son expression féroce s'effaçant aussitôt. Un large sourire se dessina sur ses lèvres, métamorphosant ses traits de gargouille moyenâgeuse en un masque de beauté sereine.

— Venez avec moi, mon enfant. Je vais vous dénicher quelques remèdes et instruments qui vous seront utiles pendant votre voyage.

Me prenant le bras, elle m'entraîna à l'intérieur, m'emportant littéralement dans son élan. Tandis que nous pénétrions dans l'allée de buis qui menait à l'hôpital, je lui jetai un regard en coin.

— J'espère que vous ne le prendrez pas mal, ma mère, mais... j'ai une question qui me turlupine.

— Quatre-vingt-trois ans, répondit-elle aussitôt.

Elle m'adressa un large sourire, dévoilant ses longues dents de cheval.

— Tout le monde se pose la même question, expliqua-t-elle.

Elle lança un regard par-dessus son épaule vers le petit cimetière.

— Le moment n'est pas encore venu, soupira-t-elle avec malice. Le bon Dieu sait qu'il me reste tant à faire !

41

Amarres larguées !

Notre première escale nous ramena en Ecosse, où Jamie comptait embarquer Fergus et les quelques contrebandiers qu'il lui avait demandé de rassembler. Ces derniers, tous des hommes de la mer, devaient intégrer l'équipage de l'*Artémis*, à court de marins du fait de la saison tardive.

— On n'a aucune idée de ce qui nous attend aux Antilles, *Sassenach*, m'avait-il expliqué. Je me vois mal affrontant seul une bande de pirates.

Cape Wrath était un port de pêche à la pointe nord-ouest de l'Ecosse. Autour de nous ne mouillaient que quelques chalutiers, et un ketch amarré à l'écart à un ponton en bois. Il y avait néanmoins une taverne où l'équipage de l'*Artémis* tuait bruyamment le temps en attendant l'arrivée des renforts. Le capitaine Raines, un petit homme rondelet d'un certain âge, passait le plus clair de son temps sur le pont, surveillant d'un œil inquiet le ciel de plomb et, de l'autre, le baromètre qui ne cessait de descendre.

Jamie arpentait la jetée malgré la pluie glacée, ne remontant à bord que pour les repas. Le retour entre Le Havre et l'Ecosse ne s'était guère mieux passé que l'aller et je savais qu'il envisageait les longs mois de notre traversée avec une profonde angoisse. Parallèlement, le sort de son neveu lui rongeait les sangs. Cela faisait presque un mois que Petit Ian avait été enlevé. Nous étions fin décembre, et toujours en Ecosse, à quelques lieues seulement de l'île aux phoques.

Les contrebandiers firent leur apparition tard dans la matinée du lendemain de notre arrivée. Ils étaient six, longeant la grève en file indienne sur leurs poneys.

— Le premier, c'est Raeburn, annonça Jamie une main en visière. Derrière lui vient Kennedy, puis Innes, on le reconnaît facilement parce qu'il lui manque un bras, tu vois ? Ensuite, c'est Meldrum. MacLeod est monté en selle derrière lui. Ils ne se séparent jamais, ces deux-là. Et le dernier, c'est... Gordon, ou Fergus ?

— Ce ne peut être que Gordon, opinai-je. Il est bien trop gros pour que ce soit Fergus.

— Où est Fergus ? s'enquit Jamie dès que les hommes eurent atteint le quai.

Raeburn avala le morceau de pain qu'il était en train de manger avant de répondre :

— Il m'a dit qu'il avait encore une affaire à régler et qu'il nous rejoindrait plus tard. Il m'a chargé de prévenir Meldrum et MacLeod parce qu'ils étaient partis à la pêche et que...

— Quelle « affaire » ? l'interrompit Jamie.

L'autre se contenta de hausser les épaules et Jamie se mit à marmonner des imprécations dans sa barbe contre son protégé.

L'équipage étant enfin au complet, les préparatifs pour le grand départ battirent leur plein. Le pont fut prit d'assaut par une armée d'hommes affairés, s'agitant de droite à gauche dans une confusion organisée.

— Nous devons partir avant ce soir, annonça le capitaine d'un ton aimable mais ferme. Si nous attendons encore, nous risquons d'être bloqués au port par les tempêtes. En outre, il va bientôt geler.

— Oui, je sais, répondit Jamie sans quitter la grève des yeux. Faites pour le mieux. Nous partirons quand vous le souhaiterez.

Quelques heures plus tard, le navire appareillait, mais toujours aucun signe de Fergus. Les écoutilles étaient fermées, les lignes de front et de file soigneusement enroulées, les voiles hissées. Six hommes sautèrent sur le quai pour libérer les amarres.

Sentant que Jamie avait le cœur gros, je posai une main sur son épaule.

— Tu ferais mieux de descendre dans la cabine, lui suggérai-je doucement. Je vais te préparer une infusion au gingembre.

Nous étions déjà dans l'escalier quand nous entendîmes un bruit de galopade sur les quais.

— Ah ! Le voilà enfin, cet idiot ! soupira Jamie avec soulagement.

Il grimpa les marches quatre à quatre et me précéda sur le pont. Je l'entendis crier :

— C'est bon capitaine, nous pouvons partir...

Suivi immédiatement de :

— ... quoi ? Mais qu'est-ce que ça signifie ?

Surgissant derrière lui, je vis ce qui avait provoqué son cri effaré : Fergus était en train d'aider une jeune fille à escalader le bastingage. Les longs cheveux blonds de cette dernière volaient au vent. Elle atterrit lourdement sur le pont et je la reconnus avec stupeur : c'était Marsali, la fille de Laoghaire.

Jamie fondit sur eux et les rejoignit en deux enjambées :

— Qu'est-ce qu'elle fiche ici ? tonna-t-il.

Fergus avança courageusement d'un pas, venant se placer devant Marsali. Il semblait à la fois effrayé et excité.

— C'est ma femme ! répondit-il. Nous venons de nous marier.

— « Marier » !

Jamie mit les poings sur ses hanches et Fergus recula inconsciemment d'un pas, manquant écraser les orteils de sa bien-aimée.

— Qu'est-ce que tu entends par « marier » ? gronda Jamie.

Je crus tout d'abord que c'était là une question purement rhétorique mais, comme d'habitude, j'avais un train de retard.

— Tu l'as déflorée ? reprit-il.

Me tenant derrière lui, je ne voyais pas son visage, mais, à en juger par la figure exsangue de Fergus, je pouvais aisément l'imaginer.

— N-n-n-on, milord, balbutia-t-il.

Au même moment, Marsali releva le menton et lança sur un ton de de défi :

— Si ! Parfaitement !

Entre-temps, l'*Artémis* s'était mis en branle. Le navire semblait prendre vie sous nos pieds, ses voiles gonflées. Quelques minutes à peine s'étaient écoulées depuis l'arrivée des tourtereaux sur le pont, et nous avions déjà parcouru une bonne distance. Jamie lança un regard désemparé vers le rivage qui s'éloignait rapidement. Le mascaret portait le navire vers le large et il était trop tard pour ramener la jeune fille au port. D'un geste sec du menton, il indiqua l'échelle qui menait aux ponts inférieurs.

— Descendez tous les deux, ordonna-t-il.

Assis sur notre couchette dans notre minuscule cabine, les deux amoureux se pressèrent l'un contre l'autre en se tenant la main.

— Qu'est-ce que c'est que cette histoire ? demanda Jamie.

— Mais c'est la vérité, milord ! Nous nous sommes mariés.

— Ah oui ? rétorqua Jamie avec un profond scepticisme. Et qui vous a mariés ?

Les deux jeunes gens échangèrent un regard gêné et Fergus se mordit la lèvre avant de répondre :

— Nous-mêmes.

— Devant témoins, ajouta précipitamment Marsali.

Son teint rose contrastait avec la pâleur de Fergus. Elle avait le visage ovale de sa mère, mais elle devait tenir son petit menton résolu de son père. Elle glissa une main dans son décolleté, en extirpa un morceau de papier froissé.

— J'ai ici notre contrat avec les signatures, annonça-t-elle.

Jamie émit un grognement agacé. Les lois écossaises autorisaient un couple à se marier en se tenant simplement la main devant témoins et en se déclarant eux-mêmes mari et femme.

— Aux yeux de l'Eglise, ce contrat n'est pas valable, objecta Jamie. Le navire doit faire une dernière escale à Lewes pour s'approvisionner en eau potable. Marsali y débarquera. Je la ferai raccompagner chez sa mère par deux marins.

— Pas question ! s'écria la jeune fille. Je pars avec Fergus !

— Tu débarqueras ! rugit Jamie. Tu n'as donc aucune pitié pour ta pauvre mère ? Tu n'as pas honte de t'être enfuie comme ça, sans rien dire...

— Je lui ai envoyé une lettre d'Inverness, rétorqua Marsali. Dedans, je lui ai annoncé que j'avais épousé Fergus et que je partais avec vous pour les Antilles.

— Avec nous ! Seigneur Jésus ! Elle va penser que c'est moi qui ai tout organisé !

— Euh... je... hésita Fergus, j'ai demandé à Mme Laoghaire de m'accorder la main de Marsali le mois dernier, quand je suis rentré à Lallybroch.

— J'imagine sa réponse ! dit Jamie en levant les yeux au ciel.

— Elle a répondu qu'il n'était qu'un sale bâtard ! s'indigna Marsali. Un délinquant ! et un... et un...

— Mais *c'est* un bâtard et un délinquant, l'interrompit Jamie. Et un infirme sans le sou, comme ta mère l'aura sans doute remarqué.

— Je m'en fiche ! Je le veux !

Elle saisit la main valide de son bien-aimé et lui adressa un regard lourd de tendresse.

Pris de court, Jamie se gratta le menton. Puis il inspira profondément et repartit à la charge.

— Quoi qu'il en soit, tu es trop jeune.

— J'ai quinze ans ! répliqua-t-elle. C'est assez pour se marier !

— Et lui en a trente ! Je suis désolé, petite, mais je ne peux pas te laisser faire. En plus, le voyage est bien trop dangereux.

— Tu l'emmènes bien, elle !

Elle pointa un doigt méprisant dans ma direction.

— Laisse Claire en dehors de ça ! Ce qu'elle fait ne te regarde pas.

— Ah oui ! Tu as abandonné ma mère pour une traînée anglaise, faisant d'elle la risée de toute la région. Ça ne me regarde pas, peut-être ?

Marsali frappa le plancher du talon avant d'ajouter :

— ... Et tu as le culot de me dire ce que j'ai à faire ?

— Parfaitement, rétorqua Jamie. Tu n'as pas à te mêler de mes affaires.

— Tu n'as qu'à ne pas te mêler des miennes !

Alarmé, Fergus tenta de l'apaiser.

— Marsali, mon cœur, tu ne dois pas parler à milord sur ce ton. Il veut seulement...

— Je lui parlerai comme je le voudrai, ce n'est que mon beau-père !

— Tais-toi !

Surprise par la véhémence de son ton, Marsali tressaillit. Il ne mesurait que quelques centimètres de plus qu'elle, mais il possédait une certaine autorité naturelle qui le faisait paraître beaucoup plus grand.

— S'il te plaît, mon ange, dit-il plus calmement, rassieds-toi.

La prenant doucement par les épaules, il la força à regagner sa place sur la couchette.

— Milord est plus qu'un père pour moi, lui expliqua-t-il. Je lui dois la vie. En outre, quoi qu'en pense ta mère, n'oublie pas que c'est lui qui vous a fait vivre et vous a protégées pendant toutes ces années, toi et ta sœur. Tu lui dois au moins le respect.

Marsali le fusilla du regard et se mordit les lèvres. Puis elle baissa enfin la tête.

— Pardon, papa, dit-elle d'une petite voix.

— Je te pardonne, grogna Jamie. Mais cela ne change rien, Marsali, je dois te renvoyer chez ta mère.

— Je n'irai pas.

Elle était moins véhémente, mais son menton pointait toujours en avant avec résolution. Elle lança un regard vers Fergus, puis vers Jamie.

— Il prétend que nous n'avons pas couché ensemble, mais c'est faux. En tout cas, je dirai que c'est faux. Si tu me renvoies à la maison, je raconterai à tout le monde qu'il m'a dépucelée. Alors, à toi de choisir : soit je serai mariée, soit je serai déshonorée.

Elle s'exprimait avec détermination. Jamie soupira et ferma les yeux.

— Seigneur, délivre-nous des femmes ! siffla-t-il entre ses dents. D'accord ! Tu as gagné. Mais si tu veux te marier, tu le feras convenablement, devant un prêtre. On vous en trouvera un aux Antilles. Jusque-là, pas question que Fergus te touche. C'est bien compris ?

— Oui, milord ! dit Fergus, ne cachant pas sa joie. Merci infiniment !

Marsali plissa les yeux, mais, constatant que Jamie n'était pas impressionné, elle inclina la tête humblement, me jetant de biais un bref regard victorieux.

— Oui, papa ! dit-elle d'une douce voix.

La fugue amoureuse de Fergus et de Marsali avait provisoirement détourné l'attention de Jamie des mouvements du navire, mais cet effet palliatif ne dura pas. Il tint bon quelque temps, verdissant à vue d'œil, refusant de quitter le pont tant que les côtes écossaises étaient encore visibles.

— Je ne les reverrai peut-être jamais, dit-il d'une voix morne tandis que je tentais de le convaincre de descendre dans la cabine.

Accoudé au bastingage par-dessus lequel il venait de vomir, il fixait la ligne noire des falaises que l'on apercevait encore, loin derrière nous.

— Mais si, tu les reverras, dis-je avec assurance. Je ne sais pas quand, mais je sais que tu reviendras.

Il se tourna vers moi, perplexe, puis un faible sourire se dessina sur ses lèvres.

— Tu as vu ma tombe, n'est-ce pas ? demanda-t-il doucement.

J'hésitai, mais comme il ne semblait pas bouleversé outre mesure, je hochai la tête.

— Ce n'est pas grave, dit-il. Simplement... ne me dis pas la date, je préfère ne pas savoir.

— J'aurais du mal, il n'y en avait pas. Juste ton nom et le mien.

— Le tien ?

J'acquiesçai de nouveau, sentant ma gorge se nouer au souvenir de la stèle en granit. C'était ce qu'on appelait une « tombe conjugale » : deux quarts de cercle enchâssés l'un dans l'autre pour former une arche.

— Elle portait ton nom complet, dis-je. C'est comme ça que j'ai su que c'était toi. Sous ton nom était gravé : « *Tendre époux de Claire.* »

Il hocha lentement la tête, le regard perdu dans le lointain.

— Au moins, cela signifie que je reviendrai en Ecosse et que je serai toujours marié avec toi. Dans ce cas, la date n'a pas vraiment d'importance.

Il esquissa un sourire las avant d'ajouter :

— Cela veut également dire que nous allons retrouver Petit Ian sain et sauf, *Sassenach,* parce qu'il n'est pas question que je remette un pied en Ecosse sans lui.

— On le retrouvera, l'assurai-je.

Je n'en étais pas franchement persuadée, mais je vins néanmoins m'accouder à son côté. Glissant une main sous son bras, je regardai l'Ecosse s'éloigner lentement.

A la tombée du soir, les derniers rochers d'Ecosse avaient disparu et Jamie, grelottant de froid et blanc comme un linge, accepta enfin de descendre se coucher. Ce ne fut qu'alors que je me rendis compte des effets secondaires de l'ultimatum adressé à Fergus.

Hormis celle du capitaine, il n'y avait que deux petites cabines privées. Puisque Fergus et Marsali n'avaient pas le droit de dormir ensemble tant que leur union n'avait pas été dûment bénie, Jamie et Fergus devaient en occuper une, tandis que Marsali et moi partagions l'autre. Le voyage promettait d'être long à plus d'un égard.

J'avais espéré que le mal de mer de Jamie s'atténuerait lorsqu'il ne verrait plus la ligne d'horizon se balancer au loin, mais je m'étais trompée.

— Encore ? s'exclama Fergus en se redressant sur un coude au milieu de la nuit. Mais comment peut-il ? Il n'a rien avalé de la journée !

— Demande-le-lui ! rétorquai-je

Essayant de conserver mon équilibre, j'emportai la bassine de l'autre côté de la cabine.

— Laissez-moi vous aider, milady, proposa galamment Fergus en sautant au pied de sa couchette.

Il trébucha et alla s'écraser tête la première contre la cloison en bois.

— Vous devriez dormir un peu, milady, reprit-il en se massant le front. Je vais veiller sur lui.

— C'est que...

Son offre était tentante. La journée avait été longue.

— Va, *Sassenach*, grogna Jamie dans un râle d'agonie.

Il me fixait d'un œil glauque, le visage trempé de sueur.

De toute façon, je ne pouvais pas grand-chose pour lui. Il n'existait pas de remède connu contre le mal de mer. Il n'y avait plus qu'à prier pour que Jared ait raison. Il affirmait que les choses iraient mieux une fois que l'*Artémis* voguerait dans la houle plus profonde de l'Atlantique.

— D'accord, capitulai-je. Tu te sentiras peut-être mieux demain.

Jamie ouvrit un œil, puis le referma aussitôt.

— Si je suis encore en vie, gémit-il.

Sur cette note optimiste, je sortis dans la coursive sombre et trébuchai contre la forme prostrée de M. Willoughby, couché devant la porte. Il émit un grognement surpris, puis, constatant que ce n'était que moi, entra à quatre pattes dans la cabine de son maître. Ne prêtant pas attention aux protestations de Fergus, il s'enroula au pied du lit et se rendormit aussitôt, avec une expression de béatitude.

Ma propre cabine était de l'autre côté du couloir, mais je m'arrêtai quelques instants sous le caillebotis qui recouvrait la cage d'escalier, inhalant de grandes bouffées d'air frais. Autour de moi, s'élevait une extraordinaire variété de bruits : le vent sifflait, les gréements cliquetaient, les voiles claquaient, le bois craquait... Quelque part au loin, j'entendis un marin crier.

Malgré le vacarme et l'air froid qui filtrait dans la coursive,

Marsali était déjà profondément endormie, silhouette sombre sur l'une des couchettes. C'était aussi bien, je n'aurais pas besoin de me creuser la tête pour entretenir la conversation. Malgré moi, je ressentais de la compassion pour cette jeune fille. Ce n'était sans doute pas là la nuit de noces dont elle avait rêvé. Il faisait trop froid pour se déshabiller. Je me glissai telle quelle sur ma couchette et écoutai les bruits du navire autour de moi. Bercée par le chuchotement du vent et les râles lointains de Jamie vomissant de l'autre côté du couloir, je m'endormis bientôt paisiblement.

L'*Artémis* était plutôt bien entretenu, pour un navire, mais lorsqu'on entassait trente-deux hommes et deux femmes dans un espace de vingt-cinq mètres de long sur sept mètres de large, avec six tonnes de peau grossièrement tannées, quarante-deux barils de soufre et assez de feuilles de cuivre pour en tapisser le *Queen Mary*, l'hygiène en prenait forcément un coup.

Le deuxième jour, j'avais déjà tué un rat (un *petit* rat, de l'avis de Fergus) dans une des cales en allant chercher mon coffret à remèdes. Il y avait de légers grattements la nuit dans notre cabine et, lorsque j'allumais la lanterne, j'apercevais des dizaines de cafards courant se réfugier dans les recoins sombres.

Les latrines, deux minuscules réduits nichés dans la proue, consistaient en tout et pour tout en deux planches espacées d'une fente stratégique, suspendues au-dessus des vagues bouillonnant quelques mètres plus bas, de sorte que l'utilisateur se voyait souvent gratifier d'une soudaine douche d'eau de mer au moment le plus inopportun. Outre les rations de porc salé et de biscuits secs, je soupçonnais fortement que ce traitement inhumain était probablement responsable de la constipation dont souffraient la plupart des membres de l'équipage.

M. Warren, le lieutenant, m'assura fièrement que les ponts étaient lavés à grande eau tous les matins, les cuivres astiqués et les quartiers soigneusement récurés. Et cependant, tout le ménage du monde ne pouvait déguiser le fait que sur les trente-quatre personnes entassées sur le petit navire, une seule se lavait.

Compte tenu de ces circonstances, j'eus littéralement le souffle coupé lorsque, le matin de notre second jour de voyage, j'ouvris la porte de la cuisine en quête d'eau chaude.

Je m'étais attendue à y trouver la même atmosphère sombre, empestant le renfermé, que dans les cabines et les cales. Or je fus aveuglée par les rayons du soleil qui filtraient par le caillebotis et se reflétaient sur des batteries de casseroles au cuivre si lustré qu'il paraissait rose. Clignant des paupières, je constatai que tous les murs étaient tapissés de solides étagères et de placards, capables d'amortir le roulis des mers les plus déchaînées.

Des flacons d'épices en verre bleu et vert, chacun soigneusement protégé par un étui en feutre, vibraient doucement sur les étagères. Dessous, deux rangées de couteaux, de hachoirs et de brochettes — de quoi dépecer une carcasse de baleine — se balançaient à l'unisson, lançant des éclats de lumière argentée. Au fond de la cuisine, une épaisse planche était suspendue par des chaînes aux poutres du plafond, supportant des cloches de verre posées sur des assiettes plates dans lesquelles on avait mis des navets à germer. Une grosse marmite mijotait sur le dessus du fourneau, dégageant un parfum agréable. Au milieu de toute cette splendeur immaculée se tenait le cuisinier, m'inspectant d'un regard torve.

— Dehors ! tonna-t-il.

— Bonjour ! répondis-je le plus cordialement du monde. Je m'appelle Claire Fraser.

— Dehors ! répéta-t-il sur le même ton.

— Je suis Mme Fraser, la femme du subrécargue. Je serai également médecin du bord pendant la traversée. Je viens chercher vingt litres d'eau bouillante pour nettoyer les latrines, si cela ne vous dérange pas trop.

Ses petits yeux bleus se rapetissèrent encore.

— Et moi, déclara-t-il, je suis Aloysius O'Shaughnessy Murphy, cuisinier du bord. Je vous demanderai d'ôter vos pieds sales de sur mon plancher que je viens de briquer. Je ne veux pas de femmes dans ma cuisine.

Il portait un chiffon noué en turban sur sa tête. Il était un peu plus petit que moi, mais compensait par un tour de taille qui devait bien faire un mètre de plus que le mien, avec des épaules de sumo et un crâne fuselé en obus posé de manière incongrue sur un cou de taureau. Une jambe en bois complétait le tableau.

Je reculai d'un pas, sans rien perdre de ma dignité, et m'adressai à lui depuis la relative sécurité du couloir.

— Dans ce cas, dis-je d'une voix mielleuse, pourriez-vous demander à l'un des matelots de me monter l'eau bouillante ?

— Peut-être, convint-il, ou peut-être pas.

Là-dessus, il me tourna le dos et entreprit de découper un gigot d'agneau, armé d'un fendoir et d'une masse. Je restai un moment dans le couloir, ne sachant pas trop comment m'y prendre. Les coups de masse résonnaient sur le comptoir en bois. M. Murphy tendit une main vers ses étagères et saisit un des flacons, saupoudrant généreusement son contenu au-dessus de la viande. Une bonne odeur de sauge sèche se répandit dans la cuisine, suivie du parfum âcre d'un oignon fraîchement haché. Manifestement, l'équipage de l'*Artémis* ne se nourrissait pas uniquement de porc salé et de biscuits secs. Cela expliquait sans doute la silhouette en forme de poire du capitaine Raines. J'avançai la tête dans la cuisine, prenant soin de garder les pieds dans le couloir.

— De la cardamome, proposai-je fermement. De la noix muscade, entière. Séchée cette année. Des extraits d'anis frais. Des racines de gingembre, deux grosses, sans taches.

Je marquai une pause. M. Murphy s'était arrêté de marteler sa cuisse d'agneau et attendait, sa masse en suspens.

— Et... ajoutai-je, une demi-douzaine de cosses de vanille entières. De Ceylan.

Il se tourna lentement vers moi, essuyant ses mains sur son tablier.

— Du safran ? demanda-t-il prudemment.

— Quinze grammes, répondis-je prestement.

Il inspira profondément, une lueur de concupiscence brillant au fond de ses petits yeux bleus.

— Il y a un paillasson à côté de vous dans le couloir, annonça-t-il. Essuyez soigneusement vos semelles avant d'entrer.

Après avoir épuisé toute l'eau chaude disponible pour nettoyer un des lieux d'aisances, je rinçai mes mains avec de l'alcool et traversai le couloir pour prendre des nouvelles de Jamie. Marsali et moi avions la plus grande des deux cabines, un peu moins de quatre mètres carrés sans compter les couchettes. Celles-ci n'étaient que des niches d'un mètre soixante de long. Marsali y tenait tout juste, mais j'étais obligée de dormir en chien de fusil et me réveillais immanquablement les jambes ankylosées.

Les couchettes des hommes étaient similaires et Jamie y était recroquevillé comme un escargot dans sa coquille. De l'animal en question, il avait d'ailleurs la couleur. Il ouvrit un œil vaseux en m'entendant entrer et le referma aussitôt.

— Ça ne va pas fort, hein ?

— Non.

Je lissai tendrement ses cheveux en arrière, mais il avait l'air trop misérable pour le remarquer.

— D'après le capitaine Raines, la mer sera plus calme demain.

Elle n'était pas particulièrement houleuse pour le moment, mais l'on sentait néanmoins le roulis.

— Peu m'importe, dit-il en ouvrant les yeux. Demain, je serai mort, j'espère.

— Tsss... le sermonnai-je. Le mal de mer n'a jamais tué personne. Enfin... pas à ma connaissance.

Il rouvrit les yeux et se redressa péniblement sur un coude.

— Claire, tu dois faire attention. J'aurais dû t'en parler avant mais je n'ai pas voulu t'inquiéter. Je pensais que...

J'eus juste le temps d'approcher la bassine.

— Qu'aurais-tu dû me dire ? l'interrogeai-je quelques instants plus tard.

— Demande à Fergus, dit-il dans un râle. Dis-lui que c'est moi qui t'ai demandé de l'interroger. Et dis-lui aussi qu'Innes n'est pas dans le coup.

— Mais de quoi parles-tu ? m'inquiétai-je.

Je n'avais jamais entendu dire que le mal de mer faisait délirer.

— Innes, répéta-t-il. Ce ne peut pas être lui. Il ne cherche pas à me tuer.

De plus en plus inquiète, j'essuyai son front trempé. Il n'avait pas de fièvre et son regard était clair.

— Qui veut te tuer ?

— Je ne sais pas.

Un spasme le parcourut et il serra les mâchoires pour se retenir.

— Demande à Fergus, répéta-t-il quand il fut à nouveau en mesure de parler. Discrètement. Il te le dira.

Je commençai à paniquer. Je n'avais pas la moindre idée de ce dont il parlait, mais s'il était en danger, je n'allais pas le laisser seul.

— Je vais attendre ici qu'il redescende dans la cabine, annonçai-je.

Il glissa une main tremblante sous son oreiller et en sortit sa dague qu'il serra contre son torse.

— Je ne risque rien, *Sassenach.* Ils ne tenteront rien tant qu'il fait jour, s'ils tentent quelque chose.

Je n'étais pas rassurée pour autant, mais il ne semblait y avoir rien à faire. Il était allongé, tenant son arme sur son sein comme un gisant.

— Va, murmura-t-il en remuant à peine les lèvres.

En sortant de la cabine, j'aperçus une silhouette bougeant dans la pénombre du couloir. Je sursautai, puis reconnus M. Willoughby, accroupi, le menton posé sur les genoux.

— Très vénérable première épouse pas avoir peur, m'assura-t-il dans un chuchotement. Moi veiller.

— Bien, chuchotai-je à mon tour. Continuez comme ça.

De plus en plus alarmée, je grimpai l'escalier quatre à quatre à la recherche de Fergus.

Je le trouvai sur le pont en compagnie de Marsali, contemplant le sillage du navire dans lequel jouaient de grands oiseaux blancs. Il se montra légèrement plus rassurant.

— Nous ne sommes pas certains que quelqu'un en veuille à la vie de milord, expliqua-t-il. Les fûts dans l'entrepôt n'étaient peut-être qu'un accident, on a déjà vu ce genre de chose se produire. Il en va de même pour le feu dans la remise mais...

— Une minute, Fergus, m'énervai-je en l'attrapant par la manche. Quels fûts ? Quel feu ?

— Oh ! fit-il. Milord ne vous a rien dit ?

— Milord est malade comme un chien et incapable d'aligner trois mots ! C'est une vraie tête de mule !

Marsali, qui se tenait quelques mètres derrière en Fergus en feignant d'ignorer mon existence, ne put s'empêcher de pouffer de rire en entendant cette description de son beau-père. Surprenant mon regard agacé, elle s'éloigna prudemment de quelques pas et fit mine d'admirer l'océan.

— Alors ? m'impatientai-je. Qu'est-ce que c'est que cette histoire ?

Fergus écarta une mèche rebelle du bout de son crochet.

— C'est arrivé la veille du jour où je vous ai revue, milady, chez Mme Jeanne.

Le jour même de mon arrivée à Edimbourg, quelques heures à peine avant que j'entre pour la première fois dans l'imprimerie de Jamie, celui-ci était sur les docks de Burntisland avec une équipe de six hommes, profitant de la longue nuit d'hiver pour réceptionner plusieurs tonneaux de porto acheminés avec une cargaison de farine.

— Le porto de Madère imprègne moins vite le bois des tonneaux que certains alcools, m'expliqua Fergus. On ne pourrait pas faire entrer de l'eau-de-vie de cette manière, par exemple, car les chiens la sentiraient tout de suite.

— Les chiens ?

— Oui, certains inspecteurs des douanes ont des chiens spécialement entraînés pour flairer le tabac et l'alcool de contrebande. Nous avons donc débarqué le porto en toute sécurité et nous l'avons emporté dans les entrepôts qui, officiellement, sont la propriété de lord Dundas, mais qui, en fait, appartiennent à milord et à Mme Jeanne.

— Je vois.

Décidément je n'aimais pas du tout que Jamie soit en affaires avec cette femme. Fort heureusement, Edimbourg et le bordel de Queen Street étaient déjà loin derrière nous.

— Continue, demandai-je à Fergus, ou Jamie risque de se faire trancher la gorge avant même que j'en sache la raison.

Leur butin à l'abri en attendant d'être maquillé et revendu, les contrebandiers s'étaient attardés pour boire un verre avant de rentrer chez eux. Deux d'entre eux avaient demandé à être payés rubis sur l'ongle afin de régler des dettes de jeu et d'acheter de quoi nourrir leur famille. Jamie était donc retourné dans son petit bureau à l'autre bout de l'entrepôt, où il gardait de l'argent.

Alors que les hommes se détendaient dans un coin de

l'entrepôt en sirotant leur whisky, riant et plaisantant, ils avaient soudain perçu une étrange vibration. Ils avaient eu juste le temps de se mettre hors d'atteinte avant que les grands portants qui soutenaient les fûts près du bureau ne s'effondrent. Un énorme tonneau de deux tonnes avait roulé au sol en rebondissant avec grâce, avant de s'écraser dans un lac aromatique de bière, suivi quelques secondes plus tard par une cascade de ses gigantesques frères.

— Milord passait juste devant, dit Fergus. C'est vraiment un miracle qu'il n'ait pas été écrasé !

Il avait échappé d'un cheveu à l'un des tonneaux en furie et n'avait évité le second qu'on plongeant derrière un chariot abandonné qui avait dévié sa course.

— Comme je disais, reprit Fergus, ce sont des choses qui arrivent. Rien qu'à Edimbourg, une douzaine de dockers meurent chaque année dans des accidents similaires. Le problème, c'est que ce n'était pas la première fois...

Une semaine avant l'incident des tonneaux, une petite remise remplie de paille avait pris feu alors que Jamie travaillait à l'intérieur. Une lanterne placée entre lui et la porte s'était renversée, embrasant la paille et emprisonnant Jamie derrière un rideau de flammes. La remise n'avait pas de fenêtre mais, heureusement, elle était construite en planches lâchement assemblées. Jamie avait pu en casser quelques-unes à grands coups de talon et sortir en rampant.

— Nous pensions que la lanterne s'était renversée toute seule, mais milord m'a confié que, quelques secondes à peine avant l'accident, il avait cru entendre un coup de feu tout près.

Fergus poussa un long soupir.

— Ainsi, reprit-il, nous ne savons rien de bien précis. Peut-être s'agissait-il simplement d'accidents, et peut-être pas. Mais si on considère ce qui s'est passé ensuite à Arbroath...

— Il y a peut-être des traîtres parmi les contrebandiers, conclus-je à sa place.

— En effet, milady. Mais le plus inquiétant, c'est l'homme que le Chinois a abattu chez Mme Jeanne.

— D'après Jamie, ce ne pouvait pas être un douanier parce qu'il ne portait pas de mandat.

— Ce n'est pas une preuve, contredit Fergus. Le pire, c'est le petit livre qu'il avait dans sa poche.

— Le Nouveau Testament ? Quel rapport ?

— C'est milord lui-même qui l'avait imprimé.

— Je vois. Ou du moins, je commence à voir.

Fergus hocha gravement la tête.

— Si les douaniers parviennent à remonter la filière depuis les criques où nous réceptionnons l'eau-de-vie jusqu'au bordel de Mme Jeanne, ce sera gênant, mais pas dramatique. Nous pourrons toujours trouver une autre cachette où stocker la marchandise. D'ailleurs, milord a déjà passé plusieurs accords avec différents taverniers. Mais si les agents de la Couronne établissent un lien entre le célèbre contrebandier Jamie Roy et M. Malcolm, le respectable imprimeur de Carfax Close, alors... les choses se gâteront.

En effet, s'ils découvraient que Roy et Malcolm ne faisaient qu'un, non seulement Jamie verrait ses deux sources de revenus disparaître du jour au lendemain, mais les agents ne manqueraient pas d'effectuer des recherches plus poussées. Ils ne tarderaient pas à découvrir sa véritable identité, ses activités subversives, son passé de rebelle et de traître à la Couronne. Ils auraient motif de le pendre une bonne douzaine de fois.

— Je comprends maintenant pourquoi Jamie a dit à Ian qu'il serait bon pour nous de nous réfugier en France quelque temps.

Paradoxalement, je me sentais légèrement soulagée par les révélations de Fergus. Au moins, je n'étais pas seule responsable de l'exil de Jamie. Ma réapparition avait certes précipité la crise entre lui et Laoghaire mais je n'étais pour rien dans cette histoire de douaniers.

— Parfaitement, milady. Cependant, nous ne sommes pas certains qu'il y ait un traître parmi les contrebandiers, ni si ce traître compte réellement tuer milord.

— C'est encourageant, rétorquai-je.

Si l'un des contrebandiers avait trahi Jamie pour de l'argent, ce n'était pas trop grave, le pire étant déjà fait. Mais s'il était animé par une rancœur personnelle, il pouvait décider de se venger par des moyens plus directs et plus expéditifs, maintenant que nous étions hors d'atteinte des douaniers anglais, du moins provisoirement.

— Si c'est un contrebandier qui a fait le coup, ce ne peut être qu'un des six hommes que nous avons embarqués. Ils étaient tous là quand les tonneaux sont tombés et quand la remise a brûlé. Ils sont tous déjà allés chez Mme Jeanne. Et ils étaient aussi à Arbroath, quand nous sommes tombés dans l'embuscade et que nous avons découvert le douanier pendu.

— Est-ce qu'ils sont au courant pour l'imprimerie ?

— Oh non, milady ! Milord a toujours veillé scrupuleusement à ce que personne dans le milieu de la contrebande ne connaisse son autre activité. Mais il se peut qu'un des hommes l'ait aperçu un jour dans la rue et l'ait suivi jusqu'à Carfax Close.

— De toute façon, ils connaissent tous son vrai nom, désormais. Le capitaine Raines l'appelle Fraser devant tout le monde.

— Oui, convint Fergus. C'est pourquoi nous devons rapidement découvrir si nous avons un traître à bord, milady.

Les jours passaient et l'état de Jamie ne s'améliorait pas. Nous ne rencontrions aucune tempête, mais les vents d'hiver creusaient les vagues et l'*Artémis* s'enfonçait parfois dans des creux de quatre à cinq mètres, remontant laborieusement sur la crête pour replonger aussitôt dans un gouffre qui semblait ne jamais finir. J'étais de plus en plus inquiète pour Jamie, toujours incapable de rien avaler sans cesser pour autant de vomir toutes les dix minutes. Murphy, amadoué par quelques grammes d'écorce d'orange en poudre et une bouteille du meilleur bordeaux de Jared, avait pris à cœur de trouver une recette qui adhérerait enfin à son estomac, semblant considérer que sa réputation de cuisinier était en jeu. Il restait prostré en contemplation mystique devant ses étagères d'épices... en vain.

Je me trouvais dans la coursive, en train de pester contre Jamie qui venait de me renvoyer de sa cabine en prétendant que je ne faisais qu'accentuer son mal, quand je vis M. Willoughby adossé à la cloison, m'observant d'un air compatissant.

— Cet homme est impossible, lui dis-je en montrant la porte de la cabine derrière moi.

— Tête de cochon, convint-il. Lui rat, ou peut-être dragon ?

— Pour ça, à lui seul il empeste comme un zoo entier, admis-je. Mais pourquoi un dragon ?

— Nous naître année du dragon, année du rat, année du mouton, année du cheval... expliqua-t-il. Chaque année différente, hommes différents. Vous savoir si Tsei-mi rat ou dragon ?

— Vous voulez savoir l'année de sa naissance ?

J'avais un vague souvenir d'avoir vu des menus de restaurants chinois décorés avec les différents animaux du zodiaque, accompagnés des explications des traits distinctifs de chaque signe.

— Il est né en 1721, mais je ne sais pas à quel signe cela correspond.

— Moi croire lui rat, opina M. Willoughby. Rat très intelligent, avoir beaucoup chance. Mais dragon aussi. Tsei-mi très chaud dans lit ? Hommes dragons aimer beaucoup pan-pan.

— Pas ces derniers temps, dis-je tristement.

— Moi avoir médecine chinoise, observa M. Willoughby avec un air compréhensif. Bon pour ventre, estomac, tête. Rendre très calme et heureux.

Je haussai un sourcil intéressé.

— Vous l'avez déjà essayée sur Jamie ?

Le petit Chinois fit non de la tête, avec une expression navrée.

— Lui pas vouloir. Lui dire « Fous le camp », jeter moi par-dessus bord si moi approcher.

M. Willoughby et moi échangeâmes un regard entendu. Nous

venions enfin de nous comprendre. J'entrouvris discrètement la porte de la cabine et haussai légèrement la voix :

— Vous savez que les vomissements secs à répétition sont très mauvais pour la santé.

— Très très très mauvais, confirma M. Willoughby.

— Cela érode les muqueuses de l'estomac et irrite l'œsophage.

— Hooo ! fit le Chinois, horrifié.

— Je vous assure ! Cela fait augmenter la tension artérielle et étire les muscles abdominaux. Ils peuvent même se déchirer, provoquant une hernie.

— Aaah !

— En outre, poursuivis-je en haussant encore le ton, il y a un risque de torsion testiculaire à l'intérieur du scrotum, interrompant la circulation dans cette région.

— Aïe !

— Dans ce cas, il n'y a plus qu'une seule solution pour éviter la gangrène : l'amputation.

M. Willoughby émit un sifflement ébahi. Nous tendîmes l'oreille. Derrière la porte, les froissements de draps qui avaient ponctué notre conversation s'étaient interrompus. Je lançai un regard interrogateur à M. Willoughby, qui haussa les épaules d'un air incertain. Je croisai les bras et attendis. Au bout d'une minute, un pied nu surgit de la masse de draps dans la niche et se posa sur le plancher, suivi bientôt d'un autre.

— Vous n'êtes que deux ordures ! tonna une voix grave à l'intérieur de la cabine. Qu'est-ce que vous attendez pour entrer ?

Fergus et Marsali se tenaient sur le pont, tendrement enlacés, les cheveux longs de la jeune fille flottant au vent. En entendant des pas approcher sur le pont, Fergus regarda par-dessus son épaule, écarquilla les yeux, fit volte-face et se signa.

— Pas... un... mot, s'il te plaît, siffla Jamie entre ses dents.

Fergus ouvrit la bouche mais aucun son n'en sortit. Marsali, se tournant à son tour, poussa un cri perçant.

— Papa ! Qu'est-ce qui t'est arrivé ?

En voyant l'air sincèrement alarmé de la jeune fille, Jamie ravala la remarque acerbe qui lui était montée à la gorge. Son visage se détendit légèrement, faisant bouger les aiguilles en or plantées sur son front et dans ses lobes comme des antennes de fourmi.

— Ce n'est rien, grommela-t-il. Ce n'est qu'une des chinoiseries de Willoughby pour faire cesser les vomissements.

Marsali avança une main pour toucher les aiguilles plantées dans ses poignets, juste sous la paume. Il en avait trois autres dans chaque mollet, à quelques centimètres au-dessus de la cheville.

— Est-ce que... ça marche ? demanda-t-elle. Comment te sens-tu ?

Un petit sourire apparut au coin des lèvres de Jamie. Il commençait à retrouver son sens de l'humour.

— Comme une foutue poupée entre les mains d'une ensorceleuse. Mais ça fait au moins un quart d'heure que je n'ai pas vomi, ce doit être bon signe.

Il lança un regard mauvais vers M. Willoughby et moi, qui nous tenions côte à côte près du bastingage. Puis, se tournant vers Fergus, il déclara :

— Je ne me sens pas encore de taille à sucer des cornichons, mais si tu sais où trouver un verre de bière, ce ne serait pas de refus.

Fergus s'extirpa de sa contemplation fascinée et répondit d'un air enjoué :

— Bien sûr, milord, suivez-moi.

Il tendit une main hésitante vers Jamie, puis se ravisa.

— Tu veux que je demande à Murphy de te préparer un repas ? demandai-je en voyant Jamie s'apprêter à suivre Fergus.

Il me regarda d'un air menaçant. Les aiguilles sur son front luisaient comme des cornes diaboliques.

— Ne me cherche pas, *Sassenach*. Je ne suis pas près d'oublier. « Torsion testiculaire », peuh !

M. Willoughby, ne prêtant pas attention à cet échange acerbe, s'était accroupi à l'ombre d'un grand tonneau. Il comptait sur ses doigts, absorbé dans ses calculs. Soudain, il redressa la tête.

— Tsei-mi pas rat, m'annonça-t-il. Pas dragon non plus. Lui naître année du bœuf.

Je regardai la grande silhouette couronnée de cheveux roux s'éloigner d'un pas lent, face au vent.

— Vraiment ? dis-je. J'aurais dû m'en douter.

42

L'homme sur la lune

Malgré son titre ronflant, la charge de Jamie n'était pas bien lourde. Une fois qu'il avait vérifié que la cargaison était solidement attachée dans la cale pour ne pas verser en cas de roulis, qu'elle contenait bien le nombre adéquat de peaux, de barils et de caisses de cuivre et de soufre, le subrécargue n'avait plus grand-chose à faire. Pour lui, le vrai travail commencerait à l'arrivée, quand il lui faudrait superviser le déchargement, l'inventaire et la vente de la marchandise, ensuite payer les taxes et les commissions d'usage et enfin remplir la paperasse.

Pour ma part, j'avais été surprise de constater que les marins m'avaient acceptée comme médecin sans rechigner. Fergus m'expliqua que, sur les petits navires marchands, c'était généralement la femme du canonnier, quand il en avait une, qui se chargeait de traiter les menues blessures et les petits maux de l'équipage. Hormis soigner quelques doigts écrasés, des brûlures aux mains, des infections cutanées, des abcès aux dents et des troubles digestifs divers, je n'avais pas beaucoup de responsabilités.

Par conséquent, Jamie et moi passions beaucoup de temps ensemble. Pour la première fois depuis mon retour à Edimbourg, nous avions enfin tout loisir de discuter et de réapprendre à nous connaître. Nous pouvions découvrir de nouvelles facettes de notre personnalité que l'expérience avait polies, ou simplement apprécier notre compagnie mutuelle, loin du danger et des vicissitudes de la vie quotidienne.

Nous nous promenions constamment sur le pont, comptant les miles en discutant de tout et de rien, admirant la mer et ses merveilles : les couchers et levers de soleil spectaculaires ; des bancs d'étranges poissons vert et argent ; d'énormes îles d'algues flottantes qui abritaient des milliers de crabes et de méduses ; les dauphins qui nous accompagnaient parfois plusieurs jours de suite, nageant parallèlement au navire, bondissant hors de l'eau comme s'ils cherchaient à voir de plus près les étranges créatures qui flottaient à l'air libre.

La lune émergea de l'océan tel un phénix, énorme, translucide et dorée. La mer était noire et les dauphins invisibles. Pourtant, je sentais qu'ils étaient toujours là, escortant l'*Artémis* dans sa fuite nocturne.

La scène était si belle que même les marins, qui en avaient pourtant vu d'autres, s'arrêtaient pour la contempler en poussant un soupir de contentement.

Jamie et moi étions accoudés au bastingage, admirant le disque géant qui semblait suspendu juste au-dessus de l'eau. Il semblait si proche qu'on pouvait distinguer les taches sombres et les ombres sur sa surface.

— On pourrait presque la toucher et réveiller l'homme sur la lune, murmura Jamie.

— *Les Pléiades versent leurs larmes sur la lune engloutie,* citai-je. Regarde, ici aussi il y a une deuxième lune sous la mer.

Je pointai le doigt vers son reflet qui dansait au gré des vagues.

— Quand je suis partie, repris-je, des hommes s'apprêtaient à aller la visiter. Je me demande s'ils sont parvenus à se poser dessus.

— Elles volent si haut, vos... machines ? s'étonna Jamie. Je sais qu'elle est loin, mais elle semble si proche ce soir ! J'ai lu un livre d'astronomie, un jour. Il disait qu'il y avait environ trois cents lieues entre la terre et la lune. Comment tu as appelé ces appareils... des avions ?

— A vrai dire, elle est beaucoup plus loin que ça, et on n'y va pas en avion mais dans un autre engin appelé « fusée ». Là-haut, il n'y a plus d'air et il faut emmener son air avec soi, comme l'eau et la nourriture.

— Vraiment ? dit-il avec émerveillement. Je me demande à quoi elle peut ressembler, vue de près...

— J'ai vu des photos un jour. Elle est rocheuse et désertique. Il y a pas de traces de vie, mais c'est très beau, avec des falaises, des montagnes et des cratères... les cratères sont ces taches sombres qu'on voit là-bas. A vrai dire, ça ressemble un peu à l'Ecosse, sauf que ce n'est pas vert.

Le mot « photo » lui rappela quelque chose et il glissa la main dans la poche de sa veste pour en extirper le petit paquet que je lui avais apporté.

La lune éclaira le visage de Brianna. Je remarquai que les bords des clichés étaient écornés. Il devait les regarder souvent.

— Tu crois qu'elle marchera un jour sur la lune ? demanda-t-il.

C'était celle où Brianna regardait par la fenêtre, l'air rêveuse, ne sachant pas que je la photographiais. Je levai les yeux vers l'astre brillant et me rendis soudain compte que, pour lui, se rendre sur la lune n'était guère plus difficile ou inimaginable que le voyage que nous étions en train d'entreprendre. Ce n'était qu'une autre destination étrange et inconnue.

— Je n'en sais rien, répondis-je doucement.

— Elle est belle, murmura-t-il comme chaque fois qu'il regardait les photos. Et intelligente aussi, non ?

— Comme son père.

Je l'entendis pouffer de rire. Puis il passa à la photo suivante et il se raidit légèrement. Je tournai la tête pour savoir laquelle il regardait. C'était celle de Brianna sur la plage, à l'âge de seize ans. Elle jouait dans les vagues, de l'eau jusqu'aux chevilles, éclaboussant son ami Rodney qui tentait de se protéger en riant aux éclats.

Jamie fronça les sourcils. Je savais que ce cliché le mettait mal à l'aise, mais il ne m'en avait encore rien dit.

— Je... euh... hésita-t-il. Je ne voudrais pas avoir l'air de critiquer, *Sassenach*. Mais tu... ne crois pas que c'est un peu... indécent ?

Je me retins de rire.

— Pas du tout, dis-je nonchalamment. A vrai dire, c'est un maillot de bain plutôt pudique pour l'époque.

Le maillot en question était un bikini mais qui remontait presque jusqu'au nombril.

— J'ai choisi cette photo pour que tu puisses la voir... le mieux possible.

Il eut l'air légèrement scandalisé par cette idée, mais ses yeux revinrent vers l'image, irrésistiblement attirés.

— Bah... fit-il. Elle est vraiment très belle et je suis content de l'avoir vue ainsi.

Il tint la photo à la lumière, l'étudiant attentivement.

— Ce n'est pas sa tenue qui me gêne. La plupart des femmes se baignent nues dans les lochs et il n'y a pas à avoir honte de son corps. Mais c'est... le garçon. Elle ne devrait pas se montrer comme ça devant un homme.

Je regardai le pauvre Rodney, un jeune garçon maigrelet que j'avais vu grandir, essayant de l'imaginer comme une menace pour la pureté virginale de ma fille. Je cherchai soigneusement mes mots. Nous avancions là sur un terrain délicat.

— C'est que... à mon époque, les garçons et les filles jouent librement ensemble, expliquai-je. Les gens s'habillent différemment. Ils sont vêtus très légèrement. D'ailleurs, ils ne portent pas grand-chose, sauf quand il fait froid.

— Mmphm... oui, je sais, tu me l'as déjà raconté.

A son ton, je devinai qu'il n'était guère impressionné par la moralité des contemporains de sa fille.

Il regarda à nouveau la photo en grimaçant et je fus soulagée que ni Rodney ni Brianna ne soient présents. Jusque-là, j'avais connu Jamie en tant qu'amant, mari, frère, oncle, laird et soldat, mais jamais sous les traits d'un féroce père écossais. Il faisait peur à voir. Pour la première fois, je songeai qu'il était peut-être aussi bien qu'il n'ait pas veillé personnellement à l'éducation de Brianna. Il aurait terrorisé les garçons qui auraient eu l'audace de courtiser sa fille.

— Tu crois que... elle est encore vierge ? demanda-t-il soudain.

— Bien sûr ! m'écriai-je d'un ton indigné.

A dire vrai, j'en étais *presque* sûre, mais ce n'était pas le moment de laisser planer le moindre doute. S'il y avait beaucoup de choses que Jamie était capable de comprendre sur mon époque, la libération sexuelle des années soixante n'en faisait pas partie.

— Ah ! fit-il, incapable de masquer son soulagement.

— Brianna est une fille très bien. Frank et moi ne nous entendions pas toujours à merveille, mais nous étions tous les deux de bons parents, je peux te l'assurer.

— Oui, je sais, ce n'est pas ce que j'ai voulu dire. C'est juste que... elle n'a pas un mari pour la protéger, ni personne pour veiller sur elle en attendant qu'elle en trouve un... Tu penses qu'elle va s'en sortir, maintenant qu'elle est toute seule ?

— Je l'espère. Tu sais, les choses ont bien changé. Elle est adulte, elle se mariera quand elle le voudra et si elle le veut. A vrai dire, se marier n'est pas une nécessité. Elle a fait des études, elle peut gagner sa vie. Les femmes sont comme ça, maintenant, enfin, à l'époque où vit Brianna. Elles n'ont plus besoin d'un homme pour les protéger.

— Mmphm... tu parles d'un progrès ! Si les femmes n'ont plus besoin des hommes !

Je pris une profonde inspiration, essayant de rester calme.

— Je n'ai pas dit que Brianna n'avait pas besoin d'un homme, mais simplement qu'elle avait le choix. Elle n'est pas obligée de se jeter au cou du premier venu pour subvenir à ses besoins. Elle se mariera par amour.

Ses traits se détendirent légèrement.

— Tu m'as bien choisi par nécessité, toi.

— Et je suis revenue par amour. J'étais parfaitement capable de me protéger et de gagner ma vie toute seule, là-bas. Ce n'est pas pour autant que j'avais moins besoin de toi.

— Non. C'est vrai.

Glissant un bras autour de ma taille, il me serra contre lui.

— Je suis sûr qu'elle s'en sortira très bien, murmura-t-il, car, même si son père n'est qu'une pauvre cloche, elle a eu la meilleure des mères. Embrasse-moi, *Sassenach*. Tu peux me croire, je ne t'échangerais pas contre tout l'or du monde.

43

Membres fantômes

Depuis le départ, Fergus, M. Willoughby, Jamie et moi surveillions attentivement les six contrebandiers écossais, mais sans jamais déceler le moindre geste suspect de leur part. Au bout de quelques semaines, lassée d'être constamment sur mes gardes, je commençai à me détendre. Avec eux, je gardais toutefois mes distances, hormis avec Innes. J'avais enfin compris pourquoi Fergus et Jamie ne le considéraient pas comme un traître potentiel. Manchot, Innes était le seul qui ne pouvait pas avoir étranglé et pendu le douanier sur la route d'Arbroath.

Innes était un homme discret. Aucun des Ecossais n'aurait pu être qualifié d'extraverti mais, même selon leurs critères de taciturnité, il était réservé. Je ne fus donc pas étonnée en le découvrant un jour plié en deux dans un coin, se tenant le ventre en grimaçant sans faire de bruit.

— Vous êtes souffrant, Innes ?

Honteux d'avoir été surpris dans un moment de faiblesse, il voulut se redresser, pour retomber aussitôt dans sa position semi-assise, son bras replié contre son estomac.

— Mmphm... fit-il.

— Venez avec moi, je vais voir ce que je peux faire.

Le prenant sous le bras, je l'aidai à se relever. Il lança des regards désespérés autour de lui, appelant tacitement à l'aide, mais je le traînai sans pitié jusque dans ma cabine, où je l'obligeai à s'asseoir sur la table avant de lui enlever de force sa chemise.

Je palpai son ventre creux et velu, sentant la masse ferme de son foie d'un côté, la courbe étirée de son estomac de l'autre. La douleur provenait de quelque part entre les deux, le faisant gigoter par intermittence comme un asticot. Je soupçonnai qu'il souffrait tout simplement d'aérophagie, mais il valait mieux vérifier.

Je cherchai sa vésicule biliaire, par acquit de conscience, tout en me demandant ce que je ferais s'il s'avérait souffrir d'une cholécystite aiguë ou d'une crise d'appendicite. Je pouvais visualiser sa cavité abdominale à mesure que mes doigts l'auscultaient : les méandres sinueux de ses intestins, protégés par leur moelleuse membrane de graisse ; les lobes lisses de son foie, d'un rouge pourpre, bien plus sombre que le péricarde écarlate un peu plus haut. Même avec les anesthésiques et les antibiotiques modernes, il était toujours risqué d'ouvrir cette cavité. Je savais bien que, tôt ou tard, je serais confrontée à la nécessité d'opérer quelqu'un. Le plus tard serait le mieux.

— Inspirez, ordonnai-je, les deux mains sur sa poitrine.

Dans mon esprit, je vis la surface granuleuse des poumons sains se gonfler, devenant rose pâle.

— Expirez.

Je devinai leur couleur retrouvant leur teinte bleutée. Il n'y avait pas de râle, pas de gêne respiratoire, rien qu'un souffle régulier. Je saisis les deux feuilles de papier vélin qui me servaient de stéthoscope.

— Quand avez-vous été à la selle pour la dernière fois ?

Le visage émacié de l'Ecossais blêmit. Il marmonna une phrase incohérente où je crus reconnaître le mot « quatre ».

— Il y a quatre jours ?

Pris de panique, il tenta de s'échapper et je le rattrapai de justesse en le clouant sur la table d'une main sur le thorax. Le vélin enroulé dans une main, j'écoutai son cœur. Les battements étaient normaux. J'entendais les valvules s'ouvrir et se refermer sur un rythme régulier. Mon premier diagnostic semblait avoir été le bon. Au même moment, je me rendis compte que nous avions un public. Les camarades de Innes nous observaient avec curiosité depuis le pas de la porte. Pour la beauté du geste, je baissai mon tube de papier vers le ventre de Innes.

Le grondement des gaz emprisonnés était clairement audible dans l'anse supérieure de son gros intestin. En revanche, son côlon pelvien était bouché. Il n'y avait aucun son plus bas.

— Vous avez du gaz dans le ventre, dis-je, et vous êtes constipé.

— Merci, je le savais déjà, grommela l'Ecossais.

Il tendit la main vers sa chemise, mais je l'arrêtai, refusant de le laisser partir avant qu'il ne me dise ce qu'il avait mangé ces derniers temps. Comme on aurait pu s'en douter, son régime était exclusivement composé de porc salé et de biscuits secs.

— Qu'avez-vous fait de la bouillie d'avoine et des pois séchés ? demandai-je, surprise.

M'étant informée de l'ordinaire à bord des bateaux, j'avais pris soin d'embarquer, outre le jus de citron vert et mes herbes médicinales, trois cents livres de petits pois séchés et la même quantité de flocons d'avoine afin de compléter sainement le régime des marins.

Innes resta muet, mais ma question déclencha une avalanche de révélations et de plaintes de la part de ses compagnons.

Jamie, Fergus, Marsali et moi-même dînions avec le capitaine Raines, bénéficiant des mets savoureux préparés avec amour par Murphy ; aussi, je n'avais aucune idée des lacunes au menu des autres membres de l'équipage. Manifestement, le cuisinier réservait ses talents culinaires à la table du capitaine, estimant que nourrir la plèbe grouillante des matelots était indigne de lui. Il avait appris à se débarrasser de cette corvée en deux temps trois mouvements et résistait à toute tentative pour lui faire changer sa routine, notamment pour faire détremper les petits pois et bouillir les flocons d'avoine.

Pour ne rien arranger, il nourrissait un préjugé non dissimulé à l'égard de la bouillie d'avoine, qui offensait son sens esthétique et qu'il qualifiait de « vomi de chien ».

— M. Murphy nous dit que le porc salé et les biscuits secs ont convenu à tous les équipages qu'il a dû nourrir au cours de ses trente ans de service et qu'on n'a qu'à s'en contenter, se lamenta Gordon.

Accoutumé aux équipages polyglottes de marins français, italiens, espagnols et norvégiens, M. Murphy n'avait pas l'habitude qu'on critique ses repas, consommés avec une voracité indifférente qui transcendait les nationalités. L'opiniâtreté des Ecossais qui insistaient pour avoir leur porridge s'était heurtée à son intransigeance d'Irlandais et l'affaire, d'abord une simple divergence de points de vue, menaçait de tourner à la mutinerie.

— On sait qu'y a de quoi préparer du porridge, expliqua MacLeod. Fergus nous l'a dit quand il nous a demandé de venir. Mais, depuis qu'on a quitté l'Ecosse, on nous fait bouffer du porc et des biscuits midi et soir. C'est qu'on est pas habitués, alors forcément, ça coince.

— On veut pas déranger Jamie Roy avec ces histoires, renchérit Raeburn. Jusqu'à présent, on a cuit nos propres galettes d'avoine au-dessus des lanternes pendant la nuit. Mais on a épuisé les réserves qu'on avait apportées avec nous et c'est Murphy qui a les clés de la cambuse. On n'a pas osé insister, vu ce qu'il pense de nous.

Tout en écoutant leurs griefs, je choisissais différentes herbes dans mon coffre : un peu d'anis, un peu d'angélique, deux grosses pincées de marrube et quelques brins de menthe poivrée. Je plaçai le tout dans un petit carré de gaze, en nouai les coins et le tendis à Innes, qui s'empressa de l'enfouir sous sa chemise.

— J'en parlerai à M. Murphy, promis-je. En attendant, faites une infusion avec ce que je viens de vous donner et buvez-en une tasse à chaque tour de garde. S'il n'y a pas de résultats d'ici demain, nous envisagerons autre chose.

Soulagé d'être enfin libéré, Innes balbutia des remerciements inintelligibles et fuit précipitamment, suivi, plus lentement, par ses acolytes.

J'eus ensuite une conversation houleuse avec Murphy, qui s'acheva sans effusion de sang, mais par un compromis : les Ecossais auraient leur foutu porridge, à condition que je le leur prépare moi-même, avec pour seuls ustensiles une casserole et une louche, sans fredonner ni faire de saletés dans sa sacro-sainte cuisine.

Ce ne fut que plus tard dans la nuit, me retournant dans ma niche confinée et glacée, que je me rendis compte que l'incident du matin était étrange. S'ils avaient été des métayers de Lallybroch, les Ecossais n'auraient pas hésité une seconde à venir se plaindre auprès de Jamie. Qui plus est, ils n'en auraient pas eu besoin, car celui-ci aurait deviné sur-le-champ que quelque chose n'allait pas et aurait pris les mesures nécessaires. Habituée à sentir Jamie proche de ses hommes, je trouvais cette distance troublante.

— Qu'as-tu fait à ce pauvre Innes ? me demanda Jamie le lendemain. Il s'est enfermé dans les latrines et prétend que tu lui as défendu d'en sortir avant qu'il ait vidé ses intestins.

— Ce n'est pas tout à fait ça, rectifiai-je. Je lui ai simplement dit que, s'il était toujours constipé ce soir, je lui ferais un lavement à base d'orme gluant.

— Mmphm... ça revient au même, dit-il en riant.

— De toute manière, maintenant que lui et les autres ont récupéré leur porridge, leur transit intestinal devrait pouvoir se passer de mes services.

Je lui racontai ma prise de bec avec le cuisinier et il fronça les sourcils.

— Ils auraient dû venir me trouver, dit-il.

— Ils l'auraient sans doute fait tôt ou tard. Je ne m'en suis rendu compte moi-même que par hasard, parce que j'ai surpris Innes gémissant dans un coin.

— Mmphm...

— Ces contrebandiers ne sont pas comme tes métayers de Lallybroch, n'est-ce pas ?

— Non, dit-il, songeur. Je ne suis pas leur laird, je suis seulement celui qui les paye.

— Pourtant, ils t'aiment bien.

— Sans doute, du moins cinq d'entre eux. Je sais qu'ils m'épauleront, si besoin est. Mais ils ne me connaissent pas beaucoup, à part Innes.

Il m'offrit son bras pour m'accompagner jusqu'à la table du petit déjeuner, et ajouta d'un air triste :

— Il n'y a pas que la cause des Stuart qui soit morte à Culloden, *Sassenach*.

Je ne compris ce qui différenciait Innes des autres qu'une semaine plus tard. Sans doute enhardi par le succès de la purge que je lui avais donnée, il vint me trouver dans ma cabine.

— Je me demandais, madame... hésita-t-il, vous ne connaîtriez pas un remède contre quelque chose qui n'est plus là ?

— Pardon ? fis-je, perplexe.

Il agita la manche vide de sa chemise.

— Mon bras, expliqua-t-il. Il a beau ne plus être là, il me fait très mal, parfois. J'en ai parlé à M. Murphy qui m'a dit que c'était la même chose avec sa jambe. Fergus m'a aussi raconté qu'il se réveille parfois au milieu de la nuit avec l'impression que sa main manquante s'est glissée dans la poche d'un autre. J'ai pensé que, puisque c'était si commun de sentir un membre qui n'était plus là, on connaissait peut-être des remèdes.

— Oui, en effet, on appelle ça un « membre fantôme ». Mais quant à savoir ce qu'il faut faire... Comment avez-vous perdu votre bras ?

— La gangrène. Je me suis planté un clou dans la paume de la main. La blessure s'est infectée et... voilà. Remarquez, je ne m'en plains pas. C'est parce que je suis manchot que je n'ai pas été déporté avec les autres.

— Quels autres ?

Il me lança un regard surpris.

— Ben... les autres prisonniers d'Ardsmuir, pardi ! MacDubh ne vous en a jamais parlé ? Lorsqu'ils ont décidé de transformer la forteresse en garnison, ils ont envoyé tous les Ecossais aux colonies, sauf MacDubh parce qu'il était trop important et qu'ils voulaient l'avoir à l'œil, et moi, parce que sans mon bras, je n'étais plus bon à rien. Alors, vous voyez, « à toute chose malheur est bon ».

Il grimaça et voulut gratter son bras absent. Puis il se reprit et haussa les épaules.

— Je vois, dis-je. Ainsi, vous étiez avec Jamie en prison ? Je l'ignorais.

Je me tournai pour fouiller dans mon coffret, me demandant si un anesthésique général comme une infusion d'écorce de saule ou un peu de marrube avec une pincée de fenouil ferait l'affaire.

— Oh oui, m'dame, s'enhardit Innes, de moins en moins timide. Je serais mort de faim s'il n'était pas venu me chercher après sa libération.

— C'est lui qui est venu vous chercher ?

Du coin de l'œil, je perçus un éclat de soie bleue et fis signe à M. Willoughby d'entrer dans la cabine.

— Oui, poursuivit Innes. Quand il a été libéré de sa parole, il a essayé de retrouver la trace des hommes qui étaient partis aux Amériques pour voir s'il y en avait qui étaient rentrés. Mais il n'y avait que moi, qui n'étais jamais parti.

— Dites-moi, monsieur Willoughby, demandai-je, vous n'auriez pas une solution à ce problème ?

Je lui expliquai brièvement le problème en question et constatai avec plaisir qu'il avait effectivement une solution. Nous mîmes Innes torse nu et j'observai attentivement M. Willoughby pressant les doigts sur des endroits précis de son torse et de son cou, expliquant de son mieux ce qu'il était en train de faire :

— Bras partir dans royaume des fantômes. Corps rester ici, dans royaume des vivants. Bras vouloir revenir, car bras pas aimer être séparé du corps. Moi *An-mo,* presse-presse, pour arrêter douleur. Mais nous aussi dire à bras lui pas revenir.

— Et comment tu comptes faire ? demanda Innes, très intéressé.

La plupart des membres d'équipage n'auraient jamais laissé M. Willoughby les toucher, le considérant comme un païen malpropre et pervers. Mais Innes avait travaillé avec le Chinois au cours de ces deux dernières années.

M. Willoughby fouilla dans mon coffret et en ressortit avec un flacon de piments séchés. Il en versa une pincée dans un petit bol.

— Vous avoir feu ? me demanda-t-il.

Je lui tendis de quoi en faire et bientôt une fine volute de fumée s'éleva au-dessus du tas d'herbes, dégageant une forte odeur âcre.

— Moi envoyer message de *fan jiao* au monde des fantômes, annonça-t-il.

Il gonfla les joues et souffla sur le nuage de fumée, le dispersant, puis, dans le même mouvement, il se tourna et cracha copieusement sur le moignon d'Innes.

— Mais qu'est-ce qui te prend ? rugit l'Ecossais. Tu veux mon poing dans la gueule ?

M. Willoughby recula prudemment de trois pas, expliquant calmement :

— Moi cracher sur fantôme. Fantôme pas aimer crachat. Lui pas revenir tout de suite.

Je retins de justesse le bras bien réel de Innes, qui s'apprêtait à saisir le Chinois par le col.

— Vous avez encore mal à votre bras ? demandai-je.

— Euh.. bien... non, admit-il. Mais ce n'est pas une raison pour que cette face d'œuf me crache dessus !

— Moi plus cracher, promit M. Willoughby. Vous cracher. Vous chasser le fantôme si lui revenir.

Innes se gratta le crâne, ne sachant plus s'il devait se fâcher ou en rire.

— Je t'en foutrais, grommela-t-il en remettant sa chemise. Si ça vous ennuie pas, m'dame Fraser, la prochaine fois, je préférerais quand même votre infusion.

44

Le pélican

Le lendemain, Jamie et moi nous trouvions sur le pont quand des exclamations dégoûtées attirèrent notre attention.

— Bon sang ! Ce sale bâtard ! Ce fils de traînée puante ! Ce chien galeux !

Baissant des yeux effarés, je m'aperçus que nous nous tenions au-dessus du caillebotis de la cuisine et que les jurons venaient de Murphy, dont nous apercevions le crâne enturbanné allant et venant sous nos pieds. D'autres marins, alertés par la vacarme, se regroupaient autour de nous, se tenant les côtes. Quelques instants plus tard, le cuisinier passa la tête par l'écoutille.

— Qu'est-ce que vous avez à vous trémousser comme ça, bande de fainéants ? Que deux d'entre vous ramènent leur cul fissa, j'ai besoin d'aide pour balancer quelque chose par-dessus bord. Et magnez-vous ! Faut-y que je fasse tout moi-même, avec ma jambe de bois ?

Quelque temps plus tard, deux marins hissèrent un gros tonneau sur le pont.

— Seigneur, quelle puanteur ! gémis-je en me pinçant le nez. Qu'est-ce que c'est que cette horreur ?

— A vue de nez, c'est un cheval mort, répondit Jamie. Et si tu veux mon avis, mort depuis déjà un certain temps.

Autour de nous, les marins se pinçaient les narines. Maitland et Grosman, détournant la tête, traînèrent leur fardeau vers le bastingage. Le couvercle du tonneau avait été enlevé et j'entr'aperçus une masse grouillante d'asticots jaunes.

— Beuârk !

Les lèvres serrées, les deux marins hissèrent le tonneau et le jetèrent par-dessus bord. Ceux qui n'étaient pas occupés ailleurs se rassemblèrent en poupe pour contempler le tonneau dansant dans le sillage et entendre les imprécations de Murphy contre le fournisseur qui lui avait vendu de la viande avariée. Manzetti, un petit marin italien, se tenait près du garde-fou, son mousquet à la main.

— C'est pour les requins, m'expliqua-t-il. Miam miam...

Il y avait souvent des requins qui rôdaient autour du bateau, Maitland me les avait montrés, leur longue silhouette souple se devinant dans l'ombre de la coque, semblant nager au rythme du bateau sans effort mis à part une légère oscillation de la queue.

— Là ! cria quelqu'un.

Le tonneau fut secoué d'un mouvement brusque. Manzetti mit en joue, puis le tonneau bascula de nouveau, comme s'il avait été heurté par quelque chose.

L'eau était grise, mais assez claire pour que je distingue une forme se déplaçant sous la surface, très rapidement. Le tonneau se coucha brusquement sur le flanc et l'arête gris argent d'une nageoire émergea de l'eau.

La détonation me fit sursauter et m'envoya un nuage de poudre dans les yeux. Quand je les rouvris, je vis une tache brunâtre se répandre autour du tonneau.

— Il a touché le requin ou le fût ? demandai-je à Jamie.

— Le fût, mais c'était bien visé quand même.

Plusieurs autres coups de feu suivirent tandis que le tonneau s'agitait dans tous les sens, les requins le percutant frénétiquement. Des fragments de chair blanc et brun flottaient à la surface et une mare de graisse, de sang pourri et de débris s'étalait dans l'eau bouillonnante. A présent, tout l'équipage s'était rassemblé pour assister à la chasse. Sur l'ordre du capitaine, l'*Artémis* décrivait des cercles autour des vestiges du tonneau.

— Ma foi, je ne dirais pas non à une belle tranche de requin, opina le capitaine Raines. Monsieur Picard, nous pourrions peut-être envoyer une chaloupe ?

Une barque fut descendue, avec à son bord Manzetti et son mousquet, et trois marins armés de gaffes et de cordes.

Le temps qu'ils atteignent l'endroit, il ne restait plus du tonneau que quelques fragments de bois. Toutefois, l'activité battait toujours son plein et l'eau bouillonnait de requins se disputant les morceaux de viande. Le ciel fut soudain obscurci par une nuée de grands oiseaux marins surgis de nulle part pour réclamer leur part du festin. Au moment où j'en suivais un des yeux, une longue mâchoire surgit de la mer, s'ouvrit et le happa en l'espace d'un éclair. Cela valait tous les documentaires animaliers au monde.

— Tu as vu ça ? dis-je à Jamie.

— Seigneur, je n'ai jamais vu autant de dents dans une seule bouche ! souffla-t-il, impressionné.

— Ça, vous pouvez le dire ! lança une voix à nos côtés.

Je me tournai pour apercevoir Murphy, accoudé au bastingage, qui suivait les opérations avec une joie féroce.

— Ces ordures vont voir ce qu'elles vont voir ! jubila-t-il. On va leur éclater la cervelle !

Faisant un grand signe à Manzetti, il l'encouragea en hurlant :

— Vas-y mon p'tit gars ! Tue-moi une de ces foutues bestioles ! Je te promets une bouteille d'eau-de-vie si tu nous en ramènes un !

— Vous en faites une affaire personnelle, Murphy ? demanda Jamie. Ou votre intérêt est-il purement professionnel ?

— Les deux, monsieur Fraser, les deux, répondit-il sans quitter la chaloupe des yeux.

Il frappa sa jambe de bois contre le bastingage.

— Ces saloperies ont déjà goûté de ma chair, mais je peux dire que j'en ai éventré plus d'un, moi aussi !

La chaloupe était à peine visible sous la nuée d'oiseaux aux criaillements assourdissants.

— Je vous ferai sauter dans une sauce à la moutarde, vociférait Murphy, ivre de vengeance. Je ferai revenir votre foie avec des pickles ! Je ferai de la soupe avec vos nageoires ! de la gelée au porto avec vos yeux ! Voilà ce que je vais faire de vous, espèces de tas de merde !

C'est alors que j'aperçus M. Willoughby. Je ne l'avais pas vu sauter par-dessus bord. Personne ne l'avait vu, d'ailleurs. Il se trouvait à quelque distance de la mêlée, se débattant avec un énorme oiseau dont les ailes frappaient l'eau comme un batteur de cuisine.

Alerté par mes cris, Jamie le vit aussi et, avant que j'aie pu faire ou dire quelque chose, il avait plongé à son tour. Il y eut une cohue sur le pont tandis que tous se bousculaient sans comprendre ce qui se passait. La tête de Jamie émergea à côté de celle de M. Willoughby et, quelques secondes plus tard, il avait passé un bras autour du cou du Chinois. Celui-ci s'accrochait désespérément à sa proie et, l'espace de quelques secondes, je me demandai si Jamie avait plongé pour le secourir ou l'étrangler. Il donna quelques grands coups de jambe, et entreprit de remorquer l'homme et son oiseau vers le bateau. Un peu plus loin, les hommes dans la chaloupe poussèrent un cri de victoire et une grande tache rouge s'étendit dans l'eau autour d'eux. Des cordages furent lancés à la mer de part et d'autre, et les hommes sur le pont se mirent à courir dans tous les sens, ne sachant pas qui aider les premiers, Jamie et le Chinois, ou les chasseurs et leur prise. Finalement, Jamie et son rescapé furent hissés à bâbord, tandis que le requin était remonté en poupe.

Jamie s'affala à plat ventre sur le pont, dégoulinant, haletant comme un poisson hors de l'eau tandis que je lui essuyais le visage avec le bas de ma jupe. M. Willoughby, lui, était roulé en boule autour de son trophée, un jeune pélican presque aussi grand que lui, ignorant les insultes qui pleuvaient sur lui de toutes parts. Fort heureusement pour lui, il était protégé des coups par le bec de son captif qui claquait en tenant à distance les marins furieux qui tentaient de s'approcher.

— Qu'est-ce qui lui a pris ? demandai-je à Jamie.

— Je n'en sais rien, me répondit-il, pantelant. Il voulait absolument l'oiseau. Peut-être pour le manger ?

Murphy fit une moue dégoûtée.

— Les pélicans ne se mangent pas, grogna-t-il. Leur chair a un goût de poisson pourri. Je me demande comment ces satanées bestioles sont arrivées jusqu'ici. Ce sont des oiseaux de rivage. Ils ont dû être entraînés au large par une tempête.

— Bah, fit Jamie. Ce sont peut-être les plumes qui l'intéressent. Descends à la cabine avec moi, *Sassenach*. J'ai besoin de toi pour me sécher le dos.

Il avait parlé sur le ton de la plaisanterie mais, aussitôt, une idée lui traversa l'esprit. Il balaya le pont du regard. Tout l'équipage était occupé à dépecer la carcasse du requin, se disputant les morceaux. Fergus et Marsali étaient plongés dans la contemplation de la tête coupée du squale, sa bouche grande ouverte révélant une dentition effarante. Puis le regard de Jamie croisa le mien, et nous nous comprîmes en un clin d'œil.

Trente secondes plus tard, nous étions dans sa cabine. Ses cheveux trempés gouttaient dans mon décolleté mais sa bouche était chaude et avide. De sa main libre, il se débattait avec les lacets de ses culottes.

— *Ifrinn !* pesta-t-il dans un souffle. Je n'arrive pas à les enlever.

Pouffant de rire, il tira comme un possédé sur les lacets, mais l'eau de mer avait resserré le nœud.

— Un couteau ! dis-je. Tu as un couteau ?

Je me précipitai pour fouiller sur son bureau, écartant les papiers épars, les encriers, la tabatière... il y avait tout sauf une lame. Finalement, j'aperçus le coupe-papier en ivoire. Je m'en saisis et attrapai Jamie par la ceinture, sciant avec frénésie les cordons emmêlés.

Mon empressement et mon fou rire me rendaient maladroite. S'impatientant, Jamie plongea la main sous son oreiller et en sortit sa dague. Deux secondes plus tard, ses culottes retombaient mollement sur ses chevilles.

Il me souleva de terre et me posa sur le bureau tandis que je retroussais hâtivement mes jupes. Je me contractai en sentant sa chemise trempée contre mon ventre, puis repliai mes jambes sur ses fesses, le serrant contre moi.

— Arrête ! chuchotai-je soudain. J'entends quelqu'un !

— Trop tard, répliqua-t-il. Je ne peux plus attendre.

Il me pénétra d'un coup de reins et je mordis son épaule. Deux, trois oscillations et j'étouffais mes cris dans le lin mouillé de sa chemise. Il explosa au bout de quelques minutes, poussant un râle victorieux et s'effondrant dans mes bras.

Deux minutes plus tard, la porte de la cabine s'ouvrit et Innes apparut. Ses yeux se posèrent sur le bureau saccagé, les papiers et les plumes cassées, éparpillés sur le plancher, puis sur moi, assise sagement sur le bord de la couchette, échevelée et le corsage trempé mais du moins décemment vêtue, et enfin sur Jamie, affalé sur le tabouret, haletant, les joues en feu.

Innes baissa délicatement les yeux et traversa la cabine. Il se pencha vers la niche de Fergus et extirpa une bouteille d'eau-de-vie de sous son matelas.

— Pour le Chinois, m'expliqua-t-il brièvement. Ça le réchauffera.

Une fois sur le seuil de la porte, il se retourna vers Jamie, l'air hésitant.

— Vous devriez peut-être demander à M. Murphy de vous préparer un bouillon chaud. On dit que c'est dangereux d'attraper froid après un effort intense.

Le lendemain, nous découvrîmes pourquoi M. Willoughby tenait tant à son pélican. Je le trouvai sur le pont arrière, le grand oiseau perché sur un coffre, les ailes attachées dans le dos avec des bouts de chiffon. Il me fixa de ses minuscules yeux jaunes et fit claquer son bec d'un air menaçant.

M. Willoughby était en train de décrocher de sa ligne un poulpe qu'il venait de pêcher. Il le tendit devant le pélican et dit quelque chose en chinois. L'oiseau le toisa avec suspicion mais ne bougea pas. D'un geste vif et adroit, le Chinois lui ouvrit le bec et y jeta le poulpe. Le pélican eut l'air surpris, puis déglutit.

— *Hao-liao*, déclara M. Willoughby, satisfait.

Il caressa la tête de l'oiseau puis, me surprenant en train de l'observer, me fit signe d'approcher. Ce que je fis, tout en restant à une distance prudente du grand bec.

— Ping An, m'annonça-t-il en indiquant l'oiseau. Vouloir dire « le paisible ».

En entendant son nom, le pélican haussa sa petite crête de plumes blanches comme pour se présenter.

— Qu'est-ce que vous comptez faire de lui ? demandai-je.

— Lui chasser pour moi. Vous observer.

Je m'installai donc confortablement pendant que M. Willoughby offrait plusieurs poissons à Ping An. Puis il sortit un nouveau chiffon de son costume et le noua autour du cou de l'animal.

— Moi pas vouloir étouffer lui, m'expliqua-t-il. Mais lui pas avaler poisson.

Il attacha ensuite un long bout de corde à ce collier improvisé, me fit signe de reculer et libéra les ailes du pélican.

Surpris d'avoir retrouvé une semi-liberté, l'oiseau se dandina sur son coffre, déplia deux ailes immenses en s'ébrouant, puis prit son envol dans une explosion de plumes blanches.

Sur terre, le pélican est une créature gauche et comique, qui se balance maladroitement de gauche à droite et semble toujours sur le point de piquer du nez, du fait de son bec trop grand. Dans les airs, planant au-dessus des vagues les ailes déployées tel un ptérodactyle, il est superbe à voir. Ping An le paisible s'élança jusqu'aux limites de sa longe puis, sentant une résistance, se mit à décrire des cercles gracieux. Pendant ce temps. M. Willoughby rembobinait lentement la corde autour de son poing, comme s'il jouait avec un cerf-volant. Tous ceux qui se trouvaient sur le pont interrompirent leur travail, levant le nez vers le spectacle, émerveillés.

Brusquement, aussi rapide qu'une flèche, le pélican replia ses ailes et plongea, fendant l'eau sans faire d'éclaboussures. Quelques secondes plus tard, il réapparut à la surface, légèrement interloqué, et M. Willoughby commença à le tirer vers le bateau. Une fois de retour à bord, le Chinois eut quelque mal à persuader l'oiseau de lui livrer sa proie, mais il finit par entrouvrir le bec et laisser son ravisseur extraire prudemment une jolie daurade de sa poche membraneuse.

M. Willoughby sortit un petit couteau de sa poche et en fendit le ventre du poisson qui se tortillait sur le pont. Serrant la tête du pélican sous son bras, il lui ôta son collier et lui offrit sa part du butin.

Au bout d'une semaine, l'oiseau était complètement apprivoisé. Il pouvait voler librement, avec son collier mais sans sa longe, revenant sur le pont pour régurgiter aux pieds de son maître une poche pleine de petits poissons. Lorsqu'il ne pêchait pas, Ping An se tenait perché sur la barre de flèche, au grand déplaisir des mousses chargés de nettoyer le pont, ou suivait M. Willoughby en se dandinant comme un canard, se servant de ses ailes de deux mètres cinquante d'envergure comme d'un balancier.

L'équipage, impressionné par les talents de Ping An et se méfiant de son bec, laissait M. Willoughby tranquille, ne le chassant plus quand il venait s'installer à l'ombre du grand mât pour faire ses exercices de calligraphie sous l'œil protecteur et curieux de son nouvel ami.

Je partageais sa fascination. Je ne me lassais pas de contempler les mouvements agiles de la brosse qui caressait à peine le papier, comme un papillon. M. Willoughby travaillait rapidement, maniant son pinceau avec l'assurance et la précision d'un danseur ou d'un escrimeur. Je ne pouvais pas lire les caractères, bien entendu, mais les signes formaient sur les feuilles des compositions très agréables à regarder.

Un jour que je l'observais de loin, je le vis lancer de brefs regards autour de lui, comme pour s'assurer que personne ne le surveillait. Puis il trempa son pinceau dans l'encrier et, avec un soin infini, il ajouta un dernier caractère en haut à gauche de sa page. Ce devait être sa signature.

Il poussa un long soupir et regarda au loin, songeur. Il plia sa feuille, une fois, deux fois, puis encore. Il se leva, s'approcha du bastingage, tendit la main, puis laissa tomber le papier.

Le petit carré blanc ne toucha pas les flots. Il fut soulevé par le vent et s'éleva dans les airs en virevoltant, se confondant avec les silhouettes blanches des mouettes et des hirondelles de mer qui suivaient le bateau.

M. Willoughby n'attendit pas de voir ce que devenait son œuvre. Il s'écarta du bastingage et descendit dans les ponts inférieurs, une expression rêveuse s'attardant sur son visage rond.

45

L'histoire de M. Willoughby

A mesure que nous descendions vers le sud, les jours et les nuits devinrent plus chauds. Les marins qui n'étaient pas de quart prirent l'habitude de se rassembler sur le gaillard d'avant après le dîner pour chanter, danser au son du violon de Brodie Copper ou écouter des histoires. Avec le même instinct qui pousse les enfants à se raconter des histoires de fantômes autour d'un feu de camp, ils avaient une nette prédilection pour les récits de naufrage et de monstres marins.

Nous avions quitté le royaume du serpent de mer. Le goût pour les histoires de serpents géants étant passé, les hommes se mirent à parler du pays. Un soir, l'inspiration venant à manquer, Maitland se tourna vers M. Willoughby, assis comme à son habitude au pied du grand mât, les genoux ramassés contre son torse.

— Et toi, Willoughby ? demanda-t-il. Comment se fait-il que tu aies quitté ton pays ? Je n'ai pas rencontré beaucoup de marins chinois et, pourtant, on m'a dit que la Chine était noire de monde. Est-ce que c'est un si beau pays pour que ses habitants n'aient jamais envie d'aller voir ailleurs ?

D'abord intimidé, le petit Chinois parut flatté par l'intérêt suscité par cette question. Après quelque insistance de la part du public, il consentit à nous raconter ce qui l'avait incité à quitter sa terre natale, demandant à Jamie de traduire car son anglais était trop laborieux. Acceptant avec joie, Jamie vint s'asseoir à son côté.

— J'étais mandarin, commença M. Willoughby à travers la voix de Jamie. Un mandarin des lettres, doué pour la composition. Je portais une robe brodée de toutes les couleurs, et, pardessus, un tablier de soie bleue, portant l'insigne de ma fonction sur le dos et sur le cœur : un *feng-huang*, un oiseau de feu.

— Je pense qu'il veut dire un phénix, précisa Jamie en se tournant vers moi.

— ... Je suis né à Pékin, la Cité impériale du Fils du Ciel...

— C'est comme ça qu'ils appellent leur empereur, me chuchota Fergus. Quelle présomption ! Mettre leur souverain sur le même plan que Notre-Seigneur Jésus !

— Chhhhuuut ! firent plusieurs voix autour de nous.

— ... Très jeune, j'ai montré une aptitude à la poésie et si, les premiers temps, je ne savais pas bien manier les brosses et les pinceaux, je me suis longuement entraîné à faire concorder les représentations sur la page avec les idées qui dansaient comme des grues dans mon esprit. Un jour, je fus découvert par Wu-Xien, un mandarin de la Maison impériale, qui me prit sous son aile pour parfaire mon éducation. Je m'élevai rapidement en mérite et en éminence, de sorte qu'avant ma vingt-sixième année je fus autorisé à porter le globe de corail rouge sur mon chapeau, en signe de mon talent. Puis un vent mauvais souffla le malheur dans mon jardin. Peut-être un ennemi envieux m'avait-il jeté un mauvais sort ? A moins que, dans mon arrogance, aveuglé par mon ascension trop rapide parmi les érudits, j'aie négligé de faire les sacrifices rituels. Pourtant, je n'avais jamais manqué de révérence à l'égard de mes aïeux, prenant soin de me recueillir sur leurs tombes chaque année et de faire brûler des bâtons d'encens dans la galerie des ancêtres...

— Si ses compositions étaient toujours pleines de digressions de ce genre, le Fils du Ciel a peut-être perdu patience et l'a balancé dans une rivière, marmonna Fergus.

— ... mais quelle qu'en soit la cause, poursuivit M. Willoughby, ma poésie arriva jusqu'aux oreilles de Wan-Mei, la seconde épouse de notre empereur bien-aimé. Cette seconde épouse était très puissante, lui ayant donné pas moins de quatre fils, et lorsqu'elle demanda que je sois intégré à sa maison, sa requête fut aussitôt acceptée...

— Quel est le problème ? demanda Gordon en se penchant en avant. Ce devait être une grande chance pour toi, non ?

M. Willoughby comprit manifestement la question, car il hocha la tête avant de poursuivre :

— Oh, l'honneur qui m'était fait était inestimable. J'aurais eu une grande maison pour moi seul dans l'enceinte du palais, avec une garde personnelle pour escorter mon palanquin. Celui-ci aurait été précédé d'une triple ombrelle en symbole de ma fonction et peut-être aurais-je même eu le droit de porter une plume de paon à mon chapeau. Mon nom aurait été inscrit en lettres d'or dans le Livre du Mérite...

Le petit Chinois se gratta la tête.

— Toutefois, il y a une condition à remplir avant de vivre dans la Maison royale. Tous les hommes qui entrent au service des épouses royales doivent être des eunuques.

Un frisson d'horreur parcourut l'assistance.

— Qu'est-ce qu'un eunuque ? demanda innocemment Marsali.

— Rien qui puisse t'inquiéter, ma chère, la rassura Fergus.

Il passa un bras autour de son épaule avant de se tourner à nouveau vers M. Willoughby, l'air compatissant :

— Alors vous avez fui, mon ami ? J'aurais fait de même.

Un murmure d'approbation vint renforcer cette affirmation.

— C'était une grande honte de refuser le cadeau de l'empereur, reprit M. Willoughby, mais hélas, j'étais faible... j'étais tombé amoureux d'une femme.

Un soupir ému s'éleva du public, les marins étant, sous leurs dehors frustes, de grands sentimentaux. Mais M. Willoughby tira sur la manche de Jamie, secouant vigoureusement la tête.

— Pardon, s'excusa Jamie, je me suis trompé, il ne voulait pas dire « d'une femme » mais « de la femme », en général. C'est bien ça ?

Le Chinois acquiesça, satisfait. La lune, aux trois quarts pleine, illuminait son visage de mandarin :

— Oui, reprit-il. Je pensais sans cesse aux femmes, à leur grâce et à leur beauté, les regardant s'épanouir comme des fleurs de lotus, flottant dans le vent tels des papillons danaïdes. Comment renoncer à leurs seins au goût d'abricot, à la fragrance chaude de leur nombril quand elles se réveillent au beau milieu d'une nuit d'hiver, à la douceur moite de leur mont de Vénus qui emplit votre paume comme une pêche bien mûre, prête à éclater pour déverser son jus parfumé ?

Scandalisé, Fergus boucha les oreilles de Marsali de ses deux mains, mais le reste du public tendait l'oreille, charmé.

— Ma foi ! c'est vraiment un poète ! approuva Raeburn.

— Ça vaudrait presque la peine d'apprendre le chinois, renchérit un autre.

Jamie leur imposa silence d'un geste de la main tandis qu'il faisait signe à M. Willoughby de poursuivre.

— J'ai fui lors de la Nuit des Lampions. Chez nous, c'est une grande fête. Tout le monde se promène dans les rues. J'étais sûr de ne pas me faire remarquer. Juste après la tombée du soir, tandis que les processions commençaient à se rassembler un peu partout dans la ville, j'ai enfilé une robe de voyageur...

— C'est comme une tenue de pèlerin, intervint Jamie en aparté. Ils mettent une tunique blanche pour se rendre sur la tombe de leurs ancêtres, c'est un signe de deuil.

— ... et j'ai quitté ma maison. Je me faufilai dans la foule sans difficulté, portant une simple lanterne, sans mon nom ni ma fonction peints dessus. Les sentinelles martelaient leurs tambours en bambou, les serviteurs impériaux battaient leurs gongs et, sur le toit du palais, des feux d'artifice étaient allumés en grande profusion.

Le petit visage rond était teinté de nostalgie.

— ... C'était un adieu digne d'un poète anonyme fuyant sous les applaudissements de la foule. Après avoir franchi le guet aux portes de la ville, je me suis retourné. Les toits du palais étaient illuminés de couronnes de feu rouge et orange. On aurait dit un jardin enchanté... un jardin qui m'était désormais interdit.

Yi Tien Cho marcha toute la nuit sans incident, mais faillit se faire prendre le lendemain.

— J'avais oublié mes ongles, expliqua-t-il en nous montrant ses doigts aux ongles rognés. Les mandarins portent leurs ongles longs, pour montrer qu'ils ne sont pas obligés de travailler de leurs mains.

Un serviteur de la maison où il s'était arrêté pour se désaltérer les avait remarqués et avait averti la garde impériale. Yi Tien Cho avait dû prendre à nouveau la fuite et n'avait échappé à ses poursuivants qu'en se jetant dans un fossé boueux.

— J'ai coupé mes ongles, bien sûr. J'ai même dû arracher celui de mon auriculaire où il y avait une *da zi* en or incrusté.

Il avait volé des vêtements de paysans qui séchaient sur un buisson puis avait marché pendant des jours jusqu'à la côte. Les premiers temps, il achetait de la nourriture avec l'argent qu'il avait emporté mais, aux portes de Lulong, il était tombé sur des voleurs qui eurent tôt fait de le détrousser.

— Après quoi, je volais de la nourriture quand je le pouvais, et je mourais de faim quand je ne le pouvais pas. Enfin, le vent de la fortune tourna et mit sur mon chemin un groupe d'apothicaires itinérants qui se rendaient à une foire médicale sur la côte. Ils m'emmenèrent avec eux, en échange de quoi je peignis des bannières pour leurs étals et composai des étiquettes vantant les mérites de leurs remèdes.

Une fois sur la côte, il avait tenté de se faire passer pour un marin. Mais ses doigts agiles qui savaient réussir des merveilles avec de l'encre et du papier n'avaient jamais appris à faire des nœuds savants ou à enrouler des cordages. Plusieurs navires étrangers mouillaient dans le port. Il choisit celui dont les marins lui parurent le plus barbares, pensant que c'était celui qui l'emmènerait le plus loin, puis, saisissant sa chance, il se glissa à bord du *Serafina*, en partance pour Edimbourg.

— Mais pourquoi quitter le pays ? demanda Fergus. La Chine est suffisamment grande.

— Empereur avoir bras très très long, répondit M. Willoughby sans attendre la traduction. Moi partir ou mourir.

Il y eut un soupir collectif de compassion tandis que M. Willoughby en profitait pour vider sa tasse de grog. Puis il fit signe à Jamie qu'il n'avait pas terminé son récit :

— C'est étrange, dit-il. C'est mon amour de la femme qui avait tant séduit la seconde épouse à travers mes poèmes. Pourtant, en voulant me posséder, moi et mes poèmes, elle a détruit à jamais ce qu'elle admirait. Mais ce n'est pas là la seule contradiction de mon humble existence. Parce que je refusais de sacrifier ma virilité, j'ai perdu tout le reste : mon honneur, ma raison d'être, ma patrie. Par là, je ne parle pas uniquement de ma terre elle-même, avec les longs coteaux de Tartarie couverts de nobles pins où je passais mes étés, les vastes plaines du Sud, les rivières regorgeant de poissons... mais je me suis perdu moi-même. Mes parents ont été déshonorés, les sépultures de mes ancêtres tombent en ruine, plus aucun encens ne se consume devant leurs images. L'ordre et la beauté ont été détruits à jamais. Je vis désormais en des lieux où l'on prend les paroles dorées de mes poèmes pour un caquetage de poule et mes coups de pinceau pour des gribouillis d'enfant. Je suis moins considéré que le plus vil des mendiants qui avalent des serpents pour amuser la foule, laissant les passants tirer le serpent par la queue hors de ma bouche pour un modeste paiement qui me permet tout juste de survivre au jour le jour.

« ... Mais, pis encore, je me retrouve dans un pays où les femmes sont toutes plus laides et grossières que des ours. Ce sont des créatures sans grâce, sans éducation, des ignares qui sentent mauvais, au corps couvert de poils, comme des chiens ! Et ces... ces chiennes me méprisent comme si j'étais un gros ver blanc, au point que même les plus infâmes des putains refusent de coucher avec moi.

« ... Pour l'amour de la femme, j'ai été banni dans un pays où aucune femme n'est digne d'être aimée !

A ce stade, remarquant le regard pétrifié des marins, Jamie cessa de traduire et tenta plutôt de calmer le Chinois, posant une main sur son épaule.

— C'est bon, c'est bon, Willoughby. Je suis sûr que tous les hommes auraient fait comme toi et se seraient enfuis. N'est-ce pas, les garçons ?

Par égard pour Jamie, il y eut un vague murmure d'assentiment, mais la sympathie du public pour les épreuves traversées par M. Willoughby avait été fortement dissipée par sa chute insultante. Quelques grognements fusèrent, concernant ces étrangers ingrats et immoraux, et une pluie de compliments gênés s'abattit sur Marsali et moi. Puis les hommes se dispersèrent en maugréant.

Fergus et Marsali partirent à leur tour, mais pas avant que Fergus ne se fût penché sur le petit Chinois et lui ait annoncé que d'autres remarques désobligeantes sur les Européennes lui vaudraient d'être étranglé avec sa propre natte et jeté par-dessus bord.

M. Willoughby ne semblait pas entendre les menaces et les insultes, se contentant de fixer le lointain, ses petits yeux embrumés par les souvenirs et le grog. Jamie se leva et m'aida à me hisser sur mes pieds.

Au moment où nous nous apprêtions à partir, le Chinois baissa la tête et glissa une main entre ses jambes. Sans le moindre soupçon de lubricité, il serra ses testicules, les faisant rouler sous la soie bleue. Il les contempla longuement, absorbé dans une profonde méditation.

— Parfois, dit-il comme en lui-même, moi penser toi pas valoir la peine.

46

Le marsouin

Depuis quelque temps, je sentais que Marsali rassemblait son courage pour me parler. Je savais qu'elle se lancerait tôt ou tard. Quels que soient ses sentiments à mon égard, à part elle, j'étais la seule femme à bord. Je faisais de mon mieux pour être souriante et prenais soin de lui dire bonjour tous les matins, mais c'était à elle de faire le premier pas.

Elle se décida enfin un mois après notre départ, alors que nous étions déjà au beau milieu de l'Atlantique.

J'étais dans notre cabine, en train de rédiger des notes sur une petite amputation que j'avais pratiquée la veille : deux orteils broyés. Je venais juste de compléter un croquis de la région traitée quand une silhouette s'avança sur le seuil. Je relevai la tête pour découvrir Marsali, qui m'observait d'un air pugnace.

— J'ai une question à vous poser, annonça-t-elle. Je ne vous aime pas, vous vous en êtes sans doute déjà rendu compte, mais papa dit que vous êtes sage. Je crois aussi que, même si vous n'êtes qu'une voleuse de mari, vous êtes assez franche pour me répondre sincèrement.

Il me vint à l'esprit plusieurs réactions possibles à une telle entrée en matière, mais je préférai me taire et attendre la suite.

— Peut-être, dis-je en reposant ma plume. Que veux-tu savoir ?

Constatant que je n'étais pas fâchée, elle s'avança dans la cabine et s'installa sur le tabouret à mon côté.

— Eh bien... c'est en rapport avec les bébés, et comment on les a.

J'arquai un sourcil surpris.

— Ta mère ne t'a pas dit comment on faisait les enfants ?

Elle poussa un soupir agacé.

— Bien sûr que si ! N'importe quelle idiote le sait ! On laisse un homme nous mettre son machin entre les cuisses et, neuf mois plus tard, on paie les pots cassés ! Ce que je veux savoir, c'est comment ne pas en avoir.

— Je vois... Tu ne veux pas tomber enceinte, c'est ça ? Euh... je veux dire, une fois que tu seras convenablement mariée, bien sûr ! C'est étrange, la plupart des jeunes filles ne rêvent que d'avoir des enfants.

Elle baissa la tête, tout en tripotant ses jupes.

— Peut-être plus tard, hésita-t-elle. J'aimerais bien avoir un petit garçon avec des cheveux noirs, comme Fergus.

Une ombre rêveuse flotta sur son visage, puis elle se ressaisit et ses traits se durcirent.

— Mais je ne peux pas, déclara-t-elle.

— Pourquoi ?

Elle pinça les lèvres.

— Eh bien... c'est lié à Fergus. Nous n'avons encore rien fait, mis à part s'embrasser et se caresser un peu, en cachette... tout ça à cause de papa et de ses idées étriquées !

— Amen !

— Pardon ?

— Non, ce n'est rien, la rassurai-je. Continue, quel rapport avec le fait de ne pas vouloir d'enfants ?

— C'est que je veux que ça me plaise quand il pourra enfin fourrer son machin entre mes cuisses, dit-elle de but en blanc.

Je me mordis l'intérieur de la lèvre.

— Ah... fis-je. Mais... je suppose que cela dépend plutôt de Fergus. Je ne vois toujours pas le rapport avec les enfants.

Marsali me lança un regard méfiant, mais cette fois-ci dénué d'hostilité. Elle semblait plutôt me jauger.

— Fergus vous aime bien, dit-elle.

— Je l'aime aussi, répondis-je avec prudence. Je le connais depuis longtemps, depuis qu'il est tout petit.

Elle se détendit soudain.

— Ah, alors vous savez où... il est né ?

Je compris enfin sa méfiance.

— Tu veux parler du bordel à Paris ? Oui, je suis au courant. Il t'en a parlé ?

— Oui, il y a longtemps, c'était au dernier Hogmanay.

Pour une fille de quinze ans, un an représentait sans doute une éternité.

— C'est quand je lui ai dit que je l'aimais, reprit-elle. Il m'a dit qu'il m'aimait, lui aussi, mais que ma mère n'accepterait jamais qu'on se marie. Je lui ai répondu que je ne voyais pas pourquoi. Ce n'est pas un crime d'être français, tout le monde ne peut pas être écossais. Sa main n'était pas vraiment un problème non plus : après tout, M. Murray n'a qu'une jambe et maman l'aime bien quand même. C'est alors qu'il m'a raconté... Paris et son enfance de pickpocket avant que papa le rencontre.

Elle leva des yeux incrédules vers moi, avant de poursuivre :

— Il croyait que ça allait me dégoûter ! Il voulait partir et disait qu'on ne devait plus jamais se revoir.

Elle se redressa d'un air fier, rejetant ses cheveux en arrière.

— Je lui ai vite remis les pendules à l'heure ! annonça-t-elle. Mais... ce n'est pas Fergus qui m'inquiète. Il dit qu'il sait ce qu'il faut faire et que, après les deux ou trois premières fois, ça me plaira. Mais ce n'est pas ce que maman m'a dit.

— Que t'a-t-elle dit ?

— Eh bien... lorsque j'ai saigné la première fois, elle m'a expliqué que c'était la malédiction d'Eve et qu'il fallait se faire une raison. Je lui ai demandé ce qu'était la malédiction d'Eve, alors elle a pris la Bible et m'a lu le passage où saint Paul dit que les femmes sont de terribles pécheresses mais qu'elles peuvent encore être sauvées grâce à la douleur de l'enfantement.

— Personnellement, je n'ai jamais eu une très haute opinion de Paul, observai-je.

Elle me lança un regard choqué.

— Mais c'est dans la Bible !

— Comme beaucoup d'autres choses, rétorquai-je. Tu connais l'histoire de Job et de ses filles, non ? Ou encore celle du type qui envoie sa femme se faire violer par une bande de ruffians pour sauver sa peau ? Pourtant, ils étaient des élus, tout comme Paul. Mais continue.

— Maman m'a dit que, si je saignais, c'était que j'étais en âge de me marier et qu'il fallait que je n'oublie jamais que le devoir d'une épouse était d'obéir à son mari, que ça lui plaise ou non. Elle avait l'air si triste en me disant cela... Je me suis dit que, quel que soit le devoir d'une épouse, ce devait être affreux, et que puisque saint Paul dit qu'on doit enfanter dans la souffrance...

Elle s'interrompit et poussa un gros soupir. J'attendis patiemment en silence. Lorsqu'elle reprit, ce fut d'une petite voix hésitante, comme si elle cherchait minutieusement ses mots :

— Je ne me souviens pas de mon père. Je n'avais que trois ans quand les Anglais l'ont emmené. Mais j'étais plus grande quand maman a épousé... Jamie, et j'ai bien vu comment cela se passait entre eux. Papa... je veux dire Jamie... il est gentil... je crois. Il l'a toujours été avec Joan et moi. Mais lorsqu'il posait la main sur la taille de maman pour l'attirer à lui, elle se rétractait. On voyait bien qu'elle avait peur et qu'elle n'aimait pas qu'il la touche. Pourtant, je n'ai jamais vu papa faire quoi que ce soit de mal, en tout cas devant nous. J'ai pensé que ce devait être à cause de ce qu'il lui faisait au lit. Cependant, maman n'avait jamais de bleus sur le visage ou sur les bras... pas comme Magdalen Wallace, que son mari bat chaque fois qu'il rentre soûl du marché. Alors... j'ai pensé que c'était parce que maman avait eu des enfants... Joan et moi... et qu'elle savait qu'elle souffrirait encore si Jamie lui en faisait d'autres.

Elle s'humecta les lèvres, la gorge sèche, et je poussai vers elle la cruche d'eau. Elle but une longue gorgée puis me regarda droit dans les yeux.

— Je vous ai vue au lit avec papa, à Lallybroch. Vous aviez l'air d'aimer ce qu'il vous faisait.

J'ouvris grand la bouche, puis la refermai.

— Euh... oui, enfin... oui, dis-je d'une voix éraillée.

— Mmphm... fit-elle d'un air convaincu. Et je sais que vous aimez bien quand il vous tripote, sur le pont. C'est normal, vous n'avez pas d'enfants. J'ai entendu dire qu'il y a des moyens d'éviter de tomber enceinte. Personne n'en parle, mais vous, vous devez les connaître.

Elle inclina la tête sur le côté, m'étudiant attentivement.

— J'aimerais bien avoir un enfant, reprit-elle. Mais s'il faut choisir entre aimer Fergus et faire des bébés, alors ce sera Fergus.

Je lissai mes cheveux derrière mes oreilles, me demandant par où commencer.

— Tout d'abord... m'élançai-je... j'ai eu des enfants.

— Ah bon ? Papa le sait ?

— Bien sûr, puisqu'ils sont de lui.

Elle plissa des yeux soupçonneux.

— Je ne l'ai jamais entendu en parler.

— C'est sans doute qu'il pensait que cela ne te regardait pas.

Je regrettai aussitôt mon ton acerbe, et repris plus calmement :

— Mon premier bébé est mort. C'était une petite fille. Elle est enterrée en France. Ma... notre seconde fille est grande, maintenant. Elle est née après Culloden.

— Alors il ne l'a jamais vue ?

Je fis non de la tête, la gorge nouée.

— Comme c'est triste ! murmura-t-elle.

Puis elle fronça à nouveau les sourcils d'un air concentré.

— Alors, comme ça, vous avez eu des enfants et vous continuez quand même à aimer que papa vous touche ? Mais c'est peut-être parce que vous les avez eus il y a longtemps. Vous avez connu d'autres hommes pendant que vous viviez en France ?

— Ça, ma fille, dis-je d'un ton ferme, ça ne te regarde pas. Tout ce que je peux te dire sur la grossesse et l'accouchement, c'est qu'il y a des femmes qui s'en remettent et d'autres pas. Mais quoi qu'il en soit, tu as de bonnes raisons de ne pas tomber enceinte dans l'immédiat.

— Alors il y a un moyen ?

— Il y en a plusieurs, mais malheureusement, la plupart ne sont pas très efficaces.

Je songeai avec regret aux moyens de contraception modernes. Néanmoins, je me souvenais assez bien des conseils des sages-femmes de l'hôpital des Anges.

— Passe-moi la boîte sur l'étagère là-bas, demandai-je.

Tout en fouillant dans mon coffret, j'expliquai :

— Certaines Françaises préparent des infusions avec du laurier et de la valériane. Mais c'est assez dangereux et pas très fiable.

— Ta fille te manque ?

Je relevai des yeux surpris. Elle affichait un visage vide de toute expression et je devinai qu'elle pensait surtout à Laoghaire.

— Oui, répondis-je simplement. Mais elle est grande maintenant. Elle mène sa propre vie.

J'évitai soigneusement de prolonger la conversation dans ce sens en plongeant le nez dans ma boîte à remèdes. Laoghaire avait probablement autant de chances de revoir sa fille un jour que moi Brianna. Ce n'était pas un sujet sur lequel je tenais à m'appesantir.

Je sortis un gros morceau d'éponge propre. Je le découpai minutieusement en petits carrés d'environ huit centimètres de côté, puis en imbibai un d'huile de tanaisie sous le regard fasciné de Marsali.

— Voilà ! dis-je. Tu as bien vu quelle quantité d'huile il fallait mettre ? A défaut, tu peux tremper l'éponge dans du vinaigre, voire du vin. Tu enfonces l'éponge bien profondément en toi avant de faire l'amour. N'oublie pas de la mettre même la première fois ! Il suffit d'une fois pour tomber enceinte.

Marsali hocha la tête et toucha l'éponge du bout du doigt.

— D'accord. Et après ? Je dois l'enlever ou...

Un cri de la vigie au-dessus de nos têtes l'interrompit, suivi d'une soudaine embardée de l'*Artémis* tandis qu'on affalait les grands-voiles. Il se passait quelque chose de grave.

— On finira plus tard, annonçai-je précipitamment à Marsali.

Retroussant mes jupes, je filai dans la coursive.

Je trouvai Jamie au côté du capitaine sur le pont arrière, en train d'observer un grand navire qui approchait rapidement. Il faisait presque trois fois la taille de l'*Artémis*, avec trois mâts et une forêt de gréements et de voiles. Un nuage de fumée blanche flottait dans son sillage, signe qu'un canon venait de tirer.

— Ils nous tirent dessus ? fis-je, interdite.

— Non, c'est juste un coup de semonce, répondit Jamie, l'air inquiet. Ils veulent monter à bord.

— Ils en ont le droit ?

— Oui, répondit le capitaine Raines. De toute manière, il est plus rapide que nous. Nous ne pouvons espérer le semer.

— Qu'est-ce que c'est ? demandai-je.

J'avais beau plisser les yeux, leur enseigne claquait contre le vent et je ne distinguai qu'un bout de tissu qui me paraissait tout noir.

— Un vaisseau de guerre, *Sassenach*. Soixante-quatorze canons. Nous ferions peut-être mieux de descendre.

C'était inquiétant. Si la Grande-Bretagne n'était pas en guerre contre la France pour le moment, les relations entre les deux nations étaient loin d'être cordiales. L'*Artémis* était armé, mais ses quatre canons étaient tout juste suffisants pour dissuader de petits bateaux pirates.

— Qu'est-ce qu'ils peuvent bien nous vouloir ? grommela Jamie.

— Nos hommes, rétorqua le capitaine Raines. Regardez, son gréement est négligé et son pont avant désert. Ils doivent manquer de personnel à bord.

Il semblait plus maussade que jamais, les plis de sa bouche tombant dans son menton gras. Il lança un regard navré vers Jamie.

— Ils peuvent mobiliser tous les marins qui leur paraissent plus ou moins anglais, c'est-à-dire la moitié de l'équipage, vous y compris, monsieur Fraser. A moins que vous ne souhaitiez vous faire passer pour un Français ?

— Foutre, grogna Jamie.

Il me remarqua à son côté et fronça les sourcils.

— Je croyais t'avoir dit de descendre en cabine ? lança-t-il.

— En effet, répliquai-je en restant à ma place.

Je me serrai contre lui, ne pouvant quitter des yeux le grand vaisseau. Celui-ci s'appelait le *Porpoise*, ou le marsouin, dont une effigie aux lèvres pulpeuses ornait la proue. Sur le pont d'en face, on était un train de mettre une chaloupe à la mer. Un officier, portant un gilet doré et un tricorne noir, descendait l'échelle accrochée au flanc du navire.

— Qu'arrivera-t-il à nos marins anglais s'ils les embarquent ? demandai-je au capitaine.

— Ils travailleront à bord du *Porpoise* en tant que membres de la Royal Navy. Ils seront libérés lorsque le navire atteindra son port, ou peut-être pas.

— Quoi ? Vous voulez dire qu'ils peuvent enlever des hommes et les obliger à travailler pour eux tant que cela leur plaira ?

Une vague d'angoisse commençait à se former en moi à l'idée qu'ils puissent emmener Jamie.

— En effet, confirma le capitaine. Le cas échéant, nous aurons le plus grand mal à rejoindre la Jamaïque avec en tout et pour tout une quinzaine d'hommes.

Là-dessus, il tourna les talons et alla accueillir l'embarcation qui approchait. Jamie me saisit par le coude et me dit rapidement :

— Ni Fergus ni Innes ne pourront être mobilisés. Reste toujours avec eux. S'ils m'emmènent, rends-toi à Sugar Bay où Jared a des bureaux et commence les recherches à partir de là. Je vous y rejoindrai. Je ne sais pas combien de temps cela me prendra, mais je te retrouverai.

— Mais tu n'as qu'à dire que tu es français ! protestai-je.

Il marqua un temps d'hésitation, puis fit non de la tête.

— Je ne peux pas, répondit-il. S'ils emmènent mes hommes, je dois partir avec eux.

— Mais...

Il commençait à m'énerver avec *ses* hommes, et *ses* histoires de loyauté de macho. Et moi ? Ne me devait-il pas sa loyauté, après tout ? Mais je n'insistai pas, sachant que c'était peine perdue. Les contrebandiers avaient beau n'être ni ses métayers ni ses parents, il se sentait responsable d'eux dans la mesure où il les avait entraînés dans cette galère. Rien ne pourrait l'en dissuader.

Il s'avança pour rejoindre le capitaine Raines et je le suivis à contrecœur, à quelques pas en retrait. Lorsque la chaloupe aborda l'*Artémis*, je vis les sourcils du capitaine se hausser.

— Qu'est-ce que c'est que ça ? grommela-t-il.

« Ça » était un jeune homme. Il n'avait pas la trentaine. Il avait les traits tirés et les épaules tombantes d'épuisement. La veste de son uniforme trop grand pendait tristement sur sa carcasse maigrichonne par-dessus une chemise crasseuse. Il chancela légèrement en montant sur le pont.

— Vous êtes le capitaine de ce navire ? demanda-t-il à Raines. Je suis Thomas Leonard, capitaine par intérim du vaisseau de Sa Majesté, le *Porpoise*. Pour l'amour de Dieu, vous n'auriez pas un médecin à bord ?

Devant un verre de porto, le capitaine Leonard nous expliqua que, depuis quatre semaines, une maladie infectieuse ravageait l'équipage du *Porpoise*.

— Je crois que c'est une sorte de peste. La moitié de nos hommes en sont atteints, dit-il en essuyant son menton dégoulinant de porto. Nous avons déjà perdu trente marins et je crains que cela ne fasse que commencer.

— Votre capitaine compte parmi les victimes ? demanda Raines.

Leonard rougit légèrement et hocha la tête :

— Le capitaine et les deux premiers lieutenants, ainsi que le médecin et son aide. Je... j'étais le troisième lieutenant.

Cela expliquait à la fois son jeune âge et son état de nerfs. Il s'était retrouvé subitement catapulté à la tête d'un grand vaisseau de guerre, avec six cents hommes d'équipage sous ses ordres et une infection galopante.

— Si vous avez parmi vous quelqu'un ayant une expérience médicale...

Il lança un regard implorant au capitaine Raines puis à Jamie, qui se tenait dans un coin, l'air méfiant.

— Je suis le médecin de l'*Artémis*, capitaine, annonçai-je depuis le seuil de la cabine. Quel genre de symptômes vos hommes présentent-ils ?

Leonard parut surpris, puis s'empressa de répondre :

— Cela commence par de fortes douleurs au ventre, une diarrhée et des vomissements. Les hommes atteints se plaignent de maux de tête et ils présentent une forte fièvre. Ils...

— Certains ont-ils des rougeurs sur le ventre ? l'interrompis-je.

— Oui. Et plusieurs saignent du cul... Oh, pardon, madame, je voulais dire...

— Je crois savoir ce que c'est. Bien sûr, il faudrait que je les examine mais...

— Mon épouse sera ravie de vous conseiller, capitaine, me coupa fermement Jamie. Mais je crains qu'elle ne puisse monter sur votre vaisseau.

— Vous êtes sûrs ? demanda Leonard en nous lançant tour à tour des regards désespérés et déçus. Rien qu'un coup d'œil...

— Non ! dit Jamie.

Au même instant, je décrétai :

— Mais oui, bien sûr !

Il y eut un silence gêné dans la cabine. Puis Jamie toussota :

— Si vous voulez bien nous excuser un instant, capitaine...

Il me prit par le bras et m'entraîna dans la coursive.

— Tu es folle ? siffla-t-il entre ses dents. Tu veux monter sur un bateau où il y a la peste ? Tout ça pour sauver quelques Anglais ?

— Ce n'est pas la peste, rétorquai-je en essayant de me libérer. De plus, je ne risque rien. Lâche-moi donc, tu me fais mal !

Il obtempéra mais se planta au milieu du couloir, me barrant le passage.

— Il n'y a rien à craindre, répétai-je en tentant de le calmer. Ce n'est pas la peste. Je suis presque certaine qu'il s'agit de la typhoïde. Or je ne peux pas l'attraper, je suis déjà vaccinée.

Une lueur de doute traversa son regard. Malgré toutes mes explications, il rangeait encore les microbes et les vaccins dans la catégorie de la magie noire.

— Ah... fit-il. Peut-être, mais...

— Ecoute, dis-je en cherchant mes mots. Je suis médecin. Ils sont malades et je peux les aider. C'est... il le faut, et c'est tout !

Il ne semblait pas convaincu. Comment pouvais-je lui expliquer ce besoin de soigner, cette compulsion à lutter contre les maladies ? Frank, lui, avait fini par le comprendre. Il devait y avoir un moyen de le faire entrer dans la tête de Jamie.

— J'ai prêté serment, dis-je. Ma parole est engagée.

— Un serment ? répéta-t-il. Quel genre de serment ?

Je ne l'avais prononcé à voix haute qu'une seule fois, mais j'en avais une copie encadrée dans mon bureau, un présent de Frank pour la remise de mon diplôme. Je fermai les yeux, et tentai de me souvenir, mot pour mot :

— *Par Apollon le guérisseur, Esculape dieu de la Médecine, Hygie fille de la Santé et Panakeia roi des Remèdes, je jure devant l'auguste aréopage de respecter dans les limites de mes compétences et de ma raison le serment suivant :*

Je ne prescrirai de diètes que pour le bienfait de mes patients et m'engage à ne nuire à personne. En aucun cas je ne prescrirai de filtre mortel ni ne guiderai quiconque en ce sens. Je préserverai la pureté de mon existence et de mon art. Je ne pénétrerai dans les maisons qu'animée par le désir de soigner, sans juger autrui ni chercher à briller par mon savoir. Je n'abuserai pas de mes connaissances pour séduire hommes et femmes, qu'ils soient libres ou esclaves. En aucun cas je ne révélerai ce que j'apprendrai au cours de l'exercice de ma profession ou de mon commerce quotidien et qui doit être tenu secret. Si je tiens mes promesses, que ma vie et mon art soient appréciés et respectés de tous aujourd'hui comme demain. Si je me parjure, que je sois damnée pour l'éternité.

Je rouvris les yeux. Il me dévisageait d'un air songeur.

— Euh... certaines parties ne sont là que pour la tradition, expliquai-je.

— Je vois. Le début me paraît bien un peu païen mais j'ai bien aimé la partie où tu t'engages à ne séduire personne.

— Je m'en doutais. Tu n'as pas à t'inquiéter, la vertu du capitaine Leonard n'a rien à craindre de ma part.

Il s'adossa à la rampe d'escalier, lissant ses cheveux en arrière.

— Si ton honneur en dépend... soupira-t-il. Tu es sûre que ton... vaccin fonctionne ?

— Oui, l'assurai-je.

— Je vais t'accompagner.

— Tu ne peux pas, tu n'es pas vacciné contre la typhoïde et elle est très contagieuse.

— Oui, mais tu *penses* que c'est la typhoïde, tu n'en es pas certaine.

— Non, c'est vrai, admis-je, mais il n'y a qu'un seul moyen de le savoir.

Je fus hissée à bord du *Porpoise* à l'aide d'une chaise tirée par des cordages, une sorte de balançoire infernale tournoyant sur elle-même au dessus de l'eau bouillonnante. L'atterrissage fut un peu brutal et je m'étalai ignominieusement à plat ventre sur le pont. Une fois remise sur pied, je constatai néanmoins avec surprise à quel point le plancher me paraissait solide et stable, comparé à celui de l'*Artémis*, beaucoup plus petit et secoué par les vagues.

Je remis un peu d'ordre dans ma coiffure, pris mon coffret de remèdes qu'un mousse me tendait et déclarai dignement :

— Conduisez-moi auprès des malades.

Il y avait du vent, et les deux navires avaient du mal à rester à niveau.

L'entrepont était sombre. Quelques lampes à huile suspendues au plafond diffusaient une faible lumière, laissant à peine entrevoir les silhouettes oscillantes des hommes couchés dans leurs hamacs. On aurait dit des morceaux de viande laissés là à sécher. La puanteur prenait à la gorge. Il y avait bien quelques ouvertures d'aération, mais en nombre largement insuffisant. A l'odeur de la crasse s'ajoutaient celles, pestilentielles, du vomi et de la diarrhée sanglante qui recouvraient le sol entre les hamacs, les malades étant trop faibles pour saisir les rares pots de chambre mis à leur disposition. Mes semelles adhéraient au plancher, s'en détachaient avec un écœurant bruit de ventouse.

— Approchez la lumière, demandai-je au jeune mousse terrifié qui ne m'avait acompagnée que sous la menace de ses supérieurs.

Plaquant un mouchoir contre son nez, il leva sa lanterne près du hamac le plus proche. Son occupant émit un grognement et se détourna. Il avait le teint rouge vif et sa peau était brûlante. Je soulevai un coin de sa chemise pour examiner son ventre : il était gonflé et dur comme pierre. Tandis que je le palpais ici et là, il se tortillait comme un asticot au bout d'un hameçon, poussant des cris pitoyables.

— Ce n'est rien, lui dis-je doucement. Je suis là pour vous aider. Vous allez vous en sortir. Laissez-moi regarder vos yeux. Voilà, c'est ça.

Je soulevai sa paupière et sa pupille se rétracta à la lumière, laissant un grand iris marron cerclé de rouge.

— Je vous en supplie, éloignez cette lumière ! gémit-il. Mon crâne va éclater !

— Vous avez des frissons ? demandai-je en repoussant la lanterne.

Un gémissement affirmatif me répondit. Dans la pénombre, je pouvais voir que la plupart des hommes dans les hamacs s'étaient emmitouflés dans des couvertures, malgré la chaleur suffocante de la pièce.

Sans le mal de crâne, il aurait pu s'agir d'une simple gastroentérite, mais si tel avait été le cas, il n'y aurait pas eu tant d'hommes atteints. Ce ne pouvait pas être le paludisme, dans le sens Europe-Caraïbes. Le typhus était envisageable. Il était véhiculé par les poux et les morpions et, dans des quartiers confinés comme ceux-ci, il se répandait comme une traînée de poudre. En outre, ses symptômes ressemblaient à ceux que j'observais ici, à une différence près.

Le premier marin ne présentait pas l'éruption cutanée caractéristique sur le ventre, ni le deuxième, mais le troisième, si. Les petites taches rouges étaient nettement visibles sur la peau blanche et moite de son abdomen. J'appuyai fermement sur l'une d'elles et elle disparut, réapparaissant quelques secondes plus tard tandis que le sang revenait s'accumuler sous la peau. Je me frayai un chemin entre les hamacs et remontai sur le pont supérieur, où le capitaine Leonard m'attendait avec deux autres marins.

— C'est bien la typhoïde, confirmai-je.

— Ah... fit le jeune officier. Vous savez comment la traiter, madame Malcolm ?

— Oui, mais ce ne sera pas facile. Tout d'abord, les malades doivent être portés sur le pont où ils pourront respirer à l'air libre. Ensuite, il faudra les laver soigneusement. Il faut leur donner un régime liquide et leur faire boire beaucoup d'eau... de l'eau *bouillie* ! c'est très important. Le tout est d'éviter que d'autres membres de l'équipage soient contaminés. Pour cela, il y a plusieurs choses à faire...

— Faites-les, coupa-t-il. Je vais donner des ordres pour détacher des hommes sains à votre service. Vous en aurez autant qu'il vous en faut. Je vous laisse carte blanche.

— Je peux commencer et leur montrer ce qu'il faut faire, capitaine. Mais cela risque d'être long. Ensuite, ce sera à vous de vous débrouiller, le capitaine Raines et mon mari doivent avoir hâte de reprendre la route.

— Madame Malcolm, me dit Leonard avec un regard suppliant, je vous serai éternellement reconnaissant de votre aide. Il nous faut être à la Jamaïque au plus tôt et, à moins que nous ne parveniez à sauver le reste de mon équipage de cette affreuse maladie, nous n'y arriverons jamais.

Il parlait avec une telle sincérité que je me laissai attendrir.

— D'accord, soupirai-je, envoyez-moi une douzaine d'hommes en bonne santé.

Grimpant sur la plage arrière, je fis de grands signes à Jamie qui se tenait sur le pont des officiers de l'*Artémis*, regardant vers nous d'un air inquiet. En m'apercevant, son visage s'illumina d'un large sourire.

— Tu es prête à revenir ? cria-t-il en mettant les mains en porte-voix.

— Pas encore ! hurlai-je à mon tour. Il me faut deux heures !

Je brandis deux doigts au cas où il ne m'aurait pas entendue. Mais il avait déjà compris : son sourire s'effaça aussitôt.

Je fis amener les malades sur le pont arrière. Nous les déshabillâmes puis je montrai à un petit groupe de matelots comment les arroser et les éponger avec l'eau des pompes. J'étais descendue dans les cuisines, expliquant au cuistot et à ses commis comment nettoyer et cuire les aliments quand je sentis le plancher sous moi s'ébranler.

Tout en m'écoutant, le cuisinier tendit machinalement la main et poussa un à un les verrous des placards devant lui. Il rattrapa de justesse une casserole qui menaçait de glisser de son étagère, rangea le gros jambon qui valdinguait dans une caisse à ses pieds, et posa un couvercle sur la marmite en fonte qui mijotait au-dessus du feu.

Je le regardai faire en écarquillant les yeux. J'avais vu Murphy exécuter exactement les mêmes gestes chaque fois que l'*Artémis* s'apprêtait à changer brusquement de cap.

— Mais qu'est-ce que ça signi...

Je n'achevai pas ma phrase, préférant grimper quatre à quatre les escaliers qui menaient au pont supérieur. Il n'y avait aucune doute, le *Porpoise* mettait les voiles. Malgré la taille du vaisseau, je sentais les vibrations de la coque. Je fis irruption comme une folle dans le quart des officiers où le capitaine Leonard se tenait au côté du timonier, regardant l'*Artémis* rapetisser à vue d'œil.

— Mais qu'est-ce que vous faites ! hurlai-je.

Il me dévisagea d'un air embarrassé mais néanmoins déterminé :

— Nous devons être à la Jamaïque au plus tôt, répéta-t-il. Je suis vraiment navré, madame Malcolm, je vous assure que je regrette de devoir en arriver là, mais...

— Mais je me fiche de vos regrets ! Ramenez-moi tout de suite sur l'*Artémis* ! Demi-tour ! baissez les voiles ! larguez les amarres ! jetez l'ancre !

Prise de panique, je ne savais plus très bien ce que je disais. Le capitaine avança une main pour me calmer, puis, craignant sans doute que je ne la morde, se ravisa et la laissa retomber.

— Je suis terriblement confus, madame Malcolm, mais nous ne pouvons pas nous passer de vos services. Ne vous inquiétez pas, j'ai promis à votre mari que la Royal Navy s'occuperait de vous loger dès que nous serions à la Jamaïque, en attendant l'arrivée de l'*Artémis*.

En croisant mon regard fulminant, il recula d'un pas, à juste titre.

— « Vous avez *promis* à mon mari » ? sifflai-je. Ai-je bien entendu ? Vous voulez dire que Ja... que M. Malcolm vous a autorisé à m'enlever ?

— Euh... non, pas exactement, admit le jeune homme. A dire vrai, il s'est montré plutôt... intransigeant.

— « Intransigeant », hein ?

Le capitaine sortit un mouchoir de sa manche et s'essuya le font pendant que je frappais du talon sur le pont. J'aurais peut-être réussi à lui écraser les orteils s'il n'avait eu le réflexe de retirer précipitamment son pied.

— Madame Malcolm, vous m'obligez à vous répéter ce que j'ai déjà dit à votre mari. L'*Artémis* vogue sous un drapeau français mais plus de la moitié de son équipage est composée d'Anglais et d'Ecossais. J'aurais fort bien pu les réquisitionner. Dieu sait que j'ai besoin d'hommes ! Au lieu de cela, j'ai consenti à les laisser partir en échange de vos connaissances médicales.

— Et mon mari a accepté ce... marché ?

— Non. Mais le capitaine de l'*Artémis*, lui, a été sensible à mes arguments.

Il avait les yeux rougis et bouffis par le manque de sommeil, sa veste trop grande battait au vent sur son torse maigre. Je ne pouvais m'empêcher de comprendre la difficulté de sa position. Le fait était que, sans aide, il risquait de voir la totalité de son équipage anéantie. Même avec mon expérience, il perdrait quelques hommes.

— Je vous remercie quand même de m'avoir demandé mon avis, lançai-je. Bon... puisque vous ne me laissez pas le choix, envoyez le plus d'hommes possible récurer l'entrepont... oh, vous avez de l'alcool à bord ?

Il parut légèrement surpris.

— De l'alcool ? Il y a le rhum que l'on garde pour les grogs et un peu de vin dans l'armurerie. Cela vous ira ?

— Si c'est tout ce que vous avez, il le faudra bien. Je dois parler au commissaire de bord.

— Oui, bien sûr, suivez-moi.

Il s'effaça pour me laisser descendre l'échelle la première. J'étais à peine arrivée au dernier échelon que j'entendis des éclats de voix au-dessus de moi.

— Mais puisque je vous dis que le capitaine est occupé ! Cela peut attendre !

— Laissez-moi passer ! Si je ne lui parle pas tout de suite, il sera trop tard !

Puis la voix de Leonard retentit, agacée :

— Qu'y a-t-il, Stevens ?

— C'est Tompkins, capitaine. Il dit qu'il a reconnu le grand type qui était sur l'autre bateau, le rouquin. Il dit que...

— Je n'ai pas le temps, l'interrompit Leonard. Dites à ce Tompkins que je verrai plus tard.

L'écoutille s'obscurcit et le capitaine descendit à son tour. Arrivé à mon niveau, il m'adressa un bref coup d'œil interrogateur et je fis de mon mieux pour ne rien laisser paraître de ma curiosité.

— Il vous reste encore beaucoup de provisions ? demandai-je. L'alimentation des malades doit être surveillée attentivement. Je suppose qu'il n'y a pas de lait frais à bord mais...

— Si, si, nous avons du lait, s'empressa-t-il de rectifier. Nous avons six chèvres. C'est Mme Johansen, la femme du canonnier, qui s'en charge. Je vous l'enverrai dès que nous aurons parlé au commissaire.

Le capitaine me présenta brièvement à M. Overholt, le commissaire de bord, puis s'excusa, lui recommandant chaudement de faire son possible pour m'assister. M. Overholt, un petit homme bedonnant au crâne chauve et luisant, attendit sagement ses instructions, mais j'étais distraite, encore préoccupée par les bribes de conversation que je venais de surprendre.

Qui était ce Tompkins ? Sa voix ne me disait rien et j'étais sûre de n'avoir jamais entendu ce nom auparavant. Plus important encore, comment connaissait-il Jamie ? Et qu'allait faire le capitaine Leonard de ses informations ? Hélas, j'étais condamnée à ronger mon frein en attendant d'en savoir plus. Usant de la moitié de mon cerveau qui n'était pas accaparée par les spéculations les plus folles, je dressai avec le commissaire l'inventaire des provisions qui pouvaient être destinées aux malades.

A dire vrai, il ne restait pas grand-chose.

— Non, il ne faut surtout pas leur donner du porc salé ni des biscuits secs, dis-je fermement. Lorsqu'ils iront un peu mieux, nous pourrons leur donner un peu de biscuits trempés dans du lait bouilli, mais pour ça, il faudrait arriver à se débarrasser des charançons.

— Du poisson, peut-être ? proposa M. Overholt sans trop y croire. Nous croisons souvent d'importants bancs de maquereaux. Les marins en pêchent parfois.

— Peut-être, répondis-je, l'esprit ailleurs. Mais au début, du lait et de l'eau bouillie suffiront. Lorsque les hommes commenceront à se remettre, il faudra leur donner quelque chose de plus nourrissant, de la soupe par exemple. Nous pourrions avoir de la soupe de poisson, non ? A moins que vous n'ayez autre chose ?

— Eh bien... nous avons un peu de figues sèches, dit M. Overholt d'un air gêné. Deux livres de sucre, un peu de café, une certaine quantité de biscuits napolitains, un grand fût de vin de Madère mais, naturellement, nous ne pouvons pas les utiliser.

— Pourquoi ? m'étonnai-je.

Il se balançait d'un pied sur l'autre, manifestement très mal à son aise.

— C'est que ces produits sont réservés à notre passager.

— Quel passager ?

— Le capitaine ne vous a pas prévenue ? Nous transportons le nouveau gouverneur de la Jamaïque. C'est la raison... une des raisons... de notre hâte.

— Il est malade aussi, votre gouverneur ?

— Euh... non.

— Alors il se satisfera de porc salé et de biscuits de ration. Je suis sûre que cela lui fera le plus grand bien. A présent, si vous voulez bien faire transporter le vin aux cuisines... J'ai du pain sur la planche.

Secondée par un des rares aspirants officiers encore valides, un jeune homme costaud du nom de Pound, je fis un rapide tour du vaisseau, réquisitionnant ici et là du matériel et des hommes. Pound, trottant à mes côtés comme un bull-dog féroce, informait fermement les cuistots, les charpentiers, les mousses, les voiliers et les gabiers surpris que tous mes désirs devaient être exaucés sur-le-champ, aussi déraisonnables dussent-ils leur paraître, sur ordre du capitaine.

Le plus urgent était d'instaurer une quarantaine. Dès que l'entrepont serait scrupuleusement récuré et aéré, je ferais retendre les hamacs, en veillant à laisser une distance raisonnable entre chacun. Puis les malades seraient redescendus. Les marins encore sains devraient désormais dormir sur le pont supérieur. L'étape suivante consisterait à désinfecter les latrines. J'avais aperçu deux grandes marmites vides dans les cuisines. Je les notai rapidement dans la liste que j'établissais au fur et à mesure dans ma tête, espérant que le chef cuistot se montrerait moins possessif que Murphy.

Je suivis le crâne rasé de Pound vers les cales, en quête de voiles usées dans lesquelles nous pourrions faire des chiffons. Pendant ce temps, je réfléchissais à la source probable de l'épidémie. Due à un bacille de la famille *Salmonella*, la fièvre typhoïde se transmettait habituellement par l'ingestion du microbe, véhiculé par des mains contaminées par des urines ou des fèces infectées. Compte tenu de l'hygiène à bord, n'importe lequel des membres d'équipage pouvait être porteur de la maladie. Toutefois, l'épidémie s'était propagée avec une telle rapidité et une telle ampleur que le vecteur principal devait être un des hommes qui manipulaient la nourriture : le cuisinier, un de ses deux commis, voire les serveurs des cantines. Il me faudrait savoir combien ils étaient, dans quelles cantines ils servaient et s'il y avait eu un changement d'équipe quatre semaines plus tôt, non, cinq semaines, me corrigeai-je. Le premier cas s'était déclaré trente jours plus tôt, mais il fallait prendre en compte la période d'incubation.

— Monsieur Pound ? appelai-je.

Le visage rond se leva vers moi du bas de l'échelle.

— Oui, m'dame ?

— Monsieur Pound... au fait, quel est votre prénom ?

— Elias, m'dame, répondit-il, l'air inquiet.

— Cela vous ennuie si je vous appelle Elias ?

Je sautai au bas du dernier échelon et me tournai vers lui avec un sourire.

— Euh... non, m'dame, hésita-t-il. Mais le capitaine Leonard ne le verra sans doute pas d'un bon œil. Ça ne se fait pas dans la Royal Navy.

Elias Pound n'avait sans doute pas plus de dix-huit ans. Quant au capitaine Leonard, il ne devait avoir que cinq ou six ans de plus que lui. Toutefois, loin de moi de vouloir bousculer le protocole !

— Ne vous inquiétez pas, je serai très « Royal Navy » en public, l'assurai-je. Mais si nous devons travailler ensemble, il me sera plus facile de vous appeler par votre prénom.

Contrairement à lui, j'imaginais aisément ce qui nous attendait : des heures et des jours, voire des semaines, de travail acharné. Ceux qui seraient chargés de veiller sur les malades allaient devoir trimer du soir au matin, jusqu'à ce que leurs sens se brouillent et que seuls l'habitude, l'instinct et les directives d'un chef infatigable les maintiennent encore debout.

J'étais loin d'être infatigable, mais il me faudrait faire illusion. Pour cela, j'avais besoin de l'aide de deux ou trois autres personnes, que je pourrais former comme autant de substituts à mes yeux, mes oreilles et mes mains, afin qu'elles me remplacent lorsque je serais obligée de me reposer. Le sort et le capitaine Leonard avaient désigné Elias Pound pour être mon bras droit. Autant me mettre à l'aise avec lui d'emblée.

— Depuis combien de temps es-tu en mer, Elias ? lui demandai-je.

Il venait de se glisser tête baissée dans un petit compartiment bas qui abritait une énorme chaîne enroulée sur elle-même, ses maillons faisant chacun deux fois la taille de mon poignet. Ce devait être la chaîne de l'ancre. Elle semblait suffisamment solide pour retenir le *Queen Elizabeth*, ce qui me parut rassurant.

— Depuis l'âge de sept ans, m'dame.

Il était en train de sortir à reculons, tirant derrière lui un gros coffre. Il le fit basculer à mes pieds, puis reprit son souffle, essuyant son front baigné de sueur du revers de sa manche.

— Mon oncle était commandant sur le *Triton*, expliqua-t-il. Il m'a trouvé une place à bord. Je n'ai été engagé sur le *Porpoise* que pour ce voyage, à Edimbourg.

Il rabattit le couvercle du coffre, révélant un assortiment de bouteilles, de jarres et d'instruments chirurgicaux tachés de rouille. Du moins, j'espérais que ce n'était que de la rouille. L'une des jarres s'était brisée et une fine pellicule de poussière plâtreuse recouvrait le contenu du grand coffre.

— C'était la malle de M. Hunter, le médecin de bord, annonça-t-il. Vous pensez qu'elle vous sera utile ?

— Ma foi, je n'en sais trop rien ! soupirai-je. Je vais regarder ça de plus près. Envoie quelqu'un la monter à l'infirmerie. En attendant, j'ai besoin de toi ailleurs. Je veux que tu viennes avec moi montrer les dents au cuisinier.

Tout en supervisant la désinfection de l'entrepont avec de grands seaux d'eau de mer bouillante, j'établis un plan d'attaque contre l'épidémie.

Tout d'abord, je dressai un rapide bilan de la situation. Lorsqu'on avait monté les malades sur le pont, on avait découvert deux nouveaux morts dans les hamacs, emportés par la déshydratation et l'épuisement. Ils étaient à présent sur le pont arrière, où le voilier leur cousait un linceul lesté de plomb. Quatre autres malades ne passeraient pas la nuit. Les chances de survie des quarante-cinq restants allaient de minces à excellentes. Avec un peu de chance et beaucoup d'efforts, j'arriverais à en sauver la plupart. Mais combien de nouveaux cas couvaient parmi le reste de l'équipage ?

D'énormes quantités d'eau étaient en train de bouillir dans les cuisines sur mes ordres : de l'eau de mer chaude pour laver les quartiers, de l'eau douce purifiée pour abreuver les hommes. Il fallait que je voie Mme Johansen, la responsable des chèvres, pour m'assurer que le lait serait également bouilli.

Je devais interroger les commis de cuisines et les marins chargés du service dans les cantines. Si je parvenais à isoler une seule des sources d'infection, cela réduirait considérablement la propagation de l'épidémie.

Tous les stocks d'alcool disponibles étaient en train d'être montés sur le pont supérieur, à la plus grande horreur de M. Overholt. Nous pouvions l'utiliser tel quel mais il valait mieux qu'il soit purifié. Peut-être y avait-il un moyen de le distiller ? Je devais en toucher deux mots au commissaire de bord.

Tous les hamacs devaient être bouillis et séchés avant que les hommes sains ne s'y couchent. Cela pouvait se faire rapidement avant même le prochain quart. Je demanderais à Elias de sélectionner une équipe de moussaillons chargés des corvées de blanchisserie.

Ma liste continuait de s'allonger mais mon activité cérébrale intense ne pouvait étouffer complètement mes inquiétudes au sujet du mystérieux Tompkins et de ses informations. Néanmoins, quelles que soient ces dernières, le capitaine Leonard n'avait pas jugé bon de rebrousser chemin vers l'*Artémis*. Soit il ne les avait pas prises au sérieux, soit il était tout bonnement trop pressé de rejoindre la Jamaïque.

Je m'attardai quelques instants devant le bastingage pour remettre de l'ordre dans mes pensées, lissant mes cheveux en arrière et laissant le vent me caresser le visage, éloignant momentanément la puanteur de la maladie. Une épaisse vapeur nauséabonde s'échappait d'une écoutille non loin de là : les matelots répandaient des litres d'eau bouillante sur le pont inférieur.

Je fixai la ligne d'horizon, espérant apercevoir une voile dans le lointain. Mais le *Porpoise* était seul, l'*Artémis* et Jamie loin derrière nous.

Je refoulai une soudaine vague de panique et de solitude. Il fallait que je coince le capitaine Leonard entre quatre yeux. Il avait la réponse à deux des questions qui me préoccupaient : la source éventuelle de l'épidémie de typhoïde et le rôle de ce M. Tompkins dans les affaires de Jamie. Mais pour le moment, il y avait des choses plus urgentes à régler. Je me tournai et cherchai mon assistant des yeux.

— Elias ! Conduis-moi auprès de Mme Johansen et de ses chèvres.

47

La nef des pestiférés

Deux jours plus tard, je n'avais toujours pas trouvé le temps de parler au capitaine Leonard. Par deux fois, j'avais frappé à la porte de sa cabine. Par deux fois, un sbire m'avait refoulée en m'annonçant qu'il n'était pas là ou qu'il était trop occupé pour me recevoir.

M. Overholt faisait lui aussi son possible pour m'éviter, se retranchant dans sa cabine, porte verrouillée, avec un diffuseur de sauge séchée et d'hysope accroché autour du cou. Les premiers temps, les matelots assignés à mon service s'étaient montrés léthargiques et méfiants, mais à force de les harceler, de les menacer, de les asticoter du matin au soir et de taper du pied, je finis par les mettre en branle. Je me sentais plus chien de berger que médecin, grognant et montrant les dents à tout bout de champ. Toutefois, ma tactique commençait à faire effet. Je sentais un regain d'espoir naître parmi eux. Au moins, ils avaient l'impression de faire quelque chose au lieu d'attendre bêtement d'être emportés par la fatalité. Ce jour-là, nous avions eu quatre morts et dix nouveaux cas s'étaient déclarés. Les gémissements plaintifs des malades sur l'entrepont s'étaient atténués, mais le problème était loin d'être résolu : tant que je n'avais pas trouvé la source de la contagion, je ne pouvais espérer mettre un terme aux contaminations et interrompre ce jeu de massacre pendant qu'il y avait encore suffisamment de marins valides pour faire naviguer le *Porpoise*.

Après avoir passé l'équipage au crible, je découvris deux anciens bouilleurs de cru que la marine royale avait repêchés dans une prison de campagne, où ils étaient détenus pour avoir distillé clandestinement de l'alcool. Je les réquisitionnai d'office et leur fis construire un alambic de fortune dans lequel, sous les yeux horrifiés des matelots, la moitié des stocks de rhum du navire furent déversés afin d'être convertis en alcool pur pour la désinfection.

Mme Johansen, l'épouse du canonnier, se révéla une alliée inattendue. Elle baragouinait à peine l'anglais et je ne comprenais pas un traître mot de suédois, mais cette jeune femme intelligente d'une trentaine d'années comprit rapidement ce que j'attendais d'elle et s'exécuta sur-le-champ.

Si Elias était mon bras droit, Annekje Johansen devint vite mon bras gauche. Elle se chargeait personnellement de faire bouillir le lait de chèvre, dans lequel elle broyait patiemment les biscuits de ration, enlevant un à un les charançons, pour en faire une mixture pâteuse destinée aux hommes ayant encore un estomac capable de la digérer.

— M'dame, Ruthven vient de m'informer que quelqu'un a encore bu de l'alcool.

Elias venait de surgir près de moi, les traits tirés par la tension accumulée au cours des trois derniers jours.

Je lâchai un juron des plus grossiers qui le fit tressaillir.

— Désolée, m'excusai-je, je ne voulais pas offenser tes chastes oreilles.

— Oh, j'avais déjà entendu cette expression, m'assura-t-il, mais jamais dans la bouche d'une dame.

— Je ne suis pas une dame, Elias, lui rappelai-je, je suis un médecin. Envoie quelqu'un fouiller le navire. A l'heure qu'il est, notre voleur est probablement inconscient quelque part.

— Je vais aller voir dans la réserve des cordages, annonça-t-il. C'est là qu'ils se cachent quand ils sont soûls.

C'était le quatrième incident de ce type en trois jours. Malgré les gardes postés devant l'alambic et les bonbonnes déjà distillées, les hommes qui avaient vu leur ration de grog diminuer de moitié souffraient d'un manque tel qu'ils redoublaient d'ingéniosité pour mettre la main sur l'alcool pur.

— Que voulez-vous, ma pauvre dame ! déclara le commissaire de bord lorsque je lui exposai le problème. Les marins boiraient n'importe quoi ! De l'eau-de-vie de prune avariée, des pêches écrasées au fond d'un soulier et laissées à macérer... j'en ai même vu qui volaient les vieux bandages à l'infirmerie et les faisaient tremper, dans l'espoir de humer quelques vapeurs d'alcool. Ne vous faites pas d'illusions, madame, ce n'est pas parce que vous les préviendrez qu'ils risquent d'y laisser leur peau que cela les dissuadera.

Sur les quatre hommes qui avaient bu l'alcool, un était déjà mort, et deux autres gisaient à l'infirmerie dans un état comateux. S'ils survivaient, ils garderaient néanmoins de graves lésions cérébrales.

— Comme s'il ne suffisait pas que la moitié de l'équipage soit en train de mourir de la typhoïde, marmonnai-je, voilà que l'autre moitié tente de se suicider en buvant mon alcool !

Je fulminai quelques minutes, seule dans mon coin sur le pont. L'océan désert s'étendait à perte de vue. Quelque part, loin devant, se dressaient les Antilles, où le sort de Petit Ian allait bientôt se jouer. Derrière, tout aussi loin sans doute, se trouvaient l'*Artémis* et Jamie. Entre les deux, il y avait moi, plus six cents marins anglais imbibés d'alcool jusqu'au nombril ou en train d'agoniser, les intestins en flammes.

J'inspirai profondément puis me tournai d'un air résolu vers le pont avant. Peu m'importait si le capitaine Leonard était personnellement en train de pomper les cales, il allait me parler, que cela lui plaise ou non.

Il n'y avait personne dans la cabine quand j'entrai. Déçue, j'allais ressortir quand mon regard fut attiré par un épais carnet ouvert sur le secrétaire. Je m'approchai prudemment et constatai avec un petit pincement au cœur que c'était bien ce que je soupçonnais : le journal de bord du capitaine. Je retournai vers la porte et la fermai à clé. Si quelqu'un venait, j'en serais avertie à temps.

Je m'assis devant le secrétaire et me mis à feuilleter le cahier. Les rapports du capitaine Leonard étaient différents de ceux de ses prédécesseurs, et nettement plus brefs, ce qui n'avait rien d'étonnant compte tenu du nombre de tâches qu'il avait à accomplir. La plupart de ses observations étaient purement techniques, ne concernant que des détails de navigation, avec une brève mention du nom des marins morts depuis le dernier rapport. Je trouvai rapidement l'entrée relatant la rencontre avec l'*Artémis :*

*3 février 1767. Avons croisé l'*Artémis*, un sloop naviguant sous drapeau français. L'avons accosté et avons demandé l'assistance de son médecin, C. Malcolm, désormais à bord pour s'occuper de nos malades.*

« C. Malcolm » ? Il avait évité de préciser que j'étais une femme. Peut-être estimait-il que cela n'avait pas d'importance, à moins qu'il n'ait voulu éviter qu'on lui reproche sa manière d'agir. Je passai au jour suivant :

*4 février 1767. Ai été informé par le marin Harry Tompkins que le subrécargue du sloop l'*Artémis* est un certain James Fraser, également connu sous les noms de Jamie Roy ou d'Alexander Malcolm. Ce Fraser est un agitateur et un contrebandier notoire pour la capture duquel les Douanes de Sa Majesté offrent une récompense importante. Tompkins ne m'en ayant informé qu'après que* *nous eûmes pris congé de l'*Artémis, *je n'ai pas jugé bon de poursuivre le sloop, ayant reçu l'ordre de rejoindre la Jamaïque au plus tôt afin d'y débarquer notre passager. Toutefois, dans la mesure où j'ai promis de restituer le médecin de l'*Artémis, *C. Malcolm, à son capitaine, Fraser pourra être arrêté lors de cette prochaine rencontre.*

Deux nouveaux morts de la maladie, qui, d'après le médecin, serait la fièvre typhoïde. Jno. Japsers, gabier, M.S. ; Harty Kepple, commis de cuisine, M.S.

Il n'y avait rien de plus. Le rapport du jour suivant se limitait exclusivement à des détails de navigation et à l'enregistrement du nom de six nouveaux morts, tous suivis des initiales « M.S. ». Je me demandai ce qu'elles signifiaient mais ne pus poursuivre mes recherches plus avant.

Des pas approchaient dans la coursive et j'eus juste le temps de déverrouiller la porte avant que le commissaire de bord ne frappe. J'entendis à peine ce qu'il me disait, mon esprit étant trop occupé à tenter d'y voir clair dans cette nouvelle révélation.

Qui était ce maudit Tompkins ? Je n'avais jamais entendu parler de lui et, pourtant, il semblait en connaître long sur les activités de Jamie. Ce qui m'inspira aussitôt deux autres questions : comment un marin anglais était-il entré en possession de telles informations ? Qui d'autre que lui était au courant ?

— ... réduit encore les rations de grog... juste assez pour mettre de côté un autre fût de rhum... poursuivait M. Overholt. Les hommes ne vont guère apprécier, mais nous n'avons plus que deux semaines de voyage avant de toucher la côte jamaïquaine. Ils se feront une raison.

— Il le faudra bien, répondis-je brusquement. S'ils râlent encore, dites-leur que si je ne prends pas leur rhum, ils ne verront sans doute jamais la Jamaïque.

M. Overholt poussa un long soupir résigné et essuya son front perlé de sueur.

— Je leur dirai, madame, acquiesça-t-il en tournant les talons.

— Oh, monsieur Overholt ? le rappelai-je. Sauriez-vous ce que signifient les initiales « M. S. » ?

Une lueur amusée traversa son regard.

— Cela signifie « mort en service », madame. Le seul moyen pour nous de quitter une fois pour toutes la marine de Sa Majesté.

— Tompkins ? Ah oui, je vois qui c'est, déclara Elias. Il travaille sur le pont avant.

Il était heureusement trop épuisé pour s'étonner de mon intérêt soudain pour un homme que je ne connaissais ni d'Eve ni d'Adam.

— Tu ne saurais pas dans quel port il est monté à bord, par hasard ?

— Hmm... fit-il en fouillant sa mémoire. A Spithead, je crois. Ah non ! c'était à Edimbourg. Je m'en souviens maintenant. Il a fait tout un tintouin quand ils l'ont mobilisé d'office. Il se prétendait intouchable parce qu'il travaillait pour les Douanes et qu'il était sous la protection de sir Percival Turner. Mais comme il n'avait aucun papier sur lui pour le prouver, il n'y a rien eu à faire, il s'est fait embarquer quand même.

Un douanier ! Voilà qui expliquait pas mal de choses.

Ce fut Tompkins qui me trouva le premier. Pendant les deux jours qui suivirent, le chaos à l'infirmerie fut tel que je n'eus pas une seconde à moi. Le troisième jour, il y eut un semblant d'accalmie et je me retirai dans ma cabine pour faire un brin de toilette et une courte sieste avant la cloche du déjeuner.

J'étais allongée sur ma couchette, un linge humide sur les yeux, quand des éclats de voix retentirent dans la coursive. On frappa plusieurs coups hésitants à ma porte et j'entendis une voix que je ne reconnaissais pas :

— Madame Malcolm ? Vous êtes là ? Il y a eu un accident.

J'ouvris la porte et découvris deux marins qui en soutenaient un troisième, lequel se tenait sur une jambe en grimaçant, le visage livide.

Il ne me fallut qu'un quart de seconde pour le reconnaître, même si je ne l'avais jamais vu auparavant. Un côté de son visage portait les vestiges blafards d'une brûlure au troisième degré et les tissus morts de sa paupière droite laissaient entrevoir le blanc laiteux d'un œil aveugle. Si j'avais eu besoin d'une autre confirmation qu'il s'agissait bien là du marin borgne que Petit Ian croyait avoir tué, il m'aurait suffi d'un regard vers sa longue chevelure grasse, à travers laquelle pointaient deux grandes oreilles diaphanes.

— Monsieur Tompkins ? dis-je avec assurance.

Il ouvrit grand son œil unique tandis que je faisais signe à ses deux camarades d'entrer.

— Asseyez-le là, leur demandai-je en indiquant un tabouret.

Ils se retirèrent aussitôt pour retourner à leur poste. La main-d'œuvre était trop rare en ce moment sur le vaisseau pour traînasser. Le cœur battant, je m'agenouillai devant le blessé pour examiner sa jambe.

Lui aussi, il savait qui j'étais. Je l'avais lu sur son visage en ouvrant la porte. Il était aussi tendu que moi. La plaie était spectaculaire, mais pas dramatique. Une profonde entaille parcourait le mollet. Il avait beaucoup saigné, mais aucune artère profonde n'avait été sectionnée. Je me redressai et allai chercher un flacon d'alcool.

— Comment est-ce arrivé, monsieur Tompkins ?

— Un éclat de bois, m'dame, répondit-il, méfiant. Un espar sur lequel j'étais monté a cédé sous mon poids.

— Je vois.

Tout en le surveillant du coin de l'œil, je rabattis le couvercle du coffre de mon prédécesseur, faisant mine de chercher un remède tout en me demandant comment lui tirer les vers du nez. Il se tenait sur ses gardes. Il était vain d'espérer gagner sa confiance en lui racontant des histoires.

J'eus une soudaine inspiration. Après avoir mentalement présenté mes excuses à Hippocrate, je sortis du coffre la vieille scie du précédent médecin de bord. C'était un redoutable engin d'une cinquantaine de centimètres de long, à la lame toute rouillée. Je la retournai entre mes mains quelques instants, songeuse, puis pressai délicatement le bord dentelé de la scie contre la jambe blessée, juste au-dessus du genou. J'adressai alors un regard charmant à mon patient terrifié :

— Monsieur Tompkins, parlons franchement...

Une heure plus tard, le matelot Tompkins était couché dans son hamac, sa jambe recousue et bandée, un peu secoué certes, mais entier.

Comme il l'avait tonné à cor et à cri devant les officiers de la marine royale venus l'enrôler, Tompkins était effectivement un agent de sir Percival Turner. C'était en cette qualité qu'il arpentait nuit et jour les docks et les entrepôts de tous les ports marchands de l'estuaire de la Forth, de Culross à Donibristle, en passant par Restalrig et Musselburgh, glanant des informations et gardant son œil unique grand ouvert pour déceler tout soupçon d'activité illégale.

L'attitude des Ecossais vis-à-vis des lois fiscales anglaises étant ce qu'elle était, il avait de quoi se mettre sous la dent. Toutefois, ses délations avaient des effets divers. Les petits contrebandiers qu'il surprenait en flagrant délit avec une ou deux bouteilles de rhum ou de whisky sur eux étaient généralement arrêtés, jugés et condamnés de façon expéditive. Les peines encourues allaient de quelques années de prison à la déportation aux colonies. La marchandise confisquée devenait automatiquement propriété de la Couronne.

En revanche, le sort des gros poissons dépendait entièrement du bon vouloir de sir Percival. Autrement dit, ils étaient autorisés à payer en pots-de-vin conséquents le privilège de poursuivre leurs activités illégales sous l'œil complaisant des agents du roi.

Toutefois, sir Percival était ambitieux. Après avoir reçu le titre de lord, il briguait une pairie que sa fortune personnelle à elle seule ne pouvait lui assurer. Pour cela, il lui fallait démontrer sa compétence et son dévouement à la Couronne par quelques spectaculaires coups d'éclat.

Aussi, lorsqu'il avait appris qu'il pouvait peut-être mettre la main sur un grand ennemi public, le vieillard avait bien failli en avaler d'excitation son dentier.

— Mais la sédition, c'est autrement plus difficile à démanteler qu'un réseau de contrebandiers ! m'expliqua Tompkins. Quand on attrape un petit poisson, y a pas moyen de lui faire cracher le nom de ses camarades. C'est qu'ils sont coriaces, les idéalistes ! Ils balancent jamais les gros poissons, ces crétins !

— Mais alors, vous ne saviez pas vraiment qui vous cherchiez ? demandai-je.

— Au début non, on ne savait pas qui tirait les ficelles. Jusqu'à ce qu'un des agents de sir Percival rencontre l'un des associés de Fraser. C'est lui qui nous a donné le bon tuyau pour remonter jusqu'à l'imprimerie. Il nous a révélé aussi sa véritable identité. Alors, bien sûr, tout est devenu plus clair.

— Qui était cet associé ? demandai-je.

Je revis en pensée les visages et les noms des six contrebandiers. Ce n'étaient que des petits poissons, pas des idéalistes.

— Je ne sais pas. Non, j'vous le jure, madame. C'est vrai, c'est vrai ! Aïe !

— Tenez-vous tranquille. Je n'essaie pas de vous faire mal, mais simplement de vous recoudre le mollet.

— J'vous jure que je dis la vérité ! Tout ce que je sais, c'est que c'est un Anglais.

J'interrompis un instant mes travaux de couture.

— Un Anglais ?

— Oui, m'dame. C'est ce qu'a dit sir Percival.

J'achevai mon dernier point de suture puis lui tendis un verre d'eau-de-vie. Il l'accepta avec gratitude. Que ce soit par reconnaissance ou par simple soulagement d'en avoir fini, il me raconta sans rechigner le reste de l'histoire. Cherchant des preuves pour inculper Jamie de sédition, il s'était rendu à l'imprimerie de Carfax Close.

— Je sais déjà ce qui s'y est passé, lui annonçai-je avec un bref coup d'œil vers ses brûlures.

Du fait de ses blessures, Tompkins n'avait pas participé à l'embuscade de la crique d'Arbroath, mais il en avait entendu parler.

Sir Percival avait prévenu Jamie du piège qu'on voulait lui tendre, mais uniquement pour qu'il ne soupçonne pas son rôle dans l'affaire et qu'il évite de faire allusion à leurs petits arrangements financiers après son arrestation. De même, grâce au mystérieux Anglais, sir Percival avait appris les détails du système de livraison convenu entre Jared et Jamie, et avait ordonné aux douaniers de se cacher sur la grève d'Arbroath.

— Mais alors, qui a tué le douanier sur la route de l'abbaye ? demandai-je.

Tompkins s'essuya les lèvres du dos de la main, semblant hésiter à en dire plus. Je pris la bouteille d'eau-de-vie et l'approchai de sa tasse.

— Vous êtes bien aimable, m'dame. Vous, au moins, vous avez une âme charitable. Une vraie chrétienne, je suis prêt à le répéter à qui veut l'entendre !

— Trêve de civilités ! rétorquai-je Qui a tué cet homme ?

Il vida sa tasse puis, avec un soupir de satisfaction, se lécha les lèvres.

— Ce n'était pas les contrebandiers, m'dame. C'était son propre collègue. Il avait reçu des instructions.

Les instructions en question étaient d'attendre de voir si les contrebandiers parvenaient à échapper au piège tendu sur la plage puis, le cas échéant, d'étrangler le malheureux Oakie et de le pendre à une branche d'arbre.

— Mais pourquoi ? m'écriai-je. Quel était leur intérêt ?

— Mais vous ne comprenez donc pas ? s'étonna Tompkins comme si cela coulait de source. Nous n'avions rien pu saisir dans l'imprimerie qui prouve que Fraser soit un agitateur engagé dans des activités subversives. Maintenant que la boutique a brûlé, on peut tirer un trait dessus. En outre, Fraser n'a jamais été surpris en flagrant délit avec de la marchandise de contrebande. Un de nos agents croyait savoir où il cachait sa marchandise, mais il a disparu en novembre dernier et on n'a plus entendu parler de lui depuis. Fraser l'aura peut-être découvert et soudoyé pour qu'il disparaisse dans la nature.

— Je vois, dis-je mal à l'aise.

Ce devait être l'homme que M. Willoughby avait abattu chez Mme Jeanne. Qu'était devenu ce fût de crème de menthe ?

— Sir Percival était fou de rage, poursuivit Tompkins, devenu intarissable. Il avait sous son nez un homme qui était le plus gros contrebandier de l'estuaire, l'auteur d'une longue série de tracts et d'articles prêchant la désobéissance civile qui circulaient dans toute la région, appelant la population à la rébellion, *et* un ancien traître jacobite dont le nom dans un procès ferait sensation d'un bout du royaume à l'autre... mais il n'avait pas l'ombre d'une preuve !

Je commençais à y voir plus clair. Le meurtre d'un officier des Douanes en service commandé permettrait non seulement de faire condamner d'office les contrebandiers à la peine capitale, mais en plus c'était là un crime odieux et gratuit qui consternerait l'opinion publique. La sympathie naturelle dont jouissaient les contrebandiers auprès de la population ne pourrait plus les protéger.

— Votre sir Percival m'a tout l'air d'une crapule de premier ordre.

— Pour ça, m'dame, opina Tompkins, c'est pas moi qui vais vous contredire.

48

Un instant de grâce

Au fil des jours, une sorte de routine s'installa, comme toujours, même dans les circonstances les plus tragiques, à condition qu'elles durent assez longtemps. Les heures qui suivent une bataille sont toujours frénétiques et chaotiques, la vie des blessés dépendant parfois d'une seconde d'attention. Dans ce cas-là, un médecin peut se sentir héroïque, sachant avec certitude qu'en stoppant une hémorragie il vient de sauver une vie, qu'en réagissant rapidement il permettra à un soldat de garder sa jambe ou son bras. Mais dans le cas d'une épidémie, la situation est différente.

Ce ne sont que de longues journées passées à veiller sur les malades, comme autant de corps-à-corps avec une armée de microbes, un combat pour lequel il n'existe aucune arme vraiment adaptée. C'est une guerre contre le temps, où l'on répète sans cesse une succession de petits gestes qui ne serviront peut-être à rien, mais qui n'en sont pas moins indispensables, luttant contre un ennemi invisible dans l'espoir ténu que le corps résistera suffisamment longtemps pour survivre à son agresseur.

Lutter contre la maladie sans médicaments revient à se battre contre une ombre, contre l'obscurité qui s'étend inexorablement sur tout à la tombée de la nuit. Je luttais depuis neuf jours, et quarante-six autres hommes étaient morts.

Pourtant, je continuais de me lever chaque matin à l'aube. J'aspergeais d'eau mes paupières enflées, puis je reprenais le combat, armée de ma seule détermination et d'un tonneau d'alcool.

Je remportais bien quelques victoires de temps à autre, mais même celles-ci me laissaient un goût amer dans la bouche. Je découvris enfin la source de l'infection : un des garçons de service nommé Howard. Il avait d'abord été recruté comme artilleur avant d'être transféré aux réfectoires six semaines plus tôt, à la suite d'un accident avec l'affût d'un canon qui lui avait broyé plusieurs doigts. Howard était employé dans la cantine des canonniers. Or les quatre premiers cas de maladie enregistrés par feu mon prédécesseur étaient des officiers qui y prenaient leurs repas. Puis la maladie s'était répandue à mesure que les hommes infectés mais encore valides contaminaient sans le savoir les latrines, où tôt ou tard passaient forcément tous les autres membres d'équipage.

Howard confirma mes soupçons en avouant qu'il avait déjà vu des cas d'une maladie semblable sur d'autres navires où il avait servi. Toutefois, le cuisinier, qui, comme tout le monde, était débordé, avait refusé de se séparer de son matelot à cause d'une « lubie de bonne femme ».

Elias n'était pas parvenu à le convaincre et j'avais dû faire intervenir le capitaine en personne. Celui-ci, se méprenant sur la nature de mon appel à l'aide, était arrivé avec plusieurs fusiliers. Il y avait eu une scène très déplaisante dans les cuisines tandis que le malheureux Howard était traîné de force dans la prison de bord, le seul lieu sûr de quarantaine, protestant de son innocence à cor et à cri et ne sachant pas au juste ce qu'on lui reprochait.

Lorsque je remontai des cuisines, le soleil se couchait derrière la ligne d'horizon en projetant des feux qui tapissaient l'océan d'or pur. Je m'arrêtai un instant sur le pont, fascinée.

Ce n'était pas la première fois, mais je me laissais toujours surprendre. Au beau milieu d'une période de crise et de tension, pataugeant jusqu'aux coudes dans la douleur et la misère humaine, lot inévitable de tout médecin, il m'arrivait parfois de lancer un regard par une fenêtre, d'ouvrir une porte, de lever les yeux vers un visage inconnu et de le voir là, inattendu et immédiatement reconnaissable : ce moment de paix absolue.

La lumière descendit du ciel pour envelopper le navire et, soudain, la ligne d'horizon cessa de n'être qu'une menace blême de néant pour devenir l'expression même de la joie. L'espace d'un instant, je me trouvai dans le ventre même du soleil, réchauffée et purifiée. L'odeur et la vue de la mort disparurent et l'amertume quitta mon cœur.

Je n'appelais jamais cet instant et ne lui donnais pas de nom. Pourtant, je savais toujours qu'il reviendrait. Je restais immobile pendant le court instant qu'il durait, trouvant à la fois étrange et normal que la grâce me débusque, même jusqu'ici.

Puis la lumière changea et ce fut fini. Le moment était passé, me laissant comme toujours vibrante du souvenir de sa présence. Par réflexe, je me signai brièvement et me remis au travail, ma vieille armure cabossée légèrement redorée.

Elias Pound mourut de la typhoïde quatre jours plus tard. C'était une infection virulente. Il entra dans l'infirmerie un soir, les yeux brillants de fièvre et fuyant la lumière. Six heures plus tard, il délirait. A l'aube, il pressa la joue contre mon sein, murmura « maman » et s'éteignit dans mes bras.

Je fis ce que j'avais à faire durant la journée puis, à la tombée du soir, je me tins sur le pont au côté du capitaine Leonard tandis qu'il lisait l'oraison funèbre. Après quoi, le corps du matelot Pound, M.S., fut rendu à la mer, enveloppé dans son hamac.

Je déclinai l'invitation à dîner du capitaine, préférant aller m'asseoir dans un coin isolé du pont arrière, près de l'un des gros canons, d'où je pouvais contempler la mer à l'abri des regards. Le soleil se coucha dans une explosion d'or et de feu, cédant la place à une nuit étoilée, mais il n'y eut pas d'instant de grâce.

A mesure que les ténèbres engloutissaient le navire, l'activité frénétique de la journée diminuait. Je reposai ma tête contre le canon, sentant le métal poli me rafraîchir la joue. Un marin passa près de moi, marchant d'un pas leste, puis je fus enfin seule.

Ma tête me faisait mal, mon dos était raide et mes pieds enflés, mais tout ceci n'était rien à côté de la douleur qui étreignait mon cœur.

Tous les médecins détestent perdre un patient. La mort est l'ennemi, et lorsqu'un être sur lequel on veillait vous est arraché par les serres de l'ange noir, c'est comme une défaite sur soi-même. On est pris d'un sentiment de rage et d'impuissance qui va au-delà de la perte d'un être cher et de l'horreur de la fatalité. J'avais perdu vingt-trois hommes depuis l'aube. Elias n'avait été que le premier d'entre eux.

Plusieurs étaient morts pendant que j'épongeais leur corps ou que je leur tenais la main. D'autres étaient morts seuls dans leur hamac, sans même le réconfort d'une dernière caresse, d'un dernier regard de tendresse, parce que je n'en avais pas eu le temps. Je croyais m'être résignée à la dure réalité de cette époque, mais de voir un jeune marin se tordre de douleur entre mes bras tout en sachant qu'une simple injection de pénicilline aurait pu le sauver rongeait mon âme.

Ma boîte de seringues et d'ampoules se trouvait sur l'*Artémis*, dans la poche de ma jupe de rechange. Même si je l'avais eue avec moi, cela n'aurait pas changé grand-chose. Peut-être aurais-je pu sauver une ou deux vies, et encore...

Je ne pouvais chasser de mon esprit ces visages déformés par l'angoisse ou figés par la mort, tous tournés vers moi, les yeux grands ouverts. Vers moi. Je levai ma main et l'abattis de toutes mes forces contre le bastingage, encore et encore, insensible à la douleur, prise d'une rage furieuse, cherchant à étouffer mon chagrin par la violence.

— Arrêtez !

Une voix venait de s'élever derrière moi. Une main se referma autour de mon poignet, m'empêchant de me meurtrir davantage.

Je me retournai avec hargne pour découvrir un homme que je n'avais encore jamais aperçu sur le bateau. Ce n'était pas un marin. Ses vêtements étaient froissés et défraîchis mais ils étaient coupés dans des étoffes précieuses. Son manteau gris perle et son gilet avaient été taillés pour flatter sa silhouette svelte, et son jabot était constitué d'une cascade fanée de dentelles de Flandres.

— Qui êtes-vous ? demandai-je, stupéfaite.

J'essuyai brièvement mes joues baignées de larmes et lissai mes cheveux en arrière. J'espérais que la pénombre cachait mon visage bouffi.

Il me tendit un mouchoir avec un petit sourire navré.

— Je m'appelle Grey, dit-il. Vous devez être la fameuse Mme Malcolm dont le capitaine Leonard ne cesse de me vanter l'héroïsme ?

Mes traits se tendirent et son expression se fit inquiète.

— Excusez-moi, dit-il précipitamment. J'ai dit quelque chose qu'il ne fallait pas ? Je suis confus, je n'avais nullement l'intention de vous offenser.

— Il n'y a rien d'héroïque à regarder des hommes mourir, rétorquai-je sèchement. Je ne fais que mon devoir, rien d'autre.

Il hésita, décontenancé par ma brusquerie.

— Puis-je faire quelque chose pour vous, madame ? Un peu d'eau ? Une goutte de whisky, peut-être ?

Il fouilla dans son manteau puis me tendit une flasque en argent sur laquelle un blason était gravé. Je la saisis et avalai une longue gorgée qui me fit tousser. Le whisky me brûlait la gorge mais j'en bus une autre rasade, plus lentement cette fois. L'alcool, à la fois apaisant et revigorant, me fit du bien.

— Merci, dis-je d'une voix un peu rauque en lui rendant sa flasque. J'avais oublié à quel point le whisky était bon. Ces temps-ci, l'alcool me sert à tout sauf à étancher ma soif.

— Je suppose que l'épidémie poursuit ses ravages ? demanda-t-il doucement.

— Il y a un léger progrès. Il n'y a eu qu'un seul nouveau cas déclaré aujourd'hui. Hier, ils étaient quatre. Et avant-hier, six.

— Cela paraît encourageant. Vous êtes en train de vaincre la maladie.

— Non, tout ce que je fais, c'est de limiter les nouveaux cas d'infection. Je suis incapable de faire quoi que ce soit pour ceux qui sont déjà contaminés.

— Je vois.

Il se pencha vers moi et me prit la main. Décontenancée, je le laissai faire. Il passa doucement le pouce sur ma paume couverte de cloques, ébouillantée par le lait et l'eau, puis caressa mes articulations boursouflées et crevassées par leur immersion constante dans l'alcool.

— Vous paraissez avoir été très active, madame, pour quelqu'un qui ne fait rien.

— Je n'ai pas dit ça ! grognai-je en retirant la main. J'ai dit que je ne pouvais rien.

— Je suis sûr que...

— Puisque je vous le dis ! m'énervai-je.

Je donnai un grand coup de poing dans le tube du canon, provoquant un faible bruit étouffé, symbole parfait de la futilité de mes efforts.

— Vous savez combien d'hommes j'ai perdus aujourd'hui ? lui demandai-je. Vingt-trois ! Je suis sur pied depuis l'aube, plongée jusqu'au cou dans la crasse et le vomi, sans une seule seconde de répit et tout ça pour rien ! Vous m'entendez ? Pour rien !

Je ne voyais pas son visage caché dans l'ombre, mais il se tenait droit, les épaules raides, regardant vers le large.

— Je vous entends, répondit-il calmement. J'ai honte de moi, madame. Je suis resté dans ma cabine depuis le début de l'épidémie, sur ordre du capitaine. Je n'avais pas idée que les choses en étaient arrivées là. Je vous assure qu'autrement je serais venu vous aider.

— Pourquoi ? Ce n'est pas votre métier.

— C'est le vôtre, peut-être ?

Il se pencha vers moi, écarquillant des yeux surpris, et je vis qu'il était beau. Il devait approcher de la quarantaine, avec des traits fins, un visage doux et intelligent.

— Oui, répondis-je.

Il étudia mon visage un long moment, puis son expression redevint songeuse.

— Je vois.

— Non, vous ne voyez pas, mais cela n'a pas d'importance. Si le capitaine pense que vous devez rester dans votre cabine, il a sans doute raison. Il y a suffisamment d'hommes pour aider à l'infirmerie, c'est juste que... cela ne change rien.

Il s'approcha du bastingage et contempla l'étendue infinie d'eau noire, parsemée ici et là du reflet des étoiles.

— Je vois, répéta-t-il. Je pensais que votre désarroi était dû à la compassion naturelle d'une femme pour ceux qui souffrent, mais je me rends compte à présent qu'il n'en est rien. J'ai été soldat autrefois, officier. Je sais ce que cela signifie de tenir la vie d'un groupe d'hommes entre ses mains, et de les perdre un à un.

Il se tut un instant, puis soupira avant de reprendre :

— Cela nous apprend que nous ne sommes pas Dieu... même si nous regrettons amèrement jusqu'à la fin de nos jours de ne pas l'avoir été, ne serait-ce qu'un instant.

Nous restâmes un moment silencieux. Une brise fraîche soulevait mes cheveux, caressant ma nuque. Je fermai les yeux, sentant la tension se relâcher quelque peu dans mon corps. Il se tourna à nouveau vers moi, hésita un instant, puis me prit la main et y déposa un bref baiser, très simplement, sans la moindre affectation.

— Bonne nuit, madame Malcolm.

Sur ces mots, il s'éloigna, ses semelles claquant avec bruit sur le pont.

Il n'était qu'à une vingtaine de mètres de moi quand un marin qui passait par là l'aperçut et poussa un cri.

— Excellence ! Vous ne devriez pas être sur le pont ! L'air de la nuit pourrait vous être fatal. Le capitaine sera furieux s'il apprend que vous vous promenez comme ça ! Mais à quoi pense donc votre valet ? Comment a-t-il pu vous laisser sortir ?

— Je sais, je sais, mon brave Jones. Je n'aurais pas dû monter sur le pont. Mais j'étouffais dans ma cabine, j'avais besoin de prendre l'air.

— Mieux vaut étouffer dans sa cabine que crever de cette maudite peste, Votre Excellence... si je peux me permettre.

L'inconnu marmonna encore autre chose que je n'entendis pas puis disparut par une des écoutilles.

Quand Jones passa à ma hauteur, je le retins par la manche, le faisant sursauter :

— Ah, c'est vous, madame Malcolm ! haleta-t-il en reprenant son souffle. Bon sang, je vous ai prise pour un fantôme, sauf votre respect, madame.

— Je vous en prie, répondis-je aimablement. Je voulais simplement vous demander... qui est cet homme à qui vous parliez à l'instant ?

— Oh, lui ? Mais c'est lord John Grey, madame, le nouveau gouverneur de la Jamaïque.

Il fronça les sourcils en direction de l'écoutille par où l'inconnu avait disparu.

— Il n'est pas censé sortir de sa cabine. Le capitaine a donné des ordres formels à ce sujet. C'est qu'il faudrait pas qu'il nous claque entre les mains. Vous vous rendez compte si, après tout ce voyage, on arrivait enfin à bon port avec un gouverneur mort ? On aurait l'air fins !

49

Terre !

C'est vrai, ce que disent les marins. On sent la terre bien avant de la voir.

Malgré le long voyage, l'enclos des chèvres était encore un des endroits les plus agréables du bateau. Il n'y avait plus de paille fraîche et les petits sabots cliquetaient du soir au matin sur le plancher nu, mais le crottin était enlevé quotidiennement, soigneusement entassé dans des paniers pour être balancé par-dessus bord, et Annekje Johansen plaçait tous les matins des brassées de foin frais dans les mangeoires. Cela sentait fortement la chèvre, mais c'était une odeur animale saine et plaisante comparée à la puanteur des quartiers des marins.

— *Komma, komma, komma, dyr get*, susurra la Suédoise.

Elle tentait d'attirer un chevreau avec une poignée de foin. L'animal avança des lèvres prudentes, et fut promptement attrapé par le cou, pour se retrouver coincé sous le bras maigrelet d'Annekje.

— Il a des tiques, n'est-ce pas ? dis-je en venant l'aider.

Annekje leva des yeux surpris, puis m'adressa un large sourire.

— *Guten Morgen,* madame Claire. *Ja*, tique !

Elle retourna l'oreille tombante du chevreau et me montra la masse violacée d'une tique gorgée de sang. Elle serra fermement l'animal contre elle puis, d'un petit geste circulaire des doigts, arracha l'insecte. Le chevreau se débattit et émit un bêlement terrifié.

— Attendez ! dis-je avant qu'elle ne le libère.

Je décrochai la bouteille d'alcool que je portais en bandoulière et en versai quelques gouttes sur l'oreille ensanglantée. Les pupilles de la petite chèvre se dilatèrent de surprise et elle sortit une langue haletante.

— Voilà ! dis-je, satisfaite.

Annekje esquissa un hochement de tête approbateur et lâcha

l'animal qui se précipita vers le troupeau, cherchant désespérément la présence rassurante de sa mère. Annekje examina le plancher autour de nos pieds, cherchant où elle avait laissé tomber la tique, puis, l'apercevant qui agitait désespérément ses petites pattes au-dessus de son corps enflé, elle l'acheva d'un coup de sabot.

— Nous allons bientôt toucher terre, n'est-ce pas ? lui demandai-je.

Elle acquiesça vigoureusement avec un sourire ravi, avant de pointer un doigt vers le caillebotis au-dessus de nos têtes. Les rayons de soleil qui filtraient par les ajours projetaient des taches de lumière rondes tout autour de nous.

— *Ja*. Sentir ? dit-elle en reniflant bruyamment. Terre, *ja* ! Eau, herbe. C'est *goot, goot* !

— Il faut que j'aille à terre, lui dis-je. Discrètement. En secret. Sans le dire à personne.

Elle écarquilla les yeux et me dévisagea d'un air intrigué.

— Ah ? Pas dire à capitaine ?

— Non, à personne, insistai-je. Vous pouvez m'aider ?

Elle se tut un long moment, réfléchissant. C'était une femme forte et calme, qui me faisait penser à ses chèvres. Elle s'était adaptée tranquillement à la vie étrange du navire, sans jamais se départir de son air joyeux, sachant apprécier les plaisirs simples que son existence errante lui offrait.

Avec cette même faculté d'adaptation, elle hocha doucement la tête.

— *Ja*, moi aider.

Il était midi passé quand nous jetâmes l'ancre devant ce que l'un des marins me dit être l'île Watling.

Je l'observai depuis le bastingage avec un grand intérêt. Cette île plate, bordée de plages de sable blanc et de cocotiers, s'était autrefois appelée San Salvador. Rebaptisée en l'honneur d'un célèbre boucanier du siècle passé, cette petite étendue de terre aurait été la première île que Christophe Colomb avait aperçue en arrivant au Nouveau Monde.

J'avais le net avantage sur lui de savoir plus ou moins où nous nous trouvions, mais je ressentis néanmoins un vague écho de la joie et du soulagement qui avaient dû envahir les marins des trois frêles caravelles lorsqu'ils avaient distingué de loin les premiers cocotiers.

Le tout était maintenant de poser rapidement le pied sur le plancher des vaches. Watling ne devait être qu'une brève escale, juste le temps de nous réapprovisionner en eau potable avant de poursuivre notre route vers les îles du Vent et la Jamaïque.

Watling était une petite île, mais j'avais entendu dire que son port principal à Cockburn Town était très fréquenté. Ce n'était peut-être pas le lieu idéal pour une évasion mais je n'avais guère le choix. Je ne tenais pas à jouir de l'« hospitalité » de la marine royale à la Jamaïque, et servir ainsi d'appât pour qu'ils puissent prendre Jamie au piège.

Hormis les hommes chargés de la corvée d'eau, personne n'était autorisé à descendre à terre. Un fusilier faisait le planton devant la passerelle, bloquant son accès. Tous les marins s'étaient rassemblés sur le pont, observant, les yeux pleins d'espoir, leurs camarades entassant les tonneaux sur le sable de la crique du Pigeon, au pied de laquelle nous étions ancrés. Un peu à l'écart sur le pont arrière, j'aperçus une chevelure blonde qui flottait au vent. Le gouverneur avait lui aussi momentanément quitté sa tanière pour se repaître du spectacle et du soleil tropical.

J'aurais aimé lui parler, mais il était trop tard. Annekje était déjà descendue chercher sa chèvre. Je m'essuyai les mains sur ma jupe, refaisant rapidement mes calculs. La ligne de cocotiers en lisière du dense sous-bois n'était pas à plus de deux cents mètres. Si je parvenais à descendre la passerelle et à rejoindre le banc de sable à une dizaine de mètres, je pourrais me fondre dans la jungle en un clin d'œil. Pressé d'arriver à la Jamaïque, le capitaine Leonard n'allait pas perdre son temps à me poursuivre. Et quand bien même il me rattraperait, il ne pourrait rien me faire. Après tout, je n'étais ni un matelot mobilisé par la Royal Navy ni un prisonnier, du moins officiellement.

Le soleil illumina la chevelure blond doré d'Annekje tandis qu'elle grimpait à nouveau sur le pont supérieur, en serrant une jeune chèvre contre son sein généreux. Elle me lança un bref regard pour vérifier que j'étais prête, puis se dirigea droit vers la passerelle.

Elle s'adressa au fusilier dans un étrange mélange de suédois et d'anglais, pointant un doigt vers le rivage, puis vers sa chèvre, affirmant que celle-ci devait coûte que coûte manger de l'herbe fraîche. Le jeune soldat parut comprendre sa requête mais ne céda pas.

— Non, madame, répondit-il sur un ton respectueux. Personne ne descend à terre. Ordre du capitaine.

Légèrement en retrait, j'observais ma complice tandis qu'elle agitait sa chèvre sous le nez du fusilier, le faisant reculer d'un pas en arrière, puis d'un pas sur le côté, le manœuvrant avec adresse pour l'éloigner de quelques mètres de la passerelle afin que je puisse me faufiler discrètement derrière lui. Le moment venu, elle lâcherait accidentellement sa chèvre sur le pont, semant une confusion qui me laisserait une ou deux minutes pour m'éclipser.

Je me balançais nerveusement d'une jambe sur l'autre. J'étais pieds nus, pour courir plus facilement dans le sable. La sentinelle avança encore d'un pas, me tournant le dos. « Encore un pas, suppliai-je en moi-même, encore un pas et c'est bon ! »

— Belle journée, n'est-ce pas, madame Malcolm ?

Je m'en mordis la langue.

— Superbe, capitaine, articulai-je avec peine.

Le capitaine Leonard s'avança vers moi et s'accouda au bastingage, le visage rayonnant. Je résistai à la tentation de le pousser par-dessus bord et m'efforçai de sourire avec naturel.

— Cette escale est votre victoire autant que la mienne, madame Malcolm. Sans vous, nous n'aurions sans doute pas pu mener le *Porpoise* à bon port.

Il me serra timidement la main et je souris de nouveau, un peu moins tendue cette fois.

— Je suis sûre que vous vous seriez débrouillé, capitaine. Vous êtes un excellent marin.

Il rougit et se mit à rire. Il s'était rasé pour l'occasion et ses joues lisses et roses lui donnaient un air scandaleusement jeune.

— J'ai bénéficié d'un excellent équipage, madame, et c'est grâce à vous qu'il a pu me servir aussi bien jusqu'au bout. Je suis sincère. Je compte bien en informer le gouverneur ainsi que sir Greville, vous savez, le procureur du roi à Antigua. Je vais lui écrire une lettre lui racontant tout le bien que je pense de vous et ce que vous avez fait pour les hommes de la marine royale. Peut-être que... peut-être que ça aidera.

Il baissa les yeux.

— Aidera quoi, capitaine ?

Le capitaine Leonard se mordit la lèvre, gêné.

— Je ne comptais rien vous dire, madame, mais... je me sens obligé. Je connais votre vrai nom, madame Fraser, et je sais qui est votre mari.

— Vraiment ? Et qui est-il au juste ?

Je fis de mon mieux pour cacher mon émotion.

— Mais, madame, c'est un criminel ! dit-il d'un air surpris. Comment... vous ne le saviez pas ?

— Si, bien sûr, rétorquai-je sèchement. Mais pourquoi me le dites-vous maintenant ?

— Lorsque j'ai appris l'identité de votre mari, je l'ai inscrite dans le journal de bord. A présent, je le regrette, mais il est trop tard. L'information est officielle. Une fois à la Jamaïque, il me faudra rapporter son nom et sa destination aux autorités, ainsi qu'au commandant de la base navale d'Antigua. Il sera arrêté dès que l'*Artémis* accostera. Et ensuite...

— ... Il sera pendu, achevai-je pour lui.

Il hocha lentement la tête.

— J'en suis navré, dit-il doucement. Je ne sais pas quoi vous dire d'autre, si ce n'est que je suis sincèrement désolé.

Il se redressa, l'air sombre. La joie de toucher enfin au terme de son calvaire s'était soudainement dissipée. Il tourna brusquement les talons et s'éloigna, pour se heurter quelques mètres plus loin à Annekje avec sa chèvre, toujours plongée dans une discussion animée avec la sentinelle.

— Qu'est-ce qui se passe ? tonna-t-il. Enlevez cet animal du pont immédiatement ! Monsieur Holford, qu'est-ce que ça signifie ?

Le regard d'Annekje glissa du visage de Leonard au mien, devinant aussitôt ce qui s'était passé. Elle essuya humblement les réprimandes du capitaine, tête baissée, puis se dirigea vers l'écoutille, serrant sa chèvre contre elle. En arrivant à mon niveau, elle me lança un clin d'œil. Nous ferions mieux la prochaine fois. Mais quand ?

Rongé par le remords et contrarié par des vents capricieux, le capitaine Leonard m'évitait soigneusement, prenant refuge dans le quart des officiers tandis que nous passions Samana Cay et l'île Acklin. Il avait de quoi faire car, en dépit du beau fixe, le temps était changeant, les brises légères alternant avec de violents alizés, de sorte qu'il fallait constamment ajuster les gréements.

Quatre jours plus tard, tandis que nous négociions l'entrée dans la passe de Caicos, une bourrasque surgie de nulle part prit le *Porpoise* en traître au moment où personne ne s'y attendait. Je me trouvais sur le pont et le souffle puissant du vent m'envoya valdinguer contre Ramsdell Hodges, l'un des hommes du poste d'équipage. Nous tournoyâmes dans un enchevêtrement de cordages tandis qu'un « craaac » sinistre retentissait au-dessus de nos têtes.

— Qu'est-ce que c'était ? demandai-je à Hodges, qui m'aidait à me relever.

Autour de nous, les hommes couraient dans tous les sens. Des ordres énervés fusaient de partout.

— Et merde ! répliqua-t-il en levant le nez vers le ciel. Pardon, madame, mais c'est le mât de misaine qui s'est cassé. Il nous manquait plus que ça !

Le *Porpoise* bifurqua prudemment vers le sud, ne pouvant se hasarder entre les bancs de sable de la passe sans son mât de misaine. Le capitaine Leonard fit jeter l'ancre dans le mouillage le plus proche, à savoir Bottle Creek, sur l'île de Caïque nord.

Cette fois, nous fûmes autorisés à mettre le pied à terre, mais cela me faisait une belle jambe ! Petit et sec, l'archipel des îles Turques et des îles Caïques n'offrait que de petites baies où venaient s'abriter les navires de passage en cas de tempête.

L'idée de me cacher sur un minuscule îlot sans nourriture ni eau en attendant qu'un ouragan veuille bien pousser un vaisseau vers moi ne me paraissait guère alléchante.

Toutefois, ce brusque changement de plan sembla inspirer Annekje.

— Moi connaître îles, m'annonça-t-elle solennellement. Nous maintenant faire tour Grande Turque et passer dans Mouchoir, mais pas Caïques.

Je lui lançai un regard interdit et elle s'accroupit, enfonçant ses doigts dans le sable jaune. Elle traça deux lignes parallèles, puis en haut un petit triangle représentant une voile. Le *Porpoise.*

— Ici, passage Caïques, expliqua-t-elle. Si O.K., nous passer là. Mais nous pas O.K. Misaine cassée.

A la droite de la passe, elle dessina de petits cercles que je supposai être des îles.

— Maintenant, nous aller au nord île Caïque nord, au sud de Caïque sud puis île Turque principale, dit-elle en pointant un doigt vers chacun des cercles. Nous pas couper... danger. Récifs. Nous couper par Mouchoir.

Elle traça deux nouvelles lignes parallèles, indiquant une autre passe au sud-est des îles Turques.

— La passe du Mouchoir ? demandai-je.

J'en avais déjà entendu parler, mais je ne voyais toujours pas le rapport avec mon évasion.

Annekje hocha vigoureusement la tête, puis traça un trait épais légèrement au sud de ses précédents dessins. Elle indiqua fièrement :

— Ici, Hispaniola. Saint-Domingue. Grosse grosse île. Beaucoup les villes, beaucoup les bateaux.

J'arquai un sourcil perplexe. Elle soupira, constatant que je ne comprenais toujours pas. Elle réfléchit un moment, puis se leva et épousseta ses lourdes jupes. Nous avions pêché des buccins dans les rochers et les avions stockés dans une casserole peu profonde. Elle alla chercher cette dernière et la remplit d'eau de mer. Elle la posa devant moi sur le sable puis agita doucement l'eau en faisant des ronds avec son index. Ensuite, elle retira son doigt et l'eau continua de tourner, éclaboussant les rebords en étain.

Annekje arracha des dents un fil à l'ourlet de sa jupe et le recracha dans la casserole. Il se mit à flotter, tournoyant en cercles paresseux dans le courant qu'elle avait créé.

— Vous, indiqua-t-elle en le désignant du doigt. Eau porter vous.

Revenant à ses dessins dans le sable, elle rajouta un petit triangle dans la passe du Mouchoir, puis traça la route qu'allait emprunter le *Porpoise* le long de la passe. Elle repêcha le fil bleu qui me représentait et le fit traîner entre le chemin du navire et la côte d'Hispaniola.

— Vous plonger, dit-elle simplement.

— Vous êtes folle ! m'exclamai-je, horrifiée.

Elle éclata d'un rire satisfait en constatant que j'avais enfin saisi.

— *Ja*, confirma-t-elle. Pas peur. Eau porter vous.

Elle me montra à nouveau l'extrémité sud de la passe du Mouchoir, la côte d'Hispaniola, puis agita l'eau dans la casserole. Nous nous tînmes un moment en silence, regardant mourir les vaguelettes agitées par son courant artificiel.

Annekje me lança un petit regard inquiet.

— Vous pas noyer, *ja* ?

Je pris une profonde inspiration et soufflai sur les mèches qui me retombaient dans les yeux.

— *Ja*, répondis-je, je ferai de mon mieux.

50

Le défroqué

La mer était chaude mais, après trois ou quatre heures d'immersion, je ne sentais plus mes pieds, et mes doigts agrippés aux cordages semblaient ne plus pouvoir se décoller, devenant partie intégrante de mon radeau de fortune, constitué de deux tonneaux vides.

Annekje avait vu juste. La longue silhouette brune que j'avais vue depuis le pont du *Porpoise* se rapprochait lentement, mais sûrement. Je commençais à distinguer ses montagnes basses et pourpres se détachant sur le ciel d'argent. Hispaniola, l'île d'Haïti.

Il n'y avait rien pour m'indiquer l'heure, mais, après deux mois à bord d'un navire, au rythme des sons de cloche et des changements de quart, j'avais appris à évaluer plus ou moins bien le passage du temps pendant la nuit. Il était environ minuit lorsque j'avais sauté du *Porpoise*. Il devait être près de quatre heures du matin à présent. Il me restait encore un bon mile à parcourir avant d'atteindre la rive. Les courants marins étaient puissants, mais ils prenaient leur temps.

Epuisée, j'enroulai la corde autour de mon poignet pour éviter de glisser hors de mon harnais, et appuyai mon front contre le tonneau. Je m'endormis doucement, bercée par les vagues et une légère odeur de rhum.

Une masse solide sous mon pied me réveilla à l'aube. La mer et le ciel baignaient dans une lueur pâle et irisée. Je me serais crue à l'intérieur d'un coquillage si je n'avais pas eu les orteils solidement plantés dans le sable. Le reflux des vagues entraînait les tonneaux enlisés et je me débarrassai maladroitement de mon enchevêtrement de cordes. Avec un soulagement considérable, je franchis d'un pas lourd les quelques mètres qui me séparaient de la plage. Je m'effondrai enfin sur le sable sec et regardai la mer derrière moi. Le *Porpoise* n'était plus là. J'avais réussi.

A présent, il ne me restait plus qu'à m'enfoncer à l'intérieur des terres, trouver de l'eau, puis un moyen de transport rapide vers la Jamaïque afin d'y rejoindre l'*Artémis* et Jamie, de préférence avant la Royal Navy.

Rien de plus simple.

Ne connaissant les Caraïbes qu'au travers des cartes postales d'amis et des brochures touristiques, je m'étais imaginé des étendues infinies de sable blanc et des lagons d'eau turquoise. A vrai dire, après une journée de marche, je n'avais encore vu qu'une végétation laide et dense, poussant dans une vase brune extrêmement poisseuse.

Je n'avais pas d'autre solution que de patauger dans la boue jusqu'aux genoux, enjambant tant bien que mal les racines gigantesques des palétuviers, glissant tous les trois mètres quand je ne me prenais pas les cheveux dans les longues branches souples qui pendaient comme des toiles d'araignée géantes.

— Ce n'est pas possible ! maugréai-je en moi-même. Cette île ne peut pas être entièrement recouverte de mangroves. Il doit bien y avoir une surface solide quelque part ! Et de l'eau douce !

Je tentai de m'orienter par rapport à la montagne, la seule chose que j'apercevais au-dessus des palétuviers. Les rares habitants de l'île que j'avais croisés jusque-là étaient des bancs de petits crabes rouges qui fuyaient à mon approche et de gros oiseaux noirs qui me regardaient passer sous leur branche d'un œil indifférent.

Pour tout arranger, la pluie s'en mêla. Je sentis d'abord une grosse goutte s'écraser sur ma main, puis quelques secondes plus tard, dans un vacarme qui recouvrit aussitôt tous les autres bruits de la forêt, des trombes d'eau se déversèrent sur moi. Tout d'abord, je crus à une manne envoyée du ciel et renversai la tête en arrière pour tenter de boire. Frustrée, je dénouai le fichu que je portais autour des épaules, le laissai se gorger d'eau puis l'essorai plusieurs fois de suite pour ôter les vestiges de sel. Je le laissai s'imbiber une nouvelle fois, puis le tordis au-dessus de ma bouche. L'eau avait un goût de transpiration et d'iode, mais elle était divinement bonne. Toutefois, cette béatitude ne dura pas. L'orage continuait de plus belle. Des éclairs déchiraient le ciel, suivis de roulements de tonnerre. Le niveau de l'eau autour de moi, augmenté par la pluie diluvienne et la marée, montait dangereusement, si bien qu'une demi-heure après la première goutte j'en avais déjà jusqu'à la taille. Je commençai à paniquer, me demandant si je n'avais pas fait la bêtise de ma vie en abandonnant le *Porpoise*. Apercevant le tronc noueux et particulièrement tourmenté d'un palétuvier, je me hissai entre ses branches et me calai solidement pour attendre la fin du déluge.

De mon perchoir à quatre mètres de hauteur, je pouvais voir l'étendue de mangrove que je venais de parcourir et, derrière, la mer. Je révisai aussitôt mon jugement quant à l'à-propos de ma fuite. Si la situation ici sur la terre ferme n'était guère encourageante, ce n'était rien à côté de ce qui se passait dans la passe du Mouchoir.

Un éclair illumina la surface tourmentée d'une mer qui paraissait en ébullition, tandis que le vent et les courants se disputaient le contrôle des vagues. La houle était si forte que l'on aurait dit un paysage de montagnes, avec des creux d'une profondeur vertigineuse.

L'*Artémis* était plus lent que le vaisseau de guerre. Assez lent, espérai-je, pour être encore loin, à l'abri quelque part sur l'Atlantique.

Je serrai contre moi le tronc de mon palétuvier, écrasant ma joue contre l'écorce rugueuse, et priai. Pour Jamie et l'*Artémis*. Pour le *Porpoise*, Annekje Johansen, son jeune capitaine Tom Leonard, le gouverneur. Et pour moi.

— *Sprechen Sie Deutsch ?*

J'ouvris un œil vaseux. Le jour s'était levé et la nature autour de moi semblait paisible. Mes vêtements étaient encore un peu humides mais le tronc d'arbre contre lequel je m'étais calée était sec et brûlant.

— *Sprechen Sie Deutsch ?*

Je tressaillis et clignai les yeux à plusieurs reprises, me demandant si j'étais bien réveillée. Puis je baissai la tête et le vis, une main en visière sur le front, m'observant au pied de l'arbre.

— Euh... hello ! lançai-je sottement.

— Ah, vous êtes anglaise ?

A califourchon sur ma branche, je devais offrir un curieux spectacle. Je me laissai glisser tant bien que mal au bas du palétuvier, et atterris sur les fesses à ses pieds.

— Excusez-moi, vous n'auriez pas un peu d'eau ? demandai-je.

Il me dévisagea d'un air ahuri, puis, comme s'il venait enfin de comprendre, décrocha hâtivement la gourde en cuir fixée à sa ceinture.

— Ne buvez pas trop vite ! me recommanda-t-il avec un fort accent allemand.

— Je sais, dis-je entre deux gorgées goulues, je suis docteur.

Il avait un visage hâlé couleur acajou, avec d'épais cheveux noirs tirés en arrière. Il était un peu plus grand que la moyenne, avec des épaules larges et des traits aiguisés dont l'expression amicale était voilée de fatigue. Il portait en bandoulière une grosse sacoche en toile.

Il me regarda d'un air suspicieux. J'étais couverte de boue séchée des pieds à la tête, ma jupe était en lambeaux et mes cheveux sales me retombaient dans les yeux. Il devait me prendre pour une mendiante, ou pour une folle qui vivait dans les arbres.

— Docteur en quoi au juste ?

— En médecine, répondis-je en m'essuyant les lèvres.

Il marqua une longue pause avant de demander :

— Vraiment ?

— Vraiment, confirmai-je.

Il inclina la tête en un petit salut formel.

— Dans ce cas, madame, permettez-moi de me présenter : Lawrence Stern, docteur en sciences naturelles, de la Gesellschaft von Naturwissenschaft Philosophieren, München.

Je clignai les yeux, étourdie. Il me montra sa sacoche en toile.

— Je suis naturaliste, résuma-t-il. Je suivais la trace d'un couple de frégates noires dans l'espoir de découvrir leur nid quand je vous ai aperçue.

Il hésita, puis m'adressa un aimable sourire.

— Puis-je avoir l'honneur de connaître votre nom, madame le docteur ?

Je dressai un inventaire rapide de tous les noms et les alias que je pouvais lui donner, avant d'opter pour la vérité :

— Fraser. Claire Fraser.

Pensant que mon statut d'épouse me conférerait un semblant de respectabilité en dépit de mon allure lamentable, j'ajoutai :

— Mme James Fraser.

— Votre serviteur, madame, dit-il avec une gracieuse courbette. Vous avez fait naufrage, sans doute ?

Cela paraissait l'explication la plus logique à ma présence dans ce bourbier, aussi hochai-je la tête.

— Il faut absolument que je rejoigne la Jamaïque. Vous pensez pouvoir m'aider ?

Il m'inspecta d'un œil dubitatif comme si j'étais un étrange spécimen qu'il ne savait pas trop classer, puis il acquiesça et me tendit la main :

— Bien sûr, mais d'abord, il faut vous trouver de quoi manger, et peut-être de quoi vous changer, non ? Je connais un ami qui vit non loin d'ici. Il est anglais, lui aussi. Je vais vous y conduire, cela vous va ?

Entre la soif et le cours général des événements, je n'avais pas trop prêté attention jusque-là aux besoins de mon estomac, mais à l'évocation de la nourriture, celui-ci se réveilla brusquement et bruyamment.

— Cela me paraît une excellente idée, professeur Stern. Je vous suis.

Nous émergeâmes de la forêt de palmiers nains pour découvrir une immense prairie qui s'étirait sur le flanc d'une vaste colline devant nous. Au sommet de celle-ci, j'aperçus une maison, ou plutôt ce qu'il en restait. Ses façades enduites de plâtre ocre étaient craquelées et prises d'assaut par les bougainvillées roses et les troncs noueux de goyaviers. Le toit s'était effondré en plusieurs endroits et l'ensemble donnait une impression de décrépitude mélancolique.

— L'Hacienda de la Fuente, indiqua mon nouvel ami. Vous pensez pouvoir grimper jusque là-haut ou...

Il hésita, semblant évaluer mon poids.

— ... Je pourrais peut-être vous porter ? acheva-t-il avec une note de doute peu flatteuse dans la voix.

— Je crois que j'y arriverai toute seule, merci.

Un peu plus loin, un troupeau de moutons paissaient tranquillement sous le soleil torride d'Hispaniola. L'un d'entre eux nous aperçut et émit un bref bêlement surpris. Aussitôt, comme un seul homme, tous les moutons éparpillés sur la colline dressèrent la tête.

— Le voilà ! lança soudain Lawrence en pointant un doigt vers le lointain.

J'arrivai à sa hauteur et plissai les yeux. Effectivement, il y avait une silhouette vêtue d'une espèce de robe de bure qui descendait lentement la colline dans notre direction. Elle zigzaguait entre les moutons qui ne semblaient même pas remarquer sa présence.

— Jésus ! dis-je. C'est saint François d'Assise !

Lawrence me lança un regard surpris.

— Ni l'un ni l'autre, répondit-il le plus sérieusement du monde. C'est l'ami anglais dont je vous ai parlé. *¡ Hola ! Señor Fogden !*

La silhouette s'arrêta net et se tourna vers nous.

— *¿ Quién es ?*

— Stern ! cria Lawrence. Lawrence Stern.

Se tournant vers moi, il me tendit la main :

— Venez, m'encouragea-t-il, nous y sommes presque.

Le prêtre était légèrement plus grand que moi. Il était mince, avec un visage émacié qui aurait été beau s'il n'avait pas été défiguré par une barbe miteuse qui formait des touffes rousses éparpillées sur ses joues et son menton. Ses longs cheveux striés de gris lui retombaient sans cesse devant les yeux. Un papillon jaune posé sur sa tête s'envola à notre approche.

— Stern ? dit-il en clignant les yeux dans le soleil. Je ne vois pas... ah, c'est vous !

Son visage fin s'illumina.

— Vous auriez dû dire tout de suite que vous étiez le fouilleur de merde. Je vous aurais reconnu !

Stern m'adressa un petit sourire confus.

— Ah... euh... c'est que lors de ma dernière visite, j'ai recueilli quelques spécimens de parasites intestinaux très intéressants dans les fèces des moutons de M. Fogden, expliqua-t-il.

— D'affreux vers blancs. Enormes ! précisa le père Fogden en frissonnant de dégoût. Il y en avait même qui mesuraient près d'un mètre de long !

— Une vingtaine de centimètres tout au plus, corrigea Lawrence en souriant.

Il tapota la tête de la brebis que retenait Fogden.

— Le remède que je vous avais suggéré a-t-il bien marché ?

Fogden lui lança un regard vide, ne se souvenant manifestement pas du remède en question.

— La douche de térébenthine, lui rappela Lawrence.

— Ah oui ! Bien sûr, bien sûr ! Ça a marché à merveille. Quelques bêtes n'y ont pas survécu, mais les autres ont parfaitement guéri. Epatant ! Epatant !

Il se rendit soudain compte qu'il manquait à toutes les lois de l'hospitalité.

— Mais montez donc à la maison ! J'allais justement rentrer pour la collation de midi. Nous allons la partager.

Il se tourna vers moi avec un sourire.

— Madame Stern, je présume ?

— Permettez-moi de vous présenter une amie, Mme Fraser, une de vos compatriotes, intervint précipitamment Lawrence. Nous serons ravis d'accepter votre hospitalité.

— Une Anglaise ? dit Fogden, incrédule. Ici ?

Il sembla remarquer pour la première fois mon allure dépenaillée et ma robe déchirée, couverte de taches de boue et de sel. Il cligna les yeux plusieurs fois, puis avança d'un pas en plongeant dans une gracieuse révérence.

— Votre humble serviteur, madame. *Mi casa es su casa*.

Il émit un sifflement aigu et un petit épagneul king-charles pointa une tête intriguée au-dessus des hautes herbes.

— Ludo ? appela Fogden. Nous avons des invités !

Il attrapa le cou laineux de la brebis, coinça fermement ma main sous son autre coude, et m'entraîna d'un pas leste vers l'Hacienda de la Fuente.

Je compris mieux le nom de sa demeure[1] en pénétrant dans le patio délabré. Un petit nuage de libellules voletait au-dessus

1. *Fuente* signifie en effet « fontaine » *(N.d.T.)*.

d'un bassin rempli d'algues dans un coin de la cour. On aurait dit une source naturelle autour de laquelle la maison aurait été construite. Une dizaine d'oiseaux exotiques picoraient les dalles brisées, nichant sans doute dans les grands arbres qui se dressaient dans la cour.

— J'ai eu la chance de rencontrer par hasard Mme Fraser dans les mangroves ce matin, expliquait Lawrence dans notre dos. J'ai pensé qu'elle pourrait... oh ! Regardez cette merveille ! Un superbe Odonata !

Il nous abandonna pour pourchasser une énorme libellule dont le corps bleu lançait des éclats vifs au soleil. Le père Fogden libéra sa brebis, la congédiant d'une petite tape sur la croupe.

— Va, ma Becky, lui lança-t-il. Trotte par ici, je m'occuperai de ton sabot plus tard.

L'animal s'ébroua, galopa sur quelques mètres dans le patio, puis s'arrêta net au pied d'un vieux mur pour manger les fruits à demi écrasés d'un immense goyavier qui surplombait la maison. De fait, la végétation dans et autour du patio était si dense et touffue qu'elle le recouvrait presque entièrement, formant une sorte de tunnel de feuilles et de branches menant à l'entrée de la maison.

J'entrai dans une pièce simple, sombre et fraîche, meublée simplement d'une longue table, de quelques chaises, de deux ou trois tabourets et d'une petite console. Au-dessus de celle-ci trônait une hideuse peinture espagnole représentant un Christ cadavérique et blafard, une main ensanglantée posée sur le cœur.

J'étais tellement plongée dans ma contemplation horrifiée du tableau que je ne remarquai pas tout de suite que nous n'étions pas seuls. A mesure que mes yeux s'accoutumaient à la pénombre, je vis apparaître un petit visage à l'expression particulièrement malveillante. La femme fit un pas en avant, ses yeux noirs fixés sur moi.

Elle ne mesurait pas plus d'un mètre trente, sans cou ni hanches, avec un corps si trapu qu'on aurait dit un bloc de pierre non taillé. Sa tête formait une boule au sommet de son corps, avec une masse de cheveux gris nouée en chignon bas dans la nuque. Sa peau avait une couleur acajou, mais je n'aurais su dire si c'était un hâle ou sa coloration naturelle.

— Mamacita ! s'exclama Fogden. Regarde ce que le bon vent nous amène ! Nos amis déjeuneront avec moi. Tu te souviens du señor Stern ?

— *Si, claro*, coassa-t-elle en remuant à peine les lèvres. L'assassin du Christ. Et qui est la *puta alba* ?

— Voici la señorita Fraser, poursuivit Fogden comme si de

rien n'était. Cette pauvre dame a fait naufrage. Nous devons faire notre possible pour l'aider.

Mamacita m'inspecta des pieds à la tête. Elle ne dit rien, mais ses narines frémissantes exprimaient tout son mépris.

— Le déjeuner est prêt, cracha-t-elle avant de tourner les talons.

— Epatant ! s'enthousiasma le prêtre. Mamacita est ravie de vous accueillir. Asseyez-vous donc !

Il y avait déjà un couvert dressé sur la table. Fogden prit quelques assiettes et des cuillères sur la console et les éparpilla au hasard, nous faisant signe de prendre place où nous voulions.

Une grosse noix de coco était posée sur une des chaises. Fogden la saisit tendrement et la plaça à côté de son assiette. La coque fibreuse était patinée par le temps et certains endroits étaient complètement pelés. Elle devait être là depuis des lustres.

— Bonjour, toi ! lui dit-il avec une petite tape affectueuse. Comment vas-tu aujourd'hui, Coco ?

Je lançai un regard inquiet vers Stern, mais il était plongé à son tour dans la contemplation du Christ, le front plissé. Je supposai que c'était à moi que revenait la responsabilité d'animer la conversation.

— Vous vivez seul ici, monsieur, euh... mon père ? Je veux dire, vous et Mamacita ?

— Hélas oui, soupira-t-il. C'est pourquoi je suis ravi de vous avoir aujourd'hui. Autrement, mes seuls vrais compagnons sont Ludo et Coco.

Il gratifia à nouveau sa noix de coco d'une tape attendrie.

— Coco ? demandai-je poliment.

Je commençai à me demander si notre hôte n'était pas plus fêlé que sa noix de coco et lançai un second regard en coin à Lawrence. Celui-ci avait l'air amusé mais non alarmé.

— Coco est mon petit lutin, expliqua Fogden. Vous le voyez, là, avec son nez rond et ses deux yeux noirs ?

Il enfonça deux doigts dans les petites dépressions au sommet de la noix de coco, puis les retira prestement.

— Aha, Coco ! Qu'est-ce que je t'ai dit déjà cent fois ? On ne regarde pas les gens fixement comme ça ! N'est-ce pas, Ludo ?

Le chien, juché sur une chaise à son côté, confirma d'un jappement joyeux. Je me tus, me contentant de sourire bêtement en espérant que le fond de ma pensée ne se lisait pas sur mon visage. Au même moment, la gracieuse Mamacita réapparut, portant un pot en terre cuite fumant enveloppé dans des serviettes. Elle jeta quelques cuillerées de son contenu dans chacune de nos assiettes, puis sortit sans un mot.

J'examinai l'étrange mixture qui ressemblait à une sorte de

purée marron, puis la goûtai prudemment. Contre toute attente, elle était délicieuse.

— Ce sont des bananes plantains frites, mélangées à du manioc et des haricots rouges, m'expliqua Lawrence.

Je m'étais attendue qu'on me questionne sur ma présence, mon identité et mes projets. Au lieu de cela, le père Fogden fredonnait tranquillement dans sa barbe entre chaque bouchée, l'air ailleurs.

Je jetai un coup d'œil interrogateur à Lawrence, mais il haussa les épaules avec un léger sourire et plongea le nez dans son assiette. Nous ne parlâmes pratiquement pas jusqu'à la fin du repas, lorsque Mamacita, toujours aussi amène, emporta nos assiettes et déposa sur la table une grande corbeille de fruits, trois verres et un grand pichet de sangria.

Le père Fogden bourra une pipe avec des feuilles de chanvre séchées et se mit à fumer tandis que Stern nous parlait de ses collections et que je buvais à petites gorgées le vin âpre et fruité. Brusquement, j'eus l'impression d'être de retour dans les années soixante, une époque où la sangria était une boisson très à la mode, assistant à une petite réunion amicale entre un étudiant fumeur de marijuana et un professeur de botanique.

— Il paraît que le chanvre facilite la digestion, déclara Stern. Malheureusement, je n'ai pu le vérifier par moi-même, cette plante étant pratiquement introuvable dans la plupart des villes d'Europe.

— Vous pouvez me croire sur parole, c'est excellent pour l'estomac, l'assura Fogden.

Il souffla un petit nuage de fumée blanche et odorante qui flotta quelques instants au-dessus de la table.

— Au fait, reprit-il d'un air vaguement intéressé, que comptez-vous faire au juste, vous et votre infortunée naufragée ?

Stern nous expliqua son plan : après une bonne nuit de repos, nous marcherions jusqu'au village de Saint-Louis-du-Nord, où nous tenterions de trouver une embarcation de pêcheurs pour nous emmener jusqu'au Cap-Haïtien, le port le plus proche, à une cinquantaine de kilomètres de là. Si nous n'en trouvions pas, il nous faudrait y aller à pied, en nous enfonçant dans l'intérieur des terres.

Le prêtre fronça les sourcils.

— Mmm... je suppose que vous n'avez guère d'autre choix. Cela dit, si vous êtes forcés de marcher jusqu'au Cap, prenez garde aux marrons.

— Aux « marrons » ?

Je lançai un regard surpris vers Stern qui hochait la tête.

— Oui, je sais, répondit-il. J'en ai croisé deux ou trois groupes en remontant la vallée d'Artibonite. Ils ne m'ont pas attaqué. Les malheureux... je dois dire qu'ils semblaient en piteux état.

Se tournant vers moi, il expliqua enfin :
— Les marrons sont des esclaves évadés. Ils fuient la cruauté de leurs maîtres et se réfugient sur les collines où ils vivent en bandes, se cachant dans la jungle.
— Ils ne vous feront peut-être rien, ajouta Fogden.
Il commençait à avoir les yeux rouges. Il en ferma un pour se protéger de la fumée de sa pipe et m'inspecta de l'autre :
— Vous n'avez rien à voler, hélas pour eux.
Son regard de plus en plus flou me mettait mal à l'aise et je toussotai avant de me lever de table :
— Je vais prendre un peu d'air, annonçai-je. Vous ne sauriez pas où je pourrais trouver un peu d'eau pour me débarbouiller ?
— Mais bien sûr, bien sûr ! s'écria Fogden. Suivez-moi.
En dépit de la moiteur ambiante, l'air dans la cour semblait frais et revigorant comparé à l'atmosphère confinée de la maison. J'inspirai profondément, observant avec curiosité le père Fogden qui fouillait entre les feuilles au-dessus du bassin. Il mit au jour une petite fontaine qui gargouillait gaiement.
— D'où vient l'eau ? demandai-je. C'est une source naturelle ?
Les algues vertes du bassin ondoyaient doucement, indiquant la présence d'un léger courant.
Ce fut Stern qui me répondit :
— Il y en a des centaines comme celle-ci dans le coin. Certains racontent qu'elles abritent des esprits ; qu'en pensez-vous, señor Fogden ?
Le prêtre sembla réfléchir longuement à la question. Il plaça un seau sous la fontaine et contempla d'un air concentré les minuscules poissons qui nageaient dans le bassin.
— Pardon ? dit-il enfin après une bonne minute. Ah ! non, je ne pense pas qu'il y ait des esprits dans celle-ci. Cependant... maintenant que vous m'y faites penser, j'ai quelque chose à vous montrer.
Il se hissa sur la pointe des pieds et ouvrit une petite porte en bois fichée dans le mur. Elle recelait une niche, dans laquelle il prit un paquet enveloppé dans un vieux bout de chiffon, qu'il tendit à Stern.
— Il est arrivé par la source le mois dernier, expliqua-t-il. Il n'a pas survécu au soleil de midi et je l'ai retrouvé flottant le ventre à l'air. Je crains que ses petits camarades ne l'aient un peu mordillé, mais il est encore identifiable, je crois.
A l'intérieur du chiffon se trouvait un petit poisson desséché, semblable à ceux qui nageaient dans le bassin mais parfaitement blanc. Il était également aveugle : à l'emplacement des yeux il n'y avait que deux boursouflures recouvertes de peau.
— Vous pensez que c'est un poisson fantôme ? demanda le prêtre. C'est vous qui m'y avez fait songer en parlant d'esprits. Néanmoins, je vois mal quel genre de péchés un poisson pour-

rait commettre pour être condamné à errer ainsi... sans yeux. On ne pense jamais que les poissons ont une âme. Pourtant, il faut bien en avoir une pour être damné à ce point, non ?

Stern examinait l'animal avec la joie extatique du naturaliste qui vient de faire une trouvaille. La peau du poisson était si fine que l'on distinguait ses organes internes et la silhouette bosselée de la colonne vertébrale.

— C'est un troglobie, expliqua-t-il. Autrement dit, un poisson aveugle cavernicole. Jusque-là, je n'en avais aperçu qu'un seul, dans un lac souterrain, au fond de la grotte d'Abandawe. Je n'ai jamais pu l'attraper. Je peux garder celui-ci ?

— Mais bien sûr, bien sûr ! dit Fogden. De toute façon, il est trop petit pour être mangé. Même Mamacita ne pourrait rien en faire. Mais où est Mamacita, au fait ?

— Ici, *cabrón* ! Où veux-tu que je sois ?

Absorbés par la contemplation du poisson, nous ne l'avions pas vue sortir de la maison. Elle était en train de remplir un seau à la fontaine.

Une légère odeur désagréable me chatouilla subitement les narines. Remarquant mon nez pincé, le prêtre s'excusa :

— N'y faites pas attention, ma chère, ce n'est que cette pauvre Arabella.

— Arabella ?

— Oui, elle est ici.

Il écarta un rideau en toile de jute qui cachait une autre ouverture dans la maison. En m'approchant, j'aperçus une rangée de crânes de moutons posés sur des étagères, blancs et polis. Fogden en saisit un et le caressa tendrement.

— Je n'arrive pas à me séparer d'eux, expliqua-t-il. Celle-ci, c'était Béatrice... si gentille et si bonne. Elle est morte en couches, la pauvre enfant.

— Arabella est un mouton aussi ?

Dans la pièce, l'odeur nauséabonde prenait à la gorge.

— Oui, dit Fogden avec un profond soupir. C'était une de mes ouailles, elle aussi.

Son regard doux se remplit soudain d'une lueur féroce et inattendue.

— Elle a été assassinée ! s'écria-t-il. Ma pauvre Arabella, une âme si douce, si confiante ! Comment peut-on être insensible au point de sacrifier une telle innocence à ses appétits charnels ?

— Seigneur... fis-je en ne sachant quoi dire. Je suis sincèrement navrée. Euh... qui l'a tuée ?

— Des matelots, ces fieffés païens ! Ils l'ont tuée sur la plage et ont fait rôtir son pauvre corps sur un gril, comme saint Laurent !

— Juste ciel ! dis-je encore.

Il me fallut quelques secondes pour enregistrer ce que le prêtre venait de dire.

— Des matelots ? glapis-je soudain. Vous avez bien dit des matelots ? Quand est-ce arrivé ?

Il ne pouvait s'agir du *Porpoise*. Le capitaine Leonard n'aurait pas pris le risque d'approcher si près de la côte pour me chercher !

— Ce matin, répondit Fogden en reposant le crâne de feue Béatrice.

Il croisa soudain le regard noir de la vieille harpie qui se tenait devant lui, son seau à la main, et se tourna précipitamment vers moi :

— Mon Dieu, ma chère ! J'avais complètement oublié ! Il vous faut des vêtements de rechange !

Je baissai les yeux vers mes habits en lambeaux, dans un tel état de délabrement que c'en était presque indécent, même en compagnie de messieurs aussi peu regardants que Lawrence Stern et le père Fogden.

Celui-ci se tourna vers la mégère et demanda sur un ton détaché :

— Nous devrions trouver quelque chose convenant à cette malheureuse dame, n'est-ce pas, Mamacita ?

Il hésita avant d'ajouter :

— Peut-être une des robes de...

— Pas question, gronda la vieille. Elles sont bien trop petites pour cette grosse vache. Tu n'as qu'à lui donner ta vieille bure.

Elle me lança un regard noir et cracha :

— Suivez-moi. Il serait temps de vous laver !

Elle me conduisit dans une autre petite cour à l'arrière de la maison où elle me fournit deux seaux d'eau froide, une vieille serviette en lin élimée jusqu'à la trame, un pot de savon mou et un froc lâche en bure grise avec une ceinture en corde. Avant de me laisser, elle lâcha sur un ton sifflant :

— Tiens, lave donc le sang sur tes mains, sale tueuse de Christ !

Quand je revins dans le patio quelque temps plus tard, débarbouillée et vêtue de la seule tenue de rechange du père Fogden, Lawrence était parti faire un tour dans la nature à la recherche de spécimens et le prêtre avait disparu, pour aller cuver son vin et sa marijuana quelque part, subodorai-je. Je somnolai quelque temps assise seule dans le patio puis, abrutie par la chaleur étouffante, je me mis en quête d'un lit, rasant les murs pour éviter de me faire surprendre par Mamacita, qui me mettait décidément très mal à l'aise.

Il y avait une porte ouvrant sur la maison dans la deuxième cour. Je la poussai et pénétrai dans une pièce sombre. C'était une petite chambre à coucher. Je regardai autour de moi, médusée. Elle n'avait rien à voir avec la salle spartiate où nous avions déjeuné, ni avec les cours livrées à l'abandon. Le sol était soigneusement balayé. Un vaste lit à baldaquin tendu d'une moustiquaire était poussé contre un mur, agrémenté de grands coussins en plumes d'oie et d'un couvre-lit en laine rouge. Les meubles étaient sobres, mais élégants. Un rideau en cotonnade rayée pendait dans un coin de la pièce. L'ayant écarté, je découvris toute une rangée de robes chamarrées. Elles étaient en soie et en velours, en moire et en satin, en mousseline et en panne. Je caressai un empiècement en velours pourpre orné de fleurs brodées en fil d'argent avec des pistils en nacre. La femme qui avait porté ces robes était petite et menue, certains des bustiers étaient astucieusement rembourrés pour donner l'illusion d'une gorge pigeonnante. La chambre était confortable, mais non luxueuse. En revanche, les robes étaient somptueuses, de véritables tenues de cour comme on devait en porter dans les palais de Madrid.

Je retrouvai Stern sur la véranda à l'arrière de la maison. De là, nous avions une vue magnifique sur l'étendue d'aloès et de goyaviers qui recouvrait le versant abrupt de la colline.

— Madame Fraser ! ce froc vous va beaucoup mieux qu'au señor Fogden. Encore un peu de sangria ?

Un gros pichet était posé sur une table basse branlante entre deux fauteuils. La condensation formait de petites perles d'eau qui roulaient sur ses flancs. J'avais eu tellement soif ces derniers jours que tout ce qui était buvable me faisait saliver.

— Et le père Fogden ? demandai-je.

— Ivre, répondit sommairement Lawrence. Il est couché sur la table de la *sala,* comme toujours à cette heure de la journée. Il ne réémergera pas avant demain matin.

— Je vois, dis-je en m'enfonçant dans mon fauteuil. Vous le connaissez depuis longtemps ?

— Oh... quelques années.

Il ne semblait pas avoir envie de s'attarder sur la question et je changeai diplomatiquement de sujet :

— Vous parliez de grottes, tout à l'heure. J'avais toujours pensé que les îles des Caraïbes étaient en fait des récifs coralliens. J'ignorais qu'il pouvait y avoir des grottes dans le corail.

— Cela arrive, mais c'est effectivement assez rare, confirma-t-il. Toutefois, l'île d'Hispaniola n'est pas un atoll corallien mais un massif volcanique, enrichi de schistes cristallins, de dépôts sédimentaires fossilifères très anciens et de vastes couches de calcaire, ce dernier étant particulièrement quartzeux par endroits.

— Vous m'en direz tant ! dis-je en me resservant un verre de sangria.

— Si, si, m'assura Stern.

Il se pencha pour saisir sa sacoche posée à ses pieds et en

sortit un vieux papier froissé. Il le déplia devant nous. C'était une carte topographique de l'île, tout en creux et en crêtes.

— Tenez, voilà à quoi ressemble notre île. Vous vous rappelez ce que disait Fogden au sujet des marrons ? Ces esclaves qui ont trouvé refuge dans les collines ? Leurs maîtres peuvent toujours les chercher, l'île est un véritable gruyère. De nombreuses régions n'ont encore jamais été visitées par l'homme, blanc ou noir. Partout dans ces montagnes, il y a des entrées de grottes où personne n'a encore jamais pénétré, hormis peut-être les habitants aborigènes de ce pays. Or ces derniers ont été exterminés depuis longtemps, madame Fraser.

Il marqua une pause, songeur, avant de reprendre :

— J'ai visité une de ces cavernes un jour. Les marrons l'appellent Abandawe. Ils la considèrent comme un lieu dangereux et sacré, mais je n'ai jamais compris pourquoi.

Au même instant, Mamacita entra sans faire de bruit sur la véranda et croassa sur un ton sec :

— Dîner.

Puis elle disparut.

— Je me demande dans quelle caverne le père Fogden a été la chercher, marmonnai-je en me levant.

Stern me lança un coup d'œil surpris.

— Dans quelle caverne ? Ah, mais c'est vrai... vous ne pouvez pas le savoir.

Il risqua un regard prudent vers la porte pour s'assurer que la vieille était bien partie, puis me glissa à l'oreille :

— Il l'a trouvée à La Havane.

Intéressée, je me rassis pour écouter la totalité de l'histoire.

Le père Fogden était prêtre de l'ordre de Saint-Anselme depuis dix ans lorsque ses supérieurs l'avaient envoyé comme missionnaire à Cuba, quinze ans plus tôt. Entièrement dévoué à la cause des plus nécessiteux, il avait travaillé pendant plusieurs années dans les taudis et les bas-quartiers de La Havane, ne songeant qu'à apporter un soulagement et l'amour de Dieu aux souffrants et aux miséreux... jusqu'au jour où son chemin avait croisé celui d'Ermenegilda Ruiz Alcantara y Meroz.

— Je me demande s'il a jamais compris ce qui lui était arrivé, le pauvre, soupira Stern. Ni elle non plus, d'ailleurs. A moins qu'elle ait tout manigancé dès le jour où elle le vit pour la première fois sur la place du marché.

Toujours est-il que, six mois plus tard, la ville de La Havane était sens dessus dessous parce que la jeune épouse de Don Armando Alcantara s'était enfuie... avec un prêtre.

— Et sa mère, déduisis-je.

Lawrence esquissa un sourire.

— Que voulez-vous, Ermenegilda ne se serait jamais séparée de sa Mamacita, ni de son fidèle Ludo.

Ils n'auraient sans doute pas réussi à s'enfuir si les Anglais, toujours fort à propos, n'avaient choisi ce même jour pour envahir Cuba. Le malheureux Don Armando avait eu trop de pain sur la planche pour poursuivre sa jeune épouse infidèle.

Les fugitifs avaient chevauché jusqu'à Bayamo, non sans mal parce que, outre sa mère et son chien, Ermenegilda refusait d'abandonner derrière elle sa garde-robe. Là, ils avaient loué un bateau de pêche qui les avait conduits hors de danger sur Hispaniola.

— Elle est morte deux ans plus tard, dit abruptement Stern. Il l'a enterrée sous la bougainvillée.

— Et depuis, ils n'ont plus bougé, achevai-je. Lui, Ludo et Mamacita.

— Oui, dit Stern en fixant la ligne d'horizon. Ermenegilda ne voulait pas quitter Mamacita, et Mamacita ne quittera jamais Ermenegilda.

Il vida le reste de son verre par-dessus le parapet de la véranda.

— Personne ne vient jamais ici, dit-il. Les villageois ne montent pas sur cette colline. Ils ont trop peur du fantôme d'Ermenegilda. Pensez-vous, une pécheresse enterrée par un prêtre défroqué dans une terre non consacrée... comment voulez-vous qu'elle repose en paix ?

— Pourtant, vous y venez bien, vous ?

Cette remarque le fit sourire.

— Je suis un scientifique, ma chère. Je ne crois pas aux fantômes. Si nous allions dîner ?

Stern comptait partir le lendemain matin, juste après le petit déjeuner. Toutefois, avant de le suivre, je voulais interroger le prêtre au sujet du navire auquel il avait fait allusion. S'il s'agissait du *Porpoise*, il valait mieux que j'évite la côte.

— Comment était le bateau ? lui demandai-je.

J'avalai une gorgée de lait de chèvre pour faire passer les plantains frits du petit déjeuner.

Le père Fogden, apparemment remis des excès de la veille mais pas de sa folie douce, était en train de caresser la barbichette de sa noix de coco.

Stern lui donna un coup de coude pour l'extirper de sa rêverie.

— Hmm ? fit-il. Ah !... euh... il était en bois.

Lawrence enfouit son nez dans son bol pour cacher son fou rire. Je pris une grande inspiration et fis une nouvelle tentative.

— Les matelots qui ont tué Arabella... Vous les avez vus ?

— Bien sûr ! Je suis descendu sur la plage pour leur arracher les restes calcinés de cette pauvre martyre.

— Comment étaient-ils habillés ? Portaient-ils des uniformes ?

Le père Fogden fixa le plafond, tâchant de se souvenir. Il avait une moustache de lait sur la lèvre supérieure. Il l'essuya sur le revers de sa manche puis déclara d'un air dubitatif :

— Non, je ne crois pas. Tout ce dont je me souviens, c'est que leur chef avait un crochet à la place de la main.

Je laissai tomber mon bol qui se fracassa en mille morceaux sur le sol. Stern bondit en poussant un cri tandis que le prêtre me dévisageait, interdit.

— Mais que vous arrive-t-il, ma chère ?

— Exc... excusez-moi, balbutiai-je. Mon père... le bateau... il... il est reparti ?

— Mais non, voyons ! dit-il avec un haussement d'épaules. Comment le pourrait-il ? Il est enlisé sur la plage.

Le père Fogden nous ouvrait la voie, ses chevilles blanches et maigres luisant au soleil tandis qu'il relevait le bas de son froc. J'étais forcée de faire de même, car les hautes herbes et les buissons épineux qui tapissaient la colline s'accrochaient à la bure, entravant mes pas.

J'étais hors d'haleine bien avant d'avoir atteint la crête du versant abrupt, malgré les efforts galants de Lawrence qui retenait les branches et me tendait la main pour m'aider à franchir les ornières.

— Vous croyez qu'il y a vraiment un bateau ? lui chuchotai-je tandis que nous approchions du sommet.

Compte tenu du comportement pour le moins excentrique de notre hôte, je craignais qu'il ne l'ait inventé, simplement pour nous faire plaisir.

— Il doit bien y avoir quelque chose, répondit Stern. Après tout, il y a un cadavre de brebis.

Effectivement, quelqu'un avait tué la pauvre Arabella. Ce ne pouvaient être les hommes du *Porpoise*, personne à bord n'avait de crochet. Je tentai de me convaincre que ce n'étaient pas les hommes de l'*Artémis*, mais mon cœur battait de plus en plus fort à mesure que nous escaladions la pente.

Plus loin, le père Fogden s'arrêta brusquement et nous fit signe de le rejoindre.

— Les voilà, ces salopards !

Mettant ses mains en porte-voix, il se mit à crier :

— Assassins ! Cannibales !

Il était là ! légèrement couché sur le flanc à une cinquantaine de mètres du rivage. Le contenu de ses cales était éparpillé sur la plage où les marins s'affairaient comme des fourmis. Un parfum de brai chauffé flottait dans les airs. Les peaux tannées étaient étalées à sécher un peu partout.

— C'est eux ! C'est l'*Artémis* ! me mis-je à hurler en sautillant sur place.

Au même instant j'aperçus la silhouette familière d'un homme corpulent perché sur une jambe, un mouchoir de soie jaune noué sur le crâne.

— Murphy !

Je lâchai la main de Stern et dévalai la pente à toute allure. Murphy se tourna en entendant mon cri mais n'eut pas le temps de m'esquiver. Emportée par mon élan, je le heurtai de plein fouet et nous roulâmes dans le sable.

— Murphy !

Couchée sur lui, je l'embrassai sur les deux joues, ivre de joie.

— Hé ! fit-il en tentant de se dégager.

— Milady !

Fergus surgit à mon côté et m'aida à me relever. Son beau sourire était rendu encore plus éclatant par son teint hâlé. Il m'étreignit fortement tandis que je riais aux éclats, ne croyant pas à ma chance. Marsali apparut derrière lui, un large sourire aux lèvres.

— Dieu merci ! s'écria Fergus. Je craignais de ne plus jamais vous revoir !

— Que vous est-il arrivé ? demandai-je en regardant l'*Artémis* couché dans la mer.

Fergus et Marsali échangèrent un regard hésitant.

— Le capitaine Raines est mort, annonça enfin la jeune fille.

La tempête que j'avais essuyée dans les mangroves avait cueilli l'*Artémis* tandis qu'il s'engageait dans la passe du Mouchoir. Dévié de sa route par le vent puissant, il avait heurté un récif qui avait fait un large trou dans sa coque. Toutefois, il n'avait pas coulé et, tandis que ses cales se remplissaient rapidement, il avait trouvé refuge dans la première crique qui se présentait à lui.

— Nous n'étions plus qu'à quelques centaines de mètres du rivage quand l'accident a eu lieu, m'expliqua Fergus.

L'*Artémis* s'était brusquement arrêté et s'était mis à gîter, sa quille touchant un banc de sable. Au même moment une énorme lame arrivant du large avait balayé le navire, le soulevant sur quelques centaines de mètres. Une seconde vague, tout aussi haute, s'était abattue sur le pont, emportant le capitaine et quatre autres marins.

— Et pourtant nous étions si près de la plage ! se souvint Marsali, horrifiée. Il ne nous a pas fallu plus de dix minutes pour nous mettre tous hors de danger ! Si seulement...

Fergus lui passa un bras autour de la taille.

— On n'y peut rien, soupira-t-il. Au moins, nous leur avons donné une sépulture convenable.

Il me montra les cinq monticules surplombés d'une petite croix rudimentaire en lisière des cocotiers.

— Où est Jamie ?

Je commençais tout juste à reprendre mon souffle après ma course folle et lançais des regards intrigués autour de moi, le cherchant des yeux.

Fergus me dévisagea avec stupeur.

— Comment, il n'est pas avec vous ?

— Mais non, voyons, comment le pourrait-il ?

En dépit du soleil aveuglant, je sentis le froid m'envahir. Mes lèvres tremblaient tant que j'eus du mal à demander encore :

— Où... où... est-il ?

Fergus agita doucement la tête de droite à gauche comme un bœuf étourdi par le coup de masse du boucher.

— Je n'en sais rien !

51

Le naufragé

Jamie Fraser était couché dans l'ombre d'un des canots de sauvetage du *Porpoise*, reprenant lentement son souffle. Monter à bord du grand vaisseau de guerre n'avait pas été une mince affaire. Il avait le flanc droit tuméfié à force de battre contre la coque tandis qu'il grimpait le long du filet d'amarrage pour se hisser jusqu'au bastingage. Ses épaules lui semblaient désarticulées et il avait une grande écharde dans la main. Mais au moins, personne ne l'avait vu.

Il mordilla sa paume afin d'extirper l'écharde entre ses dents, réfléchissant à l'étape suivante. Russo et Stone, deux marins de l'*Artémis* qui avaient longuement servi sur des navires de guerre, lui avaient expliqué en long et en large la structure du vaisseau, ses différents ponts et compartiments, et l'emplacement probable de l'infirmerie. L'entendre décrire était une chose, s'y retrouver en était une autre.

Il avait attendu la tombée de la nuit avant que Robbie MacRae ne l'approche discrètement du navire. D'après le capitaine Raines, le *Porpoise* ne lèverait l'ancre qu'avec la marée du soir. Cela lui laissait deux heures pour retrouver Claire. Ils pourraient regagner la rive à la nage sans problème. L'*Artémis* les attendait, caché dans une petite crique de l'autre côté de l'île de Caicos. S'ils n'étaient pas au rendez-vous, alors... alors il verrait bien en temps voulu.

Quatre heures plus tard, en proie à une panique croissante, il parcourut une nouvelle fois le pont arrière. Il avait inspecté tout le vaisseau, parvenant non sans mal à ne pas se faire voir... mais pas la moindre trace de Claire.

— Mais où est-elle, bon sang ! marmonna-t-il entre ses dents.

Un bêlement retentit sous ses pieds, le faisant sursauter. Il rampa sur le pont et s'approcha d'un caillebotis. Il faisait sombre en bas et on sentait une forte odeur de chèvres. Il distinguait une vague lumière au fond de la pièce. Quelque chose bougea et il aperçut une silhouette portant une jupe. Etait-ce elle ? Sans plus attendre, il descella la trappe ajourée et se laissa glisser dans la pièce. Il y avait un bruit dans la direction de la lumière ; la femme n'était pas seule. Elle avança devant la lanterne et il distingua une épaisse natte blonde. Son cœur se serra. Ce n'était pas Claire. La femme tendit un panier à l'homme qui discutait avec elle. Celui-ci la salua et marcha droit vers Jamie.

Ce dernier se redressa de toute sa hauteur et lui barra la route.

— Hé, qu'est-ce que...

L'homme s'interrompit, dévisageant Jamie en écarquillant son œil unique.

— Que Dieu nous préserve ! souffla Tompkins. Que faites-vous ici ?

— Tu me connais ? s'étonna Fraser. Dis-moi comment tu t'appelles !

— Euh... ce n'est peut-être pas né-né-nécessaire, balbutia l'autre, terrifié.

Il voulut prendre la fuite mais Jamie le rattrapa par le bras et le plaqua contre la cloison.

— Pas si vite ! Où est Mme Malcolm, le médecin ?

— Je... je... je ne sais pas !

— Réfléchis un peu, lui recommanda Jamie. Je te donne une minute, après quoi, si tu ne sais toujours pas, je te fracasse le crâne.

— At... at... attendez ! Si vous me fracassez le crâne, je ne pourrai rien vous dire !

Jamie le retourna comme une crêpe, le nez contre le mur, et lui tordit le bras dans le dos.

— Tu as raison, opina-t-il. En revanche, si je te casse le bras, ça ne t'empêchera pas de parler.

— Je vais parler ! je vais parler ! paniqua Tompkins. Bon Dieu, vous êtes aussi vicieux qu'elle !

— Aha ! Tu la connais donc ?

— Oui, elle était aussi mauvaise que vous !

— « Etait » ? Tu as dit « était » ?

Jamie tira plus fort sur le bras, arrachant un cri d'agonie au marin.

— Arrêtez ! Je vous en supplie, arrêtez !

— Dis-moi où est ma femme ! vociféra Jamie.

— Elle est morte ! Elle est passée par-dessus bord !

— Quoi !

Abasourdi, Jamie lâcha le bras du marin qui s'effondra sur le sol.

— Quand ? Comment ? Que s'est-il passé ! Tu vas parler, oui ?

Tompkins rampait à reculons en se massant l'épaule, une étrange lueur de satisfaction dans le regard.

— Ne vous inquiétez pas, vous la rejoindrez bientôt, Fraser ! En enfer ! D'ici peu, vous vous balancerez au bout d'une corde dans le port de Kingston !

Jamie n'eut pas le temps de se demander d'où lui venait cette soudaine assurance, le coup l'atteignit avant même qu'il ait pu se retourner.

Le plancher sous lui se soulevait et s'affaissait. Il garda les yeux fermés, se concentrant sur la douleur aiguë à la base de son crâne pour ne pas sentir son estomac se retourner. Le *Porpoise* avait levé l'ancre et il était toujours à bord.

Claire. Par-dessus bord. Noyée. Morte.

Il roula sur le côté et vomit. Puis il toussa, cracha, vomit à nouveau comme pour expulser cette idée insupportable. En vain.

Une porte s'ouvrit et un rayon de lumière s'abattit comme une gifle sur son visage. Il grimaça, plissant les yeux pour tenter de voir au-delà de la lanterne.

— Monsieur Fraser ? Je suis profondément navré, je tenais à ce que vous le sachiez.

Jamie reconnut le visage tiré du jeune Leonard, l'homme qui avait enlevé Claire et qui avait à présent le culot de venir lui présenter ses regrets. Ses regrets de l'avoir tuée !

Pris d'un accès de furie, il bondit et cueillit Leonard en plein ventre, l'envoyant s'écraser contre une poutre. Il y eut des cris d'alarme et des bruits de course, mais Jamie n'entendait plus. Il fracassa la mâchoire du capitaine d'un crochet du droit, aussitôt suivi d'un uppercut qui lui broya les os du nez.

Il sentait vaguement des mains tirer sur ses vêtements et ses cheveux, mais peu lui importait à présent. Il devait se venger. Se venger !

Le corps sur lequel il était assis se trémoussa sous lui, agité de soubresauts, ses talons martelant le plancher, puis il retomba inerte.

Il fut réveillé par une douce caresse sur son visage. Il avança instinctivement la main...

— Aaaargh !

Révulsé, il bondit sur ses pieds, se frottant la face. L'énorme araignée, aussi effrayée que lui, prit ses jambes velues à son cou et fila se cacher sous un buisson.

Une cascade de rires cristallins retentit derrière lui. Il fit volte-face et aperçut six enfants, perchés sur les branches d'un gros arbre vert, l'observant avec de grands sourires qui dévoilaient des dents jaunies par le tabac.

— Mesdemoiselles, messieurs, lança-t-il en leur faisant une révérence clownesque.

Ils rirent de plus belle.

— Vous êtes matelot ? demanda l'un d'eux dans un français fortement teinté de créole.

— Non, soldat, répondit-il.

Il avait la gorge sèche et un épouvantable mal de tête. De vagues souvenirs flottaient dans le porridge qui emplissait son crâne, mais aucun n'avait de sens.

— Un soldat ? s'exclama un autre enfant. Mais où est ton épée et ta *pistola* ?

— Ce que tu es bête ! intervint une petite fille. Comment veux-tu qu'il nage avec un pistolet ? Tu n'es vraiment qu'une goyave !

— Ne m'appelle pas comme ça, chabraque !

— Cucudet !

— Ganache !

— Patafiot !

Les enfants se pourchassaient entre les branches tels des singes. Jamie se frotta les yeux, essayant de se concentrer.

— Mademoiselle ! appela-t-il en remarquant une fille un peu plus âgée que les autres.

Elle hésita un instant, puis se laissa tomber au pied de l'arbre comme un fruit mûr.

— Monsieur ?

— Comment s'appelle l'endroit où nous sommes ?

— Ben... Cap-Haïtien, pardi ! Vous parlez drôlement ! Vous êtes d'où ?

Cap-Haïtien... ainsi, il était sur l'île d'Hispaniola. Sa mémoire commençait lentement à lui revenir. Il se souvenait vaguement d'avoir fait un terrible effort, d'avoir nagé comme un forcené sous une pluie battante, ballotté comme un fétu de paille sur une mer déchaînée, si bien qu'il ne savait plus si sa tête était hors de l'eau ou dessous...

— J'ai très soif, dit-il. Y a-t-il de l'eau potable quelque part ?

— Par ici, par ici !

Encadré par une marmaille braillante qui le tirait par la manche, il fut conduit vers un ruisselet où il put s'asperger d'eau et se désaltérer sous le regard fasciné des enfants.

A présent cela lui revenait... il revit le visage de fouine du marin borgne, l'air surpris du jeune capitaine Leonard, sa propre folie furieuse et le plaisir sauvage d'écraser des os sous ses poings.

Et Claire. Avec le souvenir, une vague d'émotions confuses resurgit : le choc, la douleur, la terreur, puis le soulagement. Mais le soulagement de quoi ?

Il était enfermé dans une pièce sombre, roulant sur le plancher nu tandis que le navire essuyait la tempête. Puis il y avait eu cette femme surgie de nulle part. Il n'aurait su dire comment elle s'y était prise pour le monter jusque sur le pont, il se souvenait uniquement qu'elle sentait la chèvre. En revanche, il se rappelait à présent mot pour mot ce qu'elle lui avait dit dans un anglais haché en lui montrant un point quelque part sur la mer :

— Elle pas morte. Elle là-bas. Vous partir. Elle trouver.

Là-dessus, elle l'avait empoigné fermement par le fond de sa culotte et l'avait balancé par-dessus le bastingage.

— Vous n'êtes pas anglais, disait un des garçons près de lui. Et ce bateau là-bas, il est anglais, lui ?

Jamie se tourna machinalement, suivant la direction qu'indiquait le doigt du gamin. Le *Porpoise* était en train de passer au loin devant la baie. D'autres vaisseaux étaient éparpillés dans le port, tous clairement visibles depuis son point de vue en lisière de la ville.

— Oui, répondit-il. C'est un vaisseau anglais.

— Ah, ça me fait un point de plus ! s'écria l'enfant en se tournant vers un autre garçon. J'avais raison, Jacques ! Il est anglais ! Ça en fait quatre pour moi contre deux pour toi.

— Trois ! rectifia le dénommé Jacques. Moi je compte les espagnols *et* les portugais. La *Bruja* était portugaise, alors il est pour moi !

Jamie le rattrapa par le bras.

— Pardon, tu as bien dit la « *Bruja* » ?

— Oui. Je l'ai vue la semaine dernière. « Bruja », ça vient d'où à votre avis ? On n'était pas sûrs si c'était portugais ou espagnol !

— Plusieurs des marins sont venus boire à la taverne de maman, précisa une fillette. Ils parlaient espagnol.

— J'aimerais bien parler à ta mère, petite, demanda Jamie. Tu as une idée de la direction qu'a prise la *Bruja* ?

— Bridgetown, déclara la fille plus âgée. J'ai entendu le clerc de la garnison le dire.

— La garnison ?

— Les casernes sont juste à côté de la taverne de maman, reprit la fillette. C'est là-bas que les capitaines viennent faire enregistrer leurs papiers pendant que leurs marins se soûlent.

En descendant la colline pour se rendre à la taverne, toujours escorté par les enfants, Jamie se sentait revivre. Si Claire avait pu nager jusqu'à la rive, elle devait être quelque part sur cette île. Quant à la *Bruja* et à Petit Ian, ils n'étaient plus très loin non plus. Il les retrouverait bientôt tous les deux, il en était persuadé. Le fait qu'il soit pieds nus, sans le sou et recherché par la Royal Navy était secondaire. Il était entier, sain d'esprit et sur la terre ferme, tout était donc possible.

52

Je le veux !

Il n'y avait rien d'autre à faire que tenter de réparer rapidement l'*Artémis* et à mettre le cap sur la Jamaïque. Je faisais de mon mieux pour refouler mon angoisse au sujet de Jamie, mais je ne pus pratiquement rien avaler pendant deux jours.

Pour tuer le temps, j'emmenai Marsali à l'Hacienda de la Fuente où elle parvint à charmer le père Fogden en lui montrant comment préparer un remède écossais contre les tiques de moutons.

Stern s'était généreusement porté volontaire pour aider aux réparations, me confiant sa précieuse sacoche et me chargeant de récolter pour lui plusieurs spécimens d'*Arachnida* pendant que je cherchais mes plantes médicinales. Je me retins de lui dire que j'espérais ne pas croiser la route de l'une de ces bestioles, surtout dans ces contrées exotiques où elles avaient mauvaise réputation, et promis de m'acquitter au mieux de ma tâche.

L'après-midi du troisième jour, je rentrai donc de l'une de mes expéditions, ma sacoche remplie de racines et de mousses diverses, et portant à bout de bras une tarentule vivante, soigneusement emmaillotée dans un linge... une grosse araignée bien velue qui allait certainement combler Lawrence de joie.

Les travaux semblaient bien avancés. L'*Artémis,* soutenu par une forêt de cordages et de troncs d'arbres glissés sous sa coque, n'était plus couché sur le flanc.

— Vous avez bientôt fini ? demandai-je à Fergus, qui dirigeait les opérations.

Il se tenait près de la poupe, hurlant aux marins où placer les cales. Il se tourna vers moi en essuyant son front trempé de sueur.

— Oui, milady. Le calfatage est terminé. D'après M. Warren,

nous pourrons remettre l'*Artémis* à la mer dès ce soir lorsqu'il fera plus frais. D'ici là, le brai devrait avoir durci.

— Merveilleux ! Vous avez pu recoudre les voiles ?

— Oh oui. D'ailleurs, il ne nous reste plus qu'à...

Il fut interrompu par un cri d'alarme poussé par MacLeod. Je fis volte-face pour examiner la route qui se dessinait au loin, derrière la ligne de palmiers nains. Un reflet métallique accrocha mon regard. Fergus fut le plus rapide.

— Des soldats ! s'écria-t-il. Vite, milady, courez vous mettre à l'abri dans la forêt. Marsali !

La jeune fille apparut derrière la proue, l'air surprise. Fergus l'attrapa par le bras et la poussa vers moi.

— Suis milady ! ordonna-t-il.

Je saisis la main de Marsali et l'entraînai avec moi. En dix enjambées, nous atteignîmes la lisière des arbres. Je m'effondrai derrière un épineux, hors d'haleine. Marsali s'agenouilla à mon côté.

— Que se passe-t-il ? demanda-t-elle. Qui sont ces gens ? Qu... qu'est-ce qu'ils veulent ? Qu'est-ce qu'ils vont faire à mon Fergus ?

— Je n'en sais rien, haletai-je en reprenant mon souffle.

De là où nous étions, nous voyions parfaitement la plage où les soldats avançaient à cheval. Ils n'étaient qu'une dizaine.

— Tout ira bien, dis-je pour tenter de rassurer Marsali. Regarde, ce sont des soldats français. Or l'*Artémis* a des papiers français.

Je n'en étais pas si sûre. Français ou pas, un bateau marchand échoué sur une plage était une invitation ouverte à se servir. Il n'y avait personne d'autre à la ronde. Seul l'équipage de l'*Artémis* se tenait entre ces hommes et le butin éparpillé sur le sable. Quelques-uns des marins possédaient un pistolet, la plupart n'avaient que des couteaux. Les soldats, eux, étaient armés jusqu'aux dents, chacun étant équipé d'un mousquet, d'une épée et de pistolets. Si une bagarre éclatait, elle serait sanglante et les soldats avaient un net avantage.

Tous les marins s'étaient rassemblés derrière Fergus, qui faisait office de porte-parole. Il était solidement planté les deux pieds dans le sable, prêt à toute éventualité.

Les soldats arrêtèrent leurs montures à une dizaine de mètres du groupe. Un grand gaillard, qui semblait être le chef, fit signe à ses hommes d'attendre, puis sauta à terre.

Je surveillai le visage de Fergus. Quand le Français ne fut plus qu'à quelques pas de lui, il blêmit et ouvrit une bouche stupéfaite. Puis je suivis son regard, et je compris pourquoi. Le commandant ôta son chapeau, et laissa retomber une masse de cheveux d'un roux éclatant sur ses épaules. Je poussai un long soupir de soulagement et remerciai mentalement le ciel.

— C'est vous le responsable, ici ? demanda Jamie en français. Venez avec moi. Les autres, restez où vous êtes.

Les membres de l'équipage de l'*Artémis* échangèrent des regards ahuris et se donnèrent de grands coups de coude dans les côtes, mais ils obéirent sagement. Jamie et Fergus s'éloignèrent sur la plage, parlant à voix basse, puis ils revinrent et se séparèrent. Fergus se dirigea vers ses hommes avec détermination et Jamie revint vers les soldats, leur ordonnant de descendre de selle et de se rassembler autour de lui. Je ne pouvais pas comprendre ce qu'il leur disait, mais Fergus était suffisamment près de nous pour que je l'entende :

— Ce sont des soldats de la garnison du Cap-Haïtien, expliqua-t-il. Leur commandant, le capitaine Alessandro, m'informe qu'ils vont nous aider à remettre l'*Artémis* à la mer.

Pendant ce temps, les soldats remontaient déjà leurs manches. Je surpris plus d'un regard de leur part vers l'*Artémis,* les yeux brillants d'une lueur de convoitise qui semblait indiquer que leur geste n'était pas totalement désintéressé. Je remarquai que trois d'entre eux s'étaient postés un peu en retrait, gardant leurs armes et surveillant les moindres gestes des marins.

— On ne va pas les rejoindre ? chuchota Marsali à mon oreille. Il ne semble pas y avoir de danger.

Je ne quittais pas Jamie des yeux. Il se tenait à l'ombre d'un palmier, l'air détendu mais néanmoins sur ses gardes. Son expression était indéchiffrable, mais ses deux doigts raides pianotaient nerveusement sur sa cuisse. Je posai une main sur l'épaule de Marsali et la forçai à s'accroupir de nouveau à mon côté.

— Il vaut mieux attendre, lui indiquai-je. Je sens comme une entourloupette dans l'air.

Les travaux durèrent tout l'après-midi puis, au coucher du soleil, l'*Artémis* fut enfin prêt à reprendre la mer. Tels des esclaves hissant les dernières pierres monumentales d'une pyramide, les hommes harnachés aux cordages tirèrent la lourde coque hors du banc de sable, leurs efforts rythmés par les « ho » et les « hisse » d'une trentaine de voix mâles. Puis un « hourra » tonitruant s'éleva tandis que la quille se dégageait enfin et que le navire se mettait à glisser doucement, remorqué par deux chaloupes. Ensuite, un à un, les marins et les soldats grimpèrent à bord. Nous les observâmes quelque temps s'affairant sur le pont, puis ce fut le calme plat. Nous entendîmes vaguement quelques cris étouffés provenant de l'intérieur du bateau, puis plus rien.

Marsali et moi attendions toujours, tapies dans notre sous-bois. Depuis notre cachette, l'*Artémis* mouillant paisiblement dans la crique déserte avec le coucher de soleil en arrière-plan faisait penser à une carte postale.

— Je n'en peux plus, dis-je enfin. J'ignore ce qu'ils ont traficoté, mais tant pis. On ne va pas passer la nuit ici !

Au moment où nous émergions enfin sur la plage, nous vîmes Fergus venir à notre rencontre dans une chaloupe. Arrivé près du rivage, il sauta dans l'eau et tira son embarcation derrière lui, nous faisant de grands signes enthousiastes.

— *Mo chridhe chérie !* lança-t-il en étreignant Marsali.

Il la souleva de terre et la déposa dans la barque. Puis il me tendit le bras pour m'aider à monter à mon tour.

— Milady, annonça-t-il sur un ton solennel, le capitaine de l'*Artémis* m'envoie vous demander si vous lui ferez l'honneur de partager son dîner ce soir.

Le nouveau capitaine de l'*Artémis* se tenait entièrement nu au centre de sa cabine, les yeux fermés, se grattant les testicules avec une expression béate.

— Hum... fis-je.

Il rouvrit les yeux et son visage s'illumina d'une joie sans bornes. L'instant suivant, j'étais dans ses bras, la joue pressée contre la toison dorée de son torse.

Nous restâmes sans rien dire un long moment. J'entendais les bruit de pas au-dessus de nos têtes, les cris des marins sur le pont, le claquement des voiles qu'ils étaient en train de hisser. L'*Artémis* reprenait vie autour de nous.

— Tu ne crois pas que tu devrais t'habiller ? dis-je enfin. Non pas que le spectacle me déplaise, mais...

— Je ne peux pas, répondit-il, je suis couvert de poux et ça me démange partout.

— Pouah ! fis-je en reculant d'un pas.

Si je connaissais fort bien le *Pediculus humanus*, ou vulgaire pou du corps, je ne tenais pas à renouer de relations. Je commençais déjà à me gratter le crâne, imaginant les minuscules pattes d'insectes courant sur mon cuir chevelu.

— Ne t'inquiète pas, *Sassenach*, j'ai déjà envoyé chercher un rasoir et de l'eau chaude.

Je passai les doigts dans les boucles frisées de son menton. Je ne l'avais jamais vu avec une barbe aussi longue.

— C'est dommage de la raser, dis-je. Elle te va bien. Elle est aussi rousse que tes cheveux, sauf qu'il y a quelques poils blancs.

— Ah oui ? dit-il, surpris, en se frottant les joues. Tu me diras, après tout ce que j'ai vécu ce mois dernier, ça n'a rien d'étonnant !

— Au fait, demandai-je soudain, qu'as-tu fait des Français ?

Je les ai tous vus monter à bord, mais il n'y en a pas un seul sur le pont.

— Forcément, répondit-il, l'air narquois, ils sont sous nos pieds. Je leur avais dit que, dès que le navire serait à la mer, nous rassemblerions les marins sur le pont et qu'à mon signal nous les pousserions dans la cale. Sauf que j'ai eu le temps de prévenir Fergus. Aussi, chaque fois qu'un soldat montait sur le pont, il était aussitôt désarmé et bâillonné par les membres de l'équipage. Finalement, ce sont eux qui se sont retrouvés dans la cale. Et voilà !

Il esquissa un haussement d'épaules modeste.

— Peut-on savoir comment tu t'es retrouvé à la tête d'une patrouille de soldats français ? dis-je.

Au même instant, on frappa à la porte.

— Monsieur Fraser ? Euh... je veux dire, capitaine ?

Le visage anguleux de Maitland apparut dans l'entrebâillement, caché par la vapeur d'une bassine fumante.

— M. Murphy a rallumé les réchauds, annonça-t-il. Voici votre eau chaude.

— Tu peux m'appeler M. Fraser, dit Jamie en lui prenant la bassine et le rasoir.

Il marqua une pause, écoutant le martèlement des pas au-dessus de nos têtes.

— Dis-moi, demanda-t-il en fronçant les sourcils, puisque me voilà capitaine, je suppose que c'est à moi de décider quand nous appareillons et quand nous jetons l'ancre ?

— Oui, capitaine, c'est ce que fait généralement un capitaine.

Maitland hésita un instant puis, se disant manifestement que qui ne tente rien n'a rien, ajouta :

— C'est également le capitaine qui dit quand les marins ont le droit d'avoir du rab de porridge et de grog.

— Je vois, dit Jamie, amusé. A ton avis, quelle quantité les marins peuvent-ils boire avant d'être hors d'état de faire naviguer le bateau ?

— Oh, beaucoup, capitaine !

Il prit un air concentré, puis déclara :

— Ils peuvent boire une double ration.

Jamie arqua un sourcil impressionné.

— Une double ration... d'eau-de-vie ?

— Oh, non, capitaine, se récria Maitland. Rien qu'avec une demi-ration supplémentaire d'eau-de-vie, tout l'équipage roulerait sous les haubans.

— Soit, disons alors double ration de grog, convint Jamie. Occupe-t'en, Maitland. Et que le navire ne lève pas l'ancre avant que j'aie fini de dîner.

— Oui, mon capitaine ! déclara Maitland avec un petit salut

militaire. Dois-je demander au Chinois de venir vous voir après le départ ?

— Demande-lui plutôt de venir avant. Merci, Maitland, tu peux disposer.

Jamie semblait manifestement prendre goût à sa nouvelle fonction.

— Oh, encore une chose, Maitland, intervins-je.

— Oui, m'dame ?

— Pourriez-vous demander à M. Murphy de m'envoyer une bouteille de son meilleur vinaigre ? Puis tâchez de savoir où les hommes ont rangé mes remèdes et faites-les porter ici, s'il vous plaît.

— Qu'est-ce que tu veux faire avec du vinaigre, *Sassenach* ? me demanda Jamie quand Maitland fut sorti.

— Te débarrasser de tes poux. Je n'ai pas l'intention de dormir avec un homme infesté de vermine.

— Aha ! Parce que tu comptes dormir avec moi ?

Il lança un regard vers la niche exiguë qui renfermait sa couchette.

— Certainement, rétorquai-je. Je ne sais pas où, mais on trouvera bien un endroit.

— Excellente idée. Tout compte fait, on peut très bien ne lever l'ancre que demain matin. Après tout, puisque c'est moi qui décide, je décide de passer la nuit à terre, où il y a de la place.

— De la place pour quoi faire ?

— Aha, j'ai ma petite idée !

— Quelle idée ?

Il s'aspergea le visage des deux mains et sourit.

— J'ai ce plan que je peaufine depuis plusieurs semaines, *Sassenach*. D'abord, je t'emmène dans un coin désert de la plage. J'étale une couverture sur le sable et je m'assieds à côté de toi.

— C'est un bon début, convins-je. Et ensuite ?

— Ensuite, je te prends sur mes genoux et je t'embrasse.

Tout en se séchant, il vint s'asseoir à côté de moi sur la couchette.

— Et ensuite ?

— Ensuite, je t'allonge sur la couverture, je tripote tes cheveux, je goûte ta peau, ta gorge, tes seins... Je ne m'arrête que quand tu commences à couiner.

— Je ne couine jamais !

— Mais si, tu couines. Quoi qu'il en soit, je m'attaque ensuite à tes jupes. Je les relève doucement et j'enfouis...

Il fut de nouveau interrompu par de brefs coups timides à la porte.

— Bon sang ! grogna-t-il. On ne peut jamais être tranquille... Entrez !

Marsali tressaillit en voyant son beau-père assis à mon côté, nu comme un ver. Jamie saisit hâtivement sa chemise roulée en boule et la plaqua pudiquement devant son sexe sans se départir de son sang-froid.

— Marsali ! Je suis content de voir que tu vas bien. Je peux faire quelque chose pour toi ?

La jeune fille entra et se planta fermement au milieu de la pièce. Elle avait un méchant coup de soleil sur le visage et son nez pelait.

— Oui, papa. Je suis venue te rappeler ta promesse.

— Quelle promesse ? fit Jamie, soudain inquiet.

— Tu as promis que Fergus et moi pourrions nous marier dès que nous serions aux Antilles. Or Hispaniola est aux Antilles.

Jamie se gratta le menton, hésitant.

— Euh... c'est vrai, mais... euh... vous êtes sûrs de le vouloir toujours, l'un comme l'autre ?

— Oui.

Jamie arqua un sourcil soupçonneux.

— Où est Fergus ?

— En train d'aider à l'arrimage de la cargaison. Je sais qu'on va partir bientôt, c'est pourquoi je suis venue tout de suite.

— Oui, mais j'ai dit que vous deviez être mariés devant un prêtre. Or l'église la plus proche doit se trouver à Bayamo, qui est à trois jours de voyage. Peut-être qu'à la Jamaïque...

— Tu oublies que nous avons un prêtre ici, l'interrompit Marsali avec une lueur triomphante dans le regard. Le père Fogden peut nous marier.

J'en restai bouche bée. Décidément, cette petite avait de la suite dans les idées.

— Mais nous devons lever l'ancre demain à la première heure ! se récria Jamie.

— Il n'y en aura pas pour longtemps, répliqua Marsali. Après tout, il suffit juste d'échanger quelques mots, n'est-ce pas ?

— Mais ta mère... commença Jamie.

Il me lança un regard d'appel à l'aide.

Je haussai des épaules impuissantes. Essayer de décrire le père Fogden à Jamie ou de dissuader Marsali était une tâche bien trop ardue pour moi.

— Ce Fogden refusera, tenta encore Jamie. Les marins de l'*Artémis* ont fait des misères à l'une de ses paroissiennes, une certaine Arabella. Il ne voudra rien entendre, j'en ai peur.

— Si ! Il le fera pour moi... Moi, il m'aime bien.

Pressentant qu'elle avait pratiquement gagné la partie, la jeune fille était dressée sur la pointe des pieds, tremblante d'excitation.

Jamie la dévisagea longuement, scrutant le fond de ses yeux. Elle paraissait si jeune !

— Tu es sûre ? demanda-t-il enfin. Tu y tiens tant que ça ?

Elle prit une profonde inspiration, le rouge lui montant aux joues.

— Oui, papa. Du fond du cœur. J'aime Fergus. Je le veux !

Jamie hésita encore un instant, puis hocha la tête et lissa ses cheveux en arrière.

— D'accord, Marsali. Envoie-moi M. Stern, puis va prévenir Fergus, qu'il se prépare.

— Oh merci, papa, merci, merci !

Marsali se jeta à son cou et l'embrassa. Jamie la retint d'une main, l'autre serrant tant bien que mal sa chemise contre son entrejambe. Puis il s'écarta et déposa un baiser sur son front.

— Ne m'approche pas de trop près, ma petite, lui dit-il en riant. Tu ne voudrais tout de même pas être couverte de poux pour ton mariage !

Sa remarque sembla rappeler quelque chose à la jeune fille. Elle me jeta un regard hésitant et rougit, tripotant ses boucles collées par la transpiration et nouées lâchement dans sa nuque.

— Claire, dit-elle timidement. Je me demandais... cela vous ennuierait de me prêter un morceau de ce savon à la camomille que vous préparez vous-même ? Si j'ai le temps... j'aimerais me laver les cheveux.

— Bien sûr, répondis-je en souriant. Viens avec moi, je vais t'aider à te faire belle.

Je l'inspectai brièvement de la tête aux pieds. Elle avait le visage rouge et les pieds nus. L'eau de mer avait rétréci sa robe en mousseline froissée et pleine d'accrocs, lui écrasant les seins. L'ourlet déchiré de sa jupe traînait par terre.

Il me vint soudain une idée et je me tournai vers Jamie.

— Il faudrait qu'elle ait une belle robe pour se marier, déclarai-je.

Jamie leva les yeux au ciel.

— *Sassenach !* Où veux-tu qu'on...

Je ne le laissai pas finir :

— Nous non, mais le prêtre lui, oui. Demande à Lawrence d'amadouer le père Fogden pour qu'il nous prête une de ses robes. Je veux dire, une de celles d'Ermenegilda. Je crois qu'elles ont la bonne taille.

Il ouvrit des yeux ronds.

— Ermenegilda ? Des robes ? Arabella ? Mais quel genre de prêtre est-ce, au juste ?

Je m'arrêtai sur le pas de la porte, Marsali me tirant par la manche.

— Il boit un peu et il a un petit faible pour les moutons, expliquai-je. Cela dit, je pense qu'il se souviendra encore des paroles de la bénédiction nuptiale.

Ce fut la cérémonie de mariage la plus étrange à laquelle j'avais jamais assisté. Le temps que tous les préparatifs soient faits, le soleil s'était couché depuis longtemps. Au grand dam de M. Warren, le lieutenant de bord, Jamie avait décrété que nous ne lèverions l'ancre que le lendemain, afin que les nouveaux mariés puissent passer leur nuit de noces sur la terre ferme.

— On ne peut pas les obliger à consommer leur mariage dans un de ces trous à rat, avait-il marmonné en montrant la couchette. S'ils rentrent à deux là-dedans, on ne pourra plus jamais les en sortir. Quant à perdre son pucelage dans un hamac... !

Il se tenait à présent à mon côté sur la plage, empestant le vinaigre, mais très digne dans sa veste bleue, sa chemise propre et ses culottes en serge grise. Avec ses cheveux bien coiffés et retenus par un ruban gris, il faisait un très beau « père de la mariée ».

Murphy et Maitland, les deux témoins, avaient fait de leur mieux : Murphy s'était lavé les mains, et Maitland le visage. Fergus aurait préféré avoir Lawrence Stern pour témoin, mais sa requête avait été rejetée, sous prétexte que Stern était juif. Marsali m'avait demandée mais, si j'étais qualifiée sur le plan religieux, on avait jugé préférable que je m'abstienne, pour ne pas aggraver la situation avec Laoghaire.

Tandis que nous observions les préparatifs sur la plage, Jamie me chuchota :

— J'ai demandé à Marsali d'écrire à sa mère pour la prévenir qu'elle s'était mariée, mais je lui ai conseillé de rester évasive quant aux détails.

Je comprenais pourquoi. Laoghaire devait déjà avoir eu du mal à avaler que sa fille aînée se soit enfuie avec un ex-pickpocket manchot qui avait deux fois son âge. Elle risquait l'apoplexie si elle apprenait qu'ils avaient été mariés au beau milieu de la nuit sur une plage des Antilles par un prêtre défroqué, en présence de vingt-cinq marins, de dix chevaux, d'un troupeau de moutons (tous ornés d'un gros ruban pour l'occasion), et d'un épagneul qui contribuait à l'humeur festive générale en tentant de copuler avec la jambe de bois de Murphy. Le coup de grâce pour la pauvre Laoghaire aurait été d'apprendre que j'avais participé à la cérémonie.

Une rangée de torches avaient été allumées, attachées au bout de piques fichées dans le sable, leurs flammes rouge orangé étirées par le vent. Au-dessus de nos têtes, le ciel étoilé des Caraïbes était luminescent. Il n'y avait pas d'église, mais peu de mariés avaient eu un plus beau décor pour leur nuit de noces.

J'ignorais quels prodiges de persuasion Lawrence avait dû déployer, mais le père Fogden était là, frêle et évanescent comme un spectre, l'éclat de ses yeux bleus étant le seul signe de vie qui émanait de lui. Son teint était aussi gris que son froc, et ses mains tremblaient sous la reliure fanée de son missel. Il dégageait une forte odeur de sangria mais du moins était-il arrivé jusqu'à la plage par ses propres moyens. Il se tenait en oscillant entre deux torchères, essayant laborieusement de tourner les pages de son livre que le vent rabattait constamment. Finalement, il capitula et referma brusquement le missel en le faisant claquer.

— Humm... fit-il avant de roter.

Il adressa un petit sourire contrit à la ronde, puis se redressa.

— Mes bien chers frères... commença-t-il.

Il y eut un mouvement dans l'assistance tandis que les marins comprenaient que la cérémonie avait enfin commencé, se donnaient des coups de coude et se redressaient dans une posture solennelle.

— Acceptez-vous de prendre cette femme ? demanda de but en blanc le père Fogden à Murphy.

— Moi ! glapit le cuisinier. Mais non, moi, les femmes, vous savez...

— Ah non ? dit le prêtre, surpris.

Il se tourna alors vers Maitland :

— Et vous, vous la prenez ?

— Euh... non, monsieur, ce n'est pas moi... balbutia le jeune garçon de cabine. Non pas que je ne le voudrais pas, se hâta-t-il de préciser. Mais c'est lui, là.

Il indiqua Fergus qui se tenait près de lui, fusillant le prêtre du regard.

— Lui ? demanda Fogden, dubitatif. Mais il lui manque une main ! Elle s'en fiche ?

— Oui ! tonna Marsali qui commençait à s'échauffer.

Elle était ravissante dans la robe de soie bleue brodée d'or d'Ermenegilda. Elle avait un décolleté carré et des manches bouffantes qui lui donnaient un air de princesse de conte de fées. Ses cheveux propres brillaient comme de la paille fraîche au soleil.

— Allez-y ! continuez ! s'impatienta-t-elle.

— Bon d'accord, d'accord... la calma le prêtre. Après tout, qu'est-ce qu'une main, tant qu'il lui reste l'essentiel.

Pris d'un doute subit, il haussa un sourcil interrogateur vers Fergus :

— Il ne vous manque rien d'autre, n'est-ce pas ? Parce que sinon... je ne suis pas sûr de pouvoir vous marier.

Un tremblement agita les épaules de Fergus, mais je n'aurais su dire s'il refoulait sa colère ou une envie de rire. Voyant que la situation menaçait de s'éterniser, Jamie intervint. Il posa une main sur l'épaule de Fergus et l'autre sur celle de Marsali.

— Cet homme... et cette femme. Mariez-les, mon père. Maintenant. S'il vous plaît.

— Ah ! fit le prêtre, je vois, je vois.

Un long silence s'ensuivit, pendant lequel le père Fogden se contenta d'osciller lentement dans le vent, puis il se tourna vers Marsali.

— Un nom, dit-il. Il me faut un nom. Je ne peux pas vous marier si je n'ai pas de nom. Il me faut un...

— Marsali Jane MacKimmie Joyce ! déclara la jeune fille d'un voix forte.

— Ah ! très bien, très bien. Epatant ! Mar-sa-li, acceptez-vous de prendre cet homme pour époux bien qu'il lui manque une main ? Pour le meilleur et pour le pire, à compter de ce jour et jusqu'à ce que...

Sa voix mourut doucement. Son attention avait été attirée par l'un de ses moutons qui s'était aventuré dans la lumière et mâchait avec application un vieux bas de laine rayé.

— Oui, je le veux !

Le père Fogden sursauta et revint à lui. Il fit une tentative pour étouffer un nouveau rot, échoua, puis se tourna vers Fergus.

— Vous avez un nom ?

— Oui, Fergus.

Le prêtre fronça les sourcils.

— Fergus ? Fergus... Fergus... c'est bien joli ça, mais c'est tout ? Vous n'en avez pas d'autres ? Il m'en faut au moins un autre !

— Fergus, répéta sèchement Fergus.

Fergus était le prénom que Jamie lui avait donné lorsqu'il l'avait trouvé, enfant, dans un bordel parisien. A l'époque, il n'avait qu'un prénom, Claude. N'ayant pas de père et n'ayant jamais connu sa vraie mère, il n'avait naturellement pas de patronyme.

— Fraser, annonça soudain une voix à mon côté.

Fergus et Marsali se retournèrent, stupéfaits.

— Fergus Claude Fraser, répéta Jamie en fixant Fergus droit dans les yeux.

Celui-ci semblait transfiguré. Il avait la bouche entrouverte et ses yeux se remplirent de larmes. Puis il hocha lentement la tête et se tourna à nouveau vers le prêtre, répétant d'une voix tremblante :

— Fergus Claude Fraser.

La tête renversée en arrière, le père Fogden contemplait les étoiles. Il rabaissa lentement le menton, l'air rêveur.

— Epatant ! déclara-t-il d'une voix enjouée. N'est-ce pas ?

Un petit coup de coude de la part de Maitland le ramena à terre.

— Ah ! Oui ! Euh... Mari et femme. Voilà ce que je vous déclare. Oh, attendez ! Non, ça ne va pas du tout, vous n'avez pas encore dit si vous l'acceptiez pour épouse pour le meilleur et pour le pire et patati et patata...

— Oui, je le veux, dit Fergus.

Il lâcha la main de Marsali et sortit précipitamment un anneau d'or de sa poche. Il devait l'avoir acheté en Ecosse, ne voulant pas rendre leur mariage officiel tant qu'ils n'avaient pas reçu de bénédiction. Celle de Jamie, plus que celle d'un prêtre.

Il y eut un long silence sur la plage tandis qu'il passait l'alliance au doigt de Marsali, tous les regards étant tournés vers la petite bague qui brillait dans le noir.

Elle avait réussi. Une enfant de quinze ans, armée de sa seule détermination. Elle avait dit « Je le veux ! » et s'y était accrochée sous le feu croisé des objections de sa mère puis de son beau-père. Elle avait vaincu les scrupules de Fergus et ses propres craintes. Pour lui, elle avait tout osé, elle avait traversé un océan, essuyé une tempête, subi un naufrage...

Elle releva le visage, rayonnante, et se mira dans les yeux de Fergus. Ce qui les unissait était si fort que je sentis les larmes me monter aux yeux.

« Je le veux ! »

Ce n'était pas ce que j'avais dit à Jamie le jour de notre mariage. Et pour cause : je ne le voulais pas. Mais je l'avais dit depuis, trois fois. Deux fois à Craigh na Dun, en des moments décisifs, et une fois à Lallybroch.

Je le voulais, encore et toujours, et rien ne pourrait plus se mettre entre nous.

Il baissa les yeux vers moi. Je sentis son regard, tendre comme une aube qui se lève sur la mer.

— A quoi penses-tu, *mo chridhe* ? chuchota-t-il.

J'essuyai mes larmes et lui pris la main.

Je le veux !

NEUVIÈME PARTIE

Les nouveaux mondes

53

Le guano de chauve-souris

Fraîches, les déjections des chauves-souris ont une consistance visqueuse d'un brun verdâtre ; sèches, elles forment une poudre marron clair. Dans les deux cas, elles dégagent une odeur pestilentielle d'ammoniaque et de pourriture.

— Combien as-tu dit qu'on devait en charger ? demandai-je à travers mon mouchoir.

— Dix tonnes, répondit Jamie d'une voix pareillement étouffée.

Nous nous tenions sur le pont supérieur, un linge plaqué contre le nez, en train d'observer les esclaves qui manœuvraient leurs brouettes sur la passerelle et balançaient des balles de l'infâme substance dans l'ouverture de la cale avant.

De petites particules de guano soulevées par le vent retombaient autour de nous dans une pluie d'or trompeuse. Elles adhéraient au corps des hommes à moitié nus. La sueur qui ruisselait le long de leur torse dessinait des rayures sur leur peau couverte de poudre, leur donnant un air étrange de zèbres noir et or.

Jamie essuya ses yeux larmoyants.

— Tu as déjà tanné le cuir à quelqu'un, *Sassenach* ?

— Non, mais si c'est à Fergus que tu penses, je suis prête à te donner un coup de main !

C'était Fergus qui, en se renseignant sur le marché de King's Street à Bridgetown, avait fourni à l'*Artémis* sa première mission de transporteur : acheminer dix tonnes de guano de chauve-souris de la Barbade à la Jamaïque, où il devait servir d'engrais à la plantation de canne à sucre d'un certain Johnson.

Fergus, lui, surveillait le chargement des énormes cubes de guano séché. Marsali, qui ne s'éloignait pourtant jamais de plus de quelques mètres de lui, s'était réfugiée sur le poste d'équipage. Elle était assise sur un tonneau rempli d'oranges, le nez enfoui dans le joli châle que son époux venait de lui offrir.

— Nous sommes bien censés nous faire passer pour des transporteurs, non ? avait argumenté Fergus. Ce serait idiot de voyager avec une cale vide. En outre, M. Johnson nous rémunérera très généreusement.

— C'est loin d'ici, la Jamaïque ? s'enquit Jamie avec inquiétude.

Il regardait au loin vers la mer, comme s'il espérait entr'apercevoir l'autre l'île au large. Les aiguilles magiques de M. Willoughby lui avaient enfin donné le pied marin, mais il ne s'y soumettait qu'à contrecœur.

— A trois ou quatre jours de navigation, répondit M. Warren. Par beau temps.

— Peut-être que l'odeur sera moins forte une fois que nous serons en mer, dis-je avec optimisme.

— Oh oui ! milady, lança Fergus qui venait de nous rejoindre. Le fournisseur m'a affirmé que la puanteur diminue considérablement après que le guano est sorti des grottes dans lesquelles il est mis à sécher.

Il s'agrippa aux gréements et grimpa comme un singe sur le mât de misaine. Parvenu au niveau du dernier espar, il y noua le mouchoir rouge qui indiquait aux marins à terre qu'il était temps de rentrer. Puis il se laissa glisser doucement le long du mât, dérangeant quelque peu Ping An, perché sur la barre de flèches la plus basse pour mieux surveiller les opérations sur le pont inférieur.

— Fergus a l'air de prendre les affaires à cœur, observai-je.

— Normal, expliqua Jamie, il est mon associé. Maintenant qu'il a une femme, je lui ai dit qu'il était temps d'apprendre un vrai métier. Il faudra sans doute attendre longtemps avant de pouvoir remonter une imprimerie. Marsali et lui toucheront la moitié des bénéfices sur le fret.

Il fit une moue amère en ajoutant :

— ... en échange de la dot que je leur avais promise.

Je pouffai de rire.

— J'aurais bien aimé lire la lettre que Marsali a envoyée à sa mère ! m'exclamai-je. D'abord Fergus, puis le père Fogden et Mamacita, et maintenant dix tonnes de crottes de chauve-souris en guise de dot !

— Si Laoghaire la lit, je ne pourrai plus jamais remettre un pied en Ecosse de ma vie, remarqua Jamie en souriant malgré lui. Au fait, tu as pensé à ce que tu comptais faire de ta nouvelle acquisition ?

— Ne m'en parle pas ! dis-je en cessant brusquement de rire. Où est-il ?

— Quelque part sur le navire. Murphy lui a donné à manger et Innes va lui dégotter un endroit où accrocher son hamac.

Son attention fut attirée par un homme qui approchait sur le quai.

— Excuse-moi, *Sassenach*, je crois qu'on me cherche.

Je l'observai avec intérêt tandis qu'il allait à la rencontre de notre visiteur, un grand colon vêtu comme un planteur prospère. A son visage buriné par le soleil, on devinait qu'il vivait depuis longtemps aux Antilles. Il tendit la main vers Jamie, qui la serra vigoureusement. Puis Jamie lui dit quelque chose et l'homme lui répondit, son air méfiant se transformant soudain en expression cordiale.

J'en déduisis que ce devait être un franc-maçon. Suivant les conseils de Jared, Jamie s'était rendu à la loge maçonnique de Bridgetown dès notre arrivée, la veille. Il s'y était présenté en tant que membre de la confrérie et avait eu un long entretien avec le grand maître, lui décrivant Petit Ian et expliquant sa situation. Son hôte lui avait promis de répandre la nouvelle parmi tous les francs-maçons des îles. L'homme qui venait d'arriver lui apportait peut-être des informations.

Le planteur glissa une main dans sa poche et en sortit un papier qu'il déplia devant Jamie, tout en se lançant dans des explications compliquées. Jamie l'écoutait d'un air concentré, mais sans montrer ni jubilation ni désappointement. Cela n'avait peut-être rien à voir avec Petit Ian, au bout du compte. Après notre visite au marché aux esclaves l'après-midi précédent, je m'attendais au pire.

Pendant que Jamie rendait visite au grand maître de la loge de Bridgetown, Lawrence, Fergus, Marsali et moi étions allés au marché aux esclaves sous la tutelle grincheuse de Murphy. Le marché se trouvait près des docks, au bout d'une rue poussiéreuse bordée d'échoppes où l'on vendait des fruits, du café, des poissons séchés, des noix de coco, des ignames et des cochenilles femelles enfermées dans des bocaux en verre pour en tirer de la teinture rouge carmin.

Murphy, en bon gardien de l'ordre et des convenances, avait insisté pour que Marsali et moi ayons chacune une ombrelle, obligeant Fergus à en acheter deux à un vendeur ambulant.

— Toutes les femmes blanches de Bridgetown en ont, bougonna-t-il en essayant de m'en placer une entre les mains.

— Mais je n'en veux pas, de votre ombrelle ! me défendis-je en me sentant aussi déguisée qu'une touriste américaine. D'abord, il ne fait pas si chaud !

Scandalisé, Murphy me regarda d'un air torve.

— Si vous ne voulez pas protéger votre teint, pensez au moins à ce que les gens vont dire !

— Je n'ai pas l'intention de m'installer ici, rétorquai-je. Et je me fiche de ce que les gens diront !

Je tournai les talons et repris ma marche, me dirigeant vers un grondement lointain que je supposais venir du marché.

— Mais vous allez avoir le visage tout rouge ! insista Murphy sur mes talons.

Il tentait d'ouvrir l'ombrelle tout en boitillant derrière moi.

— Bon, d'accord ! capitulai-je. Donnez-moi cette saloperie !

Je la lui arrachai des mains, l'ouvris d'un geste agacé et la déposai sur mon épaule.

A la vérité, quelques minutes plus tard, je lui fus reconnaissante d'avoir fait preuve d'une telle insistance. Si la rue commerçante était bordée de hauts palmiers qui projetaient une ombre rafraîchissante, la grand-place pavée ne possédait pas un coin d'ombre, hormis les petits stands au toit en palmes où les marchands d'esclaves et les commissaires-priseurs se réfugiaient de temps à autre. Les esclaves, eux, étaient exposés dans de vastes enclos ouverts, dans un angle de la place.

Le soleil était écrasant et sa lumière qui se réfléchissait sur les façades blanchies à la chaux était aveuglante. Je clignai des yeux larmoyants et ajustai mon ombrelle au-dessus de ma tête.

Il y avait un nombre incalculable de corps nus ou presque nus, dont la couleur allait du café au lait au noir bleuté. Devant les plates-formes où se tenaient les enchères, les planteurs et leurs domestiques formaient des bouquets aux couleurs vives. La puanteur des lieux soulevait le cœur, y compris le mien pourtant habitué aux immondices des rues d'Edimbourg et à l'infection de l'entrepont du *Porpoise*. Des tas d'excréments humains couverts de mouches jonchaient les recoins des enclos des esclaves, et un écœurant parfum huileux flottait dans l'air. Mais l'odeur la plus fétide de toutes était celle de tous ces corps entassés les uns contre les autres et cuisant au soleil.

— Seigneur ! marmonna Fergus. C'est encore pire que les taudis de Montmartre !

Marsali se taisait, se serrant contre lui en pinçant le nez.

Lawrence, lui, semblait moins choqué. Il avait dû voir d'autres marchés de ce genre au cours de son exploration des îles.

— Les Blancs à vendre se trouvent par là-bas, indiqua-t-il en montrant l'autre bout de la place. Nous allons nous informer sur les jeunes hommes qui ont été vendus récemment.

Il posa une main dans le creux de mes reins et me guida doucement à travers la foule.

Près d'un mur, une vieille femme noire était accroupie devant un brasero qu'elle alimentait de charbon. Au moment où nous passions devant elle, un groupe s'approcha. Il s'agissait d'un planteur et de ses deux domestiques, deux Noirs portant des chemises et des pantalons en coton. L'un d'eux tirait une esclave par le bras, manifestement une nouvelle acquisition. Deux autres jeunes filles suivaient, vêtues d'un simple pagne noué autour des hanches et traînées par une corde passée autour de leur cou.

Le planteur se pencha vers la vieille femme et lui tendit une pièce. Elle se tourna vers un panier posé à son côté et en sortit plusieurs petites tiges en laiton qu'elle lui présenta. Il les étudia un moment, puis en choisit deux. Il les donna à un de ses domestiques derrière lui et celui-ci les plongea aussitôt dans le brasero. Pendant ce temps, l'autre domestique s'était placé derrière la jeune esclave, l'immobilisant en lui tenant les deux bras en arrière. Le premier homme sortit alors les tiges du feu et, dans le même mouvement, les plaqua sur le sein droit de la malheureuse qui se mit à hurler en se débattant. Une ou deux têtes seulement se tournèrent dans la foule pour voir d'où venaient les cris. Le domestique retira les fers, laissant deux lettres fumantes gravées dans la peau de la jeune femme : H.B.

Je m'étais arrêtée net devant la scène, les jambes coupées. Les autres avaient continué leur chemin, sans s'apercevoir que je ne les suivais plus. Je lançai des regards affolés autour de moi, cherchant vainement à apercevoir Lawrence ou Fergus. Même l'ombrelle jaune de Marsali était invisible dans la foule.

Je m'éloignai du brasero, encore sous le choc. Les cris terrifiés des deux autres filles résonnaient dans mes oreilles, mais je ne voulais pas me retourner. Je passai hâtivement devant plusieurs plates-formes d'enchères puis fus arrêtée par la foule devenue trop dense.

Les hommes et les femmes agglutinés devant moi écoutaient, captivés, un commissaire-priseur vantant les qualités d'un esclave manchot qui se tenait entièrement nu sur la plate-forme. Il était petit mais trapu, avec des cuisses massives et un poitrail puissant. Son bras avait été grossièrement amputé juste au-dessus du coude et son moignon dégoulinait de sueur.

— Certes, disait le commissaire, il n'est plus bon pour le travail aux champs, mais c'est néanmoins un excellent investissement. Regardez-moi ces jambes !

Il tenait une longue baguette en rotin avec laquelle il tapotait les mollets de l'esclave.

— Pouvez-vous garantir sa virilité ? demanda un homme devant moi sur un ton sceptique. J'ai acheté un étalon il y a trois ans, fort comme un taureau, et pourtant il n'a rien donné ! Mes négresses affirment qu'il reste aussi mou qu'une grosse limace !

Il y eut un ricanement dans la foule et le commissaire prit une mine offensée.

— Vous voulez une garantie ! s'écria-t-il. Voyez par vous-mêmes, ô gens de peu de foi !

Avec des gestes théâtraux, il s'essuya la main sur sa cuisse puis saisit la verge de l'esclave et se mit à la masser vigoureusement.

Le Noir émit un grognement surpris et voulut reculer, mais un assistant du commissaire le maintint fermement en place par-derrière. Un rire parcourut les rangs des spectateurs et quelques applaudissements fusèrent lorsque le sexe de l'esclave commença à se raidir.

Quelque chose en moi se brisa brusquement. Je l'entendis distinctement. Choquée par le marché, le brasero, la nudité, les plaisanteries salées et l'infamie générale, honteuse surtout de ma présence en ces lieux, je perdis la tête. Sans même savoir ce que je faisais, je me mis à hurler :

— Assez !

Je reconnus à peine ma propre voix. Le commissaire-priseur redressa une tête surprise, puis m'adressa un sourire mielleux.

— Une excellente affaire, madame, m'assura-t-il. Comme vous le voyez, il est parfait pour la reproduction.

Je fermai mon ombrelle et la plongeai dans son gros ventre. Il tomba à la renverse, roulant des yeux ahuris. Je sautai sur la plate-forme et lui assenai un coup sur le crâne avec une force telle que le manche se brisa en deux. Je le laissai tomber à terre et me mis à le rouer de coups de pied.

Au fond de moi, je savais que cela ne servirait à rien, que cela ne changerait pas le cours des choses et que, au contraire, je n'allais m'attirer que des ennuis. Mais c'était plus fort que moi. Je ne pouvais pas rester là, sans rien faire, consentant à cette ignominie par mon silence. Je ne le faisais pas pour les jeunes filles marquées au fer rouge, ni pour l'esclave humilié sur la plate-forme, ni pour aucun d'entre eux, je le faisais pour moi.

Il y avait beaucoup de bruit autour de moi tandis que des gens essayaient de me séparer du commissaire-priseur. Une fois remis sur pied, ce dernier m'adressa un regard méprisant et gifla le Noir de toutes ses forces.

Je balayai la place des yeux, cherchant des renforts, et aperçus Fergus, le visage déformé par la colère, qui se frayait un chemin dans ma direction, dans la foule. Il y eut un cri et plusieurs hommes tentèrent de lui barrer la route. Les gens se bousculaient. Quelqu'un me poussa et j'atterris les quatre fers en l'air sur les pavés.

A travers un nuage de poussière, je vis Murphy à quelques mètres de moi. Avec une expression résignée sur son visage rougeaud, il détacha sa jambe de bois et, avançant à cloche-pied, en assena un grand coup sur le crâne du commissaire. Celui-ci chancela avant de s'écrouler. Privé de sa proie, Fergus freina pile en arrivant à sa hauteur et lança des regards furibonds à la ronde. De l'autre côté, Lawrence arrivait à grandes enjambées, la main sur le coutelas glissé sous sa ceinture.

Je restais assise sur le sol, abrutie. J'avais la nausée et j'étais terrifiée, comprenant que je venais de commettre un acte de folie et que, par ma faute, Fergus, Lawrence et Murphy risquaient de se faire mettre en pièces par la foule.

Puis Jamie apparut.

— Relève-toi, *Sassenach*, ordonna-t-il en me tendant la main.

Derrière lui, j'aperçus les moustaches rousses de Raeburn, puis la silhouette de MacLeod. Ses Ecossais étaient avec lui.

— Fais quelque chose, Jamie, balbutiai-je, au bord des larmes. Je t'en supplie, fais quelque chose !

Avec son habituelle présence d'esprit, il avait fait la seule chose sensée pour éviter l'émeute et l'effusion de sang. Il avait acheté l'esclave. Comble de l'ironie, en raison de ma petite crise de sensiblerie, je me retrouvais à présent l'indigne propriétaire d'un esclave manchot, mais en parfaite santé et à la virilité garantie.

L'acte de vente, que j'avais refusé de toucher, stipulait qu'il s'agissait d'un nègre yoruba pur sang capturé en Côte-d'Ivoire, ayant précédemment appartenu à un planteur français, marqué à l'épaule gauche d'une fleur de lis et de l'initiale « A », et répondant au doux nom de « Téméraire ». Le papier ne disait pas ce que j'étais censée en faire.

D'après ce que je pouvais en voir depuis le pont supérieur, les papiers que Jamie était en train d'examiner avec le franc-maçon ressemblaient à ceux qu'on m'avait donnés pour Téméraire. Il les lui rendit avec une petite courbette de remerciement, l'air soucieux. Les deux hommes échangèrent encore quelques mots puis se serrèrent la main.

— Tout le monde est à bord ? demanda Jamie en remontant la passerelle.

— Oui, capitaine, répondit Warren. Pouvons-nous larguer les amarres ?

— Faites, monsieur Warren, faites, répondit Jamie négligemment avant de me rejoindre.

Il m'adressa un signe négatif de la tête, indiquant qu'il n'avait toujours pas de nouvelles de Petit Ian. Il était calme mais je devinais sa profonde déception. Ses entretiens de la veille avec les deux hommes qui s'occupaient de la main-d'œuvre blanche sur le marché aux esclaves n'avaient rien donné. Le franc-maçon auquel il venait de parler avait été son dernier espoir.

Je ne pouvais rien lui dire pour soulager son angoisse mais je pris sa main posée sur le rebord du bastingage et la pressai doucement. Il esquissa un sourire et soupira.

— Bah ! fit-il avec philosophie. Au moins, j'ai appris quelque chose. L'homme avec qui je parlais à l'instant s'appelle M. Villiers. Il possède une grande plantation de canne à sucre sur l'île. Il a acheté six esclaves au capitaine de la *Bruja* il y a trois jours, mais Petit Ian n'était pas dans le lot.

— Il y a trois jours ? Mais... la *Bruja* a quitté Hispaniola il y a plus de deux semaines !

Il hocha la tête.

— En effet. Il est entré dans le port de Bridgetown mercredi dernier, c'est-à-dire il y a cinq jours.

— Ça veut dire qu'il a forcément fait escale quelque part avant de rejoindre la Barbade. Mais où ?

— Villiers ne le sait pas. Il a discuté un peu avec le capitaine de la *Bruja,* mais ce dernier paraissait très réticent à lui dévoiler d'où il venait et ce qu'il avait fait. Villiers n'a pas insisté, sachant que la *Bruja* a la réputation de tremper dans des affaires douteuses. Qui plus est, le capitaine était disposé à lui faire un bon prix... Quoi qu'il en soit, Villiers m'a montré les actes de vente. Tu as regardé celui de ton esclave ?

— Je préférerais que tu ne l'appelles pas comme ça, maugréai-je. Mais oui, je l'ai lu. Ceux de Villiers étaient semblables ?

— Pas tout à fait. Trois des actes ne mentionnent pas le précédent propriétaire mais, d'après Villiers, ses esclaves n'arrivent pas tout droit d'Afrique car ils parlent tous déjà quelques mots d'anglais. Sur un autre acte, le nom du propriétaire a été effacé. Enfin, les deux derniers indiquent que le précédent propriétaire était une certaine Mme Abernathy, de Rose Hall, en Jamaïque.

— En Jamaïque ? C'est à combien...

— Je l'ignore mais M. Warren, lui, le saura. Dans tous les cas, Kingston est bel et bien notre prochaine étape, ne serait-ce que pour nous débarrasser de notre cargaison avant que nous mourions tous d'asphyxie.

Entre-temps, l'*Artémis* s'était détaché du quai et nous avancions lentement vers la sortie du port. Au moment où le vent commençait à gonfler les voiles, une odeur âcre envahit le navire, plus horrible encore que celles du guano, des poissons crevés, du bois pourri, des algues en décomposition et de la fétidité générale de la végétation tropicale.

— Pouah ! dis-je en me pinçant le nez. Mais qu'est-ce que c'est que ça encore ?

Maitland, qui passait par là, entendit ma question et pointa un doigt vers le rivage, où l'on apercevait une colonne de fumée blanche s'élevant de derrière un écran de verdure.

— C'est parce qu'on arrive au niveau des crématoires qui se trouvent derrière le marché aux esclaves, expliqua-t-il. C'est là qu'ils brûlent les corps des nègres qui n'ont pas survécu au voyage depuis l'Afrique. D'abord, ils font sortir des cales ceux qui sont encore en vie, puis ils ramassent les cadavres et les jettent sur de grands bûchers pour éviter de propager des maladies dans la ville.

Je lançai un regard à Jamie et lus sur son visage la même peur que celle qui venait de surgir en moi.

— Ils les brûlent souvent ? tous les jours ?

Maitland haussa les épaules.

— Je ne sais pas, madame, ça m'étonnerait. Ils doivent le faire une fois par semaine.

— Il faut aller y jeter un œil, dis-je.

Ma voix était calme et claire, même si mon cœur battait à se rompre.

Jamie avait blêmi. Son regard était rivé sur l'épaisse colonne de fumée qui s'élevait au-dessus des palmiers. Il serra les dents, puis se détourna pour ordonner à M. Warren de faire demi-tour.

Le gardien des flammes, une petite créature ridée, de race et d'âge indéchiffrables, protesta avec véhémence qu'une femme ne pouvait approcher des crématoires. Jamie le repoussa sans ménagement et poursuivit sa route. Il ne fit pas un geste pour m'empêcher de le suivre. Il savait fort bien que je ne le laisserais pas seul dans cet enfer.

Une rangée d'arbres cachait une dépression qui descendait en pente douce vers la rivière. Des barils de brai couverts de traînées noires et des piles de rondins étaient entassés dans les fougères sauvages et les poinsettias nains. Sur la droite, on avait érigé un immense bûcher, avec une plate-forme en bois sur laquelle les corps enduits de goudron étaient entassés, pêle-mêle.

Le feu venait d'être allumé. Des flammes s'élevaient déjà d'un côté du bûcher et une épaisse fumée montait de l'ensemble de la plate-forme, roulant en volutes hésitantes sur la masse de membres ballants, leur conférant une horrible illusion de mouvement.

En voyant le monticule devant lui, Jamie marqua un temps d'arrêt, puis il bondit sur la plate-forme et se mit à retourner les cadavres, cherchant à identifier un visage connu.

Près de moi se dressait un autre tas de cendres et de vestiges d'os blanchis. La courbe d'un occiput apparaissait au sommet, parfaitement ronde et fragile telle une coquille d'œuf.

Un autre gardien tout aussi étrange que le premier s'approcha de moi. Il... ou elle... pointa un doigt vers le tas, déclarant sur un ton encourageant :

— Ça engrais... Toi mettre sur plante. Bon. Plante vite vite...

— Non merci, répondis-je en reculant prudemment d'un pas.

La fumée me cacha un instant la silhouette de Jamie et je fus envahie d'une peur panique à l'idée qu'il ait pu tomber dans le brasier. Une insoutenable odeur de chair brûlée flottait dans les airs, me soulevant le cœur.

— Jamie ! criai-je. *Jamie !*

Il ne répondit pas, mais je l'entendis tousser. Quelques longues minutes plus tard, il réapparut en chancelant à travers le rideau de fumée, crachant ses poumons. Il descendit de la plate-forme et se tint un moment plié en deux. Ses vêtements, son visage et ses mains étaient couverts de graisse noire. Il était aveuglé par la fumée et de grosses larmes coulaient le long de ses joues, traçant des sillons dans la suie.

Je jetai quelques pièces aux gardiens et, soutenant Jamie, le guidai jusqu'à la jetée. Sous les palmiers, il se laissa tomber à genoux et rendit ses tripes. Je voulus l'aider à se relever, mais il m'écarta d'un geste de la main.

— Ne me touche pas, haleta-t-il.

Il vomit de plus belle puis se redressa enfin, les jambes flageolantes.

Il avança jusqu'au bout de la jetée, ôta sa veste et ses souliers, et plongea tout habillé dans la mer. J'attendis quelques instants, puis ramassai ses affaires sur le sol, les tenant à bout de bras. Dans sa poche intérieure, je devinai la masse carrée des photos de Brianna.

Lorsqu'il sortit de l'eau un peu plus tard, les traces de brai étaient toujours là, mais au moins s'était-il débarrassé de la suie et de l'odeur du bûcher. Il s'assit sur le quai et posa le front sur ses genoux, respirant avec peine. Une rangée de têtes intriguées l'observait depuis le pont de l'*Artémis,* au-dessus de nous.

Ne sachant pas quoi faire, je m'approchai et posai une main sur son épaule. Sans relever la tête, il mit sa main sur la mienne, me confiant d'une voix rauque :

— Il n'y était pas.

La brise naissante agitait ses boucles trempées. Je lançai un regard par-dessus mon épaule : la colonne de fumée derrière nous avait viré au noir. Elle s'était aplatie et dérivait lentement vers la mer, les cendres des esclaves morts virevoltant dans le vent, reprenant la route de l'Afrique.

54

Le fringant flibustier

— Je ne peux pas posséder quelqu'un, déclarai-je. Je suis désolée, Jamie, mais c'est impossible. Je ne peux pas. Ce n'est pas juste.

Je contemplais avec désarroi l'acte de vente étalé devant moi.

— J'aurais plutôt tendance à être d'accord avec toi, *Sassenach,* mais que va-t-on faire de ton homme ?

Jamie vint s'asseoir sur la couchette à côté de moi, regardant les documents par-dessus mon épaule.

— On pourrait l'affranchir, bien sûr, reprit-il. Mais que va-t-il devenir ? Il ne connaît que quelques mots de français et d'anglais. Il n'a aucune compétence particulière. Si on le libère, même en lui donnant un peu d'argent, comment va-t-il survivre ?

— Je ne sais pas, soupirai-je. Lawrence a dit qu'il y avait beaucoup de Noirs affranchis sur Hispaniola, notamment des créoles et des métis dont certains ont même leur propre commerce. C'est peut-être la même chose en Jamaïque ?

— J'en doute, répondit Jamie. C'est vrai qu'il existe d'anciens esclaves qui parviennent à gagner leur vie, mais ils ont généralement appris un métier par le passé. Les femmes sont couturières, les hommes sont pêcheurs, etc. J'ai parlé à ce Téméraire. Avant de perdre son bras, il ramassait des cannes à sucre, il ne sait pas faire grand-chose d'autre.

Je repliai mon papier, déprimée. La seule idée de posséder un esclave m'effrayait et m'écœurait, mais je commençais à me rendre compte que je n'allais pas me débarrasser aussi facilement de cette responsabilité.

Il avait été capturé sur la côte de Guinée cinq ans plus tôt. Ma première impulsion, qui avait été de le renvoyer chez lui, s'était vite avérée irréalisable. Même si nous trouvions un navire en route pour l'Afrique qui acceptait de le prendre comme passager, il avait toutes les chances d'être de nouveau réduit à l'esclavage, soit par le capitaine du navire lui-même, soit par d'autres négriers dans les ports d'Afrique occidentale.

Même si, par miracle, il arrivait vivant et libre jusqu'en Afrique et parvenait à se glisser entre les griffes des pourvoyeurs d'esclaves tant européens qu'africains, il fallait encore qu'il retrouve son chemin jusqu'à son village. Le cas échéant, comme me l'avait expliqué Lawrence, il serait sûrement chassé ou tué par les siens, qui le considéreraient comme un fantôme et une menace pour la communauté.

— Si tu le revendais à quelqu'un de sûr ? suggéra prudemment Jamie.

Je me frottai les tempes, essayant de calmer mon début de migraine.

— Je ne vois pas en quoi cela arrangerait sa situation, répliquai-je. Il serait toujours un esclave à la merci des caprices de son propriétaire !

Jamie avait passé sa journée à monter et à descendre dans les cales sombres et puantes avec Fergus, préparant l'inventaire des marchandises avant notre arrivée à Kingston. Il était épuisé.

— Oui, je comprends ce que tu veux dire, reprit-il d'un ton las. Mais je ne vois pas non plus l'intérêt pour lui d'être libre et de mourir de faim.

Il se redressa et s'étira.

— Ne t'inquiète pas, *Sassenach*, me consola-t-il. Je parlerai au régisseur de la plantation de Jared. Il pourra peut-être lui trouver un travail, sinon...

Un cri au-dessus de nos têtes l'interrompit.

— Ohé ! Ohé du bateau ! Réveillez-vous, les gars ! bateau à tribord !

L'appel de la vigie était pressant et un remue-ménage s'ensuivit aussitôt sur le pont. Il y eut un autre cri, puis nous fûmes précipités contre la cloison tandis que l'*Artémis* changeait brusquement de cap. La cabine gîta dangereusement, renversant les meubles et me faisant rouler à terre. La lampe tempête se décrocha et s'éteignit fort heureusement avant de s'écraser sur le plancher. Nous fûmes plongés dans le noir.

— *Sassenach !* Tu n'as rien ?

— Non ! dis-je en me relevant péniblement. Et toi ? Que s'est-il passé ? On nous est rentré dedans ?

Jamie était déjà à la porte. Quand il l'ouvrit, un vacarme de cris et d'éclats de voix nous parvint depuis le pont supérieur, ponctué de coups de feu.

— Les pirates, marmonna Jamie. Ils nous ont abordés !

Dans la pénombre, je le vis plonger vers le tiroir du secrétaire et en sortir son pistolet. Il glissa ensuite une main sous l'oreiller pour prendre sa dague, et s'arrêta sur le seuil de la cabine pour me donner ses instructions :

— Va chercher Marsali et filez vous cacher dans la cale avant, le plus loin possible derrière les balles de guano. Couchez-vous derrière et ne bougez plus.

Puis il disparut dans la coursive.

Je mis quelques minutes à retrouver à tâtons la sacoche de mère Hildegarde, rangée sur l'étagère au-dessus de ma couchette. Un scalpel ne me serait sans doute pas d'une grande utilité pour me défendre contre des pirates, mais je n'avais rien d'autre.

— Claire ?

La petite voix effrayée de Marsali s'éleva du fond de la cabine.

— Je suis là.

Je la repérai dans le noir grâce au coton clair de sa robe et lui fourrai le coupe-papier en ivoire dans la main.

— Tiens-le bien devant toi, au cas où, et suis-moi, lui ordonnai-je.

Une longue scie d'amputation dans une main, tout un arsenal de scalpels dans l'autre, j'avançai prudemment dans la coursive. Le plafond au-dessus de nos têtes était martelé de bruits de course. Des cris et des jurons résonnaient dans la nuit, accompagnés d'un sinistre grincement, dû sans doute aux frottements de l'*Artémis* contre le navire qui nous avait attaqués.

On y voyait encore moins dans les cales. L'atmosphère était chargée de poussière de guano. Nous progressions lentement vers l'avant du bateau en toussant, zigzaguant entre les balles.

— Vous croyez que ce sont des pirates ? demanda Marsali qui me suivait en tenant ma jupe.

Sa voix semblait étrangement étouffée, l'écho dans la cale étant résorbé par les balles de guano empilées autour de nous.

Lawrence m'avait avertie que les Caraïbes étaient infestées de pirates de tout poil, mais nous ne nous étions pas inquiétés, notre cargaison n'ayant pratiquement aucune valeur.

— Sans doute, répondis-je. Ils ne doivent pas avoir beaucoup d'odorat.

Elle ne sembla pas goûter la plaisanterie. Je savais d'expérience qu'attendre tapie dans un coin pendant que les hommes s'entre-tuaient était l'un des supplices les plus abominables qui soient. Mais dans le cas présent, nous n'avions pas d'autre solution.

— Oh mon Dieu ! murmura Marsali d'une voix tremblante. Sainte Marie mère de Dieu, faites qu'il n'arrive rien à mon Fergus !

Je récitai silencieusement une prière similaire pour Jamie, perdu quelque part dans le chaos au-dessus de nous. Je me signai hâtivement, effleurant du doigt le petit espace entre mes sourcils où il avait déposé un baiser quelques minutes plus tôt, refusant de penser que c'était peut-être la dernière fois qu'il m'avait touchée.

Soudain, une explosion, faisant vibrer les poutres sur lesquelles nous étions assises.

— Ils font sauter le navire ! hurla Marsali, paniquée. Ils nous coulent ! Il faut sortir d'ici ! Ils vont nous noyer !

— Attends ! m'écriai-je en tentant de la rattraper. Ce n'était qu'un coup de canon !

Trop tard, elle était partie en flèche, percutant ici et là les cloisons et les balles de guano.

— Marsali ! Reviens !

J'avançais à l'aveuglette dans le noir, essayant de la localiser au bruit de ses pas. Il y eut une autre explosion, suivie d'une autre encore quelques secondes plus tard. L'air, rempli de la poussière libérée par les vibrations des détonations, me faisait tousser. J'essuyai mes yeux larmoyants puis, les rouvrant, aperçus une lueur un peu plus loin, à peine un halo derrière une balle de guano.

— Marsali ? appelai-je. C'est toi ?

Un hurlement perçant me répondit. Je me précipitai et contournai le gros bloc. Juste derrière se trouvait l'échelle qui menait au pont supérieur, ainsi que Marsali, aux prises avec un colosse à moitié nu.

Il était obèse. Les plis de graisse de son ventre étaient ornés de tatouages et il portait un collier de pièces et de boutons autour du cou. Marsali tenta de le gifler en hurlant, mais il esquiva le coup, fronçant un nez agacé. Puis il me vit et ouvrit des yeux ronds. Il avait un visage large et aplati. Il m'adressa un sourire édenté et me lança quelque chose qui ressemblait vaguement à de l'espagnol.

— Lâchez-la ! vociférai-je. *¡ Basta, cabrón !*

J'avais épuisé là à peu près tout l'espagnol que je connaissais. Il dut trouver cela drôle, car il sourit de plus belle. Lâchant Marsali, il se tourna vers moi. Je lui lançai un de mes scalpels qui rebondit sur son crâne lisse. Entre-temps, Marsali tentait de grimper à l'échelle.

Le pirate hésita un instant entre nous deux, puis bondit vers l'échelle à son tour, escaladant plusieurs échelons à la fois avec une agilité surprenante étant donné son poids. Il rattrapa Marsali par la cheville au moment où elle était à moitié engagée hors de l'écoutille. Je courus au pied de l'échelle et lui assenai un coup avec ma scie. Il émit un cri aigu et je sentis quelque chose tomber devant mon nez tandis qu'un filet de sang chaud giclait sur mon visage. Je reculai d'un pas, baissant les yeux par réflexe pour voir de quoi il s'agissait : c'était un orteil brun, calleux, avec un ongle tout noir.

Le pirate s'écrasa au sol à mon côté avec un bruit sourd qui ébranla le plancher, puis se précipita sur moi. Je l'esquivai de justesse et il m'arracha la manche. Je lui lacérai le visage de la lame que je tenais toujours à la main. Surpris, il fit une embardée et glissa dans son propre sang, s'affalant par terre. J'en profitai pour bondir sur l'échelle, laissant tomber ma lame. Il me suivait de si près qu'il parvint à saisir l'ourlet de ma jupe. Je lui fis lâcher prise à grands coups de talon sur le crâne, tandis qu'il hurlait des paroles que je ne comprenais pas. Un coin reculé de mon cerveau qui n'était pas occupé à lutter pour ma survie me dit que ce devait être du portugais.

Je parvins à me hisser sur le pont, émergeant au milieu d'un épouvantable chaos. Un nuage noir de poudre à canon flottait dans l'air et, ici et là, des petits groupes d'hommes se battaient, poussant et tirant, jurant et roulant sur le pont.

Je n'eus pas le temps de regarder à la ronde, le malabar sortait déjà de la cale. J'hésitai un instant, puis sautai sur le bastingage. La mer noire bouillonnait sous moi. Je m'accrochai au filet de haubans et commençai à grimper.

Ce fut une grave erreur. Je m'en rendis compte presque instantanément. Il était marin. Moi pas. Il n'était pas non plus encombré d'une jupe longue. Les cordes dansaient et tressautaient sous moi, secouées par l'impact de sa massse tandis qu'il grimpait derrière moi.

Il montait de l'autre côté du filet et parvint bientôt à mon niveau. Il me cracha au visage. Je continuai de grimper, encore et toujours, trop terrifiée pour pouvoir penser. Il s'amusait comme un chat avec une souris, me sifflant des mots que je ne comprenais pas mais dont le sens ne pouvait m'échapper. Se tenant d'une main, il dégaina son coutelas et le plongea vers moi, me manquant d'un poil.

J'étais trop paniquée pour pouvoir crier. Je ne pouvais pas aller plus haut. Je ne pouvais rien faire. Je fermai les yeux et priai pour qu'on en finisse rapidement.

De fait, l'attente ne dura pas. Il y eut un bruit sourd, suivi d'une sorte de sifflement, puis je sentis une forte odeur de poisson. J'ouvris les yeux. Le pirate n'était plus là. Ping An était perché sur la barre de flèches à deux mètres de moi, hérissant sa crête d'un air irrité, les ailes à demi déployées pour retrouver son équilibre.

— Gwa ! cria-t-il.

Il me fixa de son minuscule œil jaune puis fit claquer son bec en guise d'avertissement. Ping An détestait le bruit et la violence. Manifestement, il n'aimait pas non plus les pirates portugais.

De petits points noirs dansaient devant mes yeux et la tête me tournait. Je m'accrochai à la corde, tremblante, jusqu'à ce que je sois en état de réfléchir à nouveau. Plus bas, le vacarme s'était atténué et la tonalité des cris avait changé. Quelque chose s'était passé.

Il y eut un claquement de voiles, suivi d'un long grincement déchirant qui fit vibrer les cordages auxquels j'étais agrippée. C'était fini. Le vaisseau pirate se détachait. Tournant légèrement la tête de côté, je vis les carrés gris de ses cacatois se gonfler et ses mâts monter puis descendre tandis qu'il s'éloignait, sa silhouette noire se détachant contre le ciel gris acier des Caraïbes. Lentement, très lentement, j'entamai ma descente.

Sur le pont supérieur, quelques lanternes brûlaient encore. Un épais nuage de poudre recouvrait tout et des corps inanimés gisaient ici et là sur le pont. Je cherchai des yeux une tignasse rousse. Puis je l'aperçus et mon cœur fit un bond.

Jamie était assis sur un fût près du timon, la tête renversée en arrière, les yeux clos, un linge pressé contre son front, une tasse de whisky à la main. Agenouillé à ses pieds, M. Willoughby administrait les premiers soins, à savoir du whisky, à Willie MacLeod, adossé à l'artimon.

Je tremblais des pieds à la tête, parvenant tout juste à me tenir au filet. Lorsque je fus suffisamment bas, je me laissai glisser sur le pont, indifférente à la brûlure de mes paumes. J'étais en nage et je grelottais de froid. La peau de mon visage me piquait.

J'atterris maladroitement avec un bruit sourd qui fit sursauter Jamie. La lueur de soulagement dans son regard me donna la force de me traîner jusqu'à lui. Je m'effondrai dans ses bras, rassurée par le contact chaud et solide de son épaule contre ma joue.

— Tu es blessé, Jamie ? dis-je en levant les yeux.

— Non, ce n'est qu'une éraflure, répondit-il avec un sourire.

Il avait une petite entaille à la lisière des cheveux. Ce n'était pas bien grave car le sang avait déjà séché, formant une croûte. En revanche, il avait du sang sur la chemise, notamment sur sa manche, du sang frais. A vrai dire, elle en était couverte. Cela dégoulinait.

— Jamie ! Tu es blessé !

Je m'accrochai à son épaule, ma vision se troublant légèrement. Je ne sentais plus ni mes mains ni mes pieds. En fait, je ne sentais plus rien. J'eus juste le temps de voir Jamie bondir sur ses pieds, les traits livides, et de l'entendre s'écrier :

— Bon sang, *Sassenach,* mais ce n'est pas mon sang ! C'est le tien !

— Je ne vais pas mourir, m'énervai-je, mais si tu ne m'enlèves pas ces saletés, je vais finir par étouffer !

Marsali, qui était justement en train de me supplier à genoux de ne pas passer l'arme à gauche, parut soulagée par cet accès de mauvaise humeur. Elle cessa aussitôt de pleurer, sans pour autant ôter la montagne de manteaux, de capes, de couvertures et autres objets pesants qui me recouvrait.

— Oh, je ne peux pas faire ça, Claire ! annonça-t-elle. Papa a dit qu'il fallait vous garder au chaud.

— Au chaud ? Mais je suis en train de cuire là-dessous !

Je me trouvais dans la cabine du capitaine et, en dépit des hublots ouverts, l'atmosphère était suffocante.

Je tentai de me dégager mais, dès le premier mouvement, une douleur fulgurante dans le bras droit me cloua sur le matelas. La cabine autour de moi s'assombrit et de petites boules de feu fusèrent à travers mon champ de vision.

— Il ne faut pas bouger, tonna une voix mâle à mes côtés.

Jamie avait glissé un bras sous mon épaule et sa large main soutenait ma nuque.

— Ça va aller, *Sassenach* ?

— Non, dis-je en voyant tournoyer des points de couleur de plus en plus vite devant moi. Je vais être malade.

Ce fut le cas, douloureusement, chaque spasme lardant mon bras de coups de couteau.

— Seigneur Jésus ! haletai-je quand ce fut terminé.

— Tu as fini ? demanda Jamie en me recouchant sur l'oreiller.

— Si tu veux savoir par là si je suis morte, la réponse est : malheureusement non.

J'ouvris un œil. Il était agenouillé au chevet de la couchette, le front bandé et portant encore sa chemise tachée de sang. Il ne tanguait pas. La cabine non plus. Je jugeai donc bon d'ouvrir l'autre œil.

— Que s'est-il passé ? demandai-je innocemment.

— Que s'est-il passé ? rugit-il en retour avec brusquerie. J'aimerais bien le savoir ! Je te demande de rester sagement cachée dans la cale avec Marsali et, l'instant d'après, tu tombes du ciel à mes pieds en pissant le sang.

Il me foudroya du regard. Il était impressionnant, vu de si près avec son bandeau de pirate et ses joues mal rasées. Je refermai promptement les yeux.

— Regarde-moi, tonna-t-il.

J'obtempérai et son regard bleu acier sonda le mien.

— Tu reviens de loin, m'informa-t-il. Tu as le bras entaillé jusqu'à l'os du coude à l'épaule. Si je n'avais pas eu un linge sous la main pour te faire un garrot, tu serais à présent en train de nourrir les requins ! Bon sang, Claire ! Tu ne peux donc jamais faire ce qu'on te dit ?

— Non, répondis-je.

Il me lança un regard noir, mais je vis un coin de ses lèvres tressaillir. Il se tourna vers la coursive et appela :

— Monsieur Willoughby !

Ce dernier arriva aussitôt en trottinant, une théière fumante et une bouteille d'eau-de-vie sur un plateau.

Malgré l'atmosphère oppressante de la cabine, le thé chaud était exactement ce qu'il me fallait, un pur nectar !

— Personne ne sait faire le thé mieux que les Anglais, dis-je en inhalant l'arôme parfumé à l'alcool, à l'exception des Chinois.

Ravi du compliment, M. Willoughby me fit une courbette solennelle.

— Profites-en pendant que tu peux ! jeta Jamie sur un ton menaçant.

Je lui lançai un regard suspicieux par-dessus le bord de ma tasse.

— Que veux-tu dire par là exactement ?

— Qu'il va falloir que je te recouse quand tu auras terminé de boire.

Il se pencha en avant pour vérifier la quantité de thé qui restait dans ma tasse.

— Combien de sang m'as-tu dit qu'il y avait dans nos veines ? demanda-t-il.

— Environ trente-six litres, pourquoi ?

— Parce que, compte tenu de tout ce que tu as déversé sur le pont, il ne doit t'en rester qu'une vingtaine. Tiens, bois encore un peu.

Il remplit ma tasse, me la tendit et sortit de la cabine.

— Je crains que le capitaine ne soit un peu fâché contre moi, observai-je avec un clin d'œil à M. Willoughby.

— Lui pas fâché, répondit-il avec un sourire rassurant. Tsei-mi très peur.

Il posa une main sur mon épaule droite, légère comme un papillon.

— Ça, faire mal ?

— Pour être honnête, dis-je en grimaçant, oui un peu.

M. Willoughby dodelina de la tête, l'air satisfait.

— Moi aider. Plus tard.

Malgré la douleur dans mon bras, je me sentis suffisamment remise pour m'informer du reste de l'équipage. D'après M. Willoughby, les hommes ne souffraient que de coupures légères et de contusions, plus une commotion cérébrale et une fracture du bras.

Un bruit de pas fermes dans la coursive m'annonça le retour de Jamie. Il était accompagné de Fergus, qui portait mon coffre de remèdes d'une main et une seconde bouteille d'eau-de-vie dans l'autre.

— D'accord, soupirai-je. Jetons-y un coup d'œil.

J'avais vu mon lot de blessures hideuses dans ma vie et celle-ci, cliniquement parlant, n'était pas si moche que ça. D'un autre côté, c'était mon bras, et je n'étais pas d'humeur clinique.

— Beuârk... fis-je d'une voix faible.

Jamie avait dit juste. La plaie était très profonde, partant de l'épaule et s'arrêtant à quelques centimètres de mon coude. Elle avait pénétré juste devant mon biceps et, si je ne voyais pas l'os, la lame n'en était pas passée loin.

Jamie avait ouvert mon coffre et fouillait dedans du bout du doigt, l'air méditatif.

— Il vous faut du fil et une aiguille, annonçai-je.

Tout en parlant, je me rendis subitement compte que j'allais avoir besoin d'une bonne quarantaine de points de suture, sans autre anesthésique que de l'eau-de-vie.

Jamie venait de penser à la même chose que moi.

— Pas de laudanum ? demanda-t-il.

— J'ai épuisé tout mon stock sur le *Porpoise*. C'est très gentil de ta part, dis-je à Fergus en lui indiquant l'eau-de-vie qu'il avait apportée. Mais je ne crois pas que je vais siffler deux bouteilles.

Compte tenu de la puissance de l'eau-de-vie française de Jared, une bonne tasse suffirait pour m'assommer. Je me demandai si je n'avais pas intérêt à me soûler tout de suite ou s'il valait mieux que je reste un tant soit peu consciente afin de diriger les opérations. Je ne pouvais certainement pas me recoudre moi-même avec ma main gauche qui tremblait comme une feuille. Fergus était manchot. Quant à Jamie, ses grosses mains pouvaient être très habiles pour certaines tâches mais...

Jamie mit un terme à mes appréhensions, en secouant la tête et en saisissant la seconde bouteille.

— Celle-ci n'est pas pour boire, *Sassenach*, c'est pour laver la plaie.

— Quoi ! ?

Dans mon état de choc, j'avais oublié le petit détail de la désinfection. Faute de mieux, je nettoyais généralement les plaies des hommes avec de l'alcool de grain coupé avec de l'eau à cinquante pour cent, mais j'avais également épuisé celui-ci.

Les Highlanders étaient les plus stoïques et les plus courageux des soldats, les marins venant juste derrière. J'en avais vu qui n'avaient pas bronché tandis que je remettais leurs os en place, que je les recousais et que je leur faisais souffrir le martyre pour une raison ou pour une autre. Mais lorsqu'il s'agissait de les désinfecter à l'alcool, c'était une autre histoire. On entendait leurs cris des lieues à la ronde.

— Euh... une minute, dis-je. Peut-être qu'avec un peu d'eau bouillie...

Jamie me regarda avec une expression compatissante.

— Il ne sert à rien de tergiverser, *Sassenach*. Quand faut y aller, faut y aller.

Sans me laisser le temps de répondre, il me souleva de ma couchette, m'assit sur ses genoux, me serra contre lui en coinçant mon bras gauche pour que je ne puisse pas me débattre, puis saisit fermement mon poignet droit en le tendant droit devant.

Il me semble me souvenir que c'est ce vieux radoteur d'Ernest Hemingway qui a dit : « *La douleur intense est censée nous faire tourner de l'œil mais, hélas, ce n'est jamais le cas.* » Tout ce que je peux répondre à cela, c'est que soit Ernest a une définition toute personnelle des différents états de conscience, soit personne ne lui a jamais versé d'eau-de-vie pure sur une plaie ouverte.

Pour être parfaitement sincère, je n'étais pas complètement évanouie, car, dans ma semi-conscience, j'entendais quand même Fergus me supplier :

— Je vous en prie, milady, ne hurlez pas comme ça ! Vous faites peur à l'équipage.

Le fait était que Fergus lui-même n'en menait pas large. Il était livide et des gouttes de sueur dégoulinaient de son menton. Il avait également raison au sujet des hommes. Je distinguais vaguement plusieurs têtes penchées dans l'entrebâillement de la porte, toutes affichant une expression horrifiée. Je commençais lentement à revenir à moi. Le bras de Jamie était toujours solidement noué autour de ma taille. Je n'aurais su dire qui de moi ou de lui tremblait le plus.

Je parvins, non sans assistance, jusque dans le grand fauteuil du capitaine, dans lequel je m'affalai, le cœur palpitant. Le feu dans mon bras courait toujours. Jamie tenait une des mes aiguilles incurvées dans une main et un long fil en boyau de chat dans l'autre, les examinant d'un œil dubitatif.

C'est alors que M. Willoughby intervint, lui prenant délicatement l'aiguille de la main.

— Moi faire, annonça-t-il sur un ton autoritaire. Vous attendre.

Il disparut quelques instants, puis revint avec la petite trousse de soie verte avec laquelle il avait déjà guéri Jamie de son mal de mer.

— Aha ! revoici les petites aiguilles magiques, dit Jamie en regardant par-dessus son épaule. Ne t'inquiète pas, *Sassenach*, elles ne font pas mal. Enfin... presque pas.

Les doigts de M. Willoughby palpèrent la paume de ma main droite, appuyant ici et là. Puis il joua avec chacun de mes doigts, les remuant et les tirant doucement jusqu'à ce que j'entende les articulations craquer. Il posa ensuite deux doigts sur mon poignet, pressant l'espace entre le radius et le cubitus.

— Ici, Porte intérieure, annonça-t-il doucement. Ici paix, sérénité..

Je priai pour ce que soit vrai. Prenant une de ses aiguilles en or, il la plaça sur le point qu'il avait marqué et, en la faisant adroitement tourner entre le pouce et l'index, transperça la peau.

La piqûre me fit tressaillir, mais il garda ma main dans la sienne, me transmettant sa chaleur, et je me détendis.

Il plaça trois aiguilles dans chacun de mes poignets, puis en planta toute une série sur mon épaule droite. Je l'observais avec intérêt. Hormis au moment de la piqûre initiale, je ne les sentais pratiquement pas. Je n'aurais su dire si mon bras était insensibilisé ou si j'étais simplement distraite par le spectacle. Mais le fait était que j'avais la sensation d'être moins tendue, du moins jusqu'à ce que je le voie reprendre le fil et l'aiguille à suture. Je détournai les yeux.

Assis sur un tabouret à mon côté, Jamie étudiait mon visage. Au bout d'un moment, il me dit avec un sourire :

— Tu peux respirer, *Sassenach*, ça ne te fera pas plus mal que ça.

J'expirai prudemment et me rendis compte que M. Willoughby avait déjà commencé. C'était la peur de souffrir qui m'avait fait me contracter à nouveau. Si la sensation n'était pas franchement agréable, elle était tout à fait supportable.

M. Willoughby travaillait tout en fredonnant en chinois. Jamie m'avait traduit les paroles de sa chanson quelque temps plus tôt : c'était un poème courtois dans lequel un jeune homme énumérait un à un tous les charmes physiques de sa dulcinée. J'espérai qu'il aurait fini de me recoudre avant d'en arriver aux pieds.

— C'est vraiment une sale entaille, grogna Jamie en observant mon bras. Qu'est-ce qui t'a fait ça ? Une machette ou un coutelas ?

— Un coutelas, répondis-je. Il me poursuivait et...

— Je me demande ce qui leur a pris de nous attaquer, continua Jamie sans m'écouter. Ce ne peut tout de même pas être notre cargaison !

— Ils ne savaient peut-être pas ce que nous transportions ? avançai-je.

C'était peu probable. Tout navire s'approchant à moins de deux cents mètres de nous aurait compris : la puanteur ammoniaquée du guano de chauve-souris irradiait autour de nous comme des miasmes.

— C'était peut-être le navire lui-même qu'ils voulaient. L'*Artémis* pourrait se revendre à bon prix, avec ou sans sa cargaison.

Je grimaçai tandis que M. Willoughby interrompait sa chanson pour couper un nœud avec ses dents. Il devait en être au nombril.

— Tu connais le nom du bateau pirate ? demandai-je. Je sais qu'il y en a beaucoup dans le coin mais la *Bruja* croisait dans les parages il y a trois jours et...

— C'était justement ce que j'étais en train de me demander, coupa-t-il. Je n'ai pas vu grand-chose dans le noir, mais ce navire avait plus ou moins la même taille, et il possédait cette large baume à l'espagnole.

— Justement, le pirate qui me pourchassait parlait en...

Cette fois, ce furent des éclats de voix dans la coursive qui m'interrompirent.

Fergus fit irruption dans la cabine. Il s'arrêta net, palpitant d'excitation.

— Milord, Maitland a trouvé un pirate mort sur le pont avant.

Jamie haussa des épaules surprises, puis m'adressa un regard suspicieux.

— Vraiment mort ?

— Oui, complètement mort, milord.

Maitland pointa la tête par-dessus l'épaule de Fergus, réclamant sa part de gloire.

— Il était on ne peut plus mort, capitaine, assura-t-il. Raide. Le crâne complètement fracassé.

Les trois hommes se tournèrent vers moi d'un air accusateur.

— *Sassenach ?* demanda Jamie.

J'esquissai un petit sourire intimidé.

— Si on me laissait finir mes phrases, je vous l'aurais déjà dit.

Entre le choc, l'eau-de-vie, l'acupuncture et la joie tardive de réaliser que j'étais encore en vie, je me sentais soudain légère. Je remarquai à peine les derniers efforts de M. Willoughby.

— Il portait ceci, milord, déclara Fergus.

Il avança d'un pas et laissa tomber le collier du pirate sur la table. Il était constitué de boutons en argent arrachés à un uniforme militaire, de noix *kona* dépolies, de plusieurs dents de requin, de quelques petits coquillages et d'un certain nombre de pièces tintinnabulantes, toutes percées pour laisser passer la lanière de cuir.

— J'ai pensé que ceci vous intéressait, milord.

Fergus avança la main et souleva une des pièces scintillantes. Elle était en argent, bien astiquée. A travers une brume alcoolisée, je distinguais clairement à sa surface le double portrait d'Alexandre. Une tétradrachme, du quatrième siècle avant notre ère, en parfait état de conservation.

55

On m'appelle Ishmael

Je dormis d'un sommeil agité et me réveillai tard et fiévreuse, avec une migraine épouvantable qui m'élançait derrière les yeux. J'étais suffisamment mal en point pour ne pas protester lorsque Marsali insista pour me laver la figure puis je me détendis légèrement, lorsque le linge imbibé de vinaigre vint caresser mes tempes et mon front moites.

De fait, ce fut si réconfortant que je m'assoupis à nouveau, rêvant de galeries souterraines plongées dans le noir et de squelettes humains calcinés. Je fus réveillée en sursaut par un fracas qui me fit bondir dans mon lit et m'arracha un cri de douleur.

— Quoi ? Qu'est-ce qu'il y a ? balbutiai-je en me tenant la tête.

Une couverture avait été tendue devant le hublot pour me protéger du soleil et il me fallut quelques secondes avant que mes yeux s'accoutument à la pénombre.

A l'autre bout de la cabine, une silhouette me singeait, se tenant elle aussi la tête en poussant un râle d'agonie. Puis elle cracha un monceau d'insanités dans un mélange de chinois, de gaélique et de français. Jamie chancela vers le hublot, se massant le crâne qu'il venait de cogner contre le coin de l'étagère. Il arracha la couverture et ouvrit le hublot, laissant entrer un courant d'air frais et une lumière aveuglante.

— Mais qu'est-ce que tu fiches ? gémis-je en me protégeant les yeux.

Le mouvement tira sur les sutures de mon bras, réveillant une nouvelle douleur aiguë.

— Je cherchais ton coffret de remèdes, répondit-il tout en se tenant la tête. Je crois bien que je me suis fendu le crâne. Regarde-moi ça.

Il agita deux doigts tachés de sang sous mon nez. Je laissai tomber mon linge trempé de vinaigre dans sa main et m'effondrai sur mon oreiller.

— Que veux-tu faire de mon coffret à remèdes et pourquoi n'es-tu pas venu simplement me le demander au lieu de faire tout ce raffut ? maugréai-je.

— Je ne voulais pas te réveiller, s'excusa-t-il.

Il prit un air si penaud que je ne pus m'empêcher de rire, ce qui n'arrangea guère l'élancement dans mes tempes.

— Ce n'est pas grave, répondis-je. De toute manière, je ne faisais que des cauchemars. Que veux-tu faire de mon coffret ? Quelqu'un est blessé ?

— Oui, moi, dit-il en grimaçant.

Il frottait énergiquement son cuir chevelu avec le linge que je lui avais donné.

— Tu ne veux pas y jeter un coup d'œil ?

Malgré mon envie de l'envoyer paître, je lui fis signe d'approcher et palpai son crâne. Il avait une bosse impressionnante et une légère entaille, mais ça n'avait rien de grave.

— Il n'y a pas de fracture, conclus-je. Tu as un crâne en acier trempé.

Prise d'une impulsion aussi primale que l'instinct maternel, je me redressai dans mon lit et déposai un baiser sur sa blessure. Il releva la tête en écarquillant les yeux.

— C'est censé guérir ton petit bobo, expliquai-je.

— Ah ! fit-il avec un sourire moqueur. Dans ce cas...

Il se pencha et baisa le bandage de mon bras.

— Ça va mieux ? demanda-t-il.

— Beaucoup mieux.

Tout en riant, il saisit la carafe et remplit un verre de whisky qu'il me tendit.

— Je cherchais cette potion que tu mets sur les écorchures, expliqua-t-il en se servant à son tour.

— La lotion à l'aubépine ? Je n'en ai pas d'avance car elle ne se conserve pas, dis-je m'installant plus commodément. Si c'est urgent, je peux t'en préparer, ça ne prend pas longtemps.

La seule idée de me lever et d'aller jusqu'aux cuisines était décourageante, mais je me sentirais peut-être mieux en bougeant.

— Ce n'est pas urgent, me rassura Jamie. C'est juste que nous avons un prisonnier à bord qui a été un peu secoué.

— Un prisonnier ? Où l'avez-vous pêché ?

— Dans la mer après l'abordage. Mais je ne crois pas que ce soit un pirate.

— Qu'est-ce que c'est, alors ?

— Ma foi, je n'en sais trop rien. A en juger par les zébrures sur son dos, je dirais que c'est un esclave évadé. Mais je ne m'explique pas pourquoi il a fait ça.

— Fait quoi ?

— Il a sauté à la mer depuis le pont de la *Bruja* pendant l'abordage. MacGregor l'a vu faire. Puis, quand les pirates ont pris la fuite, il était toujours là, en train de se débattre dans les vagues. Alors, il lui a lancé une corde.

— C'est bizarre ! Qu'est-ce qui lui a pris ?

Ma curiosité et le whisky commençaient à avoir raison de mon mal de tête. Oubliant sa bosse, Jamie se passa une main dans les cheveux et s'arrêta net, grimaçant de douleur.

— Je n'en sais rien, *Sassenach*. Lorsqu'un navire marchand est attaqué par des pirates, il ne cherche qu'à les refouler. Il n'a aucune raison de prendre d'assaut le vaisseau de ses attaquants. Pour en faire quoi ? Cet homme n'avait donc rien à craindre de nous, à moins qu'il n'ait cherché à fuir les pirates eux-mêmes.

J'avalai les dernières gouttes de whisky dans mon verre. C'était la cuvée spéciale de Jared, dont il ne nous restait plus qu'une seule bouteille. Elle méritait amplement son nom de *Ceò Gheasacach*, « Brume Magique ». Me sentant passablement revigorée, je fis une tentative pour sortir du lit.

— S'il est blessé, il vaut peut-être mieux que je l'examine, annonçai-je.

Compte tenu de la réaction de Jamie la veille, je m'étais attendue qu'il me plaque d'une main ferme contre le matelas et qu'il appelle Marsali pour qu'elle s'assoie sur mon ventre et m'empêche de bouger. Au lieu de cela, il se contenta de hocher la tête d'un air songeur.

— Si tu te sens assez forte pour te lever, *Sassenach*...

Je n'en étais pas sûre, mais tentai le coup. La cabine tangua un peu et des points noirs et jaunes dansèrent devant mes yeux pendant quelques secondes, mais je ne m'effondrai pas. Au bout d'un moment, une petite quantité de sang daigna enfin monter irriguer mon cerveau et je fis signe à Jamie que j'étais prête.

— Allons-y, lui dis-je, mais tout doucement.

Le prisonnier était enfermé dans un compartiment du pont inférieur, à l'arrière du bateau. C'était une toute petite pièce remplie de matériel. C'était là que l'on mettait parfois les matelots soûls ou trop bagarreurs.

Lorsque Jamie déverrouilla la porte, je ne vis d'abord rien. Puis il leva sa lanterne et j'aperçus deux yeux qui brillaient dans l'obscurité. « Aussi noir que l'as de pique », telle fut ma première pensée, légèrement embrumée par l'alcool, il est vrai. Peu à peu, je commençai à distinguer les contours d'un visage et d'un corps.

Je compris pourquoi Jamie avait pensé qu'il s'agissait d'un esclave évadé. Il avait l'air fraîchement débarqué d'Afrique et non d'un Noir né dans les Antilles. Outre la couleur noir cuivré de sa peau, son allure n'était pas celle d'un homme ayant grandi en captivité. Il était assis sur un fût, pieds et poings liés. Lorsque Jamie se baissa pour passer sous le linteau, je le vis relever la tête et redresser les épaules. Il était très mince, mais puissamment musclé, vêtu en tout et pour tout d'un pantalon en lambeaux. Son corps était tendu, prêt à l'attaque ou à la défense, mais certainement pas à la soumission.

Jamie le remarqua lui aussi et me fit signe de garder mes distances. Il posa la lanterne sur un tonneau et s'accroupit devant le prisonnier pour le regarder les yeux dans les yeux. Il tendit les mains devant lui, les paumes tournées vers le plafond.

— *Amiki*, dit-il. *Amiki. Bene-bene.*

« Ami. C'est bien. » C'était du taki-taki, une sorte de jargon polyglotte que les marchands de la Barbade et de Trinidad parlaient dans les ports.

L'homme fixa Jamie d'un œil impassible pendant un long moment. Puis il fit un signe du menton vers ses chevilles ligotées et répéta avec une ironie marquée :

— *Bene-bene. Amiki ?*

« Ami, mon œil ! »

Jamie sourit et se gratta le front.

— Il n'a pas tout à fait tort, admit-il.

— Est-ce qu'il parle anglais ? ou français ? demandai-je en m'approchant.

Le regard du prisonnier s'arrêta un instant sur moi, puis passa son chemin avec indifférence.

— Même si c'est le cas, on ne le saura jamais. Fergus et Picard ont essayé de lui parler la nuit dernière. Il n'a pas dit un mot et s'est contenté de les fixer des yeux. Ce que tu viens d'entendre sont ses premières paroles depuis qu'il est à bord.

Pris d'un inspiration soudaine, il demanda :

— *¿ Habla Español ?*

Pas de réponse. L'homme ne le regardait même pas, il se contentait de fixer, impavide, la coursive derrière la porte ouverte.

— Euh... *Sprechen Sie Deutsch* ? essayai-je.

Toujours rien, ce qui est était aussi bien dans la mesure où je ne savais rien dire d'autre en allemand.

— *Nicht Hollander,* non plus, je suppose ? me hasardai-je encore.

Jamie me lança un regard sarcastique.

— Je ne sais pas grand-chose sur lui, *Sassenach,* mais je peux te dire tout de suite qu'il n'a rien d'un Hollandais.

— Pourquoi pas ? répliquai-je, vexée. Ils ont bien des esclaves sur Eleuthera ? Or c'est une île hollandaise. Et Sainte-Croix ? Ah, non, celle-ci est danoise.

Même si mon cerveau fonctionnait au ralenti ce matin-là, il ne m'avait pas échappé que notre prisonnier était notre seule piste pour retrouver les pirates... et notre seul lien, aussi ténu soit-il, avec Petit Ian.

— Tu connais suffisamment de taki-taki pour l'interroger au sujet de Petit Ian ? demandai-je à Jamie.

Il fit non de la tête sans quitter le Noir des yeux.

— Outre ce que je lui ai déjà dit, je ne connais que « Ce n'est *pas* bien », « Combien ? », « Donne-le-moi » et « Lâche ça, fils de pute », donc rien de bien utile dans le cas présent.

A court d'idées, nous dévisageâmes le prisonnier, qui nous regardait en retour sans sourciller.

— Et puis zut ! grogna soudain Jamie.

Il dégaina sa dague, contourna le fût et trancha les liens qui retenaient les poignets du Noir. Puis il libéra pareillement ses chevilles et s'accroupit à nouveau devant lui, sa lame posée sur ses cuisses.

— *Amiki ? Bene-bene ?* répéta-t-il.

Le prisonnier ne répondit pas mais, après un moment d'hésitation, il hocha lentement la tête. Jamie se releva et rangea sa dague.

— Il y a un pot de chambre dans le coin, indiqua-t-il en anglais. Soulage-toi, puis ma femme pansera tes blessures.

Une légère lueur amusée traversa le regard du prisonnier. Il acquiesça de nouveau puis se leva. Nous tournant le dos, il entreprit de se déboutonner.

— C'est ce qu'il y a de pire quand on est attaché comme ça, m'expliqua Jamie en connaisseur. On ne peut pas pisser tout seul. Ça, et les crampes dans les épaules.

Avec une note de mise en garde dans la voix, il ajouta :

— Reste bien sur tes gardes quand tu l'examineras, *Sassenach*.

Dire qu'il avait été « secoué » serait un euphémisme, mais ses blessures étaient néanmoins superficielles. Il avait une grosse bosse sur le front et une profonde entaille qui lui avait laissé une croûte rougeâtre sur une épaule. Il était certainement contusionné en d'autres endroits, mais entre l'obscurité qui régnait dans la petite pièce et sa peau sombre, je ne voyais pas grand-chose.

La peau autour de ses poignets et de ses chevilles était à vif. Je n'avais pas eu le temps de préparer de la lotion à l'aubépine, mais j'avais apporté ma jarre de baume à la gentiane. Je m'assis près de lui sans qu'il me prête aucune attention, même quand je commençai à oindre ses plaies avec la crème froide, ce qui devait être douloureux. Il se contentait de fixer Jamie, qui le fixait en retour avec la même intensité.

Tout en soignant ses blessures récentes, j'observai avec intérêt celles qui étaient guéries depuis longtemps. De près, je pouvais distinguer trois courtes entailles parallèles sur la crête de chacune de ses pommettes. Il avait également une série de petites lignes verticales sur son front haut et étroit, juste entre les sourcils. Des scarifications tribales. Il était bien né en Afrique. Murphy m'avait raconté que ces incisions étaient pratiquées sur les adolescents lors des rites d'initiation à l'âge adulte.

Les choses commençaient à s'éclaircir. Il ne faisait pratiquement plus aucun doute que cet homme était un esclave fugitif. Il n'avait pas voulu parler de peur que l'on devine de quelle île il s'était échappé et qu'on le ramène à son propriétaire.

A présent que nous savions qu'il parlait, ou du moins qu'il comprenait l'anglais, il se méfierait d'autant plus. Même si nous lui jurions que nous n'avions ni l'intention de le reconduire chez son maître ni celle de faire de lui notre esclave, il ne nous croirait pas. Je ne pouvais guère le lui reprocher.

D'un autre côté, il était bel et bien notre meilleure chance, sinon la seule, de savoir ce qui était arrivé à Petit Ian à bord de la *Bruja*.

Lorsque j'eus enfin terminé de bander ses poignets et ses chevilles, Jamie m'aida à me relever puis se tourna vers le prisonnier.

— Tu dois avoir faim, déclara-t-il. Viens dans ma cabine, nous déjeunerons ensemble.

Sans attendre de réponse, il glissa une main sous mon bras valide et m'entraîna vers la porte. Il n'y avait pas un son derrière nous tandis que nous avancions dans la coursive, mais lorsque je jetai un regard par-dessus mon épaule, il était là, nous suivant à quelques mètres. Nous passâmes sans un mot devant des matelots qui nous regardèrent avec des yeux ronds et Jamie s'arrêta juste un instant avant d'entrer dans la cabine pour demander à Fergus d'apporter de quoi manger.

— Toi, tu retournes au lit, *Sassenach*, annonça-t-il en me guidant vers la couchette.

Je ne discutai pas. Mon bras me faisait mal, la tête me tournait, et je sentais de petites flammes fiévreuses me lécher l'arrière des yeux.

Jamie servit deux verres de whisky, un pour moi, l'autre pour notre invité. Celui-ci accepta le verre d'un air méfiant, y goûta, puis écarquilla des yeux surpris. Le whisky écossais devait être une nouveauté pour lui.

Jamie lui fit signe de s'asseoir et prit un siège à son tour.

— Je m'appelle Fraser, déclara-t-il. Je suis le capitaine de ce navire.

Avec un petit geste vers la couchette, il ajouta :

— Voici mon épouse.

Le prisonnier hésita, puis reposa son verre d'un air résolu.

— On m'appelle Ishmael. Ch'suis pas pirate, mais cuisinier.

Il avait une voix suave et grave comme du miel versé sur des charbons ardents.

— C'est Murphy qui va être content ! observai-je.

Jamie ne releva pas. Il observa l'esclave avec un air concentré.

— Tu es cuisinier de bord ?

Il faisait un effort pour parler d'un ton détaché, seuls ses doigts qui pianotaient sur sa cuisse trahissaient sa nervosité.

— Non ! J'ai rien à voir avec ce bateau ! répondit Ishmael avec véhémence. Y m'ont capturé sur la berge. Y m'ont dit qu'y me tueraient. T'as rien à craindre de moi. Ch'suis pas des leurs !

Il me vint à l'esprit que, même s'il avait été pirate, il se garderait bien de nous le dire. La piraterie était passible de pendaison et il ne pouvait savoir que nous souhaitions autant que lui éviter la Royal Navy.

— Je vois, dit Jamie sur un ton qui se voulait à la fois apaisant et sceptique. Et pourquoi les hommes de la *Bruja* t'ont-ils fait prisonnier ?

En voyant la lueur inquiète dans le regard de son vis-à-vis, il ajouta hâtivement :

— Je ne te demande pas où, mais comment. Puisque tu affirmes ne pas être pirate toi-même, je voudrais savoir ce qui les intéressait chez toi, comment ils s'y sont pris et combien de temps tu es resté sur leur navire.

La menace sous-jacente était claire. Nous ne comptions pas le rendre à son maître, mais nous pouvions le livrer aux autorités. Le prisonnier le comprit parfaitement.

— Je pêchais au bord de la rivière, raconta-t-il. Un gros bateau remontait le courant, tiré par deux petits. Les types dans un des petits bateaux m'ont vu et ont crié. J'ai lâché ma ligne et j'ai couru. Y m'ont attrapé dans le champ de canne à sucre. Je crois qu'y voulaient me revendre quelque part. C'est tout.

Jamie hésita. Je sentais qu'il brûlait de lui demander de quelle rivière il s'agissait mais il n'osa pas, de peur que le prisonnier se mure à nouveau dans son silence.

— Pendant que tu étais sur le navire, as-tu vu des garçons parmi les membres de l'équipage, ou de jeunes prisonniers ? Des adolescents, d'une quinzaine d'années par exemple.

Ishmael écarquilla les yeux, ne s'étant manifestement pas attendu à cette question. Puis il hocha lentement la tête avec un petit sourire en coin.

— Oui, y en avait. Pourquoi ? T'en veux un ?

Jamie tiqua, gêné par l'insinuation.

— Oui, répondit-il cependant. Je cherche un jeune parent à moi qui a été enlevé par ces pirates. Je suis prêt à me montrer très généreux avec quiconque m'aidera à le retrouver.

Le prisonnier émit un rire étouffé.

— Vraiment ? Qu'est-ce que tu feras pour moi si je t'aide à retrouver ce garçon ?

— Je te déposerai dans le port de ton choix, avec une jolie

somme en or. Mais, naturellement, il me faudra une preuve que tu as vraiment vu mon neveu.

— Hmm...

Le Noir était encore sur ses gardes, mais il sembla se détendre légèrement.

— A quoi y ressemble, ton garçon ?

Jamie hésita un instant puis fit non de la tête.

— Ça ne marche pas comme ça. Ce serait trop facile. C'est *toi* qui dois me décrire les garçons que tu as vus sur le navire.

Le Noir éclata d'un grand rire tonitruant.

— T'es pas fou, toi, dit-il enfin.

— Oui, je sais, rétorqua Jamie. Le principal, c'est que tu le saches aussi. Alors ?

Avant de répondre, Ishmael prit le temps de mordre dans un des petits pains que Fergus venait d'apporter. Ce dernier se tenait à présent adossé à la porte, observant le prisonnier les yeux mi-clos.

— Y avait douze garçons sur le navire qui parlaient bizarre, comme toi.

Jamie et moi échangeâmes un regard ahuri. *Douze !*

— Que veux-tu dire par « comme moi » ? demanda Jamie. Ils étaient blancs ? anglais ? ou écossais ?

Ishmael fit une moue indécise. Le mot « Ecossais » ne figurait sans doute pas dans son vocabulaire.

— Y parlaient comme toi, comme des chiens qui se battent. « Grrr ! » « ouaf ! » « ouaf ! » singea-t-il.

Il montra les dents, imitant l'accent écossais en roulant des « r » interminables. Fergus avait du mal à retenir son hilarité. Moi aussi. Jamie nous lança un regard noir puis reprit son interrogatoire, faisant un effort marqué pour adoucir ses « r ».

— Soit, dit-il. Il y avait donc douze jeunes Ecossais. A quoi ressemblaient-ils ?

— Je les ai vus qu'une fois mais je te dirai tout ce dont je me souviens.

Ishmael fronça les sourcils, fouillant sa mémoire

— Quatre avaient les cheveux jaunes, six les avaient marron, et deux noirs. Deux était plus petits que moi, environ la taille de ce *griffone*-là...

Il indiqua Fergus qui se redressa aussitôt, piqué au vif.

— ... un était grand, comme toi...

— Comment étaient-ils habillés ?

Lentement, par petites touches, Jamie lui soutira les descriptions des adolescents, réclamant des détails, lui faisant faire des comparaisons. Quelle taille, quelle corpulence, quelle couleur des yeux, etc., sans jamais témoigner un intérêt particulier pour tel ou tel garçon, afin de ne pas éveiller les soupçons de son interlocuteur.

Ma tête avait cessé de tourner, mais la fatigue était toujours là. Je fermai les yeux, étrangement apaisée par le bruit de leurs voix. L'accent de Jamie faisait effectivement penser au grognement d'un chien féroce, avec ces « r » roulés et ces consonnes abruptes.

— Wouf ! murmurai-je doucement.

Ishmael avait une voix aussi grave que la sienne, mais elle était douce et chantante, avec une intonation traînante, onctueuse comme du chocolat chaud couronné de crème chantilly. Lentement, je me sentais partir, portée par ce son mélodieux.

Il me faisant penser à Joe Abernathy quand il dictait un rapport d'autopsie... un long inventaire de détails crus et peu ragoûtants, mais récité comme une berceuse du grand Sud.

Je revis les mains de Joe, sombres sur la peau pâle d'un accidenté de la route, se déplaçant avec agilité tandis qu'il enregistrait ses notes dans son Dictaphone.

— *La victime mesure un mètre quatre-vingt-cinq, de stature frêle...*

— Y en avait un de grand, avec la taille fine...

Je rouvris brusquement les yeux, entendant l'écho de la voix de Joe émanant de la table à côté.

— Non ! m'écriai-je.

Les trois hommes sursautèrent et se tournèrent vers moi. Je repoussai les mèches moites sur mon front et leur adressai un petit signe de la main.

— Ne faites pas attention à moi, les rassurai-je. Je faisais un rêve.

Ils se replongèrent dans leur conversation et je fermai les yeux. Mais cette fois, je n'avais plus du tout sommeil.

Ils ne se ressemblaient pas physiquement. Joe était trapu comme un ours. Ishmael était mince et élancé, même si les muscles noueux sous sa peau laissaient deviner une force considérable.

Joe avait la figure large et une expression naturellement chaleureuse. Cet homme avait un visage étroit et un regard méfiant, avec un front haut qui faisait ressortir encore plus ses scarifications ethniques. Joe avait la couleur des grains de café frais, Ishmael avait une peau noir de braise. Stern m'avait expliqué que c'était là une des caractéristiques des esclaves provenant du golfe de Guinée. Ils étaient moins prisés que les Sénégalais à la peau noir bleuté, mais valaient plus cher que les Yaga ou les Congolais marron clair.

Pourtant, si je fermais les yeux, c'était bien Joe que j'entendais, même en dépit de l'accent chantant des esclaves anglophones des îles. J'entrouvris les paupières et examinai Ishmael en quête d'autres ressemblances. Je n'en discernai aucune. En revanche, je vis ce que l'obscurité de sa cellule m'avait caché un peu plus tôt : ce que j'avais pris pour une entaille sur son épaule était en fait une surface de peau fraîchement limée, recouvrant une autre cicatrice, large et plate, de la forme d'un losange. La trace était toute récente, formant une tache rose vif.

J'entendais encore la voix de Joe se moquant du nouveau nom adopté par son fils « *Monsieur refuse désormais de porter un nom d'esclave.* » Ishmael avait effacé la marque de son maître afin qu'on ne puisse l'identifier au cas où il serait capturé. « *On m'appelle Ishmael* », avait-il déclaré. Ishmael aussi était un nom d'esclave, attribué par un propriétaire. Si le jeune Lenny avait remonté son arbre généalogique, comme il semblait que ce fût le cas, quel meilleur symbole du passé de sa famille aurait-il pu choisir que ce nom donné au premier de ses ancêtres réduit à l'esclavage ?

Je fixai le plafond de ma couchette, les suppositions fusant dans ma tête. Que cet homme soit lié ou non à Joe, cette éventualité venait de me donner une idée.

Jamie était en train de questionner le prisonnier sur l'équipage et la structure de la *Bruja*, puisque c'était bien ce navire qui nous avait attaqués. Je m'assis prudemment dans mon lit et fis signe à Fergus de s'approcher.

— J'ai besoin d'air, prétextai-je. Tu peux m'aider à monter sur le pont ?

Jamie me lança un coup d'œil inquiet mais je le rassurai d'un sourire et sortis discrètement, soutenue par Fergus.

— Où sont les papiers de l'esclave que nous avons acheté à la Barbade ? demandai-je dès que nous fûmes dans la coursive.

Il fouilla dans sa poche et en sortit les papiers froissés.

— C'est moi qui les ai, répondit-il, surpris. Pourquoi ?

Sans répondre à sa question, je relus en hâte l'acte de vente.

— Là ! Tu vois ? Il est marqué d'une fleur de lis et d'un « A » à l'épaule. A, comme Abernathy ! Je le savais ! Où est-il ?

— Dans le quartier des matelots, je crois, me répondit-il, de plus en plus perplexe.

— Allons-y !

La marque faisait environ sept centimètres sur sept. Elle représentait une fleur couronnée d'un « A », enchâssée dans la peau juste sous l'articulation de l'épaule. Elle avait la même taille et était située au même endroit que celle d'Ishmael. Toutefois, le vendeur s'était trompé en rédigeant son acte. Il ne s'agissait pas d'une fleur de lis mais d'une rose à seize pétales, l'emblème jacobite de Charles-Edouard Stuart. J'écarquillai les yeux. Quel genre de patriote en exil avait choisi une méthode aussi sadique pour proclamer son allégeance à la dynastie vaincue ?

Téméraire supporta mon examen sans broncher, me subissant

avec une indifférence stoïque, comme il subissait tout ce qui lui arrivait.

— Milady, vous devriez retourner vous coucher, protesta Fergus. Vous avez la couleur d'une crotte d'oie. Milord va se fâcher si vous tournez de l'œil sur le pont.

— Je ne vais pas tourner de l'œil, l'assurai-je. Et peu importe la couleur de mon teint. Je crois que je viens de trouver une piste, Fergus. Mais j'ai besoin d'un autre petit service.

— Tout ce que vous voudrez, milady, mais pas avant que vous soyez de retour dans votre lit.

Je le laissai me raccompagner à la cabine car, effectivement, je ne me sentais pas très bien. Lorsqu'il me vit entrer, Jamie se leva pour m'aider.

— Te voilà, *Sassenach* ! Tu as une mine affreuse. On dirait de la crème anglaise qui aurait tourné !

— Je vais parfaitement bien, rétorquai-je. Tu as fini de t'entretenir avec M. Ishmael ?

Il lança un regard vers le prisonnier. Celui-ci ne le quittait pas des yeux. L'atmosphère entre eux n'était pas hostile, mais elle était néanmoins chargée d'un je-ne-sais-quoi.

— Oui, nous avons terminé, pour le moment, répondit Jamie.

S'adressant à Fergus, il demanda :

— Tu veux bien raccompagner notre invité sur le pont inférieur ? Fais-lui donner des vêtements propres et de quoi manger.

Lorsqu'ils furent sortis, il prit place sur un tabouret près de moi.

— Tu as besoin de quelque chose, *Sassenach* ?

— Non. Mais écoute, Jamie, je crois que j'ai trouvé d'où vient notre ami Ishmael.

Il arqua un sourcil surpris.

— Ah oui ?

Je lui décrivis les marques similaires sur les épaules de Téméraire et d'Ishmael.

— Je te parie qu'ils viennent tous deux du même endroit, conclus-je. De la propriété d'une certaine Mme Abernathy, à la Jamaïque.

— Tu as peut-être raison, *Sassenach* ; en tout cas je le souhaite. Cet Ishmael est un dur à cuire, je n'ai pas pu lui faire dire d'où il venait. D'un autre côté, je le comprends. Si je cherchais à fuir une vie pareille, rien au monde ne pourrait me faire parler.

Il s'était exprimé avec une hargne inattendue.

— Que t'a-t-il dit au sujet des adolescents ? Il a vu Petit Ian ou pas ?

Il se détendit légèrement.

— Je suis presque sûr que oui. Deux des garçons qu'il a décrits correspondent à son signalement. Si tu ne te trompes pas sur l'endroit d'où s'est échappé cet esclave, *Sassenach*, nous allons peut-être pouvoir le retrouver... enfin !

Tout en refusant de dire l'endroit où les hommes de la *Bruja* l'avaient surpris, Ishmael avait cependant confié que les douze jeunes Ecossais, tous des prisonniers, avaient disparu du navire peu après sa capture.

— Douze garçons, répéta Jamie, méditatif. Mais qui diable voudrait kidnapper douze adolescents écossais ?

— Peut-être un collectionneur, suggérai-je. Un amateur de pièces anciennes, de pierres précieuses et de jeunes Ecossais.

La plaisanterie n'était pas du meilleur goût mais, heureusement, Jamie ne sembla pas l'entendre.

— A ton avis, demanda-t-il, celui qui retient les garçons prisonniers a également le trésor ?

— Je ne sais pas, répondis-je en bâillant. En tout cas, pour ce qui est d'Ishmael, nous serons bientôt fixés. J'ai demandé à Fergus de faire en sorte que Téméraire le voie. S'ils viennent du même endroit...

Je bâillai de nouveau, me sentant subitement très lasse, mon corps cherchant l'oxygène dont ma perte de sang l'avait privé.

— C'est très futé de ta part, dit Jamie.

Il paraissait stupéfait que je puisse faire preuve de logique. A dire vrai, j'en étais étonnée moi-même, mes pensées se fragmentaient de plus en plus, et j'avais un mal fou à aligner deux phrases cohérentes.

Jamie dut s'en apercevoir. Il me tapota la main et se leva.

— Repose-toi, *Sassenach*. Je vais t'envoyer Marsali avec un peu de thé.

— Du whisky, rectifiai-je.

Il se mit à rire.

— Soit, du whisky.

Il lissa mes cheveux en arrière et déposa un baiser sur mon front brûlant.

— Là, ça va mieux maintenant ?

— Beaucoup mieux, répondis-je en fermant les yeux.

56

La soupe de tortue

Lorsque je me réveillai tard dans l'après-midi, j'étais percluse de douleurs. J'avais rejeté mes couvertures pendant mon sommeil et je gisais emmaillotée dans ma chemise de nuit trempée, brûlante de fièvre. Mon bras me faisait un mal de chien et je pouvais sentir chacun des quarante-trois points de suture artistement noués dans ma peau par M. Willoughby.

J'avais reculé jusqu'à l'extrême limite le moment d'utiliser la pénicilline, espérant que mon corps parviendrait seul à refouler l'ennemi. J'étais peut-être immunisée contre la variole, la typhoïde et la version XVIIIe siècle du rhume de cerveau, mais je n'étais pas immortelle. En outre, Dieu seul savait dans quelle substance innommable ce maudit Portugais avait enfoncé son coutelas avant de s'en prendre à moi.

Le seul fait de traverser la cabine pour fouiller dans le tiroir de la commode me laissa en nage et grelottante, et je dus m'asseoir un instant, serrant ma jupe de rechange contre mon sein.

— *Sassenach !* Tu vas bien ?

Jamie, la tête passée dans l'entrebâillement de la porte, semblait inquiet.

— Non, répondis-je. Viens voir une minute. J'ai besoin de ton aide.

— Tu veux du vin ? des biscuits ? Murphy t'a préparé un bouillon spécial.

Il s'approcha et posa la main sur mon front.

— Mon Dieu, mais tu es brûlante ! s'écria-t-il.

— Oui, je sais. Mais ce n'est pas grave, j'ai un médicament pour ça.

Je fouillai dans la poche de la jupe et en sortis la boîte de seringues et d'ampoules. Le moindre mouvement de mon bras me faisait grincer des dents.

— C'est ton tour, lui indiquai-je en poussant la boîte vers lui sur la table. Si tu voulais ta revanche, c'est le moment.

Il fixa le nécessaire avec un regard vide.

— Quoi ? dit-il. Tu veux que je te plante un de ces machins dans le corps ?

— Tu as une manière de présenter la chose ! grommelai-je. Mais en gros, oui, c'est ça !

— Dans la fesse ?

— Mais oui, quoi ! m'impatientai-je.

Il prit un air désemparé, puis soupira :

— D'accord, dis-moi ce que je dois faire.

Je lui dictai soigneusement les instructions. Il remplit la seringue puis je la lui pris maladroitement de la main gauche pour vérifier qu'il n'y avait pas de bulles. Ensuite je la lui rendis et me couchai sur le ventre dans ma couchette. Il avait l'air plus paniqué que jamais.

— Tu es sûre que tu veux que je te fasse ça ? demanda-t-il.

Il me fit rire malgré moi. Je l'avais vu accomplir des tâches autrement plus difficiles avec ses grosses paluches, comme d'aider une jument à mettre bas, construire un mur, dépecer un cerf ou préparer une casse d'imprimerie, le tout avec un doigté léger et assuré.

— Certes, convint-il, mais ce n'est pas tout à fait la même chose. Ce que j'ai fait dans ma vie qui se rapproche le plus de ce que tu me demandes, c'est d'enfoncer une dague dans le ventre d'un ennemi. Ça me fait tout drôle de te faire la même chose, *Sassenach*.

— Ecoute, je te l'ai bien fait à toi, non ? Ce n'était pas si terrible, avoue !

Il commençait à me rendre nerveuse, moi aussi.

— Mmphm....

Pinçant les lèvres, il s'agenouilla près du lit et nettoya délicatement ma fesse droite avec un linge imbibé d'alcool.

— Ça va, *Sassenach* ?

— Oui, maintenant, pose la seringue de façon oblique, pas à angle droit. Tu vois comme la pointe de l'aiguille est biseautée ? Enfonce-la d'un centimètre. N'aie pas peur d'appuyer un peu plus fort pour percer la peau... pousse le pressoir, mais pas trop vite.

Je fermai les yeux et attendis. Je ne sentais toujours rien. Au bout d'un moment, je me retournai. Il était livide et une fine pellicule de sueur faisait luire ses pommettes.

— Donne-moi ça !

— Mais...

Me redressant sur un coude, je lui arrachai la seringue de la main gauche et, visant de mon mieux, je la plantai dans le muscle. Ce fut douloureux. Plus encore quand je commençai à appuyer sur le pressoir et que mon pouce glissa.

Il réagit enfin. Il posa une main sur le haut de ma cuisse et saisit la seringue de l'autre, faisant lentement pénétrer le liquide incolore. J'émis un petit gémissement quand il retira l'aiguille d'un coup sec.

— Merci, dis-je après un moment.

— Je suis désolé, dit-il une minute plus tard.

Il m'aida à me rallonger.

— Ce n'est rien, le rassurai-je. J'avais oublié que ce n'était pas évident les premières fois. Je suppose qu'il est plus facile d'enfoncer une dague dans le ventre de quelqu'un.

Il ne répondit pas, mais je sentis à sa respiration sifflante que j'avais touché un nerf sensible. Je l'entendais aller et venir dans la cabine, rangeant la boîte métallique et raccrochant ma jupe. Le point d'injection formait un nœud brûlant sous la peau.

— Pardonne-moi, dis-je. Ce n'est pas ce que je voulais dire.

— Pourtant tu as raison, rétorqua-t-il sur le même ton. Il *est* plus facile de tuer quelqu'un pour sauver ta peau que de faire mal à quelqu'un pour sauver la sienne. Finalement, tu es plus courageuse que moi, et je n'ai pas honte de le dire.

J'ouvris les yeux et le regardai.

— Menteur.

Il plissa les paupières, puis ses lèvres tremblèrent.

— C'est vrai, j'ai menti. J'ai honte de le dire.

Je me mis à rire, ce qui réveilla une douleur fulgurante dans mon bras.

J'entendais des bruits de pas lourds au-dessus de nos têtes, ainsi que la voix de M. Warren s'élevant avec une impatience contenue. Nous avions passé l'île à Vache et la pointe de L'Abacou pendant la nuit, et étions en train de virer vers le sud et la Jamaïque avec vent arrière.

— Personnellement, repris-je, si j'avais le choix, je ne prendrais jamais le risque de me faire tirer dessus, poignarder, arrêter ou pendre.

— Moi non plus.

— Mais pourtant...

Je m'interrompis, le dévisageant avec curiosité. Puis je lui demandai doucement :

— Tu le penses vraiment, quand tu dis que tu n'as pas le choix, n'est-ce pas ?

Il me tournait le dos, regardant par le hublot.

— Je suis un homme, *Sassenach*. Si je pensais avoir le choix... alors, peut-être agirais-je autrement. Quand tu sais que tu n'y peux rien, ce n'est plus tellement une question de courage. C'est comme une femme qui va accoucher. Elle n'y peut rien, même si elle a peur, elle doit faire ce qu'elle doit faire. C'est uniquement quand tu sais que tu peux aussi dire « non » qu'il te faut faire preuve de courage.

Je restai un moment sans répondre, l'observant. Il s'était assis dans le fauteuil, les yeux fermés. Ses longs cils d'enfant contrastaient avec les cernes d'adulte et ses traits tirés. Il n'avait pratiquement pas fermé l'œil depuis que nous avions été abordés par les pirates.

— Je t'ai déjà parlé de Graham Menzies ? lui demandai-je.

— Non. Qui est-ce ?

— Un de mes patients, à Boston.

Graham était presque septuagénaire lorsque je l'avais ren contré. Cet immigrant écossais n'avait rien perdu de son accent malgré quarante ans passés aux Etats-Unis. Il était pêcheur. Ou plutôt, il l'avait été. Il possédait désormais quatre chalutiers et payait d'autres hommes pour pêcher le homard à sa place.

Il ressemblait aux soldats highlanders que j'avais connus à Prestonpans et à Falkirk : stoïque et drôle à la fois, toujours prêt à rire de ce qui était trop douloureux à vivre pour souffrir en silence.

J'entendais encore les paroles qu'il m'avait dites tandis que j'observais l'anesthésiste lui installant le goutte-à-goutte qui le maintiendrait en vie pendant que j'amputais sa jambe gauche cancéreuse.

— Attention, ma petite dame, il ne s'agit pas d'amputer la bonne !

L'opération s'était bien déroulée. Graham s'était remis et était rentré chez lui. Mais je ne fus pas vraiment surprise en le voyant revenir six mois plus tard. Le rapport du laboratoire avait été nuancé et, à présent, les pires doutes se confirmaient : métastases aux ganglions lymphatiques de l'aine.

J'enlevai les nodules cancéreux. Il subit une radiothérapie, une cobaltothérapie, puis je pratiquai une ablation de la rate, elle aussi rongée par le cancer, tout en sachant que cela ne servirait à rien. C'était uniquement histoire de ne pas baisser les bras.

— Il est plus facile de continuer à lutter quand ce n'est pas toi qui es malade, dis-je en fixant les poutres du plafond.

— Et lui, il a capitulé ? demanda Jamie.

— Je ne dirais pas cela, non.

— J'ai bien réfléchi, annonça Graham.

Le son de sa voix se répercuta dans sa cage thoracique, faisant vibrer les écouteurs de mon stéthoscope.

— Ah oui ? répondis-je. Evitez toutefois de penser trop fort pendant que je vous ausculte, vous allez me rendre sourde.

Il se mit à rire, mais se laissa docilement examiner en silence.

— Alors, dis-je enfin en me redressant, à quoi avez-vous réfléchi ?

— A mon suicide.

Ses yeux se rivèrent aux miens. Je lançai un bref regard par-dessus mon épaule pour m'assurer que l'infirmière était sortie, puis approchai la chaise en plastique bleu des visiteurs et m'assis à son chevet.

— C'est la douleur qui devient trop forte ? demandai-je. On peut faire quelque chose pour ça, vous savez. Il vous suffit de demander.

Même lorsqu'il était manifeste qu'il souffrait, il ne parlait jamais de sa douleur. En y faisant allusion moi-même, je me sentais gênée. Comme si j'empiétais sur son intimité.

— J'ai une fille et deux petits-fils, dit-il, de braves petits gars. Mais j'oubliais, vous les avez vus la semaine dernière, n'est-ce pas ?

En effet, ils venaient à l'hôpital au moins deux fois par semaine, apportant leurs dessins d'enfants ou des battes de base-ball avec autographes à leur grand-père.

— Et puis il y a ma mère, poursuivit-il. Elle vit dans une maison de retraite à Canterbury. Cela me coûte la peau des fesses, mais l'endroit est propre et la nourriture est suffisamment bonne pour qu'elle prenne plaisir à s'en plaindre tout en mangeant.

Il redressa la tête et lança un regard neutre vers le moignon de sa jambe.

— Combien ? demanda-t-il. Un mois ? Quatre ? Trois ?

— Peut-être trois, répondis-je, si tout va bien.

Il émit un petit rire étranglé et m'indiqua le flacon renversé de sa perfusion.

— « Si tout va bien », façon de parler ! rétorqua-t-il.

Il balaya la chambre du regard, s'arrêtant sur le respirateur, le moniteur cardiaque et les autres exemples de technologie médicale.

— Me garder ici coûte près de cent dollars par jour, déclara-t-il. Trois mois, ça représente... Seigneur ! dix mille dollars !

Il secoua la tête d'un air réprobateur.

— Ce n'est pas rentable, maugréa-t-il. C'est de l'argent jeté par les fenêtres.

Ses yeux gris pâle se posèrent à nouveau sur moi avec une lueur ironique.

— Que voulez-vous, docteur ! Je suis écossais, je n'y peux rien. Je suis né radin et ce n'est pas maintenant que je vais changer.

— Alors, j'ai accepté de l'aider, poursuivis-je sans regarder Jamie. Ou plutôt, nous avons tout préparé ensemble. On lui a prescrit de la morphine pour soulager la douleur... c'est comme du laudanum, mais en plus fort. J'ai prélevé la moitié de chaque ampoule et je l'ai remplacée avec de l'eau. Cela signifiait qu'il devait continuer à souffrir un peu, mais c'était le seul moyen d'obtenir une dose suffisamment forte sans risquer d'être découverts. Nous avions envisagé d'utiliser un des remèdes à base de plantes sur lesquels je travaillais. Je m'y connaissais suffisamment pour lui concocter une préparation mortelle, mais je n'étais pas sûre que ce serait indolore. En outre, il ne voulait pas que je me retrouve derrière les barreaux au cas où quelqu'un aurait des soupçons et demanderait une autopsie. L'avantage de la morphine était qu'on ne pourrait rien prouver, puisqu'il était censé en prendre quotidiennement. Notre plan était sans faille, sauf que je n'ai pas pu...

Je marquai une pause pour reprendre mon souffle. Mes mains tremblaient d'émotion. Jamie, lui, me regardait sans mot dire. Je caressai doucement mon pouls, contemplant l'endroit où une grosse veine passait au-dessus de la tête de mon radius ; c'était là que j'avais enfoncé l'aiguille dans le poignet de Graham.

— Je l'ai piqué, dis-je dans un souffle, mais je n'ai pas pu appuyer sur la seringue.

Dans ma mémoire, je revis la grosse main de Graham Menzies se lever lentement et se refermer sur la mienne, poussant le pressoir. Il n'avait plus beaucoup de force, mais encore assez pour ce simple geste.

— Je suis restée là, jusqu'à ce que ce soit fini, sa main dans la mienne.

Je relevai la tête vers Jamie, chassant se souvenir pénible, avant de poursuivre :

— Puis une infirmière est entrée dans la chambre. Elle était jeune, une nouvelle, très émotive. Elle n'avait pas beaucoup d'expérience, mais elle savait néanmoins reconnaître un mort. Puis elle m'a vue, assise à son côté sans rien faire, une seringue de morphine posée sur la table de chevet.

— Elle a parlé, bien entendu, dit Jamie.

— Sans doute. J'ai quand même eu la présence d'esprit de jeter la seringue dans l'incinérateur après son départ. Ce fut ma parole contre la sienne. L'affaire a été rapidement étouffée. Mais une semaine plus tard, on m'a proposé la direction de l'ensemble du service. Un poste très important, mais administratif. On m'offrait un très joli bureau au sixième étage de l'hôpital, loin des patients, pour que je n'assassine plus personne.

Mes doigts caressaient toujours inconsciemment mon poignet. Jamie tendit la main et la reposa sur la mienne.

— Quand cela s'est-il passé ? demanda-t-il.

— Peu avant que j'emmène Brianna en Ecosse. D'ailleurs, c'est un peu à cause de ça que nous avons fait le voyage. Ils m'ont donné un congé illimité. Ils ont dit que je m'étais surmenée ces derniers temps et que j'avais besoin de vacances.

Je ne fis rien pour déguiser l'ironie dans ma voix

— Je vois. S'il n'y avait pas eu cette... affaire, *Sassenach*, est-ce que tu serais venue jusqu'ici ? Jusqu'à moi ?

Je serrai sa main, inspirant profondément.

— Je ne sais pas, répondis-je. Si je n'étais pas allée en Ecosse, je n'aurais pas retrouvé Roger Wakefield et je n'aurais jamais su que tu...

Je m'interrompis, me souvenant brusquement de quelque chose.

— Oh, mon Dieu, j'avais oublié que c'était Graham qui m'avait poussée à retourner en Ecosse ! m'écriai-je, mortifiée. Il m'avait demandé d'aller à Aberdeen un jour, et de saluer la ville de sa part. Et je ne l'ai pas fait ! Je ne suis jamais allée à Aberdeen, Jamie !

— Ne t'inquiète pas, *Sassenach*, me rassura-t-il. Je t'y emmènerai moi-même quand nous rentrerons en Ecosse. Non pas qu'il y ait quelque chose à voir à Aberdeen !

On commençait à étouffer dans la cabine. Il se leva et ouvrit un des hublots.

— Jamie... dis-je en regardant son dos. Qu'est-ce que tu souhaiterais ?

Il me jeta un regard surpris par-dessus son épaule.

— Oh... une orange ne serait pas de refus. Il me semble en avoir laissé dans le secrétaire...

Sans attendre, il souleva le cylindre du petit meuble et dévoila une coupe pleine d'oranges, touche de couleur vive incongrue parmi les plumes et les papiers épars.

— Tu en veux une aussi ? demanda-t-il innocemment.

— Très drôle, Jamie, rétorquai-je. Tu sais très bien que ce n'est pas ce que je voulais dire. Qu'est-ce que tu aimerais faire après qu'on aura retrouvé Petit Ian ?

J'acceptai néanmoins son fruit tandis qu'il s'asseyait à mon côté sur la couchette.

— Je ne sais pas trop, répondit-il enfin. Je crois bien que c'est la première fois qu'on me pose une telle question. Qu'est-ce que j'aimerais faire ?

— Tu as rarement eu le luxe de pouvoir te le demander, mais maintenant, tu l'as.

— C'est vrai.

Il fit rouler l'orange entre ses paumes, l'air songeur.

— Tu t'es sans doute rendu compte qu'on ne pourra pas rentrer en Ecosse avant un certain temps ? dit-il.

Naturellement, je lui avais parlé des révélations de Tompkins sur les machinations de sir Percival, mais nous n'avions pas encore eu l'occasion d'en discuter.

— C'est bien pourquoi je te pose la question, répondis-je.

Je me tus, le laissant réfléchir tranquillement. Il avait vécu en hors-la-loi pratiquement toute sa vie d'adulte, soit en se cachant réellement, soit en prenant différentes identités. A présent que ces dernières étaient toutes connues, il ne pourrait reprendre aucune de ses activités précédentes, ni même se montrer en public en Ecosse.

Ses terres avaient toujours été son dernier refuge. Mais cette porte de secours elle-même s'était refermée. Certes, il serait toujours chez lui à Lallybroch, mais le domaine ne lui appartenait plus. Il y avait un nouveau laird à présent. Je savais qu'il n'en voulait pas à Jenny, mais il lui était humainement impossible de ne pas regretter la perte de son héritage.

A son sourire amer, je devinai qu'il en était au même point que moi dans le bilan de notre situation.

— En tout cas, dit-il soudain, ni à la Jamaïque ni dans aucune des îles anglaises. Tom Leonard et la Royal Navy nous croient peut-être morts tous les deux, mais ils ne tarderont pas à changer d'avis si nous nous attardons sur leur territoire !

— As-tu envisagé l'Amérique ? demandai-je. Je veux dire, les colonies ?

Il se frotta le nez d'un air songeur.

— Ma foi, pas vraiment, admit-il. Il est vrai qu'on serait relativement à l'abri de la Couronne là-bas, mais...

— Personne ne t'y cherchera, soulignai-je. Sir Percival n'a intérêt à te faire arrêter que si tu es en Ecosse, où cela peut lui servir. La marine royale n'ira pas te chercher sur la terre ferme et les gouverneurs des îles antillaises n'ont aucun pouvoir sur ce qui se passe dans les colonies.

— C'est vrai, admit-il, mais les colonies...

Il tripotait son orange, la faisant passer d'une main à l'autre.

— ... c'est très primitif, lâcha-t-il enfin. Ce sont des sauvages là-bas, je ne veux pas t'entraîner dans des dangers...

Je partis d'un grand éclat de rire et, vexé, il me lança un regard noir, puis, se rendant compte de ce qu'il venait de dire, esquissa un sourire contrit.

— Bon, c'est vrai ! convint-il. T'entraîner en pleine mer, te laisser kidnapper et enfermer sur un bateau de pestiférés, était déjà dangereux. Mais au moins, je ne t'ai pas exposée à des cannibales, pas encore du moins !

J'eus de nouveau envie de rire, mais une note d'amertume dans sa voix me retint.

— Il n'y a pas de cannibales en Amérique, dis-je.

— Comment ? J'ai imprimé un livre pour la Confrérie des missionnaires catholiques où il était question d'Iroquois vivant dans le Nord. Ils attachent leurs victimes et les découpent vivantes en petits morceaux. Puis ils leur arrachent le cœur et les yeux !

Cette fois, ce fut plus fort que moi. Je pouffai de rire.

— Non, sans blague ! répliquai-je.

Croisant son regard furibond, je me mordis la lèvre.

— Pardonne-moi, repris-je. Mais d'une part, il ne faut pas croire tout ce que tu lis, et de l'autre...

Il ne me laissa pas finir. Il se pencha vers moi et agrippa mon bras valide.

— Arrête de ricaner comme ça, je suis sérieux !

— Mais je suis sérieuse, moi aussi ! me défendis-je. Je ne voulais pas me moquer de toi, Jamie, mais j'ai quand même vécu vingt ans à Boston alors que tu n'y as jamais mis les pieds.

— C'est vrai, remarqua-t-il sur le même ton, mais tu ne crois pas que la ville a un peu évolué en deux cents ans ? Elle ne ressemble sans doute à rien de ce que tu as connu !

J'essayai de me souvenir. S'il y avait beaucoup d'immeubles anciens dans le centre de Boston, arborant fièrement une plaque en cuivre attestant de leur authenticité, la plupart avaient été construits après 1770.

— Eh bien... euh... oui, tu as sans doute raison, admis-je. Mais il y a quand même de vraies villes tout au long de la côte, ça, j'en suis sûre !

— Peut-être, mais tout ce que j'ai entendu dire, moi, c'était qu'il y avait surtout de grandes étendues sauvages, très belles certes, mais néanmoins sauvages. Et ne viens pas me dire que je crois tout ce qui est écrit, parce que je te rappelle que c'est moi qui les ai imprimés, ces foutus bouquins ! Je sais quand même faire la différence entre la fiction et les faits !

Le voyant s'échauffer, j'adoptai le ton le plus calme possible.

— Admettons que ce que tu as lu sur les Iroquois soit vrai, cela ne veut pas dire que tout le continent foisonne de sauvages assoiffés de sang. Après tout, c'est un très grand pays !

— Mmphm...

Il n'était pas convaincu et je jugeai préférable de changer de sujet.

— C'est drôle, tu sais. Lorsque j'ai décidé de revenir, j'ai lu tout ce que je trouvais sur l'Angleterre, l'Ecosse et la France au XVIIIe siècle, afin de savoir ce à quoi je devais m'attendre. Et nous voilà dans une région du monde sur laquelle je ne connais strictement rien, parce qu'il ne m'est jamais venu à l'esprit que nous traverserions un jour l'Atlantique, connaissant ton pied marin...

Cela le fit rire malgré lui.

— Bah ! dit-il. On ne sait jamais jusqu'où on peut aller tant qu'on n'a pas essayé ! Une chose est sûre, *Sassenach*. Une fois que j'aurai récupéré Petit Ian sain et sauf, je ne remettrai jamais plus le pied sur un de ces satanés rafiots, sauf pour rentrer en Ecosse le jour où ce sera possible.

Il me tendit un quartier d'orange et je l'acceptai en guise de calumet de la paix.

Je dormis plusieurs heures et me réveillai encore fiévreuse, mais affamée. Jamie m'apporta la fameuse soupe préparée par Murphy : un délicieux potage, fleurant bon le whisky. Malgré mes protestations, il insista pour me tenir la cuillère.

— Mais je peux très bien me servir de ma main gauche !

— Mouais... *Sassenach*, je t'ai déjà vue à l'œuvre ! Si tu es aussi adroite avec cette cuillère qu'avec ta seringue, toute la soupe va finir sur ta chemise et Murphy va me fracasser le crâne à coups de louche ! Allez, ouvre !

Ma gêne de me sentir traitée comme une enfant fut rapidement dissipée par la chaleur du savoureux liquide qui coulait dans ma gorge. Sitôt la dernière cuillerée avalée, Jamie me demanda :

— Encore ?

Sans attendre ma réponse, il ouvrit la soupière et remplit à nouveau le bol.

Je profitai de ce bref répit pour l'interroger :

— Où est Ishmael ?

— Sur le pont arrière. Il n'était pas à son aise confiné à l'intérieur. Je le comprends ! On lui a tendu un hamac sous les étoiles.

— Ça ne t'inquiète pas de le laisser errer en liberté sur le bateau ? demandai-je. Au fait, c'est quoi comme soupe ?

La dernière cuillerée m'avait laissé un délicieux arrière-goût dans la bouche. La suivante le raviva.

— De la soupe à la tortue. Stern a pêché une tortue franche la nuit dernière. Il m'a dit qu'il te gardait les écailles pour te faire des peignes.

Il fronça légèrement les sourcils, mais je n'aurais su dire si c'était la galanterie de Lawrence Stern ou la présence d'Ishmael qui le préoccupait.

— Quant au Noir, acheva-t-il, il n'erre pas en liberté. Fergus le surveille.

— Tu exagères ! protestai-je. Fergus a autre chose à faire : il est en pleine lune de miel ! C'est vraiment de la soupe à la tortue ? Je n'en n'avais jamais mangé. C'est divin !

Jamie ne semblait guère ému par le sort de Fergus.

— Fergus s'est marié pour la vie. Il peut bien garder ses culottes une nuit de plus. Ne dit-on pas que l'abstinence raffermit le cœur ?

— C'est l'absence, corrigeai-je. Si l'abstinence raffermit quelque chose chez lui, ce ne sera pas son cœur !

— Tsss... dit-il en éloignant la cuillère un instant. Quel langage dans la bouche d'une dame ! De plus, c'est un manque de tact de ta part !

— De « tact » ?

— Il se trouve que je suis plutôt ferme moi-même en ce moment, dit-il en enfournant la cuillère dans ma bouche. Surtout compte tenu de tes cheveux défaits et de tes petits tétons qui me fixent dans le blanc des yeux depuis tout à l'heure.

Je baissai machinalement les yeux et la cuillerée suivante alla heurter mon nez. Jamie fit claquer sa langue d'un air réprobateur et entreprit de m'éponger la poitrine avec la serviette. En effet, ma chemise de nuit en coton léger, même sèche, était plutôt transparente.

— Ce n'est pourtant pas la première fois que tu les vois, dis-je, amusée.

Il reposa la serviette et prit une expression solennelle.

— Je bois de l'eau chaque jour depuis que je suis sevré, observa-t-il, cela ne veut pas dire que je n'ai jamais soif. Encore un peu ?

— Non merci. Je préférerais que tu me parles encore de ta fermeté.

— Pas question. Tu es malade.

— Je me sens beaucoup mieux, l'assurai-je. Si j'y jetais un coup d'œil ?

Il portait les larges pantalons en toile des marins, dans lesquels il pouvait facilement cacher une demi-douzaine de furets morts, sans parler d'une fermeté fugitive.

— Non ! répéta-t-il, légèrement choqué. Quelqu'un pourrait entrer. Et puis... le fait de le regarder n'y changera pas grand-chose.

— Qu'en sais-tu, je ne l'ai pas encore vu ! Et puis... tu n'as qu'à verrouiller la porte.

— Comment ça ? glapit-il. Mais que comptes-tu faire ? Tu me crois capable d'abuser d'une femme blessée, brûlante de fièvre et soûle par-dessus le marché !

— Je ne suis pas soûle ! m'indignai-je. On ne se soûle pas avec de la soupe à la tortue !

Cela dit, la chaleur qui rayonnait dans le creux de mon estomac semblait irradier vers le bas, s'étirant entre mes cuisses, et les vapeurs légères qui flottaient dans ma tête ne pouvaient être imputées uniquement à la fièvre.

— Bien sûr que tu le peux ! rétorqua Jamie. Notamment s'il s'agit d'une soupe préparée par Aloysius O'Shaughnessy Murphy. Rien qu'à l'odeur, je dirais qu'il a versé au moins une bouteille entière de sherry dedans. Maudit Irlandais !

— Puisque je te dis que je ne suis pas soûle ! Cesse donc de changer de sujet. Parlons encore de ta fermeté, tu veux bien ?

— Nous n'avons aucune raison de nous étendre sur le sujet, dans la mesu...

Il s'interrompit dans un petit cri étranglé, car ma main gauche venait de faire une prise heureuse. Loin d'être un furet mort, l'objet en question était on ne peut plus vivant.

— Alors, qui a dit que j'étais maladroite ? le narguai-je.

— Veux-tu bien me lâcher ! siffla-t-il. Quelqu'un pourrait entrer d'une minute à l'autre !

— Je t'avais dit de verrouiller la porte, rétorquai-je.

— Tu as une sacrée poigne pour une malade, *Sassenach* !

— Je te propose un marché : tu fermes la porte et je te prouve que je ne suis pas ivre.

Pour témoigner de ma bonne foi, je lâchai prise à contrecœur. Il me fixa un instant d'un air indécis puis se leva pour aller verrouiller la porte. Le temps qu'il revienne, j'étais sortie du lit et me tenais droite, tremblante, mais debout. Il m'inspecta des pieds à la tête d'un œil critique.

— Ça ne marchera jamais, *Sassenach*, conclut-il d'un ton navré. Avec ce roulis, tu ne resteras pas debout longtemps. Quant à moi, je ne tiens déjà pas seul dans cette niche à chien qui nous sert de couchette, alors à deux...

Le navire tanguait considérablement. La lanterne suspendue au plafond restait à niveau, se balançant à peine, mais les étagères tout autour des cloisons s'inclinaient continuellement d'avant en arrière tandis que l'*Artémis* chevauchait les vagues.

— Il nous reste toujours le plancher, proposai-je.

Il baissa les yeux vers le sol, et grimaça.

— Je ne pense pas que ce soit une très bonne idée, *Sassenach*. Nous serions obligés de nous enrouler l'un autour de l'autre comme des serpents en nous calant contre les pieds de la table.

— Ça ne me dérange pas.

— Tu risques de rouvrir la plaie de ton bras.

Il se frotta les lèvres, réfléchissant. Son regard se posa sur mes hanches et ses yeux s'écarquillèrent. J'en déduisis que ma chemise de nuit était encore plus transparente que je ne le croyais.

Décidant de prendre les choses en main, je lâchai le cadre de la couchette auquel je me tenais et fis deux pas vers lui. Le roulis me projeta dans ses bras et il parvint tout juste à conserver son équilibre tout en me serrant avec force contre lui.

— Seigneur ! lâcha-t-il.

Il chancela puis, autant par réflexe que par désir, il pencha la tête et m'embrassa.

Ce fut déroutant. J'étais habituée à la chaleur de ses baisers mais, cette fois, c'était moi qui étais brûlante alors que sa bouche était fraîche. A en juger par sa réaction, il semblait apprécier cette nouveauté autant que moi.

Enhardie, je mordillai la base de son cou, sentant la vague de chaleur dans mon visage se diffuser dans sa gorge.

— Tu brûles comme un chardon ardent ! murmura-t-il.

En me tenant à ses hanches, je me laissai glisser à genoux sur le plancher et déboutonnai tant bien que mal son pantalon. Il dénoua le lacet d'un geste bref et le vêtement s'effondra sur le sol. Je ne lui laissai pas le temps d'ôter sa chemise. Je me contentai de la soulever un peu et le pris dans ma bouche. Il émit un son étranglé et ses mains se posèrent sur ma tête comme pour freiner mes mouvements de va-et-vient. Mais il n'avait plus de forces.

— Oh mon Dieu ! gémit-il. Maintenant que je sais ce que c'est que faire l'amour en enfer !... avec une diablesse.

Il me fit rire, ce qui n'était guère pratique vu les circonstances, et je manquai de m'étouffer. Je m'écartai un instant pour reprendre mon souffle et levai les yeux vers lui.

— Tu crois que c'est comme ça que font les succubes ? demandai-je.

— J'en suis sûr !

Ses doigts étaient toujours enfouis dans mes cheveux, cette fois m'implorant de le reprendre entre mes lèvres.

Au même instant, on frappa à la porte et il se figea.

— Oui ? Qu'est-ce que c'est ? demanda-t-il.

Sa voix était d'un calme assez remarquable pour un homme dans sa situation.

— Fraser ? dit la voix de Lawrence Stern. Le jeune Français vous fait dire que le Noir est endormi et il demande s'il peut aller se coucher lui aussi.

— Non ! répondit Jamie. Dites-lui de rester où il est. Je viendrai le relever tout à l'heure.

— Oh... dit Stern d'une voix hésitante. C'est que... euh... sa femme... s'impatiente.

Jamie poussa un long soupir, puis il rétorqua d'un ton plus sec :

— Dites-lui qu'il n'y en a plus pour longtemps.

— D'accord, je lui dirai...

Stern semblait douter de l'accueil que ferait Marsali à cette nouvelle, puis il demanda d'une voix plus enjouée :

— Ah ! Mme Fraser va-t-elle mieux ?

— Nettement mieux, répondit Jamie en baissant les yeux vers moi.

— A-t-elle aimé la soupe à la tortue ?

— Beaucoup.

— Lui avez-vous dit que je lui avais mis des écailles de côté ? C'était une belle tortue franche. Enorme !

— Oui, oui, je lui ai dit. Bonne nuit, monsieur Stern !

Jamie se pencha vers moi et me hissa debout.

— Ah... fit Stern sur un ton déçu. Je suppose que Mme Fraser est endormie.

— Si tu ris, je te tords le cou, me chuchota Jamie à l'oreille.

Puis, d'une voix plus forte, il lança :
— En effet, monsieur Stern. Je lui transmettrai vos hommages demain matin à son réveil.
— J'espère qu'elle se reposera bien. La mer est assez agitée ce soir.
— En effet, monsieur Stern, je l'avais remarqué.
Il me déposa à genoux devant la couchette, le buste couché en travers du matelas, puis retroussa ma chemise de nuit sur mes reins. Un courant d'air frais filtrant par le hublot ouvert caressa mes fesses nues, me faisant frissonner jusqu'aux orteils.
De l'autre côté de la porte, Stern était toujours là.
— Si, par hasard, Mme Fraser et vous-même vous trouviez incommodés par le roulis, j'ai un excellent remède à votre disposition. Il vous suffit de le demander.
— Seigneur Jésus ! gémit Jamie.
Je mordis un coin d'édredon pour étouffer mon fou rire.
— Monsieur Fraser ?
— J'ai dit « Merci » ! dit Jamie en haussant la voix.
— Ah ben... Je vous souhaite une bonne nuit, alors...
Il y eut un long silence. Nous retînmes notre souffle.
— Monsieur Fraser ?
— Bonne nuit, monsieur Stern ! hurla Jamie.
— Ah ! Euh... oui... c'est ça... Bonne nuit, monsieur Fraser.
Ses pas s'éloignèrent enfin dans la coursive et je recrachai une bouchée de duvet d'oie.
Les mains de Jamie étaient fermes et froides sur ma peau brûlante. Il s'agenouilla derrière moi, m'écrasant contre le matelas, et me pénétra profondément d'un seul mouvement. La fièvre rendait ma peau sensible au moindre contact et je tremblais sous ses assauts, le brasier qui me consumait envahissant tout mon corps à mesure qu'il allait et venait en moi.
Puis ses mains glissèrent sous moi, pétrissant mes seins, devenant mon unique point d'ancrage tandis que je perdais toute notion de l'espace et du temps et que je me dissolvais en lui. Ma conscience n'était plus qu'un élément à la dérive dans un chaos de sensations : les draps tièdes et humides sous mon ventre, la fraîche brise marine qui nous caressait, les embruns salés qui pénétraient par le hublot ouvert, le souffle haletant de Jamie qui balayait ma nuque, puis la soudaine vague à la fois ardente et glacée qui se déversa en moi alors que ma fièvre se dispersait en une douce rosée de désirs assouvis.
Jamie resta à demi couché sur moi, ses cuisses entre les miennes. Il était chaud et apaisant. Après un long moment, sa respiration se fit plus lente. Il se dégagea et se redressa. Ma chemise de nuit était moite et le vent qui la soulevait me faisait frissonner.
Il referma le hublot puis revint vers la couchette, me souleva

doucement et me coucha sur le dos, rabattant les draps et l'édredon jusque sous mon menton.

— Comment va ton bras ? demanda-t-il.

— Quel bras ? répondis-je dans un demi-sommeil.

— Parfait, dit-il avec un sourire attendri. Tu peux tenir debout ?

— Non.

— Je vais aller dire à Murphy que tu as aimé sa soupe.

Sa main s'attarda un instant sur mon front frais, glissa le long de ma joue puis disparut. Je ne l'entendis même pas refermer la porte.

57

La terre promise

— Mais c'est de la persécution ! s'indigna Jamie.

Nous nous tenions derrière le bastingage de l'*Artémis*. Le port de Kingston s'étirait sur notre gauche, scintillant à la lumière du petit matin tel un voile brodé de saphirs. Sur la montagne derrière lui, la ville à demi noyée dans la jungle formait des cubes d'ivoire jauni et de quartz rose perdus dans une forêt d'émeraude et de malachite. Et au beau milieu du tapis céruléen qui s'étendait à ses pieds se dressaient majestueusement les trois mâts du *Porpoise*, ses voiles pliées aussi blanches que des ailes de mouette, ses canons et ses gréements en laiton rutilant au soleil.

— Ce satané bateau me harcèle ! grogna encore Jamie. Où que j'aille, il est là !

Je me mis à rire, même si la vue du vaisseau de guerre me rendait nerveuse moi aussi.

— Je ne crois pas qu'ils en aient particulièrement après toi, dis-je. Après tout, le capitaine Leonard nous avait bien dit qu'ils se rendaient à la Jamaïque.

— Oui mais, dans ce cas, pourquoi ne sont-ils pas allés directement à Antigua, où se trouvent les casernes de la marine royale et le chantier naval ?

Il plissa les yeux, scrutant le navire. De là où nous étions, nous pouvions distinguer de minuscules silhouettes dans les gréements, effectuant des réparations.

— Ils devaient d'abord passer par Kingston pour y déposer le nouveau gouverneur de la colonie, expliquai-je.

Tout en sachant que la tignasse rousse n'était pas visible de si loin, je ressentais une absurde envie de me cacher dans ma cabine.

— Ah oui ? Je me demande qui ça peut être, dit Jamie d'un air absent.

Dans moins d'une heure, nous serions à la plantation de Jared, dans Sugar Bay. Je savais qu'il avait l'esprit occupé à dresser des plans pour retrouver Petit Ian.

— Un certain Grey, dis-je en me détournant du bastingage. Je l'ai rencontré à bord du *Porpoise*. Je l'ai trouvé plutôt sympathique.

— Grey ? sursauta Jamie. Ce ne serait pas lord John Grey, par hasard ?

— Si. Pourquoi ?

Il fixait le *Porpoise* avec un nouvel intérêt et je dus lui répéter ma question avant qu'il ne se tourne enfin vers moi.

— Oh, rien, répondit-il avec un petit sourire en coin. C'est que je connais lord John. C'est un ami.

— Vraiment ?

Je n'étais qu'à demi surprise. Jamie avait été ami autrefois avec le ministre des Finances du roi de France, avec Charles-Edouard Stuart, ainsi que des mendiants écossais et des pickpockets français. Il n'y avait donc rien de remarquable à ce qu'il se lie d'amitié avec des aristocrates anglais, tout comme avec des contrebandiers highlandais ou des cuisiniers irlandais.

— Quel heureux hasard ! dis-je. D'où le connais-tu ?

— Il était gouverneur de la prison d'Ardsmuir.

Cette fois, il était parvenu à m'en boucher un coin.

— Et tu dis que c'est ton ami ? m'exclamai-je, incrédule. Décidément, je ne comprendrai jamais rien aux hommes !

Il s'arracha à la contemplation du *Porpoise* et se tourna vers moi.

— Que veux-tu, *Sassenach,* on trouve ses amis où on peut. Espérons que cette Mme Abernathy en sera une, elle aussi.

Au moment où nous contournions la presqu'île de Sugar Bay, une mince silhouette noire apparut sur le pont. A présent vêtu en marin, ses cicatrices dissimulées, Ishmael ressemblait nettement moins à un esclave et beaucoup plus à un pirate.

— Je m'en vais, décréta-t-il de but en blanc.

Jamie haussa un sourcil surpris et lança un regard vers la mer autour de nous.

— Tu fais ce que tu veux, répondit-il, mais tu ne préférerais pas attendre qu'on soit à terre ?

Une vague lueur amusée brilla au fond des yeux du Noir, mais les lignes sévères de son visage ne frémirent pas.

— Tu m'as dit que tu me déposerais où je voudrais si je te parlais des garçons, rappela-t-il.

Il pointa un doigt vers l'île, où la montagne couverte de forêt tropicale descendait jusque dans la mer.

— C'est là que je veux aller, déclara-t-il.

Jamie contempla un moment le rivage sauvage puis acquiesça.

— Je vais faire descendre une chaloupe à la mer, annonça-t-il. Je t'avais également promis de l'or, n'est-ce pas ?

— Garde ton or, rétorqua Ishmael. Y me servira à rien.

Jamie, qui avait déjà fait quelques pas vers l'écoutille, s'arrêta net.

— Tu désires autre chose à la place ?

Ishmael hocha lentement la tête. Il ne semblait pas particulièrement nerveux, mais une légère pellicule de sueur brillait sur ses tempes malgré la brise fraîche.

— Je veux le nègre manchot.

Malgré son air sûr de lui, il y avait une note d'hésitation dans sa voix.

— Téméraire ! balbutiai-je. Mais pourquoi ?

Le regard d'Ishmael se posa un instant sur moi, puis revint vers Jamie. Il s'adressa à lui seul :

— Y te servira à rien. Il a qu'un bras. Y peut pas travailler aux champs ni sur un bateau.

Jamie resta un moment sans rien dire, puis appela Fergus et lui demanda d'amener l'esclave manchot.

Quelques instants plus tard, Téméraire apparut sur le pont, impassible. Il avait lui aussi passé des vêtements de marin, mais il n'avait pas l'élégance naturelle d'Ishmael. On aurait dit un tronc d'arbre sur lequel on aurait accroché du linge à sécher.

— Cet homme veut t'emmener dans la forêt là-bas, lui annonça Jamie en français. Tu veux partir avec lui ?

Téméraire eut un sursaut de surprise. Personne ne lui avait sans doute jamais demandé son avis sur quoi que ce soit. Il dévisagea longuement Jamie, puis Ishmael, mais ne répondit rien.

Jamie répéta sa question, en précisant :

— Tu n'es pas obligé d'accepter. Si tu préfères venir avec nous, nous veillerons sur toi. Personne ne te fera de mal.

L'esclave hésitait toujours, son regard allant et venant entre les deux hommes. Finalement, ce fut Ishmael qui prit l'initiative. Il lui dit quelque chose dans une langue étrange, pleine de voyelles fluides et de consonnes qui sonnaient comme des roulements de tambour.

Téméraire ouvrit grand une bouche stupéfaite, puis se laissa tomber à genoux à ses pieds et se prosterna. Tous les yeux sur le pont se baissèrent vers lui, incrédules, puis remontèrent sur Ishmael qui se tenait le dos droit et les bras croisés avec un air de défi.

— Y vient avec moi, annonça-t-il.

Il en fut donc ainsi. Picard conduisit les deux Noirs dans la chaloupe jusqu'au rivage et les laissa sur les rochers à la lisière de la jungle, équipés d'un petit sac de provisions et d'un couteau chacun.

J'observai les deux silhouettes au loin qui disparaissaient sous les grands arbres.

— Pourquoi ici ? m'interrogeai-je à voix haute. Il n'y a aucune ville dans les environs, n'est-ce pas ? A moins qu'il n'y ait des plantations ?

— Oh, si, il y a des plantations quelque part par là-bas ! m'assura Lawrence. Tout en haut sur les collines. C'est là qu'on cultive le café et l'indigo. La canne à sucre pousse mieux près de la côte. Mais à mon avis, ils vont plutôt rejoindre une bande de marrons.

— Il y a des marrons ici aussi ? demanda Fergus. Je croyais qu'il n'y en avait que sur Hispaniola.

Lawrence esquissa un petit sourire tendu.

— Il y a des marrons partout où il y a des esclaves, mon ami, répondit-il. Il y aura toujours des hommes qui préféreront risquer de mourir comme des bêtes traquées plutôt que de vivre en captifs.

Jamie lui jeta un regard surpris, mais ne dit rien.

La plantation de Jared à Sugar Bay s'appelait le domaine de la Montagne bleue, sans doute du nom du pic brumeux qui s'élevait à quelques kilomètres de distance après les champs. La maison, elle, était construite au bord de la mer, dans la courbe douce de la baie. La véranda, qui longeait toute la façade, surplombait un lagon. De fait, une partie du bâtiment s'avançait sur la mer, soutenue par des pilotis couverts de moules et d'algues vert clair.

Nous étions attendus. Jared avait envoyé une lettre sur un navire qui avait quitté Le Havre une semaine avant l'*Artémis*. En raison de notre arrêt forcé sur Hispaniola, la lettre était arrivée un mois avant nous, et le régisseur et sa femme, un charmant couple d'Ecossais nommés MacIver, nous accueillirent avec soulagement.

— Je craignais que vous ne soyez pris dans les orages d'hiver ! nous dit Kenneth MacIver pour la quatrième fois.

Son crâne chauve était écaillé et couvert de taches de rousseur du fait du soleil tropical. Son épouse, une femme rondelette, gaie et maternelle, nous entraîna Marsali et moi vers nos chambres pour faire un brin de toilette avant le dîner, pendant que Jamie, Fergus et M. MacIver supervisaient le déchargement partiel de l'*Artémis*.

La maison possédait même une vraie baignoire installée sous un petit porche. Elle était en bois, certes, mais, ô miracle, remplie d'eau chaude par les bons soins de deux esclaves noires. Je m'y plongeai avec volupté, grattant le sel et la crasse sur ma peau avec un luffa et lavant mes cheveux avec un shampooing fait maison avec de la camomille, de l'essence de géranium, des copeaux de savon gras et du jaune d'œuf.

Dès que nous fûmes installés autour de la table du dîner, Jamie demanda à notre hôte s'il connaissait une certaine Mme Abernathy de Rose Hall.

— Abernathy ? répéta MacIver en fronçant les sourcils.

Il tapota le manche de sa fourchette contre la table pour s'aider à se souvenir.

— En effet, ce nom me dit quelque chose...

— Mais bien sûr que tu connais Abernathy ! intervint sa femme. C'est cette femme qui tient une plantation là-haut à Yallahs River, dans les montagnes. Elle fait surtout de la canne à sucre, mais un peu de café, aussi.

— Mais oui, c'est vrai ! s'écria MacIver. Quelle mémoire tu as, Rosie !

— Bah, je n'ai aucun mérite, se défendit modestement celle-ci, mais c'est juste que ce nouveau prêtre de l'église de New Grace est passé l'autre jour. Lui aussi, il m'a demandé des nouvelles de Mme Abernathy.

Jamie était occupé à se servir de poulet rôti dans l'immense plat qu'on lui présentait.

— Un prêtre, dites-vous ? demanda-t-il en s'interrompant.

— Oui. Campbell. Archie Campbell.

Me voyant sursauter, elle demanda :

— Vous le connaissez ?

Je déglutis mon champignon avant de répondre :

— Je l'ai rencontré une fois, à Edimbourg.

— Ah ! Quelle coïncidence ! Il est venu ici en missionnaire, pour ramener les Noirs païens sous la coupe salvatrice de Notre-Seigneur Jésus.

Entendant son mari grogner, elle lui lança un regard peu amène :

— S'il te plaît, Kenny, garde tes observations papistes pour toi ! Ce révérend Campbell est un saint homme et un grand érudit.

Se penchant vers moi d'un air confidentiel, elle expliqua :

— C'est que j'appartiens moi aussi à l'Eglise non conformiste. Mes parents m'ont reniée lorsque j'ai épousé Kenny, mais je leur ai dit que j'avais bon espoir qu'il verrait la lumière tôt ou tard.

— Le plus tard sera le mieux ! lança joyeusement son mari.

Il lui adressa un sourire enjôleur et elle haussa les épaules avec agacement avant de reprendre :

— Archibald Campbell m'a confié que Mme Abernathy lui avait écrit autrefois en Ecosse, pour le consulter au sujet de l'histoire de notre beau pays. C'est un homme si cultivé ! Maintenant qu'il est ici, il s'est mis en tête de lui rendre visite, mais, entre vous et moi, après ce que lui ont raconté Myra Dalrymple et le révérend Davis, je doute qu'il mette jamais un pied chez elle.

Kenny MacIver émit un autre grognement, tout en faisant signe à un domestique d'apporter un second plat aussi immense que le premier.

— Personnellement, je ne prêterais pas grande foi à ce que raconte le révérend Davis, déclara-t-il. Cet homme est tellement bigot qu'il en est constipé ! Mais Myra Dalrymple est une femme raisonnable... Aïe !

Il retira vivement sa main que sa femme venait de frapper avec le dos de sa fourchette.

Jamie intervint promptement avant que les hostilités conjugales ne prennent plus d'ampleur.

— Mais qu'avait à dire Mlle Dalrymple sur Mme Abernathy ?

— Bah ! admit Mme MacIver après un dernier regard torve à son mari, il s'agit surtout de commérages. Vous savez... le genre de médisances que s'attire invariablement une femme qui vit seule. On raconte qu'elle a un petit faible pour ses esclaves mâles, par exemple.

— Oh ! mais ça y est ! Je me souviens maintenant ! dit soudain MacIver. Il y a aussi eu ce scandale à la mort de son mari !

Barnabas Abernathy avait débarqué d'Ecosse cinq ans plus tôt et avait acheté Rose Hall. Il avait relativement bien géré la plantation, réalisant des bénéfices non négligeables grâce à la culture du café et de la canne à sucre, réussissant le tour de force de faire fortune sans trop s'attirer la jalousie ni les ragots des voisins. Puis, un beau jour, il y avait de cela deux ans, il s'était rendu à la Guadeloupe en voyage d'affaires et était revenu avec une épouse dont personne n'avait jamais entendu parler auparavant.

— Six mois plus tard, il était mort, conclut MacIver avec un air entendu.

— Et on raconte que Mme Abernathy y serait pour quelque chose ? demandai-je.

Compte tenu de la pléthore de parasites tropicaux et de virus qui guettaient les Européens aux Antilles, Barnabas Abernathy aurait pu mourir de n'importe quoi. Entre le paludisme et l'éléphantiasis, il n'avait que l'embarras du choix. Mais comme le disait Rosie MacIver, la médisance était encore le plus redoutable de tous les virus.

— Le médecin qui l'a examiné a conclu qu'il avait été empoisonné. Naturellement, cela aurait pu tout aussi bien être une des esclaves. A l'époque, on jasait beaucoup sur Barnabas et ses mulâtresses. Dans cette région, il n'est pas rare qu'une esclave jalouse glisse un petit quelque chose dans votre ragoût, même si les gens d'ici n'aiment pas qu'on en parle, mais...

Elle s'interrompit car une des domestiques venait justement d'entrer, portant une large coupe de sorbet. Un silence gêné régna dans la salle à manger tandis que la Noire déposait son fardeau puis disparaissait après avoir esquissé une courbette devant la maîtresse de maison.

Mme MacIver m'adressa un sourire rassurant.

— N'ayez aucune inquiétude, ma chère. Nous avons un boy qui goûte tous nos plats. Il n'y a aucun danger.

J'avalai non sans mal la bouchée qui m'était restée en travers de la gorge.

— Le révérend Campbell a-t-il fini par rencontrer cette Mme Abernathy ? s'enquit Jamie.

— Mais non, le pauvre ! Le lendemain de sa visite ici, il y a eu tout ce tintouin au sujet de sa sœur !

J'avais complètement oublié Margaret Jane Campbell.

— Qu'est-il arrivé à sa sœur ? demandai-je, intriguée.

— Eh bien, figurez-vous qu'elle s'est volatilisée !

Pour la première fois depuis le début du dîner, Fergus leva le nez de son assiette.

— Comment ça, « volatilisée » ? Où ça ?

— On ne parle plus que de ça sur toute l'île, répondit Kenny. Avant de quitter Edimbourg, le révérend avait engagé une garde-malade pour chaperonner sa sœur, mais celle-ci a succombé à la fièvre pendant le voyage.

— Quel dommage !

Je revis avec tristesse le visage large et sympathique de Nellie Cowden.

— Eh oui, que voulez-vous ! soupira-t-il. Enfin, une fois sur place, le révérend a donc dû trouver d'autres arrangements. J'ai cru comprendre que la sœur en question était un peu... diminuée ?

Il arqua un sourcil interrogateur à mon intention.

— Oui, enfin, si l'on peut dire, marmonnai-je.

— Toujours est-il qu'il l'avait mise en pension chez Mme Forrest, reprit-il. Comme Mlle Campbell semblait calme et docile, cette brave dame l'installait souvent sur la véranda pendant la période la plus fraîche de la journée. Mardi dernier, ne voilà-t-il pas qu'un garçon déboule chez Mme Forrest en hurlant que sa sœur est en train d'accoucher ! Dans la précipitation, la pauvre femme part en courant pour aider la malheureuse, en oubliant Mlle Campbell sur la véranda. Le temps qu'elle s'en rende compte et qu'elle envoie quelqu'un voir si tout va bien... plus de Mlle Campbell ! On ne l'a toujours pas retrouvée depuis, bien que le révérend ait remué ciel et terre.

Rosie MacIver secoua la tête d'un air navré.

— Myra Dalrymple a conseillé au révérend d'aller trouver le gouverneur afin qu'il ouvre une enquête, mais celui-ci vient juste d'arriver et ne reçoit encore personne. Il doit donner une grande réception jeudi prochain, afin de rencontrer tous les gens importants de l'île. Myra Dalrymple a convaincu le révérend de s'y rendre, mais je doute que l'occasion soit bien choisie, au milieu de toutes ces mondanités...

Jamie s'était redressé avec intérêt.

— Une réception ? demanda-t-il. Il faut un carton d'invitation ?

— Oh, non, répondit-elle. Tout le monde peut y aller, enfin, c'est ce que j'ai entendu dire.

Je regardai Jamie, médusée. Je n'aurais jamais imaginé qu'il puisse avoir envie de se montrer en public à Kingtson, d'autant plus que j'aurais pensé qu'il voudrait se rendre à Rose Hall au plus tôt.

— Ce sera une excellente occasion de se renseigner sur Petit Ian, non ? expliqua-t-il. Après tout, il est peut-être ailleurs qu'à Rose Hall, quelque part sur l'île.

Je me demandais où il voulait en venir.

— Oui, mais, outre le fait que je n'ai rien à me mettre...

— Oh, ce n'est pas un problème ! m'interrompit Rosie Mac Iver. Je connais une merveilleuse couturière qui vous confectionnera un petit quelque chose de ravissant en un clin d'œil.

Jamie hocha la tête, l'air songeur. Il croisa mon regard pardessus la flamme des bougies et sourit.

— Je te vois bien en soie violette, déclara-t-il.

58

Le masque de la mort rouge

J'observais avec fascination la métamorphose de Jamie : souliers à talons rouges et bas de soie noire ; culottes en satin gris avec une large boucle en argent au-dessus du mollet ; chemise en lin blanc comme neige, agrémentée d'un jabot et de manches en dentelles de Bruges d'une épaisseur d'au moins quinze centimètres ; redingote (un vrai chef-d'œuvre !) en laine grise avec un revers et des manches de satin bleu et deux rangées de boutons en argent ciselé.

Il acheva de se poudrer le visage puis, s'humectant un doigt, il se colla une mouche imprégnée de gomme arabique au coin des lèvres.

Il pivota sur ses talons, et se tint devant moi, les bras légèrement écartés.

— Alors ? demanda-t-il. Ai-je toujours l'air d'un contrebandier écossais roux ?

Mon regard descendit de sa haute perruque grise à ses souliers vernis.

— On dirait une gargouille, dis-je enfin.

Un large sourire s'afficha sur ses lèvres. Bordées de poudre blanche, celles-ci paraissaient encore plus rouges que d'habitude.

— Comment ça, une « gargouille » ! s'indigna Fergus. Vous voulez dire qu'il a l'air d'un vrai aristocrate français !

— Cela revient au même, observa Jamie.

Avec ses talons de sept centimètres et sa perruque, il devait approcher des deux mètres. Il touchait presque le plafond.

— Je n'ai jamais vu un Français aussi grand, remarquai-je.

— Je ne peux pas faire grand-chose pour cacher ma taille, répondit Jamie, mais tant qu'on ne voit pas mes cheveux... Lève-toi donc, *Sassenach,* et laisse-moi te regarder.

Je m'exécutai, tournant sur moi-même pour lui faire admirer

les reflets moirés de la robe en satin violet. Le col était coupé bas et le décolleté bordé de losanges en guipure. Les manches qui s'arrêtaient aux coudes étaient pareillement complétées d'une cascade de dentelle laissant mes poignets découverts.

— C'est dommage que je n'aie pas les perles de ta mère, observai-je.

Je ne les regrettais pas. Je les avais laissées à Brianna, dans le coffret qui contenait les papiers et les photos de famille. Cependant, le décolleté plongeant et mes cheveux noués haut dans la nuque laissaient une large étendue de peau nue, et la couleur vive de la soie faisait ressortir la pâleur de mon cou et de ma gorge.

— Abracadabra !

Avec de grands gestes de prestidigitateur, Jamie mit un genou à terre et fit apparaître dans le creux de sa main un écrin en velours.

Il renfermait un petit poisson sculpté dans une matière noire, chaque écaille étant rehaussée d'un filet d'or.

— C'est une broche, expliqua-t-il. Tu pourrais peut-être la porter sur un ruban blanc noué autour du cou.

— C'est magnifique ! m'exclamai-je, ravie. Il est en quoi ? En ivoire ?

— En corail noir, dit-il. Je l'ai acheté hier quand je suis allé à Montego Bay avec Fergus.

Ils s'étaient rendus de l'autre côté de l'île sur l'*Artémis* pour livrer la cargaison de guano.

Je trouvai un morceau de ruban en satin blanc et Jamie me le noua autour du cou, se penchant par-dessus mon épaule pour parler à mon reflet dans le miroir.

— Personne ne me remarquera, *Sassenach*. La moitié des gens auront les yeux rivés sur toi, et l'autre, sur M. Willoughby.

— M. Willoughby ? Tu es sûr que c'est prudent, Jamie ?

Je lançai un regard discret vers le petit Chinois sagement assis en tailleur sur un tabouret, puis ajoutai en baissant la voix :

— Il y aura sûrement du vin, non ?

Jamie acquiesça.

— Pas seulement du vin, mais aussi du whisky, du bordeaux, du porto, du punch au champagne et de l'armagnac. Le tout gracieusement offert par M. Etienne Marcel de Provac Alexandre, négociant en sucre.

Il posa une main sur son cœur et fit une grande révérence à la versaillaise.

— Ne t'inquiète pas, *Sassenach*. M. Willoughby se tiendra bien, sinon je lui reprends sa boule de corail... n'est-ce pas, Willoughby ?

Le Chinois hocha dignement la tête. Sa calotte de soie noire était ornée d'un large bouton en corail rouge finement ciselé, signe distinctif de sa véritable vocation. Jamie l'avait trouvé par hasard chez le même vendeur de corail de Montego Bay.

— Tu es sûr que nous devons aller à cette réception ?

Les palpitations de mon cœur étaient partiellement dues au corset que je portais, mais plus encore aux visions qui me hantaient : j'imaginais la perruque de Jamie tombant au beau milieu de la soirée, plongeant brusquement l'assemblée dans un silence pétrifié, avant qu'on appelle la marine royale pour l'emmener.

— Ne t'inquiète pas, *Sassenach*, me répéta Jamie. Même s'il y a des officiers du *Porpoise* parmi les invités, personne ne me reconnaîtra dans cet accoutrement.

— Je l'espère, maugréai-je.

Jamie se gratta vigoureusement le crâne et se tourna vers Fergus d'un air accusateur.

— Mais où as-tu déniché cette perruque ? J'ai l'impression qu'elle est infestée de poux.

— Oh non ! milord, c'est impossible. Le perruquier qui me l'a louée m'a assuré qu'il l'avait consciencieusement aspergée de poudre d'hysope et de verge d'or.

Quoique plus discret que Jamie, Fergus était resplendissant dans un costume de velours bleu nuit, ses propres cheveux poudrés.

On frappa timidement à la porte et Marsali fit son entrée. Elle avait vu elle aussi sa garde-robe regarnie et était radieuse dans une robe de satin rose pastel, avec une large ceinture dans un rose plus soutenu.

En la regardant de plus près, il me sembla que sa robe à elle seule ne pouvait expliquer un tel rayonnement. Tandis que nous nous frayions un passage dans le long couloir, rabattant nos jupes larges contre nous pour qu'elles ne frottent pas contre les murs, je lui glissai à l'oreille :

— Dis-moi, Marsali, tu suis bien mes conseils, n'est-ce pas ? L'huile de tanaisie...

— Mmm... qu'est-ce que vous dites ? fit-elle d'un air absent.

Elle fixait Fergus avec adoration tandis qu'il s'inclinait devant elle et lui ouvrait la porte de la berline.

— Rien, laisse tomber, soupirai-je.

Le palais du gouverneur brillait de mille feux. Des lanternes avaient été disposées tout le long de la balustrade de la grande véranda, ainsi qu'un peu partout dans les arbres du jardin d'agrément. Les invités, en tenue de soirée, sortaient de leur voiture sur l'allée en coquillages pilés et pénétraient dans la maison par deux gigantesques portes-fenêtres.

Nous attendîmes un moment dans l'allée que le vaste hall se soit désengorgé. Jamie semblait légèrement tendu. Ses doigts pianotaient sur le satin gris, même si, pour un œil moins averti que le mien, il offrait un visage serein.

Une rangée de dignitaires locaux faisaient le planton dans l'entrée, accueillant les invités. Je m'engageai la première et présentai dignement mes respects à M. le maire de Kingston et à son épouse. Je me contractai en apercevant ensuite le poitrail bardé de décorations et les épaulettes rutilantes d'un amiral, mais celui-ci ne fit montre que d'une légère surprise lorsqu'il serra la main du géant français, puis celle du minuscule Chinois qui l'accompagnait.

Un peu plus loin, j'aperçus l'homme que j'avais rencontré sur le pont du *Porpoise*. Les cheveux blonds de lord John Grey étaient cachés sous une perruque formelle, mais je reconnus aisément ses beaux traits fins et sa silhouette svelte. Il se tenait un peu à l'écart des autres, seul. On racontait partout dans l'île que sa femme avait catégoriquement refusé de quitter l'Angleterre pour le suivre dans son nouveau poste.

Il se tourna pour me saluer, l'air courtois mais distant, puis écarquilla les yeux et m'adressa un sourire chaleureux.

— Madame Malcolm ! Quelle heureuse surprise !

— Je suis ravie de vous revoir, lui dis-je. Lors de notre dernière rencontre, j'ignorais que vous étiez gouverneur. J'ai dû vous paraître un peu cavalière.

Il éclata de rire, la lueur des bougies faisant briller ses yeux d'un éclat doré. Le voyant distinctement pour la première fois, je constatai qu'il était réellement très séduisant.

— Vous aviez une excellente excuse, m'assura-t-il.

Il m'examina attentivement.

— Puis je permettre de vous complimenter sur votre beauté ? dit-il galamment. L'air de la Jamaïque vous sied infiniment mieux que les miasmes de ce navire infernal. J'avais espéré vous revoir avant notre arrivée à Kingston, mais le capitaine m'a informé que vous étiez souffrante. Vous êtes bien remise, j'espère ?

— On ne peut mieux, le rassurai-je, amusée.

« Souffrante », hein ? Naturellement, le capitaine Leonard n'avait pas osé avouer que j'étais passée par-dessus bord. Je me demandai s'il avait noté ma disparition dans son sacro-saint journal de bord.

— Puis-je vous présenter mon mari ?

Je fis un signe à Jamie, retenu par une conversation animée avec l'amiral, mais qui avançait à présent vers nous, M. Willoughby sur les talons.

Lorsque je me tournai à nouveau vers le gouverneur, celui-ci avait viré au vert pâle. Il roulait des yeux effarés de Jamie à moi, comme s'il se trouvait en présence de deux spectres.

Jamie s'approcha de lui et le salua d'un signe de tête.

— John, dit-il en anglais à voix basse. Comme je suis heureux de te revoir !

La bouche du gouverneur s'ouvrit et se referma sans émettre un son.

— Il faut qu'on trouve un moment pour parler seul à seul plus tard, poursuivit Jamie. Pour le moment, je m'appelle Etienne Alexandre.

Il me prit le bras et s'inclina de nouveau formellement et ajouta en français de sa voix normale :

— Puis-je avoir le plaisir de vous présenter mon épouse, Claire ?

— C-c-claire ? balbutia enfin le gouverneur. *Claire ?*

— Euh... bien oui, c'est moi, répondis-je.

J'espérais qu'il n'allait pas tomber dans les pommes, ce qu'il semblait sur le point de faire d'un instant à l'autre. Je ne comprenais pas pourquoi mon prénom le mettait dans un tel état.

D'autres invités s'entassaient derrière nous et commençaient à s'impatienter. Je fis une brève révérence, agitant élégamment mon éventail, puis nous nous éloignâmes en direction du grand salon. Lançant un coup d'œil par-dessus mon épaule, je vis le gouverneur serrer machinalement les mains qu'on lui tendait tout en nous suivant du regard, l'air toujours aussi hébété.

Le salon était immense, bas de plafond et rempli de monde. Entre le brouhaha des conversations et les couleurs gaies des robes et des habits, on se serait cru dans une volière pleine de perroquets. Un petit orchestre jouait dans un coin, près des portes ouvertes donnant sur la véranda. De l'autre côté du salon, d'autres portes ouvraient sur des pièces de réception plus intimes.

Nous ne connaissions personne et n'avions aucune relation pour nous présenter. Cependant, nous n'en n'avions pas besoin. Je compris rapidement pourquoi Jamie avait tant tenu à amener M. Willoughby : quelques minutes à peine après notre arrivée, les dames commencèrent à s'agglutiner autour de nous, fascinées par le petit Chinois.

— Un ami, M. Yi Tien Cho, originaire du Royaume céleste de Chine, annonça Jamie à une grosse jeune femme engoncée dans du satin jaune canari.

— Oooh ! fit-elle en agitant son éventail. Vous venez vraiment de Chine ? Mais vous avez parcouru une distance inimaginable ! Permettez-moi de vous souhaiter la bienvenue sur notre petite île, monsieur... monsieur Cho ?

Elle lui tendit la main, s'attendant manifestement à ce qu'il la baise, mais M. Willoughby plongea en avant et, plié en deux, récita une longue tirade en chinois. La jeune femme roucoula de plaisir.

Jamie sauta sur l'occasion, et sur la main toujours tendue de la dame, pour lui présenter ses hommages.

— Etienne Alexandre, votre humble serviteur, madame. Puis-je vous présenter mon épouse, Claire ?

— Oh, je suis ravie de faire votre connaissance, s'écria-t-elle. Je suis Marceline Williams. Vous connaissez peut-être mon frère, Judah ? C'est le propriétaire de Twelvetrees, la grande plantation de café. Je suis venue passer la saison chez lui et je m'amuse comme une petite folle !

— J'ai bien peur que nous ne connaissions personne, répondis-je. Nous venons tout juste d'arriver de la Martinique, où mon époux travaille dans le sucre.

— Aaaah ! s'exclama Mlle Williams. Mais il faut absolument que je vous présente aux Stephen ! Je crois qu'ils ont déjà visité la Martinique et Georgina Stephen est une femme charmante. Vous allez l'adorer !

Le tour était joué. Une heure plus tard, j'avais été présentée à une vingtaine de personnes, rebondissant d'un groupe à l'autre grâce à la réaction en chaîne déclenchée par Mlle Williams.

A l'autre bout du salon, je pouvais suivre le parcours similaire de Jamie, une tête au-dessus de ses compagnons, l'image même de la splendeur coloniale. Il discutait avec un groupe d'hommes, tous enchantés de faire la connaissance d'un homme d'affaires prospère pouvant les introduire sur le marché français du sucre. Je croisai son regard et il me salua d'un signe de tête avec un sourire narquois. Je me demandai ce qu'il mijotait, puis chassai cette pensée de mon esprit, sachant qu'il me le dirait en temps voulu.

Fergus et Marsali, chacun trop absorbé par la compagnie de l'autre pour chercher à faire de nouvelles connaissances, se promenaient main dans la main sur la véranda. Pour l'occasion, Fergus avait ôté son crochet et l'avait remplacé par un gant de cuir noir rempli de son, cousu à la manche de sa veste. Il était présentement plaqué dans le dos de Marsali, l'air un peu rigide, mais suffisamment discret pour ne pas attirer de commentaires.

Quant à M. Willoughby, il était indubitablement le clou de la soirée. Il était assailli de toutes parts par des dames qui se disputaient l'honneur de lui apporter des amuse-gueules et des rafraîchissements. Il avait les yeux brillants et les joues roses.

Ma dernière connaissance, un petit planteur nommé Carstairs, m'abandonna au sein d'un groupe de femmes pendant qu'il allait me chercher une coupe de vin et j'en profitai pour leur demander si elles connaissaient des gens auprès desquels j'avais été recommandée, les Abernathy.

— Abernathy ? dit Mme Hall. Non, cela ne me dit rien. Fréquentent-ils le monde ?

— Mais voyons, Joan ! s'exclama Mme Yokum en roulant des

yeux abasourdis. Ne me dis pas que tu ignores qui sont les Abernathy ! Tu sais bien, celui qui a acheté Rose Hall, là-haut, à Yallahs River !

— Oh, mais oui ! suis-je bête ! dit Mme Hall. Celui qui est mort peu après l'avoir acheté ?

— Celui-là même, intervint une troisième femme. Il serait mort du paludisme. Soi-disant ! J'ai bien connu le médecin qui s'est occupé de lui... c'est lui qui a soigné la jambe de ma pauvre maman, vous savez combien la goutte la fait souffrir, eh bien, il m'a raconté que... que cela reste entre nous, bien entendu...

Les langues vipérines se déchaînèrent. Rosie MacIver m'avait fait un rapport fidèle. Tout y était, et même plus. Je m'emparai du fil de la conversation et le tirai dans la direction voulue.

— Vous ne sauriez pas si Mme Abernathy emploie des domestiques blancs, par hasard ?

Sur ce point, les opinions divergeaient. Certains disaient qu'elle en avait plusieurs, d'autres, seulement deux ou trois. A dire vrai, personne n'avait jamais mis les pieds à Rose Hall, mais bien sûr, on racontait...

Quelques minutes plus tard, les commères avaient trouvé une nouvelle victime, en la personne du nouveau vicaire, M. Jones, et de son comportement *inqualifiable* à l'égard de Mme Mina Alcott, veuve de son état. Mais bien entendu, c'était à prévoir, compte tenu de la réputation de la dame en question. On ne pouvait entièrement blâmer le jeune homme. Après tout, elle était beaucoup plus âgée que lui. Naturellement, on se serait attendu à un peu plus de dignité de la part d'un homme d'Eglise, mais...

Je m'excusai et me retranchai vers les toilettes des dames, les oreilles bourdonnantes. En passant, j'aperçus Jamie près du buffet. Il discutait avec une grande jeune fille rousse dans une robe de coton brodé, la dévisageant avec une lueur de tendresse dans les yeux. Elle parlait avec animation, flattée par son attention. Je souris en les observant, me demandant ce que penserait la jeune fille si elle savait que ce n'était pas vraiment elle qu'il regardait mais un reflet de sa propre fille qu'il n'avait jamais connue.

Je me tins devant le miroir dans le vestibule des toilettes, arrangeant mes mèches folles et goûtant avec plaisir le silence. Les toilettes étaient en fait une suite de trois pièces richement meublées, plus un dressing où l'on rangeait les chapeaux, les châles et autres vêtements. La pièce principale comportait un miroir ovale en pied, une coiffeuse et une chaise longue tapissée de velours rouge. Je la contemplai avec envie. Mes escarpins trop neufs me meurtrissaient les pieds et une petite pause n'aurait pas été de refus. Mais le devoir avant tout...

Jusque-là, je n'avais pas appris grand-chose de neuf sur le

domaine des Abernathy, mais j'avais dressé une liste des plantations aux environs de Kingston qui employaient de la main-d'œuvre blanche achetée sur le marché aux esclaves. Je me demandais si Jamie avait l'intention de requérir l'aide de son ami le gouverneur, ce qui pouvait justifier qu'il ait pris le risque de se montrer ici.

La violente réaction de lord John en apprenant qui j'étais était déconcertante et troublante. Je regardai mon reflet violet dans le miroir, admirant l'éclat du poisson noir et or sur mon cou, mais ne voyant rien qui expliquât un tel choc. Mes cheveux étaient retenus par des peignes ornés de perles et de diamants, et un recours discret aux cosmétiques de Mme MacIver assombrissait mes paupières et rehaussait mes pommettes d'un peu de rouge. Rien de bien méchant, en somme.

Satisfaite, je battis des cils quelques instants devant mon image, puis, après avoir remis un peu d'ordre dans ma coiffure, retournai au grand salon.

Je me frayai un chemin jusqu'au buffet, où était présenté un incroyable assortiment de gâteaux, de pâtisseries, de canapés, de fruits, de roulés farcis et bien d'autres choses encore que je n'identifiai pas mais qui étaient sûrement comestibles. Alors que je garnissais tranquillement mon assiette de fruits frais, je heurtai de plein fouet un homme en habit sombre. Me confondant en excuses, je relevai la tête pour me retrouver nez à nez avec le révérend Archibald Campbell.

— Madame Malcolm !

— Euh... révérend Campbell, répondis-je d'une voix faible. Quelle surprise !

Je tentai maladroitement d'essuyer la tache de mangue sur sa chemise, mais il recula vivement d'un pas, avec un bref coup d'œil réprobateur dans mon décolleté.

— Vous avez fait bon voyage, madame Malcolm ?

— Oui, je vous remercie.

Je priai en silence qu'il cesse de m'appeler Mme Malcolm avant que n'arrive dans les parages quelqu'un à qui je venais d'être présentée comme Mme Alexandre.

— J'ai été désolée d'apprendre la disparition de votre sœur, dis-je en espérant détourner son attention. Vous avez des nouvelles ?

— Aucune, hélas ! Toutes mes tentatives pour faire accélérer les recherches ont échoué. Je suis venu justement implorer le gouverneur d'ouvrir une enquête. Je vous assure, madame Malcolm, que seule une considération aussi tragique m'a contraint à me mêler à cette écœurante débauche de luxe.

Il eut une moue dédaigneuse pour un groupe hilare non loin de nous, où trois jeunes hommes rivalisaient pour présenter le compliment le mieux tourné à plusieurs demoiselles, qui accueillaient leurs attentions avec moult coquetteries.

— Je suis navrée de ce qui vous arrive, révérend. Mlle Cowden m'a raconté brièvement la triste histoire de votre sœur. Si je peux vous être utile d'une...

— Personne n'y peut plus rien, m'interrompit-il. Tout est la faute de ces papistes de Stuart et de leur soif aveugle de pouvoir. Sans parler des misérables Highlanders sans foi ni loi qui les ont suivis ! Non, ma pauvre dame, personne ne peut plus rien pour nous, sinon Dieu. Il a détruit la maison Stuart. Il détruira aussi ce maudit Fraser et, ce jour-là, ma sœur sera guérie.

— Fraser ?

Je lançai discrètement un regard à la ronde mais Jamie n'était visible nulle part.

— Parfaitement, Fraser ! renchérit-il. C'est l'homme qui a séduit Margaret et l'a détournée de sa famille et de ses loyautés légitimes. Ce n'est peut-être pas sa main qui l'a physiquement violentée, mais c'est lui qui l'a incitée à s'enfuir de chez elle pour s'exposer à l'innommable. Oui, ce misérable devra bientôt rendre compte de ses actes devant Dieu, croyez-moi !

— Euh... oui, je n'en doute pas, dis-je, de plus en plus mal à l'aise. Oh ! excusez-moi, j'aperçois un ami là-bas.

Au moment où j'allais enfin lui échapper, une procession de valets chargés de plats de viande entrava ma fuite.

— Dieu ne tolérera pas que son règne soit entaché par le stupre et la luxure ! déclama le révérend.

Ses petits yeux gris lancèrent des flèches empoisonnées vers M. Willoughby, encerclé par un groupe de femmes qui voletaient autour de lui comme des papillons de nuit autour d'une lanterne chinoise. De fait, il était sérieusement éméché. Ses gloussements aigus s'élevaient un ton au-dessus de celui des dames et je le vis osciller dangereusement près d'un valet qui passait par là, manquant renverser une montagne de coupes de sorbet.

— Que les femmes croissent dans la sobriété, entonnait le révérend, au lieu de se parer d'atours aguicheurs, leurs cheveux défaits, telles des Salomé...

Maintenant qu'il était lancé, plus rien ne semblait pouvoir l'arrêter. Je sentais venir le couplet sur Sodome et Gomorrhe à grandes enjambées.

— ... Heureuse celle qui n'a pas d'époux ! Elle est libre de se vouer tout entière à l'amour de Dieu ! Au lieu de se donner en spectacle comme cette Mme Alcott. Mais regardez-la donc ! en train de se vautrer dans le vice alors qu'elle devrait se consacrer à des œuvres pieuses !

Je suivis son regard et aperçus une jolie femme d'une trentaine d'années, avec des cheveux châtain clair coiffés en anglaises, qui riait aux éclats devant les pitreries de M. Willoughby. Ainsi, c'était là la scandaleuse veuve joyeuse de Kingston !

Le petit Chinois était en train de ramper à quatre pattes, faisant mine de chercher une boucle d'oreille entre les souliers de la dame, tandis que celle-ci poussait des cris faussement effarouchés. Il valait mieux que je trouve Fergus sans délai afin qu'il éloigne M. Willoughby de sa nouvelle conquête avant que les choses n'aillent trop loin.

Incapable de supporter cet insoutenable spectacle plus longtemps, le révérend Campbell reposa avec brusquerie son verre de limonade sur le buffet, et partit d'un pas leste vers la véranda, jouant vigoureusement des coudes dans la foule.

Je poussai un soupir de soulagement. S'entretenir avec le révérend était aussi affriolant que de parler chiffons avec un bourreau, quoique le seul bourreau que j'avais jamais connu eût plus de conversation que lui.

Soudain, j'aperçus la haute silhouette de Jamie se diriger vers une petite porte dérobée à l'autre bout du salon. Je supposai qu'il se rendait dans les appartements privés du gouverneur afin de lui parler de notre affaire. Mue par la curiosité, je décidai de le rejoindre.

Je mis un certain temps à me frayer un chemin à travers la grande salle de plus en plus bondée. Lorsque j'atteignis enfin la petite porte, Jamie s'y était engouffré depuis longtemps. Je pénétrai dans un long couloir, illuminé par des appliques en bronze. Tout un pan de mur était percé de fenêtres à battants donnant sur la terrasse. Le mur opposé était orné de décorations militaires, pistolets, épées, poignards et boucliers. Les souvenirs personnels de lord John, peut-être ? A moins qu'ils ne fassent partie de la maison ?

Ici régnait un silence apaisant, à l'abri des clameurs du grand salon. J'avançai lentement le long du couloir, mes pas étouffés par le tapis turc qui recouvrait le parquet.

Plus loin, je distinguai un murmure de voix mâles. Je débouchai sur un couloir plus étroit et plus sombre, au bout duquel un filet de lumière filtrait par une porte entrouverte. Je m'approchai encore et reconnus la voix de Jamie :

— Oh, mon Dieu ! Mon petit John !

Je m'arrêtai net, clouée sur place par le ton de sa voix plus que par ses paroles. Elle était empreinte d'une émotion et d'une tendresse que je lui avais rarement entendues.

Très lentement, je fis un dernier pas vers la porte entrebâillée et vis Jamie étreignant fiévreusement lord John Grey.

Jamie me tournait le dos mais je voyais distinctement le visage de lord John. Il m'aurait vue, lui aussi, s'il avait pu détacher ses yeux de ceux de Jamie. Il le fixait avec une telle intensité et une telle intimité que mon sang se glaça dans mes veines.

J'en laissai tomber mon éventail. Le gouverneur tourna la tête, cherchant d'où venait le bruit. Puis je fis volte-face et courus à perdre haleine dans le couloir.

Je fis irruption dans le salon, le cœur battant, puis me plaquai contre le mur derrière un palmier en pot, tremblant des pieds à la tête, essayant de comprendre ce qui venait de se passer.

La stupeur du gouverneur en apprenant que j'étais la femme de Jamie s'expliquait en partie. Un seul regard m'avait suffi pour comprendre l'étendue de ses sentiments. Mais Jamie ? *Jamie ! ?*

« Il était gouverneur de la prison d'Ardsmuir », m'avait-il dit nonchalamment.

Je n'étais pas sotte au point de ne pas pouvoir imaginer ce qui pouvait se passer entre des hommes retenus pendant de longues années dans un lieu clos. Mais pas Jamie ! Pas lui !

Non, plus j'y réfléchissais, plus cela me paraissait impossible. Le souvenir de Jack Randall s'était peut-être estompé avec les cicatrices qu'il avait gravées dans sa chair, mais je ne pouvais croire qu'il s'effacerait jamais assez pour que Jamie puisse accepter les caresses d'un autre homme, et encore moins les susciter.

Mais s'il était lié à Grey uniquement par l'amitié, pourquoi ne m'en avait-il jamais parlé ? Pourquoi, dès qu'il avait su que Grey se trouvait en Jamaïque, s'était-il exposé à un tel risque et avait-il mis un tel empressement à le revoir ?

Tandis que j'étais adossée au mur, l'estomac noué, la petite porte s'ouvrit et le gouverneur apparut. Il avait les joues roses et les yeux brillants. Je l'aurais volontiers assassiné sur-le-champ, si j'avais eu une arme sur moi.

Quelques minutes plus tard, ce fut au tour de Jamie de réapparaître dans le grand salon. Il passa à quelques mètres de moi sans me voir. Il avait retrouvé son masque impavide mais je le connaissais suffisamment pour discerner les traces d'une violente émotion sous cette façade aimable et distante. Pourtant, je n'arrivais pas à l'interpréter. Etait-ce de l'excitation ? de l'appréhension ? Un mélange de joie et de peur ? Ou autre chose encore ? Je ne l'avais jamais vu ainsi auparavant.

Il erra dans la foule, cherchant manifestement quelqu'un des yeux. Moi.

Je déglutis avec peine. Je ne pouvais pas l'affronter pour le moment, pas devant tous ces gens. Je restai prostrée dans mon coin, l'observant tandis qu'il s'éloignait vers la véranda. Puis je quittai hâtivement ma cachette et filai le plus rapidement possible me réfugier dans les toilettes des dames. Là, au moins, je pourrais m'asseoir un moment pour reprendre mes esprits.

Je poussai la lourde porte et entrai, assaillie aussitôt par les fragrances de parfums et de poudre de riz. Il y avait une autre odeur aussi, une odeur à laquelle ma profession ne m'avait que trop habituée.

La pièce principale était toujours silencieuse. Le vacarme des voix du grand salon n'était plus ici qu'un bourdonnement sourd, comme des grondements de tonnerre dans le lointain. Toutefois, je n'étais plus seule.

Mina Alcott était allongée sur la chaise longue, la tête renversée en arrière dans le vide, ses jupes retroussées sur son buste. Elle avait les yeux ouverts, figés dans une expression de surprise. Le sang qui coulait de sa gorge tranchée avait noirci le velours de la chaise et gouttait dans une large flaque rouge vif, les pointes de ses longues anglaises baignant dans la mare.

Pétrifiée, je n'arrivai même pas à crier. J'entendis la porte qui s'ouvrait derrière moi, laissant filtrer un courant de voix gaies. Puis il y eut à nouveau un moment de silence jusqu'à ce que la femme qui venait d'entrer arrive à ma hauteur.

Au moment même où elle se mettait à hurler, j'aperçus les empreintes qui menaient vers la fenêtre... De petites traces de pas laissées par des semelles en feutre, leurs contours bordés de sang.

59

Révélations

Ils avaient emmené Jamie. Quant à moi, tremblante et incohérente, on m'avait installée, comble de l'ironie ! dans le bureau du gouverneur, en compagnie de Marsali qui insistait pour me tamponner les tempes avec un linge humide en dépit de mes protestations.

— Ils ne peuvent tout de même pas croire que papa soit mêlé à ce meurtre ! répéta-t-elle pour la énième fois.

— Bien sûr que non ! articulai-je enfin. Mais ils soupçonnent M. Willoughby et c'est Jamie qui l'a amené.

— Mais M. Willoughby ne peut pas avoir fait une chose pareille ! dit-elle, horrifiée. C'est impossible !

— Et pourtant...

J'avais l'impression d'avoir été rouée de coups. J'étais affalée dans la bergère, tournant un verre de cognac entre mes doigts, incapable de le boire. Mon esprit passait continuellement de la vision horrible aperçue dans les toilettes à la scène que j'avais surprise dans cette même pièce, une heure plus tôt.

Je fixais le bureau du gouverneur. Je voyais encore Jamie et lord John tendrement enlacés, comme s'ils étaient peints sur le mur.

— Je ne peux pas le croire ! lâchai-je à voix haute.

— Moi non plus, renchérit Marsali.

Elle allait et venait dans le bureau, ses pas tantôt cliquetant sur le parquet, tantôt émettant un bruit étouffé sur le tapis persan.

— Il ne peut pas l'avoir tuée ! reprit-elle. Je sais bien qu'il n'est pas comme nous, que c'est un païen, mais nous avons vécu avec lui ! Nous le connaissons !

Le connaissions-nous vraiment ? Connaissais-je Jamie ? Quelque temps plus tôt, j'aurais juré que oui et pourtant... j'entendais encore les paroles qu'il avait prononcées la première nuit de nos retrouvailles : *Es-tu prête à me prendre tel que je suis aujourd'hui, pour l'amour de celui que j'étais il y a vingt ans ?* A l'époque, j'avais pensé qu'il n'y avait pas beaucoup de différence entre les deux. Et si je m'étais trompée ?

— Je ne peux pas m'être trompée à ce point ! éructai-je entre mes dents.

Si Jamie pouvait prendre lord John comme amant et me le cacher pendant tout ce temps, il n'avait plus grand-chose à voir avec l'homme que j'avais connu. Il devait y avoir une autre explication.

Il ne t'avait rien dit au sujet de Laoghaire, susurra une voix insidieuse dans ma tête.

— Ce n'est pas la même chose !

— Qu'est-ce qui n'est pas la même chose ? demanda Marsali, surprise.

— Je... je ne sais pas. Ne fais pas attention à moi, balbutiai-je.

Je me frottai les tempes, essayant de dissiper le chaos dans mon esprit.

— Pfff... soupirai-je. Ils en mettent, un temps !

La pendule en albâtre sur la cheminée venait de sonner deux heures du matin lorsque Fergus entra enfin, escorté par un milicien à la mine renfrognée. La poudre de ses cheveux s'était éparpillée sur ses épaules, formant des pellicules sur le velours bleu. Le peu qui lui restait sur la tête laissait des traînées grisâtres dans ses mèches, comme s'il avait pris vingt ans en l'espace d'une soirée.

— Nous pouvons y aller, chérie, murmura-t-il à Marsali.

Se tournant vers moi, il demanda :

— Vous rentrez avec nous, milady, ou vous préférez attendre milord ?

— J'attendrai.

Je refusais d'aller me coucher avant d'avoir vu Jamie, même si je devais y passer la journée.

— Très bien, dans ce cas nous vous renverrons la voiture, dit-il en guidant Marsali vers la porte.

Au moment où ils passaient devant lui, le milicien marmonna quelque chose entre ses dents. Je n'avais pas entendu ce qu'il avait dit, mais Fergus si. Il se raidit et s'arrêta net. Le milicien se balançait doucement d'avant en arrière avec un sourire mauvais. Manifestement, il n'attendait qu'un prétexte pour rentrer dans le lard du jeune Français. Connaissant le tempérament soupe au lait de Fergus, je m'attendais à ce qu'il prenne la mouche, mais au lieu de cela, il esquissa son sourire le plus charmeur et tendit sa main gantée vers le soldat.

— Merci, mon ami, dit-il. Vous nous avez été d'un grand secours dans cette situation des plus pénibles.

Le milicien ébahi lui serra la main et Fergus retira brusquement son bras. Il y eut un bruit de déchirure puis un filet de son coula sur le parquet.

— Gardez-la, dit aimablement Fergus... en gage de mon amitié.

Là-dessus il sortit, entraînant Marsali, tandis que le milicien bouche bée fixait avec horreur la main restée dans la sienne.

J'attendis encore une heure avant que la porte s'ouvre à nouveau, cette fois pour laisser entrer le gouverneur. Il était toujours beau et délicat comme un camélia blanc, mais légèrement défraîchi par les événements de la soirée. Je reposai mon verre de cognac toujours intact et bondis de ma bergère pour me planter devant lui.

— Où est Jamie ?

— Il est encore en train d'être interrogé par le commandant de la milice, le capitaine Jacobs, répondit-il en se laissant tomber dans son fauteuil. Je n'avais pas idée qu'il parlait si bien le français !

— Peut-être le connaissez-vous moins bien que vous ne le croyez ! sifflai-je en cherchant la bagarre.

Il ne releva pas, se contentant d'ôter sa perruque et de lisser ses cheveux moites.

— Vous croyez qu'il pourra incarner son personnage encore longtemps sans se trahir ? demanda-t-il, l'air soucieux.

Il était manifestement trop préoccupé par le meurtre et la présence de Jamie pour me prêter attention.

— Sans doute, rétorquai-je. Où se trouve-t-il en ce moment ?

— Dans le salon bleu... mais je ne pense pas qu'il soit sage d'y...

Sans attendre la fin de sa phrase, j'étais déjà à la porte. Je l'ouvris et la refermai aussitôt.

L'amiral que j'avais rencontré au début de la soirée venait vers nous dans le couloir. Ce n'était pas lui qui m'effrayait, mais un visage dans la flottille d'officiers qui suivaient dans son sillage. Notamment, un jeune homme qui avait troqué sa veste de capitaine trop grande pour un uniforme de premier lieutenant.

Il s'était rasé, mais son visage reposé était encore tuméfié et bleu par endroits. Thomas Leonard avait manifestement fait une mauvaise rencontre peu de temps auparavant. Je ne doutai pas qu'il me reconnaîtrait lui aussi, en dépit de ma robe violette.

Paniquée, je balayai le bureau des yeux, cherchant désespérément une issue. Il n'y avait rien, pas le moindre endroit où se cacher ! Le gouverneur m'observait avec stupéfaction.

— Mais que... commença-t-il.

Je lui fis signe de se taire en posant un doigt sur mes lèvres. Puis, dans un élan mélodramatique, je lui chuchotai :

— Si vous tenez à Jamie, ne me trahissez pas !

Je me jetai à plat ventre sur la méridienne en velours, me recouvris la tête de la serviette humide et, dans un effort de volonté surhumain, fis la morte.

La porte s'ouvrit et la voix éraillée de l'amiral retentit :

— Lord John...

Ayant manifestement remarqué ma présence, il poursuivit à voix basse :

— Pardonnez-moi, Votre Excellence ; vous êtes occupé ?

— Non, pas vraiment, amiral, répondit Grey.

Sa voix était remarquablement calme et posée, comme s'il avait l'habitude d'être surpris avec des femmes inconscientes dans son bureau.

— La pauvre est bouleversée, expliqua-t-il. C'est elle qui a découvert le corps.

— Ah ! fit l'amiral. Je vois... Cela a dû être un sacré choc pour elle.

Baissant encore d'un ton, il chuchota :

— Elle dort ?

— Probablement, répondit le gouverneur. Elle a sifflé assez de cognac pour assommer un cheval.

Le mufle ! Je serrai les dents, mais ne bronchai pas.

— Ah ! fit encore l'amiral, impressionné. Le cognac, il n'y a rien de tel en cas de choc. Je suis venu vous prévenir que j'ai envoyé une dépêche à Antigua pour demander des hommes. Ils seront bientôt à votre entière disposition pour fouiller la ville de fond en comble... si la milice ne met pas la main dessus avant.

— J'espère que non ! grogna un jeune officier derrière lui. J'aimerais attraper ce sale Jaune moi-même. Il n'y aura plus grand-chose à pendre quand j'en aurai fini avec lui !

Un murmure d'approbation s'éleva dans le couloir.

— Messieurs, messieurs... les calma l'amiral, votre détermination vous fait honneur, mais je tiens à ce que cette affaire soit réglée dans le plus pur respect de la loi. Je compte sur vous pour l'expliquer clairement à vos troupes. Une fois arrêté, le mécréant devra être conduit devant monsieur le gouverneur pour que justice soit faite dans les règles de l'art.

Reprenant ses chuchotements, il s'adressa à nouveau au gouverneur :

— Je loge en ville, à l'hôtel *MacAdam's*. N'hésitez pas à m'envoyer chercher en cas de besoin, Excellence.

Il y eut un brouhaha étouffé tandis que les officiers prenaient discrètement congé, puis j'entendis un bruit de pas approcher, suivi du gémissement d'un siège dans lequel quelqu'un se laissait lourdement tomber.

— Vous pouvez relever la tête maintenant, dit John Grey d'une voix amusée. Je doute que vous soyez vraiment bouleversée à ce point. Ce n'est pas un simple meurtre qui pourrait choquer une femme qui a combattu seule à seule une épidémie de typhoïde.

J'ôtai la serviette et basculai en position assise. Il était assis en face de moi, accoudé à son bureau, le menton posé sur les mains.

— Il y a choc... et choc ! répliquai-je en lui lançant un regard noir.

Il parut surpris, puis une lueur de compréhension brilla dans son regard. Il ouvrit un tiroir de son bureau et en sortit mon éventail blanc brodé de violettes qu'il laissa tomber sur la table.

— Je suppose que ceci vous appartient ? Je l'ai trouvé devant ma porte tout à l'heure.

Il pinça les lèvres sans me quitter des yeux, puis reprit :

— Vous comprenez sans doute maintenant à quel point votre apparition ce soir m'a affecté ?

— Vous ignoriez que Jamie était marié ?

— Je savais qu'il *avait* été marié. Mais il m'avait dit... ou plutôt, il m'avait laissé entendre... que vous étiez morte.

Il souleva un presse-papiers en argent et le retourna entre ses mains, le contemplant d'un air songeur. Un gros saphir était incrusté en son centre.

— Il ne vous a jamais parlé de moi ? demanda-t-il doucement.

— Si. Il m'a dit que vous étiez son ami.

Cela parut lui faire plaisir.

— Vraiment ?

— C'est... qu'il faut que vous sachiez que nous avons été séparés par la guerre, Jamie et moi. Après Culloden, chacun croyait l'autre mort. Je ne l'ai retrouvé que... mon Dieu, il n'y a que quatre mois !

J'étais moi-même abasourdie par le peu de temps que cela représentait. Il me semblait que j'avais déjà vécu plusieurs vies depuis le jour où j'avais ouvert la porte de l'imprimerie de M. A. Malcolm.

— Je vois... dit lentement Grey. Ainsi, vous ne l'aviez pas revu depuis Cullo... mais cela fait vingt ans ! Pourquoi... comment... Bah ! laissons cela pour le moment. Il ne vous a jamais parlé de Willie ?

Je le regardai sans comprendre.

— Willie ? Qui est-ce ?

Plutôt que de me l'expliquer, il préféra ouvrir à nouveau le tiroir et en sortir un petit objet qu'il posa sur le bureau. Puis il me fit signe d'approcher pour le regarder de plus près.

C'était un portrait en miniature dans un cadre ovale en bois sombre. Je contemplai le sujet, avant de me rasseoir abruptement, les jambes coupées. J'étais vaguement consciente du visage de Grey, flottant au-dessus du bureau comme un nuage sur la ligne d'horizon. Je saisis la miniature et l'examinai attentivement.

« Ce pourrait être le frère de Brianna », fut ma première pensée. La seconde m'atteignit de plein fouet comme un coup de poing dans le plexus : « Mon Dieu ! Mais *c'est* le frère de Brianna ! »

Cela ne faisait aucun doute. Le jeune garçon représenté devait avoir neuf ou dix ans. Il avait encore les traits ronds de l'enfance et ses cheveux n'étaient pas roux, mais châtain clair. Ses yeux bleus en amande pétillaient d'audace au-dessus d'un nez droit, un rien trop long. Ses hautes pommettes de Viking étaient parsemées de taches de rousseur. Il se tenait le dos droit, avec la même allure altière et assurée que son père.

Mes mains tremblaient tant que je faillis le laisser tomber sur le tapis. Je le reposai tant bien que mal sur le bureau mais gardai la main dessus, comme si je craignais qu'il me saute à la gorge. Grey m'observait d'un air navré.

— Vous ne saviez pas ?

— Qui...

Ma voix se brisa et je dus m'éclaircir la gorge avant de pouvoir lâcher d'une voix tremblante :

— Qui est sa mère ?

Grey hésita, puis dit doucement :

— Elle est morte.

— Qui était-elle ?

Je pouvais entendre la voix de Jenny résonner à mes oreilles : *Un homme comme lui ne devrait pas dormir seul, tu ne crois pas ?* De toute évidence, ça ne risquait pas de lui arriver.

— Elle s'appelait Geneva Dunsany. C'était la sœur de mon épouse.

— Ah, parce qu'en plus, vous êtes marié ! crachai-je avec dépit.

Il se raidit et me lança un regard noir. Un rideau de fer venait de s'abattre entre nous. Dans ma fureur et ma confusion, j'avais singulièrement manqué de tact. La commisération dont il avait fait preuve à mon égard un peu plus tôt s'était effacée. Mais je ne pouvais pas m'arrêter :

— Il serait peut-être temps que vous m'expliquiez exactement quels sont vos liens avec Jamie, cette Geneva et ce garçon, fis-je.

— Je ne vois vraiment pas ce qui m'y oblige, madame. Votre colère vous aveugle, je peux le comprendre, mais je ne suis pas disposé à subir vos préjugés. Si quelque chose chez moi vous déplaît, la porte est grande ouverte.

Je réprimai mon envie de lui enfoncer mes ongles dans la peau du visage et pris une grande inspiration, essayant de m'exprimer le plus calmement possible.

— D'accord, rien ne vous oblige à me parler, mais je vous

serais très reconnaissante si vous acceptiez de m'expliquer de quoi il retourne. Après tout, pourquoi m'avez-vous montré ce portrait si vous ne vouliez pas que je sache ?

Il poussa un soupir et reposa son presse-papiers.

— Soit, dit-il. Voulez-vous un cognac ?

— Volontiers. Et vous devriez en prendre un aussi, vous semblez en avoir besoin autant que moi.

Il esquissa un léger sourire ironique.

— C'est un avis médical, madame Malcolm ?

— Absolument.

Cette petite trêve établie, il nous servit à chacun un verre puis se rassit en jouant avec le bouchon de la carafe.

— Vous disiez tout à l'heure que Jamie vous avait parlé de moi ? demanda-t-il.

— Oui, il m'a dit que vous étiez le gouverneur d'Ardsmuir, que vous étiez un ami et que... il pouvait avoir confiance en vous.

Il sourit légèrement.

— Vous m'en voyez ravi, dit-il sans le moindre sarcasme. Je l'ai effectivement connu à Ardsmuir. Puis, lorsque la prison a été fermée et que les prisonniers ont été déportés en Amérique, j'ai fait en sorte qu'il soit placé en liberté conditionnelle chez des amis en Angleterre, dans la propriété de Helwater. Je voulais avoir la possibilité de le revoir.

Il me raconta succinctement la triste fin de Geneva et la naissance de Willie.

— Il était amoureux d'elle ? demandai-je.

— Il ne m'a jamais parlé de Geneva... mais j'en doute, la connaissant !

Il vida son verre de cognac et s'en resservit un avant de poursuivre :

— Il ne m'avait jamais parlé de Willie non plus, mais beaucoup de bruits couraient sur le ménage de lady Geneva et du vieux lord Ellesmere. Lorsque l'enfant a eu quatre ou cinq ans, n'importe qui aurait pu constater qui était son vrai père, à condition de bien vouloir regarder. Je soupçonne ma belle-mère de s'en être rendu compte, mais naturellement, elle n'a jamais rien dit.

— Pourquoi ?

Ma naïveté parut l'amuser.

— Vous feriez de même si Willie était votre unique petit-fils. Surtout si vous deviez choisir entre faire de lui le neuvième comte d'Ellesmere, l'héritier de l'un des plus riches domaines d'Angleterre, ou le fils bâtard d'un criminel écossais sans le sou.

— Je comprends.

Je tentai d'imaginer Jamie dans les bras d'une jeune Anglaise prénommée Geneva, et n'y parvins que trop bien.

— Jamie l'a compris, lui aussi. Il a eu la sagesse de s'éclipser avant que la ressemblance ne saute aux yeux de tous.

— Et c'est là que vous intervenez dans l'histoire, n'est-ce pas ?

Il acquiesça, paupières closes. Le palais était silencieux, mais on entendait encore de vagues bruits lointains qui laissaient deviner qu'il y avait encore des gens debout.

— En effet, dit-il. C'est à moi que Jamie a confié l'enfant.

L'écurie de Helwater offrait un refuge frais contre la chaleur de l'été. Le grand étalon bai agitait des oreilles agacées pour chasser les mouches, mais ne trépignait pas, se laissant docilement brosser par son palefrenier.

— Isobel est très fâchée contre toi, dit Grey.

— Contre moi ?

Jamie était étonné mais non inquiet. Il n'avait plus rien à craindre des Dunsany, à présent.

— Il paraît que tu as dit à Willie que tu partais. Il a pleuré toute la journée.

Jamie avait le visage baissé, mais Grey vit les muscles de son cou se contracter. Il s'adossa à la cloison, observant la brosse métallique allant et venant sur la robe argentée.

— Tu ne penses pas qu'il aurait mieux valu ne rien lui dire ? demanda-t-il doucement.

— Pour qui, pour lady Isobel ? rétorqua Jamie.

Il lança la brosse sur l'étagère et donna une grande claque sur la croupe du cheval, lui signifiant qu'il en avait terminé avec lui. Il y avait un air déterminé dans son geste et la gorge de Grey se noua. Il posa une main sur l'épaule de Fraser.

— Jamie... tu fais bien de t'en aller.

L'Ecossais se tourna vers lui, s'efforçant de paraître enjoué, mais il ne pouvait cacher la peine dans ses yeux.

— Tu crois ? demanda-t-il.

— Certains éleveurs marquent leurs bêtes... J'ai la nette impression qu'on pourrait reconnaître au premier coup d'œil n'importe lequel de tes rejetons.

Jamie blêmit et lança un regard vers les grandes portes battantes qui donnaient sur la pelouse. C'était là que Willie venait jouer après le déjeuner quand il faisait beau. Puis il regarda Grey d'un air décidé.

— John, tu veux bien faire un tour avec moi ?

Sans attendre sa réponse, il sortit de l'écurie d'un pas ferme. Ils avaient bien parcouru cinq cents mètres quand il s'arrêta enfin au bord du lac, à l'ombre d'un groupe de saules. Sans préambule, il se tourna vers Grey et déclara :

— J'ai un grand service à te demander...

— Tu sais bien que je ne dirai rien, répondit Grey. Après tout, je le sais, ou plutôt je m'en doute, depuis un certain temps déjà.

— Non, je sais bien que je peux compter sur toi. Ce n'est pas ça... Je voudrais que tu...

— C'est d'accord, l'interrompit Grey.

— Tu ne veux pas savoir d'abord de quoi il s'agit ?

— Je m'en doute : tu vas me demander de veiller sur Willie. Et, éventuellement, de t'envoyer de ses nouvelles quand ce sera possible.

Jamie hocha la tête et se tourna vers la maison à demi enfouie sous les érables.

— Je sais que c'est beaucoup te demander de faire tout le trajet depuis Londres de temps en temps pour le voir...

— Détrompe-toi, répliqua Grey. Moi aussi, j'ai des nouvelles à t'annoncer. Je suis venu spécialement cet après-midi pour ça. Je vais me marier.

— Te marier ? s'exclama Jamie, stupéfait. A... avec une femme ?

Grey lui lança un regard las.

— Avec qui veux-tu que je me marie ? rétorqua-t-il. Oui, naturellement, avec une femme ! J'épouse Isobel.

— Mais enfin, John ! Tu ne peux pas faire ça !

— Bien sûr que si. Que crois-tu ? Que je ne suis pas capable de faire l'amour à une femme ? Il n'est pas indispensable d'aimer l'acte pour pouvoir le faire. Ce n'est pas toi qui me diras le contraire.

Jamie tiqua. Il ouvrit la bouche pour dire quelque chose, puis se ravisa.

— Dunsany devient trop vieux pour pouvoir gérer le domaine, poursuivit Grey. Gordon est mort. Isobel et sa mère ne pourront pas s'en occuper toutes seules. Nos familles se connaissent depuis la nuit des temps. Ce mariage arrange tout le monde.

— Vraiment ? railla Jamie sans cacher son sarcasme.

— Oui, quoi que tu en penses, répondit sèchement Grey. Un mariage, ce n'est pas uniquement une question d'amour charnel. Cela peut être beaucoup plus.

Fraser se détourna brusquement. Il fit quelques pas le long du lac, puis s'immobilisa, fixant les vaguelettes qui clapotaient à ses pieds. Grey attendit patiemment, dénouant ses cheveux et remettant de l'ordre dans l'épaisse masse blonde.

Enfin, Fraser revint vers lui, marchant lentement, la tête baissée, plongé dans ses pensées. Puis il releva la tête et dévisagea Grey.

— Pardonne-moi, s'excusa-t-il. Je n'ai pas le droit de te juger. Je sais bien que tu es un homme d'honneur.

— Merci, dit Grey. En outre, ajouta-t-il d'une voix plus enjouée, cela signifie que je serai tout le temps ici pour veiller sur Willie.

— Tu comptes donc démissionner ?

— Oui, répondit Grey avec un sourire ironique. Ce sera avec soulagement. Finalement, je ne suis pas fait pour la vie militaire.

Fraser semblait hésiter à lui dire quelque chose, puis il se lança, maladroitement :

— John... je serais très heureux que tu serves de beau-père à... mon fils. Je t'en serais éternellement reconnaissant...

Son col semblait l'étouffer. Grey le regardait, intrigué, le voyant devenir de plus en plus rouge.

— ... En retour... si tu veux... enfin, si ça t'intéresse... on peut... on peut...

Grey réprima une soudaine envie de rire. Il posa une main sur l'avant-bras de l'Ecossais pour l'apaiser et le sentit tressaillir à son contact. Partagé entre le rire et l'exaspération, il retira sa main.

— Mon cher Jamie, je crois rêver ! Es-tu vraiment en train de me proposer ton corps en échange de ma promesse de veiller sur Willie ?

Fraser était cramoisi jusqu'à la racine des cheveux.

— Bien oui, quoi ? lâcha-t-il sur un ton mordant. Tu veux, oui ou non ?

Cette fois, Grey éclata franchement de rire. Il dut s'asseoir dans l'herbe pour reprendre son souffle.

— Seigneur ! haleta-t-il en s'essuyant les yeux. C'est bien la première fois qu'on me fait une proposition pareille !

Fraser se tenait debout devant lui, indécis.

— Tu ne veux pas de moi ?

— Non ! répondit Grey en essayant de reprendre son sérieux. Encore, si tu en avais vraiment envie, je ne dirais peut-être pas non, mais comme ça, non merci !

Il se releva en époussetant son pantalon, puis reprit sur un ton plus grave :

— Tu crois vraiment que je te demanderais, ou même que j'accepterais, ce genre de paiement pour un service ? Si je ne savais pas à quel point tu souffres de cette situation, je me sentirais profondément insulté par ta proposition.

— Excuse-moi, grommela Jamie. Je ne voulais pas t'offenser.

Grey tendit la main et effleura la joue hâlée de Jamie. Esquissant un sourire, il lui dit doucement :

— Je préfère ton amitié. J'élèverai ton fils comme si c'était le mien.

— Tu sais que mon amitié t'est acquise, répondit Jamie.

Les deux hommes restèrent silencieux un moment, puis Grey soupira et leva le nez vers le soleil.

— Il est tard, annonça-t-il. Je suppose qu'il te reste beaucoup à faire avant ton départ.

Jamie s'éclaircit la gorge.

— Hum... oui, sans doute. Je ferais mieux de me remettre au travail.

— Oui, sans doute.

Grey tira sur les pans de sa veste, prêt à rentrer, mais Jamie s'attardait, se balançant doucement sur une jambe comme s'il n'arrivait pas à se décider. Brusquement, il se redressa, fit un pas vers Grey et prit son visage entre ses mains.

Grey sentit la chaleur de sa peau contre ses joues. Les lèvres de Jamie se posèrent sur les siennes. Il eut la sensation fugace d'un souffle suspendu, rempli de tendresse et de force à la fois, tandis qu'un léger goût de bière et de pain frais envahissait sa bouche. Puis Jamie s'écarta, laissant Grey étourdi sous le soleil.

— Oh... fit-il.

Jamie lui adressa un sourire timide.

— Ben oui, quoi... dit-il. J'imagine que je ne suis pas contagieux.

Sur ces mots, il tourna les talons et partit à grandes enjambées vers l'écurie, abandonnant lord John Grey seul au bord du lac.

Le gouverneur se tut un long moment, puis il redressa la tête avec un sourire sombre :

— C'était la première fois qu'il me touchait de son plein gré, dit-il doucement. Et la dernière avant ce soir, après que je lui ai donné l'autre copie de ce portrait.

Je restai immobile, fixant mon verre de cognac. Tout au long de son récit j'avais été envahie par des vagues de sentiments contradictoires : le choc, la colère, l'effroi, la jalousie, me laissant dans un tourbillon d'émotions confuses.

Une femme avait été assassinée tout près d'ici quelques heures plus tôt. Pourtant la scène que j'avais vue dans les toilettes des dames me paraissait plus irréelle que ce portrait.

Le gouverneur m'examinait avec attention.

— J'aurais dû vous reconnaître sur le bateau. Mais naturellement, à ce moment-là, je vous croyais morte depuis belle lurette.

— Il faisait sombre sur le pont, dis-je sans réfléchir.

Je me passai une main dans les cheveux, me sentant étourdie par l'alcool et la fatigue. Puis je compris enfin ce qu'il venait de dire.

— Me reconnaître ? Mais vous ne m'aviez encore jamais vue !

Il sourit.

— Vous vous souvenez d'une nuit dans un bois, dans les Highlands, près de Carryarrick ? C'était il y a vingt ans. Vous avez éclissé le bras cassé d'un adolescent.

Il me montra son bras.

— Bon sang !

J'avalai de travers ma gorgée de cognac et manquai m'étouffer. Je toussai en me frappant la poitrine, sans le quitter des yeux, essayant de reconnaître le garçon frêle de cette sinistre nuit.

— Je n'avais jamais vu de seins de femme avant de voir les vôtres, ce fut un sacré choc !

Il semblait s'amuser de ma stupéfaction.

— Apparemment, vous vous en êtes remis ! rétorquai-je.

Au même instant, il y eut des bruits de pas dans le couloir et un milicien passa la tête dans l'entrebâillement de la porte.

— Pardon, Votre Excellence, s'excusa-t-il, je viens voir si Mme Alexandre est prête. Le capitaine Jacobs a fini d'interroger son mari et celui-ci l'attend dans sa voiture.

Je me levai prestement.

— Oui, je suis prête, annonçai-je.

Je me tournai vers le gouverneur, ne sachant pas trop quoi lui dire.

— Je... euh.. vous remercie de...

Il inclina la tête, et contourna son bureau pour me raccompagner à la porte.

— Je suis vraiment navré que vous ayez été soumise à une expérience aussi éprouvante, madame, dit-il en retrouvant son ton guindé de diplomate.

Je suivis le milicien, puis me retournai sur le seuil du bureau, prise d'une impulsion subite.

— Lorsque nous nous sommes rencontrés, ce soir-là, à bord du *Porpoise*... avant tout cela, je vous avais trouvé très sympathique.

Il me regarda un instant, courtois et distant. Puis un coin de sa lèvre se souleva.

— A moi aussi vous m'aviez plu, madame... avant tout cela.

J'avais l'impression de voyager avec un inconnu. L'aube commençait à se lever et, dans la pénombre de la voiture, j'observais le visage de Jamie assis en face de moi. Les yeux clos, il semblait à des milliers de kilomètres. Il avait ôté sa perruque ridicule dès que nous nous étions éloignés du palais du gouverneur, jetant bas son masque de gentilhomme français pour laisser réapparaître l'Ecossais hirsute.

— Tu crois que c'est lui qui l'a tuée ? demandai-je enfin, histoire de rompre le silence.

Il ouvrit les yeux et haussa les épaules.

— Je n'en sais rien, répondit-il d'une voix lasse. Je me suis posé la question une bonne centaine de fois ce soir, et on me l'a posée encore davantage.

Il se massa les tempes en grimaçant, avant de poursuivre :

— Je ne comprends pas comment un homme peut faire une chose pareille. Et pourtant... tu sais qu'il est capable de tout lorsqu'il a bu. Il a déjà tué alors qu'il était ivre. Tu te souviens du douanier chez Jeanne ?

Je hochai la tête et il se pencha en avant, les coudes sur les genoux, la tête entre les mains.

— Cette fois c'est différent, bien sûr, mais va savoir ce qui s'est passé dans sa tête. Tu l'as entendu sur le bateau quand il parlait des femmes. Si cette Mme Alcott lui a fait du charme...

— C'était le cas, dis-je. Je l'ai vue.

— Oui, mais elle n'était pas la seule. Peut-être lui a-t-elle laissé entendre qu'elle était prête à aller plus loin, puis elle l'aura repoussé, se sera moquée de lui... Il était plein comme une barrique. Il y avait des couteaux et des épées accrochés partout...

Il poussa un long soupir.

— Mais ce n'est pas tout. J'ai dû leur jurer que je connaissais à peine Willoughby. Je leur ai raconté que nous l'avions rencontré sur le bateau qui fait la navette entre Kingston et la Martinique, mais que nous ne savions pas d'où il venait ni qui il était réellement.

— Ils t'ont cru ?

— Pour le moment, oui. Mais lorsque la navette reviendra dans six jours et qu'ils interrogeront son capitaine, il leur dira qu'il n'a jamais vu de M. et Mme Etienne Alexandre, et encore moins un petit Chinois.

Je songeai à Fergus et au milicien.

— Cela ne va pas arranger nos affaires, remarquai-je avec une grimace. Nous ne sommes déjà pas très appréciés dans le coin, eu égard à M. Willoughby.

— Ce n'est rien à côté de ce que ce sera dans six jours s'ils ne l'ont pas retrouvé d'ici là. Il faut moins de temps que cela pour que les commérages se répandent du domaine de la Montagne bleue à Kingston. Tous les domestiques savent qui sont réellement les visiteurs de M. et Mme MacIver.

— Merde !

Il esquissa enfin un sourire qui me réchauffa le cœur.

— Comme tu dis, *Sassenach*. Cela signifie que nous avons six jours pour retrouver Petit Ian. Je partirai pour Rose Hall le plus tôt possible, mais avant, je crois qu'il nous faut un peu de repos.

Sur ces mots, il bâilla à s'en décrocher la mâchoire avant de secouer la tête en clignant des paupières.

Nous ne dîmes plus rien jusqu'à la maison, puis nous regagnâmes notre chambre sur la pointe des pieds.

Je me changeai dans le dressing, me débarrassant avec soulagement de mon corset, et enfilai une fine chemise de nuit en soie. Lorsque je rentrai dans la chambre, je trouvai Jamie torse nu devant la porte-fenêtre, contemplant le lagon à ses pieds.

— Viens voir, me chuchota-t-il.

Un petit groupe de lamantins s'étaient rassemblés dans le lagon, leurs grands corps gris glissant sous la surface cristalline, émergeant ici et là en luisant comme des rochers polis par les vagues. Des oiseaux commençaient à chanter dans les arbres, leurs chants ponctués par le souffle puissant des mammifères venus chercher leur air et, de temps à autre, par un étrange son irréel, telle une complainte lointaine, tandis qu'ils s'interpellaient les uns les autres.

Nous les observâmes en silence, côte à côte. Le lagon vira lentement au vert à mesure que les premiers rayons du soleil effleuraient sa surface. Plongée dans un état de fatigue extrême où tous mes sens semblaient à fleur de peau, je sentais la présence de Jamie aussi intensément que si je l'avais touché.

Les révélations de John Grey m'avaient soulagée de la plupart de mes craintes et de mes soupçons, mais il n'en demeurait pas moins que Jamie ne m'avait jamais parlé de son fils. Bien sûr, il avait de bonnes raisons de rester discret sur ce sujet, mais n'avait-il donc aucune confiance en moi ? Il me vint soudain à l'esprit qu'il n'avait rien dit par égard pour la mère de l'enfant. Peut-être l'avait-il aimée, malgré l'impression de Grey.

Elle était morte. Cela avait-il de l'importance à présent ? Naturellement. J'avais cru Jamie mort pendant vingt ans et cela n'avait rien changé à mes sentiments pour lui. Et s'il avait éprouvé le même amour pour cette jeune Anglaise ? Je déglutis péniblement, cherchant le courage de lui poser la question.

Il semblait ailleurs, le front soucieux, en dépit de la beauté du lagon.

— A quoi penses-tu ? demandai-je.

— Hein ?... A rien, je réfléchissais. Au sujet de Willoughby.

— Et alors ?

— C'est que, au début, je ne pouvais pas imaginer que Willoughby puisse commettre un acte pareil... quel genre d'homme le pourrait ? Mais maintenant, je comprends mieux... Il était seul, très seul...

Je songeai aux mystérieux poèmes adressés à une terre quittée depuis longtemps, confiés au vent sur des ailes de papier blanc.

— Un étranger, sur une terre inconnue... murmurai-je.

— Oui, c'est cela. Lorsqu'un homme se sent seul... il n'y a qu'en faisant l'amour à une femme qu'il peut oublier sa solitude, pour un temps. Je le sais parce que c'est pour ça que j'ai épousé Laoghaire. Ce n'était pas parce que Jenny me harcelait, ni par pitié pour Laoghaire ou ses deux petites filles, ni même parce que mes bourses me démangeaient... mais uniquement pour oublier que j'étais si seul.

Il se tourna lentement, dos à la fenêtre.

— Alors je me dis... si Willoughby est allé vers cette femme, dans cette intention, parce qu'il en avait vraiment besoin, et qu'elle l'a rejeté... alors peut-être que oui... il pourrait l'avoir tuée.

Il se tut. Je n'osai rien dire, ne sachant pas comment ramener la conversation à ce que j'avais vu et entendu dans le palais du gouverneur.

— Claire, reprit-il enfin au bout de quelques minutes, j'ai quelque chose à te dire.

— Quoi ?

J'avais tant souhaité entendre cet aveu, et soudain il me faisait peur. Je reculai d'un pas, m'écartant de lui, mais il me retint par le bras. Il tenait quelque chose dans son poing fermé. Il prit ma main et y plaça l'objet. Je n'avais pas besoin de baisser les yeux pour deviner le petit cadre ovale et le visage peint.

— Claire, j'ai un fils. Je sais que j'aurais dû te le dire avant, mais... je n'en ai jamais parlé à personne, pas même à Jenny.

La surprise me fit retrouver ma voix.

— Jenny ne sait pas ?

Il fit non de la tête.

— C'était en Angleterre et... je n'avais pas le droit de dire qu'il était mon fils. Il ne fallait pas qu'on sache que c'était un bâtard. Je ne l'ai pas vu depuis qu'il était petit et je ne le reverrai jamais, sauf sur des miniatures comme celle-ci.

Il me reprit le portrait et le serra dans sa main.

— ... Je n'ai pas voulu te le dire, de peur que tu croies que j'avais semé des bâtards un peu partout... de peur que tu penses que j'aimerais moins Brianna si j'avais un autre enfant.

Il leva les yeux vers moi.

— Tu me pardonnes ?

Les mots ne voulaient pas sortir de ma bouche mais je devais les dire.

— Et elle... tu l'as aimée ?

Une profonde tristesse envahit ses traits mais il ne fuit pas mon regard.

— Non, dit-il doucement. Elle... me voulait. J'aurais peut-être dû trouver un moyen pour l'arrêter, mais je n'ai pas pu. Elle voulait que je lui fasse l'amour. Ce que j'ai fait... Et elle en est morte. Je suis coupable de sa mort, devant Dieu. D'autant plus coupable que je ne l'aimais pas.

Je posai la main sur sa joue. Il ferma les yeux.

— Comment est-il ? demandai-je. Ton fils ?

— Il est pourri gâté, répondit-il avec un léger sourire. Il est têtu, mal élevé, avec un sale caractère. Mais il est aussi beau, courageux, fier.

— C'est bien ton fils, murmurai-je.

— C'est mon fils, répéta-t-il.

Il prit une profonde inspiration, les yeux toujours clos.

— Tu aurais dû me faire confiance, dis-je enfin.

— Peut-être. Pourtant, je me disais sans cesse : « Comment puis-je lui expliquer tout ce qui est arrivé : Geneva, Willie... John ? » Tu as parlé à John ?

— Oui, il m'a tout raconté.

— J'ai failli t'en parler, une fois, mais c'était avant que tu découvres mon mariage avec Laoghaire. Ensuite, c'était trop tard. Comment pouvais-je te dire la vérité, et être sûr que tu comprendrais la différence ?

— Quelle différence ?

— Geneva, le mère de Willie... elle voulait mon corps. Laoghaire voulait mon nom et la sueur de mon front pour subvenir à ses besoins et à ceux de ses filles. John...

Il marqua un temps d'arrêt, hésitant.

— ... John a eu mon amitié, et moi la sienne. Mais comment te raconter tout ça, puis te dire que je n'ai jamais aimé que toi ? Comment pourrais-tu me croire ?

La question resta en suspens entre nous, scintillante comme le reflet du lagon à nos pieds.

— Si tu me le dis, je te croirai, dis-je d'une petite voix.

— Vraiment ? Mais pourquoi ?

— Parce que tu es un homme honnête, Jamie Fraser.

Je souris, pour ne pas pleurer.

— Il n'y a que toi, dit-il d'une voix si faible que je l'entendis à peine. Rien que toi, à qui j'ai donné mon nom, mon cœur et mon âme.

— Jamie, dis-je doucement, tu n'es plus tout seul.

Il m'enlaça et me serra contre lui, murmurant dans mes cheveux :

— *Tu es le sang de mon sang, la chair de ma chair...*

— *Et je te donne mon âme jusqu'à la fin des jours*, achevai-je.

60

Le parfum des pierres précieuses

Rose Hall était à une quinzaine de kilomètres de Kingston, au bout d'un long chemin de terre rouge qui grimpait abruptement dans la Montagne bleue. Le passage était si étroit et sinueux que, la plupart du temps, nous devions chevaucher l'un derrière l'autre. Je suivais Jamie sous d'immenses tunnels de feuillages qui fleuraient bon le cèdre, passant sous des arbres qui mesuraient près de trente mètres. Les fougères géantes foisonnaient à leurs pieds, envahissant le sentier.

Un calme magique régnait dans la forêt. Les oiseaux se taisaient sur notre passage. A un moment, la monture de Jamie s'arrêta net et s'ébroua avec nervosité. Nous attendîmes quelques instants qu'un petit serpent se faufile en travers du chemin et aille se perdre dans le sous-bois. Je tentai de le suivre des yeux mais on ne voyait plus un centimètre de terre à un pas du sentier. Après, tout n'était plus qu'océan de verdure. J'espérais que M. Willoughby avait eu l'idée de venir se cacher dans cette forêt. Ici, jamais personne ne pourrait le retrouver.

Malgré les recherches intensives entreprises par la milice dans la ville, nul n'avait pu mettre la main sur le petit Chinois. Le détachement de fusiliers marins envoyé par la caserne d'Antigua devait arriver le lendemain. En attendant, toutes les maisons de Kingston étaient barricadées, leurs propriétaires armés jusqu'aux dents.

L'atmosphère en ville était explosive. A l'instar des officiers de la marine royale, le commandant de la milice pensait que le Chinois aurait de la chance s'il survivait assez longtemps pour être pendu.

— Ils vont le mettre en pièces, avait déclaré le colonel Jacobs en me raccompagnant à la voiture le soir du meurtre. S'ils mettent la main dessus, ce sera la curie.

Je savais que le sort de M. Willoughby préoccupait toujours

autant Jamie. Il n'avait pas dit un mot depuis que nous avions quitté la maison des MacIver. Toutefois, nous ne pouvions pas faire grand-chose. Si le petit Chinois était innocent, nous ne pouvions pas le sauver. S'il était coupable, nous ne pouvions pas le livrer à la justice. Le mieux que nous pouvions espérer, c'était que personne ne le trouve.

En attendant, il nous restait cinq jours pour dénicher Petit Ian. S'il était à Rose Hall, nous touchions au but. Sinon...

Une clôture et une barrière délimitaient la propriété. De l'autre côté commençait la plantation de canne à sucre et de café. A bonne distance de la maison, sur une autre colline, se dressait un grand bâtiment aux murs en torchis et au toit de palmes, que je supposai être la raffinerie. Des esclaves s'affairaient tout autour et une vague odeur de sucre brûlé flottait dans l'air.

Un peu plus bas se trouvait la grosse presse à sucre, un engin à l'aspect primitif constitué de deux grands troncs d'arbre croisés en « X » et d'une énorme broche en pas de vis surmontant le corps carré de la presse. Elle n'était pas en service. Deux ou trois hommes étaient assis dessus, attendant. Les bœufs qui la faisaient habituellement fonctionner paissaient tranquillement un peu plus loin.

— Comment font-ils pour acheminer le sucre raffiné jusqu'en ville ? demandai-je, intriguée. Sur des mules ?

— Non, m'expliqua Jamie. Le fleuve passe juste derrière la maison, là-bas, regarde. Ils n'ont qu'à charger la marchandise sur des barges.

Il m'indiqua l'endroit d'un mouvement du menton, tenant ses rênes d'une main et époussetant les pans de sa veste de l'autre.

— Tu te sens prête, *Sassenach* ?

— On ne peut plus prête.

Rose Hall était une maison de deux étages. De style colonial, longue et joliment proportionnée, elle avait un toit en ardoise, ce qui était un luxe dans les îles. Une grande véranda courait tout le long d'une des façades. Un immense rosier jaune grimpait sur un treillis et retombait sous les avant-toits. Son parfum entêtant rendait l'air presque irrespirable, à moins que ce ne fût la nervosité qui m'oppressait et me nouait la gorge. Tandis que nous attendions sous le porche, je lançai des regards autour de moi dans l'espoir d'apercevoir un éclat de peau blanche parmi les esclaves.

Une femme noire d'âge moyen vint nous ouvrir.

— M. et Mme Malcolm, annonça Jamie. Nous venons présenter nos hommages à Mme Abernathy.

Elle parut prise de court, manifestement peu habituée à ce

que sa maîtresse reçoive de la visite. Puis, après une légère hésitation, elle s'effaça pour nous laisser entrer et nous conduisit dans le salon.

— Attendez ici, nous indiqua-t-elle simplement. Je vais voir si Madame peut vous recevoir.

Le salon était une vaste pièce inondée de lumière par de grandes fenêtres qui donnaient sur la véranda. A une extrémité se dressait une immense cheminée en pierre, avec un âtre tapissé d'ardoises polies. Il était si grand et profond qu'on pouvait y faire rôtir un bœuf, et la grosse broche qu'il abritait laissait deviner que le ou la propriétaire ne s'en privait pas.

Je pris place dans un vaste fauteuil en rotin tandis que Jamie arpentait nerveusement la pièce, lançant des regards inquiets vers la plantation qui s'étendait au pied de la maison. Le salon était aménagé avec des meubles coloniaux et décoré avec des bibelots insolites. Sur l'un des rebords de fenêtre, on avait disposé une collection de clochettes en argent, de la plus menue à la plus grosse. Le guéridon à mon côté soutenait un assortiment de statuettes en terre cuite ou en pierre : des sortes de fétiches ou d'idoles primitives.

Toutes représentaient des femmes accroupies, enceintes ou pourvues de seins énormes et de hanches exagérément larges. Elles dégageaient une sensualité troublante. Nous ne vivions pas dans une époque prude, loin de là, mais ce n'était pas le genre d'objets que je me serais attendue à trouver dans une maison, quelle que soit l'époque.

Il y avait également un certain nombre de reliques jacobites dans la pièce : une tabatière émaillée, un flacon en verre, un éventail brodé, un grand plateau en argent et même le grand tapis de laine, tous portaient la grande rose blanche des Stuart. Cela n'avait rien de si étrange : un important nombre de jacobites avaient fui l'Ecosse après Culloden pour se réfugier aux Antilles et tenter d'y refaire fortune. Ces détails me parurent encourageants. Si la maîtresse des lieux avait des sympathies jacobites, elle serait sans doute ravie d'accueillir un compatriote écossais.

Il y eut des bruits de pas dans le couloir et un bruissement d'étoffe près de la porte. Jamie émit un grognement étouffé comme s'il venait de recevoir un coup de poing dans le ventre et je me tournai pour voir Mme Abernathy faire son entrée dans le salon.

Je bondis sur mes pieds, laissant tomber la timbale en argent que je tripotais et qui s'écrasa sur le sol dans un fracas métallique.

— Tu as gardé la ligne, Claire !

Elle inclina la tête sur le côté, un large sourire aux lèvres.

Geillis Duncan avait toujours eu une poitrine et des hanches généreuses. Sa peau était toujours aussi diaphane, mais ses formes s'étaient considérablement arrondies. Elle portait une légère robe en mousseline sous laquelle sa chair tremblotait à chaque mouvement. Les os délicats de son visage étaient enfouis depuis longtemps sous la graisse, mais ses magnifiques yeux verts pétillaient toujours autant de malice et d'humour.

Je retrouvai mon souffle et ma voix :

— Ne le prends pas mal, dis-je en me rasseyant, mais n'es-tu pas censée être morte ?

Elle éclata d'un rire cristallin de jeune fille.

— Tu trouves que j'aurais mieux fait de mourir, peut-être ? Tu n'es pas la première... et sans doute pas la dernière non plus !

Elle se laissa tomber à son tour dans un fauteuil, saluant Jamie d'un bref signe de tête, puis claqua dans ses mains pour appeler une servante.

— Tu prendras bien un thé ? demanda-t-elle. Ensuite, si tu veux, je lirai ton destin dans les feuilles. C'est que je me suis fait une belle réputation de diseuse de bonne aventure ! On dit que je sais prédire l'avenir !

Elle rit encore. Si elle avait été aussi surprise que moi de ces retrouvailles, elle le cachait merveilleusement bien.

— Du thé, demanda-t-elle à la servante noire qui venait d'apparaître. Celui qui est dans la boîte bleue. Apporte aussi des petits biscuits aux amandes. Tu mangeras bien un morceau ? reprit-elle en se tournant à nouveau vers moi. Après tout, il faut fêter ça. Je me suis souvent demandé si nos chemins se croiseraient à nouveau, après Cranesmuir.

— Tu savais qui j'étais à l'époque ? Je veux dire, quand nous nous sommes rencontrées à Cranesmuir ?

— Pas au début. Bien sûr, je trouvais qu'il y avait quelque chose d'étrange chez toi, comme la plupart des gens, d'ailleurs. Tu ne t'étais pas préparée, n'est-ce pas ? Tu es passée à travers les menhirs par accident, c'est ça ?

J'étais sur le point de dire « Pas la première fois », puis me ravisai, préférant répondre :

— Non, je ne l'ai pas fait exprès, contrairement à toi en... 1968.

Elle hocha la tête, me dévisageant attentivement.

— Oui. Dire que j'étais venue aider le prince *Tearlach* !

Elle fit une légère grimace et tordit les lèvres, comme pour se débarrasser d'un goût amer dans la bouche. Puis elle détourna brusquement la tête et cracha sur le plancher.

— *An gealtaire salach Atailteach !* lança-t-elle.

« Ce pleutre de Rital. » Une lueur mauvaise brillait dans ses yeux tandis qu'elle enchaînait :

— Si j'avais su, je serais allée jusqu'à Rome pour l'étrangler de mes mains pendant qu'il en était encore temps ! Tu me diras, son frère Henry n'aurait sans doute pas fait mieux. Il n'avait pas plus de couilles que l'autre crétin. Ce n'était qu'un minable bigot sans rien dans le ventre. De toute façon, après Culloden, n'importe lequel des Stuart ne valait plus rien.

Elle poussa un soupir et changea de position, faisant craquer le fauteuil en rotin sous son poids. Puis elle chassa les Stuart de la conversation, d'un geste méprisant de la main.

— N'en parlons plus, tout cela est loin derrière nous à présent, reprit-elle. Revenons plutôt à toi. J'ai bien cru avoir une attaque le jour où j'ai aperçu la cicatrice du B.C.G. sur ton épaule. Tu as traversé par hasard le menhir lors d'une fête du feu, n'est-ce pas ? C'est généralement comme ça que ça se passe.

— En effet, dis-je, stupéfaite. C'était un jour de Beltane. Mais que veux-tu dire par « généralement » ? Tu en as connu beaucoup d'autres... comme nous ?

Elle tourna la tête d'un air absent, regardant vers la porte. Elle saisit une des clochettes en argent et la secoua vigoureusement.

— Mais que fiche cette Clotilde ? marmonna-t-elle.

Puis elle reprit le fil de la conversation :

— Comme nous ? Non, à dire vrai, je n'en ai rencontré qu'une autre, à part toi. Mais je sais qu'elles sont relativement nombreuses à passer par le menhir, accidentellement ou non. Il suffit d'écouter les contes et les légendes. Ils abondent d'histoires de gens qui disparaissent sur les collines aux fées et dans les cercles de menhirs. Cela se passe le plus souvent près de Beltane ou de Samhain. Parfois aux alentours des fêtes solaires, aux solstices d'été ou d'hiver.

— Alors c'était ça, ta liste ! m'exclamai-je. Tu avais dressé une liste d'initiales et de noms, il y en avait près de deux cents. Sur le moment, je n'ai pas compris à quoi ils correspondaient, mais toutes les dates se situaient entre la fin avril et le début mai, ou début octobre.

— Oui, c'est ça, répondit-elle, surprise. Alors comme ça, tu as retrouvé mes notes ? C'est comme ça que tu m'as suivie jusqu'à Craigh na Dun ? C'était toi, n'est-ce pas ? Quelqu'un a crié mon nom juste avant que je ne franchisse la porte du menhir.

— Gillian, murmurai-je.

Elle ne tiqua pas, mais je vis ses pupilles se dilater lorsqu'elle entendit le nom qui avait été le sien.

— Gillian Edgars, confirma-t-elle. Ce n'est que plus tard, lorsque je t'ai entendue crier pendant notre procès à Cranesmuir, que je t'ai reconnue. Je me suis dit que j'avais déjà entendu ce cri quelque part. Puis j'ai vu la marque sur ton épaule... Qui était avec toi, cette nuit-là, à Craigh na Dun ? Il y avait un beau brun et une fille...

Elle ferma les yeux, se concentrant, puis les rouvrit et me fixa.

— Lorsque j'y ai repensé plus tard, j'ai eu l'impression de la connaître. Je n'ai jamais pu mettre un nom sur son visage, mais j'aurais juré l'avoir déjà rencontrée. Qui était-elle ?

— Madame Duncan ? ou dois-je vous appeler madame Abernathy ?

Se remettant lentement du choc, Jamie venait de s'avancer vers elle en s'inclinant. Elle leva des yeux surpris comme si elle venait tout juste de remarquer sa présence.

— Tiens donc ! dit-elle sur un ton enjoué. Mais c'est notre ami le petit renard de Castle Leoch !

Elle l'inspecta des pieds à la tête avec intérêt.

— Mais c'est qu'il a grandi, le petit ! railla-t-elle. Tu a toujours eu une tête de MacKenzie. Mais avec l'âge, cela s'est encore accentué. Je peux pratiquement voir tes deux oncles sur ton visage.

— Je suis sûr que Dougal et Colum seraient flattés que vous vous souveniez si bien d'eux, répliqua Jamie.

Il n'avait jamais beaucoup aimé cette femme et cela n'allait probablement pas s'arranger. Mais il ne pouvait pas se la mettre à dos, surtout si c'était elle qui détenait Petit Ian.

L'arrivée du plateau de thé l'empêcha de dire ce qu'elle était sur le point de lui répondre. Jamie vint s'asseoir à mon côté sur le sofa tandis que Geillis remplissait les tasses et nous les tendait, en parfaite maîtresse de maison. Comme pour préserver cette illusion, elle nous présenta avec élégance le sucrier et le pot à lait, puis se réinstalla confortablement dans son fauteuil, parée pour reprendre la conversation.

— Si ce n'est pas trop indiscret, demanda Jamie, comment avez-vous atterri ici ?

Elle se mit à rire, ayant parfaitement saisi la question implicite : comment diable avait-elle pu échapper au bûcher ?

— Vous vous souvenez sans doute que j'étais enceinte lorsque nous nous sommes vus la dernière fois ?

— Plus ou moins, oui, grommela Jamie.

Il ne risquait pas de l'oublier. Elle avait arraché ses vêtements au beau milieu de notre procès pour sorcellerie, exhibant à tous un ventre rond qui devait lui valoir un sursis.

Extirpant un mouchoir de sa manche, Geillis tapota délicatement un coin de ses lèvres où perlait une goutte de thé.

— As-tu eu des enfants ? me demanda-t-elle.

— Oui.

— C'est monstrueux, n'est-ce pas ? On se traîne pendant des mois comme une truie pleine avant de souffrir le martyre, les entrailles déchirées, tout ça pour quelque chose qui ressemble à un rat noyé !

Elle fit une grimace de dégoût

— Les joies de la maternité ! Peuh ! cracha-t-elle. Enfin... je ne devrais pas me plaindre, le rat en question m'a quand même sauvé la vie ! Et même si l'accouchement est une horreur, c'est toujours mieux que d'être brûlée vive.

— Sans doute, dis-je.

— Je sais ce dont je parle ! renchérit-elle. J'en ai vu d'autres qui sont passées sur le bûcher. Crois-moi, j'étais mieux au fond de mon trou à regarder mon ventre grossir !

— Parce qu'ils t'ont laissée enfermée dans le puits aux voleurs jusqu'au bout ! fis-je, horrifiée.

J'y avais passé trois jours, en attendant mon procès, et cela m'avait paru une éternité.

— J'y suis restée trois mois, répondit-elle. Trois longs mois au fond de cette fosse glaciale grouillante de vermine, à manger leurs restes qu'ils me jetaient dans la boue. Mais j'ai quand même accouché en beauté. Ils m'ont ressortie lorsque mes contractions ont commencé. Le bébé est né dans mon ancienne chambre, dans la maison du procureur.

Son regard était légèrement voilé et je me demandai s'il n'y avait que du thé dans sa tasse.

— ... C'était la plus belle maison du village, tu te souviens ? Avec des fenêtres biseautées qui teintaient la lumière en mauve et en vert. Après la naissance, ils m'ont donné le marmot pour que je le tienne dans mes bras. Ce qu'il était laid, le pauvre ! Il était chaud et velu, comme les bourses de son père !

Elle éclata de rire.

— Mais pourquoi les hommes sont-il si bêtes ? me demanda-t-elle. C'est tellement facile de les mener par le bout du nez ! Il suffit d'agiter son derrière et ils te suivent à la trace, la langue pendante. Puis, quand ça ne marche plus, donne-leur un fils et ils sont de nouveau à tes pieds. Ils ne s'en rendent même pas compte. Pour eux, nous ne sommes qu'un trou, rien d'autre. Qu'ils entrent ou qu'ils sortent, ils ne voient que ça, un simple trou.

Elle écarta les jambes en plaquant une main sur son sexe et leva son verre pour lui porter un toast, riant aux éclats.

— Oui, mais quel trou ! Il n'y a rien de plus puissant au monde ! Les nègres, eux au moins, le savent. Ils le vénèrent, ce trou divin ! Ils lui sculptent des idoles tout en ventres, en seins et en chattes.

Trouvant sans doute que la conversation prenait un tour malsain, Jamie la ramena à son récit :

— C'est Dougal qui vous a aidée à vous échapper de Cranesmuir ?

Elle hocha la tête, réprimant un petit rot.

— Il est venu chercher son fils, tout seul, en cachette, de peur qu'on sache qu'il était le père. Je ne voulais pas le lui donner. Quand il a voulu me l'arracher des bras, j'ai saisi son poignard accroché à sa ceinture et l'ai mis sous la gorge de l'enfant. Je lui ai dit que je le tuerais s'il ne jurait pas tout de suite sur la tête de son frère et sur la sienne de me tirer de là.

— Et il t'a crue ? demandai-je.

— Bien sûr ! Il me connaissait suffisamment pour savoir que je n'aurais pas hésité à le faire.

Paniqué à l'idée de perdre ce fils qu'il avait tant attendu, Dougal avait juré. Il avait été trouver John McRae, l'homme à tout faire du village, et le sacristain de l'église, puis, à l'aide de pots-de-vin, s'était assuré que la femme encapuchonnée qui serait conduite au bûcher le lendemain dans un tonneau de brai ne serait pas Geillis Duncan.

— Joan, la grand-mère MacKenzie, était morte trois jours plus tôt, expliqua-t-elle. C'est elle qu'ils ont brûlée à ma place. Elle aurait été contente, la pauvre ! Elle n'a sans doute pas attiré plus de quatre ou cinq quidams quand on a enterré son cercueil lesté de pierres. Alors que, grâce à moi, tout le village était là pour la voir partir en fumée. Elle a même eu droit aux encensoirs et à des prières d'exorcisme. La cour m'avait accordé la grâce d'être étranglée avant d'être brûlée, aussi personne n'a été étonné d'apercevoir un cadavre dans le tonneau qu'on montait sur le bûcher. Pendant ce temps, Dougal me faisait passer en France où j'ai vécu sous un autre nom : Mélisande Rochimbeaux. Je sais, c'est un peu pompeux, mais c'était une trouvaille de Dougal, alors je l'ai gardé, par sentimentalisme.

Elle avait un léger sourire nostalgique au coin des lèvres, comme si toutes ces aventures lui avaient laissé un bon souvenir. Lors de notre séjour à Paris, j'avais entendu parlé de Mélisande Rochimbeaux, ou « la Rochimbeaux », comme on l'appelait plus souvent. Elle ne faisait pas partie du « grand monde », mais s'était forgé une jolie réputation de voyante. Les dames de la cour la consultaient dans le plus grand secret sur leurs liaisons amoureuses, leurs investissements ou leurs grossesses.

— J'imagine que tu devais avoir pas mal de choses à leur raconter ! dis-je avec cynisme.

— Oh, tu penses ! me répondit-elle en riant. Mais le plus souvent, j'inventais. Les gens qui consultent des diseuses de bonne aventure ne paient pas pour qu'on leur dise la vérité !

— Mais comment êtes-vous arrivée aux Antilles ? demanda de nouveau Jamie.

— Oh, ça ! C'était plus tard, après Culloden... répondit-elle sur un ton évasif. Mais vous deux, qu'est-ce qui vous a amenés jusqu'ici ? Ce n'est pas pour le plaisir de me revoir, je présume ?

Je sentis Jamie se raidir.

— Nous sommes venus chercher mon jeune neveu, Ian Murray, annonça-t-il. Nous avons de bonnes raisons de penser qu'il a été vendu comme domestique blanc sur cette île.

Geillis haussa des sourcils surpris.

— Ian Murray ? Non, ça ne me dit rien. Je n'ai aucun domestique blanc. D'ailleurs, je suis la seule Blanche, ici. Le seul homme libre de la plantation est mon contremaître, et il est ce qu'on appelle ici un *griffone* : il a un quart de sang noir.

Contrairement à moi, Geillis Duncan était une excellente menteuse. A son air vaguement intéressé, il était impossible de dire si elle avait déjà entendu ce nom auparavant ou non. Pourtant elle mentait, et je le savais.

Jamie le savait aussi. La lueur fugitive que je venais d'apercevoir dans ses yeux n'était pas une lueur de déception mais de rage.

— Vraiment ? dit-il d'un ton courtois. Mais vous n'avez pas peur toute seule ici, si loin de la ville ?

— Peur, moi ? Non, jamais !

Avec un grand sourire, elle agita son double menton en direction de la porte-fenêtre qui donnait sur la véranda. Je tournai la tête et découvris avec stupéfaction un gigantesque Noir se tenant sur le seuil du salon. Il devait mesurer près de deux mètres. Les manches retroussées de sa chemise laissaient voir des bras gros comme des troncs d'arbre et noués de muscles.

— Je vous présente Hercule, dit Geillis gaiement. Il a aussi un frère jumeau.

— Il ne s'appellerait pas Atlas, par hasard ? demandai-je d'une voix éraillée.

— Tu as deviné ! C'est qu'elle est maligne ! lança-t-elle à Jamie avec un clin d'œil complice.

Les traits épais d'Hercule étaient affaissés et flasques. Ses yeux profondément enfoncés dans leurs orbites regardaient droit devant lui, sans la moindre étincelle de vie. Il me mettait mal à l'aise, non seulement en raison de la menace qu'il représentait, mais parce que le regarder était comme de passer devant une maison hantée, où l'on devine quelque chose de mauvais qui vous guette tapi dans l'ombre.

— C'est bon, Hercule, annonça Geillis. Tu peux retourner travailler.

Elle saisit une petite clochette et la secoua, la faisant tinter une seule fois. Sans un mot, le géant pivota sur ses talons et s'éloigna à pas lourds sur la véranda.

— Je n'ai pas peur des esclaves, reprit Geillis. Ce sont eux qui ont peur de moi. Ils me prennent pour une sorcière, c'est drôle, non ?

— Geillis... hésitai-je, cet homme... ce... ce n'est pas un zombie, n'est-ce pas ?

Elle me regarda d'un air surpris, puis éclata de rire, renversant la tête en arrière et se tapant les mains.

— Un zombie ! Mon Dieu, Claire ! Comme tu y vas ! hoqueta-t-elle. Une chose est sûre : il n'a pas inventé le fil à couper le beurre, le pauvre chéri, mais il est bien vivant, crois-moi !

— Un zombie ? répéta Jamie sans comprendre.

— Laisse tomber, lui dis-je en rougissant.

Voulant changer de sujet, je demandai à nouveau à Geillis qui s'essuyait les yeux, toujours secouée de vagues de rire :

— Combien as-tu d'esclaves, sur ta propriété ?

— Oh, une centaine environ. La plantation n'est pas bien grande. Nous avons cent cinquante hectares de canne à sucre, plus quelques champs sur les versants où on cultive du café.

Elle ressortit son mouchoir et tamponna son visage moite, se remettant doucement de son hilarité. A mon côté, Jamie rongeait son frein. Je savais qu'il était aussi convaincu que moi que Geillis nous cachait quelque chose au sujet de Petit Ian, ne serait-ce que parce qu'elle n'avait montré aucune surprise en nous voyant apparaître. Quelqu'un lui avait parlé de nous, et ce quelqu'un ne pouvait être que Ian.

Jamie n'était pas du genre à menacer une femme pour lui tirer les vers du nez. Je n'aurais pas eu autant de scrupules s'il n'y avait eu la présence inquiétante d'Hercule et d'Atlas dans les parages. L'unique solution consistait à fouiller la propriété. Cent cinquante hectares n'étaient pas rien, mais si Petit Ian était ici, il se trouvait sûrement dans ou près de l'un des bâtiments : la maison, la raffinerie ou les quartiers des esclaves.

Je sortis de mes pensées en me rendant compte que Geillis venait de me poser une question :

— Pardon ?

— Je disais : lorsqu'on se fréquentait en Ecosse, tu savais guérir les gens. Je suppose que, depuis, tes dons se sont encore améliorés ?

— Euh... oui, un peu, répondis-je prudemment.

Je la dévisageai plus attentivement. Elle n'était sans doute pas au mieux de sa forme, mais elle ne semblait pas malade.

— Ce n'est pas pour moi, dit-elle en surprenant mon regard. J'ai deux esclaves plutôt mal en point. Ça t'ennuierait de jeter un coup d'œil ?

Je me tournai vers Jamie qui me fit un signe d'assentiment. Cela me donnerait une bonne excuse pour pénétrer dans le quartier des esclaves.

— En montant chez vous, j'ai remarqué que vous aviez des problèmes avec votre presse ? déclara-t-il en se levant soudain. Je peux peut-être voir s'il m'est possible de la réparer pendant que ma femme examine les malades.

Sans attendre, il sortit sur la véranda tandis que Geillis le suivait des yeux, amusée. Puis elle se tourna vers moi en me chuchotant sur un ton ironique :

— Un mari bricoleur ! Tu en as, de la chance !

Puis, se levant à son tour, elle lança :

— Allez, viens ! les malades sont dans l'arrière-cuisine.

Les cuisines étaient dans un petit bâtiment à part, relié à la maison par une pergola croulant sous le jasmin en fleur. Un parfum capiteux flottait dans le passage, accompagné du bourdonnement incessant des abeilles.

— Tu t'es déjà fait piquer ? demanda Geillis en chassant un insecte qui voletait devant ses yeux.

— Ça m'est arrivé.

— Moi aussi, à plusieurs reprises. Ça ne m'a jamais laissé qu'une infime marque rouge sur la peau. Mais une de ces saletés a piqué une des filles de cuisine, le printemps dernier. La malheureuse s'est mise à gonfler comme un crapaud, puis pfft ! elle est morte en quelques minutes, sous mes yeux. Autant dire que ça a fait des merveilles pour ma réputation ! Les autres esclaves ont cru que j'avais jeté un sort à cette pauvre fille parce qu'elle avait laissé brûler un gâteau. Depuis, j'ai des fonds de casserole impeccables !

Bien que choquée par son cynisme, je me sentis légèrement soulagée par cette histoire. Les autres commérages que j'avais entendus sur elle lors de la soirée du gouverneur étaient peut-être aussi peu fondés.

Le premier malade était étendu dans l'arrière-cuisine. Agé d'une vingtaine d'années, il gisait sur une paillasse sous des étagères supportant des fromages frais enveloppés dans des carrés de gaze. Lorsque j'ouvris la porte, il se redressa en clignant les yeux.

Je m'agenouillai auprès de lui et touchai sa peau. Elle était chaude et moite, mais il n'avait pas de fièvre. Il ne semblait pas avoir particulièrement mal, se contentant de battre des paupières d'un air endormi tandis que je l'examinais.

— Quel est son problème ? demandai-je.

— Il a un ver.

Je lançai un regard surpris vers Geillis. Du peu que j'avais vu des îles jusqu'à présent, il était plus que probable que les trois quarts de la population noire, et un nombre non négligeable de Blancs, étaient infestés de parasites intestinaux. Même si ces derniers étaient tenaces et débilitants, la plupart ne mettaient en danger que la vie des très jeunes et des très âgés.

— Il en a probablement plus d'un, rétorquai-je.

Je fis rouler l'esclave sur le côté et lui palpai le ventre. Sa rate était sensible au toucher et légèrement dilatée, mais je ne sentais aucune masse dans l'abdomen qui indiquât une infection intestinale grave.

— Il m'a l'air relativement en bonne santé, conclus-je. Pourquoi le gardes-tu ici dans le noir ?

Comme pour répondre à ma question, l'esclave se ramassa

tout à coup en boule en poussant un cri perçant. Se contractant puis se détendant comme un yoyo, il se réfugia dans un coin de la pièce et se mit à se frapper la tête contre le mur sans cesser de hurler de douleur. Puis, aussi soudainement qu'elle était apparue, la crise passa et il se laissa retomber sur sa paillasse, haletant et trempé de sueur.

— Bon sang ! Qu'est-ce que c'était que ça ? m'exclamai-je.

— Un *loa-loa,* expliqua Geillis, amusée par ma réaction. C'est un ver qui vit dans l'œil, juste sous la surface. Il passe constamment d'un globe oculaire à l'autre en empruntant les fosses nasales. Il semblerait que ce soit très douloureux.

Elle fit un signe du menton en direction de l'esclave couché à ses pieds.

— L'obscurité évite que le ver ne se déplace trop. L'homme qui m'en a parlé a dit qu'il fallait l'attraper assez tôt, tant qu'il est encore près de la surface, avec une longue aiguille à repriser. Sinon, il s'enfonce trop profondément dans l'œil et on ne peut plus le piquer.

Elle alla dans la cuisine et ordonna qu'on apporte de la lumière, puis elle fouilla dans le sac noué autour de ses hanches et en sortit une aiguille en acier de près de huit centimètres.

— Tiens, je t'en ai apporté une, au cas où.

J'écarquillai des yeux horrifiés.

— Mais... tu es folle ?

— Non. Je croyais que tu étais guérisseuse ?

— Oui, certes, mais...

Je lançai un regard à l'esclave, hésitai, puis pris la chandelle qu'on me tendait.

— Apporte-moi un peu de cognac et un petit couteau aiguisé, dis-je à Geillis. Plonge la lame du couteau et l'aiguille dans l'alcool puis tiens-les quelques minutes au-dessus d'une flamme.

Tout en parlant, je soulevai une paupière du malade. Il me fixa, avec un iris marron aux bords étrangement irréguliers, au centre d'une sclérotique jaunâtre injectée de sang. Je cherchai attentivement, approchant la chandelle suffisamment près pour faire contracter sa pupille, mais ne vis rien.

J'essayai l'autre œil et manquai de laisser tomber ma bougie. Il était bien là : un petit filament transparent qui se déplaçait sous la conjonctive. Je réprimai un frisson de dégoût puis pris le couteau fraîchement stérilisé sans lâcher la paupière.

— Tiens-lui fermement les épaules, demandai-je à Geillis. Il ne doit surtout pas bouger.

L'intervention me donnait froid dans le dos mais elle était plus simple à réaliser que je ne l'avais pensé. Je fis une petite incision dans un coin de l'œil puis soulevai la conjonctive de la pointe de l'aiguille. Le ver se dirigea en ondulant vers l'ouverture et je le cueillis doucement sur mon aiguille.

Il n'y avait pas eu de sang. Après un bref débat intérieur, je décidai de laisser les canaux lacrymaux du patient irriguer l'incision. Je n'étais pas équipée pour ce genre de sutures et la plaie était suffisamment petite pour cicatriser seule. Je bandai l'œil du malade puis poussai un long soupir de soulagement, plutôt satisfaite de ma première expérience en médecine tropicale.

— Bon ! dis-je en remettant de l'ordre dans ma coiffure. Où est le suivant ?

Il était dans une remise à l'extérieur de la cuisine, mort. C'était un homme d'âge moyen aux tempes grisonnantes. Je m'accroupis près de lui, ressentant à la fois de la pitié et de la colère.

La cause du décès était évidente : hernie étranglée. La portion gangreneuse de l'intestin saillait sous la peau, l'étirant en laissant une marque verdâtre, bien que le corps fût encore chaud. Le visage de l'homme était figé dans une expression de souffrance intense, et ses membres tordus donnaient une petite idée du supplice qu'il avait dû endurer.

— Pourquoi as-tu attendu ? lançai-je, furieuse, à Geillis. Nous étions tranquillement à bavarder et à prendre le thé pendant que ce malheureux agonisait ? Il est mort il y a moins d'une heure et il devait souffrir depuis des jours ! Pourquoi ne m'as-tu pas amenée tout de suite le voir ?

Ma véhémence ne parut pas le moins du monde la décontenancer.

— Il était déjà perdu ce matin, répondit-elle tranquillement. Ce n'est pas la première fois que je vois un cas pareil. Tu n'aurais pas pu faire grand-chose. Il ne servait plus à rien de se presser.

Je ravalai mes récriminations, sachant qu'elle avait raison. Si j'étais venue plus tôt, j'aurais pu opérer cet homme, mais ses chances de survie auraient été très minces, voire nulles. Corriger la hernie n'était pas si compliqué, même dans ces conditions difficiles : il suffisait de remettre la paroi intestinale en place et de recoudre les couches de tissu musculaires. Mais lorsque la portion d'intestin saillante avait subi une torsion, provoquant une occlusion et le pourrissement de son contenu, comme c'était le cas ici, il n'y avait plus grand-chose à faire.

Je me redressai, puis essuyai mes mains sur un linge imbibé de cognac, essayant de maîtriser mon amertume.

— Puisque je suis ici, proposai-je, je peux examiner les autres esclaves. Mieux vaut prévenir que guérir.

— Oh, ils vont tous bien, dit Geillis d'un air indifférent. Si tu as du temps à perdre, pourquoi pas, mais plus tard. J'attends un visiteur cet après-midi et je voudrais d'abord qu'on discute un peu toutes les deux. Rentrons à la maison, quelqu'un s'occupera de lui.

D'un geste de la main, elle désigna le cadavre à nos pieds, puis elle me prit par le bras et m'entraîna à nouveau vers la cuisine.

Plusieurs femmes travaillaient dans celle-ci. Je remarquai une jeune esclave enceinte, qui brossait les dalles à quatre pattes. Nos regards se croisèrent et je lui souris. Elle détourna aussitôt la tête mais il m'avait semblé entrevoir une lueur de sympathie dans ses yeux. Je me détachai de Geillis.

— Je te rejoins au salon, lui annonçai-je. Je veux jeter un bref coup d'œil à cette jeune femme. Elle ne m'a pas l'air très en forme. Il ne s'agirait pas qu'elle fasse une fausse couche.

Geillis sembla surprise, puis haussa les épaules.

— Elle ? Elle a déjà mis bas deux fois sans le moindre problème. Mais enfin, si ça t'amuse... Ne tarde pas trop, le pasteur a dit qu'il serait là à quatre heures.

Je fis mine d'examiner la jeune femme éberluée en attendant que Geillis disparaisse sous la pergola, puis lui demandai précipitamment :

— Je cherche un jeune garçon blanc s'appelant Ian. Je suis sa tante. Savez-vous où il est ?

La jeune femme, qui ne devait pas avoir plus de dix-sept ans, parut paniquée. Elle lança un regard vers une femme plus âgée qui avait abandonné sa tâche pour venir voir ce qui se passait.

— Non, m'dame, répondit cette dernière. Y a pas de garçons blancs ici. Pas du tout.

La jeune femme baissa les yeux vers le sol, répétant docilement :

— Non, m'dame. On connaît pas votre garçon blanc.

Plusieurs autres femmes arrivaient en renfort et je me retrouvai bientôt cernée par un mur de visages fermés. Parallèlement, je sentis un courant passer entre elles, comme un sentiment partagé de danger, de méfiance et de secret. Ce pouvait n'être dû qu'à l'intrusion d'une étrangère sur leur domaine, à moins qu'elles n'aient peur de quelque chose...

Je ne pouvais trop m'attarder. Geillis risquait de revenir me chercher. Je fouillai hâtivement dans ma poche et en sortis un florin en argent, que je glissai dans la main de la jeune esclave :

— Si vous voyez Ian, dites-lui que son oncle le cherche pour le ramener chez lui.

Sans attendre de réponse, je tournai les talons et sortis de la cuisine.

Sous la pergola, je lançai un regard vers la raffinerie pour tenter d'apercevoir Jamie. La presse était toujours arrêtée. Les bœufs paissaient encore dans le pré. Aucun signe de Jamie, ni d'ailleurs de personne d'autre.

En entrant dans le salon, je m'arrêtai net. Geillis était installée dans son grand fauteuil en rotin, la veste de Jamie étalée sur les genoux, les photos de Brianna dans les mains. Elle entendit mes pas et leva la tête vers moi avec un sourire acidulé :

— Quel beau brin de fille ! Comment s'appelle-t-elle ?

— Brianna, lâchai-je entre mes dents.

J'avançai lentement vers elle, luttant contre l'envie de lui arracher les photos des mains.

— C'est fou ce qu'elle ressemble à son père ! poursuivit-elle. Je savais bien que ce visage me disait quelque chose. Il est bien son père, non ?

— Oui. Rends-les-moi, s'il te plaît.

Cela n'avait plus grande importance, maintenant qu'elle les avait vues. Mais je ne supportais pas de voir ses doigts potelés courant sur le visage de ma fille. Elle esquissa une mouc indécise, comme si elle hésitait à me les rendre, puis tapa le bord de la pile contre son accoudoir pour les remettre en ordre et me les tendit. Je les serrai contre moi un instant, ne sachant pas où les mettre, avant de les glisser dans la poche de ma jupe.

— Assieds-toi, Claire, le café est prêt.

Elle m'indiqua le siège à côté du guéridon sur lequel on avait posé le service à café. Nous bûmes en silence pendant quelques instants. La tasse cliquetait entre mes mains tremblantes, faisant déborder le café dans la soucoupe. Je la reposai et essuyai mes doigts sur ma jupe, me demandant de quoi j'avais donc si peur.

— Deux fois ! dit-elle soudain.

Elle me lança un regard impressionné, avant de s'expliquer plus clairement :

— Tu es passée deux fois à travers les pierres. Non !... *trois* fois, puisque tu es ici aujourd'hui ! Seigneur ! Mais comment ? Comment as-tu fait pour faire le voyage autant de fois et y survivre !

— Je n'en sais rien.

Devant son air sceptique, je me défendis :

— Je t'assure. Je suis juste... passée.

— Comment était-ce ? Etait-ce comme pour moi ? Qu'as-tu vu pendant le voyage ? Est-ce que ce n'était pas terrifiant ? Et ce bruit épouvantable... comme si ton crâne allait exploser...

— Oui, c'était bien comme ça.

Je ne tenais pas à en parler, ni même à y penser. J'avais délibérément chassé de mon esprit ce rugissement de mort et de désintégration, tout comme ces voix chaotiques qui me hurlaient de me joindre à elles.

— Tu avais du sang sur toi pour te protéger ? demanda Geillis. Je ne pensais pas que tu aurais le cran de faire un sacrifice, mais je me suis peut-être trompée. Après tout, tu as fait le voyage trois fois et tu es encore entière.

— Du sang ? dis-je, interdite. Non, je n'avais rien du tout...

Puis je me souvins de cette nuit de 1968 à Craigh na Dun et du cadavre calciné au centre du grand feu de bois.

— Greg Edgars ! m'exclamai-je. Tu ne l'as pas tué parce qu'il t'avait découverte et voulait t'empêcher de partir, n'est-ce pas ? Il était...

— Le sang, répondit-elle simplement. Je ne pensais pas que le passage était possible sans cela.

Elle semblait vaguement surprise.

— Autrefois, les anciens faisaient toujours des sacrifices, expliqua-t-elle. Ils fabriquaient de grandes cages en osier dans lesquelles ils mettaient leurs victimes, puis ils les égorgeaient et les brûlaient au centre du cromlech. Et les pierres, tu ne les as pas utilisées, non plus ?

— Quelles pierres ?

Elle me dévisagea longuement, semblant hésiter à me dévoiler un secret, se caressant les lèvres du bout de la langue. Puis, avec une expression décidée, elle se leva pour se diriger vers le grand âtre noir à l'autre bout du salon, me faisant signe de la suivre.

Elle s'agenouilla et pressa une pierre verdâtre enchâssée dans le cadre de la cheminée, à une trentaine de centimètres au-dessus du sol. Elle s'enfonça légèrement et il y eut un déclic tandis que l'une des ardoises de l'âtre se soulevait légèrement.

— C'est un mécanisme à ressort, m'expliqua fièrement Geillis. C'est un Suédois qui vit à Sainte-Croix, Leiven, qui me l'a installé.

Elle glissa une main dans la cavité dévoilée par l'ardoise et en sortit un coffret en bois. Il était fendu, bosselé et couvert de taches claires, comme s'il avait été plongé dans de l'eau de mer. Je me mordis les lèvres en le voyant, espérant que mon visage ne trahissait pas trop ma surprise. Si j'avais encore hésité à croire que Petit Ian était passé par là, cette fois, je ne pouvais plus douter : ce ne pouvait être que le trésor des soyeux. Heureusement pour moi, Geillis était trop absorbée par le coffret pour me prêter attention.

— C'est un Indien de Calcutta qui m'a appris à faire des médicaments avec des gemmes, m'apprit-elle. Il est venu me trouver pour que je lui donne de la stramoine et, en échange, il m'a enseigné son art. On peut se procurer des poudres de pierres précieuses chez un apothicaire à Londres, mais elles ne sont pas de très bonne qualité. Il vaut mieux utiliser des pierres de seconde qualité, ce qu'on appelle des *nagina*, c'est-à-dire des gemmes de taille moyenne qui ont été polies. Les pierres de première qualité sont taillées en facettes et n'ont pratiquement pas de défaut, mais la plupart des gens ne peuvent pas se permettre de les brûler pour obtenir des *bhamsmas*, à savoir des cendres. Ce sont les *bhamsmas* qu'on utilise pour les préparations.

Elle essayait vainement d'ouvrir le coffret, gonflant les joues et grognant sous l'effort, puis, avec un soupir, elle me le flanqua entre les mains.

— Tiens, vois si tu peux ouvrir cette foutue boîte, tu

veux bien ? Depuis qu'elle est tombée dans l'eau de mer, le mécanisme d'ouverture gonfle chaque fois qu'il fait humide, c'est-à-dire toute l'année.

Le couvercle était censé coulisser entre deux rainures, mais celles-ci avaient été déformées par l'eau.

— Je l'aurais bien cassé à coups de marteau, dit Geillis, mais il paraît que ça porte malheur.

Voyant que je n'y arrivais pas non plus, elle se releva et revint avec un petit canif en nacre. En le glissant doucement dans les interstices, je parvins enfin à tirer le couvercle de quelques centimètres.

— Tiens ! dis-je en lui rendant la cassette.

Au même moment, une servante vint chercher le service à café et je vis Geillis cacher le coffret dans les plis de ses jupes.

— Elles sont tellement fouineuses ! marmonna-t-elle quand la domestique fut ressortie. C'est un des inconvénients des esclaves : il est difficile d'avoir des secrets.

Elle posa la cassette sur la table et tira sur le couvercle. Celui-ci s'ouvrit en grinçant et elle plongea la main à l'intérieur. Je m'étais attendue à les voir, naturellement, mais je fus néanmoins très impressionnée. La beauté des pierres précieuses échappe à toute description. Mi-feu mi-glace, elles étincelaient dans la paume de Geillis en projetant leurs feux dans la pièce. Je me rapprochai instinctivement, fascinée. « *Il y en a un peu* », avait dit Jamie avec son talent tout écossais pour les euphémismes. Certes, il y en avait moins que des brins de paille dans une meule de foin, mais quand même ! Geillis en versa une poignée dans sa poche.

— Au début, je les avais achetées pour leur valeur marchande, m'expliqua-t-elle en tripotant les pierres avec satisfaction. Elles étaient beaucoup plus faciles à transporter que de grands coffres d'or ou d'argent. Je ne savais pas encore qu'elles pouvaient avoir d'autres utilités.

— Quoi, pour faire des *bhamsmas* ?

— Oh, non, pour ça, j'utilise des pierres moins belles. Celles-ci, je les réserve à autre chose.

Elle replongea la main dans le coffret et une nouvelle pluie de feu liquide glissa dans sa poche. Puis elle me regarda d'un air calculateur et m'indiqua la porte à l'autre bout du salon.

— Viens dans mon atelier, proposa-t-elle. Je vais te montrer quelques petites choses qui vont sans doute t'intéresser.

« Intéresser » n'était pas peu dire !

C'était une longue pièce remplie de lumière avec une grande table de travail dans un coin. Des bouquets pendus à des clous séchaient au-dessus de nos têtes ainsi que sur de longues étagères recouvertes de gaze. Des cabinets à tiroirs, des commodes et des bibliothèques vitrées occupaient pratiquement tous les murs.

Il me semblait vaguement avoir déjà vu cette pièce quelque part, puis je me rendis compte qu'elle ressemblait en tout point au laboratoire de Geillis à Cranesmuir, dans la maison de son premier mari. Non, son deuxième, rectifiai-je en songeant à Greg Edgars.

— Combien de fois t'es-tu mariée, au juste ? lui demandai-je avec curiosité.

Elle avait bâti sa fortune avec son second mari, le procureur fiscal de la région de Castle Leoch, contrefaisant sa signature afin de détourner des fonds... avant de l'empoisonner. Cette formule lui ayant réussi, j'imaginai qu'elle avait recommencé. Geillis Duncan était une femme d'habitudes.

Elle marqua une pause pour compter dans sa tête.

— Euh... cinq, je crois. Depuis mon arrivée ici.

— Cinq !

Ce n'était plus une habitude, c'était une drogue !

— Que veux-tu, les hommes anglais supportent mal l'air des tropiques. Fièvres, ulcères, gastrites... un rien les emporte !

Elle tendit la main et caressa un flacon sur une étagère basse. Il ne portait pas d'étiquette, mais j'avais déjà vu de l'arsenic blanc brut. Je fus soulagée de ne rien avoir mangé depuis mon arrivée à Rose Hall.

— Tiens ! dit-elle d'un ton enjoué. Celui-ci devrait t'intéresser.

Se hissant sur la pointe des pieds, elle prit une jarre posée sur une étagère haute.

Elle contenait une poudre grossière manifestement composée de plusieurs éléments. Il y avait des grains bruns, jaunes et noirs, avec des éclats de matières semi-translucides.

— Qu'est-ce que c'est ?

— Du poison de zombie.

— Ah ? fis-je froidement. Je croyais que tu n'avais pas de zombie chez toi.

— Non, rectifia-t-elle en remettant la jarre en place. J'ai dit qu'Hercule était vivant, ce qui est vrai. Mais il est nettement plus docile quand il prend une petite dose hebdomadaire de cette poudre avec ses céréales.

— De quoi est-elle faite ?

— Bof ! d'une goutte de ceci, d'une goutte de cela. L'ingrédient principal semble être une espèce de poisson carré avec des petits points, très drôle à voir. On l'écaille et on le fait sécher sans enlever les viscères. Il y a d'autres choses aussi, mais je ne sais pas très bien quoi.

— Tu ne sais pas ce qu'il y a dedans ! Mais ce n'est pas toi qui l'as préparée ?

— Non. C'est mon ancien cuisinier. Enfin, disons plutôt qu'on me l'avait vendu en qualité de cuisinier. J'aurais préféré me casser un bras plutôt que d'avaler un plat sorti de sa cuisine, ce démon noir. C'était un *houngan*.

— Un quoi ?

— « *Houngan* » est le nom que les Noirs donnent à leurs prêtres-médecins, même si, pour être plus précise, Ishmael disait que ses gens l'appelaient un *onisegun*, ou quelque chose de ce genre.

— Ishmael, hein ? Il est arrivé avec ce nom ?

— Oh, non. Il avait un nom à rallonge imprononçable. L'homme qui me l'a vendu l'appelait « Jimmy », c'est le nom que donnent les commissaires-priseurs à tous les étalons, ne me demande pas pourquoi. C'est moi qui l'ai baptisé Ishmael, après que le vendeur m'eut raconté son histoire.

Ishmael avait été capturé sur la côte du golfe de Guinée et embarqué, avec six cents autres arrachés à leurs villages du Niger et du Ghana, dans les cales du *Perséphone*. En sortant du passage des Caïques, le navire s'était éventré sur le récif de Hogsty, au large de l'île d'Inagua. L'équipage avait tout juste eu le temps de sauter dans les chaloupes de sauvetage.

Les esclaves, enchaînés dans les cales, avaient tous péri noyés. Tous, sauf un... un homme qui avait été remonté des cales peu avant le naufrage pour aider au service, les deux garçons de salle étant morts de la variole au cours de la traversée. Cet homme, abandonné sur le pont par l'équipage du navire, avait survécu en s'accrochant à un tonneau de liqueur, rejeté par les vagues sur une plage d'Inagua deux jours plus tard.

Les pêcheurs qui l'avaient découvert s'étaient davantage intéressés à son radeau de fortune qu'à lui. Toutefois, en ouvrant le fût, ils avaient eu la désagréable surprise d'y découvrir le cadavre d'un homme, plus ou moins bien conservé par l'alcool dans lequel il baignait.

— Je parie qu'ils ont quand même bu la crème de menthe, murmurai-je en songeant aux marins du *Porpoise*.

— Sans doute ! dit Geillis, agacée d'être interrompue dans son récit. Quoi qu'il en soit, j'ai donc décidé de le rebaptiser Ishmael... à cause du cercueil flottant.

— Quelle idée amusante ! la félicitai-je. A-t-on jamais découvert qui était l'homme dans le tonneau ?

— Je ne crois pas. Ils l'ont offert au gouverneur pour son cabinet de curiosités. Il l'a installé dans un grand aquarium en verre rempli de liqueurs.

— Il a fait quoi ?

— Oh, ce n'était pas tant le cadavre lui-même qui l'intéressait, mais plutôt les étranges champignons qui s'étaient développés dessus. Le gouverneur était passionné par ce genre de choses.

L'ancien gouverneur, je veux dire. Il paraît qu'il y en a un nouveau.

Cet ancien gouverneur me paraissait digne de figurer lui-même dans un cabinet de curiosités.

— Cet Ishmael me semble un esclave plein de ressources, déclarai-je. Tu l'as encore ?

— Non, ce chien de nègre s'est sauvé, grogna-t-elle. C'est lui qui m'a concocté le poison de zombie. Mais je n'ai jamais pu lui soutirer sa recette. J'ai pourtant tout essayé, même les méthodes les plus persuasives !

Je n'en doutais pas, après avoir vu les zébrures dans le dos du Noir.

— ... Il prétendait que les femmes ne devaient surtout pas se mêler de médecine, sauf les très vieilles qui n'avaient plus leurs règles. Peuh !

Elle émit un grognement amusé et glissa une main dans sa poche.

— Enfin ! soupira-t-elle. Ce n'est pas pour te raconter tout ça que je t'ai amenée ici.

Elle disposa soigneusement cinq des pierres en cercle sur la table. Puis elle descendit un gros livre ancien d'une étagère.

— Tu sais lire l'allemand ? demanda-t-elle en l'ouvrant avec délicatesse.

— Pas vraiment, dis-je en me rapprochant.

Sur la page de garde était écrit en lettres fleuries : *Hexenhammer.*

— « Le Marteau des sorcières », traduisis-je. De quoi s'agit-il ? De sortilèges ? De magie noire ?

Le scepticisme dans ma voix me valut un regard noir.

— Ecoute, Claire. Ne fais pas la sotte. Qui es-tu, à ton avis. Ou plutôt, qu'est-ce que tu es ?

— Ce que je suis ? fis-je, perplexe.

— Parfaitement. Ou encore, que sommes-nous, toi et moi ?

J'ouvris la bouche, puis la fermai, ne trouvant pas de réponse.

— Exactement, dit-elle d'un air entendu. Tout le monde ne peut pas traverser le menhir. Alors, pourquoi nous ?

— Je n'en sais rien, répondis-je. Et toi non plus, j'en suis sûre. Ne me dis pas que nous sommes des sorcières !

— Ah non ?

Elle arqua un sourcil ironique et tourna quelques pages du livre.

— Il y a des gens qui peuvent quitter leur corps et voyager à des kilomètres, reprit-elle. D'autres les voient errer dans la nature et les reconnaissent, et pourtant on peut prouver que ces gens n'ont *jamais* quitté leur lit. J'ai lu les archives, tous les témoignages... Certaines personnes présentent des stigmates que tu peux toucher et sentir, j'en ai vu une de mes propres yeux.

Mais cela n'arrive pas à n'importe qui, uniquement à certains êtres.

Elle tourna une autre page.

— Lorsque tout le monde peut le faire, déclara-t-elle, c'est de la science. Mais si ce n'est à la portée que de quelques-uns, alors c'est de la sorcellerie, ou de la superstition, appelle ça comme tu voudras.

Ses yeux verts me fixaient en brillant de passion.

— Nous sommes bien réelles, Claire. Toi et moi. Mais nous sommes différentes. Tu ne t'es jamais demandé pourquoi ?

Si. Souvent. Mais je n'avais jamais pu aboutir à une raison satisfaisante et logique. Manifestement, Geillis croyait en avoir trouvé une.

Elle revint devant les pierres qu'elle avait disposées sur la table et les désigna du doigt l'une après l'autre.

— Ce sont des pierres protectrices : améthyste, émeraude, turquoise, lapis-lazuli et rubis mâle.

— Un rubis *mâle* ?

— Pline dit que les pierres ont un sexe. Qui suis-je pour le contredire ? s'impatienta-t-elle. Il n'y a que les rubis mâles qui marchent, les femelles n'ont aucun effet.

Je me retins de lui demander comment elle faisait pour distinguer le sexe des rubis, préférant m'enquérir :

— Qui marchent pour quoi faire ?

— Pour le voyage, pardi ! Une fois que tu as franchi la brèche dans le menhir, les pierres te protègent contre... cette chose qu'il y a entre les deux mondes.

Elle plissa les paupières en réprimant un frisson. Elle était manifestement terrifiée par le passage. Chose que je pouvais comprendre, car je l'étais moi-même.

— En quelle année es-tu partie, la première fois ? me demanda-t-elle.

— 1945, répondis-je. J'ai atterri en 1743, si c'est ce que tu veux savoir.

Je ne tenais pas à lui en dire trop, mais ma curiosité était trop forte. Elle avait raison sur un point : elle et moi étions différentes. Je n'aurais peut-être jamais une autre occasion d'en discuter avec une personne qui en savait autant qu'elle sur le sujet. En outre, plus je la faisais parler, plus cela laissait de temps à Jamie pour chercher Petit Ian.

— Hmm... Cela fait donc un bond en arrière de plus ou moins deux siècles. Dans les légendes des Highlands, lorsqu'un personnage s'endort sur une colline aux fées, il se réveille généralement deux cents ans plus tard.

— Oui, mais pas dans ton cas. Tu n'es partie qu'en 1968 et pourtant, tu vivais déjà à Cranesmuir depuis quelques années quand je suis arrivée.

— Depuis cinq ans, confirma-t-elle d'un air absent. C'est grâce au sang.

— Au sang ?

— Oui, le sang du sacrifice ! s'impatienta-t-elle. Il te permet d'aller plus loin et de mieux contrôler ton voyage. Disons que tu as au moins une petite idée de là où tu vas débarquer. Ce que je ne m'explique pas, c'est comment tu as pu aller, revenir puis repartir sans verser une seule goutte de sang.

— Je ne sais pas. C'est peut-être dû au fait que mon esprit était concentré sur une personne particulière qui se trouvait à l'époque où je voulais aller.

— Vraiment... ? dit-elle, méditative. Comme c'est intéressant...

Elle inclina la tête sur le côté, réfléchissant, puis reprit :

— C'est possible, mais les pierres devraient fonctionner aussi bien. Tout dépend de leur disposition...

Elle sortit une autre poignée de gemmes de sa poche et les étala sur la table, les triant du bout du doigt.

— ... Il faut placer les pierres protectrices à chaque pointe d'une étoile à cinq branches, expliqua-t-elle. Ensuite, tu disposes à l'intérieur d'autres pierres soigneusement choisies en fonction de la direction que tu veux prendre et de la distance à parcourir dans le temps. Puis tu relies chacune d'entre elles avec des lignes de mercure et tu y mets le feu tout en récitant les formules. Naturellement, tu auras préalablement tracé les contours du pentacle avec de la poudre de diamant.

— Naturellement, répétai-je, fascinée.

Elle leva le nez et huma l'air.

— Tu sens ? On ne croirait jamais que les pierres ont une odeur, n'est-ce pas ? Pourtant, c'est le cas quand on les pulvérise.

J'inhalai profondément. Effectivement, je discernais un léger parfum étrange au-dessus de celui des herbes séchées. C'était une odeur sèche, agréable mais indéfinissable... l'odeur des gemmes.

Elle en saisit une qu'elle exposa à la lumière avec un gloussement de triomphe.

— Celle-ci ! C'était celle qui manquait. Je ne la trouvais nulle part sur les îles. C'est alors que j'ai pensé à la cassette que j'avais laissée en Ecosse.

La pierre qu'elle tenait ressemblait à un éclat de cristal noir. Les rayons de soleil la traversaient et pourtant elle brillait comme un morceau de jais entre ses doigts blancs.

— Qu'est-ce que c'est ? demandai-je.

— De la magnétite. Un diamant noir. Les alchimistes l'utilisaient autrefois. Dans le livre, il est écrit que de porter une magnétite sur soi apporte la joie en toutes choses.

Elle émit un rire sonore et inquiétant.

— Si quelque chose peut m'apporter de la joie dans ce maudit passage à travers le temps, je le veux !

— Tu comptes donc repartir ? fis-je, stupéfaite.

— Peut-être, dit-elle avec un sourire énigmatique. Maintenant que j'ai tous les ingrédients nécessaires... mais je n'entreprendrai jamais un tel voyage sans eux, crois-moi !

Elle me dévisagea en secouant la tête d'un air incrédule, murmurant :

— Tu l'as déjà fait trois fois, sans verser de sang. C'est donc possible.

Elle ramassa les pierres étalées devant elle en les balayant d'une main et les laissa retomber dans sa poche, l'air décidée.

— Nous ferions mieux de retourner au salon, annonça-t-elle. Le renard doit être rentré. Fraser, c'est bien son nom ? Il m'a semblé que Clotilde m'en avait annoncé un autre, mais cette sotte n'aura sans doute rien compris, comme d'habitude.

Tandis que nous traversions en sens inverse son long atelier, un petit insecte se faufila sur les dalles devant nous. Dans un réflexe fulgurant, Geillis l'écrasa sous sa semelle avant même que j'aie eu le temps de réagir. Elle contempla un instant la scolopendre à demi écrabouillée qui gigotait à ses pieds, puis se pencha et la ramassa sur un morceau de papier avant de la laisser tomber dans un bocal en verre.

— Tu refuses de croire aux sorcières, aux zombies et aux mystères de la nuit, n'est-ce pas ? me demanda-t-elle avec un sourire sournois.

Elle agita sous mon nez le mille-pattes qui gesticulait toujours, se tordant en cercles frénétiques, puis elle reprit :

— On dit toujours que les légendes sont des chimères à mille pattes, mais, cela dit, elles ont généralement au moins un pied dans la vérité.

Elle saisit un flacon et versa un liquide dans le bocal. Une odeur âcre d'alcool s'éleva dans les airs. La scolopendre, emportée par le tourbillon, se débattit vigoureusement quelques instants, puis retomba doucement au fond de son bocal, ses pattes remuant spasmodiquement. Elle referma soigneusement le flacon et se tourna vers la porte.

— Tu m'as demandé pourquoi nous pouvions passer à travers le menhir, l'arrêtai-je. Tu le sais, toi, Geillis ?

Elle m'adressa un regard surpris par-dessus son épaule.

— Mais pour changer le cours des choses, pardi ! Allez, viens, j'entends ton homme dans le salon.

La chemise de Jamie était trempée de transpiration. Il fit volte-face en nous entendant entrer et je remarquai qu'il contemplait avant notre arrivée le coffret en bois que Geillis avait laissé sur la table. A en juger par son expression, je ne m'étais pas trompée : c'était bien le coffret qu'il avait trouvé sur l'île aux phoques.

— J'ai réussi à réparer votre presse, madame, annonça-t-il. Le cylindre est fendu mais votre contremaître et moi l'avons stabilisé avec des cales. Malheureusement, cela ne durera pas éternellement. J'ai bien peur que vous ne deviez bientôt en racheter une.

Geillis papillonna des yeux, l'air amusée.

— Comme c'est aimable de votre part, monsieur Fraser ! Puis-je vous offrir un rafraîchissement après ce dur labeur ?

Elle avança la main vers sa rangée de clochettes, mais Jamie l'arrêta, ramassant sa veste sur le canapé.

— Je vous remercie, mais nous devons prendre congé. La route est longue jusqu'à Kingston et je souhaiterais être rentré avant la nuit.

Il blêmit soudain et je devinai qu'il venait de palper la poche vide de sa veste. Il me lança un bref regard alarmé, auquel je répondis en lui faisant discrètement signe que j'avais les photos.

— Merci pour ton hospitalité, Geillis, dis-je en prenant mon chapeau et en m'avançant rapidement vers la porte.

Maintenant que j'avais retrouvé Jamie, je n'avais qu'une hâte : m'éloigner de Rose Hall et de sa propriétaire. Toutefois, Jamie avait encore une question à poser à cette dernière.

— Je me demandais, madame Abernathy... commença-t-il... lors de votre séjour à Paris, vous n'auriez pas rencontré une de mes relations, par hasard ?... le duc de Sandringham ?

Elle inclina la tête sur le côté, semblant attendre qu'il développe sa question, puis, comme il ne disait rien, elle hocha la tête.

— En effet, je l'ai rencontré. Pourquoi ?

Jamie lui adressa son sourire le plus charmeur.

— Comme ça... répondit-il, évasif. Simple curiosité.

Le ciel était couvert lorsque nous atteignîmes la barrière du domaine. De toute évidence, nous ne rejoindrions pas Kingston sans nous faire tremper. La première chose que Jamie me demanda dès que nous fûmes hors de portée de la maison fut :

— Tu as les photos de Brianna ?

— Elles sont ici, répondis-je en tapotant ma poche. Tu as trouvé quelque chose ?

Il regarda par-dessus son épaule, comme s'il craignait qu'on nous suive.

— Je n'ai rien pu tirer du contremaître ni d'aucun des esclaves. Ils paraissent tous terrorisés par cette ogresse, et on les comprend ! Mais je sais où est Ian.

— Où ? m'écriai-je aussitôt. Ne peut-on pas y retourner en cachette pour le chercher ?

Je pivotai sur ma selle, regardant derrière moi. Les ardoises de Rose Hall étaient encore visibles entre les arbres. Rien n'aurait pu me forcer à remettre les pieds dans cette maudite maison, mis à part Petit Ian.

— Pas pour le moment, répondit Jamie. Je vais avoir besoin d'aide.

En prétextant d'avoir à chercher du matériel pour réparer la presse, Jamie était parvenu à inspecter le plus gros de la plantation sur un rayon de cinq cents mètres autour de la maison, dont un groupe de cases occupées par les esclaves, les écuries, un hangar abandonné où l'on faisait autrefois sécher les feuilles de tabac et le bâtiment qui abritait la raffinerie. Partout, il ne s'était heurté qu'à des regards intrigués ou hostiles, sauf aux alentours de la raffinerie.

— Le gros malabar qu'on a vu sur la véranda était assis dehors. Chaque fois que je m'approchais un peu trop de lui, le contremaître devenait très nerveux. Il ne cessait de me rappeler, me répétant de garder mes distances avec le Noir.

— Tu penses que cela a un rapport avec Ian ?

— Le malabar était assis devant une porte fichée dans le sol. Elle doit donner sur une cave sous la raffinerie. Si Petit Ian est quelque part sur la propriété, ce ne peut être que là.

— Je suis sûre qu'il est là ! dis-je avec force.

Je lui résumai brièvement ma conversation avec Geillis, ainsi que l'incident avec les filles de cuisine.

— Mais qu'allons-nous faire ? demandai-je. On ne peut pas le laisser là ! Après tout, on ne sait pas ce que lui veut Geillis, mais ce n'est certainement pas innocent !

Il fit une moue hargneuse.

— Innocent ! cracha-t-il avec dépit. Il n'y a pas une once d'innocence chez cette garce ! Le contremaître ne m'a rien dit à propos de Ian, mais il m'a raconté un tas d'autres histoires à te faire dresser les cheveux sur la tête.

Après m'avoir regardée, il ne put réprimer un sourire malgré son inquiétude.

— En parlant de cheveux dressés, *Sassenach,* j'ai comme l'impression qu'il ne va pas tarder à pleuvoir.

— Quel sens de l'observation ! raillai-je en remettant de l'ordre dans mes mèches qui frisaient à vue d'œil. Il te suffisait de lever le nez pour constater que le ciel est noir et que l'air est chargé d'électricité.

Les feuilles des arbres autour de nous frémissaient telles des ailes de papillons tandis que l'orage remontait lentement le versant de la montagne. Je pouvais voir les épais nuages qui se chevauchaient au-dessus de la baie en contrebas, déroulant un rideau de pluie sombre sur la mer.

Jamie se haussa sur ses étriers, regardant autour de nous. Pour mon œil peu habitué, la forêt qui nous environnait semblait dense et impénétrable, mais pas pour un homme accoutumé à vivre dans la nature sauvage.

— Nous ferions mieux de nous trouver un abri, *Sassenach*, conclut-il. Suis-moi.

Nous descendîmes de nos chevaux et, les tirant derrière nous, nous enfonçâmes dans la végétation, suivant ce que Jamie appelait un « chemin de sanglier ». Au bout de quelques minutes, il trouva ce qu'il cherchait : un petit ruisseau qui avait creusé un lit profond dans la terre molle de la forêt. Ses berges escarpées étaient envahies de fougères et de buissons d'un vert sombre et luisant, entrelacés de jeunes arbres tendres.

Il m'envoya couper des fougères. Le temps que je revienne avec mon fardeau, chaque fronde étant aussi longue que mon bras, il avait déjà monté une petite hutte rudimentaire en courbant les troncs souples de plusieurs jeunes arbres et en les attachant à un tronc tombé. Il avait tapissé le tout de branchages des buissons voisins. Dix minutes plus tard, nous étions à l'abri.

Il y eut un moment de silence absolu. Les oiseaux et les insectes s'étaient tus, ayant comme nous senti venir l'orage. Quelques grosses gouttes s'écrasèrent sur le feuillage avec un bruit sec. Puis le déluge commença.

Les orages tropicaux sont soudains et violents. Les cieux s'obscurcissent, puis s'entrouvrent, déversant des litres d'eau en quelques minutes. Tant que la pluie dure, il est impossible de s'entendre parler et une légère brume monte du sol, constituée par la vapeur dégagée par la puissance des gouttes qui percutent le sol.

La pluie mitraillait les fougères au-dessus de nos têtes. Notre toit n'était pas parfaitement étanche et des gouttes me glissèrent dans le cou. Jamie ôta sa veste et me la posa sur les épaules, puis il glissa un bras autour de ma taille et me serra contre lui. En dépit du vacarme épouvantable, je me sentis soudain en sécurité et en paix, délivrée de la tension accumulée pendant la journée. Ici, rien ne pouvait plus nous atteindre.

Je pressai la main libre de Jamie et il m'embrassa doucement. Il sentait bon la terre fraîche, laissant sur ma peau un arrière-goût de sève et de sueur salée.

L'orage cessa aussi abruptement qu'il avait commencé. Quelques gouttes tombaient encore ici et là, et le léger crépitement des feuilles ruisselantes remplaça le vacarme qui résonnait encore à mes oreilles. Une brise douce remontait le lit du ruisseau. Les oiseaux se remirent à chanter, timidement d'abord, puis à gorge déployée. L'air lui-même semblait revenir à la vie, chargé de parfums frais.

Je m'étirai et soupirai d'aise.

— Tu sais, Geillis m'a montré une pierre étrange, une magnétite. C'est une sorte de diamant noir censé t'apporter la joie en toutes choses. Il doit y en avoir une enfouie par ici.

Jamie sourit et renfila sa veste, tapotant sa poche.

— Les photos de Brianna ! s'écria-t-il brusquement.

— Ah oui, j'oubliais ! dis-je en les sortant de ma jupe et en les lui tendant.

Il les feuilleta brièvement une fois, fronça les sourcils, puis les parcourut à nouveau une à une.

— Il en manque une, annonça-t-il.

Je sentis une angoisse sourde me nouer le ventre et la joie du moment s'effaça.

— Tu en es sûr ?

— Je les connais par cœur, *Sassenach*. Il manque celle où elle se tient près du feu.

C'était une photo de Brianna adulte. Elle était assise en tailleur sur un rocher près d'un feu de camp, les coudes posés sur les genoux. Elle regardait droit vers l'appareil sans le voir, le visage songeur, les cheveux tirés en arrière.

— Geillis a dû la voler ! Elle a trouvé les photos dans ta poche pendant que j'étais dans la cuisine.

— Maudite femme ! gémit Jamie. Mais qu'est-ce qu'elle peut bien vouloir faire d'une photo de Brianna ?

— Ce n'était peut-être que par curiosité. Après tout, elle ne peut rien en faire, même pas la montrer à quelqu'un. Qui monterait la voir dans ses montagnes ?

Comme pour répondre à ma question, Jamie me retint soudain par le bras. A quelque distance en contrebas, une ouverture dans le feuillage laissait entrevoir une boucle du chemin de terre qui menait à Rose Hall. Un cavalier vêtu de noir avançait lentement dans la boue, telle une fourmi remontant un fragment de ruban jaunâtre.

— Le visiteur ! me rappelai-je tout à coup. Elle a dit qu'elle attendait un pasteur vers quatre heures !

— Je te parie que c'est le révérend Campbell, grommela Jamie. Qu'est-ce qu'il peut bien vouloir à cette femme ?

Je laissai échapper un petit rire nerveux.

— Il vient peut-être l'exorciser, plaisantai-je.

— Il aura du pain sur la planche ! rétorqua Jamie.

La silhouette noire disparut sous les arbres, mais nous attendîmes quelques minutes avant de rejoindre la route.

— Quel est ton plan pour récupérer Petit Ian ? lui demandai-je lorsque nous fûmes de nouveau en selle.

— Je vais remonter le fleuve avec quelques hommes, Innes,

MacLeod et les autres. Il y a un embarcadère pas loin de la raffinerie. Nous laisserons le bateau là. S'il le faut, nous nous débarrasserons d'Hercule et d'Atlas, puis nous descendrons dans la cave, nous attraperons Ian par le col et nous filerons ventre à terre. Il y aura une nuit sans lune dans deux jours, cela nous laisse tout juste le temps de trouver un bateau et des armes.

— Avec quel argent ?

Nos frais de garde-robe pour la soirée du gouverneur avaient déjà absorbé une bonne partie des bénéfices réalisés avec la vente du guano. Il restait juste assez pour nous nourrir tous une semaine et, éventuellement, pour louer un bateau pendant quelques jours, mais cela ne suffirait pas pour acheter des armes.

Comme il n'y avait aucun fabricant d'armes à feu ou d'épées dans les îles, toutes les armes étaient importées d'Europe et, par conséquent, très chères. Jamie avait encore les deux pistolets du capitaine Raines et les contrebandiers écossais avaient toujours leurs coutelas et leurs couteaux à poisson, mais c'était largement insuffisant pour organiser un raid.

Jamie grimaça et me lança un regard hésitant.

— Je vais être obligé de demander à John de m'aider, dit-il simplement.

Nous chevauchâmes un moment en silence. Cela ne m'enchantait pas, mais je ne voyais guère d'autre solution.

— S'il le faut, soupirai-je. Mais je te demande une chose, Jamie...

— Je sais, m'interrompit-il sur un ton résigné. Tu veux venir avec nous.

— Oui. On ne sait jamais... si Petit Ian était blessé ou malade ?

— D'accord, tu peux venir ! lâcha-t-il, agacé. Mais moi aussi, je te demande une chose, *Sassenach* : essaie de ne pas te faire tuer ou découper en morceaux. Ce serait très éprouvant pour mes nerfs.

— J'essaierai, promis-je prudemment.

61

Le sourire du crocodile

Je ne m'étais pas attendue qu'il y ait autant de monde la nuit sur le fleuve. Lawrence Stern, qui avait insisté pour être de l'expédition, m'expliqua que la plupart des plantations installées dans les montagnes utilisaient le grand cours d'eau comme principale voie d'accès vers Kingston et son port. Les rares routes existantes étaient trop accidentées et généralement réabsorbées par la végétation à chaque saison des pluies.

Nous croisâmes deux petites embarcations et un gros chaland descendant vers la mer tandis que nous remontions laborieusement le courant à la voile. Le chaland, une immense silhouette sombre hérissée de fûts et de balles, glissa silencieusement devant nous tel un iceberg noir, énorme, bossu et menaçant. Les voix des esclaves qui le dirigeaient avec leurs longues perches se répercutaient sur l'eau.

— C'est gentil à vous de nous accompagner, Lawrence, dit Jamie.

Nous étions entassés dans un petit voilier de pêche équipé d'un seul mât. Il contenait avec peine Jamie, les six contrebandiers, Stern et moi-même. Malgré l'inconfort, j'étais contente, moi aussi, que Stern soit venu. Son côté paisible et flegmatique était rassurant.

Dans l'obscurité, je ne voyais que la tache blanche de sa chemise, dont il agitait le devant pour rafraîchir son torse dégoulinant de sueur.

— Je dois avouer que je suis d'un naturel curieux, confessa-t-il. C'est que... j'ai déjà rencontré cette femme.

— Mme Abernathy ? m'étonnai-je. Euh... qu'avez-vous pensé d'elle.

— Oh... elle a été tout à fait charmante. Très... chaleureuse.

Je ne pouvais voir son visage, mais une note mi-gênée mi-attendrie dans le ton de sa voix me disait qu'il n'avait pas été insensible aux charmes de la veuve Abernathy. J'en conclus rapidement que Geillis avait dû vouloir lui soutirer quelque chose. Elle n'était pas du genre à faire du charme à un homme sans avoir une idée derrière la tête.

— Où l'avez-vous rencontrée ? Chez elle ?

D'après les commérages surpris lors de la soirée du gouverneur, Mme Abernathy quittait très rarement sa propriété, voire jamais.

— Oui, à Rose Hall. Je m'y étais arrêté pour demander l'autorisation d'y chasser un insecte rare, un membre de la famille des *Cucurlionidae*, dont j'avais aperçu un spécimen près d'une source sur la plantation. Elle m'a invité à entrer et s'est montrée très... accueillante.

Cette fois, son ironie ne laissait pas planer d'ambiguïté. Jamie, qui ne se faisait pas plus d'illusions que moi sur les motivations et le comportement de Geillis, lui demanda :

— Que voulait-elle ?

— Elle était très intéressée par les spécimens de faune et de flore que j'avais collectés sur l'île. Elle m'a interrogé sur l'habitat et les propriétés de certaines plantes et sur différents endroits des Antilles que j'avais visités au cours de mes recherches. Elle était particulièrement captivée par tout ce que je pouvais lui raconter sur Hispaniola.

Il poussa un soupir nostalgique avant d'ajouter :

— J'ai du mal à croire qu'une femme aussi jolie et cultivée puisse être aussi malveillante que vous le dites, James.

— Jolie, hein ? railla Jamie. Vous ne seriez pas un peu mordu, par hasard ?

Lawrence se mit à rire.

— Mon cher James, au cours de mes recherches, j'ai eu l'occasion d'observer le comportement amoureux d'une espèce de mouche carnivore. Lorsque le mâle veut copuler, il apporte à la femelle un petit morceau de viande ou une proie, méticuleusement emballé dans des fils de soie. Pendant que madame est occupée à défaire son paquet cadeau, il lui saute dessus, la féconde et s'envole aussitôt. En effet, si, par malheur, la femelle termine son repas avant qu'il n'ait achevé sa tâche, ou s'il commet l'erreur fatale de l'approcher sans lui avoir apporté un savoureux présent, c'est lui qu'elle dévore.

Il se mit à rire avant de conclure :

— Non, j'ai été ravi de faire la connaissance de Mme Abernathy, mais je ne tiens pas tellement à la revoir.

— J'espère qu'on aura cette chance, maugréa Jamie.

Ils me laissèrent sur l'embarcadère pour surveiller le bateau, avec l'ordre exprès de ne pas en bouger, puis s'enfoncèrent dans la nuit noire. Jamie m'avait confié un pistolet armé, me recommandant chaudement de ne pas me tirer dans le pied. Son poids dans ma main était réconfortant mais, à mesure que les minutes passaient, je trouvais l'obscurité et le silence de plus en plus oppressants.

De là où je me tenais, je pouvais voir la maison : une longue silhouette oblongue où seules trois fenêtres du rez-de-chaussée étaient allumées. Ce devait être le salon. J'étais étonnée de ne voir aucun signe des esclaves. Toutefois, en fixant les lumières, j'aperçus soudain une silhouette passant devant l'une des fenêtres et mon cœur fit un bond.

Ce n'était pas Geillis. C'était une silhouette haute, mince, dégingandée.

Je lançai des regards affolés autour de moi, me retenant d'appeler. Il était trop tard. Les hommes ne pouvaient plus m'entendre. J'hésitai un instant, mais je ne voyais pas d'autre solution. Je retroussai mes jupes et m'avançai dans le noir vers la maison.

Lorsque j'atteignis la véranda, j'étais en nage et les battements de mon cœur étouffaient tous les autres bruits. Je m'approchai de la première fenêtre, me plaquant contre le mur pour ne pas être vue de l'intérieur.

Tout semblait calme et ordonné. Il y avait un petit feu dans l'âtre dont les flammes se reflétaient sur le parquet lustré. Le secrétaire en bois de rose de Geillis était ouvert et la tablette jonchée de papiers et de piles de livres anciens. Je ne voyais personne, mais seule une partie du salon était visible de là où je me tenais.

Mes mains tremblaient. Je progressai doucement sur la pointe des pieds, jetant des regards nerveux par-dessus mon épaule à chaque pas, m'attendant à voir Hercule surgir dans mon dos.

La maison dégageait une étrange impression d'abandon. Je n'entendais aucune des voix étouffées des esclaves, comme lors de ma précédente visite. Il n'y avait rien d'anormal à ce que ceux qui travaillaient dans les champs disparaissent dans leurs quartiers à la nuit tombée, mais il y aurait dû y avoir encore des domestiques dans la maison. Qui avait préparé le feu dans la cheminée et qui servait les repas ?

La porte-fenêtre était grande ouverte. Je tendis l'oreille. Il me sembla entendre un léger bruissement dans la pièce, comme quelqu'un tournant les pages d'un livre. J'avançai encore d'un pas et tendis le cou. L'impression de désertion était encore plus prononcée depuis mon nouvel angle de vue : des fleurs fanées oubliées dans un vase sur un coffre, une tasse de thé à moitié bue et sa soucoupe abandonnées sur un guéridon. Mais où était donc passé tout le monde ?

Il y eut encore ce bruit de pages qui tournaient et je penchai la tête dans le salon. Quelqu'un était venu s'asseoir devant le secrétaire, me tournant le dos. Un homme grand, aux épaules étroites, sa longue chevelure noire retombant sur les pages qu'il était en train de lire.

— Ian ! appelai-je le plus doucement possible. Ian !

La silhouette tressaillit, repoussa sa chaise et se tourna en se relevant, les yeux plissés pour voir dans la pénombre.

— Merde ! lâchai-je.

— Madame Malcolm ? dit le révérend Campbell en écarquillant les yeux.

Je déglutis, essayant de ravaler le nœud dans ma gorge. Le révérend parut aussi stupéfait que moi, mais cela ne dura qu'un instant. Il s'approcha d'un pas leste, durcissant ses traits.

— Que faites-vous ici ? demanda-t-il.

— Je... je cherche le neveu de mon mari.

Il n'y avait aucune raison de mentir. En outre, il savait peut-être où se trouvait Ian.

— Mme Abernathy n'est pas avec vous ? demandai-je.

— J'ignore où elle est passée, dit-il en fronçant les sourcils. Elle semble être partie. Que voulez-vous dire, « le neveu de mon mari » ?

— Partie ? Mais où ?

— Puisque je vous dis que je n'en sais rien ! Elle avait disparu quand je me suis levé ce matin, ainsi que tous ses esclaves, apparemment. Vous parlez d'une façon de traiter ses invités !

Je me détendis légèrement. Au moins, je ne risquais pas de me trouver nez à nez avec Geillis.

— En effet, dis-je, voilà qui est bien cavalier de sa part. Vous n'auriez pas vu un garçon d'une quinzaine d'années, par hasard ? Il est très grand et maigre, avec d'épais cheveux bruns. Non, hein ? Bon, eh bien... dans ce cas, je ne vais pas vous déranger plus longtemps...

— Un instant !

Il m'agrippa le bras et je m'arrêtai net, surprise par sa force.

— Comment s'appelle votre mari ?

— Eh bien... Alexander Malcolm ! répondis-je en tentant de me libérer. Vous le savez bien !

— Dans ce cas, comment se fait-il que, lorsque je vous ai décrits à Mme Abernathy, vous et votre mari, elle m'ait dit que vous vous appeliez Fraser ? D'après elle, son véritable nom serait James Fraser.

— Ah ! fis-je.

Je cherchai précipitamment une explication plausible. Vainement. Improviser rapidement des mensonges n'avait jamais été mon fort.

— Qui est votre mari, madame ? insista-t-il.

— Ecoutez, dis-je sans cesser de tirer sur mon bras, vous vous trompez à propos de Jamie. Il n'a rien à voir avec votre sœur. Il m'a dit...

Ses doigts s'enfoncèrent un peu plus dans ma chair.

— Vous lui avez parlé de Margaret ?

— Oui. Il a répondu que ce n'était pas lui que votre sœur était allée retrouver à Culloden, mais un ami à lui, Ewan Cameron.

— Vous mentez ! A moins que ce ne soit lui qui vous ait menti. Peu importe. Où est-il ?

Il me secoua par le bras et je tirai un coup sec, parvenant enfin à lui faire lâcher prise.

— Puisque je vous dis qu'il n'a rien à voir avec votre sœur ! répétai-je en reculant d'un pas.

Je me demandais comment filer d'ici sans qu'il se lance aussitôt à la recherche de Jamie, faisant un raffut du diable et rameutant toute la plantation. Huit hommes pouvaient sans doute maîtriser cette montagne de chair qu'était Hercule, mais pas une centaine d'esclaves.

— Où est-il ? tonna le révérend.

— A Kingston ! répondis-je.

Je lançai un regard de biais vers la véranda. Je pouvais probablement m'enfuir par là sans qu'il m'attrape, mais après ? Si c'était pour qu'il me course à travers toute la propriété, autant rester ici.

Ce ne fut qu'après m'être tournée à nouveau vers le révérend que j'enregistrai enfin ce que je venais d'apercevoir sur la véranda. Je sursautai. Ping An était tranquillement perché sur la balustrade, lustrant ses ailes. Campbell, lui, ne pouvait l'avoir vu d'où il se tenait.

— Qu'est-ce que c'est ? demanda-t-il. Qu'y a-t-il là, au-dehors ?

— Ce n'est qu'un oiseau, répondis-je en lui tournant le dos.

M. Willoughby devait être dans les parages. Les pélicans étaient nombreux dans les embouchures des fleuves ou sur les plages, mais je n'en avais jamais vu aussi loin à l'intérieur des terres.

— Je doute que votre mari soit à Kingston, reprit le révérend. Mais si c'est le cas, il va sûrement venir vous chercher.

— Oh non ! dis-je en faisant de mon mieux pour paraître sûre de moi. Jamie ne viendra pas jusqu'ici. Je suis venue seule me reposer chez Geillis... Mme Abernathy. Mon mari ne m'attend pas avant le mois prochain.

Il n'en crut pas un mot, naturellement, mais il ne pouvait pas dire grand-chose. Il pinça les lèvres puis demanda, la bouche en cul-de-poule :

— Ainsi, vous êtes une amie de notre hôtesse ?

Heureusement, je connaissais un peu la maison. N'étant pas

là, les domestiques ne pouvaient pas me contredire. Il se tint immobile un long moment, puis acquiesça d'un air sombre.

— Je vois, dit-il. Vous savez peut-être où est partie Mme Abernathy et quand elle compte rentrer ?

Je commençais effectivement à avoir une vague idée de sa destination, mais je doutais que le révérend Campbell soit réellement disposé à l'entendre.

— Je crains que non, répondis-je. Je... euh... je suis partie hier rendre visite à une autre amie qui vit sur une plantation voisine. Je viens juste de rentrer.

Le révérend m'examina attentivement. Je portais justement une tenue de cheval, mais uniquement parce que je n'avais rien d'autre à me mettre, hormis ma robe violette et mes deux vieilles jupes en toile.

— Mmphm... fit-il.

Ses grandes mains osseuses s'ouvraient et se refermaient le long de ses cuisses, comme s'il ne savait pas trop quoi en faire.

— Je ne veux pas vous ennuyer plus longtemps, lui dis-je avec un charmant sourire. Je vois que vous étiez en train de travailler.

— Ma tâche est terminée, rétorqua-t-il. Je recopiais simplement quelques documents que Mme Abernathy m'avait demandés.

— Comme c'est intéressant.

Avec un peu de chance, je pourrais peut-être m'en sortir en échangeant quelques amabilités avec lui, puis en m'éclipsant sous prétexte de monter dans ma chambre. Après quoi, je n'aurais plus qu'à me glisser à l'extérieur par une des fenêtres du premier étage.

— Vous vous intéressez peut-être, comme notre hôtesse et moi-même, à l'histoire de notre beau pays ? demanda-t-il.

Son regard se fit perçant et, avec un serrement de cœur, je reconnus dans ses yeux la lueur fanatique du chercheur passionné.

— Oh, c'est sûrement tout à fait passionnant, minaudai-je en m'approchant de la porte, mais personnellement, je ne connais pas grand-chose à...

Mon regard venait de se poser sur le premier document de la pile posée sur le secrétaire. C'était un arbre généalogique. A force de vivre au côté de Frank, j'en avais vu des centaines, mais j'aurais reconnu celui-ci entre tous. C'était celui de la famille des Fraser. Le nom « *Fraser de Lovat* » était même inscrit en lettres capitales en haut de la page. Il débutait vers le début du XVe siècle et occupait toute la page. Je lus le nom de Simon, le lord jacobite exécuté pour avoir pris part au soulèvement de Charles-Edouard Stuart, et celui de ses enfants et petits-enfants. En haut, dans un coin de la feuille, accompagné du signe qui indiquait les enfants illégitimes, se trouvaient le père de Jamie,

Brian Fraser, et dessous, écrit en petites lettres noires, *James A. Fraser*.

Le révérend, qui m'observait avec un petit sourire en coin, remarqua mon malaise.

— Oui, n'est-ce pas ? dit-il. Comme c'est drôle que cela tombe sur les Fraser !

— Qu'est-ce qui... *tombe* sur les Fraser ?

Malgré moi, je m'approchai du secrétaire.

— La prophétie, voyons ! Vous ne saviez pas ? Remarquez, cela peut s'expliquer, votre mari étant un descendant illégitime...

— Non, je ne vois pas du tout de quoi il s'agit, le coupai-je.

— Aha !

Il commençait manifestement à s'amuser et se fit un plaisir de me mettre au parfum :

— Je croyais que Mme Abernathy vous en avait parlé. Je m'étonne qu'elle ne l'ait pas fait. Elle est tellement passionnée par cette histoire qu'elle m'a écrit à Edimbourg pour avoir des éclaircissements.

Il feuilleta rapidement la liasse de papiers sur la table et en sortit un texte rédigé en gaélique.

— Voici le texte original de la prophétie, annonça-t-il.

Il m'agita la pièce à conviction numéro un sous le nez.

— Elle a été faite par le devin Brahan. Vous avez entendu parler de lui, je suppose ?

Son ton était sceptique mais j'avais effectivement entendu parler du devin Brahan, une sorte de Nostradamus du XVIe siècle.

— Oui, répondis-je. C'est une prophétie qui concerne les Fraser ?

— Les Fraser de Lovat, en effet. Le langage est poétique, comme je l'ai indiqué à Mme Abernathy, mais néanmoins clair. Il annonce que le nouveau souverain d'Ecosse sera issu de la lignée des Lovat, ceci après l'éclipse des « rois de la rose blanche », une référence à ces papistes de Stuart, naturellement.

Il lança un regard de dédain vers les roses blanches tissées dans le tapis, avant de reprendre :

— Il y a d'autres références dans la prophétie mais elles sont plus cryptiques. Nous ne savons pas, par exemple, en quelle année ce nouveau souverain montera sur le trône, ni s'il s'agit d'une homme ou d'une femme. Il y a quelques divergences d'interprétation, notamment du fait des différentes traductions du texte original...

Je ne l'écoutais plus. Si j'avais encore des doutes sur l'endroit où Geillis était allée, ils fondaient à vue d'œil. Obnubilée par l'assujettissement de l'Ecosse à l'Angleterre, elle avait œuvré pendant dix ans à la restauration de la maison Stuart. Ses espoirs de reconquête s'étaient évanouis à Culloden et elle semblait n'avoir plus que du mépris pour les derniers Stuart encore en vie. Cela pouvait s'expliquer en partie si elle avait désormais un autre projet en tête pour restaurer la souveraineté de l'Ecosse.

Mais où pouvait-elle aller ? En Ecossse, pour s'occuper de la descendance des Lovat ? Non, elle comptait repartir dans le futur. Notre conversation quelques jours plus tôt ne laissait planer aucun doute sur ce sujet. Elle s'y était longuement préparée, rassemblant ses ressources, récupérant, entre autres, le trésor laissé vingt ans auparavant sur l'île aux phoques, et complétant ses recherches.

Je fixais le papier avec une fascination mêlée d'effroi. Naturellement, la généalogie n'était établie que jusqu'au XVIIIe siècle. Geillis savait-elle quels seraient les descendants des Lovat dans les siècles à venir ?

Je relevai les yeux vers le révérend Campbell pour lui poser une question mais les mots se figèrent dans ma gorge. M. Willoughby se tenait sur le seuil de la véranda.

Le petit Chinois était en piteux état. Son pyjama de soie était déchiré et maculé de boue, et son visage rond marqué par la fatigue et l'inanition. Il me lança un bref coup d'œil, mais toute son attention était concentrée sur le révérend Campbell.

— Homme très saint ! appela-t-il.

Le révérend fit un bond tel qu'il renversa un vase. Une cascade de fleurs et d'eau se déversa sur les feuilles de papier. Avec un cri rageur, il les arracha du secrétaire et les secoua frénétiquement avant que l'encre ne coule.

— Regardez ce que vous avez fait ! dit-il d'une voix aigre. Espèce de... de... de sale assassin !

— Moi assassin ?

M. Willoughby secoua lentement la tête sans quitter le révérend des yeux.

— Moi pas assassin. Homme très saint être assassin.

— Allez-vous-en ! cracha Campbell. Comment osez-vous vous introduire dans la maison d'une dame après ce que vous avez fait ?

— Moi connaître vous.

Le Chinois parlait d'une voix basse et monotone. Son regard fixe avait quelque chose d'inquiétant.

— Moi voir vous, reprit-il. Voir vous dans chambre rouge, avec femme qui rit. Moi voir vous avec sales putains, à Edimbourg.

Très lentement, il leva la main et glissa un doigt sous sa gorge.

— Vous tuer. Tuer beaucoup. Moi voir homme très saint.

Le révérend Campbell était livide. Je n'aurais su dire si c'était la peur ou la rage. Je n'en menais moi-même pas large.

— Monsieur Willoughby... commençai-je.

— Moi pas Willoughby, m'interrompit-il sans me regarder. Moi, Yi Tien Cho.

— Sortez d'ici, rugit le révérend, hors de lui. Sortez d'ici tout de suite !

Il avança vers le Chinois, les poings fermés. M. Willoughby ne cilla pas, semblant indifférent à la menace.

— Mieux vous partir, première épouse, me dit-il calmement. Homme très saint aimer femmes sans tête.

— Mais allez-vous vous taire ! vociféra Campbell. Pour la dernière fois, je vous demande de sortir !

— Ne bougez pas, révérend.

Les mains tremblantes, je pointai le pistolet de Jamie sur lui. A ma grande surprise, il m'obéit, me dévisageant avec stupeur. Malheureusement, je ne savais pas trop ce que je devais faire à présent.

— Monsieur Will... monsieur Yi Tien Cho, demandai-je, avez-vous vu le révérend en compagnie de Mme Alcott lors de la soirée du gouverneur ?

— Moi voir lui tuer elle. Vous tirer, maintenant.

— Ne soyez pas ridicule ! glapit le révérend.

Se tournant vers moi, il essaya de retrouver son air digne, ce qui était assez difficile dans la mesure où son visage dégoulinait de transpiration.

— Madame Fraser... chère madame, vous n'allez tout de même pas croire un mot de ce que raconte ce sauvage, qui est lui-même...

— Pourtant, je vous ai vu ce soir-là chez le gouverneur, l'interrompis-je. Je vous ai également vu à Edimbourg, le lendemain du jour où une prostituée a été retrouvée assassinée, au-dessus de la taverne du *Hibou vert*. D'après Nellie Cowden, vous étiez en ville depuis deux ans. Or c'est à la même époque que le monstre d'Edimbourg a commencé à sévir.

— Mais lui aussi, il vivait à Edimbourg ! se défendit le révérend en désignant le Chinois d'un doigt.

Ses couleurs commençaient à lui revenir. Sans cesser de me montrer Willoughby, il cracha :

— Vous préférez croire celui qui a trahi votre mari ?

— Qui ?

— Lui ! renchérit le révérend, exaspéré. C'est cette espèce de diarrhée jaune qui a vendu Fraser à sir Percival. C'est sir Percival qui me l'a dit lui-même !

Je manquai en lâcher mon arme. Les événements se précipitaient un peu trop rapidement pour moi. J'espérais que Jamie et ses hommes avaient déjà retrouvé Petit Ian et que, ne me trouvant pas à l'embarcadère, ils ne tarderaient pas à venir me chercher dans la maison.

Du bout de mon pistolet, je fis signe au révérend de reculer. Je comptais le conduire de l'autre côté de la pergola pour l'enfermer dans une des pièces de la cuisine. C'était tout ce que j'avais trouvé.

— Vous feriez mieux... commençai-je.

Il plongea vers moi et je pressai la détente. Il y eut une détonation et l'arme tressaillit au bout de mes mains, projetant un nuage de poudre noir qui me fit larmoyer.

Je l'avais raté. L'explosion l'avait surpris, mais je voyais déjà ses traits se relâcher avec satisfaction. Il glissa une main dans la poche intérieure de sa veste et en extirpa un long étui en métal ciselé. De l'une de ses extrémités pointait un manche en corne blanche.

Avec l'horrible clarté des moments de panique, je remarquai tout, de l'encoche sur la lame de la dague au parfum de la rose qu'il écrasa sous son pied en avançant vers moi.

Je n'avais aucun endroit où me retrancher. Je voûtai mes épaules et brandis mes poings fermés devant moi, m'apprêtant à lutter tout en sachant que le combat était perdu d'avance. Il y eut un éclat bleuté dans un coin de mon champ de vision, suivi d'un bruit creux, comme si on venait de lancer une pastèque du haut d'un balcon. Le révérend pivota lentement sur un seul talon, les yeux grands ouverts et le regard très, très vide. L'espace d'un instant, il ressembla fortement à sa sœur. Puis il s'effondra.

Il tomba d'un bloc, sans mettre une main devant lui pour se protéger. Dans sa chute, il renversa l'un des guéridons, éparpillant sur le parquet les fleurs séchées du pot-pourri et une pluie de pierres dépolies. Son crâne heurta le sol à mes pieds, rebondissant une fois.

Il avait une horrible marque bleutée à la tempe. Tandis que je l'observais, ahurie, son teint changea de couleur, passant du rouge pivoine à un blanc crayeux. Sa poitrine se souleva, s'affaissa, puis se souleva à nouveau. Il avait les yeux toujours grands ouverts, ainsi que la bouche.

— Tsei-mi être ici, première épouse ?

Le Chinois était en train de ranger son sac de boules magiques dans sa manche.

— Oui, répondis-je. Là, dehors.

Je fis un geste vague vers la véranda.

— Que... il... c'est vrai ? balbutiai-je. C'était vraiment vous ? C'est vous qui avez indiqué à sir Percival le lieu du rendez-vous, à Arbroath ? Qui lui avez parlé de Malcolm et de l'imprimerie ?

Il ne répondit pas. Il contemplait le révérend Campbell à ses pieds. Celui-ci semblait mort, mais ne l'était pas... pas encore. Cela dit, la grande faucheuse n'était pas loin : sa peau prenait déjà une teinte verdâtre. J'avais pu remarquer auparavant ce phénomène sur des hommes agonisants. Toutefois, il respirait encore.

— Tompkins s'était trompé, méditai-je à voix haute. Ce n'était pas un Anglais qui avait trahi. Mais un homme portant un nom anglais, Willoughby.

— Pas Willoughby ! lança-t-il avec agressivité. Yi Tien Cho !

— Mais pourquoi ? m'écriai-je. Qu'est-ce que Jamie vous a fait ! Pourquoi ?

Il détourna le regard. Ses yeux étaient noirs et ronds comme des billes, mais ils avaient perdu leur éclat.

— En Chine, dit-il, nous avoir prophétie. Un jour, fantômes venir. Tout le monde avoir peur fantômes. Moi quitter la Chine pour sauver ma vie. Mais dans nouveau pays, fantômes être partout, tout autour de moi. Un grand fantôme venir, avec horrible visage blanc, cheveux de feu. Moi peur lui manger moi. Tsei-mi manger mon âme. Moi, plus Yi Tien Cho.

— Mais il vous a sauvé la vie !

— Oui. Meilleur moi mourir. Mieux être mort que Willoughby. Willoughby, peuh !

Il cracha sur le parquet avec une grimace de dégoût, les traits déformés par la colère.

— Tsei-mi parler mes mots ! Tsei-mi moi manger !

Sa crise de fureur sembla passer aussi vite qu'elle était apparue. Il transpirait abondamment, bien qu'il ne fît pas particulièrement chaud dans la pièce. S'essuyant le front du revers de la main, il poursuivit :

— Un jour, moi entrer dans taverne. Moi très soûl. Moi vouloir femme, mais femme pas vouloir moi. Elle dire moi gros ver jaune. Homme venir et demander pour Mac-Doo. Moi dire : « Oui, lui connaître. »

Il fixa de nouveau le révérend. La poitrine de celui-ci se soulevait toujours.

— Moi déshonoré. Maintenant, moi être fantôme aussi. Mais moi payer dette. Première épouse dire à Tsei-mi : vie de première épouse, contre vie de Yi Tien Cho.

Il tourna les talons et sortit par la porte-fenêtre. Je sentis une brise filtrer entre mes jambes puis il n'était plus là. J'entendis le bruit sourd de ses pas feutrés sur les planches de la véranda, suivi d'un bruissement de plumes ainsi que d'un doux et plaintif « *Gwaa !* » qui mourut dans les bruits de la nuit.

Je me laissai tomber sur le canapé et posai le front sur mes genoux, priant le ciel de ne pas tourner de l'œil. Il me sembla entendre un gémissement et je redressai aussitôt la tête, prise de panique. Mais le révérend Campbell était toujours inerte.

Incapable de rester plus longtemps dans la même pièce que lui, je me levai et le contournai en laissant le plus d'espace possible entre lui et moi. Cependant, avant d'avoir atteint la porte de la véranda, je changeai d'avis. Tous les événements de la soirée se bousculaient dans ma tête comme les fragments d'un kaléidoscope.

Je n'arrivais pas à réfléchir et à mettre de l'ordre dans mes pensées, mais je me souvins des paroles qu'avait prononcées le révérend avant que Yi Tien Cho ne fasse son apparition. S'il y avait une clé au mystère de la disparition de Geillis, elle était dans son atelier. Je pris une chandelle sur un guéridon, l'allumai, et m'enfonçai dans la maison noire, résistant à l'envie de regarder derrière moi.

L'atelier était sombre mais une étrange lueur violette flottait au-dessus de la table de travail. Il y avait également une forte odeur de brûlé qui me picota les sinus et me fit éternuer. Le léger arrière-goût métallique dans le fond de ma gorge me rappela un lointain cours de chimie.

Le vif-argent. Du mercure brûlé. La vapeur qu'il dégageait était aussi belle que toxique. Je sortis un mouchoir de ma manche et le plaquai sur mon nez, avançant vers la lumière violette.

Les lignes de l'étoile à cinq branches avaient laissé leurs empreintes calcinées dans le bois de la table. Si Geillis avait utilisé les pierres précieuses, celles-ci étaient parties avec elle. En revanche, elle avait laissé autre chose...

Les coins de la photographie étaient fortement écornés mais l'image était intacte. Mon sang se glaça dans mes veines. Je saisis le portrait de Brianna et le serrai contre mon cœur, prise d'un mélange de fureur et de panique.

Qu'avait-elle voulu signifier par cette... profanation ? Ce ne pouvait pas être un geste destiné à nous atteindre, Jamie et moi, car elle ne pouvait pas deviner que l'un d'entre nous entrerait dans son atelier.

Ce devait être de la magie... revue et corrigée à la sauce de Geillis. Je tentai désespérément de me souvenir de la conversation que nous avions eue dans cette même pièce. Qu'avait-elle dit ? Elle voulait savoir comment j'avais pu revenir à travers le menhir fendu. Et que lui avais-je dit ? Quelque chose de vague... au sujet de me concentrer sur une personne. Oui, c'était cela. J'avais répondu que j'avais fixé toute mon attention sur une personne se trouvant dans l'époque où je voulais aller.

Une angoisse sourde me tordit les viscères. Il n'y avait qu'une seule explication plausible : Geillis avait décidé d'associer ma technique, si on pouvait l'appeler ainsi, à la sienne, et d'utiliser Brianna comme point d'ancrage pour son voyage vers le futur. Ou encore... je revis la pile de papiers bien ordonnés sur laquelle le révérend Campbell était penché, le tableau généalogique... et je crus m'évanouir.

— « *L'une des prophéties du devin Brahan,* avait-il expliqué, *concerne les Fraser de Lovat. Le prochain souverain d'Ecosse sera issu de cette lignée.* »

Grâce aux recherches de Roger Wakefield, je savais, ce que Geillis savait certainement aussi, obsédée comme elle l'était par l'histoire écossaise, que la branche directe des Lovat s'était éteinte au début du XIXe siècle. En apparence du moins. Par un concours de circonstances imprévisible, il y avait un seul survivant de cette lignée vivant encore en 1968 : Brianna.

Ma tête me tournait. Il me fallut un certain temps avant de réaliser que le grondement sourd que j'entendais provenait de ma propre gorge, et plus de temps encore pour desserrer les mâchoires.

Je fourrai la photo mutilée dans ma poche et tournai les talons, courant vers la porte comme si l'atelier était hanté par des démons. Il fallait que je retrouve Jamie, et rapidement !

Ils n'étaient pas là. Le bateau était vide, se balançant doucement sous le goyavier géant où nous l'avions laissé. Mais de Jamie et de ses hommes, aucune trace.

L'un des champs de canne à sucre s'étirait sur ma droite, entre moi et le rectangle sombre de la raffinerie. La légère odeur de caramel brûlé était perceptible depuis l'embarcadère. Un frisson d'angoisse me parcourut. Mais que faisait Jamie ! Il aurait dû être de retour depuis longtemps.

J'escaladai la crête de terre qui bordait le champ, dérapant dans la boue. Deux torches brûlaient sous le porche d'entrée de Rose Hall, formant deux taches jaunes qui tremblaient au loin. Mais il y avait une autre source de lumière, à peine un halo, plus près, sur la gauche de la raffinerie. A sa lueur dansante, je devinai un grand feu de camp. Un lointain bruit de voix me parvenait de cette direction, une sorte de chant plaintif.

J'avançai lentement le long du champ, ne voyant pas où je mettais les pieds. Soudain, je perçus une autre odeur, nettement moins agréable que celle du caramel brûlé, une odeur de viande pourrie. Je fis un nouveau pas en avant.

Soudain, ce fut comme si la terre venait de s'ouvrir sous mes pieds et qu'un énorme objet venait d'en jaillir. Un coup brutal me faucha sous les genoux et je me sentis soulevée de terre.

Mon cri d'effroi alla de pair avec un autre bruit affreux, une sorte de grondement sourd qui me confirma que je me trouvais à deux pas de quelque chose de gros, de vivant et empestant la charogne. Je ne savais pas ce que c'était, mais sentis d'instinct qu'il valait mieux ne pas chercher à le découvrir.

J'avais atterri lourdement sur les fesses. Je me retournai et filai à quatre pattes dans la boue et les feuilles mortes, suivie de très près par un grondement sourd et un sifflement menaçant. Quelque chose heurta mon pied et je me redressai, me mettant à courir comme une folle droit devant moi.

Dans ma panique, je ne vis pas la lumière qui se rapprochait, jusqu'à ce que l'homme se dresse devant moi. Je le percutai de plein fouet et il laissa tomber la torche qu'il brandissait. Sa flamme s'éteignit dans l'herbe humide avec un grésillement.

Des mains agrippèrent mes épaules et il y eut des cris tout autour de moi. J'avais la joue écrasée contre un torse imberbe qui dégageait un fort parfum musqué. Je retrouvai mon équilibre en haletant et m'écartai légèrement pour lever le nez et voir le visage interdit d'un grand esclave noir.

— Madame ? Qu'est-ce que vous faites ici ? demanda-t-il.

Avant que j'aie pu répondre, son attention fut détournée par la scène qui se passait dans mon dos. Il lâcha mes épaules et je me retournai.

Six Noirs encerclaient la bête. Deux d'entre eux portaient des torches qu'ils levaient bien haut pour éclairer les quatre autres. Vêtus d'un simple pagne noué autour des reins, ils tournaient prudemment autour du monstre en pointant des lances.

Mes jambes vibraient encore du coup qu'elles avaient reçu. Lorsque je compris ce qui m'avait frappée, elles manquèrent lâcher. Il faisait près de quatre mètres, avec un corps caparaçonné de la largeur d'un tonneau de rhum. Sa longue queue balaya brusquement un côté et l'homme le plus proche eut juste le temps de sauter en l'air pour l'éviter. Le saurien tourna la tête vers lui et ouvrit grand la gueule, émettant un sifflement.

Ses mâchoires se refermèrent en claquant et j'aperçus ses grandes dents de carnassier qui pointaient sur sa mâchoire inférieure, lui conférant un sourire diabolique.

Les hommes armés de lances essayaient manifestement de l'énerver, le dardant de coups de-ci de-là. Ils y réussirent à merveille. Le crocodile enfonça ses énormes pattes plates dans la boue, puis bondit en avant. Sa charge était d'une efficacité fulgurante. L'homme devant lui poussa un cri et fit un bond en arrière, glissa dans la boue et tomba à la renverse.

Le Noir que j'avais heurté plongea en avant et atterrit sur le dos de la bête. Les hommes portant des torches dansèrent autour de lui, criant des encouragements, et l'un des lanciers, plus hardi que les autres, frappa sur le crâne du crocodile pour détourner son attention.

L'esclave couché sur le reptile creusait des tranchées dans la boue avec ses talons, tentant de l'immobiliser, puis, avec une témérité suicidaire, il tendit les deux mains vers la gueule de l'animal. Glissant un bras autour de son cou, il parvint à lui fermer les mâchoires de son autre main, puis cria quelque chose à ses compagnons.

Soudain, un huitième personnage que je n'avais pas encore vu s'avança à la lumière. Il mit un genou à terre devant le couple qui se débattait et, d'une main sûre, glissa une corde nouée autour des mâchoires du grand saurien. Les cris se muèrent en un hourra triomphal, aussitôt interrompu par un ordre sec du nouveau venu.

Il se redressa et esquissa des gestes brusques, donnant ses instructions. Il ne parlait pas en anglais, mais le sens de ses paroles était clair : la grande queue s'agitait encore librement, cinglant l'air avec une puissance qui aurait facilement broyé les jambes de quiconque se trouvait sur son chemin. Devant une telle force, il était miraculeux que je tienne encore debout.

Le cercle des lanciers se resserra, conformément aux ordres de leur chef. Dans mon état de choc et devant l'irréalité de la scène, j'avais à peine été surprise en reconnaissant Ishmael.

— *Huwe !* cria celui-ci.

Il retourna plusieurs fois les mains d'un petit geste sec, montrant ses paumes. Deux des lanciers parvinrent à glisser leur pique sous le ventre de la bête, un troisième sous son poitrail.

— *Huwe !* tonna encore Ishmael.

Les trois hommes poussèrent de concert sur leur lance, faisant levier. Avec un bruit de succion, le reptile se retourna sur le dos comme une crêpe, son ventre blanc luisant à la lumière des torches.

Ishmael lança un troisième ordre en tendant une main derrière lui. Je ne compris pas le mot, mais cela aurait pu être « Scalpel ! ». En tout cas le résultat fut le même.

L'un des porteurs de torche passa une main sous son pagne et en extirpa un couteau au manche en bambou qu'il plaqua dans la paume ouverte de son chef. Celui-ci pivota sur les talons et, dans un même mouvement, mit un genou à terre et enfonça la lame dans la gorge du crocodile, juste à l'endroit où les écailles du poitrail rejoignaient celles du cou.

Une giclée de sang noir jaillit de l'entaille et tous les hommes reculèrent d'un pas, observant avec un mélange de joie et de respect l'agonie frénétique du grand reptile. Ishmael se redressa, sa chemise formant une tache claire se détachant contre le rideau sombre des cannes à sucre. Il était le seul à être vêtu à l'européenne, mis à part ses pieds nus et une série de pochettes en cuir suspendues à sa ceinture.

Par quelque aberration de mon système nerveux, je tenais encore debout. Mais les messages de plus en plus pressants que mes jambes envoyaient à mon cerveau finirent par être interceptés et je m'effondrai lourdement dans la boue, mes jupes gonflant autour de moi comme un parachute.

Le mouvement attira l'attention d'Ishmael, qui pivota vers moi en ouvrant des yeux ronds. Les autres hommes se tournèrent, et un murmure de spéculations incrédules en plusieurs langues s'éleva.

Je les entendis à peine. Le crocodile respirait encore en émettant un ronflement chuintant. Sa pupille fendue brillait en lançant des éclats de tourmaline vert doré, son regard étrangement indifférent fixé sur moi. Son sourire carnassier était toujours là, mais à l'envers.

La boue était fraîche et douce contre ma joue, aussi noire que le ruisseau de sang qui s'écoulait entre les écailles du saurien. Les voix autour de moi prirent un ton plus inquiet, puis se fondirent en un brouhaha indistinct.

Je n'avais pas complètement perdu connaissance. Je distinguais vaguement des corps gesticulants et des flammes dansantes, puis je me sentis soulevée de terre et m'accrochai fermement à un cou. Les hommes échangeaient des propos animés mais je ne comprenais qu'un mot par-ci et par-là.

Des feuilles caressèrent mon visage tandis que celui qui me portait se frayait un chemin entre les cannes à sucre. C'était comme d'avancer dans un champ de blé sans épi. Il n'y avait que des tiges et des feuilles bruissantes. Les hommes avaient cessé de parler et le vacarme soulevé par notre passage étouffait jusqu'au bruit de nos pas.

Lorsque nous pénétrâmes dans la clairière où se trouvaient les huttes des esclaves, j'avais recouvré à la fois mes esprits et ma vue. Hormis des écorchures et des ecchymoses, je n'avais rien, mais je ne voyais pas l'intérêt de le clamer autour de moi. Je gardai les yeux fermés et restai inerte tandis qu'on me portait dans une des cases, refoulant la panique et essayant de trouver un plan raisonnable pour me sortir de là.

Où étaient passés Jamie et les autres ? Comment allaient-ils réagir en revenant au bateau et en ne m'y trouvant pas ? Pis encore, qu'allaient-ils penser en découvrant des traces de lutte près de l'embarcadère !

Et que fichait Ishmael ici ? Une chose était sûre : il n'était pas là pour faire la cuisine.

De l'autre côté de la porte ouverte de la hutte, des bruits de festivités me parvenaient, ainsi qu'une odeur d'alcool. Ce n'était pas du rhum, mais quelque chose de plus fort et de plus âcre. Ses vapeurs flottaient dans l'atmosphère enfumée de la case, se mêlant à des relents de transpiration et à un parfum d'ignames bouillis. J'entrouvris un œil et distinguai les reflets d'un feu de bois sur la terre battue. Des ombres allaient et venaient devant la porte. Je ne pouvais pas sortir sans être vue.

Un grand cri de triomphe retentit dans la nuit, et toutes les silhouettes disparurent, sans doute en direction du feu. Ils devaient être rassemblés autour de la dépouille du crocodile. Je me redressai lentement sur les genoux. Peut-être pouvais-je m'éclipser pendant qu'ils étaient occupés ailleurs ? Si je parvenais à rejoindre le champ de canne à sucre le plus proche, j'étais pratiquement certaine qu'ils ne me rattraperaient pas, mais, en revanche, je n'étais pas sûre non plus de pouvoir retrouver l'embarcadère en avançant à tâtons dans le noir.

Devais-je plutôt essayer de filer vers la maison, dans l'espoir de croiser Jamie et son expédition punitive ? Je frissonnai en songeant à la longue silhouette noire gisant sur le tapis du salon. D'un autre côté, si je n'allais ni vers la rivière ni vers la maison, comment pouvais-je espérer les rejoindre dans cette nuit d'encre ?

Mes tergiversations furent interrompues par une ombre devant la porte qui me bloqua provisoirement la lumière. Je lançai un regard prudent, puis sursautai en poussant un cri.

— Pas la peine de faire autant du bruit, dit Ishmael. Ce n'est que moi.

Je posai une main sur mon cœur, attendant que ses battements ralentissent.

Ils avaient tranché la tête du crocodile et l'avaient évidée. Il la portait comme un chapeau, ses yeux à peine visibles dans les profondeurs de la gueule béante bordée de dents acérées. La mâchoire inférieure pendait mollement sous son menton avec une expression joyeusement sinistre, cachant la moitié de son visage.

— Le *egungun* t'a blessée ? demanda-t-il.

— Non, grâce à vos hommes. Euh... vous ne voulez pas enlever cette chose de votre tête ?

Il fit la sourde oreille à ma requête et s'accroupit devant moi. Je ne voyais pas sa figure, mais chaque mouvement de son corps exprimait une profonde indécision.

— Pourquoi tu es ici ? demanda-t-il enfin.

Faute d'une meilleure idée, je lui dis la vérité. S'il avait voulu me faire du mal, il l'aurait déjà fait.

— Ah ! fit-il quand j'eus terminé.

Le nez du reptile piqua vers le sol tandis qu'il réfléchissait. Une perle d'humidité goutta de l'une des narines et s'écrasa sur ma main. Je l'essuyai rapidement sur ma jupe en frissonnant de dégoût.

— La maîtresse n'est pas là, ce soir, dit-il enfin.

— Oui, je sais. Vous ne pourriez pas me raccompagner jusqu'à la rivière, vous ou l'un de vos hommes ? Mon mari doit être en train de me chercher.

— Elle a dû emmener le garçon, poursuivit-il comme s'il ne m'avait pas entendue.

— Elle a emmené Ian ? Mais pourquoi ?

— La maîtresse aime les garçons.

Le ton malicieux de sa voix ne laissait planer aucun doute quant au sens de sa phrase.

— Vous savez quand elle rentrera ?

Le long museau se releva mais, avant qu'il n'ait eu le temps de répondre, je sentis une présence à mes côtés et me tournai brusquement.

— Je vous ai déjà vue quelque part, n'est-ce pas ? demanda-t-elle.

Son front lisse était légèrement plissé. Je dus déglutir pour me remettre de ma surprise avant de pouvoir répondre :

— En effet, nous nous sommes déjà rencontrées. Comment... comment allez-vous, mademoiselle Campbell ?

Elle avait meilleure mine que lors de notre rencontre. Elle avait troqué sa fine robe en laine pour une tunique lâche en gros coton blanc, nouée à la taille par un fichu teinté à l'indigo. Son visage et sa silhouette s'étaient affinés et elle n'avait plus ce teint de craie dû à de longs mois de prostration dans sa chambre.

— Je vais très bien, merci, madame, dit-elle poliment.

Ses yeux bleu pâle semblaient avoir toujours autant de mal à fixer un objet précis, et, malgré son hâle, il était clair que Mlle Campbell n'était toujours pas revenue dans le temps présent.

Cette impression fut renforcée par le fait qu'elle ne semblait pas remarquer l'accoutrement pour le moins étrange d'Ishmael, ni même avoir remarqué Ishmael tout court. Elle me dévisageait toujours, l'air vaguement intéressée.

— Comme c'est aimable à vous de me rendre visite, madame ! dit-elle. Vous prendrez bien un petit quelque chose ? Une tasse de thé, peut-être ? Je vous offrirais volontiers une liqueur, mais, hélas, je n'en ai pas. Mon frère soutient que l'alcool réveille les tentations de la chair.

— Il doit sûrement savoir de quoi il parle ! rétorquai-je.

A dire vrai, je me serais bien exposée aux tentations en échange d'un remontant.

Entre-temps, Ishmael s'était relevé. Il se pencha vers Mlle Campbell, sa tête de crocodile glissant en équilibre précaire.

— Tu es prête, bébé ? demanda-t-il doucement. Le feu t'attend.

— Le feu ? dit-elle d'un air absent. Ah, mais oui !

Elle se tourna vers moi.

— Venez donc avec moi, madame Malcolm. Le thé sera bientôt servi. J'aime tellement regarder les flammes !

Elle glissa une main sous mon bras tandis que je me levais, me demandant sur le ton de la confidence :

— Vous n'avez pas l'impression d'apercevoir des choses dans les flammes quand vous regardez un feu ?

— Euh... si parfois, admis-je.

Je lançai un regard vers Ishmael qui se tenait devant la porte. Il paraissait hésiter, mais comme Mlle Campbell m'entraînait inexorablement vers la sortie, il haussa les épaules et s'effaça.

Dehors, un grand feu de bois brûlait au centre de la clairière bordée de cases. Le crocodile avait déjà été dépecé. Sa peau était tendue sur une structure en bois devant l'une des huttes, projetant une ombre sans tête sur le mur. Plusieurs piques plantées autour du feu soutenaient des morceaux de viande qui grésillaient en dégageant un arôme appétissant, mais qui me retourna néanmoins l'estomac.

Une trentaine de personnes, hommes, femmes et enfants, étaient rassemblées autour des flammes, bavardant et riant. Un homme courbé au-dessus d'une guitare chantonnait doucement.

Quelqu'un nous vit approcher et lança quelque chose qui ressemblait à « Hau ! ». Aussitôt, les voix se turent et tous les visages se tournèrent vers nous dans un silence respectueux.

Ishmael s'avança lentement, sa tête de crocodile souriant d'un air ravi. La lueur du feu illuminait les figures et les corps, tous de la couleur du jais poli ou du caramel fondu.

Il y avait un petit banc devant le brasier, installé sur une sorte d'estrade faite de planches empilées. Il s'agissait manifestement du siège d'honneur, car Mlle Campbell se dirigea droit vers lui et y prit place, me faisant poliment signe de m'asseoir auprès d'elle.

Je sentais des regards me dévisager avec un mélange d'hostilité et de curiosité méfiante, mais c'était surtout Mlle Campbell qui attirait l'attention du public. L'homme à la guitare déposa son instrument et coinça un petit tambour entre ses cuisses. Ses flancs étaient tendus de peau de chèvre. Le musicien entreprit de battre la peau de la paume des mains, produisant des sons qui ressemblaient à des battements de cœur.

Mlle Campbell était tranquillement assise à mon côté, les mains sagement posées sur les genoux. Elle fixait les flammes avec un demi-sourire rêveur.

La foule des esclaves s'écarta pour laisser passer deux petites filles portant un grand panier. Les anses de celui-ci étaient ornées de roses blanches et son couvercle était agité de soubresauts, trahissant la présence d'une créature vivante à l'intérieur.

Les fillettes déposèrent leur fardeau aux pieds d'Ishmael, tout en jetant de brefs regards inquiets vers son grotesque couvre-chef. Il posa une main sur chacune de leurs têtes, murmura quelques mots, puis les congédia, ses paumes ouvertes lançant un bref éclat jaune rosé.

Jusque-là, les spectateurs avaient observé un silence

respectueux. A présent, ils se rapprochaient, étirant des cous curieux pour voir ce qui allait se passer. Les coups de tambour s'accélérèrent. Une femme s'avança, portant une bouteille en pierre qu'elle tendit à Ishmael avant de rentrer dans les rangs.

Ishmael déboucha la bouteille et en versa le contenu tout autour du panier. Celui-ci s'agita de plus belle, son occupant manifestement perturbé par le mouvement et la forte odeur d'alcool.

Un homme brandissant un bâton emmailloté dans des linges s'avança à son tour et le tendit au-dessus des flammes. La torche s'embrasa aussitôt, projetant une flamme rouge vif. Sur un ordre d'Ishmael, il pencha le bâton vers l'alcool répandu sur le sol. Un « Ha ! » collectif retentit tandis qu'un anneau de flammes s'élevait. Il vira au bleu puis mourut presque instantanément. Le panier tremblant lâcha un « Cocorico ! » sonore de protestation.

Mlle Campbell tressaillit, avec un regard suspicieux vers le panier.

Comme s'il s'agissait d'un signal, un son de flûte s'éleva dans les airs, et les spectateurs entonnèrent un bourdonnement sourd.

Ishmael s'approcha de notre banc, tenant un bout de chiffon rouge qu'il noua autour du poignet de Margaret, avant de reposer délicatement sa main sur ses genoux.

— Oh ! voilà enfin mon mouchoir ! s'étonna-t-elle.

Elle leva la main et, le plus naturellement du monde, s'essuya le nez avec le chiffon.

Personne d'autre que moi ne sembla le remarquer, tous fixaient Ishmael, qui faisait face à la foule, s'exprimant dans une langue que je ne comprenais pas. Le coq dans son panier chanta à nouveau et les roses blanches des anses s'agitèrent de plus belle.

— J'aimerais bien qu'il cesse de chanter, dit Margaret Campbell sur un ton agacé. S'il le fait trois fois de suite, cela porte malheur, n'est-ce pas ?

— Ah, oui ? demanda Ishmael.

Il était en train de verser le restant de la bouteille autour de l'estrade. J'espérai que les flammes n'effraieraient pas Margaret.

— Oui, c'est mon frère qui me l'a dit encore et encore, expliqua-t-elle. « *Avant que le coq ne chante trois fois, tu me trahiras.* » Il dit que les femmes sont toutes des traîtresses.

Elle semblait indifférente à la foule ondoyante et chantante des esclaves, au tam-tam, au panier frémissant et à Ishmael en train de collecter de petits objets que lui tendaient les spectateurs.

— J'ai faim, déclara-t-elle tout à coup. J'espère que le thé sera bientôt prêt.

Ishmael l'entendit. A ma stupéfaction, il fouilla dans l'une des pochettes qu'il portait à sa ceinture et en sortit un paquet enveloppé dans des morceaux de tissu. Il le déballa avec soin et en extirpa une vieille tasse ébréchée en porcelaine et sa soucoupe. On distinguait encore le filet d'or fin tout autour de la tasse, qu'il déposa cérémonieusement sur les genoux de Margaret.

— Ah ! Miam miam ! fit cette dernière en applaudissant. J'espère qu'il y aura aussi des biscuits.

J'en doutais. Ishmael avait placé les objets donnés par la foule tout le long de l'estrade : quelques petits os incisés de lignes, un petit bouquet de jasmin et deux ou trois statuettes grossièrement taillées dans le bois, toutes enveloppées d'un bout d'étoffe et couronnées de touffes de cheveux collées sur leur crâne avec de l'argile.

Ishmael s'adressa de nouveau à la foule. La torche piqua du nez et un rideau de flammes bleues s'éleva autour de l'estrade. Lorsqu'il se fut évanoui, laissant derrière lui une odeur de terre brûlée et d'eau-de-vie flottant dans l'air frais de la nuit, Ishmael ouvrit le panier et en sortit le coq.

Il était gros, avec de grandes plumes noires qui luisaient à la lueur des flammes. Il se débattit vigoureusement, poussant des cris rauques. Il avait les ailes solidement attachées et ses pattes étaient emmaillotées dans des linges pour l'empêcher d'utiliser ses serres. Ishmael s'inclina profondément devant Margaret en marmonnant quelques paroles inintelligibles, puis lui tendit le coq.

— Oh, merci ! s'émerveilla-t-elle.

Le coq tendit le cou en s'agitant désespérément et émit un croassement paniqué.

— Vilain oiseau ! gronda Margaret.

Elle l'approcha de sa bouche et lui mordit la nuque.

J'entendis les os du volatile craquer et le grognement d'effort qu'elle poussa tandis qu'elle tirait d'un coup sec, lui arrachant la tête.

Elle serra contre elle la dépouille décapitée qui se débattait encore, en murmurant :

— Là, voilà, c'est fini, mon chéri, c'est fini...

Le sang giclait dans sa tasse, éclaboussant sa tunique.

Sur le coup, la foule avait crié. A présent, elle se taisait. Le flûtiste avait cessé de jouer, lui aussi, mais le tam-tam continuait de plus belle, son volume sonore augmentant.

Margaret jeta négligemment le coq sur le côté et un jeune garçon se précipita pour le ramasser. Elle essuya tant bien que mal les taches sur sa tenue, et saisit délicatement la tasse d'une main ensanglantée.

— Les invités d'abord, décréta-t-elle. Un sucre, ou deux, madame Malcolm ?

Je fus sauvée *in extremis* par Ishmael qui me planta un bol en corne entre les mains et me fit signe de boire. Compte tenu de la situation, je le portai à mes lèvres sans hésiter.

C'était du rhum fraîchement distillé, mais suffisamment fort pour m'arracher la gorge et me faire tousser. Un faible arrière-goût de plante me titilla les sinus. Quelque chose avait été ajouté à l'alcool ou trempé dedans. C'était légèrement acidulé, mais pas désagréable.

D'autres bols identiques étaient distribués aux spectateurs. Ishmael esquissa un geste sec, m'indiquant que je devais boire encore. J'approchai docilement mon bol de mes lèvres, mais gardai cette fois le liquide brûlant dans ma bouche. Je ne comprenais pas trop ce qui se passait, mais je sentais que je devais faire de mon mieux pour conserver les idées claires.

Près de moi, Mlle Campbell buvait sa tasse de sang à petites gorgées délicates. L'attente semblait se faire plus pressante parmi les esclaves : certains oscillaient lentement d'avant en arrière et une femme se mit à chanter d'une voix grave et rauque, qui battait la mesure en contrepoint avec le tam-tam.

L'ombre de la coiffe d'Ishmael m'obscurcit un instant la vue. Il dansait lui aussi, se balançant doucement. Sa chemise sans col était constellée de taches de sang et l'étoffe adhérait à sa peau trempée de sueur. La tête de crocodile devait bien peser une soixantaine de kilos et les muscles de ses épaules étaient noués par l'effort.

Il leva les mains vers le ciel et se mit à chanter à son tour. Un frisson me parcourut l'échine. Sa voix était chaude, mielleuse et puissante. Je fermai les yeux et vis Joe, avec la lumière du feu qui se réfléchissait dans ses verres de lunettes et faisait scintiller sa dent en or tandis qu'il me souriait. Puis je les rouvris et vis le sourire sinistre du crocodile et le feu vert doré de ses yeux cruels. J'avais la bouche sèche et les oreilles qui bourdonnaient.

L'assistance écoutait, captivée, le chant d'Ishmael. La nuit était remplie d'yeux brillants, de gémissements et de cris qui ponctuaient chaque pause de sa chanson.

Je secouai vigoureusement la tête en m'accrochant au bord de mon banc. Je n'étais pas soûle, mais l'herbe mélangée au rhum était puissante. Je la sentais qui étendait ses tentacules dans mon sang. Je fermai à nouveau les yeux, m'efforçant de lutter contre ses effets.

Mais je ne pouvais me boucher les oreilles ni arrêter le son de cette voix qui s'élevait et retombait, s'élevait et retombait...

J'ignore combien de temps s'était écoulé mais, lorsque je revins à moi, le tam-tam et le chant s'étaient tus.

Un silence de mort régnait autour du feu. On n'entendait plus que le crépitement des flammes et le bruissement des cannes à sucre dans le vent. La drogue était toujours dans mes veines, mais ses effets s'estompaient. Mes idées s'éclaircissaient peu à peu. Il ne semblait pas en être de même pour les membres de l'assistance, dont les yeux étaient fixés droit devant eux, comme un seul regard.

Ishmael prit la parole. Il avait enlevé sa tête de crocodile, à présent posée à ses pieds.

— Y sont arrivés, annonça-t-il.

Il tourna son visage las vers le public.

— Qui demande ?

Une jeune femme en turban s'avança en titubant et s'effondra à genoux devant l'estrade. Elle posa une main sur l'une des statuettes, qui représentait une femme enceinte. Elle leva des yeux remplis d'espoir vers Margaret et, bien que je ne comprisse pas les paroles de sa question, le sens de celle-ci était évident.

— Aya, gado !

La voix qui avait répondu était toute proche, mais ce n'était pas celle de Mlle Campbell. C'était celle d'une vieille femme, éraillée et haut perchée, répondant par l'affirmative avec assurance.

La jeune femmc roula des yeux ravis vers le ciel et se prosterna devant l'estrade. Ishmael lui donna un léger coup du bout du pied et elle se releva précipitamment, retournant s'asseoir dans les rangs en répétant « *Mana, mana* ».

Puis vint un jeune homme qui s'assit en tailleur en face de nous et se toucha le front en signe de respect avant de parler en baissant timidement les yeux :

— Grand-mère, demanda-t-il dans un français nasillard, la femme que j'aime m'aime-t-elle en retour ?

Le bouquet de jasmin était le sien. Il le tournait nerveusement entre ses doigts.

La femme à mon côté se mit à rire, sur un ton affectueusement ironique :

— Certainement, répondit-elle. Elle te rend ton amour, tout comme à trois autres hommes. Trouve-t'en une autre, moins généreuse mais plus sage.

Le jeune se retira, mortifié, pour être remplacé par un vieillard qui s'exprima dans un dialecte africain teinté d'amertume tandis qu'il touchait l'une des statuettes.

— *Setato hoye.*

La voix de Margaret avait encore changé. C'était celle d'un homme, cette fois, mûr mais non âgé, qui répondit dans la même langue sur un ton de colère.

Je lançai un regard hésitant, de biais. Ce n'était plus le visage de Margaret non plus. Les contours en étaient les mêmes, mais ses yeux étaient brillants, alertes, fixés sur son interlocuteur. Ses lèvres éructaient des ordres secs et sa gorge pâle se gonflait sous l'effort de son discours autoritaire.

« *Ils sont arrivés* », avait dit Ishmael. Il se tenait sur le côté, silencieux mais vigilant. Nos regards se croisèrent un bref instant avant que ses yeux reviennent se poser sur Margaret.

« *Ils.* » Les uns après les autres, les gens s'avançaient, s'agenouillaient et posaient leurs questions. Certains parlaient en anglais, d'autres en français, d'autres encore dans le patois des esclaves ou le dialecte de leurs tribus lointaines. Je ne comprenais pas tout, mais leurs questions étaient presque toutes précédées d'un respectueux « grand-père, « grand-mère », « tante », « oncle »...

La voix et le visage de l'oracle changeaient chaque fois, tandis qu'« ils » venaient répondre aux questions de leurs proches, homme, femme, jeune, vieillard, leur ombre dansant sur son visage.

Tout en écoutant, je compris enfin ce qui avait poussé Ishmael à revenir sur l'île, risquant la capture et le retour à l'esclavage. Ce n'était ni l'amitié, ni l'amour, ni la loyauté vis-à-vis de ses frères esclaves, mais la soif de connaissance.

Quel était le prix à payer pour le pouvoir de connaître l'avenir ? Regardant les visages hallucinés tout autour de moi, je réalisai que certains étaient prêts à payer le maximum. Ishmael était revenu en Jamaïque pour y chercher l'avenir en la personne de Margaret.

La cérémonie se poursuivit un long moment. J'ignorais combien de temps dureraient les effets de la drogue, mais des gens ici et là commençaient à s'endormir à même le sol, tandis que d'autres se fondaient dans la nuit, rentrant dans leur case. Bientôt, il ne resta plus qu'un petit groupe autour du feu, tous des hommes.

Ils étaient graves et solennels. A leur attitude, on devinait qu'ils étaient habitués à être respectés et obéis par les autres esclaves. Ils étaient restés en retrait pendant toute la cérémonie, observant le déroulement des opérations, puis l'un d'eux, apparemment leur chef, s'avança.

Il s'approcha d'Ishmael et, d'un geste de la tête, désigna les dernières silhouettes endormies autour du feu.

— Ils ont fini, annonça-t-il. A ton tour de les interroger.

Ishmael affichait un léger sourire, mais il semblait nerveux. Peut-être était-ce dû à l'importance de ces hommes. Ils n'étaient pas franchement menaçants, mais ils paraissaient déterminés et leurs yeux étaient rivés, non pas sur Margaret, pour changer, mais sur Ishmael lui-même.

Enfin, il hocha la tête et se tourna vers la femme à mon côté. Pendant cet interlude, celle-ci avait retrouvé son regard vide.

— Bouassa ! lança Ishmael. Bouassa, réveille-toi !

Je me retranchai prudemment au bout du banc. Bouassa était un rapide.

— Je suis là, dit une voix grave.

Elle était aussi profonde et grave que celle d'Ishmael, mais elle n'avait rien d'agréable. L'un des hommes recula instinctivement d'un pas.

A présent, Ishmael se tenait seul devant Margaret.

— Dis-moi ce que je veux savoir, Bouassa, demanda-t-il.

La tête de Margaret s'inclina légèrement, et une lueur sardonique brilla dans ses yeux pâles.

— Pourquoi tu veux savoir ? Quoi que je dise, ta décision est déjà prise, tu partiras.

— C'est vrai, admit Ishmael. Mais eux...

Il fit un signe de tête vers ses compagnons sans détacher son regard de celui de Margaret.

— ... Doivent-ils venir avec moi ?

La voix émit un ricanement cynique.

— Ils feraient aussi bien. La truie blanche va mourir dans trois jours. Il ne restera plus rien ici, pour eux. Tu voulais savoir autre chose ?

Sans attendre la réponse, Bouassa bâilla largement puis les lèvres délicates de Margaret émirent un rot sonore.

Elle ferma la bouche et son regard s'éteignit à nouveau, mais les hommes ne lui prêtaient plus attention. Ils s'étaient remis à discuter avec animation et Ishmael les fit taire en leur indiquant que j'étais toujours là. Ils s'éparpillèrent alors en silence, me lançant de brefs regards soupçonneux en partant.

Quand le dernier homme eut disparu, Ishmael ferma les yeux et ses épaules s'affaissèrent. Je me sentais relativement épuisée moi-même.

— Que... commençai-je.

Je m'interrompis aussitôt. De l'autre côté du feu, un homme venait de surgir des cannes à sucre. La lueur du feu projetait une ombre rouge sur sa chemise, aussi rouge que ses cheveux.

Jamie posa un doigt sur ses lèvres pour me faire taire et je hochai la tête. Je rassemblai discrètement mes jupes autour de moi, prête à prendre mes jambes à mon cou. Je pouvais atteindre la lisière du champ de canne avant qu'Ishmael ne m'attrape. Mais que faire de Margaret ?

J'hésitai. Je lui lançai un bref regard et remarquai que son visage s'était de nouveau animé. Il paraissait gai et énergique. Ses lèvres s'entrouvrirent et ses yeux brillants se plissèrent en amande.

— Papa ? dit la voix de Brianna.

Tous les poils de ma peau se hérissèrent. C'était la voix de Brianna, son visage, ses yeux bleu nuit légèrement bridés.

— Brianna ? chuchotai-je.

Le visage se tourna vers moi.

— Maman ! dit la voix de ma fille.

— Brianna ! dit Jamie.

Elle tourna abruptement la figure dans sa direction.

— Papa ! Je savais que c'était toi. Je rêvais justement de toi.

Jamie était livide. Je vis le mot « Seigneur ! » se dessiner sur ses lèvres mais aucun son n'en sortit.

— Ne laisse pas maman toute seule ! dit fermement Brianna. Pars avec elle. Je vous protégerai.

Il n'y eut plus aucun bruit, hormis le crépitement du feu. Ishmael fixait Margaret, pétrifié. Puis elle parla à nouveau.

— Je t'aime, papa. Toi aussi, maman.

Elle se pencha vers moi et je sentis l'odeur du sang frais dans son haleine. Puis ses lèvres touchèrent les miennes et je me mis à hurler comme une possédée...

Je n'eus même pas conscience d'avoir bondi sur mes pieds et d'avoir traversé la clairière comme une flèche, mais je me retrouvai dans les bras de Jamie, mon visage enfoui dans l'étoffe de sa chemise, tremblante comme une feuille.

Son cœur battait contre ma joue et il semblait trembler autant que moi. Il esquissa un signe de croix et me serra contre lui.

— C'est fini, *Sassenach*, murmura-t-il. Elle est partie.

Je ne voulais pas regarder, mais me forçai néanmoins à tourner la tête.

C'était une scène paisible. Margaret Campbell, sagement assise sur son banc, fredonnait une comptine, tout en jouant avec une longue plume noire. Ishmael était assis près d'elle, lui caressant tendrement les cheveux. Il lui murmura quelque chose de sa voix suave et elle sourit.

— Mais non, je ne suis pas fatiguée du tout, l'assura-t-elle.

Elle leva des yeux affectueux vers le visage scarifié penché sur elle.

— C'était une belle soirée, n'est-ce pas ? dit-elle.

— Oui, bébé, répondit-il doucement. Mais y faut te reposer maintenant, d'accord ?

Il tourna la tête et fit claquer sa langue. Aussitôt, deux femmes coiffées de turbans se matérialisèrent à ses côtés. Elles avaient dû attendre dans l'obscurité. Après qu'Ishmael leur eut parlé, elles s'approchèrent de Margaret, l'aidèrent à se lever et l'entraînèrent doucement vers une case en lui murmurant des paroles douces dans un mélange de français et d'africain.

Ishmael resta seul, nous observant fixement depuis l'autre côté du feu. Il se tenait aussi immobile qu'une des idoles de Geillis, comme taillé dans la nuit.

— Je ne suis pas venu seul, décréta Jamie.

Il esquissa un geste en montrant le champ de canne derrière lui, laissant entendre que des hommes armés s'y tenaient tapis.

— T'as rien à craindre, répondit Ishmael avec un sourire. Le *loa* t'a parlé, je te ferai rien.

Son regard intrigué passait sans cesse de Jamie à moi. Il fit une moue impressionnée.

— C'est la première fois que j'entends un *loa* s'adresser à des *buckra*.

Il poussa un soupir puis haussa ses épaules maculées de sang de crocodile, avant de reprendre d'un ton ferme :

— Vous devez partir maintenant.

— Pas encore, rétorqua Jamie. Je suis venu chercher le garçon, Ian. Je ne repartirai pas sans lui.

Les sourcils d'Ishmael se dressèrent, creusant un peu plus les trois sillons verticaux sur son front.

— Laisse tomber le garçon. Il est parti.

— Parti où ? insista Jamie.

— Parti avec la truie blanche. Là où elle est, tu peux pas la rejoindre. Le garçon est perdu. Tu es un homme sage, sauve-toi avant qu'il soit trop tard.

Il s'interrompit et tendit l'oreille. Le son lancinant d'un autre tam-tam retentissait au loin, perdu dans la nuit.

— Les autres vont bientôt arriver, reprit-il. T'as rien à craindre de moi, mais eux, y te laisseront pas partir.

— Qui ça, « eux » ? demandai-je.

La terreur qu'avait suscitée en moi l'intervention du *loa* commençait à s'estomper, mais je sentais une autre sourde menace dans l'air. J'osais à peine me retourner vers le champ de canne derrière nous.

— Des marrons, sans doute ? fit Jamie.

Ishmael hocha lentement la tête.

— Vous avez entendu le *loa*, répondit-il. Il nous a donné sa bénédiction. Nous pouvons partir à présent.

Il montra du doigt les cases autour de nous, puis les montagnes noires derrière elles.

— Le tambour appelle tous ceux qui vivent dans les montagnes. Ceux qui ont encore la force de marcher.

Il se tourna pour partir, estimant manifestement que la conversation était close.

— Attends ! s'écria Jamie. Dis-nous où elle est partie ! Où Mme Abernathy a-t-elle emmené mon neveu ?

Ishmael s'arrêta.

— A Abandawe, répondit-il.

— Qu'est-ce que c'est que ça ? s'impatienta Jamie.

Je posai une main sur son bras et dis :

— Je sais où c'est.

Ishmael écarquilla des yeux ahuris.

— Enfin... je sais que c'est sur Hispaniola, précisai-je.

Lawrence me l'a dit. C'était ça que Geillis voulait lui soutirer. Elle voulait savoir où cela se trouvait.

— Mais qu'est-ce que c'est ? Un village ? Une ville ?

Les muscles de son bras frémissaient d'impatience sous ma main. Il avait hâte de partir.

— C'est une grotte, répondis-je.

— Abandawe est un lieu magique, intervint Ishmael.

Il chuchotait presque, comme si le nom seul de la grotte était trop terrible pour être prononcé à voix haute. Il me dévisageait avec un mélange de surprise et de pitié.

— Clotilde m'a dit que la truie blanche t'avait emmenée dans sa pièce secrète. Tu sais ce qu'elle y fabrique ?

— Un peu.

Ma gorge était nouée. Je revis les mains blanches et potelées de Geillis manipulant les pierres précieuses, les disposant avec précision sur la table pendant qu'elle parlait avec nonchalance de sang et de sacrifices humains.

Comme s'il avait lu dans mes pensées, Ishmael avança d'un pas vers moi.

— Dis-moi, femme, tu saignes encore ?

Jamie me tira par le bras, mais je lui fis signe d'attendre encore un instant.

— Oui, répondis-je. Pourquoi ? Quel rapport ?

Le *oniseegun* semblait mal à l'aise. Il lança un regard par-dessus son épaule. On apercevait des mouvements dans le noir. Des silhouettes fugitives allaient et venaient, échangeant des propos à voix basse. Les esclaves s'apprêtaient au départ.

— Le sang des femmes fausse la magie, annonça Ishmael. Si tu saignes, c'est que tu as encore ton pouvoir de femelle et la magie ne peut rien pour toi. Ce sont les vieilles qui font la magie : elles peuvent ensorceler quelqu'un, appeler les *loas,* faire tomber malade, guérir.

Il m'examina longuement, puis secoua la tête d'un air navré.

— Touche pas à la magie, comme la truie blanche. La magie la tuera, c'est sûr, mais elle peut te tuer toi aussi.

Il fit un geste vers le banc vide dans son dos.

— Tu as entendu Bouassa ? Il a annoncé que la truie blanche mourrait dans trois jours. Le garçon qu'elle a emmené mourra avec elle. Si tu les suis, tu mourras aussi.

Il se tourna vers Jamie et tendit les bras vers lui, les poignets croisés comme s'ils étaient ligotés.

— *Amiki,* déclara-t-il.

D'un geste sec, il écarta les mains, brisant ses liens invisibles. Puis il pivota brusquement sur les talons et s'enfonça dans la nuit, rejoignant les silhouettes qui s'affairaient dans l'obscurité. On entendait des bruits de pas martelant la poussière et les

« Han ! » étouffés des hommes qui hissaient de lourds fardeaux sur leurs épaules.

— Saint Michel, protège-nous ! murmura Jamie.

Il se passa une main dans les cheveux, perplexe.

Devant nous, le feu délaissé mourait doucement.

— Tu connais l'endroit où Geillis a emmené Ian, *Sassenach* ?

— Pas vraiment. Tout ce que je sais, c'est qu'il s'agit d'une grotte perdue dans les montagnes d'Hispaniola et qu'un cours d'eau la traverse.

— Dans ce cas, il nous faudra emmener Stern avec nous, conclut-il. Viens, les hommes nous attendent près du bateau.

Je m'apprêtai à suivre mais m'arrêtai à la lisière du champ de canne pour jeter un dernier regard derrière moi.

— Jamie, regarde !

Au-delà des braises fumantes du feu du *egungun* et des silhouettes sombres des cases, s'élevaient les masses noires des collines. Derrière la première, on apercevait une lueur rougeâtre illuminant le ciel.

— Ce doit être la plantation des Howe qui brûle, déclara-t-il.

Il paraissait étrangement calme et détaché. Il pointa un doigt vers la droite où l'on distinguait un autre halo orangé sur le flanc d'une colline.

— Et ça, ce doit être Twelvetrees.

La voix du tam-tam se faisait toujours entendre dans la nuit. *Le tambour appelle tous ceux qui vivent dans les montagnes. Ceux qui ont encore la force de marcher.*

Une file d'esclaves commençait à se former devant les huttes et à se diriger lentement vers le fleuve. Les femmes portaient leurs enfants dans des châles noués autour de leurs hanches, des casseroles attachées par des ficelles jetées sur leurs épaules et des baluchons perchés sur leur turban blanc. Margaret Campbell, coiffée elle aussi d'un turban, marchait avec elles, accompagnée d'une jeune femme qui la tenait par la main avec un respect craintif.

Jamie la vit et s'avança vers elle.

— Mademoiselle Campbell ! appela-t-il. Margaret !

Margaret et sa compagne s'arrêtèrent. La jeune femme vint se placer entre elle et Jamie, mais celui-ci s'approcha en tendant les deux paumes tournées vers le ciel pour montrer qu'il ne lui voulait aucun mal et elle s'écarta.

— Margaret, dit-il. Vous me reconnaissez ?

Elle le fixa d'un air absent. Très lentement, il prit son visage entre ses mains.

Elle cligna plusieurs fois les yeux puis ses traits lisses et doux s'animèrent. Ce n'était plus comme les possessions soudaines des *loas*, mais comme le lent réveil hésitant d'une créature timide et craintive.

— Oui, Jamie, je vous reconnais, dit-elle enfin.

Sa voix était cristalline et légère, comme celle d'une jeune fille. Un sourire se dessina sur ses lèvres et ses yeux se mirent à briller.

— Cela fait si longtemps, Jamie ! Vous avez des nouvelles d'Ewan ? Il va bien ?

Jamie se figea, son visage revêtant le masque impénétrable qui cachait son émotion.

— Il va bien, répondit-il enfin. Très bien, Margaret. Il m'a demandé de vous transmettre ceci...

Il inclina la tête et l'embrassa doucement.

Plusieurs autres femmes s'étaient arrêtées. Elles s'approchèrent et se mirent à marmonner entre elles, échangeant des coups d'œil inquiets. Lorsque Jamie libéra Margaret et recula d'un pas, elles vinrent se placer autour d'elle, protectrices et méfiantes.

Margaret ne semblait pas les voir. Elle dévisageait Jamie avec un sourire rêveur. Sa compagne la tira doucement par le bras.

— Merci ! lança-t-elle en s'éloignant. Dites à Ewan que je le rejoindrai bientôt.

Jamie fit instinctivement un pas vers elle pour la retenir, mais je l'arrêtai.

— Laisse-la partir, lui chuchotai-je. Tu ne pourras pas l'arrêter.

Je songeais à la silhouette noire gisant sur le tapis du salon.

— Elle est mieux avec eux, repris-je. Ils veilleront sur elle.

Jamie ferma les yeux puis hocha la tête.

— Tu as raison, soupira-t-il.

Il se tourna vers moi et tressaillit, fixant quelque chose au-dessus de ma tête. Je fis volte-face. La maison de Rose Hall était illuminée. On apercevait des silhouettes brandissant des torches derrière les fenêtres du rez-de-chaussée et du premier étage. Tandis que nous regardions, une lueur palpitante commença à s'élever dans l'atelier de Geillis.

— Allons-nous-en, dit Jamie.

Il me saisit la main et nous prîmes la fuite entre les tiges bruissantes des cannes à sucre, respirant avec peine un air subitement chargé de l'odeur du caramel brûlé.

62

Abandawe

— Vous n'avez qu'à prendre la goélette du gouverneur, déclara Grey. Elle est petite mais elle tient bien la mer. Je vais rédiger un ordre pour que les dockers vous la remettent.

Il fouillait déjà dans son tiroir mais Jamie l'arrêta.

— Non, John. Ton bateau nous sera très utile car je ne peux pas risquer l'*Artémis* de Jared. Mais il vaut mieux que nous le volions.

Grey lui adressa un regard surpris.

— Il ne faut pas que tu sois mêlé à cette affaire, expliqua Jamie. Tu as déjà suffisamment de problèmes sur les bras.

— Des problèmes ? s'exclama lord John. Quels problèmes ? Quatre plantations incendiées ? Deux cents esclaves évanouis dans la nature ? Toute la population terrée chez elle, persuadée qu'un Chinois étrangleur erre dans la ville ?

Il laissa échapper un petit rire amer avant de poursuivre :

— Cela dit, Jamie, étant donné les circonstances, je doute que quelqu'un prêtera attention à mes relations. Entre la peur des marrons et celle de l'assassin de Mme Alcott, l'île tout entière est dans un tel état de panique qu'un simple contrebandier en fuite ne constitue plus qu'un détail secondaire.

— Me voilà fort soulagé d'apprendre que je ne suis qu'un détail secondaire, rétorqua Jamie, piqué, mais cela ne change rien. Nous volerons la goélette. Si jamais nous sommes faits prisonniers, tu n'as jamais entendu prononcer mon nom ni vu mon visage.

Grey le dévisagea longuement et je vis une succession d'émotions traverser ses yeux pâles, dont l'ironie, l'angoisse et la colère.

— Vraiment ? dit-il enfin. Tu crois que je vais les laisser t'emprisonner, puis te regarder être pendu sans rien dire ? Tout ça pour ne pas ternir ma réputation ? Bon sang, Jamie ! Tu me prends pour qui ?

— Pour mon ami, John, répondit Jamie avec agacement. Et si j'accepte ton amitié, et ton foutu bateau, alors tu accepteras la mienne et tu te tairas, c'est compris ?

Le gouverneur le fusilla du regard mais serra les dents et laissa retomber ses épaules, capitulant.

— Soit, marmonna-t-il. Mais tu me rendras un grand service en évitant de te faire capturer.

Jamie se frotta les lèvres du dos de la main, cachant son sourire.

— Je ferai de mon mieux, John.

Lord John se rassit derrière son bureau. Il avait de lourds cernes sous les yeux et sa chemise était défraîchie. Il n'avait manifestement pas fermé l'œil de la nuit.

— Bien, dit-il. J'imagine que tu as de bonnes raisons pour ne pas me dire où tu comptes aller, mais, dans la mesure du possible, évite les couloirs de navigation entre Kingston et Antigua. J'ai envoyé un vaisseau ce matin pour demander d'autres renforts, non seulement des soldats mais également des marins. Ils prendront la mer dès demain pour venir protéger la ville et le port au cas où les marrons parviendraient à convaincre les autres esclaves de se rebeller.

Je lançai discrètement un regard interrogateur à Jamie, mais il me fit signe de me taire. Nous avions décrit au gouverneur le soulèvement et la fuite des esclaves des plantations de Yallahs River, ce qu'il savait déjà par d'autres sources. En revanche, nous ne lui avions pas raconté ce que nous avions vu plus tard cette même nuit, cachés dans une petite crique du fleuve, nos voiles blanches affalées et recouvertes de bâches pour ne pas attirer l'attention.

Le fleuve était noir et brillant comme un parterre en onyx. Nous les avions entendus approcher suffisamment tôt pour pouvoir nous dissimuler avant qu'ils ne soient sur nous. Le battement des tam-tams et l'exultation sauvage des esclaves se répercutaient contre les flancs de la vallée tandis que la *Bruja* glissait devant nous, descendant le courant. Les cadavres des pirates avaient sans doute été abandonnés quelque part en amont, pourrissant paisiblement sous les frangipaniers et les cèdres.

Les esclaves rebelles de Yallahs River n'étaient pas partis se réfugier dans les montagnes de l'île, mais prenaient la direction de la mer, sans doute pour rejoindre les partisans de Bouassa sur les hauteurs de Haïti. Les habitants de Kingston n'avaient donc rien à craindre de leur part, mais il était nettement préférable que les troupes de la Royal Navy se concentrent sur la

Jamaïque plutôt que sur Hispaniola, où nous comptions nous rendre nous-mêmes.

Jamie se leva pour prendre congé, mais Grey l'arrêta d'un geste.

— Attends ! Il te faut un lieu sûr où ta femme puisse se cacher.

Il ne m'adressa pas un regard, gardant les yeux fixés sur Jamie.

— Elle peut s'installer ici, dans le palais du gouverneur, déclara-t-il. Je la protégerai. Personne ne l'ennuiera, personne ne saura même qu'elle est là.

Jamie hésita, mais il pouvait difficilement lui dire la vérité.

— Elle doit venir avec moi, John. Ce n'est pas que cela m'enchante, mais nous n'avons pas le choix.

Grey me jeta un bref regard surpris puis, sentant qu'il se passait quelque chose qu'il ne pouvait comprendre, il soupira :

— Comme tu voudras.

Jamie lui tendit la main. Le gouverneur hésita un instant, puis la serra.

— Bonne chance, Jamie. Que Dieu vous garde !

Fergus fut nettement plus difficile à convaincre. Il tenait coûte que coûte à nous accompagner, avançant argument après argument. Lorsqu'il apprit que les contrebandiers écossais venaient avec nous, il redoubla de véhémence :

— Comment ? Tu les emmènes, eux, et pas moi ? s'indigna-t-il.

Il écumait de rage.

— Contrairement à toi, les contrebandiers sont tous veufs ou célibataires, rétorqua Jamie.

Du menton, il indiqua Marsali, légèrement à l'écart, qui suivait la conversation les traits tirés par l'angoisse.

— J'avais cru qu'elle était trop jeune pour se marier, poursuivit Jamie. Je me suis trompé, c'est vrai. Mais je sais une chose : elle est trop jeune pour être veuve. Tu resteras ici avec elle, un point c'est tout.

Il faisait déjà nuit lorsque la goélette du gouverneur s'élança vers la sortie du port, laissant derrière elle deux dockers ligotés et bâillonnés dans le hangar à bateaux. C'était un joli voilier de plaisance d'une quinzaine de mètres, plus grand que le bateau de pêche avec lequel nous avions remonté le fleuve mais pas assez pour mériter l'appellation de vaisseau.

Néanmoins, comme l'avait annoncé Grey, il tenait bien la mer et les lumières de Kingston s'éloignèrent rapidement derrière nous. Il y avait une brise fraîche et le voilier gîtait doucement, la proue pointée droit sur Hispaniola.

Les contrebandiers se chargeant de la navigation, Jamie, Stern et moi-même étions assis sur les banquettes en bois qui longeaient le bastingage. Nous discutâmes un moment de choses et d'autres, puis nous tûmes, chacun plongé dans ses pensées.

Jamie bâilla à plusieurs reprises et je finis par le convaincre de s'allonger sur la banquette, la tête sur mes genoux. J'étais moi-même trop énervée pour pouvoir fermer l'œil.

Lawrence veillait, lui aussi, contemplant les étoiles, les mains croisées derrière la nuque.

— Il y a de l'humidité dans l'air, annonça-t-il soudain.

Il m'indiqua le croissant argenté de la lune au-dessus de nos têtes.

— Vous voyez ce halo brumeux autour de la lune ? m'expliqua-t-il. Cela veut dire qu'il pleuvra sans doute avant l'aube. C'est plutôt inhabituel en cette saison.

La pluie et le beau temps me parurent être le sujet de conversation idéal pour apaiser mes nerfs à vif.

— Vraiment ? Jamie et vous semblez avoir le don pour lire dans le ciel le temps qu'il fera. Personnellement, je ne connais que le vieux dicton : « *Ciel rouge le soir, marin heureux ; ciel rouge le matin, marin nerveux.* » Vous avez observé la couleur du ciel, ce soir ?

Lawrence émit un petit rire.

— Il était mauve, confia-t-il. J'ignore s'il sera rouge à l'aube, mais vous seriez étonnée de la fiabilité des signes que l'on voit dans le ciel. Naturellement, il y a une explication scientifique derrière tout cela : la réfraction de la lumière dans l'humidité de l'air, par exemple, comme ce halo de brume autour de la lune.

Je renversai la tête en arrière, laissant la brise caresser ma gorge.

— Mais que pensez-vous des phénomènes surnaturels ? demandai-je. Ceux qui échappent à la logique scientifique ?

— Quel genre de phénomènes ?

Je cherchai un moment dans ma tête, puis, à court d'inspiration, me rabattis sur les exemples de Geillis :

— Les gens qui présentent subitement des stigmates et qui se mettent à saigner des mains, par exemple, ou encore les voyages hors du corps, les visions, les apparitions... ce genre de choses qu'on ne peut expliquer rationnellement.

Lawrence poussa un léger grognement et se cala plus confortablement sur la banquette.

— Le rôle de la science est d'observer, répondit-il, et de chercher des réponses quand il y en a. Mais le chercheur doit aussi être capable de reconnaître qu'il n'y en a pas toujours, non pas parce que tel ou tel phénomène ne s'explique pas, mais parce qu'il ne dispose pas encore des outils nécessaires pour le comprendre. Sa tâche n'est pas de chercher une explication à tout prix, mais d'observer, en espérant que l'explication viendra d'elle-même.

— C'est une attitude de scientifique, objectai-je, mais ce n'est pas vraiment dans la nature humaine. Les gens *réclament* des explications.

— En effet.

La conversation commençait à l'intéresser. Il s'adossa au bastingage, croisant les mains sur son ventre dans la position du conférencier.

— C'est pour cette raison que les scientifiques échafaudent des hypothèses, opina-t-il. A défaut de pouvoir expliquer une observation, ils suggèrent des causes probables. Mais il ne faut jamais confondre une théorie avec une explication en bonne et due forme... étayée de preuves solides. J'ai observé un certain nombre de phénomènes pour le moins étranges dans ma vie...

Il se tourna vers moi, plissant le front.

— ... des pluies de poissons, par exemple, où une grande quantité de poissons, tous de la même espèce et de la même taille, c'est très important, tombent brusquement de nulle part sur la terre ferme, alors qu'il n'y a pas un nuage en vue ! Il ne semble y avoir aucune explication rationnelle à ce phénomène, mais doit-on l'attribuer pour autant à quelque interférence surnaturelle ? Quelle est la cause la plus crédible ? Qu'une sorte d'intelligence céleste s'amuse à nous faire pleuvoir des bancs entiers de poissons sur la tête ? Ou que, bien que nous ne puissions le voir à l'œil nu, il s'est produit un phénomène météorologique quelconque, comme une trombe, un cyclone ou quelque chose de ce genre ? Et pourtant...

Il marqua une brève pause, le regard songeur.

— ... comment et pourquoi un phénomène naturel tel qu'une trombe arracherait-il la tête, et uniquement la tête, de tous les poissons ?

— Vous avez vu ce genre de phénomène de vos propres yeux ? soufflai-je, sidérée.

Mon étonnement le fit glousser.

— Voilà bien un esprit scientifique ! déclara-t-il. La première chose que demande un chercheur, c'est : « Comment le savez-vous ? Qui l'a observé ? Puis-je l'observer moi-même ? » En effet, oui, je l'ai vu de mes propres yeux... Et même à trois reprises, même si, dans un cas, il s'agissait de grenouilles et non de poissons.

— Etiez-vous près de la mer ou d'un lac ?

— Une fois au bord de la mer, une autre fois près d'un lac... c'est là que sont tombées les grenouilles... mais la troisième fois à l'intérieur des terres, à plus de trente kilomètres de tout point d'eau. Pourtant, les poissons appartenaient à une espèce que je n'avais jamais vue qu'en haute mer... Dans aucun des cas je n'ai observé la moindre perturbation de l'air : pas l'ombre d'un nuage, pas de vent puissant, aucune de ces fameuses colonnes d'eau qui se forment à la surface des mers, rien. Et pourtant... il pleuvait des poissons. C'est vrai, car je les ai vus.

— Et si vous ne les aviez pas vus, cela n'aurait pas été vrai ? raillai-je.

Il se mit à rire et Jamie bougea dans son sommeil, marmonnant quelque chose contre ma cuisse. Je caressai doucement ses cheveux, et il se détendit de nouveau.

— Peut-être bien que oui, peut-être bien que non, répondit Stern avec un sourire. Mais un scientifique ne pourrait se prononcer avec certitude sans avoir constaté les faits par lui-même. Que dit la Bible des chrétiens, déjà ? « *Bienheureux ceux qui n'ont pas vu et qui ont cru* » ?

— En effet, c'est bien dans la Bible, confirmai-je. Certaines choses doivent-elles être acceptées comme des faits, bien qu'on n'ait aucune preuve ?

Il rit de nouveau, mais cette fois avec une certaine amertume.

— En tant que scientifique *et* juif, j'ai un point de vue différent sur des phénomènes tels que les stigmates ou la résurrection des morts, qu'une grande partie du monde civilisé admet sans les remettre en question. Pourtant, je ne peux me permettre de soulever le moindre doute, sauf en votre compagnie bien sûr, sans risquer ma peau.

— Saint Thomas était juif, après tout, remarquai-je en souriant. Au début, du moins.

— Certes, et ce n'est que lorsqu'il a cessé de douter qu'il est devenu chrétien... et martyr. On pourrait même aller jusqu'à dire que c'est sa foi aveugle qui l'a tué, non ?

Il esquissa une moue ironique avant de reprendre :

— Il y a une grande différence entre les phénomènes qui sont acceptés en se basant sur la foi seule, et ceux qui peuvent être démontrés objectivement à force de détermination, même si la « cause » des uns comme des autres s'avère tout aussi « rationnelle » une fois qu'elle est connue. Mais les gens traitent avec dédain les phénomènes qui s'expliquent scientifiquement et qui font partie de l'expérience commune, alors qu'ils sont prêts à défendre jusqu'à la mort ceux qu'ils n'ont jamais ni vus ni vécus... La foi est une force aussi puissante que la science, conclut-il avec tristesse, mais elle est beaucoup plus dangereuse.

Nous restâmes silencieux quelque temps, fixant la ligne d'horizon au-delà de la proue. La silhouette noire d'Hispaniola se dressait au loin, semblant flotter entre le ciel pourpre et la mer gris argent.

— Où avez-vous vu les poissons sans tête ? demandai-je soudain.

Je ne fut pas surprise outre mesure quand il esquissa un geste du menton vers la proue de la goélette.

— Là-bas, répondit-il. J'ai vu beaucoup de choses étranges sur les îles des Antilles, mais sur cette île plus qu'ailleurs. Il y a des endroits comme ça...

Je contemplai l'île qui s'approchait inexorablement, me demandant ce qui nous y attendait. J'espérais qu'Ishmael ne s'était pas trompé en nous disant que c'était bien Petit Ian que Geillis avec emmené avec elle à Abandawe. Il me vint soudain une pensée... une pensée que j'avais inconsciemment refoulée au cours des événements des dernières vingt-quatre heures.

— Lawrence... les autres garçons écossais... Ishmael nous a dit qu'il en avait vu douze à Rose Hall, Ian y compris. Lorsque vous avez fouillé la plantation, vous ne les avez pas trouvés ?

Stern détourna la tête, l'air embarrassé. Je sentais qu'il retournait les mots dans sa tête, cherchant une façon moins abrupte pour me dire ce que le frisson dans mon échine m'annonçait déjà.

La réponse ne vint pas de lui mais de Jamie qui avait ouvert les yeux.

— Si, on les a retrouvés, *Sassenach*, chuchota-t-il.

Sa main se posa sur mon genou en le serrant légèrement.

— Ne m'en demande pas plus, ajouta-t-il. C'est trop laid à raconter.

Je compris. Ishmael ne pouvait pas s'être trompé. Petit Ian était avec Geillis. Jamie n'aurait pas pu supporter une autre explication. Je glissai une main dans ses cheveux et il s'étira doucement, se tournant sur le flanc pour reprendre son somme.

— *Bienheureux ceux qui n'ont pas vu*, murmurai-je... *et qui ont cru*.

Nous jetâmes l'ancre à l'aube dans une petite baie sans nom au nord d'Hispaniola. Il y avait une plage étroite bordée de falaises. Au pied d'une brèche profondément creusée dans la roche, on distinguait un sentier qui grimpait vers l'intérieur des terres.

Jamie me porta sur la grève, puis se tourna vers Innes qui suivait en pataugeant dans l'eau, avec les sacs de provisions.

— Merci, *a charaid*, lui dit-il. Nous allons nous séparer ici. Si Dieu le veut, nous nous retrouverons sur cette plage dans quatre jours.

Innes leva vers lui un visage surpris, puis baissa la tête, déçu mais résigné.

— D'accord, grommela-t-il. Je surveillerai le bateau jusqu'à ce que vous reveniez tous.

Jamie remarqua sa mine renfrognée et sourit.

— Vous restez *tous* sur le bateau, précisa-t-il. Si j'avais besoin d'un bras fort, tu serais le premier auquel je ferais appel. Mais il n'y a que nous trois qui partons : ma femme, Stern et moi-même.

Le désappointement céda la place à la stupéfaction.

— Nous restons à bord ? Mais... si tu as besoin de nous ?

Il lança un regard inquiet vers les falaises qui croulaient sous la végétation.

— Ça m'a l'air d'être un endroit bien dangereux pour s'y aventurer sans ses amis !

— Je préfère que mes amis m'attendent sagement ici, Duncan, rétorqua Jamie.

Je me rendis compte avec un petit frisson que c'était la première fois que j'entendais son véritable patronyme.

Innes parut sur le point de lui objecter quelque chose, puis se ravisa et hocha docilement la tête.

— Si c'est ce que tu veux, MacDubh. Mais tu sais que tu peux compter sur nous tous.

— Oui, je sais, Duncan.

Il tendit les bras et étreignit Innes, le bras unique de celui-ci lui tapotant gauchement le dos.

— S'il vient un navire, reprit Jamie en le libérant, je veux que vous sauviez d'abord votre peau. La marine royale cherche sans doute la goélette du gouverneur. Je doute qu'elle vienne jusqu'ici, mais on ne sait jamais. S'il y a la moindre alerte, levez l'ancre et fuyez. C'est un ordre.

— T'abandonner ici ! glapit Innes. Non, pas question. Tu peux m'ordonner beaucoup de choses, MacDubh, et j'obéirai sans broncher. Mais ça, non !

Jamie fronça les sourcils et pinça les lèvres avec agacement, mais Innes ne sembla guère impressionné.

— Une fois mort, tu ne me seras plus d'aucune utilité, Duncan, dit enfin Jamie. Si un navire approche, décampe !

Là-dessus, il s'éloigna pour prendre congé des autres Ecossais.

Innes poussa un long soupir, secouant la tête d'un air réprobateur, mais il n'émit aucune autre protestation.

Il faisait chaud et humide dans la jungle. Nous marchions tous les trois en silence. Il n'y avait pas grand-chose à dire. Jamie et moi ne pouvions parler de Brianna devant Lawrence et il était difficile de faire des plans tant que nous n'avions pas atteint Abandawe et constaté de quoi il retournait. Je dormis mal la première nuit, me réveillant plusieurs fois pour voir Jamie, assis adossé à un arbre, qui fixait le feu d'un air absent.

Nous arrivâmes le lendemain midi. Une colline de calcaire gris se dressait devant nous. Ses flancs abrupts étaient hérissés d'aloès et de buissons épineux. Au sommet, je pouvais les voir : de grands rochers dressés, des mégalithes, disposés en un cercle grossier qui couronnait la colline.

— Vous... vous ne m'aviez pas parlé de ça ! balbutiai-je.

Je fixai Lawrence avec un regard angoissé.

— Vous vous sentez mal, madame Fraser ? s'inquiéta-t-il.

— Ou... oui.

Je me retins à un tronc d'arbre, sentant mes jambes flageolantes me lâcher. Jamie les vit à son tour et se précipita vers moi.

— Je t'en supplie, *Sassenach*, chuchota-t-il. Fais attention, ne t'approche pas de ces... choses.

— Nous devons savoir si Geillis est là, avec Ian, rétorquai-je.

Faisant un effort pour maîtriser ma peur, je repris la marche, tirant Jamie derrière moi. Je l'entendais marmonner dans sa barbe en gaélique. Des prières, sans doute.

— Elles ont été érigées il y a longtemps, expliqua Lawrence tandis que nous approchions du sommet. Elles étaient là bien avant la colonisation. Elles ont dû être dressées par les anciens habitants de l'île.

Le site était désert et apparemment inoffensif. Ce n'était qu'un cercle de gros rochers levés, baignés par le soleil. Jamie me surveillait attentivement du coin de l'œil.

— Tu les entends, Claire ? demanda-t-il.

Lawrence nous lança un regard surpris mais ne dit rien, se contentant de m'observer avançant lentement vers la pierre la plus proche.

— Je ne sais pas, répondis-je. Ce n'est pas la bonne époque, ce n'est ni une fête solaire ni une fête du feu. Peut-être que la porte n'est pas ouverte.

Tenant fermement la main de Jamie, je me penchai en avant, l'oreille tendue. Je percevais bien un léger bourdonnement, mais ce pouvait tout aussi bien être le bruit habituel des insectes dans la jungle. Tout doucement, j'appuyai ma paume contre la roche.

Je fus vaguement consciente que Jamie criait mon nom. Quelque part, dans ma conscience, mon esprit luttait contre une force invisible, forçant mon diaphragme à se soulever et à s'abaisser, obligeant les valves de mon cœur à s'ouvrir et à se refermer. Mes oreilles étaient emplies d'un bourdonnement lancinant, une vibration trop grave pour être audible mais qui se répercutait dans la moelle de mes os. Et dans un recoin du chaos qui m'habitait, se trouvait Geillis Duncan, ses yeux verts me souriant.

— Claire !

J'étais allongée sur le sol, les visages anxieux de Jamie et de Lawrence penchés sur moi. Mes joues étaient mouillées et je sentis un filet d'eau couler dans mon cou. Je clignai les yeux, remuant prudemment mes doigts et mes orteils pour m'assurer que j'étais bien en vie.

Jamie écarta le mouchoir imbibé d'eau froide avec lequel il venait de me tamponner la figure, et m'aida à me redresser en position assise.

— Ça va aller, *Sassenach* ?

— Oui, dis-je, encore étourdie. Jamie, elle est ici !

— Qui ? Mme Abernathy ?

Lawrence arqua des sourcils stupéfaits, puis regarda autour de nous avec inquiétude comme s'il s'attendait à la voir surgir d'un instant à l'autre.

— Je l'ai vue, ou plutôt entendue, je ne sais plus... repris-je. Mais je sais qu'elle est ici, pas dans le cercle des pierres, mais tout près.

— Essaie de nous dire où exactement, me pressa Jamie.

Il avait la main posée sur le manche de sa dague, prêt à bondir.

A contrecœur, je fermai les yeux, tentant de faire revivre ce bref instant où je l'avais vue. J'eus une impression de ténèbres et d'humidité, puis je distinguai la flamme vacillante d'une torche.

— Une grotte ! m'exclamai-je, surprise. Je crois qu'elle se trouve dans une grotte. Lawrence, sommes-nous encore loin d'Abandawe ?

Il me dévisageait avec une curiosité intense.

— Non, l'entrée est toute proche, juste là derrière.

— Conduisez-nous !

Jamie était déjà debout, me haussant sur mes pieds.

Je l'arrêtai d'un geste.

— Jamie...

— Quoi ?

— Jamie... elle sait que je suis ici. Elle m'a vue, elle aussi.

Il se figea. Je le vis déglutir lentement, puis il serra les dents et hocha la tête, murmurant :

— *A Mhìcheal bheannaichte, dìon sinn bho dheamhainnean !*

« Saint Michel, protégez-nous des démons ! »

Il faisait un noir d'encre. J'approchai la main de mon visage et sentis ma paume toucher mon nez. Toutefois, ce n'était pas le néant absolu. Le sol sous nos pieds était accidenté et nos semelles écrasaient de fines particules. Par endroits, les parois rocheuses étaient si rapprochées que je me demandais comment Geillis avait pu s'y faufiler.

Même lorsque la galerie s'élargissait et que les murs s'écartaient au point que je ne pouvais plus les toucher en ouvrant grand les bras, je les sentais. C'était comme de se trouver enfermée dans une chambre noire avec une autre personne... une personne qui se taisait mais dont la présence était palpable autour de moi.

Jamie marchait derrière moi, me tenant fermement par l'épaule.

— Tu es sûre qu'on va dans la bonne direction ? me demanda-t-il. Il y a des ouvertures sur les côtés, je les sens quand on passe devant. Comment peux-tu savoir par où il faut aller ?

— Je l'entends, Jamie. Ecoute ! Tu n'entends rien ?

Parler m'était difficile. Je parvenais à peine à élaborer des pensées cohérentes. Ici, l'appel était différent. Ce n'était plus le bourdonnement d'abeilles de Craigh na Dun, mais une vibration dans l'air, comme la résonance d'une grosse cloche qui venait de tinter. J'en ressentais les trépidations jusque dans les os de mes bras, se prolongeant dans ma cage thoracique et ma colonne vertébrale.

Jamie m'agrippa fermement la main.

— Reste avec moi, *Sassenach* ! Ne le laisse pas t'emporter ! Résiste !

Je tendis les mains devant moi en aveugle et il me rattrapa de justesse, m'écrasant contre lui. Les battements de son cœur contre ma tempe étouffèrent momentanément tous les autres bruits.

— Jamie, Jamie, serre-moi fort, balbutiai-je, prise de panique. Je n'ai jamais eu si peur de ma vie. Ne me laisse pas partir ! Je t'en supplie. Si je suis emportée, je ne pourrai jamais revenir ! Je le sais. Chaque passage est plus difficile. La prochaine fois, ça me tuera, Jamie !

Ses bras se resserrèrent autour de moi jusqu'à ce que je sente mes côtes craquer. Au bout d'un moment, il me libéra et, me poussant doucement sur le côté, passa devant moi dans la galerie, prenant soin de toujours garder une main sur moi.

— Je passe le premier, fit-il. Glisse tes doigts sous ma ceinture et ne me lâche sous aucun prétexte.

Ainsi liés, nous reprîmes la descente, avançant lentement. Lawrence avait voulu nous accompagner, mais Jamie avait refusé. Il nous attendait devant l'entrée de la grotte. S'il ne nous voyait pas revenir, il devait retourner sur la plage pour être au rendez-vous avec Innes et les autres Ecossais.

S'il ne nous voyait pas revenir...

Il dut sentir mes mains se resserrer sur sa ceinture, car il s'arrêta et m'attira contre lui.

— Claire, murmura-t-il, il faut... qu'on parle de quelque chose...

Je pressentis ce qu'il allait me dire et cherchai sa bouche à tâtons pour le faire taire, mais je ne rencontrai que son oreille et il m'agrippa le poignet.

— S'il faut choisir entre sa vie et celle de l'un d'entre nous, alors ce devra être la mienne. Tu le sais, n'est-ce pas ?

Je l'avais déjà compris. Si Geillis se trouvait encore dans la grotte et que l'un d'entre nous devait risquer sa vie pour l'arrêter, alors ce serait à Jamie de se sacrifier. Car s'il échouait, je serais toujours là pour la poursuivre dans le futur et tenter de l'empêcher de toucher à Brianna, ce qu'il ne pouvait pas faire.

— Je sais, Jamie.

Je savais aussi ce qu'il n'osait pas dire : si Geillis était déjà partie, alors je devrais me lancer à ses trousses, seule.

— Embrasse-moi, Claire. Quoi qu'il arrive, je veux que tu saches que tu es tout pour moi et que je ne regrette rien.

Je n'avais pas la force de lui répondre mais je l'embrassai de toutes mes forces, d'abord sa main, ses doigts chauds et fermes sur mes lèvres, puis son poignet puissant de guerrier, ensuite sa bouche, chargée de passion, de promesses et d'angoisse, et enfin les larmes salées de ses joues.

Puis je le lâchai et me tournai vers la gauche. Il y avait une autre galerie, là, dans le noir.

— Par ici, indiquai-je.

Dix mètres plus loin, je vis la lumière.

Ce n'était qu'une faible lueur lointaine mais suffisante pour nous rendre la vue. Bientôt, je distiguai mes mains et mes pieds. Tandis que j'avançais en tremblant vers le halo et la résonance, j'eus la sensation d'être un fantôme qui prend lentement corps.

La lumière s'intensifiait peu à peu, puis elle déclina brusquement quand Jamie passa de nouveau devant moi, me bouchant la vue. Je le vis se baisser pour passer sous une voûte. Je l'imitai puis me redressai dans la lumière.

La caverne était relativement vaste. Une torche en sapin était fichée dans une crevasse. Le fond de la grotte était plongé dans l'obscurité. En revanche, la paroi juste devant nous semblait vivante. Des éclats de cristaux à demi enfouis dans la roche la faisaient scintiller.

— Ainsi, vous n'avez pas pu vous empêcher de venir !

Geillis, à genoux, en train de répandre une poudre blanche qu'elle faisait couler de son poing fermé, traçait une ligne sur la terre sombre.

J'entendis Jamie émettre un petit son étranglé et suivis son regard. Dans un mélange de soulagement et d'horreur, j'aperçus Petit Ian. Il était couché sur le flanc au centre du pentacle, les mains liées dans le dos, bâillonné par un linge blanc. Une hache était posée près de lui. Elle était taillée dans une matière noire et luisante, une sorte d'obsidienne, avec une lame tranchante et ébréchée. Le manche était couvert de petites perles aux couleurs criardes qui dessinaient des motifs africains tout en rayures et en zigzags.

— Toi, le renard, ne t'approche pas ! lança Geillis à Jamie.

Elle se redressa sur ses talons, montrant ses dents dans une expression qui n'avait rien d'un sourire. Elle tenait un pistolet, un autre était glissé sous sa ceinture.

Sans quitter Jamie des yeux, elle glissa la main dans une poche en cuir posée à ses pieds et en extirpa une nouvelle poignée de poudre de diamant. Son front ruisselait de sueur. Elle aussi, elle devait entendre le vrombissement de l'air qui faisait vibrer mes tympans. Il me donnait la nausée et la transpiration collait mes vêtements contre ma peau.

Le dessin était presque achevé. Son arme toujours pointée sur nous, elle fit pleuvoir une pluie fine sur le sol jusqu'à ce qu'elle ait complété l'étoile à cinq branches. Les gemmes étaient déjà en place, reliées par des lignes de mercure scintillantes.

— Et voilà ! lança-t-elle avec satisfaction.

Elle se redressa en s'essuyant les mains sur sa jupe et rejeta son épaisse chevelure en arrière.

— Le diamant fait cesser ce bruit infernal, expliqua-t-elle en se tournant vers moi. C'est désagréable, n'est-ce pas ?

Elle se pencha vers Petit Ian et lui donna une tape affectueuse sur l'épaule. Le garçon roulait des yeux terrifiés et tentait de crier quelque chose sous son bâillon.

— Calme-toi, *mo chridhe*, lui dit-elle d'un ton maternel. C'est bientôt fini.

— Enlève tes sales pattes de mon neveu, espèce de garce ! hurla Jamie.

Il fit un pas en avant, la main sur le manche de sa dague, mais stoppa net en la voyant lever son pistolet vers lui.

Elle le dévisagea, la tête inclinée sur le côté avec coquetterie.

— Tu me rappelles ton oncle Dougal, *a sionnach*, dit-elle avec un sourire. Il était plus âgé que tu ne l'es aujourd'hui quand je l'ai rencontré, mais il était tout aussi bêtement impulsif ! Monsieur aimait qu'on lui obéisse au doigt et à l'œil, et gare à celui ou celle qui se mettait en travers de son chemin !

Jamie lança un regard vers Petit Ian, recroquevillé sur le sol, puis vers Geillis.

— Je ne réclame que ce qui m'appartient, rétorqua-t-il.

— Ah mais... comment vas-tu t'y prendre pour le récupérer ? demanda-t-elle avec un air faussement ingénu. Un pas de plus et je tire. Si je ne l'ai pas encore fait, c'est uniquement parce que cette pauvre Claire s'est entichée de toi, quelle sotte !

Son regard glissa vers moi, qui me tenais dans l'ombre derrière Jamie.

— Je ne te dois plus rien, ma chère Claire. Tu as voulu me

sauver une fois, à Craigh na Dun, et je t'ai sauvée du bûcher à Cranesmuir. Nous sommes quittes.

Elle saisit un petit flacon, en arracha le bouchon avec les dents et en versa le contenu sur les vêtements de Ian. Une forte odeur d'alcool s'éleva dans les airs. L'adolescent se mit à gesticuler de plus belle en poussant des cris étouffés et elle lui envoya un grand coup de pied dans les côtes.

— Du calme ! ordonna-t-elle.

— Geillis, ne le fais pas ! l'implorai-je.

— Il le faut, répondit-elle calmement. C'est mon destin. Je suis désolée de devoir te prendre ta fille, mais je te laisse ton homme. Tu vois, tu n'auras pas tout perdu.

— Quelle fille ? rugit Jamie.

— Brianna ! C'est bien ainsi qu'elle s'appelle, non ? demanda Geillis. La dernière des Lovat.

Elle m'adressa un sourire ravi.

— Quelle chance que tu sois venue me rendre visite, Claire ! Sans toi, je ne l'aurais jamais su. J'étais persuadée que les Lovat s'étaient éteints bien avant 1900.

Une décharge électrique me parcourut l'échine. A mon côté, Jamie écumait de rage, tremblant de la tête aux pieds. Je le sentis bander tous ses muscles et s'apprêter à bondir.

Geillis le sentit aussi. Elle recula vivement en poussant un cri et tira juste au moment où il s'élançait.

Je me mis à hurler. Je n'entendis pas ce que je disais mais Geillis se tourna vers moi en écarquillant des yeux ahuris.

Un jour, alors que Brianna avait deux ans, un chauffard avait grillé un feu rouge et percuté la portière arrière de ma voiture, exactement là où ma fille était assise. Je m'étais arrêtée quelques mètres plus loin, avais vérifié que l'enfant n'avait rien, puis j'étais sortie de ma petite Ford et m'étais dirigée vers l'autre véhicule, garé un peu plus loin.

Le chauffeur avait une trentaine d'années. Il était plutôt costaud et avait cet air assuré des hommes qui croient avoir tout vu et tout connu. M'ayant vue approcher d'un pas ferme, il remonta précipitamment sa vitre en se tassant sur son siège.

Je n'avais pas conscience de ressentir de la rage ou une quelconque autre émotion. Je savais, tout simplement, que je pouvais et que j'allais faire voler sa vitre en éclats de mes mains nues et extirper cet homme de sa voiture. Il le savait lui aussi.

Je ne pensais pas au-delà de ce simple fait, et n'en eus pas besoin. La police intervint avant que j'aie pu commettre l'irréparable et je finis par reprendre mes esprits, avant de me mettre à trembler et de m'effondrer en larmes. Mais jamais je n'avais pu oublier l'expression terrifiée de cet homme tandis qu'il me voyait fondre sur lui.

Ce fut la même expression qui s'inscrivit sur le visage de Geillis quand elle me vit avancer vers elle.

Elle arracha son second pistolet de sa ceinture et le pointa vers moi d'une main tremblante. Je vis clairement la gueule noire du canon et poursuivis ma route sans sourciller. La détonation emplit la grotte, son écho déclenchant une pluie de cailloux et de poussière, mais j'avais déjà saisi la hache.

Je perçus un bruit derrière moi mais ne me retournai pas. Les reflets de la torche dansaient dans ses yeux grands ouverts avec une lueur rouge. Je ne ressentais ni peur, ni rage, ni doute. J'étais uniquement consciente du poids de la hache dans mes mains tandis que je prenais mon élan et que j'assenais le coup.

Le choc se répercuta tout le long de mon bras et je lâchai mon arme, les doigts ankylosés. Je restai figée sur place, sans même un pas de côté pour l'éviter lorsqu'elle chancela vers moi. Je remarquai simplement avec un détachement irréel qu'à la lueur de la flamme son sang n'était pas rouge, mais noir.

Elle fit encore un pas et s'effondra d'un bloc. J'eus juste le temps d'apercevoir ses yeux, écarquillés, aussi beaux que des émeraudes, étincelants dans la certitude de la mort.

Quelqu'un parlait mais ses paroles n'avaient aucun sens. La roche vrombissait de plus belle, me perçant les tympans. Un soudain courant d'air fit ployer la flamme de la torche, projetant une ombre mouvante sur la paroi. « *C'est l'ange noir qui bat des ailes* », pensai-je.

Puis la voix se fit entendre à nouveau, juste derrière moi.

Je me tournai et vis Jamie. Il était à genoux, se balançant doucement d'avant en arrière en se tenant la tête. Un côté de son visage était maculé de sang, l'autre était blanc comme un masque de pierrot.

« *Il faut arrêter le saignement* », lança un coin reculé de mon esprit. Je cherchai un mouchoir dans ma manche tandis que Jamie se traînait à quatre pattes jusqu'à Petit Ian. Il dénoua les liens du garçon et lui arracha son bâillon. L'adolescent bondit sur ses pieds et aida son oncle à se relever.

Puis je sentis la main de Jamie prendre la mienne. Groggy, je relevai les yeux et lui tendis le mouchoir. Il me parlait mais je n'entendais pas. Il s'essuya la figure puis, me prenant par le bras, voulut m'entraîner vers la galerie sombre. Je trébuchai et manquai m'étaler de tout mon long. La douleur de ma cheville tordue sembla me ramener à la réalité.

— Viens ! criait Jamie. Tu n'entends pas le vent ? Un orage approche, là-haut !

Du vent ? Dans une grotte ? Pourtant, il avait raison. Le courant d'air de tout à l'heure n'était pas le fruit de mon imagination. Le faible murmure qui filtrait par la brèche près de l'entrée s'était mué en un souffle régulier et plaintif, presque une lamentation funèbre qui résonnait dans l'étroit passage.

Je lançai un regard par-dessus mon épaule, mais Jamie tira sur mon bras et me poussa devant lui. Ma dernière vision de la grotte fut une impression floue, couleur de jais et de rubis, avec une vague forme blanche au centre. Puis le courant d'air s'intensifia en rugissant et moucha la torche. Les ténèbres nous engloutirent à nouveau.

— Seigneur ! dit la voix terrifiée de Petit Ian derrière moi. Oncle Jamie !

— Je suis là.

Il était juste devant moi. Il avait parlé sur un ton d'un calme surprenant, haussant à peine la voix pour se faire entendre au-dessus du sifflement croissant.

— Avance vers moi, mon garçon, dit-il encore. Là, voilà ! C'est ça. N'aie pas peur. Ce n'est que la grotte qui respire.

Ce n'était pas la chose à dire. Je sentis aussitôt le souffle frais de la roche balayer ma nuque et mes cheveux se hérissèrent. Imaginer la grotte comme une créature vivante aux flancs palpitants tout autour de nous, respirant bruyamment, aveugle et malveillante, me remplit de terreur.

Apparemment, Petit Ian était tout aussi paniqué que moi. Je sentis sa main heurter mon bras et s'y agripper convulsivement. Je le serrai contre moi et fouillai le noir à tâtons devant moi jusqu'à ce que je trouve la masse rassurante de Jamie.

— Je tiens Ian, haletai-je. Sortons d'ici, Jamie ! Vite, je t'en supplie !

Accrochés les uns les autres, nous entreprîmes notre progression maladroite dans le noir, frôlant les murs, nous marchant sur les talons.

Le sifflement du vent s'élevait puis retombait, alternant les chuchotements avec des gémissements lancinants. Je tentais de me concentrer sur ce qui nous attendait devant, chassant le souvenir de ce que nous laissions derrière nous. J'avais beau me boucher les oreilles, mon imagination me faisait entendre des soupirs tout autour de moi, des voix qui échangeaient des messes basses dans notre dos.

— Je l'entends, hurla soudain Ian derrière moi. Je peux l'entendre ! Elle est toute proche ! Oh, mon Dieu, elle arrive !

Je freinai pile, refoulant le cri qui montait dans ma gorge. Je savais bien que c'était impossible, que ce n'était que le vent et la peur panique de Ian, mais cela n'empêchait pas la terreur de me tordre les tripes et de me scier les jambes. Je me cassai en deux et me mis à hurler de tous mes poumons.

Jamie me serra contre lui, attirant Petit Ian près de nous, nous pressant chacun sous une épaule, le nez enfoui dans sa chemise.

Il sentait la fumée de sapin, la sueur et l'alcool, et je me sentis si soulagée que je manquai m'effondrer en sanglots.

— Chuuut ! Chuuut ! C'est fini, dit-il doucement. Calmez-vous, tous les deux. Je ne la laisserai pas vous toucher ! Plus jamais ! C'est fini, il n'y a plus rien à craindre.

Il nous serra fort contre lui, puis relâcha son étreinte.

— Allez, venez ! reprit-il. Ce n'est que le vent. Lorsque le temps change en surface, le vent circule dans les crevasses. Je l'ai souvent entendu. Ce n'est qu'un orage qui se prépare, rien d'autre.

L'orage fut bref. Lorsque nous émergeâmes enfin à l'air libre, clignant les yeux sous la lumière aveuglante, la pluie avait déjà cessé, laissant derrière elle une nature étincelante.

Lawrence s'était abrité sous un grand palmier près de l'entrée de la grotte. En nous voyant apparaître, il accourut, ses traits se détendant avec soulagement.

— Tout va bien ? demanda-t-il.

Son regard allait de la chemise tachée de sang de Jamie à mon expression hagarde.

Jamie lui adressa un petit sourire las.

— Tout va bien, confirma-t-il. Je vous présente Ian Murray, mon neveu. Ian, voici le professeur Stern, sans qui nous ne t'aurions sans doute jamais retrouvé à temps.

— Ah ! fit Ian. Merci, professeur.

Il s'essuya le front du revers de sa manche et se tourna vers son oncle.

— D'ailleurs, vous y avez mis le temps ! Je savais bien que tu viendrais, mon oncle, mais tout de même, j'ai eu chaud !

Il s'efforçait de sourire mais ne pouvait cacher ses tremblements. Il cligna plusieurs fois les yeux, luttant contre les larmes.

— Je sais, mon garçon, s'excusa Jamie. Viens ici, *a bhalaich*.

Il l'attira à lui et l'étreignit, lui tapotant le dos et lui murmurant des paroles de réconfort en gaélique.

Je les observai un moment, puis me rendis compte que Lawrence me parlait.

— Vous vous sentez bien, madame Fraser ? répéta-t-il.

Sans attendre de réponse, il me prit le bras.

— Je... je ne sais pas, balbutiai-je.

Je me sentais complètement vide. Rien ne me paraissait réel : ni Jamie, ni Petit Ian, ni Lawrence. Tous m'apparaissaient comme de petites figurines animées qui remuaient et parlaient dans le lointain, émettant des bruits confus que mon cerveau prostré ne parvenait plus à déchiffrer.

— Nous ferions peut-être mieux de quitter cet endroit, suggéra Lawrence.

Il lança un regard inquiet vers l'entrée de la grotte, l'air mal à l'aise. Il s'était bien gardé de demander des nouvelles de Mme Abernathy.

Ma dernière vision de la grotte était toujours imprimée sur mes rétines et semblait plus réelle et tangible que la jungle verdoyante autour de nous. Sans attendre l'avis des autres, je me tournai et commençai à marcher.

La sensation de détachement se renforça encore à mesure que nous avancions. J'avais la sensation d'être un automate, une masse de chair autour d'une structure métallique, animée par quelque mécanisme savant. Je suivais les épaules larges de Jamie à travers la végétation dense et les clairières, sous le soleil et dans l'ombre, sans savoir vraiment où nous allions. La sueur me coulait dans les yeux mais j'avais à peine la force de faire le geste de m'essuyer. Enfin, peu avant le coucher du soleil, nous fîmes halte au bord d'un ruisseau pour dresser notre camp rudimentaire.

Ian partit chercher du bois pendant que Lawrence s'en allait à la cueillette. Je m'assis près de Jamie pour soigner sa blessure à la tête. Je lavai son visage et ses cheveux couverts de sang et découvris avec stupeur que la balle n'avait pas simplement entaillé le cuir chevelu comme je l'avais d'abord cru. Elle l'avait atteint au haut du front, juste à la lisière des cheveux. Elle avait pénétré la peau... puis avait disparu. Elle n'était ressortie nulle part. D'abord étonnée, puis de plus en plus inquiète, je lui palpai le crâne avec une agitation croissante jusqu'à ce qu'un cri aigu m'informe que j'avais retrouvé la balle.

Il y avait une grosse bosse sensible à l'arrière de son crâne. Une masse dure roulait sous mon index. La balle avait voyagé sous la peau, suivant la courbe de son crâne pour s'arrêter au niveau de l'occiput.

— Seigneur Jésus ! m'exclamai-je.

Je palpai encore, incrédule, mais il me fallut bien me rendre à l'évidence : c'était bel et bien une balle que je sentais sous mes doigts.

— Tu as toujours dit que tu avais la tête solide, mais à ce point ! m'émerveillai-je. Elle t'a tiré dessus à bout portant et la balle a rebondi sur ton crâne ! Ça te fait mal ?

— Non, pas la blessure elle-même, répondit Jamie. Mais, en revanche, j'ai une de ces migraines !

— Tu m'étonnes ! Ne bouge pas, je vais essayer de te l'extraire.

Ne sachant pas dans quel état nous allions retrouver Petit Ian, j'avais apporté le plus petit de mes coffrets de remèdes qui, heureusement, contenait un flacon d'alcool et un scalpel. Je rasai tant bien que mal une partie de l'épaisse tignasse de Jamie et aspergai d'alcool la région ainsi dégagée.

— Inspire trois coups puis retiens ton souffle, lui ordonnai-je. Je vais t'inciser. Il n'y en a pas pour longtemps.

La peau à l'arrière de sa nuque était pâle mais son pouls battait normalement. Il inspira profondément, puis expira. J'étirai la peau autour de la zone enflée entre trois doigts de la main gauche. A la troisième inspiration, je glissai la lame d'un coup rapide et précis sous le cuir chevelu. Il gémit, mais ne bougea pas. J'appuyai doucement avec mon pouce droit sur la bosse et la balle jaillit par l'incision que je venais de pratiquer, tombant dans ma main comme un fruit mûr. Je la laissai tomber à mon tour dans la paume ouverte de Jamie.

— Et voilà ! annonçai-je. Un petit souvenir.

Je pressai un morceau d'étoffe sur sa plaie puis entrepris de lui bander le crâne quand subitement, sans le moindre signe avant-coureur, je me mis à pleurer.

Mes épaules tressautaient et les larmes coulaient le long de mes joues sans que je puisse rien y faire.

— *Sassenach ?* Tu vas bien ?

Jamie leva des yeux inquiets vers moi, son bandage inachevé retombant mollement sur son épaule.

— Oui, dis-je entre deux hoquets. Je... je... ne sais pas pour... pourquoi... je pleure !

Il prit ma tête entre ses mains et m'attira sur ses genoux. Je sentis ses bras m'enlacer et il me pressa contre lui, posant sa joue sur le sommet de ma tête.

— Tout ira bien, maintenant, me chuchota-t-il. C'est fini, *mo chridhe*, c'est fini.

Il me berça doucement, murmurant des mots tendres dans mon oreille. Peu à peu, je sentis mon détachement se dissiper et je repris possession de mon corps, mes larmes dissolvant la structure en métal qui m'avait tenue debout jusqu'à présent.

Enfin, je cessai de sangloter et restai immobile dans ses bras, encore secouée de hoquets de temps à autre, me laissant envahir par la paix et le réconfort de sa présence.

J'étais vaguement consciente que Ian et Lawrence étaient de retour. Au bout d'un moment, j'entendis Ian dire, d'une voix plus étonnée qu'alarmée :

— Oncle Jamie, tu as du sang qui coule dans le cou.

— Tu veux bien refaire mon bandage, mon garçon ? demanda Jamie. J'ai les deux mains occupées à tenir ta tante.

Quelques minutes plus tard, je m'endormis dans ses bras.

Lorsque je me réveillai, la nuit était tombée. J'étais recroquevillée en chien de fusil sur une couverture près de Jamie. Il était adossé à un tronc d'arbre, une main posée sur mon épaule. Il me sentit bouger et exerça une légère pression de ses doigts.

Quelqu'un ronflait doucement non loin. Ce devait être Lawrence, car j'entendais la voix de Petit Ian à côté de Jamie.

— Non, disait-il lentement ; ce n'était pas si mal que ça, sur le bateau. Comme on était tous enfermés ensemble, on se tenait compagnie. La nourriture était mangeable et ils nous sortaient régulièrement par groupe de deux, pour qu'on se promène un peu sur le pont. Bien sûr, on avait peur, car on ne savait toujours pas ce qu'ils nous voulaient et les matelots refusaient de nous adresser la parole. Mais ils ne nous ont jamais maltraités.

La *Bruja* avait remonté le fleuve Yallahs et livré sa cargaison humaine directement à Rose Hall. Là, les garçons ahuris avaient été chaleureusement accueillis par Mme Abernathy, avant d'être rapidement enfermés dans leur nouvelle prison.

— De temps à autre, un grand Noir descendait dans notre cave avec Mme Abernathy. On la suppliait de nous dire pourquoi elle nous retenait prisonniers et de nous laisser partir, mais elle se contentait de sourire et de répondre qu'on le saurait bien assez tôt. Ensuite, elle choisissait un des garçons et le grand Noir l'attrapait par le bras et le traînait dehors.

— Est-ce que les garçons revenaient ensuite ? demanda Jamie.

— Non, pas toujours, ce qui nous angoissait encore plus.

Le tour de Petit Ian était venu huit semaines après son arrivée. Trois des garçons étaient déjà partis sans revenir et, lorsque les yeux verts de Mme Abernathy s'étaient arrêtés sur lui, il s'était débattu de toutes ses forces.

— J'ai donné de grands coups de pied au Noir et je l'ai même mordu à la main. Il était couvert d'une sorte de graisse qui sentait très mauvais. Mais je n'ai rien pu faire. Il m'a assené un coup sur la tête, un seul, et j'ai été complètement sonné ! Il m'a jeté sur son épaule comme si je ne pesais rien.

Ian avait été emmené dans les cuisines, où on l'avait déshabillé et récuré, puis on lui avait passé une simple chemise de coton avant de le conduire à l'intérieur de la grande maison.

— La nuit venait de tomber et toutes les fenêtres étaient éclairées. Ça ressemblait beaucoup à Lallybroch quand on descend de la colline le soir et que maman vient d'allumer les chandelles… Ça m'a fait monter les larmes aux yeux.

Toutefois, Petit Ian n'avait pas eu trop le temps d'avoir le mal du pays. Hercule, à moins que ce ne fût Atlas, l'avait conduit à l'étage, dans ce qui paraissait être la chambre à coucher de Mme Abernathy. La maîtresse de maison l'y attendait, vêtue d'une longue robe lâche brodée d'étranges silhouettes rouge et argent.

Elle s'était montrée cordiale et accueillante et lui avait offert à boire. Le breuvage avait une drôle d'odeur mais ce n'était pas désagréable. Comme il n'avait guère le choix, il avait bu.

La chambre était meublée de deux fauteuils confortables disposés de part et d'autre d'une table basse, et d'un vaste lit à baldaquin, aussi moelleux et somptueux que celui d'une reine. Il avait pris un siège, Mme Abernathy, l'autre, puis elle lui avait posé des questions.

— Quel genre de questions ? s'enquit Jamie.

— Elle voulait tout savoir sur ma famille, ma maison... elle m'a demandé le nom de mes frères et sœurs, celui de mes tantes et de mes oncles et ce genre de choses. Puis, comme ça, de but en blanc, elle m'a demandé si j'avais jamais été au lit avec une fille !

Petit Ian paraissait ne pas encore en être revenu.

— Je ne voulais pas lui répondre, mais je n'ai pas pu m'en empêcher. Je me sentais tout chose, comme si j'avais de la fièvre, et j'avais du mal à remuer les mains. J'ai répondu à toutes ses questions tandis qu'elle me fixait sous le nez avec ses grands yeux verts.

— Tu lui as dit la vérité ?

— Euh... ou-oui, avoua Petit Ian. Je lui ai parlé d'Edimbourg, de l'imprimerie, du marin borgne, du bordel, de Mary et... de tout le reste.

Pour la première fois, Geillis avait manifesté du mécontentement devant l'une de ses réponses. Ses traits s'étaient durcis et ses yeux s'étaient rétrécis sous l'effet de la colère. Petit Ian avait senti une sueur froide lui couler dans le dos. Il aurait pris ses jambes à son cou s'il n'avait pas eu les membres aussi lourds et si le géant noir n'avait pas assisté à la scène, adossé à la porte.

— Elle s'est levée et s'est mise à marcher de long en large dans la chambre, déclarant que j'étais souillé et que, puisque je n'étais plus puceau, je ne valais plus rien. Elle me foudroyait du regard et elle m'a même demandé si je n'avais pas honte, à mon âge, d'aller fricoter avec des petites pisseuses !

Puis elle s'était calmée. Elle s'était servi un verre de vin, l'avait vidé cul sec et s'était mise à rire.

— Elle m'a regardé attentivement puis elle a dit que je n'étais plus bon pour ce qu'elle avait en tête mais que j'avais peut-être d'autres qualités.

La voix de l'adolescent était légèrement tendue. Il semblait hésiter à raconter la suite à son oncle, ne sachant pas trop comment il le prendrait. Jamie arqua un sourcil et émit un bruit interrogateur pour encourager son neveu. Petit Ian reprit sur un ton étranglé :

— Elle m'a pris la main et m'a fait me lever. Ensuite elle m'a retiré ma chemise et... je te jure que c'est vrai, mon oncle !... elle s'est agenouillée devant moi et a pris mon truc dans sa bouche !

— Oui, je te crois, Ian. Elle t'a fait l'amour, c'est ça ?

— L'amour ? Non, enfin... je ne sais pas. Elle... elle m'a fait devenir dur, puis elle m'a ordonné de me coucher sur son lit et m'a fait tout un tas de choses. Mais ce n'était pas du tout comme avec Mary !

— Oui, j'imagine, dit Jamie avec cynisme.

— Bon sang ! souffla Petit Ian. C'était franchement bizarre. A un moment, j'ai redressé la tête et le grand Noir était là, au pied du lit, tenant un chandelier. Elle lui a ordonné de le lever plus haut, pour mieux voir ce qu'elle faisait.

Il se tut quelques instants et je l'entendis boire à la bouteille.

— Oncle Jamie, reprit-il, tu as déjà couché avec une femme sans en avoir envie ?

Jamie hésita un moment, puis répondit :

— Oui, Ian, ça m'est arrivé.

— Oh, fit le garçon en se grattant la tête. Alors tu sais comment c'est ? Tu fais ce qu'il faut faire, mais ça te dégoûte un peu. Et pourtant, ça te fait aussi plaisir... tu comprends ce que je veux dire ?

Jamie laissa échapper un petit rire nerveux.

— Que veux-tu, Ian ? Ton sexe n'a pas de conscience, mais toi si. Il ne faut pas que cette histoire te turlupine, mon garçon. C'est du passé. En outre, c'est sans doute ça qui t'a sauvé la vie. Les autres garçons, ceux qui ne sont jamais revenus dans la cave, tu sais s'ils étaient puceaux ?

— Ben... quelques-uns, oui, ils me l'ont dit. On est restés longtemps enfermés ensemble, alors on a eu le temps de discuter. A la fin, on savait presque tout sur nos vies respectives. Plusieurs des garçons affirmaient avoir déjà couché avec des filles, mais... à en juger par leurs descriptions, je suis presque certain qu'ils se vantaient.

Il s'interrompit, hésitant à poser la question qui lui brûlait les lèvres, avant d'oser enfin :

— Dis, oncle Jamie... les autres, ceux qui étaient avec moi, tu sais ce qui leur est arrivé ?

— Non, mentit Jamie. Je n'en ai pas la moindre idée.

Il se laissa retomber contre le tronc d'arbre, poussant un long soupir.

— Tu crois que tu vas pouvoir dormir maintenant ? demanda-t-il. Il vaudrait mieux, car nous avons encore une longue route à faire demain matin.

— Oh, oui, ça pour dormir, ce ne sera pas un problème ! Mais je ne devrais pas plutôt monter la garde ? C'est plutôt toi qui devrais dormir, tu as été blessé... répondit Ian avant d'ajouter timidement : ... Je ne t'ai même pas dit merci, oncle Jamie.

Jamie se mit à rire.

— Je t'en prie, mon garçon. Allonge-toi donc, et dors, maintenant. Je te réveillerai en cas de besoin.

L'adolescent se roula docilement en boule et, quelques minutes plus tard, il respirait profondément.

— Tu veux dormir un peu ? demandai-je à Jamie en me redressant. Je suis éveillée, je peux monter la garde.

Il avait les yeux fermés et la lueur du feu mourant jouait sur ses paupières. Il sourit doucement et chercha ma main à l'aveuglette.

— Non, répondit-il. Mais si tu veux bien me tenir compagnie un moment, tu peux ouvrir l'œil pour moi. Mon mal de crâne s'atténue quand je ferme les paupières.

Nous restâmes assis en silence côte à côte pendant un long moment, la main dans la main.

— Que fait-on ? On retourne à la Jamaïque chercher Fergus et Marsali ? demandai-je enfin.

Jamie voulut faire non de la tête puis s'arrêta en poussant un gémissement.

— Non, je ne préfère pas. On va mettre le cap sur Eleuthera. L'île est territoire neutre, car elle appartient aux Hollandais. On enverra Innes sur le bateau de John pour dire à Fergus de nous rejoindre. Tout compte fait, j'aimerais autant ne jamais remettre un pied en Jamaïque.

— Comme je te comprends !

Quelques instants plus tard, je repris :

— Je me demande ce que va devenir M. Willoughby, je veux dire Yi Tien Cho. S'il reste dans les montagnes, personne ne le retrouvera sans doute jamais, mais...

— Oh, il se débrouillera, je ne m'inquiète pas pour lui, m'interrompit Jamie. Son pélican pêchera pour lui. S'il est malin, il trouvera un moyen pour se faufiler jusqu'en Martinique. Il y a une petite colonie de marchands chinois, là-bas. J'avais promis de l'y emmener, une fois qu'on aurait bouclé nos affaires à la Jamaïque.

Je lui lançai un regard de biais. Son visage était lisse et paisible.

— Tu ne lui en veux pas ? demandai-je.

— Non, soupira-t-il. Je ne crois pas qu'il ait vraiment mesuré la portée de son geste, ou peut-être que si. C'est un peu ma faute. Je me suis montré arrogant et prétentieux. J'étais persuadé d'avoir tout compris. Pendant tout ce temps, je croyais faire son bien, alors que je ne faisais que l'enfoncer dans son marasme. On ne peut pas en vouloir à un homme parce qu'il ne vous donne pas ce qu'il n'a pas.

Il sourit légèrement et je devinai qu'il pensait à John Grey.

Petit Ian remua dans son sommeil, avec un grognement étouffé. Il roula sur le dos, écartant les bras. Jamie rouvrit les yeux et le contempla avec tendresse.

— Dieu soit loué ! Celui-ci retourne chez sa mère par le premier bateau en partance pour l'Ecosse.

— Je ne sais pas, dis-je en souriant. Après toutes ces aventures, il ne voudra peut-être pas rentrer à Lallybroch !

— Je n'ai pas l'intention de lui demander son avis, répliqua fermement Jamie. Il partira. S'il le faut, je l'enfermerai dans une caisse et je clouerai...

Il s'interrompit, me voyant fouiller dans notre barda.

— Tu cherches quelque chose, *Sassenach* ?

— Ça y est, je l'ai ! m'exclamai-je.

Je sortis mon petit étui métallique de ma sacoche et l'ouvris pour en inspecter le contenu.

— C'est bon, conclus-je, il me reste de quoi injecter une dose.

Jamie se raidit.

— Je n'ai pas de fièvre ! dit-il prudemment. Si tu crois que je vais te laisser me planter ton aiguille dans le crâne, *Sassenach*...

— Ce n'est pas pour toi, le rassurai-je, mais pour Ian. A moins que tu ne veuilles le renvoyer chez sa mère avec la syphilis et autres maladies honteuses ?

Jamie haussa les sourcils, et grimaça sous la douleur.

— Aïe ! La syphilis ? Tu crois vraiment ?

— Je n'en serais pas surprise. L'état de démence est un des symptômes de la maladie dans sa phase avancée... bien que dans le cas de Geillis, ce soit difficile à dire. Toutefois, mieux vaut prévenir que guérir, n'est-ce pas ?

Il me regarda avec une expression amusée.

— Bah ! En tout cas, ça lui apprendra peut-être le prix du badinage. Je ferais mieux de détourner l'attention de Stern pendant que tu emmèneras le garçon derrière un buisson. Lawrence est un type bien, mais il est curieux comme une pie. Je ne voudrais pas que tu finisses sur un bûcher sur la grand-place de Kingston.

— Voilà qui ferait plaisir à ton ami le gouverneur, raillai-je.

— Détrompe-toi, *Sassenach*, John vaut bien mieux que tu ne le penses. Est-ce que ma veste est par là ?

— Oui, pourquoi ? Tu as froid ?

Je ramassai le vêtement sur le sol et le lui tendis.

— Non, répondit-il en l'étalant sur ses genoux. Mais j'aime bien sentir mes enfants près de moi quand je dors.

Il tapota avec satisfaction la poche qui renfermait les photos de Brianna et le portrait de Willie, puis me sourit en fermant les yeux.

— Bonne nuit, *Sassenach*.

63

Hors des ténèbres

Le lendemain matin, rassérénés par une nuit de sommeil et un petit déjeuner de biscuits et de bananes plantains, nous reprîmes la route vers la mer d'un cœur vaillant, même Ian, qui cessa de boiter de manière ostentatoire après cinq cents mètres de marche. Au moment où nous allions nous engager dans la gorge qui descendait vers la plage, un spectacle inattendu nous arrêta.

— Sei... Seigneur, ce... ce sont eux ! balbutia Petit Ian. Les pirates !

Il tourna les talons, s'apprêtant à courir en sens inverse, mais Jamie le retint par le bras.

— Ce ne sont pas les pirates mais les esclaves, dit-il. Regarde !

Peu habitués à manipuler de gros vaisseaux, les esclaves évadés des plantations de Yallahs River avaient mis plus de temps que nous pour rejoindre Hispaniola. Ayant découvert la crique déserte, ils ne s'étaient pas embarrassés de manœuvres inutiles et avaient foncé droit sur la plage. La *Bruja* gisait sur le flanc, sur les bas-fonds, sa quille profondément enchâssée dans le sable. Un groupe très agité s'affairait tout autour, de l'eau jusqu'à la taille, aidant les derniers à descendre. Certains détalaient vers la plage en hurlant, d'autres filaient à couvert dans la jungle.

Un bref regard vers la mer nous expliqua la raison de cet empressement. Une tache blanche était visible au loin, grossissant à vue d'œil.

— Un vaisseau de guerre, dit Lawrence calmement.

Jamie jura dans sa barbe en gaélique et Petit Ian lui lança un regard choqué.

— On file d'ici tout de suite, décréta Jamie.

Il fit volte-face et me poussa en avant, mais Lawrence l'arrêta :

— Attendez ! dit-il en mettant une main en visière. Il y a un autre bateau là-bas. Plus petit.

La goélette du gouverneur venait d'apparaître à l'angle de la baie, gîtant dangereusement, ses voiles gonflées par un vent de trois quarts.

Jamie hésita une fraction de seconde, évaluant nos chances, puis il me tira dans l'autre sens.

— A la plage, vite !

Le temps d'atteindre le croissant de sable, la petite chaloupe de la goélette s'approchait déjà sur les bas-fonds, Raeburn et MacLeod maniant les rames avec vaillance. Après notre course folle, j'étais à bout de souffle et mes genoux tremblaient. Jamie me souleva de terre et se mit à courir dans les vagues, talonné de près par Lawrence et Petit Ian, haletants comme des phoques.

Une centaine de mètres plus loin, j'aperçus Gordon perché sur la proue du navire. Il pointait son mousquet sur nous et je compris que nous étions suivis. Le coup partit en projetant un petit nuage de fumée blanche, puis Meldrum, juste derrière lui, mit en joue à son tour et tira. Les deux hommes se relayèrent ainsi pour nous couvrir tandis que nous progressions à grands coups de rames. Enfin, des mains amies se tendirent et nous hissèrent à bord tandis que les autres remontaient la chaloupe hors de l'eau.

— Gare à vos têtes !

A la barre, Innes hurlait ses ordres tandis que la baume changeait de bord et que les voiles se gonflaient à nouveau. Jamie m'aida à me mettre debout et me guida jusqu'à la banquette. Puis il se laissa tomber à mon côté, pantelant.

— Seigneur Jésus ! haleta-t-il. Je croyais vous avoir dit de filer, Duncan !

— Garde ton souffle, MacDubh, rétorqua Innes. Tu n'en as déjà plus beaucoup comme ça.

Il lança un ordre à MacLeod, qui hocha la tête et s'affaira auprès des écoutes. La goélette vira à nouveau de bord et mit le cap sur le grand large, filant droit vers le vaisseau de guerre, à présent suffisamment proche pour que je discerne le marsouin souriant sous son beaupré.

MacLeod cria quelque chose en gaélique, qu'il accompagna d'un geste sans ambiguïté. Accompagnés par le cri de triomphe d'Innes, nous passâmes littéralement sous le nez du *Porpoise*, à savoir sous son bâton de foc, si près que je pus distinguer les visages ahuris penchés au-dessus du bastingage.

Je lançai un regard à la baie derrière nous, vers laquelle le *Porpoise* se dirigeait toujours. La goélette ne pouvait espérer semer l'énorme vaisseau de guerre en pleine mer, mais dans des contacts rapprochés comme celui-ci, elle était légère et infiniment plus manœuvrable.

— C'est le navire des esclaves qui les intéresse, commenta Meldrum en suivant mon regard. On les a vus qui pourchassaient la *Bruja* à trois miles de la côte. On s'est dit que, pendant qu'ils étaient occupés, on avait peut-être le temps de revenir dans la crique et vous prendre au vol.

— Bonne idée ! approuva Jamie qui se remettait lentement. J'espère que le *Porpoise* a suffisamment à faire pour le moment pour ne pas se soucier de nous.

Un cri d'alarme de Raeburn nous indiqua malheureusement que ce n'était pas le cas. Derrière nous, je vis l'éclat des canons en cuivre sur le pont arrière du *Porpoise,* des « chasseurs de poupe », que les marins venaient de débâcher.

Nous étions loin, mais pas encore suffisamment. Innes poussa de toutes ses forces sur la barre et la goélette se mit à décrire des zigzags entre les vagues. Les deux chasseurs de poupe tirèrent en même temps. Une grande gerbe d'eau s'éleva au nord-ouest, à une vingtaine de mètres de la proue. Je déglutis nerveusement. Je n'avais pas imaginé que les canons puissent avoir une aussi longue portée. Un seul boulet de douze kilos s'écrasant sur le pont suffirait à nous couler.

Innes jura entre ses dents, à moitié couché sur sa barre. Son bras manquant lui donnait une étrange silhouette de guingois. Notre route devint encore plus erratique et les trois coups suivants ratèrent leur cible. Puis nous entendîmes une détonation plus violente et je me tournai juste à temps pour voir le flanc de la *Bruja* exploser dans une gerbe d'éclats de bois.

Une pluie de boulets s'abattit sur la plage. L'un d'eux atterrit en plein milieu d'un groupe de fuyards, faisant voler dans les airs des corps et des fragments humains qui retombèrent sur le sable, le maculant de traînées rouges. Plusieurs membres arrachés flottaient dans les vagues tels les débris d'un naufrage.

— Sainte Marie mère de Dieu ! souffla Petit Ian.

Livide, il se signa sans pouvoir détacher les yeux de la scène d'horreur sur la plage. Là-bas, le bombardement se poursuivait de plus belle. Deux autres coups atteignirent la *Bruja,* ouvrant un trou béant dans sa coque. Plusieurs boulets finirent leur course sur le sable, mais deux autres fauchèrent encore des dizaines de silhouettes en fuite. Puis nous contournâmes le dernier bras de terre et mîmes le cap vers le grand large, la plage et son carnage sortant de notre champ de vision.

— « Priez pour nous, humbles pécheurs, Seigneur... »

Petit Ian acheva sa prière dans un murmure puis se signa.

Une fois hors de danger, le silence retomba sur le pont. Jamie demanda à Innes d'aller droit vers Eleuthera, puis ce dernier et MacLeod se plongèrent dans des conciliabules pour décider de la meilleure route à suivre. Les autres étaient encore trop atterrés par ce qu'ils venaient de voir, et trop soulagés d'y avoir échappé, pour avoir envie de parler.

Le ciel était dégagé et une brise fraîche et vive nous poussait gaillardement. Au coucher du soleil, Hispaniola avait disparu derrière la ligne d'horizon et les îles Turques se dessinaient déjà sur notre gauche.

Je mangeai ma ration de biscuits, bus une tasse d'eau, puis me recroquevillai sur le pont entre Petit Ian et Jamie. Innes, roulé en boule sous le foc, s'assoupit progressivement tandis que MacLeod et Meldrum se relayaient à la barre.

Un cri me réveilla le lendemain matin. Je me redressai sur un coude, les yeux bouffis et les membres raides après avoir dormi à même le pont humide. Jamie était debout, ses cheveux rabattus en arrière par la brise matinale.

— Quoi ? demandai-je, hagarde. Que se passe-t-il ?

— Je n'arrive pas à le croire ! dit-il en fixant la poupe. C'est encore ce foutu bateau !

Je me relevai tant bien que mal. Effectivement, loin derrière nous, on apercevait de minuscules voiles blanches.

— Comment peux-tu être sûr que c'est le *Porpoise* ? demandai-je. On ne voit rien à cette distance.

— Toi et moi peut-être pas, admit-il, mais Innes et MacLeod, si. Ils me jurent que ce sont ces vampires d'Anglais. Le sang des esclaves ne leur a sans doute pas suffi. Ils ont dû deviner où nous allions. Après en avoir terminé avec ces malheureux sur Hispaniola, ils ont décidé de se lancer à nos trousses.

Il se laissa retomber sur la banquette avec un soupir.

— Il n'y a pas grand-chose à faire, hormis prier pour qu'ils ne nous rattrapent pas. Innes dit qu'on peut les semer après Cat, si on y arrive avant la nuit.

A mesure que les heures s'écoulaient, nous restâmes hors de portée des canons du *Porpoise*, mais Innes paraissait de plus en plus inquiet.

La mer entre Cat et Eleuthera était peu profonde et parsemée de récifs coralliens. Un gros vaisseau de guerre ne pourrait jamais nous suivre dans ce dédale. D'un autre côté, nous ne pourrions plus changer rapidement de cap et zigzaguer pour éviter ses puissants canons. Une fois engagés entre les bancs de sable et les écueils, nous serions aussi vulnérables qu'un pigeon d'argile dans un stand de tir.

Finalement, après moult discussions, les hommes décidèrent de mettre le cap vers l'est, et la haute mer. Nous ne pouvions nous risquer à ralentir et nous avions encore une chance, quoique faible, de semer le *Porpoise* pendant la nuit.

A l'aube, toute trace de terre avait disparu. Hélas, ce n'était pas le cas du *Porpoise*. Il ne s'était pas rapproché mais, le vent augmentant à mesure que le soleil grimpait dans le ciel, il déploya des voiles supplémentaires et se mit à gagner du terrain. Nous portions déjà toute notre voilure et n'avions aucun endroit où nous réfugier. Il n'y avait rien d'autre à faire que filer droit devant... et espérer.

A mesure que les heures passaient, la silhouette du *Porpoise* grandissait derrière nous. Au début de la matinée, le ciel commença à se couvrir et le vent redoubla d'intensité. Cela n'arrangeait guère notre affaire car, avec sa grande surface de voilure, notre poursuivant avait l'avantage.

Vers dix heures, il s'était suffisamment rapproché pour tenter une première salve. Le coup tomba loin derrière nous, mais c'était néanmoins inquiétant. Innes plissa les yeux vers la poupe, évaluant la distance qui nous séparait du *Porpoise*, puis il serra les dents et s'arc-bouta de plus belle sur sa barre. Il ne servait à rien de virer de bord pour le moment. Il valait mieux poursuivre notre route tout droit le plus longtemps possible et attendre la dernière minute pour essayer de zigzaguer entre les boulets, quand il n'y aurait plus aucune autre solution.

A onze heures, le *Porpoise* n'était plus qu'à sept cents mètres de nous. Les détonations sourdes des canons de son pont avant retentissaient toutes les dix minutes, soit le temps nécessaire aux canonniers pour recharger et ajuster leur tir. En fermant les yeux, je pouvais imaginer Erik Johansen, le front dégoulinant de sueur et maculé de poudre, penché sur la pièce d'artillerie, une mèche à la main. J'espérais qu'Annekje avait été laissée sur Antigua avec ses chèvres.

A onze heures et demie, il commença à pleuvoir et la mer s'agita. Une soudaine bourrasque nous prit de flanc et la goélette gîta brusquement, au point que le bastingage à bâbord se retrouva à moins de cinquante centimètres au-dessus de l'eau. Projetés sur le pont par la secousse, nous nous désenchevêtrâmes tant bien que mal tandis qu'Innes et MacLeod redressaient adroitement la barre. Lançant un regard derrière moi, comme je le faisais malgré moi toutes les cinq minutes, je vis les matelots du *Porpoise* affaler les cacatois.

— C'est bon signe ! me hurla MacGregor dans l'oreille. Ça va les ralentir !

Vers midi et demi, le ciel avait viré au vert violacé et le vent sifflait de plus belle. Le *Porpoise* avait encore abaissé des voiles et, malgré cela, un de ses huniers fut arraché. Le grand carré de toile blanc se déchira avec fracas et tournoya dans les airs, battant follement des ailes tel un albatros. Notre poursuivant avait cessé de nous canonner, incapable de viser une si petite cible n'apparaissant que par intermittence entre les creux.

Le soleil ayant disparu derrière les nuages, je n'avais plus aucun moyen d'évaluer l'heure, mais la tempête éclata un peu plus tard. Le vacarme était assourdissant. Avec force grimaces et gesticulations, Innes fit comprendre aux hommes qu'ils devaient affaler les dernières voiles. En conservant la moindre surface portante, ne seraient-ce que quelques ris, nous risquions de voir notre mât arraché du pont.

Je m'agrippai de mon mieux au bastingage, serrant la main de Petit Ian. Jamie était accroupi derrière nous, nous tenant par l'épaule. Une pluie aveuglante nous fouettait le visage, tombant presque à l'horizontale. Elle était si dense que je distinguai à peine une forme à l'horizon que je pris pour Eleuthera.

La houle atteignait des proportions vertigineuses, avec des crêtes qui s'élevaient à plus de douze mètres. La goélette les grimpait à toute allure, montant encore et toujours, puis paraissait comme suspendue dans le vide quelques instants, avant de piquer du nez et de plonger dans le gouffre suivant, nous faisant remonter l'estomac dans la gorge. Dans l'étrange luminosité qui régnait autour de nous, le visage de Jamie était livide, ses cheveux plaqués contre son crâne.

Il faisait pratiquement nuit quand cela se produisit. En dépit du ciel noir, une lueur irréelle bordait la ligne d'horizon, soulignant les contours fantasmagoriques du *Porpoise,* juste derrière nous. Une nouvelle rafale de pluie nous cingla de biais, puis nous fit tournoyer au sommet d'une énorme lame.

Alors que nous nous préparions à une nouvelle plongée dans les abîmes, Jamie me serra le bras et tendit un doigt derrière nous. Le mât de misaine du *Porpoise* semblait bizarrement courbé, sa pointe obliquant vers la gauche. Avant que je n'aie eu le temps de comprendre ce qui était en train de se passer, il se brisa en deux et sa partie supérieure tomba à pic dans la mer, entraînant espars et gréements.

Le vaisseau de guerre décrivit un tour complet autour de cette ancre impromptue, se présentant de flanc au pied de la vague suivante. Un mur d'eau s'éleva au-dessus du navire, et le *Porpoise* parut aspiré vers les cieux. Il tournoya de nouveau sur la crête du rouleau puis sa proue piqua droit dans la vague suivante. Sa poupe se souleva hors de l'eau, tandis que ses trois mâts volaient en éclats comme de simples brindilles.

Les trois vagues suivantes achevèrent le travail, engloutissant le vaisseau et son malheureux équipage sous nos yeux effarés. Les événements se produisirent avec une telle rapidité qu'aucun marin n'eut la moindre chance d'y échapper. Il y eut une sorte de grand bouillonnement au cœur du creux suivant, puis, plus rien.

Le bras de Jamie était dur comme de l'acier trempé sous mes doigts. Tous les hommes avaient les yeux rivés sur l'endroit où le *Porpoise* venait de disparaître, la figure décomposée par l'horreur. Tous, sauf Innes, couché sur sa barre, qui négociait d'un air concentré chaque nouvelle vague.

Une nouvelle lame se forma le long du bastingage et grandit sous mes yeux, prenant peu à peu des proportions et une force gigantesques. Elle nous surplomba bientôt et resta comme suspendue là, au-dessus de moi. Le grand mur d'eau était aussi limpide et cristallin que du verre. Je pouvais y voir des débris de bateau et des cadavres de marins, les membres écartés dans un ballet grotesque. Le corps de Thomas Leonard resta figé un instant à moins de trois mètres de mon visage, sa bouche grande ouverte dans une expression de surprise, ses longs cheveux pris sous son col aux insignes dorés.

Puis la vague se rabattit. Je fus arrachée au pont et précipitée dans le chaos. Aveugle, sourde, suffoquée, je tournoyai dans l'espace solide, les bras et les jambes écartelés par la pression du courant.

Je ne vis plus rien. Tout n'était plus que violence et sensations. Je ne sentais ni le poids de mes vêtements ni la traction de la corde... si celle-ci était encore nouée autour de ma taille. Je perçus une vague chaleur entre mes cuisses, aussi distincte dans le froid ambiant qu'un nuage gris dans un ciel d'azur. « De l'urine », pensai-je. Mais la mienne ou celle d'un autre ? A moins que ce ne fût le dernier contact d'un autre corps, aspiré comme moi dans le ventre de la vague.

Mon crâne heurta une surface dure et je me retrouvai en train de cracher mes poumons à plat ventre sur le pont de la goélette, miraculeusement toujours entière. Je me redressai à quatre pattes, toussant et suffoquant. Ma corde était toujours en place, serrant si fort ma taille que je crus d'abord que j'avais les côtes broyées. Je tirai vainement dessus, essayant de respirer, puis Jamie apparut, un bras autour de moi, l'autre cherchant sa dague à sa ceinture.

— Ça va ? hurla-t-il.

— Non !

Mon râle se perdit dans le vacarme. Je secouai la tête, tentant vainement de dénouer la corde.

Le ciel était vert pourpre, une couleur que je n'avais jamais vue auparavant. Jamie trancha le nœud qui m'étouffait, écartant les mèches trempées qui lui masquaient la vue.

Délivrée, je pris une grande inspiration. Le bateau était ballotté dans tous les sens, se balançant d'avant en arrière. Jamie se plaqua sur le pont et se mit à ramper vers le grand mât à trois mètres de distance, me traînant derrière lui. Mes vêtements avaient beau avoir été gorgés d'eau quelques instants plus tôt, le vent violent les rabattait sur mon visage, déjà à moitié secs, me fouettant les joues.

Le bras de Jamie était dur comme fer sous mes aisselles. Je

m'accrochai à lui, essayant d'aider notre avancée en poussant des pieds sur les lattes glissantes du pont. Des vagues plus petites balayaient le pont à intervalles réguliers, nous aspergeant.

Des mains se tendirent vers nous et nous tirèrent vers le mât. Innes avait abandonné la barre depuis longtemps, l'attachant au bastingage. En relevant la tête, je vis un éclair transpercer le ciel, imprimant l'image d'une toile d'araignée lumineuse sur mes rétines.

Il était impossible de parler... et inutile. Raeburn, Ian, Meldrum et Lawrence étaient agglutinés autour du grand mât, tous solidement attachés. Même si la situation sur le pont était terrifiante, personne n'avait envie de s'enfermer dans la petite cabine pour être bringuebalé dans tous les sens dans le noir sans savoir ce qui se passait.

J'étais assise sur le pont, les jambes étalées devant moi, adossée au mât et la corde autour de ma poitrine. D'un côté, le ciel était devenu gris plomb, de l'autre, d'un vert profond et lumineux. Les éclairs s'abattaient au hasard sur la surface de la mer, projetant des éclats de brillance sur l'étendue noire. Le rugissement du vent était tel qu'il couvrait même le tonnerre qui semblait rouler dans le lointain, comme des coups de canon étouffés.

Puis la foudre frappa près du navire, l'éclair et le tonnerre éclatant simultanément, si près que j'entendis le grésillement de l'eau bouillonnante. Une odeur âcre d'ozone flotta dans l'air. La silhouette mince d'Innes se détacha contre le ciel et, l'espace d'un instant, on aurait cru un squelette noir.

Entre les mouvements chaotiques du bateau et l'aveuglement provoqué par les éclairs, on aurait dit qu'il avait à nouveau deux bras, comme si son membre amputé avait surgi du monde des fantômes pour venir le retrouver, à la frontière de l'éternité.

« *Voyons voir... Les lombaires avant les dorsales, les dorsales avant les cervicales...* ». La voix de Joe Abernathy fredonna doucement dans mes oreilles et j'eus une atroce vision des membres arrachés que j'avais vus sur la plage près de la carcasse de la *Bruja*, s'animant dans une danse macabre, se mettant à gigoter et tressauter pour s'unir et ne former plus qu'un seul corps.

Il y eut un autre coup de tonnerre tout près et je me mis à hurler, non pas par réaction au bruit mais terrorisée par un autre éclair dans ma mémoire : je revis un crâne que j'avais retourné entre mes mains, avec deux grandes orbites creuses où avaient brillé autrefois des yeux verts comme des émeraudes.

Jamie cria quelque chose dans mon oreille mais je ne l'entendis pas. Mes cheveux, comme mes jupes, claquaient au vent. Mes mèches hirsutes tiraient sur mon cuir chevelu. A mesure qu'elles séchaient, je sentais l'électricité statique crépiter chaque fois qu'elles effleuraient mes joues. Je devinai les hommes s'agitant autour de moi et je levai le nez comme eux. Les espars et les gréements de la goélette étaient nimbés d'une aura bleue phosphorescente : des feux de Saint-Elme.

Une boule de feu tomba sur le pont et roula vers nous. Jamie lui donna un coup de pied. Elle rebondit avec délicatesse et disparut derrière le bastingage, laissant derrière elle une odeur de brûlé.

Je me tournai vers Jamie pour voir s'il allait bien et vis ses cheveux dressés à la verticale sur sa tête, enveloppés de flammes bleutées. Son crâne fumait comme celui d'un démon. Il se passa les doigts sur le visage et des étincelles bleu vif coururent sur ses joues. Puis il baissa les yeux vers moi et me prit la main. Une décharge nous traversa mais il ne lâcha pas prise.

Je n'aurais su dire combien de temps dura la tempête : des heures ou des jours. Nos bouches séchées par le vent devinrent poisseuses du fait de la soif. Le ciel passa du gris au noir, mais il était impossible de savoir si nous étions la nuit ou le jour.

La pluie, quand elle arriva, nous parut un cadeau du ciel. Elle se déversa en trombe, comme un déluge tropical, frappant l'eau en faisant un vacarme plus fort encore que celui du vent. Mieux encore, elle se mua bientôt en grêle. Les grêlons mitraillaient mon crâne mais peu m'importait. Je rassemblai les petits grains de glace dans mes mains puis les avalai à demi fondus pour soulager ma gorge en feu.

Meldrum et MacLeod rampèrent sur le pont pour recueillir les grêlons dans des seaux, des pots et tout ce qui pouvait contenir un peu d'eau.

Je dormais par à-coups, la tête contre l'épaule de Jamie, pour me réveiller chaque fois en entendant encore le vent hurler. Ayant passé depuis longtemps le stade de la terreur, je me contentais d'attendre. Que nous survivions ou non n'avait plus d'importance, si seulement le raffut voulait bien cesser.

De temps à autre, les ténèbres s'éclaircissaient vaguement, mais nous ne pouvions savoir si c'était sous l'effet du soleil ou de la lune. Je dormis, me réveillai, me rendormis encore.

Enfin, je me réveillai à nouveau pour découvrir que le vent avait diminué. La mer était encore agitée et le bateau se balançait toujours comme une coquille, nous soulevant puis nous laissant retomber avec une régularité qui retournait les tripes, mais le bruit était moins intense. Au moins, je pus entendre MacGregor crier à Petit Ian de lui passer une tasse d'eau. Les visages des hommes étaient gercés et leurs lèvres crevassées jusqu'au sang par le vent, mais ils souriaient.

— C'est fini, dit Jamie dans mon oreille d'une voix rauque. La tempête est passée.

En effet. Au-dessus de nos têtes, le manteau de nuages était déchiré par endroits, laissant entrevoir des fragments de ciel bleu pâle. Ce devait être le petit matin, juste après l'aube, mais je n'en étais pas sûre.

Si l'ouragan s'était éloigné, le vent était toujours puissant et un courant rapide nous entraînait à une vitesse prodigieuse. Meldrum reprit la barre à Innes et, se penchant sur la boussole, laissa échapper un cri de surprise. La boule de feu qui avait roulé sur le pont ne nous avait rien fait, mais, dans son boîtier intact, la boussole n'était plus qu'une masse de métal fondu.

— Stupéfiant ! fit Lawrence, impressionné.

— Oui, mais pas très pratique, rétorqua Innes.

Il leva les yeux au ciel.

— Il paraît que vous êtes doué pour la navigation astronomique, monsieur Stern ? demanda-t-il.

Après un certain temps passé le nez tourné vers les dernières étoiles de l'aube, Jamie, Innes et Stern purent déterminer que nous nous dirigions plus ou moins vers le nord-est.

Lawrence se pencha sur la carte.

— Il faut virer vers l'ouest, déclara-t-il. Nous ignorons où nous sommes, mais toutes les terres se trouvent à l'ouest. On finira bien par apercevoir une côte.

Après un dernier regard dubitatif à la carte, Innes hocha la tête. Rudimentaire, elle indiquait une poignée d'îles qui parsemaient la mer des Caraïbes comme des miettes de poivre moulu.

— Mouais... opina-t-il. Nous voguons vers le large depuis je ne sais combien de temps. La coque est toujours entière, mais c'est tout ce que je peux affirmer. Quant au mât et aux voiles, je ne sais pas s'ils tiendront encore longtemps.

Il semblait pour le moins sceptique.

— Dieu seul sait où on va accoster ! soupira-t-il.

— Peu importe, tant que c'est de la terre ferme, rétorqua Jamie. Ce n'est pas le moment de faire les difficiles.

Innes lui lança un coup d'œil amusé, un petit sourire au coin des lèvres.

— Ah oui ? Et moi qui croyais que tu étais enfin devenu un vrai marin ! Ça fait au moins deux jours que tu n'as pas dégobillé !

— C'est parce que je n'ai rien avalé depuis deux jours, répliqua Jamie. Je me fiche que la première île qu'on apercevra soit anglaise, française, espagnole ou hollandaise. Tout ce que je demande, Duncan, c'est qu'on y trouve de quoi manger.

Innes se passa une main sur la bouche et déglutit péniblement. Malgré nos gorges sèches, la seule mention de nourriture nous faisait tous saliver.

— Je ferai de mon mieux, MacDubh, promit-il.

— Terre ! Terre !

Le cri s'éleva enfin, cinq jours plus tard, d'une voix rendue si éraillée par le vent et la soif que ce ne fut qu'un faible croassement, néanmoins rempli de joie. Je me précipitai sur le pont, mes pieds glissant sur les barreaux de l'échelle. Tous se tenaient devant le bastingage, observant une silhouette bossue se dressant à l'horizon. Elle était encore loin, mais c'était indubitablement de la terre, ferme, solide et distincte.

— Où sommes-nous, à votre avis ? demandai-je.

J'étais si enrouée que personne ne m'entendit. Mais peu importait. Même si nous nous dirigions droit vers les casernes d'Antigua, je m'en fichais éperdument.

Les vagues couraient autour de nous en formant de grosses bosses grises, tels des dos de baleines. A présent, le vent soufflait en bourrasques et Innes ordonna à Meldrum à la barre de serrer le vent au plus près.

De grands oiseaux blancs volaient en rangs ordonnés vers le rivage lointain. Ce devaient être des pélicans, scrutant les bas-fonds en quête de poissons. Le soleil faisait briller leurs ailes.

Je tirai sur la manche de Jamie pour les lui faire admirer.

— Regarde... commençai-je.

Il y eut un grand « Crac ! » au-dessus de ma tête et le monde autour de moi explosa dans une gerbe de feu. Puis je me sentis brutalement précipitée dans la mer. Etourdie et asphyxiée, je coulai à pic dans une masse vert sombre. Quelque chose, noué autour de mes jambes, m'attirait vers le fond.

Je battis désespérément des pieds, tentant de me libérer de mon lest mortel. Une ombre flotta au-dessus de ma tête et je l'attrapai, refaisant surface. Dieu soit loué ! C'était un morceau de bois, quelque chose à quoi me raccrocher.

Une forme noire glissa sous l'eau à côté de moi, tel un phoque, puis une tête rouge jaillit à deux mètres, inspirant bruyamment.

— Accroche-toi ! me hurla Jamie.

Il me rejoignit en deux brasses puis replongea. Je le sentis qui me tirait sur la jambe. Une douleur vive me traversa la cheville, puis la pression se relâcha. La tête de Jamie reémergea de l'autre côté de l'espar auquel je me tenais. Il s'agrippa à mes poignets, haletant, tandis que les rouleaux nous emportaient, nous faisant monter et descendre.

Je ne voyais le bateau nulle part. Avait-il coulé ? Une vague se brisa au-dessus de ma tête et Jamie disparut. Je secouai la tête, clignai les yeux, et il réapparut. Il me sourit, avec une grimace d'effort, et ses mains autour de mes poignets se resserrèrent.

— Tiens bon ! me cria-t-il.

Ce que je fis. Le bois était mou et s'effritait en échardes sous mes paumes, mais je m'y accrochais de toutes mes forces. Nous dérivions, à moitié aveuglés par les embruns, tournoyant comme un bouchon de liège, de sorte que tantôt j'apercevais le rivage au loin, tantôt je ne voyais que l'étendue infinie de la mer. Puis, chaque fois qu'une vague se refermait sur nous, je ne voyais plus que de l'eau.

J'avais une sensation bizarre dans la jambe, une sorte de fourmillement ponctué d'éclairs de douleur fulgurants. L'image du moignon de jambe de Murphy traversa mon esprit, suivie de celle de la gueule du requin, hérissée d'une multitude de dents acérées. Ma jambe avait-elle été emportée par quelque bestiole affamée ? J'imaginai mon propre moignon pissant le sang, laissant une traînée rouge dans mon sillage, se dissipant dans l'étendue glacée de l'océan. Je fus soudain prise d'une peur panique et tentai de retirer ma main de sous celle de Jamie pour tâter ma jambe.

Il grogna quelque chose d'inintelligible et retint mes mains sur le bois. Après avoir vainement battu des chevilles, je repris mon calme, me répétant que, si j'avais perdu une jambe, j'aurais sans doute aussi déjà perdu connaissance.

De fait, je n'avais plus les idées très claires. Ma vue commençait à se brouiller et des petits points gris dansaient devant le visage de Jamie. Etais-je vraiment en train de me vider de tout mon sang ou était-ce uniquement l'effet cumulé du froid et du choc ? Cela ne semblait pas faire grande différence : le résultat était le même.

Un sentiment de profonde lassitude et de paix m'envahit peu à peu. Je ne sentais plus ni mes pieds ni mes jambes, et seuls les doigts de Jamie qui écrasaient les miens me rappelaient son existence. Ma tête s'enfonça sous l'eau et je dus faire un effort pour me souvenir de retenir ma respiration.

La vague passa et le bois remonta lentement à la surface, ramenant mon nez au-dessus de l'eau. Le visage de Jamie se dressait à une trentaine de centimètres du mien, les cheveux plaqués contre son crâne, les traits déformés par l'angoisse.

— Accroche-toi ! rugit-il. Bon Dieu, Claire ! Accroche-toi !

Je souris doucement, l'entendant à peine. Le sentiment de paix intense me soulevait, m'emportant au-delà du bruit et de la fureur. Je ne sentais plus la douleur, plus rien n'avait d'importance. Une autre vague s'abattit sur moi et, cette fois, j'oubliai de retenir ma respiration.

La sensation de suffocation me réveilla un peu, juste le temps de voir l'éclair de terreur dans le regard de Jamie. Puis ma vision s'obscurcit à nouveau.

— Bon sang, *Sassenach* ! disait la voix au loin. Tiens bon ! Si tu te laisses mourir, *Sassenach*, je te tue !

J'étais morte. Autour de moi, tout était blanc, un blanc immaculé et aveuglant. Il y avait un léger frémissement de l'air, comme si des anges battaient des ailes. Je me sentais paisible et désincarnée, enfin débarrassée de la peur et de la colère, emplie d'une douce sérénité.

Puis je toussai.

Pas si désincarnée que ça, après tout ! Ma jambe me faisait mal, très mal. Peu à peu, je discernai d'autres sources de douleur, mais celle de mon tibia était de loin la plus forte de toutes. J'avais l'impression qu'on m'avait extrait l'os pour le remplacer par une barre de métal rougi au feu.

Cela dit, ma jambe était toujours là. Lorsque je parvins enfin à entrouvrir les paupières, la douleur qui irradiait de ma cheville au genou formait presque un halo blafard, palpable au-dessus de moi, à moins que ce ne fût l'effet du brouillard dense qui régnait dans ma tête. Qu'il soit d'origine physique ou mental, il se traduisait par une sorte de tourbillon blanc, traversé par des éclairs de lumière plus vifs. Le seul fait de l'observer me fit mal aux yeux et je les refermai aussitôt.

— Dieu soit loué, tu es en vie ! dit une voix cassée mais nettement écossaise près de mon oreille.

— J'en doute.

Ma propre voix n'était qu'un râle rauque.

J'avais de l'eau de mer jusque dans les sinus. Je toussai à nouveau et mon nez se mit à couler abondamment. Puis j'éternuai.

— Beuârk ! fis-je, dégoûtée.

Une cascade de morve s'était déversée sur ma lèvre supérieure. Ma main paraissait lourde et lointaine, mais je réussis à la soulever pour m'essuyer maladroitement la figure.

— Ne bouge pas, *Sassenach.* Je vais te nettoyer.

Il y avait une note d'amusement dans son ton, qui m'exaspéra tant que j'en rouvris les yeux. J'eus juste le temps d'apercevoir brièvement les traits de Jamie, penché sur moi, avant que ma vision soit à nouveau brouillée par un immense mouchoir blanc.

Il m'essuya consciencieusement le visage, faisant la sourde oreille à mes protestations étranglées et à mes bruits de suffocation, puis il me pinça doucement le nez avec le mouchoir.

— Souffle ! ordonna-t-il.

J'obtempérai. Contre toute attente, la situation s'améliora nettement. Maintenant que mon cerveau était plus dégagé, je parvenais à former des pensées plus ou moins cohérentes.

Jamie me sourit. Ses cheveux étaient hirsutes et durcis par le sel et une entaille près de la tempe formait une ligne rouge vif sur sa peau bronzée. Il était torse nu, enveloppé dans une sorte de couverture.

— Tu te sens très mal ? demanda-t-il.

— Affreusement mal, répliquai-je.

Je regrettais presque d'être encore en vie, rechignant à observer et à prendre conscience de tout ce qui m'entourait. En entendant ma voix éraillée, Jamie tendit la main vers une cruche d'eau posée sur la table de chevet.

Perplexe, je clignai les yeux à plusieurs reprises. C'était pourtant bien une table de chevet ! Placée à la tête d'un lit, dans lequel je me trouvais. Je regardai mieux. Non, ce n'était ni une couchette de bateau ni un hamac, mais bien un lit, avec un sommier, un matelas et de vrais draps de lin blancs. Ces derniers avaient contribué à l'impression de blancheur environnante qui m'avait d'abord frappée, tout comme les murs et le plafond blanchis à la chaux et la longue moustiquaire qui se gonflait comme une voile, agitée par une légère brise qui filtrait par la fenêtre ouverte.

Les éclats plus vifs que j'avais remarqués étaient des reflets de lumière courant sur le plafond. Il devait y avoir une étendue d'eau à proximité, illuminée par le soleil. Malgré le confort, je ressentis un bref regret pour la sensation de paix infinie qui m'avait envahie dans le cœur de la vague, un regret ravivé par la douleur fulgurante dans ma jambe lorsque je tentai de bouger.

— Je crois que tu as la jambe cassée, *Sassenach*. Si j'étais toi, j'éviterais de gigoter.

— Merci pour le conseil, rétorquai-je en grinçant des dents. Où sommes-nous ?

Il haussa les épaules.

— Aucune idée. Dans une grande maison, c'est tout ce que je peux te dire. Je n'ai pas fait très attention quand ils nous ont amenés. J'ai vaguement entendu quelqu'un dire qu'on se trouvait aux « Perles ».

Il approcha la tasse de mes lèvres et je bus doucement.

— Que s'est-il passé ?

Tant que je ne bougeais pas, la douleur était supportable. Machinalement, je plaçai deux doigts sous ma mâchoire pour prendre mon pouls. Il était régulier et fort. Je n'étais pas en état de choc, donc la fracture de ma jambe ne devait pas être trop grave, malgré la douleur intense.

Jamie se frotta les yeux. Il semblait épuisé et ses mains tremblaient légèrement. Il avait une grande ecchymose sur la joue et du sang séché dans le cou.

— Le grand mât s'est cassé. L'un des espars est tombé sur le pont et t'a entraînée à la mer. Tu as coulé à pic et j'ai plongé pour te repêcher. Je t'ai rattrapée de justesse, ainsi que l'espar, Dieu merci ! Tu avais des cordages enroulés autour des chevilles. Ils t'entraînaient par le fond mais j'ai réussi à te dégager.

Il poussa un profond soupir et se massa le crâne.

— Ensuite, je me suis accroché à toi. Au bout d'un moment, j'ai senti mes pieds toucher le fond. Je t'ai portée jusqu'au rivage. Quelque temps plus tard, des hommes nous ont trouvés et nous ont portés jusqu'ici. Je n'en sais pas plus.

— Et le bateau ? demandai-je. Et les hommes ? et Ian ? et Lawrence ?

— Sains et saufs, je crois. Le mât brisé, ils n'ont pas pu faire demi-tour pour nous repêcher. Le temps qu'ils installent une voile de fortune, nous étions déjà loin.

Il toussota, puis se passa le dos de la main sur les lèvres.

— Mais ils sont en vie. Les hommes qui nous ont retrouvés m'ont dit qu'ils avaient aperçu une goélette échouée sur la plage à un kilomètre plus au sud d'ici. Ils sont partis voir et ramèneront les hommes.

Il but à son tour un peu d'eau, se rinça la bouche puis recracha la gorgée par la fenêtre.

— J'ai du sable entre les dents, m'expliqua-t-il en grimaçant. Comme dans les oreilles, dans le nez, et jusque dans le trou du cul, probablement.

Je tendis la main et saisis le sienne. Sa paume était calleuse et boursouflée, couverte d'ampoules et d'écorchures qui laissaient sa peau à vif.

— Combien de temps sommes-nous restés dans l'eau ? demandai-je. Combien de temps as-tu tenu ?

Le petit « C » à la base du pouce avait presque disparu mais je le sentais encore du bout des doigts.

— Longtemps, répondit-il simplement.

Il sourit légèrement et serra ma main. Je m'aperçus soudain que j'étais nue sous les draps. Le lin était doux et frais sur ma peau.

— Où sont mes vêtements ?

— Tes jupes étaient trop lourdes, elles t'entraînaient vers le fond, alors je te les ai enlevées, expliqua-t-il. Quant au reste, il s'est effiloché peu à peu.

— Je vois. Et ta veste ?

Il haussa les épaules.

— Quelque part au fond de l'océan, sans doute. Avec le portrait de Willie et les photos de Brianna.

— Oh, Jamie, je suis désolée !

Il détourna le regard et cligna les yeux.

— Bah ! soupira-t-il. Tant pis, je suppose que j'arriverai à me souvenir du visage de mes enfants. Et sinon, je n'aurai qu'à me regarder dans un miroir, n'est-ce pas ?

J'émis un petit hoquet de rire étranglé. Il déglutit péniblement, sans se départir de son sourire.

Il baissa les yeux vers ses culottes déchirées puis parut se souvenir de quelque chose et glissa une main dans sa poche.

— Je ne suis pas arrivé entièrement les mains vides, annonça-t-il. Si j'avais pu choisir, j'aurais préféré garder les images de Willie et de Brianna, mais je ne vais quand même pas cracher sur ça.

Il ouvrit la main et je vis des éclats de lumière jaillir de sa paume rongée par le sel. Il tenait des gemmes de la plus belle eau, superbement taillées : une émeraude, un rubis (mâle, supposai-je), une grande opale aux reflets irisés, une turquoise bleue comme le ciel et un diamant noir au feu étrange.

— Tu as la magnétite ! m'exclamai-je.

Je la caressai du bout du doigt. Elle était fraîche.

Jamie esquissa un sourire songeur.

— Qu'est-elle censée apporter, déjà ? La joie en toutes choses ?

— C'est ce qu'on m'a dit, répondis-je.

Je levai la main vers son visage et la posai sur sa joue mal rasée, sentant ses os, durs sous la peau, et sa chair, chaude au toucher.

— Nous sommes en vie et ensemble, toi et moi, murmurai-je. Et nous avons récupéré Petit Ian.

— Oui, c'est vrai.

Un large sourire illumina ses yeux. Il déversa les pierres précieuses en un petit tas sur la table, puis s'enfonça dans son fauteuil, ma main dans la sienne.

Je me détendis, sentant une grande paix m'envahir, malgré la douleur dans ma jambe, et les mille égratignures et courbatures Nous étions sains et saufs, tous les deux, et le reste importait peu. Nos vêtements, mon tibia, tout cela s'arrangerait en temps voulu. Pour le moment, respirer et regarder Jamie me suffisait.

Nous restâmes silencieux un long moment, observant le soleil jouant dans les rideaux et le ciel bleu derrière la fenêtre. Quelques minutes plus tard, ou étaient-ce des heures ? un léger bruit de pas retentit quelque part et on gratta à la porte.

— Entrez, dit Jamie.

Il se redressa sans pour autant me lâcher la main.

La porte s'ouvrit et une femme entra, son visage avenant teinté de curiosité.

— Bonjour, dit-elle timidement. Je vous demande de m'excuser, je n'ai pas pu venir plus tôt. J'étais en ville quand j'ai appris votre... arrivée.

Sa propre hésitation la fit sourire.

— Je viens à peine de rentrer, acheva-t-elle.

Jamie se leva et s'inclina devant elle.

— Votre serviteur, madame. Je vous remercie infiniment de votre hospitalité, madame. Avez-vous des nouvelles de nos compagnons ?

Elle rosit légèrement et esquissa à son tour une petite révérence. Elle était jeune, âgée d'une vingtaine d'années à peine. Elle avait un joli teint de pêche et ses longs cheveux châtain clair étaient lâchement noués dans sa nuque. Elle ne semblait pas trop savoir comment se conduire en de telles circonstances.

— Oh oui ! répondit-elle. Nos hommes viennent juste de les ramener du bateau échoué. Ils sont actuellement aux cuisines, en train de se restaurer.

— Du fond du cœur, merci, lâchai-je. Vous êtes un ange tombé du ciel.

Elle rougit.

— Mais pas du tout ! se défendit-elle. D'ailleurs, vous devez penser que je suis bien mal élevée, je ne me suis même pas présentée. Je suis Patsy Olivier... Mme Joseph Olivier.

Elle se redressa avec un sourire, attendant que nous nous présentions à notre tour.

Jamie et moi échangeâmes un regard hésitant. Où étions-nous tombés ? A en juger par son accent, Mme Olivier était indubitablement anglaise, mais son mari portait un nom français. La baie de l'autre côté de la fenêtre ne nous donnait aucune indication : nous pouvions tout aussi bien être sur l'une des îles du Vent, qu'à la Barbade, aux Bahamas, à Grande Exuma, à l'île Andros, voire dans les îles Vierges. Ou encore, me dis-je avec un frisson, peut-être avions-nous été déportés plus au sud par l'ouragan, auquel cas il pouvait s'agir d'Antigua, dans le giron même de la Royal Navy ! ou de la Martinique, des Grenadines...

Notre hôtesse attendait toujours, son regard encourageant allant et venant de Jamie à moi. Jamie exerça une pression sur ma main et prit une grande inspiration.

— Madame Olivier, j'espère que vous ne trouverez pas ma question trop étrange, mais où sommes-nous exactement ?

Mme Olivier haussa des sourcils surpris et cligna les yeux.

— Mais... vous êtes aux Perles !

Jamie prit une nouvelle inspiration, mais je le devançai.

— Merci, dis-je, mais sur quelle île exactement ?

Un large sourire se dessina sur les lèvres de la jeune femme tandis qu'elle saisissait enfin :

— Ah, je comprends ! Bien sûr ! Vous avez été jetés sur le rivage par la tempête ! Mon mari disait justement hier soir qu'il n'avait jamais vu un tel ouragan en cette saison. C'est un miracle que vous soyez encore en vie ! Vous venez donc des îles du Sud ?

Les îles du Sud. Nous étions donc au nord des Caraïbes. Ce ne pouvait être Cuba. Etions-nous remontés jusqu'à Saint-Thomas, ou même jusqu'en Floride ? Nous échangeâmes un bref regard inquiet.

Mme Olivier nous adressa un sourire compatissant.

— Vous n'êtes pas sur une île, mais sur le continent. Nous sommes dans la colonie de Géorgie.

— La Géorgie ! s'exclama Jamie. En Amérique !

Il semblait abasourdi, et il y avait de quoi. La tempête nous avait fait dériver vers le nord sur près de mille kilomètres.

— L'Amérique ! murmurai-je. Le Nouveau Monde.

Le pouls de Jamie sous mes doigts s'accéléra, faisant écho au mien. Un monde entièrement nouveau. Un refuge. La liberté.

Mme Olivier, qui ne pouvait imaginer tout ce que cela représentait pour nous, souriait toujours avec gentillesse.

— Oui, répéta-t-elle. Vous êtes en Amérique.

Jamie redressa les épaules et lui adressa son plus beau sourire. Un léger courant d'air faisait danser ses mèches rousses comme de jeunes flammes.

— Dans ce cas, madame, annonça-t-il, je me présente : James Fraser.

Il tourna vers moi ses yeux bleus, aussi lumineux que le ciel radieux derrière lui, avant d'ajouter :

— Et voici Claire, ma femme.

Table

Achevé d'imprimer en août 1997
sur presse Cameron
par ***Bussière Camedan Imprimeries***
à Saint-Amand-Montrond (Cher)

N° d'édition : 6587. N° d'impression : 1/2184.
Dépôt légal : septembre 1997.
Imprimé en France